历代词人词话之一

孙克强 编著

唐宋人词话

（增订本）

顾易生题

上

南開大學出版社

图书在版编目(CIP)数据

唐宋人词话 / 孙克强编著. 一增订本. 一天津:南开大学出版社,2012.8

(历代词人词话)

ISBN 978-7-310-03912-8

Ⅰ. ①唐… Ⅱ. ①孙… Ⅲ. ①词话—中国—唐宋时期 Ⅳ. ①I207.23

中国版本图书馆 CIP 数据核字(2012)第 094547 号

南开大学出版社出版发行

出版人:孙克强

地址:天津市南开区卫津路 94 号 邮政编码:300071

营销部电话:(022)23508339 23500755

营销部传真:(022)23508542 邮购部电话:(022)23502200

*

天津市蓟县宏图印务有限公司印刷

全国各地新华书店经销

*

2012 年 8 月第 1 版 2012 年 8 月第 1 次印刷

210×148 毫米 32 开本 39.5 印张 8 插页 988 千字

定价:110.00 元(上下)

如遇图书印装质量问题,请与本社营销部联系调换,电话:(022)23507125

说　明

一、本书收录民国时期之前有关唐五代两宋词人的评论资料。

二、词论以总评为主，具体词作之评论如兼及总评，亦斟酌收入。

三、本书辑录唐宋词人263家。以词人年代先后排列。具体年代不详者，参考其事迹、交游大致推算。后附词人姓名笔画索引以便于检索。

四、论者亦以年代先后排列，论者具体年代不详者，亦参考其事迹、交游大致推算。

五、材料尽可能录其原始，而后世重复引用者不再采录；如材料仅见后世引用，则录最早出者；如材料重出且重出材料所冠论者、著作不同者，选录一家，并于其后加按语说明。为节省篇幅，评论中所引词作，大多录首句，后用省略号。

六、历代词话文献中有一些乃抄袭之伪作，如托名彭孙遹的《词藻》、《词统源流》，托名李良年的《词家辨证》、《词坛纪事》等，乃抄袭徐釚《词苑丛谈》，本书不予收录。

七、历代词话中征引、转录的情况十分常见。一些后世转录前代的材料可能有误。如清初沈雄《古今词话》收录的部分文献不一定可靠，但为保持历代文献原貌，本书原文录入，后加按语说明。一些转录他人的词话没有注明，如田同之的《西圃词说》多转录前人或时人的词话，本书尽可能采录原出处。

八、历代词话中常有同一作者撰有多种词学文献，而各种文献又有前后沿袭或改易的情况。如陈廷焯的《词则》与《白雨斋词话》，赵尊岳的《珍重阁词话》与《填词丛话》等。本书采录时如完全或基本相同则采录其前著，如改动较大则两著兼采。

九、正文所注文献版本尽量从简，详细的版本信息参见书后引用文献。

十、本书采录文献尽量使用现代整理排印本，必要时参校各种刻本、抄本。

十一、本书采录文献材料有以下数种：1. 词话、诗话、曲话；2. 序、跋；3. 词集、词选批注评语；4. 笔记、书札；5. 书录、总目提要；6. 史传；7. 论词诗、论词词；8. 词韵、词谱、词律；9. 评词专论。民国时期章节形式的专著和论文一般不在辑录范围。个别著作虽分章节，但仍具词话特点的如吴梅的《词学通论》仍予采录。

十二、本书与《金元明人词话》、《清人词话》为系列丛书，统名之为《历代词人词话》。

目　录

李白

李白（701—762）字太白，自号青莲居士、酒仙翁，祖籍陇西成纪（今甘肃秦安），隋末其先人流寓碎叶（今吉尔吉斯境内托克马克附近），后迁居绵州隆昌（今四川江油）青廉。白十岁通《诗》、《书》，观百家，长而倜傥，纵横任侠，轻财重施，出游各地。曾隐于鲁中，与孔巢父等人并称"竹溪六逸"，后与道士吴筠偕隐会稽。唐玄宗天宝元年（742）以吴筠荐征赴京师，贺知章一见叹为"谪仙人"，复荐于玄宗，令供奉翰林，后人因称"李翰林"，与贺知章、张旭等号"饮中八仙"。后以被谗，不受重用，天宝三载自请放还，受道箓，漫游四方。安史乱起，避居庐山，永王璘辟为从事。璘与其兄肃宗争权失败，白亦长流夜郎。肃宗乾元二年（759）赦还，流寓于宣城、历阳。上元二年（761）李光弼率军北上击史朝义叛军，白自请缨，半道病还，依族叔当涂令李阳冰，不久病卒。今存署名李白之词共十八首。

1. 欧阳炯：

有唐以降，率土之滨，家家之香径春风，宁寻越艳；处处之红楼夜月，自锁嫦娥。在明皇朝，则有李太白应制〔清平乐〕词四首，近代温飞卿复有《金荃集》，尔来作者，无愧前人。

《花间集序》（《百家词》）

2. 顾起纶：

李太白首倡〔忆秦娥〕，凄惋流丽，颇臻其妙，为千载词家之祖。至王仲初《古调笑》，融情会景，犹不失题旨。白乐天始调换头，去题渐远，揆之本来词体，稍变矣。

《花庵词选跋》（《词苑英华》）

3. 王骥德：

入唐而以绝句为曲，如〔清平〕、〔郁轮〕、〔凉州〕、〔水调〕之类；然不尽其变，而于是始创为〔忆秦娥〕、〔菩萨蛮〕等曲，盖太白、飞卿，实其作俑。入宋而词始大振，署曰“诗余”，于今曲益近，周待制、柳屯田其最也；然单词只韵，歌止一阕，又不尽其变。

《曲律》卷一《论曲源》

4. 陆云龙：

青莲以绝代轶材，裂羁靮另辟词家一径，大都以精新绮丽为宗，故相沿莫妙于淮海、眉山。周洞霄、康大晟其品虽不得埒，以词论不得劣也。

《词菁》

5. 何良俊：

宋初，因李太白〔忆秦娥〕、〔菩萨蛮〕二辞，以渐创制。至周待制领大晟府乐，比切声调，十二律各有篇目。柳屯田加增至二百余调，一时文士，复相拟作，而诗余为极盛。

《草堂诗余序》(《古今词汇》)

6. 汤显祖：

芟《花间集》者，额以温飞卿〔菩萨蛮〕十四首，而李翰林一首为词家鼻祖，以生不同时，不得列入。今读之，李如藐姑仙子，已脱尽人间烟火气；温如芙蕖浴碧，杨柳挹青，意中之意，言外之言，无不巧隽而妙入。珠璧相耀，正自不妨并美。

汤评《花间集》卷一(《词坛合璧》)

7. 黄河清：

词固乐府铙歌之滥觞，李供奉、王右丞开其美，而南唐李氏父子弘其业，晏、秦、欧、柳、周、苏之徒嗣其响。

《草堂诗余续集序》(《草堂诗余四集》)

8. 李玉：

原夫词者诗之余，曲者词之余也。自太白〔忆秦娥〕一阕，遂开百代诗余之祖。赵宋时黄九、秦七辈竞作新词，字戛金玉。东坡虽有“铁绰板”之诮，而豪爽之致，时溢笔端。南渡后争讲理学，间为风云月露之句，遂逊前哲。迨至金元，词变为曲。

《南音三籁序》(《中国古代戏曲序跋集》)

9. 尤侗：

词者，诗之余也，乃诗人与词人有不相兼者，如李、杜皆诗人也，然太白〔忆秦娥〕、〔菩萨蛮〕为词开山，而子美无之也；温、李皆诗人也，然飞卿〔玉楼春〕、〔更漏子〕为词擅场，而义山无之也。

《梅村词序》(《西堂杂俎》三集卷三)

10. 汪琬：

能诗与能词者有异乎?曰：否。李太白，诗人之正宗也，而工于词。欧阳永叔、苏子瞻，数百年以来所推文章大家也，而工于词。至于黄鲁直、秦少游周美成之属，亦无不诗词兼擅者。

《姚氏长短句序》(《尧峰文钞》卷三十)

11. 焦袁熹：

〔采桑子〕《编纂〈乐府妙声〉竟作》

蛾眉捧砚飞香雨，不奈狺狺。之楚之秦。身是天涯放逐臣。秦蛾梦落秦楼月，感叹千春。袍烂如银。毕竟风流第一人。

《此木轩直寄词》

12. 郑方坤：

青莲雅志存删述，魏晋而来弃不收。

却向词林作初祖，心伤暝色入高楼。李太白〔忆秦娥〕、〔菩萨蛮〕二调为千古填词之祖。

《论词绝句》(《蔗尾诗集》卷五)

13. 王昶：

太白之“西风残照，汉家陵阙”，《黍离》“行迈”之意也；志和之“桃花流水”，《考槃》、《衡门》之旨也。嗣是，温岐、韩偓诸人稍及闺襜，然乐而不淫，怨而不怒，亦犹是《摽梅》、《蔓草》之意。至柳耆卿、黄山谷辈然后多出于亵狎，是岂长短句之正哉？

《国朝词综自序》（《春融堂集》卷四十一）

14. 夏秉衡：

自唐李供奉有〔忆秦娥〕、〔菩萨蛮〕二阕，而温飞卿、白香山诸公继之，词所由昉也。唐末五代，李后主、和成绩、韦端己辈出，语极工丽而体制未备。至南北宋而作者日盛，如清真、石帚、竹山、梅溪、玉田诸集，雅正超忽，可谓词家上乘矣。

《清绮轩词选序》（《清绮轩词选》）

15. 王初桐：

李白〔菩萨蛮〕、〔忆秦娥〕为词家开山祖。胡应麟谓二词意调类温飞卿辈，盖晚唐人词嫁名太白者，又谓后世以二词出唐人，而无名氏故伪题太白，以冠《草堂集》耳；又谓杨用修以〔菩萨蛮〕硬遣太白承当，俱臆断可笑。李词如藐姑仙子，脱尽人间烟火，正与八叉芊绵温丽一种判若两途，乃反以为类温，可见此老于词学茫无理会。至〔菩萨蛮〕之为太白作，盖出《湘山野录》，元瑞不知，而既以为晚唐嫁名，忽以为《草堂》伪题，又以为用修硬遣承当，此直白日呓语耳，何所定据也？再考《开天传信记》：开元中，南诏入贡，危髻金冠，璎珞被体，故号“菩萨蛮”，因以制曲。而元瑞乃泥于《杜阳杂编》、《北梦琐言》之说，谓太白之世尚未有斯题，尤为拘墟之见。按：李白又有〔桂殿秋〕二词，得诸石刻，见《能改斋漫录》。

《小嫏嬛词话》卷一

16. 孙原湘：

〔菩萨蛮〕《拜李图题词》

词中三李，太白，词之祖也；南唐后主，继别者也；漱玉，继祢者也。词家多奉姜、张而不知溯其先。予与诸子学词而设醴以祀三李，作《拜李图》，各就三家调倚声歌之，以当侑乐·侑谪仙人。

诗仙自被蛟龙得。何人笔灿青莲色。杯酒问寒空。一星摇酒中。　瓣香心礼佛。蕊向豪端活。可惜一千年。江山风月闲。

《天真阁集》卷三十六

17. 沈道宽：

野录湘山起论端，词家三李信疑间。

可应直白开天世，豫咏中兴菩萨蛮。太白词只〔桂殿秋〕语气略近。《客窗夜话》辨其为李赞皇作。

《论词绝句》（《话山草堂诗钞》卷一）

18. 郭麐：

词家者流，其源出于《国风》，其本沿于齐梁，自太白以至五季，非儿女之情不道也。宋立乐府，用于庆赏饮宴，于是周、秦以绮靡为宗，史、柳以华缛相尚，而体一变。

《无声诗馆词序》（《灵芬馆集杂著》卷二）

19. 吴衡照：

汉人之诗，浑浑穆穆；魏人之诗，浩浩落落。汉诗高在体，魏诗高在气。太白词气体俱高，词中之汉魏也。

唐词〔菩萨蛮〕、〔忆秦娥〕二阕，花庵以后，咸以为出自太白。然太白集本不载。至杨齐贤、萧士赟注，始附益之。胡应麟《笔丛》疑其伪托，未为无见，谓详其意调，绝类温方城，殊不然。如“暝色入高楼，有人楼上愁”，“西风残照，汉家陵阙”等语，神理高绝，却非《金荃》手笔所能。

《莲子居词话》卷一

20. 宋翔凤：

风雅飘零乐府传，前开太白后金荃。

引申自有无穷意，端赖张侯作郑笺。张皋文先生《词选》申太白、飞卿之意，托兴绵远，不必作者如是，是词之精者，可以仁者见仁，智者见智者也。

《论词绝句》二十首（《洞箫楼诗纪》三）

21. 孙麟趾：

高澹婉约，艳丽苍莽，各分门户。欲高澹学太白、白石。

《词迳》

22. 谭莹：

谪仙人语独称诗，菩萨蛮推绝妙词。
并忆秦娥疑赝作，盖将风格比温岐。

七言律少五言多，偶按新声奈若何。
清平乐令真衰飒，纵入花庵选亦讹。

《论词绝句一百首》（《乐志堂诗集》卷六）

23. 袁学澜：

词之起由于隋炀之〔望江南〕、青莲之〔菩萨蛮〕，为词源滥觞之始。其词多宛转绵丽，倩艳娟俏，挟春月烟花于闺幨内奏之，此其大较也。后人变本加厉，几于江河日下，其可砥柱矣。至于慷慨磊落、纵横豪爽，如东坡之“大江东去”一词，世称用铁板铜琶，使关西大汉高唱之，真觉浩气流行，虽非词之正源，然亦自当取法。

词中三李并重。青莲笔挟飞仙，飘飘有凌云之气，自是词中上乘。李后主哀思缠绵，尽是亡国之音，终致牵机药赐。清照忧思凄怨，语多萧瑟，晚景凄凉。两人遭际，并多坎坷。未始非词语惨楚有以感召之也。

《适园论词》

24. 华长卿：

乐府遗音久寂寥，谪仙新体创唐朝。
词家鼻祖传千载，合祀骚坛永不祧。

《论词绝句》(《梅庄诗钞》卷五)

25. 陈澧:

月色秦楼绮思新,西风陵阙转嶙峋。

青莲只手持双管,秦柳苏辛总后尘。

《论词绝句》(《陈东塾先生遗诗》)

26. 刘熙载:

太白〔菩萨蛮〕、〔忆秦娥〕,张志和〔渔歌子〕,两家一忧一乐,归趣难名,或灵均《思美人》、《哀郢》,庄叟濠上近之耳。

太白〔忆秦娥〕声情悲壮,晚唐、五代惟趋婉丽,至东坡始能复古。后世论词者,或转以东坡为变调,不知晚唐、五代乃变调也。

《词概》

27. 谭献:

李白、温岐,文士为之;昇元、靖康,君王为之;将相大臣,范仲淹、辛弃疾为之;文学侍从,苏轼、周邦彦为之;志士遗民,王沂孙、唐珏之徒,皆作者也。昔人之论赋曰:惩一而劝百。又曰:曲终而奏雅。丽淫丽则,辨于用心,无小非大,皆曰立言,惟词亦有然矣。

《箧中词序》(《箧中词》)

28. 陈广夫:

太白未有词,传者皆晚唐人作,误名耳。凡抄十余首,曾有一字是太白口吻?

此首身世之悲,似昭宗在凤翔时语,并恐是五代人作也。

《词轨》卷一引

29. 沈祥龙:

唐人词,风气初开,已分二派:太白一派,传为东坡诸家,以气格胜,于诗近西江;飞卿一派,传为屯田诸家,以才华胜,于诗近西昆。后虽迭变,总不越此二者。

《论词随笔》

30. 陈廷焯：

唐人之词如六朝之诗，惟太白〔菩萨蛮〕、〔忆秦娥〕两调，实为千古词坛纲领。

词虽创于六朝，实成于太白，千古论词，断以太白为宗。

《云韶集》卷一

31. 王僧保：

倚声宋代始专家，情致唐贤小小夸。

刘白温韦工令曲，谪仙谁与并才华。

《论词绝句》（《餐樱庑词话》引）

32. 康有为：

若美成之跌宕悠扬，苏辛之傥宕遒上，梦窗之七宝楼台，姜张之清新俊逸，亦各穷极极妍矣。然韵味之隽，含蓄之深，神情之远，词句之逸未有若三李者。

《江山万里楼词钞序》（《江山万里楼诗词钞》）

33. 况周颐：

太白〔清平乐〕云："夜夜长留半被，待君魂梦归来。"又云："花貌些子时光。"《草堂诗》中必无此等质句，而词则有之。岂非以词之体格，直接古乐府，当视诗尤为近古乎？后人言情之作，辄蹈纤佻，甚弗率其初祖矣。

《餐樱庑词话》（《历代词人考略》卷一引）

34. 况周颐：

世谓李白〔菩萨蛮〕、〔忆秦娥〕二词为百代词曲初祖，唯是长短句之作，唐以前见之屡矣。如梁武帝〔江南弄〕云："众花杂色满上林。舒芳耀彩垂轻阴。连手躞蹀舞春心。舞春心，临岁腴，中人望，独踟蹰。"梁僧法云〔三洲歌〕一解云："三洲断江口。水从窈窕河旁流。啼将别共来，长相思。"二解云："三洲断江口。水从窈窕河旁流。欢将乐共来，长相思。"梁臣徐勉〔迎客曲〕云：

“丝管列，舞曲陈。含羞未奏待嘉宾。罗丝管，陈舞席。敛袖嘿唇迎上客。”〔送客曲〕云：“袖缤纷，声委咽。歌曲未终高驾别。爵无算，景已流。空纡长袖客不留。”并皆六朝君臣风华靡丽之语，后来词家之滥觞。特至太白〔菩萨蛮〕、〔忆秦娥〕而词格始成耳。又《词品》曰：无名氏〔回纥曲〕（一名〔抛球乐〕，又名〔莫思归〕）云：“阴山瀚海信难通。幽闺少妇罢裁缝。缅想边庭征战苦，谁能对镜冶愁容。久戍人将老，须臾变作白头翁。”长歌之哀，通于痛哭，必陈、隋、初唐之作也。是则已成词格者，亦在太白两调前。

《历代词人考略》卷一

35. 张德瀛：

李太白词，渟泓萧瑟；张子同词，逍遥容与；温飞卿词，丰柔精邃。唐人以词鸣者，惟兹三家，壁立千仞，俯视众山，其犹部娄乎？

《词徵》卷五

36. 陈洵：

词兴于唐，李白肇基，温岐受命。五代缵绪，韦庄为首。温韦既立，正声于是乎在矣。

《海绡说词》

37. 王国维：

太白纯以气象胜。“西风残照，汉家陵阙”，寥寥八字，遂关千古登临之口。后世唯范文正之〔渔家傲〕，夏英公之〔喜迁莺〕，差足继武，然气象已不逮矣。

《人间词话》

38. 樊志厚：

夫古今人词之以意胜者，莫若欧阳公。以境胜者，莫若秦少游。至意境两浑，则惟太白、后主、正中数人足以当之。

《人间词序》二

39. 马一浮：

古来词人利弊，此难具言。以诗为比，太白如苏、李，后主如子建，温、韦如晋宋间诗，北宋诸家如初唐，清真如少陵（律最细，词最润），梦窗如义山。

《马一浮先生语录类编》(《马一浮集》)

40. 吴梅：

自齐梁以来，陶弘景之《寒夜怨》、陆琼《饮酒乐》、徐孝穆《长相思》等，虽具词体，而堂庑未大。至太白而繁情促节，长吟远慕，遂使前此诸家，悉归笼化，故论词不得不首太白也。

《词学通论》

41. 高旭

残照西风著意愁，苍茫暝色入高楼。

词家若论开山祖，端让青莲出一头。

《论词绝句》三十首（《未济庐诗集》）

42. 顾宪融：

李白，字太白，陇西人，徙居蜀。供奉翰林。求还山后，坐永王璘事流夜郎，赦还。代宗以左拾遗召，已卒。太白以诗名，所作词甚少。盖当是时，诗词之体初未大分，其所谓词，如〔清平调〕等，大半皆诗也，不过用以制谱入乐而已。今日我人之所考见者，自当以白之〔菩萨蛮〕、〔忆秦娥〕二阕为百代词曲之祖。二词不特音节顿挫，与诗迥异，即以文体而论，亦复清奇秀折，谓为词家鼻祖，谁曰不宜？张碧论太白词曰："天与俱高，青而无际。鲲触巨海，澜涛怒翻。"盖亦尊之甚也。

《填词百法》

43. 赵尊岳：

太白"月探金窗罅"，此等句法，为后人所未有。又"夜夜长留半被，待君魂梦归"，全出真情，遂不见其儇薄。非后人所易学，一学便失之纤佻伤格。

写凄怆之情而不出以淡笔真情，纵使读来凄恻，久观更且索然寡味。太白“何处是归程，长亭更短亭”，淡而真，意味深长，并在句字以外，允为百世之法，不必问其真赝也。

《填词丛话》卷五

44. 刘德成：

太白为千古诗仙，其词则不多见。今世所传者，仅有〔菩萨蛮〕、〔忆秦娥〕、〔清平调〕、〔桂殿秋〕、〔连理枝〕数词而已，然真伪尚属疑问也。考唐大中初，女蛮国入贡，其人危髻金冠，瓔珞被体，人谓之〔菩萨蛮〕，当时娼优，遂制〔菩萨蛮〕曲，盖出于唐之末季。今太白集有其词，疑后人伪托也。他若〔忆秦娥〕等词，恐亦非真。词曲创于隋，至唐作者渐多。然当时词曲，多出于音乐家，或精于音乐之文人。非若后人不解音乐，仅以诗笔填词也。余意太白虽豪爽风流，或不解音乐，故无词集盛行于世。不然，玄宗善制曲，最重太白，何未闻与太白有词曲佳活之流传乎？盖后人作词，恐人微言轻，不足以脍炙人口，故借太白盛名以传，理或然矣。

《一苇轩词话》

45. 张伯驹：

太白以诗名，所作词甚少。盖当时诗词之体初未大分，其所谓词，如〔清平调》大半皆诗，用以制谱入乐而已。在今日之所考见者，自当以太白之〔菩萨蛮〕、〔忆秦娥〕二阕为词调之祖。

太白〔菩萨蛮〕、〔忆秦娥〕二词，纯以情景胜。《词概》云：“足抵杜陵《秋兴》，殆作于明皇西幸之后。”此说颇有见地。太白又有应制〔清平乐〕三章，便不佳，因无情景可言也。

《丛碧词话》

46. 林丁：

唐诗人中，兼工词者，当推青莲、香山，量虽不多，自然通畅，远出五代、宋词以上。

《蕉窗词话》

张志和

张志和（?—773）字子同，初名龟龄，婺州（今浙江金华）人。年十六擢明经第。肃宗时待诏翰林，授左金吾卫录事参军。后因事贬南浦尉，遇赦还。遂居江湖，自号“烟波钓徒”，以舟为家，浪迹江湖。《新唐书》有传。有《渔父词》五首。

1. 胡仔：

《夷白堂小集》云：山谷道人向为余言，张志和〔渔父词〕雅有远韵。

《苕溪渔隐词话》卷二

2. 先著：

唐人之作，有可指为词者，有不可执为词者，若张志和之〔渔歌子〕、韩君平之〔章台柳〕，虽语句声响居然词令，仍是风人之别体，后人因其制以加之名耳。夫词之托始，未尝不如此。

《词洁·发凡》

3. 王初桐：

张志和〔渔歌子〕，后之和者不下数十家，终不如原作“斜风细雨不须归”之有远韵。

《小嫏嬛词话》卷一

4. 黄苏：

数句只写渔家之自乐，其乐无风波之患。对面已有不能自由者，已隐跃言外。蕴含不露，笔墨入化，超然尘埃之外。（评张志和〔渔歌子〕“西塞山前白鹭飞”）

《蓼园词评》

5. 谭莹：

原本烟波一钓徒，风斜雨细景谁摹。

日湖渔唱陈允平蘋洲笛周密，渔父词还似此无。

《论词绝句一百首》（《乐志堂诗集》卷六）

6. 华长卿：

香山梦得与张王，流派无人较短长。

名氏不传词更妙，莫将艳体认冬郎。白居易、刘禹锡、张志和、王建、韩偓

《论词绝句》（《梅庄诗钞》卷五）

7. 刘熙载：

太白〔菩萨蛮〕、〔忆秦娥〕，张志和〔渔歌子〕，两家一忧一乐，归趣难名，或灵均《思美人》、《哀郢》，庄叟濠上近之耳。

《词概》

8. 陈廷焯：

有唐一代，太白、子同，千古纲领。乐天、梦得，声调渐开。

《词坛丛话》

9. 张德瀛：

词有与风诗意义相近者，自唐迄宋，前人巨制，多寓微旨……张子同“西塞山前”，《考槃》乐志也。（卷一）

李太白词，渟泓萧瑟；张子同词，逍遥容与；温飞卿词，丰柔精邃。唐人以词鸣者，惟兹三家，壁立千仞，俯视众山，其犹部娄乎。（卷五）

《词徵》

韩翃

韩翃（生卒年不详）字君平，南阳（今属河南）人，玄宗天宝十三年（754）进士，曾授检校金部员外郎，佐淄青节度使幕。大历间为汴宋节度使从事。德宗建中年间，除驾部郎中、知制诰，擢中书舍人。为“大历十才子”之一，今存词一首。

1. 先著：

唐人之作，有可指为词者，有不可执为词者，若张志和之〔渔歌子〕、韩君平之〔章台柳〕，虽语句声响居然词令，仍是风人之别体。

《词洁·发凡》

2. 张惠言：

自唐之词人李白为首，其后韦应物、王建、韩翃、白居易、刘禹锡、皇甫松、司空图、韩偓并有述造。

《词选序》（《张惠言论词》）

3. 谭莹：

章台柳折太多情，寒食东风句未精。

若使君王知此曲，曲兼诗并署韩翃。

《论词绝句一百首》（《乐志堂诗集》卷六）

4. 况周颐：

韩君平为“大历十才子”之一，其词仅见此短调，盖倚声之学方当萌芽，以长短句言情，直较诗笔尤曲，达才俊之士间一为之耳。柳姬和词清疏婉隽，直欲驾君平而上之，唐媛词流传绝少，奚啻一字一珠。

《历代词人考略》卷一

5. 高旭：

柳条怕执他人手，话说君平便断肠。
更唱竹枝刘梦得，夜深瑶瑟怨潇湘。
《论词绝句》三十首（《未济庐诗集》）

刘禹锡

刘禹锡(772—842)字梦得，祖籍中山(治所在今河北定县)，后徙洛阳，唐德宗贞元九年(793)进士及第，复中博学宏词科。初授太子校书，迁监察御史。顺宗永贞(805)中参与王叔文等的革新运动，擢屯田员外郎、判度支盐铁事。革新失败，贬朗州司马，为“八司马”之一。元和十年(815)徙连州刺史，后历夔州、和州刺史。大和二年(828)入朝为主客郎中、集贤殿学士、礼部郎中，后出为苏、汝、同等州刺史。晚年以太子宾客分司东都，加检校礼部尚书，世称“刘宾客”。禹锡与柳宗元同在“八司马”之列，交谊甚深，世称“刘柳”。晚年在洛阳多与白居易唱酬，并称“刘白”。新、旧《唐书》有传。有《刘梦得文集》。今存词四十一首。

1. 刘禹锡：

四方之歌，异音而同乐。岁正月，余来建平，里中儿联歌〔竹枝〕，吹短笛击鼓以赴节，歌者扬袂睢舞，以曲多为贤。聆其音，中黄钟之羽，卒章激讦如吴声，虽伧禅不可分，而含思宛转，有《淇澳》之艳。昔屈原居沅湘间，其民迎神，词多鄙陋，乃为作《九歌》，至于今荆楚鼓舞之，故余亦作〔竹枝词〕九篇，俾善歌者扬之，附于末，后之聆巴歈知变风之自焉。

《竹枝词序》(《刘宾客文集》卷二十七)

2. 黄庭坚：

刘宾客〔柳枝词〕，虽乏曹、刘、陆机、左思之豪壮，自为齐、梁乐府之将帅也。

《跋柳枝词书纸扇》(《豫章黄先生文集》别集卷八)

3. 黄庭坚：

刘梦得〔竹枝〕九章，词意高妙，元和间诚可以独步。道风俗而不俚，追古昔而不愧，比之杜子美《夔州歌》，所谓同工而异曲也。昔子瞻尝闻余咏第一篇，叹曰：此奔逸绝尘，不可追也。……大概梦得乐府小章优于大篇，诗优于它文耳。

《苕溪渔隐丛话》前集卷二十引

4. 陆游：

飞卿〔南乡子〕八阕，语意工妙，殆可追配刘梦得〔竹枝〕，信一时杰作也。

《跋金奁集》（《陆游集》）

5. 张惠言：

自唐之词人，李白为首，其后韦应物、王建、韩翃、白居易、刘禹锡、皇甫松、司空图、韩偓并有述造。

《词选序》（《张惠言论词》）

6. 沈道宽：

中唐刘白导词源，五季风流格律存。

踵事增华夸丽藻，可将大辂笑椎轮。

《论词绝句》（《话山草堂诗钞》卷一）

7. 华长卿：

香山梦得与张王，流派无人较短长。

名氏不传词更妙，莫将艳体认冬郎。白居易、刘禹锡、张志和、王建、韩偓

《论词绝句》（《梅庄诗钞》卷五）

8. 陈廷焯：

有唐一代，太白、子同，千古纲领。乐天、梦得，声调渐开。

《词坛丛话》

9. 况周颐：

唐贤为词，往往丽而不流，与其诗不甚相远。刘梦得〔忆江

南〕云："春去也……"流丽之笔，下开北宋子野、少游一派。唯其出自唐音，故能流而不靡。所谓风流高格调，其在斯乎。前调云："犹有桃花流水上，无辞竹叶醉尊前。"〔抛球乐〕云："春早见花枝，朝朝恨发迟。及看花落后，却忆未开时。"亦皆流丽之句。

《蕙风词话》卷二

10. 高旭：

柳条怕执他人手，话说君平便断肠。
更唱竹枝刘梦得，夜深瑶瑟怨潇湘。

《论词绝句》三十首（《未济庐诗集》）

白居易

白居易（772—846）字乐天。祖籍太原（今山西太原），徙下邽（今陕西渭南）。德宗贞元十六年（800）进士，次年复中拔萃甲科，授秘书省校书郎。历左拾遗、翰林学士、左赞善大夫。元和十年（815）因事得罪权贵，以越职言事之罪名贬江州司马。元和十三年（818）擢忠州刺史。穆宗即位，召为主客郎中、知制诰，历任杭州、苏州刺史。文宗立，迁刑部侍郎，晚年以太子宾客分司东都，退居洛阳，拜太子少傅，世称“白少傅”、“白傅”。后以刑部尚书致仕。因隐居香山，自号“香山居士”，后世称之为“白香山”。卒谥“文”。新旧《唐书》均有传。居易工诗文，诗与元稹齐名，世称“元白”。晚年多与刘禹锡唱酬，又称“刘白”。有《白氏长庆集》，亦能词。

1. 黄昇：

白乐天〔长相思〕、〔望江南〕，缛丽可爱，非后世作者可及。“花非花”一首，尤缠绵无尽。

《历代词话》卷二引

2. 顾起纶：

李太白首倡〔忆秦娥〕，凄惋流丽，颇臻其妙，为千载词家之祖。至王仲初《古调笑》，融情会景，犹不失题旨。白乐天始调换头，去题渐远，揆之本来词体，稍变矣。

《花庵词选跋》（《词苑英华》）

3. 李渔：

诗词未论美恶，先要使人可解。白香山一言，破尽千古词人魔障，爨妪尚使能解，况稍稍知书识字者乎？

《窥词管见》

4. 谭莹：

二李君虞、昌谷诗歌供奉传，体成长庆益缠绵。

潇潇暮雨吴娘唱，制曲端由白乐天。

《论词绝句一百首》（《乐志堂诗集》卷六）

5. 华长卿：

香山梦得与张王，流派无人较短长。

名氏不传词更妙，莫将艳体认冬郎。白居易、刘禹锡、张志和、王建、韩偓

《论词绝句》（《梅庄诗钞》卷五）

6. 陈廷焯：

香山小令数阕，虽非正声，而飘洒疏狂，当别树一帜。

香山词，不求高而自高，骨高故也。看他只是信笔写去，绝不着力，而意味往复无尽。

《云韶集》卷一

7. 林丁：

唐诗人中，兼工词者，当推青莲、香山，量虽不多，自然通畅，远出五代、宋词以上。

《蕉窗词话》

杜牧

杜牧（803—852）字牡之，京兆万年（今陕西西安）人。大和二年（828）进士，复举贤良方正。曾为淮南节度府掌书记，历黄、池、睦诸州刺史，终官中书舍人。新旧《唐书》、《唐才子传》均有传。杜牧为唐代著名诗人，与李商隐并称“小李杜”。著有《樊川文集》，今存词一首。

1. 王初桐：

张叔夏云：少游〔八六子〕情景交炼，得言外意。《容斋四笔》曰：少游〔八六子〕云“正销凝，黄鹂又啼数声”。《兰畹曲》载杜牧之〔八六子〕云“正销魂，梧桐又移翠阴”，少游盖效之，似差不及。

《小嫏嬛词话》卷一

2. 谢章铤：

《词综》一书，采摭精富矣，而失载杜樊川之〔八六子〕。按是词见顾梧芳《尊前集》。竹垞《凡例》曾列是书，而《曝书亭集》又有一跋，谓得吴文定公手钞本，词人之先后，乐章之次第，与顾氏靡有不同，始知是集为宋初人编辑，非顾氏所撰也。然则此词必非明人伪作可知。竹垞既见此词，不解何以弗采。其词云：“洞房深。画屏灯照，山色凝翠沉沉。听夜雨、冷滴芭蕉，惊断红窗好梦，龙烟细飘绣衾。辞恩久归长信。凤帐萧疏，椒殿闲扃，辇路苔侵。　绣帘垂，迟迟漏传丹禁，蕣华偷悴翠鬟羞整。愁重望处金舆渐远，何时彩仗重临。正销魂，梧桐又移翠阴。”唐词传世甚罕，零玑断璧，俱属可宝。

《赌棋山庄词话》卷十

3. 张德瀛：

唐尚小令，自杜牧之〔八六子〕外，绝少慢声。

《词徵》卷五

4. 况周颐：

小杜清狂自是词人标格。诵白石道人〔扬州慢〕换头以下，令人想望低徊，为之意远。惜其倚声之作仅此吉光片羽耳。

《历代词人考略》卷二

皇甫松

皇甫松（生卒年不详），松一作嵩，字子奇，自号檀栾子，睦州新安（今浙江淳安）人，唐代古文家皇甫湜之子。终身未仕。唐昭宗光化三年（900）韦庄奏请追赐李贺、赵光远、皇甫松等人进士及第。皇甫松为花间派词人之一。著有《醉乡日月》三卷，词有后人辑本《檀栾子词》。

1. 元好问：

皇甫以〔竹枝〕、〔采莲〕排调擅长，而才名远逊诸人。《花间集》亦止小令短歌耳。

沈雄《古今词话·词评》上卷引

2. 胡震亨：

唐人乐府元用律绝等诗杂和声歌之，其并和声作实字，长短其句以就曲拍者为填词，开、天兆其端，二和衍其流，而皇甫松、温庭筠以后迄于南唐二主，尤家户工习以尽其变，作者多成集矣。

《唐音统签》卷九百四十二辛签三《填词一》

3. 王初桐

皇甫松以〔天仙子〕、〔摘得新〕著名，然不如〔梦江南〕二阕尤胜。

《小嫏嬛词话》卷一

4. 张惠言：

（词）以其文小，其声哀，放者为之，或跌荡靡丽，杂以昌狂俳优。然要其至者，莫不恻隐盱愉，感物而发，触类条鬯，各有所归，非苟为雕琢曼辞而已。自唐之词人，李白为首，其后韦应物、王建、韩翃、白居易、刘禹锡、皇甫松、司空图、韩偓并有述造，而温庭筠最高，其言深美闳约。

《词选序》（《张惠言论词》）

5. 陈廷焯：

子奇词琢句奇妙，绮丽不及飞卿，而俊快过之。

凄艳似飞卿，爽快似香山。（评〔梦江南〕“楼上寝”）

《云韶集》卷一

6. 陈廷焯：

唐代词人，自以飞卿为冠。太白〔菩萨蛮〕、〔忆秦娥〕两阕，自是高调，未臻无上妙谛。皇甫子奇〔梦江南〕、〔竹枝〕诸篇，合者可寄飞卿庑下，亦不能为之亚也。（卷一）

唐人皇甫子奇词，宏丽不及飞卿，而措词闲雅，犹存古诗遗意。唐词于飞卿而外，出其右者鲜矣。五代而后，更不复见此种笔墨。（卷七）

唐宋名家，流派不同，本原则一。论其派别，大约温飞卿为一体，皇甫子奇、南唐二主附之。（卷八）

《白雨斋词话》

7. 况周颐：

词以含蓄为佳，亦有不妨说尽者。皇甫子奇〔摘得新〕云：“繁红一夜经风雨，是空枝。”语淡而沉痛欲绝。〔采莲子〕云：“船动湖光滟滟秋，贪看年少信船流。无端隔水抛莲子，遥被人知半日羞。”写出闺娃稚憨情态，匪夷所思，是何笔妙乃尔。

《餐樱庑词话》（《历代词人考略》卷三引）

8. 王国维：

（皇甫松）词，黄叔旸称其〔摘得新〕二首为有达观之见。余谓不若〔忆江南〕二阕，情味深长，在乐天、梦得上也。

《人间词话》附录一

9. 李冰若：

子奇词不多见，而秀雅在骨，初日芙蓉春月柳，庶几与韦相同工，至其词浅意深，饶有寄托处，尤非温尉所能企及，鹿太保差近之耳。

《栩庄漫记》

温庭筠

温庭筠（812?—866）本名岐，字飞卿，太原祁（今山西祁县）人。貌丑陋，时人或称之为“温钟馗”。才思敏捷，每入试诗赋，常八叉手而成八韵，时号“温八叉”。精通音律，尤善管弦。屡试不第，生活放浪不羁，喜讥刺权贵，为所忌，仕途因而不顺。大中十三年（859）贬为隋县尉。咸通七年（866）为国子助教，故后人又称“温助教”。一生大半漂泊困顿。《旧唐书》有传。诗与李商隐齐名，并称“温李”。五代赵崇祚编《花间集》将其词列于该集之首，为“花间词派”鼻祖。原著《握兰》、《金荃》二词集已散佚，后人辑有《金荃词》。

1. 孙光宪：

（温）词有《金荃集》，盖取其香而软也。

《北梦琐言》（《历代词话》卷二引）

2.《旧唐书》：

温庭筠者，太原人，本名岐，字飞卿。大中初，应进士。苦心砚席，尤长于诗赋。初至京师，人士翕然推重，然士行尘杂，不修边幅，能逐弦吹之音，为侧艳之词，公卿家无赖子弟裴諴、令狐缟之徒，相与蒲饮，酣醉终日，由是累年不第。

《旧唐书》卷一百九十《温庭筠传》

3. 鲖阳居士：

迄于开元、天宝间，君臣相与为淫乐，而明宗犹溺于夷音，天下薰然成俗。于是才士始依乐工拍弹之声，被之以辞，句之长短，各随曲度，而愈失古之“声依咏”之理也。温、李之徒，率然抒一时情致，流为淫艳猥亵不可闻之语。

《复雅歌词序》（《新编古今事文类聚》续集卷二十四引）

4. 胡仔：

庭筠工于造语，极为绮靡，《花间集》可见矣。

《苕溪渔隐丛话》后集卷十七

5. 晁公武：

庭筠本名岐，字飞卿，宰相彦博之裔。诗赋清丽，与李商隐齐名，时号“温李”。然薄于行，多作侧词艳曲，累举不第，终国子助教。

《郡斋读书志·别集类》

6. 黄昇：

（温庭筠）词极流丽，宜为《花间集》之冠。

《唐宋诸贤绝妙词选》卷一（《花庵词选》）

7. 张炎：

词之难于令曲，如诗之难于绝句，不过十数句，一句一字闲不得。末句最当留意，有有余不尽之意始佳。当以唐《花间集》中韦庄、温飞卿为则。

《词源》卷下

8. 王世贞：

言其业，李氏、晏氏父子、耆卿、子野、美成、少游、易安至矣，词之正宗也。温、韦艳而促，黄九精而险，长公丽而壮，幼安辨而奇，又其次也，词之变体也。

温飞卿所作词曰《金荃集》，唐人词有集曰《兰畹》，盖皆取其香而弱也。然则雄壮者固次之矣。

《艺苑卮言》

9. 汤显祖：

芟《花间集》者，额以温飞卿〔菩萨蛮〕十四首，而李翰林一首为词家鼻祖，以生不同时，不得列入。今读之，李如藐姑仙子，已脱尽人间烟火气；温如芙蕖浴碧，杨柳挹青，意中之意，言外之言，无不巧隽而妙入。珠璧相耀，正自不妨并美。

汤评《花间集》卷一

10．秦士奇：

有六十家词，至二百余调。其间可歌可诵如李、晏、柳五、秦七、“云破月来花弄影”郎中、“红杏枝头春意闹”尚书，闺秀若易安居士，词之正也。至温、韦艳而促，黄九精而刻，长公骚而壮，幼安辨而奇。

《草堂诗余叙》（《草堂诗余》正集）

11．王骥德：

入唐而以绝句为曲，如〔清平〕、〔郁轮〕、〔凉州〕、〔水调〕之类。然不尽其变，而于是始创为〔忆秦娥〕、〔菩萨蛮〕等曲，盖太白、飞卿实其作俑。入宋而词始大振，署曰“诗余”，于今曲盖近，周待制、柳屯田其最也，然单词只韵，歌止一阕，又不尽其变。

《曲律》卷一《论曲源》

12．钱希言：

温飞卿，貌甚陋，号温钟馗，不称才名，最善鼓琴吹笛，云：“有丝即弹，有孔即吹，不必柯亭爨桐也。”

《桐薪》（《词林纪事》卷一引）

13．钱曾：

世传温、李为侧艳之词，今诵其“鸡声茅店月，人迹板桥霜”，及“鱼盐桥上市，灯火雨中船”诸名句，岂独以六朝金粉为能事者？

《读书敏求记》卷四《诗集》

14．彭孙遹：

历观古今诸词，其以景语胜者，必芊绵而温丽者也；其以情语胜者，必淫艳而佻巧者也。情景合则婉约而不失之淫，情景离则儇浅而或流于荡，如温、韦、二李、少游、美成诸家，率皆以秾至之景写哀怨之情，称美一时，流声千载；黄九、柳七，一涉儇薄，犹未免于淳朴变风之讥，他尚何论哉？

《旷庵词序》（《松桂堂集》卷三十七）

15. 王士禛：

温、和生而《花间》作，李、晏出而《草堂》兴。此诗之余而乐府之变也。诗余者，古诗之苗裔也。语其正，则南唐二主为之祖，至漱玉、淮海而极盛，高、史其嗣响也；语其变，则眉山导其源，至稼轩、放翁而尽变，陈、刘其余波也。有诗人之词，唐、蜀、五代诸人是也；有文人之词，晏、欧、秦、李诸君子是也；有词人之词，柳永、周美成、康与之之属是也；有英雄之词，苏、陆、辛、刘是也。

《倚声集序》（《渔洋山人文略》卷三）

16. 王士禛：

弇州谓苏、黄、稼轩为词之变体，是也；谓温、韦为词之变体，非也。夫温、韦视晏、李、秦、周，譬赋有《高唐》、《神女》，而后有《长门》、《洛神》。诗有古诗、录别，而后有建安、黄初、三唐也。谓之正始则可，谓之变体则不可。

温、李齐名，然温实不及李。李不作词，而温为《花间》鼻祖，岂亦同能不如独胜之意耶？古人学书不胜，去而学画，学画不胜，去而学塑，其善于用长如此。

《花草蒙拾》

17. 鲁超：

余惟诗以苏、李为宗，自曹、刘迄鲍、谢，盛极而衰，至隋时风格一变，此有唐之正始所自开也。词以温、韦为则，自欧、秦迄姜、史，亦盛极而衰，至明末才情复畅，此昭代之大雅所由振也。

《今词初集序》（《今词初集》）

18. 王时翔：

词自晚唐温、韦主于柔婉，五季之末李后主以哀艳之辞倡于上，而下皆靡然从之。入宋号为极盛，然欧阳、秦、黄诸君子且不免相沿袭，周、柳之徒无论已。独苏长公能盘硬语，与时异趋，而复失之粗。

《莫荆琰词序》（《小山诗文全稿·文稿》卷二）

19. 田同之：

温、李、韦、杜渐入香奁，遂启词端。《金荃》、《兰畹》之词，概崇芳艳。

《西圃词说》

20. 郑方坤：

新声古意爱西昆，锦瑟年华最荡魂。

为少金荃词一卷，当今此事合推袁。温、李齐名，温实不及李，李不作词，而温为花间弁冕，古人善用长如此。

《论词绝句》（《蔗尾诗集》卷五）

21. 王昶：

太白之“西风残照，汉家陵阙”，《黍离》“行迈”之意也；志和之“桃花流水”，《考槃》、《衡门》之旨也。嗣是，温岐、韩偓诸人稍及闺幨，然乐而不淫，怨而不怒，亦犹是《摽梅》、《蔓草》之意。至柳耆卿、黄山谷辈，然后多出于亵狎，是岂长短句之正哉！

《国朝词综自序》（《春融堂集》卷四十一）

22. 沈初：

助教新词菩萨蛮，司徒绝调醉花间。

晚唐诗格无过此，莫道诗家降格还。

《论词绝句十八首》（《兰韵堂诗集》卷一）

23. 王初桐：

温庭筠《握兰》、《金荃》等集，词皆流丽，汤义仍评其〔菩萨蛮〕词如芙蓉浴碧，杨柳挹青，意中之意，言外之言，无不巧隽妙入。

温飞卿〔河渎神〕云:“孤庙对寒潮,西陵风雨萧萧。”〔酒泉子〕云:“月孤明,风又起,杏花稀。”〔遐方怨〕云:“海棠花谢也,雨霏霏。”〔番女怨〕云:“画楼离恨锦屏空,杏花红。”皆高厚自然。〔更漏子〕“玉炉香”尤为奇丽。渔洋山人曰:温、李齐名,然温实不及李,李不作词而温为《花间》鼻祖,岂亦同能不如独胜之意耶?

飞卿新添声〔杨柳枝〕词:“井底点灯深烛伊,共郎长行莫围棋。玲珑骰子安红豆,入骨相思知不知。”此词集中不载,见《云溪友议》,少室山房引此作“知也无”失韵。元瑞盖承《容斋三笔》之误,而未见《云溪友议》也。余观《笔丛》、《丹铅新录》、《艺林学山》攻击升庵,不遗余力,大半无当;其自所引证,伪谬乃不可枚举。又《分甘余话》曰:昔胡元瑞作《正杨》,识者非之。不知作《正杨》者乃陈晦伯,非胡元瑞也,渔洋又误矣。

温飞卿俗号温钟馗,贺方回俗号贺鬼头,二人皆状貌奇丑而才藻绝丽。

《小嫏嬛词话》卷一

24. 李调元:

词非诗之余,乃诗之源也。温、韦以流丽为宗,《花间集》所载南唐、西蜀诸人最为古艳。

《雨村词话序》

25. 张惠言:

自唐之词人,李白为首,其后韦应物、王建、韩翃、白居易、刘禹锡、皇甫松、司空图、韩偓并有述造,而温庭筠最高。其言深美闳约。五代之际,孟氏、李氏君臣为谑,竞作新调,词之杂流,由此起矣。

《词选序》(《张惠言论词》)

26. 吴衡照:

飞卿〔菩萨蛮〕云:“江上柳如烟。雁飞残月天。”〔更漏子〕

云："银烛背，绣帘垂。梦长君不知。"〔酒泉子〕云："月孤明，风又起，杏花稀。"作小令不似此着色取致，便觉寡味。

《莲子居词话》卷一

27. 宋翔凤：

风雅飘零乐府传，前开太白后金荃。

引申自有无穷意，端赖张侯作郑笺。张皋文先生《词选》申太白、飞卿之意，托兴绵远，不必作者如是，是词之精者，可以仁者见仁，智者见智者也。

《论词绝句》二十首（《洞箫楼诗纪》三）

28. 周济：

词有高下之别，有轻重之别。飞卿下语镇纸，端己揭响入云，可谓极两者之能事。

皋文曰："飞卿之词，深美闳约。"信然。飞卿酝酿最深，故其言不怒不慑，备刚柔之气。针缕之密，南宋人始露痕迹。《花间》极有浑厚气象，如飞卿则神理超越，不复可以迹象求矣。然细绎之，正字字有脉络。

毛嫱、西施，天下美妇人也。严妆佳，淡妆亦佳，粗服乱头，不掩国色。飞卿，严妆也；端己，淡妆也；后主，则粗服乱头矣。

《介存斋论词杂著》

29. 周济：

自温庭筠、韦庄、欧阳修、秦观、周邦彦、周密、吴文英、王沂孙、张炎之流，莫不蕴藉深厚，而才艳思力各骋一途，以极其致。譬如匡庐、衡岳，殊体而并胜；南威、西施，别态而同妍矣。

《词辨序》（《介存斋论词杂著》）

30. 周济：

词笔不外顺逆反正，尤妙在复、在脱。复处无垂不缩，故脱处如望海上，三山妙发。温、韦、晏、周、欧、柳，推演尽致，南渡诸公，罕复从事矣。

《宋四家词选目录序论》

31. 周之琦：

方山憔悴彼何人？兰畹金荃托兴新。

绝代风流乾膘子，前生合是楚灵均。

《心日斋十六家词选》附

32. 孙麟趾：

高澹婉约，艳丽苍莽，各分门户。欲高澹学太白、白石；欲婉约学清真、玉田；欲艳丽学飞卿、梦窗；欲苍莽学蘋洲、花外。

《词迳》

33. 项鸿祚：

〔采桑子〕《读〈金荃词〉题后》

艳词空冠花间集，不上云台。却上阳台。一读南华事事乖。谢郎折齿狂犹昔，红粉成灰。蜡炬成灰。剩得闲情赋锦鞋。

(《忆云词·丁稿》)

34. 谭莹：

温李诗名旧日齐，樊南绮语说无题。

金荃不谱梧桐树，恐并花间集也低。

《论词绝句一百首》(《乐志堂诗集》卷六)

35. 华长卿：

獭祭曾嗤李义山，何如词藻冠花间。

雕琼镂玉金荃集，小令争歌菩萨蛮。

《论词绝句》(《梅庄诗钞》卷五)

36. 杨希闵：

书家学真书，必从篆隶入乃高胜，吾谓词家亦当从汉魏六朝乐府入，而以温、韦为宗，二晏、秦、贺为嫡裔。欧、苏、黄则如光武崛起，别为世庙。如此则有祖有祢，而后乃有子有孙。被截从南宋梦窗、玉田入者，不啻生于空桑矣。(《序》)

长短句为诗之余，然则诗源而词委也，源不远，委何能长？

温、韦、二晏、秦、贺皆能诗，欧、苏、黄尤卓卓，姜、辛诗亦工，安身立命不在词，故溢而为词夐绝也。屯田、清真、梅溪、梦窗、碧山、玉田诸子，藉词藩身，他文翰一无可见，有委无源，故绣绘字句，排比长调以自饰。

吾谓词学当从汉魏六朝乐府入，而以温、韦、二晏、秦、贺为正宗，欧、苏、黄为大家此仿高廷礼论定唐诗之说，屯田诸子为附庸，则途辙不谬矣。欧、苏、黄似为词之一变，此如近体原于六朝，唐初皆沿之，李、杜数公出，摧破壁垒，旗帜改观，变而得正。后世为近体者，转不能舍李、杜数公专尚六朝矣。欧、苏、黄于词亦然，跌宕潇洒，轩豁雄奇，一洗绮罗之习，此正变而正，得正者，奈何斤斤奉花间为帜志乎？吾今以金荃为一宗，晚唐五季为一宗，二晏为一宗，欧、苏、黄为一宗，秦、贺为一宗，石帚一宗，稼轩一宗，同时名家以次附列，嗣后作者准是而为衡焉。（《总论》）

周稚圭题温尉词云："方山憔悴彼何人？……"其赏叹如此。近张皋文《词选》亦谓温词——皆有寄托，赏叹与周同。（卷二）

《词轨》

37. 刘熙载：

温飞卿词精妙绝人，然类不出乎绮怨。

《词概》

38. 王拯：

唐之中叶，李白沿袭乐府遗音，为〔菩萨蛮〕、〔忆秦娥〕之阕，王建、刘禹锡、温庭筠诸人复推衍之，而词之体立。其文窈深幽约，善达贤人君子恺恻怨悱不能自言之情，论者以庭筠为独至，而谓五代孟氏、李氏为新流所肇端，秦观、柳永、黄庭坚、辛弃疾而下罕所直矣。吾于庭筠词不能皆得其意，独知其要眇为制最高，而于孟、李及秦、柳、苏氏之伦，读其至者，一章一句之工则含咀淫佚，终日不能去。盖吾以得吾意之所惬而已。

《忏庵词稿序》(《龙壁山房诗文集·文集》卷一)

39. 谢章铤:

有唐中叶，创始倚声。俎豆青莲，宗祧啰唝。温飞卿助教之年，杜紫微制诰之日。易梵呗为艳曲，杂纥那于铙吹。(卷三)

御卜(按：黄瓯)又谓：词体如美人含娇掩媚，秋波微转，正视之一态，旁观之又一态，近窥之一态，远窥之又一态。数语颇俊，然此亦谓温、李、晏、秦耳，若苏、辛、刘、蒋，则如素娥之视宓妃，尚嫌临波作态。(卷七)

太白如姑射仙人，温尉是王谢子弟。温尉词当看其清真，不当看其繁缛。胡元任谓庭筠工于造语，极为奇丽。然如〔菩萨蛮〕云:“梧桐树……”语弥淡，情弥苦，非奇丽为佳者矣。羡门深窥此秘,〔生查子〕云:“起立悄无言，残月生西弄……”著墨无多，寻味不尽，亦异乎屯田俳语矣。(卷八)

设色，词家所不废也。今试取温尉与梦窗较之，便知仙凡之别矣。盖所争在风骨，在神韵。温尉生香活色，梦窗所谓七宝楼台，拆碎不成片段。又其甚者，则浮艳耳。(卷八)

《赌棋山庄词话》

40. 谢章铤:

词渊源《三百篇》，萌芽古乐府，成体于唐，盛于宋，衰于元明，复昌于国朝。温、李，正始之音也，晏、秦，当行之技也，稼轩出始用气，白石出始立格。呜乎!词虽小道，难言矣。

《叶辰溪我闻室词叙》(《赌棋山庄全集》卷一)

41. 沈祥龙:

唐人词，风气初开，已分二派：太白一派，传为东坡诸家，以气格胜，于诗近西江；飞卿一派，传为屯田诸家，以才华胜，于诗近西昆。后虽迭变，总不越此二者。

《论词随笔》

42. 冯煦：

谪仙去后风流歇，一集金荃或庶几。

又是潇湘春雁尽，海棠谢也雨霏霏。

《论词绝句》(《蒿庵类稿》卷七)

43. 樊增祥：

有唐一代，金荃最高，张氏之言，是则然矣。

《东溪草堂词选自叙》(《樊山集》卷二十三)

44. 徐鼒：

(诗余)其体卑，其思苦，其寄托幽隐，其节奏啴缓，故为之者，必中句中矩，端如贯珠，宜宫宜商，较之垒黍。太白、飞卿实导先路，南唐、两宋蔚成巨观。

《水云楼词序》(《清名家词》)

45. 陈廷焯：

有唐一代，太白、子同，千古纲领。乐天、梦得，声调渐开。终唐之世，无出飞卿右者，当为《花间集》之冠。

飞卿词，风流秀曼，实为五代、两宋导其先路。后人好为艳词，那有飞卿风格。

《词坛丛话》

46. 陈廷焯：

飞卿虽工绮语，而风骨不高。

飞卿词绮语撩人，开五代风气。飞卿词以情胜，以韵胜，最悦人目；然视太白、子同、乐天风格，已隔一层。

遣词凄艳，是飞卿本色。

《云韶集》卷一

47. 陈廷焯：

飞卿短古，深得屈子之妙。〔菩萨蛮〕诸阕，亦全是《楚辞》变相，徒赏其芊丽，误矣。

《词则·大雅集》卷一

48. 陈廷焯：

余尝谓后主之视飞卿，合而离者也；端己之视飞卿，离而合者也。

飞卿词全祖《离骚》，所以独绝千古。〔菩萨蛮〕、〔更漏子〕诸阕，已臻绝诣，后来无能为继。

唐代词人，自以飞卿为冠。太白〔菩萨蛮〕、〔忆秦娥〕两阕，自是高调，未臻无上妙谛。皇甫子奇〔梦江南〕、〔竹枝〕诸篇，合者可寄飞卿庑下，亦不能为之亚也。（卷一）

飞卿短古，深得屈子之妙，词亦从楚《骚》来。所以独绝千古，难乎为继。

千古词宗，温、韦发其源，周、秦竟其绪，白石、碧山各出机杼，以开来学。（卷五）

自温、韦以迄玉田，词之正也，亦词之古也。

熟读温、韦词，则意境自厚；熟读周、秦词，则韵味自深；熟读苏、辛词，则才气自旺；熟读姜、张词，则格调自高；熟碧山词，则本原自正，规模自远。本是以求风雅，何必遽让古人。

千古得《骚》之妙者，惟陈王之诗，飞卿之词，为能得其神，不袭其貌。

飞卿词大半托词帷房，极其婉雅，而规模自觉宏远。周、秦、苏、辛、姜、史辈虽姿态百变，亦不能越其范围。本原所在，不容以形迹胜也。（卷七）

温、韦创古者也。晏、欧继温、韦之后，面目未改，神理全非，异乎温、韦者也。苏、辛、周、秦之于温、韦，貌变而神不变。声色大开，本原则一。南宋诸名家，大旨亦不悖于温、韦，而各立门户，别有千古。元、明庸庸碌碌，无所短长。至陈、朱辈出，而古意全失，温、韦之风，不可复作矣。

唐宋名家，流派不同，本原则一。论其派别，大约温飞卿为一体，皇甫子奇、南唐二主附之。……其间惟飞卿、端己、正中、淮海、美成、梅溪、碧山七家殊途同归，余则各树一帜，而皆不失其正。

唐诗可以越两晋、六朝，而不能越苏、李、曹、陶者，彼已臻其极也。宋词可以越五代，而不能越飞卿、端己者，彼已臻其极也。虽曰时运，岂非人事哉？

声名之显晦，身分之高低，家数之大小，只问其精与不精，不系乎著作之多寡也。……词中如飞卿、端己、正中、子野、东坡、少游、白石、梅溪诸家，脍炙人口之词，多不过二三十阕，少则十余阕或数阕，自足雄峙千古，无与为敌。

词有表里俱佳，文质适中者，温飞卿、秦少游、周美成、黄公度、姜白石、史梅溪、吴梦窗、陈西麓、王碧山、张玉田、庄中白是也。词中之上乘也。（卷八）

《白雨斋词话》

49. 郑文焯：

宋人诗好处，便是唐词。然飞卿〔杨柳枝〕八首，终为宋诗中振绝之境，苏、黄不能到也。唐人以余力为词，而骨气奇高，文藻温丽。有宋一代学人，专志于此，骎骎入古，毕竟不能脱唐、五代之窠臼，其道亦难矣！

《批校花间集》

50. 余诚格：

飞卿为开基之彦，延巳为踵武之贤，美成为大备之英，尧章为时中之圣。

《微云榭词选序》（《微云榭词选》）

51. 况周颐：

夫词如唐之《金荃》，宋之《珠玉》，何尝有寄托，何尝不卓绝千古，何庸为是非真之寄托耶？

《蕙风词话》卷五

52. 况周颐：

温飞卿词有以丽密胜者，有以清疏胜者。永观王氏以“画屏金鹧鸪”概之，就其丽密者言之耳。其清疏者如〔更漏子〕“梧桐树”云云，亦为前人所称，未始不佳也。

《历代词人考略》卷二

53. 胡玉缙：

庭筠词踵李白之后，开冯延巳之先，倚声家推为鼻祖，故赵崇祚《花间集》首录其词。

《金荃词提要》（《四库未收书目提要续编》）

54. 张德瀛：

李太白词，渟泓萧瑟；张子同词，逍遥容与；温飞卿词，丰柔精邃。唐人以词鸣者，惟兹三家，壁立千仞，俯视众山，其犹部娄乎？

《词徵》卷五

55. 陈洵：

词兴于唐，李白肇基，温岐受命。五代缵绪，韦庄为首。温、韦既立，正声于是乎在矣。

《海绡说词·通论》

56. 夏敬观：

飞卿以薄于行而遭屏弃，两《唐书》本传皆言之，其不遇宜也。〔菩萨蛮〕词或传系代令狐绹作，张皋文以感士不遇释之，恐未必然。

唐词初由诗变，所以浑厚，故学词者必先知诗，乃造诣上乘。飞卿深美闳约，神理超越，张皋文、周止庵知其无迹象之中字字连系，得其章法、脉络。持此法寻《花间》诸词之绪，庶不浮泛、笼统，而亦见南宋词之过露针缕痕迹为薄也。飞卿诗在晚唐亚于李义山，温、李齐名而温以词胜。犹之道子善画，惠子善塑，使温果不然诗，或其诗不能亚于李，则亦必不能为此词也。

《吷庵词评》

57. 高旭：

始信离骚有嗣音，兰荃声调最关情。

就中更爱梧桐句，叶叶声声滴到明。

《论词绝句》三十首（《未济庐诗集》）

58. 王国维：

张皋文谓飞卿之词“深美闳约”，余谓此四字，唯冯正中足以当之。刘融斋谓飞卿精妙绝人，差近之耳。

“画屏金鹧鸪”，飞卿语也，其词品似之。“弦上黄莺语”，端己语也，其词品亦似之。正中词品，若欲于其词句中求之，则“和泪试严妆”，殆近之欤？

温飞卿之词，句秀也。韦端己之词，骨秀也。李重光之词，神秀也。

《人间词话》

59. 樊志厚：

温、韦之精艳，所以不如正中者，意境有深浅也。

《人间词序》二

60. 马一浮：

古来词人利弊，此难具言。以诗为比，太白如苏李，后主如子建，温、韦如晋宋间诗，北宋诸家如初唐，清真如少陵（律最细，词最润），梦窗如义山。

《马一浮先生语录类编》（《马一浮集》）

61. 吴梅：

唐至温飞卿，始专力于词。其词全祖《风》、《骚》，不仅在瑰丽见长。陈亦峰曰：“所谓沉郁者，意在笔先，神余言外，写怨夫思妇之怀，寓孽子孤臣之感。凡交情之冷淡，身世之飘零，皆可于一草一木发之。而发之又必若隐若现，欲露不露，反复缠绵，终不许一语道破。匪独体格之高，亦见性情之厚。”此数语惟飞卿足以当之。学词者，从“沉郁”二字着力，则一切浮响肤词，自不绕其笔端。顾此非可旦夕期也。飞卿最著者，莫如〔菩萨蛮〕十四首。大中时，宣宗爱〔菩萨蛮〕，丞相令狐绹乞其假手以进，戒令勿他泄，而遽言于人，由是疏之。今所传〔菩萨蛮〕诸作，固非一时一境所为，而自抒性灵，旨归忠爱，则无弗同焉。张皋文谓皆感士不遇之作，盖就其寄托深远者言之，即其直写景物，不事雕缋处，亦夐绝不可追及。

《词学通论》

62. 陈匪石：

词固言情之作，然但以情言，薄矣。必须融情入景，由景见情。温飞卿〔菩萨蛮〕，语语是景，语语即是情。冯正中〔蝶恋花〕亦然，此其味所以醇厚也。

《旧时月色斋词谭》

63. 蔡嵩云：

史称温飞卿能逐弦管之音，为侧艳之辞，其诗词自可入乐。

自来治小令者，多崇尚《花间》。《花间》以温、韦二派为主，余各家为从。温派秾艳，韦派清丽，不妨各就所嗜而学之。

《柯亭词论》

64. 顾宪融：

温飞卿，名庭筠，本名岐，太原人。唐大中末为方山尉，著有《握兰》、《金荃》等集。唐自大中以后，倚声渐盛，至飞卿始有专集。飞卿之词，深美闳约，最为《花间》之冠。〔菩萨蛮〕十余阕，张皋文以为“皆感士不遇之作，篇法仿佛《长门赋》，节节逆叙”，然读者正复不必泥定此说。总之，飞卿词佳处在语重心长，神理超越，句句绮琢，而字字有脉络。读者见仁见智，各极其妙耳。

《填词百法》

65. 赵尊岳：

胡帝胡天之作，能臻化境，即不必更绳以理法。飞卿有妙谛，北宋以还，即无人敢于为之。非不敢也，宋时词法渐立，理脉之畴范已成，作者尽可运神明于规矩之中，而不必求胜于绳墨以外。若后人之专学唐五代者，又每限于天分学力，而不能成就。遂致古蕃锦之宗派，竟以失传，惜哉！

《填词丛话》卷五

66. 刘德成：

词家之有温、韦，犹诗家之有李、杜也。李、杜各有所长，不能强分上下。飞卿根底《离骚》，十九寓言，不愧千古词家正宗。端己深情曲致，清雅宜人，然终不免有意填词。故温、韦并称，似非公允。

《一苇轩词话》

67. 张伯驹：

唐自大中以后，诗衰而倚声渐盛。至飞卿始有专集，与诗并传于世。飞卿词极流丽，宜为《花间》之冠。〔菩萨蛮〕十余阕，张皋文以为皆感士不遇之作，篇法仿佛《长门赋》，节节逆叙。然读者不必泥定此说。总之，飞卿词意在笔先，神余言外，正如白雨斋所云：若隐若现，欲露不露，反复缠绵，终不许一语道破。匪独体格之高，亦见性情之厚。如"懒起画蛾眉，弄妆梳洗迟"，无限伤心溢于言表。又"春梦正关情，镜中蝉鬓轻"，凄凉哀怨，有欲言难言之苦。又"花落子规啼，绿窗残梦迷"，"鸾镜与花枝，此情谁得知"，皆含深意。此种在自写性情，不必求胜于人，已自人不能胜。

《丛碧词话》

68. 李冰若：

少日诵温尉词，爱其丽词绮思，正如王、谢子弟，吐属风流。嗣见张、陈评语，推许过当，直以上接灵均，千古独绝，殊不谓然也。飞卿为人，具详旧史，综观其诗词，亦不过一失意文人而已，宁有悲天悯人之怀抱？昔朱子谓《离骚》不都是怨君，尝叹为知言。以无行之飞卿，何足以仰企屈子？其词之艳丽处，正是晚唐诗风，故但觉镂金错彩，炫人眼目，而乏深情远韵。然亦有绝佳而不为词藻所累，近于自然之词，如〔梦江南〕、〔更漏子〕诸阕是也。

张氏《词选》欲推尊词体，故奉飞卿为大师，而谓其接迹《风》、《骚》，悬为极轨，以说经家法，深解温词，实则论人论世全不相符。温词精丽处自足千古，不赖托庇于《风》、《骚》而始尊。况《风》、《骚》源出民间与词之源于歌乐，本无高下之分，各擅文艺之美，正不必强相附会，支离其词也。自张氏书行，论词者几视温词为屈赋，穿凿比附，如恐不及，是亦不可以已乎。

飞卿惯用"金鹧鸪"、"金鸂鶒"、"金凤凰"、"金翡翠"诸字以表富丽，其实无非绣金耳。十四首中，既累见之，何才俭如此？本欲假以形容艳丽，乃徒彰其俗劣，正如小家碧玉初入绮罗丛中，只能识此数事，便矜羡不已也。

飞卿词中重句、重意屡见。《花间集》中，由于意境无多，造句过求妍丽，故有此弊。

《栩庄漫记》

69. 闻野鹤：

词境有四：其一，如新桐始叶，嫩翠若滴，柳梢月上，娟娟欲波，天机灵活，生意澹宕，口无丝毫迹象可寻，东坡所谓"空山无人，水流花开"者也。此境惟飞卿、正中、小山诸公具之。其二，如巨室闺襜，范律严肃，入其阃者，微闻幽馨，仙帷缥缈，檀屏掩映，弦声微作，不可端倪。此境惟少游、美成诸公具之。其三，如深山侠士，瑰抱恢奇，酒酣起舞，剑芒腾跃，抚髀一啸，林木悉靡，咤云掷月，不可一世。此境惟东坡、稼轩诸公具之。其四，如霓羽仙人，神光姚冶，云房露阙，瞬息万变，龙绡之带，凤羽之裳，织华组绮，迥非凡手。此境惟梦窗、草窗诸公具之。上下千古，不出四者。自余曹鄫不复成邦，可无讥已。

《惆簃词话》

70. 祝南：

令词非铺叙之具。写令词不可立意铺叙，须立意精炼；精炼而觉晦昧时，则当力求其自然。精炼而能出之以自然，则进乎技矣。古来令词之精炼无过飞卿者，试读飞卿词，有不自然之句不？温词最丽密，人惊其丽密，遂目为晦昧，失之远矣！

写景言情，分之为二，合之则一。善言情者，但写景而情在其中；善写景者亦然。景中无情，感人必浅。其能摇荡心魂者，即景亦情也。温飞卿之“江上柳如烟，雁飞残月天”，孙孟文之“片帆天际闪孤光”，冯正中之“细雨湿流光”，何尝不是景语，而情味浓至，使人低徊不尽。作令词固当会此，读令词亦当会此。唐五代人小词之不可及多在此等处，不独写情之拙重而已。

以重、拙、大言，南唐二主及冯正中词实过《花间》。常州词人主重、拙、大而高抬飞卿，殆不可解。飞卿词措语下笔，重则有之，大犹可强为傅合，将安得拙耶？而此三义中似尤以拙为首着，盖惟拙为能得重且大。能重且大者未必能拙。

读《花间集》，学飞卿或失之难；学端己或失之易；惟学孙孟文可无所失。

周止庵以李后主词为乱头粗服，以比飞卿之严妆与端己之淡妆，论奇而确。飞卿多比兴，端己闻用赋体，至后主则直抒心灵，不暇外假矣。

以乱头粗服比后主词，周止庵可谓善于取譬。余谓惟“乱头粗服亦不失其为国色”者乃系天下之至美。若温之“严妆”，韦之“淡妆”，终输一着，以其犹有“妆”在也。周氏特尊飞卿，竟不悟此！

《无庵说词》

韦庄

韦庄（836—910）字端己，京兆杜陵（今陕西西安）人。韦应物四世孙。少孤，家贫力学，屡试不第，困居长安。黄巢入长安，庄陷兵中，辗转自关中至洛阳，尝作《秦妇吟》名于世，人称“秦妇吟秀才”。后流寓大江南北。唐昭宗乾宁元年（894）进士，授校书郎，官至左补阙。天复中应王建辟，入蜀为掌书记。唐亡，劝王建称帝，拜散骑常侍，定开国制度，累官吏部尚书、同平章事，卒谥文靖。《十国春秋》有传。庄有诗名，曾编选《又玄集》。工词，为“花间派”词人之一，与温庭筠齐名，称“温韦”。诗集名《浣花集》。词集有后人辑本《浣花词》。

1. 张炎：

词之难于令曲，如诗之难于绝句，不过十数句，一句一字闲不得。末句最当留意，有有余不尽之意始佳。当以唐《花间集》中韦庄、温飞卿为则。又如冯延巳、贺方回、吴梦窗亦有妙处。

《词源》卷下

2. 王世贞：

言其业，李氏、晏氏父子、耆卿、子野、美成、少游、易安至矣，词之正宗也。温、韦艳而促，黄九精而险，长公丽而壮，幼安辨而奇，又其次也，词之变体也。

《艺苑卮言》

3. 秦士奇：

温、韦艳而促，黄九精而刻，长公骚而壮，幼安辨而奇。

《草堂诗余叙》（《草堂诗余四集》）

4. 彭孙遹：

历观古今诸词，其以景语胜者，必芊绵而温丽者也；其以情语胜者，必淫艳而佻巧者也。情景合则婉约而不失之淫，情景离则儇浅而或流于荡，如温、韦、二李、少游、美成诸家，率皆以秾至之景写哀怨之情，称美一时，流声千载；黄九、柳七，一涉儇薄，犹未免于淳朴变风之讥，他尚何论哉！

《旷庵词序》（《松桂堂集》卷三十七）

5. 王士禛：

弇州谓苏、黄、稼轩为词之变体，是也。谓温、韦为词之变体，非也。夫温、韦视晏、李、秦、周，譬赋有《高唐》、《神女》，而后有《长门》、《洛神》。诗有古诗、录别，而后有建安、黄初、三唐也。谓之正始则可，谓之变体则不可。

《花草蒙拾》

6. 鲁超：

余惟诗以苏、李为宗，自曹、刘迄鲍、谢，盛极而衰，至隋时风格一变，此有唐之正始所自开也。词以温、韦为则，自欧、秦迄姜、史，亦盛极而衰，至明末才情复畅，此昭代之大雅所由振也。

《今词初集序》（《今词初集》）

7. 王时翔：

词自晚唐温、韦主于柔婉，五季之末李后主以哀艳之辞倡于上，而下皆靡然从之。入宋号为极盛，然欧阳、秦、黄诸君子且不免相沿袭，周、柳之徒无论已，独苏长公能硬语，与时异趋，而复失之粗。

《莫荆琰词序》（《小山诗文全稿·文稿》卷二）

8. 汪筠：

浣花端已添惆怅，仆射阳春且奈何。

小令未应夸北宋，乱来哀怨觉情多。

《读〈词综〉书后二十首》（《谦谷集》卷二）

9. 夏秉衡：

唐末五代，李后主、和成绩、韦端己辈出，语极工丽而体制未备。至南北宋而作者日盛，如清真、石帚、竹山、梅溪、玉田诸集，雅正超忽，可谓词家上乘矣。

《清绮轩词选序》(《清绮轩词选》)

10. 王初桐：

韦庄词“去路香尘莫扫，扫即郎去归迟”，尹鹗词“上马出门时，金鞭莫与伊”，皆所谓痴语也。

《小嫏嬛词话》卷一

11. 吴衡照：

韦相清空善转，殆与温尉异曲同工。所赋〔荷叶杯〕，真能摅摽擗之忧，发踟蹰之爱。

《莲子居词话》卷一

12. 周济：

词有高下之别，有轻重之别，飞卿下语镇纸，端己揭响入云，可谓极两者之能事。

端己词，清艳绝伦，初日芙蓉春月柳，使人想见风度。

毛嫱、西施，天下美妇人也，严妆佳，淡妆亦佳，粗服乱头，不掩国色……端己，淡妆也。

自温庭筠、韦庄……之流，莫不蕴藉深厚，而才艳思力，各骋一途，以极其致。譬如匡庐、衡岳，殊体而并胜；南威、西施，别态而同妍矣。

《介存斋论词杂著》(《词辨》自序)

13. 周之琦：

浣花集写浣花笺，消得孤篷听雨眠。

顾曲临川还草草，负他春水碧于天。

《心日斋十六家词选》附

14. 谭莹：

醉妆词作又何年，韦相才名两蜀先。

徵到小重山故事，遭逢霄壤鹧鸪天。

《论词绝句一百首》(《乐志堂诗集》卷六)

15. 华长卿：

羁魂何日度函关，韦相神伤泪暗潸。

绝代佳人难再得，那堪填到小重山。

《论词绝句》(《梅庄诗钞》卷五)

16. 杨希闵：

书家学真书，必从篆隶入乃高胜。吾谓词家亦当从汉魏六朝乐府入，而以温、韦为宗，二晏、贺、秦为嫡裔。欧、苏、黄则如光武崛起，别为世庙。如此则有祖有祢，而后乃有子有孙。被截从南宋梦窗、玉田入者，不啻生于空桑矣。(《序》)

温、韦、二晏、秦、贺皆能诗，苏、黄尤卓卓，姜、辛诗亦工，安身立命不在词，故溢而为词夐绝也。屯田、清真、梅溪、梦窗、碧山、玉田诸子，藉词藩身，他文翰一无可见，有委无源，故绣绘字句，排比长调以自饰。(《总论》)

周稚圭题韦端己词云："浣花集写浣花笺……"昔汤义仍评韦词"春水碧于天"二句云："江南好只如此耶？"此当是谐戏之言，未可为典要。韦词佳处不能识，尚足为义仍耶？（卷二）

《词轨》

17. 刘熙载：

韦端己、冯正中诸家词，留连光景，惆怅自怜，盖亦易飘飏于风雨者。

《词概》(按：李冰若《花间集评注》卷二引此条作《愿为明镜室词话》。)

18. 樊增祥：

五季之世，二李为工。后主思深理约，致兼风雅，匪唯一朝之隽，抑亦百世之宗。降而端己《浣花》之篇，正中《阳春》之录，因寄所托，归于忠爱，抑其亚也。

《东溪草堂词选自叙》(《樊山集》卷二十三)

19. 陈廷焯：

和成绩、韦端己、毛平珪三家，语极工丽，风骨稍逊。

端己词凄艳入人骨髓，飞卿之流亚也。

情词凄艳，柳耆卿之祖。

《云韶集》卷一

20. 陈廷焯：

词至端己，语渐殊，情意却深厚，虽不及飞卿之沉郁，亦古今绝构也。(《大雅集》卷一)

端己词时露故君之思，读者当会意于言外。(《别调集》卷一)

《词则》

21. 陈廷焯：

韦端己词，似直而纡，似达而郁，最为词中胜境。

端己〔菩萨蛮〕四章，惓惓故国之思，而意婉词直，一变飞卿面目，然消息正自相通。余尝谓后主之视飞卿，合而离者也；端己之视飞卿，离而合者也。……端己人品未为高，然其情亦可哀矣。(卷一)

词也者，乐府之变调，风骚之流派也。温、韦发其端，两宋名贤畅其绪。风雅正宗，于斯不坠。(卷五)

自温、韦以迄玉田，词之正也，亦词之古也。

熟读温、韦词，则意境自厚。(卷七)

唐宋名家，流派不同，本原则一。论其派别，大约……韦端己为一体，牛松卿附之。

温、韦创古者也。晏、欧继温、韦之后，面目未改，神理全非，异乎温、韦者也。苏、辛、周、秦之于温、韦，貌变而神不变。声色大开，本原则一。南宋诸名家，大旨亦不悖于温、韦，而各立门户，别有千古。元、明庸庸碌碌，无所短长。至陈、朱辈出，而古意全失，温、韦之风，不可复作矣。

词有表里俱佳，文质适中者，温飞卿……是也。词中之上乘也。有质过于文者，韦端己、冯正中……是也。亦词中之上乘也。

唐诗可以越两晋、六朝，而不能越苏、李、曹、陶者，彼已臻其极也。宋词可以越五代，而不能越飞卿、端己者，彼已臻其极也。虽曰时运，岂非人事哉。

韦端己〔菩萨蛮〕四章，辛稼轩〔水调歌头〕、〔鹧鸪天〕等阕，间有朴实处，而伊郁即寓其中。浅率粗鄙者不得藉口。（卷八）

《白雨斋词话》

22. 况周颐：

五代词人丁运会，迁流至极，燕酣成风，藻丽相尚。其所为词，即能沉至，只在词中。艳而有骨，只是艳骨。学之能造其域，未为斯道增重。矧徒得其似乎？其铮铮佼佼者，如李重光之性灵，韦端己之风度，冯正中之堂庑，岂操觚之士能方其万一？

《蕙风词话》卷一

23. 况周颐：

韦文靖词与温方城齐名，熏香掬艳，眩目醉心，尤能运密入疏，寓浓于淡，《花间》群贤，殆鲜其匹。

《历代词人考略》卷五

24. 张德瀛：

五代艳词与李樊南《无题》诗异辙。李诗托诸寓言，吴修龄谓其专指令狐绹说。五代词，嘲风笑月，惆怅自怜，其能如韦端己、鹿虔扆之寄托深远者，亦仅矣。

《词徵》卷五

25. 陈洵：

词兴于唐，李白肇基，温岐受命。五代缵绪，韦庄为首。温韦既立，正声于是乎在矣。

《海绡说词·通论》

26. 夏敬观：

端己能诗，其《浣花集》亦冬郎之亚。唐亡仕蜀，心不忘故，身世堪悲，情见于〔菩萨蛮〕五阕。其词品稍降于温，却非他辈所及。由诗入词，渐开后来诸派，此时代使然也。

端己善作质直语，飞卿如此者则罕。飞卿琢句如其诗，端己则渐成词家琢句之法。

《吷庵词评》

27. 高旭：

浣花词笔老逾工，苦忆江南泪点红。

赢得佳人甘绝粒，休提惆怅旧房栊。

《论词绝句》三十首（《未济庐诗集》）

28. 王国维：

“弦上黄莺语”，端己语也，其词品亦似之。

温飞卿之词，句秀也。韦端己之词，骨秀也。李重光之词，神秀也。

《人间词话》

端己词，情深语秀，虽规模不及后主、正中，要在飞卿之上。观昔人颜、谢优劣论可知矣。

《人间词话》附录一

29. 樊志厚：

温、韦之精艳，所以不如正中者，意境有深浅也。

《人间词序》二

30. 马一浮：

古来词人利弊，此难具言。以诗为比，太白如苏、李，后主如子建，温、韦如晋宋间诗，北宋诸家如初唐，清真如少陵（律最细，词最润），梦窗如义山。

《马一浮先生语录类编》（《马一浮集》）

31. 吴梅：

端己〔菩萨蛮〕四章，惓惓故国之思，最耐寻味。而此词南飞传意，别后知愧，其意更为明显。陈亦峰论其词，谓似直而纡，似达而郁，洵然。虽一变飞卿面目，而绮罗香泽之中，别具疏爽之致。世以温韦并论，当亦难于轩轾也。

《词学通论》

32. 蔡嵩云：

自来治小令者，多崇尚《花间》。《花间》以温、韦二派为主，余各家为从。温派秾艳，韦派清丽，不妨各就所嗜而学之。

《柯亭词论》

33. 王蕴章：

五季之乱极矣！士大夫生当其际，身非季子暮楚朝秦，别异文通绿波春草，孝穆有思归之作，兰成多萧瑟之词，人之情也，伤何如之。然有河梁录别，翻成决绝之诗；衰白依人，甘作异乡之客，其情不尤可悲乎？若韦端己即其一也。端己著籍江南，奉使西蜀。初则杨柳骁征，不遑行迈；继则家山入破，欲返无由。于是乌头马角，指井水以明心，断梗飘萍，托春风以入梦。迴肠荡气，可于其〔菩萨蛮〕四阕中见之。

《词史卮谈》

34. 顾宪融：

韦端己，名庄，杜陵人。唐乾宁元年进士，入蜀为王建掌书记。著有《浣花集》，其词清艳绝伦，如初日芙蓉，晓风杨柳，〔菩萨蛮〕诸阕，殆即词中之《古诗十九首》也。又〔思帝乡〕断句“陌上谁家年少足风流，妾拟将身嫁与一身休。纵被无情弃，不能羞”，皆《花间》致语，与《金荃》诸什，浓淡各极其妙，读者正可参看也。

《填词百法》

35. 刘德成：

词家之有温、韦，犹诗家之有李、杜也。李、杜各有所长，不能强分上下。飞卿根底《离骚》，十九寓言，不愧千古词家正宗。端己深情曲致，清雅宜人，然终不免有意填词。故温、韦并称，似非公允。

《一苇轩词话》

36. 李冰若：

五代词有语极朴拙而情致极深者，如韦相“别后只相愧，泪珠难远寄”是也。

《栩庄漫记》

37. 祝南：

读《花间集》，学飞卿或失之难，学端己或失之易，惟学孙孟文可无所失。

周止庵以李后主词为乱头粗服，以比飞卿之严妆与端己之淡妆，论奇而确。飞卿多比兴，端己间用赋体，至后主则直抒心灵，不暇外假矣。

以乱头粗服比后主词，周止庵可谓善于取譬。余谓惟“乱头粗服亦不失其为国色”者乃系天下之至美。若温之“严妆”，韦之“淡妆”，终输一着，以其犹有“妆”在也。周氏特尊飞卿，竟不悟此！

《无庵说词》

韩偓

韩偓（842—923）字致尧，一作致光。小字冬郎，号玉山樵人，京兆万年（今陕西西安）人。唐昭宗龙纪元年（889）进士，初佐河中幕府，累官左谏议大夫、翰林学士、中书舍人。深得昭宗信任，擢兵部侍郎，翰林学士承旨。昭宗屡欲以偓为宰相，皆固辞。后以不附朱全忠，贬濮州司马，天祐元年（904）中召还，不敢入，挈家南下依王审知而卒。《新唐书》有传。著有《韩翰林集》，一名《玉山樵人集》，又有《香奁集》。词有后人辑本《香奁词》。

1. 张侃：

偓之诗淫靡类词家语。前辈或取其句，或剪其字，杂于词中。

《拙轩词话》

2. 《宣和书谱》：

偓自号玉山樵人，所著歌诗颇多，其间绮丽得意者数百篇，脍炙人口。或乐工配入声律，粉墙椒壁窃咏者，不可胜计。

3. 刘体仁：

词亦有初盛中晚，不以代也。牛峤、和凝、张泌、欧阳炯、韩偓、鹿虔扆辈，不离唐绝句，如唐之初未脱隋调也，然皆小令耳。

《七颂堂词绎》

4. 沈谦：

韩偓、秦观、黄庭坚及杨慎辈，皆有郑声，既不足以害诸公之品，悠悠冥报，有则共之。

《填词杂说》

5. 王昶：

太白之“西风残照，汉家陵阙”，《黍离》“行迈”之意；志和之“桃花流水”，《考槃》、《衡门》之旨也。嗣是，温岐、韩偓诸人稍及闺襜，然乐而不淫，怨而不怒，亦犹是《摽梅》、《蔓草》之意。至柳耆卿、黄山谷辈，然后多出于亵狎，是岂长短句之正哉！

《国朝词综自序》（《春融堂集》卷四十一）

6. 王初桐：

韩偓诗格卑弱，词亦不甚高厚，所传〔生查子〕一阕、〔浣溪沙〕二阕，较之温、韦诸人终逊一筹。

《小嫏嬛词话》卷一

7. 谭莹：

猩色屏风画折枝，已凉天气未寒时。

香奁语艳无人俪，奈仅生查子一词。

《论词绝句一百首》（《乐志堂诗集》卷六）

8. 华长卿：

香山梦得与张王，流派无人较短长。

名氏不传词更妙，莫将艳体认冬郎。白居易、刘禹锡、张志和、王建、韩偓

《论词绝句》（《梅庄诗钞》卷五）

9. 丁绍仪：

韩致尧遭唐末造，力不能挥戈挽日，一腔忠愤，无所于泄，不得已托之闺房儿女，世徒以香奁目之，盖未深究厥旨耳。余最爱其“碧阑干外绣帘垂，猩色屏风画折枝。八尺龙须方锦褥，已凉天气未寒时”一绝，与“静中楼阁深春雨，远处帘栊半夜灯”句，言外别具深情。又〔浣溪沙〕云：“宿醉离愁慢髻鬟。六铢衣薄惹轻寒。慵红闷翠掩青鸾。　罗袜况兼金菡萏，雪肌仍是玉琅玕。骨香腰细更沈檀。”与前诗均自《离骚》中“制芰荷以为衣”数语融化而出。至〔生查子〕云：“侍女动妆奁，故故惊人睡。谁知本未眠，背面偷垂泪。　懒卸凤凰钗，羞入鸳鸯被。时复见

残灯，和烟坠金穗。”其蒿目时艰，自甘贬死，深鄙杨涉辈之意，更昭然若揭矣。

《听秋声馆词话》卷一

10. 陈廷焯：

柔情蜜意，五代两宋闺阁词之祖也。以意运词，其妙不在字句之间，而在弦外。(评〔生查子〕“侍女动妆奁”)

《云韶集》卷一

11. 况周颐：

韩致尧词尚有〔浣溪沙〕一首，“拢鬓新收玉步摇”云云，见《全唐诗》附词。其〔生查子〕又一阕云：“秋雨五更头，桐竹鸣骚屑。却似残春间，断送花时节。　空楼雁一声，远屏灯半灭。绣被拥娇寒，眉山正愁绝。”自《尊前集》以下各选家皆不录，《全唐诗》收作古体诗，题曰《五更》，入《香奁集》。细审之格调于词为近。

《历代词人考略》卷三

李存勗（后唐庄宗）

李存勗（885—926）即后唐庄宗，小字亚子，沙陀部人，后唐太祖李克用长子。天祐五年（908）嗣立为晋王，长期与后梁作战，争夺中原地区的统治权。后梁龙德三年（923）称帝，建都洛阳，袭国号唐，史称后唐，改元同光，同年灭后梁。在位四年，骄奢荒淫，不理政事，常自傅粉墨为优人之戏。同光四年（926）因兵变被杀。庙号庄宗。存勗洞晓音律，善度曲，今存词四首。

1. 王灼：

唐末五代文章之陋极矣，独乐章可喜，虽乏高韵，而一种奇巧，各自立格，不相沿袭。在士大夫犹有可言，若昭宗“野烟生碧树，陌上行人去”，岂非作者。诸国僭主中，李重光、王衍、孟昶、霸主钱俶，习于富贵，以歌酒自娱。而庄宗同文，兴代北，生长戎马间，百战之余，亦造语有思致。

《碧鸡漫志》卷二

2.《五代史补》：

庄宗为公子，雅好音律，又能自撰曲子词。其后，凡用军，前后队伍皆以所撰词授之，使揭声而唱，谓之御制。

《旧五代史·庄宗纪》引

3. 陈霆：

唐庄宗早年甚英果，晚乃溺于情欲，不胜其宴昵之私。尝见其〔如梦令〕云：“曾宴桃源深洞……”详味词旨，所谓“亡国之音哀以思”者也。奄忽丧败，实谶于此。

《渚山堂词话》卷一

4. 俞彦：

晚唐五代小令，填词用韵，多诡谲不成文者，聊为之可耳，不足多法。《尊前集》载唐庄宗〔歌头〕一首，为字一百三十六，此长调之祖，然不能佳。

《爰园词话》

5. 陆鎣：

诗有绝句，词有小令，二者视之若易，为之甚难。……小令之工，词家推唐庄宗、李后主、周晴川为巨擘。余往见先广文手抄五代诸词，有唐庄宗〔如梦令〕云："曾宴桃源深洞。一曲舞鸾歌凤。长记别伊时，和泪出门相送。如梦。如梦。残月落花烟重。"此庄宗自度曲，欧史所谓庄宗知音，能度曲，汾、晋往往能歌其声，谓之御制者也。唐庄宗、李后主，皆亡国之君，然庄宗大有伟略，其词清丽乃尔。

《问花楼词话》

6. 况周颐：

《旧五代史·后唐庄宗本纪》称其洞晓音律。其词凡〔一叶落〕、〔阳台梦〕、〔歌头〕、〔忆仙姿〕四调，并见《尊前集》。〔歌头〕（元注：大石调）云："赏芳春、暖风飘箔。莺啼绿树，轻烟笼晚阁。杏桃红，开繁萼。灵和殿、禁柳千行，斜金丝络。夏云多、奇峰如削。纨扇动微凉，轻绡薄。梅雨霁，火云烁。临水槛、永日逃烦暑，泛觥酌。　露华浓，冷高梧，凋万叶。一霎晚风，蝉声新雨歇。惜惜此光阴，如流水，东篱菊残时，叹萧索。繁阴积，岁时暮，景难留，不觉朱颜失却。好容光，旦旦须呼宾友，西园长宵，宴云谣，歌皓齿，且行乐。"一词备四时之景，体格甚创。诚如《餐樱庑词话》所云：迹其连情发藻，亦复精稳沉著，特调近艰涩耳。又《六研斋二笔》：白乐天、孙龟年住嵩山，遇李太白，示以一词，"曾宴桃源深洞"云云，谓近过潼关所作。即唐庄宗〔忆仙姿〕阕。其说谬悠，不足置辨。

《历代词人考略》卷三

7. 吴梅：

庄宗好优美，或伶工进御之言，故词中止及四时花事耳。《词学通论》

薛昭蕴

薛昭蕴（生卒年不详），《花间集》卷三称之为“薛侍郎”，列于韦庄之后，当为前蜀时人。王国维《庚辛之间读书记·跋正德复宋本〈花间集〉》，认为《新唐书·薛廷老传》、《北梦琐言》所记之薛昭纬即薛昭蕴，王国维据《花间集》卷三所载，辑为《薛侍郎词》。

1. 王初桐：

放翁云：唐末乐府词高古工妙，庶几汉魏。如薛昭蕴“细草平沙番马，小屏风”，“暮雨轻烟魂断，隔帘栊”；顾敻“岸花汀草共依依，雨微，鹧鸪相逐飞”，“蝉吟人静，残日傍，小窗明”，“晓莺帘外语花枝，背帐犹残红蜡烛”；欧阳炯“斜日照帘栊。罗幌香冷粉屏空，海棠零落，莺语残红”；毛文锡“珠帘不卷度沉烟，庭前闲立画秋千，艳阳天”；牛峤“帘卷水楼鱼浪起，千片雪，雨蒙蒙”，皆放翁所谓庶几汉魏者也。

《小嫏嬛词话》卷一

2. 陈廷焯：

侍郎词善于摹神。

《云韶集》卷一

3. 陈廷焯：

〔浣溪沙〕数阕，委婉沉至，音调亦闲雅可歌。

《词则·闲情集》卷一

4. 况周颐：

清与艳皆词境也。薛昭蕴〔浣溪沙〕云：“红蓼渡头秋正雨，印沙鸥迹自成行。整鬟飘袖野风香。　不语含颦深浦里，几回愁煞棹船郎。燕归帆尽水茫茫。”此词清中之艳，其艳在神。

《餐樱庑词话》(《历代词人考略》卷六引)

5. 况周颐:

薛昭蕴词,《全唐诗》附载十九首。其中〔浣溪沙〕“粉上依稀有泪痕”,又“握手河桥柳似金”,又“江馆清秋缆客船”,及〔喜迁莺〕、〔小重山〕、〔离别难〕等六首体格于两宋差近。 又按:薛昭纬恃才傲物,每入朝省,弄笏而行,旁若无人,好唱〔浣溪沙〕词。知举后,有一门生辞归乡里,临歧献规曰:“侍郎重德,某乃受恩,尔后请不弄笏与唱〔浣溪沙〕,幸甚!”时人以为至言。见《北梦琐言》。昭纬,乾宁中为礼部侍郎。贡举得人,文章秀丽,为崔引所恶,出为磎州刺史,卒,见《万姓统谱》。昭纬有唱词之好,当必夙擅倚声,惜所作无传。

《历代词人考略》卷五

6. 王国维:

(毛文锡)词,比牛、薛诸人,殊为不及。叶梦得谓:“文锡词以质直为情致,殊不知流于率露。诸人评庸陋词者,必曰,此仿毛文锡之《赞成功》而不及者。”其言是也。

(魏承班)词,逊于薛昭蕴、牛峤,而高于毛文锡,然皆不如王衍。五代词以帝王为最工,岂不以无意于求工欤?

《人间词话》附录一

牛峤

牛峤（850?—920?）字松卿，一字延峰，陇西（今属甘肃）人。唐僖宗乾符五年（878）进士，历官拾遗、补阙、校书郎。王建为西川节度使，辟为判官。王建称帝，拜给事中。《十国春秋》有传。峤博学能文，诗学李贺。为“花间派”词人之一。有《牛峤歌诗集》，已佚。词有后人辑本《牛给事词》。

1. 姜夔：

牛峤〔望江南〕，一咏燕，一咏鸳鸯，是咏物而不滞于物者也，词家当法此。

沈雄《古今词话·词评》上卷引

2. 陆游：

牛峤〔定西番〕为塞下曲……是盛唐遗音。及读其“翠娥愁，不抬头”，“莫信彩笺书里，赚人肠断字”，则又刻细似晚唐矣。

沈雄《古今词话·词评》上卷引

3. 杨慎：

牛峤，蜀之成都人，为孟蜀学士。其〔酒泉子〕云：“紫陌青门……”〔杨柳枝〕词数首尤工，见《乐府诗集》。

《词品》卷二

4. 刘体仁：

词亦有初盛中晚，不以代也。牛峤、和凝……不离唐绝句，如唐之初未脱隋调也，然皆小令耳。

《七颂堂词绎》

5. 贺裳：

小词以含蓄为佳，亦有作决绝语而妙者。如韦庄“谁家年少足风流。妾拟将身嫁与，一生休。纵被无情弃，不能羞”之类是也。牛峤“须作一生拚，尽君今日欢”抑亦其次。

《皱水轩词筌》

6. 吴任臣：

牛峤字松卿，一字延峰，陇西人也，唐相僧孺之后。博学有文，以歌诗著名。乾符五年登进士第，历官拾遗、补阙、校书郎。高祖以节度使镇西川，辟为判官。及开国，拜给事中，卒。有集三十卷，歌诗三卷。自言窃慕李贺长歌，举笔辄效之。尤善制小辞，〔女冠子〕：“云绣带芙蓉帐，金钗芍药花。”〔菩萨蛮〕云：“山月照山花，梦回灯影斜。”皆峤佳句也。

《十国春秋》卷四十四

7. 彭孙遹：

牛峤“须作一生拚，尽君今日欢”是尽头语。作艳语者，无以复加。

《金粟词话》

8. 沈雄：

孙琮曰：“感郎不羞赧，回身向郎抱”，六朝乐府便有此等艳情，莫诃词人轻薄。按牛峤词“须作一生拚，尽君今日欢”，李后主词“奴为出来难，教君恣意怜”，正见词家本色，但嫌意态之不文矣。

《古今词话·词品》下卷

9. 王士禛：

牛给事“须作一生拚，尽君今日欢”，狎昵已极。南唐“奴为出来难，教君恣意怜”本此。至“檀口微微，靠人紧把腰儿贴”，风斯下矣。

《花草蒙拾》

10. 王初桐：

牛峤〔感恩多〕云：“陌上莺啼，蝶舞柳花飞。柳花飞，愿得郎心，忆家还早归。”愈浅愈深，愈近愈远，自是《国风》苗裔。

〔定西番〕为塞下曲，〔望江南〕为闺中曲，俱是盛唐遗音。至云“翠蛾愁，不抬头”，“莫信彩笺书里，赚入断肠字”，则刻细似晚唐矣。

仇山村云：牛希济〔临江仙〕芊绵温丽中自有凭吊凄怆之意，得咏史体裁。

《小娜嬛词话》卷一

11. 华长卿：

一卷琼瑶妙剪裁，巫山云气雨中来。

毛牛顾鹿皆浮艳，谁及波斯李秀才。李珣、毛文锡、牛峤、牛希济、顾敻、鹿虔扆

《论词绝句》(《梅庄诗钞》卷五)

12. 陈廷焯：

松卿词如怨如慕，当与端己并驱。

《云韶集》卷一

13. 陈廷焯：

温丽芊绵，飞卿流亚。

《词则·闲情集》卷一

14. 陈廷焯：

闲情之作，虽属词中下乘，然亦不易工，盖摹色绘声，碍难著笔，第言姚冶，易近纤佻。兼写幽贞，又病迂腐。然则何为而可？曰：“根柢于《风》、《骚》，涵泳于温、韦，以之作正声也可，以之作艳体亦无不可。”古人词如……牛松卿之“强攀桃李枝……”均不失为风流酸楚。(卷五)

唐宋名家，流派不同，本原则一。论其派别，大约……韦端己为一体，牛松卿附之。

词有表里俱佳，文质适中者，温飞卿……是也，词中之上乘也。有质过于文者，韦端己……是也，亦词中之上乘也。有文过于质者，……李后主、牛松卿、晏元献……是也，词中之次乘也。

（卷八）

《白雨斋词话》

15. 况周颐：

昔人情语艳语，大都靡曼为工。牛松卿〔西溪子〕云："画堂前，人不语，弦解语。弹到昭君怨处，翠蛾愁，不抬头。"〔望江怨〕云："惜别花时手频执，罗帏愁独入。马嘶残雨春芜湿。倚门立，寄语薄情郎：粉香和泪泣。"繁弦促柱间有劲气暗转，愈转愈深。此等佳处，南宋名作中间一见之。北宋人虽绵博如柳屯田，顾未克辨。

《餐樱庑词话》（《历代词人考略》卷五引）

16. 况周颐：

五代词切忌但学其表面，所患除表面无可学。松卿词盖犹有内心者。

《历代词人考略》卷五

17. 张德瀛：

牛松卿〔醉花间〕云："休相问，怕相问，相问还添恨。"其又一阕云："深相忆，莫相忆，相忆情难极。"……皆欧阳永叔所谓陡健之笔。

《词徵》卷五

18. 王国维：

词家多以景寓情。其专作情语而绝妙者，如牛峤之"须作一生拼，尽君今日欢。"……此等词，求之古今人词中，曾不多见。

《人间词话》删稿

19. 高旭

藕花对泣伤亡国，燕子频惊梦远人。

牛给事中鹿节度，回肠荡气各酸辛。

《论词绝句》三十首（《未济庐诗集》）

20. 顾宪融：

牛松卿，名峤，一字延峰，陇西人。乾符五年进士，历官拾遗、尚书郎，后仕蜀为给事中。松卿词浅而不露，拙而不率，如〔江城子〕等作，皆可与《浣花》并美。若其〔菩萨蛮〕之“须作一生拼，尽君今日欢”，〔更漏子〕之“孤负我，悔怜君。告天天不闻”，终觉肉穿骨透，少含蓄之趣。

《填词百法》

21. 李冰若：

松卿词集不可见，今存《花间集》者，尚有三十二首，大体皆莹艳缛丽，近于飞卿，微不及希济耳。

松卿善为闺情，儿女情多，时流于荡，下开柳屯田一派，特笔力不至沓赘，为可诵耳。

松卿词笔在《花间》亦属中流，但时有隽语。

《栩庄漫记》

张泌

张泌（生卒年不详），为“花间派”词人之一。《花间集》列于牛峤、毛文锡之间，称为“张舍人”。今存词二十七首，有后人辑本《张舍人词》。

1.《花间集》：

子澄时有幽艳语，“露浓香泛小庭花”是也。时遂有以〔浣溪沙〕为〔小庭花〕者。

沈雄《古今词话·词评》上卷引

2. 刘体仁：

词亦有初盛中晚，不以代也。牛峤、和凝、张泌、欧阳炯、韩偓、鹿虔扆辈，不离唐绝句，如唐之初未脱隋调也，然皆小令耳。

《七颂堂词绎》

3. 李调元：

张舍人泌词如其诗，《花间集》所载皆可入选。更工于用字，如〔浣溪沙〕云：“翠钿金缕镇眉心”，又“断香轻碧锁愁深”。“镇”、“锁”二字，开后人无限法门。

《雨村词话》卷一

4. 吴衡照：

言情以雅为宗，语丰则意尚巧，意亵则语贵曲。顾敻〔诉衷情〕云云，张泌〔江城子〕云云，直是伧父唇舌，都乏佳致。

《莲子居词话》卷二

5. 陈廷焯：

子澄词最善摹写闺情。

《云韶集》卷一

6. 况周颐：

张子澄词，其佳者能蕴藉有韵致。有〔浣溪沙〕十首，见《花间集》。其〔河传〕云：“夕阳芳草，千里万里，雁声无限起。”又云：“斜阳似共春光语。”只是不尽之情，目前之景，却未经人道过。

《历代词人考略》卷四

7. 张德瀛：

词有与风诗意义相近者，自唐迄宋，前人巨制，多寓微旨。如……张子澄“浣花溪上”，绸缪之缔好也……其它触物牵绪，抽思入冥，汉、魏、齐、梁，托体而成。揆诸乐章，喁于飔声，信凄心而咽魄，固难得而遍名矣。

《词徵》卷一

8. 王国维：

昔沈文悫深赏（张）泌“绿杨花扑一溪烟”为晚唐名句。然其词如“露浓香泛小庭花”较前语似更幽艳。

《人间词话》附录一

9. 顾宪融：

张子澄，名泌，一字珌，江南人。官南唐内史舍人，后归宋，仍入史馆，迁郎中，寓家毗陵。子澄词葱蒨韶秀，如娇鸟啭春，好花垂露。其〔江城子〕“碧栏干外小中庭”二阕，为世传诵，然佳构尽多。

《填词百法》

10. 李冰若：

《花间》词十八家，约可分为三派：镂金错彩，缛丽擅长，而意在闺帷，语无寄托者，飞卿一派也；清绮明秀，婉约为高，而言情之外，兼书感兴者，端己一派也；抱扑守质，自然近俗，而词亦疏朗，杂记风土者，德润一派也；张泌词盖介乎温、韦之间而与韦最近。

子澄笔下无难达之情，无不尽之境，信手描写，情状如生，所谓冰雪聪明者也。

《栩庄漫记》

毛文锡

毛文锡（生卒年不详）字平珪，高阳（今属河北）人。父龟范，为唐太仆卿。文锡唐末登进士第，后入蜀从王建，官翰林学士承旨。前蜀永平四年（914）迁礼部尚书，判枢密院事，累拜司徒。后唐灭前蜀，随王衍降。孟氏建后蜀，文锡复以词章供奉蜀主孟昶，与鹿虔扆、欧阳炯、韩琮、阎选时称“五鬼”。《十国春秋》有传。为“花间派”词人之一。著有《前蜀纪事》、《茶谱》等，并佚。词有后人辑本《毛司徒词》。

1. 叶梦得：

文锡词以质直为情致，殊不知流于率露。诸人评庸陋词者，必曰此仿毛文锡之〔赞成功〕而不及者。逮览其全集，有〔巫山一段云〕词，细心微旨，直造蓬莱顶上。

《词苑萃编》卷三引

2. 杨慎：

毛文锡、鹿虔扆、欧阳炯、韩琮、阎选，皆蜀人，事孟后主，有“五鬼”之号。俱工小词，并见《花间集》。

《词品》卷二

3. 蒋一葵：

毛文锡、韩琮、鹿虔扆、阎选、欧阳炯五人，以工小词，供奉后主，时号“五鬼”。

《尧山堂外纪》（刘瑞潞《唐五代词钞小笺》引）

4. 《古今词话》：

文锡词大致匀净，不及熙震，其所撰〔纱窗恨〕可歌也。

沈雄《古今词话·词评》上卷引

5. 吴任臣：

欧阳炯等五人以小辞为后蜀主所赏。文锡有《前蜀纪事》二卷，《茶谱》一卷。尤工艳语，所撰〔巫山一段云〕词，当世传咏之。

《十国春秋》卷四十一

6. 王初桐

毛文锡词高丽深厚，亦未免有率露处。叶石林谓其〔巫山一段云〕细心微诣，直造蓬莱顶上。

《小嫏嬛词话》卷一

7. 华长卿：

一卷琼瑶妙剪裁，巫山云气雨中来。

毛牛顾鹿皆浮艳，谁及波斯李秀才。李珣、毛文锡、牛峤、牛希济、顾敻、鹿虔扆

《论词绝句》（《梅庄诗钞》卷五）

8. 陈廷焯：

语极工丽，风骨稍逊。

平珪词，婉丽不减南唐后主。

《云韶集》卷一

9. 况周颐：

《花间集》毛文锡三十一首，余只喜〔醉花间〕后段："昨夜雨霏霏，临明寒一阵。偏忆戍楼人，久绝边庭信。"情景不奇，写出政复不易，语淡而真，亦轻清亦沉著。又毛文锡〔应天长〕云："渔灯明远渚，兰棹今宵何处？"柳屯田云："今宵酒醒何处？杨柳岸、晓风残月。"毛词简质而情景具足。后人但能歌柳词耳。"知者亦不易"，诚哉是言。

《餐樱庑词话》（《历代词人考略》卷五引）

10. 王国维：

（毛文锡）词，比牛、薛诸人，殊为不及。叶梦得谓："文锡

词以质直为情致，殊不知流于率露。诸人评庸陋词者，必曰，此仿毛文锡之〔赞成功〕而不及者。”其言是也。

《人间词话》附录一

11. 李冰若：

文锡词在花间旧评列入下品。然亦时有秀句，如“红纱一点灯，夕阳低映小窗明”，非不琢饰求工，特情致终欠深厚，又多供奉之作，其庸率也固宜。

文锡词质直寡味。

缘题敷衍，味若尘羹，毛词之所以为毛也。

《栩庄漫记》

牛希济

牛希济（生卒年不详），陇西（今属甘肃）人，牛峤之侄。前蜀王衍时，历官起居郎、翰林学士、御史中丞。后唐同光二年（924）灭蜀，随王衍降，入洛阳，后唐明宗命各降臣赋诗，以希济诗“不谤君亲，不伤两国”，拜雍州节度副使。《十国春秋》有传。希济为“花间派”词人之一。词有后人辑本《牛中丞词》。

1. 仇远：

牛公〔临江仙〕，芊绵温丽极矣，自有凭吊悽怆之意，得咏史体裁。

沈雄《古今词话·词评》上卷引

2. 蒋一葵：

希济，峤兄子，仕蜀王衍为中丞。同光三年降唐，唐主令蜀旧臣王锴等赋诗。希济作一律云：“满朝文武欲朝天……”唐主曰：希济不忘忠孝也，赐缎百。词亦富赡，载《花间集》。

《尧山堂外纪》（沈雄《古今词话·词评》上卷引）

3. 吴任臣：

希济素以诗辞擅名，所撰〔临江仙〕二阙，有“云月斜江上，征棹动晨钟”，又云：“皆道胜人间，须知狂客拚死为红颜。”特为词家之隽。又次牛峤〔女冠子〕四阕，时辈啧啧称道。

《十国春秋》四十四

4. 华长卿：

一卷琼瑶妙剪裁，巫山云气雨中来。

毛牛顾鹿皆浮艳，谁及波斯李秀才。李珣、毛文锡、牛峤、牛希济、顾夐、鹿虔扆

《论词绝句》(《梅庄诗钞》卷五)

5. 李冰若：

希济词笔清俊，胜于乃叔，雅近韦庄，尤善白描。

《栩庄漫记》

王衍（前蜀后主）

王衍（899—926），即前蜀后主，初名宗衍，字化源，许州舞阳（今河南舞阳）人。前蜀高祖王建少子。建称帝，封郑王，后立为太子。公元918年即位。年少荒淫，所用非人，委政宦官宋光嗣等，日日酣饮赋诗。在位八年，为后唐所灭，降后次年族诛。新旧《五代史》、《十国春秋》有传。衍颇知学问，有才思，好浮艳之辞。有《烟花集》，已佚，今存词二首。

1. 孟昶：

王衍浮薄而好轻艳之辞。

《十国春秋》卷四十九引

2. 王灼：

诸国僭主中，李重光、王衍、孟昶、霸主钱俶，习于富贵，以歌酒自娱。

《碧鸡漫志》卷二

3. 《曲洧旧闻》：

蜀之王衍、孟昶，南唐之李璟、李煜，吴越之钱俶，以工小词为能文哉。

沈雄《古今词话·词话》上卷引

4. 杨慎：

五代僭伪十国之主，蜀之王衍、孟昶，南唐之李景、李煜，吴越之钱俶，皆能文，而小词尤工。

《词品》卷二

5. 吴衡照：

十国时风雅才调，无过于南唐后主，次则蜀两后主，又次则吴越忠懿王。

《莲子居词话》卷三

6. 华长卿：

西川天子尽无愁，争似王郎与孟侯。

唱到冰肌无汗句，摩诃池上气如秋。蜀主王衍、后蜀主孟昶

《论词绝句》（《梅庄诗钞》卷五）

7. 况周颐：

前蜀主王化源词传于世者仅〔醉妆词〕、〔甘州曲〕二首。《北梦琐言》所载《过咸阳作》“尽是一场赢得”句，其全阕亦失传。万氏《词律》〔甘州曲〕调据衍词定谱，可惜下脱“许”字，末作七字一句。此词音节婉丽，全在一“许”字得掩抑之致，讵可脱落？能结束句“结”作“解”，亦不如作“结”较胜。窃谓香胆词人于此等处未经考订，殊少会心也。

《历代词人考略》卷五

8. 张德瀛：

蜀主王衍词二阕，〔醉妆词〕则《北梦琐言》载之，〔甘州曲〕则《十国春秋》、《五国故事》载之。较莲峰居士所制，遂觉欢戚异趣，盖二主之遭际殊也。

《词徵》卷五

欧阳炯

欧阳炯（896—971），名一作迥，益州华阳（今四川成都）人。少事前蜀王衍，官至中书舍人。后唐灭前蜀，随衍降，补秦州从事。孟知祥称帝，复拜中书舍人。孟昶广政十二年（949）拜翰林学士，后迁礼部侍郎、吏部侍郎、加承旨。二十四年（961）拜门下侍郎兼户部尚书、平章事，监修国史。宋灭后蜀，随孟昶降，入宋为右散骑常侍，翰林学士，转左散骑常侍，后以本官分司西京，卒赠工部尚书。事附《宋史·西蜀孟氏世家》。炯好为诗，为“花间派”词人之一，曾于广政三年（940）作《花间集序》。与鹿虔扆、韩琮、阎选、毛文锡以词章供奉孟昶，时号“五鬼”。词有后人辑本《欧阳平章词》。

1. 田况：

伪蜀欧阳炯，尝应命作宫词，淫靡甚于韩偓。江南李煜时，近臣私以艳薄之词闻于王听。盖将亡之兆也，君臣之间，其礼先亡矣。

《儒林公议》

2. 周密：

李珣、欧阳炯辈俱蜀人，各制〔南乡子〕数首以志风土，亦〔竹枝〕体也。

《历代词话》卷三引

3. 蒋一葵：

炯事孟蜀后主，时号“五鬼”之一。曾约同僚纳凉于寺，寺僧可朋作耘田鼓歌以刺之，遂撤饮。炯始作〔三字令〕。

《尧山堂外纪》（沈雄《古今词话·词评》上卷引）

4.《蓉城集》：

欧阳炯即首序《花间集》者，每言愁苦之音易好，欢愉之语难工，其词大抵婉约轻和，不欲强作愁思者也。

沈雄《古今词话·词评》上卷引

5. 杨慎：

毛文锡、鹿虔扆、欧阳炯、韩琮、阎选，皆蜀人。事孟后主，有“五鬼”之号，俱工小词，并见《花间集》。

《词品》卷二

6. 刘体仁：

词亦有初盛中晚，不以代也。牛峤、和凝、张泌、欧阳炯、韩偓、鹿虔扆辈，不离唐绝句，如唐之初未脱隋调也，然皆小令耳。

《七颂堂词绎》

7. 贺裳：

少游能曼声以合律，写景极凄惋动人。然形容处，殊无刻肌入骨之言，去韦庄、欧阳炯诸家，尚隔一尘。

《皱水轩词筌》

8. 吴任臣：

欧阳炯等五人以小辞为后蜀主所赏。（卷四十一）

欧阳炯，蜀人，事高祖后主，历官武德军判官，翰林学士，中书舍人。炯善文章，尤工诗辞……小辞十七章，人亦时时称道之。〔渔父歌〕尤为辞家所倡和。（卷五十六）

《十国春秋》

9. 冯金伯：

鹿虔扆历官至检校太尉，与欧阳炯、韩琮、阎选、毛文锡等，以工小词供奉后主。

《词苑萃编》卷三

10. 王初桐：

欧阳炯词大抵婉约轻和，不欲强作愁思。所制《花间集序》，论者谓可继孝穆《玉台》序文。

《小嫏嬛词话》卷一

11. 陈廷焯：

舍人词于平淡中自饶风味。

《云韶集》卷一

12. 况周颐：

《花间集》欧阳炯〔浣溪沙〕云："兰麝细香闻喘息。绮罗纤缕见肌肤。此时还恨薄情无。"自有艳词以来，殆莫艳于此矣。半塘僧鹜曰："奚翅艳而已，直是大且重。"苟无《花间》词笔，孰敢为斯语者。

《蕙风词话》卷二

13. 况周颐：

欧阳炯词艳而质，质而愈艳，行间句里却有清气流行。大概词家如炯，求之晚唐五季，亦不多见。其〔定风波〕云："暖日闲窗映碧纱。小池春水浸晴霞。数树海棠红欲尽。争忍。玉闺深掩过年华。　　独凭绣床方寸乱。肠断。泪珠穿破脸边花。邻舍女郎相借问。音信。教人羞道未还家。"此等词如淡妆西子，肌骨倾城。

《历代词人考略》卷六

14. 张德瀛：

五代而后，惟孙荆台体与张（志和）异。若和凝、李珣、欧阳炯、张炎、完颜琦均仿张体，盖由张始也。仿张体咏〔渔父〕者亡虑十数家，此其最著者耳。

《词徵》卷五

15. 夏敬观：

欧阳炯特抒新艳，亦能诗者，小诗亦见诗才也。《花间》所选，唯〔南乡子〕为胜。

《吷庵词评》

16. 顾宪融：

欧阳炯，益州人。仕后蜀为中书舍人，后从昶归宋，授左散骑常侍。炯词能于粗中见细，拙中见巧，亦足自树一帜，惟托兴都在眼前，殊少远神耳。

《填词百法》

17. 李冰若：

其词写物真切，朴而不俚，一洗绮罗香泽之态，而为写景纪俗之词，与李珣可谓笙磬同音者矣。

《栩庄漫记》

和凝

和凝（898—955）字成绩，郓州须昌（今山东东平）人，后梁贞明二年（916）进士，义成军节度使贺环辟为从事。后唐时历殿中侍御史、翰林学士、中书舍人、工部侍郎。入后晋，为端明殿学士。天福五年（940）拜中书侍郎、同中书门下平章事，出帝时拜右仆射。后汉拜太子太保，封鲁国公。入后周，拜太子太傅，卒赠侍中。《旧五代史》、《新五代史》有传。凝好文章，长于歌曲，时有“曲子相公”之称。著有《演论》、《游艺》等，并佚。为“花间派”词人之一，词有后人辑本《红叶稿词》。

1. 孙光宪：

晋相和凝少年时，好为曲子词，布于汴洛，洎入相，专托人收拾焚毁不暇。然相国厚重有德，终为艳词玷之。契丹入夷门，号为曲子相公。所谓好事不出门，恶事行千里，士君子得不戒之乎！

《北梦琐言》卷六

2. 胡应麟：

凝诗词，概多猥亵。

《诗薮》

3. 尤侗：

诗能穷人，非笃论也，至于词尤不然。《花间》、《兰畹》所载，和凝、韦庄、冯延巳之流，皆一时卿相，而〔谒金门〕、〔小重山〕诸阕传为佳话，要其人不足道也。宋子京“红杏枝头”，晏同叔“桃花扇底”，《草堂》巨公并艳千古矣。更有进者，以寇平仲之刚而曰“柔情不断如春水”，范希文之正而曰“眉间心上，无计相避”，欧阳永叔之忠而曰：“无人与说相思，近日带围宽”，尽三公名垂宇宙，不以类其白璧。由斯以谭，岂惟词不能穷人，殆达者而后工也。

《三十二芙蓉词序》(《西堂杂俎》二集卷三)

4. 王士禛：

温、和生而《花间》作，李、晏出而《草堂》兴。此诗之余而乐府之变也。诗余者，古诗之苗裔也。语其正，则南唐二主为之祖，至漱玉、淮海而极盛，高、史其嗣响也；语其变，则眉山导其源，至稼轩、放翁而尽变，陈、刘其余波也。有诗人之词，唐、蜀、五代诸人是也；有文人之词，晏、欧、秦、李诸君子是也；有词人之词，柳永、周美成、康与之之属是也；有英雄之词，苏、陆、辛、刘是也。

《倚声集序》(《渔洋山人文略》卷三)

5. 焦袁熹：

〔采桑子〕《编纂〈乐府妙声〉竟作》

花天月地仙郎姓，唱出清新。富贵长春。俊似痴顽老子身。相公曲子风流话，轻薄休论。手握丝纶。更把香奁嫁别人。

《此木轩直寄词》

6. 郑方坤：

相公曲子雅知名，小令南唐掷地声。

拨置四郊多垒辱，别将骚雅竖长城。和凝号曲子相公。

《论词绝句》(《蔗尾诗集》卷五)

7. 夏秉衡：

唐末五代，李后主、和成绩、韦端己辈出，语极工丽而体制未备。至南北宋而作者日盛，如清真、石帚、竹山、梅溪、玉田诸集，雅正超忽，可谓词家上乘矣。

《清绮轩词选序》(《清绮轩词选》)

8. 沈初：

兰罗裙子束纤腰，特地吟魂几度消。

曲子相公和学士，可如江令在南朝。

《论词绝句十八首》(《兰韵堂诗集》卷一)

9. 王初桐：

和凝《香奁集》不行于世，其词名《红叶稿》，多纤丽之作，不离香奁体制，然亦非宋人所及。

《小嫏嬛词话》卷一

10. 谭莹：

香奁佳句少年时，度曲偏令异域知。

不论生平论词藻，也应名姓彻丹墀。

《论词绝句一百首》(《乐志堂诗集》卷六)

11. 陈廷焯：

和成绩、韦端己、毛平珪三家，语极工丽，风骨稍逊。

成绩词骨不高，而琢句却妙。

《云韶集》卷一

12. 况周颐：

和成绩词如〔临江仙〕、〔麦秀两歧〕、〔江城子〕五阕，介在艳与清之间。〔望梅花〕、〔菩萨蛮〕则近于玉屑清言矣。《餐樱庑词话》摘其〔江城子〕"轻拔朱弦"二语以谓熨帖入微，余喜其〔临江仙〕云："娇羞不肯入鸳衾。兰膏光里两情深。"尤能状难状之情景。

《历代词人考略》卷三

13. 况周颐：

和鲁公〔江城子〕云："轻拨朱弦，恐乱马嘶声。"二语熨贴入微，似乎人人意中所有，却未经前人道过，写出柔情密意，真质而不涉尖纤。又一阕云："历历花间，似有马蹄声。"尤为浑雅，进乎高诣。

《餐樱庑词话》(《历代词人考略》卷三引)

14. 张德瀛：

五代和凝、明夏言，均称曲子相公，岂运会使然邪？

《词徵》卷一

15. 吴梅：

成绩诸作，类摹写宫壶，不独此词“宫漏出花迟”也（〔春光好〕之“苹叶软”，〔薄命女〕之“天欲晓”皆是）。《江城》五支，为言情者之祖。后人凭空结构，皆本此词。托美人以写情，指落花而自喻，古人固有之，亦未可轻议也。

《词学通论》

16. 顾宪融：

和成绩，名凝，郓州人。举进士，后唐翰林知制诰，后晋天福中拜中书侍郎。入后汉，封鲁国公。有《红叶稿》。成绩词描画闺帏，穷极艳冶。气体虽不逮温、韦，而脂光粉泽，荡气移情，正开后世奁艳一派。又断句“几度试香纤手暖，一回尝酒绛唇光。佯弄红丝绳拂子，打檀郎”，又“整顿金钿呼小玉，安排红烛待潘郎”，皆情事如见。成绩少年好为曲子，契丹入彝门，号为“曲子相公”。

《填词百法》

17. 李冰若：

和成绩词自是《花间》一大家，其词有清秀处，有富艳处，盖介乎温、韦之间也。

《栩庄漫记》

顾敻

顾敻（生卒年不详），五代前蜀通正元年为内廷给事，因灾祥作诗刺时政，几致大祸。后为茂州刺史。又事后蜀，累官至太尉。《十国春秋》有传。敻为花间派词人之一。有后人辑本《顾太尉词》。

1. 蒋一葵：

蜀通正初，顾敻为内直小臣，命作《亡命山泽赋》，有“到处不生草”句，一时传笑。后官太尉，小词特工。

《尧山堂外纪》（《历代词话》卷三引）

2. 吴任臣：

顾敻，前蜀通正时以小臣给事内庭，会秃鹫鸟翔摩诃池上，敻作诗刺之，祸几不测。久之擢刺史，已而复仕高祖，累官至太尉。敻善小辞，有〔醉公子〕曲为一时艳称。

《十国春秋》卷五十六

3. 王士禛：

顾太尉“换我心，为你心，始知相忆深”，自是透骨情语。徐山民“妾心移得在君心，方知人恨深”全袭此。然已为柳七一派滥觞。

《花草蒙拾》（按：沈雄《古今词话·词评》上卷、《历代词话》卷三引此条均作《蓉城集》，文字稍异。）

4. 王初桐：

顾敻〔诉衷情〕“换我心为你心，始知相忆深”，透骨情语，开柳七一派。〔醉公子〕“衰柳数声蝉，魂销似去年”，陈声伯最爱之。

《小嫏嬛词话》卷一

5. 华长卿：

一卷琼瑶妙剪裁，巫山云气雨中来。

毛牛顾鹿皆浮艳，谁及波斯李秀才。李珣、毛文锡、牛峤、牛希济、顾敻、鹿虔扆

《论词绝句》(《梅庄诗钞》卷五)

6. 陈廷焯：

太尉词有独至处。

《云韶集》卷一

7. 况周颐：

顾艳词多质朴语，妙在分际恰合。孙光宪便涉俗。

顾太尉，五代艳词上驷也。工致丽密，时复清疏。以艳之神与骨为清，其艳乃益入神入骨。其体格如宋院画工笔折枝小帧，非元人设色所及。

《餐樱庑词话》(《唐宋名家词选》引)

8. 况周颐：

顾太尉〔河传〕云：“櫂举，舟去。波光渺渺，不知何处。岸花汀草共依依，雨微，鹧鸪相逐飞。”孙光宪之“两桨不知消息，远汀时起鸂鶒”确是隐括顾词，两家并饶简劲之趣，顾尤毫不著力，自然清远。

《餐樱庑词话》(《历代词人考略》卷五引)

9. 况周颐：

顾敻词《全唐诗》附五十五首，皆艳词也。浓淡疏密，一归于艳。诚如蕙风词隐所云：“五代艳词之上驷也。”其〔酒泉子〕云：“谢娘敛翠恨无涯。”“翠眉”但言“翠”，仅见。〔荷叶杯〕云：“我忆君诗最苦。”又云：“红笺写寄表情深。”〔浣溪沙〕云：“无言斜倚小书楼。”诗、笺、书楼入词，亦罕见。

《历代词人考略》卷五

10. 王国维：

词家多以景寓情。其专作情语而绝妙者，如牛峤之“须作一生拼，尽君今日欢”，顾敻之“换我心，为你心，始知相忆深”，欧阳修（按：当为柳永）之“衣带渐宽终不悔，为伊消得人憔悴”，美成之“许多烦恼，只为当时，一晌留情”。此等词，求之古今人词中，曾不多见。

《人间词话》删稿

11. 王国维：

（顾）敻词，在牛给事、毛司徒间。〔浣溪沙〕“春色迷人”一阕亦见《阳春录》。与〔河传〕、〔诉衷情〕数阕，当为敻最佳之作矣。

《人间词话》附录一

12. 顾宪融：

顾敻仕蜀，官太尉，其词较和凝尤尖艳。〔荷叶杯〕“鬓乱四肢柔，泥人无语不抬头”，〔甘州子〕“山枕上，私语口脂香”殊嫌轻薄。至如〔诉衷情〕“换我心为你心，始知相忆深”是透一层写法，不伤于俗。敻词佳处有非成绩所及者，如〔醉公子〕“衰柳数声蝉，销魂似去年”，又〔浣溪沙〕云云。于不经意中见高浑之致，不能以奁体限之。

《填词百法》

13. 李冰若：

顾词秾丽，实近温尉，其〔荷叶杯〕诸词，以质朴之句写入骨之情，虽云艳词，乃为别调，要之大体固以飞卿为宗也。

顾敻才力不富，其词尝有气不能举笔之处，故虽繁缛而不耐回味。其清淡处亦复不能深秀。

顾敻〔酒泉子〕七首，意少词多，似温飞卿。

顾敻以艳词擅长，有浓有淡，均极形容之妙。其淋漓真率处，前无古人。如〔荷叶杯〕九首，已为后代曲中〔一半儿〕张本。

五代十国，乱靡有定，割据一方之主，尚少振拔有为者，其学士大臣亦复流连光景，极意闺帏，故《花间集》中不少颓废自放之词。于顾氏又何怪焉。

《栩庄漫记》

孙光宪

孙光宪（900—968）字孟文，号葆光子，陵州贵平（今四川仁寿）人。唐末为陵州判官。后唐明宗天成初年避地江陵。后为高季兴所器重，命为掌书记。历事从海、保融、继冲三世，皆在幕府，累官至检校秘书监兼御史大夫，后劝继冲以荆南之地归宋。宋太祖授黄州刺史，在郡有治声。事附《宋史·荆南高氏世家》。光宪平生好学，精通经史，勤于著述，著有《荆台集》、《巩湖玩编》、《笔佣集》、《橘斋集》、《北梦琐言》等，除《北梦琐言》外并已佚。光宪为“花间派”词人之一。词集有后人辑本《孙中丞词》。

1. 孙洙：

小词有绝无含蓄自尔入妙者，孙葆光之〔浣溪沙〕也。

《历代词话》卷三引

2. 杨慎：

孙光宪，蜀之资州人。事荆南高氏，为从事，有文学名，著《北梦琐言》。其词见《花间集》。“一庭疏雨湿春愁”，秀句也。

《词品》卷二

3. 吴任臣：

光宪素以文学自负，处荆南怏怏不得志。尝慕史氏之作，颇恨居诸侯幕府，不足展其才力。每谓知交曰：“宁知获麟之笔，反为倚马之用。”光宪又雅善小词，蜀人辑《花间集》采其辞至六十余篇。

《十国春秋》卷一百二

4. 王初桐：

孙光宪自号葆光子，所著有《荆台集》、《橘斋集》、《玩笔佣集》、《巩湖编玩》、《北梦琐言》、《蚕书》若干卷。其词如“红窗寂寂无人语，暗淡梨花雨”，静语也。“翠袂半将遮粉臆，宝钗长欲堕香肩”，艳语也。“两桨不知消息，远汀时起鸂鶒”，‘惆怅遥天横渌水，鸳鸯对对飞起”，情致黯然。

《小嫏嬛词话》卷一

5. 周之琦：

一庭疏雨善言愁，佣笔荆台耐薄游。

最苦相思留不得，春衫如雪去扬州。

《心日斋十六家词选》附

6. 华长卿：

橘斋刺史黄州老，未得行吟到汴京。

笑杀荆南高赖子，那知减字与偷声。

《论词绝句》(《梅庄诗钞》卷五)

7. 沈曾植：

刘公勇谓词须上脱香奁，下不落元曲，乃称作手，亦为一时名语。然不落元曲易耳，浙派固绝无此病。而明季诸公宗《花间》者，乃往往不免。若所谓上脱香奁者，则韦庄、光宪既与致光同时，延巳、熙震亦与成绩并世，波澜不二，风习相通，方当于此津逮唐余，求欲脱之，是欲升而去其阶已。国初诸公，不能画《花间》、《草堂》界限，宜有此论。

《菌阁琐谈》

8. 陈廷焯：

孙孟文崛起，笔力之高，庶几唐人。

孟文词在五代时最见气格，风致亦复不泛，出韦端己之上。

《云韶集》卷一

9. 陈廷焯：

孙孟文词，气骨甚遒，措语亦多警炼。然不及温、韦处亦在此，坐少闲婉之致。

《白雨斋词话》卷一

10. 况周颐：

顾艳词，多质朴语，妙在分际恰合。孙光宪便涉俗。

《餐樱庑词话》（龙榆生《唐宋名家词选》引）

11. 况周颐：

孙孟文倚声专家，惜一二俗句为累。五代人往往不免，北宋庶几醇雅，南宋更进于厚矣。

《历代词人考略》卷六引

12. 况周颐：

孙孟文词，《全唐诗》附八十首，甄录最多，并皆秾至绵丽，语不涉俗。断句如“一只木兰船。波平远浸天”，又“极浦几回头。烟波无限愁”，又“暗澹小庭中。滴滴梧桐雨”，遥情深致，便似北宋人佳句。又“窈窕，一枝芳柳入腰身”，“满庭喷玉蟾”，“入”字、“喷”字炼。

《历代词人考略》卷六

13. 王国维：

（孙光宪词）昔黄玉林赏其“一庭疏雨湿春愁”为古今佳句。余以为不若“片帆烟际闪孤光”，尤有境界也。

《人间词话》附录一

14. 吴梅：

陈亦峰云：“孟文词，气骨甚遒，措词亦多警炼，然不及温、韦处亦在此，坐少闲婉之致。”余谓孟文之沉郁处，可与李后主并美。即如此词（按：指〔谒金门〕“留不得”。），已足见其不事侧媚，甘处穷寂矣。他如〔清平乐〕云：“掩镜无语眉低，思随芳草萋萋。”是自抱灵修楚累遗意也。〔菩萨蛮〕云：“碧烟轻袅袅，红战灯花笑。”盖讽弋取名利，憧憧往来者也。至闲婉之处，亦复尽多。如〔浣溪纱〕云：“目送征鸿飞杳杳，思随流水去茫茫，兰红波碧忆潇湘。”又云：“花冠闲上午墙啼。”〔思越人〕云：“渚莲枯，宫树老，长洲废苑萧条。想像玉人空处所，月明独上溪桥。”此等俊逸语，亦孟文所独有。

《词学通论》

15. 顾宪融：

孙孟文，名光宪，贵平人，自号葆光子。唐时为陵州判官，天成初避地江陵，高季兴据荆南，署为从事，后劝高继冲归，宋授黄州刺史。孟文词情致极胜，而微伤于碎。断句如“杨柳只知伤怨别，杏花应信损娇羞”，“轻打银筝坠燕泥，断丝高罥画楼西”，又“春病与春愁，何事年年有”，皆不愧清新。若“醉后爱称娇姐姐，夜来留得好哥哥”等语，是开柳七俳体，俚俗无味。〔谒金门〕一起最遒峭有神，〔河渎神〕结句“两桨不知消息，远汀时起鸂鶒”尤悠然令人不能为怀。孟文词单词只义颇多可采，惟完璧者甚少，亦一病也。

《填词百法》

16. 李冰若：

葆光子词婉约精丽处，神似韦庄，其〔浣溪沙〕最有名，孙洙评谓其绝无含蓄，而自然入妙。如“半恨半嗔迴面处，和娇和泪泥人时，饶得为怜伊”，又“醉后爱称娇姐姐，夜来留得好哥哥，不知情事久长么”，又“将见客时微敛黛，得人怜处且生疏，低头羞问壁边书”，皆足当之无愧。而“一庭疏雨湿春愁”，“片帆烟际闪孤光”，“堕阶萦藓舞愁红”，“留不得，留得也应无益”，“白紵春衫如雪色，扬州初去日”诸句，含思绵渺，使人读之徒唤奈何。

孙孟文词疏朗婉丽，近于韦相。

《花间集》中忽有此淡朴咏田家耕织之词，诚为异采。盖词境至此，已扩放许多矣。（评〔风流子〕“茅舍横篱西曲”）

《栩庄漫记》

17. 祝南：

写景言情，分之为二，合之则一。善言情者，但写景而情在其中；善写景者亦然，景中无情，感人必浅，其能摇荡心魂者，即景亦情也。温飞卿之“江上柳如烟，雁飞残月天”，孙孟文之“片帆天际闪孤光”，冯正中之“细雨湿流光”，何尝不是景语，而情味浓至，使人低徊不尽。作令词固当会此，读令词亦当会此。唐五代人小词之不可及多在此等处，不独写情之拙重而已。

读《花间集》，学飞卿或失之难，学端己或失之易，惟学孙孟文可无所失。

如有巧妙之意境，则贵出之以拙重之笔，庶不陷于尖纤。巧妙而不尖纤，为孟文所特擅，但或出之以奇横，不尽拙重耳。

《花间》词派，孙孟文是一大家，与温、韦可鼎足而立，《花间集》录孙作特多，不为无故。宋人张子野、贺方回均由孙出，张得其意，贺得其笔，故贺犹逊张一筹。

《无庵说词》

魏承班

魏承班（？—925），许州（今河南许昌）人。父弘夫，为前蜀高祖王建养子，赐姓名王宗弼，封齐王。承班为驸马都尉，官至太尉。为“花间派”词人之一。词有后人辑本《魏太尉词》。

1. 元好问：

魏承班俱为言情之作，大旨明净，不更苦心刻意以竞胜者。

沈雄《古今词话·词评》上卷引

2. 沈雄：

魏承班词，较南唐诸公，更淡而近，更宽而尽，尽人喜效为之。愚按：“相见绮筵时，深情黯共知……”亦为弄姿无限，只是一腔摹出。至“好天凉月尽伤心，为是玉郎长不见”，“少年何事负初心，泪滴镂金双衽”，有故意求尽之病。

《柳塘词话》（《古今词话·词评》上卷引）

3. 王初桐：

魏承班词较南唐诸公更淡而近，更宽而尽。

《小嫏嬛词话》卷一

4. 李调元：

词非诗比，诗忌尖刻，词则不然。魏承班〔诉衷情〕云：“皓月泻寒光，割人肠。”尖刻而不伤巧。词至唐末初盛，已有此体。

《雨村词话》卷一

5. 况周颐：

魏承班词，沈偶僧言其有故意求尽之病。余谓不妨说尽，只是少味耳。如“嫁得薄情夫，长抱相思病”，“王孙何处不归来，应在倡楼酩酊”，此等句有何意味耐人涵泳玩索耶？唯〔谒金门〕云：“烟水阔。人值清明时节。雨细花零莺语切。愁肠千万结。　雁去音微断绝。有恨欲凭谁说。无事伤心犹不彻。春时容易别。”又云:“春欲半。堆砌落花千片。早是潘郎长不见,忍听双语燕。 飞絮晴空飏远。风送谁家弦管。愁倚画屏凡事懒,泪沾金缕线。”前调云:“长思忆。思忆佳辰轻掷。霜月透帘澄夜色。小屏山凝碧。恨君何太极。记得娇娆无力。独坐思量愁似织。断肠烟水隔。”《全唐诗》班词二十阕,如右三阕,尚觉行间句里饶有清气。五代词自是词流之词,余谓承班可云驸马之词,世有知音,或不以为过当。

《历代词人考略》卷五

6. 王国维:

(魏承班)词,逊于薛昭蕴、牛峤,而高于毛文锡,然皆不如王衍。五代词以帝王为最工,岂不以无意于求工欤?

《人间词话》附录一

7. 顾宪融:

魏承班为蜀驸马,官太尉。其词较南唐诸君更淡而近、更宽而尽,尽人喜效为之。如“相见绮筵时,深情黯共知。难话此时心,梁燕双来去”,弄姿无限,只是一腔摹出。至“好天良夜尽伤心,为是玉郎长不见”,“少年何事负初心,泪滴镂金双衽”,有故意求尽之病。

《填词百法》

8. 李冰若:

魏承班词,浓艳处近飞卿,间有清明之作,特不多耳。

《栩庄漫记》

鹿虔扆

鹿虔扆(生卒年不详),后蜀时登进士第,累官永泰军节度使、检校太尉,加太保。与欧阳炯、韩琮、阎选、毛文锡并以词供奉后主孟昶,时号“五鬼”,国亡不仕。《十国春秋》有传。为“花间派”词人之一。有后人辑本《鹿太保词》。

1. 倪瓒:

鹿公高节,偶尔寄情倚声,而曲折尽变,有无限感慨淋漓处。

《历代词话》卷三

2. 杨慎:

毛文锡、鹿虔扆、欧阳炯、韩琮、阎选,皆蜀人,事孟后主,有“五鬼”之号。俱工小词,并见《花间集》。

《词品》卷二

3.《乐府纪闻》:

鹿为永泰军节度使,初读书古祠,见画壁有周公辅成王像,期以此见志。国亡不仕,词多感叹之语。

沈雄《古今词话·词评》上卷引

4. 刘体仁:

词亦有初盛中晚,不以代也。牛峤、和凝、张泌、欧阳炯、韩偓、鹿虔扆辈,不离唐绝句,如唐之初未脱隋调也,然皆小令耳。

《七颂堂词绎》

5. 吴任臣:

鹿虔扆,不知何地人。历官至检校太尉,与欧阳炯、韩琮、阎选、毛文锡等俱以工小词,供奉后主。时人忌之者号曰“五鬼”。虔扆〔思越人〕辞有“双带绣窠盘锦荐,泪侵花暗香消”之句,辞家推为绝唱。

《十国春秋》卷五十六

6.《十国春秋拾遗》：

孟蜀鹿太保有〔临江仙〕宫词云："金锁重门荒院静……"故国黍离之感，不专为靡靡之音也。

《词苑萃编》卷十引

7. 王初桐：

鹿虔扆蜀人，国亡不仕，词多感慨之音。《清闳阁遗稿》中称之。

《小嫏嬛词话》卷一

8. 华长卿：

一卷琼瑶妙剪裁，巫山云气雨中来。

毛牛顾鹿皆浮艳，谁及波斯李秀才。李珣、毛文锡、牛峤、牛希济、顾敻、鹿虔扆

《论词绝句》(《梅庄诗钞》卷五)

9. 谭献：

哀悼感愤，终当存疑，当以入正集。(评鹿虔扆〔临江仙〕。起句"金锁重门荒苑尽"。)

《复堂词话》

10. 张祥龄：

词主谲谏，与诗同流。稼轩〔摸鱼儿〕之"酒边阮郎归"，鹿虔扆之"金锁重门"，谢克家之"依依宫柳"之属，所谓"《国风》好色而不淫，《小雅》怨悱而不乱"，此固有之。

《词论》

11. 陈锐：

词有天籁，小令是已。本朝词人，盛称纳兰成德，余读之，但觉千篇一律，无所取裁。鹿虔扆、冯正中之流不如是也。

《袌碧斋词话》

12. 况周颐：

鹿太保，孟蜀遗臣，坚持雅操。其〔临江仙〕云："烟月不知人事改，夜阑还照深宫。"含思悽惋，不减李重光"晚凉天净月华开，想得玉楼瑶殿影，空照秦淮"之句。

《餐樱庑词话》(《历代词人考略》卷五引)

13. 张德瀛：

五代艳词与李樊南《无题》诗异辙。李诗托诸寓言，吴修龄谓其专指令狐绹说。五代词，嘲风笑月，惆怅自怜，其能如韦端己、鹿虔扆之寄托深远者，亦仅矣。

《十国春秋》云：鹿虔扆〔思越人〕词，有"双带绣窠盘锦荐，泪侵花暗香消"之句，词家推为绝唱。今考鹿词不多见，固非如冯正中诸人日从事于声歌者，零玑碎锦，尤足贵矣。

《词徵》卷五

14. 高旭：

藕花对泣伤亡国，燕子频惊梦远人。

牛给事中鹿节度，回肠荡气各酸辛。

《论词绝句》三十首(《未济庐诗集》)

15. 李冰若：

鹿太保词不多见，其在《花间集》中者约有二种风格，一为沉痛苍凉之词，一为秀美疏朗之词。不惟人品之高，其词格亦高。由此可知虽处变乱之世，人格高尚者终有以自立。词虽小道，亦可以表现之也。

《栩庄漫记》

韩琮

韩琮（生卒年不详）字成封，蜀人。长庆四年（824）进士，初佐王茂元陈许节度使幕，为节度判官，后任司封员外郎。十二年为湖南观察使。咸通中，仕至右散骑常侍。事迹见《新唐书》。《全唐五代词》存其词二首。

1. 杨慎：

毛文锡、鹿虔扆、欧阳炯、韩琮、阎选，皆蜀人。事孟后主，有“五鬼”之号，俱工小词。

《词品》卷二

2. 汤显祖：

毛文锡、鹿虔扆、韩琮、阎选与此公皆属蜀人，事孟后主，有“五鬼”之号，皆工小词，并见《花间集》。今集中独遗韩琮，殊不可解。（评欧阳炯〔浣溪沙〕“落絮残英半日天”）

汤显祖评《花间集》（《词坛合璧》）

3. 蒋一夔：

毛文锡、韩琮、鹿虔扆、阎选、欧阳炯五人，以工小词，供奉后主，时号“五鬼”。

《尧山堂外纪》（刘瑞潞《唐五代词钞小笺》引）

4. 吴任臣：

鹿虔扆，不知何地人。历官至检校太尉，与欧阳炯、韩琮、阎选、毛文锡等俱以工小词，供奉后主。时人忌之者号曰“五鬼”。

《十国春秋》卷五十六

5. 《梅墩词话》：

韩琮舍人事蜀主衍，为五鬼之一。〔杨柳枝〕二首，特见推于时，词云：“梁苑隋堤事已空。万条犹舞旧春风。那堪更想千年后，惟见杨花入汉宫。”“枝斗纤腰叶斗眉。春来无处不如丝。灞陵原上多离别，少有长条拂地垂。”实以此讽谏其君也。

沈雄《古今词话·词辨》下卷引

6. 冯金伯：

鹿虔扆历官至检校太尉，与欧阳炯、韩琮、阎选、毛文锡等，以工小词供奉后主。

《词苑萃编》卷三

7. 王初桐：

后蜀欧阳炯、鹿虔扆、韩琮、毛文锡、阎选号“五鬼”，皆工词。南唐冯延祀与弟冯延鲁及魏岑、陈觉、查文徽亦号“五鬼”。

《小嫏嬛词话》卷一

阎选

阎选（生卒年不详），五代时后蜀人。以布衣供奉孟衍，与欧阳炯、鹿虔扆、毛文锡、韩琮时称“五鬼”。《十国春秋》有传。为“花间派”词人之一。词集有后人辑本《阎处士词》。

1. 杨慎：

毛文锡、鹿虔扆、欧阳炯、韩琮、阎选，皆蜀人。事孟后主，有五鬼之号，俱工小词。

《词品》卷二

2. 吴任臣：

阎选，故布衣也，酷善小词，有〔临江仙〕词云：“画帘深殿，香雾冷风残。”又云：“猿啼明月照空滩。”时人目为阎处士。

《十国春秋》五十六

3. 况周颐：

五代人词清、艳兼擅，近人但学其艳，且犹失之肤浮。蕙风词隐尝云：“五代词不必学。”为不善学者发也。阎处士〔虞美人〕“楚腰蛴领团香玉”云云，〔谒金门〕“美人浴。碧沼莲开芬馥”云云，此以艳胜者也。〔浣溪沙〕“寂寞流苏冷绣茵”云云，界在清、艳之间者也。《花庵词选》录此一阕，抉择至当。〔定风波〕“江水沉沉帆影过”云云，此清疏之笔，视李德润〔渔歌子〕、〔定风波〕诸作，襟抱稍不逮耳；以视韦端己辈，则尤韵度相悬矣。其艳语至“一枝娇卧醉芙蓉”、“酥融香透肉”，已一分无可加。乃至〔虞美人〕云：“偷期锦浪荷深处。一梦云兼雨。臂留檀印齿痕香。深秋不寐漏初长。尽思量。”虽质语词家所许，然分际太过，不免伤雅伤格。唯如〔八拍蛮〕之“憔悴不知缘底事，遇人推道不宜春”，〔谒金门〕之“双鬟绾云颜似玉。素蛾辉淡绿”，则其秀在骨，其艳入神，卷中最佳之句也。

《历代词人考略》卷六

4. 王国维：

（阎选）词唯〔临江仙〕第二首有轩翥之意，余尚未足与于作者也。

《人间词话》附录一

5. 李冰若：

阎处士词多侧艳语，颇近温尉一派，然意多平衍，盖与毛文锡伯仲耳。

《栩庄漫记》

尹鹗

尹鹗（生卒年不详），成都（今属四川）人。前蜀王衍时为翰林校书，累官至参卿。能诗，工词，为“花间派”词人之一。后人辑有《尹参卿词》。

1. 张炎：

后唐尹鹗，官参卿，其词以明浅动人，以简净成句者也。

沈雄《古今词话·词评》上卷引

2.《古今词话》：

尹鹗〔秋夜月〕，颇觉遵古，而非正赏之音。〔杏园芳〕，更多颓唐之句。

沈雄《古今词话·词评》上卷引

3. 沈雄：

词有写景入神者，尹鹗云：“尽日醉寻春，归来月满身。”

《古今词话·词品》下卷

4. 沈雄：

尹鹗〔杏园芳〕第二句“教人见了关情”，末句“何时休遣梦相萦”，遂开柳屯田俳调。再检〔临江仙〕云：“西窗乡梦等闲成。逡巡觉后，特地恨难平。”又：“昔年于此伴萧娘。相偎伫立，牵惹叙衷肠。”流递于后，令作者不能为怀。岂必曰《花间》、《尊前》句皆婉丽也。

《柳塘词话》（《古今词话·词评》上卷引）

5. 王初桐：

韦庄词：“去路香尘莫扫，扫即郎去归迟。”尹鹗词：“上马出门时，金鞭莫与伊。”皆所谓痴语也。

尹鹗词以明浅动人，简净成句者也。其〔秋夜月〕颇觉遒古，而非正赏之音。〔杏园芳〕更多颓唐之句。

《小娜嬛词话》卷一

6. 况周颐：

唐无名氏〔醉公子〕云："门外猧儿吠，知是萧郎至。刬袜下香阶，冤家今夜醉。　扶得入罗帏，不肯脱罗衣。醉则从他醉，还胜独睡时。"前辈谓读此可悟作诗之法。韩子苍曰："只是转折多耳。且如喜其至是一转，而苦其今夜醉又是一转；入罗帏是一转，而不肯脱罗衣又是一转；二句自家开释又是一转。直是赋尽醉公子也。"见《怀古录》。尹鹗〔菩萨蛮〕云："陇云暗合秋天白。俯窗独坐窥烟陌。楼际角重吹。黄昏方醉归。　荒唐难共语。明日还应去。上马出门时。金鞭莫与伊。"由未归说到醉归，由"荒唐难共语"想到明日出门时，层层转折，与无名氏〔醉公子〕略同。"金鞭莫与伊"尤有不尽之情，痴绝，昵绝。《全唐诗》鹗词十六阕，此阕最为佳胜。〔秋夜月〕全阕云："三秋佳节。罥晴空，凝翠露，茱萸千结。菊蕊和烟轻撚，酒浮金屑。征云雨，调丝竹，此时难辍。欢极、一片艳歌声揭。　黄昏慵别。炷沉烟，熏绣被，翠帷同歇。醉并鸳鸯双枕，暖偎春雪。语丁宁，情委曲，论心正切。夜深、窗透数条斜月。"所谓开屯田词派者也。

《历代词人考略》卷五

7. 张德瀛：

尹参卿词多艳冶态，张叔夏称其以明浅动人，特讥之耳。必如张直夫所云靡丽不失为《国风》之正而后可哉？

《词徵》卷五

8. 李冰若：

尹鹗词在《花间集》中似韦而浅俗，似温而繁琐，盖独成一格者也。其写冶游，写情思，均分明如画，不避详琐，柳塘以为开屯田俳调，洵为知言。要其清绮灵活处，实在阎选等之上，差可与牛希济、孙光宪等齐肩也。

尹鹗〔清平乐〕云："赚得王孙狂处，断肠一搦腰肢。"又云："应待少年公子，鸳帏深处同欢。"则流于狎暱，几如柳三变俳调也。

《栩庄漫记》

毛熙震

毛熙震（生卒年不详），后蜀广政间任秘书郎。为“花间派”词人之一。有后人辑本《毛秘书词》。

1.《齐东野语》：

蜀人毛熙震，官秘书监，其集止二十余调，中多新警而不为猬薄者也。

沈雄《古今词话·词评》上卷引

2. 沈雄：

毛熙震词：“象梳欹鬓月生云，玉纤时急绣裙腰……”不止以浓艳见长也，卒章情致尤为可爱……试问今人弄笔，能出一头地否？

《柳塘词话》(《古今词话·词评》上卷引)

3. 王初桐：

蜀人毛熙震集止二十余调，中多新警而不为儇薄。周草窗《齐东野语》云然。

《小嫏嬛词话》卷一

4. 沈曾植：

刘公勇谓词须上脱香奁，下不落元曲，乃称作手，亦为一时名语……若所谓上脱香奁者，则韦庄、光宪既与致光同时，延巳、熙震亦与成绩并世，波澜不二，风习相通，方当于此津逮唐余，求欲脱之，是欲升而去其阶已。

《菌阁琐谈》

5. 陈廷焯：

闲情之作，虽属词中下乘，然亦不易工。盖摹色绘声，碍难著笔。第言姚冶，易近纤佻。兼写幽贞，又病迂腐。然则何为而可，曰：“根柢于风骚，涵泳于温、韦，以之作正声也可，以之作艳体亦无不可。”古人词如毛熙震之“暗思闲梦，何处逐云行”……均不失为风流酸楚。今人不知作词之难，至于艳词，更以为无足轻重，率尔操觚，扬扬得意，不自知可耻。此《关雎》所以不作也，此郑声之所以盈天下也，此则余之所大惧也。

《白雨斋词话》卷五

6. 况周颐：

毛熙震词，艳处、质处并近温方城。《全唐诗》附二十九首。〔木兰花〕云：“掩朱扉，钩翠箔。满院莺声春寂寞。匀粉泪，恨檀郎，一去不归花又落。　　对斜晖，临小阁。前事岂堪重想著。金带冷，画屏幽，宝帐慵薰兰麝薄。”〔小重山〕云：“梁燕双飞画阁前。寂寥多少恨，懒孤眠。晓来闲处想君怜。红罗帐，金鸭冷沉烟。　　谁信损婵娟。倚屏啼玉箸，湿香钿。四肢无力上秋千。群花谢，愁对艳阳天。”或笔艳而凝，或体丽而清。其于五季，信卓然名家矣。

《历代词人考略》卷五

7. 王国维：

（毛熙震）周密《齐东野语》称其词新警而不为儇薄。余尤爱其〔后庭花〕，不独意胜，即以调论，亦有隽上清越之致，视文锡蔑如也。

《人间词话》

8. 李冰若：

毛熙震词，《花间》录有二十九首，与周密所言之数相符。其词浓丽处似学飞卿，然亦有清淡者，要当在毛文锡上，欧阳炯、牛松卿间耳。

《栩庄漫记》

李珣

李珣（生卒年不详）字德润，梓州（今四川三台）人，其先波斯人，后入居蜀中。时人因呼为“李波斯”。兄玹，以鬻香药为业，妹舜弦为前蜀后主王衍昭仪，能诗。《花间集》中称珣为“李秀才”。尝预宾贡，蜀亡不仕。为“花间派”词人之一。著有《海药本草》。原有《琼瑶集》，已佚，有后人辑本，一名《李德润词》。

1. 黄休复：

梓州李珣，其先波斯人，事蜀主衍。妹为衍昭仪，亦能词，有“鸳鸯瓦下忽然声”句。珣有诗名，秀才预宾贡，国亡不仕，有感慨之音。

《茅亭客话》（沈雄《古今词话·词评》上卷引）

2. 周密：

李珣辈俱蜀人，各制〔南乡子〕数首以志风土，〔竹枝〕体也。

沈雄《古今词话·词评》上卷引

3. 吴任臣：

李珣字德润，梓州人，昭仪李舜弦之兄也。珣以小辞为后主所赏，尝制〔浣溪沙〕词，有“早为不逢巫峡夜，那堪虚度锦江春”，词家互相传诵。所著有《琼瑶集》若干卷。

《十国春秋》卷四十四

4. 周之琦：

杂传纷纷定几人，秀才高节抗峨岷。

扣舷自唱南乡子，翻是波斯有逸民。

《心日斋十六家词选》附

5. 华长卿：

一卷琼瑶妙剪裁，巫山云气雨中来。

毛牛顾鹿皆浮艳，谁及波斯李秀才。李珣、毛文锡、牛峤、牛希济、顾敻、鹿虔扆

《论词绝句》(《梅庄诗钞》卷五)

6. 杨希闵：

周穉圭题李德润词云:“杂传纷纷定几人……”考《十国春秋》,本波斯之种，故周诗云尔。其《琼瑶集》足与《浣花》雁行，声情凄丽，令人回肠荡气也。

《词轨》卷二

7. 陈廷焯：

琼瑶词颇见风格，语亦名隽。

《云韶集》卷一

8. 陈廷焯：

余拟辑古今二十九家词选……五代三家附四家……冯延巳附李珣。

《白雨斋词话》卷八

9. 况周颐：

周草窗云：李珣、欧阳炯辈俱蜀人，各制〔南乡子〕数首以志风土，亦〔竹枝〕体也。珣所作〔南乡子〕十七阕，首阕云：“思乡处，潮退水平春色暮”，似乎志风土之作矣。乃后阕句云：“采真珠处水风多。”又云：“夹岸荔支红蘸水。”又云：“越南云树望中微。”又云：“愁听猩猩啼瘴雨。”又云：“越王台下春风暖。”又云：“刺桐花下越台前。”又云：“骑象背人先过水。”又云：“出向桄榔树下立。”又云：“拾翠采珠能几许。”又云：“孔雀双双迎日舞。”又云：“谢娘家接越王台，一曲乡歌齐抚掌。”又云：“椰子酒倾鹦鹉盏。”又云：“惯随潮水采珠来。”珣，蜀人，顾所咏皆东粤景物，何耶？其〔巫山一段云〕云：“啼猿何必近孤舟，行客自多愁。”〔河传〕云：“依旧十二峰前，猿声到客船。”则诚蜀人之言矣。又李德润〔河传〕云：“想佳人花下，对明月春风，恨应

同。”高竹屋〔齐天乐〕《中秋夜怀梅溪》云：“古驿烟寒，幽垣梦冷，应念秦楼十二。”两家用意略同。高词伤格不可学，李词则否。其故当细审之。

《餐樱庑词话》（《历代词人考略》卷五引）

10. 况周颐：

李秀才词清疏之笔，下开北宋人体格。

《历代词人考略》卷五引

11. 况周颐：

五代人小词大都奇艳如古蕃锦，唯李德润词有以清胜者。如〔酒泉子〕云：“秋雨连绵，声散败荷丛里，那堪深夜枕前听。酒初醒。”前调云：“秋月婵娟，皎洁碧纱窗外，照花穿竹冷沉沉。印池心。”〔浣溪沙〕云：“翠叠画屏山隐隐，冷铺文簟水潾潾。断魂何处一蝉新。”蕙风词隐所云“下开北宋体格者也”。有以质胜者，〔西溪子〕云：“归去想娇娆。暗魂消。”〔中兴乐〕云：“忍孤前约，教人花貌，虚老风光。”宋人唯吴梦窗能为此等质句，愈质愈厚，盖五代词已开其先矣。宋人黄氏《客话》称李德润国亡不仕，词多感慨之音。〔渔父〕及〔渔歌子〕数阕，具见襟情高澹，故能晚节坚贞。“曾见钱塘八月涛”，殆即所云感慨之音乎？又〔定风波〕云：“往事岂堪容易想。惆怅。故人迢递在潇湘。纵有回文重叠意。谁寄。解鬟临镜泣残妆。”盖寓故国故君之思，非寻常情语也。

《历代词人考略》卷五

12. 况周颐：

李德润〔临江仙〕云：“强整娇姿临宝镜，小池一朵芙蓉。”是人是花，一而二，二而一。句中绝无曲折，却极形容之妙。昔人名作，此等佳处，读者每易忽之。

《蕙风词话》卷二

13. 顾宪融：

李德润，名珣，梓州人，蜀秀才，有《琼瑶集》。其词如〔渔歌子〕“楚山青湘水绿”及〔定风波〕“志在烟霞慕隐沦”诸什，皆襟怀恬淡，笔致亦舒卷自然，不假追琢，是为《花间》别体。若其缠绵凄婉之作，亦复出入于韦书记、牛给事之间。

《填词百法》

14. 李冰若：

李德润词大抵清婉近端己，其写南越风物，尤极真切可爱。在《花间》词人中自当比肩和凝而深秀处且似过之。……《花间》词人能如李氏多面抒写者，甚鲜，故余谓德润词在《花间》可成一派，而可介立温、韦之间也。

《栩庄漫记》

冯延巳

冯延巳（903—960），一名延嗣，字正中，广陵（今江苏扬州）人。少随父在南唐烈祖李昪军营，及长，为李璟帅府掌书记。中主李璟即位，拜谏议大夫、翰林学士，迁户部侍郎。次年拜翰林学士承旨。保大四年（946）拜集贤殿大学士同平章事。五年，以伐闽兵败，罢为太子少傅，出为昭武军节度使。后改冠军大将军，太弟太保，领潞州节度。保大十年（952）拜左仆射同平章事，为李璟所信任，悉以庶政委之，后以湖湘地得而复失，自劾，罢相，后复相。保大十五年（957）以周师大入，连败唐军，罢为太子少傅。复相，以南唐称臣，贬损制度。罢左仆射平章事为太子太傅。卒谥忠肃。《南唐书》有传。延巳多才艺，有辞学，工诗善书，尤工词，词集名《阳春录》，一名《阳春集》。

1. 陈世修：

公以金陵盛时，内外无事，朋僚亲旧，或当燕集，多运藻思为乐府新词，俾歌者倚丝竹而歌之，所以娱宾而遣兴也。日月寖久，录而成编。观其思深辞丽，韵律调新，真清奇飘逸之才也。噫！公以远图长策翊李氏，卒令有江介地而居鼎辅之任，磊磊乎才业何其壮也！及乎国已宁，家已成，又能不矜不伐，以清商自娱，为之歌诗以吟咏情性，飘飘乎才思何其清也！核是之美，萃于一身，何其贤也！

《阳春集序》（《四印斋所刻词》）

2. 刘攽：

晏元献尤喜江南冯延巳歌词，其所自作，亦不减延巳。

《中山诗话》

3. 吴曾：

南唐宰相冯延巳有乐府一章，名〔长命女〕云："春日宴，绿酒一杯歌一遍……"味冯公之词，典雅丰容，虽置在古乐府，可以无愧。一遭俗子窜易，不惟句意重复，而鄙恶甚矣。

《能改斋词话》卷二

4. 张炎：

词之难于令曲，如诗之难于绝句，不过十数句，一句一字闲不得。末句最当留意，有有余不尽之意始佳。当以唐《花间集》中韦庄、温飞卿为则。又如冯延巳、贺方回、吴梦窗亦有妙处。

《词源》卷下

5.《蓉城集》：

《阳春词》尚饶蕴藉，堪与李氏齐驱。

沈雄《古今词话·词评》上卷引

6. 沈雄：

陈世修云冯正中乐府思深语丽，韵逸调新，多至百首犹有杂入《六一集》中者。黄山谷、陈后山虽以庸滥目之，然诸家之词骈金俪玉，而《阳春词》特为言情之作。

《柳塘词话》卷四

7. 焦袁熹：

〔采桑子〕《编纂〈乐府妙声〉竟作》

一池春水风吹皱，甚事干卿。主圣臣英。白雪阳春和得成。篇章讹乱君休讶，好似门生。欧晏齐名。异代推公作主盟。

《此木轩直寄词》

8. 郑方坤：

三唐诗卷集菁英，作者如林各善鸣。

生面别开长短句，山花池水尽干卿。南唐王谓冯延巳曰："'风乍起，吹皱一池春水'，亦复干卿何事？"对曰：未若陛下"小楼吹彻玉笙寒"也。按：小楼句见唐元宗〔山花子〕词。

《论词绝句》(《蔗尾诗集》卷五)

9. 章恺：

玉柱钿筝雁作行，罗敷一曲艳歌长。

一池春水关何事，枉向东风暗断肠。

《论词绝句八首》(《章北亭集》卷二)

10. 王初桐：

晏元献尤喜冯延巳歌词，今观《阳春录》百余阕，蕴藉可匹二主。陈世修《序》文称其思深词丽，韵逸调新是也。黄山谷、陈后山皆以庸滥目之，过矣。

《小嫏嬛词话》卷一

11. 张惠言：

〔蝶恋花〕三词忠爱缠绵，宛然骚、辨之义。延巳为人，专蔽嫉妒，又敢为大言。此词盖以排间异己者，其君之所以信而弗疑也。(评“六曲阑干偎碧树”、“莫道闲情抛弃久”、“几日行云何处去”三词。)

《词选》(《张惠言论词》)

12. 程恩泽：

高才延巳追端己，小令中唐溢晚唐。

更用骚心为乐府，漫天哀艳李重光。

《题周穉圭前辈〈金梁梦月词〉》(《程侍郎遗集》卷六)

13. 张金吾：

延巳工诗，尤善乐府，每宾朋宴集，则自制新词，被之弦管，积久成帙，后经兵革，散失殆尽，陈世修裒集所存，勒为是编，凡一百十八阕。南唐当元宗之时，强邻压境，国势日削，为国相者方运筹赞画之不暇，乃以绮语相高，试问此日何日，而可以声律自娱乎？世修以亲故之私，曲为掩饰，亦可云欲盖弥彰者矣。

《爱日精庐藏书志》卷三十六《集部·乐府类·阳春集一卷》

14. 萧江声：

南唐君臣竞尚浮靡，逐于声律技艺而不得知政治之事，其败亡晚矣！然其词调逸丽流畅，无不可诵；至其怨声，鲜不呜咽，要亦变风之余习也。知音之士，当不弃焉。

《阳春集题识》

15. 华长卿：

五鬼才华数大冯，阳春歌罢曲弥工。

剧怜庭院深深句，窜入庐陵别调中。

《论词绝句》(《梅庄诗钞》卷五)

16. 杨希闵：

冯仆射词何减《浣花》、《琼瑶》，周稺圭《十六家词》遗之不选，岂以其人品不端耶？吾则就词论词，不以人废言，仍选为一家。南唐元宗尝因曲晏内殿从容谓："吹皱一池春水"何干卿事？冯对曰：安得如陛下"小楼吹彻玉笙寒"特高妙也。国势岌岌，而君臣措意如此，可慨也。

《词轨》卷二

17. 刘熙载：

韦端己、冯正中诸家词，留连光景，惆怅自怜，盖亦易飘飏于风雨者。若第论其吐属之美，又何加焉。

冯延巳词，晏同叔得其俊，欧阳永叔得其深。

《词概》

18. 谭献：

金碧山水，一片空濛，此正周氏所谓有寄托入，无寄托出也。此阙叙事，行云、百草、千花、香车、双燕，必有所托。宋刻玉玩，双层浮起，笔墨至此，能事几尽。开北宋疏宕之派。

《复堂词话》

19. 冯煦：

吾家正中才绝代，罗衣行地罥残熏。

东风吹皱一池水，不分人传成幼文。

《论词绝句》(《蒿庵类稿》卷七)

20. 冯煦：

词虽导源李唐，然太白、乐天兴到之作，非其专诣；逮及季叶，兹事始鬯。温、韦崛兴，专精令体。南唐起于江左，祖尚声律，二主倡于上，翁和于下，遂为词家渊薮。翁俯仰身世，所怀万端，缪悠其辞，若显若晦，揆之六义，比兴为多。若〔三台令〕、〔归国谣〕、〔蝶恋花〕(即〔鹊踏枝〕)诸作，其旨隐，其词微，类劳人思妇、羁臣屏子郁伊怆怳之所为。翁何致而然耶？周师南侵，国势岌岌，中主既昧本图，汶暗不自强，强邻又鹰瞵而鹗睨之，而务高拱，溺浮采，芒乎芴乎，不知其将及也。翁具才略，不能有所匡救。危苦烦乱之中，郁不自达者，一于词发之。其忧生念乱，意内而言外，迹之唐五季之交，韩致尧之于诗，翁之于词，其义一也。世亶以靡曼目之，诬已。善乎刘融斋先生曰：流连光景，惆怅自怜，盖亦易飘飏于风雨者。知翁哉！知翁哉！

《阳春集序》(《四印斋所刻词》)

21. 冯煦：

吾家正中翁，鼓吹南唐，上翼二主，下启欧、晏，实正变之枢贯，短长之流别。

《唐五代词选序》

22. 冯煦：

词至南唐，二主作于上，正中和于下，诣微造极，得未曾有。宋初诸家，靡不祖述二主，宪章正中，譬之欧、虞、褚、薛之书，皆出逸少。

《蒿庵论词》

23. 缪荃孙：

阳春领袖于南唐，庆湖负声于北宋。碧山之绵渺，梅溪之轶丽；中圭双秀，不殊怨悱之音。

《宋元词四十家序》（《艺风堂文集》卷五）

24. 樊增祥：

五季之世，二李为工，后主思深理约，致兼风雅，匪唯一朝之隽，抑亦百世之宗。降而端已《浣花》之篇，正中《阳春》之录，因寄所托，归于忠爱，抑其亚也。

《东溪草堂词选自叙》（《樊山集》卷二十三）

25. 沈曾植：

刘公勇谓：词须上脱香奁，下不落元曲，乃称作手，亦为一时名语……所谓上脱香奁者，则韦庄、光宪既与致光同时，延巳、熙震亦与成绩并世，波澜不二，风习相通，方当于此津逮唐余，求欲脱之，是欲升而去其阶已。

《菌阁琐谈》

26. 陈廷焯：

自冯正中出，始极词人之工，上接飞卿，下开欧、晏，五代词人断推巨擘。

正中词为五代之冠。正中词如摩诘之诗，字字和雅，晏、欧之祖也。正中词高处入飞卿之室，却不相沿袭；雅丽处，时或过之。

雅秀工丽，是欧公之祖。字字和雅，字字秀丽，词中正格也。

正中词如摩诘之诗，字字和雅，晏、欧之祖也。

《云韶集》卷一

27. 陈廷焯：

词至五代，譬之于诗，两宋犹三唐，五代犹六朝也。后主小令，冠绝一时。韦端己亦不在其下。终五代之际，当以冯正中为巨擘。

《词坛丛话》

28. 陈廷焯：

冯正中词，极沉郁之致，穷顿挫之妙，缠绵忠厚，与温、韦相伯仲也。

晏、欧词雅近正中，然貌合神离，所失甚远。盖正中意余于词，体用兼备，不当作艳词读。若晏、欧不过极力为艳词耳，尚安足重。（卷一）

冯正中〔蝶恋花〕四章，忠爱缠绵，已臻绝顶，然其人亦殊无足取，尚何疑于史梅溪耶。诗词不尽能定人品，信矣。（卷五）

词中如飞卿、端己、正中、子野、东坡、少游、白石、梅溪诸家，脍炙人口之词，多不过二三十阕，少则十余阕或数阕，自足雄峙千古，无与为敌。

唐宋名家，流派不同，本原则一。论其派别……冯正中为一体，唐五代诸词人以及北宋晏、欧、小山等附之……其间惟飞卿、端己、正中、淮海、美成、梅溪、碧山七家，殊途同归，余则各树一帜，而皆不失其正。

词有表里俱佳，文质适中者，温飞卿……词中之上乘也。有质过于文者，韦端己、冯正中……亦词中之上乘也。（卷八）

《白雨斋词话》

29. 张祥龄：

南唐二主、冯延巳之属，固为词家宗主，然是勾萌，枝叶未备。小山、耆卿而春矣，清真、白石而夏矣，梦窗、碧山已秋矣。至白云，万宝告成，无可推徙，元故以曲继之。此天运之终也。

《词论》

30. 陈锐：

词有天籁，小令是已。本朝词人，盛称纳兰成德，余读之，但觉千篇一律，无所取裁。鹿虔扆、冯正中之流不如是也。

《褒碧斋词话》

31. 况周颐：

唐五代词并不易学，五代词尤不必学，何也？五代词人丁运会，迁流至极，燕酣成风，藻丽相尚。其所为词，即能沉至，只在词中。艳而有骨，只是艳骨。学之能造其域，未为斯道增重，矧徒得其似乎。其铮铮佼佼者，如李重光之性灵，韦端己之风度，冯正中之堂庑，岂操觚之士能方其万一。（卷一）

当是时中原多故，而词学寖昌。其先后唐庄宗，其后南唐中宗，以知音提倡于上，和成绩《红叶稿》，冯正中《阳春集》，扬葩振藻于下。（卷三）

《蕙风词话》

32. 况周颐：

冯词如古蕃锦，如周、秦宝鼎彝，琳琅满目，美不胜收。词之境诣至此，不易学，并不易知，未庸漫加选择，与后主词实异曲同工也。（卷四）

《阳春》一集，为临川、珠玉所宗。愈瑰丽愈醇朴，南渡名家霑丐膏馥，辄臻上乘。（卷四）

《历代词人考略》

33. 胡玉缙：

所录凡一百十八阕，大率自运藻思，皆可被之弦管，世修称其“思深词丽，韵律调新”，洵非溢美。

《阳春集提要》（《四库未收书目提要续编》）

34. 张尔田：

正中身仕偏朝，知时不可为，所为〔蝶恋花〕诸阕，幽咽惝恍，如醉如迷，此皆贤人君子不得志发愤之所作也。

《曼陀罗寱词序》（《曼陀罗寱词》）

35. 高旭：

几番愁绝清平调，一往情深蝶恋花。

略具性灵原不易，阳春一录是名家。

《论词绝句》三十首（《未济庐诗集》）

36. 王国维：

“画屏金鹧鸪”，飞卿语也，其词品似之。“弦上黄莺语”，端已语也，其词品亦似之。正中词品，若欲于其词句中求之，则“和泪试严妆”，殆近之欤。

张皋文谓飞卿之词“深美闳约”，余谓此四字，唯冯正中足以当之。

冯正中词虽不失五代风格，而堂庑特大，开北宋一代风气。与中、后二主词皆在《花间》范围之外，宜《花间》集中不登其只字也。

词之最工者，实推后主、正中、永叔、少游、美成，而后此南宋诸公不与焉。（《人间词话》删稿）

《人间词话》

37. 樊志厚：

温、韦之精艳，所以不如正中者，意境有深浅也。

夫古今人词之以意胜者，莫若欧阳公。以境胜者，莫若秦少游。至意境两浑，则惟太白、后主、正中数人足以当之。

《人间词序》二

38. 吴梅：

正中词缠绵忠厚，与温、韦相伯仲。其〔蝶恋花〕诸作，情词悱恻，可群可怨。张皋文云：“忠爱缠绵，宛然《骚》、《辨》之义。”余最爱诵之。如“日日花前常病酒，不辞镜里朱颜瘦”，“泪眼倚楼频独语，双燕来时、陌上相逢否”，“浓睡觉来莺乱语，惊残好梦无寻处”，思深意苦，又复忠厚恻怛。词至此，则一切叫嚣纤冶之失，自无从犯其笔端矣。他如〔归国谣〕、〔抛球乐〕、〔采桑子〕、〔菩萨蛮〕等，亦含思凄惋，蔼然动人，俨然温、韦之意也。

《词学通论》

39. 蔡嵩云：

唐五代小令，为词之初期，故《花间》、后主、正中之词，均自然多于人工。

自来治小令者，多崇尚《花间》。《花间》以温、韦二派为主，余各家为从……若性不喜《花间》，尚有二途可循。或取清丽芊绵家数，由漱玉以上规后主，参以后唐之韦庄，辅以清初之纳兰，此一途也；或取深俊婉约家数，由宋初珠玉、六一、淮海诸家，上溯正中，更以近代王静庵之《人间词》扩大其词境，此亦一途也。

正中词，缠绵悱恻，在五代别具一种风格，秾艳如飞卿，清丽如端己，超脱如后主，均与之不同家数。其词最难学，出之太易，则近率滑；过于锻炼，又伤自然，总难恰到好处。

正中〔鹊踏枝〕十四章，郁伊惝恍，究莫测其意旨，刘融斋谓其词流连光景，惆怅自怜。冯梦华则以为有家国之感寓乎其中，然欤？否欤？

正中词难学，在其轻描淡写不用力处。一着浓缛字面，即失却《阳春》本色。近代王静庵《人间词》，接武欧、晏，其实欧、晏仍自《阳春》出。《人间词》中，〔蝶恋花〕调最多，亦最佳，即〔鹊踏枝〕也。

《柯亭词论》

40. 顾宪融：

冯正中，名延巳，一名延嗣。其先彭城人，唐末徙家新安，事南唐为左仆射，同平章事。有《阳春集》乐府一卷。正中词鼓吹南唐，上翼二主，下启欧、晏，实唐宋间词流递变之一大关键，固不仅以思深韵逸见长也。正中为人专蔽固嫉，而词忠爱缠绵，此其君所以深信而不疑也。正中又尝作〔谒金门〕词“风乍起，吹皱一池春水”云云，元宗戏云：“‘吹皱一池春水’，干卿底事？”对曰：“未若陛下‘细雨梦回鸡塞远，小楼吹彻玉笙寒’。”不可使闻于邻国也。

《填词百法》

41. 配生：

冯延巳〔长命女〕云："春日宴，绿酒一杯歌一遍。再拜陈三愿：一愿郎君千岁，二愿妾身长健，三愿如同梁上燕，岁岁长相见。"温柔敦厚，而命辞尤雅，彭羡门以为虽置在古乐府可以无愧者也。《珠玉词》十首中四五言神仙与寿，辙不佳。盖文词之道，唯基于性情，然后可以动人。冯公之词，性情也，元献则故作休详语耳。正不知公自以为视"画装曲谱金书字，树记花名玉篆牌"为如何也。

《酹月楼词话》

42. 闻野鹤：

词境有四：其一，如新桐始叶，嫩翠若滴，柳梢月上，娟娟欲波，天机灵活，生意澹宕，□无丝毫迹象可寻，东坡所谓"空山无人，水流花开"者也。此境惟飞卿、正中、小山诸公具之。其二，如巨室闺襜，范律严肃，入其闼者，微闻幽馨，仙帷缥缈，檀屏掩映，弦声微作，不可端倪。此境惟少游、美成诸公具之。其三，如深山侠士，瑰抱恢奇，酒酣起舞，剑芒腾跃，抚髀一啸，林木悉靡，咤云掷月，不可一世。此境惟东坡、稼轩诸公具之。其四，如霓羽仙人，神光姚冶，云房露阙，瞬息万变，龙绡之带，凤羽之裳，织华组绮，迥非凡手。此境惟梦窗、草窗诸公具之。上下千古，不出四者。自余曹鄫不复成邦，可无讥已。

《怮簃词话》

43. 林丁：

胡怀琛先生以屈、陶、李、杜、白、苏、陆、王为中国八大诗人，吾以李后主、冯延巳、晏殊、欧阳修、苏东坡、李清照、辛弃疾、纳兰容若为中国八大词人。

《蕉窗词话》

44. 祝南：

写景、言情，分之为二，合之则一。善言情者，但写景而情在其中；善写景者亦然，景中无情，感人必浅，其能摇荡心魂者，即景亦情也。温飞卿之“江上柳如烟，雁飞残月天”，孙孟文之“片帆天际闪孤光”，冯正中之“细雨湿流光”，何尝不是景语，而情味浓至，使人低徊不尽。作令词固当会此，读令词亦当会此。唐五代人小词之不可及多在此等处，不独写情之拙重而已。

以重、拙、大言，南唐二主及冯正中词实过《花间》。常州词人主重、拙、大而高抬飞卿，殆不可解。飞卿词措语下笔，重则有之，大犹可强为傅合，将安得拙耶？而此三义中似尤以拙为首着，盖惟拙为能得重且大。能重且大者未必能拙。

重、拙、大为作词三要，固也；然轻清微妙之境界亦不易到，因此等境界，不容不用意，又不容大着力也。冯正中“风乍起”词，深得此中三味。宋词家惟韩子耕、范石湖时有此境；淮海〔浣溪沙〕“漠漠轻寒”首，亦能写此境界，然颇着奇语，便觉矜持。

南唐后主与冯正中词亦自有别：正中虽不乏寄意深远之作，选声设色，犹不尽脱《花间》习气，如后主之气象雄伟力大声宏者，殆不可得。此则性情襟袍，远不相及，非关学养也。

正中词可学，故为宋初诸家所祖。若后主之“林花谢了春红，太匆匆。无奈朝来寒雨晚来风！　胭脂泪，相留醉，几时重？自是人生长恨水长东!”哀艳而复雄奇，悲愤而复仁爱，曲折深至而复痛快淋漓，兼包众长，无美不备，直是天地间第一等文字，讵可学而能耶!即此可判李、冯之高下。

《无庵说词》

45.《续修四库全书总目提要》：

冯词蹊径颇与宋初之词相近，故多与宋词相混……延巳之词，似其为人，排斥异己，自信不疑，忧谗畏讥，思深意苦。“香车系在谁家树”，排斥之语也；“不辞镜里朱颜瘦”，自信之辞也；“千言万语黄鹂”，忧谗之喻也；“泪眼倚楼频独语”，意苦之言也，故其词微而凄婉，深而能腴，沉郁顿挫，缠绵忠厚，不同温、韦之秾丽，亦异后主之悲放，故为宋初词人所宗，允得词家之正者矣。

《阳春集一卷》

孟昶（后蜀后主）

孟昶（919—965），即后蜀后主，本名仁赞，字保元，邢州龙冈（今河北邢台）人。后蜀高祖孟知祥第三子。后蜀开国，昶为检校少保，同平章事，东川节度使。知祥疾，立为皇太子权监军国。明德元年（934）即位。在位三十年，当中原混乱，后蜀据险自守，尚得安定。宋太祖乾德二年（964）遣王全斌等率师伐蜀，三年正月昶降宋，封秦国公。七日而卒，追封楚王，谥恭孝。新旧《五代史》有传。今存词一首。

1.《曲洧旧闻》：

唐词起于唐人，而六代已滥觞矣。梁武帝有〔江南弄〕，陈后主有〔玉树后庭花〕，隋炀帝有〔夜饮朝眠曲〕。岂独五代之主，蜀之王衍、孟昶，南唐之李景、李煜，吴越之钱俶，以工小词为能文哉。

沈雄《古今词话·词话》上卷引

2. 王灼：

唐末五代文章之陋极矣，独乐章可喜，虽乏高韵，而一种奇巧，各自立格，不相沿袭。在士大夫犹有可言，若昭宗“野烟生碧树，陌上行人去”，岂非作者。诸国僭主中，李重光、王衍、孟昶、霸主钱俶，习于富贵，以歌酒自娱。而庄宗同文，兴代北，生长戎马间，百战之余，亦造语有思致。国初平一宇内，法度礼乐，寖复全盛，而士大夫乐章顿衰于前日，此尤可怪。

《碧鸡漫志》卷二

3. 杨慎：

五代僭伪十国之主，蜀之王衍、孟昶，南唐之李璟、李煜、吴越之钱俶，皆能文，而小词尤工。

《词品》卷二

4. 吴任臣：

（孟昶）好学，为文皆本于理。居恒谓李昊、徐光溥曰：“王衍浮薄而好轻艳之辞，朕不为也。”尝敕史馆集《古今韵会》五百卷。按：后主亦善辞，有〔相见欢〕词。

《十国春秋》卷四十九

5. 沈雄：

曾氏《雅编》曰：蜀主昶止有〔相见欢〕一首云：“无言独上西楼……”此蜀主之绝妙词也，落句人皆袭之，以为美谈。

《古今词话·词话》上卷

6. 王初桐：

孟昶〔玉楼春〕，苏子瞻改作〔洞仙歌〕，点金成铁也。

《小嫏嬛词话》卷一

7. 张惠言：

五代之际，孟氏、李氏君臣为谑，竞作新调，词之杂流，由此起矣。至其工者，往往绝伦。亦如齐梁五言，依托魏晋，近古然也。

《词选序》（《张惠言论词》）

8. 吴衡照：

十国时风雅才调，无过于南唐后主，次则蜀两后主，又次则吴越忠懿王。

《莲子居词话》卷三

9. 谭莹：

摩诃避暑有全词，花蕊风流恐愿师。

何侯洞仙歌隐括，点金成铁使人疑。

《论词绝句一百首》（《乐志堂诗集》卷六）

10. 华长卿：

西川天子尽无愁，争似王郎与孟侯。

唱到冰肌无汗句，摩诃池上气如秋。蜀主王衍、后蜀主孟昶

《论词绝句》(《梅庄诗钞》卷五)

11. 况周颐：

后蜀主孟保元词“冰肌玉骨”云云，自宋以还，诸家之说各异。以“冰肌玉骨清无汗，水殿风来暗香满”为蜀主诗首二句，后人足成〔玉楼春〕者，《漫叟诗话》据杨元素《本事曲》记也；以“冰肌玉骨，自清凉无汗”为蜀主词〔洞仙歌〕首二句，因足成之者，东坡〔洞仙歌〕自序也；以〔玉楼春〕全阕为蜀主作者，《漫叟诗话》也；谓东坡隐括蜀主〔玉楼春〕为〔洞仙歌〕者，《西溪丛话》所引之一云也；谓东京士人隐括东坡〔洞仙歌〕为〔玉楼春〕者，《古今词话》沈雄之说也。诸说纷歧，莫衷一是，唯坡公词序最为可据，诚如胡元任所云。乃向来选家著录蜀主之作，并皆〔玉楼春〕一首，或者别有确据，不止漫叟一家之言。时代苕远，无从考定，姑并存其说可耳。曾氏《雅编》载蜀主〔相见欢〕“无言独上西楼”云云，一作南唐李后主词，未审《十国春秋》所云〔相见欢〕即是此阕否。

《历代词人考略》卷五

花蕊夫人

花蕊夫人（生卒年不详），姓徐氏（一作费氏），青城（今属四川）人。以才色入宫，得蜀后主孟昶宠幸，号花蕊夫人，复升号慧妃。蜀亡，随孟昶入宋。善作宫词。今仅存词〔采桑子〕半阕。

1. 吴曾：

伪蜀主孟昶，徐匡璋纳女于昶，拜贵妃，别号花蕊夫人。意花不足拟其色，似花蕊轻也，又升号慧妃，以号如其性也。

《能改斋词话》卷一

2. 魏仲恭：

尝闻摛辞丽句，固非女子之事，间有天姿秀发，性灵钟慧，出言吐句，有奇男子之所不如，虽欲掩其名，不可得耳。如蜀之花蕊夫人，近时之李易安，尤显显著名者，各有宫词、乐府行乎世。然所谓脍炙者，可一二数，岂能皆佳也。

《断肠诗集序》(《断肠诗集》)

3. 杨慎：

花蕊夫人，宫词之外，尤工乐府。

《词品》卷二

4. 况周颐：

花蕊才调冠时，非寻常不栉者流，必无降志辱身之事。

《蕙风词话》卷四

李璟（南唐中主）

李璟（916—961）即南唐中主，本名景通，改名瑶，后改璟，避后周讳，复改为景，字伯玉，徐州（在今江苏省）人，南唐烈祖李昪长子。李昪称帝，封璟为吴王、诸道元帅、录尚书事，改封齐王。昇元四年（940）立为皇太子。七年（943）嗣位后，遣将灭闽、楚。周世宗南征，连败南唐军，尽割江北之地奉表称臣，并去帝号，称“唐国主”。宋太祖建隆二年（961）迁都洪州（今江西南昌），卒。在位十九年，庙号元宗。事详《宋史·南唐世家》、《新五代史·南唐世家》。后人辑其与子后主李煜之词为《南唐二主词》。

1. 李清照：

独江南李氏君臣尚文雅，故有“小楼吹彻玉笙寒”，“吹皱一池春水”之词，语虽奇甚，所谓亡国之音哀以思也。

《词论》（《苕溪渔隐丛话》后集卷三十三引）

2. 王世贞：

之诗而词，非词也；之词而诗，非诗也。言其业，李氏、晏氏父子、耆卿、子野、美成、少游、易安至矣，词之正宗也。温韦艳而促，黄九精而险，长公丽而壮，幼安辨而奇，又其次也，词之变体也。

《花间》犹伤促碎，至南唐李王父子而妙矣。“‘风乍起，吹皱一池春水’，关卿何事”，与“未若陛下‘小楼吹彻玉笙寒’，此语不可闻邻国，然是词林本色佳话”。

《艺苑卮言》

3. 黄河清：

词固乐府铙歌之滥觞，李供奉、王右丞开其美，而南唐李氏父子实弘其业。

《草堂诗余续集序》(《草堂诗余四集》)

4. 陈子龙：

自金陵二主以至靖康，代有作者，或秾纤婉丽，极哀艳之情；或流畅淡逸，穷盼倩之趣。然皆境由情生，辞随意启，天机偶发，元音自成，繁促之中尚存高浑，斯为最盛也。南渡以还，此声遂渺。寄慨者亢率而近于伧武，谐俗者鄙浅而入于优伶，以视周、李诸君，即有彼都人士之叹。

《幽兰草词序》(《安雅堂稿》卷三)

5. 陈维崧：

词有千家，业归二李，斯则绮袖之专门，红牙之哲匠矣。若易安之婉娈清新，屯田之温柔倩媚，虽为风雅之罪人，实则闺房之作者。

《金天石吴日千词稿序》(《陈检讨四六》卷九)

6. 彭孙遹

历观古今诸词，其以景语胜者，必芊绵而温丽者也；其以情语胜者，必淫艳而佻巧者也。情景合则婉约而不失之淫，情景离则儇浅而或流于荡。如温、韦、二李、少游、美成诸家，率皆以秾至之景写哀怨之情，称美一时，流声千载。黄九、柳七，一涉儇薄，犹未免于淳朴变风之讥，他尚何论哉！

《旷庵词序》(《松桂堂集》卷三十七)

7. 王士禛：

温、和生而《花间》作，李、晏出而《草堂》兴。此诗之余而乐府之变也。诗余者，古诗之苗裔也。语其正，则南唐二主为之祖，至漱玉、淮海而极盛，高、史其嗣响也；语其变，则眉山导其源，至稼轩、放翁而尽变，陈、刘其余波也。有诗人之词，唐、蜀、五代诸人是也；有文人之词，晏、欧、秦、李诸君子是也；有词人之词，柳永、周美成、康与之之属是也；有英雄之词，苏、陆、辛、刘是也。

《倚声集序》（《渔洋山人文略》卷三）

8. 沈初：

南朝乐府最清妍，建业伤心万树烟。

谁料简文宫体后，李王风致更翩翩。

《论词绝句十八首》（《兰韵堂诗集》卷一）

9. 朱依真：

南国君臣艳绮罗，梦回鸡塞欲如何。

不缘邻国风闻得，璧月琼枝未讵多。

《论词绝句》（《餐樱庑词话》引）

10. 宋翔凤：

十国河山破碎情，君臣不敢语分明。

后来惆怅重湖月，赢得词人白发生。

《论词绝句》二十首（《洞箫楼诗纪》三）

11. 谭莹：

能使阳春集价低，浣溪沙曲手亲题。

一池春水干卿事，酷似空梁落燕泥。

《论词绝句一百首》（《乐志堂诗集》卷六）

12. 杨希闵：

二主词，读之使人悄怆失志，亡国之音也。然真意流露，音节凄婉，善学者宜得意于形迹之外。

《词轨》卷二

13. 江顺诒：

比词于诗，原可以初、盛、中、晚论，而不可以时之后先分。如南唐二主似唐之初，秦、柳之琐屑，周、张之纤靡，已近于晚。北宋惟李易安差强人意。至南宋白石、玉田，始称极盛，而为词家之正轨。以辛拟太白，以苏拟少陵，尚属闰统。竹山、竹屋、梅溪、碧山、梦窗、草窗，则似中唐退之、香山、昌谷、玉溪之各臻其极。

《词学集成》卷一

14. 李慈铭：

余于词非当家，所作者真诗余耳，然于此中颇有微悟。盖必若近若远，忽去忽来，如蛱蝶穿花，深深款款；又须于无情无绪中，令人十步九迴，如佛言食蜜，中边皆甜。古来得此旨者，南唐二主、六一、安陆、淮海、小山及李易安《漱玉词》耳。屯田、稼轩近霸，而两家佳处，均处渊微。

《越缦堂读书记》卷八《文学》四

15. 冯煦：

词至南唐，二主作于上，正中和于下，诣微造极，得未曾有。宋初诸家，靡不祖述二主，宪章正中，譬之欧、虞、褚、薛之书，皆出逸少。

《蒿庵论词》

16. 樊增祥：

五季之世，二李为工，后主思深理约，致兼风雅，匪唯一朝之隽，抑亦百世之宗。

《东溪草堂词选自叙》(《樊山集》卷二十三)

17. 陈廷焯：

(中主词)凄然欲绝，后主虽工于怨词，总逊此哀婉沉至。

《云韶集》卷一

18. 张祥龄：

文章风气，如四序迁移，莫知为而为，故谓之运。左春右秋，冰虫之见，生今反古，是冬箑夏炉，乌乎能？安序顺天，愚者一得，昌黎起八代之衰，亦运使然。南唐二主、冯延巳之属，固为词家宗主，然是勾萌、枝叶未备。小山、耆卿，而春矣；清真、白石，而夏矣；梦窗、碧山，已秋矣；至白云，万宝告成，无可推徙，元故以曲继之。此天运之终也。

《词论》

19. 陈锐：

词如诗，可模拟得也，南唐诸家，回肠荡气，绝类建安。柳屯田不着笔墨似古乐府，辛稼轩俊逸似鲍明远，周美成浑厚拟陆士衡，白石得渊明之性情，梦窗有康乐之标轨。皆苦心孤造，是以被弦管而格幽明，学者但于面貌求之，抑末矣。

《褒碧斋词话》

20. 高旭：

憔悴韶光不忍看，小楼细雨玉笙寒。

江南帝子牢愁极，菡萏香销泪暗弹。

《论词绝句》三十首（《未济庐诗集》）

21. 王国维：

冯正中词虽不失五代风格，而堂庑特大，开北宋一代风气，与中、后二主词皆在《花间》范围之外，宜《花间集》中不登其只字也。

《人间词话》

22. 吴梅：

二主词，中主能哀而不伤，后主则近于伤矣。然其用赋体，不用比兴，后人亦无能学者也。此二主之异处也。

《词学通论》

23. 吴梅

文字经丧乱，愈觉风趣长。艺林不祧祖，今古唯南唐。二主妙辞令，吾更推重光。薄衾寒五更，春愁流一江。苟无亡国恨，览之亦寻常。穷人岂独诗，此事疑不祥。

《读近人词集》（《霜厓诗录》卷一）

24. 顾宪融：

晚唐五代之君，颇耽于声律，雅好文事。如唐之玄宗、昭宗，后唐庄宗，蜀主王衍，后蜀主孟昶等，文采风流，著于史册。而词华之美，不能不推南唐父子为最。南唐中主李璟，字伯玉，徐州人。唐宗室之裔，嗣父昪，僭号改元保大。宋建隆二年卒，追复帝号为元宗。其词流传虽不多，而〔浣溪沙〕、〔山花子〕二阕，自足千古。

《填词百法》

25. 赵尊岳：

十国蕃艳之中，南唐二主独以至情见著。

《填词丛话》卷二

26.《续修四库全书总目提要》：

嗣主词从容和雅，开宋初之风气。

《南唐二主词一卷》

李煜（南唐后主）

李煜（937—978），本名从嘉，字重光，号钟隐、白莲居士等，世称南唐后主、李后主。徐州（今江苏徐州）人。中主李璟第六子。初封为安定郡公、郑王，徙封吴王，以尚书令知政事，并册为太子。建隆二年（961）嗣位。在位十五年，政治上庸懦无能，向宋廷奉表纳贡，委曲求全，以图苟安幸存，同时纵情享乐。开宝八年（975），宋军攻破金陵，李煜肉袒出降，从宋军北上汴梁，被宋廷封为右千牛卫上将军、违命侯。宋太宗即位，封其为陇西公、加检校太尉。太平兴国三年（978）七月七夕服太宗赐牵机药，殂。新旧《五代史》、《南唐书》、《宋史》有传。煜善文章，工书画，知音律，长于诗词。原有《李煜集》等，均佚。南宋人将其与李璟词合辑为《南唐二主词》。

1. 苏轼：

“三十余年家国，数千里地山河……几曾识干戈。　　一旦归为臣虏，沈腰潘鬓消磨。最是仓皇辞庙日，教坊犹奏别离歌，挥泪对宫娥。”后主既为樊若水所卖，举国与人，故当恸哭于九庙之外，谢其民而后行，顾乃挥泪宫娥，听教坊离曲哉？

《书李主词》（《丛书集成初编》一五九一《东坡题跋》卷三）

2. 李清照：

五代干戈，四海瓜分豆剖，斯文道息，独江南李氏君臣尚文雅，故有“小楼吹彻玉笙寒”，“吹皱一池春水”之词。语虽奇甚，所谓亡国之音哀以思也。

《词论》（《苕溪渔隐丛话》后集卷三十三引）

3.《能改斋漫录》：

《颜氏家训》云：“别易会难，古人所重。江南饯送，下泣言离。北方风俗，不屑此事，歧路言别，欢笑分首。”李后主长短句盖用此耳。

《历代词话》卷三引

4. 胡仔：

《西清诗话》云：南唐李后主归朝后，每怀江国，且念嫔妾散落，郁郁不自聊。尝作长短句云：“帘外雨潺潺，春意阑珊。罗衾不暖五更寒。梦里不知身是客，一饷贪欢。　独自莫凭栏，无限关山，别时容易见时难。流水落花何处也，天上人间。”含思凄惋，未几下世。

《苕溪渔隐词话》卷一

5. 胡应麟：

南唐中主、后主皆有文。后主一目重瞳子，乐府为宋人一代开山祖。盖温、韦虽藻丽，而气颇伤促，意不胜辞，至此君方是当行作家，清便宛转，词家王、孟。

《诗薮·杂编》卷四

6. 王世贞：

《花间》犹伤促碎，至南唐李王父子而妙矣。

《花间》以小语致巧，《世说》靡也。《草堂》以丽字取妍，六朝隃也。即词号称诗余，然而诗人不为也，何者？其婉娈而近情也，足以移情而夺嗜。其柔靡而近俗也，诗啴缓而就之，而不知其下也。之诗而词，非词也；之词而诗，非诗也。言其业，李氏、晏氏父子、耆卿、子野、美成、少游、易安至矣，词之正宗也。温、韦艳而促，黄九精而险，长公丽而壮，幼安辨而奇，又其次也，词之变体也。词兴而乐府亡矣，曲兴而词亡矣，非乐府与词之亡，其调亡也。

“归来休放烛花红，待踏马蹄清夜月”，致语也；“问君能有几多愁，却似一江春水向东流”，情语也。后主直是词手。

《艺苑卮言》

7. 秦士奇：

李、晏、柳五、秦七、“云破月来花弄影”郎中、“红杏枝头春意闹”尚书，闺彦若易安居士，词之正也；至温、韦艳而促，黄九精而刻，长公骚而壮，幼安辨而奇，又辞之变体也。至竹屋、姜白石、史梅溪、吴梦窗诸人，格调迥出清新，故辞流于唐而盛于宋。

《草堂诗余叙》（《草堂诗余四集》）

8. 黄河清：

词固乐府铙歌之滥觞，李供奉、王右丞开其美，而南唐李氏父子实弘其业。

《草堂诗余续集序》（《草堂诗余四集》）

9. 沈际飞：

后主、炀帝辈，除却天子不为，使之作文士荡子，前无古，后无今。

《草堂诗余别集》卷二（《草堂诗余四集》）

10. 宋征璧：

夫倚声者，首推二李，然《草堂》仅收二词，未免存乎少。后主急景凋年，词极凄婉，其高者洵可追蹑太白，乃其卑者，率尔之态，了无足称。使能本之以性情，济之以风骨，又且茂于篇卷，以当二李，不居然有傲色乎！

《倡和诗余序》（《倡和诗余》顺治刻本）

11. 卓人月：

后主、易安直是词中之妖。恨二李不相遇。

《古今词统》卷四

12. 陈子龙：

自金陵二主，以至靖康，代有作者，或秾纤婉丽，极哀艳之情；或流畅澹逸，穷盼倩之趣，然皆境由情生，辞随意启，天机偶发，元音自成，繁促之中尚存高浑，斯为最盛也。

《幽兰草词序》(《安雅堂稿》卷三)

13. 余怀：

李重光风流才子，误作人主，至有入宋牵机之恨。其所作之词，一字一珠，非他家所能及也。

《玉琴斋词序》(《唐宋名家词选》引)

14. 沈谦：

男中李后主，女中李易安，极是当行本色。

李后主拙于治国，在词中犹不失为南面王，觉张郎中、宋尚书，直衙官耳。

《填词杂说》

15. 贺裳：

南唐主〔浪淘沙〕曰：“梦里不知身是客，一饷贪欢。”至宣和帝〔燕山亭〕则曰：“无据，和梦也有时不做。”其情更惨矣。呜呼，此犹《麦秀》之后有《黍离》也。

《皱水轩词筌》

16. 彭孙遹：

历观古今诸词，其以景语胜者，必芊绵而温丽者也；其以情语胜者，必淫艳而佻巧者也。情景合则婉约而不失之淫，情景离则儇浅而或流于荡，如温、韦、二李、少游、美成诸家，率皆以秾至之景写哀怨之情，称美一时，流声千载；黄九、柳七，一涉儇薄，犹未免于淳朴变风之讥，他尚何论哉！

《旷庵词序》(《松桂堂集》卷三十七)

17. 王士禛：

温、和生而《花间》作，李、晏出而《草堂》兴。此诗之余而乐府之变也。诗余者，古诗之苗裔也。语其正，则南唐二主为之祖，至漱玉、淮海而极盛，高、史其嗣响也；语其变，则眉山导其源，至稼轩、放翁而尽变，陈、刘其余波也。有诗人之词，唐、蜀、五代诸人是也；有文人之词，晏、欧、秦、李诸君子是也；有词人之词，柳永、周美成、康与之之属是也；有英雄之词，苏、陆、辛、刘是也。

《倚声集序》（《渔洋山人文略》卷三）

18. 纳兰性德：

《花间》之词如古玉器，贵重而不适用，宋词适用而少贵重，李后主兼有其美，更饶烟水迷离之致。

《渌水亭杂识》四

19. 焦袁熹：

〔采桑子〕《编纂〈乐府妙声〉竟作》

小楼昨夜东风动，杜宇啼春。哀苦难闻。怎奈官家未了身。陈家叔宝刘家禅，狐兔荆榛。懞懂因循。傲煞玲珑七窍人。

《此木轩直寄词》

20. 王时翔：

词自晚唐温、韦主于柔婉，五季之末李后主以哀艳之辞倡于上，而下皆靡然从之。入宋号为极盛，然欧阳、秦、黄诸君子且不免相沿袭，周、柳之徒无论已。独苏长公能盘硬语，与时异趋，而复失之粗。南渡后得辛稼轩寄情于豪宕中，其所制往往苍凉悲壮，在古乐府与魏武埒，斯可语于诗之变雅矣。

《莫荆琰词序》（《小山诗文全稿·文稿》卷二）

21. 郑方坤：

梧桐深院诉情悰，夜雨罗衾梦尚浓。

一种哀音兆亡国，燕山又寄恨重重。宋徽宗北狩赋〔燕山词〕云：“凭寄离恨重重，这双燕、何曾会人言语。”“梧桐夜语。”具李后主词句。

《论词绝句》（《蔗尾诗集》卷五）

22. 李其永：

无限思量去故宫，岂知双燕意难通。

居然小令南唐好，一饷贪欢是梦中。

《读历朝词杂兴》（《贺九山房诗·蓬蒿集》）

23. 汪筠：

南唐凄惋太痴生，吞吐春风不自明。

一拍一杯还一梦，直地亡国为新声。

《读〈词综〉书后二十首》（《谦谷集》卷二）

24. 夏秉衡：

唐末五代，李后主、和成绩、韦端己辈出，语极工丽而体制未备。至南北宋而作者日盛，如清真、石帚、竹山、梅溪、玉田诸集，雅正超忽，可谓词家上乘矣。

《清绮轩词选序》（《清绮轩词选》）

25. 沈初：

南朝乐府最清妍，建业伤心万树烟。

谁料简文宫体后，李王风致更翩翩。

《论词绝句十八首》（《兰韵堂诗集》卷一）

26. 王初桐：

南唐后主词，清便婉转，为宋人一代开山祖，不知唐五代之词，至后主而始变，而前此浑然高厚之气无复存矣。盖彼则佛语，而此则菩萨语也。后主自归朝后词更凄惋，真亡国之音。

《小嫏嬛词话》卷一

27. 孙原湘：

〔浪淘沙〕《拜李图题词》

词中三李，李太白，词之祖也；南唐后主，继别者也；漱玉，继祢者也。词家多奉姜、张而不知溯其先。予与诸子学词而设醴以祀三李，作《拜李图》，各就三家调倚声歌之，以当侑乐·侑南唐后主。

吟管太生香。名士文章。风流强要作君王。染就一襟天水碧，蜕了黄裳。　　洗面泪珠凉。春短愁长。落花休自怨苍黄。放下射雕词赋手，挽住斜阳。

《天真阁集》卷三十六

28. 顾宗泰：

小楼往事忆春酣，善詈清宵最不堪。

玉面洗时惟泪眼，家山何处是江南。

新词谱出旧江山，邈矣风流怅玉环。

流水落花成底事，碧�帘外雨潺潺。

《南唐杂事诗》（《月满楼诗别集》卷四，《丛书集成初编》本）

29. 黄苏：

后主词自多佳制，第意兴凄凉惨憔，实为亡国之音。（评〔摊破浣溪沙〕“菡萏香消翠叶残”）

《蓼园词评》

30. 吴衡照：

十国时风雅才调，无过于南唐后主，次则蜀两后主，又次则吴越忠懿王。

《莲子居词话》卷三

31. 沈道宽：

南朝令主擅风流，吹彻寒笙坐小楼。

自是词章称克肖，一江春水泻春愁。

国胜身危赋小词，无愁天子写愁时。

倚声本是相思调，除却宫娥欲对泣。此时不应作小词，宋人讥其对宫娥之非，可谓不揣其本。

《论词绝句》（《话山草堂诗钞》卷一）

32. 周济：

李后主词，如生马驹，不受控捉。毛嫱、西施，天下美妇人也，严妆佳，淡妆亦佳，粗服乱头，不掩国色。飞卿，严妆也；端己，淡妆也；后主，则粗服乱头矣。

《介存斋论词杂著》

33. 周之琦：

予谓重光天籁也，恐非人力所及。

《词评》（唐圭璋《南唐二主词总评》引）

34. 周之琦：

玉楼瑶殿枉回头，天上人间恨未休。

不用流珠询旧谱，一江春水足千秋。

《心日斋十六家词选》附

35. 程恩泽：

高才延巳追端己，小令中唐溢晚唐。

更用骚心为乐府，漫天哀艳李重光。

《题周稺圭前辈〈金梁梦月词〉》（《程侍郎遗集》卷六）

36. 项鸿祚：

〔浪淘沙〕《题李后主词后》

楼上五更寒。风雨无端。愁多不奈一生闲。莫问画堂南北事，如此江山。　　铅泪洗朱颜。歌舞阑珊。心头滋味只余酸。唱到宫中新乐府，杜宇啼残。

《忆云词·丁稿》

37. 谭莹：

伤心秋月与春花，独自凭栏度岁华。

便作词人秦柳上，如何偏属帝王家。

念家山破了南唐，亡国音哀事可伤。

叔宝后身身世似，端如诗里说陈王。

《论词绝句》一百首（《乐志堂诗集》卷六）

38. 袁学澜：

词中三李并重。青莲笔挟飞仙，飘飘有凌云之气，自是词中上乘。李后主哀思缠绵，尽是亡国之音，终致牵机药赐。清照忧思凄怨，语多萧瑟，晚景凄凉。两人遭际，并多坎坷，未始非词语惨楚有以感召之也。

《适园论词》

39. 华长卿：

哀音亡国总堪嗟，惆怅江南小李家。

金粉六朝流水去，可怜玉树后庭花。

《论词绝句》（《梅庄诗钞》卷五）

40. 王僧保：

落花流水寄嘘唏，如此才情绝世稀。

谁遣斯人作天子，江山满目泪沾衣。

《论词绝句》（《餐樱庑词话》引）

41. 谢章铤：

词渊源《三百篇》，萌芽古乐府，成体于唐，盛于宋，衰于元、明，复昌于国朝。温、李，正始之音也，晏、秦，当行之技也，稼轩出始用气，白石出始立格。呜乎！词虽小道，难言矣。

《叶辰溪我闻室词叙》（《赌棋山庄全集》卷一）

42. 江顺诒

比词于诗，原可以初、盛、中、晚论，而不可以时代后先分。如南唐二主，似唐之初，秦、柳之琐屑，周、张之纤靡，已近于晚，北宋惟李易安差强人意。至南宋白石、玉田，始称极盛，而为词家之正轨。以辛拟太白，以苏拟少陵，尚属闰统。竹山、竹屋、梅溪、碧山、梦窗、草窗，则似中唐退之、香山、昌谷、玉溪之各臻其极。

《词学集成》卷一

43. 李慈铭：

余于词非当家，所作者真诗余耳。然于此中颇有微悟。盖必若近若远，忽去忽来，如蛱蝶穿花，深深款款；又须于无情无绪中，令人十步九回，如佛言食蜜，中边皆甜。古来得此旨者，南唐二主、六一、安陆、淮海、小山及李易安《漱玉词》耳。屯田近俗，稼轩近霸，而两家佳处，均契渊微。

《越缦堂读书记》卷八《文学》四

44. 谭献：

雄起幽怨，乃兼二难，后起稼轩，稍伧父矣。

后主之词，足当太白诗篇，高奇无匹。

《复堂词话》

45. 冯煦：

梦编罗衾夜未央，秦淮一碧照兴亡。

落花流水春归去，一种销魂是李郎。

《论词绝句》(《蒿庵类稿》卷七)

46. 冯煦：

词至南唐，二主作于上，正中和于下，诣微造极，得未曾有。宋初诸家，靡不祖述二主，宪章正中，譬之欧、虞、褚、薛之书，皆出逸少。

《蒿庵论词》

47. 樊增祥：

五季之世，二李为工，后主思深理约，致兼风雅，匪唯一朝之隽，抑亦百世之宗。降而端己《浣花》之篇，正中《阳春》之录，因寄所托，归于忠爱，抑其亚也。

声音感人，回肠荡气，以李重光为君；演绎和畅而有则，以周美成为极；清劲有骨，淡雅居宗，以姜尧章为最。至于长短皆宜，高下应节，亦终无过于美成者。

《东溪草堂词选自叙》(《樊山集》卷二十三)

48. 王鹏运：

莲峰居士词，超逸绝伦，虚灵在骨。芝兰空谷，未足比其芳华；笙鹤瑶天，讵能方兹清怨。后起之秀，格调气韵之间，或月日至，得十一于千百。若小晏，若徽庙，其殆庶几。断代南渡，嗣音阒然。盖间气所钟，以谓词中之帝，当之无愧色也。

《半塘老人遗著》（龙榆生《唐宋名家词选》引）

49. 陈廷焯：

李后主情词婉凄，独步一时。

后主词，凄艳出飞卿之右，晏、欧之祖也。

《云韶集》卷一

50. 陈廷焯：

后主词悽惋出飞卿之右，而骚意不及。

《词则·大雅集》卷一

51. 陈廷焯：

后主词思路凄惋，词场本色，不及飞卿之厚，自胜牛松卿辈。

余尝谓后主之视飞卿，合而离者也。端己之视飞卿，离而合者也。（卷一）

李后主、晏叔原皆非词中正声，而其词则无人不爱，以其情胜也。情不深而为词，虽雅不韵，何足感人？（卷七）

《白雨斋词话》

52. 张祥龄：

文章风气，如四序迁移，莫知为而为，故谓之运。左春右秋，冰虫之见，生今反古，是冬箑夏炉，乌乎能？安序顺天，愚者一得。昌黎起八代之衰，亦运使然。南唐二主、冯延巳之属，固为词家宗主，然是勾萌，枝叶未备。小山、耆卿，而春矣，清真、白石，而夏矣，梦窗、碧山，已秋矣。至白云，万宝告成，无可推徙，元故以曲继之。此天运之终也。

《词论》

53. 康有为

若美成之跌宕悠扬，苏辛之傥宕遒上，梦窗之七宝楼台，姜张之清新俊逸，亦各穷极极妍矣。然韵味之隽，含蓄之深，神神之远，未有若三李者。

《江山万里楼词钞序》（《江山万里楼诗词钞》）

54. 况周颐：

五代词人丁运会，迁流至极，燕酣成风，藻丽相尚。其所为词，即能沉至，只在词中。艳而有骨，只是艳骨。学之能造其域，未为斯道增重，矧徒得其似乎。其铮铮佼佼者，如李重光之性灵，韦端己之风度，冯正中之堂庑，岂操觚之士能方其万一。

《蕙风词话》卷一

55. 况周颐：

后主词无上上乘，一字一珠，勿庸选择。如〔菩萨蛮〕句“抛枕翠云光。绣衣闻异香”，〔子夜歌〕句“缥色玉柔擎”，此等句尚非其至，亦复艳异无伦。

《历代词人考略》卷四

56. 高旭：

一般滋味在心头，昨夜东风满小楼。

亡国音哀如汝少，子规啼月恨难休。

《论词绝句》三十首（《未济庐诗集》）

57. 高旭：

王气江南阒寂，可怜都是伧才。

工文亦复何益，千秋亡国音哀。（李后主）

《十大家词题词》（《中华新报》1909 年 6 月 17 日）

58. 高旭：

〔虞美人〕《题李后主词》

秣陵王气深堪惜。天水衣成碧，沧桑遗恨几时休。争信南朝天子总无愁。　　移商刻羽声声破。千载无人和。月明故国泪阑干。算较陈家叔宝有心肝。

《高旭集》卷十二《箫心剑胆词》

59. 王国维：

李重光之词，神秀也。

词至李后主而眼界始大，感慨遂深，遂变伶工之词而为士大夫之词。周介存置诸温、韦之下，可谓颠倒黑白矣。“自是人生长恨水长东”，“流水落花春去也，天上人间”，《金荃》、《浣花》，能有此气象耶？

词人者，不失其赤子之心者也。故生于深宫之中，长于妇人之手，是后主为人君所短处，亦即为词人所长处。

客观之诗人，不可不多阅世。阅世愈深，则材料愈丰富，愈变化，《水浒传》、《红楼梦》之作者是也。主观之诗人不必多阅世。阅世愈浅，则性情愈真，李后主是也。

尼采谓：“一切文学，余爱以血书者。”后主之词，真所谓以血书者也。宋道君皇帝〔燕山亭〕词亦略似之，然道君不过自道身世之戚，后主则俨有释迦、基督担荷人类罪恶之意，其大小固不同矣。

冯正中词虽不失五代风格，而堂庑特大，开北宋一代风气，与中、后二主词皆在《花间》范围之外，宜《花间集》中不登其只字也。

《人间词话》

词之最工者，实推后主、正中、永叔、少游、美成，而后此南宋诸公不与焉。

《人间词话》删稿

唐五代之词，有句而无篇。南宋名家之词，有篇而无句。有篇有句，唯李后主降宋后之作，及永叔、子瞻、少游、美成，稼轩数人而已。

《人间词话》删稿

予于词，五代喜李后主、冯正中，而不喜《花间》。宋喜同叔、永叔、子瞻、少游，而不喜美成。南宋只爱稼轩一人，而最恶梦窗、玉田。

《人间词话·附录一》

60. 樊志厚：

夫古今人词之以意胜者，莫若欧阳公。以境胜者，莫若秦少游。至意境两浑，则惟太白、后主、正中数人足以当之。

《人间词序》二

61. 高燮：

〔忆江南〕《题李后主词》

情无奈，回首往事如尘。秋月春花同梦过，晚风朝雨更愁侵。此境怎能禁。　　沉吟久，泪下太无因。万种凄凉含思怨，一般滋味动人深。亡国有哀音。

《高燮集·诗词》

62. 马一浮：

古来词人利弊，此难具言。以诗为比，太白如苏、李，后主如子建，温、韦如晋宋间诗，北宋诸家如初唐，清真如少陵（律最细，词最润），梦窗如义山。

《马一浮先生语录类编》（《马一浮集》）

63. 吴梅：

二主词，中主能哀而不伤，后主则近于伤矣。然其用赋体，不用比兴，后人亦无能学者也。此二主之异处也。

读后主词，当分为二类。〔喜迁莺〕、〔阮郎归〕、〔木兰花〕、〔菩萨蛮〕（“花明月暗”一首）等，正当江南隆盛之际，虽寄情声色，而笔意自成馨逸，此为一类。至入宋后，诸作又别为一类（即前述〔忆江南〕、〔相见欢〕等）。其悲欢之情固不同，而自写襟抱，不事寄托，则一也。

《词学通论》

64. 吴梅：

文字经丧乱，愈觉风趣长。艺林不祧祖，今古唯南唐。二主妙辞令，吾更推重光。薄衾寒五更，春愁流一江。苟无亡国恨，览之亦寻常。穷人岂独诗，此事疑不祥。

《读近人词集》（《霜厓诗录》卷一）

65. 柳亚子：

〔虞美人〕《题李后主词》

南朝自古多亡国。如汝何须说。伤心刬袜下香阶。此恨绵绵流不断秦淮。　　不容榻畔卿酣卧。唱彻家山破。燕云十六尽干休。尚算赵家天子有人不。

《磨剑室诗词集·词集》

66. 碧痕：

南唐诸词家，以小语致巧，而后主尤胜。哀感顽艳，诚可称词中之南面王。今人往往学其“罗衾不耐五更寒，梦里不知身是客，一晌贪欢”等句法，动辄流入秽淫。予谓小语非李后主其人不能曲尽其妙。

《竹雨绿窗词话》

67. 蔡嵩云：

词尚自然固矣，但亦不可一概论。无论何种文艺，其在初期，莫不出乎自然，本无所谓法。渐进则法立，更进则法密。文学技术日进，人工遂多于自然矣。词之进展，亦不外此轨辙。唐五代小令，为词之初期，故《花间》、后主、正中之词，均自然多于人工。宋初小令，如欧、秦、二晏之流，所作以精到胜，与唐五代稍异，盖人工甚于自然矣。宋初慢词，犹接近自然时代，往往有佳句而乏佳章。自屯田出而词法立，清真出而词法密，词风为之丕变。如东坡之纯任自然者，殆不多见矣。南宋以降，慢词作法，穷极工巧。稼轩虽接武东坡，而词之组织结构，有极精者，则非纯任自然矣。梅溪、梦窗远绍清真，碧山、玉田近宗白石，词法之密，均臻绝顶。宋词自此，殆纯乎人工矣。总之尚自然，为初期之词。讲人工，为进步之词。词坛上各占地位，学者不妨各就性之所近而习之。必是丹非素，非通论也。

《柯亭词论》

68. 顾宪融：

后主煜，字重光，元宗第六子。建隆二年嗣立，开宝八年，国入于宋，封违命侯，卒，追封吴王。其词传数十阕，莫不清逸绵丽，本色当行。盖后主虽拙于治国，在词中犹不失为南面王也。断句如“归时休放烛花红，待踏马蹄清夜月”，“一寸芳心千万绪，人间没个安排处”，“剪不断，理还乱，是离愁，别是一般滋味在心头”，皆为后人开多少法门。周止庵评其“粗服乱头，不掩国色”，可谓知言。后之学者，惟纳兰容若得其仿佛，然气体终不逮也。

《填词百法》

69. 闻野鹤：

尝谓李后主词不可无一，不可无二。以其气爽而不粗，语俊而不纤，皆无意为词而词自胜也。后人效之者众，然皆邯郸学步，匍匐而归，以逼肖称者，仅一成容若。虽盲从之子比附传说，争为后主后身，然细按其词，则仅能清楚而已，外强中干，貌腴神索，其与后主终不能得万一也。

《㤇簃词话》

70. 赵尊岳：

十国蕃艳之中，南唐二主独以至情见著。

《填词丛话》卷二

71. 林丁：

历朝帝王能词者，当推李后主与宋徽宗，二人的身世又恰恰相同，都尝过亡国的滋味。兹将抒写被掳后生活最足动人者，各举半阕：“四十年来家国，三千里地山河。凤阁龙楼连霄汉，玉树琼枝作烟萝。几曾识干戈？　一旦归为臣虏，沈腰潘鬓销磨。最是仓皇辞庙日，教坊犹奏别离歌。挥泪对宫娥。”（后主〔破阵子〕）“凭寄离恨重重，这双燕，何曾会人言语。天地遥远，万水千山，知他故宫何处。怎不思量，除梦里、有时曾去。无据。和梦也、新来不做！”（徽宗〔燕山亭〕）身居九五，为人间至尊，故非两人所宜，但做一个艺术家的资格，却绰绰有余。

胡怀琛先生以屈、陶、李、杜、白、苏、陆、王为中国八大诗人，吾以李后主、冯延巳、晏殊、欧阳修、苏东坡、李清照、辛弃疾、纳兰容若为中国八大词人。

《蕉窗词话》

72. 祝南：

周止庵以李后主词为乱头粗服，以比飞卿之严妆与端己之淡妆，论奇而确。飞卿多比兴，端己用赋体，至后主则直抒心灵，不暇外假矣。

南唐后主与冯正中词亦自有别；正中虽不乏寄意深远之作，选声设色，犹不尽脱《花间》习气，如后主之气象雄伟力大声宏者，殆不可得。此则性情襟袍，远不相及，非关学养也。

正中词可学，故为宋初诸家所祖。若后主之“林花谢了春红，太匆匆。无奈朝来寒雨晚来风！ 胭脂泪，相留醉，几时重？自是人生长恨水长东!”哀艳而复雄奇，悲愤而复仁爱，曲折深至而复痛快淋漓，兼包众长，无美不备，直是天地间第一等文字，讵可学而能耶!即此可判李、冯之高下。

以乱头粗服比后主词，周止庵可谓善于取譬。余谓惟乱头粗服亦不失其为国色者乃系天下之至美。若温之严妆，韦之淡妆，终输一着，以其犹有妆在也。周氏特尊飞卿，竟不悟此!

《无庵说词》

73.《续修四库全书总目提要》：

后主词，概分二期：南面之时，富精艳之篇；入宋以后，多悲哀之作。写乐成欢，言哀已叹，易绸缪为高浑，变温婉为苍凉，情不尽托于房帷，文不全籍于芳草，天性真挚，诚多赋体，然非不知比兴也，其所用者，不似方城之深缩耳。虽为词中别派，而词境至此益大矣。

《南唐二主词一卷》

74. 邵祖平：

〔拨棹子〕《咏李后主》

悲管发。逐清瑟。春殿嫔娥鱼贯列。四十几年家国。空赢得，和泪胭脂凝酒色。　　凤钗蝉鬓无消息。江南尚染啼鹃血。叹战垒，旧朝虚设。凭谁问，秋院梧桐深夜月。

《培风楼诗·培风楼诗余》

王禹偁

王禹偁（954—1001）字元之，济州钜野（今山东巨野）人。九岁能文。宋太宗太平兴国八年（983）进士，授成武主簿，徙知长洲县。端拱初召试，擢右拾遗，直史馆。端拱二年（989）拜左司谏，知制诰，判大理寺。以辩徐铉罪忤旨贬商州团练副使，徙解州。淳化四年（993）召拜左正言，直昭文馆，出知单州，十五日再召为礼部员外郎，知制诰。至道元年（995）拜翰林学士，罢知滁州，徙扬州。真宗即位，召还，复为知制诰，出知黄州。世因称“王黄州”。咸平四年（1001）徙蕲州，卒。《宋史》有传。禹偁工诗文，有《小畜集》。今存词一首。

1. 沈雄：

宋初以词章早著名者，梓州苏易简作〔越江吟〕，载《百琲明珠》。蜀之大魁自此始。钜野王禹偁作〔点绛唇〕，见《小畜集》。谓其文章重于当世。

《古今词话·词话》上卷（按：《词苑萃编》卷四引此条为《升庵词话》）

2.《词苑》：

王元之有《小畜集》，其〔点绛唇〕词“水村渔市，一缕孤烟细”之句，清丽可爱，岂止以诗擅名。

《历代词话》卷四引

3. 况周颐：

王元之〔点绛唇〕起调云：“雨恨云愁，江南依旧称佳丽。”歇拍云：“平生事。此时凝睇。谁会凭栏意。”寓沉著于清空之中，虽寥寥数十字，饶有无限感慨。《词苑》所称“水村渔市”二句，第工于写景耳。

《历代词人考略》卷七

潘阆

潘阆（962?—1010）字逍遥，大名（今河北大名东）人。善诗，与王禹偁友善。初卖药钱塘，以诗教人，后卖药京师。太宗至道元年（995）为宦官王继恩所荐召对，赐进士及第，授国子四门助教。太宗晚年喜烧炼丹药，阆尝献方书，及太宗死，阆惧诛亡匿，以狂妄追还诏书。真宗时释其罪，为滁州参军。有《潘逍遥集》，词集有后人辑本《逍遥词》。

1. 黄静：

潘阆谪仙人也，放怀湖山，随意吟咏，词翰飘洒，非俗子所可仰望。

《逍遥词附记》二（《四印斋汇刻宋元三十一家词》）

2. 杨慎：

潘阆，字逍遥，其人狂逸不检，而诗句往往有出尘之语。词曲亦佳，有《忆西湖》〔虞美人〕一阕云："长忆西湖……"此词一时盛传。东坡公爱之，书于玉堂屏风。

《词品》卷三

3. 沈雄：

潘阆字逍遥，太宗朝人，狂逸不羁，坐事系狱，往往有出尘之语。

《古今词话·词辨》上卷

4. 陆淞：

潘阆〔忆孤山〕词，句法清古，语带烟霞，近时罕及。

《历代词话》卷四引

5. 王鹏运：

北宋人词，如潘逍遥之超逸，宋子京之华贵，欧阳文忠之骚雅，柳屯田之广博，晏小山之疏俊，秦太虚之婉约，张子野之流丽，黄文节之隽上，贺方回之醇肆，皆可模拟得其仿佛。唯苏文忠之清雄，夐乎轶尘绝迹，令人无从步趋。

《半塘遗稿》(《唐宋名家词选》引)

6. 况周颐：

《御选历代诗余·词人姓氏》：潘阆，大名人。皕宋楼所藏旧钞本《逍遥词》，卷端姓名上亦冠以大名。四印斋所刻即皕宋楼旧钞本。而《尚友录》则云江都人，《四朝闻见录》云居钱塘，《南宋古迹考》遂径作钱塘人。当是占籍大名，若江都、钱塘，皆游寓及之，后人倾慕才名，辄引为乡望耳。《逍遥词》“长忆西湖”阕，钱希白易自写于玉堂画壁，见《湘山野录》。东坡书于玉堂屏风，见《古今词话》。二说不同，未知孰是。卷尾致茂秀小简云〔酒泉子〕曲子十一首，今只存十首。《词综》著录第四、五、六首，其第三首〔忆西湖〕云：“吴姬个个是神仙。竞泛木兰船。”语不嫌质，尤不嫌说尽。第七首〔忆高峰〕云：“昔年独上最高层。月出见微稜。”第九首〔忆龙山〕云：“别来已白数茎头。早晚却重游。”第十首〔忆观潮〕后段云：“弄涛儿向涛头立。手把红旗旗不湿。别来几向梦中看。梦觉尚心寒。”句皆清新，境尤高绝，非食人间烟火者所能道。

《历代词人考略》卷七

7. 胡玉缙：

阆作此词，皆忆钱塘山水之作，苏轼爱之，至摘书于玉堂屏风，是已为当时所重。

《逍遥词提要》(《四库未收书目提要续编》)

8. 张德瀛：

词有与风诗意义相近者，自唐迄宋，前人巨制，多寓微旨。如……潘逍遥“岛屿清秋”，《兼葭》托踪迹也。

《词徵》卷一

9.《续修四库全书总目提要》：

宋初令曲承袭唐余，渐易秾腴为清雅，阆之所作，颇似张志和之〔渔父〕，诚有如陆子遹所称“句法清古，语带烟霞”者也。

《逍遥词一卷》

寇准

寇准（961—1023）字平仲，华州下邽（今陕西渭南）人。太宗太平兴国五年（980）进士，授大理评事，知巴东县。淳化二年（991）以直言拜左谏议大夫、枢密副使。后历任同知枢密院事、参知政事、刑部侍郎权知开封府、兵部侍郎、三司使等职。真宗景德元年（1004）拜集贤殿大学士、同中书门下平章事。契丹入侵，力劝真宗亲征，拒契丹于澶州，订“澶渊之盟”。为人所谮，罢知陕州。天禧三年（1019）再相。后以密奏太子监国事，罢为太子太傅，封莱国公。复加贬道州司马，乾兴元年（1022）再贬雷州司户参军。仁宗天圣元年（1023）徙衡州司马，未受命卒。景祐元年（1034）复太子太傅，赠中书令，莱国公，谥忠愍。《宋史》有传。著有《巴东集》，今存词四首。

1. 杨慎：

宋人作诗与唐远，作词不愧唐人。尝书寇准、杜衍、张耒、刘才邵数词，试诸人，人不能辨，皆〔阿那曲〕也。

沈雄《古今词话·词话》上卷引

2.《词品》：

莱公小词数首，率皆清丽，如〔江南春〕、〔阳关引〕、〔阿那曲〕，作词不愧唐人。

沈雄《古今词话·词评》上卷引

3. 尤侗：

寇平仲之刚，而曰：“柔情不断如春水。”范希文之正，而曰：“眉间心上，无计相回避。”欧阳永叔之忠，而曰：“无人与说相思，近日带围宽。”尽三公名垂宇宙，不以颣其白璧。

《三十二芙蓉词序》（《西堂杂俎》二集卷三）

4．彭孙遹：

词以艳丽为本色，要是体制使然。如韩魏公、寇莱公、赵忠简，非不冰心铁骨，勋德才望，照映千古，而所作小词，有“人远波空翠”、“柔情不断如春水”、“梦回鸳帐余香嫩”等语，皆极有情致，尽态穷妍。乃知广平梅花，政自无碍，竖儒辄以为怪事耳。

《金粟词话》

5．江尚质：

贤如寇准、晏殊、范仲淹、赵鼎，勋名重臣，不少艳词。即丁谓、贾昌朝、夏竦，亦有绮语流传。以及蔡京、蔡攸，各有赏识，累辟大晟府职，当不以人废言也。

沈雄《古今词话·词话》上卷引

6．谭莹：

唤柘枝颠亦自娱，能称曲子相公无。

柔情不断如春水，认作唐音恐太谀。

《论词绝句一百首》（《乐志堂诗集》卷六）

7．陈廷焯：

凄艳绝伦，飞卿之亚也。

莱公一代名臣，而词旨婉丽，仿佛飞卿。

《云韶集》卷二

8．刘毓盘：

准以风节著于时，其诗则具有晚唐之致，然骨韵特高，终非凡艳可及。胡仔《苕溪渔隐丛话》亦曰：莱公诗词，含思凄婉，盖富于情者也。

《辑校巴东集跋》（《唐五代宋辽金元名家词集六十种辑》）

9．闻野鹤：

寇莱公如春日园林，蔚然深秀。苏东坡如深山剑客，不娴俗礼。秦少游如花间丽色，却扇一笑，百媚横生。黄山谷如村女媚客，简直乏致。欧阳公如豪家子弟，仪态大方。张子野如春花百树，浅深互见。周美成如周公制礼，大体略备。王荆公如蛮夷入贡，不谙礼数。辛稼轩如草野人入掌枢密，动辄粗戾。蒋竹山如蓬门丽质，清秀有余。柳耆卿如通天老狐，醉即露尾。康与之如春场笙歌，繁乐聒耳。史梅溪如剪彩成花，细而近纤。姜白石如江介澄波，悠然一往。吴梦窗如天孙云锦，一丝一缕，尽发奇光，俗子庸夫，见之却步。李易安如中人举鼎，时虞绝膑。王碧山如天家姬侍，神采幽馨，迥非凡艳。周公谨如辞树红英，难免浮浪。朱淑贞如碧窗鹦鹉，略解语言。陆放翁如野僧说法，清而无味。张玉田如中郎凋谢，典型尚存。余则自桧以外，可无讥矣。

《愢簃词话》

林逋

林逋（968—1028）字君复，钱塘（今浙江杭州）人。少孤力学，一生不婚不仕。初放游江、淮间，后归杭州，结庐西湖之孤山，二十年足不及城市，种梅养鹤，自称“梅妻鹤子”。咸平、景德间，真宗闻其名，赐粟帛，诏长吏岁时劳问。卒谥“和靖先生”。《宋史》有传。逋善行书，工诗，有《林和靖先生诗集》，今存词四首。

1.《诗话总龟》：

林和靖不特工于诗，且工于词。如《咏草》一首“金谷年年，乱生春色谁为主”，终篇不露一“草”字。如觉范《咏梅》一首“风吹平野，一点香随马”，终篇不露一“梅”字，同一雅洁。

沈雄《古今词话·词辨》上卷引

2. 魏庆之：

林和靖工于诗文，善为词。尝作〔点绛唇〕云：“金谷年年，乱生春色谁为主。余花落处，满地和烟雨。　　又是离歌，一阕长亭暮。王孙去，萋萋无数，南北东西路。”乃草词耳，但终篇无草字。

《魏庆之词话》

3. 彭孙遹：

林处士梅妻鹤子，可称千古高风矣。乃其惜别词，如“吴山青，越山青”一阕，何等风致，“闲情”一赋，讵必玉瑕珠纇耶。

《金粟词话》

4. 谭莹：

萋萋芳草遍天涯，何预孤山处士家。

更谱长相思一阕，未应孤冷伴梅花。

《论词绝句一百首》（《乐志堂诗集》卷六）

5. 陈廷焯：

和靖词婉约有别致。

《云韶集》卷二

6. 陈廷焯：

词虽不避艳冶，亦不可流于秽亵。尝见……林和靖词，有“罗带同心结未成”之句……数公勋德才望，昭昭千古，而所作小词，非不尽态极妍，然不涉秽语，故不为法秀道人所呵。后学每以之藉口，竞作丽辞。不知惟立品如数公，乃可偶一为之，若后生小子沾沾然于此求工，鲜不为心术之累。是集所选艳词，皆以婉雅为宗。

《词坛丛话》

7. 陈廷焯：

闲情之作，虽属词中下乘，然亦不易工。盖摹色绘声，碍难著笔。第言姚冶，易近纤佻。兼写幽贞，又病迂腐。然则何为而可，曰：“根柢于风骚，涵泳于温、韦，以之作正声也可，以之作艳体亦无不可。”古人词如……林和靖之“罗带同心结未成，江头潮已平”……均不失为风流酸楚。今人不知作词之难，至于艳词，更以为无足轻重，率尔操觚，扬扬得意，不自知可耻。此《关雎》所以不作也，此郑声之所以盈天下也，此则余之所大惧也。

《白雨斋词话》卷五

8. 张德瀛：

南宋人咏梅词，谱〔霜天晓角〕者，仿自林君复。

《词徵》卷五

夏竦

夏竦（985—1051）字子乔，江州德安（今属江西）人。景德四年（1007）中贤良方正科，授光禄丞，通判台州。仁宗朝，累官枢密使，封英国公。出知河南府，迁武宁军节度使，进郑国公。皇佑三年卒，年六十七，赠太师、中书令，谥文庄。王珪为撰神道碑（《王华阳集》卷三五）。《宋史》有传。著有《文庄集》一百卷，不传。今有四库馆臣自《永乐大典》辑本三十六首。《全宋词》录其词一首。

1. 吴师道：

姚子敬尝手选《古今乐府》一帙，以夏英公竦〔喜迁莺〕宫词为冠。其词云："霞散绮，月沉钩。帘卷未央楼。夜凉河汉截天流。宫阙锁清秋。　瑶阶树。金茎露。玉辇香盘云雾。三千珠翠拥宸游。水殿按凉州。"富艳精工，诚为绝唱。

《吴礼部词话》

2. 刘体仁：

"霞散绮月沉钩"，有劝而无讽。其人去赋〔清平调〕者，不知几里。然是钧天广乐气象，较之文正公"穷塞主"不侔矣。

《七颂堂词绎》

3. 江尚质：

贤如寇准、晏殊、范仲淹、赵鼎，勋名重臣，不少艳词。即丁谓、贾昌朝、贾竦，亦有绮语流传。以及蔡京、蔡攸，各有赏识，累辟大晟府职，当不以人废言也。

沈雄《古今词话·词话》上卷引

4. 先著：

高华莹澈，犹以质胜，庆历间词如此。（评夏竦〔喜迁莺〕"云散绮”）

《词洁辑评》卷一

5. 王初桐

姚子敬尝选《古今乐府》一帖，以夏英公〔喜迁莺〕宫词为冠。今读之，高丽精工，诚为绝唱。《东轩笔录》载其诗，有“山势蜂腰断，溪分燕尾流”之句，李文靖深爱之。

《小嫏嬛词话》卷一

6. 况周颐：

夏竦〔喜迁莺令〕，特寻常应制之作，谓之清词丽句则可以，云惊才绝艳则未也。仁宗称奖之，殆赏其授毫立成，不假思索。自古文人遭遇亦有不蕲然而然者。

《历代词人考略》卷七

柳永

柳永（987?—1053），原名三变，字景庄，行七，亦称柳七，改名永，字耆卿。因其官至屯田员外郎，后人称为柳屯田。祖籍河东（今山西永济），徙居崇安（今属福建）。少年读书乡里，及冠入京应试，出入酒楼妓馆，放浪不羁。科场失意，历遍荆楚吴越。仁宗景祐元年（1034）登进士第，授睦州（今浙江建德）团练推官，历余杭令、定海晓峰盐场监官、泗州判官。庆历初改官著作郎入京，授西京灵台令、太常博士。皇祐中，迁屯田员外郎。晚年流落不偶，病殁于润州。有《乐章集》。

1. 苏轼：

山抹微云秦学士，露花倒影柳屯田。

叶梦得《避暑录话》卷三引

2. 李之仪：

至唐末，遂因其声之长短句而以意填之，始一变，以成音律，大抵以《花间集》中所载为宗，然多小阕。至柳耆卿，始铺叙展衍，形容盛明，千载如逢当日。较之《花间》所集，韵终不胜。

《跋吴思道小词》（《姑溪居士文集》卷四十）

3. 黄裳：

予观柳氏乐章，喜其能道嘉祐中太平气象，如观杜甫诗，典雅文华，无所不有。是时予方为儿，犹想见其风俗，欢声和气，洋溢道路之间，动植咸若。令人歌柳词，闻其声，听其词，如丁斯时，使人慨然所感。呜呼，太平气象，柳能一写于乐章，所谓词人盛世之黼藻，岂可废耶？

《书乐章集后》（《演山集》卷三十五）

4. 陈师道：

柳三变游东都南、北二巷，作新乐府，骫骳从俗，天下咏之，遂传禁中。仁宗颇好其词，每对酒，必使侍从歌之再三。

《后山诗话》

5. 赵令畤：

东坡云：世言柳耆卿曲俗，非也。如〔八声甘州〕云：“霜风凄紧，关河冷落，残照当楼。”此语于诗句，不减唐人高处。

《侯鲭录》卷七

6. 叶梦得：

柳永，字耆卿。为举子时，多游狭邪。善为歌辞，教坊乐工每得新腔，必求永为辞，始行于世，于是声传一时……永亦善为他文辞，而偶先以是得名，始悔为己累。后改名三变，而终不能救，择术不可不慎。余仕丹徒，尝见一西夏归朝官云：凡有井水饮处，即能歌柳词。言其传之广也。

《避暑录话》卷下

7. 俞文豹：

东坡在玉堂，有幕士善讴，因问：我词与柳词何如？对曰：柳郎中词，只好十七八女孩儿，执红牙板，唱“杨柳岸，晓风残月”；学士词，须关西大汉，执铁板，唱“大江东去”。公为之绝倒。

《吹剑续录》

8. 李清照：

逮至本朝，礼乐文武大备。又涵养百余年，始有柳屯田永者，变旧声，作新声，出《乐章集》，大得声称于世。虽协音律，而词语尘下。

《词论》(《苕溪渔隐丛话》后集卷三十三引)

9. 严有翼：

柳之乐章，人多称之。然大概非羁旅穷愁之词，则闺门淫媟之语。若以欧阳永叔、晏叔原、苏子瞻、黄鲁直、张子野、秦少游辈较之，万万相辽。彼其所以传名者，直以言多近俗，俗子易悦故也。

《艺苑雌黄》（《苕溪渔隐丛话》卷三十九引）

10. 胡寅：

词曲者，古乐府之末造也……唐人为之最工。柳耆卿后出，掩众制而尽其妙，好之者以为不可复加。及眉山苏氏，一洗绮罗香泽之态，摆脱绸缪宛转之度，使人登高望远，举首浩歌，而逸怀浩气，超然乎尘垢之外，于是《花间》为皂隶，而柳氏为舆台矣。

《酒边集序》（《百家词》）

11. 王灼：

东坡先生以文章余事作诗，溢而作词曲，高处出神入天，平处尚临镜笑春，不顾侪辈。或曰，长短句中诗也。为此论者，乃是遭柳永野狐涎之毒。诗与乐府同出，岂当分异？若从柳氏家法，正自不分异耳……沈公述、李景元、孔方平、处度叔侄、晁次膺、万俟雅言，皆有佳句，就中雅言又绝出。然六人者，源流从柳氏来，病于无韵。

柳耆卿《乐章集》，世多爱其该洽，序事闲暇，有首有尾，亦间出佳语，又能择声律谐美者用之。惟是浅近卑俗，自成一体，不知书者尤好之。予尝以比都下富儿，虽脱村野，而声态可憎。前辈云："《离骚》寂寞千年后，〔戚氏〕凄凉一曲终。"〔戚氏〕，柳所作也。柳何敢知世间有《离骚》，惟贺方回、周美成时时得之。贺〔六州歌头〕、〔望湘人〕、〔吴音子〕诸曲，周〔大酺〕、〔兰陵王〕诸曲最奇崛。或谓深劲乏韵，此遭柳氏野狐涎吐不出者也。歌曲自唐虞三代以前，秦汉以后皆有，造语险易，则无定法。今必以"斜阳芳草"、"淡烟细雨"绳墨后来作者，愚甚矣。故曰，不知书者，尤好耆卿。

今少年妄谓东坡移诗律作长短句，十有八九，不学柳耆卿，则学曹元宠，虽可笑，亦毋用笑也。

《碧鸡漫志》卷二

12. 吴曾：

晁无咎评本朝乐章，不具诸集，今载于此，云："世言柳耆卿曲俗，非也，如〔八声甘州〕云：'渐霜风凄紧，关河冷落，残照当楼。'此真唐人语不减高处矣。"张子野与柳耆卿齐名，而时以子野不及耆卿。然子野韵高，是耆卿所乏处。

《能改斋漫录》卷十六

13. 徐度：

耆卿以歌辞显名于仁宗朝，官至屯田员外郎，故世号柳屯田。其词虽极工致，然多杂以鄙语，故流俗人尤喜道之。其后欧、苏诸公继出，文格一变，至为歌词，体制高雅。柳氏之作，殆不复称于文士之口，然流俗好之自若也。刘季高侍郎宣和间尝饭于相国寺之智海院，因谈歌词，力诋柳氏，旁若无人者。有老宦者闻之，默然而起，徐取纸笔，跪于季高之前，请曰："子以柳词为不佳者，盍自为一篇示我乎？"刘默然无以应。而后知稠人广众中慎不可有所臧否也。

《却扫篇》卷五

14. 祝穆：

范蜀公尝曰：仁宗四十二年太平，镇在翰苑十余载，不能出一语咏歌，乃于耆卿词见之。

《方舆胜览》卷十

15. 张端义：

项平斋自号江陵病叟，余侍先君往荆南，所训：学诗当学杜诗，学词当学柳词。扣其所云：杜诗、柳词皆无表德，只是实说。

《贵耳集》卷上

16. 刘克庄：

前辈谓有井水处，皆唱柳词。余谓耆卿直留连光景歌咏太平尔。

《辛稼轩集序》(《后村大全集》卷九十八)

17. 刘克庄：

长短句昉于唐，盛于本朝，余尝评之：耆卿有教坊丁大使意态。美成颇偷古句，温、李诸人，困于挦撦。近岁放翁、稼轩一扫纤艳，不事斧凿，高则高矣，但时时掉书袋，要是一癖。

《跋刘叔安感秋八词》(《丛书集成初编》一五六九《后村题跋》卷二)

18. 赵以夫：

唐以诗鸣者千余家，词自《花间集》外不多见，而慢词尤不多。我朝太平盛时，柳耆卿、周美成羡为新谱，诸家又增益之，腔调备矣。后之倚其声者，语工则音未必谐，音谐则语未必工，斯其难也。

《虚斋乐府自序》(《影刊宋金元明本词》)

19. 陈振孙：

其词格固不高，而音律谐婉，语意妥贴，承平气象，形容曲尽，尤工于羁旅行役，若其人则不足道也。

《直斋书录解题》卷二十一

20. 罗烨：

(柳永)为人有仙风道骨，倜傥不羁，傲睨王侯，意尚豪放。花前月下，随意遣词，移宫换羽，词名由是盛传天下不朽。惟是且世显荣贵，官至屯田员外郎。柳自是厌薄宦情，遁于武夷九曲之东。至今柳陌花衢、歌姬舞女，凡吟咏讴歌，莫不以柳七官人为美谈。

《醉翁谈录》丙集卷二

21. 黄昇：

长于纤艳之词，然多近俚俗，故市井之人悦之。

《唐宋诸贤绝妙词选》卷五

22. 张炎：

词欲雅而正，志之所之，一为情所役，则失其雅正之音。耆卿、伯可不必论，虽美成亦有所不免。

康、柳词亦自批风抹月中来，风月二字，在我发挥，二公则为风月所使耳。

《词源》卷下

23. 沈义父：

康伯可、柳耆卿音律甚协，句法亦多有好处，然未免有鄙俗语。

《乐府指迷》

24. 蔡伯世：

苏东坡辞胜乎情，耆卿情胜乎辞。辞情相称者，唯少游而已。

孙兢《竹坡老人词序》引（《百家词》）

25. 刘将孙：

今曲行而参差不齐，不复可以充口而发，随声而协矣，然犹未至于大曲也。及柳耆卿辈以音律造新声，少游、美成以才情畅制作，而歌非朱唇皓齿如负之矣。自是以来，体亦屡变，长篇极于〔哨遍〕、〔大酺〕、〔六丑〕、〔兰陵〕，无不可以反复浩荡，而豪于气者以为冯陵大叫之资，风情才子乃复宛转作屏帏昵昵以胜之，而词以多术矣。

《新城饶克明集词序》（《养吾斋集》卷九）

26. 王若虚：

风韵如东坡，而谓不及于情，可乎？彼高人逸才，正当如是，其溢为小词而间及于脂粉之间，所谓滑稽玩戏，聊复尔尔者也。若乃纤艳淫媟，入人骨髓，如田中行、柳耆卿辈，岂公之雅趣也哉？

《滹南诗话》卷二

27. 王重阳：

〔解佩令〕《爱看柳词遂成》

平生颠傻，心猿轻忽。乐章集，看无休歇。逸性摅灵，反认过，修行超越。仙格调，自然开发。　　四旬七上，慧光崇兀。词中味，与道相谒。一句分明，便悟彻，耆卿言曲。杨柳岸，晓风残月。

《全金元词》上卷

28. 贯云石：

〔斗鹌鹑〕

柳七乐章集，把臂双歌真先味。幽欢美爱成佳配。效连理鹣鹣比翼。云窗共寝。闻子规，似繁华晓梦惊回。

《酸斋乐府》卷二

29. 徐渭：

晚唐、五代，填词最高，宋人不及，何也？词须浅近，晚唐诗文最浅，邻于词调，故臻上品。宋人开口便学杜诗，格高气粗，出语便自生硬。其间若淮海、耆卿、叔原辈，一二语入唐者有之，通篇则无有。

《南词叙录》

30. 王世贞：

言其业，李氏、晏氏父子、耆卿、子野、美成、少游、易安至矣，词之正宗也。

美成能作景语，不能作情语，能入丽字，不能入雅字，以故价微劣于柳。

《艺苑卮言》

31. 谢榛：

唐人歌诗如唱曲子，可以协丝簧、谐音节。晚唐格卑，声调犹在。及宋柳耆卿、周美成辈能为一代新声，诗与词为二物，是以宋诗不入弦歌也。

《四溟诗话》

32. 王骥德：

入唐而以绝句为曲，如〔清平〕、〔郁轮〕、〔凉州〕、〔水调〕之类。然不尽其变，而于是始创为〔忆秦娥〕、〔菩萨蛮〕等曲，盖太白、飞卿实其作俑。入宋而词始大振，署曰诗余，于今曲盖近，周待制、柳屯田其最也。然单词只韵，歌止一阕，又不尽其变。

《曲律》卷一《论曲源》

33. 何良俊：

宋初，因李太白〔忆秦娥〕、〔菩萨蛮〕二辞，以渐创制。至周待制领大晟府乐，比切声调，十二律各有篇目。柳屯田加增至二百余调，一时文士，复相拟作，而诗余为极盛。

《草堂诗余序》(《古今词汇》)

34. 秦士奇：

有六十家词，至二百余调。其间可歌可诵如李、晏、柳五、秦七、“云破月来花弄影”郎中、“红杏枝头春意闹”尚书，闺秀若易安居士，词之正也。至温、韦艳而促，黄九精而刻，长公骚而壮，幼安辨而奇。

《草堂诗余叙》(《草堂诗余四集》)

35. 孟称舜：

诗余以宛的流畅为美，故作词者率取柔音曼声，如张三影、柳三变之属，而苏子瞻、辛稼轩之清俊雄放，皆以为豪放而不入于格。宋伶人所评〔雨霖铃〕与〔酹江月〕之优者，遂为后世填词者定律矣。予窃以为不然。

幽思曲想，则张、柳之词工矣，然其失则俗而腻也，古者妖童冶妇之所遗也；伤时吊古，苏、辛之词工矣，然其失则莽而俚也，古者征夫放士之所托也。两家各有其美，亦各有其病。

《古今词统序》(按：此条又见陈继儒《诗余广选序》。)

36. 毛晋：

所制乐章，音调谐婉，尤工于羁旅悲怨之辞，闺帏淫媟之语。东坡拈出“霜风凄紧，关河冷落，残照当楼”，谓唐人佳处不过如此。一日，东坡问一优人曰：吾词何如柳耆卿？对曰：柳屯田宜十七、十八女郎，按红牙拍，唱“杨柳岸，晓风残月”。学士词须铜将军，铁绰板，唱“大江东去”。言外褒弹，优人固是解人。

《乐章集跋》(《宋六十名家词》)

37. 先著：

柳永以“乐章”名集，其词芜累者十之八，必若美成、尧章，宫调语句，两皆无憾，斯为冠绝。

《词洁·发凡》

38. 李渔：

〔多丽〕《春风吊柳七》

到春来，歌从字里生哀。是何人，暗中作祟，故令舌本慵抬。因自何、神前默祷，才知是，作者生灾。柳七词多，堪称曲祖，精魂不肯葬蒿莱。思报本，人人动念，醵分典金钗。才一霎，风流冢上，踏满弓鞋。　问郎君，才何恁巧，能令拙口生乖。不同时，恼翻后学难偕老，怨杀吾侪。口袅香魂，舌翻情浪，何殊夜夜伴多才。只此尽堪自慰，何必怅幽怀。做成例，年年此日，一奠荒台。

《笠翁余集》卷八

39. 陆进：

词有两体，闺襜之作，宜于旖旎，登临赠答，则又以豪迈见长，此秦、柳之于苏、辛，并足千古也。

《百名家词钞》引

40. 宋征璧：

词家之旨妙在离合，语不离则调不变宕；情不合则绪不联贯。每见柳永句句联合，意过久许，笔犹未休，此是其病。

沈雄《古今词话·词品》下卷引

41. 宋征璧：

吾于宋词得七人焉：曰永叔，其词秀逸；曰子瞻，其词放诞；曰少游，其词清华；曰子野，其词娟洁；曰方回，其词新鲜；曰小山，其词聪俊；曰易安，其词妍婉。他若黄鲁直之苍老，而或伤于颓。王介甫之劖削，而或伤于拗。晁无咎之规检，而或伤于朴。辛稼轩之豪爽，而或伤于霸。陆务观之萧散，而或伤于疏。此皆所谓我辈之词也。苟举当家之词，如柳屯田哀感顽艳，而少寄托。周清真蜿蜒流美，而乏陡健。康伯可排叙整齐，而乏深邃。其外则谢无逸之能写景，僧仲殊之能言情，程正伯之能壮采，张安国之能用意，万俟雅言之能协律，刘改之之能使气，曾纯甫之能书怀，吴梦窗之能叠字，姜白石之能琢句，蒋竹山之能作态，史邦卿之能刷色，黄花庵之能选格，亦其选也。词至南宋而繁，亦至南宋而敝，作者纷如，难以概述。

《倡和诗余序》(《倡和诗余》)

42. 曹溶：

上不牵累唐诗，下不滥侵元曲者，词之正位也。豪旷不冒苏、辛，秽亵不落周、柳者，词之大家也。

《古今词话序》(《古今词话》)

43. 余怀：

词家盛推秦、柳为擅场，然其人率轻佻浮华，无事功可纪。若韩魏公、范文正、周平园诸钜公，皆以填词名，则词因人重，不必定以“杨柳外晓风残月”著声红牙白板间也。

《百名家词钞》引

44. 刘体仁：

柳七最尖颖，时有俳狎，故子瞻以是呵少游。

《七颂堂词绎》

45. 尤侗：

唐诗以李杜为宗，而宋词苏、陆、辛、刘，有太白之风；秦、黄、周、柳，得少陵之体。此又画疆而理，联骑而驰者也。

《词苑丛谈序》（《词苑丛谈》）

46. 尤侗：

柳郎中“晓风残月”，苏学士“大江东去”，后人衣钵，不出两家。

《许漱石粘影轩词序》（《西堂杂俎》二集卷三）

47. 吴绮：

宋词宗尚秦、柳，以其缠绵旖旎，不求藻绘自有余妍也。苏、辛之词，调极高迈，语极流畅，当时犹有訾议，谓如诗之有变风、变雅。后之填词家，动辄持铁绰板唱大江东去，直如使酒骂坐，与此道奚啻河汉哉？

《百名家词钞》引

48. 沈谦：

学周、柳，不得见其用情处。学苏、辛，不得见其用气处。当以离处为合。

《填词杂说》

49. 沈谦

填词之源，不始太白，六朝君臣，赓色颂酒，朝云龙笛，玉树后庭，厥椎滥觞，流风不泯。迨后三唐继作，此调为多。飞卿新制，号曰“金荃”，崇祚《花间》，大都情语，艳体之陌，由来已久，奚俟成都。太仓始分上、次。及夫盛宋，美成就官考谱，七郎奉旨填词，径辟岐分，不无阑入。甚至燔柴夙驾、庆年颂治，下及退闲高咏，登眺狂歌，无不寻声按字，杂然交作，此为词之变调，非词之正宗也。

《答毛稚黄论填词书》（《东江集钞》卷七）

50. 吴骐：

文章专论才，词兼论情。才贵广大，情贵微密，苏长公词有气势而少缠绵，才大而情疏也。柳耆卿、周美成缠绵矣，而乏气势，情长而才短也。

《百名家词钞》引

51. 毛先舒：

柳屯田情语多俚浅，如“祝告天发愿，从今永无抛弃”开元曲一派，词流之下乘者也。

《诗辩坻》卷四（《清诗话续编》）

52. 严沆：

耆卿专主温丽，或失之俚；子瞻专主雄浑，或失之肆。

《古今词选序》（《宋词三百首笺注》引）

53. 魏际瑞：

宋人如柳永、周邦彦辈，填词鄙浊，有市井之气。惟欧阳永叔、秦淮海、晏同叔可称清丽，苏子瞻犹其亚也。珠圆玉润，一归大雅，则欧阳公之作为不可及矣。吾故曰：宋人之词，农人之布粟也；唐人之词，美人之珠玉也。宋人之词如其文，唐人之词如其诗。

《钞所作诗余序》（《魏伯子文集》卷一）

54. 顾仲清：

宋名家词最盛，体非一格。苏、辛之雄放豪宕，秦、柳之妩媚风流，判然分途，各极其妙。而姜白石、张叔夏辈，以冲澹秀洁得词之中正。

《湖海楼词序》引（《清名家词》）

55. 陈维崧：

易安之婉娈清新，屯田之温柔倩媚，虽为风雅之罪人，实则闺房之作者。

《金天石吴日千词稿序》（《陈检讨四六》卷九）

56. 邹祇谟：

僻调之多，以柳屯田为最。清真、《乐章》以短调行长调，故滔滔莽莽处，如初唐四杰作七古，嫌其不能尽变。

《乐章集》多在旗亭北里间，比《片玉词》更宕而尽。郑繁雅简，便启《打枣》、《挂枝》伎俩。

《远志斋词衷》

57. 邹祇谟：

乐章集风致缠绵，情语是其所长，而驽末时涉俚浅，不无易尽之恨。

《倚声初集》卷二十六

58. 朱彝尊：

宋之初，太宗洞晓音律，制大小曲，及因旧曲造新声，施之教坊，舞队曲凡三百九十，又琵琶一器，有八十四调；仁宗于禁中度曲，时则有若柳永；徽宗以大晟名乐，时则有若周邦彦、曹组、辛次膺、万俟雅言，皆明于宫调，无相夺伦者也。洎乎南渡，家各有词，虽道学如朱仲晦、真希元，亦能倚声中律吕，而姜夔审音尤精。

《群雅集序》(《曝书亭集》卷四十)

59. 万树：

宋柳耆卿、周美成辈卓然为填词宗匠，然其意专在可歌，声律谐矣，虽或言之俚，弗恤也。

《南耕词跋》

60. 万树：

周、柳、万俟等之制腔造谱皆按宫调，故协于歌喉，播诸弦管，以迄白石、梦窗辈各有所创，未有不悉音理而可造格律者。

《词律·发凡》

61. 彭孙遹：

历观古今诸词，其以景语胜者，必芊绵而温丽者也；其以情语胜者，必淫艳而佻巧者也。情景合则婉约而不失之淫，情景离则儇浅而或流于荡，如温、韦、二李、少游、美成诸家，率皆以秾至之景写哀怨之情，称美一时，流声千载；黄九、柳七，一涉儇薄，犹未免于淳朴变风之讥，他尚何论哉！

《旷庵词序》（《松桂堂集》卷三十七）

62. 彭孙遹：

柳耆卿“却傍金笼教鹦鹉，念粉郎言语”，《花间》之丽句也。辛稼轩“蓦然回首，那人却在，灯火阑珊处”，秦、周之佳境也。少游“怎得香香深处，作个蜂儿抱”，亦近柳七语矣。

柳七亦自有唐人妙境，今人但从浅俚处求之，遂使《金荃》、《兰畹》之音，流入“挂枝”、“黄莺”之调，此学柳之过也。

《金粟词话》

63. 王士禛：

凡为诗文，贵有节制，即词曲亦然。正调至秦少游、李易安为极致，若柳耆卿则靡矣。变调至东坡为极致，辛稼轩豪于东坡而不免稍过，若刘改之则恶道矣。学者不可以不辨。

《分甘余话》卷二

64. 王士禛：

温、和生而《花间》作，李、晏出而《草堂》兴。此诗之余而乐府之变也。诗余者，古诗之苗裔也。语其正，则南唐二主为之祖，至漱玉、淮海而极盛，高、史其嗣响也；语其变，则眉山导其源，至稼轩、放翁而尽变，陈、刘其余波也。有诗人之词，唐、蜀、五代诸人是也；有文人之词，晏、欧、秦、李诸君子是也；有词人之词，柳永、周美成、康与之之属是也；有英雄之词，苏、陆、辛、刘是也。

《倚声集序》（《渔洋山人文略》卷三）

65. 刘榛：

〔念奴娇〕《读宋名家词》

诗亡骚变，下梢到、荡子尖新词曲。冶绿娇红争抹饰，那是男儿气骨？风月多情，柳郎第一，开卷羞人目。相思谱就，可怜痴恨千斛。　　儒雅本色风流，稼轩吾友，还后村吾族。太史文章工部诗，个里游行原足。下令词坛，为刘左袒，为柳长戈逐。管城先拜，义辞巾帼之辱。

《董园词》(《虚直堂文集》卷廿四)

66. 徐釚：

苏东坡“大江东去”，有铜将军铁绰板之讥，柳七“晓风残月”谓可令十七、八女郎按红牙檀板歌之。此袁绹语也，后人遂奉为美谈。然仆谓东坡词有横槊气概，固是英雄本色，柳纤艳处亦丽以淫耳。

《词苑丛谈》卷三（按：此则乃徐釚引前人语，出处不详。）

67. 周在浚：

宋人词调，确自乐府中来。时代既异，声调遂殊，然源流未始不同，亦各就其情之所近取法之耳。周、柳之纤丽，《子夜》、《懊侬》之遗也；欧、苏纯正，非《君马黄》、《出东门》之类欤？放而为稼轩、后村，悲歌慷慨，傍若无人，则汉帝《大风》之歌、魏武《对酒》之什也。究其所以，何尝不言情，亦各自道其情耳。

《借荆堂词话》(徐釚《词苑丛谈》卷四引)

68. 汪懋麟：

予尝论宋词有三派：欧、晏正其始，秦、黄、周、柳、姜、史、李清照之徒备其盛，东坡、稼轩放乎其言之矣。其余子，非无单词只句，可喜可诵，求其继，难矣哉。

《棠村词序》(《清名家词》)

69. 许田：

柳三变之“关河冷落，残照当楼”、“杨柳岸晓风残月”数语，真词家三昧，以东坡之豪放，不能不心折于幕士之评。后南宋诸公，尽态极妍，终无有出其范围者。近人以词为小道，总于《骚》、

《雅》源头未曾梦见耳。

《屏山词话》

70. 焦袁熹：

〔采桑子〕《编纂〈乐府妙声〉竟作》

大唐盛际诗天子，穆穆垂裳。乐句琳琅。宋代王维柳七郎。谁交铜铁将军唱，不是毛嫱。却似文鸯。可笑髯苏不自量。

井华汲处须听取，驻得行云。落得梁尘。三变新声唱得真。香山灶妪君知否，俚俗休嗔。绝代超伦。只在当场动得人。

《此木轩直寄词》

71. 焦袁熹：

柳永之词，妙处不减于周。谓柳不如周，非知言也。

曹一士《山中白云词序》引

72. 田同之：

至唐律以后，浸淫而为词，尤以谐声为主，平仄失调，即不可入调。周、柳、万俟等之制腔造谱，皆按宫调，故协于歌喉。

《西圃词说》

73. 郑方坤：

歌管钱塘赋胜游，荷花十里桂三秋。

流连景物终南渡，不记中原有汴州。柳耆卿〔望海潮〕一词，极赋钱塘形胜，流传久之，遂启敌人南牧之衅，然逆亮即于是役殒命，未足恨也。惟是铺张山川佳丽，使士大夫狃于逸乐，遂忘中原，则庐陵罗大经所议，要不为无见也已。

《论词绝句》(《蔗尾诗集》卷五)

74. 郑燮：

词与诗不同，以婉约为正格，以豪宕为变格。燮窃以剧场论之：东坡为大净，稼轩外脚，永叔、邦卿正旦，秦淮海、柳七则小旦也；周美成为正生，南唐李后主为小生，世人爱小生定过于爱正生矣。蒋竹山、刘改之是绝妙副末，草窗贴旦，白石贴生。

《与江宾谷、江禹九书》(《郑板桥集·补遗》)

75. 汪筠：

浅斟低唱何心换，海雨天风特地豪。

待唤女儿春十八，红牙明月一声高。

《读〈词综〉书后二十首》(《谦谷集》卷二)

76. 章恺：

柳岸风情尽自夸，繁声无奈近淫哇。

佳人自有阳关曲，莫信儿童汲井华。

《论词绝句八首》(《章北亭集》卷二)

77. 李其永：

巷南巷北亦随缘，狎客生平绝可怜。

剩得晓风残月里，如今一说柳屯田。

《读历朝词杂兴》(《贺九山房诗·蓬蒿集》)

78. 王昶：

太白之“西风残照，汉家陵阙”，《黍离》“行迈”之意；志和之“桃花流水”，《考槃》、《衡门》之旨也。嗣是，温岐、韩偓诸人稍及闺幨，然乐而不淫，怨而不怒，亦犹是《摽梅》、《蔓草》之意。至柳耆卿、黄山谷辈，然后多出于亵狎，是岂长短句之正哉！

《国朝词综自序》(《春融堂集》卷四十一)

79. 王昶：

词，《三百篇》之遗也，然风雅正变，王者之迹，作者多名卿大夫，庄人正士。而柳永、周邦彦辈不免杂于俳优。后惟姜、张诸人以高贤志士放迹江湖，其旨远，其词文，托物比兴，因时伤事，即酒食游戏，无不有黍离周道之感，与诗异曲而同工。

《姚茝汀词雅序》(《春融堂集》卷四十一)

80. 王初桐：

后山曰：柳三变游东都南北二巷，作新乐府，骫骳从俗，天下咏之，遂传禁中，仁宗颇好其词，三变闻之，作宫词号〔醉蓬莱〕，因内官达后宫，且求其助。仁宗闻而觉之，乃以无行黜之。后改名永。花庵曰：柳永为屯田员外郎，会太史奏老人星见，时秋霁，宴禁中，仁宗命左右词臣为乐章，内侍属柳应制，柳方冀进用，作〔醉蓬莱〕词奏呈，上见首有“渐”字，色若不怿，读至“宸游凤辇何处”，乃与御制真宗挽词暗合，上惨然。又读至“太液波翻”，曰：何不言“波澄”！投之地，自此不复擢用。二说不同。又严有翼曰：柳三变喜作小词，薄于操行，当时有荐其才者，上曰：得非填词柳三变乎？曰：然。上曰：且去填词。由是不得志，日与儇子纵游倡馆酒楼间，无复检率，自称云“奉旨填词柳三变”。吴虎臣云：三变好为淫冶之曲，传播四方，尝有〔鹤冲天〕词云：“忍把浮名，换了浅斟低唱。”及临轩放榜，时人语之曰：且去浅斟低唱，何要浮名？ 叶石林云：尝见一西夏归朝官云：凡有井水饮处，即能歌柳词。盖因柳词虽鄙俚，而音律谐协，便于歌唱，故当时盛传之如此。

前人评《乐章集》者不一，俱切近可信。汇而观之，更为道尽耆卿。晁无咎云：世言柳耆卿曲俗，非也，如“渐霜风凄紧，关河冷落，残照当楼”，此真不减唐人语。李端叔云：耆卿词铺叙展衍，备足无余，较之《花间》所集，韵终不胜。孙敦立云：耆卿词虽工，然多杂以鄙语。刘潜夫云：耆卿有教坊丁大使意。黄叔旸云：耆卿长于纤艳之词，然多近俚俗，故市井之人悦之。陈质斋云：柳词格不高，而音律谐婉，词意妥贴，承平气象，形容曲尽，尤工于羁旅行役。

柳三变词如披沙拣金，时遇宝物。其佳处在愁寂惨黯，神味自深。第好作低帏暱枕语，令观者甜俗难忍。如〔竹马子〕云：“南楼画角，又逐残阳去。”〔诉衷情近〕云：“暮云过了，秋风老尽，故人千里。尽日空凝睇。”〔雪梅香〕云：“楚天阔，浪浸斜阳，千里溶溶。”〔八声甘州〕云：“渐霜风凄紧，关河冷落，残照当楼。

是处红衰翠减，冉冉物华休。惟有长江水，无语东流。”〔雨霖铃〕云：“今宵酒醒何处，杨柳岸，晓风残月。”〔少年游〕云：“一曲阳关，断肠声里，独自上兰桡。”〔斗百花〕云：“黄昏乍拆秋千，空锁满庭花雨。”〔玉蝴蝶〕云：“黯相望，断鸿声里，立尽斜阳。”〔木兰花慢〕云：“拚却明朝，永日画堂，一枕春醒。”此其神味自深者也。〔斗百花〕云：“长是夜深，不肯便入鸳被。与解罗裳，却道你请先睡。”〔玉女摇仙佩〕云：“自古及今，佳人才子，少得当年双美。且恁相偎倚。未消得、怜我多才多艺。愿奶奶、兰心蕙性，枕前言下，表余深意。为盟誓。今生定不孤鸳被。”〔昼夜乐〕云：“拥香衾，欢心称。”“无限狂心乘酒兴，这欢娱，渐入佳境。”〔鹤冲天〕云：“争不恣狂荡，才子词人，自是白衣卿相。”〔倾杯乐〕云：“问甚时与你，深怜痛惜还依旧。”〔两同心〕云：“锦帐里，低语偏浓，银烛下，细看俱好。个人人，昨夜分明，许伊偕老。”〔慢卷袖〕云：“怎生得依前，似恁偎香倚暖，抱着日高犹睡。”〔征部乐〕云：“但愿我，虫虫心下，把人看待，长似初相识。况逢春色，便是有，举场消息。待这回，好好怜他。更不轻拆。”〔殢人娇〕云：“无分得、与你恣情睡睡。”〔小镇西〕云：“意中有个人，芳颜二八，天然峭、自来奸黠。最奇绝。是笑时、媚靥深深，百态千娇，再三偎着，再三香滑。”〔满江红〕云：“不会得都来些子事，甚恁底死难拚弃。待到头、终久问伊著，如何是。”〔系梧桐〕云：“近日书来，寒暄而已，苦没切切言语。便认得、听人教当，拟把前言轻负。见说兰台宋玉，多才多艺善词赋。与问朝朝暮暮。行云何处去。”〔驻马听〕云：“二三载，如鱼似水相知。”“奈何伊。恣性灵，拋瞰些儿。无事孜煎，万回千度，怎免分离。”此其甜俗难忍者也，总在读者之妙于抉择耳。

《小娜嬛词话》卷一

81. 张云璈：

夫词家之弊，柔曼不已必至波靡，波靡不已必至甜俗，虽柳屯田不免此。

《沈秋卿梦绿山庄词序》(《简松草堂文集》卷五)

82. 郭麐：

词之为体，大略有四……施朱傅粉，学步习容，如宫女题红，含情幽艳，秦、周、贺、晁诸人是也。柳七则靡曼近俗矣。

《灵芬馆词话》卷一

83. 郭麐：

词家者流，其源出于《国风》，其本沿于齐梁。自太白以至五季，非儿女之情不道也。宋立乐府，用于庆赏饮宴，于是周、秦以绮靡为宗，史、柳以华缛相尚，而体一变。苏、辛以高世之才，横绝一时，而奋末广愤之音作。姜、张祖骚人之遗，尽洗秾艳，而清空婉约之旨深。自是以后，虽有作者，欲离去别见，其道无由。

《无声诗馆词序》(《灵芬馆集杂著》卷二)

84. 陈鸿寿：

耆卿骞翮于津门，邦彦历响于照碧，词至北宋而一变。石帚、玉田理定而摛藻，梅溪、竹山情密而引辞，词至南宋而又一变。

《灵芬馆词序》(《清名家词》)

85. 沈道宽：

浅斟低唱柳屯田，肯把浮名换绮筵。

身后清声谁会得，墓门红衰拜年年。

《论词绝句》(《话山草堂诗钞》卷一)

86. 陆鎣：

词家言苏、辛、周、柳，犹诗歌称李、杜，骈体举庾、徐，以为标帜云尔。

《问花楼词话》

87. 包世臣：

声之得者又有三：曰清、曰脆、曰涩。不脆则声不成，脆矣而不清则腻，清矣而不涩则浮。屯田、梦窗以不清伤气；淮海、玉田以不涩伤格，清真、白石则能兼三矣。六家于言外之旨得矣，以云意内，惟白石、玉田耳，淮海时时近之，清真、屯田、梦窗皆去之弥远，而俱不害为可传者，则以其声之幺眇铿盘，恻恻动人，无色而艳，无味而甘故也。

《月底修箫谱序》(《艺舟双楫》一)

88. 邓廷桢：

柳耆卿以词名景祐、皇祐间。《乐章集》中，冶游之作居半，率皆轻浮猥媟，取誉筝琶。如当时人所讥，有教坊丁大使意。惟〔雨霖铃〕之“今宵酒醒何处，杨柳岸，晓风残月”，〔雪梅香〕之“渔市孤烟袅寒碧”，差近风雅。〔八声甘州〕之“渐霜风凄紧，关河冷落，残照当楼”，乃不减唐人语。“远岸收残雨”一阕，亦通体清旷，涤尽铅华。昔东坡读孟郊诗作诗云：“寒灯照昏花，佳处时一遭。孤芳擢荒秽，苦语余诗骚。”吾于屯田词亦云。

《双砚斋词话》

89. 宋翔凤：

词自南唐以后，但有小令。其慢词盖起宋仁宗朝。中原息兵，汴京繁庶，歌台舞席，竞赌新声。耆卿失意无俚，流连坊曲，遂尽收俚俗语言，编入词中，以便伎人传习。一时动听，散播四方。其后东坡、少游、山谷辈，相继有作，慢词遂盛。

柳词曲折委婉，而中具浑沦之气，虽多俚语，而高处足冠群流，倚声家当尸而祝之。如竹垞所录，皆精金粹玉。以屯田一生精力在是，不似东坡辈以余事为之也。耆卿蹉跎于仁宗朝，及第已老，其年辈实在东坡之前。先于耆卿，如韩稚圭、范希文作小令，惟欧阳永叔间有长调。罗长源谓多杂入柳词，则未必欧作。余谓慢词当始耆卿矣。

《乐府余论》

90. 宋翔凤：

三唐诗变出耆卿，抗坠终能合正声。

就使浅斟低唱去，伤心一样托浮名。

《论词绝句》(《洞箫楼诗纪》三)

91.《四库全书总目提要》：

盖词本管弦冶荡之音，而永所作旖旎近情，使人易入，虽颇以俗为病，然好之者终不绝。(《乐章集提要》)

词自晚唐五代以来，以清切婉丽为宗，至柳永而一变，如诗家之有白居易；至轼而又一变，如诗家之有韩愈，遂开南宋辛弃疾等一派。寻源溯流，不能不谓之别格，然谓之不工则不可。(《东坡词提要》)

92.《四库全书简明目录》：

永词虽未能免俗，然风流旖旎，亦足以移人。故叶梦得《避暑录话》称：教坊乐工，每得新腔，必求永为词，始行于世，凡有井水吃处，皆能歌之也。

《乐章集》

93. 周济：

耆卿为世訾謷久矣，然其铺叙委婉，言近意远，森秀幽淡之趣在骨。耆卿乐府多，故恶滥可笑者多，使能珍重下笔，则北宋高手也。

《介存斋论词杂著》

94. 周济：

柳词总以平叙见长。或发端、或结尾、或换头，以一二语勾勒提掇，有千钧之力。

清真词多从耆卿夺胎。思力沉挚处往往出蓝。然耆卿秀淡幽艳，是不可及。后人摭其乐章，訾为俗笔，真瞽说也。

《宋四家词选目录序论》附眉批

95. 董士锡：

昔柳耆卿、康伯可未尝学问，乃以其鄙嫚之辞缘饰音律以投时好，而词品以坏。姜白石、张玉田出，力矫其弊为清雅之制，而词品以尊。虽然，不合五代、全宋以观之，不能极词之变也；不读秦少游、周美成、苏子瞻、辛幼安之别集，不能撷词之盛也。元明至今，姜、张盛行而秦、周、苏、辛之传几绝，则以浙西六家独尊姜、张之故。

《餐华吟馆词叙》(《齐物论斋文集》卷二)

96. 蔡宗茂：

词盛于宋代。自姜、张以格胜，苏、辛以气胜，秦、柳以情胜，而其派乃分。然幽深窅眇，语巧则纤；跌宕纵横，语粗则浅，异曲同工，要在各造其极而已。

《拜石山房词序》(《清名家词》)

97. 谢元淮：

自度新曲，必如姜尧章、周美成、张叔夏、柳耆卿辈，精于音律，吐辞即叶宫商者，方许制作。若偶习工尺，遽尔自度新腔，甘于自欺而欺人，真不足当大雅之一噱。

《填词浅说》

98. 谭莹：

空传饮水处能歌，谁使言翻太液波。
诗学杜诗词学柳，千秋论定却如何。

便有人刊冠柳词，霜风凄紧各相思。
纵难遽许唐人语，谱入红牙板最宜。

《论词绝句一百首》(《乐志堂诗集》卷六)

99. 张鸿卓：

周、秦绮靡，苏、辛豪迈，梦窗、竹山研炼，石帚、玉田清超，耆卿则善道俗情，山谷又兼俳语，此家数之别也。

《绿雪轩论词》

100. 王僧保：

波翻太液名虚员，只博当筵买笑钱。

不是晓风残月句，未应一代有屯田。

《论词绝句》（《餐樱庑词话》引）

101. 华长卿：

忍教低唱换浮名，井水村村学倚声。

残月晓风杨柳岸，教坊倾倒是耆卿。

《论词绝句》（《梅庄诗钞》卷五）

102. 杨希闵：

温、韦、二晏、秦、贺皆能诗，苏、黄尤卓卓，姜、辛诗亦工，安身立命不在词，故溢为夐绝也。屯田、清真、梅溪、梦窗、碧山、玉田诸子，藉词藩身，他文翰一无可见，有委无源，故绣绘字句，排比长调以自饰。（《总论》）

宋翔凤于庭云：耆卿蹉跎于仁宗朝，及第已老，其年辈当在东坡前。又云：柳之前作词者惟小令，六一词有长调，罗长源谓多杂入柳词，则慢调当始耆卿也。（卷三）

柳屯田词极为世称，至谓“有井水吃处，皆知歌柳郎词”。盛行如此，其实佳作甚少，不过谐俗，便歌唱耳。（卷四）

《词轨》

103. 钱斐仲：

柳词与曲，相去不能以寸。且有一个意或二三见，或四五见者，最为可厌。其为词无非舞馆魂迷，歌楼肠断，无一毫清气。

柳七词中，美景良辰、风流怜惜等字，十调九见。即如〔雨霖铃〕一阕，只“今宵酒醒”二句脍炙人口，实亦无甚好处。张、柳齐名，秦、黄并誉，冤哉！

《雨华庵词话》

104. 刘熙载：

柳耆卿词，昔人比之杜诗，为其实说，无表德也。余谓此论其体则然，若论其旨，少陵恐不许之。

耆卿词细密而妥溜，明白而家常，善于叙事，有过前人。惟绮罗香泽之态，所在多有，故觉风期未上耳。

《词概》

105. 周大枢：

词家两派，秦柳、苏辛而已。秦、柳婉媚，而苏、辛以宕激慷慨变之，近于诗矣。诗以风骨为主，苏分其诗才之余者也，辛则并其诗之才、之力而专治其余。

谢章铤《词话纪余》引（《赌棋山庄全集·稗贩杂余》卷三）

106. 欧阳凯：

锦为耆卿之肠，花为耆卿之骨，名章隽语，笙簧间发。王元泽追慕其才，亦有“赖有乐章传乐府，落落骊珠照古今”之句。刘屏山有歌云：“屯田词，考功诗，白水之白钟此奇。钩章棘句凌万象，逸兴高情俱一时。”屯田指三变，考功指翁挺也。

《崇安县志》(《宋词三百首笺注》引)

107. 谢章铤：

〔采桑子〕《书〈乐章集〉后》

井华水冷堪呜咽，淡月如弦。残柳如绵。零落莺花七百年。浅斟低唱知何意，谁写银笺。谁按丝弦。供奉文章合自怜。

《赌棋山庄集·酒边词》卷三

108. 江顺诒：

陶篁村自序云：“倚声之作，莫盛于宋，亦莫衰于宋。尝惜秦、黄、周、柳之才，徒以绮语柔情，竞夸艳冶，从而效之者加厉焉。遂使郑卫之音，泛滥于六七百年，而雅奏几乎绝矣。”诒案：词之坏，坏于秦、黄、周、柳之淫靡，非有巨识，孰敢议宋人耶？

陈曼生鸿寿《衡梦词序》云：“夫流品别则文体衰，摘句图而诗学蔽。《花庵》淫缛，争价一字之奇。《草堂》噍杀，矜惜片言之巧。缪道乖典，鲜能圆通。是以耆卿骞翮于津门，邦彦厉响于照碧。至北宋而一变。石帚、玉田，理定而摛藻；梅溪、竹山，情密而引词。词至南宋又一变矣。”诒案：论书者谓初写黄庭，恰到好处。词自太白创始，至南唐而极盛，温润绮丽，后鲜其伦。南北二宋，其文中之八家乎？

《词学集成》卷五

109. 李慈铭：

余于词非当家，所作者真诗余耳。然于此中颇有微悟。盖必若近若远，忽去忽来，如蛱蝶穿花，深深款款；又须于无情无绪中，令人十步九回，如佛言食蜜，中边皆甜。古来得此旨者，南唐二主、六一、安陆、淮海、小山及李易安《漱玉词》耳。屯田近俗，稼轩近霸，而两家佳处，均契渊微。

《越缦堂读书记》卷八《文学》四

110. 谭献：

耆卿正锋，以当杜诗。

挑灯读宋人词，至柳耆卿云：“狎兴生疏，酒徒萧索，不似少年时。”语不工，甚可慨也。

《复堂词话》

111. 冯煦：

耆卿词，曲处能直，密处能疏，奡处能平，状难状之景，达难达之情，而出之以自然，自是北宋巨手。然好为俳体，词多媟黩，有不仅如《提要》所云以俗为病者。《避暑录话》谓：“凡有井水饮处，即能歌柳词。”三变之为世诟病，亦未尝不由于此，盖与其千夫竞声，毋宁白雪之寡和也。

《蒿庵论词》

112. 冯煦：

晓风残月剧凄清，三影郎中浪得名。

却怪西湖老居士，强将子野右耆卿。

《论词绝句》(《蒿庵类稿》卷七)

113. 樊增祥：

柳七、黄九并负盛名，然《乐章》九卷，瑜不掩瑕，“关河残照”之吟，“杨柳晓风”之什，数阕以外，半为郑声，导元人之末流，入《桑中》之鄙语，准诸宣圣，放之为宜。

《东溪草堂词选自叙》(《樊山集》卷二十三)

114. 王鹏运：

北宋人词，如潘逍遥之超逸，宋子京之华贵，欧阳文忠之骚雅，柳屯田之广博，晏小山之疏俊，秦太虚之婉约，张子野之流丽，黄文节之隽上，贺方回之醇肆，皆可模拟得其仿佛，唯苏文忠之清雄，夐乎轶尘绝迹，令人无从步趋。

《半塘遗稿》(《唐宋名家词选》引)

115. 胡薇元：

柳永耆卿《乐章词》。官屯田员外，善为歌词。教坊得新腔，必求为词，始行于世，故有井水饮处，咸歌柳词。宋人云，诗当学杜，词当学柳。盖词入管弦，柳实能手。今传者多舛缺。

《岁寒居词话》

116. 沈曾植：

词曲相沿，其始固未尝有鸿沟之划。愚意“字少声多难过去”七字，乃当为词变为曲一大关键。南方沿美成一派，字句格律甚严。北方于韵，平仄既通，于字少声多之难过去者，往往加字以济之。字少之词，乃遂变为字多之曲。哩啰在词为虚声，而在曲为实字。最显证也。此端自柳耆卿已萌芽，《乐章集》同一调而不同字数者剧多。彼盖深谙歌者甘苦，又其时去五代未远，了知诗变为词，即缘字少声多之故。

《海日楼丛钞》(《菌阁琐谈》附录)

117. 继昌（李佳）：

词家昉于宋代，然只柳屯田、周美成为解音律，其词犹未尽工。姜白石、吴梦窗诸人，尚为未解音律，而颇多佳作。以是知词固非乐工所能。

《左庵词话》卷上

118. 陈廷焯：

耆卿词以情胜，音调凄婉，动摇人心，自是一代作手。讥之者虽多，终无损于先生也。

清秀是柳词本色，凄婉胜过飞卿。

《云韶集》卷二

119. 陈廷焯：

秦、柳自是作家，然却有可议处。东坡诗云："山抹微云秦学士，露华倒影柳屯田。"微以气格为病也。

秦写山川之景，柳写羁旅之情，俱臻绝顶，有不可以言语形容者。

《词坛丛话》

120. 陈廷焯：

情景兼到，骨韵俱高，无起伏之痕，有生动之趣。古今杰构，耆卿集中仅见之作。（评〔八声甘州〕"对潇潇暮雨洒江天"）

《词则·大雅集》卷二

121. 陈廷焯：

耆卿词，善于铺叙，羁旅行役，尤属擅长。然意境不高，思路微左，全失温、韦忠厚之意。词人变古，耆卿首作俑也。

蔡伯世云：子瞻辞胜乎情，耆卿情胜乎辞，辞情相称者，惟少游而已。此论陋极。东坡之词，纯以情胜，情之至者，词亦至。只是情得其正，不似耆卿之喁喁儿女私情耳。论古人词，不辨是非，不别邪正，妄为褒贬，吾不谓然。

东坡、少游，皆是情余于词，耆卿乃辞余于情，解人自辨之。

后人动称秦、柳，柳之视秦，为之奴隶而不足者，何可相提并论哉。

板桥论词云："少年学秦、柳，中年学苏、辛，老年学刘、蒋。"真是盲人道黑白，令我捧腹不禁。(卷一)

《莲子居词话》云："苏之大、张之秀、柳之艳、秦乏韵、周之圆融，南宋诸老，何以尚兹。"此论殊属浅陋。谓北宋不让南宋则可，而以秀、艳等字尊北宋则不可。如徒曰秀艳圆融而已，则北宋岂但不及南宋，并不及金元矣。至以耆卿与苏、张、周、秦并称，而不数方回，亦为无识。又以秀字目子野，韵字目少游，圆融字目美成，皆属不切。即以大字目东坡，艳字目耆卿，亦不甚确……若耆卿词，不过长于言情，语多凄秀，尚不及晏小山，更何能超越方回，而与周、秦、苏、张并峙千古也？（卷五）

乔笙巢云："他人之词，词才也。少游，词心也。得之于内，不可以传。虽子瞻之明俊，耆卿之幽秀，犹若有瞠乎后者，况其下耶？"

王通叟词名《冠柳》。北宋词家极多，独云冠柳，仍是震于耆卿名，而入其彀中耳。(卷六)

《白雨斋词话》

122. 张祥龄：

南唐二主、冯延巳之属，固为词家宗主，然是勾萌，枝叶未备。小山、耆卿，而春矣。清真、白石，而夏矣。梦窗、碧山，已秋矣。至白云，万宝告成，无可推徙，元故以曲继之。此天运之终也。

山谷之村野，屯田之脱放，则伤雅矣。

《词论》

123. 郑文焯：

柳三变乃以专诣名家，而当时转述其俳体，大共非訾，至今学者，竞相与咋舌瞠目，不敢复道其一字。独梦华推为北宋巨手，扬波于前，又得君推澜于后，遂使大声发海上，亦足表微千古。凡有井水处，庶其思源泉混混，有盈科后进之一日乎……复取曩所校定私辑柳词之深美者，精选三十余解。更冥擅其一词之命意所注，确有层折，如画龙点睛，神观飞越，只在一二笔，便尔破壁飞去也。盖能见耆卿之骨，始可通清真之神。不独声律之空积忽微，以岁世绵邈而求之至难，即文字之托于音，切于情，发而中节，亦非深于文章，贯串百家，不能识其流别。

《与陈锐论词书》(《褒碧斋词话》引)

124. 郑文焯：

屯田则宋专家，其高浑处不减清真，长调尤能以沉雄之魄、清劲之气，写奇丽之情，作挥绰之声，犹唐之诗家，有盛晚之别。

《大鹤山人词话》

125. 郑文焯：

近索词境于柳、周清空苍浑之间，益叹此诣精微，不独律谱格调之难求，即著一意、下一语，必有真情景在心目中，而后倾其才力以赴之，方能令人歌泣出地，若有感触于境之适然，如吾胸中所欲言者。太白所谓“眼前有境道不得”，岂易言哉。

盛藻缤纷，奈人寻味，以意高，故辞不必工，此屯田所以敻绝也。

周、姜取字至纯粹，若柳、吴则取字至博。近考屯田于二谢诗极多运用，至梦窗更博于史，而镕铸工，顾韵中字例，亦不若周、姜之精严已。

《词林翰藻·郑文焯致朱祖谋书》(《词学》第七辑)

126. 郑文焯：

耆卿词以属景切情，绸缪宛转，百变不穷，自是北宋倚声家妍手。其骨气高健，神韵疏宕，实惟清真能与颉颃。盖自南唐二主及正中后，得词体之正者，独《乐章集》可谓专诣已。以前此作者，所谓长短句，皆属小令。至柳三变乃演赞其未备，而曲尽其变。讵得以工为俳体而少之？尝论乐府原于燕乐，故词者，声之文也，情之华也，非娴于声，深于情，其文必不足以达之，三者具而后可以言工，不其难乎？求之两宋，清真外微耆卿其谁欤？世士恒苦其音节排奡，几不可句读；言如贯珠，又不复易摭拾，类它词之可以字句剿袭，用是以媟黩相诟病，诫勿学为淫佚。美之者，或附于秦七、黄九之末，诚不自知其浅妄，甚可悯笑也。

近世词人求其妥溜，且不可得，况语浑成？凑以浮藻，文以艰深谓之涩体，诚可闵笑也。

学者能见柳之骨，始能通周之神，不徒高健可以气取，淡苦可以言工，深华可以意胜，哀艳可以情切也。必先能为学人词，然后可语专诣，知此盖寡。词虽小道乎？亦难已。

柳词浑妙深美处，全在景中人、人中意，而往复回应，又能寄托清远，达之眼前，不嫌凌杂。诚如化人城郭，唯见非烟非雾光景。殆一片神行，虚灵四荡，不可以迹象求之也。曩尝笑樊榭笺《绝妙好词》，独取其中偶句或研炼字目为词眼，实则注意字面之雕润耳。余玩索是集，每与作者着意机括转关处，瞀采揣得，以墨围注之，真词中之眼，如画龙点睛，神观超越，使观者目送其破壁飞去而已，乌得不惊叹叫绝！

《乐章集》中多存旧谱，故音拍繁促乃词家本色。南渡后乐部放失，古曲坠逸大半，虚谱亡辞，赖是以传，亦采音所宜究心者也。

屯田词，自李端叔、刘潜夫、黄叔旸诸家评泊，多以其俳体为诟病久已。惟张端义《贵耳集》引项平斋言：诗当学杜，词当学柳，杜诗柳词，皆无表德，只是实说云云。柳得一知音，不惜歌苦矣。

《批校乐章集》

127. 郑文焯：

柳以善歌为北宋词家专诣，故所造独精，齐以亢队，流韵红牙。当时殆亦工在寡双，足擅风谣之誉。匪若大晟官拍，纯用之法曲、大曲已也。近世所议其多俳体者，要皆出于乐府遗音，实倚声之当行本色，非专家不能为之。此意惟东坡知之深，故特举其雅词以示，或人拟于不伦，岂此三语掾遂足尽之耶？清真词中如柳体者亦复不少，正以卷帙零轶，所见故仅。其实周、柳宗派微别者，辟诗之有雅怨耳。

《批校清真集》

128. 陈衍：

仁宗时，耆卿出，始作慢词，多百十字，词之规模始大，犹诗之有歌行也。少游继之，遂有秦、柳之称。

慢词即长调也，由是观之，耆卿之词，不独旖旎风流，倾倒一世，而所以沾灌后人者亦多矣。

《石遗室书录》(《崇安新志》卷十八引)

129. 况周颐：

柳屯田《乐章集》，为词家正体之一，又为金元已还乐语所自出……词曲之为体，诚迥乎不同。董（解元）为此曲初祖，而其所为词，于屯田有沆瀣之合。

《蕙风词话》卷三

130. 况周颐：

况夔笙舍人《香海棠馆词话》云：作词有三要，重、拙、大。吾读屯田词又得一字曰“宽”。“宽”之一字未易几及，即或近似之矣，总不能无波澜。屯田则愈抒写愈平淡。林宗云：叔度汪洋如千顷之波，澄之不清，淆之不浊。吾谓屯田词境亦然。向来行文之法最忌平铺直叙，屯田却以铺叙擅场，求之两宋词人，政复不能有二。

《历代词人考略》卷八

131. 陈锐：

柳屯田不着笔墨，似古乐府。

言清空者喜白石，好秾艳者学梦窗，谐婉工致则师公谨、叔夏。独柳三变，无人能道其只字已。

词源于诗，而流为曲。如柳三变，纯乎其为词矣乎。

屯田词在院本中如《琵琶记》，清真词如《会真记》。

屯田词在小说中如《金瓶梅》，清真词如《红楼梦》。

《褒碧斋词话》

132. 陈锐：

大抵词自五季以降，以耆卿为先圣，美成为先师。白石道人崛起南渡之余，明心见性，居然成佛作祖；而四明吴君特以其轶才，贯串百氏，蔚为大宗，令人有观止之叹。

《词比自序》(《词学季刊》创刊号)

133. 张德瀛：

诗衰而词兴，词衰而曲盛，必至之势也。柳耆卿隐约曲意……实为曲家导源，在词则乖风雅矣。(卷一)

耆卿词多本色语，所谓有井水处，能歌柳词，时人为之语曰“晓风残月柳三变”，又曰：“露花倒影柳屯田”，非虚誉也。特其词婉而不文，语纤而气雌下，盖骫骳从俗者。以发乎情止乎礼义之旨绳之，则望景先逝矣。胡致堂谓为掩众制而尽其妙，盖耳食之言耳。(卷五)

《词徵》

134. 冒广生：

词家之圣，莫圣于周、柳，《乐章》、《清真》全集具在，其于四声，或此阕与彼阕不同，或前编与后编之不同，甚至全句平仄互易，而律自谐。

《遐庵词稿序》(《冒广生词曲论文集》)

135. 夏敬观：

耆卿词当分雅、俚二类。雅词用六朝小品文赋作法，层层铺叙，情景兼融，一笔到底，始终不懈。俚词袭五代淫诐之风气，开金、元曲子之先声，比于里巷歌谣，亦复自成一格。其鄙俚过甚者，不无乐工歌儿所窜改，可断言也。唯人品放荡，几于篇篇，学者尤当慎择也。

耆卿写景无不工，造句不事雕琢，清真效之，故学清真词者，不可不读柳词。

耆卿多平铺直叙，清真特变其法，一篇之中，回环往复，一唱三叹，故慢词始盛于耆卿，大成于清真。

《吷庵词评》

136. 夏敬观：

后山称：今代词手，惟秦七、黄九。少游清丽，山谷重拙，自是一时敌手。至用谚语作俳体，时移世易，语言变迁，后之阅者渐不能明。此亦自然之势。试检扬子云《绝代语》，有能一一释其义者乎？以市井语入词，始于柳耆卿，少游、山谷各有数篇，山谷特甚之又甚，至不可句读。若此类者，学者可不必步趋耳。

《手批山谷词》（《唐宋名家词选》引）

137. 夏敬观：

读书多，致身为士大夫，自不俗，其所占身分，所居地位，异于寒酸之士，自无寒酸语。然柳耆卿、黄山谷好为市井人语，亦不俗不寒酸。

《蕙风词话诠评》（《蕙风词话》附录）

138. 高旭：

流水寒鸦秦学士，霜风残照柳屯田。

两家才思真凄绝，似向空山闻杜鹃。

《论词绝句》三十首（《未济庐诗集》）

139. 高旭：

耆卿晚风残月，十分名重当时。

婉约该推秦七，红牙少女歌之。李后主、秦少游

《十大家词题词》（《中华新报》1909年6月17日）

140. 王国维：

艳词可作，唯万不可作儇薄语。龚定庵诗云："偶赋凌云偶倦飞，偶然闲慕遂初衣。偶逢锦瑟佳人问，便说寻春为汝归。"其人之凉薄无行，跃然纸墨间。余辈读耆卿、伯可词，亦有此感。

〔蝶恋花〕"独倚危楼"一阕，见《六一词》，亦见《乐章集》。余谓：屯田轻薄子，只能道"奶奶兰心蕙性"耳。此等语固非欧公不能道也。

《人间词话》删稿

141. 王国维：

以宋词比唐诗，则东坡似太白，欧、秦似摩诘，耆卿似乐天，方回、叔原则大历十子之流。南宋惟一稼轩可比昌黎。而词中老杜，则非先生（按：指周邦彦。）不可。昔人以耆卿比少陵，犹未当也。

《清真先生遗事·尚论三》

142. 张素：

苏辛语多慷慨，秦柳意尚芊绵。

要摘玄珠在手，须探赤水龙眠。

《石工、眉孙两家论词不合》(《闷寻鹦馆诗抄》)

143. 周曾锦：

柳耆卿词，大率前遍铺叙景物，或写羁旅行役，后遍则追忆旧欢，伤离惜别，几于千篇一律，绝少变换，不能自脱窠臼。词格之卑，正不徒杂以鄙俚已也。

《卧庐词话》

144. 吴梅：

汴京繁庶，竞赌新声。柳永失意无聊，专事绮语。张先流连歌酒，不乏艳辞。惟托体之高，柳不如张，盖子野为古今一大转移也。前此为晏、欧，为温、韦，体段虽具，声色未开。后此为苏、辛，为姜、张，发扬蹈厉，壁垒一变。而界乎其间者，独有子野，非如耆卿专工铺叙，以一二语见长也。

肇慢词之祖者，为柳永。

柳词仅工铺叙而已。每首中事实必清，点景必工，而又有一二警策语，为全词生色，其工处在此也。冯梦华谓其曲处能直，密处能疏，奡处能平，状难状之景，达难达之情，而出之以自然，自是北宋巨手。然好为俳体，词多媟黩，有不仅如《提要》所云以俗为病者，此言甚是。余谓柳词皆是直写，无比兴，亦无寄托。见眼中景色，即说意中人物，便觉直率无味。况时时有俚俗语，如〔昼夜乐〕云："早知恁地难拚，悔不当初留住。其奈风流端正外，更别有系人心处。一日不思量，也攒眉千度。"〔梦还京〕云："追悔当初，绣阁话别太容易。"〔鹤冲天〕云："假使重相见，还得似当初么？悔恨无计那，迢迢长夜，自家只恁摧挫。"〔两同心〕云："个人人昨夜分明，许伊偕老。"〔征部乐〕云："待这回好好怜伊，更不轻离拆。"皆率笔无咀嚼处。诸如此类，不胜枚举，实不可学。且通本皆摹写艳情，追述别恨，见一斑已具全豹，正不必字字推敲也。惟北宋慢词，确创自耆卿，不得不推为大家耳。

《词学通论》

145. 陈匪石：

郑文焯论词，曰骨气，曰高健，端在于此。至其以清劲之气、沉雄之魄，运用长句，尤耆卿特长。美成〔西平乐〕、梦窗〔莺啼序〕全得力于柳词。盖耆卿之不可及者，在骨气不在字面，彼嗤为纤艳俚俗者，未深得三昧也。

《宋词举》卷下

146. 陈匪石：

柳屯田有"忍把浮名，换了浅斟低唱"之句，论者讥其轻薄；又以集中诸词多闺房媟亵语，议其轻亵。不知屯田词品，正如绝代佳人，乱头粗服，而一种天然之致，自不可掩；且其气冲和，纯是浑沦未凿气象。

《旧时月色斋词谭》

147. 刘师培：

耆卿词曲，密处能疏，奡处能平，状难状之景，达难达之情；例以古诗，间符康乐，此名家之词也。若耆卿之词，好为俳体，复词多亵渎，则其病也。

《论文杂记》

148. 蔡嵩云：

北宋初，仍循五代遗法歌小令。中叶以后，慢词渐盛，词乐始突飞猛进，内容遂日趋于繁复矣。当时创调制谱最有名者，首推柳耆卿。所制新声独多，饮水处都歌柳词，是其一证。

自来评词，尤鲜定论。派别不同，则难免入主出奴之见。往往同一人之词，有扬之则九天，抑之则九渊者。如近世推崇屯田、梦窗，而宋末张玉田《词源》则非难备至，即其一例。

屯田为北宋创调名家，所为词，得失参半。其倡楼信笔之作，每以俳体为世诟病，万不可学。至其佳词，则章法精严，极离合顺逆贯串映带之妙，下开清真、梦窗词法。而描写景物，亦极工丽。〔雨霖铃〕调，在《乐章集》中，尚非绝诣，特以"杨柳岸，晓风残月"句得名耳。

柳词胜处，在气骨，不在字面。其写景处，远胜其抒情处。而章法大开大阖，为后起清真、梦窗诸家所取法，信为创调名家。

周词渊源，全自柳出。其写情用赋笔，纯是屯田家法。特清真有时意较含蓄，辞较精工耳。细绎《片玉集》，慢词学柳而脱去痕迹自成家数者，十居七八。字面虽殊格调未变者，十居二三。陈褒碧有言："能见耆卿之骨，始能通清真之神。"目光如炬，突过王晦叔、张玉田诸贤远甚。梦窗深得清真之妙，其慢词开阖变化，实间接自柳出。

《柯亭词论》

149. 顾宪融：

柳耆卿，名永，初名三变，乐安人。景祐元年进士，历官屯田员外郎。有《乐章集》九卷，音调谐婉，尤工于羁旅悲怨之辞，闺帷媱媟之语。东坡拈出“霜风凄紧，关河冷落，残照当楼”，谓“唐人佳处不过如此”。周止庵曰：“耆卿为世訾謷久矣！然其铺叙委宛，言近意远，森秀幽淡之趣在骨。”又曰：“耆卿乐府固恶滥可笑者多，使能珍重下笔，则北宋高手也。”（按：宋仁宗留意儒雅，务本理道，深斥浮艳虚薄之文。耆卿初为进士，好作淫冶讴歌，传播四方，尝有〔鹤冲天〕词云：“忍把浮名，换了浅斟低唱。”及临轩放榜，特落之曰：“且去浅斟低唱，何用浮名！”耆卿失意无俚，益复流连坊曲，尽收俚言俗语，多制慢词，以便伎人传习，一时动听。故谓词之由小令、中调以递之慢者，耆卿其关钥也。）

《填词百法》

150. 闻野鹤：

寇莱公如春日园林，蔚然深秀。苏东坡如深山剑客，不娴俗礼。秦少游如花间丽色，却扇一笑，百媚横生。黄山谷如村女媚客，简直乏致。欧阳公如豪家子弟，仪态大方。张子野如春花百树，浅深互见。周美成如周公制礼，大体略备。王荆公如蛮夷入贡，不谙礼数。辛稼轩如草野人入掌枢密，动辄粗戾。蒋竹山如蓬门丽质，清秀有余。柳耆卿如通天老狐，醉即露尾。康与之如春场笙歌，繁乐聒耳。史梅溪如剪彩成花，细而近纤。姜白石如江介澄波，悠然一往。吴梦窗如天孙云锦，一丝一缕，尽发奇光，俗子庸夫，见之却步。李易安如中人举鼎，时虞绝膑。王碧山如天家姬侍，神采幽馨，迥非凡艳。周公谨如辞树红英，难免浮浪。朱淑贞如碧窗鹦鹉，略解语言。陆放翁如野僧说法，清而无味。张玉田如中郎凋谢，典型尚存。余则自桧以外，可无讥矣。

《怬簃词话》

151. 赵尊岳：

《乐章》能敷藻眼前之景物，作无穷之语，婉而不患其冗，宽而不嫌其廓，亦不易遽学。

柳七说景最宽，无论何物何事，一一摭拾入词，均能位置熨帖，传胜情，具妙景，宋人正法，殊不易几。

《珍重阁词话》

152. 赵尊岳：

若再断代言之，同时竟爽，自各极其胜场。十国蕃艳之中，南唐二主独以至情见著。北宋柳缛、贺疏，周雅、秦秀；南宋吴密、姜苍，张俊、周丽；元则遗山天颖，惟以雄胜。明仅二陆沉著可诵。（卷二）

北宋柳七、黄九尚偶以方言俳语入词，幸其朴质犹昔，淳气未漓，故未即以为疵累。

宋词以晏、秦、周、柳、苏、吴、姜、张为八大家。周虽蹊径分明，学之亦不易易。晏词智慧流露而重大有余，实为浑金璞玉之音。柳能以繁词写碎景细情。苏能直抒其胸臆，清雄莫并。秦以风神取胜。吴以精金美玉胜，细针密缕，学者望之似有迹，学之辄无功。姜之苍雅，张之骀荡，均为百世之师。学者能奉此数大家为祖祢，能得若干即成就若干，外无余师矣。（卷四）

《花间》不易遽学，古蕃锦岂人尽可织？下之如梦窗之七宝楼台，《珠玉》之浑金朴玉，《小山》之风神淡厚，苏、辛之清雄天成，均不易为师资。《乐章》善道眼前之景物，一一写来，无不精深。笔力又复骞举，宽不失疏，岂易著墨？清真、梦窗，浑厚精整，少有途辙，为学词者所必由。淮海风神足，白石出笔健，玉田意境跌宕，亦学者所当永为圭臬者。（卷五）

《填词丛话》

153. 张伯驹：

《碧鸡漫志》云：柳耆卿《乐章集》世多爱其该洽，序事闲暇，有首有尾，亦间出佳语，又能择声律谐美者用之。唯是浅近卑俗，自成一体，不知书者尤好之。予尝以比都下富儿，虽脱村野，而声态可憎。前辈云:“离骚寂寞千年后，戚氏凄凉一曲终。”〔戚氏〕，柳所作也。柳何敢知世间有《离骚》？惟贺方回、周美成时时得之。贺〔六州歌头〕、〔望湘人〕、〔吴音子〕诸曲，周〔大酺〕、〔兰陵王〕诸曲，最奇崛，或谓深劲乏韵，此遭柳氏野狐涎吐不出者也。歌曲自唐虞三代以前，秦汉以后，皆有造语险易，则无定法。今必以斜阳芳草、淡烟细雨绳墨后来作者，愚甚矣。故曰：不知书者尤好耆卿。余谓晦叔此论，尚未尽知词。不知书者，自有其天籁。斜阳芳草，淡烟细雨，眼前景物，亦有胜于造语。尝言“眼前有景道不得”，能道得，便是好词。

《丛碧词话》

154. 祝南：

柳耆卿词，寓曲折于平直，气机最为流畅，可药破碎，可救艰涩。

耆卿叙句朴拙处，为美成所祖。特耆卿转笔轻圆，美成则多潜转；耆卿意脉拈连，美成则多起落；耆卿一泻无余，美成如往而复。轻重厚薄，固自有不同耳。

耆卿词最长铺叙，随意抒写，无微不至，以其精乐律，善创调，一无拘束，得以舒卷自如也。然而取材不精，故时不免俗滥。

《无庵说词》

聂冠卿

聂冠卿（988—1042）字长孺，歙州新安（今安微歙县）人。真宗大中祥符五年（1012）进士，授连州军事推官，以文章为杨亿所赏，召试学士院，校勘馆阁书籍，迁太常博士，历开封府判官，三司盐铁度支判官，同修起居注，尚书工部郎中，刑部郎中直集贤院，兵部郎中，知制诰，判太常礼院。后奉使契丹，还为翰林学士，兼侍读学士。《宋史》有传。冠卿嗜学好古，工诗，有《蕲春集》，今不传。今存词一首。

1. 黄昇：

惟聂长孺于李良定席上赋〔多丽〕词，才情富赡矣。其“露洗华桐，烟霏细柳，绿荫摇曳，荡春一色”，则又玉中之拱璧，珠中之夜光也。每一诵之，抚玩无斁。

沈雄《古今词话·词辨》下卷引

2.《新安志》：

聂字长孺，庆历中学士，以词著名，率多慢词，有《蕲春集》。

沈雄《古今词话·词评》上卷引

3. 沈雄：

《渔隐丛话》曰：聂冠卿于李良定席上，赋〔绿头鸭〕，所谓中秋词自东坡〔水调歌头〕而外，余词尽废，惟此称善。

《古今词话·词评》上卷（按：沈雄所引有误。渔隐评中秋词之语见《苕溪渔隐丛话》后集卷三十九：“中秋词自东坡〔水调歌头〕一出，余词尽废。然其后亦岂无佳词？如晁次膺〔绿头鸭〕一词，殊清婉。”评聂词但云：“冠卿词有‘露洗华桐、烟霏丝柳’之句，此正是仲春天气。下句乃云：‘绿阴摇曳，荡春一色’，其时未有绿荫，真语病也。”沈氏误将晁作聂。）

4. 丁绍仪：

聂冠卿于李良定席上赋〔多丽〕词，一时传诵。蔡君谟诗所谓“多丽新词到海边，天涯回首重依然”也。

《听秋声馆词话》卷十一

5. 谭莹：

有人爱比夜光珠，多丽词传到海隅。

谁说桐花丝柳遍，仲春时候绿阴无。

《论词绝句一百首》(《乐志堂诗集》卷六)

6. 况周颐：

《宋史·冠卿本传》云：初，翰林侍讲学士冯元脩大乐，命冠卿检阅事迹。又预撰《景祐广乐记》，宜其于声律之学研究有素矣。又云：冠卿奉使契丹，其主谓曰：尝观所著《蕲春集》，词极清丽。彼所谓词自是概论词章，非专指长短句而言。然即长短句以观，即亦何愧清丽之目耶。

《历代词人考略》卷八

范仲淹

范仲淹（989—1052）字希文，吴县（今江苏苏州）人。真宗大中祥符八年（1015）进士，授广德军司理参军，后以晏殊荐为秘阁校理，士大夫推为表章，寻通判河中府、陈州，召为右司谏，历知睦州、苏州、明州，拜礼部员外郎、天章阁待制、判国子监。迁吏部、权知开封府，罢知饶州，徙润州、越州。元昊起西北，以龙图阁直学士为陕西经略安抚招讨副使，环庆路经略安抚缘边招讨使，羌人敬爱，呼为“龙图老子”。进枢密直学士、右谏议大夫。元昊请和，召拜枢密副使，改参知政事，推行新政，为守旧派所阻挠，出为河东陕西宣抚使，以资政殿学士为陕西四路安抚使，知邠州。以疾还，知邓州，徙杭州、青州，卒，赠兵部尚书，楚国公，谥文正。《宋史》有传。仲淹诗、词、文并工，著有《范文正公集》，词名《范文正公诗余》。

1. 魏泰：

范文正公守边日，作〔渔家傲〕乐歌数阕，皆以“塞下秋来”为首句，颇述边镇之劳苦。欧阳公尝呼为穷塞主之词。

《东轩笔录》卷十二

2. 余怀：

词家盛推秦、柳为擅场，然其人率轻佻浮华，无事功可纪。若韩魏公、范文正、周平园诸钜公，皆以填词名，则词因人重，不必定以“杨柳外晓风残月”著声红牙白板间也。

《百名家词钞》引

3. 《词苑》：

范文正公〔苏幕遮〕词云：“碧云天，红叶地……”公之正气塞天地，而情语入妙至此。

《历代词话》卷四引

4. 尤侗：

寇平仲之刚，而曰“柔情不断如春水”。范希文之正，而曰“眉间心上，无计相回避”，欧阳永叔之忠，而曰“无人与说相思，近日带围宽”，尽三公名垂宇宙，不以纇其白璧。

《三十二芙蓉词序》（《西堂杂组》二集卷三）

5. 邹祗谟：

揆诸北宋，家习谐声，人工绮语。杨花、谢桥之句，见许伊川；碧云、红叶之调，共推文正。其余名儒硕彦，标新奏雅，染指不乏。

必欲以庄辞为正声，是用《尚书》、《礼运》，而屈《关雎》、《鹊巢》也。至于南宋诸家，蒋、史、姜、吴，警迈瑰奇，穷姿构彩；而辛、刘、陈、陆诸家，乘间代禅，鲸呿鳌掷，逸怀壮气，超乎有高望远举之思。

《倚声集序》（《倚声初集》）

6. 魏礼：

诗余萌芽于隋唐，至有宋特盛，陆游云：诗至晚唐五季，气格卑陋，而长短句独精巧高丽，后世莫及者，盖伤之也。乃其盛时，惟欧、秦数家，推为擅场，即子瞻未能无讥。而予于范希文、辛稼轩、岳忠武诸作，又颇嗜之，盖其音节激昂顿挫，足以助其雄轶之气，比之于诗，似有美在咸酸之外者，虽非诗余本体，要亦圆浑流畅，不蹈子瞻之所以取讥也。

《邹幼圃诗余序》（《魏季子文集》卷七）

7. 朱彝尊：

自唐以后，工诗者每兼工于词。宋之元老，若韩、范、司马，理学若朱仲晦、真希元，亦皆为之，由是乐章卷帙，几与诗争富。

《紫云词序》（《曝书亭集》卷四十）

8. 江尚质：

贤如寇准、晏殊、范仲淹、赵鼎，勋名重臣，不少艳词。即丁谓、贾昌朝、贾竦，亦有绮语流传。以及蔡京、蔡攸，各有赏识，累辟大晟府职，当不以人废言也。

沈雄《古今词话·词话》上卷引

9. 焦袁熹：

〔采桑子〕《编纂〈乐府妙声〉竟作》

眉间心上难回避，语到情真。感动人人。塞上孤穷儿女仁。碧云腿出谁人手，枉蔑贤臣。圣代殊恩。两庑今看俎豆新。

《此木轩直寄词》

10. 郑方坤：

范韩司马汉三君，绮语翻题数幅裙。

更唱望江南一曲，太清未遽滓微云。

《论词绝句》(《蔗尾诗集》卷五)

11. 沈道宽：

相思清泪落悲笳，酒入愁肠叹鬓华。

谁识穹边穷塞主，心如铁石却赋花。

《论词绝句》(《话山草堂诗钞》卷一)

12. 谭莹：

大范勋华有定评，小词传唱御街行。

至言洒化相思泪，转觉专门浪得名。

《论词绝句一百首》(《乐志堂诗集》卷六)

13. 袁学澜

欧阳公之“平山栏槛倚晴空，山色有无中”一词，范希文之“浊酒一杯家万里，燕然未勒归无计”，此二词语意自有士大夫气象，作词者自当效之。

《适园论词》

14. 丁绍仪：

韩忠献、赵清献、范文正、李忠定，为有宋一代名臣，而词采流传，如“愁无际，武陵凝睇，人远波空翠”，“明月高楼休独倚，酒入愁肠，化作相思泪”，与“宝瑟尘生，金雁空零落”，“怅青春又过，年年此恨，满东风泪”等语，足与勋业并昭千古。

《听秋声馆词话》卷十

15. 李肇增：

尧章歌曲，隐黍离之感；同甫平生，抗中兴之疏。词工深约，义概存焉，《骚》、《雅》以还，信未可以靡靡訾矣。又况欧、范诸公，比物荃荪，非无丽语，宅心钟鼎，卓建大猷。

《采香词序》(《清名家词》)

16. 谢章铤：

范希文、欧阳永叔非一代名德哉？乃观其所为词，与张三影、柳三变未尝不异曲同工，何哉？嗟乎！夫人必先有所不忍于其家而后有所不忍于其国，今日之深情款款者，必异日之大节磊磊者也。故工诗者，余于性；工词者，余于情。

《眠琴小筑词序》(《赌棋山庄全集·文集》卷三)

17. 继昌（李佳）：

希文，宋一代名臣，词笔婉丽乃尔。比之宋广平赋梅花，才人何所不可。不似世之头巾气重，无与风雅也。

《左庵词话》卷上

18. 陈廷焯：

北宋晏、欧、王、范诸家，规模前辈，益以才思。

《云韶集》卷二

19. 况周颐：

范文正〔苏幕遮〕词，《词苑》第称其情语入妙，殆犹未窥文正于微也。文正一生并非怀土之士，所为“乡魂旅思”以及“愁肠思泪”等语似沾沾作儿女想，何也？观前阕可以想其寄托。开首四句不过借秋色苍茫以隐抒其忧国之意，“山映斜阳”三句隐隐见世道不甚清明而小人更为得意之象。芳草喻小人，唐人已多用之。后段则因心之忧愁不自聊赖，始动其乡魂旅思，而梦不安枕，酒皆化泪矣。其实忧愁非为思家也。文正当宋仁宗之时，扬历中外，身肩一国之安危，虽其时不无小人，究系隆盛之日，而文正乃忧愁若此，此其所以“先天下之忧而忧”乎？即〔渔家傲〕后段“燕然未勒”句亦复悲愤郁勃，穷塞主安得有之？

《历代词人考略》卷九

20. 张德瀛：

范文正、岳武穆，名臣也，真西山、朱晦庵，大儒也，而皆工于词。至韩忠武致仕后，往来湖上，制〔临江仙〕、〔南乡子〕二阕，艺林传诵。罗涧谷讲程、朱之学，为饶双峰高弟，而词格婉丽，不落凡近。盖风会所趋，非必浸淫于此乃能之也。

《词徵》卷五

21. 高旭：

悠悠羌笛倚高楼，听到边声泪忽流。

浊酒孤城闲老范，一天芳草夕阳愁。

《论词绝句》三十首（《未济庐诗集》）

22. 祝南：

范希文词，虽所传不多，殆足以压倒一世。论气象，论情境，几可踵美南唐。所不及者，着意奇创，不免矜持耳。

《无庵说词》

23. 《续修四库全书总目提要》：

仲淹〔渔家傲〕，苍凉悲壮，慷慨生哀，然发洩尽致，不若《花间》〔定西番〕之浑厚也；〔御街行〕末段搔首弄姿，妩媚有态，然笔端纤巧，不若二毛艳体之重大也；至若〔苏幕遮〕一首，前段以流丽之笔写景，后段直率言情，可知宋初令曲，守唐末之规矩者，但以细密为能，细密则不能高浑；气势较大而自成一格者，徒以发越为贵，发越则不能含蓄。仲淹诗余虽仅存数首，亦可以觇其变矣。

《范文正公诗余一卷》

张先

张先（990—1078）字子野，湖州（今属浙江）人。仁宗天圣八年（1030）进士，曾知吴江县。皇祐二年（1050），晏殊出知永兴军（今陕西西安），辟为通判。张先尝知安陆，故人称“张安陆”。治平元年（1064）以尚书都官郎中致仕。居湖州、杭州间，曾与苏轼等人唱和。工诗，有诗集二十卷，今佚。尤工词，当时与柳永齐名。又以词中多用“影”字，有“云破月来花弄影”，“娇柔懒起，帘压卷花影”，“柳径无人，堕轻絮无影”之句，时称“张三影”。又以心中事、眼中泪、意中人三句，自称“张三中”。时人或以其名句称“桃李嫁春风郎中”、“云破月来花弄影郎中”。词集名《张子野词》，后人辑其诗词编为《安陆集》。

1. 苏轼：

清诗绝俗，甚典而丽，搜研物情，刮发幽翳，微词宛转，盖诗之裔。

《祭张子野文》

2. 苏轼：

子野诗笔老妙，歌词乃其余技耳。《华州西溪诗》云：“浮萍破处见山影，小艇归时闻草声。”又和余诗云：“愁似鳏鱼知夜永，懒同蝴蝶为春忙。”若此之类，皆可以追配古人，而世俗但称其歌词。昔周昉画人物皆入神品，而世但知有周昉士女，盖所谓未见好德如好色者欤？

《张子野词跋》（《百家词》）

3. 李之仪：

（柳永词）较之《花间》所集，韵终不胜，由是知其为难能也。张子野独矫拂而振起之，虽刻意追逐，要是才不足而情有余，良可佳者。

《跋吴思道小词》(《姑溪居士文集》卷四十)

4. 陈师道：

尚书郎张先，善著词，有“云破月来花弄影”、“帘压卷花影”、“堕轻絮无影”，世称颂云：“张三影”。

《后山诗话》

5. 晁补之：

张子野与柳耆卿齐名，而时以子野不及耆卿，然子野韵高，是耆卿所乏处。

《苕溪渔隐丛话》后集卷三十三引

6. 李清照：

张子野、宋子京兄弟、沈唐、元绛、晁次膺辈继出，虽时时有妙语，而破碎何足名家。

《词论》(《苕溪渔隐丛话》后集卷三十三引)

7. 叶梦得：

张先郎中字子野，能为诗及乐府，至老不衰……俚俗多喜传咏先乐府，遂掩其诗声。

《石林诗话》卷下

8. 王灼：

张子野、秦少游俊逸精妙。

《碧鸡漫志》卷二

9. 蔡伯世：

子野词胜乎情，耆卿情胜乎词。情词相称者，少游一人而已。

沈雄《古今词话·词话》上卷引(按：孙兢《竹坡老人词序》引蔡伯世之语“子野词胜乎情”为“苏东坡辞胜乎情”。)

10. 杨慎：

张子野〔满江红〕“晴鸽试铃风力软，雏莺弄舌春寒薄”，清新自来无人道。

《词品》卷三

11. 王世贞：

之诗而词，非词也；之词而诗，非诗也。言其业，李氏、晏氏父子、耆卿、子野、美成、少游、易安至矣，词之正宗也。

《花间》犹伤促碎，至南唐李王父子而妙矣。“风乍起，吹皱一池春水，关卿何事”，与“未若陛下‘小楼吹彻玉笙寒’”，此语不可闻邻国，然是词林本色佳话。“云破月来花弄影”郎中，“红杏枝头春意闹”尚书，意似祖述之，而句小不逮，然亦佳。

《艺苑卮言》

12. 何良俊：

乐府以皦迳扬厉为工，诗余以婉丽流畅为美，如周清真、张子野、秦少游、晏叔原诸人之作，柔情曼声，摹写殆尽，正辞家所谓当行，所谓本色者也。

《草堂诗余序》(《古今词汇》)

13. 秦士奇：

有六十家词，至二百余调。其间可歌可诵如李、晏、柳五、秦七、“云破月来花弄影”郎中、“红杏枝头春意闹”尚书，闺秀若易安居士，词之正也。

《草堂诗余叙》(《草堂诗余四集》)

14. 孟称舜：

作词者率取柔音曼声，如张三影、柳三变之属，而苏子瞻、辛稼轩之清俊雄放，皆以为豪放而不入于格。宋伶人所评〔雨霖铃〕与〔酹江月〕之优者，遂为后世填词者定律矣。予窃以为不然。

幽思曲想，则张、柳之词工矣，然其失则俗而腻也，古者妖童冶妇之所遗也；伤时吊古，苏、辛之词工矣，然其失则莽而俚也，古者征夫放士之所托也。两家各有其美，亦各有其病。

《古今词统序》(按：此条又见陈继儒《诗余广选序》。)

15. 先著：

子野雅淡处，便疑是后来姜尧章出蓝之助。（评张先〔青门引〕“乍暖还轻冷”）（卷一）

白描高手，为姜白石之前驱。（评张先〔师师令〕“香钿宝珥”）（卷三）

《词洁集评》

16. 宋征璧：

吾于宋词得七人焉：曰永叔，其词秀逸；曰子瞻，其词放诞；曰少游，其词清华；曰子野，其词娟洁；曰方回，其词新鲜；曰小山，其词聪俊；曰易安，其词妍婉。他若鲁直之苍老，而或伤于颓。介甫之劖削，而或伤于拗。晁无咎之规检，而或伤于朴。辛稼轩之豪爽，而或伤于霸。陆务观之萧散，而或伤于疏。此皆所谓我辈之词也。苟举当家之词，如柳屯田哀感顽艳，而少寄托。周清真蜿蜒流美，而乏陡健。康伯可排叙整齐，而乏深邃。其外则谢无逸之能写景，僧仲殊之能言情，程正伯之能壮采，张安国之能用意，万俟雅言之能协律，刘改之之能使气，曾纯甫之能书怀，吴梦窗之能叠字，姜白石之能琢句，蒋竹山之能作态，史邦卿之能刷色，黄花庵之能选格，亦其选也。词至南宋而繁，亦至南宋而敝，作者纷如，难以概述矣。

《倡和诗余序》（《倡和诗余》）

17. 李渔：

琢句炼字，虽贵新奇，亦须新而妥，奇而确。妥与确，总不越一理字，欲望句之惊人，先求理之服众。时贤勿论，吾论古人。古人多工于此技，有最服予心者，“云破月来花弄影”郎中是也。

《窥词管见》

18. 严沆：

同叔、永叔、方回、叔原、子野咸本《花间》而渐近流畅。

《古今词选序》（《宋词三百首笺注》引）

19. 刘体仁：

词亦有初盛中晚，不以代也。牛峤……辈，不离唐人绝句，如唐之初未脱隋调也，然皆小令耳。至宋则极盛，周、张、柳、康蔚然大家。

《七颂堂词绎》

20. 尤侗：

词之系宋，犹诗之系唐也。唐诗有初、盛、中、晚，宋词亦有之。唐之诗，由六朝乐府而变；宋之词，由五代长短句而变。约而次之，小山、安陆，其词之初乎；淮海、清真，其词之盛乎；石帚、梦窗，似得其中；碧山、玉田，风斯晚矣。

《词苑丛谈序》(《词苑丛谈》)

21. 沈谦：

李后主拙于治国，在词中犹不失为南面王，觉张郎中、宋尚书直衙官耳。

《填词杂说》

22. 万树：

子野用字繁密，自在苏、辛上耳。

《词律》卷十八

23. 《乐府纪闻》：

客谓子野曰：人咸目公为“张三中”，“心中事”、“眼中泪”、“意中人”也。子野曰：何不谓之“张三影”？客不喻。子野曰：“云破月来花弄影”、“娇柔懒起、帘压卷花影”、“柳径无人，堕飞絮无影”，此平生得意者。

沈雄《古今词话·词评》上卷引

24. 焦袁熹：

〔采桑子〕《编纂〈乐府妙声〉竟作》

三中三影风流甚，粉色生春。写出鲜新。不道无才只是贫。露花倒影谁堪比，窃恐非伦。莫斗喉唇。好与中书作舍人。

《此木轩直寄词》

25. 厉鹗：

张柳词名枉并驱，格高韵胜属西吴。

可人风絮堕无影，低唱浅斟能道无？

《论词绝句》（《樊榭山房集诗集》卷七）

26. 李其永：

风流八十尚书郎，花月吟多鬓亦香。

扶杖归来忘已老，自穿红影入茅堂。

《读历朝词杂兴》（《贺九山房诗·蓬蒿集》）

27. 鲍廷博：

张都官以歌词擅名当代，与柳耆卿齐名，尤以韵高见推同调，“三中”、“三影”，流声乐府，至今艳称之。

《张子野词跋》（《丛书集成初编》）

28. 王初桐：

张子野词，才不足而情有余，与柳耆卿齐名，时以子野不及耆卿，然子野韵高，是耆卿所乏处。

子野词“云破月来花弄影”，“帘压卷花影”，“堕风絮无影”，世称“张三影”。王介甫谓“云破月来花弄影”不如李冠“朦胧淡月云来去”也。按冠词云“数点雨声风约住，朦胧淡月云来去”。二句合看更佳。

天圣间，一时有两张先，俱字子野，俱第进士，其能诗、寿考皆同，一博州人，号“张三影”者是也；一吴兴人。

东坡云：子野诗笔老健，歌词乃其余波耳，而世俗但称其歌词。陈善谓：少游文字学西汉，又能自成一家，而世亦但称其歌词。总由子野之诗必不如子野之词，少游之文必不如少游之词，故为词所掩耳。

宋人词句之最藉藉者，莫如“红杏枝头春意闹”、“云破月来花弄影”、“舞低杨柳楼心月，歌尽桃花扇底风”、“杜鹃飞破草间烟”，“莺嘴啄花红溜”，“宠柳娇花寒食尽”，“应是绿肥红瘦”，“玉船风动酒鳞红”。余谓皆语奇而格不高，不如晏同叔“双燕欲归时节，银屏昨夜微寒”，“高楼目尽欲黄昏，梧桐叶上萧萧雨”，“一场愁梦酒醒时，斜阳却照深深院”，张子野“陇上梅花落尽，江南消息沉沉”，格调之高，直逼唐季，宋人中所不可多得，而不知者皆以为平淡无奇也。

《小娜嬛词话》卷一

29. 杨芳灿：

原夫周、秦妙手，托丽思于闺襜；姜、史憺辞，寄灵襟于烟月。美难并擅，艺本专家。能兼之者，其惟张子野乎？是以缠绵之旨，则调谱三中；超逸之思，则句传三影。至坡公赠诗之时，子野年已八十矣。诗人老去，公子归来，燕燕莺莺，绮罗犹在，风情不薄，齿宿意新，斯真耆旧之仙才，词流之逸品欤。

《顾修圃方伯词集序》（《芙蓉山馆文钞》卷五）

30. 黄苏：

落寞情怀，写来幽隽无匹。不得志于时者，往往借闺情以写其幽思。（评张先〔青门引〕“乍暖还轻冷”）

写得佳人色艺天然。惟一“真”字，岂是寻常所有写佳人耶？借佳人以写照耶？须玩味于笔墨之外，方可不是买椟还珠也。（评张先〔醉落魄〕“云轻柳弱”）

《蓼园词评》

31. 吴衡照：

词至南宋始极其工，秀水创此论，为明季人孟浪言词者示救病刀圭，意非不足。北宋也，苏之大、张之秀、柳之艳、秦之韵、周之圆融，南宋诸老，何以尚兹。

《莲子居词话》卷四

32.《四库全书总目提要》：

苏轼集有题张子野诗集后曰：“子野诗笔老妙，歌词乃其余技耳……”平心而论，要为词胜于诗，当时以“张三影”得名，殆非无故。

《安陆集提要》

33. 张惠言：

宋之词家，号为极盛，然张先、苏轼、秦观、周邦彦、辛弃疾、姜夔、王沂孙、张炎，渊渊乎文有其质焉。

《词选序》

34.《四库全书简明目录》：

先本工诗，而当时但传其乐府，后乐府亦不传，但传张三影为佳话耳。

《安陆集》

35. 周济：

子野清出处，生脆处，味极隽永。只是偏才，无大起落。

《宋四家词选目录序论》

36. 叶申芗：

张子野风流潇洒，尤擅歌词，灯筵舞席赠妓之作绝多。

《本事词》卷上

37. 张峙亭：

一身花月张三影，千古评来此射雕。

俪白把酒词愈妙，好教风调继南朝。

《论词绝句》三首 （《习静斋诗话》卷三）

38. 钱斐仲：

柳七词中，美景良辰、风流怜惜等字，十调九见。即如〔雨霖铃〕一阕，只“今宵酒醒”二句脍炙人口，实亦无甚好处。张、柳齐名，秦、黄并誉，冤哉！

《雨华庵词话》

39. 杨希闵：

子野词见赏欧、苏诸公，毛氏汲古阁刻诸名家词独遗子野，今从鲍氏知不足斋丛书录入。名章隽句，殊觉不乏也。

子野词有“隔墙送过秋千影”，又有“无数杨花过无影”，又有“云破月来花弄影”之句，盛名于时，当日谓之“张三影”。欧阳公又赏其“不如桃杏，还解嫁东风”之句，戏谓为“桃李嫁东风郎中”，北宋盛时，胜流韵事，令人想见。

《词轨》卷三

40. 谭莹：

歌词余技岂知音，三影名胡擅古今。

碧牡丹才歌一曲，顿令同叔也情深。

《论词绝句一百首》（《乐志堂诗集》卷六）

41. 华长卿：

拚改三中作三影，侑觞度曲昵红颜。

牡丹一阕销魂否，赎得文姬返汉关。

《论词绝句》（《梅庄诗钞》卷五）

42. 刘熙载：

宋子京词是宋初体，张子野始创瘦硬之体，虽以佳句互相称美，其实趣尚不同。

词品喻诸诗……其有似韦苏州者，张子野当之。

《词概》

43. 江顺诒：

比词于诗，原可以初、盛、中、晚论，而不可以时代后先分。如南唐二主似唐之初，秦、柳之琐屑，周、张之纤靡，已近于晚。

《词学集成》卷一

44. 李慈铭：

余于词非当家，所作者真诗余耳。然于此中颇有微悟。盖必若近若远，忽去忽来，如蛱蝶穿花，深深款款；又须于无情无绪中，令人十步九回，如佛言食蜜，中边皆甜。古来得此旨者，南唐二主、六一、安陆、淮海、小山及李易安《漱玉词》耳。屯田近俗，稼轩近霸，而两家佳处，均契渊微。

《越缦堂读书记》卷八《文学》四

45. 沈祥龙：

词能幽涩，则无浅滑之病；能皱瘦，则免痴肥之诮。观周美成、张子野两家词自见。

《论词随笔》

46. 冯煦：

晓风残月剧凄清，三影郎中浪得名。

却怪西湖老居士，强将子野右耆卿。

《论词绝句》（《蒿庵类稿》卷七）

47. 冯煦：

宋之为慢词者，美成首出，姜、张而极。片玉所甄率在大观政和间，北宋之季也。白石、玉田连蹇不偶，《黍离》之歌，《橘颂》之章，比比有之，南宋之季也。慢为衰世之作，殆有征耶？

《和珠玉词序》（《蒿庵类稿》卷十六）

48. 樊增祥：

盛宋名臣，多娴斯制，间为绮语，未是专家。小山有作，始空群骥，伊川正色，且移情于谢桥；洛甫幽思，将并名于团扇，岂非同叔之风毛，而颖昌之麟角乎？子野歌词，亚于小晏，晁无咎称其高韵，耆卿所无，韪哉言已。

《东溪草堂词选自叙》（《樊山集》卷二十三）

49. 王鹏运：

北宋人词，如潘逍遥之超逸，宋子京之华贵，欧阳文忠之骚雅，柳屯田之广博，晏小山之疏俊，秦太虚之婉约，张子野之流丽，黄文节之隽上，贺方回之醇肆，皆可模拟得其仿佛。

《半塘遗稿》（《唐宋名家词选》引）

50. 陈廷焯：

张、晁则摇曳生姿，才不大而情胜。

子野词不假敷佐，一往情深，卓不可及。

《云韶集》卷二

51. 陈廷焯：

张子野词，才不大而情有余，别于秦、柳、晏、欧诸家，独开妙境，词坛中不可无此一家。

《词坛丛话》

52. 陈廷焯：

子野词最为近古，耆卿而后，声色大开，古调不复弹矣。

《词则·闲情集》卷一

53. 陈廷焯：

唐五代词，不可及处，正在沉郁。宋词不尽沉郁，然如子野、少游、美成、白石、碧山、梅溪诸家，未有不沉郁者。即东坡、方回、稼轩、梦窗、玉田等，似不必尽以沉郁胜，然其佳处，亦未有不沉郁者。

张子野词，古今一大转移也，前此则为晏、欧，为温、韦，体段虽具，声色未开；后此则为秦、柳，为苏、辛，为美成、白石，发扬蹈厉，气局一新，而古意渐失。子野适得其中，有含蓄处，亦有发越处。但含蓄不似温、韦，发越亦不似豪苏、腻柳。规模虽隘，气格却近古。自子野后，一千年来，温、韦之风不作矣，益令我思子野不置。(卷一)

(《莲子居词话》) 以耆卿与苏、张、周、秦并称，而不数方回，亦为无识。又以秀字目子野……皆属不切。……子野词于古隽中见深厚……此北宋之隽，南宋不能过也。(卷五)

张子野词，最见古致。如云："江水东流郎在西，问尺素何由到。"情词凄怨，犹存古诗遗意。后之为词者，更不究心于此。

宋人如"红杏尚书"、"贺梅子"、"张三影"、"山抹微云秦学士"、"露华倒影柳屯田"、"晓风残月柳三变"、"滴粉搓酥左与言"之类，皆以一语之工，倾倒一世。宋与柳、左无论矣，独惜张、秦、贺三家，不乏杰作，而传诵者转以次乘，岂白雪阳春竟无和者与？为之三叹。

贺梅子、张三影、秦学士，词品超绝，而亦以一语之工得名。（卷六）

声名之显晦，身分之高低，家数之大小，只问其精与不精，不系乎著作之多寡也……词中如飞卿、端己、正中、子野、东坡、少游、白石、梅溪诸家，脍炙人口之词，多不过二三十阕，少则十余阕或数阕，自足雄峙千古，无与为敌。

唐宋名家，流派不同，本原则一。论其派别，大约……张子野为一体。

词有表里俱佳，文质适中者……词中之上乘也。有质过于文者，韦端己、冯正中、张子野……亦词中之上乘也。

太白之诗，东坡词可以敌之。子昂高古，摩诘名贵，则子野、碧山，正不多让。（卷八）

《白雨斋词话》

54. 蒋兆兰：

词家正轨，自以婉约为宗。欧、晏、张、贺，时多小令，慢词寥寥，传作较少。

欧阳、大小晏、安陆、东山，皆工小令，足为师法，词家醉心南宋慢词，往往忽视小令，难臻极诣。

《词说》

55. 况周颐：

“三影”之说有三，不妨并存。唯“云破月来”句，清新婉丽，意境尚佳，自余不过尔尔。子野它作较胜此数句者夥矣。尝谓北宋群贤作词，诚未易企及，评词或未为定论。往往有轶伦独到处，反不为称道所及也。

《历代词人考略》卷十

56. 况周颐：

唐贤为词，往往丽而不流，与其诗不甚相远。刘梦得〔忆江南〕云："春去也，多谢洛城人……"流丽之笔，下开北宋子野、少游一派。唯其出自唐音，故能流而不靡。所谓风流高格调，其在斯乎。

《蕙风词话》卷二

57. 张德瀛：

北宋惟五子（按：指欧阳修、苏轼、周邦彦、秦观、晁补之。）可称大家。若柳耆卿、张子野，则又当时所翕然叹服者也。

《词徵》卷五

58. 夏敬观：

转折笔圆，恃虚字为转折耳。意圆，则前后呼应一贯。神圆，则不假转折之笔，不假呼应之意，而潜气内转。方者，本质，天所赋也。圆者，功力，学所致也。方圆二字，不易解释。梦窗，能方者也，白石、玉田，能圆者也。知此可悟方圆之义。方中不见圆，盖神圆也，惟北宋人能之，子野、方回、耆卿、清真皆是也。

《蕙风词话诠评》（《蕙风词话》附录）

59. 夏敬观：

子野词凝重古拙，有唐五代之遗音，慢词亦多用小令作法。后来涩体炼词炼句，师其法度，方能近古。

子野在北宋诸家中，可云独树一帜，比之于书，乃钟繇之体也。

李端叔谓子野词不足而情有余。晁无咎谓子野与耆卿齐名，而时以子野不及耆卿，然子野韵高是耆卿所不及处。苏东坡谓子野诗笔老妙，歌词乃其余技耳。

《吷庵词评》

60. 吴梅：

汴京繁庶，竞赌新声。柳永失意无聊，专事绮语。张先流连歌酒，不乏艳辞。惟托体之高，柳不如张。盖子野为古今一大转移也，前此为晏、欧，为温、韦，体段虽具，声色未开；后此为苏、辛，为姜、张，发扬蹈厉，壁垒一变。而界乎其间者，独有子野，非如耆卿专工铺叙，以一二语见长也。

具温、韦之情者，为张先。

子野上结晏、欧之局，下开苏、秦之先，在北宋诸家中适得其平。有含蓄处，亦有发越处。但含蓄不似温、韦，发越亦不似豪苏、腻柳。规模既正，气格亦古，非诸家能及也。晁无咎曰："子野与耆卿齐名，而时以子野不及耆卿。然子野韵高，是耆卿所乏处。"余谓子野若仿耆卿，则随笔可成珠玉。耆卿若效子野，则出语终难安雅。不独泾渭之分，抑且有雅郑之别。世有识者，当不河汉。

《词学通论》

61. 陈匪石：

珠玉、小山、子野、屯田、东山、淮海、清真，其词皆神于炼。不似南宋名家，针线之迹未灭尽也。（卷上）

至于北宋小令，近承五季。慢词蕃衍，其风始微。晏殊、欧阳修、张先，固雅负盛名。而砥柱中流，断非几道莫属。（卷下）

《声执》

62. 周曾锦：

张子野词"云破月来花弄影"，"娇柔懒起，帘压卷花影"，"柳径无人，堕飞絮无影"，人因目之为"张三影"。余按子野词，又有句云"隔墙送过秋千影"，又云"中庭月色正清明，无数杨花过无影"，又诗句"浮萍破处见山影"，语并精妙，然则不止三影也。此公专好绘影，亦是一癖。又按"柳径无人"二句，子野词集作"柔柳摇摇，堕轻絮无影"。

《卧庐词话》

63. 赵尊岳：

倚声之学，托始于唐，浸盛于五季。其君若臣，歌舞宴酣；风流相尚，琱璃镂玉，方巧化工，《尊前》、《花间》，奄有众美。爰及天水，晏氏父子，引温、韦之绪。欧、苏、秦、柳，风雅所宗。子野、方回，并世郢匠。清真崛起，为两宋关键，间以质拙胜，非深于此道不易知。南渡已还，麦秀黍离，家国之感，发为咏歌。白石老仙风格遒上，宜与稼轩分镳平辔。梦窗嫥家，斯诣造极，蕃艳之笔，运以沉思，致密之中，饶有清气。七宝楼台之喻，甚非知人之言。竹山高节，艳而有骨。公瑾、圣与，丽而有则。玉田王孙，后来之秀，清辞丽句，叹观止焉。

《蓉影词跋》（《蓉影词》）

64. 闻野鹤：

寇莱公如春日园林，蔚然深秀。苏东坡如深山剑客，不娴俗礼。秦少游如花间丽色，却扇一笑，百媚横生。黄山谷如村女媚客，简直乏致。欧阳公如豪家子弟，仪态大方。张子野如春花百树，浅深互见。周美成如周公制礼，大体略备。王荆公如蛮夷入贡，不谙礼数。辛稼轩如草野人入掌枢密，动辄粗戾。蒋竹山如蓬门丽质，清秀有余。柳耆卿如通天老狐，醉即露尾。康与之如春场笙歌，繁乐聒耳。史梅溪如剪彩成花，细而近纤。姜白石如江介澄波，悠然一往。吴梦窗如天孙云锦，一丝一缕，尽发奇光，俗子庸夫，见之却步。李易安如中人举鼎，时虞绝膑。王碧山如天家姬侍，神采幽馨，迥非凡艳。周公谨如辞树红英，难免浮浪。朱淑贞如碧窗鹦鹉，略解语言。陆放翁如野僧说法，清而无味。张玉田如中郎凋谢，典型尚存。余则自桧以外，可无讥矣。

《愢簃词话》

65. 祝南：

奇横非险巧之谓也。令词最忌纤巧而不妨奇横。如张子野之

“昨日乱山昏，来时衣上云”，奇横极矣，然是何等气象，其得谓之险巧耶!

张子野词，能敛能横，善挑善刷，有含蕴深厚者，亦有力破除地者，创意甚多，读之可增词识。

“人生无物比多情，江水不深山不重”，子野〔木兰花〕句也，觉古今形容多情之句，无出其右者。人徒赏其三影及“桃杏嫁东风”等句，可谓貌相。

《无庵说词》

晏殊

晏殊（991—1055）字同叔，抚州临川（今属江西）人。七岁能文章。真宗景德二年（1005），以神童荐，召试，赐同进士出身，授秘书省正字。累擢左正言，直史馆，为昇王府记事参军、太子舍人，历拜知制诰、翰林学士。仁宗即位，迁右谏议大夫兼侍读学士、给事中，进礼部侍郎，拜枢密副使。天圣五年（1027），忤章献太后，罢知宣州、应天府。六年召拜御史中丞，改资政殿学士兼侍读学士，兵部侍郎兼秘书监，为三司使，复为枢密副使，改参知政事。明道二年（1033），章献太后卒，以礼部尚书出知亳州、陈州，迁刑部尚书，兼御史中丞，复为三司使。康定初为枢密使，进同中书门下平章事，庆历中拜集贤殿大学士，同平章事，兼枢密使。庆历四年（1044）出知颍州、陈州、许州，以观文殿大学士知永兴军、河南府。以疾还。卒赠司空兼侍中，谥元献。《宋史》有传。工诗文，有《文集》及所编纂《集选》，并佚。今有后人辑本《元献遗文》。尤善词，与其子几道合称“二晏”，词集名《珠玉词》。

1. 刘攽：

晏元献尤喜江南冯延巳歌词，其所自作，亦不减延巳。

《中山诗话》

2. 李之仪：

晏元献、欧阳文忠、宋景文则以其余力游戏，而风流闲雅，超出意表，又非其类也。谛味研究，字字皆有据，而其妙见于卒章，语尽而意不尽，意尽而情不尽，岂平平可得仿佛哉！

《跋吴思道小词》（《姑溪居士文集》卷四十）

3. 李清照：

晏元献、欧阳文叔、苏子瞻，学际天人，作为小歌词，直如酌蠡水于大海，然皆句读不葺之诗耳。又往往不协音律者。

《词论》（《苕溪渔隐丛话》后集卷三十三引）

4. 曾季狸：

晏元献小词为本朝之冠。

《艇斋诗话》（《历代诗话续编》）

5. 尹觉：

词，古诗流也，吟咏情性，莫工于词。临淄、六一，当代文伯，其乐府犹有怜景泥情之偏，岂情之所钟，不能自已于言耶？

《题坦庵词》（《宋六十名家词》）

6. 王灼：

晏元献公、欧阳文忠公，风流蕴藉，一时莫及，而温润秀洁，亦无其比。

《碧鸡漫志》卷二

7. 赵文：

观欧、晏词，知是庆历、嘉祐间人语。观周美成词，其为宣和、靖康也无疑矣。声音之为世道邪？世道之为声音邪？有不自知其然而然者矣。悲夫！

《吴山房乐府序》（《青山集》卷二）

8. 王博文：

乐府始于汉，著于唐，盛于宋。大概以情致为主，秦、晁、贺、晏虽得其体，然哇淫靡曼之声胜。东坡、稼轩矫之以雄词英气，天下之趋向始明。

《天籁集序》（《四印斋所刻词》）

9. 王世贞：

之诗而词，非词也；之词而诗，非诗也。言其业，李氏、晏氏父子、耆卿、子野、美成、少游、易安至矣，词之正宗也。

《艺苑卮言》

10. 夏树芳：

同叔之玄超，小山之流媚，柳屯田之翻空广调，六一居士之清远多风，几最按拍。加以坡翁之卓绝，山谷之萧疏，淮海之搴芳，东堂之振藻，亟为引商。至于幼安之风襟豪上，睥睨无前，放翁之不伦不理，乾坤莽荡，又勃勃焉欲褰裳濡足以游。之数公者，人各具一词，词各呈一伎俩。

元献、文忠、稼轩、泽民诸君子，立朝建议，大义炳如，公余眺赏之暇，讽咏悲歌，时为小令，时作长吟，孰知其所以合，孰知其所以离，固风雅之别流，而词坛之逸致也。

《刻宋名家词序》（《宋六十名家词》）

11. 毛晋：

同叔，抚州临川人也。七岁能属文，张知白以神童荐，真宗召见，与千余人并试廷中，神气不慑，援笔立成。帝异之，使尽读秘阁书。每取咨访，率用寸方小纸，细书问之。继事仁宗，尤加信爱，仕至观文殿大学士，以疾请归，留侍经筵。及卒，帝临奠，犹以不亲视疾为恨，特罢朝二日，赠谥元献。一时贤士大夫如范仲淹、欧阳修等，皆出其门。择婿又得富弼、杨察。赋性刚峻，遇人以诚，一生自奉如寒士。为文赡丽，应用不穷，尤工风雅，间作小词。其暮子几道云："先公为词，未尝作妇人语也。"

《珠玉词跋》（《宋六十名家词》）

12. 先著：

情景相副，宛转关生，不求工而自合。宋初所以不可及也。（评晏殊〔清平乐〕"金风细细"）（卷一）

小山父子及德麟辈，用事亦未常不轻，但有厚薄浓淡之分。后人一再过，不复留余味，而古人隽永不已。（评晏几道〔蝶恋花〕"醉别西楼醒不记"）（卷二）

《词洁集评》

13. 魏际瑞：

宋人如柳永、周邦彦辈，填词鄙浊，有市井之气。惟欧阳永叔、秦淮海、晏同叔可称清丽，苏子瞻犹其亚也。珠圆玉润，一归大雅，则欧阳公之作，为不可及矣。吾故曰：宋人之词，农人之布粟也；唐人之词，美人之珠玉也。宋人之词如其文，唐人之词如其诗。宋词如唐诗者，永叔一人而已。

《钞所作诗余序》（《魏伯子文集》卷一）

14. 尤侗：

宋人父子能词者，无如晏同叔之有叔原也。坡老之有叔党，少游之有处度，虽时有佳句，余音寥寥矣。

《百名家词钞》引

15. 严沆：

同叔、永叔、方回、叔原、子野，咸本《花间》而渐近流畅。

《古今词选序》（《宋词三百首笺注》引）

16. 曹尔堪：

欧、晏虽有绮靡之语，而亦无关正色立朝之大节也。

沈雄《古今词话·词话》下卷引

17. 邹祇谟：

小调不学《花间》，则当学欧、晏、秦、黄。《花间》绮琢处，于诗为靡，而于词则如古锦纹理，自有黯然异色。欧、晏蕴藉，秦、黄生动，一唱三叹，总以不尽为佳。

《远志斋词衷》

18. 王士禛：

温、和生而《花间》作，李、晏出而《草堂》兴。此诗之余而乐府之变也。诗余者，古诗之苗裔也。语其正，则南唐二主为之祖，至漱玉、淮海而极盛，高、史其嗣响也；语其变，则眉山导其源，至稼轩、放翁而尽变，陈、刘其余波也。有诗人之词，唐、蜀、五代诸人是也；有文人之词，晏、欧、秦、李诸君子是也；有词人之词，柳永、周美成、康与之之属是也；有英雄之词，苏、陆、辛、刘是也。

《倚声集序》（《渔洋山人文略》卷三）

19. 王士禛：

欧、晏正流，妙处俱在神韵，不在字句。

《锦瑟词话》引（《锦瑟词》）

20. 王士禛：

温、韦视晏、李、秦、周，譬赋有《高唐》、《神女》，而后有《长门》、《洛神》。

《花草蒙拾》

21. 江尚质：

贤如寇准、晏殊、范仲淹、赵鼎，勋名重臣，不少艳词。

沈雄《古今词话·词话》上卷引

22. 汪懋麟：

晏元献、欧文忠为宋名臣，其所建树与所著作，予尝论宋词有三派：欧、晏正其始，秦、黄、周、柳、姜、史、李清照之徒备其盛，东坡、稼轩放乎其言之矣。其余子非无单词只句可喜可诵，苟求其继，难矣哉。自古罕匹。而《珠玉》、《六一》之词，歌咏人口，至今不废。盖大君子之用心，不汩汩于嗜欲，政事之暇，寄闲情于词赋，性情使然也，夫何害？

《棠村词序》（《百尺梧桐阁集》卷二）

23. 焦袁熹：

〔采桑子〕《编纂〈乐府妙声〉竟作》

升平宰相神仙客，歌舞华茵。玉貌朱唇。花月樽前现在身。九天咳唾成珠玉，白雪阳春。赌斗清新。不是三家村里人。

《此木轩直寄词》

24. 江昱：

临淄格度本南唐，风雅传家小晏强。

更有门墙欧范在，春兰秋菊却同芳。

《论词十八首》（《松泉诗集》卷一）

25. 沈初：

晏家父子擅清华，欧九风神更足夸。

若准沧浪论诗例，须从开宝数名家。

《论词绝句十八首》（《兰韵堂诗集》卷一）

26. 王初桐：

或问二晏优劣，余曰：大晏神骨厚，小晏气韵高，俱不愧为名家。但专尚神骨，其弊也黯；专尚气韵，其弊也佻。必也神骨为先，而气韵超乎其表，气韵为主，而神骨寓乎其中，乃为毫发无遗憾。

晏元献〔破阵子〕"燕子来时新社"一阕，见《花庵词选》，而汲古阁刻《珠玉词》无之。〔鹧鸪天〕"彩袖殷勤捧玉钟"一阕，《花庵》、《草堂》皆作小山词。《雪浪斋日记》亦谓叔原工小词，如"舞低杨柳楼心月，歌尽桃花扇底风"，不愧六朝宫掖体，而晁无咎乃云：元献不蹈袭人语，而风调闲雅，如"舞低杨柳楼心月，歌尽桃花扇底风"，知此人不住三家村也。苕溪渔隐曰；元献词名《珠玉集》，叔原词名《乐府补亡集》，此两句在《乐府补亡集》中，全篇婉丽，无咎以为元献词，误也。

宋人词句之最藉藉者，莫如"红杏枝头春意闹"、"云破月来花弄影"、"舞低杨柳楼心月，歌尽桃花扇底风"、"杜鹃飞破草间烟"、"莺嘴啄花红溜"、"宠柳娇花寒食尽"、"应是绿肥红瘦"、"玉船风动酒鳞红"。余谓皆语奇而格不高，不如晏同叔"双燕欲归时节，银屏昨夜微寒"，"高楼目尽欲黄昏，梧桐叶上萧萧雨"，"一场愁梦酒醒时，斜阳却照深深院"；张子野"陇上梅花落尽，江南消息沉沉"，格调之高，直逼唐季，宋人中所不可多得，而不知者皆以为平淡无奇也。

《小嫏嬛词话》卷一

27. 李调元：

晏殊《珠玉词》极流丽，能以翻用成语见长。如“垂杨只解惹春风，何曾系得行人住”，又“春风不解禁杨花，濛濛乱扑行人面”等句是也。翻覆用之，各尽其致。

《雨村词话》卷二

28. 郭麐：

词之为体，大略有四：风流华美，浑然天成，如美人临妆，却扇一顾，《花间》诸人是也。晏元献、欧阳永叔诸人继之。施朱傅粉，学步习容，如宫女题红，含情幽艳，秦、周、贺、晁诸人是也。柳七则靡曼近俗矣。姜、张诸子，一洗华靡，独标清绮，如瘦石孤花，清笙幽磬，入其境者，疑有仙灵，闻其声者，人人自远。梦窗、竹屋，或扬或沿，皆有新隽，词之能事备矣。至东坡以横绝一代之才，凌厉一世之气，间作倚声，意若不屑，雄词高唱，别为一宗，辛、刘则粗豪太甚矣。其余幺弦孤韵，时亦可喜。溯其派别，不出四者。

《灵芬馆词话》卷一

29. 沈道宽：

珠玉新编逸韵饶，仙郎仙笔更飘飘。

世儒也爱玲珑句，梦踏杨花过谢桥。

《论词绝句》(《话山草堂诗钞》卷一)

30. 陆鎣：

无论三唐五季，佳词林立。即论两宋，庐陵翠树，元献清商……其见于《草堂》、《花间》不下数百家。虽藻采孤骞，而源流攸别。

《问花楼词话》

31.《四库全书总目提要》：

殊赋性刚峻，而词语特婉丽，故刘攽《中山诗话》谓：元献喜冯延巳歌词，其所自作，亦不减延巳。赵与时《宾退录》记殊幼子几道尝称殊词不作妇人语，今观其集，绮艳之词不少，盖几道欲重其父名，故作是言，非确论也。

《珠玉词提要》

32. 周济：

晏氏父子，仍步温、韦。

《宋四家词选目录序论》

33. 程恩泽：

绿酒初尝元献醉，月华如练苍公吟。

由来将军兼才调，不是吴儿木石心。

《题周稺圭前辈〈金粱梦月词〉》(《程侍郎遗集》卷六)

34. 谭莹：

杨柳桃花调亦陈，三家村里住无因。

歌词评似冯延巳，语语原因类妇人。

《论词绝句一百首》(《乐志堂诗集》卷六)

35. 王僧保：

韵事吟梅宋广平，当歌此老亦多情。

梦魂又踏杨花去，不愧风流济美名。穆（徐穆）按：晏同叔性极刚方，而词格特为婉丽。小山词“梦魂惯得无拘管，又逐杨花过谢桥”，虽伊川、程子亦赏之。

《论词绝句》(《餐樱庑词话》引)

36. 华长卿：

舞低杨柳楼心月，歌尽桃花扇底风。

傥在三家村里住，何能珠玉串玲珑。

《论词绝句》(《梅庄诗钞》卷五)

37. 杨希闵：

书家学真书，必从篆隶入乃高胜。吾谓词家亦当从汉魏六朝乐府入，而以温、韦为宗，二晏、贺、秦为嫡裔。欧、苏、黄则如光武崛起，别为世庙。如此则有祖有祢，而后乃有子有孙，彼载从南宋梦窗、玉田入者，不啻生于空桑矣。(《序》)

温、韦、二晏、秦、贺皆能诗，苏、黄尤卓卓，姜、辛诗亦工，安身立命不在词，故溢为词夐绝也。屯田、清真、梅溪、梦窗、碧山、玉田诸子，藉词藩身，他文翰一无可见，有委无源，故绣绘字句，排比长调以自饰。(《总论》)

《四库全书提要》云：殊赋性刚峻，而词特婉丽。刘攽《中山诗话》云：元献喜冯延巳歌词，其所自作，亦不减延巳云。而吾友陈广夫则谓元献立朝，了无建明，而处诸公之上。家国盛时，每有此一种人，譬如冠玉弁瑠，虽无用，亦不可少。合二论观之，《珠玉词》之真面见矣。

元献立朝虽无大建白，而清贫如寒士，又未尝为子弟求恩泽，一时贤士如范文正、欧阳文忠诸公皆出门下，择婿得富弼、杨察，其识鉴有过人者，亦不可谓非升平贤宰相也。(卷三)

《词轨》

38. 蒋敦复：

(词) 若入李氏、晏氏父子手中，则不期厚而自厚，此种当于神味别之。

《芬陀利室词话》卷三

39. 刘熙载：

冯延巳词，晏同叔得其俊，欧阳永叔得其深。

词中句与字有似触著者，所谓极炼如不炼也。晏元献“无可奈何花落去”二句，触著之句也；宋景文“红杏枝头春意闹”，“闹”字触著之字也。

《词概》

40. 谢章铤：

词渊源《三百篇》，萌芽古乐府，成体于唐，盛于宋，衰于元、明，复昌于国朝。温、李，正始之音也，晏、秦，当行之技也，稼轩出始用气，白石出始立格。呜乎!词虽小道，难言矣。

《叶辰溪我闻室词叙》(《赌棋山庄全集》卷一)

41. 谢章铤：

词之兴也，大抵由于尊前惜别，花底谈心，情事率多亵近，数传而后，俯仰激昂，时有寄托，然而其量未尽也。故赵宋一代作者，苏、辛之派不及姜、史，姜、史之派不及晏、秦，此固正变之椎未穷，而亦以填词为小道，若其量之只宜如此者。

《与黄子寿论词书》(《赌棋山庄全集》卷五)

42. 谢章铤：

元祐、庆历，代不乏人。晏元献之辞致婉约，苏长公之风情爽朗。豫章、淮海，掉鞅于词坛。子野、美成，联镳于艺苑。(卷三)

御卜又谓：词体如美人含娇掩媚，秋波微转，正视之一态，旁观之又一态；近窥之一态，远窥之又一态。数语颇俊，然此以亦谓温、李、晏、秦耳。(卷七)

北宋多工短调，南宋多工长调。北宋多工软语，南宋多工硬语。然二者偏至，终非全才。欧阳、晏、秦，北宋之正宗也。(卷十二)

《赌棋山庄词话》

43. 冯煦：

词至南唐，二主作于上，正中和于下，诣微造极，得未曾有。宋初诸家，靡不祖述二主，宪章正中，譬之欧、虞、褚、薛之书，皆出逸少。晏同叔去代未远，馨烈所扇，得之最先，故左宫右徵，和婉而明丽，为北宋倚声家初祖。刘攽《中山诗话》谓："元献喜冯延巳歌词，其所自作，亦不减延巳。"信然。

宋初大臣之为词者，寇莱公、晏元献、宋景文、范蜀公与欧阳文忠，并有声艺林。然数公或一时兴到之作，未为专诣。独文忠与元献，学之既至，为之亦勤，翔双鹄于交衢，驭二龙于天路。且文忠家庐陵，而元献家临川，词家遂有西江一派。其词与元献同出南唐，而深刻则过之。

《蒿庵论词》

44. 冯煦：

至宋元献、欧阳永叔则承平公辅也。元献所际，视永叔弥隆，身丁清时，迴翔台省，间有所触，为小令以自抒，与吾家阳春翁为近，上窥二主，其若远若近，若可知，若不可知，几几有难为言者。然所诣则然，非世之衰否有以主张也。

《和珠玉词序》(《蒿庵类稿》)

45. 陈廷焯：

元献词，风神婉约，骨格自高，不流俗秽，与延巳相伯仲也。

北宋晏、欧、王、范诸家，规模前辈，益以才思。

《云韶集》卷二

46. 陈廷焯：

(明代诸公)，其病有二：一则板袭南宋面目……一则专习北宋小令，务取浓艳，遂以为晏、欧复生。不知晏、欧已落下乘，取法乎下，弊将何极，况并不如晏、欧耶。

北宋词，沿五代之旧，才力较工，古意渐远。晏、欧著名一时，然并无甚强人意处。即以艳体论，亦非高境。

晏、欧词雅近正中，然貌合神离，所失甚远。盖正中意余于词，体用兼备，不当作艳词读，若晏、欧不过极力为艳词耳，尚安足重。

文忠思路甚隽，而元献较婉雅。后人为艳词，好作纤巧语者，是又晏、欧之罪人也。(卷一)

闲情之作，虽属词中下乘，然亦不易工。盖摹色绘声，碍难著笔。第言姚冶，易近纤佻。兼写幽贞，又病迂腐。然则何为而可，曰："根柢于《风》、《骚》，涵泳于温、韦，以之作正声也可，以之作艳体亦无不可。"古人词如……晏元献之"楼头残梦五更钟，花底离愁三月雨"……似此则婉转缠绵，情深一往，丽而有则，耐人玩味。(卷五)

晏元献、欧阳文忠皆工词，而皆出小山下。专精之诣，固应让渠独步。然小山虽工词，而卒不能比肩温、韦，方驾正中者，以情溢词外，未能意蕴言中也。故悦人甚易，而复古则不足。（卷七）

唐宋名家，流派不同，本原则一。论其派别，大约……冯正中为一体，唐五代诸词人以及北宋晏、欧、小山等附之。

温、韦创古者也。晏、欧继温、韦之后，面目未改，神理全非，异乎温、韦者也。

词有表里俱佳，文质适中者……词中之上乘也。有质过于文者……亦词中之上乘也。有文过于质者，李后主、牛松卿、晏元献……是也，词中之次乘也。（卷八）

《白雨斋词话》

47. 蒋兆兰：

词家正轨，自以婉约为宗。欧、晏、张、贺，时多小令，慢词寥寥，传作较少。

欧阳、大小晏、安陆、东山，皆工小令，足为师法。

《词说》

48. 况周颐：

碧山乐府如书中欧阳信本，准绳规矩极佳。二晏如右军父子，贺方回如李北海，白石如虞伯施，而隽上过之，公谨如褚登善，梦窗如鲁公，稼轩如诚悬，玉田如赵文敏。

《香海棠馆词话》（龙榆生《唐宋名家词选》引。按：此则不见《蕙风丛书》本《香海棠馆词话》。）

49. 况周颐：

晏同叔赋性刚峻，而词语特婉丽。

《蕙风词话》卷一

50. 况周颐：

《归田录》云：晏元献喜评诗，尝曰："老觉腰金重，慵便玉枕凉”，未是富贵语，不如“笙歌归院落，灯火下楼台”，此善言富贵者也。斯旨可通于填词，凡言情写景亦何莫不然。昔张端义云：柳词皆无表德，只是实说。“腰金”、“玉枕”等字即“表德”之谓矣。元献〔浣溪沙〕云：“无可奈何花落去，似曾相识燕归来。小园香径独徘徊。”〔踏莎行〕云：“一场愁梦酒醒时，斜阳却照深深院。”〔蝶恋花〕云：“消息未知归早晚。斜阳只送平波远。”此等词无须表德，并无须实说，所谓“不著一字，尽得风流”，罗罗清疏却按之有物，此北宋人所以不可及也。

《历代词人考略》卷七

51. 况周颐：

小山词从《珠玉》出，而成就不同，体貌各具。《珠玉》比花中之牡丹，小山其文杏乎！

《蕙风词话未刊稿》（龙榆生《唐宋名家词选》引）

52. 张德瀛：

同叔之词温润，东坡之词轩骁，美成之词精邃，少游之词幽艳，无咎之词雄邈，北宋惟五子可称大家，若柳耆卿、张子野，则又当时所翕然叹服者也。

《词徵》卷五

53. 陈洵：

宋词既昌，唐音斯畅，二晏济美，六一专家。

《海绡说词·通论》

54. 王国维：

美成词多作态，故不是大家气象。若同叔、永叔，虽不作态，而一笑百媚生矣。此天才与人力之别也。

予于词……宋喜同叔、永叔、子瞻、少游，而不喜美成。南宋只爱稼轩一人，而最恶梦窗、玉田。

《人间词话》附录一

55. 樊志厚：

珠玉所以逊六一，小山所以愧淮海者，意境异也。

《人间词序》二

56. 吴梅：

大抵开国之初，沿五季之旧，才力所诣，组织较工，晏、欧为一大宗。二主一冯，实质取法，顾未能脱其范围也。

承十国之遗者，为晏、欧。

宋初如王禹偁、钱惟演辈，亦有小词。王之〔点绛唇〕，钱之〔玉楼春〕，虽有佳处，实非专家。故宋词应以元献为首，所作〔浣溪沙〕，有“无可奈何花落去，似曾相识燕归来”之语，为一时传诵。相传下语为王琪所对（见《复斋漫录》），无俟深考。即“重头歌韵响琮琤，入破舞腰红乱旋”，亦仅形容歌舞之胜，非词家之极则，总不及此词之俊逸也。宋初诸家，靡不祖述二主，宪章正中，同叔去五代未远，馨烈所扇，得之最先。刘攽《中山诗话》谓元献喜冯延巳词，其所自作，亦不减延巳。此语亦是。第细读全词，颇有可议者，如〔浣溪沙〕之“淡淡梳妆薄薄衣，天仙模样好容仪”，〔诉衷情〕之“东城南陌花下，逢着意中人”，又“心心念念，说尽无凭，只是相思”诸语，庸劣可鄙，已开山谷、三变俳语之体，余甚无取也。

宋初大臣之为词者，寇莱公、宋景文、范蜀公与欧阳公，并有声艺苑。然数公或一时兴到之作，未为专诣。独元献与文忠，学之既至，为之亦勤，翔双鹄于交衢，驭二龙于天路。且文忠家庐陵，元献家临川，词之有西江派，转在诗先，亦云奇矣。

《词学通论》

57. 陈匪石：

珠玉、小山、子野、屯田、东山、淮海、清真，其词皆神于炼，不似南宋名家，针线之迹未灭尽也。（卷上）

至于北宋小令，近承五季。慢词蕃衍，其风始微。晏殊、欧

阳修、张先，固雅负盛名，而砥柱中流，断非几道莫属。（卷下）

《声执》

58. 蔡嵩云：

宋初小令，如欧、秦、二晏之流，所作以精到胜，与唐五代稍异，盖人工甚于自然矣。

《柯亭词论》

59. 顾宪融：

晏殊，字同叔，临川人。宋景德初以神童荐，官至集贤殿学士，兼枢密使，卒谥元献公。著有《珠玉词》一卷。幼子几道，字叔原，尝监颖昌许田镇。著《小山词》二卷。同叔生当北宋初叶，去五代未远，故其词多小令，和婉明丽，所诣与南唐冯氏为近。惟设色选词一洗《花间》浮艳，蓄情于物，疏淡中自见脉络。故小山谓其父“生平不作妇人语也”。

《填词百法》

60. 赵尊岳：

不必言情而自足于情，一字一句，落落大方，能得天籁，斯即为词中之圣境，《珠玉》是矣。由《珠玉》而少加砻治，使智慧偶然流露，以益见生色者，小山是矣。《珠玉》如浑金璞玉，小山加以潢治而仍不伤于琢，此晏氏父子可贵之处也。（卷三）

宋词以晏、秦、周、柳、苏、吴、姜、张为八大家。周虽蹊径分明，学之亦不易易。晏词智慧流露而重大有余，实为浑金璞玉之音。柳能以繁词写碎景细情。苏能直抒其胸臆，清雄莫并。秦以风神去声。吴以精金美玉胜。细针密缕，学者望之似有迹，学之辄无功。姜之苍雅，张之骀荡，均为百世之师。学者能奉此数大家为祖祢，能得若干即成就若干，外无余师矣。（卷四）

《花间》不易遽学，古蕃锦岂人尽可织？下之如梦窗之七宝楼台，《珠玉》之浑金朴玉，《小山》之风神淡厚，苏、辛之清雄天成，均不易为师资。《乐章》善道眼前之景物，一一写来，无不精深。笔力又复骞举，宽不失疏，岂易著墨？清真、梦窗，浑厚精整，少有途辙，为学词者所必由。淮海风神足，白石出笔健，玉田意境跌宕，亦学者所当永为圭臬者。（卷五）

《填词丛话》

61. 赵尊岳：

晏殊七岁，即受知遇，任知台阁，礼贤好士，欧阳修等均出其门下，工填词，于北宋初，变五代《花间》之风气。抒情之作，一主清丽婉约，不事雕琢，而气象开阔，寄意缠绵，洵为浑金璞玉之音，举凡寇准、欧阳修、范仲淹、张先等，咸取为法则，因之后人编纂词集，有误入者。（评〔点绛唇〕“露下风高”）

用闲雅从容之笔，写从容骀荡之情，即以眼前所见，信手入词，绝不施以雕琢，而自见天趣，此所以开一代之风气，树词林之典范也。（评〔浣溪沙〕“小阁重帘有燕过”）

五代自韦庄一变飞卿之纤丽，别开境界以来，冯正中再得江山之助，举凡《风》、《骚》之义，始不复限于兰房斗室空间，至晏则更出以跌宕之笔，信乎宋词之日见精进矣。（评〔浣溪沙〕“一向年光有限身”）

论词之造诣者，每好言寄托。寄托自是词之极致，然平易冲淡之音，出于自然，而无所寄托者，于词尤属隽品，此所以北宋之高于南宋也。一任自然，一尚功力，天性所遣，诸名家如《珠玉》、六一诸词，最为上乘。（评〔玉楼春〕“东风昨夜回梁苑”）

《珠玉词选评》（《词学》第七辑）

62. 赵尊岳：

倚声之学，托始于唐，浸盛于五季。其君若臣，歌舞宴酣；风流相尚，琱璚镂玉，方巧化工，《尊前》、《花间》，奄有众美。爰及天水，晏氏父子，引温、韦之绪。欧、苏、秦、柳，风雅所宗。子野、方回，并世郢匠。清真崛起，为两宋关键，间以质拙胜，非深于此道不易知。南渡已还，麦秀黍离，家国之感，发为咏歌。白石老仙风格遒上，宜与稼轩分镳平辔。梦窗嫭家，斯诣造极，蕃艳之笔，运以沉思，致密之中，饶有清气。七宝楼台之喻，甚非知人之言。竹山高节，艳而有骨。公瑾圣与，丽而有则。玉田王孙，后来之秀，清辞丽句，叹观止焉。

《蓉影词跋》（《蓉影词》）

63. 配生：

冯延巳〔长命女〕云："春日宴，绿酒一杯歌一遍。再拜陈三愿：一愿郎君千岁，二愿妾身长健，三愿如同梁上燕，岁岁长相见。"温柔敦厚，而命辞尤雅，彭羡门以为虽置在古乐府，可以无愧者也。《珠玉词》十首中，四五言神仙与寿，辄不佳。盖文词之道，唯基于性情，然后可以动人。冯公之词，性情也，元献则故作休详语耳。正不知公自以为视"画装曲谱金书字，树记花名玉篆牌"为如何也。

《酹月楼词话》

64. 林丁：

胡怀琛先生以屈、陶、李、杜、白、苏、陆、王为中国八大诗人，吾以李后主、冯延巳、晏殊、欧阳修、苏东坡、李清照、辛弃疾、纳兰容若为中国八大词人。

《蕉窗词话》

65. 祝南：

欧、晏并称，欧词清深，晏词和美，小晏运以巧思，尤多丽句，故较易学。

《无庵说词》

宋祁

宋祁（998—1061）字子京，开封雍丘（今河南杞县）人，侨寓安陆（今湖北安陆）。仁宗天圣二年（1024）进士，与兄庠时称“大小宋”。授复州军事推官，累官至知制诰，翰林学士，进侍读学士，改龙图阁学士，史馆修撰，修《唐书》。《新唐书》成，进工部尚书，拜翰林学士承旨，复为群牧使。卒谥景文。《宋史·宋庠传》附祁传。祁负文名，有史才，亦工词，时人以其词中名句呼为“红杏枝头春意闹尚书”。著有《宋景文公文集》，词有后人辑本《宋景文公长短句》。

1. 李之仪：

晏元献、欧阳文忠、宋景文则以其余力游戏，而风流闲雅，超出意表，又非其类也。谛味研究，字字皆有据，而其妙见于卒章，语尽而意不尽，意尽而情不尽，岂平平可得仿佛哉！

《跋吴思道小词》（《姑溪居士文集》卷四十）

2. 李清照：

张子野、宋子京兄弟、沈唐、元绛、晁次膺辈继出，虽时时有妙语，而破碎何足名家。

《词论》（《苕溪渔隐丛话》后集卷三十三引）

3. 秦士奇：

有六十家词，至二百余调。其间可歌可诵如李、晏、柳五、秦七、“云破月来花弄影”郎中、“红杏枝头春意闹”尚书、闺秀若易安居士，词之正也。

《草堂诗余叙》（《草堂诗余四集》）

4. 沈雄：

宋子京为天圣中翰林，以赋采侯，中博学宏词科第一。每夕临文，必使丽竖燃椽烛，此张先所称“红杏枝头春意闹”尚书也。

《古今词话·词评》上卷

5. 焦袁熹：

〔采桑子〕《编纂〈乐府妙声〉竟作》

闻呼小宋婵娟子，挐堕尘凡。红杏官衔。美满香甜句里镵。嗤他燃烛修官史，大诰喃喃。蠹楮尘函。爱把鲜条嫩叶芟。

《此木轩直寄词》

6. 郑方坤：

天涯芳草有清音，庭院深深岂呕心。

辛苦尚书咏红杏，枝头一字费沉吟。宋子京以“红杏枝头春意闹”句得名“红杏尚书”。

《论词绝句》(《蔗尾诗集》卷五)

7. 李其永：

可喜当时小宋名，清词一一见风情。

银筝罢后微吟在，先到花间教乳莺。

《读历朝词杂兴》(《贺九山房诗·蓬蒿集》)

8. 江昱：

红杏尚书艳齿牙，郎中更与助声华。

天生好语秦淮海，流水孤村数点鸦。

《论词十八首》(《松泉诗集》卷一)

9. 黄苏：

《古今词话》云：此词“海棠经雨胭脂透”一句，最善形容景物。至下段用问酒问杏花村事，曲尽郊外游春之情。此亦游览题。好在“海棠经雨”一句，比兴浓深，余亦清倩不俗。(评宋祁〔锦缠道〕“燕子呢喃”)

《蓼园词评》

10. 沈道宽：

六字犹人一字殊，春风红杏宋尚书。

何当更遇张三影，好句交称一笑初。

《论词绝句》(《话山草堂诗钞》卷一)

11. 谭莹：

不妨妙语本天成，红杏尚书说子京。

博得内人呼小宋，无题诗借玉溪生。

《论词绝句一百首》(《乐志堂诗集》卷六)

12. 刘熙载：

宋子京词是宋初体，张子野始创瘦硬之体，虽以佳句互相称美，其实趣尚不同。

词中句与字有似触著者，所谓极炼如不炼也。晏元献“无可奈何花落去”二句，触著之句也，宋景文“红杏枝头春意闹”，“闹”字触著之字也。

《词概》

13. 冯煦：

宋初大臣之为词者，寇莱公、晏元献、宋景文、范蜀公与欧阳文忠，并有声艺林，然数公或一时兴到之作，未为专诣。

《蒿庵论词》

14. 王鹏运：

北宋人词，如潘逍遥之超逸，宋子京之华贵，欧阳文忠之骚雅，柳屯田之广博，晏小山之疏俊，秦太虚之婉约，张子野之流丽，黄文节之隽上，贺方回之醇肆，皆可模拟得其仿佛。

《半塘遗稿》(《唐宋名家词选》引)

15. 陈廷焯：

红杏尚书艳绝千古。

《云韶集》卷二

16. 陈廷焯：

宋人如红杏尚书、贺梅子、张三影、山抹微云秦学士、露华倒影柳屯田、晓风残月柳三变、滴粉搓酥左与言之类，皆以一语之功，倾倒一世。

《白雨斋词话》卷六

17. 况周颐：

宋子京词以〔玉楼春〕“红杏枝头”句得名。其全阕云：“东城渐觉风光好。皱縠波纹迎客棹。绿杨烟外晓寒轻，红杏枝头春意闹。　浮生长恨欢娱少。肯爱千金轻一笑。为君持酒劝斜阳，且向花间留晚照。”此词前段写景，后段言情，歇拍复融情入景，章法分明。词旨婉约，倚声正轨，看似无奇，然而学之实难，即知其何以难学亦不易。

《历代词人考略》卷九

18. 《续修四库全书总目提要》：

〔好事近〕、〔蝶恋花〕等，文入轻绮，承袭唐余，而〔玉楼春〕“红杏枝头春意闹”一语，名噪当时，有“红杏尚书”之号。刘体仁《词绎》云：“一‘闹’字卓绝千古。”此赞美其句者也。李渔《窥词管见》云：“红杏之在枝头，忽然加一‘闹’字，此语殊难著解。争斗有声之谓‘闹’，桃李争春则有之，红杏闹春实未之见也。‘闹’字极粗俗，且听不入耳，非但不可加于此句，并不当见之诗词。”此非驳其句者也。其实唐末与宋初之词界，即重厚、轻薄之不同。宋初艳词渐入轻巧，故争奇斗异于字句之间。此词“闹”字，入唐不高，在宋自奇，此乃时代之异，变迁之迹。刘、李云云，真所谓褒贬任声、抑扬失实者也。

《宋景文长短句一卷》

欧阳修

欧阳修（1007—1072）字永叔，号醉翁，晚号六一居士，庐陵（今江西吉安）人。仁宗天圣八年（1030）举进士甲科，授将仕郎，试秘书省校书郎，西京（今河南洛阳）推官。入为馆阁校勘，试大理评事、监察御史。景祐三年（1036）以直言为范仲淹辩护，贬知夷陵（今湖北宜昌），徙知乾德县，武成节度判官。康定元年（1040）复馆阁校勘，进集贤校理。庆历三年（1043），以太常丞知谏院，次年擢龙图阁直学士，河北都转运使。以上书支持范仲淹，贬知滁州，徙扬州、颍州，留守南京，迁翰林学士，修《唐书》，后加龙图阁学士知开封府，改群牧使。《新唐书》成，拜礼部侍郎兼翰林侍读学士。嘉祐五年（1060）拜枢密副使，六年参知政事。神宗即位，力求退，以观文殿学士、刑部尚书知亳州，迁青州、蔡州。熙宁四年（1071）以太子少师致仕，卒赠太子太师，谥文忠。《宋史》有传。修诗、词、文并工，文为“唐宋八大家”之一。有《欧阳文忠公集》。词集旧名《平山集》，后世传本有《欧阳文忠公近体乐府》，一名《六一词》，另有本名《醉翁琴趣外编》。

1. 晁补之：

欧阳永叔〔浣溪沙〕云：“堤上游人逐画船，拍堤春水四垂天，绿杨楼外出千秋。”要皆绝妙，然只一“出”字，自是后人道不到处。

《苕溪渔隐丛话》后集卷三十三引

2. 杨绘：

欧阳文忠公，文章之宗师也，其于小词，尤脍炙人口。

《时贤本事曲子集》

3. 李之仪：

晏元献、欧阳文忠、宋景文则以其余力游戏，而风流闲雅，超出意表，又非其类也。谛味研究，字字皆有据，而其妙见于卒章，语尽而意不尽，意尽而情不尽，岂平平可得仿佛哉！

《跋吴思道小词》（《姑溪居士文集》卷四十）

4. 李清照：

晏元献、欧阳永叔、苏子瞻学际天人，作为小歌词，直如酌蠡水于大海，然皆句读不葺之诗尔，又往往不协音律。

《词论》（《苕溪渔隐丛话》后集卷三十三引）

5. 徐度：

（柳永）词虽极工致，然多杂以鄙语，故流俗人尤喜道之。其后欧、苏诸公继出，文格一变，至为歌词，体制高雅。

《却扫篇》卷五

6. 王灼：

晏元献公、欧阳文忠公，风流蕴藉，一时莫及，而温润秀洁，亦无其比。

欧阳永叔所集歌词，自作者三之一耳。其间他人数章，群小因指为永叔，起暧昧之谤。

《碧鸡漫志》卷二

7. 曾慥：

欧公一代儒宗，风流自命，词章幼眇，世所矜式。当时小人或作艳曲，谬为公词。

《乐府雅词序》（《词学丛书》）

8. 罗泌：

公性至刚，而与物有情，盖尝致意于《诗》，为之本义，温柔宽厚，所谓深矣。吟咏之余，溢为歌词，有《平山集》，盛传于世。

《欧阳修近体乐府跋》（《百家词》）

9. 罗大经：

欧阳公虽游戏作小词，亦无愧唐人《花间集》。

《鹤林玉露》

10. 尹觉：

词，古诗流也，吟咏性情，莫工于词，临淄、六一，当代文伯，其乐府犹有怜景泥情之偏，岂情之所钟，不能自已于言耶？

《题坦庵词》（《宋六十名家词》）

11.《名臣录》：

仁宗景祐中，欧阳修为馆阁校理。两宫之隙，奏事帘前，复主濮议，举朝倚重。后知贡举，为下第刘辉等所忌，以〔醉蓬莱〕、〔望江南〕诬之。

沈雄《古今词话·词评》上卷引

12. 蔡绦：

欧阳词之浅近者，谓是刘辉伪作。又云：元丰中，崔公度跋冯正中《阳春录》，其间有入《六一词》者。今柳三变词，亦有杂入《平山堂集》者，则浮艳者皆非公作也。

《西清诗话》（沈雄《古今词话·词评》上卷引）

13. 陈振孙：

（欧词）其间多有与《花间》、《阳春》相混者，亦有鄙亵之语一二厕其中，当是仇人无名子所为也。

《直斋书录解题》卷二十一

14. 吴师道：

欧公小词间见诸词集，陈氏书录云一卷，其间多有与《阳春》、《花间》相杂者，亦有鄙亵之语一二厕其中，当是仇人无名子所为。近有《醉翁琴趣外篇》凡六卷二百余首，所谓鄙亵之语，往往而是，不止一二也。

《吴礼部词话》

15. 赵文：

观欧、晏词，知是庆历、嘉祐间人语。观周美成词，其为宣和、靖康也无疑矣。声音之为世道邪？世道之为声音邪？有不自知其然而然者矣。悲夫！

《吴山房乐府序》（《青山集》卷二）

16. 陈霆：

词曲于道末矣。纤言丽语，大雅是病。然以东坡、六一之贤，累篇有作。晦庵朱子，世大儒也，“江水浸云”、“晚朝飞画”等调，曾不讳言。用是而观，大贤君子，类亦不浅矣。

《渚山堂词话序》

17. 王世贞：

永叔极不能作丽语，乃亦有之。曰“隔花暗鸟唤行人”，又“海棠经雨胭脂透”。

永叔、介甫俱文胜词，词胜诗，诗胜书。子瞻书胜词，词胜画，画胜文，文胜诗。然文等耳，余俱非子瞻敌也。鲁直书胜词，词胜诗，诗胜文。少游词胜书，书胜文，文胜诗。

《艺苑卮言》

18. 俞彦：

唐诗三变愈下，宋词殊不然。欧、苏、秦、黄，足当高、岑、王、李。南渡以后，矫矫陡健，即不得称中宋、晚宋也。惟辛稼轩自度粱肉不胜前哲，特出奇险为珍错供，与刘后村辈俱曹洞旁出。学者正可钦佩，不必反唇并捧心也。

《爰园词话》

19. 毛晋：

集中更有浮艳伤雅不似公笔者，先辈云，疑以传疑可也。

《六一词跋》（《宋六十名家词》）

20. 先著：

公老成名德，而小词当行乃尔。（评欧阳修〔南歌子〕“凤髻金泥带”)

《词洁辑评》卷二

21. 宋征璧：

吾于宋词得七人焉。曰永叔，其词秀逸；曰子瞻，其词放诞；曰少游，其词清华；曰子野，其词娟洁；曰方回，其词新鲜；曰小山，其词聪俊；曰易安，其词妍婉。

《倡和诗余序》(《倡和诗余》)

22. 贺贻孙：

李易安云：王介甫、曾子固文章似西汉，若作一小歌词，则人必绝倒，不可读。而欧阳永叔、苏子瞻词，乃句读不葺之诗耳。又尝记宋人有云：昌黎以文为诗，东坡以诗为词。甚矣，词家之难也！余谓易安所讥介甫、子固、永叔三人甚当，但东坡词气豪迈，自是别调，差不如秦七、黄九之到家耳。

《诗筏》

23. 曹尔堪：

欧、晏虽有绮靡之语，而亦无关正色立朝之大节也。

沈雄《古今词话·词话》下卷引

24. 严沆：

同叔、永叔、方回、叔原、子野，咸本《花间》而渐近流畅。

《古今词选序》(《宋词三百首笺注》引)

25. 尤侗：

宋词佳音，皆入内廷供奉，即如坡公之“枝上柳绵”，永叔之“水晶双枕”，美成之“并刀如水”，教授之“鬓边一点”，偶出佳人口中，便自可怜欲绝。

《倚声词话序》(《西堂杂俎》二集卷二)

26. 尤侗：

寇平仲之刚，而曰“柔情不断如春水”；范希文之正，而曰“眉间心上，无间相回避”；欧阳永叔之忠，而曰：“无人与说相思，近日带围宽”。尽三公名垂宇宙，不以纇其白璧。

《三十二芙蓉词序》(《西堂杂俎》二集卷二)

27. 尤侗：

六一婉丽，实妙于苏。

《白香词谱笺》引

28. 尤侗：

古之为文者多不屑意于词，恐其秾青绘白，风格日降，以为浑噩之累。然古文欧、苏其首也，欧之“水晶双枕”，艳情独绝；苏之“枝上柳”，使人惘然有伤春意。二公之词深得风人哀乐之旨，何尝以此贬其文价耶？

《浣雪斋词序》(《西堂杂俎》三集卷三)

29. 魏际瑞：

宋人如柳永、周邦彦辈，填词鄙浊，有市井之气。惟欧阳永叔、秦淮海、晏同叔可称清丽，苏子瞻犹其亚也。珠圆玉润，一归大雅，则欧阳公之作，为不可及矣。吾故曰：宋人之词，农人之布粟也；唐人之词，美人之珠玉也。宋人之词如其文，唐人之词如其诗。宋词如唐诗者，永叔一人而已。

《钞所作诗余序》(《魏伯子文集》卷一)

30. 任绳隗：

顾又谓：词者，诗之余也，大雅所不道也。故六代之绮靡柔曼，几为词苑滥觞。自唐文三变，燕许李、杜诸君子，变而愈上，遂障其澜而为诗。宋人无诗，大家如欧、苏、秦、黄，不能力追初盛，多淫哇细响，变而愈下，遂泛其流而为词。此主乎文章风会言之也。或又以永叔名冠词坛，当时谤其与女戚赠答，大为清流所薄；晏元献天圣贤辅，乃至以作小词致讥。此较乎立德与立言重轻之异也。以余衡之，要皆竖儒之论耳。

《学文堂诗余序》(《直木斋全集》卷十一)

31. 毛奇龄：

宋人以词传，若张先、若秦观、若周、若柳、若晏同叔，皆不善他体；欧阳永叔、苏子瞻，即善他体矣。欧词不减张，而小孙于秦、苏，则遂有起而诮之者。

《中州吴孙庵词集序》(《西河集》卷二十六)

32. 邹祗谟：

余常与文友论词，谓小调不学《花间》，则当学欧、晏、秦、黄。《花间》绮琢处于诗为靡，而于词则如古锦纹理，自有黯然异色。欧、晏蕴藉，秦、黄生动，一唱三叹，总以不尽为佳。《清真》、《乐章》以短调行长调，故滔滔莽莽处如初唐四杰作七古，嫌其不尽变。至姜、史、高、吴，而融篇炼句琢字之法，无一不备。

《远志斋词衷》

33. 贺裳：

词家须使读者如身履其地，亲见其人，方为蓬山顶上。如……欧阳公“弄笔偎人久，描花试手初”……直觉俨然在目前，疑于化工之笔。

庐陵讥范希文〔渔家傲〕为“穷塞主”词，自矜“战胜归来飞捷奏，倾贺酒，玉阶遥献南山寿”为真元帅之事。按：宋以小词为乐府，被之管弦，往往传于宫掖。范词如“长烟落日孤城闭”，“羌管悠悠霜满地”，“将军白发征夫泪”，令“绿树碧帘相掩映，无人知道外边寒”者听之，知边庭之苦如是，庶有所警触，此深得《采薇》、《出车》“杨柳”、“雨雪”之意。若欧词止于谀耳，何所感耶。

《皱水轩词筌》

34. 彭孙遹：

范希文〔苏幕遮〕一调，前段多入丽语，后段纯写柔情，遂成绝唱。“将军白发征夫泪”，亦复苍凉悲壮，慷慨生哀。永叔欲以“玉阶遥献南山寿”敌之，终觉让一头地。“穷塞主”故是雅言，非实录也。

《金粟词话》

35. 王士禛：

温、和生而《花间》作，李、晏出而《草堂》兴。此诗之余而乐府之变也。诗余者，古诗之苗裔也。语其正，则南唐二主为之祖，至漱玉、淮海而极盛，高、史其嗣响也；语其变，则眉山导其源，至稼轩、放翁而尽变，陈、刘其余波也。有诗人之词，唐、蜀、五代诸人是也；有文人之词，晏、欧、秦、李诸君子是也；有词人之词，柳永、周美成、康与之之属是也；有英雄之词，苏、陆、辛、刘是也。

《倚声集序》(《渔洋山人文略》卷三)

36. 王士禛：

欧、晏正流，妙处俱在神韵，不在字句。

《锦瑟词话》引(《锦瑟词》)

37. 鲁超：

余惟诗以苏、李为宗，自曹、刘迄鲍、谢，盛极而衰，至隋时风格一变，此有唐之正始所自开也。词以温、韦为则，自欧、秦迄姜、史，亦盛极而衰，至明末才情复畅，此昭代之大雅所由振也。

《今词初集序》(《今词初集》)

38. 周在浚：

宋人词调，确自乐府中来。时代既异，声调遂殊，然源流未始不同，亦各就其情之所近取法之耳。周、柳之纤丽，《子夜》、《懊侬》之遗也；欧、苏纯正，非《君马黄》、《出东门》之类欤？放而为稼轩、后村，悲歌慷慨，旁若无人，则汉帝《大风》之歌，魏武《对酒》之什也。究其所以，何尝不言情，亦各自道其情耳。

《借荆堂词话》(徐釚《词苑丛谈》卷四引)

39. 汪懋麟：

予尝论宋词有三派：欧、晏正其始，秦、黄、周、柳、姜、史、李清照之徒备其盛，东坡、稼轩放乎其言之矣。其余子非无单词只句可喜可诵，苟求其继，难矣哉。

晏元献、欧文忠为宋名臣，其所建树与所著作，自古罕匹。而《珠玉》、《六一》之词，歌咏人口至今不废，盖大君子之用心，不汩汩于嗜欲，政事之暇，寄闲情于词赋，性情使然也，夫何害。

《棠村词序》(《百尺梧桐阁集》卷二)

40. 焦袁熹：

〔采桑子〕《编纂〈乐府妙声〉竟作》

君看先辈欧阳子，响振韶钧。摆落梁陈。吏部文章有后身。那知戮佞诛奸手谓五代史也，利吻轻唇。款曲殷勤。始信留侯似美人首句君字承上指宋公而言，先辈字用得谛当。利吻轻唇亦史官语，非孟浪下此四字。

亡友张翰林昺为余言：江南柳一词当是欧公所作，而钱氏私憾之言则不足置辨也。

风流罪过空中语，宋玉登徒。云雨模糊。叶小丝轻刻意摹。簸钱年纪谁知得，有是言乎。忒煞诬吾。日黑天昏底事无。

《此木轩直寄词》

41. 王时翔：

词自晚唐温、韦主于柔婉，五季之末李后主以哀艳之辞倡于上，而下皆靡然从之。入宋号为极盛，然欧阳、秦、黄诸君子且不免相沿袭，周、柳之徒无论已。独苏长公能盘硬语，与时异趋，而复失之粗。

《莫荆琰词序》(《小山诗文全稿·文稿》卷二)

42. 郑方坤：

范韩司马汉三君，绮语翻题数幅裙。

更唱望江南一曲，太清未遽滓微云。三公俱有艳词传世，而欧阳以〔江南柳〕一调，遂来谗匿之口。

《论词绝句》(《蔗尾诗集》卷五)

43. 郑燮：

词与诗不同，以婉约为正格，以豪宕为变格。燮窃以剧场论之：东坡为大净，稼轩外脚，永叔、邦卿正旦，秦淮海、柳七则小旦也；周美成为正生，南唐李后主为小生，世人爱小生定过于爱正生矣。蒋竹山、刘改之是绝妙副末，草窗贴旦，白石贴生。

《与江宾谷、江禹九书》(《郑板桥集·补遗》)

44. 郭麐：

词之为体，大略有四：风流华美，浑然天成，如美人临妆，却扇一顾，《花间》诸人是也。晏元献、欧阳永叔诸人继之。

《灵芬馆词话》卷一

45. 王初桐：

欧阳《六一词》温柔妍媚，大都失之于甜，读之觉浅近软弱，不耐咀味。公盖但以余力游戏及之，未尝专用力于倚声也。前辈皆谓是刘煇伪作，亦未必然。

《醉翁琴趣外篇》六卷，计二百余首，中多鄙亵之语，当是无名子伪为之者，前有东坡序，词气鄙陋，亦不类坡作。

欧公〔少年游〕咏草词，君复、圣俞皆不及。

永叔词“贪看六幺花十八”，或云此曲拍无过六字者，故曰六幺，内一叠名花十八。

《小嫏嬛词话》卷一

46. 李调元：

欧阳永叔词，无一字无来处。

《雨村词话》卷一

47. 沈道宽：

草堂遗选备唐风，古调高弹六一翁。

谁把肤辞充法曲，尽教筝笛混丝桐。六一集最多赝作。

《论词绝句》(《话山草堂诗钞》卷一)

48. 陆鎣:

欧阳公，宋代大儒，诗文外，喜为长短调。凡小词多同时人作，公手辑以存者，与公无涉。一时忌公者，藉口以兴大狱。

《问花楼词话》

49. 宋翔凤:

庐陵余力非游戏，小令篇篇积远思。

都可诬成轻薄意，何论堂上簸钱时。

《论词绝句》二十首(《洞箫楼诗纪》三)

50.《四库全书简明目录》:

修诗文皆变当时旧格，惟词为小技，未尝别辟门庭，然婉约风流，较苏轼之硬语盘空，转不失本色。

《六一词》

51. 周济:

永叔词只如无意，而沉著在和平中见。

自温庭筠……欧阳修……之流，莫不蕴藉深厚，而才艳思力，各骋一途，以极其致。譬如匡庐、衡岳，殊体而并胜，南威、西施，别态而同妍矣。

《介存斋论词杂著》

52. 周济:

韩、范诸巨公，偶一染翰，意盛足举。其文虽足树帜，故非专家。若欧公则当行矣。

《宋四家词选目录序论》

53. 周济:

(〔蝶恋花〕)数词缠绵忠笃，其文甚明，非欧公不能作。延巳小人，纵欲伪为君子，以惑其主，岂能有此至性语乎?

《宋四家词选》眉批

54. 谭莹：

儒宗自命却风流，人到无名又可仇。

浮艳欲删疑误入，踏莎行与少年游。

《论词绝句一百首》(《乐志堂诗集》卷六)

55. 袁学澜：

欧阳公之“平山栏槛倚晴空，山色有无中”一词，范希文之“浊酒一杯家万里，燕然未勒归无计”，此二词语意自有士大夫气象，作词者自当效之。

《适园论词》

56. 王僧保：

功业文章不朽传，闲情偶尔到吟边。

平山杨柳今依旧，风流太守五百年。

《论词绝句》(《餐樱庑词话》引)

57. 华长卿：

文章六一有丰神，词意缠绵更可亲。

颇恨行闲多亵语，碔玞混玉是何人。

《论词绝句》(《梅庄诗钞》卷五)

58. 杨希闵：

以温、韦为宗，二晏、贺、秦为嫡裔。欧、苏、黄则如光武崛起，别为世庙。(《序》)

吾友陈广敷云：“词中六一是金碧山水，子瞻是淡墨烟云。金碧山水非富丽之为尚，正贵其妍妙耳。”又评六一〔阮郎归〕词云：“此人眷属四时太平，字句间了无感怨，然其音节仍不免令人回愁引思，盖六一虽富贵人杰，而一生多难，其发也不期而然。声音之道与政通，信哉!”又评其〔渔家傲〕词云：“一幅绝妙冬闺图，王、仇画所不到，全是解悟笔墨，此解悟是菩萨知觉，持校少游〔满庭芳〕、贺方回〔浣溪纱〕，便知彼落色界天中。”闵案：陈评微妙之至，一隅可以三反也。(卷四)

《词轨》

59. 李肇增：

尧章歌曲，隐黍离之感；同甫平生，抗中兴之疏。词工深约，义概存焉，《骚》、《雅》以还，信未可以靡靡訾矣。又况欧、范诸公，比物荃荪，非无丽语，宅心钟鼎，卓建大猷。

《采香词序》(《清名家词》)

60. 刘熙载：

冯延巳词，晏同叔得其俊，欧阳永叔得其深。

《词概》

61. 谢章铤：

纯写闺幨，不独词格之卑，抑亦靡薄无味，可厌之甚也。然其中却有毫厘之辨。作情语勿作绮语，绮语设为淫思，坏人心术。情语则热血所钟，缠绵悱恻，而即近知远，即微知著，其人一生大节，可于此得其端倪。"笑问双鸳鸯字怎生书"出自欧阳文忠，"残灯明灭枕头攲，谙尽孤眠滋味"出自范文正，是皆一代名德，慎勿谓曲子相公皆轻薄者。(卷四)

北宋多工短调，南宋多工长调。北宋多工软语，南宋多工硬语。然二者偏至，终非全才。欧阳、晏、秦，北宋之正宗也。柳耆卿失之滥，黄鲁直失之伧。白石、高、史，南宋之正宗也。吴梦窗失之涩，蒋竹山失之流。若苏、辛自立一宗，不当侪于诸家派别之中。(卷十二)

《赌棋山庄词话》

62. 谢章铤：

范希文、欧阳永叔非一代名德哉？乃观其所为词，与张三影、柳三变未尝不异曲同工，何哉？嗟乎！夫人必先有所不忍于其家，而后有所不忍于其国，今日之深情款款者，必异日之大节磊磊者也。故工诗者，余于性；工词者，余于情。

《眠琴小筑词序》(《赌棋山庄全集·文集》卷二)

63. 李慈铭：

余于词非当家，所作者真诗余耳。然于此中颇有微悟。盖必若近若远，忽去忽来，如蛱蝶穿花，深深款款；又须于无情无绪中，令人十步九回，如佛言食蜜，中边皆甜。古来得此旨者，南唐二主、六一、安陆、淮海、小山及李易安《漱玉词》耳。

《越缦堂读书记》卷八·文学四

64. 冯煦：

宋初大臣之为词者，寇莱公、晏元献、宋景文、范蜀公，与欧阳文忠并有声艺林……独文忠与元献，学之既至，为之亦勤，翔双鹄于交衢，驭二龙于天路……其词与元献同出南唐，而深致则过之。宋至文忠，文始复古，天下翕然师尊之，风尚为之一变。即以词言，亦疏隽开子瞻，深婉开少游。本传云："超然独骛，众莫能及"独其文乎哉，独其文乎哉。

《蒿庵论词》

65. 王鹏运：

北宋人词，如潘逍遥之超逸，宋子京之华贵，欧阳文忠之骚雅，柳屯田之广博，晏小山之疏俊，秦太虚之婉约，张子野之流丽，黄文节之隽上，贺方回之醇肆，皆可模拟得其仿佛。唯苏文忠之清雄，敻乎轶尘绝迹，令人无从步趋。

《半塘遗稿》(《唐宋名家词选》引)

66. 胡薇元：

欧阳永叔《六一词》，工绝。今集中多浅近之词，则公知贡举时，不取怪异之文，下第举子刘辉等忌之，作〔醉蓬莱〕、〔望江南〕词，杂刊集中以谤之。然而浅俗语，污蔑佻薄之词，固可一望而知也。他日刊公集者，吾愿为之湔洗，以还旧观。

《岁寒居词话》

67. 陈廷焯：

北宋晏、欧、王、范诸家，规模前辈，益以才思。

永叔词，乐而不淫。竹垞《词综》选公词，极为纯雅。

《云韶集》卷二

68. 陈廷焯：

欧阳公词，飞卿之流亚也。其香艳之作，大率皆年少时笔墨，亦非尽后人伪作也。但家数近小，未尽脱五代风气。

《词坛丛话》

69. 陈廷焯：

（国初诸公）一则专习北宋小令，务取浓艳，遂以为晏、欧复生。不知晏、欧已落下乘，取法乎下，弊将何极，况并不如晏、欧耶。

北宋词，沿五代之旧，才力较工，古意渐远。晏、欧著名一时，然并无甚强人意处。即以艳体论，亦非高境。

晏、欧阳雅近正中，然貌合神离，所失甚远。盖正中意余于词，体用兼备，不当作艳词读。若晏、欧不过极力为艳词耳，尚安足重。

文忠思路甚隽，而元献较婉雅。后人为艳词，好作纤巧语者，是又晏、欧之罪人也。（卷一）

晏元献、欧阳文忠皆工词。而皆出小山下。专精之诣，固应让渠独步。然小山虽工词，而卒不能比肩温、韦，方驾正中者，以情溢词外，未能意蕴言中也，故悦人甚易，而复古则不足。（卷七）

唐宋名家，流派不同，本原则一。论其派别，大约……冯正中为一体，唐五代诸词人以及北宋晏、欧、小山等附之。

温、韦创古者也。晏、欧继温、韦之后，面目未改，神理全非，异乎温、韦者也。

词有表里俱佳，文质适中者……有文过于质者，李后主、牛松卿、晏元献、欧阳永叔……词中之次乘也。（卷八）

《白雨斋词话》

70. 蒋兆兰：

词家正轨，自以婉约为宗。欧、晏、张、贺，时多小令，慢词寥寥，传作较少。逮乎秦、柳，始极慢词之能事。其后清真崛起，功力既深，才调尤高，加以精通律吕，奄有众长，虽率然命笔，而浑厚和雅，冠绝古今，可谓极词中之圣。

欧阳、大小晏、安陆、东山，皆工小令，足为师法。

《词说》

71. 况周颐：

欧公〔江南柳〕之诬，《词苑丛谈》尝辨之矣。周淙《辇下纪事》云：德寿宫刘妃，临安人。入宫为红霞帔，后拜贵妃。又有小刘妃者，以紫霞帔，转宜春郡夫人，进婕妤，复封婉容，皆有宠。宫中号妃为"大刘娘子"，婉容为"小刘娘子"。婉容入宫时年尚幼，德寿赐以词云："江南柳，软绿未成荫。攀折尚怜枝叶小，黄鹂飞上力难禁。留取待春深。"德寿之词与《默记》所传欧阳公之作仅小异耳。钱世昭《私志》称彭城王钱景臻为先王，景臻追封当建炎二年，世昭为景臻之孙愐（景臻第三子）之犹子。以时代考之，盖亦南宋中叶矣（《四库全书提要》于钱世昭王铚时代并未考定详确）。窃疑后人就德寿词衍为双调以诬欧公，世昭遂录入《私志》，王铚因载之《默记》。唯钱穆父固与欧公同时，然公词即可假托，即自白之表、穆父之言亦何不可造作之有？窃意欧阳文集中未必有此表也。

《历代词人考略》卷九

72. 陈洵：

宋词既昌，唐音斯畅。二晏济美，六一专家。

《海绡说词》

73. 高旭：

欧阳居士富风情，晚岁依然绮思横。

痴绝文章老宗伯，水精枕畔听钗声。

《论词绝句》三十首（《未济庐诗集》）

74. 王国维：

梅圣俞〔苏幕遮〕词："落尽梨花春事了，满地斜阳，翠色和烟老。"刘融斋谓"少游一生，似专学此种"。余谓冯正中〔玉楼春〕词："芳菲次第长相续，自是情多无处足，尊前百计得春归，莫为伤春眉黛促。"永叔一生似专学此种。

词之雅郑，在神不在貌，永叔、少游虽作艳语，终有品格。方之美成，便有淑女与倡伎之别。

《人间词话》

75. 王国维：

以宋词比唐诗，则东坡似太白，欧、秦似摩诘，耆卿似乐天，方回、叔原则大历十子之流。

《清真先生遗事·尚论三》

76. 樊志厚：

珠玉所以逊六一，小山所以愧淮海者，意境异也。

《人间词序》二

77. 林大椿：

欧阳氏文章气节，照耀一世，当时咸以退之相推许，而欧阳氏亦以文以载道自命。苏轼之序曰："欧阳子论大道似韩愈，论事似陆贽，记事似司马迁，诗赋似李白，此非予言也，天下之言也。"其文章世有定论矣。然间作小词，造境夐绝，迥非南宋诸家所能追及。兴趣神韵，言有尽而意无穷。顾世人每以涉艳之作，视为欧阳氏之小疵。宋曾慥曰："欧公一代儒宗，世所矜式，当时小人或作艳曲，谓为公词。"罗泌曰："此三卷，或甚浮艳者，殆非公之少作，疑以传疑可也。"又曰："其甚浅者，前辈多谓刘辉伪作，故削之。"观曾、罗二跋，似若欧阳氏者不宜有此抒情之作，是盖偏曲陋儒之肤见，于欧阳氏之词品无与焉。独《艺苑卮言》称永叔词胜于诗，真启发前人所不敢言。

《欧阳文忠近体乐府跋》

78. 吴梅：

大抵开国之初，沿五季之旧，才力所诣，组织较工。晏、欧为一大宗，二主一冯，实资取法，顾未能脱其范围也。

承十国之遗者，为晏、欧。

宋初大臣之为词者，寇莱公、宋景文、范蜀公与欧阳公，并有声艺苑。然数公或一时兴到之作，未为专诣。独元献与文忠，学之既至，为之亦勤，翔双鹄于交衢，驭二龙于天路。且文忠家庐陵，元献家临川，词之有西江派，转在诗先，亦云奇矣。

《词学通论》

79. 陈匪石：

至于北宋小令，近承五季，慢词蕃衍，其风始微。晏殊、欧阳修、张先，固雅负盛名，而砥柱中流，断非几道莫属。

北宋初期，关于令曲，已开宋人之风气，略变五代之面目者，则为欧阳修。且欧阳公《近体乐府》，慢词不少。其时慢词虽未成熟，而其端亦由欧阳发之。

《声执》卷下

80. 蔡嵩云：

宋初小令，如欧、秦、二晏之流，所作以精到胜，与唐五代稍异，盖人工甚于自然矣。

《柯亭词论》

81. 赵尊岳：

倚声之学，托始于唐，浸盛于五季。其君若臣，歌舞宴酣；风流相尚，琱璚镂玉，方巧化工，《尊前》、《花间》，奄有众美。爰及天水晏氏父子，引温、韦之绪。欧、苏、秦、柳，风雅所宗。子野、方回，并世郢匠。清真崛起，为两宋关键，间以质拙胜，非深于此道不易知。南渡已还，麦秀黍离，家国之感，发为咏歌。白石老仙风格遒上，宜与稼轩分镳平辔。梦窗嫥家，斯诣造极，蕃艳之笔，运以沉思，致密之中，饶有清气。七宝楼台之喻，甚非知人之言。竹山高节，艳而有骨。公瑾圣与，丽而有则。玉田王孙，后来之秀，清辞丽句，叹观止焉。

《蓉影词跋》(《蓉影词》)

82. 顾宪融：

欧阳永叔，名修，庐陵人，初号醉翁，晚更号六一居士。熙宁四年以观文殿大学士、太子少师致仕。卒谥文忠。著有《六一词》。其词未脱南唐风会，大率皆中小令，和平宽厚，如不经意而自见沉著。集中〔蝶恋花〕诸阕，又杂见于《乐章》、《珠玉》等集，孰真孰伪，迄今莫可考正。

《填词百法》

83. 闻野鹤：

寇莱公如春日园林，蔚然深秀。苏东坡如深山剑客，不娴俗礼。秦少游如花间丽色，却扇一笑，百媚横生。黄山谷如村女媚客，简直乏致。欧阳公如豪家子弟，仪态大方。张子野如春花百树，浅深互见。周美成如周公制礼，大体略备。王荆公如蛮夷入贡，不谙礼数。辛稼轩如草野人入掌枢密，动辄粗戾。蒋竹山如蓬门丽质，清秀有余。柳耆卿如通天老狐，醉即露尾。康与之如春场笙歌，繁乐聒耳。史梅溪如剪彩成花，细而近纤。姜白石如江介澄波，悠然一往。吴梦窗如天孙云锦，一丝一缕，尽发奇光，俗子庸夫，见之却步。李易安如中人举鼎，时虞绝膑。王碧山如天家姬侍，神采幽馨，迥非凡艳。周公谨如辞树红英，难免浮浪。朱淑贞如碧窗鹦鹉，略解语言。陆放翁如野僧说法，清而无味。张玉田如中郎凋谢，典型尚存。余则自桧以外，可无讥矣。

《惯簃词话》

84. 林丁：

胡怀琛先生以屈、陶、李、杜、白、苏、陆、王为中国八大诗人，吾以李后主、冯延巳、晏殊、欧阳修、苏东坡、李清照、辛弃疾、纳兰容若为中国八大词人。

《蕉窗词话》

85. 祝南：

欧、晏并称，欧词清深，晏词和美，小晏运以巧思，尤多丽句，故较易学。

《无庵说词》

王琪

王琪（生卒年不详）字君玉，其先成都华阳（在今四川省）人，徙舒州（今安徽庐江）。举进士，调江都主簿。仁宗天圣三年（1025）召试，授大理评事，除馆阁校勘、集贤校理，历通判舒州，知复州，开封府推官，知集贤院，两浙淮南转运使。还为修起居注，盐铁判官、知制诰。奉使契丹，因病还，责授信州团练副使。后以龙图阁待制知润州、江宁，复知制诰，加枢密直学士。历知邓、扬、杭、润等州，以礼部侍郎致仕。传附《宋史·王珪传》。著有《谪仙长短句》，已佚，有后人辑本。

1. 黄庭坚：

王君玉流落在外，转守七郡，意不能无觖望，然终篇所寄，似为执政者不悦而独怜之耶？

《跋王君玉〔定风波〕(《丛书集成初编》一五六四《山谷题跋》卷九)

2. 陈辅之：

君玉有〔望江南〕词十首，自谓谪仙。王荆公酷爱其“红绡香润入梅天”句。

沈雄《古今词话·词评》上卷引

3. 陈廷焯：

练字琢句，原属词中末技。然择言贵雅，亦不可不慎。古人词有竟体高妙，而一句小疵，致令通篇减色者……如王君玉〔望江南〕云：“碧瓦烟昏沉柳岸，红绡香润入梅天。”可谓精于造句。“红绡”七字为荆公所爱。而接语云：“飘洒正萧然。”五字意尽，殊病空滑，与上不称。

《白雨斋词话》卷五

4. 况周颐：

君玉〔望江南〕词“红绡香润”云云，王荆公爱之。“烟径掠花”云云，欧阳文忠爱之，取其不粘不脱而句复婉丽耳。其又一阕云：“江南岸，云树半晴阴。帆去帆来天亦老，潮生潮落日空沉。南北别离心。　兴废事，千古一沾巾。山下孤烟渔市远，柳边疏雨酒家深。行客莫登临。”此词以风格胜，近于清刚隽上。顾二公所赏会，乃在彼不在此，信乎解人难索矣。

《历代词人考略》卷七

韩琦

韩琦（1008—1075）字稚圭，自号赣叟，安阳（今河南安阳）人。仁宗天圣五年（1027）进士，授将作监丞，通判淄州，累官右司谏，权知制诰。元昊起兵，与范仲淹同出镇陕西，天下称为“韩范”，为朝廷所倚重。元昊请和，同召为枢密副使，后以资政殿学士知扬州，徙郓州、成德军、定州，拜武康军节度使知并州。嘉祐元年（1056）拜枢密使，三年拜同中书门下平章事，相仁宗、英宗，累封魏国公。神宗立，坚辞位，除镇安武胜军节度使判相州，西北纷扰，改判永兴军，经略陕西，归相州。河北地震，河决，徙判大名府，四路安抚使。卒赠尚书令，谥忠献。徽宗时追封魏郡王。《宋史》有传。琦能诗文，著有《安阳集》，存词四首。

1. 余怀：

词家盛推秦、柳为擅场，然其人率轻佻浮华，无事功可纪。若韩魏公、范文正、周平园诸钜公，皆以填词名，则词因人重，不必定以“杨柳外晓风残月”著声红牙白板间也。

《百名家词钞》引

2. 朱彝尊：

自唐以后，工诗者每兼于工词，宋之元老，若韩、范、司马，理学若朱仲晦、真希元，亦皆为之，由是乐章卷帙，几与诗争富。

《紫云词序》（《曝书亭集》卷四十）

3. 《词苑》：

公经国大手，而小词乃以情韵胜人。

《词林纪事》卷三引

4. 丁绍仪：

韩忠献、赵清献、范文正、李忠定，为有宋一代名臣，而词采流传，如“愁无际，武陵凝睇，人远波空翠”，“明月高楼休独倚，酒入愁肠，化作相思泪”，与“宝瑟尘生，金雁空零落”，“怅青春又过，年年此恨，满东风泪”等语，足与勋业并昭千古。

《听秋声馆词话》卷十

5. 谭莹：

点绛唇歌不自聊，闲情偏赋乱红飘。

安阳出镇萧闲甚，回首春风廿四桥。

《论词绝句一百首》（《乐志堂诗集》卷六）

6. 陈廷焯：

凄绝不减飞卿，深清远咏，极尽顿挫之致。

《云韶集》卷二

7. 况周颐：

宋庆历八年始析河北、大名、真定、高阳为四路，各置帅，更命儒臣以缉边。魏公自郓州徙镇，郡圃号众春，会岁饥，涉春未尝一游。陈舍人荐彦升在幕府，以诗请公云：“水底鱼龙思鼓吹，沙头鸥鹭望旌旗。”公亟答之云：“细民沟壑方授手，别馆莺花任送春。”见《石林诗话》。〔点绛唇〕云：“乱红飘砌。滴尽珍珠泪。”与“别馆莺花”句正复不妨并传。

《历代词人考略》卷八

杜安世

杜安世（生卒年不详）字寿域（或云：名寿域，字安世），京兆（今陕西西安）人。《全芳备祖》称安世为“杜郎中”。曾与韩琦交游。有《寿域词》。

1. 陈振孙：

未详其人，词亦不工。

《直斋书录解题》卷二十一

2. 毛晋：

侪辈嗤其词不工，余初读其〔诉衷情〕云：“烧残绛蜡泪成痕，街鼓报黄昏。碧云又阻来信，廊上月侵门。　　愁永夜，拂香裀，待谁温？梦兰憔悴，掷果凄凉，两处消魂。”语纤致巧，未尝不工。

《寿域词跋》（《宋六十名家词》）

3. 李调元：

杜安世词多袭前人，《寿域词》一卷，殊无足观。

《雨村词话》卷二

4. 《四库全书总目提要》：

（陈）振孙称其词不甚工，今核集中所载八十六阕，往往失之浅俗，字句尤多凑泊。即所载〔折红梅〕一词，毛晋跋指为吴感作者，通体皆剽窃柳永《望梅》词，未可谓之佳制，振孙之言非过。

《寿域词提要》

5. 冯煦：

寿域词，《四库全书存目》谓其字句讹脱，不一而足，今取其词读之，即常用之调亦平仄拗折，与他人微异。则是寿域有意为之，非尽校者之疏。

《蒿庵论词》

6. 况周颐：

汲古阁刻本《寿域词》，斠雠未精，字句多脱误，尤多混入他人之作。除《四库提要》考出二首外，如〔丑奴儿〕“樱桃谢了”阕，“微风帘幕”阕，〔更漏子〕“雪肌轻”阕，皆冯正中作。〔生查子〕“关山魂梦长”阕，乃王逐客作。陈直斋《书录解题》嗤寿域词不工，毛子晋跋语中驳之，举〔诉衷情〕“烧残绛蜡”阕，谓其“语纤致巧”。夫“语纤致巧”遂得谓之工耶？矧此词乃王益作，见《能改斋漫录》毛氏虽称其工，却未补入集内，容亦尚疑其非杜作，胡为据以驳陈也？杜词风格在柳耆卿、康伯可之间，而涉浅浬，其疵纇处亦与二家略同。唯是连情属藻，旖旎缠绵，未远朴厚之风，犹不失为古艳。

《历代词人考略》卷十八

赵抃

赵抃（1008—1084）字阅道，号知非子，西安（今浙江衢州）人。景祐元年（1034）进士。为武安军节度推官。召为殿中侍御史，弹劾不避权贵，人称“铁面御史”。神宗立，除参知政事，以与王安石不合罢去。历知杭州、青州、越州，以太子少保致仕。卒谥清献。《宋史》有传。今存词一首。

1. 丁绍仪：

韩忠献、赵清献、范文正、李忠定，为有宋一代名臣，而词采流传，如“愁无际，武陵凝睇，人远波空翠”，“明月高楼休独倚，酒入愁肠，化作相思泪”，与“宝瑟尘生，金雁空零落”，“怅青春又过，年年此恨，满东风泪”等语，足与勋业并昭千古。

《听秋声馆词话》卷十

2. 陈廷焯：

词虽不避艳冶，亦不可流于秽亵。尝见……赵清献诗，亦有“春窗恼春思，一枕杜鹃啼”之句。数公勋德才望，昭昭千古，而所作小词，非不尽态极妍，然不涉秽语，故不为法秀道人师呵。

《词坛丛话》

3. 况周颐：

〔新荷叶〕一阕，《草堂诗余》以为僧仲殊作。今观此词，绮丽特甚，不类缁流之笔。证以《乐府雅词拾遗》、《花草粹编》，并作赵词，可知《草堂》之误也。

《历代词人考略》卷七

蔡挺

蔡挺（1014—1079）字子政，宋城（今河南商丘）人。仁宗景祐元年（1034）进士，授虞州推官，历陵州团练推官，通判泾州、鄜州，知博州，开封府推官。以河工失职罢。起知南安军、提点江西刑狱，改陕西转运副使，进直龙图阁、知庆州。神宗即位，加天章阁待制，知渭州，防御西夏有功。熙宁五年（1072）拜枢密副使，七年以疾罢为资政殿学士，判南京留司御史台。元丰二年（1079）卒，谥敏肃。《宋史》有传。今存词一首。

1. 谭莹：

听喜迁莺竟召还，有渔家傲不须删。

归来献寿将军事，须念征人老玉关。

《论词绝句一百首》（《乐志堂诗集》卷六）

2. 陈廷焯：

通首摹写边景，亦凄苦，亦悲壮，而大局总不外忠厚，其得达禁掖也宜哉。通叟以词见诣，子政以词得拜，笔墨之不可不慎也如此。（评〔喜迁莺〕“霜天秋晓”）

《云韶集》卷三

3. 况周颐：

六一居士讥范希文〔渔家傲〕为穷塞主词，自矜其“战胜归来飞捷奏。倾贺酒。玉阶遥献南山寿”为真元帅之事。明贺黄公论之曰：宋以小词为乐府，被之管弦，往往传于宫掖。范词如“长烟落日孤城闭”，“羌管悠悠霜满地”，“将军白发征夫泪”，令“绿树碧帘相掩映，无人知道外边寒”者听之，知边庭之苦，如是庶有所警触，此深得《采薇》、《出车》“杨柳”、“雨雪”之意。若欧词止于谀耳，何所感耶？据《王氏余话》：蔡敏肃〔喜迁莺〕词“谁念玉关人老”句，其微旨与范希文〔渔家傲〕暗合，而裕陵辄为之动听。所谓声音之道感人易入者，非欤？即或如史传所云，敏肃纳交中使，进词柄用，亦不失为黼座好文，契合风雅。有宋一代，《金荃》、《兰畹》蔚为国华，则夫提倡奖藉出自天家，其收效至闳远耳。

《历代词人考略》卷十五

司马光

司马光（1019—1086）字君实，号迂夫，晚号迂叟，学者称“涑水先生”，陕州夏县（今山西闻喜）人。仁宗宝元二年（1039）进士，授签苏州判官事。累官至知制诰，改天章阁待制兼侍讲，知谏院，进龙图阁直学士。神宗即位，为翰林学士，御史中丞，还翰林兼侍读学士。以与王安石论政不合，拜枢密副使不就，以端明殿学士知永兴军，徙知许州，请判西京御史台，闲居洛阳，专修《资治通鉴》。哲宗即位，起知陈州，留为门下侍郎，拜尚书左仆射，卒赠太师，温国公，谥文正。《宋史》有传。著有《司马文正公集》。今存词三首。

1. 陈霆：

〔锦堂春〕长阕，乃司马温公感旧之作。全篇云：“红日迟迟，虚廊转影……”公端劲有守，所赋妩媚凄惋，殆不能忘情，岂其少年所作耶？古贤者未能免俗，正谓此耳。

《渚山堂词话》卷三

2. 朱彝尊：

自唐以后，工诗者每兼工于词。宋之元老，若韩、范、司马，理学若朱仲晦、真希元，亦皆为之，由是乐章卷帙，几与诗争富。

《紫云词序》（《曝书亭集》卷四十）

3. 王士禛：

“堂上簸钱堂下走”，小人以蔑欧阳。“有情争似无情”，忌者以诬司马。至“谙尽孤眠滋味”，及“落花流水别离多”，范、赵二巨公作如许语，又非但广平梅花之比矣。

《花草蒙拾》

4. 陆鎣：

司马温公，儿童、走卒咸共尊仰。轻薄子捏造艳词，以为公作，转相传诵，小人之无忌惮如此。

《问花楼词话》

5. 谭莹：

广平拟议恐非伦，赋有梅花事却真。

司马温公人物似，西江月又锦堂春。

《论词绝句一百首》（《乐志堂诗集》卷六）

6. 况周颐：

曹子建《洛神赋》云："动无常则，若危若安；进止难期，若往若还。"蒙尝谓昔人文言模写美人神态，殆无逾此。司马温公〔西江月〕过拍云："青烟紫雾罩轻盈。飞絮游丝无定。"亦能传神光离合、惊鸿游龙之妙。得"飞絮游丝"句，然后"青烟紫雾"成为生香活色，此二句非冰雪聪明不能道。

《历代词人考略》卷十

王安石

王安石（1021—1086）字介甫，号半山，抚州临川（今江西抚州）人。仁宗庆历二年（1042）进士，授签书淮南判官，历知鄞县，群牧判官，知常州，提点江东刑狱。入为度支判官，向仁宗上书，主张变法，未纳。后任知制诰，忤执政，以母忧去官，终英宗世不复出。神宗即位，起知江宁府，数月，召为翰林学士兼侍讲。熙宁二年（1069）拜参知政事，主持变法。三年拜同中书门下平章事。新法受挫，七年，罢为观文殿大学士，知江宁府。八年复相。九年，再罢为镇南军节度使、同平章事，判江宁府，封舒国公。元丰二年（1079）复拜左仆射，观文殿大学士，特进，改封荆国公。哲宗立，加司空。卒赠太傅，谥文。徽宗时追封舒王。《宋史》有传。安石诗、词、文皆工，文为“唐宋八大家”之一，著有《临川先生文集》，词有后人辑本《临川先生歌曲》。

1. 赵师岊：

世谓少游诗似曲，子瞻曲似诗，其然乎？至荆公〔桂枝香〕词，子瞻称之此老真野狐精也。诗词各一家，惟荆公备众作，艳体虽乐府柔丽之语，亦必工致，真一代奇材。

《吕圣求词序》（《百家词》）

2. 杨湜：

金陵怀古，诸公寄词于〔桂枝香〕，凡三十余首，独介甫最为绝唱。东坡见之，不觉叹息曰：“此老乃野狐精也。”

《古今词话》

3. 李清照：

王介甫、曾子固文章似西汉，若作一小歌词，则人必绝倒不可读也。

《词论》（《苕溪渔隐丛话》后集卷三十三引）

4. 王灼：

王荆公长短句不多，合绳墨处，自雍容奇特。

《碧鸡漫志》卷二

5. 王世贞：

永叔、介甫俱文胜词，词胜诗，诗胜书。

《艺苑卮言》

6. 沈际飞：

介甫有游仙之意，悟矣悟矣。必待“梦阑”、“酒醒”、“思量着”，又何迟也。

媚出于老，动出于整齐，其笔墨自不可议。

黄苏《蓼园词评》引

7. 宋征璧：

吾于宋词得七人焉：曰永叔，其词秀逸；曰子瞻，其词放诞；曰少游，其词清华；曰子野，其词娟洁；曰方回，其词新鲜；曰小山，其词聪俊；曰易安，其词妍婉。他若黄鲁直之苍老，而或伤于颓。王介甫之劖削，而或伤于拗。晁无咎之规检，而或伤于朴。辛稼轩之豪爽，而或伤于霸。陆务观之萧散，而或伤于疏。此皆所谓我辈之词也。苟举当家之词，如柳屯田哀感顽艳，而少寄托。周清真蜿蜒流美，而乏陡健。康伯可排叙整齐，而乏深邃。其外则谢无逸之能写景，僧仲殊之能言情，程正伯之能壮采，张安国之能用意，万俟雅言之能协律，刘改之之能使气，曾纯甫之能书怀，吴梦窗之能叠字，姜白石之能琢句，蒋竹山之能作态，史邦卿之能刷色，黄花庵之能选格，亦其选也。词至南宋而繁，亦至南宋而敝，作者纷如，难以概述矣。

《倡和诗余序》（《倡和诗余》）

8. 贺裳：

王荆公论词，虽知“细雨梦回鸡塞远”之妙，然自作未免平直板硬，不及其儿之饶翠也。

《皱水轩词筌》

9. 王初桐：

张叔夏云：词以意为主，要不蹈袭前人语，如东坡《中秋》〔水调歌〕，王荆公《金陵》〔桂枝香〕，皆清空中有意趣。

王荆公生时有貛入其室，俄失所在，故小名貛郎。东坡见荆公〔桂枝香〕《金陵怀古》词，曰：此老野狐精也。

《小嫏嬛词话》卷一

10. 谭莹：

论到舒王逊一筹。海棠未雨雱句却风流。

李郎冠月淡云来去，果胜郎中旧句不？

《论词绝句一百首》（《乐志堂诗集》卷六）

11. 杨希闵：

介甫诗文高出流辈，生平相业，为人掎摭，平论者少，独其文章不能抹杀，词亦峭劲，如冬岭孤松，远霄鹤鸣，取附欧、苏之卷，欲以存其真也。

《词轨》卷四

12. 刘熙载：

王半山词瘦削雅素，一洗五代旧习，惟未能涉乐必笑，言哀已叹，故深情之士，不无间然。

《词概》

13. 陈廷焯：

文公词风格自高，运笔亦精健。

《云韶集》卷二

14. 高旭：

秣陵吊古意难平，衰草寒烟恨不禁。

千载低徊半山句，干侬底事若为情。

《论词绝句》三十首（《未济庐诗集》）

15. 梁启超：

李易安谓："介甫文章似西汉，然以作歌词，则人必绝倒。"但此作（按：指〔桂枝香〕"登临送目"。）却颉颃清真、稼轩，未可谩诋也。

《艺蘅馆词选》乙卷引

16. 吴梅：

荆公不以词见长，而〔桂枝香〕一首大为东坡叹赏，各家选本亦皆采录，第其词只稳惬而已。他如〔菩萨蛮〕、〔渔家傲〕、〔清平乐〕、〔浣溪沙〕等，间有可观。至〔浪淘沙〕之"伊吕两衰翁"，〔望江南〕之"归依三宝赞"，直俚语耳。

《词学通论》

17.《续修四库全书总目提要》：

安石文章、政事并足名家，其慢词〔桂枝香〕《金陵怀古》一阕最为精悍，〔菩萨蛮〕、〔渔家傲〕、〔清平乐〕诸词清新婉雅，亦宋代小令之本色。惟安石无意于词，偶一为之，其〔浪淘沙〕云"伊吕两衰翁……"，词颇清旷，而论理言事，渐越词境，至〔望江南〕《归依三宝赞》四首以词言佛，变离其宗，南部诸贤之风力尽矣。

《临川先生歌曲一卷补遗一卷》

章楶

章楶（1027—1102）字质夫，建州浦城（今属福建）人。以荫为孟州司户参军。英宗治平二年（1065）进士，试礼部第一，擢知陈留县。历提举陕西常平、京东转运判官、提点湖北刑狱、成都路转运使，入为考功、吏部、右司员外郎。哲宗元祐初，以直龙图阁知庆州，以防御西夏功召权户部侍郎，出知同州、应天府、广州，徙江淮发运使。再徙知渭州，委以边事，屡有功，累擢枢密直学士、龙图阁端明殿学士。徽宗立，徙知河南，拜同知枢密院事，逾年力请罢。授资政殿学士，中太一宫使。卒赠右银青光禄大夫，谥庄简。《宋史》有传。今存词二首。

1. 魏庆之：

章质夫《咏杨花》词，东坡和之。晁叔用以为东坡如毛嫱、西施，净洗却面，与天下妇人斗好，质夫岂可比，是则然矣。余以为质夫词中，所谓“傍珠帘散漫，垂垂欲下，依前被、风扶起”，亦可谓曲尽杨花妙处。东坡所和虽高，恐未能及。诗人议论不公如此耳。

《魏庆之词话》

2. 朱弁：

章质夫作〔水龙吟〕咏杨花，其命意用事清丽可喜。东坡和之，若豪放不入律吕，徐而视之，声韵谐婉，便觉质夫有织绣工夫。晁叔用云：东坡如毛嫱西施，净洗却面与天下妇人斗好，质夫岂可比耶。

《曲洧旧闻》卷五

3.《词苑》：

资政殿学士章楶，字质夫，以功名显，诗词尤见称于世。尝作〔水龙吟〕《咏杨花》，东坡与之帖云："柳花词妙绝，使来者何以措词。"

冯金伯《词苑萃编》卷四引

4. 高旭：

游荡金鞍是泪不，柳花工写浦城愁。

争传梅子黄时雨，输却吴中贺鬼头。

《论词绝句》三十首（《未济庐诗集》）

5. 王国维：

东坡〔水龙吟〕咏杨花，和韵而似原唱。章质夫词，原唱而似和韵。才之不可强也如是。

《人间词话》

晏几道

晏几道（1030?—1106?）字叔原，号小山，抚州临川（今属江西）人。晏殊幼子。曾任太常寺太祝。神宗熙宁七年（1074），郑侠上书反对王安石变法得罪，自侠家得几道所为诗，牵连入狱。旋被释。元丰五年（1082）为颍昌府许田镇监官。手写自作长短句上府帅韩维，后退居京城赐第，不践贵人之门。崇宁间为开封府推官，以狱空，转一官，赐章服。蔡京当政，重九冬至曾遣客求其为长短句，作〔鹧鸪天〕二首，无一语及蔡。几道善诗文，谓文自有体，不肯为新进士语。尤工词，与父晏殊齐名，称“二晏”。词集原名《乐府补亡》，黄庭坚为之序。传本名《小山词》。

1. 晏几道：

叔原往者浮沉酒中。病世之歌词，不足以析酲解愠，试续南部诸贤绪余，作五七字语，期以自娱。不独叙其所怀，兼写一时杯酒间闻见，及同游者意中事，尝思感物之情。古今不易，窃以为篇中之意，昔人所不遗，第于今无传耳，故今所制，通以《补亡》名之。始时沈十二廉叔、陈十君龙，家有莲、鸿、蘋、云，品清讴娱客，每得一解，即以草授诸儿，吾三人听之，为一笑乐已。而君龙疾废卧家，廉叔下世，昔之狂篇醉句，遂与两家歌儿酒使俱流转于人间。自尔邮传滋多，积有窜易。七月己巳，为高平公缀辑成编，追惟往昔过从饮酒之人，或垅木已长，或病不偶，考其篇中所记，悲欢合离之事，如幻如电，如昨梦前尘，但能掩卷怃然，感光阴之易迁，叹境缘之无实也。

《小山词自序》（《彊村丛书》　按：《碧鸡漫志》卷二载此序略有异同，此据补。）

2. 黄庭坚：

晏叔原，临淄公之暮子也。磊隗权奇，疏于顾忌，文章翰墨，自立规模，常欲轩轾人而不受世之轻重。诸公虽称爱之，而又以小谨望之，遂陆沉于下位。平生潜心六艺，玩思百家，持论甚高，未尝以沽世。余尝怪而问焉，曰："我槃跚勃窣，犹获罪于诸公，愤而吐之，是唾人面也。"乃独嬉弄于乐府之余，而寓以诗人之句法。清壮顿挫，能动摇人心。士大夫传之，以为有临淄之风耳，罕能味其言也。余尝论：叔原固人英也，其痴亦自绝人。爱叔原者，皆愠而问其目，曰："仕宦连蹇，而不能一傍贵人之门，是一痴也；论文自有体，而不肯一作新进士语，此又一痴也；费资千百万，家人寒饥，而面有孺子之色，此又一痴也；人百负之而不恨，已信人，终不疑其欺己，此又一痴也。"乃共以为然。虽若此，至其乐府，可谓狎邪之大雅，豪士之鼓吹。其合者《高唐》、《洛神》之流，其下者岂减《桃叶》、《团扇》哉！余少时，间作乐府，以使酒玩世，道人法秀独罪余"以笔墨劝淫，于我法中当下犁舌之狱"，特未见叔原之作耶！虽然，彼富贵得意，室有倩盼慧女，而主人好文，必当市致千金，家求善本，曰独不得与叔原同时耶！若乃妙年美士，近知酒色之娱，苦节臞儒，晚悟裙裾之乐。鼓之舞之，使宴安酖毒而不悔，是则叔原之罪也哉！

《小山词序》（《彊村丛书》）

3. 晁无咎：

晏元献（按：应为晏几道。）不蹈袭人语，而风调闲雅。如"舞低杨柳楼心月，歌尽桃花扇底风"，知此人不住三家村也。

《能改斋词话》卷一

4. 李清照：

（词）别是一家，知之者少。后晏叔原、贺方回、秦少游、黄鲁直出，始能知之。又晏苦无铺叙，贺苦少典重，秦即专主情致，而少故实，譬如贫家美女，非不妍丽，而终乏富贵态。黄即尚故实而多疵病，譬如良玉有瑕，价自减半矣。

《词论》(《苕溪渔隐丛话》后集卷三十三引)

5. 王灼：

叔原如金陵王、谢子弟，秀气胜韵，得之天然，将不可学。

《碧鸡漫志》卷二

6. 王铚：

贺方回遍读唐人遗集，取其意以为诗词，然所得在善取唐人遗意也。不如晏叔原，尽见升平气象，所得者人情物态。叔原妙在得于妇人，方回妙在得词人遗意。

《默记》卷下

7. 杨湜：

晏元献之子小晏，善词章，颇有父风。

《古今词话》

8. 杨万里：

晏叔原云："落花人独立，微雨燕双飞"，可谓好色而不淫矣。

《诚斋诗话》

9.《雪浪斋日记》：

晏叔原工小词，如"舞低杨柳楼心月，歌尽桃花扇影风"，不愧六朝宫掖体。无咎评乐章，乃以为元献词，误也。元献词谓之《珠玉集》，叔原词谓之《乐府补亡集》，此两句在《补亡》集中，全篇云："彩袖殷勤捧玉钟……"词情婉丽。

《苕溪渔隐丛话》后集卷三十三引

10. 陈振孙：

其词在诸名胜中，独可追逼《花间》，高处或过之。其为人虽纵驰不羁，而不苟求进，尚气磊落，未可贬也。

《直斋书录解题》卷二十一

11. 黄昇：

山谷为之序，称其词为《高唐》、《洛神》之流，其下者不减

《桃叶》、《团扇》云。

《唐宋诸贤绝妙词选》卷三

12. 徐渭：

晚唐、五代，填词最高，宋人不及，何也？词须浅近，晚唐诗文最浅，邻于词调，故臻上品。宋人开口便学杜诗，格高气粗，出语便自生硬。其间若淮海、耆卿、叔原辈，一二语入唐者有之，通篇则无有。

《南词叙录》

13. 王世贞：

之诗而词，非词也；之词而诗，非诗也。言其业，李氏、晏氏父子，耆卿、子野、美成、少游、易安至矣，词之正宗也。

《艺苑卮言》

14. 何良俊：

乐府以皦迳扬厉为工，诗余以婉丽流畅为美，如周清真、张子野、秦少游、晏叔原诸人之作，柔情晏声，摹写殆尽，正辞家所谓当行，所谓本色者也。

《草堂诗余序》(《古今词汇》)

15. 毛晋：

《小山集》直逼《花间》，字字娉娉嫋嫋，如揽嫱、施之袂。恨不能起莲、鸿、蘋、云，按红牙板唱和一过。晏氏父子其足追配李氏父子云。

《跋小山词》(《宋六十名家词》)

16. 先著：

轻而不浮，浅而不露，美而不艳，动而不流。字外盘旋，句中含吐，小词能事备矣。(评晏几道〔减字木兰花〕“长亭晚送”)(卷一)

小词之妙，如汉、魏五言诗，其风骨兴象，迥乎不同。苟徒求之色泽字句间，斯末矣。然入崇、宣以后，虽情事较新，而体气已薄，亦风气为之，要不可以强也。（评晏几道〔南乡子〕“新月又如眉”）

如小山父子及德麟辈，用事亦未常不轻，但有厚薄浓淡之分。后人一再过，不复留余味，而古人隽永不已。（评晏几道〔蝶恋花〕“醉别西楼醒不记”）（卷二）

《词洁辑评》

17. 宋征璧：

吾于宋词得七人焉：曰永叔，其词秀逸；曰子瞻，其词放诞；曰少游，其词清华；曰子野，其词娟洁；曰方回，其词新鲜；曰小山，其词聪俊；曰易安，其词妍婉。他若黄鲁直之苍老，而或伤于颓。王介甫之劖削，而或伤于拗。晁无咎之规检，而或伤于朴。辛稼轩之豪爽，而或伤于霸。陆务观之萧散，而或伤于疏。此皆所谓我辈之词也。苟举当家之词，如柳屯田哀感顽艳，而少寄托。周清真蜿蜒流美，而乏陡健。康伯可排叙整齐，而乏深邃。其外则谢无逸之能写景，僧仲殊之能言情，程正伯之能壮采，张安国之能用意，万俟雅言之能协律，刘改之之能使气，曾纯甫之能书怀，吴梦窗之能叠字，姜白石之能琢句，蒋竹山之能作态，史邦卿之能刷色，黄花庵之能选格，亦其选也。词至南宋而繁，亦至南宋而敝，作者纷如，难以概述矣。

《倡和诗余序》（《倡和诗余》）

18. 刘体仁：

“夜阑更秉烛，相对如梦寐”，叔原则云：“今宵剩把银釭照，犹恐相逢是梦中。”此诗与词之分疆也。

《七颂堂词绎》

19. 尤侗：

词之系宋，犹诗之系唐也。唐诗有初、盛、中、晚，宋词亦有之。唐之诗，由六朝乐府而变；宋之词，由五代长短句而变。约而次之，小山、安陆，其词之初乎；淮海、清真，其词之盛乎；

石帚、梦窗，似得其中；碧山、玉田，风斯晚矣。

《词苑丛谈序》(《词苑丛谈》)

20. 尤侗：

宋人父子能词者，无如晏同叔之有叔原也。坡老之有叔党，少游之有处度，虽时有佳句，余音寥寥矣。

《百名家词钞》引

21. 沈谦：

填词结句,或以动荡见奇,或以迷离称隽,著一实语,败矣……晏叔原“紫骝认得旧游踪，嘶过画桥东畔路”……深得此法。

《填词杂说》

22. 《太平乐府》：

昔晏叔原以大臣子为靡丽之词，其政事堂中旧客，尚欲其捐有余之才，以勉未至之德。盖叔原独以词名，他文不及也。

沈雄《古今词话·词话》上卷引

23. 贺裳：

词家须使读者如身履其地，亲见其人，方为蓬山顶上。如……晏几道“溅酒滴残罗扇字，弄花薰得舞衣香”，真觉俨然如在目前，疑于化工之笔。

《皱水轩词筌》

24. 焦袁熹：

〔采桑子〕《编纂〈乐府妙声〉竟作》

小山更觉篇篇好，歌酒当场。断尽回肠。雏凤清于老凤皇。一般气味千般俊，言语寻常。金管凄锵。露咽三危九窍香。

《此木轩直寄词》

25. 厉鹗：

鬼语分明爱赏多，小山小令擅清歌。

世间不少分襟处，月细风尖唤奈何。

《论词绝句》(《樊榭山房集·诗集》卷七)

26. 厉鹗：

惜小山必待寄情声律，流连惑溺，而致涪翁有鼓舞不厌之嘲讥也。

《群雅词集序》(《樊榭山房集文集》卷四)

27. 汪筠：

处士深怜碧草芳，情钟我辈讵相忘。

叔原子野多新制，题向尊前总断肠。

《读〈词综〉书后二十首》(《谦谷集》卷二)

28. 王初桐：

或问二晏优劣，余曰：大晏神骨厚，小晏气韵高，俱不愧为名家。但专尚神骨，其弊也黯；专尚气韵，其弊也佻。必也神骨为先，而气韵超乎其表，气韵为主，而神骨寓乎其中，乃为毫发无遗憾。

晏元献〔破阵子〕“燕子来时新社”一阕，见《花庵词选》，而汲古阁刻《珠玉词》无之。〔鹧鸪天〕“彩袖殷勤捧玉钟”一阕，《花庵》、《草堂》皆作小山词。《雪浪斋日记》亦谓叔原工小词，如“舞低杨柳楼心月，歌尽桃花扇底风”，不愧六朝宫掖体，而晁无咎乃云：元献不踏袭人语，而风调闲雅，如“舞低杨柳楼心月，歌尽桃花扇底风”，知此人不住三家村也。苕溪渔隐曰：元献词名《珠玉集》，叔原词名《乐府补亡集》，此两句在《乐府补亡集》中，全篇婉丽，无咎以为元献词，误也。

黄鲁直云：叔原乐府寓以诗人句法，精壮顿挫，能动摇人心。合者《高唐》、《洛神》之流，下者不减《桃叶》、《团扇》。《研北杂志》亦谓：晏十五长短句有六朝风致。程叔微云：伊川先生闻叔原诵“梦魂惯得无拘束，又踏杨花过野桥”，笑曰：“鬼语”也。意亦赏之。

叔原词如金陵王谢子弟，秀气胜韵，得之天然，殆不可学。

“落花人独立，微雨燕双飞”，晏叔原〔临江仙〕中隽语也。

按：二句乃五代翁宏《宫词》，见《雅言系述》，宏，字大举，桂岭人，不仕，能诗。

《小螂嬛词话》卷一

29. 李调元：

北宋自东坡“大江东去”，秦七、黄九踵起，周美成、晏叔原、柳屯田、贺方回继之，转向矜尚，曲调愈多，派衍愈别。(《序》)

晏几道《小山词》似古乐府。(卷一)

《雨村词话》

30. 郭麐：

叔原自许续南部余绪，故所作足闯《花间》之室。以视《珠玉集》，无愧也。

《灵芬馆词话》卷二

31.《四库全书总目提要》：

黄庭坚《小山集序》曰：其乐府可谓狭邪之大雅，豪士之鼓吹。其合者《高唐》、《洛神》之流，其下者岂减《桃叶》、《团扇》哉!又《古今词话》载程叔微之言曰：伊川闻人诵叔原词“梦魂惯得无拘检，又踏杨花过谢桥。”曰：“鬼语”也!意颇赏之。然则几道之词固甚为当时推挹矣。

《小山词提要》

32. 周济：

晏氏父子，仍步温、韦，小晏精力尤胜。

《宋四家词选目录序论》

33. 周之琦：

词之有令，唐五代尚已，宋惟晏叔原最擅场，贺方回差堪接武。其余间有一二名作流传，然非专门之学，自兹以降，专工慢词，不复措意令曲，其作令曲，仍与慢词声响无异。大抵宋词闲雅有余，跌宕不足，长调则有清新绵邈之音，小令则少抑扬抗坠之致。盖时代升降使然，虽片玉、石帚不能自开生面，况其下者乎!

《心日斋十六家词选》

34. 周之琦：

宣华宫本少人和，珠玉传家有此儿。

道得红罗亭上语，后来惟有小山词。

《心日斋十六家词选》附

35. 谭莹：

词同珠玉集俱传，直过花间恐未然。

人似伊川称鬼语，君王却赏鹧鸪天。

《论词绝句一百首》（《乐志堂诗集》卷六）

36. 华长卿：

小山赋骨绍家传，神似高唐宋玉篇。

梦过谢桥参鬼语，竟邀青眼到伊川。

《论词绝句》（《梅庄诗钞》卷五）

37. 杨希闵：

其词亦以南部诸贤为宗，而才华富丽，不为束缚，故又自成一家。

《词轨》卷三

38. 蒋敦复：

若入李氏、晏氏父子手中，则不期厚而自厚，此种当于神味别之。

《芬陀利室词话》卷三

39. 刘熙载：

少游词有小晏之妍，其幽趣则过之。

叔原贵异，方回赡逸，耆卿细贴，少游清远，四家词趣各别，惟尚婉则同耳。

《词概》

40. 李慈铭：

余于词非当家，所作者真诗余耳。然于此中颇有微悟。盖必若近若远，忽去忽来，如蛱蝶穿花，深深款款；又须于无情无绪中，令人十步九回，如佛言食蜜，中边皆甜。古来得此旨者，南唐二主、六一、安陆、淮海、小山及李易安《漱玉词》耳。

《越缦堂读书记》卷八《文学》四

41. 冯煦：

淮海、小山，古之伤心人也。其淡语皆有味，浅语皆有致，求之两宋词人，实罕其匹。子晋欲以晏氏父子追配李氏父子，诚为知言。

《蒿庵论词》

42. 樊增祥：

盛宋名臣，多娴斯制，间为绮语，未是专家。小山有作，始空群骥，伊川正色，且移情于谢桥；洛甫幽思，将并名于团扇，岂非同叔之凤毛，而颖昌之麟角乎？

《东溪草堂词选自叙》(《樊山集》卷二十三)

43. 王鹏运：

北宋人词，如潘逍遥之超逸，宋子京之华贵，欧阳文忠之骚雅，柳屯田之广博，晏小山之疏俊，秦太虚之婉约，张子野之流丽，黄文节之隽上，贺方回之醇肆，皆可模拟得其仿佛。

唯苏文忠之清雄，敻乎轶尘绝迹，令人无从步趋。

《半塘遗稿》(《唐宋名家词选》引)

44. 陈廷焯：

叔原词风流自赏，极顿挫起伏之妙。

叔原词丽而有骨，不第以绮语见长。

《云韶集》卷二

45. 陈廷焯：

晏小山词，风流绮丽，独冠一时。黄山谷序，称叔原仕宦连蹇，而不能一傍贵人之门，是一痴也。论文自有体，而不肯一作新进士语，此又一痴也。费资千百万，家人饥寒，而面有孺子之色，此又一痴也。是叔原之为人，正有异于流俗，不第以绮语称矣。

北宋之晏叔原，南宋之刘改之，一以韵胜，一以气胜，别于清真、白石外，自成大家。

《词坛丛话》

46. 陈廷焯：

北宋艳词自以小山为冠，耆卿、少游皆不及也。

小山诸词无不闲雅，后人描写闺情，大半失之淫冶。此唐五代北宋所以犹为近古。

《词则·闲情集》卷一

47. 陈廷焯：

《诗》三百篇，大旨归于无邪。北宋晏小山工于言情，出元献、文忠之右，然不免思涉于邪，有失风人之旨，而措词婉妙，则一时独步。

小山词，如“去年春恨却来时，落花人独立，微雨燕双飞”，又“当时明月在，曾照彩云归”，既闲婉，又沉着，当时更无敌手。又“明年应赋送君诗……”浅处皆深。又“晓霜红叶舞归程……”亦复情词兼胜。又“从别后，忆相逢……”曲折深婉，自有艳词，更不得不让伊独步。视永叔之“笑问双鸳鸯字怎生书”等句，雅俗判然矣。（卷一）

李后主、晏叔原皆非词中正声，而其词则无人不爱，以其情胜也。情不深而为词，虽雅不韵，何足感人？

晏元献、欧阳文忠皆工词，而皆出小山下，专精之诣，固应让渠独步。然小山虽工词，而卒不能比肩温、韦，方驾正中者，以情溢词外，未能意蕴言中也，故悦人甚易，而复古则不足。（卷七）

唐宋名家，流派不同，本原则一。论其派别，大约……冯正中为一体，唐五代诸词人以及北宋晏、欧、小山等附之。

词有表里具佳，文质适中者……词中之上乘也。有质过于文者……亦词中之上乘也。有文过于质者，李后主、牛松卿、晏元献、欧阳永叔、晏小山、柳耆卿……是也，词中之次乘也。（卷八）

《白雨斋词话》

48. 张祥龄：

南唐二主、冯延巳之属，固为词家宗主，然是勾萌，枝叶未备。小山、耆卿而春矣，清真、白石而夏矣，梦窗、碧山已秋矣。至白云，万宝告成，无可推徙，元故以曲继之。此天运之终也。

《词论》

49. 蒋兆兰：

欧阳、大小晏、安陆、东山，皆工小令，足为师法。

《词说》

50. 郑文焯：

比于《文献通考》得黄山谷所制《小山集序》，论叔原痴绝，有之，称其乐府寓以诗人句法，精壮顿挫，能动摇人心，士大夫传之，以为有临淄之风尔，罕能味其言也。又谓：其合者《高唐》、《洛神》之流，其下者岂减《桃叶》、《团扇》。诚足当小山知音雅旧。

《大鹤山人词集跋尾·小山词跋》（《大鹤山人词话》附录）

51. 况周颐：

小山词从《珠玉》出，而成就不同，体貌各具。《珠玉》比花中之牡丹，小山其文杏乎！

《蕙风词话未刊稿》（《唐宋名家词选》引）

52. 况周颐：

夫陶写之事，言塗辙则已拘；而神明所通，必身世得其似。在昔临淄公子，天才黄绢，地望乌衣，涪皤属以人英，伊阳赏其鬼语，莲、鸿、云、蘋而外，孰托知音；《高唐》、《洛神》之流，庶几合作。其瑰磊权奇如彼，槃姗勃窣如此，虽历年垂八百，而解人无二三。岂不以神韵之间，性情之地，非针芥之有合，宁骖靳之可期。解道湖山晚翠，旧数斜川；消受藕叶香风，谁为处度。

《和小山词序》（《申报·餐樱庑漫笔》1924年11月14日）

53. 况周颐：

叔原词自序曰：《补亡》一编，补乐府之亡也。又曰：尝思感物之情，古今不易，窃以谓篇中之意，昔人所不遗，第于今无传尔，故今所制，通以《补亡》名之。今世所传叔原词，皆名曰《小山词》，非读其自序，不复知《补亡》之名矣。自序又曰：始时沈十二廉叔、陈十君龙（或作宠）家有莲、鸿、蘋、云，清讴娱客。廉叔、君龙，殆亦风雅之士，竟无篇阕流传，并其名亦不可考。宋兴百年以还，凡著名之词人，十九《宋史》有传，或附见父若兄传。大都黄阁巨公，乌衣华胄，即名位稍逊者，亦不获二三焉。顾梁汾有言：燠凉之态，浸淫而入于风雅，良可浩叹！即北宋词人以观，如叔原之才，庶几跨灶，其名殆犹恃父以传，夫传不传，亦何足重轻之有？唯是自古迄今，不知埋没几许好词，而其传者或反不如不传者之可传，是则重可惜耳。

《历代词人考略》卷十二

54. 桂念祖：

〔菩萨蛮〕《读〈小山词〉》

才华已为情销损。那堪又被多情困。珠玉女儿喉。新词懒入眸。　清愁销不得。梦入莲花国。方信断肠痴。断肠天不知。

《忍古楼词话》引

55. 陈洵：

宋词既昌，唐音斯畅，二晏济美，六一专家。

《海绡说词·通论》

56. 夏敬观：

晏氏父子嗣响南唐二主，才力相敌，盖不特辞胜，犹有过人之情。叔原以贵人暮子，落拓一生，华屋山邱，身亲经历，哀丝豪竹，寓其微痛纤悲，宜其造诣又过于父。山谷谓为狎邪之大雅，豪士之鼓吹，未足以尽之也。

《映庵词评》

57. 王国维：

冯梦华《宋六十一家词选·序例》谓："淮海、小山，古之伤心人也。其淡语皆有味，浅语皆有致。"余谓此唯淮海足以当之，小山矜贵有余，但可方驾子野、方回，未足抗衡淮海也。

《人间词话》

58. 王国维：

以宋词比唐诗，则东坡似太白，欧、秦似摩诘，耆卿似乐天，方回、叔原则大历十子之流。南宋惟一稼轩可比昌黎。而词中老杜，则非先生（按：指周邦彦。）不可。

《清真先生遗事·尚论》三

59. 吴梅：

艳词自以小山为最，以曲折深婉，浅处皆深也。

《词学通论》

60. 陈匪石：

珠玉、小山、子野、屯田、东山、淮海、清真，其词皆神于炼，不似南宋名家，针线之迹未灭尽也。（卷上）

至于北宋小令，近承五季，慢词藩衍，其风始微。晏殊、欧阳修、张先固雅负盛名，而砥柱中流，断非几道莫属。（卷下）

《声执》

61. 陈匪石：

此词纯用直笔朴语，不事藻饰，在小山为另一机杼。实则《花间》亦有质朴一派，特易涉浅露，小山则出以蕴藉，故终不堕恶趣也。欲入此法门，当求诸《古诗十九首》。（评晏几道〔思远人〕"红叶黄花秋意晚"）

小山学《花间》，妙在吞吐含蓄，全不说破。

《宋词举》卷下

62. 蔡嵩云：

宋初小令，如欧、秦、二晏之流，所作以精到胜，与唐五代稍异，盖人工甚于自然矣。

《柯亭词论》

63. 顾宪融：

《小山词》亦熨贴悦人，较其父稍密稍润，然亦未离门户。黄鲁直谓叔原乐府常以诗人句法入之，精壮顿挫，能摇动人心，合者《高唐》、《洛神》之流，下者不减《团扇》、《桃叶》，皆至言也。窃尝谓词之有北宋，尤诗之有晋，晏氏父子犹陶、谢也，体格意趣皆近。

《填词百法》

64. 赵尊岳：

宋词佳处，亦各擅其胜场。小山华贵而取境不大；淮海艳宕而或失之轻俊；梅溪敏于词令，间或拙于事理；方回肤廓；玉田谐婉或失之空疏；草窗、《花外》，敷藻甚工，往往言之无物。读者当各采其精英，各避其短失。（卷一）

词语尚华贵，虽愁苦之音，亦当以华贵出之。不同诗之郊寒岛瘦，穷而后工也。小山、饮水，六百年间，方轨并驾，首由于此。

不必言情而自足于情，一字一句，落落大方，能得天籁，斯即为词中之圣境，《珠玉》是矣。由《珠玉》而少加砻治，使智慧偶然流露，以益见生色者，小山是矣。《珠玉》如浑金璞玉，小山加以潢治而仍不伤于琢，此晏氏父子可贵之处也。（卷三）

论诗有穷而后工之说，词则不然，虽穷亦当以华贵雍容之音出之。一涉寒酸，便蹈卑格。小山“舞低”、“歌尽”一联，固决不出诸三家村里，即以白石之艰虞，尚曰“笼纱未出马先嘶”，又曰“白头居士无呵殿”，虽写贫迫之情，具见雍容之致。至“东风历历红楼下”，更是何等风情！可知郊寒岛瘦，若作词者，当变其法。

《花间》不易遽学，古蕃锦岂人尽可织？下之如梦窗之七宝楼台，《珠玉》之浑金朴玉，《小山》之风神淡厚，苏、辛之清雄天成，均不易为师资。《乐章》善道眼前之景物，一一写来，无不精深。笔力又复骞举，宽不失疏，岂易著墨？清真、梦窗，浑厚精整，少有途辙，为学词者所必由。淮海风神足，白石出笔健，玉田意境跌宕，亦学者所当永为圭臬者。（卷五）

《填词丛话》

65. 赵尊岳：

倚声之学，托始于唐，浸盛于五季。其君若臣，歌舞宴酣；风流相尚，琱璠镂玉，方巧化工，尊前花间，奄有众美。爰及天水晏氏父子，引温、韦之绪。欧、苏、秦、柳，风雅所宗。子野、方回，并世郢匠。清真崛起，为两宋关键，间以质拙胜，非深于此道不易知。南渡已还，麦秀黍离，家国之感，发为咏歌。白石老仙，风格遒上，宜与稼轩分镳平辔。梦窗媷家，斯诣觧极，蕃艳之笔，运吕沉思，致密之中，饶有清气。七宝楼台之喻，甚非知人之言。竹山高节，艳而有骨。公瑾圣与，丽而有则。玉田王孙，后来之秀，清辞丽句，叹观止焉。

《蓉影词跋》（《蓉影词》）

66. 刘德成：

北宋词家，多精晓音律，能制腔填词。然多视为消遣品，或应酬品。若终其身不以词媚权贵者，厥为晏小山。小山视词如神圣，不肯作世俗应酬之作。其词品之佳，千古无两。

《一苇轩词话》

67. 闻野鹤：

词境有四：其一，如新桐始叶，嫩翠若滴，柳梢月上，娟娟欲波。天机灵活，生意澹宕。□无丝毫迹象可寻，东坡所谓“空山无人，水流花开”者也。此境惟飞卿、正中、小山诸公具之。其二，如巨室闺襜，范律严肃，入其闼者，微闻幽馨，仙帷缥缈，檀屏掩映，弦声微作，不可端倪。此境惟少游、美成诸公具之。其三，如深山侠士，瑰抱恢奇，酒酣起舞，剑芒腾跃，抚髀一啸，林木悉靡，咤云掷月，不可一世。此境惟东坡、稼轩诸公具之。其四，如霓羽仙人，神光姚冶，云房露阙，瞬息万变，龙绡之带，凤羽之裳，织华组绮，迥非凡手。此境惟梦窗、草窗诸公具之。上下千古，不出四者。自余曹鄫不复成邦，可无讥已。

《愢簃词话》

68. 祝南：

欧、晏并称，欧词清深，晏词和美，小晏运以巧思，尤多丽句，故较易学。

《无庵说词》

孙洙

孙洙（1031—1079）字巨源，广陵（今江苏扬州）人。皇祐元年（1049）进士，授秀州法曹。应制科， 进策五十篇，韩琦叹为今之贾谊。迁集贤校理、知太常礼院，兼史馆检讨、同知谏院。熙宁四年（1071），出知海州。累官翰林学士。元丰二年卒，年四十九。李清臣为撰墓志铭（《名臣碑传琬琰集》中集卷二五）。《宋史》、《东都事略》有传。著有《孙贤良集》，不传。《全宋词》录其词二首。

1. 《艺林学山》：

孙巨源死后，其词为叔原所夺。

沈雄《古今词话·词评》上卷引

2. 王士禛：

孙巨源"楼头尚有三通鼓"，偶然佳兴。然亦本义山"嗟予听鼓应官去，走马兰台类转蓬"。

《花草蒙拾》

3. 王初桐：

孙巨源，胡而身小，称小胡孙学士，词极疏快。

《小嫏嬛词话》卷一

4. 况周颐：

孙巨源〔菩萨蛮〕"楼头尚有三通鼓"云云，近于游戏之作。《花庵绝妙词选》录巨源词二阕，其一〔河满子〕云："怅望浮生急景，凄凉宝瑟余音。楚客多情偏怨别，碧山远水登临。目送连天衰草，夜阑几处疏砧。　　黄叶无风自落，秋云不雨常阴。天若有情天亦老，摇摇幽恨难禁。惆怅旧欢如梦，觉来无处追寻。"此词气静而味淡，于流丽婉约而外别为一格。它选本辄辗转传录，唯朱氏《词综》独遗此阕，盖其去浙派远矣。又《艺林伐山》云：孙巨源词多为晏叔原所夺。斯言殊不足信，即〔河满子〕以观，亦与晏词甚不类也。

《历代词人考略》卷十六

王观

王观（1032?—1083之后）字通叟，如皋（今江苏如皋）人。仁宗嘉祐二年（1057）进士。神宗元丰二年（1079）为大理寺丞，坐知江都县受财枉法，除名永州编管。后为翰林学士，以应制赋狎词被谪，自号“逐客”。著有《扬州赋》、《芍药谱》等。词集名《冠柳集》，有后人辑本。

1. 惠洪：

贺方回妙于小词，吐语皆蝉蜕尘埃之表。晏叔原、王逐客俱当溟涬然第之。

《冷斋夜话》（《魏庆之词话》引）

2. 王灼：

王逐客才豪，其新丽处与轻狂处，皆足惊人。

《碧鸡漫志》卷二

3. 陈振孙：

世传“霜瓦鸳鸯”其作也。词格不高，以“冠柳”自名，则可见矣。

《直斋书录解题》卷二十一

4. 黄昇：

有《冠柳集》，序者称其高于柳词，故曰“冠柳”。

《唐宋诸贤绝妙词选》卷五

5. 王世贞：

王通叟〔踏青游〕诸什，真犹石尉香尘，汉皇掌上也。

沈雄《古今词话·词品》下卷引

6. 贺裳：

词之最丑者，为酸腐，为怪诞，为粗莽。然险丽贵矣，须泯其镂划之痕乃佳。如蒋捷“灯摇缥晕茸窗冷”，可谓工矣，觉斧迹犹在。如王通叟《春游》曰：“晴则个，阴则个……”则痕迹都无，真犹石尉香尘，汉皇掌上也。

《皱水轩词筌》

7．王初桐：

王观官翰林学士，赋应制词，宣仁太后以其近亵，谪之。自号逐客，有《冠柳集》一卷。黄叔旸云：通叟词名“冠柳”，至〔庆清朝慢〕《踏青》一阕，风流楚楚，乃词林中佳公子。然每病其志愿太卑，仅欲冠柳而已也。陈质斋云：逐客词格不高，以“冠柳”自名则可见矣。

《小嫏嬛词话》卷二

8．黄苏：

清气满纸，夏日展读，如饮一服清凉散也。（评王逐客〔雨中花〕“百尺清泉声陆续”）

《蓼园词评》

9．吴衡照：

山谷云：“春归何处……”通叟云：“若到江南赶上春……”碧山云：“怕此际春归……”三词同一意，山谷失之笨，通叟失之俗，碧山差胜。

《莲子居词话》卷一

10．谭莹：

是佳公子自翩翩，调雨催冰格宛然。

舞郁轮袍仍逐客，浅斟低唱柳屯田。

《论词绝句一百首》（《乐志堂诗集》卷六）

11．陈廷焯：

逐客词，舞态翩翩，尽可人意。

《云韶集》卷三

12. 陈廷焯：

王通叟词名《冠柳》。北宋词家极多，独云“冠柳”，仍是震于耆卿名，而入其彀中耳。观其命名，即可知其词之不足重。

《白雨斋词话》卷六

13. 况周颐：

昔人于通叟词最称许“调雨为酥”一阕，又谓其词格不高，虽通叟几无以自解矣。然如其〔生查子〕云：“关山魂梦长，塞雁音书少。两鬓可怜青，一夜相思老。　归傍碧纱窗，说与人人道。真个别离难，不似相逢好。”〔菩萨蛮〕云：“单于吹落山头月。漫漫江上沙如雪。谁唱缕金衣。水寒船舫稀。　芦花枫叶浦。忆抱琵琶语。身未发长沙。梦魂先到家。”二词格调视〔庆清朝慢〕何如？窃尝谓北宋人词以淡胜，乃至其论词，则唯艳之欲闻，非唯于通叟一家为然也。

《历代词人考略》卷十五

14. 曹元忠：

其〔天香〕慢曲，为世所称。霜瓦风帘，吟边对影；瑞云芝草，画里呼名。斯则浅唱低斟，雪夜销金之帐；粉围香阵，春寒玉照之堂。视所谓柳氏野狐涎者，雅郑之判，固不待言。

《辑本冠柳集序》

15. 刘毓盘：

《花庵词选》谓其风流楚楚，词林中之佳公子也。陈直斋则以为风格不高，以“冠柳”自名，亦可见矣。柳七词虽有可议者，王象之《舆地纪胜》谓范蜀公尝叹曰：“仁宗四十年太平，镇在翰苑十余载，不能出一语歌咏，乃于耆卿词见之。”其引重如此，观独起而争。

《辑校冠柳集跋》(《唐五代宋辽金元名家词集六十种辑》)

16. 《续修四库全书总目提要》：

《直斋书录解题》长沙《百家词》本有《冠柳集》一卷，云：

王观通叟撰，号王逐客，世传“霜瓦鸳鸯”其作也。词格不高，以“冠柳”自名，则可见矣……谓词名“冠柳”，可知其词格不高，其说殊不可信。宋代文士最喜攻伐屯田，不知《乐章集》中瑕瑜互见，不可一概论也，未能识柳，亦无怪其毁观词矣。“冠柳”之名诚近自炫，然如〔庆清朝慢〕写春日踏青一首，岂常人所能及耶？

《冠柳集一卷》

魏夫人

魏夫人（生卒年不详），襄阳（今湖北襄樊）人。魏泰姊，曾布妻，封鲁国夫人。工诗词，有后人辑本《鲁国夫人词》。

1. 朱熹：

本朝妇人能文，只有李易安与魏夫人。

《游艺论》（《朱子语类》卷一四〇）

2. 黄昇：

李易安、魏夫人，使在衣冠之列，当与秦七、黄九争雄，不徒擅名于闺阁也。

沈雄《古今词话·词话》上卷引

3.《乐府雅词》：

魏夫人，曾子宣丞相内子，有〔江城子〕、〔卷珠帘〕诸曲，脍炙人口。其尤雅正者，则有〔菩萨蛮〕云："溪山掩映斜阳里……"深得《国风·卷耳》之遗。

《词苑萃编》卷四引

4. 贺裳：

词虽以险丽为工，实不及本色语之妙。如……魏夫人"为报归期须及早，休误妾、一身闲……"观此种句，觉"红杏枝头春意闹"尚书，安排一个字，费许大气力。

《皱水轩词筌》

5. 朱中楣：

〔凤栖梧〕《自嘲》

但学填词称绮语。未按宫商，那识其中味。一艳次工三体制。飘飘勿带纤沉滞。　　闺阁拈题尤不易。字讳推敲，争得尖清句。试问古今谁足誉。二安徐卓夫人魏。

《石园全集》卷十五《随草诗余》

6. 汪筠：

漱玉天才韵最娇，魏夫人亦解清谣。

晦庵定不轻相许，闺阁能文属本朝。

《读〈词综〉书后二十首》（《谦谷集》卷二）

7. 丁绍仪：

宋代词学盛行，然夫妇均有词传，仅曾布、方乔、陆游、易祓、戴复古五家……惟子宣与魏夫人克称良匹。

《听秋声馆词话》卷八

8. 陈廷焯：

魏夫人词，疾徐进退，不减端己、正中。

《云韶集》卷十

9. 陈廷焯：

宋妇人能诗词者不少，易安为冠，次则朱淑真，次则魏夫人也。

《词坛丛话》

10. 陈廷焯：

朱晦庵谓宋代妇人能文者，惟魏夫人及李易安二人而已。魏夫人词笔颇有操迈处，虽非易安之敌，然亦未易才也。（卷二）

宋闺秀词，自以易安为冠。朱子以魏夫人与之并称。魏夫人只堪出朱淑真之右，去易安尚远。（卷六）

《白雨斋词话》

11. 况周颐：

《乐府雅词》录魏夫人词十首，其中尤为擅胜者，〔定风波〕云："不是无心惜落花。落花无意恋春华。昨日盈盈枝上笑。谁道。今朝吹去落谁家。　把酒临风千种恨。难问。梦回云散见无涯。妙舞清歌谁是主。回顾。高城不见夕阳斜。"虽使方回、稼轩为之，不过尔尔。又〔点绛唇〕后段云："聚散匆匆，此恨年年有。重回首。淡烟疏柳。隐隐芜城漏。”语谈而深，置之淮海词中亦允推佳构。

《历代词人考略》卷十二

12. 陈去病：

朱晦庵尝以魏夫人词与易安并论，谓为本朝妇人之冠。魏夫人词不多见，世亦罕知之。惟曾慥《乐府雅词》载十首，均清绝韵绝，果不在易安下也。如〔好事近〕……〔阮郎归〕……〔点绛唇〕……清微咽抑，摇弄生姿。断句如“三见柳绵飞。离人犹未归”融化龙标诗意，颇觉含浑。“冤尽春来金缕衣。憔悴有谁知”，亦是少妇本色。而余尤爱其《建兰》两阕……回环宛转，如注而后，使置之《茗柯词选》，不几以《金荃》、《阳春》目之耶？

《病倩词话》

13.《续修四库全书总目提要》

〔如梦令〕、〔菩萨蛮〕诸首，文词清秀，最似女子手笔；〔忆秦娥〕、〔滴滴金〕二首，盖老年所作……虽不若《漱玉》、《断肠》之精妙，然在宋代闺秀词中，自可备一家矣。

《冲虚词一卷》

王诜

王诜（生卒年不详）字晋卿，先世太原人，后徙开封（今属河南）。神宗熙宁二年（1069）选尚英宗女蜀国长公主，拜左卫将军、驸马都尉，为利州防御使。与苏轼等为友。元丰二年（1079）坐苏轼党，责授昭化军行军司马，均州安置，移颍州。哲宗元祐元年（1086）复驸马都尉，登州刺史。卒赠昭化军节度使，谥荣安。词有后人辑本《王晋卿词》。

1. 黄庭坚：

晋卿乐府清丽幽远，工在江南诸贤季孟之间。

沈雄《古今词话·词评》上卷引

2. 吴曾：

王都尉有〔忆故人〕词云："烛影摇红……"徽宗喜其词意，犹以不丰容宛转为恨，遂令大晟别撰腔。

《能改斋词话》卷二

3. 谭莹：

海棠开后燕来时，烛影摇红片玉词。

此是大晟新乐府，荣安原唱盖相思。

《论词绝句一百首》（《乐志堂诗集》卷六）

4. 陈廷焯：

晋卿词洒落有致，名士风流。

《云韶集》卷三

5. 况周颐：

元人制曲，几于每句皆有衬字，取其能达句中之意，而付之歌喉又抑扬顿挫，悦人听闻，所谓迟其声以媚之也。两宋人词，间亦有用衬字者。王晋卿云："烛影摇红向夜阑，乍酒醒、心情懒。"

“向”字、“乍”字是衬字。据《词谱》，〔烛影摇红〕第二句七字，仄平仄仄平平仄。周美成云“黛眉巧画宫妆浅”，不用衬字，与换头第二句同。

《历代词人考略》卷十五

6.《续修四库全书总目提要》：

黄庭坚评其词云：晋卿乐府清丽幽远，工在江南诸贤季孟之间。谓之清丽幽远，较为近之；比于江南诸贤，则近谀矣。盖唐宋令曲，重厚、轻薄，自不同也。

《王晋卿词一卷》

苏轼

苏轼（1037—1101）字子瞻，号东坡居士，眉山（今四川眉山）人。与其父苏洵、弟苏辙合称“三苏”。嘉祐二年（1057）进士及第。嘉祐五年（1060）应才识兼茂明于体用科，授大理评事，签书凤翔府判官。入判登闻鼓院，直史馆，判官告院，权开封府推官。熙宁初，因与王安石政见不合，自请外任。历杭州通判，知密州、徐州、湖州。元丰二年（1079），因作诗讽刺新法，被弹劾，酿成“乌台诗案”。责授黄州团练副使。哲宗即位，高太后听政，废除新法，苏轼被召回，迁任翰林学士、侍读、龙图阁学士。元祐四年（1089），出知杭州。六年，召为翰林学士承旨。后因政见不同，复出知颍州、扬州。哲宗亲政后，起用新党，苏轼被贬惠州、儋州。徽宗即位，遇赦北还，卒于常州。《宋史》有传。苏轼诗、文、赋、词、书、画皆有盛名。著作有《东坡全集》，词集有《东坡乐府》。

1. 黄庭坚：

人谓东坡作此文，因难以见巧，故极工。余则以为不然。彼其老于文章，故落笔皆超逸绝尘耳。

《跋东坡〔醉翁操〕》（《豫章黄先生文集》）

2. 黄庭坚：

东坡居士曲，世所见者数百首，或谓于音律小不谐。居士横放杰出，自是曲子缚不住者。

赵德麟《侯鲭录》卷八引

3. 陈师道：

退之以文为诗，子瞻以诗为词，如教坊雷大使之舞，虽极天下之工，要非本色。

《后山诗话》(《苕溪渔隐丛话》前集卷四十九引)

4. 陈师道:

《世语》言:……苏子瞻词如诗,秦少游诗如词。

《后山诗话》

5. 陈师道:

晁无咎言:"眉山公之词短于情,盖不能更此境也。"余谓不然,宋玉初不识巫山神女而能赋之,岂待更而知也。

《后山诗话》(《苕溪渔隐丛话》前集卷五十一引)

6. 陈师道:

往时青幕之子妇,妓也,善为诗词,同府以词挑之,妓答之曰:"清词丽句。永叔子瞻曾独步。似恁文章。写得出来当甚强。"

《后山诗话》《苕溪渔隐丛话》前集卷六十引

7. 晁无咎:

苏东坡词,人谓多不谐音律。然居士词横放杰出,自是曲子中缚不住者。

吴曾《能改斋漫录》卷十六引

8. 彭乘

子瞻尝自评生有三不如人,谓著棋、吃酒、唱曲也。然三者亦何用如人?子瞻之词虽工,而多不入腔,正以不能唱曲耳。

《墨客挥犀》卷四

9. 李清照:

晏元献、欧阳永叔、苏子瞻学际天人,作为小歌词,直如酌蠡水于大海,然皆句读不葺之诗尔,又往往不协音律。

《词论》(《苕溪渔隐丛话》后集卷三十三引)

10. 《漫叟诗话》:

东坡最善用事,既显而易读,又切当……贺人洗儿词云:"犀钱玉果。利市平分沾四坐。深愧无功。此事如何到得侬。"

《宋诗话辑佚》

11.《王直方诗话》：

东坡尝以所作小词示无咎、文潜曰："何如少游？"二人皆对云："少游诗似小词，先生小词似诗。"

《苕溪渔隐丛话》前集四二引

12. 胡寅：

词曲者，古乐府之末造也……文章豪放之士，鲜不寄意于此者，随亦自扫其迹，曰谑浪游戏而已也。唐人为之最工柳耆卿后出，掩众制而尽其妙，好之者以为不可复加。及眉山苏氏，一洗绮罗香泽之态，摆脱绸缪宛转之度，使人登高望远，举首高歌，而逸怀浩气，超然乎尘垢之外，于是《花间》为皂隶，而柳氏为舆台矣！

《酒边集序》(《百家词》)

13. 曾丰：

本朝太平二百年，乐章名家纷如也。文忠苏公，文章妙天下，长短句特绪余耳，犹有与道德合者。"缺月疏桐"一章，触兴于惊鸿，发乎情性也；收思于冷洲，归乎礼义也。黄太史相多，大以为非口食烟火人语，余恐不食烟火之人口所出，仅尘外语，于礼义遑计欤？

《知稼翁词集序》(汲古阁《宋金词七种》)

14. 汤衡：

镂玉雕琼，裁花剪叶，唐末词人非不美也，然粉泽之工，反累正气。东坡虑其不幸而溺乎彼，故援而止之，惟恐不及。其后元祐诸公，嬉弄乐府，寓以诗人句法，无一毫浮靡之气，实自东坡发之也。

《张紫微雅词序》(《影刊宋金元明本词》)

15. 陈应行：

苏明允不工于诗，欧阳永叔不工于赋，曾子固短于韵语，黄鲁直短于散语，苏子瞻词如诗，秦少游诗如词，才之难全也，岂前辈犹不免耶?

《于湖先生雅词序》(《影刊宋金元明本词》)

16. 徐度:

(柳永)词虽极工致,然多杂以鄙语,故流俗人尤喜道之。其后欧、苏诸公继出,文格一变,至为歌词,体制高雅。

《却扫篇》卷五

17. 王灼:

东坡先生以文章余事作诗,溢而作词曲,高处出神入天,平处尚临镜笑春,不顾侪辈。或曰,长短句中诗也。为此论者,乃是遭柳永野狐涎之毒。诗与乐府同出,岂当分异?若从柳氏家法,正自不分异耳。晁无咎、黄鲁直皆学东坡,韵制得七八。黄晚年闲放于狭邪,故有少疏荡处。后来学东坡者叶少蕴、蒲大受,亦得六七,其才力比晁、黄差劣。苏在庭、石耆翁入东坡之门矣,短气跼步,不能进也。赵德麟、李方叔皆东坡客,其气味殊不近。

东坡先生非心醉于音律者,偶尔作歌,指出向上一路,新天下耳目,弄笔者始知自振。今少年妄谓东坡移诗律作长短句,十有八九,不学柳耆卿,则学曹元宠,虽可笑,亦毋用笑也。

《碧鸡漫志》卷二

18. 朱弁:

章质夫作〔水龙吟〕咏杨花,其命意用事清丽可喜。东坡和之,若豪放不入律吕,徐而视之,声韵谐婉,便觉质夫有织绣工夫。晁叔用云:东坡如毛嫱、西施,净洗却面与天下妇人斗好,质夫岂可比耶?

《曲洧旧闻》

19. 胡仔:

《后山诗话》谓:退之以文为诗,子瞻以诗为词,如教坊雷大使之舞,虽极天下之工,要非本色。余谓后山之言过矣。子瞻佳词最多,其间杰出者,如“大江东去,浪淘尽,千古风流人物”,

《赤壁》词；"明月几时有，把酒问青天"，《中秋》词；"落日绣帘卷，庭下水连空"，《快哉亭》词；"乳燕飞华屋，悄无人，桐阴转午"，《初夏》词；"明月如霜，好风如水，清景无限"，《夜登燕子楼》词；"楚山修竹如云，异材秀山千林表"，《咏笛》词；"玉骨那愁瘴雾，冰肌自有仙风"，《咏梅》词；"东武南城，新堤固，涟漪初溢"，《宴流杯亭》词；"冰肌玉骨，自清凉无汗"，《夏夜》词；"有情风万里卷潮来，无情送潮归"，《别参寥》词；"缺月挂疏桐，漏断人初静"，《秋夜》词；"霜降水痕收，浅碧鳞鳞露远洲"，《九日》词。凡此十余词，皆绝去笔墨畦径间，直造古人不到处，真可使人一唱而三叹。若谓以诗为词，是大不然。子瞻自言，平生不善唱曲，故间有不入腔处，非尽如此，后山乃比之教坊司雷大使舞，是何每况愈下？盖其谬耳。

《苕溪渔隐丛话》后集卷二十六

20．陈霆：

议者曰：少游诗似曲，东坡曲似诗。盖东坡平日耿介直谅，故其为文似其为人。歌《赤壁》之词，使人抵掌激昂而有击楫中流之心；歌〔哨遍〕之词，使人甘心澹泊而有种菊东篱之兴，俗士则酣寐而不闻。少游情意妩媚，见于词则秾艳纤丽，类多脂粉气味，至今脍炙人口，宁不有愧于东坡耶？

《燕喜词序》（《四印斋汇刻宋元三十一家词》）

21．陆游：

世言东坡不能歌，故所作乐府词多不协。晁以道云：绍圣初，与东坡别于汴上，东坡酒酣，自歌〔古阳关〕。则公非不能歌，但豪放不喜剪裁以就声律耳。

《老学庵笔记》卷五

22．陆游：

昔人作七夕诗，率不免有珠栊绮疏惜别之意。惟东坡此篇，居然是星汉上语。歌之曲终，觉天风海雨逼人，学诗者当以是求之。

《跋东坡七夕词》(《放翁题跋》)

23. 汪莘:

余于词，所爱喜者三人焉。盖至东坡而一变，其豪妙之气，隐隐然流出言外，天然绝世，不假振作。二变而为朱希真，多尘外之想，虽杂以微尘，而其清气自不可没。三变而为辛稼轩，乃写其胸中事，尤好称渊明。此词之三变也。

《方壶诗余自序》(《彊村丛书》)

24. 蔡伯世:

苏东坡辞胜乎情，耆卿情胜乎辞。辞情相称者，惟少游而已。

孙兢《竹坡老人词序》引(《百家词》)

25. 元好问:

唐歌词多宫体，又皆极力为之。自东坡一出，情性之外，不知有文字，真有“一洗万古凡马空”之气象，虽时作宫体，亦岂可以宫体概之？人有言：乐府本不难作，从东坡放笔后，便难作。此殆以工拙论，非知坡者。所以然者。《诗三百》所载小夫贱妇幽忧无聊赖之语，特猝为外物感触，满心而发，肆口而成者尔。其初果欲被管弦，谐金石，经圣人手以与六经并传乎？小夫贱妇且然，而谓东坡翰墨游戏，乃求与前人角胜负，误矣。自今观之，东坡圣处，非有意于文字之为工，不得不然之为工也。坡以来，山谷、晁无咎、陈去非、辛幼安诸公俱以歌词取称，吟咏情性，留连光景，清壮顿挫，能起人妙思。亦有语意拙直，不自缘饰，因病成妍者，皆自坡发之。

《新轩乐府引》(《遗山文集》卷三十六)

26. 王博文:

乐府始于汉，著于唐，盛于宋。大概以情致为主，秦、晁、贺、晏虽得其体，然哇淫靡曼之声胜。东坡、稼轩矫之以雄词英气，天下之趋向始明。

《天籁集序》（四印斋刻本《天籁集》）

27. 刘辰翁：

词至东坡，倾荡磊落，如诗如文，如天地奇观，岂与群儿雌声学语较工拙。然犹未至用经用史，牵《雅》、《颂》入《郑》、《卫》也。

《辛稼轩词序》（《须溪集》卷六）

28. 俞文豹：

东坡在玉堂，有幕士善讴，因问：我词比柳词如何？对曰：柳郎中词，只好十七八女孩儿，执红牙拍板，唱“杨柳岸，晓风残月”；学士词须关西大汉，执铁板唱“大江东去”。公为之绝倒。

《吹剑续录》（《说郛》卷二十四引）

29. 陈模：

近日作词者，惟说周美成、姜尧章，而以东坡为词诗，稼轩为词论，此说固当。盖曲者，曲也，固当以委曲为体。然徒狃于风情婉娈，则亦易厌。

《怀古录》卷中

30. 沈义父：

近世作词者，不晓音律，乃故为豪放不羁之语，遂借东坡、稼轩诸贤自诿。诸贤之词，固豪放矣，不豪放处，未尝不叶律也。如东坡之〔哨遍〕、《杨花》〔水龙吟〕，稼轩之〔摸鱼儿〕之类，则知诸贤非不能也。

《乐府指迷》

31. 张炎：

东坡词如〔水龙吟〕《咏杨花》、《咏闻笛》，又如〔过秦楼〕、〔洞仙歌〕、〔卜算子〕等作，皆清丽舒徐，高出人表。〔哨遍〕一曲，隐括《归去来辞》，更是精妙，周、秦诸人所不能到。

《词源》卷下

32. 虞集：

乐府作而声律盛，自汉以来然矣。魏、晋、隋、唐，体制不一，音调亦异，往往于文虽工，于律则弊。宋代作者，如苏子瞻变化不测之才，犹不免制词如诗之诮；若周邦彦、姜尧章辈，自制谱曲，稍称通律，而词气又不无卑弱之憾。

《中原音韵序》

33. 王若虚：

陈后山云："子瞻以诗为词，虽工非本色。今代词手，唯秦七、黄九耳。"予谓后山以子瞻词如诗，似矣，而以山谷为得体，复不可晓。晁无咎云："东坡词小不谐律吕，盖横放杰出，曲子中缚不住者。"其评山谷则曰："词固高妙，然不是当行家语，乃著腔子唱和诗。"此言得之。

晁无咎云："眉山公之词短于情，盖不更此境耳。"陈后山曰："宋玉不识巫山神女，而能赋之，岂待更而后知，是直以公为不及于情也。呜呼，风韵如东坡，而谓不及于情，可乎？彼高人逸才，正当如是，其溢为小词而间及于脂粉之间，所谓滑稽玩戏，聊复尔尔者也。若乃纤艳淫媟，入人骨髓，如田中行、柳耆卿辈，岂公之雅趣也哉？"

陈后山谓子瞻以诗为词，大是妄论，而世皆信之，独茅荆产辨其不然，谓公词为古今第一。今翰林赵公亦云此，与人意暗同。盖诗词只是一理，不容异观。自世之末作习为纤艳柔脆，以投流俗之好，高人胜士，亦或以是相胜，而且趋于委靡，遂谓其体当然，而不知流弊之至此也。文伯起曰："先生虑其不幸而溺于彼，故援而止之，特立新意，寓以诗人句法。"是亦不然。公雄文大手，乐府乃其游戏，顾岂与流俗争胜哉？盖其天资不凡，辞气迈往，故落笔皆绝尘耳。

《滹南诗话》卷二

34. 程文海：

苏词如诗，秦诗如词，此盖意习所遣，自不觉耳。

《题晴川乐府》(《雪楼集》卷二十五)

35. 叶曾：

东坡先生以文名于世，吟咏之余，乐章数百篇，乐而不淫，哀而不伤，真得六义之体。观其命意吐词，非浅学窥测。好事者或为之注释，中间穿凿甚多，为识者所诮。

《东坡乐府叙》(元延祐刊本)

36. 李长翁：

诗盛于唐，乐府盛于宋，诸贤名家不少，独东坡、稼轩杰作磊落倜傥之气，溢出豪端，殊非雕脂镂冰者所可仿佛。

《古山乐府序》(《四库全书》)

37. 陈霆：

词曲于道末矣。纤言丽语，大雅是病。然以东坡、六一之贤，累篇有作。晦庵朱子，世大儒也，"江水浸云"、"晚朝飞画"等调，曾不讳言。用是而观，大贤君子，类亦不浅矣。

《渚山堂词话序》

38. 张綖：

词体大略有二：一体婉约，一体豪放。婉约者欲其词情蕴藉，豪放者欲其气象恢宏。盖亦存乎其人。如秦少游之作，多是婉约；苏子瞻之作，多是豪放。大抵词体以婉约为正。故东坡称少游为今之词手，后山评东坡词如教坊雷大使舞，虽极天下之工，要非本色。

《诗余图谱·凡例》附识

39. 顾起纶：

李太白首倡〔忆秦娥〕，凄婉流丽，颇臻其妙，为千载词家之祖。至王仲初〔古调笑〕融情会景，犹不失题旨。白乐天始调换头，去题渐远，揆之本来词体稍变矣。骚雅名流，隽语竞爽，苏长公辈，才情各擅所长，其风流余蕴，藉藉人口。厥后元季乐府之盛，概不出史邦卿蹊径耳。

《花庵词选跋》(《词苑英华》)

40. 王世贞：

子瞻“与谁同坐，明月清风我”，“明月几时有，把酒问青天”，快语也；“大江东去，浪淘尽，千古风流人物”，壮语也；“杏花疏影里，吹笛到天明”，又“离情已逐晓云空，不与梨花同梦”，爽语也。其词浓与淡之间也。

词至辛稼轩而变，其源实自苏长公，至刘改之诸公极矣。

读子瞻文，见才矣，然似不读书者；读子瞻诗，见学矣，然似绝无才者。懒倦欲睡时，诵子瞻小文及小词，亦觉神王。

《艺苑卮言》

41. 俞彦：

子瞻词无一语著人间烟火，此自大罗天上一种，不必与少游、易安辈较量体裁也。其豪放亦止“大江东去”一词。何物袁绹，妄加品骘，后代奉为美谈，似欲以概子瞻生平。不知万顷波涛，来自万里，吞天浴日，古豪杰英爽都在，使屯田此际操觚，果可以“杨柳外，晓风残月”命句否？

唐诗三变愈下，宋词殊不然，欧、苏、秦、黄，足当高、岑、王、李。南渡以后，矫矫陡健，即不得称中宋、晚宋也。惟辛稼轩自度粱肉不胜前哲，特出奇险为珍错供，与刘后村辈，俱曹洞旁出，学者正可钦佩，不必反唇并捧心也。

《爰园词话》

42. 王骥德：

词曲不尚雄劲险峻，只一味妩媚闲艳，便称合作。是故苏长公、辛幼安并置两庑，不得入室。

《曲律》卷四

43. 徐士俊：

苏以诗为词，辛以论为词，正见词中世界不小，昔人奈何讥之？

《古今词统》参评语

44. 冯班：

词家名手称秦七、黄九，东坡居士以盖世之气发为磊落慷慨之言，时谓铜将军、铁绰板，“当行”、“本色”或未之许，近代之论如此。以余言之殆不然也。长短句肇于唐季，脂粉轻薄，端人雅士盖所不尚。和鲁公作相，有“曲子相公”之言，一时以为耻。坡公谓秦太虚言久不相见，乃学柳七作曲子，秦愕然，以为不至是。“针线慵拈伴伊坐”，晏元献讥之。艳词非宋人所尚也。坡公大笔，岂曰不如秦、黄乎？其词体琐碎，入宋而文格始昌，名人大手集中皆有宫商之语。辛稼轩当宋之南，抱英雄之态，有席卷中原之略，厄于时运，势不得展，长短句如涛涌雷发，坡公以后，一人而已。

《叙词源》（《钝吟文稿》）

45. 陆云龙：

青莲以绝代轶材，裂羁靮另辟词家一径，大都以清新绮丽为宗，故相沿莫妙于淮海、眉山。周洞霄、康大晟其品虽不得埒，以词论不得优劣也。

《词菁》（《翠娱阁选评行笈必携本》）

46. 秦士奇：

温、韦艳而促，黄九精而刻，长公骚而壮，幼安辨而奇。

《草堂诗余叙》（《草堂诗余四集》）

47. 何良俊：

宋初，因李太白〔忆秦娥〕、〔菩萨蛮〕二辞，以渐创制。至周待制领大晟府乐，比切声调，十二律各有篇目，柳屯田加增至二百余调，一时文士，复相拟作，而诗余为极盛。然作者既多，中间不无昧于音节。如苏长公者，人犹以铁绰板唱“大江东去”讥之，他复何言耶？由是诗余复不行。

《草堂诗余序》（《古今词汇》）

48. 孟称舜：

乐府以皦迳扬厉为工，诗余以宛丽流畅为美。故作词者率取柔音曼声，如张三影、柳三变之属。而苏子瞻、辛稼轩之清俊雄放，皆以为豪而不入于格。宋伶人所评〔雨霖铃〕与〔酹江月〕之优劣，遂为后世填词者定律矣。予窃以为不然。

幽思曲想，张、柳之词工矣，然其失则俗而腻也，古者妖童冶妇之所遗也；伤时吊古，苏、辛之词工矣，然其失则莽而俚也，古者征夫放士之所托也。两家各有其美，亦各有其病。

《古今词统序》（按：此条又见陈继儒《诗余广选序》。）

49. 先著：

坡公韵高，故浅浅语亦觉不凡。（评苏轼〔浣溪沙〕“山下兰芽短浸溪”）（卷一）

诗家最上一乘，固有以神行者矣，于词何独不然？题为《中秋对月怀子由》，宜其怀抱俯仰浩落如是。录坡公词若并汰此作，是无眉目矣，亦恐词家疆宇狭隘，后来作者，惟坠入纤秾一队，不可以救药也。后村二调亦极力能出脱者，取为此公嗣响，可以不孤。（评苏轼〔水调歌头〕“明月几时有”）（卷三）

《词洁辑评》

50. 贺贻孙：

李易安云：王介甫、曾子固文章似西汉，若作一小歌词，则人必绝倒，不可读。而欧阳永叔、苏子瞻词，乃句读不葺之诗耳。又尝记宋人有云：昌黎以文为诗，东坡以诗为词。甚矣，词家之难也！余谓易安所讥介甫、子固、永叔三人甚当，但东坡词气豪迈，自是别调，差不如秦七、黄九之到家耳。东坡自言平日不喜唱曲，故不中音律，是亦一短。以诗为词，难为东坡解嘲。若以为句读不葺之诗，抑又甚矣！

《诗筏》

51. 李玉：

原夫词者诗之余，曲者词之余也。自太白〔忆秦娥〕一阕，遂开百代诗余之祖。赵宋时黄九、秦七辈竞作新词，字戛金玉。东坡虽有“铁绰板”之诮，而豪爽之致，时溢笔端。南渡后争讲理学，间为风云月露之句，遂逊前哲。迨至金元，词变为曲。

《南音三籁序》(《中国古代戏曲序跋集》)

52. 曹溶：

上不牵累唐诗，下不滥侵元曲者，词之正位也。豪旷不冒苏、辛，秽亵不落周、柳者，词之大家也。

《古今词话序》(《古今词话》)

53. 吴骐：

文章专论才，词兼论情。才贵广大，情贵微密，苏长公词有气势而少缠绵，才大而情疏也。柳耆卿、周美成缠绵矣，而乏气势，情长而才短也。

《百名家词钞》引

54. 吴骐：

子瞻、稼轩以经济之才，悒郁挫折，忠爱怨悱，寄情小词，龙象蹴踏，何暇计步植木哉？故诗具宏肆，而词体则疏……大概唐词结构如六朝乐府，苏辛词结构如歌行，南宋词如小赋。后人斟酌三者之间，谓唐与南宋之词可融为一，而苏辛之词独其单。

《宋南陔词序》(《延陵处士集》卷一七)

55. 陆进：

词有两体：闺襜之作，宜于旖旎；登临赠答，则又以豪迈见长。此秦、柳之于苏、辛并足千古也。

《百名家词钞》引

56. 吴绮：

宋词宗尚秦、柳，以其缠绵旖旎，不求藻绘自有余妍也。苏、辛之词，调极高迈，语极流畅，当时犹有訾议，谓如诗之有变风、变雅。后之填词家，动辄持铁绰板唱大江东去，直如使酒骂坐，与此道奚啻河汉哉？

《百名家词钞》引

57. 严沆：

耆卿专主温丽，或失之俚；子瞻专主雄浑，或失之肆。

《古今词选序》（《宋词三百首笺注》引）

58. 尤侗：

眉山二苏，风流竞爽，独至填词，则丈六琵琶偏让老髯，而颍滨不得一语，以此定其为兄弟耳。

《炊闻词序》（《清名家词》）

59. 尤侗：

古之为文者多不屑意于词，恐其秾青绘白，风格日降，以为浑噩之累。然古文欧、苏其首也，欧之"水晶双枕"，艳情独绝；苏之"枝上柳绵"，使人惘然有伤春意。二公之词深得风人哀乐之旨，何尝以此贬其文价耶？

《浣雪斋词序》（《西堂杂俎》三集卷三）

60. 尤侗：

宋词佳者，皆入内廷供奉，即如坡公之"枝上柳绵"，永叔之"水晶双枕"，美成之"并刀如水"，教授之"鬓边一点"，偶出佳人口中，便自可怜欲绝。

《倚声词话序》（《西堂杂俎》二集卷二）

61. 尤侗：

词虽一技，拟之草堂其在辛、苏间乎。夫苏公以殿阁之才，屏弃蛮烟瘴雨之外，惟与老僧谈禅，或强闲人说鬼；辛公当南渡时，自恨抱负未尽，至欲据牛头之山，决西湖之水，陈同甫骇而遁去。彼两公者何如人哉？其见于词者如“大江东去，浪淘尽，千古风流人物”，与“把吴钩看了，栏杆拍遍，无人会登临意”，略见一斑矣。

《溉堂词序》(《西堂杂俎》三集卷三)

62. 尤侗：

唐诗以李、杜为宗，而宋词苏、陆、辛、刘，有太白之风；秦、黄、周、柳，得少陵之体。此又画疆而理，联骑而驰者也。

《词苑丛谈序》(《词苑丛谈》)

63. 毛先舒：

填词小道也，古来独推东坡、稼轩能于此中寓豪宕顿挫之致，所谓绝似太史公者，二公有焉。

《题三先生词》(《潠书》卷三)

64. 沈谦：

学周、柳，不得见其用情处；学苏、辛，不得见其用气处，当以离处为合。

《填词杂说》

65. 贺裳：

苏子瞻有铜琶铁板之讥，然其〔浣溪沙〕《春闺》曰：“彩索身轻常趁燕，红窗睡重不闻莺。”如此风调，令十七八女郎歌之，岂在“晓风残月”之下？

《皱水轩词筌》

66. 陈子宏：

近日词惟周美成、姜尧章，而以东坡为词诗，稼轩为词论。此说固当，然词曲以委曲为体，徒扭于风情婉恋，则亦易厌。回视苏、辛所作，岂非万古一清风哉！

沈雄《古今词话·词话》上卷引

67. 任绳隗：

顾又谓：词者，诗之余也，大雅所不道也。故六代之绮靡柔曼，几为词苑滥觞。自唐文三变，燕、许、李、杜诸君子，变而愈上，遂障其澜而为诗。宋人无诗，大家如欧、苏、秦、黄，不能力追初盛，多淫哇细响，变而愈下，遂泛其流而为词。此主乎文章风会言之也。或又以永叔名冠词坛，当时谤其与女戚赠答，大为清流所薄；晏元献天圣贤辅，乃至以作小词致讥。比较乎立德与立言重轻之异也。以余衡之，要皆竖儒之论耳。

《学文堂诗余序》（《直木斋全集》卷十一）

68. 顾仲清：

宋名家词最盛，体非一格。苏、辛之雄放豪宕，秦、柳之妩媚风流，判然分途，各极其妙。而姜白石、张叔夏辈，以冲澹秀洁得词之中正。

《湖海楼词序》引（《清名家词》）

69. 陈维崧：

东坡、稼轩诸长调，又骎骎乎如杜甫之歌行与西京之乐府也。

《词选序》（《陈迦陵文集》卷三）

70. 魏礼：

诗余萌芽于隋唐，至有宋特盛，陆游云：诗至晚唐五季，气格卑陋，而长短句独精巧高丽，后世莫及者。盖伤之也。乃其盛时，惟欧、秦数家，推为擅场，即子瞻未能无讥。而予于范希文、辛稼轩、岳忠武诸作又颇嗜之，盖其音节激昂顿挫，足以助其雄轶之气。比之于诗，似有美在咸酸之外者。虽非诗余本体，要以圆浑流畅，不蹈子瞻之所以取讥也。

《邹幼圃诗余序》（《魏季子文集》卷七）

71. 万树：

人每谓坡公不叶律，试观如此长篇（按：指〔戚氏〕《玉龟山》。）字字不苟，何尝不协乎？故备录之。且李方叔云：此是因妓歌此调，词不佳。公适读《山海经》，乃令妓复歌，随字填去，歌完词就。然则坡仙岂非天人，而奈何轻以失律讥之欤？

《词律》卷二十

72. 彭孙遹：

北宋以前，作者林立，而未有次韵。苏、黄两公，间一为之，密密匝匝田军犹不免小作狡狯；稼轩、后村乃始逞奇斗博，短篇长阕靡所不有，虽其才气使然，非词之正也。

《红豆词序》(《松桂堂集》卷三十七)

73. 王士禛：

“枝上柳绵”，恐屯田缘情绮靡，未必能过。孰谓坡但解作“大江东去”耶！髯直是轶伦绝群。

名家当行，固有二派。苏公自云：“吾醉后作草书，觉酒气拂拂，从十指间出。”黄鲁直亦云：“东坡书挟海上风涛之气。”读坡词当作如是观。琐琐与柳七较锱铢，无乃为髯公所笑。

《花草蒙拾》

74. 王士禛：

温、和生而《花间》作，李、晏出而《草堂》兴。此诗之余而乐府之变也。诗余者，古诗之苗裔也。语其正，则南唐二主为之祖，至漱玉、淮海而极盛，高、史其嗣响也；语其变，则眉山导其源，至稼轩、放翁而尽变，陈、刘其余波也。有诗人之词，唐、蜀、五代诸人是也；有文人之词，晏、欧、秦、李诸君子是也；有词人之词，柳永、周美成、康与之之属是也；有英雄之词，苏、陆、辛、刘是也。

《倚声集序》(《渔洋山人文略》卷三)

75. 王士禛：

凡为诗文，贵有节制，即词曲亦然。正调至秦少游、李易安为极致，若柳耆卿则靡矣。变调至东坡为极致，辛稼轩豪于东坡而不免稍过，若刘改之则恶道矣。学者不可以不辨。

《分甘余话》卷二

76. 徐釚：

苏东坡“大江东去”，有铜将军铁绰板之讥，柳七“晓风残月”，谓可令十七八女郎执红牙檀板歌之。此袁绹语也，后人遂奉为美谈。然仆谓东坡词自有横槊气概，固是英雄本色，柳纤艳处亦丽以淫耳。

《词苑丛谈》卷三《品藻》一（按：此则乃徐釚引前人语，出处不详。）

77. 周在浚：

宋人词调，确自乐府中来。时代既异，声调遂殊，然源流未始不同，亦各就其情之所近取法之耳。周、柳之纤丽，《子夜》、《懊侬》之遗也；欧、苏纯正，非《君马黄》、《出东门》之类欤？放而为稼轩、后村，悲歌慷慨，旁若无人，则汉帝“大风”之歌，魏武“对酒”之什也。究其所以，何尝不言情，亦各自道其情耳。

《借荆堂词话》（徐釚《词苑丛谈》卷四引）

78. 汪懋麟：

予尝论宋词有三派：欧、晏正其始，秦、黄、周、柳、姜、史、李清照之徒备其盛，东坡、稼轩放乎其言之矣。其余子，非无单词只句，可喜可诵，苟求其继，难矣哉。

《棠村词序》（《清名家词》）

79. 卓回：

夫矜奇负气，舍稼轩、坡老安仿？缠绵温丽，舍清真、花庵奚归？然苏、辛未尝乏缠绵温丽之篇，黄、周时亦露矜奇负气之句。大要不失“绝妙好辞”四字宗旨耳。

《词汇·凡例》

80. 楼俨：

东坡老人，故自灵气仙才，所作小词，冲口而出，无穷清新，不独寓以诗人句法，能一洗绮罗香泽之态也。

《词林纪事》卷五引

81. 吴陈琰：

坡公词纵横豪放，自是曲子缚不住者，然任意赠减字句，终非当行。如〔念奴娇〕换头以下：“小乔初嫁了，雄姿英发。”又云：“多情应笑我，早生华发。”，皆宜四字、五字句，而此作五字、四字句误也。后人牵强附会者，或指此为又一体，殊可笑。

《浣雪词话》(《浣雪词抄》)

82. 焦袁熹：

〔采桑子〕《编纂〈乐府妙声〉竟作》

大唐盛际诗天子，穆穆垂裳。乐句琳琅。宋代王维柳七郎。谁交铜铁将军唱，不是毛嫱。却似文鸯。可笑髯苏不自量。

一生不耐专门学，天雨才华。乱撒泥沙。唱出樽前别一家。逢场作戏三分假，海角天涯。讥笑喧哗。比似吾累旷达些。

《此木轩直寄词》

83. 陈聂恒：

〔黄金缕〕《读东坡居士词》

居士文豪应绝世。春去春来，也复关心事。芳草天涯飞燕子。歌时又有悲秋意。　本色尚疑终不是。柳七何如，此间真知己。愿作后尘今未已。可能重下朝云泪。

《栩园词》

84. 王时翔：

词自晚唐温、韦主于柔婉，五季之末，李后主以哀艳之辞倡于上，而下皆靡然从之。入宋号为极盛，然欧阳、秦、黄诸君子且不免相沿袭，周、柳之徒无论已。独苏长公能盘硬语，与时异趋，而复失之粗。南渡后得辛稼轩，寄情于豪宕之中，其所制，往往苞凉悲壮，在古乐府当与魏武埒。斯可语于诗之变雅矣。

《莫荆琰词序》(《小山诗文全稿・文稿》卷三)

85. 田同之：

魏塘曹学士云：“词之为体如美人，而诗则壮士也；如春华，则诗则秋实也；如夭桃繁杏，而诗则劲松贞柏也。”罕譬最为明快。然词中亦有壮士，苏、辛也；亦有秋实，黄、陆也；亦有劲松贞柏，岳鹏举、文文山也。

陈眉公曰：“幽思曲想，张、柳之词工矣，然其失则俗而腻也。伤时吊古，苏、辛之词工矣，然其失则莽而俚也。两家各有其美，亦各有其病。”斯为词论之至公。

《西圃词说》

86. 周大枢：

词家两派，秦柳、苏辛而已。秦、柳婉媚，而苏、辛以宕激慷慨变之，近于诗矣。诗以风骨为主，苏分其诗才之余者也，辛则并其诗之才、之力而专治其余。故尝谓闲澹历落之才，其人宜于诗，词则闲为之可矣。

《调香词自序》（谢章铤《词话纪余》引，《赌棋山庄全集·稗贩杂余》卷三）

87. 郑方坤：

坡公余技付歌唇，摆脱秾华笔有神。

浪比教坊雷大使，那知渠是谪仙人。陈无己云：东坡词如教坊雷大使之舞，虽极工，要非本色。

《论词绝句》（《蔗尾诗集》卷五）

88. 郑燮：

词与诗不同，以婉约为正格，以豪宕为变格。燮窃以剧场论之：东坡为大净，稼轩外脚，永叔、邦卿正旦，秦淮海、柳七则小旦也；周美成为正生，南唐李后主为小生，世人爱小生定过于爱正生矣。蒋竹山、刘改之是绝妙副末，草窗贴旦，白石贴生。

《与江宾谷、江禹九书》（《郑板桥集·补遗》）

89. 李其永：

大江豪气已都非，芳草天涯未许归。
独有闲愁偏惹恨，朝云又作柳绵飞。

《读历朝词杂兴》（《贺九山房诗·蓬蒿集》）

90. 许昂霄：

子瞻自评其文云：如万斛泉源，不择地皆可出。唯词亦然。

《词林纪事》卷五引

91. 江昱：

一扫纤秾柔软音，海天风雨共阴森。
分明铁板铜琶手，半阕杨花冠古今。

《论词十八首》（《松泉诗集》卷一）

92. 章恺：

罗衫画扇可怜春，花底吹笙韵绝尘。
传语教坊雷大使，铜琶铁板太惊人。

《论词绝句八首》（《章北亭集》卷二）

93. 王初桐：

东坡〔卜算子〕“缺月挂疏桐”一阕，黄山谷以为语意高妙，似非吃烟火食人语，非胸中有数万卷书，笔下无一点尘俗气，孰能至此。而苕溪渔隐以“拣尽寒枝不肯棲”之句，或云鸿雁未尝棲宿树枝，惟在田野苇丛间，此亦语病。余谓东坡此句原谓鸿雁不肯棲宿树枝，下句所云“寂寞沙洲冷”者，乃正田野苇丛间之谓也。此词本咏夜景，至换头但只说鸿雁，正如〔贺新郎〕词“乳燕飞华屋”，本咏夏景，至换头但只说榴花，盖其文章之妙，语意到处即为之，不可限以绳墨也。

柳郎中词，只好十七八女郎按红牙拍，歌“杨柳岸，晓风残月”，苏学士词，须关西大汉，执铁板唱“大江东去”。盖词至东坡，一洗绮罗香则之态，摆脱绸缪婉转之度，使人登高望远，举首高歌，逸怀浩气，超乎尘垢之外。歌之曲终，觉天风海雨逼人。

人或谓其不协音律，然横放杰出，自是曲子内缚不住者。

张叔夏云：词以意为主，要不蹈袭前人语，如东坡《中秋》〔水调歌〕，王荆公《金陵》〔桂枝香〕，皆清空中有意趣。

东坡〔水龙吟〕、〔卜算子〕等作，皆清丽舒徐，高出人表，〔哨遍〕一曲，隐括《归去来辞》，更是精妙，周、秦诸人所不能到。

词不可强和人韵，若唱者曲韵宽平，庶可赓和；倘韵险，又为人所先，而必欲牵强赓和，则句意安能融贯？用尽苦思，未见有全妥溜者。东坡和章质夫杨花〔水龙吟〕，起句便合让东坡一头地，况后片愈出愈奇，真是压倒今古。吾辈倘遇险韵，不若祖其原韵，随意换易，或易韵答之，亦古人三不和之说。

坡尝自言，平生有三不如人，谓著棋、吃酒、唱曲也。林和靖曰：逋世间事皆能之，惟不能担粪与著棋。

《小嫏嬛词话》卷一

94. 李调元：

人谓东坡长短句不工媚词，少谐音律，非也，特才大不肯受束缚而然。间作媚词，却洗尽铅华，非少游女郎语所及。

《雨村词话》卷一

95. 吴锡麒：

词之派有二：一则幽微要眇之音，宛转缠绵之致，戛虚响于弦外，标隽旨于味先，姜、史其渊源也……一则慷慨激昂之气，纵横跌宕之才，抗秋风以奏怀，代古人而抒愤，苏、辛其圭臬也。

《董琴南楚香山馆词钞序》（《有正味斋全集》卷八）

96. 朱依真：

天风海雨骇心神，白石清空谒后尘。

谁见东坡真面目，纷纷耳食说苏辛。

《论词绝句》（《餐樱庑词话》引）

97. 郭麐：

词之为体，大略有四……至东坡以横绝一代之才，凌厉一世之气，间作倚声，意若不屑，雄词高唱，别为一宗。辛、刘则粗豪太甚矣。

《灵芬馆词话》卷一

98. 郭麐：

词家者流，其源出于《国风》，其本沿于齐梁，自太白以至五季，非儿女之情不道也。宋立乐府，用于庆赏饮宴，于是周、秦以绮靡为宗，史、柳以华缛相尚，而体一变。苏、辛以高世之才，横绝一时，而奋末广愤之音作。姜、张祖骚人之遗，尽洗秾艳，而清空婉约之旨深，自是以后，虽有作者，欲离去别见，其道无由。

《无声诗馆词序》(《灵芬馆集杂著》卷二)

99. 吴衡照：

苏、辛并称，辛之于苏，亦犹诗中山谷之视东坡也。东坡之大，与白石之高，殆不可以学而至。

《莲子居词话》卷四

100. 沈道宽：

不受矜羁见逸才，审音协律未全乖。

教坊我欲呼雷大，铁板铜弦写壮怀。

《论词绝句》(《话山草堂诗钞》卷一)

101. 邓廷桢：

东坡以龙骧不羁之才，树松桧特立之操，故其词清刚隽上，囊括群英。院吏所云：学士词须关西大汉，铜琶铁板，高唱“大江东去”。语虽近谑，实为知音。

《双砚斋词话》

102. 陆鎣：

词家言苏、辛、周、柳，犹诗歌称李、杜，骈体举庾、徐，以为标帜云尔。

《问花楼词话》

103. 宋翔凤：

人谓苏词多不谐音律，则以声调高逸骤难上口，非无曲度也。北宋所作多付筝琶，故啴缓繁促而易流。南渡以后半归琴笛，故涤荡沉渺而不杂。

东坡才情极大，不为时曲束缚……〔蝶恋花〕词（按：指《送潘邠老》），东坡在黄州送潘邠老赴省试作也，今集不载。按：其词恣亵何减耆卿。是东坡偶作，以付饯席，使大雅，则歌者不易习，亦风会使然也。

《乐府余论》

104. 宋翔凤：

不精宫角谈词律，总在模黏影响间。

铁拨鹍弦无恙在，几人能唱古阳关。

《论词绝句二十首》(《洞箫楼诗纪》三)

105. 《四库全书总目提要》：

词自晚唐五代以来，以清切婉丽为宗，至柳永而一变，如诗家之有白居易；至轼而又一变，如诗家之有韩愈，遂开南宋辛弃疾等一派，寻源溯流，不能不谓之别格，然谓之不工则不可。故至今日尚与《花间》一派并行而不能偏废。

《东坡词提要》

106. 周济：

人赏东坡粗豪，吾赏东坡韶秀。韶秀是东坡佳处，粗豪则病也。

世以苏、辛并称，苏之自在处，辛偶能到；辛之当行处，苏必不能到。二公之词，不可同日语也。

《介存斋论词杂著》

107. 周济：

苏、辛并称，东坡天趣独到处，殆成绝诣，而苦不经意，完璧甚少；稼轩则沉著痛快，有辙可循。南宋诸公，无不传其衣钵，固未可同年而语也。

《宋四家词选目录序论》

108. 董士锡：

昔柳耆卿、康伯可未尝学问，乃以其鄙嫚之辞缘饰音律以投时好，而词品以坏。姜白石、张玉田出，力矫其弊为清雅之制，而词品以尊。虽然，不合五代、全宋以观之，不能极词之变也；不读秦少游、周美成、苏子瞻、辛幼安之别集，不能撷词之盛也。元明至今，姜、张盛行而秦、周、苏、辛之传几绝，则以浙西六家独尊姜、张之故。盖尝论之，秦之长，清以和；周之长，清以折；而同趋于丽。苏、辛之长，清以雄；姜、张之长，清以逸；而苏、辛不自调律，但以文辞相高，以成一格，此其异也。六子者，两宋诸家皆不能过焉。然学秦病平，学周病涩，学苏病疏，学辛病纵，学姜、张病肤，盖取其丽与雄与逸而遗其清，则五病杂见，而三长亦渐以失。

《餐华吟馆词叙》（《齐物论斋文集》卷二）

109. 顾翰：

苏、辛二家词，如天仙化人，不可仿佛，最不易学，亦不宜学。非若姜、史诸家，各有轨辙可循。

《听秋声馆词话》卷十九引

110. 孙兆溎：

词以蕴蓄缠绵、波折俏丽为工，故以南宋为词宗。然如东坡之“大江东去”，忠武之“怒发冲冠”，令人增长意气，似乎两宗不可偏废。是在各人笔致相近，不必勉强定学石帚、耆卿也。今人谈词家，动以苏、辛为不足学，抑知檀板红牙不可无铜琵铁拨，各得其宜，始为持平之论。

《片玉山房词话》

111. 陈广敷：

词中六一是金碧山水，子瞻是淡墨烟云。

杨希闵《词轨》卷四引

112. 谭莹：

大江东去亦情多，燕子楼词鬼窃歌。
唱竟天涯芳草语，晓风残月较如何。

海雨天风极壮观，教坊本色复谁看。
杨花点点离人泪，却恐周秦下笔难。

《论词绝句一百首》（《乐志堂诗集》卷六）

113. 张鸿卓：

周、秦绮靡，苏、辛豪迈，梦窗、竹山研炼，石帚、玉田清超，耆卿则善道俗情，山谷又兼俳语，此家数之别也。

《绿雪轩论词》

114. 袁学澜：

词之起由于隋炀之〔望江南〕。青莲之〔菩萨蛮〕，为词源滥觞之始。其词多宛转绵丽，倩艳娟俏，挟春月烟花于闺幨内奏之，此其大较也。后人变本加厉，几于江河日下，其可砥柱矣。至于慷慨磊落、纵横豪爽，如东坡之“大江东去”一词，世称用铁板铜琶，使关西大汉高唱之，真觉浩气流行，虽非词之正源，然亦自当取法。

屈平之《离骚》，少陵之诗篇，皆忠君爱国之词见于言表，所以卓然可传，独有千古。填词家系情儿女，托兴风怀，鲜有能及之者，惟东坡〔水调歌头〕“我欲乘风归去，只恐琼楼玉宇，高处不胜寒”，当时人主亦知其有爱国之心。辛稼轩云：“且莫倚危栏，斜阳疏柳，正在断肠处。”人亦知其有忧国之怀。此等词庶不为徒作耳。此苏、辛之所以并传不朽也。

《适园论词》

115. 王僧保：

慷慨黄州一梦中，铜弦铁板唱坡公。

何人创立苏辛派，两字粗豪恐未工。

《论词绝句》（《餐樱庑词话》引）

116. 华长卿：

逼人海雨激天风，推倒词坛一世雄。

洗尽绮罗儿女态，铜琶高唱大江东。

《论词绝句》（《梅庄诗钞》卷五）

117. 杨希闵：

以温、韦为宗，二晏、贺、秦为嫡裔。欧、苏、黄则如光武崛起，别为世庙。（《序》）

苏、黄自词家杰出，后人无其才，时取清真、玉田，此亦何害，必谓苏、黄非词家正格，习气太重，真识蒙矣。（卷四）

《词轨》

118. 钱斐仲：

坡公才大，词多豪放，不肯剪裁就范，故其不协律处甚多，然又何伤其为佳耶？

《雨华庵词话》

119. 陈澧：

冰肌玉骨洞仙歌，九字何曾记忆讹。

删取七言成赝鼎，枉教朱十笑东坡。

《论词绝句》（《陈东塾先生遗诗》）

120. 刘熙载：

东坡词颇似老杜诗，以其无意不可入，无事不可言也。若其豪放之致，则时与太白为近。

太白〔忆秦娥〕声情悲壮，晚唐、五代惟趋婉丽，至东坡始能复古。后世论词者，或转以东坡为变调，不知晚唐、五代乃变调也。

东坡《与鲜于子骏》书云："近却颇作小词，虽无柳七郎风味，亦自成一家。"一似欲为耆卿之词而不能者。然坡尝讥秦少游〔满庭芳〕词学柳七句法，则意可知矣。

东坡词具神仙出世之姿，方外白玉蟾诸家，惜未诣此。

东坡词雄姿逸气，高轶古人，且称少游为词手。

东坡词在当时鲜与同调，不独秦七、黄九别成两派也。

苏、辛皆至情至性人，故其词潇洒卓荦，悉出于温柔敦厚。或以粗犷托苏、辛，固宜有视苏、辛为别调者哉！

词品喻诸诗，东坡、稼轩，李、杜也。

苏、辛词似魏玄成之妩媚，刘静修词似邵康节之风流，倘泛泛然以横放瘦淡名之，过矣。

王敬美论诗云："河下舆隶，须驱遣另换正身。"胡明仲称眉山苏氏词："一洗绮罗香泽之态，摆脱绸缪宛转之度，使人登高望远，举首高歌，而逸怀浩气，超乎尘埃之表。"此殆所谓正身者耶？

黄鲁直跋东坡〔卜算子〕"缺月挂疏桐"一阕云："语意高妙，似非吃烟火食人语，非胸中有万卷书，笔下无一点尘俗气，孰能至此！"余案：词之大要，不外厚而清。厚，包诸所有；清，空诸所有也。

《词概》

121. 孙衣言：

词始于唐，而盛于宋元，或以为合于意内言外之旨，斯固未易言，要为诗之枝流，不可诬也……昔宋之诗人工词者，惟东坡、山谷尔，若稼轩、梦窗、玉田、草窗诸君，盖皆敝毕生之精神，专力于词，而后能极其工。

《娱老词后记》(《东瓯词徵》卷八)

122. 孙衣言：

每读苏子瞻、张于湖、陈同甫诸家之作，豪情逸兴，相去千余年，而其傲睨一世之概如在目前。窃谓词固未可轻，且亦何必定作儿女子语耶？

《水仙亭词序》(《东瓯词徵》卷十)

123. 谢章铤：

词贵清空，嫌质实，然而五石之瓠非不彭然也，清空则清空矣，一往而尽焉。东坡词诗，稼轩词论，其流弊又有不厌众口者矣。盖言意之不易称也如是。

《双邻词钞序》(《赌棋山庄文集》卷二)

124. 谢章铤：

词之兴也，大抵由于尊前惜别，花底谈心，情事率多亵近，数传而后，俯仰激昂，时有寄托，然而其量未尽也。故赵宋一代作者，苏、辛之派不及姜、史，姜、史之派不及晏、秦，此固正变之推未穷，而亦以填词为小道，若其量之只宜如此者。

《与黄子寿论词书》(《赌棋山庄全集》卷五)

125. 谢章铤：

崇奉姜、史，卑视苏、辛者，非矣。第今之学苏、辛者，亦不讲其肝胆之轮囷，寄托之遥深，徒以浪烟涨墨为豪，是不独学姜、史不之许，即学苏、辛，亦宜挥之门外也。(卷五)

晏、秦之妙丽，源于李太白、温飞卿。姜、史之清真，源于张志和、白香山。惟苏、辛在词中，则藩篱独辟矣!读苏、辛词，知词中有人，词中有品，不敢自为菲薄。然辛以毕生精力注之，比苏尤为横出。吴子律曰:“辛之于苏，犹诗中山谷之视东坡也，东坡之大，殆不可以学而至。”此论或不尽然。苏风格自高，而性情颇歉，辛却缠绵悱恻，且辛之造语俊于苏。若仅以大论也，则室之大不如堂，而以堂为室，可乎？(卷九)

《赌棋山庄词话》

126. 谢章铤：

苏、辛志于君国，故其词肮脏而不猥；秦之情深，姜之行洁，故其词缠绵而娟秀。

《词话纪余》（《赌棋山庄全集·稗贩杂余》卷三）

127. 江顺诒：

蔡小石宗茂《拜石词序》云："词胜于宋，自姜、张以格胜，苏、辛以气胜，秦、柳以情胜，而其派乃分。然幽深窅眇，语巧则纤，跌宕纵横，语粗则浅，异曲同工，要在各造其极。"诒案：以此苏、辛、秦、柳与姜、张并论，究之格胜者，气与情不能逮。

《词学集成》卷五

128. 沈世良：

稼轩玉局气挐云，字字华严劫外身。

夜半传衣谁得髓，可怜人爱说苏辛。稼轩、东坡

《案头杂置诸词集戏题四绝句》（《小祗陀庵诗钞》卷一）

129. 李慈铭：

长调须流宕而不剽，雄厚而不竞。清真未免剽，稼轩未免竞，东坡则或上类于诗，或下流于曲，故足以鼓吹骚雅者鲜已。

《越缦堂读书记》八《文学》四

130. 沈祥龙：

词导源于诗，诗言志，词亦贵乎言志。淫荡之志可言乎哉？"琼楼玉宇"，识其忠爱；"缺月疏桐"，叹其高妙，由于志之正也。

词有婉约，有豪放，二者不可偏废，在施之各当耳。房中之奏，出以豪放，则情致绝少缠绵。塞下之曲，行以婉约，则气象何能恢拓？苏、辛与秦、柳，贵集其长也。

词之……雄爽宜学东坡、稼轩，然不可近于粗厉。

《论词随笔》

131. 冯煦：

词之有南北宋，以世言也。曰秦、柳，曰姜、张，以人言也。若东坡之于北宋，稼轩之于南宋，并独树一帜，不域于世，亦与他家绝殊，世第以豪放目之，非知苏、辛者也。

《重刻东坡乐府序》(《彊村丛书》)

132. 冯煦：

兴化刘氏熙载所著《艺概》，于词多洞微之言，而论东坡尤为深至。如云：东坡词颇似老杜诗，以其无意不可入，无事不可言也。若其豪放之致，则时与太白为近。又云：东坡〔定风波〕云："尚余孤瘦雪霜姿"，〔荷华媚〕云："天然地别是风流标格"，"雪霜姿"、"风流标格"，学东坡词者，便可从此领取。又云：词以不犯本位为高，东坡〔满庭芳〕"老去君恩未报，空回首，弹铗悲歌"，语诚慷慨，然不若〔水调歌头〕"我欲乘风归去，又恐琼楼玉宇，高处不胜寒"尤觉空灵蕴藉。观此可以得东坡矣。

《蒿庵论词》

133. 冯煦：

大江东去月明多，更有孤鸿缥缈过。

后起铜琶兼铁拨，莫教初祖谤东坡。

《论词绝句》(《蒿庵类稿》卷七)

134. 樊增祥：

子瞻天才，夐绝一世，稼轩嗣响，号曰苏辛，第纵笔一往，无复纡曲之致、要眇之音，其胜者珠剑同光，而失者泥沙并下，等诸变徵，殆匪正声。

《东溪草堂词选自叙》(《樊山集》卷二十三)

135. 王鹏运：

北宋人词……唯苏文忠之清雄，夐乎轶尘绝迹，令人无从步趋。盖霄壤相悬，宁止才华而已？其性情，其学问，其襟抱，举非恒流所能梦见。词家苏、辛并称，其实辛犹人境也，苏其殆仙乎？

《半塘遗稿》(《唐宋名家词选》引)

136. 继昌(李佳)：

〔醉蓬莱〕《读苏辛词》

数宋家南北，几辈词人，是谁抗手。同调苏辛，却空前超后。

健笔如龙，凌霄似鹤，在云中飞走。拔剑低昂，悲歌慷慨，豪情能有。　　不比春风，旖旎多情，镂月裁花，姜秦周柳。一曲箫声，谱出红儿口。铁板铜琶，为谁高唱，下香醪三斗。若得同时，两公赓和，定多千首。

《左庵诗余·菊宦词》

137. 陈廷焯：

东坡出而纵横排宕，扫尽纤浮。

落笔高超，飘飘有凌云之气。

东坡词纯是身世流离之感，却极温厚，令读者喜悦悲欢，不能自已。

东坡词摆脱羁缚，独往独来，虽跋扈，自是推倒一时豪杰。

东坡词句调多不尊古法，不可为训，然正是此老神明变化处，后人不能学也。（卷二）

两宋词人，前推方回、清真，后推白石、梅溪、草窗、梦窗、玉田诸家，苏、辛横其中，正如双峰雄峙，虽非正声，自是词曲内缚不住者，其独至处，美成、白石亦不能到。

苏、辛千古并称。然东坡豪宕则有之，但多不合拍处。稼轩则于纵横驰骋中，而部伍极其整严，尤出东坡之上。

东坡词极名士之雅，稼轩词极英雄之气。千古并称，而稼轩更胜。（卷五）

《云韶集》

138. 陈廷焯：

东坡词独树一帜，妙绝古今，虽非正声，然自是曲子内缚不住者。不独耆卿、少游不及，即求之美成、白石，亦难以绳尺律之也。后人以绳尺律之，吾不知海上三山，彼亦能以丈尺计之否耶！

东坡词，一片去国流离之思，哀而不伤，怨而不怒，寄慨无端，别有天地。

《词坛丛话》

139. 陈廷焯：

太白之诗，东坡之词，皆是异样出色。

寓意高远，运笔空灵，措语忠厚，是坡仙独至处，美成、白石亦不能到也。

滔滔莽莽，其来无端。大笔摩天，是东坡气概过人处。后人刻意摹仿，鲜不失之叫嚣矣。(《大雅集》卷二)

感激豪宕，苏、辛并峙千古。然忠爱恻怛，苏胜于辛；而淋漓悲壮，顿挫盘郁，则稼轩独步千古矣。(《放歌集》卷一)

《词则》

140. 陈廷焯：

苏、辛并称，然两人绝不相似。魄力之大，苏不如辛；气体之高，辛不逮苏远矣。东坡词寓意高远，运笔空灵，措语忠厚，其独至处，美成、白石亦不能到。昔人谓东坡词非正声，此特拘于音调言之，而不究本原之所在。眼光如豆，不足与之辨也。

太白之诗，东坡之词，皆是异样出色。只是人不能学，乌得议其非正声？

蔡伯世云："子瞻辞胜乎情，耆卿情胜乎辞，辞情相称者，惟少游而已。"此论陋极。东坡之词，纯以情胜，情之至者，词亦至。只是情得其正，不似耆卿之喁喁儿女私情耳。论古人词，不辨是非，不别邪正，妄为褒贬，吾不谓然。

东坡、少游，皆是情余于词。耆卿乃辞余于情，解人自辨之。(卷一)

东坡词豪宕感激，忠厚缠绵，后人学之，徒形粗鲁。故东坡词不能学，亦不必学。(卷三)

彭骏孙《词藻》四卷，品论古人得失，欲使苏辛、周柳两派同归。不知苏、辛与周、秦，流派各分，本原则一。若柳则傲而不理，荡而忘返，与苏、辛固不能强合，视美成尤属歧途。

《莲子居词话》云:“苏之大、张之秀、柳之艳、秦之韵,周之圆融,南宋诸老,何以尚兹。”此论殊属浅陋。谓北宋不让南宋则可,而以秀、艳等字尊北宋则不可。如徒曰秀艳、圆融而已,则北宋岂但不及南宋,并不及金元矣。至以耆卿与苏、张、周、秦并称,而不数方回,亦为无识。又以秀字目子野,韵字目少游,圆融字目美成,皆属不切。即以大字目东坡,艳字目耆卿,亦不甚确。大抵北宋之词,周、秦两家皆极顿挫沉郁之妙,而少游托兴尤深,美成规模较大,此周、秦之异同也。子野词于古隽中见深厚,东坡词则超然物外,别有天地。而江南贺老,寄兴无端,变化莫测,亦岂出诸人下哉?此北宋之隽,南宋不能过也。若耆卿词,不过长于言情,语多凄秀,尚不及晏小山,更何能超越方回,而与周、秦、苏、张并峙千古也?

《莲子居词话》又云:“苏、辛并称,辛之于苏,亦犹诗中山谷之视东坡也。东坡之大与白石之高,殆不可以学而至。”此论尚有可采。惟以大字目东坡,终不甚确。(卷五)

东坡心地光明磊落,忠爱根于性生,故词极超旷,而意极和平。稼轩有吞吐八荒之概,而机会不来,正则可以为郭、李,为岳、韩,变则即桓温之流亚,故词极豪雄,而意极悲郁。苏、辛两家,各自不同。后人无东坡胸襟,又无稼轩气概,漫为规模,适形粗鄙耳。

和婉中见忠厚易,超旷中见忠厚难,此坡仙所以独绝千古也。(卷六)

人知东坡古诗、古文,卓绝百代。不知东坡之词,尤出诗文之右。盖仿九品论字之例,东坡诗文纵列上品,亦不过为上之中下。七言古为东坡擅长,然于清绝之中杂以浅俗语,沉郁处亦未能尽致。古文才气纵横而不免霸气,总不及词之超逸而忠厚也。若词则几为上之上矣。此老生平第一绝诣,惜所传不多也。(卷七)

东坡词全是王道,稼轩则兼有霸气,然犹不悖于王也。其年则竟似老瞒、石勒一流人物。板桥、心余辈，不过赤眉、黄巾之流亚耳。后之学词者，不究本原，好作壮语，复向板桥、心余词求生活，则是鼠窃狗偷，益卑卑不足道矣。

白石，仙品也；东坡，神品也，亦仙品也；梦窗，逸品也；玉田，隽品也；稼轩，豪品也。然皆不离于正。

唐宋名家，流派不同，本原则一。论其派别，大约……苏东坡为一体……其间惟飞卿、端己、正中、淮海、美成、梅溪、碧山七家，殊途同归。余则各树一帜，而皆不失其正。东坡、白石尤为矫矫。

温、韦创古者也。晏、欧继温、韦之后，面目未改，神理全非，异乎温、韦者也。苏、辛、周、秦之于温、韦，貌变而神不变。声色大开，本原则一。

词有表里俱佳，文质适中者……词中之上乘也。有质过于文者，韦端己、冯正中、张子野、苏东坡、贺方回、辛稼轩、张皋文是也。亦词中之上乘也。

稼轩求胜于东坡，豪壮或过之，而逊其清超，逊其忠厚。玉田追踪于白石，格调亦近之，而逊其空灵，逊其浑雅。故知东坡、白石具有天授，非人力所可到。

东坡、稼轩，同而不同者也；白石、碧山，不同而同者也。

诗有诗境，词有词境，诗词一理也。然有诗人所辟之境，词人尚未见者，则以时代先后远近不同之故……若子建之诗，飞卿词固已讥之；太白之诗，东坡词可以敌之。（卷八）

《白雨斋词话》

141. 张祥龄：

辛、刘之雄放，意在变风气，亦其才只如此。东坡不耐此苦，随意为之，其所自立者多，故不拘拘于词中求生活。若梦窗舍词外莫可竖立，故殚心血为之，是丹非朱，眼光未大。

《词论》

142. 蒋兆兰：

宋代词家，源出于唐五代，皆以婉约为宗。自东坡以浩瀚之气行之，遂开豪迈一派。南宋辛稼轩运深沉之思于雄杰之中，遂以苏辛并称。

《词说》

143. 郑文焯：

读东坡先生词，于气韵、格律并有悟到空灵妙境，匪可以词家目之，亦不得不目为词家。世每谓其以诗入词，岂知言哉！董文敏论画曰：同能不如独诣，吾于坡仙词亦云。

（〔八声甘州〕《有情风》）突兀雪山，卷地而来，真似钱塘江上看潮时，添得此老胸中数万甲兵，是何等气象雄且杰！妙在无一字豪宕，无一语险怪，又出以闲逸感喟之情，所谓骨重神寒，不食人间烟火气者，词境至此，观止矣。

《手批东坡乐府》（《唐宋名家词选》引）

144. 许玉瑑：

苏、辛以忠爱之旨，写忧乐之怀，固与姜、张诸家刻画宫徵，判然异轨。

《苏辛词合刻叙》

145. 章耒：

词盛于南宋，南宋人以姜、张为宗。吾谓姜、张非苏、辛比，苏、辛词外有词，其所托盖至尊，已而即事寄意。

《重校元遗山先生新乐府序》

146. 康有为：

若美成之跌宕悠扬，苏辛之傥宕遒上，梦窗之七宝楼台，姜张之清新俊逸，亦各穷极极妍矣。然韵味之隽，含蓄之深，神神之远，未有若三李者。

《江山万里楼词钞序》（《江山万里楼诗词钞》）

147. 况周颐：

东坡、稼轩，其秀在骨，其厚在神。初学看之，但得其粗率而已。其实二公不经意处，是真率，非粗率也。（卷一）

有宋熙、丰间，词学称极盛。苏长公提倡风雅，为一代山斗。（卷二）

文忠词以才情博大胜。（卷三）

《蕙风词话》

148. 况周颐：

词中求词，不如词外求词。文忠词大都得之词外，而并勿庸求之者也。（卷十一）

北宋词人苏、黄、秦三家尤见推重，三家词格各不相同，以唐贤书学喻之：坡公如颜文忠，山谷如柳诚悬，太虚兼登善、嗣道之胜。或问苏、黄二公词不同之处安在？答曰：此中消息政复难言，观于二公字与诗文不同之处，大略可参耳。（卷十三）

按填词以厚为要旨。苏、辛词皆极厚，然不易学，或不能得其万一，而转滋流弊，如粗率、叫嚣、澜浪之类。（卷十四）

《历代词人考略》

149. 张德瀛：

同叔之词温润，东坡之词轩骁，美成之词精邃，少游之词幽艳，无咎之词雄邈，北宋惟五子可称大家。

苏、辛二家，昔人名之曰词诗、词论。愚以古词衡之曰："不用之时全体在。用即拈来。万象周沙界。"

《词徵》卷五

150. 陈洵：

东坡独崇气格，箴规柳、秦，词体之尊，自东坡始。

《海绡说词》

151. 张尔田：

苏、辛笔力如锥画沙，非读破万卷不能，谈何容易。磊落激扬，不从书卷中来，皆客气也。以客气求苏辛，去之愈远。

《与龙榆生论苏辛词》(《词学季刊》第二卷第二号)

152. 张尔田：

苏、辛词境只清雄二字尽之，清而不雄，必流于伧俗，仇山村所谓腐儒村叟，酒边豪兴，引纸挥笔，如梵呗，如步虚，使老伶俊倡，面称好而背窃笑者也。

《再与榆生论苏辛词》(《词学季刊》第二卷第二号)

153. 夏敬观：

学辛得其豪放者易，得其秾丽者罕。苏则纯乎士大夫之吐属，豪而不纵，是清丽，非徒秾丽也。

《忍古楼词话》

154. 夏敬观：

东坡词如春花散空，不著迹象，使柳枝歌之，正如天风海涛之曲，中多幽咽怨断之音，此其上乘也。若夫激昂排宕，不可一世之概，陈无己所谓如教坊雷大使之舞，虽极天下之功，要非本色，乃其第二乘也。后之学苏者，惟能知第二乘，未有能达上乘者，即稼轩亦然。东坡〔永遇乐〕词云："紞如三鼓，铿然一叶，黯黯梦云惊断。夜茫茫，重寻无处，觉来小园行遍。"此数语，可作东坡自道圣处。

《宋人词集跋尾》(《同声月刊》第二卷第十号)

155. 高旭：

关西大汉粗豪甚，铁板铜琶未敢夸。

除去乘风归去曲，倾心第一是杨花。

《论词绝句》三十首(《未济庐诗集》)

156. 高旭：

此老流离去国，琼楼玉宇多情。

胸怀令人高旷，天风海水泠泠。(苏东坡)

《十大家词题词》(《中华新报》1909年6月17日)

157. 王国维：

东坡之词旷，稼轩之词豪。无二人之胸襟而学其词，犹东施之效捧心也。

读东坡、稼轩词，须观其雅量高致，有伯夷、柳下惠之风。白石虽似蝉蜕尘埃，然终不免局促辕下。

苏、辛，词中之狂。白石，犹不失为狷。若梦窗、梅溪、玉田、草窗、西麓辈，面目不同，同归于乡愿而已。

东坡之旷在神，白石之旷在貌。白石如王衍口不言阿堵物，而暗中为营三窟之计，此其所以可鄙也。

《人间词话》

158. 王国维：

以宋词比唐诗，则东坡似太白，欧、秦似摩诘，耆卿似乐天，方回、叔原则大历十子之流。

《清真先生遗事·尚论三》

159. 张素：

苏辛语多慷慨，秦柳意尚芊绵。

要摘玄珠在手，须探赤水龙眠。

《石工、眉孙两家论词不合》(《闷寻鹦馆诗抄》)

160. 刘师培：

东坡之词，慨当以慷，间临豪放。如〔满庭芳〕、〔大江东去〕、〔江城子〕诸词是。

《论文杂记》

161. 吴梅：

洗绮罗之习者，为苏轼。

公词豪放缜密，两擅其长。世人第就豪放处论，遂有铁板铜琶之诮，不知公婉约处何让温、韦，如〔浣溪沙〕云：“彩索身轻长趁燕，红窗睡重不闻莺。”〔祝英台〕云：“挂轻帆，飞急桨，还过钓台路。酒病无聊，欹枕听呜舻。”〔永遇乐〕云：“天涯倦客，山中归路，望断故园心眼。燕子楼空，佳人何在？空锁楼中燕。”〔西江月〕云：“高情已逐晓云空，不与梨花同梦。”此等处，与“大江东去”、“把酒问青天”诸作，如出两手，不独“乳燕飞华屋”、“缺月挂疏桐”诸词为别有寄托也。要之公天性豁达，襟抱开朗，虽境遇迍邅，而处之坦然，即去国离乡，初无羁客迁人之感。惟胸怀坦荡，词亦超凡入圣。后之学者，无公之胸襟，强为摹仿，多见其不知量耳。

《词学通论》

162. 陈匪石：

读昔人词评，或曰拗怒，或曰老辣，或曰清刚，或曰大力盘旋，或曰放笔为直干，皆施于屯田、清真、白石、梦窗，而非施于东坡、稼轩一派……东坡、稼轩音响虽殊，本原则一。倘能合参，益明运用。随地而见舒敛，一身而备刚柔。

词境极不易说，有身外之境，风雨山川花鸟之一切相皆是。有身内之境，为因乎风雨山川花鸟发于中而不自觉之一念。身内身外，融合为一，即词境也。仇述庵问词境如何能佳。愚答以“高处立，宽处行”六字。能高能宽，则涵盖一切，包容一切，不受束缚，生天然之观感，得真切之体会。再求其本，则宽在胸襟，高在身分。名利之心固不可有，即色相亦必能空，不生执着，渣滓净去，翳障蠲除，冲夷虚澹，虽万象纷陈，瞬息万变，而自能握其玄珠，不浅不晦不俗以出之，叫嚣儇薄之气皆不能中于吾身，气味自归于醇厚，境地自入于深静。此种境界，白石、梦窗词中往往可见，而东坡为尤多。若论其致力所在，则全自养来，而辅之以学，《蕙风词话》曰：多读书，谨避俗。又曰：取古人词之意境极佳者，缔构于吾想望中，使吾性灵相浃而俱化。皆入手之法门，特不免仍有迹象耳。蕙风说境，上述数语以外，尚有数条语亦近是。

《声执》卷上

163. 陈匪石：

北宋之词，周造其极。而先路之导，不止一家。苏轼寓意高远，运笔空灵，非粗非豪，别有天地。秦观为“苏门四子”之一，而其为词，则不与晁、黄同赓苏调，妍雅婉约，卓然正宗。东坡词如天马行空，其用意、用笔及取神遗貌，最不可及。

《宋词举》卷下

164. 陈匪石：

苏、辛豪情逸气自不可及，亦不可学。学之则易流于粗。

《旧时月色斋词谭》

165. 蔡嵩云：

宋初慢词，犹接近自然时代，往往有佳句而乏佳章。自屯田出而词法立，清真出而词法密，词风为之丕变。如东坡之纯任自然者，殆不多见矣。南宋以降，慢词作法，穷极工巧。稼轩虽接武东坡，而词之组织结构，有极精者，则非纯任自然矣。

东坡词，胸有万卷，笔无点尘。其阔大处，不在能作豪放语，而在其襟怀有涵盖一切气象。若徒袭其外貌，何异东施效颦。东坡小令，清丽纡徐，雅人深致，另辟一境。设非胸襟高旷，焉能有此吐属。

《柯亭词论》

166. 顾宪融：

苏子瞻，名轼，号东坡居士，眉山人。嘉祐二年试礼部第一，复对制策入三等。历官端明殿学士、礼部尚书。绍圣初，安置惠州、徙昌化。元符初，北还。高宗即位，再赠太师，谥文忠。东坡词微疏于律，其“大江东去”有“铜将军”、“铁绰板”之讥，若柳七“晓风残月”，谓“可令十七八女郎，按红牙檀板歌之”，此袁绹语也，后人遂奉为美谈。然东坡词自有横槊气概，固是英雄本色，与柳之以纤艳见长者不同。晁无咎云：“坡词横放杰出，自是曲子中缚不住者。”周介存论词云：“人赏东坡粗豪，吾赏东坡韶秀。韶秀是东坡佳处，粗豪则病也。”又云：“东坡每事俱不十分用力，古文、书画皆尔，词亦尔。”

《填词百法》

167. 赵尊岳：

宋词以晏、秦、周、柳、苏、吴、姜、张为八大家。周虽蹊径分明，学之亦不易易。晏词智慧流露而重大有余，实为浑金璞玉之音。柳能以繁词写碎景细情。苏能直抒其胸臆，清雄莫并。秦以风神取胜，吴以精金美玉胜。细针密缕，学者望之似有迹，学之辄无功。姜之苍雅，张之骀荡，均为百世之师。学者能奉此数大家为祖祢，能得若干即成就若干，外无余师矣。（卷四）

学苏、辛贵先有襟抱，学梦窗贵先有学力。学力可求，故自效于梦窗者至多。襟抱在天成，故学苏、辛者每雄而不清，转犯叫嚣犷率诸病。

《花间》不易遽学，古蕃锦岂人尽可织？下之如梦窗之七宝楼台，《珠玉》之浑金朴玉，《小山》之风神淡厚，苏、辛之清雄天成，均不易为师资。《乐章》善道眼前之景物，一一写来，无不精深，笔力又复骞举，宽不失疏，岂易著墨？清真、梦窗，浑厚精整，少有途辙，为学词者所必由。淮海风神足，白石出笔健，玉田意境跌宕，亦学者所当永为圭臬者。（卷五）

《填词丛话》

168. 赵尊岳：

北宋词以抒情为主，然非有景物不足衬出情绪，故往往情景兼写，惟其时尚少以情景虚实杂糅间用者，故又辄于前阕写景，后阕写情，至东坡始参以变化，交相为用。（评〔诉衷情〕芙蓉金彩斗馨香）

《珠玉词选评》（《词学》第七辑）

169. 赵尊岳：

倚声之学，托始于唐，浸盛于五季。其君若臣，歌舞宴酣，风流相尚，琱璚镂玉，方巧化工，《尊前》、《花间》，奄有众美。爰及天水晏氏父子，引温、韦之绪；欧、苏、秦、柳，风雅所宗；子野、方回，并世郢匠。清真崛起，为两宋关键，间以质拙胜，非深于此道不易知。南渡已还，麦秀黍离，家国之感，发为咏歌。白石老仙风格遒上，宜与稼轩分镳平辔。梦窗嫥家，斯诣造极，蕃艳之笔，运以沉思，致密之中，饶有清气。七宝楼台之喻，甚非知人之言。竹山高节，艳而有骨。公瑾圣与，丽而有则。玉田王孙，后来之秀，清辞丽句，叹观止焉。

《蓉影词跋》(《蓉影词》)

170. 伊鹏：

苏东坡之词豪放，周美成之词沉郁，晁无咎之词伉爽，辛稼轩之词激壮，而黄山谷则近于粗鄙矣。北宋词家以东坡、少游、山谷、美成为最著名，实则坡等皆以诗笔填词，未必真解音律，真解音律之词家，乃寇准、韩琦、司马光、范仲淹诸名臣也。惜后人多不知耳。

《醉月楼词话》

171. 配生：

词句最忌似诗，东坡山谷时蹈此弊，“龙山落帽千年事，我对西风欲整冠”，“顾我已无当世望，似君须向古人求”，“上党从来天下脊，先生原是古之儒”，“无波真古井，有节是霜筠”，皆诗也。至少游之“自在飞花轻似梦，无边丝雨细如愁”，耆卿之“渔市孤烟袅寒碧，水村残叶舞愁红”，并为七言对句，细玩之，却不是诗，此所谓当家语也。

《酹月楼词话》

172. 张伯驹：

东坡〔贺新郎〕“乳燕飞华屋”一词，前阕说新浴，换头单说榴花，是花是人，迷离缥缈，如锦绣深谷，琅环幽室，引人入幻，难穷其境。后人或谓为妓秀兰，或谓非为秀兰，两家纷然，却使子瞻在泉下捧腹。

东坡〔水龙吟〕和章质夫杨花词，后结三句句读，应“细看来不是”句，“杨花点点”句，“是离人泪”句，为正格。如东坡“露寒烟冷”一词，“念征衣未捣，佳人拂杵，有盈盈泪”是。但东坡此词系一气而下，上句不了，接在下句者。应“细看来”豆，“不是杨花”句，“点点是”句，“离人泪”句。照定格读，则伤词意。又〔念奴娇〕赤壁怀古词，句读亦不按定格。盖东坡兴之所到，文笔随之，如挟风涛之势，不能绳以常律也。

东坡〔大江东去〕词，徐虹亭云：苏东坡〔大江东去〕，有铜将军铁绰板之讥，柳七“晓风残月”谓可令十七八岁女郎按红牙檀板歌之，此袁绹语也。后人遂奉为美谈。然仆谓东坡词自有横槊气概，固是英雄本色；柳纤艳处，亦丽亦淫耳。况“杨柳岸”句又本魏承班〔渔歌子〕“窗外晓莺残月”只改二字，增一字，焉得独擅千古？俞仲茅《爰园词话》云：子瞻词，无一语著人间烟火，此自大罗天上一种，不必与少游、易安辈较量体裁也。其豪放，亦止“大江东去”一词，何物袁绹妄加品骘，后代奉为美谈，似欲以概子瞻生平。不知万顷波涛来自万里吞天浴日。古豪杰英爽都在，使屯田此际操觚，果可以“杨柳岸晓风残月”命句否？且柳词亦只此佳句，余皆未称，而亦有本，盖祖魏承班〔渔歌子〕“窗外晓莺残月”，第改二字，增一字耳。余以为东坡〔大江东去〕，屯田“晓风残月”，各有其境界之胜。使在黄鹤楼上宴客，座列豪英，槛外波涛滚滚，则宜唱“大江”之调；如驿亭离席，飞花飘絮，故旧劝酒，闺人牵衣，则必歌“晓风”之词。故袁绹之语，未为过分。徐、俞所云，必欲扬苏抑柳，谓“杨柳岸”句本祖魏承班“窗外晓莺残月”，第改二字，增一字，殊不知只增改三字，而境界全换。以此为病，岂不同于评东坡此词，不问气势风神，先指点三“江”、三“人”、二“国”、二“生”、二“故”、二“如”、二“千”之重字。是不可心存偏见以论词也。沈东江云：词不在大小深浅，贵于移情。“晓风残月”，“大江东去”，体制虽殊，读之皆若身历其境，惝恍迷离，不能自主，文之至也。此言诚为允论。

东坡〔卜算子〕词，鲖阳居士云：“缺月，刺明微也；漏断，暗时也；幽人，不得志也；独往来，无助也；惊鸿，贤人不安也。此与《考槃》相似。”王渔洋谓为：“村夫子强作解事，令人欲呕。坡公命宫摩蝎，湖州诗案，生前为王珪、舒亶辈所苦，身后又硬受此差排。”谢枚如云：鲖阳居士所释，字笺句解，果谁语而谁知之？虽作者未必无此意，而作者亦未必定有此意，可神会而不可言传，断章取义，则是刻舟求剑。张皋文亦云：此词与《考槃》诗极相似。谭复堂从而和之，谓皋文《词选》以《考槃》为比，其言非河汉也。此亦鄙人所谓作者未必然，读者何必不然。余则谓：作者既未必然，读者更何必然？渔洋、枚如之言，可称快论通语。

《丛碧词话》

173. 闻野鹤：

寇莱公如春日园林，蔚然深秀。苏东坡如深山剑客，不娴俗礼。秦少游如花间丽色，却扇一笑，百媚横生。黄山谷如村女媚客，简直乏致。欧阳公如豪家子弟，仪态大方。张子野如春花百树，浅深互见。周美成如周公制礼，大体略备。王荆公如蛮夷入贡，不谙礼数。辛稼轩如草野人入掌枢密，动辄粗戾。蒋竹山如蓬门丽质，清秀有余。柳耆卿如通天老狐，醉即露尾。康与之如春场笙歌，繁乐聒耳。史梅溪如剪彩成花，细而近纤。姜白石如江介澄波，悠然一往。吴梦窗如天孙云锦，一丝一缕，尽发奇光，俗子庸夫，见之却步。李易安如中人举鼎，时虞绝膑。王碧山如天家姬侍，神采幽馨，迥非凡艳。周公谨如辞树红英，难免浮浪。朱淑贞如碧窗鹦鹉，略解语言。陆放翁如野僧说法，清而无味。张玉田如中郎凋谢，典型尚存。余则自桧以外，可无讥矣。

词境有四：其一，如新桐始叶，嫩翠若滴，柳梢月上，娟娟欲波，天机灵活，生意澹宕，□无丝毫迹象可寻，东坡所谓“空山无人，水流花开”者也。此境惟飞卿、正中、小山诸公具之。其二，如巨室闺襜，范律严肃，入其闳者，微闻幽馨，仙帷缥缈，檀屏掩映。弦声微作，不可端倪。此境惟少游、美成诸公具之。其三，如深山侠士，瑰抱恢奇，酒酣起舞，剑芒腾跃，抚髀一啸，林木悉靡，咤云掷月，不可一世。此境惟东坡、稼轩诸公具之。其四，如霓羽仙人，神光姚冶，云房露阙，瞬息万变，龙绡之带，凤羽之裳，织华组绮，迥非凡手。此境惟梦窗、草窗诸公具之。上下千古，不出四者。自余曹鄘不复成邦，可无讥已。

东坡“彩索身轻常趁燕”、“红窗睡重不闻莺”二语，论者辄谓丰华韶秀，不似公作。余谓不然。坡公高才绝世，旷视千古，其不协律处，正其不屑拘拘于声律，非遂不知律也。偶然敛才琢句，则“彩索”语成矣。

冯梦华叙《东坡乐府》，末曰：“东坡涉乐必笑，言愁已叹。暗香水殿，时轸故国之思。缺月疏桐，空吊幽人之影。”斯言盖未能尽信。东坡词不协律，往往有振衣孤往之概。大江东去，把酒问天，不道聊复道之耳。至于明月窥人，淡玉绳转，则点窜孟昶旧稿也。惟嬉笑杂作，是其长耳。

《愢簃词话》

174. 林丁：

胡怀琛先生以屈、陶、李、杜、白、苏、陆、王为中国八大诗人，吾以李后主、冯延巳、晏殊、欧阳修、苏东坡、李清照、辛弃疾、纳兰容若为中国八大词人。

《蕉窗词话》

175. 祝南：

东坡乐府，气体高妙，前无古，后无今，于词境为最高，最不易学。盖既不雕镌句调，又不用拙重之笔，天趣流行，大气包举，学之者不失之庸，即失之肆，恰如分际，恰到好处，正不易言也。

坡词北行，金源作手蔡伯坚、吴彦高、元裕之等均多摹拟之作，足为坡公羽翼。求之于宋，反不可得。

词至东坡，境界最大，取材最广，可以发抒怀抱，可以议论古今，其作用不亚于诗文，盖至是而词体乃尊矣。

东坡〔水调歌头〕上阕“我欲乘风归去，又恐琼楼玉宇，高处不胜寒”，“去”、“宇”协韵，下阕“人有悲欢离合，月有阴晴圆缺，此事古难全”，“合”、“缺”协韵，似系偶合，非有意为此；集中他作，亦无于此处用韵者。顾坡派词家，每依此首用韵，如蔡伯坚《明秀集》中〔水调歌头〕八首无一例外，显系有意仿此。作始者无心，而步趋者固执，积之已久，遂成定律，天下事类此者众，此特其一端耳。

宋以后学坡词者大率走稼轩一路，稼轩固不能与东坡例视也。武进张皋文不以学苏自命，所作〔水调歌头〕乃真神似东坡，因知此事自有解悟，非可点滴以求也。

东坡天人姿，胸襟、学养种种均非凡夫所能学步。但亦不能因噎废食。读东坡词多，不惟可以扩胸襟，开眼界，于慢词驱遣驰骤之法，亦大有裨益。

《无庵说词》

舒亶

舒亶（1041—1103）字信道，号懒堂，明州慈溪（今属浙江）人，英宗治平二年（1065）进士，试礼部第一，调临海尉。神宗时，为审官院主簿，迁奉礼郎，以按治郑侠擢太子中允，提举两浙常平。元丰初，权监察御史里行，加集贤校理，同李定劾苏轼作诗诽谤时政，锻炼成“乌台诗案”。后同修起居注，改知谏院。拜给事中，权直学士院，逾月拜御史中丞，后追两秩勒停。徽宗崇宁初知南康军，徙荆南，累进龙图阁待制，卒赠直学士。《宋史》有传。著有《舒学士集》，词集名《信道词》，一名《舒学士词》。

1. 王灼：

舒信道、李元膺，思致妍密，要是波澜小。

《碧鸡漫志》卷二

2. 王士禛：

“空得郁金裙，酒痕和泪痕”，舒亶语也。钟退谷评闾邱晓诗，谓具此手段，方能杀王龙标。此等语乃出渠辈手，岂不可惜。仆每读严分宜《钤山堂诗》，至佳处，辄作此叹。

《花草蒙拾》

3. 郑方坤：

乌台诗案艾如张，箕舌谁钦巧簸扬。

偏下郁金裙子泪，固应孔雀有文章。舒亶，字信道，以诗案罗织坡公者。王阮亭先生极赏其“空得郁金裙，酒痕和泪痕”之句，谓此等语乃出渠辈手，岂不可惜！王弇州《乐府变》云：“孔雀虽有毒，不能掩文章。”

《论词绝句》（《蔗尾诗集》卷五）

4. 王初桐：

舒信道、李元膺思致妍密，要是波澜小。

《小嫏嬛词话》卷二

5. 丁绍仪：

舒亶，字信道，与苏门四学士同时，词亦不减秦、黄。

《听秋声馆词话》卷二

6. 谭莹：

名推菩萨蛮词好，实使东坡到海南。

各各赏音同此调，我朝贴上宋花庵。

《论词绝句一百首》(《乐志堂诗集》卷六)

7. 朱祖谋：

舒亶乃承奉权邪密意，与李定锻炼坡翁诗案者，览其文辞，亦非士俗下才，乃甘心为人鹰犬，遂自侪于蟊贼鬼蜮，哀哉！复何及矣。

如此等雅词，倘出太虚、无咎之手，便觉神骨俱仙，乃辱以舒信道乎。(评舒亶〔虞美人〕《寄公度》)

《北宋三家词》附

8. 况周颐：

舒信道〔菩萨蛮〕“画船槌鼓”云云，黄叔旸云此词极有味。宋曾慥《乐府雅词》录信道词至四十八阕，视贺方回、周美成为多。中间有味之作何止〔菩萨蛮〕一阕，即丁杏舲《词话》中所摘句亦未足尽信道之长。如〔散天花〕云：“西风偏解送离愁。声声南去雁，下汀洲。”〔醉花阴〕云：“冷对酒尊旁，无语含情，别是江南信。”〔菩萨蛮〕云：“搔首立江干，春罗挂暮山。”〔木兰花〕云：“伤春还是懒梳妆，想见绿云垂鬓脚。”〔鹊桥仙〕云：“两堤芳草一江云，早晚是、西楼望处。”非有味之极者乎？

《历代词人考略》卷十五

9.《续修四库全书总目提要》：

亶词思路幽绝，造语新妙，其〔菩萨蛮〕云：“画船挝鼓催君去……”又云：“江梅未放枝头结……”皆立意新颖，造语奇俊。

又〔虞美人〕《寄公度》云："芙蓉落尽天涵水……"含思幽远，出语自然，其工力未可几及。亶与李定同陷东坡于罪，有文无品，王士禛惜之，然亦不得以人废其言也。

《舒学士词一卷》

黄裳

黄裳（1044—1130）字勉仲，号演山，延平（今福建南平）人。神宗元丰五年（1082）举进士第一。徽宗政和中知福州，累迁端明殿学士、礼部尚书，卒赠少傅。裳喜道家玄秘之书，自称紫玄翁。著有《演山先生文集》，词集名《演山词》。

1. 黄裳：

演山居士闲居无事，多逸思，自适于诗酒间，或为长短篇及五七言，或协以声而歌之，吟咏以舒其情，舞蹈以致其乐。因言：风、雅、颂，诗之体；赋、比、兴，诗之用。古之诗人，志趣之所向，情理之所感，含思则有赋，触类则有比，对景则有兴，以言乎德则有风，以言乎政则有雅，以言乎功则有颂。采诗之官收之于乐府，荐之于郊庙，其诚可以动天地，感鬼神；其理可以经夫妇，移风俗。有天下者得之以正乎下，而下或以为嘉；有一国者得之以化乎下，而下或以为美，以其主文而谲谏，故言之者无罪，闻之者足诫。然则古之歌词，固有本哉！六序以风为首，终于雅、颂，而赋、比、兴存乎其中，亦有义乎？以其志趣之所向，情理之所感，有诸中以为德，见于外以为风，然后赋、比、兴本乎此以成其体，以给其用。六者圣人特统以义而为之名，苟非义之所在，圣人之所删焉。故予之词清淡而正，悦人之听者鲜，乃序以为说。

《演山居山新词序》（《演山集》卷二十）

2. 张炎：

昔人咏节序，不惟不多，附之歌喉者，类是率俗，不过为应时纳祜之声耳。所谓清明"拆桐花烂漫"、端午"梅霖初歇"、七夕"炎光谢"，若律以词家调度，则皆未然。

《词源》下卷（按：“梅霖初歇”即指黄裳〔喜迁莺〕。）

3. 林葆恒：

人物即陈了斋、李梁溪、黄勉仲、蔡友古、赵虚斋、刘后村、张芦川、吴彦高等，亦各有专集，风行一世。

《闽词徵·绪言》

4. 陈匪石：

宋人用韵，每有例外。如真、庚、侵三部，寒、覃二部，萧、尤二部，及入声屋、质、月、药、洽五部，按之古今分部及音理，皆不相通，而有时互相羼杂。即知音之清真、白石、梦窗亦每见之。又如白石《长亭怨慢》，以“无”字、“此”字叶鱼部。梦窗《齐天乐》之，“里”字叶鱼部，《法曲献仙音》以“冷”字叶阳部，《风入松》以“莺”字叶阳部。更如入声屋部韵，而清真《大酺》押“国”字，白石《疏影》押“北”字。戈氏选七家词，每擅为改窜，致有专辄之讥。然《词林正韵·发凡》，于山谷《惜余欢》“阁”、“合”同押，林外《洞仙歌》“锁”、“考”同押，及梦窗之“冷”、“向”，皆谓以方音为协，实颠扑不破之论。愚读宋元词集，如黄裳《演山词》、洪希文《去华山人词》，皆与林外同例。以绝不相通之萧、歌两部通押，同为闽人，同用方音，足为确证。

《声执》卷上

王雱

王雱（1044—1076）字元泽，临川（今江西抚州）人。王安石之子。治平四年（1067）进士，累官天章阁待制兼侍讲。熙宁九年（1076）卒，年三十三。《宋史》附《王安石传》。雱才高志远，助其父更张政事，推行新法。著作多佚，今存《南华真经新传》二十卷。存词一首。

1. 陈善：

世传王元泽一生不作小词，或者笑之。元泽遂作〔倦寻芳慢〕一首，时服其工。其词曰："露晞向晓，簾幕风轻，小院闲画。翠径莺来，惊下乱红铺绣。倚危墙，望高榭，海棠经雨胭脂透。算韶华，又因循过了，清明时候。　倦游宴，风光满目，好景良辰，谁共携手？恨被榆钱，买断两眉长皱。忆高阳，人散后。落花流水人依旧。这情怀，对东风，尽成消瘦。"此词甚佳，今人多能诵之。然元泽自此亦不复作。

《扪虱新话》卷四下集

2. 王世贞：

王元泽"恨被榆钱，买断两眉长斗"，可谓巧而费力矣。史邦卿"作冷欺花，将烟困柳"，殆尤甚焉。然与李汉老"叫云吹断横玉"，谢勉仲"染云为幌"，美成"晕酥砌玉"，鲁直"莺嘴啄花红溜，燕尾声点波绿皱"，俱为险丽。

《艺苑卮言》

3. 杨慎：

王雱，字元泽，半山之子。或议其不能作小词，乃援笔作〔倦寻芳〕词一首，《草堂》词所载"露晞向晓"是也。自此绝不作。

《词品》卷三

4. 王初桐：

世传王元泽一生不作小词，或者笑之，元泽遂作〔倦寻芳慢〕一首，为世传诵，然元泽自此亦不复作，余谓此好事者神其说耳，今观其词，篇格琐碎，意度局促，不过掇集词人字句，以求肖其面目，望而知非深于词者。

《小嫏嬛词话》卷二

5. 许昂霄：

词固佳，嫌太软媚，似妇人耳。（评〔眼儿媚〕）

《词综偶评》

6. 况周颐：

王元泽词传者仅〔倦寻芳慢〕、〔眼儿媚〕二阕，并皆吐属清华。尝谓填词与其人生平处境极有关系。宋人如晏叔原、王元泽，国朝如纳兰容若，固由姿禀颖异，亦其地望之高华，有以玉之于成也。叔原云："舞低杨柳楼心月，歌尽桃花扇底风。"元泽云："翠径莺来，惊下乱红铺绣。"容若云："屏幛厌看金碧画，罗衣不奈水沉香。"此等语非村学究所能道也。

《历代词人考略》卷十八

7. 高旭：

小坡独自倚阑时，雨过凉生意欲痴。

拗相有儿才亦俊，丁香枝上寄相思。

《论词绝句》三十首（《未济庐诗集》）

黄庭坚

黄庭坚（1045—1105）字鲁直，号山谷道人，又号涪翁、黔江居士。祖籍金华（今属浙江），后迁洪州分宁（今江西修水）。英宗治平四年（1067）进士，授叶县尉，调教授北京国子监，为苏轼所知，声名大震。神宗元丰三年（1080）知吉州太和县。哲宗立，召为校书郎、《神宗实录》检讨官，迁著作佐郎，加集贤校理。《实录》成，擢集贤舍人，历秘书丞兼国史编修官。哲宗亲政，新党用事，劾庭坚修《神宗实录》不实，贬涪州别驾，黔州安置，徙戎州。徽宗立，起知太平州，罢为主管玉隆观，复除名羁管宜州，崇宁三年（1105）徙永州，未闻命而卒。高宗时追谥文节。《宋史》有传。多才多艺，与张耒、秦观、晁补之同游苏轼之门，有“苏门四学士”之称。庭坚诗与苏轼齐名，称“苏黄”，后世推为江西诗派“三宗”（黄庭坚、陈师道、陈与义）之一。词与秦观齐名，称“秦七、黄九”。书法为宋“四大家”之一。著有《山谷集》，词集名《山谷琴趣外篇》，一本名《山谷词》。

1. 黄庭坚：

余少时，间作乐府，以使酒玩世，道人法秀独罪余以笔墨劝淫，于我法中当下犁舌之狱。

《小山词序》(《彊村丛书》)

2. 苏籀：

黄太史纤秾精稳，体趣天出，简切流美，能中之能，投弃锜斧，有佩玉之雍容。秦校理落尽畦畛，天心月胁，逸格超绝，妙中之妙，论者谓前无伦而后无继。晁南宫平处言近文缓，高处新规胜致，朱弦三叹，斐丽音旨，自成一种姿致。概考其才识，皆内重而外物轻，淳至旷远，学无所遗。水镜万象，谢遗势利，湔袚陈俚，发为新雅，有谓：寓言罕能名之。

《书三学士长短句新集后》（《双溪集》卷十一）

3. 陈师道：

退之以文为诗，子瞻以诗为词，如教坊雷大使之舞，虽极天下之工，要非本色。今代词手唯秦七、黄九尔，唐诸人不迨也。

《后山诗话》

4. 晁补之：

黄鲁直间作小词，固高妙，然不是当行家语，是著腔子唱好诗。

《能改斋词话》卷一引

5. 徐俯：

张志和〔渔父词〕云："西塞山前白鹭飞，桃花流水鳜鱼肥。青箬笠，绿蓑衣，斜风细雨不须归。"顾况〔渔父词〕云："新妇矶边月朗，女儿浦口潮平，沙头鹭宿鱼惊。"东坡云："元真语极丽，恨其曲度不传。"加数语以〔浣溪沙〕歌之云："西塞山前白鹭飞，散花州外片帆微，桃花流水鳜鱼肥。　自芘一身青箬笠，相随到处绿蓑衣，斜风细雨不须归。"山谷见之，击节称赏，且云："惜乎'散花'与'桃花'字重叠，又渔舟少有使帆者"，巧取张、顾二词，合为〔浣溪沙〕云："新妇矶边眉黛愁，女儿浦口眼波秋，惊鱼错认月沉钩。　青箬笠前无限事，绿蓑衣底一时休，斜风细雨转船头。"东坡跋云："鲁直此词，清新婉丽，其最得意处，以山光水色替却玉肌花貌，真得渔父家风也。然才出新妇矶，便入女儿浦，此渔父无乃太澜浪乎！"山谷晚年亦悔前作之未工。因表弟李如篪言〔渔父词〕以〔鹧鸪天〕歌之，甚协律，恨语少声多耳，因以宪宗遗像求元真子文章及元真之兄松龄劝归之意足前后数句云："西塞山前白鹭飞，桃花流水鳜鱼肥，朝廷尚觅元真子，何处如今更有诗。　青箬笠，绿蓑衣，斜风细雨不须归。人间欲避风波险，一日风波十二时。"东坡笑曰："鲁直乃欲平地起风波也。”

《渔父词自跋》(《乐府雅词》)

6. 李清照:

王介甫、曾子固文章似西汉，若作一小歌词，则人必绝倒，不可读也。乃知词别是一家，知之者少。后晏叔原、贺方回、秦少游、黄鲁直出，始能知之。又晏苦无铺叙，贺苦少典重，秦即专主情致，而少故实，譬如贫家美女，虽极妍丽丰逸，而终乏富贵态。黄即尚故实而多疵病，譬如良玉有瑕，价自减半矣。

《词论》(《苕溪渔隐丛话》后集卷三十三引)

7. 王灼:

东坡先生以文章余事作诗，溢而作词曲……晁无咎、黄鲁直皆学东坡，韵制得七八。黄晚年闲放于狭邪，故有少疏荡处。后来学东坡者叶少蕴、蒲大受，亦得六七，其才力比晁、黄差劣。

《碧鸡漫志》卷二

8. 胡仔:

无已称:“今代词手，惟秦七、黄九耳，唐诸人不追也。”无咎称:“鲁直词不是当家语，自是着腔子唱好诗。”二公在当时品题不同如此。自今观之，鲁直词亦有佳者，第无多首耳。少游词虽婉美，然格力失之弱。二公之言，殊过誉也。

《苕溪渔隐丛话》后集卷三十三

9. 周必大:

杜少陵、刘梦得诗，自夔州后顿异前作，世皆言文人流落不偶，乃刻意著述，而不知巫峡峻峰激流之势有以助之也。山谷自戎徙黔，身行夔路，故词章翰墨日益超妙。

《又跋黄鲁直蜀中诗词》(《丛书集成初编》一五六七《益公题跋》卷十)

10. 岳珂:

先生平生语壮，此帖故游戏耳。观其序晏小山词，有曰:余少时，间作乐府，使酒玩世。道人法秀独罪余以笔墨劝淫，于我法中当下犁舌之狱。其悔雕篆至矣……赞曰：词以寓意，何适非理。游戏翰墨，亦或张弛。此篇所传，观蜡之比。乐而不淫，庶几在此。

《黄鲁直催绣词帖》(《宝直斋法书赞》)

11. 元好问：

坡以来，山谷、晁无咎、陈去非、辛幼安诸公，俱以歌词取称，吟咏情性，留连光景，清壮顿挫，能起人妙思。亦有语意拙直，不自缘饰，因病成妍者，皆自坡发之。

《新轩乐府引》(《遗山文集》卷三十六)

12. 王若虚：

陈后山云：子瞻以诗为词，虽工非本色，今代词手惟秦七、黄九耳。予谓后山以子瞻词如诗，似矣；而以山谷为得体，复不可晓。晁无咎云：东坡词多不谐律吕，盖横放杰出，曲子中缚不住者。其评山谷则曰：词固高妙，然不是当行家语，乃著腔子唱好诗耳。此言得之。

《滹南诗话》

13. 张綖：

陈后山云：今之词手，惟有秦七、黄九。谓淮海、山谷也。然词尚丰润，山谷特瘦健，似非秦比。

《淮海集跋》(《四库全书》)

14. 王世贞：

温、韦艳而促，黄九精而险，长公丽而壮，幼安辨而奇，又其次也，词之变体也。

永叔、介甫俱文胜词，词胜诗，诗胜书。子瞻书胜词，词胜画，画胜文，文胜诗。然文等耳，余俱非子瞻敌也。鲁直书胜词，词胜诗，诗胜文。少游词胜书，书胜文，文胜诗。

《艺苑卮言》

15. 俞彦：

唐诗三变愈下，宋词殊不然。欧、苏、秦、黄，足当高、岑、王、李。南渡以后，矫矫陡健，即不得称中宋、晚宋也。

《爰园词话》

16. 秦士奇：

温、韦艳而促，黄九精而刻，长公骚而壮，幼安辨而奇。

《草堂诗余叙》(《草堂诗余四集》)

17. 毛晋：

鲁直少时使酒玩世，喜造纤淫之句。法秀道人诫云：笔墨劝淫，应坠犁舌地狱。鲁直答曰：空中语耳。晚年来亦间作小词，往往借题棒喝，拈示后人。如效宝宁勇禅师〔渔家傲〕几阕，岂其与桃叶、团扇斗妖艳耶？

《倡和诗余序》(《倡和诗余》)

18. 宋征璧：

吾于宋得七人焉……他若黄鲁直之苍老，而或伤于颓……亦其选也。

徐釚《词苑丛谈》卷四引

19. 贺贻孙：

李易安云：王介甫、曾子固文章似西汉，若作一小歌词，则人必绝倒，不可读。而欧阳永叔、苏子瞻词，乃句读不葺之诗耳。又尝记宋人有云：昌黎以文为诗，东坡以诗为词。甚矣，词家之难也！余谓易安所讥介甫、子固、永叔三人甚当，但东坡词气豪迈，自是别调，差不如秦七、黄九之到家耳。

《诗筏》

20. 李玉：

原夫词者诗之余，曲者词之余也。自太白〔忆秦娥〕一阕，遂开百代诗余之祖。赵宋时黄九、秦七辈竞作新词，字戛金玉。东坡虽有“铁绰板”之诮，而豪爽之致，时溢笔端。南渡后争讲理学，间为风云月露之句，遂逊前哲。迨至金元，词变为曲。

《南音三籁序》(《中国古代戏曲序跋集》)

21. 彭孙贻：

弇州曰："美成能为景语，不能为情语……是以价微劣于柳。"能造为情语，刻画次骨，藏秾緻于俚质，无如山谷，秀铁面所谓泥犁者也。

〔忆帝京〕《次山谷韵》自注（《茗斋诗余》卷一）

22. 刘体仁：

柳七最尖颖，时有俳狎，故子瞻以是呵少游，若山谷亦不免，如"我不合太撋就"类，下此则蒜酪体也。

《七颂堂词绎》

23. 尤侗：

唐诗以李、杜为宗，而宋词苏、陆、辛、刘，有太白之风；秦、黄、周、柳，得少陵之体。此又画疆而理、联骑而驰者也。

《词苑丛谈序》(《词苑丛谈》)

24. 徐发：

元祐才子黄、秦、晁、张，各擅毫墨，然皆从古诗乐府中发其遗音，遂得调高千古。

《百名家词钞》引

25. 沈谦：

山谷喜为艳曲，秀法师以泥犁吓之，月痕花影，亦坐深文，吾不知以何罪待谗谄之辈？

《填词杂说》

26. 贺裳：

黄九时出俚语，如"口不能言，心下快活"，可谓伧父之甚。然如"钗罥袖，云堆臂。灯斜明媚眼，汗浃瞢腾醉"，前三语犹可入画，第四语恐顾、陆不能著笔耳。黄又有"春未透，花枝瘦，正是愁时候"，新俏亦非秦（观）所能作。

《皱水轩词筌》

27. 任绳隗：

顾又谓：词者，诗之余也，大雅所不道也。故六代之绮靡柔曼，几为词苑滥觞。自唐文三变，燕、许、李、杜诸君子，变而愈上，遂障其澜而为诗。宋人无诗，大家如欧、苏、秦、黄，不能力追初盛，多淫哇细响，变而愈下，遂泛其流而为词。此主乎文章风会言之也。或又以永叔名冠词坛，当时谤其与女戚赠答，大为清流所薄；晏元献天圣贤辅，乃至以作小词致讥。此较乎立德与立言重轻之异也。以余衡之，要皆竖儒之论耳。

《学文堂诗余序》（《直木斋全集》卷十一）

28. 邹祗谟：

小调不学《花间》，则当学欧、晏、秦、黄。《花间》绮琢处于诗为靡，而于词则如古锦纹理，自有黯然异色。欧、晏蕴藉，秦、黄生动，一唱三叹，总以不尽为佳。

《远志斋词衷》

29. 彭孙遹：

词家每以秦七、黄九并称，其实黄不及秦甚远。犹高之视史，刘之视辛，虽齐名一时，而优劣自不可掩。

《金粟词话》

30. 彭孙遹：

历观古今诸词，其以景语胜者，必芊绵而温丽者也；其以情语胜者，必淫艳而佻巧者也。情景合则婉约而不失之淫，情景离则儇浅而或流于荡。如温、韦、二李、少游、美成诸家，率皆以秾至之景写哀怨之情，称美一时，流声千载；黄九、柳七，一涉儇薄，犹未免于淳朴变风之讥，他尚何论哉！

《旷庵词序》（《松桂堂集》卷三十七）

31. 彭孙遹：

北宋以前，作者林立，而未有次韵。苏、黄两公，间一为之，犹不免小作狡狯；稼轩、后村乃始逞奇斗博，（和韵词）短篇长阕，靡所不有，虽其才气使然，非词之正也。

《红豆词序》（《松桂堂集》卷三十七）

32. 沈雄：

山谷谓好词惟取陡健圆转，屯田意过久许笔犹未休，待制滔滔漭漭，不能尽变。

《古今词话·词品》下卷

33. 毛际可：

秦七词风流蕴藉，令人魂动色飞，而不流于狎昵，犹有发情止义之意。至黄九情之所极，一往而深，鄙语俚辞，几风雅罪人，后世不无遗议云。

《题周汝石词》（《安序堂文钞》）

34. 汪懋麟：

予尝论宋词有三派：欧、晏正其始，秦、黄、周、柳、姜、史、李清照之徒备其盛，东坡、稼轩放乎其言之矣。其余子非无单词只句可喜可诵，苟求其继，难矣哉。

《棠村词序》（《清名家词》）

35. 焦袁熹：

〔采桑子〕《编纂〈乐府妙声〉竟作》

奴奴睡也奴奴睡，此外无禅。拔舌青莲。马腹驴胎也是仙。　笑他孱磨知何语，坊曲流传。戏入丝弦。只是如何作郑笺。

《此木轩直寄词》

36. 王时翔：

词自晚唐温、韦主于柔婉，五季之末李后主以哀艳之辞倡于上，而下皆靡然从之。入宋号为极盛，然欧阳、秦、黄诸君子且不免相沿袭。周、柳之徒无论已。

《莫荆琰词序》（《小山诗文全稿·文稿》卷二）

37. 田同之：

魏塘曹学士云：“词之为体如美人，而诗则壮士也；如春华，而诗则秋实也；如夭桃繁杏，而诗则劲松贞柏也。”罕譬最为明快。然词中亦有壮士，苏、辛也；亦有秋实，黄、陆也；亦有劲松贞柏，岳鹏举、文文山也。

言情之作，易流于秽，此宋人选词多以雅为尚。法秀道人语涪翁曰：“作艳词，当堕犁舌地狱。”正指涪翁一等体制而言耳。

《西圃词说》

38. 郑方坤：

随风柳絮剧颠狂，浅淡梅妆体自香。

纵笔俳谐怪黄九，早将院本漏春光。山谷情至之语，风雅扫地。又多阑入俚词，殆为北曲兆先声矣。

《论词绝句》(《蔗尾诗集》卷五)

39. 李其永：

豫章老子最诗狂，纤语偏能写断肠。

醉去烛花红豆里，鬓边忘却有新霜。

《读历朝词杂兴》(《贺九山房诗·蓬蒿集》)

40. 姚范：

涪翁以惊创为奇，其神兀傲，其气崛奇，玄思瑰句，排斥冥筌，自得意表。

《援鹑堂笔记》

41. 江昱：

绮语消除变老苍，著腔诗句欠悠扬。

如何鼻祖江西社，不受词坛一瓣香。

《论词十八首》(《松泉诗集》卷一)

42. 汪筠：

黄九何如秦七佳，莫教犁舌泥金钗。

东堂略与东山近，风雨江南各恼怀。

《读〈词综〉书后二十首》(《谦谷集》卷二)

43. 许田：

秦七、黄九，词家并称。淮海奇丽婉约，与耆卿争轨。若山谷率皆俚语，全无意味，岂当日重名之下，无人敢纠谬耶？如云别有所取，则吾不敢知。

《屏山词话》

44. 查礼：

宋词惟山谷最俚，然其雅者秦、柳不及也。

《榕巢词话》卷三

45. 王昶：

太白之“西风残照，汉家陵阙”，《黍离》“行迈”之意；志和之“桃花流水”，《考槃、《衡门》之旨也；嗣是，温岐、韩偓诸人稍及闺襜，然乐而不淫，怨而不怒，亦犹是《摽梅》、《蔓草》之意。至柳耆卿、黄山谷辈然后多出于亵狎，是岂长短句之正哉！

《国朝词综自序》(《春融堂集》卷四十一)

46. 王初桐：

晁无咎云：鲁直小词固高妙，然不是当行家语。陈质斋云：无咎尝称今代词手惟秦七、黄九。噫，黄九何曾高妙，亦岂秦七比也。无咎自制《琴趣外篇》，词派甚正，不知当日何以有此语。余家插架有《山谷词》二卷，其中佳者，已是粗率佻巧，其下者如入遐荒殊俗，鴂舌文身，裸袒亵嘌，百态万状，罗列具呈，而郑重端庄之度、悠闲贞静之风不可复观矣。前此评隲家，但诋柳七而不及黄九，岂知黄九之淫哇恶陋更下于柳，尤而效之，未有不入魔道者。试略举其一二言之，如〔望远行〕云：“自见来，虚过却、好时好日。这訑尿粘腻得处煞是律。眼前言定，也有十分七八。冤我无心除告佛。　管人闲底，且放我快活嗬。便索些别茶祗待，又怎不遇偎花映月。且与一班半点，只怕你没丁香核。”〔沁园春〕云：“恨一回相见，百方做计，未能偎依，早觅东西。”

“奴儿。又有行期。你去即无妨，我共谁。”〔昼夜乐〕云：“其奈冤家无定据。约朝云、又还暮雨。”“情知玉帐堪欢，为向金门进取。直待腰金拖紫后，有夫人、县君相与。”〔满庭芳〕云：“占春才子，容易托行媒。其奈风流债负，烟花部、不免差排。”〔忆帝京〕云：“恐那人知后，争把你来僝愁。”〔归田乐引〕云：“被个人调戏，我也心儿有。忆我又唤我，见我嗔我，天甚教人怎生受。”“拚了又舍了，一定是这回休了。及至相逢又依旧。”〔千秋岁〕云：“钗罥袖，云堆臂，灯斜明媚态，汗浃瞢腾醉。奴奴睡，奴奴睡也奴奴睡。”〔江城子〕云：“新来曾被眼奚搐。不甘伏。怎拘束。似梦还真，烦乱损心曲。见面暂时还不见，看不足、惜不足。　不成欢笑不成哭。戏人目。远山蹙。有分看伊，无分共伊宿。一贯一文跷十贯，千不足、万不足。”〔两同心〕云：“自从官不容针。直至而今。你共人、女边着子，争知我、门里挑心。”〔少年心〕云：“是阿谁先有意，阿谁薄幸。”“你有我、我无你分。似合欢桃核，真堪人恨。心儿里，有两个人人。”又云：“心里人人，暂不见、霎时难过。天生你要憔悴我。把心头从前鬼，着手摩挲。抖擞了、百病消磨。　见说那厮脾鳖热，大不成我便与拆破。待来时、鬲上与厮噷则个。温存着、且教推磨。”〔丑奴儿〕云：“济楚好得些。憔悴损，都是因他。那回得句闲言语，傍人尽道，你管又还鬼那人吵。　得过口儿嘛。直勾得，风了自家。是即好意也毒害，你还甜杀人了，怎生申报孩儿。”〔步蟾宫〕云：“虫儿真个恶灵利，恼乱得，道人眼起。”〔鼓笛令〕云：“小五出来无事。却跋翻和九底。若要十一花下死，那管十三、不如十二。”又云：“见来两两宁宁地，眼厮打、过如拳踢。恰得尝些香甜底。苦杀人、遭调戏。　腊月望州坡上地。冻着你、影鬐村鬼。你但那些一处睡。烧沙糖，管好滋味。”又云：“见来便觉情于我，厮守着，新春好过。人道他家有婆婆。与一口，管教屡磨。　副靖传语木大，鼓儿里、且打一和。更有些儿得处啰。烧沙糖、香叶添和。”

〔更漏子〕云："休休休，莫莫莫。""了了了，玄玄玄。"〔归田乐令〕云："咱意思，莫是赚人唦。噉奴收真个碍，共人碍。"即此可以见其一斑矣。朱文公谓山谷诗多信笔乱道，余于其词亦云。惟花庵所采九阕，《词综》所采四阕，尚可列作者之林，然集中不多见。

宋人名词多以雅为目，曾端伯《乐府雅词》、鲷阳居士《复雅歌词》、程正伯《书舟雅词》、张于湖《紫薇雅词》之类是也。法秀道人语涪翁曰：作艳词当堕犁舌地狱，正指涪翁一等体制而言耳。夫雅莫雅于姜夔，而《草堂诗余》不收只字；俗莫俗于胡浩《立春》、《吉席》之作，蜜殊《咏桂》之章，而《草堂诗余》取之，故小长芦钓鱼师诋之为无目。

《小娜嬛词话》卷一

47. 李调元：

鲁直少时使酒玩世，喜造纤淫之句。法秀道人诫曰："笔墨劝淫，应堕犁舌地狱。"鲁直答曰："空中语耳。"晚年来亦间作小词，往往借题棒喝，拈示后人。如效宝宁勇禅师〔渔家傲〕机关，不与桃叶、团扇斗妖艳，其悟深矣。

山谷词酷似曲，如〔归田乐〕云："对景还消受。被个人、把人调戏，我也心儿有……"

后山谓：今词家惟秦七、黄九。此语大不可解。山谷惟工诗耳，词非所长。

黄山谷词多用俳语，杂以俗谚，多可笑之句。如〔鼓笛令〕词云："共道他家有婆婆。与一口管教豚鱻。"（卷一）

刘后村克庄词以才气胜，迥非剪红刻翠比，然服膺周清真邦彦不容口，见之于〔最高楼〕一词云："周郎后，直数到清真。""欺贺、晏，厌黄、秦。"人因有小周郎之目本此。贺、晏、黄、秦，谓方回、小山、山谷、少游也。当时黄、秦并称，大有老子、韩非同传之叹。（卷三）

《雨村词话》

48. 凌廷堪：

慢词北宋为初唐，秦、柳、苏、黄如沈宋，体格虽具，风骨未遒。

张其锦《梅边吹笛谱序》引（《清名家词》）

49. 张惠言：

宋之词家，号为极盛，然张先、苏轼、秦观、周邦彦、辛弃疾、姜夔、王沂孙、张炎，渊渊乎文有其质焉。其荡而不反，傲而不理，枝而不物，柳永、黄庭坚、刘过、吴文英之伦，亦各引一端，以取重于当世。

《词选序》（《张惠言论词》）

50. 张宗泰：

山谷气节文章，亚于东坡，故在当时极为人士所推重。然好作淫词艳说，为秀法师所呵，普照塔前发愿文，誓不复淫欲饮酒食肉，言语惊动，竦人心目，厥后一一自破其戒，均不免文士放旷之习。

《跋黄氏日抄读荆公涪翁文》（《鲁岩所学集》卷七）

51. 宋翔凤：

按词自南唐以后，但有小令。其慢词盖起宋仁宗朝……耆卿失意无俚，流连坊曲，遂尽收俚俗语言，编入词中，以便伎人传习。一时动听，散播四方。其后东坡、少游、山谷辈，相继有作，慢词遂盛……山谷词尤俚绝，不类其诗，亦欲便歌也。

《乐府余论》

52. 《四库全书总目提要》：

方回《瀛奎律髓》称杜甫为“一祖”，而以黄庭坚、陈师道及与义为“三宗”。如以词论，则师道为勉强学步，庭坚为利钝互陈，皆迥非与义之敌矣。（《无住词提要》）

今观其词，如〔沁园春〕、〔望远行〕……皆亵诨不可名状。

至于〔鼓笛令〕第三首用“䯼”字，第四首之用“𡱰”字，皆字书所不载，尤不可解，不止补之所云“不当行已”也。顾其佳者则妙脱蹊径，迥出慧心，补之“著腔好诗”之说，颇为近之。师道以配秦观，殆非定论。

《山谷词提要》）

53. 《四库全书简明目录》：

庭坚诗峭拔奇丽，自为门径，入词乃非当行。集中如〔沁园春〕等十余首，尤亵诨不可名状，然当其造语高妙之处，亦脱尽畦町。盖此事非所留意，但偶然兴到即佳耳。

《山谷词》

54. 周济：

周、柳、黄、晁皆喜为曲中俚语，山谷尤甚。此当时之软平勾领，原非雅音，若托体近俳，而择言尤雅，是名本色俊语，又不可抹煞矣。

《宋四家词选目录叙论》

55. 谭莹：

词凭法秀浪相夸，回脱恒蹊玉有瑕。

黄九定非秦七比，后山仍未算词家。

《论词绝句一百首》(《乐志堂诗集》卷六）

56. 张鸿卓：

周、秦绮靡，苏、辛豪迈，梦窗、竹山研炼，石帚、玉田清超，耆卿则善道俗情，山谷又兼俳语，此家数之别也。

《绿雪轩论词》

57. 华长卿：

残阳鸦点水边村，目不知丁亦断魂。

黄九那如秦七好，休将学士抹微云。秦观、黄庭坚

《论词绝句》(《梅庄诗钞》卷五）

58. 杨希闵：

以温、韦为宗，二晏、贺、秦为嫡裔。欧、苏、黄则如光武崛起，别为世庙。（《序》）

陈广夫云：北宋作者当时推秦七、黄九陈后山云：今代词手惟秦七、黄九耳，余人不逮也。今之言词，论及山谷辄加丑诋，渠侬焉识魏公妩媚耶？山谷称叔原词精壮顿挫，时寓以诗人句法。叔原犹未逮也，正山谷自谓耳。闵案：陈评山谷精当，晁无咎谓鲁直词固高妙，然不是当行家语，是著腔子诗，直是瞎话。无咎涵濡坡、谷间，词殊入解，后人一例吠声，可叹。近周稺圭题淮海词云："淮海风流旧有名，红梅香韵本天生。痴人不解陈无己，黄九如何得抗衡。"此正陈广夫所谓不识魏公妩媚者，无己举山谷词"春未透，花枝瘦，正是愁时候"，谓峭健非秦所能作。此可以痴人相讥之可乎？周君殊失言也。

山谷词如《宜州见梅》之〔虞美人〕，《七夕》之〔鹊桥仙〕，《丙子中秋》之〔减兰〕，顿挫潺湲，如读伯玉、曲江《感遇》，令人不复思徐、庾矣。苏、黄自词家杰出，后人无其才，时取清真、玉田，此亦何害，必谓苏、黄非词家正格，习气太重，真识蒙矣。（卷四）

山谷作香词绝隽婉，却异少游堕落情障中。（卷五）

《词轨》

59. 刘熙载：

黄山谷词用意深至，自非小才所能辨，惟故以生字俚语侮弄世俗，若为金元曲家滥觞。

《词概》

60. 孙衣言：

词始于唐，而盛于宋元，或以为合于意内言外之旨，斯固未易言，要为诗之枝流，不可诬也……昔宋之诗人工词者，惟东坡、山谷尔，若稼轩、梦窗、玉田、草窗诸君，盖皆敝毕生之精神，专力于词，而后能极其工。

《娱老词后记》(《东瓯词徵》卷八)

61. 谢章铤：

《词绎》：柳七最尖颖，时有俳狎，山谷亦不免。山谷更甚，于俳狎中更见鹘突。(卷一)

词之原出古乐府，乐府多杂俗谚，如豨妃沦渟之类，填词者效之而每放愈下，稍近鄙亵。又以其道之通于曲也，因而“则个”、“甚么”、“呆坐”、“快活”等字无不阑入，而词品坏矣。推波助澜，山谷无乃罪过，此白石所以以雅字为宗旨。(卷三)

北宋多工短调，南宋多工长调。北宋多工软语，南宋多工硬语。然二者偏至，终非全才。欧阳、晏、秦、北宋之正宗也。柳耆卿失之滥，黄鲁直失之伧。(卷十二)

《赌棋山庄词话》

62. 俞樾：

山谷之词，尤多俚俗语，以此为词，词之道卑矣。

《王可庵次存序》(《春在堂杂文》三编)

63. 江顺诒：

山谷艳词，已有法秀泥犁之呵。香奁本非词格，后生小子，矜其一得，竞为秽亵之语，岂大雅所屑道者哉。

陶篁村自序云：“倚声之作，莫盛于宋，亦莫衰于宋。尝惜秦、黄、周、柳之才，徒以绮语柔情，竞夸艳冶，从而效之者加厉焉。遂使郑卫之音泛滥于六七百年，而雅奏几乎绝矣。”诒案：词之坏，坏于秦、黄、周、柳之淫靡，非有巨识，孰敢议宋人耶？

《词学集成》卷五

64. 冯煦：

后山以秦七、黄九并称，其实黄非秦匹也。若以比柳，差为得之。盖其得也，则柳词明媚，黄词疏宕。而亵诨之作，所失亦均。

《蒿庵论词》

65. 樊增祥：

柳七、黄九并负盛名，然《乐章》九卷，瑜不掩瑕，“关河残照”之吟，“杨柳晓风”之什，数阕以外，半为郑声，导元人之末流，入《桑中》之鄙语。准诸宣圣，放之为宜。山谷鄙俗，又甚耆卿。

《东溪草堂词选自叙》（《樊山集》卷二十三）

66. 王鹏运：

北宋人词，如潘逍遥之超逸，宋子京之华贵，欧阳文忠之骚雅，柳屯田之广博，晏小山之疏俊，秦太虚之婉约，张子野之流丽，黄文节之隽上，贺方回之醇肆，皆可模拟得其仿佛。唯苏文忠之清雄，敻乎轶尘绝迹，令人无从步趋。

《半塘遗稿》（《唐宋名家词选》引）

67. 胡薇元：

晁补之、陈后山，皆谓今代词手惟秦七、黄九。然山谷非淮海之比，高妙处只是著腔好诗，而硬用“䠥”字、“㞞”字，不典。

《岁寒居词话》

68. 沈曾植：

黄是当行，加之刻画。

《沈寐叟先生手批词话三种》（《词学季刊》创刊号）

69. 沈曾植：

邹程村极称沈天羽“意致相诡，言语妙天下”之语，谓为诗余别开生面。此两语固可与贺黄公“险丽”二字相发。然在宋人词中，山谷开其端，稼轩极其趣，白石亦染指焉。

《菌阁琐谈》

70. 邹弢：

余谓山谷派，虽有可议，然生硬一路，即姜、张亦不能免。况涪翁之作，即才如东坡，亦极佩服，未必果出下乘。

《三借庐赘谈》卷十一

71. 继昌（李佳）：

涪翁词，每好作俳语，且多以土字掺入句中，万不可学。此古人粗率处，遗误后学非浅。

《左庵词话》卷下

72. 陈廷焯：

山谷掘强盘屈，另开生面。（卷二）

鲁直词毁者誉者居其半，然观其信笔写去，姿态有余，风格亦胜，是何等本领。竹垞《词综》于黄九词去留最严。

笔力奇横，是山谷独步处。人只知其运笔之妙，倔强盘屈，不知一片深情，往复不置也。

恣态极妍，气格亦高，此山谷本色，非秦少游词，非柳耆卿词也。（卷三）

《云韶集》

73. 陈廷焯：

黄山谷词，尽有可议处，故所选从略。袁子才不喜山谷诗，余亦不喜山谷词也。

《词坛丛话》

74. 陈廷焯：

笔力奇横是山谷独绝处。

人只见其用笔之奇倔，不意其一片深情，往复不置，缠绵之至也。

《词则·放歌集》卷一

75. 陈廷焯：

秦七、黄九并重当时，然黄之视秦，奚啻碔砆之与美玉。词贵缠绵，贵忠爱，贵沉郁，黄之鄙俚者无论矣，即以其高者而论，亦不过于倔强中见姿态耳！于倔强中见姿态，以之作诗，尚未必尽合，况以之为词耶？

黄九于词，直是门外汉，非独不及秦、苏，亦去耆卿远甚。（卷一）

黄鲁直词，乖僻无理，桀傲不驯，然亦间有佳者，如〔望江东〕云："江水西头隔烟树……"笔力奇横无匹，中有一片深情，往复不置，故佳。（卷六）

《白雨斋词话》

76. 张祥龄：

山谷之村野，屯田之脱放，则伤雅矣。

《词论》

77. 况周颐：

北宋词人苏、黄、秦三家尤见推重，三家词格各不相同，以唐贤书学喻之：坡公如颜文忠，山谷如柳诚悬，太虚兼登善、嗣道之胜。或问苏、黄二公词不同之处安在？答曰：此中消息政复难言，观于二公字与诗文不同之处，大略可参耳。

《历代词人考略》卷十三

78. 夏敬观：

后山称今代词手，唯秦七、黄九。少游清丽，山谷重拙，自是一时敌手，至用谚语作俳体，时移世易，语言变迁，后之阅者，渐不能明，此亦自然之势，试检杨子云《绝代语》，有能一一释其义者乎？《史》、《汉》亦偶载俗语，非必有伤风雅也。以市井语入词，始于柳耆卿，少游、山谷，各有数篇，山谷特甚之又甚，至不可句读，若此类者，学者可不必步趋耳。万红友以后山之言为大不可解，并诋其诗故为聱牙，非大雅正传，更以此手为词，尤觉了无佳处，此君不唯不知词，且不知诗矣。因噎废食，其言不足为训。曩疑山谷词太生硬，今细读悟其不然。"超轶绝尘，独立万物之表，驭风骑气，以与造物者游"，东坡誉山谷之语也，吾于其词亦云。

《宋人词集跋尾》（《同声月刊》第二卷第十号）

79. 夏敬观：

柳耆卿、黄山谷好为市井人语，亦不俗不寒酸。

《蕙风词话诠评》(《蕙风词话》附录)

80. 吴梅：

陈后山乃云：今代词手，惟秦七与黄九。此实阿私之论。山谷之词，安得与太虚并称？较耆卿且不逮也。即如〔念奴娇〕下片，如“共倒金荷家万里，难得尊前相属。老子平生，江南江北，爱听临风曲”，世谓可并东坡，不知此仅豪放耳，安有东坡之雄俊哉？

《词学通论》

81. 碧痕：

词重纤巧而忌秽淫。盖一入秽淫，便失《关雎》之旨。黄山谷风流自赏，少年时于青帘红袖间，喜作纤淫之句。后经法秀道人喝之，于是改其故智，其〔渔家傲〕数阕是其事也。学者可不戒乎？

《竹雨绿窗词话》

82. 赵尊岳：

倚声之学，托始于唐，浸盛于五季。其君若臣，歌舞宴酣；风流相尚，琱璓镂玉，方巧化工，尊前花间，奄有众美。爰及天水晏氏父子，引温、韦之绪。欧、苏、秦、柳，风雅所宗。子野、方回，并世郢匠。清真崛起，为两宋关键，间以质拙胜，非深于此道不易知。南渡已还，麦秀黍离，家国之感，发为咏歌。白石老仙风格遒上，宜与稼轩分镳平辔。梦窗嫭家，斯诣造极，蕃艳之笔，运以沉思，致密之中，饶有清气，七宝楼台之喻，甚非知人之言。竹山高节，艳而有骨。公瑾、圣与，丽而有则。玉田王孙，后来之秀，清辞丽句，叹观止焉。

《蓉影词跋》(《蓉影词》)

83. 刘德成：

诗以言志，用白话似矣。词则以意为经，以言为饬，其旨隐，其词微，用文言尚难尽其含蓄之妙，况白话乎？黄山谷诗才尚可，词则粗俗浅露，为宋代词家之最下者。所创白话词，尤卑鄙不堪。蒋竹山之〔沁园春〕，石次仲之〔惜多娇〕，私淑山谷，竟体白话，更自郐以下矣。

《一苇轩词话》

84. 伊鹃：

苏东坡之词豪放，周美成之词沉郁，晁无咎之词伉爽，辛稼轩之词激壮，而黄山谷则近于粗鄙矣。北宋词家以东坡、少游、山谷、美成为最著名，实则坡等皆以诗笔填词，未必真解音律。真解音律之词家，乃寇准、韩琦、司马光、范仲淹诸名臣也。惜后人多不知耳。

《醉月楼词话》

85. 配生：

山谷〔如梦令〕云："天气把人僝僽，落絮游丝时候。茶饭可曾炊，镜中赢得消瘦。生受，生受，更被养娘催绣。"与东坡之"主人嗔小。欲向东风先绝倒。已属君家。且更从容等待他"并以俚语入词。以言格调，虽嫌卑下，然自有风人之旨。

《酹月楼词话》

86. 闻野鹤：

寇莱公如春日园林，蔚然深秀。苏东坡如深山剑客，不娴俗礼。秦少游如花间丽色，却扇一笑，百媚横生。黄山谷如村女媚客，简直乏致。欧阳公如豪家子弟，仪态大方。张子野如春花百树，浅深互见。周美成如周公制礼，大体略备。王荆公如蛮夷入贡，不谙礼数。辛稼轩如草野人入掌枢密，动辄粗戾。蒋竹山如蓬门丽质，清秀有余。柳耆卿如通天老狐，醉即露尾。康与之如春场笙歌，繁乐聒耳。史梅溪如剪彩成花，细而近纤。姜白石如

江介澄波，悠然一往。吴梦窗如天孙云锦，一丝一缕，尽发奇光，俗子庸夫，见之却步。李易安如中人举鼎，时虞绝膑。王碧山如天家姬侍，神采幽馨，迥非凡艳。周公谨如辞树红英，难免浮浪。朱淑贞如碧窗鹦鹉，略解语言。陆放翁如野僧说法，清而无味。张玉田如中郎凋谢，典型尚存。余则自桧以外，可无讥矣。

《偲簃词话》

87. 祝南：

山谷词，专重意趣，不避险怪，虽有佳作，究非当行，转不如济北词人之犹可学步。

亵诨之作，山谷、耆卿均喜为之。惟耆卿体贴入微处用常语便得，山谷则非运用俗语方音不成，此固可见山谷之好奇，要之对此等事之描绘，山谷究非耆卿敌手。

《无庵说词》

晁端礼

晁端礼（1046—1113），一作元礼，字次膺，其先澶州诸丰（在今河南省）人，后徙彭门（今江苏徐州）。神宗熙宁六年（1073）进士，两为县令，忤上官，坐事罢职。政和三年（1113）以承事郎为大晟府协律，未上，卒。曾与晁补之唱酬，补之称为十二叔。词集名《闲斋琴趣外篇》。

1. 黄昇：

宣和间充大成府协律郎，与万俟雅言齐名，按月律进词。

《唐宋诸贤绝妙词选》卷七

2. 王灼：

沈公述、李景元、孔方平、处度叔侄、晁次膺、万俟雅言，皆有佳句。就中雅言又绝出。然六人者，源流从柳氏来，病于无韵。

《碧鸡漫志》卷二

3. 胡仔：

中秋词自东坡〔水调歌头〕一出，余词尽废。然其后亦岂无佳词？如晁次膺〔绿头鸭〕一词殊清婉，但樽俎间歌喉以其篇长惮唱，故湮没无闻焉。

《苕溪渔隐从话》后集卷三十九

4. 杨慎：

宋政和癸巳大晟乐成，嘉瑞既生，蔡元长以晁端礼次膺荐于徽宗，诏乘驿赴阙。次膺至都下，会禁中嘉莲生，异苞合跗，夐出天造，人意有不能形容者，次膺效乐府体属词以进，名〔并蒂芙蓉〕。上览之称善，除大晟乐府协律郎，不克受而卒。其词云："太液波澄，向鉴中照影，芙蓉同蒂。千柄绿荷深，并丹脸争媚。

天心眷临圣日，殿宇分明敞嘉瑞。弄香嗅蕊。愿君王，寿与南山齐比。　　池边屡回翠辇，拥群仙醉赏，凭阑凝思。萼绿揽飞琼，共波上游戏。西风又看露下，更结双双新莲子。斗妆竞美。问鸳鸯，向谁留意。”不惟造语工致，而曲名亦新，故录于此。然大臣谀，小臣佞，不亡何俟乎？

《词品》卷五

5. 王昶：

论词必论其人，与诗同。如晁端礼、万俟雅言、康顺之，其人在俳优戏弄之间，词亦庸俗不可耐，周邦彦亦未免于此。

《江宾谷梅鹤词序》（《春融堂集》卷四十一）

6. 况周颐：

《花庵词选》注云：仁宗时，太史奏老人星见。屯田员外郎柳永应制，撰进〔醉蓬莱〕词。仁庙读至“太液波翻”句曰：“何不言‘波澄’”？投之于地，自此不复擢用。次膺盖习闻柳氏已事，故〔并蒂芙蓉〕词首句正用“太液波澄”也。据吴氏《漫录》：次膺除大晟府协律，不克受而卒。然《花庵词选》云：次膺宣和间充大晟协律，与万俟雅言按月律进词。则固尝供职大晟，云“不克受”者，误也。宣和初，燕乐新成，作〔黄河清〕、〔寿香明〕二曲，次膺有词“晴景初升”云云，是其为郎进词之确证。《漫录》纪事，往往舛误，不足信也。次膺词如〔水龙吟〕《咏梅》、《杏花》三阕，〔鸭头绿〕（即〔多丽〕，《乐府雅词》作〔鸭头绿〕）“晚云收”阕，〔蓦山溪〕“轻衫短帽”阕，皆集中佳胜。其〔绿头鸭〕词题云：韩师朴相公会上观佳妓轻盈弹琵琶。汲古阁《六十家词》此阕误入晁无咎《琴趣外编》，盖未考本事。又沈雄《古今词话》云：次膺，崇宁中擢第。与它书异，恐误。

《历代词人考略》卷十九

7. 张德瀛：

万俟雅言、晁端礼在大晟府时，按月律进词。曾纯甫、张材甫词，亦多应制体……与唐初沈、宋以诗夸耀者相颉颃焉。风气之宗尚如此。

《词徵》卷五

8. 胡玉缙：

其词间伤率意，而清隽豪爽，不肯为剪红刻翠之文，实词中之高格。〔望海潮〕上阕“易水风烟，范阳山色有无中”，用王维《汉江临汎》诗，最为活相。

《闲斋琴趣外篇提要》(《四库未收书目提要续编》)

吴思道

吴思道（生卒年不详），金陵（今江苏南京）人。以诗为苏轼、刘安世诸人所赏。宣和、政和年间曾官于秘阁。后寓新安（今安徽歙县），野服萧然，如云水道人。有《藏海居士集》、《藏海诗话》。

1. 李之仪：

长短句于遣词中最为难工，自有一种风格，稍不如格，便觉龃龉。唐人但以诗句，而用和声抑扬以就之，若今之歌〔阳关〕词也。至唐末，遂因其声之长短，句而以意填之，始一变以成音律。大抵以《花间集》中所载为宗，然多小阕。至柳耆卿，始铺叙展衍，备足无余，形容盛明，千载如逢当日，较之《花间》所集，韵终不胜。由是知其为难能也。张子野独矫拂而振起之，虽刻意追逐，要是才不足而情有余。良可佳者，晏元献、欧阳文忠、宋景文，则以其余力游戏，而风流闲雅，超出意表，又非其类也。谛味研究，字字皆有据，而其妙见于卒章，语尽而意不尽，意尽而情不尽，岂平平可得仿佛哉！思道覃思精诣，专以《花间》所集为准，其自得处未易咫尺可论。苟辅之以晏、欧阳、宋，而取舍于张、柳，其进也不得而御矣。

《跋吴思道小词》（《姑溪居士文集》卷四十）

李之仪

李之仪（1048—1118）字端叔，号姑溪居士、姑溪老农，沧州无棣（今属山东）人，后徙楚州山阳（今江苏淮安）。神宗元丰间进士，为苏轼所知，哲宗元祐八年（1093）苏轼出知定州，辟掌机宜文字，历枢密院编修官、原州通判。元符中监内香药库，以曾从苏轼辟，勒停。徽宗初，提举河东常平，后坐为范纯仁草遗表，作行状，编管太平州，徙唐州，政和七年（1117）复朝请大夫。《宋史·李之纯传》附之仪传。之仪诗、词、文并工，尤善尺牍。有《姑溪居士文集》，词集名《姑溪词》。

1. 毛晋：

（《姑溪词》）中多次韵、小令，更长于淡语、景语、情语。如："鸳衾半拥空床月。"又如："步懒恰寻床，卧看游丝到地长。"又如："时时浸手心头熨，受尽无人知处凉。"即置之《片玉》、《漱玉》集中，莫能伯仲。至若"我住长江头，君住长江尾，日日思君不见君，共饮长江水"，直是古乐府俊语矣。叔旸不列之南渡诸家，得无遗珠之恨耶？

《姑溪词跋》（《宋六十名家词》）

2. 李调元：

李之仪《姑溪词》，妙于炼意。

李之仪〔卜算子〕云："我住长江头，君住长江尾……"直是姑溪古乐府俊语。花庵《中兴词选》不列之南渡诸家，而各词选亦未有采入者。信遗珠之恨，千古同然。

《雨村词话》卷二

3.《四库全书总目提要》：

之仪以尺牍擅名，而其词亦工，小令尤清婉峭蒨，殆不减秦观。

《姑溪词提要》

4. 冯煦：

姑溪词长调近柳，短调近秦，而均有未至。

《蒿庵论词》

5. 况周颐：

《四库提要》云：毛子晋所称“鸳衾半拥空床月”等句，不足尽端叔所长，诚然。兹略摘其佳胜如左。〔早梅芳〕云：“最销魂，弄影无人见。”〔谢池春〕云：“不见又思量，见了还依旧。为问频相见，何似长相守。”〔蝶恋花〕云：“天淡云闲晴昼永。庭户深沉，满地梧桐影。骨冷魂清如梦醒。梦回犹是前时景。”〔浣溪沙〕云：“酒韵渐浓欢渐密，罗衣初试漏初迟。已凉天气未寒时。”又《咏梅》云：“戴了又羞缘我老，折来同嗅许谁招。凭将此意问妖娆。”〔鹧鸪天〕云：“空惊绝韵天边落，不许韶颜梦里看。”〔南乡子〕云：“点滴芭蕉疏雨过，微凉。画角悠悠送夕阳。”又云：“前圃花梢都绿遍，西墙。犹有轻风递暗香。”又云：“唯有莺声知此恨，殷勤。恰似当时枕上闻。”〔减字木兰花〕云：“变尽星星。一滴秋霖是一茎。”综论姑溪词格，其清空婉约，自是北宋正宗，而渐近沉著，则又开南宋风会矣。毛子晋略骨干而取情致，曷克尽揽其胜耶？

《历代词人考略》卷十五

6. 陈锐：

读“姑溪词”，而后知清真之大。读友古词，而后叹淮海之清。四君者，极相合者也。由其合以求其分，庶见庐山面目。

《褒碧斋词话》

7. 碧痕：

宋时南渡诸家，多以《花间集》为宗。晏氏父子，字字直逼《花间》，是以声名洋溢。然予读姑溪居士之〔南乡子〕《夏日，诸阕》质之《花间集》中不分浓淡。而〔卜算子〕“君住长江头”一首尤绝。毛晋称为乐府俊语，洵非过喻。其当年不列于南渡诸家者，不知何故！

《竹雨绿窗词话》

秦观

秦观（1049—1100）字太虚，后改字少游，别号邗沟居士，又号淮海居士，学者称淮海先生。扬州高邮（今江苏高邮）人。宋神宗元丰八年（1085）登进士第。先后任定海县主簿、蔡州教授，元祐三年（1088）应制科，进策论，除宣教郎、秘书省正字、太学博士、国史院编修。绍圣初坐党籍削秩，出为杭州通判，又贬为监处州酒税，徙郴州，编管横州，又徙雷州。元符三年（1100）徽宗即位，放还为宣德郎，至藤州（今广西藤县）卒。《宋史》有传。秦观为“苏门四学士”之一，诗、词、文皆工。有《淮海集》。词集有《淮海词》，或称《淮海居士长短句》。

1. 苏轼：

山抹微云秦学士，露花倒影柳屯田。

叶梦得《避暑录话》卷三引

2. 黄庭坚：

闭门觅句陈无己，对客挥毫秦少游。

正字不知温饱未？ 西风吹泪古藤州。

《病起荆江亭即事十首》之一八

3. 陈师道：

退之以文为诗，子瞻以诗为词，如教坊雷大使之舞，虽极天下之工，要非本色。今代词手，惟秦七、黄九尔，唐诸人不逮也。

《后山诗话》

4. 晁无咎：

近世以来作者，皆不及秦少游。如“斜阳外，寒鸦万点，流水绕孤村”，虽不识字人，亦知是天生好言语。

《能改斋漫录》引

5. 惠洪：

少游小词奇丽，咏歌之，想见其神情，在绛阙道山之间。

《冷斋夜话》（《苕溪渔隐丛话》前集卷四十九引）

6. 陈霆：

议者曰：少游诗似曲，东坡曲似诗。盖东坡平日耿介直谅，故其为文似其为人……少游情意妩媚，见于词则秾艳纤丽，类多脂粉气味，至今脍炙人口，宁不有愧于东坡耶？

《燕喜词叙》（四印斋汇刻《宋元三十家词》）

7. 苏籀：

黄太史纤秾精稳，体趣天出，简切流美，能中之能，投弃锜斧，有佩玉之雍容。秦校理落尽畦畛，天心月胁，逸格超绝，妙中之妙，论者谓前无伦而后无继。晁南宫平处言近文缓，高处新规胜致，朱弦三叹，斐丽音旨，自成一种姿致。概考其才识，皆内重而外物轻，淳至旷远，学无所遗。水镜万象，谢遗势利，湔祓陈俚，发为新雅，有谓：寓言罕能名之。

《书三学士长短句新集后》（《双溪集》卷十一）

8. 叶梦得：

秦观少游亦善为乐府，语工而入律，知乐者谓之作家歌，元丰间盛行于淮楚。“寒鸦千万点，流水绕孤村”，本隋炀帝诗也，少游取以为〔满庭芳〕词，而首言“山抹微云，天粘衰草”，尤为当时所传。苏子瞻于四学士中最善少游，故他文未尝不极口称善，岂特乐府？然犹以气格为病，故常戏云：“山抹微云秦学士，露花倒影柳屯田。”“露花倒影”，柳永〔破阵子〕语也。

《避暑录话》卷三

9.《王直方诗话》：

东坡尝以所作小词示无咎、文潜，曰：“何如少游？”二人皆对云：“少游诗似小词，先生小词似诗。”

《苕溪渔隐丛话》前集卷四十二引

10. 王灼：

张子野、秦少游俊逸精妙。少游屡困京洛，故疏荡之风不除。

《碧鸡漫志》卷二

11. 李清照：

（词）别是一家，知之者少。后晏叔原、贺方回、秦少游、黄鲁直出，始能知之。又晏苦无铺叙，贺苦少典重，秦即专主情致，而少故实，譬如贫家美女，虽极妍丽丰逸，而终乏富贵态。

《词论》（《苕溪渔隐丛话》后集卷三十三引）

12. 胡仔：

苕溪渔隐曰：无己称："今代词手，惟秦七，黄九耳，唐诸人不逮也。"无咎称："鲁直词不是当家语，自是著腔子唱好诗。"二公在当时，品题不同如此。自今观之，鲁直词亦有佳者，第无多首耳。少游词虽婉美，然格力失之弱。二公之言，殊过誉也。

《苕溪渔隐丛话》后集卷三十三

13. 蔡伯世：

苏东坡辞胜乎情，柳耆卿情胜乎辞，辞情兼称者，唯秦少游而已。

孙兢《竹坡老人词序》引（《百家词》）

14. 陈善：

欧阳公不得不收东坡，所谓"老夫当避路，放他出一头地者"，其实掩抑渠不得也。东坡亦不得不收秦少游、黄鲁直辈，少游歌词当在东坡上，少游不遇东坡，当绝自立，必不在人下也。然提奖大成就，坡力为多。

《扪虱新话》

15. 周必大：

借眼前之景而含万里不尽之情，因古人之法而得三昧自在之力，此词此字所以传世。

《跋米元章书秦少游词》（《丛书集成初编》一五六七《益公题

跋》卷九）

16. 王博文：

乐府始于汉，著于唐，盛于宋。大概以情致为主，秦、晁、贺、晏虽得其体，然哇淫靡曼之声胜。东坡、稼轩矫之以雄词英气，天下之趋向始明。

《天籁集序》（四印斋刻本）

17. 张炎：

秦少游、高竹屋、姜白石、史邦卿、吴梦窗，此数家格调不侔，句法挺异，俱能特立清新之意，删削靡曼之词，自成一家，各名于世。

秦少游词，体制淡雅，气骨不衰。清丽中不断意脉，咀嚼无滓，久而知味。

《词源》卷下

18. 刘将孙：

今曲行而参差不齐，不复可以充口而发、随声而协矣，然犹未至于大曲也。及柳耆卿辈以音律造新声，少游、美成以才情畅制作，而歌非朱唇皓齿如负之矣。自是以来，体亦屡变，长篇极于〔哨遍〕、〔大酺〕、〔六丑〕、〔兰陵〕，无不可以反复浩荡。而豪于气者以为冯陵大叫之资，风情才子乃复宛转作屏帏呢呢以胜之，而词以多术矣。

《新城饶克明集词序》（《养吾斋集》卷九）

19. 杨慎：

诗词同工而异曲，共源而分派……宋人如秦少游、辛稼轩，词极工矣，而诗殊不强人意。疑若独蓺然者，岂非异曲分派之说乎？

《词品序》

20. 张綖：

词体大略有二：一体婉约，一体豪放。婉约者欲其词情酝藉，豪放者欲其气象恢弘。盖亦存乎其人。如秦少游之作，多是婉约，苏子瞻之作，多是豪放。大抵词体以婉约为正，故东坡称少游为今之词手，后山评东坡词虽极天下之工，要非本色。

《诗余图谱·凡例》附识

21. 张綖：

陈后山云，今之词手，惟有秦七、黄九。谓淮海、山谷也。然词尚丰润，山谷特瘦健，似非秦比。

《淮海居士长短句跋》(嘉靖本淮海居士长短句)

22. 何良俊：

乐府以皦迳扬厉为工，诗余以婉丽流畅为美，如周清真、张子野、秦少游、晏叔原诸人之作，柔情曼声，摹写殆尽，正辞家所谓当行，所谓本色者也。

《草堂诗余序》(《古今词汇》)

23. 徐渭：

晚唐、五代，填词最高，宋人不及，何也？词须浅近，晚唐诗文最浅，邻于词调，故臻上品。宋人开口便学杜诗，格高气粗，出语便自生硬。其间若淮海、耆卿、叔原辈，一二语入唐者有之，通篇则无有。

《南词叙录》

24. 王世贞：

鲁直书胜词，词胜诗，诗胜文。少游词胜书，书胜文、文胜诗。

《艺苑卮言》

25. 徐师曾：

秦少游（观）之词，传播人间，虽远方女子，亦知脍炙，至有好而至死者，则其感人，因可想见。

《文体明辨序说·诗余》

26. 王象晋：

诗余盛于赵宋，诸凡能文之士，靡不舐墨吮毫，争吐其胸中之奇，竞相雄长。及淮海一鸣，即苏、黄且为逊席。盖诗有别才，从古志之。诗之一派，流为诗余，其情郅，其词婉，使人诵之，浸淫渐渍，而不自觉。总之不离温厚和平之旨者近是。故曰：诗之余也，此少游先生所独擅也。

《秦张两先生诗余合璧序》（《词苑英华》）

27. 毛晋：

晁氏曰：今代词手，惟秦七、黄九。或谓：词尚绮艳，山谷特瘦健，似非秦比。朝溪子谓：少游歌词，当在东坡上。但少游性不耐聚稿，间有淫章醉句，辄散落青帘红袖间，虽流播舌眼，从无的本。

《淮海词跋》（《六十名家词》）

28. 秦士奇：

有六十家词，至二百余调。其间可歌可诵如李、晏、柳五、秦七、“云破月来花弄影”郎中、“红杏枝头春意闹”尚书、闺秀若易安居士，词之正也。

《草堂诗余叙》（《草堂诗余四集》）

29. 陆云龙：

青莲以绝代轶材，裂羁靮另辟词家一径，大都以精新绮丽为宗，故相沿莫妙于淮海、眉山。周洞霄、康大晟其品虽不得埒，以词论不得优劣也。

《词菁》（《翠娱阁选评行笈必携本》）

30. 冯班：

鲁公作相，有曲子相公之言，一时以为耻。坡公谓秦太虚乃学柳七作曲子，秦愕然以为不至是。是艳词非宋人所尚也。

《叙词源》（《钝吟文稿》）

31. 贺贻孙：

李易安云：王介甫、曾子固文章似西汉，若作一小歌词，则人必绝倒，不可读。而欧阳永叔、苏子瞻词，乃句读不葺之诗耳。又尝记宋人有云：昌黎以文为诗，东坡以诗为词。甚矣，词家之难也！余谓易安所讥介甫、子固、永叔三人甚当，但东坡词气豪迈，自是别调，差不如秦七、黄九之到家耳。

《诗筏》

32. 李玉：

原夫词者诗之余，曲者词之余也。自太白〔忆秦娥〕一阕，遂开百代诗余之祖。赵宋时黄九、秦七辈竞作新词，字戛金玉。东坡虽有“铁绰板”之诮，而豪爽之致，时溢笔端。南渡后争讲理学，间为风云月露之句，遂逊前哲。迨至金元，词变为曲。

《南音三籁序》（《中国古代戏曲序跋集》）

33. 余怀：

词家盛推秦、柳为擅场，然其人率轻佻浮华，无事功可纪。若韩魏公、范文正、周平园诸钜公，皆以填词名，则词因人重，不必定以“杨柳外晓风残月”著声红牙白板间也。

《百名家词钞》引

34. 尤侗：

词之系宋，犹诗之系唐也。唐诗有初、盛、中、晚，宋词亦有之。唐之诗，由六朝乐府而变；宋之词，由五代长短句而变。约而次之，小山、安陆，其词之初乎；淮海、清真，其词之盛乎；石帚、梦窗，似得其中；碧山、玉田，风斯晚矣。

唐诗以李杜为宗，而宋词苏、陆、辛、刘，有太白之风；秦、黄、周、柳，得少陵之体。此又画疆而理、联骑而驰者也。

《词苑丛谈序》（《词苑丛谈》）

35. 尤侗：

宋人父子能词者，无如晏同叔之有叔原也。坡老之有叔党，少游之有处度，虽时有佳句，余音寥寥矣。

《百名家词钞》引

36. 吴绮：

宋词宗尚秦、柳，以其缠绵旖旎，不求藻绘自有余妍也。苏、辛之词，调极高迈，语极流畅，当时犹有訾议，谓如诗之有变风、变雅。后之填词家，动辄持铁绰板唱大江东去，直如使酒骂坐，与此道奚啻河汉哉？

《百名家词钞》引

37. 徐发：

元祐才子黄、秦、晁、张，各擅毫墨，然皆从古诗乐府中发其遗音，遂得调高千古。

《百名家词钞》引

38. 先著：

词家正宗，则秦少游、周美成。然秦之去周，不止三舍。宋末诸家，皆从美成出。（评秦观〔满庭芳〕“山抹微云”）

《词洁辑评》卷三

39. 魏际瑞：

宋人如柳永、周邦彦辈，填词鄙浊，有市井之气。惟欧阳永叔、秦淮海、晏同叔可称清丽，苏子瞻犹其亚也。珠圆玉润，一归大雅，则欧阳公之作，为不可及矣。

《钞所作诗余序》（《魏伯子文集》卷一）

40. 沈谦：

读韩翃之诗、秦少游之词、杨升庵之曲，一浪子耳。考其生平，凛凛忠节，而色厉者反摘其言而訾之。吾谓《闲情》出于彭泽，故不为白璧之瑕。

《东江子杂说》（《东江集钞》卷九）

41. 贺裳：

长调推秦、柳、周、康为协律，然康惟〔满庭芳〕《冬景》一词，可称禁脔，余多应酬铺叙，非芳旨也。周清真虽未高出，大致匀净，有柳攲花亸之致，沁人肌骨处，视淮海不徒娣姒而已。弇州谓其能入丽字，不能入雅字，诚确。谓能作景语，不能作情语，则不尽然，但平生景胜处为多耳。要此数家，正是王、石厨中物，若求王武子琉璃匕内豚味，吾谓必当求之陆放翁、史邦卿、方千里、洪叔玙诸家。

少游能曼声以合律，写景极凄惋动人。然形容处殊无刻肌入骨之言，去韦庄、欧阳炯诸家尚隔一尘。

《皱水轩词筌》

42. 任绳隗：

顾又谓：词者，诗之余也，大雅所不道也。故六代之绮靡柔曼，几为词苑滥觞。自唐文三变，燕、许、李、杜诸君子，变而愈上，遂障其澜而为诗。宋人无诗，大家如欧、苏、秦、黄，不能力追初盛，多淫哇细响，变而愈下，遂泛其流而为词。此主乎文章风会言之也。

《学文堂诗余序》（《直木斋全集》卷十一）

43. 陆进：

词有两体，闺襜之作，宜于旖旎；登临赠答，则又以豪迈见长。此秦、柳之于苏、辛，并足千古也。

《百名家词钞》引

44. 顾仲清：

宋名家词最盛，体非一格。苏、辛之雄放豪宕，秦、柳之妩媚风流，判然分途，各极其妙。而姜白石、张叔夏辈，以冲澹秀洁得词之中正。

《湖海楼词序》引（《清名家词》）

45. 邹祗谟：

欧、晏蕴藉，秦、黄生动，一唱三叹，总以不尽为佳。

《远志斋词衷》

46. 彭孙遹：

词家每以秦七、黄九并称，其实黄不及秦甚远。犹高之视史，刘之视辛，虽齐名一时，而优劣自不可掩。

《金粟词话》

47. 彭孙遹：

历观古今诸词，其以景语胜者，必芊绵而温丽者也；其以情语胜者，必淫艳而佻巧者也。情景合则婉约而不失之淫，情景离则儇浅而或流于荡，如温、韦、二李、少游、美成诸家，率皆以秾至之景写哀怨之情，称美一时，流声千载；黄九、柳七，一涉儇薄，犹未免于淳朴变风之讥，他尚何论哉！

《旷庵词序》(《松桂堂集》卷三十七)

48. 毛际可：

秦七词风流蕴藉，令人魂动色飞，而不流于狎昵，犹有发情止义之意。至黄九情之所极，一往而深，鄙语俚辞，几风雅罪人，后世不无遗议云。

《题周汝石词》(《安序堂文钞》)

49. 王士禛：

凡为诗文，贵有节制，即词曲亦然。正调至秦少游、李易安为极致，若柳耆卿则靡矣。变调至东坡为极致，辛稼轩豪于东坡而不免稍过，若刘改之则恶道矣。学者不可以不辨。

《分甘余话》卷二(《四库全书》)

50. 王士禛：

温、和生而《花间》作，李、晏出而《草堂》兴。此诗之余而乐府之变也。诗余者，古诗之苗裔也。语其正，则南唐二主为之祖，至漱玉、淮海而极盛，高、史其嗣响也；语其变，则眉山导其源，至稼轩、放翁而尽变，陈、刘其余波也。有诗人之词，唐、蜀、五代诸人是也；有文人之词，晏、欧、秦、李诸君子是也；有词人之词，柳永、周美成、康与之之属是也；有英雄之词，苏、陆、辛、刘是也。

《倚声集序》(《渔洋山人文略》卷三)

51. 鲁超：

余惟诗以苏、李为宗，自曹、刘迄鲍、谢，盛极而衰，至隋时，风格一变，此有唐之正始所自开也。词以温、韦为则，自欧、秦迄姜、史，亦盛极而衰，至明末才情复畅，此昭代之大雅所由振也。

《今词初集序》(《今词初集》)

52. 陈玉璂：

宋之能词者六十余家，如秦少游、高竹屋、姜白石、史邦卿、吴梦窗数子，始可称以新意合古谱者。杨诚斋论词六要；一曰按谱，一曰出新意是也。苟不按谱，则歌韵不协，歌韵不协，则凌犯他宫，非复本调；不出新意，则必蹈袭前人，即或炼字换句，而趣旨雷同，其神味亦索然易尽。

《苍梧词序》(《清名家词》)

53. 汪懋麟：

予尝论宋词有三派：欧、晏正其始，秦、黄、周、柳、姜、史、李清照之徒备其盛，东坡、稼轩放乎其言之矣。其余子，非无单词只句，可喜可诵，苟求其继，难矣哉。

《棠村词序》(《清名家词》)

54. 楼俨：

淮海词，风骨自高，如红梅作花，能以韵胜，觉清真亦无此气味也。

《词林纪事》卷六引

55. 焦袁熹：

〔采桑子〕《编纂〈乐府妙声〉竟作》

才名秦七齐黄九，余子纷纷，齿颊生芬。山抹微云女婿闻。　女郎词笔流传久，吾亦云云。醉死红裙。作女人身定是君。

《此木轩直寄词》

56. 王时翔：

词自晚唐温、韦主于柔婉，五季之末，李后主以哀艳之辞倡于上，而下皆靡然从之。入宋号为极盛，然欧阳、秦、黄诸君子且不免相沿袭，周、柳之徒无论已，独苏长公能盘硬语，与时异，而趋复失之粗。南渡后得辛稼轩寄情于豪宕中，其所制往往苍凉悲壮，在古乐府与魏武埒，斯可语于诗之变雅矣。

《莫荆琰词序》(《小山诗文全稿·文稿》卷二)

57. 田同之：

北宋秦少游妙矣，而尚少刻肌入骨之语，去韦庄、欧阳炯诸家，尚隔一尘。黄山谷时出俚语，未免伧父。然“春未透，花枝瘦，正是愁时候”，新俏亦非秦所能作。

《西圃词说》

58. 许田：

秦七、黄九，词家并称。淮海奇丽婉约，与耆卿争轨。若山谷率皆俚语，全无意味，岂当日重名之下，无人敢纠谬耶？如云别有所取，则吾不敢知。

《屏山词话》

59. 郑方坤：

小楼连苑伤春意，高盖妨花吊古怀。

独把瓣香奉淮海，寿陵余子漫肩差。海虞毛氏合刻《秦张诗余》，生乃与哙等伍，窃为淮海抱不平矣。张名綖，万历间人。

《论词绝句》(《蔗尾诗集》卷五)

60. 郑燮：

词与诗不同，以婉约为正格，以豪宕为变格。燮窃以剧场论之：东坡为大净，稼轩外脚，永叔、邦卿正旦，秦淮海、柳七则小旦也，周美成为正生，南唐李后主为小生，世人爱小生定过于爱正生矣。蒋竹山、刘改之是绝妙副末，草窗贴旦，白石贴生。

《与江宾谷、江禹九书》(《郑板桥集·补遗》)

61. 沈初：

山抹微云秦学士，露花倒影柳屯田。

就中气韵差分别，始信文章品最先。

《论词绝句十八首》(《兰韵堂诗集》卷一)

62. 王初桐：

东坡云：子野诗笔老健，歌词乃其余波耳，而世俗但称其歌词。陈善谓：少游文字学西汉，又能自成一家，而世亦但称其歌词，总由子野之诗必不如子野之词，少游之文必不如少游之词，故为词所掩耳。

叶少蕴云：少游乐府，语工而入律，知音者谓之作家。释觉范云：少游小词奇丽，咏歌之，想见其神情在绛阙道山之间。

少游〔踏莎行〕《郴州旅舍》词末二句云："郴江幸自绕郴山，为谁流下潇湘去。"说者谓从"沅湘日夜东流去，不为愁人住少时"变化来。黄山谷以为极似刘梦得楚、蜀中语，苏子瞻绝爱此两句，自书于扇，曰：少游已矣，虽万人何赎。

陈善、王直方皆谓苏子瞻词如诗，秦少游诗如词。余考《谈苑》云：元祐中，秘阁上巳日集西池，王仲直有诗，秦少游和云："帘幕千家锦绣垂。"王笑曰：又入小石调也。此可证少游诗如词。《后山诗话》曰：子瞻以诗为词，如教坊雷大使舞，虽极天下之工，要非本色。此可证子瞻词如诗。张綖云：少游多婉约，子瞻多豪放，当以婉约为主。

少游词"寒鸦数点，流水绕孤村"，盖本隋炀帝诗"寒鸦千万点，流水绕孤村"。炀帝诗见《平江梅知录》。

张叔夏云：少游〔八六子〕情景交炼，得言外意。《容斋四笔》曰：少游〔八六子〕云："正销凝，黄鹂又啼数声。"《兰畹曲》载杜牧之〔八六子〕云："正销魂，梧桐又移翠阴。"少游盖效之，似差不及。

《小嫏嬛词话》卷一

63. 李调元：

秦少游《淮海集》，首首珠玑，为宋一代词人之冠。今刊本多以山谷作杂之，黄九之不逮秦七，古人已有定评，岂容溷入。

《雨村词话》卷一

64. 凌廷堪：

〔木兰花慢〕《高邮吊秦七》

挂蒲帆十幅，趁春色、过高邮。看水绕孤村，天粘茅草，景倩谁收。温柔，泥人句好，正轻寒、恻恻尚如秋。何处东风乍起，画桡摇到前洲。　　悠悠，过客偶停舟。慨古意难休。笑党籍碑中，干卿甚事，也预清流。探幽，故山梦冷，问风光、可似古藤州，寂寂吟魂未返，甓湖烟柳生愁。

《梅边吹笛谱》(《清名家词》)

65. 凌廷堪：

词者，诗之余也。昉于唐，沿于五代，具于北宋，盛于南宋，衰于元，亡于明，以诗譬之，慢词如七言，小令如五言。慢词北宋为初唐，秦、柳、苏、黄如沈、宋，体格虽具，风骨未遒；片玉则如拾遗，骎骎有盛唐之风矣。

张其锦《梅边吹笛谱跋》引（《清名家词》）

66. 郭麐：

词之为体，大略有四……施朱傅粉，学步习容，如宫女题红，含情幽艳，秦、周、贺、晁诸人是也。

《灵芬馆词话》卷一

67. 郭麐：

词家者流，其源出于《国风》，其本沿于齐、梁，自太白以至五季，非儿女之情不道也。宋立乐府，用于庆赏饮宴，于是周、秦以绮靡为宗，史、柳以华缛相尚，而体一变。苏、辛以高世之才，横绝一时，而奋末广愤之音作。姜、张祖骚人之遗，尽洗秾艳，而情空婉约之旨深。自是以后，虽有作者，欲离去别见，其道无由。

《无声诗馆词序》(《灵芬馆集杂著》卷二)

68. 沈道宽：

后山谈艺举秦黄，诡俊轻圆各擅场。

绮语任他犁舌狱，尊前且唱小秦王。

《论词绝句》(《话山草堂诗钞》卷一)

69. 包世臣：

声之得者又有三：曰清、曰脆、曰涩。不脆则声不成，脆矣而不清则腻，清矣而不涩则浮。屯田、梦窗以不清伤气；淮海、玉田以不涩伤格；清真、白石则能兼三矣。六家于言外之旨得矣，以云意内，惟白石、玉田耳，淮海时时近之，清真、屯田、梦窗皆去之弥远。而俱不害为可传者，则以其声之幺眇铿盘，恻恻动人，无色而艳，无味而甘故也。

《月底修箫谱序》(《艺舟双楫》一)

70. 宋翔凤：

一钩残月夜迢迢，玉佩丁东意更消。

总为斜阳浑易暮，不关好色是无聊。秦词"杜鹃声里斜阳暮"，按：斜阳是日斜时，暮是日没时。暮，说文作莫，日且莫也。言自日斜至日没，杜鹃之声亦云苦矣。山谷未解暮字之义，以斜阳、暮为重出，非也。

寒鸦数点正斜阳，淮海当年独断肠。

何意西湖湖水上，尊前重改满庭芳。

《论词绝句》二十首(《洞箫楼诗纪》三)

71.《四库全书总目提要》：

(秦)观诗格不及苏、黄，而词则情韵兼胜，在苏、黄之上，流传虽少，要为倚声家一作手。

《淮海词提要》

72. 良卿：

少游词如花含苞，故不甚见其力量。其实后来作手，无不胚胎于此。

周济《介存斋论词杂著》引

73. 周济：

自温庭筠……秦观……张炎之流，莫不蕴藉深厚，而才艳思力，各骋一途，以极其致。譬如匡庐、衡岳，殊体而并胜；南威、西施，别态而同妍矣。

《介存斋论词杂著》

74. 周济：

清真浑厚，正于钩勒处见。他人一钩勒便刻削，清真愈钩勒愈浑厚。……少游最和婉醇正，稍逊清真者，辣耳。少游意在含蓄，如花初胎，故少重笔。

《宋四家词选目录序论》

75. 董士锡：

昔柳耆卿、康伯可未尝学问，乃以其鄙媟之辞缘饰音律以投时好，而词品以坏。姜白石、张玉田出，力矫其弊为清雅之制，而词品以尊。虽然，不合五代、全宋以观之，不能极词之变也；不读秦少游、周美成、苏子瞻、辛幼安之别集，不能撷词之盛也。元明至今，姜、张盛行，而秦、周、苏、辛之传几绝，则以浙西六家独尊姜、张之故。盖尝论之，秦之长，清以和；周之长，清以折；而同趋于丽。苏、辛之长，清以雄；姜、张之长，清以逸；而苏、辛不自调律，但以文辞相高，以成一格，此其异也。六子者，两宋诸家皆不能过焉。然学秦病平，学周病涩，学苏病疏，学辛病纵，学姜、张病肤，盖取其丽与雄与逸而遗其清，则五病杂见，而三长亦渐以失。

《餐华吟馆词叙》（《齐物论斋文集》卷二）

76. 董士锡：

少游正以平易近人，故用力者终不能到。

周济《介存斋论词杂著》引

77. 周之琦：

淮海风流旧有名，红梅香韵本天生。

痴人不解陈无已，黄九如何得抗衡。

《心日斋十六家词选》附

78. 陈广夫：

秦七词风流隽朗，其乐则伤飘荡（夭年亦盖不永）。其人义气才华之士，实用根底，自非坡谷之比。故虽等为不遇，而千载下凛凛之思，相去悬绝，此亦可于声音中得之。

少游之词，率落入情障中，故易入，人赏之者，或在苏、黄之上（毛晋跋语即谓然），此大不然。其句意之工，自不愧才人风味，而音响凄切，亦复绝谶，要是不享年之征耳，岂可与苏之铁板铜琶、黄之霜筎月笛比乎？

《词轨》卷五引

79. 谭莹：

天生好语阿麽同，不碍诗词句各工。

流下潇湘常语耳，万身奚赎过推崇。

山抹微云都下唱，独怜知己在长沙。

一代盛名公论协，揄杨翻出蔡京家。

《论词绝句一百首》（《乐志堂诗集》卷六）

80. 蔡宗茂：

词盛于宋代，自姜、张以格胜，苏、辛以气胜，秦、柳以情胜，而其派乃分。然幽深窅眇，语巧则纤；跌宕纵横，语粗则浅。异曲同工，要在各造其极而已。

《拜石山房词序》（《清名家词》）

81. 张鸿卓：

周、秦绮靡，苏、辛豪迈，梦窗、竹山研炼，石帚、玉田清超，耆卿则善道俗情，山谷又兼俳语，此家数之别也。

《绿雪轩论词》

82. 华长卿：

残阳鸦点水边村，目不知丁亦断魂。

黄九那如秦七好，休将学士抹微云。秦观、黄庭坚

《论词绝句》（《梅庄诗钞》卷五）

83. 杨希闵：

书家学真书，必从篆隶入乃高胜。吾谓词家亦当从汉魏六朝乐府入，而以温、韦为宗，二晏、贺、秦为嫡裔，欧、苏、黄则如光武崛起，别为世庙。如此则有祖有祢，而后乃有子有孙，被截从南宋梦窗、玉田入者，不啻生于空桑矣。（《序》）

温、韦、二晏、秦、贺皆能诗，苏、黄尤卓卓，姜、辛诗亦工，安身立命不在词，故溢为词夐绝也。屯田、清真、梅溪、梦窗、碧山、玉田诸子藉词藩身，他文翰一无可见，有委无源，故绣绘字句，排比长调以自饰。（《总论》）

《词轨》

84. 刘熙载：

少游词有小晏之妍，其幽趣则过之。

秦少游词得《花间》、《尊前》遗韵，却能自出清新。东坡词雄姿逸气，高轶古人，且称少游为词手。山谷倾倒于少游〔千秋岁〕词“落红万点愁如海”之句，至不敢和。要其他词之妙，似此者岂少哉。

叔原贵异，方回赡逸，耆卿细贴，少游清远，四家词趣各别，惟尚婉则同耳。

少游词有小晏之妍，其幽趣则过之。梅圣俞〔苏幕遮〕云：“落尽梅花春又了，满地斜阳，翠色和烟老。”此一种，似为少游

开先。

《词概》

85. 周大枢：

词家两派，秦柳、苏辛而已。秦、柳婉媚，而苏、辛以宕激慷慨变之，近于诗矣。诗以风骨为主，苏分其诗才之余者也，辛则并其诗之才之力而专治其余。

谢章铤《词话纪余》引（《赌棋山庄全集·稗贩杂余》卷三）

86. 谢章铤：

词渊源《三百篇》，萌芽古乐府，成体于唐，盛于宋，衰于元、明，复昌于国朝。温、李，正始之音也，晏、秦，当行之技也。稼轩出始用气，白石出始立格，呜乎！词虽小道，难言矣。

《叶辰溪我闻室词叙》（《赌棋山庄全集》卷一）

87. 谢章铤：

词之兴也，大抵由于尊前惜别，花底谈心，情事率多亵近，数传而后，俯仰激昂，时有寄托，然而其量未尽也。故赵宋一代作者，苏、辛之派不及姜、史，姜、史之派不及晏、秦，此固正变之推未穷，而亦以填词为小道，若其量之只宜如此者。

《与黄子寿论词书》（《赌棋山庄全集》卷五）

88. 谢章铤：

北宋多工短调，南宋多工长调；北宋多工软语，南宋多工硬语……欧阳、晏、秦，北宋之正宗也。（卷十二）

南宋词近耆卿者多，近少游者少。少游疏而耆卿密也。（续编三）

《赌棋山庄词话》

89. 谢章铤：

苏、辛志于君国，故其词肮脏而不猥；秦之情深，姜之行洁，故其词缠绵而娟秀。

《词话纪余》（《赌棋山庄全集·稗贩杂余》卷三）

90. 江顺诒：

秦少游得《尊前》、《花间》遗韵，却能自出清新。东坡词雄姿逸气，高轶古人，具神仙出世之姿。

《词学集成》卷五

91. 李慈铭：

余于词非当家，所作者真诗余耳，然于此中颇有微悟。盖必若近若远，忽去忽来，如蛱蝶穿花，深深款款；又须于无情无绪中，令人十步九回，如佛言食蜜，中边皆甜。古来得此旨者，南唐二主、六一、安陆、淮海、小山及李易安《漱玉词》耳。

《越缦堂读书记》卷八·文学四

92. 谭献：

淮海在北宋，如唐之刘文房。(评秦观《满庭芳》"山抹微云")

《复堂词话》

93. 沈祥龙：

词之言情，贵得其真。劳人思妇，孝子忠臣，各有其情。古无无情之词，亦无假托其情之词。柳、秦之妍婉，苏、辛之豪放，皆自言其情者也。必专言《懊侬》、《子夜》之情，情之为用，亦隘矣哉。

词虽浓丽而乏趣味者，以其但知作情景两分语，不知作景中有情、情中有景语耳。"雨打梨花深闭门"、"落红万点愁如海"，皆情景双绘，故称好句，而趣味无穷。

词之蕴藉，宜学少游、美成，然不可入于淫靡；绵婉宜学耆卿、易安，然不可失于纤巧；雄爽宜学东坡、稼轩，然不可近于粗厉；流畅宜学白石、玉田，然不可流于浅易。此当就气韵趣味上辨之。

《论词随笔》

94. 冯煦：

楚天凉雨破寒初，我亦迢迢清夜徂。

凄绝柳州秦学士，衡阳犹有雁传书。

《论词绝句》(《蒿庵类稿》卷七)

95. 冯煦：

少游以绝尘之才，早与胜流，不可一世，而一谪南荒，遽丧灵宝。故所为词，寄慨身世，闲雅有情思，酒边花下，一往而深，而怨悱不乱，悄乎得小雅之遗，后主而后，一人而已……他人之词，词才也。少游，词心也，得之于内，不可以传，虽子瞻之明隽，耆卿之幽秀，犹若有瞠乎后者，况其下邪。

淮海、小山，真古之伤心人也。其淡语皆有味，浅语皆有致，求之两宋词人，实罕其匹。

《蒿庵论词》

96. 樊增祥：

少游俊朗，世罕其俦，婉约多风，嘽缓入律，慢、令双美，靡得而间。

《东溪草堂词选自叙》(《樊山集》卷二十三)

97. 刘炳照：

〔踏莎行〕《借碧山题草窗词韵》

皓月当时，微云绝调。东流淘尽词人少。扁舟几度访秦邮，文游台下惟衰草。　　梅驿孤吟，藤吟幽抱。和天也瘦谁知道？铜驼巷陌换年华，乘风归去怀坡老。

《淮海先生诗词丛话·题词》

98. 王鹏运：

北宋人词，如潘逍遥之超逸，宋子京之华贵，欧阳文忠之骚雅，柳屯田之广博，晏小山之疏俊，秦太虚之婉约，张子野之流丽，黄文节之隽上，贺方回之醇肆，皆可橅拟得其仿佛。

《半塘遗稿》(《唐宋名家词选》引)

99. 胡薇元：

《淮海词》一卷，宋秦观少游作，词家正音也。故北宋惟少游乐府语工而入律，词中作家，允在苏、黄之上。

《岁寒居词话》

100. 沈曾植：

贺裳《皱水轩词筌》："长调推秦、柳、周、康为协律。"先生（按：指沈曾植）批云："以宋世风尚言之，秦、柳为当行，周、康为协律，四家并提，宋人无此语也。"

《菌阁琐谈》

101. 朱依真：

贫家好女自娇妍，彤管讥评岂漫然。

若向词家角优劣，风流终胜柳屯田。

《论词绝句》（《餐樱庑词话》引）

102. 陈廷焯：

少游词缠绵婉约，出柳耆卿之右。少游词于婉约中亦时有俊快处，是真正作家。

清词丽句，开人先路。风致自胜，情景兼到，最是少游制胜处。

秦学士尽有独步处，情词双绝，东坡、耆卿皆不能及。

《云韶集》卷三

103. 陈廷焯：

秦、柳自是作家，然却有可议处。东坡诗云："山抹微云秦学士，露华倒影柳屯田"，微以气格为病也。

秦写山川之景，柳写羁旅之情，俱臻绝顶，有不可以言语形容者。

《词坛丛话》

104. 陈廷焯：

宛转幽怨，温、韦嫡派。

〔满庭芳〕诸阕，大半被放后作，恋恋故国，不胜热中，其用心不逮东坡之忠厚，而寄情之远，措词之工，则各有千古也。

雅是词场本色。少游名作甚多，而俚词亦不少。去取不可不慎。

《词则·大雅集》卷二

105. 陈廷焯：

秦少游自是作手，近开美成，导其先路；远祖温、韦，取其神不袭其貌，词至是乃一变焉。然变而不失其正，遂令议者不病其变，而转觉有不得不变者。后人动称秦、柳，柳之视秦，为之奴隶而不足者，何可相提并论哉？

东坡、少游，皆是情余于词，耆卿乃辞余于情，解人自辨之。

秦七、黄九，并重当时。然黄之视秦，奚啻碔砆之于美玉？词贵缠绵，贵忠爱，贵沉郁。黄之鄙俚者无论矣，即以其高者而论，亦不过于倔强中见姿态耳。

少游词最深厚，最沉着。如"柳下桃蹊，乱分春色到人家"，思路幽绝，其妙令人不能思议。较"郴江幸自绕郴山，为谁流下潇湘去"之语，尤为入妙。世人动訾秦七，真所谓井蛙谤海也。

少游名作甚多，而俚词亦不少，去取不可不慎。

张綖云："少游多婉约，子瞻多豪放，当以婉约为主。"此亦似是而非，不关痛痒语也。诚能本诸忠厚，而出以沉郁，豪放亦可，婉约亦可；否则豪放嫌其粗鲁，婉约又病其纤弱矣。（卷一）

少游、美成，词坛领袖也。所可议者，好作艳语，不免于俚耳。故大雅一席，终让碧山。

词法莫密于清真，词理莫深于少游，词笔莫超于白石，词品莫高于碧山。皆圣于词者。（卷二）

大抵北宋之词，周、秦两家皆极顿挫沉郁之妙，而少游托兴尤深，美成规模较大，此周、秦之异同也。（卷五）

周、秦词以理法胜，姜、张词以骨韵胜，碧山词以意境胜，要皆负绝世之才，而又以沉郁出之，所以卓绝千古也。

乔笙巢云："少游词寄慨身世，闲雅有情思。酒边花下，一往而深，而怨诽不乱，悄乎得小雅之遗。”又云：“他人之词，词才也。少游，词心也。得之于内，不可以传。虽子瞻之明俊，耆卿之幽秀，犹若有瞠乎后者，况其下耶。”此与庄中白之言颇相合。淮海何幸，有此知己。（卷六）

古人词胜于诗则有之，（如少游、白石皆然。）未有不知诗而第工词者。（王碧山、张玉田辈诗不多见，然必非不工诗者。即使碧山辈诗未成家，不能卓立千古，要其为词之始，必由诗以入门。断非躐等。）（卷七）

读古人词，贵取其精华，遗其糟粕。且如少游之词，几夺温、韦之席，而亦未尝无纤俚之语。读《淮海集》，取其大者、高者可矣。若徒赏其“怎得香香深处，作个蜂儿抱”等句，（此语彭羡门亦赏之，以为近似柳七语。尊柳抑秦，匪独不知秦，并不知柳。可发大噱。）则与山谷之“女边著子，门里安心”，其鄙俚纤俗，相去亦不远矣。少游真面目何由见乎？东坡、稼轩、白石、玉田高者易见，少游、美成、梅溪、碧山高者难见，而少游、美成尤难见。美成意余言外，而痕迹消融，人苦不能领略。少游则义蕴言中，韵流弦外，得其貌者，如鼹鼠之饮河，以为果腹矣，而不知沧海之外，更有河源也。乔笙巢谓：他人之词，词才也；少游，词心也。可谓卓识。

唐宋名家，流派不同，本原则一。论其派别……秦淮海为一体，柳词高者附之……其间惟飞卿、端己、正中、淮海、美成、梅溪、碧山七家，殊途同归。余则各树一帜，而皆不失其正。（卷八）

《白雨斋词话》

106. 蒋兆兰：

词家正轨，自以婉约为宗。欧、晏、张、贺，时多小令，慢词寥寥，传作较少，逮乎秦、柳，始极慢词之能事。

《词说》

107. 潘飞声：

孤村流水夕阳时，怕落耆卿格调卑。
一抹微云禅意在，只应琴操续填词。

楼头燕子属谁家？天女维摩好散花。
不信先生偏薄幸，修真何事遣朝华？

双鬟传唱感龙标，那似诗魂入梦遥？
千古佳人殉才子，情根入地恐难销。

述祖文章两代雄，藤花开落怨东风。
千年不见秦淮海，绕扇歌云想像中。

《淮海先生诗词丛话・题词》

108. 陈锐：

读姑溪词，而后知清真之大；读友古词，而后叹淮海之清。四君者，极相合者也。由其合以求其分，庶见庐山真面。

《褒碧斋词话》

109. 况周颐：

有宋熙丰间，词学称极盛。苏长公提倡风雅，为一代山斗。黄山谷、秦少游、晁无咎，皆长公之客也。山谷、无咎皆工倚声，体格于长公为近。唯少游自辟蹊径，卓然名家。盖其天分高，故能抽秘骋妍于寻常濡染之外，而其所以契合长公者独深。张文潜《赠李德载》诗有云："秦文倩丽舒桃李。"彼所谓文，固指一切文字而言，若以其词论，直是初日芙蓉，晓风杨柳，倩丽之桃李，容犹当之有愧色焉。王晦叔《碧鸡漫志》云，黄、晁二家词，皆学坡公，得其七八。而于少游独称其俊逸精妙，与张子野并论，不言其学坡公，可谓知少游者矣。（卷二）

涪翁信能郁苍耸秀，其不甚经意处，亦复老干枒杈，第无丑

枝，斯其所以为涪翁耳。（卷三）

《蕙风词话》

110. 况周颐：

北宋词人苏、黄、秦三家尤见推重，三家词格各不相同，以唐贤书学喻之：坡公如颜文忠，山谷如柳诚悬，太虚兼登善、嗣道之胜。

《历代词人考略》卷十三

111. 张德瀛：

释皎然《诗式》谓诗有“六至”……以词衡之，至险而不僻者，美成也；至奇而不差者，稼轩也；至丽而自然者，少游也。（卷一）

同叔之词温润，东坡之词轩骁，美成之词精邃，少游之词幽艳，无咎之词雄邈。北宋惟五子可称大家。（卷五）

《词徵》

112. 周庆云：

淮海无双天下士，盛名当日已如此。
别有伤心人不知，夕阳孤馆鹃声里。
我昔读公诗，青虫相对吐秋丝。
我昔读公词，微云山抹付红儿。
阒寂风流几百载，髯翁涪翁今谁在。
识字晁归来，肠断贺方回。
争似君家述祖德，百成万卷搜求力。
苕溪渔隐不可作，垂虹亭长亦安托？
收拾声闻归一编，珠林玉树仙乎仙。
著书早办千秋笔，文游台上老秦七。

《淮海先生诗词丛话·题词》

113. 夏敬观：

陈后山云：今之词手，惟有秦七、黄九。谓淮海、山谷也。

然词尚丰润，山谷特健瘦，似非秦比。此在诸公非其至，多出一时之兴，不自甚惜，故散落者多，其风怀绮丽者，流播人口，独见传录，盖亦泰山毫芒耳。

少游词清丽婉约，辞情相称，诵之回肠荡气，自是词中上品。比之山谷，诗不及远甚，词则过之。盖山谷是东坡一派，少游则纯乎词人之词也。东坡尝讥少游：不意别后，公却学柳七。少游学柳，岂用讳言！稍加以坡，便成为少游之词。学者细玩，当不易吾言也。

《宋人词集跋尾》(《同声月刊》第二卷第十号)

114. 夏敬观：

后山称今代词手，惟秦七、黄九。少游清丽，山谷重拙，自是一时敌手，至用谚语作俳体，时移世易，语言变迁，后之阅者渐不能明，此亦自然之势。试验扬子云《绝代语》，有能一一释其义者乎？以市井语入词，始于柳耆卿，少游、山谷各有数篇，山谷特甚之又甚。

《手批山谷词》(《彊村丛书》)

115. 徐珂：

〔减字木兰花〕

微云衰草，曲水亭边秋渐老亭在无锡惠山。祖研留传，铅椠殷勤不计年。　　缘深文字，断锦零缣凭料去理。珍重吟身，淮海风流有替人。

《淮海先生诗词丛话·题词》

116. 高旭：

流水寒鸦秦学士，霜风残照柳屯田。

两家才思真凄绝，似向空山闻杜鹃。

《论词绝句》三十首(《未济庐诗集》)

117. 高旭：

耆卿晚风残月，十分名重当时。

婉约该推秦七，红牙少女歌之。

《十大家词题词》（《中华新报》1909年6月17日）

118. 王国维：

冯梦华《宋六十一家词选·序例》谓："淮海、小山，古之伤心人也。其淡语皆有味，浅语皆有致。"余谓此唯淮海足以当之。小山矜贵有余，但可方驾子野、方回，未足抗衡淮海也。

少游词境最为凄惋，至"可堪孤馆闭春寒，杜鹃声里斜阳暮"，则变而凄厉矣。东坡赏其后二语，犹为皮相。

岂创者易工而因者难巧欤？抑人各有能有不能也？读者观欧、秦之诗远不如词，足透此中消息。

词之雅郑，在神不在貌。永叔、少游虽作艳语，终有品格。方之美成，便有淑女与倡伎之别。

诗至唐中叶以后，殆为羔雁之具矣。故五代北宋之诗，佳者绝少，而词则为其极盛时代。即诗词兼擅如永叔、少游者，词胜于诗远甚。以其写之于诗者，不若写之于词者之真也。至南宋以后，词亦为羔雁之具，而词亦替矣。此亦文学升降之一关键也。

词之最工者，实推后主、正中、永叔、少游、美成，而后此南宋诸公不与焉。

唐五代之词，有句而无篇。南宋名家之词，有篇而无句。有篇有句，唯李后主降宋后之作，及永叔、子瞻、少游、美成、稼轩数人而已。

《人间词话》

119. 王国维：

以宋词比唐诗，则东坡似太白，欧、秦似摩诘，耆卿似乐天，方回、叔原则大历十子之流。南宋惟一稼轩可比昌黎。而词中老杜，则非先生（按：指周邦彦）不可。昔人以耆卿比少陵，犹未当也。

《清真先生遗事·尚论三》

120. 樊志厚：

珠玉所以逊六一，小山所以愧淮海者，意境异也。

夫古今人词之以意胜者，莫若欧阳公。以境胜者，莫若秦少游。至意境两浑，则惟太白、后主、正中数人足以当之。

《人间词序》二

121. 张素：

苏辛语多慷慨，秦柳意尚芊绵。要摘玄珠在手，须探赤水龙眠。

《石工、眉孙两家论词不合》(《闷寻鹦馆诗抄》)

122. 张峙亭：

辞情兼胜合推秦，我念高邮寂寞滨。

三十六家谁可诵，中间指屈为斯人。

《论词绝句》三首 （仙源瘦坡山人辑《习静斋诗话》卷三，宣统二年汉口普通印书馆本）

123. 刘师培：

少游之词，寄慨身世，一往情深，而怨悱不乱，悄乎得《小雅》之遗。

《论文杂记》

124. 吴梅：

开婉约之风者，为秦观。

子瞻胸襟大，故随笔所之，如怒澜飞空，不可狎视。少游格律细，故运思所及，如幽花媚春，自成馨逸。其〔满庭芳〕诸阕，大半被放后作，恋恋故国，不胜热中，其用心不逮东坡之忠厚，而寄情之远，措语之工，则各有千古。他作如〔望海潮〕云：“柳下桃蹊，乱分春色到人家。西园夜饮鸣笳，有华灯碍月，飞盖妨花。”〔水龙吟〕云：“花下重门，柳边深巷，不堪回首。”〔风流子〕云：“斜日半山，暝烟两岸。数声横笛，一叶扁舟。”〔鹊桥仙〕云：“两情若是久长时，又岂在朝朝暮暮。”〔千秋岁〕云：“春去也，飞红万点愁如海。”〔浣溪沙〕云：“自在飞花轻似梦，无边丝雨细如愁。”此等句皆思路沉着，极刻画之工，非如苏词之纵笔直书也。北宋词家以缜密之思，得遒炼之致者，惟方回与少游耳。今人以秦、柳并称，柳词何足相比哉！(《高斋诗话》云：少游自会稽入都，见东坡。东坡曰：“不意别后却学柳七作词。”少游曰：“某虽无学，亦不如是。”东坡曰：“销魂当此际，非柳七语乎？”据此则少游雅不愿与柳齐名矣）？惟通观集中，亦有俚俗处。如〔望海潮〕云：“妾如飞絮，郎如流水，相沾便肯相随。”〔满园花〕云：“近日来非常罗皂，丑佛也须眉皱，怎掩得旁人口？”〔迎春乐〕云：“怎得香香深处，作个蜂儿抱。”〔品令〕云：“幸自得一分索，强教人难吃。好好地恶了十来日，恰而今较些不。”又云：“帘儿下时把鞋儿踢，语低低，笑咭咭。”又云：“人前强不欲相沾识，把不定，脸儿赤。”竟如市井荒伧之言，不过应坊曲之请求，留此恶札。词家如此，最是魔道，不得以宋人之作，为之文饰也。但全集止此三四首，尚不足为盛名之累。

《词学通论》

125. 王蕴章：

〔齐天乐〕(正宫)

淮海先生文章气节，掉鞅一世，自后人以秦七、黄九并称，或遂仅以词人目之，失先生矣！东坡于四学士中最善先生，斜阳客馆之思，明月琼楼之什，兴怀君国，易地皆同，沆瀣之合，有以哉！秦君特臣近有先生《诗词丛话》之辑。余曩跋其诗，所谓别亲风雅，使《花间》说诗；偶落筌蹄，仿草窗谈雅者是也。展卷留连，意有未尽，再赋此解，以志慨慕。

断肠谁唱江南句？方回只今难问。孤馆鹃声，驿桥鱼素，觅遍桃源无分。党碑名姓，只山抹微云，自传幽恨。唤起红红，古香片片袖红揾。　　籤滕闲征往事，风流原未坠、旧家疏俊。凤纸言愁，乌丝界泪，胜有莺花消领。芮国器《莺花亭》诗云：“人言多伎亦多穷，随意文章要底工？淮海秦郎天下士，一生怀抱百忧中。”郭十三最赏之，尝书作条幅，悬诸座右。 蟾蜍砚润，更说与《蘋洲》，《雅谈》堪并。门掩春寒，玉箫还谱韵。

《淮海先生诗词丛话·题词》

126. 陈匪石：

周邦彦集词学之大成，前无古人，后无来者，凡两宋之千门万户，《清真》一集几擅其全，世间早有定论矣。然北宋之词，周造其极，而先路之导，不止一家。苏轼寓意高远，运笔空虚，非粗非豪，别有天地。秦观为“苏门四子”之一，而其为词则不与晁、黄同赓苏调，妍雅婉约，卓然正宗。贺铸洗炼之功，运化之妙，实周、吴所自出，小令一道，又为百余年结响。柳永高浑处、清劲处、沉雄处、体会入微处皆非他人屐齿所到。且慢词于宋蔚为大国，自有三变，格调始成。之四人者，皆为周所取则，学者所应致力也。

《宋词举》卷下

127. 陈匪石：

珠玉、小山、子野、屯田、东山、淮海、清真、其词皆神于炼，不似南宋名家针线之迹未灭尽也。

《声执》卷上

128. 陈匪石：

〔声声慢〕

微云情绪，小石宗风，虫丝夜吐秋深。月冷钩残天涯，无限伤心。潇湘带愁流后，剩黄鹂、长伴孤音。寥落感，是人和天瘦，又到而今。　　重把珍闻收拾，对飞花片片，独吊藤荫。劫火灰乾，人间享帚千金。淮海文字曾罹元祐党禁之厄。方回一般肠断，更西河、墨泪盈襟。芳草恨，算江南幽梦未沉。

《淮海先生诗词丛话·题词》

129. 庞树柏：

〔减字木兰花〕

风流淮海，老去投荒名尚在。千里潇湘，听到鹃声更断肠。用《词苑丛谈》语意。 丛残重埋，堪喜劫灰寒不死。莫对秋镫，弹泪西风哭古藤。

《淮海先生诗词丛话·题词》

130. 叶楚伧：

谁为赵宋之琼玖？端礼逐臣十八九。

文章我数苏与欧，腾骧踔厉岂无偶？

淮海先生裼裘来，歌词风骨世无有。

自云天子念老臣，一谪再谪坚其守。

中州之气尽衡郴，蜿蟺磅礴穷而走。

丹砂竹箭不可当，惊人好句如何朽？

元祐之后一千年，先生之孙我之友。

能读诗书数古典，有怀拳拳不敢苟。

得此狂笑入人间，一时神气各抖擞。

呜呼！一时神气各抖擞，先生幸而有贤后。

《淮海先生诗词丛话·题词》

131. 沈焜：

山抹微云妙词旨，苏门乃有秦学士。

迄今九百有余春，文采风流犹未已。

贤孙崛起继高邮，香名藉甚梁溪里。

斑管豪时对客挥，吟笺乱处呼儿理。

谁知中有传家集，摭拾遗编补残史。

小岘侍郎次年谱，网罗散失无余矣。

君今事外更搜求，腹笥便便谁得似？

繄余幼习淮海词，未得其门空仰企。

文人落拓例屯蹇，造物忌才类如此。

不然生当元祐年，更况坡翁是知己。
海内争传秦七名，一时才藻无伦比。
如何垂老坐迁贬，郁郁古藤荫下死。
死而有后死犹生，零间断句宝孙子。
试问黄晁名与齐，可有抱残贤后起。
吁嗟斯文将丧时，瓦釜雷鸣黄钟毁。
枉抛心力溺词章，他日知谁珍故纸？
《淮海先生诗词丛话·题词》

132. 汪煦：

淮海诗孙文章伯，征文考献绵世泽。
韵事微云女婿传，伤心子夜朝华出。
蠹简丛残探索劳，名流逸事共搜集。
藤阴醉卧又几时，回首繁华白驹隙。
春江花月足流连，独抱闲情工著述。
我来同是天涯客，海角羁栖归未得。
楹书愁听浙江涛，网罗散失三叹息。
辕驹局促数潮汐，笑看天壤朱成碧。
无奈前游意惘然，人生何事多蜡屐。
与君携手登高台，两情相对自脉脉。
会见题辞满海隅，不堪持赠歌无射。
《淮海先生诗词丛话·题词》

133. 蔡嵩云：

宋初小令，如欧、秦、二晏之流，所作以精到胜，与唐五代稍异，盖人工甚于自然矣。

少游词虽间有《花间》遗韵，其小令深婉处，实出自六一，仍是《阳春》一脉，慢词清新淡雅，风骨高骞，更非《花间》所能范围矣。

《柯亭词论》

134. 赵尊岳：

倚声之学，托始于唐，浸盛于五季。其君若臣，歌舞宴酣；风流相尚，琱璠镂玉，方巧化工，《尊前》、《花间》，奄有众美。爰及天水，晏氏父子，引温、韦之绪。欧、苏、秦、柳，风雅所宗。子野、方回，并世郢匠。清真崛起，为两宋关键，间以质拙胜，非深于此道不易知。南渡已还，麦秀黍离，家国之感，发为咏歌。白石老仙风格遒上，宜与稼轩分镳平辔。梦窗专家，斯诣造极，蕃艳之笔，运以沉思，致密之中，饶有清气，七宝楼台之喻，甚非知人之言。竹山高节，艳而有骨。公瑾、圣与，丽而有则。玉田王孙，后来之秀，清辞丽句，叹观止焉。

《蓉影词跋》(《蓉影词》)

135. 赵尊岳：

质实语一例可见风度。若淮海词中，触目即是金玉琳琅，字面堆砌，虽质实之语，同具风度。彼专以“东风里、朱门映柳，低按小秦筝”为风度者，是仅知疏秀之风度，而不知质实之风度，一间犹有未达。

《珍重阁词话》

136. 赵尊岳：

质实语可见风度，淮海即好用丽字，触目琳琅，如“东风里，朱门映柳，低按小秦筝”，一“映”、一“低按”、一“小”字，已经驱使质实为疏秀，大见其风度矣。

宋词佳处，亦各擅其胜场。小山华贵而取境不大；淮海艳宕而或失之轻俊；梅溪敏于词令，间或拙于事理；方回肤廓；玉田谐婉或失之空疏；草窗、花外，敷藻甚工，往往言之无物。读者当各采其精英，各避其短失。(卷一)

若再断代言之，同时竞爽，自各极其胜场。十国蕃艳之中，南唐二主独以至情见著。北宋柳缛、贺疏，周雅、秦秀；南宋吴密、姜苍，张俊、周丽；元则遗山天颖，惟以雄胜。明仅二陆沉

著可诵。(卷二)

宋词以晏、秦、周、柳、苏、吴、姜、张为八大家。周虽蹊径分明，学之亦不易易。晏词智慧流露而重大有余，实为浑金璞玉之音。柳能以繁词写碎景细情。苏能直抒其胸臆，清雄莫并。秦以风神取胜。吴以精金美玉胜，细针密缕，学者望之似有迹，学之辄无功。姜之苍雅，张之骀荡，均为百世之师。学者能奉此数大家为祖祢，能得若干即成就若干，外无余师矣。(卷四)

《花间》不易遽学，古蕃锦岂人尽可织？下之如梦窗之七宝楼台，《珠玉》之浑金朴玉，《小山》之风神淡厚，苏、辛之清雄天成，均不易为师资。《乐章》善道眼前之景物，一一写来，无不精深，笔力又复骞举，宽不失疏，岂易著墨？清真、梦窗，浑厚精整，少有途辙，为学词者所必由。淮海风神足，白石出笔健，玉田意境跌宕，亦学者所当永为圭臬者。(卷五)

《填词丛话》

137. 顾宪融：

秦少游，名观，一字太虚，号淮海居士，高邮人。登第后，苏轼荐于朝，除太学博士，迁正字兼国史院编修官。坐党籍徙。徽宗立，放还，至藤州卒。有《淮海集》。秦七与黄九齐名，而黄实不及秦，此世之公论也。蔡伯世曰："子瞻辞胜于情；耆卿情胜于辞；辞情相称者，惟少游而已。"叶少蕴曰："少游乐府，语工而入律，知乐者谓之作家。"董晋卿曰："少游正以平易近人，故用力者终不能到。"又曰："少游词如花含苞，故不甚见其力量。其实后来作手，无不胚胎于此。"

《填词百法》

138. 闻野鹤：

寇莱公如春日园林，蔚然深秀。苏东坡如深山剑客，不娴俗礼。秦少游如花间丽色，却扇一笑，百媚横生。黄山谷如村女媚客，简直乏致。欧阳公如豪家子弟，仪态大方。张子野如春花百树，浅深互见。周美成如周公制礼，大体略备。王荆公如蛮夷入贡，不谙礼数。辛稼轩如草野人入掌枢密，动辄粗戾。蒋竹山如蓬门丽质，清秀有余。柳耆卿如通天老狐，醉即露尾。康与之如春场笙歌，繁乐聒耳。史梅溪如剪彩成花，细而近纤。姜白石如江介澄波，悠然一往。吴梦窗如天孙云锦，一丝一缕，尽发奇光，俗子庸夫，见之却步。李易安如中人举鼎，时虞绝膑。王碧山如天家姬侍，神采幽馨，迥非凡艳。周公谨如辞树红英，难免浮浪。朱淑贞如碧窗鹦鹉，略解语言。陆放翁如野僧说法，清而无味。张玉田如中郎凋谢，典型尚存。余则自桧以外，可无讥矣。

词境有四：其一，如新桐始叶，嫩翠若滴，柳梢月上，娟娟欲波，天机灵活，生意澹宕，□无丝毫迹象可寻，东坡所谓“空山无人，水流花开”者也。此境惟飞卿、正中、小山诸公具之。其二，如巨室闺襜，范律严肃，入其闼者，微闻幽馨，仙帷缥缈，檀屏掩映，弦声微作，不可端倪。此境惟少游、美成诸公具之。其三，如深山侠士，瑰抱恢奇，酒酣起舞，剑芒腾跃，抚髀一啸，林木悉靡，咤云掷月，不可一世。此境惟东坡、稼轩诸公具之。其四，如霓羽仙人，神光姚冶，云房露阙，瞬息万变，龙绡之带，凤羽之裳，织华组绮，迥非凡手。此境惟梦窗、草窗诸公具之。上下千古，不出四者。自余曹鄶不复成邦，可无讥已。

《愢簃词话》

139. 祝南：

淮海词，不慑不怒，不茹不吐，其音和，其气静，其神穆，而深入浅出，情味浓至，读之令人低徊不尽。周止庵谓其逊清真之辣，又病其少用重笔，殆非真知淮海。不辣不重，正其所以为淮海也。

淮海〔满园花〕、〔品令〕诸作，纯用白描，间入方言，多不可解。此系有意存真，故为尘下戏谑之作，并时多有，不足为大雅之累。与耆卿之不免俗滥、有关风格者，正自有别。

读淮海词多，觉他人所作，多是偏才，浪费气力。松而能厚，平而能深，是少游特擅。

《无庵说词》

140.《续修四库全书总目提要》：

秦观文、诗、词三者，词为最工，易三变之俗滥，开清真之宛雅，词风大转，厥功非细。

《江湖长翁词一卷》

米芾

米芾（1051—1107?）一名黻，字元章，号鹿门居士、襄阳漫士、海岳外史。先世太原（今属山西）人，徙襄阳（今湖北襄樊），寓居润州（今江苏镇江）。以母侍宣仁后藩邸，恩补浛光尉。历知雍丘县、涟水军，以太常博士出知无为军。宋徽宗召为书画博士，擢礼部员外郎，出知淮阳军。所行多违世异俗，也称“米颠”、“米襄阳”。善书画，书法与苏轼、黄庭坚、蔡襄并称“四大家”。《宋史》、《东都事略》有传。著有《宝晋英光集》八卷，词存集中，别出单行有《彊村丛书》本《宝晋长短句》一卷。

1.《襄阳书画考》：

米元章与周熟仁试赐茶于甘露寺，作〔满庭芳〕词，墨迹为世所重。其警句云：“轻涛起，香生玉尘，雪溅紫瓯圆。”推为独绝。

《历代词话》卷六引

2.《续修四库全书总目提要》：

《襄阳书画考》：米元章甘露寺〔满庭芳〕词墨迹为世所重，其警句云：“轻涛起，香生玉麈（此作杵），雪溅紫瓯圆。”推为独绝。盖芾天分甚高，故时有妙句，而咏茶诗词亦宋人之所长。惟苦不经意，其〔诉衷情〕、〔鹧鸪天〕、〔浪淘沙〕诸首皆献寿之词，更不足重矣。

《宝晋长短句一卷》

贺铸

贺铸（1052—1125）字方回，晚自号庆湖遗老，原籍山阴（今浙江绍兴），生长于卫州共城（今河南辉县）。宋太祖贺皇后族孙，娶宗室之女。长七尺，面铁色，眉目耸拔，俗谓贺鬼头。十七岁授右班殿直。宋元祐六年（1091）以李清臣、苏轼荐，改入文阶，为承直郎。崇宁元年（1102）通判泗州，又改判太平州。大观三年（1109）以承议郎致仕。政和元年（1111）复以荐起，迁朝奉郎。宣和元年（1119）再致仕。《宋史》有传。贺铸诗、文、词皆工，尤以词闻名。著有《庆湖遗老集》。词集名《东山词》。

1. 黄庭坚：

少游醉卧古藤下，谁与愁眉唱一杯？
解道江南断肠句，只今惟有贺方回。
《寄方回诗》（《豫章黄先生文集》卷十一）

2. 张耒：

文章之于人，有满心而发，肆口而成，不待思虑而工，不待雕琢而丽者，皆天理之自然，而情性之至道也。世之言雄暴虓武者，莫如刘季、项籍，此两人者，岂有儿女之情哉？至其过故乡而感慨，别美人而涕泣，情发于言，流为歌词，含思凄惋，闻者动心。如此两人者，岂其费心而得之哉？直寄其意耳！余友贺方回，博学业文，而乐府之词，高绝一世。携一编示余，大抵倚声而为之，词皆可歌也。或者讥方回好学能文，而惟是为工，何哉？余应之曰：是所谓满心而发，肆口而成，虽欲已焉而不得者。若其粉泽之工，则其才之所至，亦不自知也。夫其盛丽如游金、张之堂，而妖冶如揽嫱、施之袪，幽洁如屈、宋，悲壮如苏、李，览者自知之，盖有不可胜言者矣。

《东山词序》(《彊村丛书》)

3. 释惠洪：

贺方回妙于小词，吐语皆蝉蜕尘埃之表。晏叔原、王逐客俱当溟涬然第之。

《冷斋夜话》(《诗人玉屑》卷二一引)

4. 王铚：

贺方回遍读唐人遗集，取其意以为诗词，然所得在善取唐人遗意也，不如晏叔原尽见升平气象，所得者人情物态。叔原妙在得于妇人，方回妙在得词人遗意。

《默记》卷下

5. 叶梦得：

博学强记，工语言，深婉丽密，如次组绣。尤长于度曲，掇拾人所遗弃，少加隐括，皆为新奇。尝言：吾笔端驱使李商隐、温庭筠，常奔命不暇。

《贺铸传》(《石林居士建康集》卷八)

6. 程俱：

方回仪观甚伟，如羽人剑客，然戏为长短句，皆雍容妙丽，极幽闲思怨之情。

《贺方回诗集序》(《北山小集》)

7. 李清照：

(词)别是一家，知之者少。后晏叔原、贺方回、秦少游、黄鲁直出，始能知之。又晏苦无铺叙，贺苦少典重，秦即专主情致而少故实，譬如良家美女，虽极研丽丰逸，而终乏富贵态。黄即尚故实，而多疵病，譬如良玉有瑕，价自减半矣。

《词论》(《苕溪渔隐丛话》后集卷三十三引)

8. 王灼：

贺方回、周美成、晏叔原、僧仲殊各尽其才力，自成一家。贺、周语意精新，用心甚若。毛泽民、黄载万次之。

前辈云:“《离骚》寂莫千年后,〔戚氏〕凄凉一曲终。”〔戚氏〕,柳所作也。柳何敢知世间有《离骚》? 惟贺方回、周美成时时得之。贺〔六州歌头〕、〔望湘人〕、〔吴音子〕诸曲,周〔大酺〕、〔兰陵王〕诸曲最奇崛。或谓深劲乏韵,此遭柳氏野狐涎吐不出者也。

《碧鸡漫志》卷二

9. 陆游:

贺方回状貌奇丑,色青黑而有英气,俗谓之贺鬼头。喜校书,朱黄未尝去手,诗文皆高,不独工长短句也。

《老学庵笔记》卷八

10. 周密:

周美成长短句纯用唐人诗句,如“低鬟蝉影动,私语口脂香”,此乃元白全句。贺方回尝言:吾笔端驱使李商隐、温庭筠,常奔走不暇。则亦可谓能事矣。

《浩然斋雅谈》卷下

11. 周煇:

贺方回、柳耆卿为文甚多,皆不传于世,独以乐章脍炙人口。

《清波杂志》卷八

12. 张炎:

句法中有字面,盖词中一个生硬字用不得。须是深加锻炼,字字敲打得响,歌诵妥溜,方为本色语。如贺方回、吴梦窗,皆善于炼字面,多于温庭筠、李长吉诗中来。字面亦词中之起眼处,不可不留意也。

《词源》卷下

13. 王博文:

乐府始于汉,著于唐,盛于宋。大概以情致为主,秦、晁、贺、晏虽得其体,然哇淫靡曼之声胜。东坡、稼轩矫之以雄词英气,天下之趋向始明。

《天籁集序》(四印斋刻本)

14. 杨维桢：

张右史尝评贺方回乐府，谓其肆口而成，不待思虑雕琢，又推其极至，华如游金、张之堂，冶如揽嫱、施之祛，幽洁如屈、宋，悲壮如苏、李。具是四工夫，岂可以肆口而成哉？盖肆口而成者，情也；具四工者，才也。情至，而此贺才子妙绝一世，而文章钜公不能擅其场者，情之两至也。

《沈生乐府序》(《东维子文集》卷十一)

15. 宋征璧：

吾于宋词得七人焉：曰永叔，其词秀逸；曰子瞻，其词放诞；曰少游，其词清华；曰子野，其词娟洁；曰方回，其词新鲜；曰小山，其词聪俊；曰易安，其词妍婉。他若黄鲁直之苍老，而或伤于颓。王介甫之劖削，而或伤于拗。晁无咎之规检，而或伤于朴。辛稼轩之豪爽，而或伤于霸。陆务观之萧散，而或伤于疏。此皆所谓我辈之词也。苟举当家之词，如柳屯田哀感顽艳，而少寄托。周清真蜿蜒流美，而乏陡健。康伯可排叙整齐，而乏深邃。其外则谢无逸之能写景，僧仲殊之能言情，程正伯之能壮采，张安国之能用意，万俟雅言之能协律，刘改之之能使气，曾纯甫之能书怀，吴梦窗之能叠字，姜白石之能琢句，蒋竹山之能作态，史邦卿之能刷色，黄花庵之能选格，亦其选也。词至南宋而繁，亦至南宋而敝，作者纷如，难以概述矣。

《倡和诗余序》(《倡和诗余》)

16. 严沆：

同叔、永叔、方回、叔原、子野，咸本《花间》，而渐近流畅。

《古今词选序》(《宋词三百首笺注》引)

17. 先著：

方回长调，便有美成意，殊胜晏、张。(评贺铸〔望湘人〕“厌莺声到枕”)

《词洁辑评》卷六

18. 朱彝尊：

词贵当行，方回“肠断”句，原不在字句纤绝。

《锦瑟词话》引

19. 万树：

词情、词律，高压千秋，无怪一时推服。

《词律》卷十

20. 焦袁熹：

〔采桑子〕《编纂〈乐府妙声〉竟作》

哀骀多妾君知否，此段缘由。别有风流。不见江南贺鬼头。　　一声梅子黄时雨，魂断朱楼。云雨都休。会说愁时我也愁。

《此木轩直寄词》

21. 田同之：

昔人云：填词小道，然鲁直谓晏叔原乐府为《高唐》、《洛神》之流。张文潜谓贺方回“幽洁如屈、宋，悲壮如苏、李”。夫屈、宋，《三百》之苗裔；苏、李，五言之鼻祖，而谓晏、贺之词似之，世亦无疑二公之言为过情者，然则填词非小道可知也。

《西圃词说》

22. 厉鹗：

贺梅子昔吴中住，一曲横塘自往还。

难会寂音尊者意，也将绮障学东山。洪觉范有和贺方回〔青玉案〕词，极浅陋。

《论词绝句》（《樊榭山房诗集》卷七）

23. 郑方坤：

贺家梅子句通灵，学士屯田比尹邢。

只字单词足千古，不将画壁羡旗亭。贺铸有“梅子黄时雨”之句，号“贺梅子”。东坡云：“山抹微云秦学士，露花倒影柳屯田。”

《论词绝句》（《蔗尾诗集》卷五）

24. 李其永：

可堪时候又黄梅，无数闲愁得得来。

直把年华等风絮，断肠宁独贺方回。

《读历朝词杂兴》（《贺九山房诗·蓬蒿集》）

25. 王初桐：

贺铸号庆湖遗老，有《东山寓声乐府》三卷，张文潜谓其妙绝一时，盛丽如游金、张之堂，妖冶如揽嫱、施之袂，幽索如屈、宋，悲壮如苏、李。铸有小筑，在姑苏，往来其间，作〔青玉案〕词，有“梅子黄时雨”之句，世称“贺梅子”。方回寡发，郭功父指其髻曰：“此真贺梅子也。”后山谷有诗曰：“解道江南断肠句，世间惟有贺方回。”其为前辈推重如此。而潘子真以为用寇莱公“梅子黄时雨如雾”语也。

贺方回〔青玉案〕词工妙之至，无迹可寻。语句思路亦在目下，而千人、万人不能凑泊。

方回长调便有美成意，殊胜晏、张。

温飞卿俗号“温钟馗”，贺方回俗号“贺鬼头”，二人皆状貌奇丑，而才藻绝丽。

《小嫏嬛词话》卷一

26. 郭麐：

词之为体，大略有四：风流华美，浑然天成，如美人临妆，却扇一顾，《花间》诸人是也，晏元献、欧阳永叔诸人继之；施朱傅粉，学步习容，如宫女题红，含情幽艳，秦、周、贺、晁诸人是也，柳七则靡曼近俗矣；姜、张诸子，一洗华靡，独标清绮，如瘦石孤花，清笙幽磬，入其境者，疑有仙灵，闻其声者，人人自远，梦窗、竹屋，或扬或沿，皆有新隽，词之能事备矣；至东坡以横绝一代之才，凌厉一世之气，间作倚声，意若不屑，雄词高唱，别为一宗，辛、刘则粗豪太甚矣。其余幺弦孤韵，时亦可喜，溯其派别，不出四者。

《灵芬馆词话》卷一

27. 孙尔准：

严顾同熏北宋香，清词前辈数吾乡。

珠帘细雨今犹昔，贺老江南总断肠。

《论词绝句》二十二首（《泰云堂诗集》卷四）

28. 沈道宽：

佳士还须好客陪，匠心唯有贺方回。

一川烟草漫天絮，梅子黄时细雨来。或谓梅黄句袭莱公，不知二句敷衬得好也。

《论词绝句》（《话山草堂诗钞》卷一）

29. 周济：

耆卿熔情入景，故淡远；方回熔景入情，故秾丽。

《宋四家词选目录序论》

30. 周之琦：

词之有令，唐五代尚已。宋惟晏叔原最擅胜场，贺方回差堪接武。其余间有一二名作流传，然非专门之学。自兹以降，专工慢词，不复措意令曲。其作令曲，仍与慢词声响无异。大抵宋词闲雅有余，跌宕不足，长调则有清新绵邈之者，小令则少抑扬抗坠之致。盖时代升降使然，虽《片玉》、石帚不能自开生面，况其下者乎！

《心日斋十六家词选》附

31. 周之琦：

雕琼镂玉出新裁，屈宋嫱施众妙该。

他日四明工琢句，瓣香应自庆湖来。

《心日斋十六家词选》附

32. 谭莹：

词笔真能屈宋偕，鬼头善盗各安排。

也知本寇巴东语，梅子黄时雨特佳。

《论词绝句》(《乐志堂诗集》卷六)

33. 华长卿:

一寸芭蕉易惹愁，横塘台榭水东流。

满城风絮黄梅雨，肠断江南贺鬼头。

《论词绝句》(《梅庄诗钞》卷五)

34. 杨希闵:

书家学真书，必从篆隶入乃高胜。吾谓词家亦当从汉魏六朝乐府入，而以温、韦为宗，二晏、贺、秦为嫡裔。欧、苏、黄则如光武崛起，别为世庙。如此则有祖有祢，而后乃有子有孙。被截从南宋梦窗、玉田入者，不啻生于空桑矣。(《序》)

长短句为诗之余，然则诗源而词委也，源不远，委何能长?温、韦、二晏、秦、贺皆能诗，苏、黄尤卓卓，姜、辛诗亦工，安身立命不在词，故溢为词敻绝也。屯田、清真、梅溪、梦窗、碧山、玉田诸子，藉词蕃身，他文翰一无可见，有委无源，故绣绘字句，排比长调以自饰。

吾谓词学当从汉魏六朝乐府入，而以温、韦、二晏、秦、贺为正宗，屯田诸子为附庸，则途辙不谬矣。(《总论》)

山谷诗云:“少游醉卧古藤下，谁与愁眉唱一杯。解作人间肠断句，只今惟有贺方回。”盖谓贺足媲秦也。周稚主题方回词云:“雕琼镂玉出新裁……”此又谓方回之词下开梦窗也。然弟以雕琼镂玉赏之，犹是皮相。山谷守当涂，方回过之，作〔临江仙〕词有“人归落雁后，思发在花前”，山谷剧爱之，名之曰〔雁后归〕。故知山谷识真远在周上。(卷五)

《词轨》

35. 刘熙载:

叔原贵异，方回赡逸，耆卿细贴，少游清远，四家词趣各别，惟尚婉则同耳。

《词概》

36. 缪荃孙：

阳春领袖于南唐，庆湖负声于北宋；碧山之绵眇，梅溪之佚丽；中圭双秀，不殊怨悱之音。

《宋元词四十家序》（《艺风堂文集》卷五）

37. 樊增祥：

方回乐府，见称宛邱，妖丽之云，殆犹未称，论其圆吭徐啭，明姿淡演，意周乎调，情余于词，固亦三影之埙篪，淮海之鼓吹也。

《东溪草堂词选自叙》（《樊山集》卷二十三）

38. 王鹏运：

北宋人词，如潘逍遥之超逸，宋子京之华贵，欧阳文忠之骚雅，柳屯田之广博，晏小山之疏俊，秦太虚之婉约，张子野之流丽，黄文节之隽上，贺方回之醇肆，皆可模拟得其仿佛。唯苏文忠之清雄，敻乎轶尘绝迹，令人无从步趋。

《半塘遗稿》（《唐宋名家词选》引）

39. 陈廷焯：

北宋晏、欧、王、范诸家，规模前辈，益以才思。东坡出而纵横排宕，扫尽纤浮。山谷倔强盘屈，另开生面。张、晁则摇曳生姿，才不大而情胜；秦、柳则风流秀曼，骨不高而词胜。自方回出，独辟机杼，尽掩古人。（卷二）

起笔飘逸是贺公本色，较秦少游“春意随人意”更来得妙。“惟有春知处”句笔态翩翩，遣辞精秀，宜为当时所重。（卷三）

方回词，儿女、英雄兼而有之。

词至方回，悲壮风流，抑扬顿挫，兼晏、欧、秦、柳之长，备苏、黄、辛、陆之体，一时尽掩古人。两宋词人除清真、白石两家外，莫敢与先生抗手。（卷三）

词至美成，开阖动荡，包扫一切……两宋作者，除白石、方回，莫与争锋矣。（卷四）

两宋词人，前推方回、清真，后推白石、梅溪、草窗、梦窗、玉田诸家。（卷五）

两宋作者，前推方回、清真，后推白石、梅溪。（卷九）

《云韶集》

40. 陈廷焯：

方回词只就众人所省之语，运用入妙，其长处正不可及。（《大雅集》卷二）

方回词一语抵人千百段，以平常，读之既久，情味愈出。（《别调集》卷一）

《词则》

41. 陈廷焯：

古今词人众矣，余以为圣于词者有五家，北宋之贺方回、周美成，南宋之姜白石，国朝之朱竹垞、陈其年也。

昔人谓东坡词胜于情，耆卿情胜于词，秦少游兼而有之。然较之方回、美成，恐亦瞠乎其后。

方回词，笔墨之妙，真乃一片化工。《离骚》耶？《七发》耶？乐府耶？杜诗耶？吾乌乎测其所至。

昔人谓方回词妖冶如揽嫱施之祛，富艳如入金张之堂，幽索如屈、宋，悲壮如苏、李，此犹论其貌耳。若论其神，则如云烟缥缈，不可方物。集中所选不多，然已足见此老面目。

贺方回之韵致，周美成之法度，姜白石之清虚，朱竹垞之气骨，陈其年之博大，皆词坛中不可无一，不能有二者。

《词坛丛话》

42. 陈廷焯：

唐五代词，不可及处正在沉郁。宋词不尽沉郁，然如子野、少游、美成、白石、碧山、梅溪诸家，未有不沉郁者。即东坡、方回、稼轩、梦窗、玉田等，似不必尽以沉郁胜，然其佳处，亦未有不沉郁者。词中所贵，尚未可以知耶。

方回词，胸中眼中，另有一种伤心说不出处，全得力于楚《骚》，而运以变化，允推神品。

方回词极沉郁，而笔势却又飞舞，变化无端，不可方物，吾乌乎测其所至。（卷一）

尹惟晓云："求词于吾宋，前有清真，后有梦窗。此非予之言，四海之公言也。"为此论者，不知置东坡、少游、方回、白石等于何地？（卷二）

然北宋、南宋，不可偏废。南宋白石、梅溪、梦窗、碧山、玉田辈，固是高绝，北宋如东坡、少游、方回、美成诸公，亦岂易及耶！（卷三）

《莲子居词话》……至以耆卿与苏、张、周、秦并称，而不数方回，亦为无识……大抵北宋之词，周、秦两家皆极顿挫沉郁之妙，而少游托兴尤深，美成规模较大，此周、秦之异同也；子野词于古隽中见深厚；东坡词则超然物外，别有天地；而江南贺老，寄兴无端，变化莫测，亦岂出诸人下哉！……若耆卿词，不过长于言情，语多凄秀，尚不及晏小山，更何能超越方回，而与周、秦、苏、张并峙千古也！（卷五）

《白雨斋词话》

43. 蒋兆兰：

词家正轨，自以婉约为宗。欧、晏、张、贺，时多小令，慢词寥寥，传作较少。

欧阳、大小晏、安陆、东山，皆工小令，足为师法。

《词说》

44. 况周颐：

初学作词，最宜读碧山乐府，如书中欧阳信本，准绳规矩极佳。二晏如右军父子，贺方回如李北海，白石如虞伯施而隽上过之，公谨如褚登善，梦窗如鲁公，稼轩如诚悬，玉田如赵文敏。

《香海棠馆词话》（龙榆生《唐宋名家词选》引。按：此则不

见《蕙风丛书》本《香海棠馆词话》）

45. 况周颐：

按填词以“厚”为要旨。苏、辛词皆极厚，然不易学，或不能得其万一，而转滋流弊，如粗率、叫嚣、澜浪之类。《东山词》亦极厚，学之却无流弊，信能得其神似，进而窥苏、辛堂奥何难矣？“厚”之一字，关系性情，“解道江南断肠句”，方回之深于情也；企鸿轩蓄书万余卷，得力于酝酿者又可知。张叔夏作《词源》，于方回但许其善炼字面，讵深知方回者耶？（卷十四）

词家苏、辛并称，差堪鼎足者，其贺方回乎？苏词清雄，其厚在神；辛词刚健含婀娜，其秀在骨。今世倚声专家富有性情者，其于幼安或粗得涯涘，而于长公未由窥其堂奥也。稍有合于辛矣，不进于苏不止，其唯取径东山乎？东山笔力沉至，满心而发，肆口而成。骤观之甚似意中之言，深求之，实有无穷之蕴，盖具体长公，而于幼安则异曲而同工也。东山独到之处，在语言文字之外，非于辛有合者不能学，即能学之亦未必遽近于苏，特舍此别无可假之涂耳。此论为得力于幼安者发。（卷三十）

《历代词人考略》

46. 夏敬观：

《老学庵笔记》称：方回喜校书，丹黄未尝去手，诗文皆高，不独工长短句。张文潜序有或者讥方回好学能文，而唯是为工之语。今人称方回唯知其词矣。《四库提要》于《庆湖遗老集》评语亦言词胜于诗。余以为方回词之工，正得力于诗功之深也。《王直方诗话》谓方回言学诗于前辈，得八句云：平淡不涉于流俗，奇古不邻于怪僻。题咏不窘于物义，叙事不病于声律。比兴深者通物理，用事工者如己出。格见于成篇，浑然不可镌。气出于言外，浩然不可屈。此八语，余谓亦方回作词之诀也。

小令喜用前人成句，其造句恒类晚唐人诗。慢词命辞遣意多自唐贤诗篇得来，不施破碎藻采，可谓无假脂粉，自然秾丽。张叔夏谓其与吴梦窗皆善于炼字面者，多于李长吉、温庭筠诗中来，大谬不然。方回词取材于长吉、飞卿者不多，所以整而不碎也。

《吷庵词评》

47. 夏敬观：

转折笔圆，恃虚字为转折耳。意圆，则前后呼应一贯。神圆，则不假转折之笔，不假呼应之意，而潜气内转。方者，本质，天所赋也。圆者，功力，学所致也。方圆二字，不易解释。梦窗，能方者也。白石、玉田，能圆者也。知此可悟方圆之义。方中不见圆，盖神圆也，惟北宋人能之，子野、方回、耆卿、清真皆是也。

《蕙风词话诠评》（《蕙风词话》附录）

48. 夏敬观：

稼轩丽之处，从此（按：指〔青玉案〕“凌波不过横塘路”）脱胎。细读东山词，知其为稼轩所师也。世但言苏、辛为一派，不知方回，亦不知稼轩。

《手批东山词》

49. 高旭：

游荡金鞍是泪否，柳花工写浦城愁。

争传梅子黄时雨，输却吴中贺鬼头。

《论词绝句》三十首（《未济庐诗集》）

50. 王国维：

冯梦华《宋六十一家词选·序例》谓：淮海、小山，古之伤心人也。其淡语皆有味，浅语皆有致。余谓此唯淮海足以当之。小山矜贵有余，但可方驾子野、方回，未足抗衡淮海也。

北宋名家以方回为最次，其词如历下、新城之诗，非不华赡，惜少真味。

《人间词话》

51. 王国维：

故以宋词比唐诗，则东坡似太白，欧、秦似摩诘，耆卿似乐天，方回、叔原则大历十子之流，南宋惟一稼轩可比昌黎，而词中老杜则非先生（按：指周邦彦）不可。

《清真先生遗事·尚论三》

52. 吴梅：

得骚雅之意者，为贺铸。

方回词最传述人口者，为〔薄幸〕、〔青玉案〕、〔望湘人〕、〔踏莎行〕诸阕，固为杰出之作。他如〔踏莎行〕云："断无蜂蝶梦幽香，红衣脱尽芳心苦。"又云："当年不肯嫁东风，无端却被西风误。"〔下水船〕云："灯火虹桥，难寻弄波微步。"〔诉衷情〕云："秦山险，楚山苍，更斜阳。画桥流水，曾见扁舟，几度刘郎。"〔御街行〕云："更逢何物可忘忧，为谢江南芳草。断桥孤驿，冷云黄叶，想见长安道。"诸作皆沉郁，而笔墨极飞舞，其气韵又在淮海之上，识者自能辨之。至〔行路难〕一首，颇似玉川长短句诗。诸家选本，概未之及。词云："缚虎手……"与〔江南春〕七古体相似，为方回所独有也。要之骚情雅意，哀怨无端。盖得力于风雅，而出之以变化。故能具绮罗之丽，而复得山泽之清。

《词学通论》

53. 陈匪石：

珠玉、小山、子野、屯田、东山、淮海、清真，其词皆神于炼。不似南宋名家，针线之迹未灭尽也。

《声执》卷上

54. 陈匪石：

贺铸洗炼之功，运化之妙，实周、吴所自出，小令一道，又为百余年结响。

《宋词举》卷下

55. 蔡嵩云：

北宋如屯田、方回、清真、雅言诸家，南宋如白石、梅溪、梦窗、草窗、玉田诸家，大都妙解音律，所为词，声文并茂。

《柯亭词论》

56. 赵尊岳：

倚声之学，托始于唐，浸盛于五季。其君若臣，歌舞宴酣；风流相尚，琱璓镂玉，方巧化工，《尊前》、《花间》，奄有众美。爰及天水，晏氏父子，引温、韦之绪。欧、苏、秦、柳，风雅所宗。子野、方回，并世郢匠。清真崛起，为两宋关键，间以质拙胜，非深于此道不易知。南渡已还，麦秀黍离，家国之感，发为咏歌。白石老仙风格遒上，宜与稼轩分镳平辔。梦窗专家，斯诣造极，蓄艳之笔，运以沉思，致密之中，饶有清气，七宝楼台之喻，甚非知人之言。竹山高节，艳而有骨。公瑾、圣与，丽而有则。玉田王孙，后来之秀，清辞丽句，叹观止焉。

《蓉影词跋》(《蓉影词》)

57. 赵尊岳

宋词佳处，亦各擅其胜场。小山华贵而取境不大；淮海艳宕而或失之轻俊；梅溪敏于词令，间或拙于事理；方回肤廓；玉田谐婉或失之空疏；草窗、花外，敷藻甚工，往往言之无物。读者当各采其精英，各避其短失。(卷一)

若再断代言之，同时竞爽，自各极其胜场。十国蓄艳之中，南唐二主独以至情见著。北宋柳缛、贺疏，周雅、秦秀；南宋吴密、姜苍，张俊、周丽。元则遗山天颖，惟以雄胜。明仅二陆沉著可诵。(卷二)

《填词丛话》

58. 顾宪融：

贺方回，名铸，卫州人。孝惠后族孙，尝为武弁。元祐中通判泗州，又倅大平州。退居吴下，筑室于横塘，自号庆湖遗老，自裒自歌词为《东山寓声乐府》三卷。张文潜曰："方回乐府，妙绝一世。盛丽如游金张之堂，妖冶如揽嫱施之袂，幽索如屈、宋，悲壮如苏、李。”按：方回乐府，毛刻《六十家词》未刊，仅见各家选本。丽而不淫，与少游同是词家当行语，而“梅子黄时”一阕，尤脍炙人口云。

《填词百法》

59. 祝南：

贺东山词，古艳绝伦，而笔力精健，气韵亦高，读之久久，可以涤除俗秽，引动雄怀。王观堂《人间词话》谓：“北宋名词，以方回为最次。”未为公论。

东山〔天香〕词，腾空实气，凌厉无前，刷羽彩鸾，有时自赏，当为压卷之作。

幽咽俊快，兼有二长，东山合作，直如参军乐府，读之神往。

《无庵说词》

胡浩然

胡浩然，生卒年及生平皆不详。

1. 杨慎：

冯双溪之评胡浩然词《立春》〔喜迁莺〕，先纪节序，次述宴会，末归应时纳祜，要有感慨思致。

沈雄《古今词话·词品》上卷引

2. 朱彝尊：

填词最雅，无过石帚，《草堂诗余》不登其只字。胡浩然《立春》、《吉席》之作，蜜殊《咏桂》之章，亟收卷中，可谓无目者也。

《词综·发凡》（按：胡浩然，《词综·发凡》原作“胡浩”。此据沈雄《古今词话·词品》下卷引《词综》补）

3. 沈雄：

选词家俱甚薄其声口，但就其〔春霁〕、〔秋霁〕、〔万年欢〕、〔东风齐着力〕、〔送入我门来〕，俱以其庸而忽诸。殊不知稳帖者，亦有佳处……其情致人所不到，亦何庸过斥之也。

《柳塘词话》（《古今词话·词评》上卷引）

4. 谭献：

《草堂》所录，但芟去柳耆卿、黄山谷、胡浩然、康伯可、僧仲殊诸人恶札，则两宋名章迥句，传诵人间者略具，宜其与《花间》并传，未可废也。

《复堂词话》

5. 丁绍仪：

〔春霁〕一名〔秋霁〕，与〔送入我门来〕二调，皆始自胡浩然，衷犹诞漫，自成一格。他词亦颇可观……《草堂诗余》误以晁无咎〔传言玉女〕词为浩然作，所录《吉席》〔满庭芳〕词，鄙秽已甚，宜为竹垞太史指摘。

《听秋声馆词话》卷七

6. 况周颐：

胡浩然词见《草堂诗余》，凡三阕，非罕见之书也，乃朱氏《词综》、陶氏《词综补遗》、王氏《词综补人》并皆无之，疏漏正同。《御选历代诗余》录其词矣，而词人姓氏中亦不著其名。(《历代诗余》有词无名者，胡浩然、陈沂孙、僧仲璋三家，是亦奇矣。丁杏舲录其〔秋斋〕“虹影侵阶”阕，所据盖《历代诗余》。《草堂诗余》有浩然〔春霁〕“迟日融和”云云，其〔秋霁〕“虹影侵阶”阕，则署陈后主，顾后主时，安得有倚声长调？（《历代诗余》注云：“〔秋霁〕调始于胡浩然。”）其非是可不辨而决。此二词字句多同，疑浩然同时之作。

《历代词人考略》卷三十三

释仲殊

释仲殊（生卒年不详）字师利。俗姓张，名挥，仲殊为法号。以性嗜蜜，人称“蜜殊”，安州（今湖北安陆）人。初为士人，曾与乡荐，后弃家为僧，居苏州承天寺、杭州宝月寺。与苏轼等交游，宋徽宗崇宁中自缢死。词集有后人辑本《宝月集》。

1. 苏轼：

苏州仲殊师利和尚能文，善诗及歌词，皆操笔立成，不点窜一字。予曰：“此僧胸中无一毫发事。”故与之游。

《东坡志林》卷十一

2. 王灼：

贺方回、周美成、晏叔原、僧仲殊各尽其才力，自成一家。贺、周语意精新，用心甚苦；毛泽民、黄载万次之。叔原如金陵王谢子弟，秀气胜韵，得之天然，将不可学。仲殊次之。殊之赡，晏反不逮也。

《碧鸡漫志》卷二

3. 陆游：

邹忠公为作诗云：“逆行天莫测，雉作渎中经。沤灭风前质，莲开火后形。钵盂残蜜白，炉篆冷烟清。空有谁家曲，人间得细听。”

《老学庵笔记》卷七

4. 范成大：

仲殊字师利，承天寺僧也。初为士人，尝预乡荐。其妻以药毒之，遂弃家削发。时食蜜以解药毒。苏文忠公与之还往甚厚，号之曰“蜜殊”。殊工于诗词，有《宝月集》行于世。其长短句间有奇作，非世俗诗僧比也。后自经于枇杷木下。

《吴郡志》卷四十二

5. 黄昇：

仲殊之词多矣。佳者固不少，而小令为最，小令之中，〔诉衷情〕一调又其最，盖篇篇奇丽，字字清婉，高处不减唐人风致也。

《唐宋诸贤绝妙词选》卷九

6. 龚明之：

仲殊，字师利，承天寺僧也。初为士人，尝与乡荐，其妻以药毒之，遂弃家为僧。工于长短句。东坡先生与之往来甚厚。

《中吴纪闻》卷四

7. 陈霆：

僧仲殊好作艳词，其同袍孚草堂者，尝寓诗箴之，迄不为止。殊尝咏妇人，有"凤鞋湿透立多时，不言不语厌厌地"之句。后殊经于枇杷树下，轻薄子更其句以吊云："枇杷树下立多时，不言不语厌厌地。"闻者捧腹。大率淫言媟语，故非衲子所宜也，然殊诸曲，类能脱绝寒俭之态。

《渚山堂词话》卷二

8. 杨慎：

宋人小词，僧徒惟二人最佳：觉范之作类山谷，仲殊之作似《花间》。祖可、如晦俱不及也。

《词品》卷二

9. 宋征璧：

吾于宋词得七人焉：曰永叔，其词秀逸；曰子瞻，其词放诞；曰少游，其词清华；曰子野，其词娟洁；曰方回，其词新鲜；曰小山，其词聪俊；曰易安，其词妍婉。他若黄鲁直之苍老，而或伤于颓。王介甫之劖削，而或伤于拗。晁无咎之规检，而或伤于朴。辛稼轩之豪爽，而或伤于霸。陆务观之萧散，而或伤于疏。此皆所谓我辈之词也。苟举当家之词，如柳屯田哀感顽艳，而少寄托。周清真蜿蜒流美，而乏陡健。康伯可排叙整齐，而乏深邃。

其外则谢无逸之能写景，僧仲殊之能言情，程正伯之能壮采，张安国之能用意，万俟雅言之能协律，刘改之之能使气，曾纯甫之能书怀，吴梦窗之能叠字，姜白石之能琢句，蒋竹山之能作态，史邦卿之能刷色，黄花庵之能选格，亦其选也。词至南宋而繁，亦至南宋而敝，作者纷如，难以概述矣。

《倡和诗余序》(《倡和诗余》)

10. 朱彝尊：

填词最雅，无过石帚，《草堂诗余》不登其只字，见胡浩然《立春》、《吉席》之作，蜜殊《咏桂》之章，亟收卷中，可谓无目者也。

《词综·发凡》

11. 沈雄：

词选中有方外语，芜累与空疏同病。要寓意言外，一如寻常，不别立门户，斯为入情。仲殊、觉范、祖可尚矣。

《古今词话·词话》上卷

12. 沈雄：

词之粗莽者，李似之《咏桂》：“胜如茉莉，赛若荼蘼。”仲殊之《咏桂》：“花则一名，种分三色。”……笔墨何辜，伧父之甚。

《柳塘词话》(《古今词话·词品》下卷引)

13. 谭献：

《草堂》所录，但芟去柳耆卿、黄山谷、胡浩然、康伯可、僧仲殊诸人恶札，则两宋名章迥句，传诵人间者略具，宜其与《花间》并传，未可废也。

《复堂词话》

14. 陈廷焯：

仲殊词极婉丽。

《云韶集》卷十

15. 刘毓盘：

（仲殊）有词七卷，沈注为之序，又曰：仲殊之词多矣，佳者固不少，而小令为最，小令之中〔诉衷情〕“涌金门外”一首又其最。盖句句奇丽，字字清婉，不让唐人风致也。王灼《碧鸡漫志》论词，谓晏叔原、僧仲殊各尽其才力，自成一家。叔原则秀气胜韵得之天然，仲殊次之。殊之赡，叔原反不逮也。是二家之词，皆颐堂所心折者。《宝月集》七卷，当不下数百首，北宋人词，自柳永《乐章集》九卷，周邦彦《片玉集》十卷外，专力于词，必以仲殊为巨擘焉。

《辑校宝月集跋》（《唐五代宋辽金元名家词集六十种辑》）

16.《续修四库全书总目提要》：

挥词虽绮艳，而宛转流走，东坡云：苏州仲殊师利和尚，能文，善诗及歌词，皆操笔立成，不点窜一字，此僧胸中无一毫发事。花庵云：仲殊之词多矣，佳者固不少，而小令为最；小令之中，〔诉衷情〕一调又其最，盖篇篇奇丽，字字清婉，高处不减唐人风致也。

《宝月集一卷》

陈师道

陈师道（1052—1102）字履常，一字无己，号后山居士，彭城（今江苏徐州）人。年十六以文谒曾巩，为所赏，从受业。以不满王安石新学，绝意进取。后见知于苏轼，名列“苏门六君子”。宋哲宗元祐二年（1087），起为徐州教授，又以梁焘荐为太学博士。绍圣初，以在官尝越境出南京见苏轼，改颍州教授，又论其进非科第，罢归。调彭泽令，不赴。徽宗立，召为秘书省正字。与郊祀礼，天寒，其妻假绵衣于妹婿赵挺之，师道素薄其人，却不肯服，以寒疾死。《宋史》有传。师道工诗，与黄庭坚齐名，号“黄陈”。后人推为江西诗派“三宗”（黄庭坚、陈师道、陈与义）之一。有《后山集》。词集自名《语业》，今传本名《后山词》。

1. 陈师道：

晁无咎云：眉山公之词，盖不更此而知也。余谓不然，宋玉初不识巫山神女而能赋之，岂待更而知也。余它文未能及人，独于词自谓不减秦七、黄九。而为乡掾三年。去而复还，又三年矣。而乡妓无欲余之词者，独杜氏子勤恳不已，且云所得诗词满箧，家多畜纸笔墨，有暇则学书，使不如言，其志亦可喜也，乃写以遗之。古语所谓“但解闭门留我处，主人莫问是谁家”者也。

《书旧词后》（《后山集》卷十九）

2. 王灼：

陈无已所作数十首，号曰《语业》，妙处如其诗，但用意太深，有时僻涩。

世言无已喜作庄语，其弊生硬是也。

《碧鸡漫志》卷二

3. 胡仔：

《后山诗话》云："晁无咎言：眉山公之词短于情，盖不更此境也。余谓不然。宋玉初不识巫山神女，而能赋之，岂待更而知也。余他文未能及人，独于词，自谓不减少秦七、黄九。"苕溪渔隐曰：无己自矜其词如此。今《后山集》不载其小词，世亦无传之者，何也？

《苕溪渔隐丛话》前集卷五十一

4. 陆游：

唐末诗益卑，而乐府词高古工妙，庶几汉魏。陈无己诗妙天下，以其余作词，宜其工矣。顾乃不然，殆未易晓也。

《跋后山居士长短句》（《渭南文集》卷二十八）

5. 杨慎：

陈后山为人极清苦，诗文皆高古，而词特纤艳。如〔一落索〕换头云："一顾教人微俏，那堪亲见。不辞紫袖拂清尘，也要识春风面。"又有《席上赠妓》词云："不愁歌里断人肠，只怕有肠无处断。"所谓彼亦直寄焉，以为不知己者诟厉也。

《词品》卷三

6. 王初桐：

陈后山云：当今词人，惟秦七、黄九，唐诸人所不及。此言大谬，唐人之高厚，非惟黄不能及，即秦亦不能及也。后山自谓：他文未能及人，独于词不减秦七、黄九，其自矜如此。今观其《长短句》二卷，大率平浅，至用意太深处，又近僻涩。

《小嫏嬛词话》卷一

7. 李调元：

陈后山词喜用尖新字，然最稳。

《雨村词话》卷一

8. 《四库全书总目提要》：

胡仔《渔隐丛话》述陈师道自矜语，谓于词不减秦七、黄九。

今观其〔渔家傲〕词有云:“拟作新词酬帝力,轻落笔,黄秦去后无强敌。”云云自负良为不浅。然师道诗冥心孤诣,自是北宋巨擘,至强回笔端,倚声度曲,则非所擅长。如赠晁补之舞鬟之类,殊不多见。其《诗话》谓曾子开、秦少游诗如词,而不自知词如诗。盖人各有能有不能,固不必事事第一也。

《后山词提要》

9.《四库全书总目提要》:

(后山)长短句亦自为别调,不甚当行,大抵词不如诗。(《后山集提要》)

方回《瀛奎律髓》称杜甫为一祖,而以黄庭坚、陈师道及与义为三宗。如以词论,则师道为勉强学步,庭坚为利钝互陈,皆迥非与义之敌矣。(《无住词提要》)

10. 冯煦:

后山、斓窟、审斋、石屏诸家,并娴雅有余,绵丽不足,与卢叔阳、黄叔暘之专尚细腻者,互有短长。《提要》之论后山、石屏,皆谓其以诗为词,然后山笔力甚健,要非式之所可望也。

《蒿庵论词》

11. 王鹏运:

词名诗余,后山词信其诗之余矣。卷中精警之句,亦复隐秀在神,蕃艳为质,秦七、黄九蔑以加。昔杜少陵诗云:“文章千古事,得失寸心知。”国朝纳兰容若自言其为诗词如鱼饮水,冷暖自知而已。笃行如后山,讵漫然自矜许者?特可为知者道耳。

《历代词人考略》卷十二引

12. 陈廷焯:

无己词,风流飘洒,尤工小令。

无己词亦是以情胜。亦慨叹,亦风流。

《云韶集》卷三

13. 陈廷焯：

后山词亦以情胜，微逊子野沉着，而措语较婉雅。

《词则·闲情集》卷一

14. 况周颐：

放翁题跋云：陈无己诗妙天下，以其余作词，宜其工矣。顾乃不然，殆未易晓也。今世传后山词一卷，仅四十九阕，窃尝一再循诵，如〔菩萨蛮〕《七夕》云："天上隔年期。人间长别离。"〔蝶恋花〕《送彭舍人罢徐》云："路转河回寒日暮。连峰不许重回顾。"〔卜算子〕云："不比阳台梦里逢，亲向尊前见。"〔木兰花〕云："谁家言语似黄鹂，深闭玉笼千万怨。"〔临江仙〕《送叠罗菊与赵使君》云："欲知谁称面，遍插一枝看。"或浑成而调高，或质朴而味厚。〔清平乐〕云："夜堂帘合回廊。风帷吹乱凝香。"则尤渐近致密，为后来梦窗一派之滥觞。其〔南乡子〕（用东坡韵者）"潮落去帆收"云云，风骨高骞，直逼黄九，何庸以"工"之一字绳之？放翁题跋所云，殆不尽然。后山行谊高洁，略见《归田诗话》。《宋史·文苑传》附《秦观传》云：与赵挺之友婿，素恶其人。适预郊祀行礼，寒甚，衣无棉，妻就假于挺之家。问所从得，却去不肯服，遂以寒疾死。其卓绝尤可传也。

《历代词人考略》卷十二

15. 吴梅：

胡元任云：后山自谓他文未能及人，独于词不减秦七、黄九，其自矜如此。而放翁题跋则云：陈无己诗妙天下，以其余作词，宜其工矣。顾乃不然，殆未易晓也。余谓后山词较文潜为优。如〔菩萨蛮〕云"急雨洗香车，天回河汉斜"、〔蝶恋花〕云"路转河回寒日莫，连峰不许重回顾"等语皆胜，放翁所云，亦非公也。

《词学通论》

晁补之

晁补之（1053—1110）字无咎，济州巨野（今山东巨野）人。父端友，有诗名。补之年十七，受知于苏轼。宋神宗元丰二年（1079）举进士第一，授澶州司户参军。元祐元年（1086）以太学正召试，授秘书省正字，迁校书郎，以秘阁校理通判扬州，召为著作佐郎。绍圣中坐元祐党贬监处、信二州酒税。徽宗立，召拜吏部员外郎，礼部郎中兼国史编修、实录检讨官。出知河中府，徙湖州、密州、果州，遂主管鸿庆宫，还家葺归来园，自号归来子。大观末起知达州，改泗州，卒。《宋史》有传。补之为“苏门四学士”之一，诗词文皆工。有《鸡肋集》，词集名《晁氏琴趣外编》，又一本名《晁无咎词》。

1. 黄庭坚：

张侯海内长句，晁子庙中雅歌。无咎乐府于今第一。

高郎少加笔力，我知三杰同科。

《赠子勉四首》其二

2. 黄庭坚：

君不见，晁家乐府可管弦，惜无倾城为一弹。

从军补掾百僚底，九关虎豹何由攀。

男儿身健事未定，且莫著书藏名山。

《再次韵呈廖明略》

3. 叶梦得：

高荷，荆南人，学杜子美作五言，颇得句法。黄鲁直自戎州归，荷以五十韵见，鲁直极爱赏之，尝和其言，有云：“张侯海内长句……”张谓文潜，晁谓无咎也。无咎闻之，颇不平。

《石林诗话》卷中

4. 王灼：

东坡先生以文章余事作诗，溢而作词曲，高处出神入天，平处尚临镜笑春，不顾侪辈。或曰，长短句中诗也。为此论者，乃是遭柳永野狐涎之毒。诗与乐府同出，岂当分异？若从柳氏家法，正自不分异耳。晁无咎、黄鲁直皆学东坡，韵制得七八。

《碧鸡漫志》卷二

5. 苏籀：

黄太史纤秾精稳，体趣天出，简切流美，能中之能，投弃锜斧，有佩玉之雍容。秦校理落尽畦畛，天心月胁，逸格超绝，妙中之妙，论者谓前无伦而后无继。晁南宫平处言近文缓，高处新规胜致，朱弦三叹，斐丽音旨，自成一种姿致。概考其才识，皆内重而外物轻，淳至旷远，学无所遗。水镜万象，谢遗势利，湔祓陈俚，发为新雅，有谓寓言，罕能名之。

《书三学士长短句新集后》（《双溪集》卷十一）

6. 陈振孙：

晁尝云：今代词手惟秦七、黄九，他人不能及也。然二公之词，亦自有不同者，若晁无咎佳者，固未多逊也。

《直斋书录解题》卷二十一

7. 元好问：

坡以来，山谷、晁无咎、陈去非、辛幼安诸公，俱以歌词取称，吟咏情性，留连光景，清壮顿挫，能起人妙思。亦有语意拙直，不自缘饰，因病成妍者，皆自坡发之。

《新轩乐府引》（《遗山文集》卷三十六）

8. 黄昇：

无咎自言今代作者，秦七、黄九耳。两公词亦不同，若无咎亦未必多逊也。

沈雄《古今词话·词评》上卷引

9. 王博文：

乐府始于汉，著于唐，盛于宋。大概以情致为主，秦、晁、贺、晏虽得其体，然哇淫靡曼之声胜。东坡、稼轩矫之以雄词英气，天下之趋向始明。

《天籁集序》(四印斋刻本)

10. 张炎：

晁无咎词名冠柳，琢语平帖，此柳之所以易冠也。

《词源》卷下

11. 毛晋：

无咎虽游戏小词，不作绮艳语。殆因法秀禅师谆谆戒山谷老人，不敢以笔墨劝淫耶？

《琴趣外篇跋》(《宋六十名家词》)

12. 宋征璧：

吾于宋词得七人焉：曰永叔，其词秀逸；曰子瞻，其词放诞；曰少游，其词清华；曰子野，其词娟洁；曰方回，其词新鲜；曰小山，其词聪俊；曰易安，其词妍婉。他若黄鲁直之苍老，而或伤于颓。王介甫之劖削，而或伤于拗。晁无咎之规检，而或伤于朴。辛稼轩之豪爽，而或伤于霸。陆务观之萧散，而或伤于疏。此皆所谓我辈之词也。苟举当家之词，如柳屯田哀感顽艳，而少寄托。周清真蜿蜒流美，而乏陡健。康伯可排叙整齐，而乏深邃。其外则谢无逸之能写景，僧仲殊之能言情，程正伯之能壮采，张安国之能用意，万俟雅言之能协律，刘改之之能使气，曾纯甫之能书怀，吴梦窗之能叠字，姜白石之能琢句，蒋竹山之能作态，史邦卿之能刷色，黄花庵之能选格，亦其选也。词至南宋而繁，亦至南宋而敝，作者纷如，难以概述矣。

《倡和诗余序》(《倡和诗余》)

13. 徐发：

元祐才子黄、秦、晁、张，各擅毫墨，然皆从古诗乐府中发其遗音，遂得调高千古。

《百名家词钞》引

14.《四库全书总目提要》：

其词神姿高秀，与苏轼实可肩随。陈振孙于《淮海词》下记补之之言曰：少游词如“斜阳外，寒鸦数点，流水绕孤村”，虽不识字人，亦知是天生好言语。观所品题，知补之于此事特深。

《晁无咎词提要》

15. 谭莹：

未逊秦黄语略偏，买陂塘曲世先传。

欧苏张柳评量当，位置生平岂漫然。

《论词绝句一百首》(《乐志堂诗集》卷六)

16. 刘熙载：

东坡词在当时鲜与同调，不独秦七、黄九别成两派也。晁无咎坦易之怀，磊落之气，差堪骖靳，然悬崖撒手处，无咎莫能追蹑矣。

《词概》

17. 冯煦：

晁无咎为苏门四士之一，所为诗余，无子瞻之高华，而沉咽则过之。叶少蕴主持王学，所著《石林诗话》，阴抑苏、黄，而其词顾挹苏氏之余波，岂此道与所问学固多歧出邪？

《蒿庵论词》

18. 胡薇元：

无咎为苏门四学士之一，其词神资高秀，可与坡老肩随。陈振孙于《淮海词》后记无咎之言曰：少游词，如“斜阳外，寒鸦数点，流水绕孤村”，虽不识字人，亦知为天生好言语。观所品题，知无咎于此事特深，不但诗文擅长矣。

《岁寒居词话》

19. 陈廷焯：

无咎词沉郁顿挫，几欲与秦七、黄九并驱。

《云韶集》卷三

20. 陈廷焯：

晁无咎词，名不逮秦、柳诸家，而本领不在其下。

《词坛丛话》

21. 况周颐：

《碧鸡漫志》“晁无咎、黄鲁直皆学东坡，韵制得七八。黄晚年闲放于狭邪，故有少疏荡处”云云，其于无咎庶几以“醇雅”许之。

《历代词人考略》卷十三

22. 张德瀛：

同叔之词温润，东坡之词轩骁，美成之词精邃，少游之词幽艳，无咎之词雄邈，北宋惟五子可称大家。

晁无咎慕陶靖节为人，致仕后，葺归来园，号归来子。观《琴趣外篇》，《题自画莲社图》词及《呈祖禹十六叔》词，淡然无营，俯仰自足，可以挹其高致。

《词徵》卷五

23. 吴梅：

无咎词酷似东坡，不独此作（按：指〔摸鱼儿〕“买陂塘旋栽杨柳”）然也。如〔满江红〕之“东武城南”，〔永遇乐〕之“松菊堂深”，皆直摩子瞻之垒。而灵气往来，自有天然之秀。胡元任盛称其〔洞仙歌〕《泗州中秋作》谓如常山之蛇，救首救尾，可云知无咎者矣。

《词学通论》

24. 伊鹏：

苏东坡之词豪放，周美成之词沉郁，晁无咎之词伉爽，辛稼轩之词激壮，而黄山谷则近于粗鄙矣。北宋词家以东坡、少游、山谷、美成为最著名，实则坡等皆以诗笔填词，未必真解音律，真解音律之词家，乃寇准、韩琦、司马光、范仲淹诸名臣也。惜后人多不知耳。

《醉月楼词话》

25. 祝南：

晁无咎词，超妙逊东坡，厚重逊少游，而有清刚之气，深沉之思，高视阔步，不肯作犹人语，自是一大家数。

《无庵说词》

张耒

张耒（1054—1114）字文潜，号柯山，楚州淮阴（今江苏淮阴）人。年十三能文，后从苏轼游。宋神宗熙宁六年（1073）进士，授临海主簿。哲宗元祐元年（1086）迁秘书省正字，历著作佐郎、秘书丞、著作郎、史馆检讨，擢起居舍人。绍圣元年(1094)以直龙图阁知润州。坐旧党徙宣州，谪监黄州酒税，徙复州。徽宗立，起通判黄州，知兖州，召为太常少卿，数月复出知颍州、汝州。崇宁初，复坐党籍落职，主管明道宫，又以在颍州闻苏轼讣为举哀行服，贬房州别驾，黄州安置。五年（1106）得自便，居陈州。晚监南岳庙，主管崇福宫。高宗建炎初赠集英殿修撰。《宋史》有传。耒为“苏门四学士”之一，诗、词、文并工。著有《柯山集》，又名《宛丘集》、《张右史文集》。词有后人辑本《柯山诗余》。

1. 吴曾：

元祐诸公皆有乐府，唯张仅见此二词，味其句意，不在诸公下矣。

《能改斋词话》卷二（按：《历代词话》卷五引此条作“苕溪渔隐”）

2. 杨慎：

宋人作诗与唐远，作词不愧唐人，尝书寇准、杜衍、张耒、刘才邵数词，试诸人，人不能辨，皆〔阿那曲〕也。

沈雄《古今词话·词话》上卷引

3. 徐发：

元祐才子黄、秦、晁、张，各擅毫墨，然皆从古诗乐府中发其遗音，遂得调高千古。

《百名家词钞》引

4. 谭莹：

亭皋木叶正悲秋，元祐词家得宛邱。

著墨无多风格最，绮怀不独少年游。

《论词绝句一百首》(《乐志堂诗集》卷六)

5. 况周颐：

张文潜〔风流子〕："芳草有情，夕阳无语，雁横南浦，人倚西楼。"景语亦复寻常，惟用在过拍，即此顿住，便觉老当浑成。换头"玉容，知安否"融景入情，力量甚大。此等句有力量，非深于词不能知也。"香笺"至"沉浮"，微嫌近滑，幸风前四句，深婉入情，为之补救，而"芳心"、"翠眉"，又稍稍刷色。下云"情到不堪言处，分付东流"，盖至是不能不用质语为结束矣。虽古人用心，未必如我所云，要不失为知人之言也。"香笺共锦字，两地悠悠"，吾人填词，断不堪如此率意，势必绾两句为一句，下句更添一意，由情中、景中生出皆可，情景兼到，又尽善矣。虽然，突过前人不易，或反不逮前人，视平昔之功力、临时之杼轴何如耳。

《餐樱庑词话》(龙榆生《唐宋名家词选》引)

6. 况周颐：

张文潜词传作无多，以〔风流子〕"亭皋木叶下"云云一阕为冠。文潜坐党籍谪官，晚监南岳庙，主管崇福宫。曰"楚天晚"，必其监南岳时作也。其曰"玉容，知安否"，忧主之心也。曰"分付东流"，愁岂随流而去乎？亦与流俱长而已。《尧山堂外纪》所云大石调〔风流子〕，后人辄以此阕当之，不知彼固作于上巳集西池之前，何得赋咏秋景？且其时文潜方年少，"老侵潘鬓"之句，尤为不合。考《乐府雅词拾遗》，文潜〔风流子〕"亭皋"阕下，有前调一阕"淑景皇州满"云云，不署名。此阕正赋春景，当亦文潜之作，即《外纪》所云大石调无疑。彊村朱侍郎云曾见宋本

《乐府雅词》，其拾遗二卷，词皆无名。今世通行享帚精舍《词学丛书》本其有名者，皆秦敦夫就所知者补署于下，不知者阙焉。此词为文潜作，敦夫未知，故不具名也。

《历代词人考略》卷十三

7. 吴梅：

胡元任以为不在元祐诸公之下，非公论也。

《词学通论》

8.《续修四库全书总目提要》：

耒从东坡游，又与无咎、少游相切磋，故文学深邃，其词虽流传甚少，然如〔风流子〕云："芳草有情……"又云："向风前懊恼……"融旧如新，似淡而腴，工力不易至也。

《柯山诗余一卷》

周邦彦

周邦彦（1056—1121）字美成，号清真居士，钱塘（今浙江杭州）人。周邦彦早年“疏隽少检”。宋神宗元丰中入太学，献《汴都赋》，以太学生超擢太学正。约元祐四年（1089）出为庐州教授，知溧水县。绍圣四年（1097）还为国子主簿，历秘书省正字、校书郎、考功员外郎、卫尉、宗正少卿。政和二年（1112）以直龙图阁，出知隆德府、明州，召拜秘书监，进徽猷阁待制，提举大晟府。未几，复出知顺昌府，徙处州，后提举南京鸿庆宫。归杭，适方腊起义，返南京（今河南商丘）。卒赠宣奉大夫。《宋史》有传。邦彦诗、词、文并工，著有《清真居士集》等，已佚。邦彦通音律，善自度曲。词集名《清真词》，一名《片玉集》。

1. 陈师道：

美成笺奏杂著俱善，惜为词掩。

沈雄《古今词话·词评》上卷引

2. 强焕：

（周邦彦）尤可称者，于拨烦治剧之中，不妨舒啸，一觞一咏，句中有眼，脍炙人口者，又有余声，声洋洋乎在耳侧，其政有不亡者存……抑公之词，其模写物态，曲尽其妙。方思有以发扬其声之不可忘者，而未能及乎？暇日从容式燕嘉宾，歌者在上，果以公之词为首唱，夫然后知邑人爱其词，乃所以不忘其政也。

《片玉词序》（汲古阁本）

3. 张端义：

邦彦以词行，当时皆称美成词。殊不知美成文笔大有可观，作《汴都赋》，如笺奏杂著，皆是杰作，可惜以词掩其他文也。

《贵耳集》卷下

4. 王灼：

贺方回、周美成、晏叔原、僧仲殊各尽其才力，自成一家。贺、周语意精新，用心甚苦。

前辈云："《离骚》寂寞千年后，〔戚氏〕凄凉一曲终。"〔戚氏〕，柳所作也。柳何敢知世间有《离骚》，惟贺方回、周美成时时得之……周〔大酺〕、〔兰陵王〕诸曲最奇崛。或谓深劲乏韵，此遭柳氏野狐涎吐不出者也。

江南某氏者，解音律，时时度曲，周美成与有瓜葛，每得一解，即为制词，故周集中多新声……大抵二公（按：指贺铸、周邦彦）卓然自立，不肯浪下笔，予故谓语意精新，用心甚苦。

《碧鸡漫志》卷二

5. 楼钥：

乐府传播，风流自命，又性好音律，如古之妙解，"顾曲"名堂，不能自已，人必以为豪放飘逸，高视古人，非攻苦力学以寸进者。及详味其辞，经史百家之言，盘屈于笔下，若自己出，一何用功之深，而致力之精耶！

《清真先生文集序》

6. 杨冠卿：

周邦彦亦有〔红窗迥〕词云："几日来……"此亦词中俳体，而尚饶情趣，迥异柳七、黄九诸阕。

《客亭类稿》(《词苑萃编》卷二十二引)

7. 陈振孙：

邦彦博文多能，尤长于长短句自度曲，其提举大晟府亦由此。(卷十七)

多用唐人诗句隐括入律，浑然天成。长调尤善铺叙，富艳精工，词人之甲乙也。(卷二十一)

《直斋书录解题》

8. 尹焕：

求词于吾宋者，前有清真，后有梦窗，此非焕之言，四海之公言也。

黄昇《中兴以来绝妙词选》卷十引

9. 陈郁：

周邦彦字美成，自号清真，二百年来以乐府独步，贵人、学士、市儇、妓女，知美成词为可爱。

《藏一话腴》乙集卷上引

10. 刘克庄：

长短句昉于唐，盛于本朝，余尝评之：耆卿有教坊丁大使意态；美成颇偷古句，温、李诸人，困于挦撦；近岁放翁、稼轩，一扫纤艳，不事斧凿，高则高矣，但时时掉书袋，要是一癖。

《跋刘叔安感秋八词》（《后村题跋》卷二）

11. 刘肃：

周美成以旁搜远绍之才，寄情长短句，缜密典丽，流风可仰，其征辞引类，推古夸今，或借字用意，言言皆有来历，真足冠冕词林。欢筵歌席，率知崇爱，知其故实者，几何人斯？殆犹属目于雾中花、云中月，维意其美，而皎然识其所以美则未也。

《片玉集序》（陈元龙集注本）

12. 赵以夫：

唐以诗鸣者千余家，词自《花间集》外不多见，而慢词尤不多。我朝太平盛时，柳耆卿、周美成羡为新谱，诸家又增益之，腔调备矣。后之倚其声者，语工则音未必谐，音谐则语未必工，斯其难也。

《虚斋乐府自序》（《影刊宋金元明本词》）

13. 沈义父：

凡作词，当以清真为主。盖清真最为知音，且无一点市井气，下字运意，皆有法度，往往自唐宋诸贤诗句中来，而不用经、史中生硬字面，此所以为冠绝也。

结句须要放开，含有余不尽之意，以景结尾最好。如清真之“断肠院落，一帘风絮”，又“掩重关，遍城钟鼓”之类是也。或以情结尾亦好。往往轻而露，如清真之“天便教人，霎时厮见何妨”，又云“梦魂凝想鸳侣”之类，便无意思，亦是词家病，却不可学也。

古曲谱多有异同，至一腔有两三字多少者，或句法长短不等者。盖被教师改换，亦有嘌唱一家，多添了字。吾辈只当以古雅为主，如有嘌唱之腔不必作。且必以清真及诸家目前好腔为先可也。

《乐府指迷》

14. 潜说友：

邦彦能文章，妙解音律，名其堂曰“顾曲”，乐府盛行于世。人谓之落魄不羁，其提举大晟亦由此。然其文，识者谓有功力深到处。磬镜、乌几之铭有郑圃、漆园之风，祷神之文仿《送穷》、《乞巧》之作，不但词调而已。

《咸淳临安志》卷六十六

15. 柴望：

词起于唐而盛于宋，宋作尤莫盛于宣、靖间，美成、伯可各自堂奥，俱号称作者。

《凉州鼓吹自序》（《彊村丛书》）

16. 邓牧：

古所谓歌者，《诗三百》止尔。唐宋间始为长短句，法非古意，然数百年来工者几人，美成、白石逮今脍炙人口。知者谓丽莫若周，赋情或近俚；骚莫若姜，放意或近率。

《山中白云词序》（《西泠词萃》）

17. 陈模：

近时作词者，只说周美成、姜尧章等，而以稼轩词为豪迈，非词家本色……或曰：美成、尧章以其晓音律，自能撰词调，故人尤服之。

《论稼轩词》（《怀古录》卷中）

18. 周密：

周美成长短句，纯用唐人诗句，如“低鬟蝉影动，私语口脂香”，此乃元、白全句。贺方回尝言：吾笔端驱使李商隐、温庭筠常奔走不暇。则亦可谓能事矣。

《浩然斋词话》

19. 赵文：

观欧、晏词，知是庆历、嘉祐间人语。观周美成词，其为宣和、靖康也无疑矣。声音之为世道邪？世道之为声音邪？有不自知其然而然者矣。悲夫！……渡江后，康伯可未离宣和间一种风气，君子以是知宋不能复中原也。近世辛幼安跌荡磊落，犹有中原豪杰之气。而江南言词者宗美成，中州言词者宗元遗山，词之优劣未暇论，而风气之异，遂为南北强弱之占，可感已。《玉树后庭花》盛，陈亡；《花间》丽情盛，唐亡；清真盛，宋亡。可畏哉！

《吴山房乐府序》（《青山集》卷二）

20. 张炎：

迄于崇宁，立大晟府，命周美成诸人讨论古音，审定古调，沦落之后，少得存者。由此八十四调之声稍传。而美成诸人又复增演慢曲、引、近，或移宫换羽，为三犯、四犯之曲，按月律为之，其曲遂繁。美成负一代词名，所作之词，浑厚和雅，善于融化词句，而于音谱，且间有未谐，可见其难矣。作词者多效其体制，失之软媚，而无所取。此惟美成为然，不能学也，所可仿效之词，岂一美成而已！

词中句法，要平妥精粹。一曲之中，安能句句高妙，只要拍搭衬副得去，于好发挥笔力处，极要用功，不可轻易放过，读之使人击节可也。如……美成〔风流子〕云：“凤阁绣帏深几许，听得理丝簧。”……此皆平易中有句法。

词欲雅而正，志之所之，一为情所役，则失其雅正之音。耆卿、伯可不必论，虽美成亦有所不免，如“为伊泪落”，如“最苦梦魂，今宵不到伊行”，如“天便教人，霎时得见何妨”，如“又恐伊，寻消问息，瘦损容光”，如“许多烦恼，只为当时，一晌留情”，所谓淳厚日变成浇风也。

美成词只当看他浑成处，于软媚中有气魄，采唐诗融化如自己者，乃其所长。惜乎意趣却不高远。所以出奇之语，以白石骚雅句法润色之，真天机云锦也。

《词源》卷下

21. 陆辅之：

词不用雕刻，刻则伤气，务在自然。周清真之典丽，姜白石之骚雅，史梅溪之句法，吴梦窗之字面，取四家之所长，去四家之所短，此翁之要诀。

《词旨》上

22.《宋史·文苑传》：

邦彦好音乐，能自度曲，制乐府长短句，词韵清蔚，传于世。

23. 刘将孙：

今曲行而参差不齐，不复可以充口而发，随声而协矣，然犹未至于大曲也。及柳耆卿辈以音律造新声，少游、美成以才情畅制作，而歌非朱唇皓齿如负之矣。自是以来，体亦屡变，长篇极于〔哨遍〕、〔大酺〕、〔六丑〕、〔兰陵〕，无不可以反复浩荡，而豪于气者，以为冯陵大叫之资；风情才子，乃复宛转作屏帏呢呢以胜之，而词亦多术矣。

《新城饶克明集词序》（《养吾斋集》卷九）

24. 虞集：

宋代作者，如苏子瞻变化不测之才，犹不免制词如诗之诮；若周邦彦、姜尧章辈，自制谱曲，稍称通律，而词气又不无卑弱之憾。

《中原音韵序》(《中原音韵》)

25. 王礼：

自《花间集》后，雅而不俚，丽而不浮，阛中有开，急处能缓，用事而不为事用，叙实而不至塞滞，惟清真为然，少游、小晏次之，宋季诸贤至斯事所诣尤至。

《胡涧翁乐府序》(《麟元文集·前集》)卷五

26. 谢榛：

唐人歌诗如唱曲子，可以协丝簧、谐音节。晚唐格卑，声调犹在。及宋柳耆卿、周美成辈，能为一代新声。诗与词为二物，是以宋诗不入弦歌也。

《四溟诗话》

27. 何良俊：

宋初，因李太白〔忆秦娥〕、〔菩萨蛮〕二辞，以渐创制。至周待制领大晟府乐，比切声调，十二律各有篇目。柳屯田加增至二百余调，一时文士，复相拟作，而诗余为极盛。

乐府以皦迳扬厉为工，诗余以婉丽流畅为美，如周清真、张子野、秦少游、晏叔原诸人之作，柔情曼声，摹写殆尽，正辞家所谓当行、所谓本色者也。

《草堂诗余序》(《古今词汇》)

28. 王世贞：

之诗而词，非词也；之词而诗，非诗也。言其业，李氏、晏氏父子、耆卿、子野、美成、少游、易安至矣，词之正宗也。

美成能作景语，不能作情语；能入丽字，不能入雅字，以故价微劣于柳。然至“枕痕一线红生玉”，又“唤起两眸清炯炯，泪花落枕红绵冷”，其形容睡起之妙，真能动人。

《艺苑卮言》

29. 王骥德：

入唐而以绝句为曲，如〔清平〕、〔郁轮〕、〔凉州〕、〔水调〕之类。然不尽其变，而于是始创为〔忆秦娥〕、〔菩萨蛮〕等曲，盖太白、飞卿实其作俑。入宋而词始大振，署曰“诗余”，于今曲盖近，周待制、柳屯田其最也。然单词只韵，歌止一阕，又不尽其变。

《曲律》卷一《论曲源》

30. 沈际飞：

作词当以《清真集》为主，盖美成最为知音，故下字用韵皆有法度。

《词苑萃编》卷四引

31. 卓回：

夫矜奇负气，舍稼轩、坡老安仿？缠绵温丽，舍清真、花庵奚归？然苏、辛未尝乏缠绵温丽之篇，黄、周时亦露矜奇负气之句。大要不失“绝妙好辞”四字宗旨耳。

《词汇·凡例》

32. 《词统》：

无名氏有〔扑蝴蝶〕词云：“烟条雨叶……”一篇情景周挚，换头句逼真，为周、秦之先声也。

沈雄《古今词话·词话》上卷引

33. 宋征璧：

吾于宋词得七人焉：曰永叔，其词秀逸；曰子瞻，其词放诞；曰少游，其词清华；曰子野，其词娟洁；曰方回，其词新鲜；曰小山，其词聪俊；曰易安，其词妍婉。他若黄鲁直之苍老，而或伤于颓。王介甫之劖削，而或伤于拗。晁无咎之规检，而或伤于朴。辛稼轩之豪爽，而或伤于霸。陆务观之萧散，而或伤于疏。此皆所谓我辈之词也。苟举当家之词，如柳屯田哀感顽艳，而少寄托。周清真蜿蜒流美，而乏陡健。康伯可排叙整齐，而乏深邃。

其外则谢无逸之能写景，僧仲殊之能言情，程正伯之能壮采，张安国之能用意，万俟雅言之能协律，刘改之之能使气，曾纯甫之能书怀，吴梦窗之能叠字，姜白石之能琢句，蒋竹山之能作态，史邦卿之能刷色，黄花庵之能选格，亦其选也。词至南宋而繁，亦至南宋而敝，作者纷如，难以概述矣。

《倡和诗余序》(《倡和诗余》)

34. 曹溶：

上不牵累唐诗，下不滥侵元曲者，词之正位也。豪旷不冒苏、辛，秽亵不落周、柳者，词之大家也。

《古今词话序》(《古今词话》)

35. 严沆：

耆卿专主温丽，或失之俚；子瞻专主雄浑，或失之肆……故论词于北宋，自当以美成为最醇。

《古今词选序》(《宋词三百首笺注》引)

36. 刘体仁：

词亦有初盛中晚，不以代也……至宋则极盛，周、张、柳、康，蔚然大家。

周美成不止不能作情语，其体雅正，无旁见侧出之妙。

《七颂堂词绎》

37. 尤侗：

词之系宋，犹诗之系唐也。唐诗有初、盛、中、晚，宋词亦有之。唐之诗，由六朝乐府而变；宋之词，由五代长短句而变。约而次之，小山、安陆，其词之初乎；淮海、清真，其词之盛乎；石帚、梦窗，似得其中；碧山、玉田，风斯晚矣。唐诗以李、杜为宗，而宋词苏、陆、辛、刘，有太白之风；秦、黄、周、柳，得少陵之体。此又画疆而理、联骑而驰者也。

《词苑丛谈序》(《词苑丛谈》)

38. 尤侗：

宋词佳者，皆入内廷供奉，即如坡公之“枝上柳绵”，永叔之“水晶双枕”，美成之“并刀如水”，教授之“鬓边一点”，偶出佳人口中，便自可怜欲绝。

《倚声词话序》（《西堂杂俎》二集卷二）

39. 先著：

词家正宗，则秦少游、周美成。然秦之去周，不止三舍。宋末诸家，皆从美成出。（评秦观〔满庭芳〕“山抹微云”）（卷三）

尧章思路，却是从美成出，而能与之埒，由于用字高，炼句密，泯其来踪去迹矣。（评姜夔〔暗香〕“旧时月色”）

空淡深远，较之石帚作，宁复有异。石帚专得此种笔意，遂于词家另开宗派。如“条风布暖”句，至石帚皆淘洗尽矣。然渊源相沿，固是一祖一祢也。（评周邦彦〔应天长慢〕“条风布暖”）（卷四）

“旧巢”下，如琴曲泛音，尽而不尽。美成词是此等笔意处最难到，玉田亦似十分模拟者。（评周邦彦〔忆旧游〕“记愁横浅黛”）

美成词，乍近之觉疏朴苦涩，不甚悦口。含咀之久，则舌本生津。（评周邦彦〔宴清都〕“地僻无钟鼓”）

美成如杜，白石兼王、孟、韦、柳之长。（评张炎〔齐天乐〕“分明柳上春风眼”）

（蒋捷词）初见之雕缋满眼，细按则清气首尾贯澈。陈言习语，吐弃一切，与吴梦窗相似，又别是一种，大抵亦自美成出，但字字作意。（评蒋捷〔金盏子〕“练月萦窗”）（卷五）

《词洁辑评》

40. 魏际瑞：

宋人如柳永、周邦彦辈，填词鄙浊，有市井之气。

《钞所作诗余序》（《魏伯子文集》卷一）

41. 沈谦：

长调极狎昵之情者，周美成之“衣染莺黄”，柳耆卿之“晚晴初”是也。于此足悟偷声变律之妙。

“天便教人，霎时厮见何妨”，“花前月下，见了不教归去”，卞急迂妄，各极其妙。美成真深于情者。

学周、柳，不得见其用情处。学苏、辛，不得见其用气处。当以离处为合。

《填词杂说》

42. 吴骐：

文章专论才，词兼论情。才贵广大，情贵微密，苏长公词有气势而少缠绵，才大而情疏也。柳耆卿、周美成缠绵矣，而乏气势，情长而才短也。

《百名家词钞》引

43. 贺裳：

长调推秦、柳、周、康为緦律，然康惟〔满庭芳〕《冬景》一词可称禁脔，余多应酬铺叙，非芳旨也。周清真虽未高出，大致匀净，有柳攲花亸之致，沁人肌骨处，视淮海不徒娣姒而已……要此数家正是王、石厨中物，若求王武子琉璃匕内豚味，吾谓必当求之陆放翁、史邦卿、方千里、洪叔玙诸家。

《皱水轩词筌》（按：《词苑萃编》卷二引此条作《词苑》）

44. 毛先舒：

词家刻意、俊语、浓色，此三者皆作者神明，然须有浅深处、平处，忽着一二乃佳。如美成《秋思》平叙景物已足，乃出“醉头扶起寒怯”，便动人工妙。

周清真〔少年游〕题云《冬景》，却似饮妓馆之作。只起句“并刀似水”四字，若掩却下文，不知何为陡着此语。“吴盐”、“新橙”，写境清晰。“锦幄”数语，似为上下太淡宕，故着浓耳。后阕绝不作了语，只以“低声问”三字，贯彻到底。蕴藉袅娜，无限情景，都自纤手破橙人口中说出，更不必别着一语，意思幽微，篇章奇妙，真神品也。

清真“衣染莺黄”词，忽而欢笑，忽而悲泣，如同枕席，又在天畔，真所谓不可解、不必解者。此等最是难作，作亦最难得佳。

周美成，词家神品。如〔少年游〕“马滑霜浓，不如休去，直是少人行”，何等境味。若柳七郎，此处如何煞得住。

王又华《古今词论》引

45. 毛先舒：

宋词人并称周、柳，其实柳不逮周甚远。盖清真词虽描摹闺襜而不及亵，为能不失大雅之遗。屯田方之则堕矣。

《柳烟词评》引

46. 邹祗谟：

僻调之多，以柳屯田为最。此外周清真……集中，率多自制新调。

清真、乐章，以短调行长调，故滔滔莽莽处，如唐初四杰作七古，嫌其不能尽变。

《远志斋词衷》（按：沈雄《古今词话·词评》下卷引此条作徐釚曰。文字稍异。）

47. 朱彝尊：

仁宗于禁中度曲，时则有若柳永；徽宗以大晟名乐，时则有若周邦彦、曹组、辛次膺、万俟雅言，皆明于宫调，无相夺伦者也。

《群雅集序》（《曝书亭集》卷四十）

48. 朱彝尊：

宋以词名家者，浙东西为多。钱唐之周邦彦、孙惟信、张炎、仇远，秀州之吕滑老，吴兴之张先，此浙西之最著者也。

《孟彦林词序》（《曝书亭集》卷四十）

49. 万树：

宋柳耆卿、周美成辈卓然为填词宗匠，然其意专在可歌，声律谐矣，虽或言之俚，弗恤也。

《南耕词跋》(《南耕词》)

50. 万树：

唐律以后，浸淫而为词，尤以谐声为主，倘平仄失调，则不可入调。周、柳、万俟等之制腔造谱，皆按宫调，故协于歌喉，播诸弦管，以迄白石、梦窗辈各有所创，未有不悉音理而可造格律者。

《词律·发凡》

51. 彭孙遹：

历观古今诸词，其以景语胜者，必芊绵而温丽者也；其以情语胜者，必淫艳而佻巧者也。情景合则婉约而不失之淫，情景离则儇浅而或流于荡，如温、韦、二李、少游、美成诸家，率皆以秾至之景写哀怨之情，称美一时，流声千载；黄九、柳七，一涉儇薄，犹未免于淳朴变风之讥，他尚何论哉！

《旷庵词序》(《松桂堂集》卷三十七)

52. 彭孙遹：

宋人张玉田论词极推少游、竹屋、白石、梅溪、梦窗诸家，而稍诎美成。梦窗之词虽雕缋满眼，然情致缠绵，微为不足。余独爱其《除夕立春》一阕，兼有天人之巧。美成词如十三女子，玉艳珠鲜，政未可以其软媚而少之也。

《金粟词话》

53. 沈雄：

山谷谓好词，惟取陡健圆转。屯田意过久许，笔犹未休。待制滔滔漭漭，不能尽变。

《古今词话·词品》下卷

54. 王士禛：

温、和生而《花间》作，李、晏出而《草堂》兴。此诗之余而乐府之变也。诗余者，古诗之苗裔也。语其正，则景煜为之祖，至漱玉、淮海而极盛，高、史其大成也；语其变，则眉山导其源，至稼轩、放翁而尽变，陈、刘其余波也。有诗人之词，唐、蜀、五代诸君子是也；有文人之词，晏、欧、秦、李诸君子是也；有词人之词，柳永、周美成、康与之之属是也；有英雄之词，苏、陆、辛、刘之属是也。

《倚声集序》（《渔洋山人文略》卷三）

55. 王士禛：

夫温、韦视晏、李、秦、周，譬赋有《高唐》、《神女》，而后有《长门》、《洛神》。诗有古诗、录别，而后有建安、黄初、三唐也。

《花草蒙拾》

56. 周在浚：

宋人词调，确自乐府中来。时代既异，声调遂殊，然源流未始不同，亦各就其情之所近取法之耳。周、柳之纤丽，《子夜》、《懊侬》之遗也；欧、苏纯正，非《君马黄》、《出东门》之类欤？放而为稼轩、后村，悲歌慷慨，旁若无人，则汉帝《大风》之歌，魏武《对酒》之什也。究其所以，何常不言情，亦各自道其情耳。

《借荆堂词话》（徐釚《词苑丛谈》卷四引）

57. 汪懋麟：

予尝论宋词有三派：欧、晏正其始，秦、黄、周、柳、姜、史、李清照之徒备其盛，东坡、稼轩放乎其言之矣。其余子非无单词只句可喜可诵，苟求其继，难矣哉。

《棠村词序》（《清名家词》）

58.《古今词话》：

周邦彦以进《汴都赋》得官，徽庙时提举大晟乐府，每制一词，名流辄为赓和。东楚方千里、乐安杨泽民全和之，或合为《三英集》行世。

《历代词话》卷六引

59. 焦袁熹：

〔采桑子〕《编纂〈乐府妙声〉竟作》

新橙玉指亲教破，记得分瓜。措大官家。好似蜂儿斗采花。青衫那比天袍贵，泪湿琵琶。只尺天涯。肠断春风鬓影斜。

《此木轩直寄词》

60. 焦袁熹：

骈体之推任昉，诗余之首周邦彦，其道愈小，其故亦愈难言。柳永之词，妙处不减于周，谓柳不如周，非知言者也。

曹一士《山中白云词序》引

61. 王时翔：

词自晚唐温、韦主于柔婉，五季之末李后主以哀艳之辞倡于上，而下皆靡然从之。入宋号为极盛，然欧阳、秦、黄诸君子且不免相沿袭，周、柳之徒无论已。独苏长公能盘硬语，与时异，趋而复失之粗。南渡后得辛稼轩寄情于豪宕中，其所制往往苍凉悲壮，在古乐府与魏武埒，斯可语于诗之变雅矣。

《莫荆琰词序》(《小山诗文全稿·文稿》卷二)

62. 田同之：

至唐律以后，浸淫而为词，尤以谐声为主，平仄失调，即不可入调。周、柳、万俟等之制腔造谱，皆按宫调，故协于歌喉。以及白石、梦窗辈，各有所创，未有不悉音理而可造格律者。

《西圃词说》

63. 许田：

清真词香艳精致，最有法度。方千里和清真词四声无一字不合，则可知词不可任意为平仄以自便也。

《屏山词话》

64. 厉鹗：

尝以词譬之画，画家以南宗胜北宗。稼轩、后村诸人，词之北宗也；清真、白石诸人，词之南宗也。

《红螺词序》(《樊榭山房文集》卷四)

65. 厉鹗：

两宋词派，推吾乡周清真，婉约隐秀，律吕谐协，为倚声家所宗。自是里中之贤，若俞青松、翁五峰、张寄闲、胡苇航、范药庄、曹梅南、张玉田、仇山村诸人，皆分镳竞爽，为时所称。

《吴尺凫玲珑帘词序》(《樊榭山房文集》卷四)

66. 郑方坤：

周郎慧业溯当年，识曲听真孰比肩。

待制风流岂苗裔，新词一一奏钧天。周美成官待制，以知音名，管领大晟乐府，所奏新词常动帝听。

《论词绝句》(《蔗尾诗集》卷五)

67. 郑燮：

词与诗不同，以婉约为正格，以豪宕为变格。燮窃以剧场论之：东坡为大净，稼轩为外脚，永叔、邦卿正旦，秦淮海、柳七则小旦也，周美成为正生，南唐后主为小生，世人爱小生定过于爱正生矣。蒋竹山、刘改之是绝妙副末，草窗贴旦，白石贴生。

《与江宾谷、江禹九书》(《郑板桥集·补遗》)

68. 江昱：

词坛领袖属周郎，雅擅风流顾曲堂。

南渡诸贤更青出，却亏蓝本在钱塘。

《论词十八首》(《松泉诗集》卷一)

69. 汪筠：

知音尽妙数清真，换骨能将古句新。

风月漫夸天上有，莺花长发意中春。

《读〈词综〉书后二十首》(《谦谷集》卷二)

70. 夏秉衡：

唐末五代，李后主、和成绩、韦端己辈出，出语极工丽而体制未备。至南北宋而作者日盛，如清真、石帚、竹山、梅溪、玉田诸集，雅正超忽，可谓词家上乘矣。

《清绮轩词选序》（《清绮轩词选》）

71. 王昶：

余尝谓论词必论其人，与诗同。如晁端礼、万俟雅言、康顺之，其人在俳优戏弄之间，词亦庸俗不可耐，周邦彦亦未免于此。

《江宾谷梅鹤词序》（《春融堂集》卷四十一）

72. 王昶：

词，《三百篇》之遗也，然风雅正变，王者之迹，作者多名卿士大夫、庄人正士，而柳永、周邦彦辈不免杂于俳优。后惟姜、张诸人以高贤志士放迹江湖，其旨远，其词文，托物比兴，因时伤事，即酒食游戏，无不有黍离周道之感，与诗异曲而同其工。

《姚茝汀词雅序》（《春融堂集》卷四十一）

73. 王初桐：

周邦颜词多用唐人诗句，隐括入律，浑然天成，长调尤善铺叙，富艳精工，有《清真集》二卷，后集一卷，别本作《片玉词》一卷，《补遗》一卷。

圆美流转如弹丸，美成词皆然，不独〔花犯〕也。

美成空淡深远，石帚专得此种笔意。

汴梁工于小令，独屯田多长调，自当俎豆临安。汴梁自清真而外，不必学也。

张叔夏云：周美成负一代词名，所作词浑厚和雅，善于融化诗句，最可仿效。旧有刻本《六十家词》，可歌可诵者指不多屈，中间如秦少游、高竹屋、姜白石、史达祖、吴梦窗，此数家格调不凡，句法挺异，俱能特立清新之意，删削靡蔓之词，自成一家，各名于世。作词能取诸人之所长，去其所短，精加玩味，像而为之，岂不能与美成争雄长哉？

词家咏节序，如周美成〔解语花〕《元夕》，史邦卿〔东风第一枝〕《立春》，不独措辞精粹，又且见时节风物之感。

北宋之英华，至周清真而极，南宋之光气，自姜石帚而开。清真，北宋之殿；石帚，南宋之冠。

《小娜嬛词话》卷二

74. 李调元：

北宋自东坡“大江东去”，秦七、黄九踵起，周美成、晏叔原、柳屯田、贺方回继之，转相矜尚，曲调愈多，派衍愈别。(《序》)

刘后村克庄词以才气胜，迥非剪红刻翠比。然服膺周清真邦彦不容口，见之于〔最高楼〕一词云：“周郎后，直数到清真。”“欺贺、晏，压黄、秦。”人因有小周郎之目。(卷三)

《雨村词话》

75. 凌廷堪：

慢词北宋为初唐，秦、柳、苏、黄如沈、宋，体格虽具，风骨未遒；片玉如拾遗，骎骎有盛唐之风矣。

张其锦《梅边吹笛谱跋》引(《清名家词》)

76. 张惠言：

宋之词家，号为极盛，然张先、苏轼、秦观、周邦彦、辛弃疾、姜夔、王沂孙、张炎，渊渊乎文有其质焉。

《词选序》(《张惠言论词》)

77. 郭麐：

词家者流，其源出于《国风》，其本沿于齐、梁，自太白以至五季，非儿女之情不道也。宋立乐府，用于庆赏饮宴，于是周、秦以绮靡为宗，史、柳以华缛相尚，而体一变。苏、辛以高世之才，横绝一时，而奋末广愤之音作；姜、张祖骚人之遗，尽洗秾艳，而清空婉约之旨深，自是以后，虽有作者，欲离去别见，其道无由。

《无声诗馆词序》(《灵芬馆集杂著》卷二)

78. 郭麐:

词之为体，大略有四：……施朱傅粉，学步习容，如宫女题红。含情幽艳，秦、周、贺、晁诸人是也。

《灵芬馆词话》卷一

79. 陈鸿寿:

是以耆卿骞翮于津门，邦彦厉响于照碧，词至北宋而一变。石帚、玉田理定而摛藻，梅溪、竹山情密而引辞，词至南宋而又一变。

《灵芬馆词序》(《清名家词》)

80. 吴衡照:

张玉田云：词贵雅正，如周美成“最苦今宵，梦魂不到伊行”，“天便教人，霎时厮见何妨”，“许多烦恼，只为当时，一晌留情”，所谓变淳泊为浇漓矣。韪哉是言，雅俗正变之殊，学者诚不可不辨。

《莲子居词话》卷一

81. 沈道宽:

内庭开馆聚才人，供奉词章字字新。

更欲就中求巨擘，故应有客和清真。

《论词绝句》(《话山草堂诗钞》卷一)

82. 陆蓥:

词家言苏、辛、周、柳，犹诗歌称李、杜，骈体举庾、徐，以为标帜云尔。

《问花楼词话》

83. 包世臣:

声之得者又有三：曰清、曰脆、曰涩。不脆则声不成，脆矣而不清则腻，清矣而不涩则浮。屯田、梦窗以不清伤气，淮海、玉田以不涩伤格，清真、白石则殆于兼之矣。六家于言外之旨得矣。以云意内，惟白石、玉田耳，淮海时时近之，清真、屯田、梦窗皆去之弥远，而俱不害为可传者，则以其声之幺眇铿盘，恻恻动人，无色而艳，无味而甘故也。

《月底修箫谱序》（《艺舟双楫》卷三）

84. 宋翔凤：

清真妙语出珠玑，便有微词合刺讥。

闻说内人红袖湿，漫怜一个李明妃。李师师入宫号明妃，见《宣和遗事》。

《论词绝句》二十首（《洞箫楼诗纪》三）

85. 赵函：

宋词以清真、白石、草窗、玉田四家为正宗。清真典掌大晟，白石自订词曲，草窗词名笛谱，玉田《词源》一书，所论律吕最精。凡此四家词，无不可歌。

《碎金词叙》（《词学集成》卷二引）

86.《四库全书总目提要》：

其词多用唐人诗句隐括入调，浑然天成。长篇尤富艳精工，善于铺叙。陈郁《藏一话腴》谓其以乐府独步，贵人、学士、市侩、妓女皆知其词为可爱，非溢美也。又邦彦本通音律，下字用韵皆有法度。（《片玉词提要》）

邦彦妙解声律，为词家之冠，所制诸调，不独音之平仄宜遵，即仄字中上、去、入三音亦不容相混，所谓分刌节度，深契微芒。（《和清真词提要》）

87.《四库全书简明目录》：

邦彦于南北宋间为词家大宗，所作皆精深华艳，而气格浑成，镕铸成语如己出，此由笔力高妙，不但以娴于音律见长也。

《片玉词》

88. 周济：

美成思力，独绝千古，如颜平原书，虽未臻两晋，而唐初之法，至此大备，后有作者，莫能出其范围矣。读得清真词多，觉他人所作，都不十分经意。钩勒之妙，无如清真。他人一钩勒便薄，清真愈钩勒愈浑厚。

《介存斋论词杂著》

89. 周济：

自温庭筠、韦庄、欧阳修、秦观、周邦彦、周密、吴文英、王沂孙、张炎之流，莫不蕴藉深厚，而才艳思力，各骋一途，以极其致。譬如匡庐、衡岳，殊体而并胜；南威、西施，别态而同妍矣。

《词辨自序》（《介存斋论词杂著》附录）

90. 周济：

序曰：清真集大成者也。稼轩敛雄心，抗高调，变温婉，成悲凉。碧山餍心切理，言近指远，声容调度，一一可循。梦窗奇思壮采，腾天潜渊，返南宋之清泚，为北宋之秾挚，是为四家，领袖一代……问涂碧山，历梦窗、稼轩，以还清真之浑化，余所望于世之为词人者盖如此。

清真浑厚，正于钩勒处见。他人一钩勒便刻削，清真愈钩勒愈浑厚。耆卿熔情入景，故淡远。方回熔景入情，故秾丽。少游最和婉醇正，稍逊清真者，辣耳。少游意在含蓄，如花初胎，故少重笔。然清真沉痛至极，仍能含蓄……周、柳、黄、晁，皆喜为曲中俚语，山谷尤甚……温、韦、晏、周、欧、柳，推演尽致，南渡诸公，罕复从事矣。

《宋四家词选目录序论》

91. 周济：

清真词多从耆卿夺胎，思力沉挚处往往出蓝。（评柳永〔雨霖铃〕“寒蝉凄切”）

《宋四家词选》眉批

92. 董士锡：

昔柳耆卿、康伯可未尝学问，乃以其鄙嫚之辞，缘饰音律以投时好，而词品以坏，姜白石、张玉田出，力矫其弊，为清雅之制，而词品以尊。虽然，不合五代、全宋以观之，不能极词之变也；不读秦少游、周美成、苏子瞻、辛幼安之别集，不能撷词之盛也。元明至今，姜、张盛行，而秦、周、苏、辛之传响几绝，则以浙西六家独尊姜、张之故。盖尝论之，秦之长，清以和；周之长，清以折；而同趋于丽。苏、辛之长，清以雄；姜、张之长，清以逸；而苏、辛不自调律，但以文辞相高，以成一格，此其异也。六子者，两宋诸家皆不能过焉。然学秦病平，学周病涩，学苏病疏，学辛病纵，学姜、张病肤，盖取其丽与雄与逸而遗其清，则五病杂见，而三长亦渐以失。

《餐华吟馆词叙》（《齐物论斋文集》卷二）

93. 周之琦：

词之有令，唐五代尚已。宋惟晏叔原最擅胜场。贺方回差堪接武。其余间有一二名作流传，然非专门之学……大抵宋词闲雅有余，跌宕不足，长调则有清新绵邈之音，小令则少抑扬抗坠之致。盖时代升降使然，虽《片玉》、石帚不能自开生面，况其下者乎！

《心日斋十六家词选》

94. 周之琦：

宫调精研字字珠，开山妙手讵容诬。

后生学语矜南渡，牙慧能知协律无。

《心日斋十六家词选》附

95. 程恩泽：

涩体清真掩抑弦，飞腾石帚五通仙。

君能并作洪炉铸，更把余金范玉田。

《题周穉圭前辈〈金梁梦月词〉》（《程侍郎遗集》卷六）

96. 戈载：

词学至宋盛矣、备矣，然纯驳不一，优劣迥殊。欲求正轨以合雅音，唯周清真、史梅溪、姜白石、吴梦窗、周草窗、王碧山、张玉田七人，允无遗憾。

清真之词，其意澹远，其气浑厚，其音节又复清研和雅，最为词家之正宗。（卷一）

周清真善运化唐人诗句，最为词中神妙之境，而梅溪亦擅其长，笔意更为相近。予尝谓梅溪乃清真之附庸，若仿张为作词家主客图，周为主，史为客，未始非定论也。（卷二）

《宋七家词选》

97. 孙麟趾：

（作词）恐其平直，以曲折出之，谓之婉。如清真“低声问”数句，深得婉字之妙。

高澹婉约，艳丽苍莽，各分门户，欲高淡学太白、白石，欲婉约学清真、玉田。

《词迳》

98. 谢元淮：

自度新曲，必如姜尧章、周美成、张叔夏、柳耆卿辈，精于音律，吐辞即叶宫商者，方许制作。

《填词浅说》

99. 谭莹：

敢说流苏百宝装，唐人诗语总无妨。
移宫换羽关神解，似此宜开顾曲堂。

新词学士贵人宜，独步尤难市侩知。
唱竟兰陵王一阕，君王任访李师师。

《论词绝句一百首》（《乐志堂诗集》卷六）

100. 张鸿卓：

周、秦绮靡，苏、辛豪迈，梦窗、竹山研炼，石帚、玉田清超，耆卿则善道俗情，山谷又兼俳语，此家数之别也。

《绿雪轩论词》

101. 华长卿：

镕铸诗歌妙入神，词家牙旷是清真。

伤心衣袂东风泪，洒湿苏州岳楚云。

《论词绝句》（《梅庄诗钞》卷五）

102. 杨希闵：

温、韦、二晏、秦、贺皆能诗，苏、黄尤卓卓，姜、辛诗亦工，安身立命不在词，故溢为敻绝也。屯田、清真、梅溪、梦窗、碧山、玉田诸子，藉词藩身，他文翰一无可见，有委无源，故绣绘字句，排比长调以自饰。（《总论》）

苏、黄自词家杰出，后人无其才，时取清真、玉田，此亦何害，必谓苏、黄非词家正格，习气太重，真识蒙矣。（卷四）

美成乐府盛传当世，东楚方千里、乐安杨泽民，至有全和清真词各一卷，合为三英集，其焜耀如此。然音律妙谐，精华有限，未足与秦、贺方也。（卷五）

《词轨》

103. 蒋敦复：

然石帚、梦窗尚须加一层渲染，淮海、清真则更添几层意思。加渲染、添意思，正欲其厚也。

《芬陀利室词话》卷三

104. 张文虎：

往在金陵，尝与周缦云侍御论词，缦老曰：竹垞言南宋诸家皆宗白石，然窃谓梦窗实本清真，于子何如？予曰：白石何尝不自清真出，特变其秾丽为淡远耳。自国初以来，以玉田配白石，正以得其淡远之趣。近时诸家，又祧姜、张而趋二窗，顾草窗深细而雅，门径稍宽，或易近似，未见能涉梦窗之藩篱者，此犹白石之于清真矣。

《绿棋花龛词序》(《舒艺室杂著剩稿》)

105. 刘熙载：

周美成词，或称其无美不备。余谓论词莫先于品，美成词信富艳精工，只是当不得个“贞”字，是以士大夫不肯学之，学之则不知终日意萦何处矣。

周美成律最精审，史邦卿句最警炼，然未得为君子之词者，周旨荡而史意贪也。

《词概》

106. 杜文澜：

梦窗词以绵丽为尚，笔意幽邃，与周美成、姜尧章并为词学之正宗。

《梦窗词稿叙》(《梦窗四稿》)

107. 杜文澜：

崇宁间设大晟乐府，命周美成等诸词人讨论古今，撰集乐章，每一调成，即可播之弦管。于时有五声八音十二律七均八十四调，后增至百余，换羽移商，品目详具。

《憩园词话》卷一

108. 谢章铤：

元祐、庆历，代不乏人。……子野、美成，联镳于艺苑。幽索如屈、宋，悲壮如苏、李，固已同祖风骚，力求正始。君子正其文，瞽师调其器，厥功所存，良可嘉叹。

《赌棋山庄词话》卷三

109. 江顺诒：

美成制作才，而间有未谐，此则余之所不解也。张氏（按：指张炎）亦第言其难，而不言所以未谐与所以难之故。其所谓未谐者，以余揣之，非选声之不克入律，实用字之未能审音也。(卷

三）

陶篁村自序云：倚声之作，莫盛于宋，亦莫衰于宋。尝惜秦、黄、周、柳之才，徒以绮语柔情，竞夸艳冶，从而效之者加厉焉，遂使郑卫之音，泛滥于六七百年，而雅奏几乎绝矣。诒案：词之坏，坏于秦、黄、周、柳之淫靡，非有巨识，孰敢议宋人耶？

常州派近为词家正宗，然专尊美成。今取美成词读之，未能造斯境也。（卷五）

《词学集成》

110. 庄棫：

托志帷房，睠怀君国，温、韦以下，有迹可寻。然而自宋及今，几九百载，少游、美成而外，合者鲜矣。

《复堂词序》

111. 李慈铭：

浙之词人，两宋为盛，然仁、英以前无闻。自元丰、熙宁间，山阴贺方回铸、慈溪舒信道亶，始驰声南北，至钱唐周美成邦彦出，而《片玉》一集，遂为天下所宗。

词固莫富于南宋，律亦日密，然语芜意浅，俚鄙百出，此事遂成恶道。盖《金荃》、《兰畹》之旨固荡焉尽失，即小山、六一、淮海、安陆诸公之风神格韵亦无复存者，嗣后延元及明，吃菜事魔，乐府几绝于世。周叔子谓南宋骫骳之习，实清真开之，是则艺苑之公言，诚不能为乡曲讳也。盖其先若耆卿之图俚，介甫之粗劣，山谷之率硬，皆为南宋人权舆。而晁无咎、晁具茨、叶石林等接续其间，向伯恭、陈了斋尤为庸恶，皆以重名参会南北之际，正声日替，群妖毕呈。清真喜用滞字沓语，后进效之，遂成风格。

长调须流宕而不剽，雄厚而不竞，清真未免剽，稼轩未免竞，东坡则或上类于诗，或下流于曲，故足以鼓吹骚雅者鲜已。

《越缦堂读书记》集部·词曲类

112. 谭献：

李白、温岐，文士为之；升元、靖康，君王为之；将相大臣范仲淹、辛弃疾为之；文学侍从苏轼、周邦彦为之；志士遗民王沂孙、唐珏之徒，皆作者也。

《复堂词话》

113. 沈祥龙：

词能幽涩，则无浅滑之病；能皱瘦，则免痴肥之诮。观周美成、张子野两家词自见。

词之蕴藉，宜学少游、美成，然不可入于淫靡……此当就气韵趣味上辨之。

《论词随笔》

114. 冯煦：

宋之为慢词者，美成首出，姜、张而极。《片玉》所甄率在大观、政和间，北宋之季也。白石、玉田连蹇不偶，《黍离》之歌，《橘颂》之章，比比有之，南宋之季也。

《和珠玉词序》（《蒿庵类稿》卷十六）

115. 冯煦：

大晟乐府宗风扇，褎质裒文孰与多。

若使词中参圣谛，斯人真不愧清和。

《论词绝句》（《蒿庵类稿》卷七）

116. 冯煦：

陈氏子龙曰：以沉挚之思，而出之必浅近，使读之者骤遇之，如在耳目之前，久诵之，而得隽永之趣，则用意难也；以儇利之词，而制之必工炼，使篇无累句，句无累字，圆润明密，言如贯珠，则铸词难也；其为体也纤弱，明珠翠羽，犹嫌其重，何况龙鸾，必有鲜妍之姿，而不藉粉泽，则设色难也；其为境也婉媚，虽以惊露取妍，实贵含蓄不尽，时在低回唱叹之余，则命篇难也。张氏纲孙曰：结构天成，而中有艳语、隽语、奇语、豪语、苦语、痴语、没要紧语，如巧匠运斤，毫无痕迹。毛氏先舒曰：北宋，词之盛也，其妙处不在豪快而在高健，不在艳冶而在幽咽，豪快可以气取，艳冶可以言工，高健幽咽则关乎神理骨性，难可强也。又曰：言欲层深，语欲浑成。诸家所论，未尝专属一人，而求之两宋，惟片玉、梅溪足以备之。周之胜史，则又在“浑”之一字，词至于浑，而无可复进矣。

千里和清真，亦趋亦步，可谓谨严，然貌合神离，且有袭迹，非真清真也。其胜处则近屯田。盖屯田胜处，本近清真，而清真胜处，要非屯田所能到。

《蒿庵论词》

117. 樊增祥：

宣和之世，爰有美成，集乐府之大成，为词林之韶濩，抚弦动徵，吹律含商。至于北里知名，禁廷倾耳，不其盛欤。

声音感人，回肠荡气，以李重光为君；演绎和畅，丽而有则，以周美成为极；清劲有骨，淡雅居宗，以姜尧章为最。至于长短皆宜，高下应节，亦终无过于美成者。

《东溪草堂词选自叙》（《樊山集》卷二十三）

118. 胡薇元：

周邦彦清真居士《片玉词》。元丰中献赋，召为太乐正。官至徽猷阁待制，知处州府卒。好音乐，能自度腔，制乐府长短句，词韵清蔚。

《岁寒居词话》

119. 沈曾植：

唐时乐句，美成、不伐以后，则大晟功令，日趋平整矣。

《菌阁琐谈》

120. 沈曾植：

以宋世风尚言之，秦、柳为当行，周、康为协律。四家并提，宋人无此语也。（贺裳《皱水轩词筌》批语）

《蕙阁琐谈》附录

121. 朱依真：

词场谁为斩荆榛，只手难扶大雅轮。

不独俳谐缠令体，铺张我亦厌清真。

《论词绝句》(《餐樱庑词话》引)

122. 继昌（李佳）：

词家昉于宋代，然只柳屯田、周美成为解音律，其词犹未尽工。

《左庵词话》卷上

123. 陈廷焯：

自美成出，开阖动荡，骨格清高，如羲之之书，伯玉之诗，永宜独步千古。(卷二)

美成词极顿挫之致，穷高妙之趣，前无古人，后无来者。词至美成，开阖动荡，包扫一切，读之如登太华之山，如掬西江之水，使人品概自高，尘垢涤尽，两宋作者，除白石、方回，莫与争锋矣。美成长调高据峰巅，下视众山，尽属附庸。

写秋去春来，意亦犹人，而笔法自别，雅韵欲流。视《花间》、秦、柳如皂隶矣。笔力劲绝，是美成独步处，所谓“清真”。

美成善于摹写秋景，每读晏、欧词后，再读美成词，正如水逝云卷，风驰电掣，觉万汇哀鸣，天地变色。

如泣如诉，语极呜咽，而笔力沉雄，如闻孤鸿，如听江声。声态飞舞，反复低徊，词中之圣也。

美成词，大半皆以纡徐曲折制胜，妙于纡徐曲折中，有笔力，有品骨，故能独步千古。(卷四)

《云韶集》

124. 陈廷焯：

古今词人众矣，余以为圣于词者有五家。北宋之贺方回，周美成，南宋之姜白石，国朝之朱竹垞、陈其年也。

昔人谓东坡词胜于情，耆卿情胜于词，秦少游兼而有之。然较之方回、美成，恐亦瞠乎其后。

美成乐府，开阖动荡，独有千古。南宋白石、梅溪，皆祖清真，而能出入变化者。

美成词，熔化成句，工炼无比，然不借此见长。此老自有真面目，不以缀拾为能也。

美成词，浑灏流转中，下字用意皆有法度，故其词名《清真集》。盖“清”、“真”二字最难，美成真千古词坛领袖。

贺方回之韵致，周美成之法度，姜白石之清虚，朱竹垞之气骨，陈其年之博大，皆词坛中不可无一，不能有二者。

《词坛丛话》

125. 陈廷焯：

美成小令于温、韦、晏、欧外，别开境界，遂为南宋诸名家所祖。(《大雅集》卷二)

艳词至美成，一空前人，独辟机杼，如此词（按：指〔望江南〕“歌席上”）下半阕，不用香泽字面，而姿态更饶，浓艳益至。此美成独绝处也。(《闲情集》卷一)

《词则》

126. 陈廷焯：

飞卿、端己，首发其端，周、秦、姜、史、张、王，曲竟其绪，而要皆发源于风雅，推本于《骚》、《辩》。故其情长，其味永，其为言也哀以思，其感人也深以婉。(《自叙》)

唐五代词，不可及处，正在沉郁。宋词不尽沉郁，然如子野、少游、美成、白石、碧山、梅溪诸家，未有不沉郁者。

词至美成，乃有大宗。前收苏、秦之终，复开姜、史之始。自有词人以来，不得不推为巨擘，后之为词者，亦难出其范围。然其妙处，亦不外沉郁顿挫。顿挫则有姿态，沉郁则极深厚。既有姿态，又极深厚，词中三昧亦尽于此矣。今之谈词者亦知尊美成，然知其佳，而不知其所以佳，正坐不解沉郁顿挫之妙。彼所谓佳者，不过人云亦云耳。

美成词极其感慨，而无处不郁，令人不能遽窥其旨。如〔兰陵王〕《柳》云："登临望故国……"大抵美成词一篇皆有一篇之旨，寻得其旨，不难迎刃而解。否则病其繁碎重复，何足以知清真也。

美成词有前后若不相蒙者，正是顿挫之妙。如〔满庭芳〕《夏日溧水无想山作》上半阕云……此中有多少说不出处，或是依人之苦，或有患失之心。但说得虽哀怨，却不激烈。沉郁顿挫中，别饶蕴藉。后人为词，好作尽头语，令人一览无余，有何趣味。

美成〔菩萨蛮〕上半阕云："何处望归舟，夕阳江上楼。"思慕之极，故哀怨之深。下半阕云："深院卷帘看，应怜江上寒。"哀怨之深，亦忠爱之至。似此不必学温、韦，已与温、韦一鼻孔出气。

美成小令，以警动胜，视飞卿色泽较淡，意态却浓。温、韦之外，别有独至处。（卷一）

美成、白石，各有至处，不必过为轩轾。顿挫之妙，理法之精，千古词宗，自属美成。

美成词于浑灏流转中，下字用意，皆有法度。白石则如白云在空，随风变灭，所谓各有独至处。

词法莫密于清真，词理莫深于少游，词笔莫超于白石，词品莫高于碧山。皆圣于词者。而少游时有俚语，清真、白石间亦不免。（卷二）

北宋如东坡、少游、方回、美成诸公，亦岂易及耶？况周、秦两家，实为南宋导其先路。（卷三）

千古词宗，温、韦发其源，周、秦竟其绪，白石、碧山各出机杼，以开来学。

苏、辛与周、秦，流派各分，本原则一。

大抵北宋之词，周、秦两家皆极顿挫沉郁之妙。而少游托兴尤深，美成规模较大，此周、秦之异同也。（卷五）

周、秦词以理法胜。姜、张词以骨韵胜。碧山词以意境胜。要皆负绝世才，而又以沉郁出之，所以卓绝千古也。

美成艳词，如〔少年游〕、〔点绛唇〕、〔意难忘〕、〔望江南〕等篇，别有一种姿态，句句洒脱，香奁泛语，吐弃殆尽。（卷六）

东坡、稼轩、白石、玉田高者易见，少游、美成、梅溪、碧山高者难见。而少游、美成尤难见。美成意余言外，而痕迹消融，人苦不能领略。

唐宋名家，流派不同，本原则一。论其派别，大约……周美成为一体，竹屋、草窗附之……其间惟飞卿、端己、正中、淮海、美成、梅溪、碧山七家，殊途同归。

温、韦创古者也。晏、欧继温、韦之后，面目未改，神理全非，异乎温、韦者也。苏、辛、周、秦之于温、韦，貌变而神不变，声色大开，本原则一。（卷八）

《白雨斋词话》

127. 张祥龄：

周清真，诗家之李东川也；姜尧章，杜少陵也；吴梦窗，李玉谿也；张玉田，白香山也……《片玉》善言羁旅，《白云》善言隐逸；终身由之，而不知其道者，天也。

词，诗家之贼，差以毫厘，失之千里。作诗，则词意、词字不容出入。《片玉》人称善融唐诗，稼轩或用《楚辞》，此亦偶然，长处固不在是。如谓诗佳，何不诵唐诗？非谓诗之道大，词之道小，体格然也。

南唐二主、冯延巳之属，固为词家宗主，然是勾萌，枝叶未备；至小山、耆卿而春矣；清真、白石而夏矣；梦窗、碧山，已秋矣；至《白云》，万宝告成，无可推徙。元故以曲继之，此天运之终也。

《词论》

128. 蒋兆兰：

词家正轨，自以婉约为宗。欧、晏、张、贺，时多小令，慢词寥寥，传作较少。逮乎秦、柳，始极慢词之能事，其后清真崛起，功力既深，才调尤高，加以精通律吕，奄有众长，虽率然命笔，而浑厚和雅，冠绝古今，可谓极词中之圣。

竹垞提倡姜、张，太鸿参之梅溪，阳湖推挹苏、辛，止庵揭橥四家，而以清真集其成，可谓卓识至论。

《词说》

129. 文廷式：

周美成词柔靡特甚，虽极工致而风人之旨尚微。然其作《汴都赋》，末段云："上方咀嚼乎道味，斟酌乎圣泽，而意犹未快。又欲浮槎而上，穷日月之盈昃，寻天潢之流派。操执北斗之柄，按行二十八星之次。夺雷公之枹，收风伯之鞴，一瞬之间而甘泽滂沛。囚孛彗于幽狱，敷景云而黯霭。统摄阴机，与帝唯诺而无阂。如此淫乐者十有七年，疲而不止，谏而不改。吾不知天王之用心，但闻夫童子之歌曰：孰为我己，孰厘我载。茫茫九有，莫知其界。"其讥徽宗之求仙荒宴，殆比于家父之作诵，非扬、马怂一而讽百者也。以此意观其词，乃知"晓阴翳日"、"辽鹤归来"皆非寻常赋景怀人之句矣。刘融斋《艺概》讥美成词"富艳精工，只是当不得个贞字"亦过甚之论也。赋见《宋文鉴》卷七。按《宋史·文苑传·周邦彦》云："元丰初游京师，献《汴都赋》，神宗异之。"又云："哲宗召对，使诵前赋。"则此赋为美成少年所作，疑后来有所改易矣。

《纯常子词话》

130. 郑文焯：

玉田谓清真诸大家取字皆从温李诗中来，此犹浅识。实以轻灵之气，发经籍之光，不特举典新奇，遂工侧艳也。

近索词境于柳、周清空苍浑之间，益叹此诣精微，不独律谱格调之难求，即著一意、下一语，必有真情景在心目中，而后倾其才力以赴之，方能令人歌泣出地，若有感触于境之适然，如吾胸中所欲言者。太白所谓“眼前有境道不得”，岂易言哉？

周、姜取字至纯粹，若柳、吴则取字至博。近考屯田于二谢诗极多运用，至梦窗更博于史，而镕铸工，顾韵中字例，亦不若周、姜之精严已。

清真〔西平乐〕、〔瑞鹤仙〕、〔浪淘沙〕诸慢曲，其时或值方腊之乱，其词颇多峻切之音。

美成隶事属辞，有羚羊挂角之妙。盖托诸隐秀以伤其不遇也。《宋史·文苑传》谓其以诸生献赋，一命为正，五岁不迁。词意悲感，或当其浮沉时耶？昔人称杜诗无一字无来历，吾谓读者亦当不放过清真一字，清真固词之老杜也。

《词林翰藻·郑文焯致朱祖谋书》(《词学》第七辑)

131. 郑文焯：

沈伯时论词云：读唐诗多，故语多雅淡。宋人有隐括唐诗之例。玉田谓：取字当从温、李诗中来。今观美成、白石诸家，嘉藻纷缛，靡不取材于飞卿、玉溪，而于长爪郎奇隽语尤多裁制，尝究心于此，觉玉田言不我欺。

至美成提举大晟，演为曼声，三犯四犯，变调綦繁，美且备已。

《郑大鹤先生论词手简》(《大鹤山人词话》附录)

132. 郑文焯：

尝以北宋词之深美，其高健在骨，空灵在神。而意内言外，仍出以幽窈咏叹之情。故耆卿、美成，并以苍浑造端，莫究其托谕之旨。卒令人读之歌笑出地，如怨如慕，可兴可观。有触之当前即是者，正以委曲形容所得感人深也。毛先舒云：不可以气取，不可以声求。洵先得我心矣。盖学之者写景易惊露，切情难深折，稍一纵，便放笔为直干，恐失词之本色尔。

周、柳词高健处惟在写景，而景中人自有无限凄异之致，令人歌哭出地，正如黄祖叹祢生“悉如吾胸中所欲言”，诚非深于比兴，不能到此境也。

《大鹤山人论词遗札》(《大鹤山人词话》附录)

133. 郑文焯：

自元以来，大晟余韵，嗣音阒然。学者但赏其文藻，率于其举典隶事，强作解人，虽习见者，亦多所笺释。要之词原于比兴，体贵清空，奚取典博。美成词切情附物，风力奇高，玉田谓其取字皆从唐之温、李及长吉诗中来，一语思过半矣。

《清真词校后录要》(《郑文焯校刻清真词》)

134. 郑文焯：

清真长调骨力奇高，其雄浑处全在连用三字，句逗紧接，前后呼应，无一复笔，势如转丸，却不使气而自然挥绰，此境亦莫能名已。

考《文苑传》称美成以献《汴都赋》为神宗嗟异，诏赴政事堂。自太学生一命为正，五岁不迁，益肆力于词章。出教授庐州，知潭（溧） 水县，还为国子主簿。哲宗召对，使诵前赋，除秘书省正字，历校书郎，考功员外郎，卫尉、宗正少卿，兼议礼局检讨，以直龙图阁知河中府。迨徽宗朝，官至徽猷阁待制，提举大晟府。是知美成始以词章通藉于元丰之初，继以编订礼书晋秩清要，最后乃以审定音乐特达于道君，而词已为衰世之音。今美成传世者仅此乐府所余百数十阕，又溷于小说家之谰言，其他皆沦轶无闻焉。使无强公为之搜辑而传播之，将并此亦付之寂灭。可悲也已。

清真风骨，原唐诗人刘梦得、韩致光，与屯田所作异曲同工，其格调之奇高，文采之深美，亦相与颉颃，未易轩轾也。梦华论词，独以梅溪与清真并提，而谓周之胜史又在“浑”之一字，岂英谈哉！

柳以善歌为北宋词家专诣，故所造独精，齐以亢队，流韵红牙。当时殆亦工在寡双，足擅风谣之誉，匪若大晟官拍，纯用之法曲、大曲也已。近世所议其多俳体者，要皆出于乐府遗音，实倚声之当行本色，非专家不能为之。此意惟东坡知之深，故特举其雅词以示，或人拟于不伦，岂此三语掾足尽之耶？清真词中如柳体者亦复不少，正以卷帙零轶，所见故仅。其实周、柳宗派微别者，辟诗之有雅怨耳。

读强序益叹清真词之微妙。声音之道与政事通，不其然与？

清真词一片神行，运以高健之笔，故举典不嫌复滞。否则如此解连用庾信、江淹、文园，鲜不杂乱。盖以清空之气行之，只是文之疏处耳。（评〔宴清都〕“地僻无钟鼓”）

昔与蒋次湘在籓伎署西楼和此曲，始叹清真词意高古，非白石梦窗所能到，盖骨气奇特，得天独厚欤？（评〔霜叶飞〕“露迷衰草”）

美成词取材于长吉诗中字句最多，如“身与蒲塘晚”、“病背伤幽素”之类，则不假裁制而自成馨逸者已。

《批校清真集》

135. 郑文焯：

清真以布衣献《汴都赋》，意态雄杰，敻绝千古。初未尝以词人自画，迨为大乐正，流情丝竹，放志歌坊，好事者遂讥其行细于文。因谓师师唱词，为之解褐。余尝据史传，为之辩诬四事，信而有证也。初为令守，山水可以卧临，入则侍从，歌咏播之乐府。其词之美，遇赏音有天子之尊，赌唱至倡家之贱，一时盛口，世士寘霰，而当时好名之心，甚于好学。美成既误于在官而得词名，又以少无羁检，老而谪居，至令天下词人为之短气，徒以诲淫伤绮滋后世不肖之口，岂不悲哉！以视白石淡泊鸣高，终身不士，惟引范顺阳、张功甫、萧千夫诸贤士大夫为云霞之交，喁于赓唱，疏于江湖水月之间，其志趣之清浊，为何如也？

《批校唐五代词选》

136. 朱祖谋：

浣花、玉谿于诗，犹清真、梦窗于词。

严几道《与朱彊村书》引（《彊村老人评词》附录）

137. 朱祖谋：

两宋词人，约可分为疏、密两派，清真介在疏密之间，与东坡、梦窗分鼎三足。

《朱评清真词》（《宋词三百首笺注》引）

138. 夏孙桐：

清真平写处，与屯田无异；至矫变处，自开境界，其择言之雅，造句之妙，非屯田所及也。

俞陛云《宋词选释》引

139. 康有为：

若美成之跌宕悠扬，苏辛之傥宕遒上，梦窗之七宝楼台，姜张之清新俊逸，亦各穷极极妍矣。然韵味之隽，含蓄之深，神情之远，词句之逸，未有若三李者。

《江山万里楼词钞序》（《江山万里楼诗词钞》）

140. 陈锐：

大抵词自五季以降，以耆卿为先圣，美成为先师。白石道人崛起南渡之余，明心见性，居然成佛作祖；而四明吴君特以其轶才，贯串百氏，蔚为大宗，令人有观止之叹。

《词比自序》（《词学季刊》创刊号）

141. 陈锐：

词如诗，可模拟得也……周美成浑厚拟陆士衡。

屯田词在院本中如《琵琶记》，清真词如《会真记》。

屯田词在小说中如《金瓶梅》，清真词如《红楼梦》。

《褒碧斋词话》

142. 况周颐：

元人沈伯时作《乐府指迷》，于清真词推许甚至。唯以“天便教人，霎时厮见何妨”、“梦魂凝想鸳侣”等句为不可学，则非真能知词者也。清真又有句云：“多少暗愁密意，唯有天知。”“最苦梦魂，今宵不到伊行。”“拼今生，对花对酒，为伊泪落。”此等语愈朴愈厚，愈厚愈雅，至真之情，由性灵肺腑中流出，不妨说尽而愈无尽。南宋人词如姜白石云：“酒醒波远，正凝想、明珰素袜。”庶几近似，然已微嫌刷色。诚如清真等句，唯有学之不能到，如曰不可学也，讵必颦眉搔首，作态几许，然后出之，乃为可学耶？明已来，词纤艳少骨，致斯道为之不尊，未始非伯时之言阶之厉矣。清真词事散见宋人说部绝夥，或一事两歧，或岁时舛盭，比勘辨证，未易更仆。兹择其语近雅驯较可据依者，荟录于编，备参考焉。又清真词改为《片玉》，实自陈元龙注本始。其命名之意，见于刘肃序中，非美成所自名。亦犹朱淑真词，明人魏端礼以《断肠》名之，非淑真所自名也。刘肃，宋末人，入元。陈注《片玉词》刻于宋淳熙间，近人有收得宋本者。

《历代词人考略》卷十七

143. 况周颐：

元人沈伯时作《乐府指迷》，于清真词推许甚至，唯以“天便教人，霎时厮见何妨。”“梦魂凝想鸳侣”等句为不可学，则非真能知词者也，清真又有句云：“多少暗愁密意，唯有天知。”“最苦梦魂，今宵不到伊行。”“拚今生、对花对酒，为伊泪落。”此等语愈朴愈厚，愈厚愈雅，至真之情，由性灵肺腑中流出，不妨说尽而愈无尽。南宋人词如姜白石云：“酒醒波远，正凝想、明珰素袜。”庶几近似，然已微嫌刷色，诚如清真等句，唯有学之不能到耳。如曰不可学也，讵必颦眉搔首，作态几许，然后出之，乃为可学耶？明已来词纤艳少骨，致斯道为之不尊，未始非伯时之言阶之厉矣。窃尝以刻印比之，自六代作者以萦纡拗折为工，而两汉方

正平直之气荡然无复存者。救敝起衰，欲求一丁敬身、黄大易而未易遽得。乃至倚声小道，即亦将成绝学，良可慨夫。（卷二）

宋词深致能入骨，如清真、梦窗是。（卷三）

《蕙风词话》

144. 况周颐：

词学托始唐之开、天，盛于北宋，极盛于南宋。当宋之世，若闽若赣，号称词苑多才，顾犹不逮两浙。何耶？盖自南渡，首都临安，湖山灵闷，风雅所兴，高、孝右文，有宣、政流风余韵，赵昂以赋拒霜邀眷赉，甄龙友以才华见赏，虽清狂牾俗不为嫌。是时东南士夫向风竞爽，浙士近光辇毂，尤宜家擅倚声。重以开其先者，若烟波钓徒、“云破月来花弄影”郎中，襟抱神韵之间，妙造不可一世。乃至《清真》一集，深美闳约，兼赅众长，为两宋关键。

《历代两浙词人小传序》（梦坡室藏板）

145. 张德瀛：

释皎然《诗式》谓诗有六至：至险而不僻，至奇而不差，至丽而自然，至苦而无迹，至近而意远，至放而不迂。以词衡之，至险而不僻者，美成也。（卷一）

同叔之词温润，东坡之词轩骁，美成之词精邃，少游之词幽艳，无咎之词雄邈，北宋惟五子可称大家。（卷五）

《词徵》

146. 刘毓盘：

苏词盛而柳词微，铁板铜琶，晓风残月，纤秾修短，划若鸿沟。周邦彦出，乃调停于两派之间，而一轨于正。

《辑校冠柳集跋》（《唐五代宋辽金元名家词集六十种辑》）

147. 陈洵：

词兴于唐，李白肇基，温岐受命。五代缵绪，韦庄为首。温、韦既立，正声于是乎在矣。天水将兴，江南国蹙，心危音苦，变调斯作，文章世运，其势则然。宋词既昌，唐音斯畅。二晏济美，六一专家。爰逮崇宁，大晟立府，制作之事，用集美成。此犹治道之隆于成康，礼乐之备于公旦，监殷监夏，无间然矣。

吾年三十，始学为词，读周氏（按：指周济）《四家词选》，即欲从事于美成。乃求之于美成，而美成不可见也；求之于稼轩，而美成不可见也；求之于碧山，而美成不可见也。于是专求之于梦窗，然后得之。因知学词者，由梦窗以窥美成，犹学诗者由义山以窥少陵，皆涂辙之至正者也。

清真格调天成，离合顺逆，自然中度。梦窗神力独运，飞沉起伏，实处皆空。梦窗可谓大，清真则几于化矣。由大而几化，故当由吴以希周。

清真不肯附合祥瑞，梦窗不肯攀援藩邸，襟度既同，自然玄契。诗云："惟其有之，是以似之。"

《海绡说词·通论》

148. 冒广生：

词家之圣，莫圣于周、柳，《乐章》、《清真》全集具在，其于四声，或此阕与彼阕不同，或前编与后编之不同，甚至全句平仄互易，而律自谐。

《遐庵词稿序》(《冒广生词曲论文集》)

149. 夏敬观：

转折笔圆，恃虚字为转折耳；意圆，则前后呼应一贯；神圆，则不假转折之笔，不假呼应之意，而潜气内转。方者，本质，天所赋也。圆者，功力，学所致也。方圆二字，不易解释，梦窗，能方者也。白石、玉田，能圆者也。知此可悟方圆之义。方中不见圆，盖神圆也，惟北宋人能之。子野、方回、耆卿、清真，皆是也。

梦窗学清真者，清真乃真能不琢，梦窗固有琢之太过者。

勾勒者，于词中转接提顿处，用虚字以显明之也。即张炎《词源》所云：用虚字呼唤，单字如“正”、“但”、“任”、“甚”之类。两字如“莫是”、“还又”、“那堪”之类，三字如“更能消”、“最无端”、“又却是”之类，南宋清空一派，用此勾勒法为多。用之无不得当者，南宋名家是也。乾嘉时词，号称学稼轩、白石、玉田，往往满纸皆此等呼唤字，不问其得当与否，遂成滑调一派。吴梦窗于此等处多换以实字，玉田讥为七宝楼台，拆下不成片段，以为质实，则凝涩晦昧，其实两种皆北宋人法，读周清真词，便知之。清真非不用虚字勾勒，但可不用者即不用。其不用虚字，而用实字或静辞以为转接提顿者，即文章之潜气内转法。今人以清真、梦窗为涩调一派，梦窗过涩则有之，清真何尝涩耶？清真造句整，梦窗以碎锦拼合，整者元气浑仑，碎拼者古锦斑斓。不用勾勒，能使潜气内转，则外涩内活。白石、玉田一派，勾勒得当，亦近质实，诵之如珠走盘，圆而不滑。二派皆出自清真。及其至，品格亦无高下也。

《蕙风词话诠评》(《蕙风词话》附录)

150. 张寿镛：

自宋元年间，清真居士周邦彦，字美成以词学鸣于时，洎知明州，因家奉化，所谓《清真词》者，明之士皆善习焉。南渡而后，张于湖孝祥其尤著者也。晚宋则梦窗、处静翁元龙、西麓陈允平为大宗，而梦窗更得清真之妙。

《梦窗词稿序》(《梦窗四稿》)

151. 高旭：

俯仰苍茫吊古，客中愁听悲笳。

如渠善描物态，那不雄视诸家。周清真

《十大家词题词》(《中华新报》1909年6月17日)

152. 王国维：

词之雅郑，在神不在貌，永叔、少游虽作艳语，终有品格，方之美成，便有淑女与倡伎之别。

美成深远之致，不及欧、秦，唯言情体物，穷极工巧，故不失为第一流之作者，但恨创调之才多，创意之才少耳。

诗人对宇宙人生，须入乎其内，又须出乎其外。入乎其内，故能写之，出乎其外，故能观之。入乎其内，故有生气，出乎其外，故有高致。美成能入而不能出。白石以降，于此二事皆未梦见。

长调自以周、柳、苏、辛为最工，美成〔浪淘沙慢〕二词，精壮顿挫，已开北曲之先声，若屯田之〔八声甘州〕，东坡之〔水调歌头〕，则伫兴之作，格高千古，不能以常调论也。

词之最工者，实推后主、正中、永叔、少游、美成，而后此南宋诸公不与焉。

唐五代之词，有句而无篇。南宋名家之词，有篇而无句。有篇有句，唯李后主降宋后之作，及永叔、子瞻、少游、美成、稼轩数人而已。

《人间词话》

153. 王国维：

（周清真）先生于诗文无所不工，然尚未尽脱古人蹊径。平生著述，自以乐府为第一，词人甲乙，宋人早有定论，惟张叔夏病其意趣不高远。然北宋人如欧、苏、秦、黄，高则高矣，至精工博大，殊不逮先生。故以宋词比唐诗，则东坡似太白，欧、秦似摩诘，耆卿似乐天，方回、叔原，则大历十子之流，南宋惟一稼轩可比昌黎。而词中老杜，则非先生不可，昔人以耆卿比少陵，犹为未当也。

先生（清真）之词，陈直斋谓其多用唐人诗句隐括入律，浑然天成。张玉田谓其善于融化诗句，然此不过一端，不如强焕云模写物态，曲尽其妙为知言也。

境界有二：有诗人之境界，有常人之境界，诗人之境界，惟诗人能感之而能写之，故读其诗者，亦高举远慕，有遗世之意，而亦有得有不得，且得之者亦各有深浅焉，若夫悲欢离合，羁旅行役之感，常人皆能感之，而惟诗人能写之，故其入于人者之深，而行于世也尤广，先生（清真）之词，属于第二种为多，故宋时别本之多，他无与匹，又和者三家，注者二家。自士大夫以至妇人女子，莫不知有清真，而种种无稽之言，亦由此以起，然非入人至深，乌能如是耶？

楼忠简谓先生（清真）妙解音律，惟王晦叔《碧鸡漫志》谓：江南某氏者，解音律，时时度曲。周美成与有瓜葛，每得一解，即为制词。故周集中多新声。则集中新曲，非尽自度。然“顾曲”名堂，不能自已，固非不知音律。故先生之词，文字之外，须兼味其音律。惟词中所注宫调，不出教坊十八调之外。则其音非大晟乐府之新声，而为隋唐以来之燕乐，固可知也，今其声虽亡，读其词者，犹觉拗怒之中，自饶和婉，曼声促节，繁会相宣，清浊抑扬，辘轳交往，两宋之间，一人而已。

《清真先生遗事·尚论三》

154. 王国维：

美成词多作态，故不是大家气象。若同叔、永叔，虽不作态，而一笑百媚生矣，此天才与人力之别也。

予于词……宋喜同叔、永叔、子瞻、少游，而不喜美成。南宋只爱稼轩一人，而最恶梦窗、玉田。

《词辨》眉批（《人间词话附录》）

155. 樊志厚：

美成晚出，始以辞采擅长，终不失为北宋人之词者，有意境也。

《人间词序》二

156. 林大椿：

美成深精律吕，其所作皆具有法度，惜乎音谱失传，后世读其遗篇，徒惊叹其文字之工妙，未由窥见古人辨音审韵之苦衷。

今佐以三家所赓和（按：即方千里、杨泽民、陈允平三人之和作），则细怿美成之佳制，句栉字比，其或庶几焉。

《清真集跋》

157. 马一浮：

古来词人利弊，此难具言。以诗为比，太白如苏李，后主如子建，温、韦如晋宋间诗，北宋诸家如初唐，清真如少陵（律最细，词最润），梦窗如义山。

《马一浮先生语录类编》(《马一浮集》)

158. 吴梅：

集古今之成者，为邦彦。

词至美成，乃有大宗。前收苏、秦之终，后开姜、史之始。自有词人以来，为万世不祧之宗祖，究其实亦不外“沉郁顿挫”四字而已……词至清真，实是圣手，后人竭力摹效，且不能形似也。

《词学通论》

159. 陈匪石：

词之用韵，虽与诗有相承之关系。然词以应歌，当筵命笔，每不免杂以方音……如真、庚、侵三部，寒、覃二部，萧、尤二部，及入声屋、质、月、药、洽五部，按之古今分部及音理，皆不相通，而有时互相羼杂。即知音之清真、白石、梦窗亦每见之。

凡词中无韵之处，忽填同韵之字，则迹近多一节拍，谓之犯韵，亦曰撞韵。守律之声家，悬为厉禁。近日朱、况诸君尤斤斤焉。而宋词于此，实不甚严。即清真、白石、梦窗亦或不免。彼精通声律，或自有说。吾人不知节拍，乃觉彷徨。

珠玉、小山、于野、屯田、东山、淮海、清真，其词皆神于炼，不似南宋名家，针线之迹未灭尽也。

读昔人词评，或曰拗怒，或曰老辣，或曰清刚，或曰大力盘旋，或曰放笔为直干，皆施于屯田、清真、白石、梦窗，而非施于东坡、稼轩一派……故词之为物，固衷于诗教之温柔敦厚，而气实为之母，但观柳、贺、秦、周、姜、吴诸家所以涵育其气、运行其气者即知，东坡、稼轩，音响虽殊，本原则一。

有曲直，有虚实，有疏密，在篇段之结构，皆为至要之事。曲直之用，昔人谓曲已难，直尤不易。盖词之用笔，以曲为主，寥寥百字内外，多用直笔，将无回转之余地。必反面侧面，前路后路，浅深远近，起伏回环，无垂不缩，无往不复，始有尺幅千里之观，玩索无尽之味。两宋名家，随在可见，而神妙莫如清真、梦窗。

《声执》卷上

160. 陈匪石：

周邦彦集词学之大成，前无古人，后无来者，凡两宋之千门万户，《清真》一集几擅其全，世间早有定论矣。然北宋之词，周造其极。而先路之导，不止一家。苏轼寓意高远，运笔空灵，非粗非豪，别有天地。秦观为“苏门四子”之一，而其为词则不与晁、黄同赓苏调，妍雅婉约，卓然正宗。贺铸洗炼之功、运化之妙，实周、吴所自出，小令一道，又为百余年结响。柳永高浑处、清劲处、沉雄处、体会入微处，皆非他人屐齿所到，且慢词于宋蔚为大国，自有三变，格调始成。之四人者，皆为周所取则，学者所应致力也。至于北宋小令，近承五季，慢词蕃衍，其风始微。晏殊、欧阳修、张先，固雅负盛名，而砥柱中流，断非几道莫属。由是以上稽李煜、冯延巳，而至于韦庄、温庭筠，薪尽火传，渊源易溯。录此六家，实正轨所在，瓣香所承，不敢效颦戈、周，举周邦彦以概其余也。

《声执》卷下

161. 陈匪石：

若律以读词之眼光，清真包括一切，绝后空前，实奄有南宋各家之长。姜、史、吴、王、张诸人，固皆得清真之一体，自名其家；即稼轩之豪迈，亦何尝不从清真出？则至变者宜莫如美成。

《旧时月色斋词谭》

162. 碧痕：

词称诗余，本文章之小道。三唐引绪，五代分支，宋起大晟乐府，人才一盛。周片玉辈移宫换羽，按时兴歌，于是词家旗帜，五色纷飘矣。至金元则曲盛，而词势稍煞。亦文章之命运，乐府之变更。而明而清，词亦追胜于前，然而规行矩步，不出宋人窠臼。

予幼读美成词，即喜其〔意难忘〕之“衣染莺黄”，〔风流子〕之“枫林凋晚叶”数阕。是笑是泣，疑远疑近，真是词家神手。又读〔玉团儿〕之“铅华淡伫新装束。好风韵，天然异俗。彼此知名，虽然初见，情分先熟”，又〔少年游〕之“马滑霜浓，不如休去，直是少人行”诸句，语淡而意浓，今人多学之者，然皆画虎类狗，贻方家笑。毛稚黄谓清真为词家神品，如李杜之诗，可望而不可及。岂虚语哉！

《竹雨绿窗词话》

163. 蔡嵩云：

北宋如屯田、方回、清真、雅言诸家，南宋如白石、梅溪、梦窗、草窗、玉田诸家，大都妙解音律，所为词，声文并茂。

当时创调制谱最有名者，首推柳耆卿……继之者为周美成，曾充大晟府乐官，文人而通音律，故其词和协流美，都可入乐，一时称为绝唱。南渡后，大晟乐谱散失，不独柳谱全亡，周谱亦所存无几。坊曲优伎，有能歌清真词一二调者，人莫不视同珠璧。惟其审音用字之法既不传，如是群视周词四声为金科玉律。方千里、杨泽民、陈西麓诸家和清真调，谨守四声，少有逾越，即其一例。厥后词家，因守周词之四声；遂推而守其他音律家词之四声，此南宋守四声词派所由成立也。

宋初慢词，犹接近自然时代，往往有佳句而乏佳章。自屯田出而词法立，清真出而词法密，词风为之丕变。

周词渊源，全自柳出。其写情用赋笔，纯是屯田家法。特清真有时意较含蓄，辞较精工耳。细绎《片玉集》，慢词学柳而脱去痕迹自成家数者，十居七八；字面虽殊格调未变者，十居二三。陈褒碧有言："能见耆卿之骨，始能通清真之神。"目光如炬，突过王晦叔、张玉田诸贤远甚。梦窗深得清真之妙，其慢词开合变化，实间接自柳出。惟面貌全变，另具神理，不惟不似屯田，并不似清真，看词者若仅于字句表面求之，更不易得其端倪矣。

清真令曲，闲婉似叔原，而沉着亦近之。慢词疏宕类耆卿，而精湛则过之。于以见其作法非同一机杼矣。

清真慢词，沉郁顿挫处最难学，须有雄健之笔以举之。若无此笔，慎勿学清真，否则必流于软媚。

《柯亭词论》

164. 蔡嵩云：

宋末词风，除稼轩外，可分二派：导源白石自成一体者，东泽、竹山、中仙、玉田诸家，皆其选也；导源清真而各具面目者，梅溪、梦窗、西麓、草窗诸家，皆其选也。

《乐府指迷笺释引言》（《词学季刊》第三卷第四号）

165. 宣雨苍：

词，诗余也。其源从乐府长短句递遭而来。唐人采乐府制新律，而后有词。其嚆矢于何人，无可指实。第举世之所传最首出者，李白之〔菩萨蛮〕、〔忆秦娥〕，然亦不得即谓权舆于太白也。其后有唐一代，所传作者，韦应物、王建、韩翃、白居易、刘禹锡、王甫淞、司空图、韩偓，并有著作。而温庭筠最称杰出。五季南唐，小令之工，后无能媲。北宋词引为慢声，正如初唐五七言律诗，多在古今体之间，求其通体工称之作，殊不多数。舍东坡如天马行空，别成一格外，余子如淮海、耆卿，相传诸作，往往一首中虽有可诵名句，而俗艳浮响，无谓俚言，亦复不免杂出，金输互见。诚不能为古人曲讳。至于清真，渐臻完密，然生硬处仍时有之。盖其时犹以为词者乃诗之余，未见并重，但以寻声为尚，而修词次之，此其所以失也。南宋作者究心倚声，重于诗歌，一时士夫能文章者，无不旁通音律，故能声文并茂。其最高为姜尧章，《词品》谓其高处有美成不能及者。多自制曲，初则率意为长短句，既成，乃按以律吕，无不协者，其〔长亭慢〕自序亦如此，是知尧章之制词，固先有文而后有声，有声而后有律，深合“歌以咏、律和声”之道。此其所以集大成也。

《词谰》

166. 顾宪融：

周美成，名邦彦，钱塘人。元丰初进《汴都赋》，除太学正。历官秘书监，进徽猷阁待制，提举大晟府，出知顺昌府，徙知处州，秩满提举南京鸿庆宫。有《片玉集》、《清真集》二卷，后集一卷。美成词，其意淡远，其气深厚，其音节又复清妍和雅，最为词家之正宗。陈子龙曰：“以沉挚之思而出之必浅近，使读之者骤遇之，如在耳目之前，久诵之而得隽永之趣，则用意难也；以儇利之词而制之必工炼，使篇无累句，句无累字，圆润明密，言如贯珠，则铸词难也；其为体也纤弱，明珠翠羽，犹嫌其重，何况龙鸾？必有鲜妍之姿，不藉粉泽，则设色难也；其为境也婉媚，虽以惊露取妍，实贵含蓄不尽，时在低回唱叹之余，则命篇难也。”周介存曰：“美成思力独绝千古，如颜平原书，虽未臻两晋，而唐初之法至此大备。后之作者，莫能出其范围矣。”又曰：“读得清真词，多觉他人所作都不十分经意。”又曰：“勾勒之妙，无如清真。他人一勾勒便薄，清真愈勾勒愈浑厚。”毛稚圭曰：“言欲层深，语欲浑成，诸家论词之旨。直造精微，而求之两宋，惟清真足以备之。清真妙处尤在‘浑’之一字，词至于‘浑’，无可复进矣！”

《填词百法》

167. 赵尊岳：

清真不以非语说情，而委婉自见，最为难能。

《珍重阁词话》

168. 赵尊岳：

倚声之学，托始于唐，浸盛于五季。其君若臣，歌舞宴酣；风流相尚，琱璚镂玉，方巧化工，尊前花间，奄有众美。爰及天水晏氏父子，引温、韦之绪。欧、苏、秦、柳，风雅所宗。子野、方回，并世郢匠。清真崛起，为两宋关键，间以质拙胜，非深于此道不易知。南渡已还，麦秀黍离，家国之感，发为咏歌。白石老仙风格遒上，宜与稼轩分镳平辔。梦窗嫥家，斯诣造极，蕃艳之笔，运以沉思，致密之中，饶有清气，七宝楼台之喻，甚非知人之言。竹山高节，艳而有骨。公瑾、圣与，丽而有则。玉田王孙，后来之秀，清辞丽句，叹观止焉。

《蓉影词跋》(《蓉影词》)

169. 赵尊岳：

调之谐涩，亦各有风度。于谐婉之调求见风度易，于拗律之调求见风度难。然周、柳长调涩体，固无一不以风度见长。(卷一)

若再断代言之，同时竞爽，自各极其胜场。十国蕃艳之中，南唐二主独以至情见著。北宋柳缛、贺疏，周雅、秦秀；南宋吴密、姜苍，张俊、周丽；元则遗山天颖，惟以雄胜。明仅二陆沉著可诵。(卷二)

南北宋以片玉为关键，亦惟片玉为大家，后之取法者极多。其功力在于淡、清、真三字。惟真而能淡，斯得淡之妙谛。盖内蕴者至深，而淡笔又足以达之也。淡之妙，在隽永；真之妙，在深刻。

真伪系于心，吾涵养其心，渐渐可以屏伪而率真。浓淡系于笔，吾浸润其笔，渐渐可以避浓而就淡。逮真性情能流露于外，即使无往而不利。至造句用字之法，就片玉言之，尚末节耳。

片玉之神，固不易学，退而学其笔，以求进于神。则写景造语之际，当先屏除粉藻之字、支离之句、纤颖之积习，而求全于通篇。先以所立之境，盘桓酝酿于心目之间，久之或可得一浑成之句语。然后体察此句语，或涉于侧艳浮犷者，又当屏而弃之。逮夫神味渐生，词意徐兴，则当就中自择至淡之一境，即思绪所及之光景，取其渊远静穆之一境。此境一得，即不再纷其思虑，求其字藻，而即以所得之境，奋笔出之。正亦前人所谓喷薄之说。（卷三）

宋词以晏、秦、周、柳、苏、吴、姜、张为八大家。周虽蹊径分明，学之亦不易易。

周词兰成蕉萃，卫玠清羸，前人尚有议其滞者，实即通首混成，实处用一二典故，明白隶事，不假雕饰。亦足见其朴厚，不得为滞。

全词警句，不过数句，而精警所在，或即在此数句中之虚字以抒轴之。故当先使精稳平妥，纵使出神入化，终归静穆幽雅。至能通篇淡率，言简情深，不假一二句以自鸣其长者，其为浑成之至作，片玉以外，犹少见之。

文字以风会而转移，积久必变。《花间》蕃艳，至北宋而一变为冲淡之致，专以第一义发为渊穆之音。第一义语，固人人心目所习知。然能出以厚淡渊穆之笔，则醰然有味，固非易易。南宋又不期而别生境界。以求取胜于前人也，则不得不屏汰此厚淡之境，渐尚丽密。太羹玄酒，又觉其不如玉旨金醴之耳目一新。此亦必然之势有以致之。由今以言，学者当先于北宋师清真，南宋师白石，较有蹊径而不失浑成。若今日而仍专于第一义，漫以空声浮响自托厚淡，必致徒见其弊，有已蹈此失者，又当研求梦窗炼字造句之法以药之。

全词警句，不过数句，而精警所在，或即在此数句中之虚字以抒轴之。故当先使精稳平妥，纵使出神入化，终归静穆幽雅。

至能通篇淡率，言简情深，不假一二句以自鸣其长者，斯为浑成之至作。《片玉》以外，尤少见之。（卷四）

《花间》不易遽学，古蕃锦岂人尽可织？下之如梦窗之七宝楼台，《珠玉》之浑金朴玉，《小山》之风神淡厚，苏辛之清雄天成，均不易为师资。《乐章》善道眼前之景物，一一写来，无不精深。笔力又复骞举，宽不失疏，岂易著墨？清真、梦窗，浑厚精整，少有途辙，为学词者所必由。淮海风神足，白石出笔健，玉田意境跌宕，亦学者所当永为圭臬者。

形容字用之得当，便尔栩然欲活。清真于坊陌曰“愔愔”，于梅曰“褪粉”，于桃曰“试华”，于侵晨曰“障风映袖”。“愔愔”朴雅有致，“障映”不嫌其方。且以“愔愔”二字唤起侵晨之情绪，其用形容字之不少苟且如此。

清真能以直语说深情，以方语写慧心。渊源所自，当从古乐府中得来，故学词亦当多读乐府。（卷五）

《填词丛话》

170. 伊鹏：

苏东坡之词豪放，周美成之词沉郁，晁无咎之词伉爽，辛稼轩之词激壮，而黄山谷则近于粗鄙矣。北宋词家以东坡、少游、山谷、美成为最著名，实则坡等皆以诗笔填词，未必真解音律，真解音律之词家，乃寇准、韩琦、司马光、范仲淹诸名臣也。惜后人多不知耳。

《醉月楼词话》

171. 张伯驹：

《听秋声馆词话》云：美成〔绕拂阁〕词，有陈西麓和韵词可证。《词综》误编吴梦窗词内，“桂华”作“桂花”，“浪飏”作“浪飐”，更以“浪”作“绿”，均误。玩词意，桂花乃言月，非言桂也。余按：《词谱》及万红友《词律》均作“绿飏”，亦能解。又清真〔解语花〕元宵词，有“桂华流瓦”句，与此词“桂华又满”

句，两用桂华，以代言月。如非必用去声字，径用“月华”，岂不可乎？《乐府指迷》云：炼句下语，最是紧要。如说桃，不可直说破桃，须用“红雨”、“刘郎”等字。咏柳，不可直说破柳，须用“章台”、“灞岸”等字。如“玉筋”便是泪，“绿云”便是髻发等。此又与《人间词话》隔与不隔之说不同。如谢灵运“池塘生春革”，便是不隔；欧阳永叔咏草“千里万里，二月三月”，便是不隔。后阕“谢家池上，红淹浦畔”，便是隔。是直说破即是不隔，用典代言即是隔也。余以为词有法与时代之不同。法有白描与色绘，北宋词多白描，南宋词多色绘。故清真词白描者为佳，梦窗词色绘者为长。而清真词有白描，亦有色绘，故其词已界于南北宋之间矣。

《丛碧词话》

172. 闻野鹤：

寇莱公如春日园林，蔚然深秀。苏东坡如深山剑客，不娴俗礼。秦少游如花间丽色，却扇一笑，百媚横生。黄山谷如村女媚客，简直乏致。欧阳公如豪家子弟，仪态大方。张子野如春花百树，浅深互见。周美成如周公制礼，大体略备。王荆公如蛮夷入贡，不谙礼数。辛稼轩如草野人入掌枢密，动辄粗戾。蒋竹山如蓬门丽质，清秀有余。柳耆卿如通天老狐，醉即露尾。康与之如春场笙歌，繁乐聒耳。史梅溪如剪彩成花，细而近纤。姜白石如江介澄波，悠然一往。吴梦窗如天孙云锦，一丝一缕，尽发奇光，俗子庸夫，见之却步。李易安如中人举鼎，时虞绝膑。王碧山如天家姬侍，神采幽馨，迥非凡艳。周公谨如辞树红英，难免浮浪。朱淑贞如碧窗鹦鹉，略解语言。陆放翁如野僧说法，清而无味。张玉田如中郎凋谢，典型尚存。余则自桧以外，可无讥矣。

词境有四：其一，如新桐始叶，嫩翠若滴，柳梢月上，娟娟欲波，天机灵活，生意澹宕，□无丝毫迹象可寻，东坡所谓“空山无人，水流花开”者也。此境惟飞卿、正中、小山诸公具之。

其二，如巨室闺襜，范律严肃，入其闼者，微闻幽馨，仙帷缥缈，檀屏掩映，弦声微作，不可端倪。此境惟少游、美成诸公具之。其三，如深山侠士，瑰抱恢奇，酒酣起舞，剑芒腾跃，抚髀一啸，林木悉靡，咤云掷月，不可一世。此境惟东坡、稼轩诸公具之。其四，如霓羽仙人，神光姚冶，云房露阙，瞬息万变，龙绡之带，凤羽之裳，织华组绮，迥非凡手。此境惟梦窗、草窗诸公具之。上下千古，不出四者。自余曹鄫不复成邦，可无讥已。

清代戈载有宋七家之选，一周美成，二史梅溪，三姜石帚，四吴梦窗，五周草窗，六王圣与，七张叔夏。综其得失，可得而称焉。美成盖代词才，律细而不枯，意深而不刻。灏灏落落，百世之所宗也。梅溪能巧，上者故自清新，下者辄流浮俗。白石清响，为世所称，然音律故娴，意象未备，虽幽邈自喜，要其去美成远矣。梦窗刻意苦搜，镂冰煮雪，一字一句，古丽照人，樊身云所谓“五花共采，万鲭合脔”者也。后者学之，辄伤碎乱，梦窗独能寓郁厚于藻采之中，是盖上人一等者。草窗细敏，丽而有则，然古雅之致尽矣。圣与尤秾艳绵丽尽致，特稍逊梦窗耳。至于玉田，下驷才也，妄欲随逐其后，吾无称焉。

《愢簃词话》

173. 徐兴业：

作词当尚情真，不当夸才大。惟其情真，而后有板拙语、至性语。惟其才大，而后有敷衍语、堆砌语。北宋诸家，除东坡外，才实不逮后人，但以其情真，遂觉脱语天籁，自有浑璞之诣。南宋诸词人，才大而气密，故能独创词境，不剿袭前人。然以其真挚之情稍逊，昧之终觉隔一层。清真词于两宋间，最为擅长。其〔蝶恋花〕云：“唤起两眸清炯炯，泪花落枕红绵冷。”〔玉楼春〕云：“当时相候赤阑桥，今日独寻黄叶路。”又云：“滔边谁使客愁轻，帐底不教春梦到。”皆人人意中事，眼中情，而以不经意笔出之，遂成绝诣。此南宋诸家累千钧之力，所不能到者。清真〔六丑〕词云："怕断鸿尚有相思字，何由见得？"是结句之神拙者。求之后世，惟梅溪〔东风第一枝〕云："恐风靴挑菜归来，万一灞桥相见。"意境差似，但稍嫌刷色矣。诗人体物感情，触境抒怀，发之于文，不必求人知我意趣之所在，而感非一端，触非一境，故自《三百篇》、《古诗十九首》以降，皆为无题之作，佛家所谓无人相之境也。唐五季北宋之词亦然。自东坡清真，间为咏物之作，大抵托写感怀，借物以抒情。似东坡《咏雁》以诉飘零，清真〔兰陵王〕咏柳以写别情，〔花犯〕咏梅以抒其二年之身世，遂启后来咏物一派。至梅溪咏燕，刘改之咏指足，摹状绘色，已落言筌。后此更摭拾故实，广征博引，情韵皆匮，斯为极蔽。

《凝寒室词话》

174. 祝南：

清真词，神完法密，思沉力健。周止庵谓"读得清真词多，觉他人所作，都不十分经意"，信然。

张玉田谓清真"善于融化诗句"。实则清真以前，若耆卿，若东坡，若山谷，均喜以诗句入词；并时贺方回，运用诗句亦不减清真。耆卿〔醉蓬莱〕之"渐亭皋木下，陇首云飞"，〔倾杯〕之"梨花一枝春带雨"，山谷〔鹧鸪天〕之"且看欲尽花经眼"，〔南乡子〕之"莫待无花空折枝"，方回〔第一花〕之"飞入寻常百姓家"，〔忍泪吟〕之"十年一觉扬州梦"（亦见山谷〔鹧鸪天〕），其明征也。至若东坡〔定风波〕之括杜牧之诗，〔水调歌头〕之括韩退之诗；方回〔晚霞高〕之演杜牧之诗（此例起自顾敻，用韵微不同耳），通篇均剪裁诗句为之，不惟摘句而已。

滕宗谅〔临江仙〕，前结"气蒸云梦泽，波撼岳阳城"，用孟浩然诗句；后结"曲终人不见，江上数峰青"，用钱起诗句，是又在坡、谷之先矣。因知以诗句入词，非词家所忌，特不能专此见长耳。融化沿用，原出一辙，清真所长，固别有在。若以此论，则众人之所同能，非为清真所独擅矣。

于富艳精工中见沉顿，词家所难，美成能之，以工力言，不能不推圣手。然终觉用心太细，气格不高，殆犹诗中义山，不足以当工部也。

《无庵说词》

陈瓘

陈瓘（1057—1124）字莹中，号了翁，又号了斋，南剑州沙县（今属福建）人。宋元丰间进士，调湖州掌书记。徽宗立，召为左正言，迁左司谏。崇宁中入党籍，除名远窜，安置通州。卒谥忠肃。《宋史》有传。著有《尊尧集》，词集名《了斋词》。

1．况周颐：

陈莹中词，《乐府雅词》录十七首，余最喜其〔蓦山溪〕句云："千古送残红，到如今、东流未了。"又〔满庭芳〕云："盘旋。那忍去，它邦纵好，终异乡关。向七峰回首，清泪斑斑。"读之令人增莼鲈之感。其赠刘跛子〔满庭芳〕下半阕云："年华。留不住，饥餐困寝，触处为家。这一轮明月，本自无瑕。随分冬裘夏葛，都不会、赤水黄沙。谁知我，春风一拐，谈笑有丹砂。"又赠别〔临江仙〕："闻道洛阳花正好，家家庭户春风。道人饮散百壶空。年年花下醉，开谢几番红。　　此别又从何处去，风萍一任西东。语声虽异笑声同。一轮深夜月，何处不相逢。"似亦为跛子作。《花庵词选》云：陈莹中，名璜。与它书异，当是误字。

《历代词人考略》卷十九

2．刘毓盘：

其词与苏辛、秦周二派不同。惟陈耀文《花草粹编》所录〔鹧鸪天〕一首亦能于歌舞场中现色身相者。宋广平作《梅花赋》，不改其铁石心肠，岂沾沾小儒所同日而语哉。

《辑校了斋词跋》（《唐五代宋辽金元名家词集六十种辑》）

3．陈匪石：

陈莹中有〔减字木兰花〕……虽非谐谑，究不得谓雅。

《声执》卷下

4.《续修四库全书总目提要》：

瓘喜谐谑，其〔蝶恋花〕云……此皆率尔操觚，无足轻重，然如〔卜算子〕云“身如一叶舟……”用意湛深，挥洒如志，颇似古乐府，别有情味，不得以其偶有戏作，而贬其全体也。

《了斋词一卷》

孔夷（鲁逸仲）

孔夷（生卒年不详）字方平，号滍皋渔父，隐名为鲁逸仲，汝州龙兴（今河南宝丰）人，孔子四十七代孙。隐居于龙兴县龙山之滍阳城，绝意仕进，与李廌为诗酒侣。今存词三首。

1. 王灼：

沈公述、李景元、孔方平、处度叔侄、晁次膺、万俟雅言，皆有佳句，就中雅言又绝出。然六人者，源流从柳氏来，病于无韵。

《兰畹曲会》，孔宁极先生之子方平所集。《序》引称无为、莫知非，其自作者，称鲁逸仲，皆方平隐名，如子虚、乌有、亡是之类。孔平日自号滍皋渔父，与侄处度齐名，李方叔诗酒侣也。

《碧鸡漫志》卷二

2. 黄昇：

词意婉丽，似万俟雅言。

《唐宋诸贤绝妙词选》卷八

3. 黄苏：

细玩词中语意，似亦经靖康乱后作也。第词旨含蓄，耐人寻味。（评孔夷〔南浦〕“风悲画角”）

《蓼园词评》

4. 况周颐：

《宋诗纪事·小传》云：“孔方平，刘攽、韩维之畏友。《参寥集》《次韵李端叔题孔方平书斋壁》云：“草堂早晚投君子，纸帐蒲团不用收。”又云：“不见诸郎事弦管，幽窗唯有读书声。”可以想见高致。方平词〔水龙吟〕又一体云：“去年今日关山路，疏雨断魂天气。据鞍惊见，梅花的皪，篱边水际。一枝折得，雪妍冰丽，风梳雨洗。正水村山馆，倚阑愁立，有多少、春情意。　好是孤芳莫比。自不分、歌梁舞地。暗香疏影，高禅文友，清谈相对。琴韵初调，茗瓯催瀹，炉熏欲试。向此时，一段风流，付与晋人标致。”其托名鲁逸仲者，有〔选冠子〕“弄月余花”云云，〔南浦〕“风悲画角”云云，〔水龙吟〕《咏梅》“岁穷风雪”云云等阕，见宋已来各选本。

《历代词人考略》卷十八

阮阅

阮阅（出生年月不详）原名美成，字闳休，自号散翁，又号松菊道人，舒城（今属安徽）人。宋神宗元丰八年（1085）进士，知巢县。徽宗宣和中知郴州。高宗建炎初，知袁州。有《郴江百咏》、《松菊集》、《诗话总龟》。词有后人辑本《阮户部词》，存六首。

1. 吴曾：

龙舒人阮阅，字闳休，能为长短句，见称于世。政和间官于宜春，官妓有赵佛奴，籍中之铮铮也，尝为〔洞仙歌〕赠之云："赵家姊妹，合在昭阳殿……"阮官至中大夫，累任监司郡守。他词皆此类。

《能改斋词话》卷二

2.《宜春遗事》：

阮闳休《赠宜春官妓赵佛奴》寄调〔洞仙歌〕云："赵家姊妹，合在昭阳殿……"按闳休建炎初知袁州即致仕，寓居宜春，著《诗话总龟》，而词复排奡协律如此，然已为元曲开山矣。

《历代词话》卷七引

3. 胡玉缙：

阅为长短句，当时亦负盛名，故其词清利婉逸，具见思致，与诗之间涉俚语者不同。

《阮户部词提要》（《四库未收书目提要续编》）

谢逸

谢逸（1068—1112）字无逸，号溪堂，临川（今江西抚州）人。少孤，博学，工诗文，与从弟谢薖齐名，并称“二谢”。同为江西诗派人，又同受业于吕希哲之门。再举进士不第，遂绝意仕进，终身隐居，以诗文自娱。《宋史翼》有传。著有《溪堂集》，有后人辑本。词集名《溪堂词》。

1. 王灼：

谢无逸字字求工，不敢辄下一语，如刻削通草人，都无筋骨，要是力不足。

《碧鸡漫志》卷二

2. 漫叟：

谢无逸，临川进士，自号溪堂。学古高杰，文辞锻炼，篇篇有古意，而尤工于诗词。黄山谷尝读其诗，云：晁、张之流也，恨未识面耳。其诗曰：“山寒石发瘦，水落溪毛雕。”又曰：“老凤垂头噤不语，枯木槎牙噪春鸟。”其词曰：“黛浅眉痕沁，红添酒面潮。”又曰：“鱼跃冰池飞玉尺，云横石岭拂鲛绡。”皆百炼乃出冶者，晁、张又将避一舍矣。

《题溪堂词》（《宋六十名家词》）

3. 毛晋：

（《溪堂词》）共六十有三阕，皆小令，轻倩可人。

《溪堂词跋》（汲古阁本）

4. 沈际飞：

谢无逸〔花心动〕一词，句句比方，用《小雅·鹤鸣》篇体也。

《词苑萃编》卷四引

5. 宋征璧：

吾于宋词得七人焉：曰永叔，其词秀逸；曰子瞻，其词放诞；曰少游，其词清华；曰子野，其词娟洁；曰方回，其词新鲜；曰小山，其词聪俊；曰易安，其词妍婉。他若黄鲁直之苍老，而或伤于颓。王介甫之劖削，而或伤于拗。晁无咎之规检，而或伤于朴。辛稼轩之豪爽，而或伤于霸。陆务观之萧散，而或伤于疏。此皆所谓我辈之词也。苟举当家之词，如柳屯田哀感顽艳，而少寄托。周清真蜿蜒流美，而乏陡健。康伯可排叙整齐，而乏深邃。其外则谢无逸之能写景，僧仲殊之能言情，程正伯之能壮采，张安国之能用意，万俟雅言之能协律，刘改之之能使气，曾纯甫之能书怀，吴梦窗之能叠字，姜白石之能琢句，蒋竹山之能作态，史邦卿之能刷色，黄花庵之能选格，亦其选也。词至南宋而繁，亦至南宋而敝，作者纷如，难以概述矣。

《倡和诗余序》（《倡和诗余》）

6. 张泰来：

逸字无逸。临川人。布衣而名重搢绅。于书无所不读，于文无所不能，有韵之言尤超轶绝尘。秉性峻洁，生平不喜对书生，山巅水湄，多从衲子游……长短句尤天然工妙。

《江西诗社宗派图》

7. 王初桐：

谢逸闲居多从衲子游，不喜对书生，有《溪堂词》一卷，字字求工，不敢下一语，如刻削通草人，都无筋骨，要是力不足。

《小嫏嬛词话》卷二

8. 黄苏：

无逸第进士后，郁郁不得志，尝作〔花心动〕词。中有句曰："香饵悬钩，鱼不轻吞，辜负钩儿虚设。"其即"直钩无处使"之意乎。此词借渔父以写其牢落自慰自解，亦不得已有托而逃者乎，可思其志。（评谢逸〔渔家傲〕"秋水无痕清见底"）

无逸，临川人。第进士，意其筮仕在湖湘间耶？词意不过写其宦情淡泊耳。笔墨潇洒，自饶一种幽俊之致。（评谢逸〔千秋岁〕“栋花飘砌”）

《蓼园词评》

9.《四库全书总目提要》：

其词（按：指〔江神子〕）亦见重一时矣。是作今载集中，语意清丽，良非虚美，其他作亦极锻炼之工。

《溪堂词提要》

10.《四库全书简明目录》：

逸诗列江西宗派中，《复斋漫录》又载其《杏花村馆词》为世所传录，盖诗词并工也。今观是集，大抵淘炼清圆，点染工丽，原序但称其〔菩萨蛮〕、〔望江南〕中四语，殊不尽所长。

《溪堂词》

11. 谭莹：

杏花村馆有词题，驿壁曾烦驿卒泥。

未览溪堂词一卷，但名蝴蝶品流低。

《论词绝句一百首》（《乐志堂诗集》卷六）

12. 冯煦：

溪堂温雅有致，于此事酝酿甚深。子晋只称其轻倩，犹为未尽。樵隐胜处不减溪堂，惟情味差薄耳。

《蒿庵论词》

13. 陈廷焯：

无逸词，颇见笔力，语亦奇警。

《云韶集》卷三

14. 况周颐：

毛子晋《跋溪堂词》云：“共六十有三阕，皆小令，轻倩可人。”窃尝雒诵竟卷，其全阕如〔千秋岁〕“楝花飘砌”云云，〔渔家傲〕“秋水无痕清见底”云云，皆非软媚无骨之作。摘句如〔虞美人〕

云："落英点点拂阑干。风送清香满院、作轻寒。"空灵之笔，求之宋初人词即亦未易多觏。〔浣溪沙〕云："暖日温风破浅寒。短青无数簇幽兰。三年春在病中看。"此等语尤渐近沉著。〔踏莎行〕云："酒醒霞散脸边红，梦回山蹙眉间翠。"句法极矜炼，却无追琢痕迹，非名手不办。而毛子晋乃以"轻倩可人"一语概之，讵得谓知人之言耶？

《历代词人考略》卷十六

15. 碧痕：

张玉田谓句法字面，必深加锻炼，字字推敲。予见今之作者，多未于此上用工，盖粉泽太甚，正气有伤耳。尝观宋人多称贺方回、吴梦窗工于炼字。予读谢无逸《溪堂集》如"黛浅眉痕沁，红添酒上潮"，又"红绡舞袖萦腰柳，碧玉眉峰媚脸莲"，又"杜鹃飞破草间烟，蛱蝶惹残花底雾"，皆百炼而成，其较之"枝袅一痕雪在，叶底几豆春浓"，则相去远矣。

《竹雨绿窗词话》

毛滂

毛滂（1060—1124?）字泽民，衢州江山（今属浙江）人。初以文为苏轼所知。宋哲宗元祐中为杭州法曹，元符二年（1099）知武康县，修葺县舍堂，改为东堂，后以名集。徽宗崇宁初，除删定官，五年（1106）送吏部与监当。政和元年（1111）罢官归里，后起知秀州。滂依附蔡京兄弟而得进用，为士论所薄。诗、词、文并工，著有《东堂集》。词集名《东堂词》。

1. 王灼：

贺方回、周美成、晏叔原、僧仲殊各尽其才力，自成一家。贺、周语意精新，用心甚苦。毛泽民、黄载万次之。

《碧鸡漫志》卷二

2. 陈振孙：

本以"断魂分付潮回去"见赏东坡得名，而他词虽工，未有能及此者。

《直斋书录解题》卷二十一

3. 毛晋：

泽民自叙少时喜笔砚，浅事徒能诵古人纸上语。尝知武康县，改尽心堂为东堂，簿书狱讼之暇，辄觞咏自娱，托其声于〔蓦山溪〕，如图画然，凡诗文、画简、乐府，总名《东堂集》，盛行于世。昔人谓因赠琼芳一词，见赏东坡得名。果尔尔耶？

《东堂词跋》(《宋六十名家词》)

4. 先著：

赵令畤，贺方回之亚，毛泽民亦"三影郎中"之次也。清超绝俗，词中故自难。(评毛滂〔浣溪沙〕"银字笙箫小小童")

《词洁辑评》卷一

5. 贺裳：

毛泽民"酒浓春入梦，窗破月寻人"，此晚唐五律佳境也。

《皱水轩词筌》

6. 柯崇朴：

泽民诗"酒浓香入梦，窗破月寻人"，真词家佳境也。初为杭州法曹掾，为东坡延誉，以此得名。

沈雄《古今词话·词评》上卷引

7. 王初桐：

毛泽民以乐府受知苏轼得名，尝知武康县，改尽心堂为东堂，著《东堂词》二卷。周煇评其词：言尽而意不尽，意尽而情不尽。

《小嫏嬛词话》卷一

8.《四库全书总目提要》：

其词则情韵特胜。陈振孙谓滂他词虽工，终无及苏轼所赏一首者（按：指〔惜分飞〕"泪湿阑干花著露"），亦随人作计之见，非笃论也。

《东堂词提要》

9.《四库全书简明目录》：

滂初以〔惜分飞〕词为苏轼所赏，后竟以寿词媚蔡京，得官，颇干清议。然其词实工，《书录解题》谓他词皆不及苏轼所赏之一首，则随人作计之见也。

《东堂词》

10. 谭莹：

惜分飞见赏坡翁，伟丽词多祝相公。

枫落吴江真压卷，东堂全集也徒工。

《论词绝句一百首》（《乐志堂诗集》卷六）

11. 华长卿：

省识东堂绝妙辞，坡仙心赏几人知。

平分此恨无言语，词客何容媚太师。

《论词绝句》(《梅庄诗钞》卷五)

12. 冯煦:

词为文章末技，固不以人品分升降。然如毛滂之附蔡京，史达祖之依侂胄，王安中之反复，曾觌之邪佞，所造虽深，识者薄之。

《蒿庵论词》

13. 胡薇元:

毛滂《东堂词》，其《罢杭州法曹别妓》〔惜分飞〕“今夜山深处，断魂分付潮回去”句，见赏于东坡。《铁围山丛谈》蔡絛记其父京柄政时，滂献词伟丽，今集中太师生辰数首。盖虽由坡公得名，而其得官则附京。士人徒擅才华，而随人作计，人品亦在中下。

《岁寒居词话》

14. 陈廷焯:

泽民词尽有绝妙处，秦七、黄九之流亚也。

《云韶集》卷三

15. 陈廷焯:

毛泽民词，意境不深，间有雅调。晁无咎则有意蹈扬湖海，而力又不足。于此中真消息，皆未梦见。(卷一)

唐宋名家，流派不同，本原则一。论其派别，大约……贺方回为一体，毛泽民、晁具茨高者附之。(卷八)

《白雨斋词话》

16. 况周颐:

毛泽民词中有寿蔡京数首，遂贻“本非端士”之讥。方毛之寿蔡也，蔡之奸犹未大著也。其后吴君特亦以寿贾相词为世诟病。方吴之寿贾也，贾方以干济闻于时。而其卒致奸庸误国，亦非君特所预知也。且即如蔡京生辰以诗词为祝者，其姓名未易更仆数。而毛之词独传，是则毛之至不幸，而君特殆亦一例也。泽民为武康令，慈爱惠下，政平讼简，讵非端士？若以寸楮之投为毕生之玷，持论未免太苛。然而文字不可以假人，操觚家宜慎之又慎矣。

《历代词人考略》卷十四

17. 张伯驹：

毛泽民以〔惜分飞〕词受赏于东坡，但其〔玉楼春〕词“长安回首空云雾，春梦觉来无觅处。冷烟寒雨又黄昏，数尽一堤杨柳树。　楚山照眼青无数，淮口潮生催晓渡。西风吹面立苍茫，欲寄此情无雁去。”亦极清婉。其佳制固不止〔惜分飞〕也。盖东坡适聆妓唱〔惜分飞〕词耳。

《丛碧词话》

晁冲之

晁冲之（生卒年不详）字叔用，晁补之从弟。济州巨野（今属山东）人。举进士不第。宋绍圣初，卜居具茨山下，人称具茨先生。政和间，至京师，为大晟府丞。诗学陈师道，吕本中作《江西诗社宗派图》，冲之列于其中。著有《晁具茨先生诗集》十五卷，后人辑其词为《晁叔用词》。

1.《诗说隽永》：

晁冲之叔用乐府最知名，诗少见于世。

《苕溪渔隐丛话》后集卷三十六引

2. 曾敏行：

政和间，置大晟乐府，建立长属。时晁冲之叔用作《梅词》以见蔡攸。攸持以白其父曰：今日于乐府中得一人。元长览之，即除大晟丞。词中云："无情燕子，怕春寒，常失佳期。惟有南来塞雁，年年长占开时。"以为燕与梅不相关而挽入用之，故见笔力。

《独醒杂志》卷四

3. 张泰来：

喜作长短句，如〔临江仙〕、〔上林春慢〕等阕，发音吐响，出人意表。

《江西诗社宗派图录》

4. 陈廷焯：

具茨词，工丽和雅，上结叔原。

《云韶集》卷三

5. 陈廷焯：

唐宋名家，流派不同，本原则一。论其派别，大约温飞卿为一体，皇甫子奇、南唐二主附之；韦端己为一体，牛松卿附之……

贺方回为一体，毛泽民、晁具茨高者附之。

《白雨斋词话》卷八

6. 况周颐：

晁叔用慢词纡徐，排调略似柳耆卿。

《历代词人考略》卷十六引

7. 况周颐：

〔汉宫春〕《梅》词为晁叔用作。胡元任、陈西塘言之皆确有事实，而王仲言《玉照新志》载李汉老以是词受知于首相王黼，又若凿凿可信者，见后李邴词话。此词属晁属李，殊难臆决。唯晁叔用不乏佳词，何庸龂龂争此一阕。就《乐府雅词》所录，如〔感皇恩〕、〔临江仙〕、〔渔家傲〕、〔如梦令〕，皆外孙齑臼也。

《历代词人考略》卷十六

8.《续修四库全书总目提要》：

所作不事刻画，淡而有味。其〔临江仙〕云："忆昔西池池上饮……"简净成句，语浅情深，颇似尹参卿也。

《续修四库全书总目提要·晁叔用词一卷》

赵令畤

赵令畤（1064—1134）字德麟，又字景贶，自号聊复翁，又号藏六居士。宋太祖次子燕王德昭玄孙。宋哲宗元祐六年（1091），签书颍州公事。与苏轼相唱和，并荐其才于朝。后坐与苏轼交通，罚金，入党籍，被废十年。高宗绍兴初，官至右监门卫大将军、营州防御使，权知行在大宗正事。迁洪州观察使，袭封安定郡王。寻迁宁远军承宣使，同知行在大宗正事，卒赠开府仪同三司。事详《宋史·燕王德昭传》。令畤早以才敏称，著有《侯鲭录》。词集名《聊复集》，有后人辑本。

1. 王灼：

赵德麟、李方叔皆东坡客，其气味殊不近。赵婉而李俊，各有所长。晚年皆荒醉汝、颍、京、洛间，时时出滑稽语。

《碧鸡漫志》卷二

2. 先著：

赵令畤，贺方回之亚。毛泽民亦“三影郎中”之次也。清超绝俗，词中故自难。（评毛滂〔浣溪沙〕“银字笙箫小小童”）（卷一）

如小山父子及德麟辈，用事亦未常不轻，但有厚薄浓淡之分。后人一再过，不复留余味，而古人隽永不已。（评晏几道〔蝶恋花〕“醉别西楼醒不记”）（卷二）

《词洁辑评》

3. 沈雄：

山谷谓好词惟取陡健圆转。屯田意过久许，笔犹未休。待制滔滔漭漭，不能尽变。如赵德麟云：“新酒又添残酒病，今春不减前春恨。”……此则陡健圆转之榜样也。

《古今词话·词品》下卷

4. 况周颐：

赵德麟词〔菩萨蛮〕云："凭船闲弄水。中有相思意。忆得去年时。水边初别离。"〔好事近〕云："酒醒香冷梦回时，虫声正凄绝。只觉小窗风月，与昨宵都别。"语淡而深，耐人寻味。又〔蝶恋花〕云："恼乱横波秋一寸。斜阳只与黄昏近。"〔浣溪沙〕全阕云："风急花飞昼掩门。一帘残雨滴黄昏。便无离恨也销魂。　翠被任熏终不暖，玉杯慵举几番温。个般情事与谁论。"益复婉约风流，置之子野、少游集中亦不失为合作。

《历代词人考略》卷十六

5. 张德瀛：

赵令畤以元微之崔莺莺之事，谱为〔商调蝶恋花〕词，其词不载它书，但见于《侯鲭录》。

《词徵》卷五

6.《续修四库全书总目提要》：

所作亦清超绝俗，情景低回。〔蝶恋花〕云："欲减罗衣寒未去……"又云："卷絮风头寒欲尽……"传情寄兴，沁人骨髓，二山之亚也。

《聊复集一卷》

苏庠

苏庠（1065—1147）字养直，初病目，自号告翁，澄州（今湖南澄县）人。后徙居润州丹阳（今属江苏）之后湖，更号后湖病民。苏坚之子。工诗，苏轼见其《清江曲》，谓置之太白集中，谁疑其非，自是声名籍甚。宋绍兴间，居庐山，与徐俯同召，固辞不赴。十七年卒，年八十三。事迹见《宋史新编》卷一七八。著有《后湖词》一卷。

1. 王灼：

陈去非、徐师川、苏养直、吕居仁、韩子苍、朱希真、陈子高、洪觉范佳处亦各如其诗。

《碧鸡漫志》卷二

2. 杨慎：

苏养直名伯固，与东坡为同族，坡集中有送伯固兄诗是也。诗有《清江曲》，“属玉双飞水满塘”，当时盛传。词亦佳，“醉眠小坞黄茅店，梦倚高城赤叶楼”，〔鹧鸪天〕之佳句也。

《词品》卷三

3. 贺裳：

作长词最忌演凑，如苏养直“兽镮半掩”，前半皆景语也。至“渐迤逦，更催银箭，何处贪欢，犹系骄马。旋翦灯花，两点翠眉谁画。香灭羞回空帐里，月高犹在重帘下。恨疏狂，待归来、碎揉花打”，则触景生情，复缘情布景，节节转换，秾丽周密，譬之织锦家，真窦氏回文梭也。

《皱水轩词筌》

4. 王初桐：

苏养直有“属玉双飞水满塘”之句，见赏于东坡，坡呼为“我家养直”，不特此也，如〔菩萨蛮〕、〔木兰花〕、〔临江仙〕等作，皆清警可诵。养直，丹阳人，绍圣中，同徐俯荐于朝，不起，自放江湖间，故其词独能道江湖真景，窥其志趣，盖烟波钓徒一辈人。有《后湖集》一卷。

《小娜嬛词话》卷一

5. 况周颐：

《乐府雅词》录苏养直二十三首，多清微淡远之音，近于不食人间烟火者。略摘警句如左。〔虞美人〕云：“病来无处不关情。一夜鸣榔急雨、杂滩声。”〔谒金门〕云：“竹里江梅寒未吐。茅屋疏疏雨。”〔鹧鸪天〕云：“相思恰似江南柳，一夜春风一夜深。”〔诉衷情〕云：“溪上晚来杨柳，月露洗烟梢。”〔木兰花令〕云：“归帆初张苇边风，客梦不禁篷背雨。”

《花庵词选》、升庵《词品》俱作苏养直名伯固，误。东坡诗集有《次韵苏伯固主簿重九》一首。施注云：伯固名坚，博学能诗，东坡与讲宗盟。自黄徙汝，同游庐山，有〔归朝欢〕词，以刘梦得比之。黄鲁直谪死宜州，至大观间，伯固在岭外护其丧，归葬双井。其风义如此。子庠，字养直，学世其家。东坡手书其所作〔清江曲〕，以为可杂太白诗中莫辨也。号后湖居士，有文集行于世。伯固父子事实厘然，花庵宋人，其舛误殊不可解。兹据苏诗注订正之。

《历代词人考略》卷十四

释祖可

释祖可（生卒年不详），字正平。俗姓苏，名序，澧州（今湖南澧县）人。以被恶疾，人称“癞可”。住庐山，能诗，为江西派诗人，著有《东溪集》、《瀑泉集》，今存词三首。

1. 吴曾：

释可正平，工诗之外，其长短句尤佳，世徒称其诗也。

《能改斋词话》卷二

2.《东溪词话》：

僧祖可，字正平，苏伯固子。与陈师道、谢逸结江西诗社，其〔小重山〕词最工。吴虎臣曰：正平工诗，长短句尤佳，何世徒称其诗也？

《词苑萃编》卷四引

3. 沈雄：

词选中有方外语，芜累与空疏同病，要寓意言外，一如寻常，不别立门户，斯为入情，仲殊、觉范、祖可尚矣。

《古今词话·词话》上卷

4. 陈廷焯：

正平词佳者直逼韦端已。

《云韶集》卷十

王寀

王寀（1078—1118）字道辅，或作辅道，号南陔居士，江州（今江西九江）人。王韶子。登进士第，累官至翰林学士，兵部侍郎。后以感心疾，好谈丹砂神仙事。时宋徽宗方崇道教，召对称旨。后以术不验下狱，弃市。事附《宋史·王韶传》。词有后人辑本《王侍郎词》。

1. 王灼：

王辅道、履道善作一种俊语，其失在轻浮。辅道夸捷敏，故或有不缜密。

《碧鸡漫志》卷二

2. 吴曾：

“日月无根天不老……”王寀辅道侍郎〔渔家傲〕词也，歌之使人有遗世之意。

《能改斋词话》卷二

3. 况周颐：

王道辅词〔玉楼春〕云：“多情只有旧时香，衣上经年留得住。”〔浣溪沙〕云：“旧事只将云入梦，新观重借月为期。”王晦叔所谓“俊语”也，“几时能勾（姑后切）夜何长”则近于轻浮矣。又有咏梨花〔蝶恋花〕云：“缕雪成花檀作蕊。爱伴秋千，摇曳东风里。翠袖年年寒食泪。为伊牵惹愁无际。　幽艳偏宜春雨细。红粉阑干，有个人相似。钿合金钗谁与寄。丹青传得凄凉意。”见《全芳备祖》及《词综》。许蒿庐云：后半阕暗用《长恨歌》语意。又有前调咏牡丹、海棠、桃花、木瓜四阕，末句并用“丹青传得”云云，疑是题画之作，并见《全芳备祖》。其《牡丹》阕换头云：“斜倚青楼临远道。不管旁人，密共东君笑。”语绝媚妩，似乎未经人道，施之牡丹，尤为宜称。

《历代词人考略》卷二十二

谢薖

谢薖（1074—1116）字幼槃，号竹友，临川（今属江西）人。谢逸之弟，二人皆工诗，并称“二谢”，同为江西诗派诗人。又同受业于吕希哲。终身励行，以布衣卒。《宋史翼》有传。有《竹友集》。词集名《竹友词》。

1. 张泰来：

（谢逸）从弟薖，字幼槃。食贫嗜古，乐志不仕，自号竹友，以诗文媲美其兄，时称二谢……长短句尤天然工妙。

《江西诗社宗派图录》

2. 况周颐：

竹友词《中秋怀无逸兄》〔醉蓬莱〕云：“望晴峰染黛，暮霭澄空，碧天无汉。圆镜高飞，又一年秋半。皓色谁同，归心暗折，听唳云孤雁。问月停杯，锦袍何处，一尊无伴。　好在南邻，诗盟酒社，刻烛争成，引觞愁缓。今夕楼中，继阿连清玩。饮剧狂歌，歌终起舞，醉冷光零乱。乐事难穷，疏星易晓，又成浩叹。”此词融景入情，如往而复，读之令人增孔怀之重。即以才调论，微溪堂殆难为兄矣。竹友词有武进董氏诵芬室旧钞南词本。

《历代词人考略》卷十六

3. 况周颐：

竹友词《留董之南过七夕》〔蝶恋花〕后段云：“君似庾郎愁几许。万斛愁生，更作征人去。留定征鞍君且住，人间岂有无愁处。”循环无端，含意无尽，小谢可谓善言愁。

《蕙风词话》卷二

4. 胡玉缙：

薖与其兄逸，均在江西诗派中。逸词一卷，尚有六十三阕，此仅四之一，而语意研雅，造句亦颇锻炼，与薖殆如骖之靳。昔陈师道云：“今代词手，惟秦七、黄九。”秦谓秦观，黄谓黄庭坚。薖诗少沉雄刚劲之气，固逊庭坚；而词尚丰润，庭坚特瘦健，薖之清婉峭蒨，虽与庭坚异趣，且亦不逮，而要不可谓非词之正宗也。

《竹友词提要》(《四库未收书目提要续编》)

5.《续修四库全书总目提要》：

其词虽不如溪堂之工，然其佚宕之处亦殊可喜，时有艳词，如〔江神子〕云：“破瓜年纪柳腰身……”娇艳生动，而笔力遒劲，颇似南部诸贤之作也。

《竹友词一卷》

释惠洪

释惠洪（1071—1128），字觉范，自称洪觉范，后易名德洪，俗姓喻，筠州新昌（今江西宜丰）人。少时曾为小吏，宋元祐四年（1089）得度为僧。以医识张商英，又往来于徽宗近臣术士郭天信之门。徽宗政和元年（1111），因张、郭得罪而受累，决配朱崖。三年北还，又曾被诬坐狱。惠洪工诗文，善画。著有《石门文字禅》、《冷斋夜话》等，词集有后人辑本《石门长短句》。

1. 许彦周：

又善作小词，情思婉约，似少游，至如仲殊、参寥，虽名世，皆不能及。

《彦周诗话》（《历代诗话》）

2. 王灼：

洪觉范佳处亦各如其诗。

《碧鸡漫志》卷二

3. 胡仔：

忘情绝爱，此瞿昙氏之所训。惠洪身为衲子，词句有“一枕思归泪”及“十分春瘦”之语，岂所当然？又自载之诗话，矜衒其语，何无识之甚耶？

《魏庆之词话》引

4. 杨慎：

宋人小词，僧徒惟二人最佳，觉范之作类山谷，仲殊之作似《花间》，祖可、如晦俱不及也。

洪觉范《咏梅》〔点绛唇〕词云：“流水泠泠，断桥斜路梅枝亚。雪花飞下，浑似江南画。　白璧青钱，欲买春无价。春归也。风吹平野。一点香随马。”梅词如此清俊，亦仅有者，惜未入

《草堂》之选。

《词品》卷二

5. 沈雄：

词选中有方外语，芜累与空疏同病。要寓意言外，一如寻常，不别立门户，斯为入情，仲殊、觉范、祖可尚矣。

《古今词话·词话》上卷

6. 沈雄：

《词品》云：临川守陈虚中，因魏坛女真鲜守戒者，为诗以讥之。有作〔西江月〕词，嫁名于觉范云："最好洞天春晚，黄庭卷罢清幽。凡心无计耐闲愁。试捻花枝频嗅。"余以洪禅师为佛祖儿孙，岂得有此，而载于《复斋漫录》也？

《柳塘词话》(《古今词话·词话》上卷引)

7. 王初桐：

洪觉范和贺方回〔青玉案〕词，极浅陋。(卷一)

释惠洪有《石门文字禅》，小词婉约似秦少游，仲殊、参寥皆不能及。(卷二)

《小嫏嬛词话》

8. 叶申芗：

僧觉范尝赋〔西江月〕《赠女道士》云："十指嫩抽新笋，纤纤玉染红柔。人前欲展强娇羞。微露云衣霓袖。　　最好洞天春晓，黄庭卷罢清幽。凡心无计奈闲愁。试捻花枝频嗅。"此僧亦大通脱矣。

《本事词》卷上

苏过

苏过（1072—1123）字叔党，眉州眉山（今四川眉山）人。苏轼幼子。善文章，人称“小坡”。以父荫为右承务郎，初监太原府税，后知郾城县。苏轼出知定州，历贬英州、惠州、儋州等地，过皆从行。轼卒，葬于汝州郏城，过遂居于颍昌（今河南许昌）营湖畔，水竹数亩，名为“小斜川”，自号“斜川居士”。《宋史·苏轼传》附过传。著有《斜川集》，今存词一首。

1. 《词品》：

苏过，字叔党，坡公少子，所著词，人以小坡目之，有《斜川集》。

沈雄《古今词话·词评》上卷引

2. 王士禛：

“乱鸦啼后，归兴浓于酒”，苏叔党词也。“拟倩东风浣此情，情更浓于酒”，秦处度词也。二公可谓有子。李、晏家世，岂得独擅。

《花草蒙拾》

3. 谭莹：

斜川居士世东坡，自作新词自按歌。

一队畜生言太酷，教人无奈晓鸦何。

《论词绝句一百首》（《乐志堂诗集》卷六）

4. 况周颐：

《能改斋漫录》：汪彦章在翰苑屡致言者，尝作〔点绛唇〕：“永夜厌厌，画檐低月山衔斗”云云，歇拍“晓鸦啼后，归梦浓如酒”云云。或问曰：“归梦浓如酒”何以在“晓鸦啼后”？公曰：无奈这一队畜生聒噪何？此词与《花庵词选》定为苏叔党作之〔点绛唇〕，仅字句稍有不同，而《漫录》并追溯作词缘起与夫当日问对之言以实之，则确为彦章词矣。而花庵所云“作时方禁苏文，故隐其名以传”，于事实亦近是。能改、花庵皆宋人，究何说为可信耶？其前调又一阕云：“高柳啴嘶，采菱歌断秋风起。晚云如髻。湖上山横翠。　　帘卷西楼，过雨凉生袂。天如水。画阑十二。少个人同倚。”此词风格，略不逮前阕。据杨湜《古今词话》。（按：杨湜、国朝沈雄并有《古今词话》）谓当时亦托名彦章，今却不闻谓彦章词者，何也？

《历代词人考略》卷十九

5. 高旭：

小坡独自倚阑时，雨过凉生意欲痴。

拗相有几才亦俊，丁香枝上寄相思。

《论词绝句》三十首（《未济庐诗集》）

徐俯

徐俯（？—1141）字师川。洪州分宁（今江西修水）人。以父禧死国事，授通直郎，累官司门郎中。宋靖康二年（1127）张邦昌僭位，遂致仕，并买埠名曰“昌奴”，以示鄙视。高宗朝，起为右谏议大夫。绍兴二年（1132）赐进士出身，历翰林学士，签书枢密院事，权参知政事，寻奉祠归。九年，知信州，十一年卒。《宋史》有传。词存十七首，见《乐府雅词》卷中。

1. 王灼：

陈去非、徐师川、苏养直、吕居仁、韩子苍、朱希真、陈子高、洪觉范佳处亦各如其诗。

《碧鸡漫志》卷二

2. 沈谦：

徐师川“门外重重叠叠山，遮不断、愁来路”，欧阳永叔“强将离恨倚江楼，江水不能流恨去”，古人语不相袭，又能各见所长。

《填词杂说》

3. 王初桐：

徐师川，山谷之甥，有《东湖集》。〔卜算子〕云：“门外重重叠叠山，遮不断、愁来路。”苕溪渔隐谓与赵德麟“重门不锁相思梦，随意绕天涯”相类。不知德麟乃本齐己诗“重门不锁梦，每夜自归山”也。

《小嫏嬛词话》卷一

4. 况周颐：

徐师川词，《乐府雅词》载十七阕，其它选本并只录其〔卜算子〕一阕，词云：“胸中千种愁，挂在斜阳树。绿叶阴阴自得春，草满莺啼处。　　不见凌波步。空想如簧语。门外重重叠叠山，遮不断、愁来路。”此词意致自是高迥，不言所愁何事，曰“千种”，曰“遮不断”，意象壮阔，大约为忧时而作。“绿叶”二句似喻小人之得意，“凌波”二句似叹君门之远，《离骚》美人之旨也。又前调云：“清池过雨凉，暗有清香度。缥缈娉婷绝代歌，翠袖风中举。　忽敛双眉去。总是关情处。一段江山一段云，又下阳台雨。”极虚灵幽渺之致。

《历代词人考略》卷二十五

葛胜仲

葛胜仲（1072—1144）字鲁卿，江阴（今属江苏）人。哲宗绍圣四年（1079）进士，授杭州司理参军。宋元符三年（1100）荐试学官及词科，皆第一，除兖州教授，入为太学正。历提学议历所检讨官兼宗正丞，礼部员外郎，谪知休宁县。复召为礼部员外郎、权国子司业，迁太常少卿，续修《太常因革礼》，兼谕德，再迁太府少卿，除国子祭酒，出知汝州、湖州、邓州，罢归。宋高宗建炎中起知湖州，修战备。绍兴元年（1131）乞祠归。卒谥文康。《宋史》有传。著有《丹阳集》，词集名《丹阳词》。

1. 毛晋：

鲁卿、常之，虽不逮李氏、晏氏父子每填一词辄流传丝竹，然绍兴、绍圣间，俱负海内重望，其词亦能入雅字。

《丹阳词跋》（《宋六十名家词》）

2. 许昂霄：

鲁卿父子门第既高，誉望亦重，特其所作，不逮元献、小山耳。（评葛胜仲〔点绛唇〕）

《词综偶评·补录》

3.《四库全书总目提要》：

宋人之中，父子以填词名家者，为晏殊、晏几道。后则立方与其父胜仲为最著。

《归愚词提要》

4.《四库全书简明目录》：

胜仲多与叶梦得唱和，词格少亚于梦得，而工力大致相埒。

《丹阳词》

5. 况周颐：

尝阅《丹阳词》，以其题考之，作于休宁县者约三分之一。士君子怀抱高异，不谐于俗，排挤不已，至于迁谪，唯是寄情豪素，托旨吟弄，以发抒其无聊抑郁之思。如苏长公、黄涪翁、秦太虚诸名辈，其拔俗遗世之作，大都得自蛮烟瘴雨中矣。《丹阳词》如〔渔家傲〕云："兴尽碧云催日暮。招晚渡。遥遥一叶随鸥鹭。"〔水调歌头〕云："今夜长风万里，且倩澄泓浩荡，一为洗尘容。"〔西江月〕云："凤山香雪定应空。昨夜疏枝入梦。"〔南乡子〕云："笑语忘怀机事尽，鸥边。万顷溪光上下天。"〔江城子〕云："赖是寻芳无素约，端不恨，绿阴重。"虽未必方驾黄、秦，要亦不在晁、陈下矣。又〔鹧鸪天〕《赏菊叠韵》云："已邀骚客陶元亮，不用歌姬盛小丛。"韵绝新。

《历代词人考略》卷十七

6. 吴梅：

鲁卿与常之，亦如元献、小山也。然门第誉望，可以齐驱。至论词，则虎贲之与中郎矣。鲁卿以〔蓦山溪〕天穿节二首得盛誉，其词亦平平，盖名高而实不足副也。余爱其〔点绛唇〕末语："乱山无数，斜日荒城鼓。"可与范文正"长烟落日孤城闭"并美，余不称矣。

《词学通论》

米友仁

米友仁（1072—1151）字元晖，一字尹仁，小字虎儿，自号懒拙老人，先世居太原（今属山西），徙襄阳（今湖北襄樊），后寓润州（今江苏镇江）。父米芾，宋代著名书法家。友仁亦善书画，精赏鉴，力学嗜古，世称“小米”。高宗绍兴中官至兵部侍郎，敷文阁直学士。事见《宋史·米芾传》。词集名《阳春集》。

1. 米友仁：

绍兴戊午中春初七日，懒拙道人得守滁阳，既老则懒，遂请宫投闲，泛舟来平江大姚村，过谦之于庄舍。乍朝来居深村，洒然如濯清风于三伏畏暑中，其为快有不可胜言者。大恨未能增置百斛，尚依微禄以哺孥稚，未能便纳政为闲，容相从云水间耳。

《阳春集跋》（《知不足斋丛书》）

2. 鲍廷博：

元晖以墨戏继武南宫词翰，惜不传于世。

《阳春集跋》（《知不足斋丛书》）

3. 张德瀛：

词有隐括体。贺方回长于度曲，掇拾人所弃遗，少加隐括，皆为新奇。常言：吾笔端驱使李商隐、温庭筠，常奔命不暇。后遂承用焉。米友仁〔念奴娇〕，裁成渊明《归去来辞》……盖即此体。

《词徵》卷一

4. 况周颐：

米元晖《阳春集》，近彊村朱氏据聚珍版宝真斋法书赞本刻行。词凡十八阕，体格清超，不染尘俗，兹录二阕如左。〔小重山〕云：“醉倚朱阑一解衣。碧云迷望眼，断虹低。近来休说带宽围。人千里，还是燕双飞。　　深院日初迟。绮窗帘幕静，恨生眉。不堪虚度是花时。鸿来速，争解寄相思。”〔阮郎归〕云：“碧溪风动满文漪。雨余山更奇。淡烟横处柳行低。鸳鸯来去飞。　　人似玉，醉如泥。一枝随鬓攲。夷犹双桨月平西。幽寻归路迷。”

《历代词人考略》卷二十三

5.《续修四库全书总目提要》：

其词往往于平雅之中，忽见质直之语，似为不伦不类，故就全词观之，殊无精湛之处也。

《阳春词一卷》

赵子发

赵子发（生卒年不详）字君举，宋太祖次子燕王赵德昭五世孙，官保义郎。赵万里辑《赵子发词》一卷，凡十七首。

1.《续修四库全书总目提要》：

其词清丽宛转，确是北宋小令本色。〔浣溪沙〕云：“疏荫摇摇趁岸移……”〔阮郎归〕云：“马蹄踏月响空山……”与〔少年游〕、〔虞美人〕诸阕，皆文章尔雅，不落凡俗。〔采桑子〕、〔浪淘沙〕二阕较为艳丽，亦不入于轻薄，其神情当在大小晏之间矣。

《赵子发词一卷》

王安中

王安中（1076—1134）字履道，中山阳曲（今属山西）人。曾学于苏轼、晁说之。筑室自榜曰“初寮”。宋哲宗元符三年(1100)进士，授瀛州司理参军。徽宗政和间以文词为徽宗所赏，自秘书少监除中书舍人，擢御史中丞，迁翰林学士，再迁承旨。宣和元年（1119）拜尚书右丞，后迁左丞。金人归燕，以安中为庆远军节度使、河北河东燕山府路宣抚使、知燕山府，加检校少保，改少师。后召还，除检校少保，建雄军节度使，大名府尹兼北京留守司公事。靖康初罢为观文殿大学士，提举嵩山崇福宫，贬秘书少监分司南京，随州居住，再贬单州团练副使、象州安置。高宗即位，徙道州，寻自便。绍兴初复左中大夫，未几卒。《宋史》有传。安中工诗文，有《初寮集》，词集名《初寮词》。

1. 王灼：

王辅道、履道善作一种俊语，其失在轻浮。

《碧鸡漫志》卷二

2. 黄昇：

王履道词有“椽烛垂珠清漏长，庭留春笋缓飞觞。翠雾萦纡消篆印，筝声恰度秋鸿阵”，知名当世。

沈雄《古今词话·词评》上卷引

3. 杨慎：

王初寮，字安中，名履道，初为东坡门下士，诗文颇得膏腴。其词有“椽烛垂珠清漏长，迟留青笋缓催觞”之句，又“天与麟符行乐分。缓带轻裘，雅宴催云鬓。翠雾萦纡销篆印。筝声恰度秋鸿阵”，为时所称。其后附蔡京，遂叛东坡，其人不足道也。

《词品》卷三

4. 毛晋：

（王安中）字履道，真定人。筑室自榜曰“初寮”。年十四荐于乡，凡四举乃登第。由东观入掖垣，由乌府至鳌禁，皆天下第一。或谓其受知于蔡元长，密荐于上，故恩遇如此。相传有《初寮前集》四十卷、《后集》十卷，惜乎罕见。常读周益公序略，极称其诗文似坡公暮年之作。又云：黄、张、秦、晁既殁，系文统，接坠绪，莫出公右。尤长于制诰，李汉老叹为徽宗时一人。第见议于先辈，或云初为东坡门下士，其后附蔡叛苏，或又云受学于晁以道，其后但云晁四丈而不称先生，未知孰是。要未可与持正之辈并列矣。其破子如〔安阳好〕九阕，〔六花〕《冬词》六阕，为时所称。玉林不尽录，岂亦疵其人耶？

《初寮词跋》（《六十名家词》）

5. 李调元：

王安中《初寮词》，人甚称其〔安阳好〕九阕，〔六花〕《冬词》六阕，俱有口号。然〔安阳〕只叙人物风土，而鸳瓦飞甍，层见叠出，了无意味。〔六花〕如“云破月来花下往”，袭张三影句，而以“下往”二字代之，真仙凡别矣。

《雨村词话》卷三

6.《四库全书简明目录》：

安中人不足称，然学出苏轼、晁说之，其文章之富艳，亦不可掩。以其余技填词，犹清丽芊眠，与专门者联镳并驾。

《初寮词》

7. 谭莹：

云龛居士有人招，伯可南来不自聊。

反复炎凉谁屑道，文章名盛惜初寮。

《论词绝句一百首》（《乐志堂诗集》卷六）

8. 冯煦：

词为文章末技，固不以人品分升降。然如毛滂之附蔡京，史达祖之依侂胄，王安中之反复，曾觌之邪佞，所造虽深，识者薄之。

《蒿庵论词》

9. 况周颐：

毛子晋跋《初寮词》云：“履道由东观入掖垣，由乌府至鳌禁，皆天下第一。或谓其受知于蔡元长，密荐于上，故恩遇如此。”又云：“或云：初为东坡门下士，其后附蔡叛苏。”又《幼老春秋》云：“王安中以文章有时名，交结蔡攸。攸引入禁中，赐宴，作《双飞玉燕诗》。”今就二说考证之。毛跋一曰或谓，再曰或云，殆传疑之词，未可深信。赐宴赋诗，事诚有之，讵必蔡攸引入耶？《宋史》安中本传：“有徐禋者，以增广鼓铸之说媚于蔡京。京奏遣禋措置东南九路铜事，且令搜访宝货。禋图绘阬冶，增旧几十倍，且请开洪州严阳山阬，迫有司承岁额数千两。其所烹炼，实得铢两而已。禋术穷，乃妄请得希世珍异与古之宝器，乞归书艺局。京主其言。安中独论禋欺上扰下，宜令九路监司覆之。禋竟得罪。时上方郷神仙之事，蔡京引方士王仔昔以妖术见，朝臣戚里，夤缘关通。安中疏请自今招延山林道术之事，当责所属保任，宣召出入，必令视察其所经由，仍申严臣庶往还之禁。并言京欺君僭上蠹国害民数事。上悚然纳之。已而再疏京罪。上曰，本欲即行卿章，以近天宁节，俟过此，当为卿罢京。京伺知之，大惧。其子攸日夕侍禁中泣拜恳祈。上为迁安中翰林学士，又迁承旨。”云云。安中对于蔡京，屡持异议，再疏劾京，乃至京惧攸泣，而谓附京结攸者顾如是乎？二家之说，何与史传迥异如是？

《蕙风词话》卷四

叶梦得

叶梦得（1077—1148）字少蕴，先世乌程（今浙江吴兴）人，徙吴县（今江苏苏州）。宋哲宗绍圣四年（1097）进士，授丹徒尉。徽宗朝历婺州教授，议礼武选编修官。大观二年（1108）拜翰林学士。三年以龙图阁直学士知汝州，罢奉祠。政和五年(1115)起知蔡州，徙颍昌府。高宗即位，迁翰林学士兼侍读，除户部尚书，再迁为尚书左丞。罢职，以资政殿学士提举中太一宫，绍兴初起为江东安抚大使兼知建康府，兼六州宣抚使。八年（1138）除江东安抚制置大使兼知建康府，行宫留守。十四年（1144）以防御金兵功加观文殿学士，徙知福州兼福建安抚使，拜崇信军节度使致仕。居吴兴弁山，弁山奇石林立，因取《天问》中“石林”二字，自号“石林居士”，卒赠检校少保。《宋史》有传。梦得著述甚丰，有《建康集》、《石林燕语》、《石林诗话》、《避暑录话》等。亦工词，词集名《石林词》。

1. 关注：

右丞叶公，以经术文章为世宗儒。翰墨之余，作为歌词，亦妙天下。元符中，予兄圣功为镇江掾，公为丹徒尉，得其小词为多。是时妙龄气豪，未能忘怀也。味其词，婉丽绰有温、李之风。晚岁落其华而实之，能于简淡时出雄杰，合处不减靖节、东坡之妙，岂近世乐府之流哉！

《题石林词》（《六十名家词序》）

2. 王灼：

晁无咎、黄鲁直皆学东坡，韵制得七八……后来学东坡者，叶少蕴、蒲大受亦得六七，其才力比晁、黄差劣。

《碧鸡漫志》卷二

3. 张侃：

叶石林“睡起流莺语”词，平日得意之作也，名振一时，虽游女亦知爱重……豪逸而迫近人情，纤丽而摇动闺思。

《拙轩词话》

4. 杨慎：

叶少蕴，名梦得，号石林居士。妙龄秀发，有文章盛名。《石林词》一卷，传于世。〔贺新郎〕“睡起流莺语”，〔虞美人〕“落花已作风前舞”，皆其词之入选者也。中秋宴客〔念奴娇〕末句云：“广寒宫殿，为余聊借琼林。”英英独照者。

《词品》卷四

5. 毛晋：

《石林词》一卷，与苏、柳并传，绰有林下风，不作柔语殢人，真词家逸品也。

《石林词跋》(《宋六十名家词》)

6. 丁澎：

有少蕴先生者，自婺州教授召入史馆，历祠部起居，即屡知州郡，提举鸿庆宫。南渡词家推为祭酒，昔人称石林。偪仄锋镝之中，而吟咏萧散，固是风人之致。

《叶司训浮玉词序》(《扶荔堂文集》卷四)

7. 彭孙遹：

词以自然为宗，但自然不从追琢中来，则亦率易无味。如所云绚烂极致，仍归平淡。若使语意淡远者，稍加刻划，镂金错采者，渐近天然，则骎骎乎绝唱矣。若《无住词》之“杏花疏影里，吹笛到天明”，《石林词》之“美人不用敛蛾眉，我亦多情，无奈酒阑时。”自然而然者也。

沈雄《古今词话·词品》下卷引（按：此条又见彭孙遹《金粟词话》。“若无住词”以下缺）

8. 王初桐：

叶石林年少时词甚婉丽，晚岁落其华而实之，能于简淡时出雄杰，合处不减东坡。

《小嫏嬛词话》卷二

9. 黄苏：

梦得，理学名臣，晚年致政家居而作。此词自有所指，可细玩之。（评叶梦得〔贺新郎〕“睡起流莺语”）

《蓼园词评》

10.《四库全书简明目录》：

（叶梦得）其词初以秾艳擅长，晚年刊落浮华，乃颇类苏轼。旧本多与轼词互刊，由其近似而误收也。

《石林词》

11. 谭莹：

轻诋苏黄太刻深，倚声一事却倾心。

流莺不语啼莺语，狡狯真怜叶石林。

《论词绝句一百首》（《乐志堂诗集》卷六）

12. 冯煦：

叶少蕴主持王学，所著《石林诗话》，阴抑苏、黄，而其词顾挹苏氏之余波，岂此道与所问学，固多歧出邪？

《蒿庵论词》

13. 况卜娱：

宋陈鹄《耆旧续闻》尝谓：“后辈作词，无非前人已道底句，特善于转换耳。”叶梦得《石林词》《与干誉才卿步西园始见青梅》〔定风波〕歇拍云：“待得微黄春亦暮，烟雨，半和飞絮作濛濛。”用贺方回“一川烟草，满城风絮，梅子黄时雨”，所谓善能转换，亦复景中有情，特高浑不逮方回耳。石林有《熙春台与王取道贺方回曾公衮会别》〔临江仙〕词，则犹及与方回唱酬矣。

《织余琐述》

14. 陈匪石：

(《乐府雅词》)所录诸家，或北宋人，或北宋人之相从南渡者。上卷有晁无咎，中卷有叶少蕴、晁次膺，下卷有陈去非、朱希真，是于疏宕豪迈一派，亦非无取。

《声执》卷下

李光

李光（1078—1159）字泰发，越州上虞（今属浙江）人。宋崇宁五年（1106）进士，调开化令。官至吏部尚书、参知政事。以面斥秦桧“怀奸误国”，为桧所恶，上章乞去。桧死，复朝奉大夫。卒谥庄简。《宋史》有传。著有《庄简集》。有《庄简词》一卷。

1. 李慈铭：

词之为道，儒者所不屑言。然宋时名公钜人，如韩、范、欧阳，无不为之。降至南宋，其学益盛。四公者（赵鼎、李光、李纲、胡铨）居南北宋之间，未尝以词名，所为文章，忠义奋发，振厉一世，而其立论，皆和平中正，字字近情，与朋友言，尤往复三叹，不胜其气下而词敛。间为长短句，皆曲折如志，务尽其所欲言。

《南宋四名臣词集序》（《四印斋所刻词》）

2. 李慈铭：

宋四名臣中，先庄简及梁溪、澹庵词多近东坡，而尤与后来朱子为似，虽处阨穷患难，而浩然自得，无一怨尤不平之语，则非东坡所及。

《历代词人考略》卷二十引

3. 王鹏运：

嗟呼！兹四公（按：赵鼎、李光、李纲、胡铨）者，夫岂非所谓魁垒闳廓、儒者其人耶？其身系乎长消安危，其人又系乎用与不用，用之而不终用之也，于是则悲天运、悯人穷，当变风之时，自托乎小雅之才，而词作焉。其思若怨悱，而情弥哀，吁号幽明，剖通精诚，又不欲以为名也。于是则摧刚藏棱，蔽遏掩抑所为整顿缔造之意，而送之以馨香芬芳之言，与激昂怨慕而不能自殊之音声。盖至今使人读焉而悲，绎焉而慨，伉真洞然大人也，故其词深微浑雄，而情独多。鹏运窃尝持此旨以盱衡今古之词人，如四公者，亦出而唱叹于其间，则必非闺幨屑越小可者所得佹托。

《南宋四名臣词集跋》(《四印斋所刻词》)

刘一止

刘一止（1078—1160）字行简，号苕溪，湖州归安（今浙江湖州）人，宋宣和三年（1121）进士。绍兴初召试，除秘书省校书郎，迁给事中，封驳不避权贵，忤秦桧罢去。以秘阁修撰致仕，进敷文阁待制。桧死，召赴行在，除敷文阁直学士，复去。绍兴三十年卒，年八十三。韩元吉为撰行状（《南涧甲乙稿》卷二二）。《宋史》有传。著有《苕溪集》五十五卷。《彊村丛书》收《苕溪词》一卷。

1. 陈振孙：

尝为晓行词（按：指〔喜迁莺〕《晓行》），盛传于京师，号“刘晓行”。

《直斋书录解题》卷二一

2. 陈廷焯：

行简词婉丽有情，合者不减秦、柳。

写景写情仿佛晏、欧一派。（评〔夜行船〕“十顷疏梅开半就”）

《云韶集》卷四

3.《续修四库全书总目提要》：

其词清新秀雅，有淡月疏梅之致。陈振孙云：“一止尝为晓行词，盛传京师，号‘刘晓行’。”集中〔喜迁莺〕是也，词云：“……”真能以淡语写深情也。

《苕溪乐章一卷》

曹组

曹组（生卒年不详）字彦章，后更字元宠，颍昌（今河南许昌）人。与兄纬齐名，六举不第，以文词为宋徽宗所赏。宋宣和三年（1121）以下使臣承信郎特令就殿试，以第五甲赐同进士出身，仍给事殿中，官至阁门宣赞舍人、睿思殿应制。有《箕颍集》，今不传。词有后人辑本《箕颍词》，存三十六首。

1. 王灼：

今有过钧容班教坊者，问曰：某宜何歌？必曰：汝宜唱田中行、曹元宠小令。（卷一）

元祐间王齐叟彦龄、政和间曹组元宠皆能文，每出长短句，脍炙人口。彦龄以滑稽语噪河朔。组潦倒无成，作〔红窗迥〕及杂曲数百解，闻者绝倒，滑稽无赖之魁也。（卷二）

《碧鸡漫志》

2. 黄昇：

工谑词，有宠于徽宗。

《唐宋诸贤绝妙词选》卷八

3. 杨慎：

曹元宠《梅词》："竹外一枝斜，想佳人天寒日暮。"用东坡"竹外一枝斜更好"之句也。徽宗时禁苏学，元宠又近幸之臣，而暗用苏句，其所谓掩耳盗铃者。噫，奸臣丑正恶直，徒为劳尔。

《词品》卷二

4.《词品》：

曹组咏梅词皆有佳句。其〔蓦山溪〕云："竹外一枝斜，想佳人天寒日暮。"用东坡"竹外一枝斜更好"句，可谓入神。其〔好事近〕云："一阵暗香飘处，已不胜愁绝。"亦何减孤山风致。

《词苑萃编》卷四引

5.《松窗录》：

元宠六举不第，著《铁砚篇》自励。宣和中成进士，有宠于徽宗。曾赏其〔如梦令〕“风弄一枝花影”，及〔点绛唇〕“暮山无数，归雁愁边度”句。

《词苑萃编》卷四引

6. 朱彝尊：

仁宗于禁中度曲，时则有若柳永；徽宗以大晟名乐，时则有若周邦彦、曹组、辛次膺、万俟雅言，皆明于宫调，无相夺伦者也。

《群雅集序》（《曝书亭集》卷四十）

7. 陈廷焯：

元宠词颇有骨。

《云韶集》卷四

8. 况周颐：

宋曾慥《乐府雅词》录曹元宠词三十一首。据晦叔《漫志》谓：“元宠滑稽无赖之魁。”今就《雅词》所录审之，唯〔相思会〕、〔品令〕、〔醉花阴〕三首稍涉俚谚，自余皆雅正入格，尤有疏爽冲淡之笔，讵可目之曰滑稽，诋之为无赖邪？其〔如梦令〕“门外绿阴千顷”、〔蓦山溪〕“护霜云际”二首尤为卷中佳胜，它选本或误〔如梦令〕为秦少游作，虽少游曷以加焉？其断句如〔阮郎归〕云：“秋千人散月溶溶，楼台花气中。”〔好事近〕云：“一阵暗香飘处，已难禁愁绝。”写景言情，并臻超诣。又〔品令〕歇拍云：“促织儿、声响虽不大，敢教贤、睡不着。”“贤”字作“人”字用，盖宋时方言，至今不嫌其俗，转觉其雅。

《历代词人考略》卷二十三

9. 赵万里：

《碧鸡漫志》二云：政和间曹组能文，每出长短句，脍炙人口，潦倒无成，作〔红窗迥〕及杂曲数百解，闻者绝倒，滑稽无赖之魁也。又云：今少年不学柳耆卿，则学曹元宠。其贬之也如此。盖以其专工谑词故也。

《箕颍词记》(《校辑宋金元人词》)

10.《续修四库全书总目提要》:

组词实有佳处，不尽如世所言也。〔如梦令〕云:“人静。人静。风弄一枝花影。”〔点绛唇〕云:“暮山无数。归雁愁还去。”〔青玉案〕云:“落月苍苍关河晓。一声鸡唱，马嘶人起，又上长安道。”〔罗门引〕云:“南楼何处，想人在长笛一声中。”并神思悠然，措语清妙，岂凡夫所能及耶？宋代文士评论柳、曹二家之词，往往以短掩其长，未可尽信也。

《箕颍词一卷》

万俟咏

万俟咏（生卒年不详）字雅言，自号大梁词隐。徽宗政和初，召试补大晟乐府制撰。宋高宗绍兴五年（1135），补下州文学。咏初自编词集名《胜萱丽藻》，分雅词、侧艳两体。后召试入官，以侧艳体无赖太甚，削去之，再编成集，分应制、风月脂粉、雪月风花、脂粉才情、杂类五体。周邦彦名之为《大声集》，周邦彦、田为为序，已佚。今存词二十九首。

1. 王灼：

沈公述、李景元、孔方平、处度叔侄、晁次膺、万俟雅言，皆有佳句，就中雅言又绝出。然六人者，源流从柳氏来，病于无韵。雅言初自集，分两体，曰《雅词》、曰《侧艳》，目之曰《胜萱丽藻》。后召试入官，以侧艳体无赖太甚，削去之。再编成集分五体：曰《应制》、曰《风月脂粉》、曰《雪月风花》、曰《脂粉才情》、曰《杂类》，周美成目之曰《大声》。

万俟咏雅言，元祐诗赋科老手也。三舍法行，不复进取，放意歌酒，自称大梁词隐。每出一章，信宿喧传都下。政和初，召试补官，置大晟乐府制撰之职。新广八十四调，患谱弗传，雅言请以盛德大业及祥瑞事迹制词实谱。有旨依月用律，月进一曲，自此新谱稍传。

《碧鸡漫志》卷二

2. 黄昇：

精于音律，自号词隐，崇宁中充大晟府制撰，依月用律制词，故多应制，所作有《大声集》五卷，周美成为序，山谷亦称之为一代词人。

雅言之词，词之圣者也，发妙旨于律吕之中，运巧思于斧凿之外，平而工，和而雅，比诸刻琢句意而求精丽者远矣。

《唐宋诸贤绝妙词选》卷七

3. 杨慎：

万俟雅言，精于音律，自号词隐。崇宁中，充大晟府制撰，按月用律进词，故多新声。《草堂》选载其三词及〔梅花引〕二首而已。其《大声集》多佳者，山谷称之为一代词人。黄玉林云：雅言之词，发妙音于律吕之中、运巧思于斧凿之外，盖词之圣也。

《词品》卷四

4. 王世贞：

张子野〔青门引〕，万俟雅言〔江城梅花引〕、〔青玉案〕，句字皆佳。

《艺苑卮言》

5. 宋征璧：

吾于宋词得七人焉：曰永叔，其词秀逸；曰子瞻，其词放诞；曰少游，其词清华；曰子野，其词娟洁；曰方回，其词新鲜；曰小山，其词聪俊；曰易安，其词妍婉。他若黄鲁直之苍老，而或伤于颓。王介甫之劖削，而或伤于拗。晁无咎之规检，而或伤于朴。辛稼轩之豪爽，而或伤于霸。陆务观之萧散，而或伤于疏。此皆所谓我辈之词也。苟举当家之词，如柳屯田哀感顽艳，而少寄托。周清真蜿蜒流美，而乏陡健。康伯可排叙整齐，而乏深邃。其外则谢无逸之能写景，僧仲殊之能言情，程正伯之能壮采，张安国之能用意，万俟雅言之能协律，刘改之之能使气，曾纯甫之能书怀，吴梦窗之能叠字，姜白石之能琢句，蒋竹山之能作态，史邦卿之能刷色，黄花庵之能选格，亦其选也。词至南宋而繁，亦至南宋而敝，作者纷如，难以概述矣。

《倡和诗余序》（《倡和诗余》）

6. 朱彝尊：

仁宗于禁中度曲时时则有若柳永；徽宗以大晟名乐，时则有若周邦彦、曹组、晁次膺、万俟雅言，皆明于宫调，无相夺伦者也。

《群雅集序》(《曝书亭集》卷四十)

7. 邹祗谟：

僻调之多，以柳屯田为最。此外则周清真、史梅溪、姜白石、蒋竹山、吴梦窗、冯艾子集中，率多自制新调，余家亦复不乏。至如晁次膺、万俟雅言之依月按律，进词应制，调名尚数百种未传。

《远志斋词衷》

8. 万树：

周、柳，万俟等之制腔造谱皆按宫调，故协于歌喉，播诸弦管，以迄白石、梦窗辈，各有所创，未有不悉音理而可造格律者。

《词律·发凡》

9. 沈雄：

晁字次膺，崇宁中擢第，宣和间充大晟协律，与万俟雅言按月律进词。

《古今词话·词评》上卷

10. 田同之：

至唐律以后，浸淫而为词，尤以谐声为主，平仄失调，即不可入调。周、柳、万俟等之制腔造谱，皆按宫调，故协于歌喉。

《西圃词说》

11. 王昶：

余常谓论词必论其人，与诗同。如晁端礼、万俟雅言、康顺之，其人在俳优戏弄之间，词亦庸俗不可耐，周邦彦亦未免于此。

《江宾谷梅鹤词序》(《春融堂集》卷四十一)

12. 王初桐：

万俟雅言精于音律，自号词隐，有《大声集》五卷，发妙旨于律吕之中，运巧思于斧凿之外，比诸刻琢以求精丽者远矣。然源流从柳氏来，或病其少韵。

《小娜嬛词话》卷二

13. 李调元：

雅言精于音律，自号词隐。宋崇宁中，充大晟府制撰，依月用律，有《大声集》五卷。后山称为一代词人。沈氏谓雅言〔三台〕作杂沓不伦，过接换应，虚字少力。余谓卷中长篇多流丽瑰伟，乃遭痛贬。岂沈氏所作〔如梦令〕之“逗下心头一块”、〔一剪梅〕之“别又难搂”等句，为有伦有力乎？人苦不自知，信然。

《雨村词话》卷三

14. 谭莹：

词隐词多应制成，可容协律晁端礼与齐名。

长相思曲尤工绝，雨滴芭蕉滴到明。

《论词绝句一百首》（《乐志堂诗集》卷六）

15. 谢章铤：

遍和僻调，自是才人兴致，究竟不足为长技，体制既不圆润，音节更多聱牙。古人传作，正不以僻调见长，观于柳屯田、万俟雅言便见。

《赌棋山庄词话》卷一

16. 陈廷焯：

雅言长调固佳，小令尤臻妙境。

《云韶集》卷四

17. 陈廷焯：

陈子高词婉雅闲丽，暗合温、韦之旨。晁无咎、毛泽民、万俟雅言等，远不逮也。

《白雨斋词话》卷一

18. 况周颐：

万俟雅言，名咏，见《碧鸡漫志》。自《直斋书录解题》及诸选本皆以字传，而其名遂佚，今考补。光绪中叶临桂王氏鹏运四印斋汇刻宋元名人词于北京，红羊已还，归安朱氏祖谋彊村又汇刻于吴中，先后不下百数十家，唯雅言所著《大声集》讫未得见，诚缺憾也。近人吴氏双照楼有辑本，见所印行《宋金元词集见存卷目》。吴氏尝刻宋词数种，而此本未付梓人，容或有目无书，未可知耳。杨湜所称雅言《清明应制》一首，调寄〔三台〕，后半阕云："饧香更、酒冷踏青路。会暗识、夭桃朱户。向晚骤、宝马雕鞍，醉襟惹、乱花飞絮。正轻寒轻暖漏永，半阴半晴云暮。禁火天、已是试新装，岁华到、三分佳处。清明看、汉宫传蜡炬。散翠烟、飞入槐府。敛兵卫，阊阖门开，住传宣、又还休务。"此词擅胜处，在换头"饧香"至"佳处"五十五字，得融景入情之妙，自余第停匀绵丽而已。

《历代词人考略》卷十九

19. 张德瀛：

万俟雅言、晁端礼在大晟府时，按月律进词。曾纯甫、张材甫词，亦多应制体……与唐初沈、宋以诗夸耀者相颉颃焉。风气之宗尚如此。

《词徵》卷五

20. 吴梅：

雅言自号"词隐"，与清真堂名"顾曲"，其旨相同。崇宁中，充大晟府制撰，又与清真同官。今《大声集》虽不传，而如〔春草碧〕、〔三台〕、〔卓牌儿〕诸词，固流播千古也。黄叔旸谓其词平而工，和而雅。洵然。

《词学通论》

21. 蔡嵩云：

北宋如屯田、方回、清真、雅言诸家，南宋如白石、梅溪、梦窗、草窗、玉田诸家，大都妙解音律，所为词，声文并茂。

《柯亭词论》

22. 《续修四库全书总目提要》:

王灼谓咏词从柳而来，殊不知柳词佳处，宋人亦不可及，以此贬咏，岂可信乎？

《大声集一卷》

田为

田为（生卒年不详）字不伐。政和末，充大晟府典乐，宋宣和元年（1119）八月为大晟府乐令。善琵琶。有《洋呕集》，久佚。赵万里有辑本一卷，得词六首。

1. 王灼：

田不伐才思与雅言抗行，不闻有侧艳。

崇宁间，建大晟乐府，周美成作提举官，而制撰官又有七。万俟咏雅言，元祐诗赋科老手也。三舍法行，不复进取，放意歌酒，自称大梁词隐。每出一章，信宿喧传都下。政和初，召试补官，置大晟乐府制撰之职。新广八十四调，患谱弗传，雅言请以盛德大业及祥瑞事迹制词实谱。有旨依月用律，月进一曲，自此新谱稍传。时田为不伐亦供职大乐，众谓乐府得人云。

《碧鸡漫志》卷二

2. 继昌（李佳）：

词中属对，亦有求工者。如田不伐“小雨分山，断云笼月”，“烟横山腹，雁点秋容”……皆经锻炼而出，然亦不可十分吃力。

《左庵词话》卷下

3. 沈曾植：

《卮言》谓：《花间》犹伤促碎，至南唐李主父子而妙。殊不知促碎正是唐余本色，所谓词之境界，有非诗之所能至者，此亦一端也。五代之词促数，北宋盛时啴缓，皆缘燕乐音节蜕变而然。即其词可悬想其缠拍。花间之促碎，羯鼓之白雨点也。《乐章》之啴缓，玉笛之迟其声以媚之也。庆历以前词情，可以追想唐时乐句，美成、不伐以后，则大晟功令，日趋平整矣。

《菌阁琐谈》

4. 况周颐：

田不伐自宋以来即以字传，今据《碧鸡漫志》及《五总志》补著其名。不伐词，《花庵词选》录〔南柯子〕二阕，《词综》即转录之。其前阕云："凄凉怀抱向谁开。些子清明时候、被莺催。"又云："多情帘燕独徘徊。依旧满身花雨、又归来。"颇饶鲜翠生动之致。《阳春白雪》录慢词四阕，〔江神子慢〕前段云："雨初歇。楼外孤鸿声渐远，远山外、行人音信绝。此恨对语犹难，那堪更寄书说。"则情文悱恻，令人消魂暗然，非深于情者不办。吴坰谓不伐能度〔醉吟商〕、〔应圣羽〕二曲，今《词谱》并无之，唯白石词有〔醉吟商小品〕，不伐所度，自是大曲也。《遗山乐府》《品令》题《清明夜梦酒间唱田不伐"映竹园啼鸟"乐府》。又金世宗书田不伐〔望月婆罗门引〕，见遗山诗题。

《历代词人考略》卷二十

5.《续修四库全书总目提要》：

为词不事侧艳，委婉曲折，且在大晟府中，自多新调。若使其集尚存，当与《清真集》并重。

《洋呕集一卷》

徐伸

徐伸（生卒年不详）字干臣，三衢（今浙江衢州）人。宋徽宗政和初以知音律为太常典乐，后出知常州。有《青山乐府》，已佚。存词一首。

1. 黄昇：

徐伸，政和初以知音律为太常典乐，所著《青山乐府》多杂调，惟〔二郎神〕一曲，天下称之。

《历代词话》卷六引

2. 王初桐：

徐伸《青山乐府》一卷，黄叔旸嫌其多杂调，惟〔二郎神〕一曲，天下称之。

《小嫏嬛词话》卷一

3. 黄苏：

辞意婉曲深致，最耐讽咏。（评徐伸〔二郎神〕“闷来弹鹊”）

《蓼园词评》

4. 谭莹：

碧山乐府世交称，独二郎神得未曾。

搅碎一帘花影语，张郎中后竟谁能。

《论词绝句一百首》（《乐志堂诗集》卷六）

5. 况周颐：

徐干臣〔二郎神〕词，乃自制〔转调二郎神〕。万氏《词律》〔二郎神〕第三体据汤恢词“琐窗睡起”阕定谱，恢词即和干臣韵者。《词律》不云转调，注云：“此为本调正格，作者多从之。”又云：“《啸余》载徐干臣词，乱注平仄。”盖《词律》未出以前，词家多用《啸余谱》，万氏未考《挥麈录》见此调、此体从之者，遂谓为正格，而不审其为转调，是亦少疏矣。

《历代词人考略》卷二十一

田中行

田中行（生卒年不详），有《田中行集》久佚。今存词一首。

1. 王灼：

今有过钧容班教坊者，问曰：某宜何歌？必曰：汝宜唱田中行、曹元宠小令。（卷一）

田中行极能写人意中事，杂以鄙俚，曲尽要妙，当在万俟雅言之右。然庄语辄不佳。尝执一扇，书句其上云："玉蝴蝶恋花心动。"语人曰：此联三曲名也，有能对者，吾下拜。北里狭邪间横行者也。（卷二）

《碧鸡漫志》

2. 王若虚：

风韵如东坡，而谓不及于情，可乎？彼高人逸才，正当如是，其溢为小词而间及于脂粉之间，所谓滑稽玩戏，聊复尔尔者也。若乃纤艳淫媟，入人骨髓，如中行、柳耆卿辈，岂公之雅趣也哉？

《滹南诗话》卷二

3. 况周颐：

《碧鸡漫志》云：今有过钧容班教坊者，问曰：某宜何歌？必曰：汝宜唱田中行、曹元宠小令。田中行极能写人意中事，杂以鄙俚，曲尽要妙，当在万俟雅言之右，然庄语辄不佳，尝执一扇，书句其上云："玉蝴蝶恋花心动。"语人曰：此联三曲名也，有能对者，吾下拜。北里狭邪间横行者也。据此则田中行必工词曲，今虽无传作，其姓名弗可没也。

《历代词人考略》卷二十三

王庭珪

王庭珪（1079—1171）字民瞻，号卢溪先生。吉州安福（今属江西）人。宋政和八年（1118）进士，调衡州茶陵丞，以与上官不合，弃官隐居，筑草堂于卢溪，自号卢溪居士。绍兴中，胡铨以上疏乞斩秦桧事被谪放新州，庭珪独以诗送行，坐“讪谤”流放夜郎，继又送辰州编管。秦桧死，许自便。孝宗时，召对内殿，赐国子监主簿，直敷文阁。庭珪工诗擅文，有《卢溪集》五十卷。词集名《卢溪词》。

1.《宋名臣言行录》：

王卢溪先生知时事阽危，无宦游意，学道著书，若将终身焉。胡忠简尝答以诗曰：“万卷不移颜氏乐，一生无愧伯夷班。”可想见其人矣。寿皇之代，与朱晦庵同以诗人荐，敦召再三，逾年始至。寿皇一见契合，优诏奖之曰：粹然纯儒，凛有直节。命直敷文阁，年九十有三。其诗词格力雅健，兴寄高远，不知其齿之宿也。

《历代词话》卷七引

2. 况周颐：

卢溪先生以送行诗得罪，除名编隶辰州。花庵《绝妙词选》卢溪词凡五阕，有《辰州泛舟送郭景文、周子康赴行在》〔桃源忆故人〕云：“催花一霎清明雨。留得东风且住。两岸柳汀烟坞。未放行人去。　　人如双鹄云闲举。明夜扁州何处。只向武陵南渡。便是长安路。”又〔感皇恩〕句云：“无情江水，断送扁舟何处。”〔解佩令〕歇拍云：“送人行、水声凄咽。”状别离之景，肆口而成，不烦追琢，自然含意无尽。《卢溪词》有海宁赵氏万里新辑《宋金元人词》本。

《历代词人考略》卷二十二

3.《续修四库全书总目提要》：

庭珪词笔力峭拔，措语紧炼，气象严肃，似其为人，真如〔谒金门〕所云“长笛倚楼谁共听，调高成绝品”也。

《卢溪词一卷》

陈克

陈克（1081—1137）字子高，自号赤城居士，临海（在今浙江省）人。寓居金陵（今江苏南京）。宋绍兴初，以吕祉荐为右承事郎，都督府准备差遣，敕令所删定官。绍兴七年（1137）吕祉以兵部尚书、督府参谋军事往庐州节制诸军，克从行。会郦琼叛，祉遇害，克不屈，被焚死。《南宋书》有传。克工诗词，有《天台集》。后人辑其词名《赤城词》。

1. 王灼：

陈去非、徐师川、苏养直、吕居仁、韩子苍、朱希真、陈子高、洪觉范，佳处亦各如其诗。

《碧鸡漫志》卷二

2. 陈振孙：

诗多情致，词尤工。（卷二十）

词格颇高丽，晏、周之流亚也。（卷二十一）

《直斋书录解题》

3. 杨慎：

陈子高，名克，天台人。有《赤城词》一卷，甚工致流丽。

《词品》卷四

4. 王初桐：

陈子高《赤城词》一卷，格调高丽，晏、周之流亚也。

《小嫏嬛词话》卷二

5. 周济：

子高不甚有重名，然格韵绝高，昔人谓晏、周之流亚。晏氏父子俱非其敌，以方美成，则又拟不于伦，其温、韦高弟乎？比温则薄，比韦则悍，故当出入二氏之门。

《介存斋论词杂著》

6. 李慈铭：

子高名克，临海人，著有《赤城词》一卷……（其词）皆清绮婉约，直接《花间》，在北宋诸家中，可与永叔、子野抗行一代，虽所传不多，吾浙称此事者，莫之先矣。

《越缦堂读书记》集部·词曲类

7. 陈廷焯：

子高词规模五代，而能得其神髓。

《云韶集》卷四

8. 陈廷焯：

工雅芊丽，温、韦流派。

《词则·大雅集》卷二

9. 陈廷焯：

陈子高词婉丽闲雅，暗合温、韦之旨。晁无咎、毛泽民、万俟雅言等，远不逮也。

《白雨斋词话》卷一

10. 况周颐：

据李子长《跋天台集后》，陈子高生于元丰四年辛酉，应举不第，洎绍兴初得官入幕，年已五十余矣。尝谓北宋词人享盛名者，泰半达官贵胄，沉沦侘傺如子高，其词得流传至今，幸矣。《乐府雅词》录子高词三十六阕，大都高丽香倩之作，绝少穷愁抑塞之音，足见其有过人襟抱。如〔鹧鸪天〕云："鲤鱼不寄江南信，绿尽菖蒲春水深。"又云："梨花院落黄茅店，绣被春寒此夜同。"陈直斋所谓"词格高丽"，殆指此等句。〔虞美人〕云："红阑干上刺蔷薇。蝴蝶飞来飞去、两三枝。"二语最有生气。又云："池光不定药阑低。闲并一双鸂鶒、没人时。"尤能状深静之景。〔临江仙〕云："檐雨为谁凝咽。林花似我飘零。""檐雨"句未经人道。

《历代词人考略》卷二十五

11. 顾宪融：

陈子高名克，天台人。吕安老帅建康，辟为参议。有《赤城词》一卷。周介存曰："子高不甚有重名，然格韵绝高，昔人谓晏、周之流亚。晏氏父子俱非其敌，以方美成，则又拟不于伦，其温、韦高弟乎？比温则薄，比韦则悍，故当出入二氏之门。"按：子高词全稿不易得，《花庵》选十余阕皆小令，然飞扬廉悍，信是异才。盖北宋诸家之能拾唐韵者，仅见此公，不能以其少而废之也。

《填词百法》

12. 张伯驹：

陈子高"蝴蝶上阶飞，风帘自在垂"，陈去非"杏花疏影里，吹笛到天明"，使五代人见之，亦当击节所谓能超时代也。后人言词，但言清真、梦窗，周、吴诚为大宗，然不出为北宋、南宋词耳。

《丛碧词话》

13.《续修四库全书总目提要》：

王灼《碧鸡漫志》颇称其词，陈振孙曰："陈克词格颇高丽，晏、周之流亚也。"周济曰："晏氏父子，俱非其敌，以方美成，则又拟不以伦，其温、韦高弟乎？比温则薄，比韦则悍，故当出入二氏之门。"陈廷焯曰："陈子高词婉雅闲丽，暗合温、韦之旨，晁无咎、毛泽民、万俟雅言等。远不逮也。"今观集中〔菩萨蛮〕诸阕，内有讽刺，外颇精丽，全守唐五代之矩矱，周、陈所言洵不虚也。

《赤城词一卷》

朱敦儒

朱敦儒（1081—1159）字希真，号岩壑，又称伊水老人，河南（今河南洛阳）人。早岁隐居故里，志行高洁，负朝野之望，屡荐不起。宋高宗绍兴三年（1133）召对，赐进士出身。为秘书省正字兼兵部郎官，迁浙东提点刑狱。十六年（1146）坐与李光交通罢职。十九年（1149）致仕，归嘉禾。秦桧晚年喜奖用骚人墨客以粉饰太平，复欲使教其子熺诗，于是先用敦儒子为删定官，复除敦儒鸿胪少卿，敦儒惧祸，不敢辞，桧死，复致仕。《宋史》有传。敦儒工诗，有《岩壑老人诗文》一卷，已佚。词集名《樵歌》，一名《太平樵唱》。

1. 王灼：

陈去非、徐师川、苏养直、吕居仁、韩子苍、朱希真、陈子高、洪觉范，佳处亦各如其诗。

《碧鸡漫志》卷二

2. 周必大：

朱敦儒，字希真，洛阳人，绍圣谏官勃之孙。靖康乱离避地，自江西走二广。绍兴二年，诏广西宣谕明橐访求山林不仕贤者，橐荐希真深达治体，有经世之才，静退无竞，安于贫贱。尝三召不起，特补迪功郎，后赐出身。历官职郎官，出为浙东提刑，致仕居嘉禾，诗词独步一世。

《二老堂诗话》

3. 吴曾：

朱希真，洛阳人，亦流落岭外。九日作〔沙塞子〕云："万里飘零南越……"不减唐人语。

《能改斋词话》卷二

4. 汪莘：

余于词，所爱喜者三人焉。盖至东坡而一变，其豪妙之气，隐隐然流出言外，天然绝世，不假振作。二变而为朱希真，多尘外之想，虽杂以微尘，而其清气自不可没。三变而为辛稼轩。乃写其胸中事，尤好称渊明。此词之三变也。

《方壶诗余自序》（《彊村丛书》）

5. 张端义：

朱希真，南渡以词得名，月词有"插天翠柳、被何人推上，一轮明月"之句，自是豪放。赋梅词如不食烟火人语，"横枝销瘦一如无，但空里疏花数点"，语意奇绝。词集曰《太平樵唱》。

《贵耳集》卷上

6. 黄昇：

博物洽闻，东都名士。南渡初，以词章擅名，天资旷远，有神仙风致。其〔西江月〕二曲，辞浅意深，可以警世之役役于非望之福者。

《中兴以来绝妙词选》卷一

7.《至元嘉禾志》：

宋朱敦儒，字希真，号岩壑，本中原人，以词章擅名，天资旷远，有神仙风致。高宗南渡初寓此，尝为《樵歌》，有读书堂，在天庆观之西。

《至元嘉禾志》卷十三（《宋元方志丛刊》）

8. 贺裳：

朱希真〔鹧鸪天〕云："道人还了鸳鸯债，纸帐梅花醉梦间"，咸谓朱素心之士。然其〔念奴娇〕末云："料得文君，重帘不卷，且等闲消息。不如归去，受他真个怜惜。"如此风情，周、柳定当把臂。此亦子瞻所云鹦鹉禅五通气毬，皋陶所不能平反也，而语则妙矣。

《皱水轩词筌》

9. 沈雄：

朱希真名敦儒，天资旷达，有神仙风致。居东都日，作〔鹧鸪天〕自述云："曾批给雨支风券，屡上留云借月章。"有朋侪诣之，闻笛声自烟波起，顷之，棹小舟与客俱归。室中悬琴筑阮咸之属，篮缶贮果实脯醢，皆平日所留意者。南渡后，作〔鹧鸪天〕《遣兴》云："道人还了鸳鸯债，纸帐梅花醉梦间。"是真素心之士。

《古今词话·词话》上卷

10. 焦袁熹：

〔采桑子〕《编纂〈乐府妙声〉竟作》

朱希真、朱淑真

嵚奇历落真男子，篇帙模糊。堕落眉须。好似江壖大小孤。　　朱娘不少伤春句，元夜城隅。又是虚无。闻道罗敷自有夫元夜词，今在六一词中，盖非朱作。

《此木轩直寄词》

11. 汪筠：

滨老深情不自持，希真潇洒亦仙姿。

愁他滴粉搓酥后，悟到褰帘一梦时。

《读〈词综〉书后二十首》(《谦谷集》卷二)

12. 王初桐：

朱敦儒有《樵歌》三卷，汪叔耕谓其词多尘外之想。《赋梅》云："横枝销瘦只如无，但空里疏花数点。"语意奇绝。金风亭长题杨补之墨梅云："梅花有魂，朱三十五。"二语摄之，此惟逃禅杨叟能写之。

《樵歌》〔沙塞子〕云："万里飘零南越，山引泪，酒催愁。不见凤楼龙阙，又经秋。九十江亭闲望，蛮树远，瘴烟浮。肠断红蕉花晚，水西流。"此调甚佳，《词律》失收。

沈伯时谓：咏物词最忌说出题字。至以施梅川、周草窗诸人为犯戒，亦不尽然。如朱希真《咏月》云："插天翠柳，被何人推上，一轮明月。”姜白石《咏梅》云：“旧时月色，算几番照我，梅边吹笛。”岂害其佳。

有以朱希真《樵歌》为秋娘作者，盖沿《名媛集》之讹，殊堪大噱。《林下词选》则以为别是一人。

《小嫏嬛词话》卷一

13. 黄苏：

观此词后阕，幽思绵渺，一往而深。无一习见语扰其笔端，清隽处可夺梅魂矣。（评朱敦儒〔孤鸾〕“天然标格”）

希真，洛阳人，以荐起赐进士出身，为秘书省正字，兼兵部郎官，迁两浙东路提点刑狱。上书乞休，居嘉湖，词品清超，此作尤为峭拔。（评朱敦儒〔念奴娇〕“别离情绪”）

希真急流勇退，人品自尔清高。观“受了多少凄凉风月”句，或有不能见用，不得已而托于求退者乎？且读至“和羹心在”，可以知其志矣。希真作梅词最多，以其性之所近也。（评朱敦儒〔念奴娇〕“见梅惊笑”）

《蓼园词评》

14. 阮元：

花庵词客称：敦儒东都名士，天资旷逸，有神仙风致。〔西江月〕二首，可以警世之役役于非望之福者。是〔西江月〕凡八，即指第五、第六二首而言。又张正夫称：敦儒《月词》“插天翠柳，被何人推上，一轮明月？”词意绝奇，似不食烟火人语。是作今载集中。余皆音律谐缓，情至文生，宜其独步一时也。

《樵歌三卷提要》（《揅经室外集》卷三）

15. 谭莹：

西江月好足名家，直许微尘点不加。

三卷樵歌名士语，此才端合赋梅花。

《论词绝句一百首》（《乐志堂诗集》卷六）

16. 华长卿：

插天翠柳月明高，饶有髯苏意气豪。

不食人闲烟火语，东都名士混渔樵。

《论词绝句》(《梅庄诗钞》卷五)

17. 缪荃孙：

敦儒字希真，洛阳人，绍兴乙卯以荐起，赐进士出身，为秘书省正字，兼兵部郎官，迁两浙东路提点刑狱。上疏乞归，居嘉禾。工诗及乐府，婉丽清畅。秦桧当国，奖用骚人墨客，以文太平，复除鸿胪少卿。桧死，敦儒亦废。见《宋史·文苑传》。《四朝闻见录》：希真有词名，以隐德著。思陵必欲见之，累诏始至。上面授以鸿胪卿。希真下殿拜讫，请致仕。上改容而许之。《二老堂诗话》：希真诗词，独步一世。居嘉禾。秦丞相欲令希真教秦伯阳作诗，遂除鸿胪。蜀人武横作诗云：少室山人久挂冠，不知何事上长安？如今纵插梅花醉，未必王侯著眼看。希真旧有〔鹧鸪天〕词，故以此讥之。《能改斋漫录》：希真流落岭外，九日作〔沙塞子〕词，不减唐人语。《竹坡诗话》：顷岁朝廷多事，郡县不颁历。希真避地广中，作《小尽行》。《澄怀录》：陆放翁云：希真居嘉禾，与朋侪诣之。笛声自烟波间起，顷之，棹小舟而至，则与俱归。室中悬琴、筑、阮咸之类。檐间有珍禽，俱目所未睹。篮缶贮果实脯醢。客至，挑取以奉客。《静志居诗话》：城南放鹤洲，南渡初，礼部郎中朱敦儒营之以为墅，洲名其所题。虽不见地志，观《樵歌》一编，多在吾乡所作，此说近是。《花庵词选》：希真东都名士，天资旷逸，有神仙风致。〔西江月〕二首，可以警世之役役于非望之福者。《贵耳集》：希真《风月词》有"插天杨柳，被何人推出，一轮明月？"自是豪放。《梅》词："横枝销瘦一如无，但空里疏花数点。"语意奇绝，如不食烟火者。

《樵歌跋》(四印斋刻《樵歌》)

18. 王鹏运：

希真词清隽谐婉，犹是北宋风度。

《樵歌拾遗跋》（四印斋汇刻《宋元三十一家词》）

19. 王鹏运：

希真词于名理禅机，均有悟入，而忧时念乱，忠愤之致，触感而生。拟之于诗，前似白乐天，后似陆务观。至晚节依违，史家亦与务观同慨。然《南园》一记，尚论者多为原心，希真则少有论及之者。岂文人言行，固未易相符耶？抑自待过高，不能谐俗，名与谤俱也？

《樵歌跋》（《四印斋所刻词》）

20. 陈廷焯：

希真词，清隽名贵，不减竹坡。

希真〔渔父〕诸篇，清绝！高绝！真乃看破红尘，烟波钓徒之流亚也。

《云韶集》卷五

21. 陈廷焯：

希真《渔父》五篇，自是高境。虽偶杂微尘，而清气自在，烟波钓徒流亚也。

《词则·大雅集》卷二

22. 陈廷焯：

张氏惠言《词选》……即朱希真〔渔父〕五章，亦多浅陋处。选择既苛，即不当列入。

朱希真"春雨细如尘"一阕饶有古意。至〔渔父〕五篇，虽为皋文所赏，然譬彼清流之中，杂以微尘。（卷一）

二帝蒙尘，偷安南渡，苟有人心者，未有不拔剑斫地也。南渡后词如……朱敦儒〔相见欢〕云："中原乱，簪缨散，几时收。试倩悲风，吹泪过扬州。"……此类皆慷慨激烈，发欲上指。词境虽不高，然足以使懦夫有立志。（卷六）

《白雨斋词话》

23. 张德瀛：

朱希真词品高洁，妍思幽窅，殆类储光羲诗体，读其词，可想见其人。然希真守节不终，首鼠两端，贻讥国史，视魏了翁、徐仲车诸人，相距远矣。

《词徵》卷五

24. 许巨楫：

自来乐府多绮靡，鲜有作世外人语者，惟宋秘书朱希真先生，天资旷达，有神仙风致。

《樵歌跋》（听香仙馆刊本）

25. 梁启超：

五词飘飘有出尘想，读之令人意境翛远。（评朱敦儒〔好事近〕“摇首出红尘”）

《饮冰室评词》

26. 张伯驹：

朱希真《好事近》渔父五阕，梁任公云：五词飘飘有出尘想，读之令人意境翛然。吾亦云然。而朱古微《宋词三百首》不选，何耶？

《丛碧词话》

27. 祝南：

朱希真词，清超拔俗，合处极似东坡，而少奇逸之趣。襟抱亦自洒落，聪明才学不及东坡也。用韵特宽，白话方言亦时见，希真于此等处自有分晓。

《无庵说词》

赵佶（宋徽宗）

赵佶（1082—1135）即宋徽宗，神宗第十一子。初封宁国公。哲宗即位，遂封宁郡王。宋绍圣三年（1096）进封端王。元符三年（1100）哲宗卒，无子，佶以弟继位。荒于政事，信任蔡京、童贯、梁师成等人。崇信道教，自号教主道君皇帝。在位二十五年。宣和七年（1125），金兵入侵，惧而传位于长子桓，是为钦宗，上尊号"教主道君太上皇帝"。靖康二年（1127）金兵破开封，与钦宗同被虏北行，高宗绍兴五年（1135）卒于五国城，庙号徽宗。事详《宋史》本纪。佶多才艺，工书善画。能诗词，有《御制集》、《崇观宸奎集》，词有后人辑本《宋徽宗词》，今存词十二首。

1. 赵构：

□□□□□室则泣，天性慈惠，克广一祖六宗之仁心，何勤如焉，何君比焉。故发为训词，则温厚之言也；推为典诰，则丁宁之诲也。以至指麾边机，隃度利害，英谋德意，修省戒惧，无不情文周密，动千百言；赋咏歌诗，垂裕后昆者，盈于策牍。内禅之后，时有篇章，纵肆笔之，书造神化。

《徽庙御集序》（《彊村丛书》）

2. 吴曾：

徽宗天才甚高，于诗文之外，尤工长短句。

《能改斋词话》卷一

3. 贺裳：

至宣和帝〔燕山亭〕则曰："无据，和梦也有时不做。"其情更惨矣。呜呼，此犹《麦秀》之后有《黍离》也。

《皱水轩词筌》

4. 徐釚：

徽宗北辕后，赋〔燕山亭〕《杏花》一阕，哀情哽咽，仿佛南唐李后主，令人不忍多听。

《词苑丛谈》卷六（按：冯金伯《词苑萃编》卷四引此则称引自《古今词话》）

5. 焦袁熹：

〔采桑子〕《编纂〈乐府妙声〉竟作》

君王竟负莺花愿，茸母斑斑。杜宇啼阑。梦里还家山复山。 李王曾泣家山破，岁岁年年，雪窖冰天。何似牵机一霎间。

《此木轩直寄词》

6. 谭莹：

孟婆风紧太郎当，谁忆君王更断肠。

说到故宫无梦去，三生端是李重光。

《论词绝句一百首》（《乐志堂诗集》卷六）

7. 陈廷焯：

《燕山亭》（裁剪冰绡）起三语绮丽有致。新愁旧恨郁结成词，故说来满纸是泪，满纸是血。淋淋漓漓，一声痛哭，读者能无深责高宗？

《云韶集》卷三

8. 况周颐：

有宋一朝，词称极盛，上自禁掖，下迄闾巷，靡不研贯音阕。《古今词话》：沈雄曰：或问词盛于宋，而宸翰无闻，何也？余谓钱俶之“金凤欲飞遭掣搦”为艺祖所赏，李煜之“一江春水向东流”为太宗所忌。开创之主非不知词，不以词见耳。嗣则有金珠乞诗之宫嫔，有提举大晟之官僚，按月律进词，承宣命珥笔，宠诸词人，良云盛事，而必宸翰之远播哉？向尝征诸载籍，天水守文之主辄于词流契合甚深，沈氏云云未免语焉弗详。夏郑公进〔喜迁莺令〕，为真宗所称奖，见《青箱杂记》。小宋作〔鹧鸪天〕，传唱达禁中，仁宗遂以内人赐之，见《词林海错》。东坡以中秋作〔水调歌头〕，内侍录呈。神宗读至“又恐琼楼玉宇，高处不胜寒”，曰：苏轼终是爱君。见《复雅歌词》。又仁宗尝语张文定、宋景文曰：孟子可谓知乐矣，今乐犹古乐。又曰：自排遍以前，音声不相侵，乱乐之正也。自入破之后始侵乱矣，至此则郑卫也。见《随手杂录》。当仁宗之世，海宇升平，万机多暇，引商刻羽，尤所擅长。《花庵词选》：景祐中，太史奏老人星现。柳永作〔醉蓬莱〕进呈仁宗。读至“太液波翻”句，曰：何不言“波澄”，则文人推敲之能事矣。胡铨《玉音问答》：隆兴元年五月三日晚，侍上于内殿之秘阁。上命潘妃执玉荷杯唱〔万年欢〕，乃仁庙所制。此词惜不传，所谓“只应天上，难得人间”。以迄于今，知音耆古之士滋缺憾焉。徽宗继体裕陵，天才睿敏，诗文书画而外，长短句尤卓然名家。虽间关北狩，犹有“裁剪冰绡”之作，未尝少损其风怀。求之古帝王中，唯南唐后主庶几分镳平辔，其处境亦大略相同也。唯是后主所作皆小令，徽宗则多慢词。盖后主天姿轶伦，而徽宗又深之以学力矣。

《历代词人考略》卷七

9. 梁启超：

昔人言宋徽宗为李后主后身，此词（按：指〔燕山亭〕“裁剪冰绡”）感均顽艳，亦不减“帘外雨潺潺”诸作。

《饮冰室评词》

10. 高旭：

惨淡燕山夕照中，杏花零落付西风。

小朝南矣君王北，梦里安能觅故宫。

《论词绝句》三十首（《未济庐诗集》）

11. 王国维：

尼采谓：一切文学，余爱以血书者。后主之词，真所谓以血书者也；宋道君皇帝〔燕山亭〕词亦略似之。然道君不过自道身世之戚，后主则俨有释迦、基督，担荷人类罪恶之意，其大小固不同矣。

《人间词话》

12. 张伯驹：

徽宗《燕山亭》词，《朝野遗记》谓："天遥地远……和梦也、新来不做"真似李后主"别时容易见时难"声调也。后主与道君词都是由亡国换来。李唐、赵宋江山，今日何在？唯其词真能使征马踟蹰，寒鸟不飞，千载而后，读者犹哽咽怜叹，虽亡国终是值得。

《丛碧词话》

13. 林丁：

历朝帝王能词者，当推李后主与宋徽宗，二人的身世又恰恰相同，都尝过亡国的滋味。兹将抒写被掳后生活最足动人者，各举半阕："四十年来家国，三千里地山河。凤阁龙楼连霄汉，玉树琼枝作烟萝。几曾识干戈？　　一旦归为臣虏，沈腰潘鬓销磨。最是仓皇辞庙日，教坊犹奏别离歌。挥泪对宫娥。"（后主《破阵子》）"凭寄离恨重重，这双燕，何曾会人言语。天地遥远，万水千山，知他故宫何处。怎不思量，除梦里、有时曾去。无据。和梦也、新来不做！"（徽宗《燕山亭》）身居九五，为人间至尊，故非两人所宜，但做一个艺术家的资格，却绰绰有余。

《蕉窗词话》

14.《续修四库全书总目提要》：

徽宗天资、学力，并迈常人，学术、词章，两臻绝诣。集中如〔聒龙谣〕、〔金莲绕凤楼〕、〔满庭芳〕诸词，皆典重凝丽，《追册明达皇后刘妃》、《神主祔别庙》诸作，皆为言情之作，纳于词中，自无不可。〔燕山亭〕、〔眼儿媚〕，皆北地所作。〔燕山亭〕后段云："……"哀情哽咽，与李后主入宋之作，异曲同工也……大晟府乐章关于宋词甚巨，而徽宗全词不见，为可惜耳。

《宋徽宗词一卷》

周紫芝

周紫芝（1082—1155）字少隐，号竹坡居士，宣州（今安徽宣城）人。少从张耒、李之仪游。宋高宗绍兴十二年（1142）进士。绍兴十七年（1147）为右迪功郎，敕令所删定官，迁枢密院编修官、右司员外郎。谄事秦桧，多献谀之诗，桧疑其诗讥讽，出知兴国军。后奉祠归庐山以卒。《宋史翼》有传。紫芝工诗，有《太仓稊米集》、《竹坡诗话》。词集名《竹坡词》。

1. 孙兢：

竹坡先生少慕张右史而师之，稍长，从李姑溪游，与之上下其议论，由是尽得前辈作文关纽，其大者固已掀揭汉唐，凌厉骚雅，烨然名一世矣。至其嬉笑之余，溢为乐章，则清丽婉曲，当□□是岂苦心刻意而为之者哉？昔□□先生蔡伯世评近世之词，谓苏东坡辞胜乎情，柳耆卿情胜乎辞，辞情兼称者，唯秦少游而已。世以为善评。虽然，耆卿不足道也，使伯世见此词，当必有以处之矣。

《竹坡老人词序》（《百家词》）

2. 毛晋：

紫芝尝评王次卿诗云：如江平风霁，微波不兴，而汹涌之势，澎湃之声，固已隐然在其中。其词约略似之。

《竹坡词跋》（《宋六十名家词》）

3. 王初桐：

周紫芝著《太仓稊米集》，别有《竹坡词》三卷。乾道二年高邮孙兢《序》云："清丽婉曲，非苦心刻意为之。"

《小嫏嬛词话》卷二

4.《四库全书总目提要》：

集中〔鹧鸪天〕凡十三阕，后三阕自注云：予少时酷喜小晏词，故其所作，时有似其体制者，此三篇是。晚年歌之，不甚如人意，聊载乎此，云云。则紫芝填词，本从晏几道入，晚乃刊除秾丽，自为一格。兢序称其少师张耒，稍长师李之仪者，乃是诗文之渊源，非词之渊源也。

《竹坡词提要》

5. 冯煦：

周少隐自言少喜小晏，时有似其体制者，晚年歌之，不甚如人意。今观其所指之三篇，在竹坡集中，诚非极诣，若以为有类小山，则殊未尽然，盖少隐误认几道为清倩一派，比其晚作，自觉未逮。不知北宋大家，每从空际盘旋，故无椎凿之迹。至竹坡、无住诸君子出，渐于字句间凝炼求工，而昔贤疏宕之致微矣，此亦南北宋之关键也。

《蒿庵论词》

6. 陈廷焯：

竹坡词，信笔写去，有微云淡月之妙，水流花放之乐，不关人力，神妙天然。

《云韶集》卷三

7. 吴梅：

孙兢谓竹坡乐章，清丽婉曲，非苦心刻意为之。此言极是。竹坡少张耒，行辈稍长李之仪，而词则学小山者也。人第赏其〔鹧鸪天〕之"梧桐叶上三更雨，叶叶声声是别离"，〔醉落魄〕之"晓寒谁看伊梳掠，雪满西楼，人在阑干角"，〔生查子〕之"不忍上西楼，怕看来时路"诸语，实皆聪俊句耳。余最爱〔品令〕登高词。其后半云："黄花香满。记白苎吴歌软。如今却向，乱山丛里，一枝重看。对着西风搔首，为谁肠断。"沉着雄快，似非小山所能也。

《词学通论》

李纲

李纲（1083—1140）字伯纪，邵武（今属福建）人。宋政和二年（1112）进士。靖康元年（1126），金兵逼近京师，纲以尚书右丞为亲征行营使，号召各路勤王。不久即以“专主战议”被谪。高宗（赵构）即位，拜右相，上十议坚主抗金。后多次被罢黜。卒谥忠定。《宋史》有传。著有《梁溪先生文集》。有《梁溪词》一卷。

1. 刘克逊：

豪宕沉雄，风流蕴藉，所谓进则秉钧仗钺，旋转乾坤，不足为之泰；退则短褐幅巾，徜徉丘壑，不足为之高者。

《梁溪词跋》

2. 丁绍仪：

韩忠献、赵清献、范文正、李忠定为有宋一代名臣，而词采流传，如“愁无际，武陵凝睇，人远波空翠”，“明月高楼休独倚，酒入愁肠，化作相思泪”，与“宝瑟尘生，金雁空零落”，“怅青春又过，年年此恨，满东风泪”等语，足与勋业并昭千古……或鄙词为小道，无足称者，抑知古今名臣每多寄兴，不仅欧、苏两文忠足占词坛俎豆也。

《听秋声馆词话》卷十

3. 李慈铭：

词之为道，儒者所不屑言。然宋时名公钜人，如韩、范、欧阳无不为之。降至南宋，其学益盛。四公者（赵鼎、李光、李纲、胡铨）居南北宋之间，未尝以词名，所为文章，忠义奋发，振厉一世，而其立论，皆和平中正，字字近情，与朋友言，尤往复三叹，不胜其气下而词敛。间为长短句，皆曲折如志，务尽其所欲言。

《南宋四名臣词集序》(《四印斋所刻词》)

4. 王鹏运：

嗟呼！兹四公（赵鼎、李光、李纲、胡铨）者，夫岂非所谓魁垒闳廓、儒者其人耶？其身系乎长消安危，其人又系乎用与不用，用之而不终用之也，于是则悲天运、悯人穷，当变风之时，自托乎小雅之才，而词作焉。其思若怨悱，而情弥哀，吁号幽明，剖通精诚。又不欲以为名也，于是则摧刚藏棱，蔽遏掩抑所为，整顿缔造之意，而送之以馨香芬芳之言，与激昂怨慕而不能自殊之音声。盖至今使人读焉而悲，绎焉而慨。伉真洞然大人也。故其词深微浑雄，而情独多。鹏运窃尝持此情以盱衡今古之词人，如四公者，亦出而唱叹于其间，则必非闺蟾屑越小可者所得俺托。

《南宋四名臣词集跋》(《四印斋所刻词》)

5. 况周颐：

李忠定身丁南北宋之间，忤触权奸，屡起屡踬，居相位仅七十日，不克展其素志。今观其所为词，大都委心安遇，陶情适性之作，略无抑塞磊落、牢骚不平之气，足征学养醇至，襟抱坦夷。乃至〔江城子〕云："回首中原何处是，天似幕，碧周遭。"〔六么令〕云："纵使岁寒途远，此志应难夺。"〔喜迁莺〕云："暮云敛，放一轮明月，窥人怀抱。"则贞悃孤光，有流露于不自觉者矣。其〔水龙吟〕《次韵和质夫、子瞻杨花词》，亦复与二公工力悉敌。

《历代词人考略》卷二十一

左誉

左誉（生卒年不详）字与言，号绮翁，天台（今浙江临海）人。宋大观三年（1109）进士，官至湖州通判。传有词集《筠翁长短句》。

1. 王明清：

调高韵胜，好事者尤所争先快睹。豪右左戚，尊席一笑，增气忘倦。

《玉照新志》卷四

2. 王仲言：

天台左誉字与言，成进士，与妙妓张秾善。如“盈盈秋水，淡淡春山”与“一段离愁堪画处，横风斜雨拖衰柳”，皆为秾作也。当时有“晓风残月柳三变，滴粉搓酥左与言”之称。秾后委身于大将家，适相遇于西湖。一人褰帘低语曰：“如君若把菱花照，犹恐相逢似梦中。”左忽领悟为僧，有《筠翁长短句》。

沈雄《古今词话·词话》上卷引

3. 华长卿：

一段离愁付画眉，搓酥滴粉太情痴。

老来重上西湖路，仿佛邯郸入梦时。

《论词绝句》（《梅庄诗钞》卷五）

4. 陈廷焯：

“山抹微云秦学士，露花倒影柳屯田”，“晓风残月柳三变，滴粉搓酥左与言”，一句之工，形诸口号。

《词坛丛话》

5. 陈廷焯：

词人好作精艳语。如左与言之“滴粉搓酥”，姜白石之“柳怯云松”，李易安之“绿肥红瘦”、“宠柳娇花”等类，造句虽工，然非大雅。

宋人如“红杏尚书”、“贺梅子”、“张三影”、“山抹微云秦学士”、“露华例影柳屯田”、“晓风残月柳三变”、“滴粉搓酥左与言”之类，皆以一语之工，倾倒一世。宋与柳、左无论矣，独惜张、秦、贺三家，不乏杰作，而传诵者转以次乘。岂白雪阳春竟无和者与？为之三叹。

《白雨斋词话》卷六

6. 况周颐：

左与言〔眼儿媚〕全阕云：“楼上黄昏杏花寒。斜月小栏干。一双燕子，两行征雁，画角声残。　绮窗人在东风里，无语对春闲。也应似旧，盈盈秋水，淡淡春山。”此词《草堂诗余》作秦少游，《花庵绝妙词选》作阮阅。兹据《玉照新志》载与言本事綦详，知作秦、作阮皆误也。且即以风格论，谓是秦词，尤为不类。《三朝北盟会编》：张浚妾张秾，钱塘名妓也，知书，尝代张文字，封荣国夫人。

《历代词人考略》卷二十一

7. 况周颐：

《词苑丛谈》引王仲言云：“左誉字与言，策名后藉甚宦途。钱唐幕府乐籍有张芸女秾，色艺妙天下，誉颇顾之。如‘盈盈秋水，淡淡春山’‘帷云剪水，滴粉搓酥’，皆为秾作。后秾委身立勋大将，易姓章，封大国。绍兴中，因觅官行阙，暇日访西湖两山间，忽逢车舆甚盛，一丽人搴帘顾誉而颦曰：‘如今若把菱花照，犹恐相逢是梦中。’视之，秾也。君怳然悟入，即拂衣东渡，一意空门。”按《中兴战功录》：“张俊之爱妾张氏，即杭妓张秾也，颇知书。柘皋之役，俊贻书属以家事，张答书引霍去病、赵云不问家事为言，令勉报国。俊以其书进，上大喜，亲书奖谕赐之。”乃知所谓立勋大将即俊矣。《中兴战功录》，刻入江阴缪氏《藕香簃丛书》。

《蕙风词话》卷四

8. 况卜娱：

宋左誉词〔眼儿媚〕“楼上黄昏”阕后段云云，可与杜少陵“今夜鄜州月”一律同看。

《织余琐述》

李清照

李清照（1084—1155?）号易安居士，济南章丘（今属山东）人。父李格非，神宗熙宁九年进士，曾以文章受知于苏轼，为元祐后四学士之一。清照年十八嫁赵挺之之子太学生赵明诚，甚相得。宋崇宁元年（1102）清照为父列名元祐党事以诗上时任吏部侍郎之赵挺之。宣和间明诚知莱州、淄州。靖康二年（1127）起知江宁。是年十二月金兵陷青州，清照南奔。建炎三年（1129），明诚知湖州，道卒于建康，清照时年四十六，往依弟迒，后转徙于浙。绍兴四年（1134）清照避地金华，卜居陈氏第。绍兴中，上明诚所著《金石录》于朝。《宋史·李格非传》称清照“诗文尤有称于时”。有《词论》一篇，主词“别是一家”之说。后人辑其词、诗、文为《李清照集》，词集名《漱玉词》。

1. 朱彧：

本朝女妇之有文者，李易安为首称。易安名清照，元祐名人李格非之女。诗之典赡，无愧于古之作者；词尤婉丽，往往出人意表，近未见其比。

《萍洲可谈》卷中

2. 王灼：

易安居士，京东路提刑李格非文叔之女，建康守赵明诚德甫之妻。自少年便有诗名，才力华赡，逼近前辈。在士大夫中已不多得，若本朝妇人，当推词采第一。赵死，再嫁某氏，讼而离之，晚节流荡无归。作长短句，能曲折尽人意，轻巧尖新，姿态百出，闾巷荒淫之语，肆意落笔。自古缙绅之家能文妇女，未见如此无顾忌也。

《碧鸡漫志》卷二

3. 胡仔：

近时妇人，能文词如李易安，颇多佳句。小词云："昨夜雨疏风骤，浓睡不消残酒。试问卷帘人，却道海棠依旧。知否？知否？应是绿肥红瘦。""绿肥红瘦"此语甚新。又《九日》词云"帘卷西风，人似黄花瘦"，此语亦妇人所难到也。（前集卷六十）

易安历评诸公歌词，皆摘其短，无一免者。此论未公，吾不凭也。其意盖自谓能擅其长，以乐府名家者。退之诗云："不知群儿愚，那用故谤伤，蚍蜉撼大树，可笑不自量。"正为此辈发也。（后集卷三十三）

《苕溪渔隐丛话》

4. 朱熹：

本朝妇人能文，只有李易安与魏夫人。

《朱子语类》卷一百四十

5. 张端义：

易安居士李氏，赵明诚之妻。《金石录》亦笔削其间。南渡以来，常怀京洛旧事。晚年赋《元宵》〔永遇乐〕词云"落日熔金，暮云合璧"，已自工致。至于"染柳烟轻，吹梅笛怨，春意知几许"，气象更好。后叠云："于今憔悴，风鬟霜鬓，怕见夜间出去。"皆以寻常语度入音律。炼句精巧则易，平淡入调者难。且《秋词》〔声声慢〕："寻寻觅觅，冷冷清清，凄凄惨惨戚戚。"此乃公孙大娘舞剑手。本朝非无能词之士，未曾有一下十四叠字者，用《文选》诸赋格。后叠又云："梧桐更兼细雨，到黄昏，点点滴滴。"又使叠字，俱无斧凿痕。更有一奇字云："守定窗儿，独自怎么得黑。""黑"字不许第二人押。妇人中有此文笔，殆间气也。有《易安文集》。

《贵耳集》卷上

6. 魏仲恭：

尝闻摛藻丽句，固非女子之事，间有天姿秀发，性灵钟慧，出言吐句，有奇男子所不如，虽欲掩其名，不可得耳。如蜀之花蕊夫人，近时之李易安，尤显显著名者，各有宫词、乐府行于世。然所谓脍炙者，可一二数，岂能皆佳也。

《断肠诗集序》(《断肠诗集》)

7. 杨维桢：

女子诵书属文者，史称东汉曹大家氏。近代易安、淑真之流，宣徽词翰，一诗一简，类有动于人。然出于小听挟慧，拘于气习之陋，而未适乎情性之正。此大家氏之才之行，足以师表六宫，一时文学而光父兄者，不得并议矣。

《曹氏・雪斋弦歌集序》(《东维子文集》卷七)

8. 瞿佑：

清献名家厄运乖，羞将晚景对非才。

西风帘卷黄花瘦，谁与赓歌共一杯。

《香台集》卷下《易安乐府》

9. 杨慎：

宋人中填词，李易安亦称冠绝。使在衣冠，当与秦七、黄九争雄，不独雄于闺阁也。其词名《漱玉集》，寻之未得。〔声声慢〕一词，最为婉妙……山谷所谓以故为新，以俗为雅者，易安先得之矣。

《词品》卷二

10. 王象春：

京朝名迹此中稀，劓水黥山感异时。

唯有女郎风雅在，又随兵舫泣江蓠。

《题〈漱玉集〉》(崇祯《历城县志・述闻》)

11. 秦士奇：

有六十家词，至二百余调。其间可歌可诵如李、晏、柳五、秦七，"云破月来花弄影"郎中，"红杏枝头春意闹"尚书，闺秀若易安居士，词之正也。

《草堂诗余叙》(《草堂诗余四集》)

12. 陈宏绪：

李易安诗余，脍炙千秋，当在《金荃》、《兰畹》之上。古文如《金石录后序》，自是大家举止，绝不作闺阁妮妮语。《打马图序》，亦复磊落不凡。独其诗歌无传。仅见《和张文潜浯溪中兴碑》二篇……二诗奇气横溢，尝鼎一脔，已知为驼峰、麟脯矣。古文、诗歌、小词并擅胜场，虽秦、黄辈犹难之，称古今才妇第一，不虚也。

《寒夜录》卷下

13. 徐士俊：

正宗易安第一，旁宗幼安第一，二安之外无首席矣。

《古今词统》参评语

14. 卓人月：

后主、易安直是词中之妖。恨二李不相遇。

《古今词统》卷四

15. 宋祖法：

历下山川奇秀，激为清音。李家一女郎，犹能驾秦轶黄，凌苏轹柳，而况稼轩老子哉！

崇祯《历城县志》卷十五《艺文志》引

16. 张娴婧：

从来才女果谁俦，错玉编珠万斛舟。

自言人比黄花瘦，可以黄花似晚秋。

《读李易安〈漱玉集〉》(《翠楼集》)

17. 宋征璧：

吾于宋词得七人焉：曰永叔，其词秀逸；曰子瞻，其词放诞；曰少游，其词清华；曰子野，其词娟洁；曰方回，其词新鲜；曰小山，其词聪俊；曰易安，其词妍婉。他若黄鲁直之苍老，而或伤于颓。王介甫之劖削，而或伤于拗。晁无咎之规检，而或伤于朴。辛稼轩之豪爽，而或伤于霸。陆务观之萧散，而或伤于疏。此皆所谓我辈之词也。苟举当家之词，如柳屯田哀感顽艳，而少寄托。周清真蜿蜒流美，而乏陡健。康伯可排叙整齐，而乏深邃。其外则谢无逸之能写景，僧仲殊之能言情，程正伯之能壮采，张安国之能用意，万俟雅言之能协律，刘改之之能使气，曾纯甫之能书怀，吴梦窗之能叠字，姜白石之能琢句，蒋竹山之能作态，史邦卿之能刷色，黄花庵之能选格，亦其选也。词至南宋而繁，亦至南宋而敝，作者纷如，难以概述矣。

《倡和诗余序》(《倡和诗余》)

18. 刘体仁：

柳七最尖颖，时有俳狎，故子瞻以是呵少游。若山谷亦不免，如“我不合太撋就”类，下此则蒜酪体也。惟易安居士“最难将息”、“怎一个愁字了得”，深妙稳雅，不落蒜酪，亦不落绝句，真此道本色当行第一人也。

《七颂堂词绎》

19. 沈谦：

男中李后主，女中李易安，极是当行本色。

《填词杂说》(王又华《古今词论》引此语后有：“前此太白，故称词家三李。”)

20. 毛先舒：

词家刻意、俊语、浓色，此三者皆作者神明，然须有浅淡处、平处，忽著一二乃佳耳。如美成《秋思》，平叙景物已足，乃出“醉头扶起寒怯”，便动人工妙。李易安《春情》“清露晨流，新桐初引”，用《世说》全句，浑妙。尝论词贵开宕，不欲沾滞，忽悲忽喜，乍近乍远，所为妙耳。如游乐词，须微著愁思，方不痴肥。李《春情》词本闺怨，结云“多少游春意”、“更看今日晴未”，忽尔开拓，不但不为题束，并不为本意所苦。直如行云，舒卷自如，人不觉耳。

《诗辩坻》卷四

21. 朱中楣：

〔凤栖梧〕《自嘲》

但学填词称绮语。未按宫商，那识其中味。一艳次工三体制。飘飘勿带纤沉滞。　　闺阁拈题尤不易。字讳推敲，争得尖清句。试问古今谁足誉。二安徐卓夫人魏。

《石园全集》卷十五《随草诗余》

22. 陈维崧：

易安之婉娈清新，屯田之温柔倩媚，虽为风雅之罪人，实则闺房之作者。

《金天石吴日千词稿序》（《陈检讨四六》卷九）

23. 彭孙遹：

李易安“被冷香销新梦觉，不许愁人不起”，“守着窗儿，独自怎生得黑”，皆用浅俗之语，发清新之思，词意并工，闺情绝调。

《金粟词话》

24. 沈雄：

李易安“被冷香消清梦觉，不许愁人不起”，又“于今憔悴，风鬟霜鬓，怕见夜间出去”，杨用修以其寻常言语，度入音律，殊为自然。但“守着窗儿，独自怎生得黑”，又“梧桐更兼细雨，到黄昏点点滴滴”，正词家所谓以易为险，以故为新者，易安先得之矣。

《古今词话·词品》下卷

25. 王士禛：

宋南渡后，梅溪、白石、竹屋、梦窗诸子，极妍尽态，反有秦、李未到者。虽神韵天然处或减，要自令人有观止之叹。正如唐绝句，至晚唐刘宾客、杜京兆，妙处反进青莲、龙标一尘。

张南湖论词派有二：一曰婉约，一曰豪放。仆谓婉约以易安为宗，豪放惟幼安称首，皆吾济南人，难乎为继矣。

《花草蒙拾》

26. 王士禛：

凡为诗文，贵有节制，即词曲亦然。正调至秦少游、李易安为极致，若柳耆卿则靡矣。变调至东坡为极致，辛稼轩豪于东坡而不免稍过。若刘改之则恶道矣。学者不可以不辨。

《分甘余话》卷二

27. 王士禛：

温、和生而《花间》作，李、晏出而《草堂》兴。此诗之余而乐府之变也。诗余者，古诗之苗裔也。语其正，则景煜为之祖，至漱玉、淮海而极盛，高、史其大成也；语其变，则眉山导其源，至稼轩、放翁而尽变，陈、刘其余波也。有诗人之词，唐、蜀、五代诸君子是也；有文人之词，晏、欧、秦、李诸君子是也；有词人之词，柳永、周美成、康与之之属是也；有英雄之词，苏、陆、辛、刘之属是也。

《倚声集序》(《渔洋山人文略》卷三)

28. 汪懋麟：

予尝论宋词有三派：欧、晏正其始，秦、黄、周、柳、姜、史、李清照之徒备其盛，东坡、稼轩放乎其言之矣。其余子非无单词只句可喜可诵，苟求其继，难矣哉。

《棠村词序》(《清名家词》)

29. 裴畅：

易安自恃其才，藐视一切，语本不足存。第以一妇人能开此大口，其妄不待言，其狂亦不可及也。

《词苑萃编》卷九引

30. 周铭：

词虽发源于隋唐，而体格详明，声调修整，至宋始备。一时学士大夫，不独以为摹写性灵之资，而以为润色庙廊之具。以至闺阁之中，其谐音谐律，如抗如坠，彬彬大雅。如此，由上所尚在是也。故余之论次，断自宋始。晦翁有言：我朝能文女子，惟李易安、魏夫人而已。然则弁斯集者，舍易安居士而谁乎？

《林下词选·凡例》

31. 焦袁熹：

〔采桑子〕《编纂〈乐府妙声〉竟作》

文星堕在犀帷底，检校看详。金石商量。茗汁反（平）来笑语香。　　朔风吹破双鸾影，暮影苍凉。何似朱娘。一世红颜早断肠。

《此木轩直寄词》

32. 郑方坤：

黄花五字播闺吟，和笔真惭阁藁砧。

谁嗣徽音向萝屋，海棠开后到而今。李易安〔醉花阴〕词云：“帘卷西风，人比黄花瘦。”其夫赵明诚谢弗如也。秀州孙氏寄外词有“海棠开后望而到今”之句，一时伎馆酒楼争传诵焉。

《论词绝句》（《蔗尾诗集》卷五）

33. 江昱：

漱玉便娟态有余，赵家芝草梦非虚。

最怜重九销魂句，吟瘦郎君总不如。

《论词十八首》（《松泉诗集》卷一）

34. 汪筠：

漱玉天才韵最娇，魏夫人亦解清谣。

晦庵定不轻相许，闺阁能文属本朝。

《读〈词综〉书后二十首》（《谦谷集》卷二）

35. 沈初：

百行何堪绳晚世，独于闺阁检行藏。

黄昏却下潇潇雨，终使词人为断肠。

《论词绝句十八道》（《兰韵堂诗集》）卷一

36. 王初桐：

张正夫云：练句精巧易，平淡入调难。李易安《元宵》〔永遇乐〕，《秋词》〔声声慢〕，妇人有此奇笔，殆间气也。

《小嫏嬛词话》卷二

37. 李调元：

易安在宋诸媛中，自卓然一家，不在秦七、黄九之下。词无一首不工，其炼处可夺梦窗之席，其丽处真参片玉之班。盖不徒俯视巾帼，直欲压倒须眉。

《雨村词话》卷三

38. 孙原湘：

〔醉花阴〕《拜李图题词》

词中三李，李太白，词之祖也；南唐后主，继别者也；漱玉，继祢者也。词家多奉姜、张而不知溯其先。予与诸子学词而设醴以祀三李，作《拜李图》，各就三家调倚声歌之，以当侑乐·侑易安居士。

餐尽百花人独秀。露洗聪明透。风卷一帘秋满地，寒香飞上新词瘦。　　玲珑藕孔香生九。绝调今谁又。我欲绣青莲，有个人儿先劝将伊绣。

《天真阁集》卷三十六

39. 沈道宽：

巷语街谈点化难，却教闺秀据骚坛。

断肠已尽凄凉调，更辟町畦李易安。

《论词绝句》（《话山草堂诗钞》卷一）

40. 陆昶：

清照诗不甚佳，而善于词，隽雅可诵。即如《春残》绝句“蔷薇风细一帘看”甚工致，却是词语也。（卷七）

易安以词擅长，挥洒俊逸，亦能琢炼。最爱其“草绿阶前，暮天雁断”，极似唐人。其〔声声慢〕一阕，张正夫称为公孙大娘舞剑器手，以其连下十四叠字也。此却不是难处，因调名〔声声慢〕，而刻意播弄之耳。其佳处，后又下“点点滴滴”叠四字，与前照映有法，不是草草落句。玩其笔力，本自矫拔，词家少有，庶几苏、辛之亚。（卷十一）

《历朝名媛诗词》

41. 陈文述：

漱玉新词入大家，卫娘风貌亦芳华。
桐荫闲话芝芙梦，第一消魂是斗茶。

解赋凌云擅别裁，连钱玉镫竟龙媒。
一篇打马流传遍，如此婵娟是异才。

玉堂争似红闺好，柏帐金环写早春。
解制贵妃春帖子，翰林例有捉刀人。

归来堂上灿银缸，纱幔传经小影幢。
愁绝红楼诗弟子，一篷寒雨过盱江。女士韩玉父受诗法于清照，见《四朝诗集》。

《又题漱玉集》（《颐道堂诗选》外集卷七）

42. 宋翔风：

易安豪宕一时无，剑器公孙胜大夫。
但是有才天已妒，却传晚景咏蘼芜。

《论词绝句》二十首（《洞箫楼诗纪》三）

43. 《四库全书总目提要》：

清照以一妇人，而词格乃抗轶周、柳。张端义《贵耳集》极推其《元宵词》〔永遇乐〕、《秋词》〔声声慢〕，以为闺阁中有此文笔，殆为间气，良非虚美。虽篇帙无多，固不能不宝而存之，为词家一大宗矣。

《漱玉词提要》

44.《四库全书简明目录》：

清照虽女子，而词格高秀，乃与周、柳抗行。

《漱玉词》

45. 周济：

闺秀词惟清照最优，究苦无骨，存一篇尤清出者。

《介存斋论词杂著》

46. 张祥河：

武陵春远即天涯，宝枕纱厨感物华。
非为悲秋非病酒，西风赢得瘦如花。

锦书雁字善言愁，红藕香残玉簟秋。
愁似藕丝缠不断，眉头才下又心头。

《论词绝句十首专赋闺人》（《小重山房诗词全集·朝天集》）

47. 周乐：

曲眉云髻屏铅华，漱玉词高自一家。
几阅沧桑遗像在，果然人瘦似黄花。

金石搜罗未觉疲，香焚燕寝伴吟诗。
披蓑顶笠装尤好，风雪循城觅句时。

重叙遗编感故侯，艰难历尽几经秋。
凄凉柳絮泉边老，漫妒才不老不休。

《漱玉集》（冷雪庵本）

48. 范坰：

漱玉清词玉版笺，易安居士有遗编。
远齐道韫应无愧，故宅犹称柳絮泉。宅在柳絮泉上，泉沫纷翻如柳絮飞舞。

《风沦集》(《续修历城县志》引)

49. 王僧保:

易安才调美无伦，百代才人拜后尘。

比似禅宗参实意，文殊女子定终身。

《论词绝句》(《餐樱庑词话》引)

50. 华长卿:

任他谣诼嫁时身，巾帼丛中第一人。

鲁国男儿争下拜，瓣香供奉藕花神。

《论词绝句》(《梅庄诗钞》卷五)

51. 方熊:

《云麓漫抄》载清照投綦处厚启，语甚不经，几令后人疑清照晚节不终。后见陈云伯《颐道堂集》有题查伯葵《易安论》后云“谈娘善诉语何诬，卓女琴心事本无。赖有琵琶查十八，清商一曲慰罗敷。”又杨升庵《词品》载淑真〔生查子〕一阕有“月上柳梢头，人约黄昏后”之句，遂令后人疑淑真为佚女。不知此词是欧公所作，见《庐陵集》。后见潘人龙《清芬堂集》有题句云:“幽棲一卷断肠词，家世文公擅淑姿。谁把庐陵真本误，柳梢月上约人时。”前谤皆谓一雪。因阅二家词为并志之。

金石摩挲语笑亲，归来堂上绝纤尘。

深秋一曲声声慢，不见当年口茗人。

人间鸦凤本非伦，阁泪抛书怨句新。

宽尽带围愁不解，一生刻意为伤春。阁泪抛书卷，带围宽褪小腰身。皆淑真伤春句也。

桑榆暮景投綦启，人约黄昏元夜词。

似此沉冤难尽雪，生才不幸是蛾眉。

《题李清照〈漱玉集〉、朱淑真〈断肠集〉》(《秀屏风馆诗集》

卷六）

52. 谭莹：

绿肥红瘦语嫣然，人比黄花更可怜。

若并诗中论位置，易安居士李青莲。

一瓶一钵可归来，觅觅寻寻亦写哀。

自是百年钟间气，张秦周柳总清才。

《论词绝句一百首》（《乐志堂诗集》卷六）

53. 袁学澜：

词中三李并重。青莲笔挟飞仙，飘飘有凌云之气，自是词中上乘。李后主哀思缠绵，尽是亡国之音，终致牵机药赐。清照忧思凄怨，语多萧瑟，晚景凄凉。两人遭际，并多坎坷。未始非词语惨楚，有以感召之也。

《适园论词》

54. 汪芑：

髻慵袜划黯伤春，守着窗儿只自颦。

帘卷西风花比瘦，故应压倒魏夫人。

《题林下词》（《茶磨山人诗钞》卷四九年刻本）

55. 潘际云：

易安闺中彦，文采超群英。

一卷漱玉词，皎如珠光莹。

名父李格非，贤夫赵明成。

鸿编金石富，瘦影梅花清。

夫子仕数郡，淡泊无俗营。

首屏金翠饰，耳厌笙歌声。

洎年四十九，池阳偕归耕。

其时所天殒，萧然白发生。

流离温台衢，事迹昭然明。

厥后又四年，乃跋金石成。
非直桑榆景，益励冰雪情。
齐姜年就木，杞妻哭崩城。
如何好事者，妄欲诬令名。
綦书与李錄，毋乃语不经。
德州辨其冤，阐幽炳日星。

《李清照题漱玉词》（《清芬堂集》卷四）

56. 端木埰：

蛾眉见嫉，谣诼谓以善淫；骥足蹑云，驽骀诬其覂驾。有宋以降，无稽竞鸣。灯笼织锦，潞国蒙谗；屏角簸钱，欧公受谤。青蝇玷璧，赤舌烧天。越在偏安，益煽腾说。礼法如朱子，而有帷薄秽污之闻；忠勇如岳王，而有受诏逗留之谮。矧兹闺闼，讵免蜚言。易安以笔飞鸾耸之才，际紫色蛙声之会。将杭作汴，剩水残山。公卿容头而过身，世事跋胡而疐尾。而乃锵洋文史，跌宕词华。颂舜历之灵长，仰尧天之巍荡。思渡淮水，志歼佛狸。风尘怀京洛之思，已增时忌；金帛止翰林之赐，益怒朝绅。宜乎飞短流长，变白为黑。诬义方之闺彦，为潦倒之夫娘。壶可为台，有类鹿马之指；启将作讼，何殊薏珠之冤。此义士之所拊心，贞媛之所扼腕者也。

《四印斋重刊漱玉词序》

57. 江顺诒：

比词于诗，原可以初、盛、中、晚论，而不可以时代后先分。如南唐二主似唐之初，秦、柳之琐屑，周、张之纤靡，已近于晚。北宋惟李易安差强人意。至南宋，白石、玉田始称极盛，而为词家之正轨。

《词学集成》卷一

58. 秦缃业：

〔高阳台〕

碎玉无声，凌波有影，分明静治堂中。识尽凄凉，纱厨宝枕都空。黄花依旧如人瘦，悄无言，秋上眉峰。问缘何，斗茗熏香，一例疏慵。　　新词自向乌阑谱，纪录成《金石》，夫妇同功。散后云烟，怕听雨滴梧桐。风鬟霜鬓添憔悴，怎琴心，老去偏工。莫凭他，野史荒唐，试认惊鸿。

《张荔门山人取易安居士〔醉花阴〕词意图其小象于扇属题》（《憩园词话》卷四引）

59. 李慈铭：

余于词非当家，所作者真诗余耳，然于此中颇有微悟。盖必若近若远，忽去忽来，如蛱蝶穿花，深深款款；又须于无情无绪中，令人十步九回，如佛言食蜜，中边皆甜。古来得此旨者，南唐二主、六一、安陆、淮海、小山及李易安《漱玉词》耳。屯田近俗，稼轩近霸，而两家佳处，均契渊微。

《越缦堂读书记》集部·词曲类·纳兰词

60. 沈祥龙：

词之蕴藉，宜学少游、美成，然不可入于淫靡。绵婉宜学耆卿、易安，然不可失于纤巧；雄爽宜学东坡、稼轩，然不可近于粗厉。流畅宜学白石、玉田，然不可流于浅易。此当就气韵、趣味上辨之。

《论词随笔》

61. 钱讷蘧：

词始六朝，盛于唐，极于两宋。易安居士李清照则宋词之弁冕也，前贤称之备矣。余览其篇章，悲其境遇，综论本末，知居士之贤，非独文翰，更有可称者三焉：乌珠南牧，百辟鼠窜，独能缱绻从王，乘桴浮海，非无膏沐，恨少前驱，一也；忠爱性成，洋溢楮墨，每饭不忘，未言已叹，漆室之啸，逊其温文，恤纬之忧，无其沉痛，二也；金石卅卷，既上遗书，追念平生，更成后序，诔同柳下，哀过刘姻，惜遗簪敝履之余，寓弃妇委蕤之感，三也。

《漱玉集序》

62. 冯煦：

金石遗文迥出尘，一编漱玉亦清新。

玉箫声断人何处，合与南唐作替人。

《论词绝句》(《蒿庵类稿》卷七)

63. 沈曾植：

易安倜傥，有丈夫气，乃闺阁中之苏、辛，非秦、柳也。

易安跌宕昭彰，气调极类少游，刻挚且兼山谷，篇章惜少，不过窥豹一斑。闺房之秀，固文士之豪也。才锋大露，被谤殆亦因此。自明以来，堕情者醉其芬馨，飞想者赏其神骏。易安有灵，后者当许为知己。渔洋称易安、幼安为济南二安，难乎为继。易安为婉约主，幼安为豪放主。此论非明代诸公所及。

《菌阁琐谈》

64. 陈廷焯：

易安格律绝高，不独为妇人之冠，几欲与竹屋、梅溪分庭抗礼。

易安词，骚情诗意，高者入方回之室，次亦不减叔原、耆卿。两宋妇人能词者不少，无出其右者。

《云韶集》卷十

65. 陈廷焯：

李易安词，风神气格，冠绝一时，直欲与白石老仙相鼓吹。妇人能词者，代有其人，未有如易安之空绝前后者。

朱淑真词，风致之佳，情词之妙，真不亚于易安。宋妇人能诗词者不少，易安为冠，次则朱淑真，次则魏夫人也。

《词坛丛话》

66. 陈廷焯：

宋妇人能词者，自以易安为冠。淑真才力稍逊，然规模唐五代不失分寸，转为词中正声。

《词则·大雅集》卷四

67. 陈廷焯：

李易安词，独辟门径，居然可观。其源自从淮海、大晟来。而铸语则多生造。妇人有此，可谓奇矣。（卷二）

两宋词家，各有独至处，流派虽分，本原则一。惟方外之葛长庚，闺中之李易安，别于周、秦、姜、史、苏、辛外，独树一帜，而亦无害其为佳，可谓难矣。然毕竟不及诸贤之深厚，终是托根浅也。

葛长庚词脱尽方外气，李易安词却未能脱尽闺阁气。然以两家较之，仍是易安为胜。

宋闺秀词，自以易安为冠。朱子以魏夫人与之并称，魏夫人只堪出朱淑真之右，去易安尚远。（卷六）

词有表里俱佳，文质适中者……词中之上乘也。有质过于文者……亦词中之上乘也。有文过于质者，李后主、牛松卿、晏元献、欧阳永叔、晏小山、柳耆卿、陈子高、高竹屋、周草窗、汪叔耕、李易安……是也，词中之次乘也。（卷八）

《白雨斋词话》

68. 康有为：

若美成之跌宕悠扬，苏辛之傥宕遒上，梦窗之七宝楼台，姜张之清新俊逸，亦各穷极极妍矣。然韵味之隽，含蓄之深，神情之远，词句之逸，未有若三李者。

《江山万里楼词钞序》（《江山万里楼诗词钞》）

69. 况周颐：

李易安时代犹稍后于淑真。即以词格论，淑真清空婉约，纯乎北宋；易安笔情近浓至，意境较沉博，下开南宋风气。非所诣不相若，则时会为之也。

《蕙风词话》卷四

70. 况卜娱：

易安居士词如初蓉迎曦，娇杏足雨。

《织余琐述》

71. 薛绍徽：

赵宋词女，李朱名家。《漱玉》则居临柳絮，《断肠》则家在桃村。市古寺之残碑，品茶对酌；贺东轩之移学，举案同心。椠铅逐逐，随宦青莱；丝管纷纷，胜游吴楚。迨及残山半壁，薄衾五更，阿婆白发，已达大衍之年；怨女归宁，莫寄伤心之泪。奚至桑榆晚景，更易初心；花市元宵，徘徊密约乎？大抵玉壶颂金之案，已肇妒才；花枝连理之诗，难言幽恨。露华桂子，招众口以烁金；细雨斜风，忆前欢而入梦。负盛名以致谤，因清怨而生疑。于是妄改綦崇礼之谢启，杂窜《庐陵集》之艳词。李心传《要录》，病在疏讹；杨升庵品词，失于稽考。西蜀去浙数千里，传闻不免异辞；有明后宋三百年，持论未曾检点。且也张汝舟历官清要，奚言驵侩下才；王唐佐传述始终，误作市井民妇。当君臣播越之时，安事文书催再醮？彼夫妇乖离而后，何心词赋约幽期？实际可征，疑团自破。所惜者，妄增数举，姓氏偶同；为主东君，爵里俱逸。胡元任《丛话》，变俗彦为丹青；魏仲恭《序言》，使耳食为口实。好恶支离，是非颠倒耳。然而原心定论，据事探幽。编集虽零落不完，诗词尚昭彰若揭。赠韩、胡二使者，嫠妇犹称；宴谢、魏两夫人，贵游可数。寒窗败几，已醒晓梦疏钟；鸥鹭鸳鸯，似叹小星寺目。愿过淮水，犹存爱国之忱；仰望白云，时起思亲之念。忠孝已根其天性，纲常必熟于怀来。安敢别抱瑟琶，偷贻芍药，花殊旌节，树异女贞哉！推原其故，或出有因。衣冠王导，斥将杭作汴之非；早晚平津，有称夫为人之异。奸黠者转羞成怒，轻薄者飞短流长。胡惠斋摘文之忌，不知道高毁来；〔生查子〕大曲所传，遂致移花接木。硗硗易缺，哆哆能张。毒生虿尾，影射蜮沙。谤孀闺于身后，语涉无根；疑静女于生前，冤儿不白。岂弗悖欤？吁可怪已！

《李清照朱淑真论》(《黛韵楼文集》卷下)

72. 木石居士：

粗豪婉约各翻新，本色当行自有人。

听罢双鬟花底唱，李朱端合匹苏辛。【注】自宋人说部有铁板红牙之喻，词家乃分豪放及婉约两派，毛稚黄独以三李为本色当行，其一妇人即易安也。朱之于李，亦犹辛之于苏耳。

寻寻觅觅冷清清，好句天然妙手成。

解作黄花帘卷语，傲霜讵负岁寒盟。【注】易安天才，后人未易仿效，〔声声慢〕一阕尤为千古绝唱。至于改嫁之诬，昔贤已有辨之者。

《名媛词选题辞十首》(《五百家名媛词选》)

73. 陈去病：

词肇于唐，盛于宋，衰于元明，而再振于清。然则清之词，将仿佛乎宋之徒欤，亦未也。唐宋研精声律，其词多可入箫管，而清贤俱谢不能。此古今优劣之比较，略可睹矣。往读李易安论词之作，辄用倾倒，兹特移录如下，庶能得此中消息已。论云(略)。去病案：此篇于源流正变，推阐极致，其所课骘诸家，是非优劣，尤似老吏断狱，轻重悉当，洵乎深得词家三昧矣。沈东江谦曰：“男中李后主，女中李易安，极是当行本色。”今日思之，斯言良信。

《病倩词话》

74. 吴灏：

〔金缕曲〕

本色当行语。且休夸、铜琶铁板，豪情飚举。多少扫眉才子笔， 妙擅颂椒咏絮。好付与红牙细谱。《漱玉》、《断肠》传绝调，是千秋绣阁填词祖。 《林下》选，《花间》补。一编网遍珊瑚树，羡双双、双修福慧，檀栾室主。暝共然脂晨弄笔，百排珠穿一缕。笑我亦效颦眉妩。敢向金闺裁玉尺，愿鸳鸯绣出针能度。汗竹竟，墨花舞。

《闺秀百家词选·题辞》

75. 高旭：

漱玉女郎真绝世，慧根如许也前缘。

万千心事凭谁寄，拼为妍花宠柳怜。

《论词绝句》三十首（《未济庐诗集》）

76. 吴梅：

易安词最传人口者，如〔如梦令〕之“绿肥红瘦”，〔一剪梅〕之“红藕香残”，〔醉花阴〕之“帘卷西风”，〔风凰台〕之“香冷金猊”，世皆谓绝妙好词也。其〔声声慢〕一首，尤为罗大经、张端义所激赏。其实此词收二语颇有伧气，非易安集中最胜者。大抵易安诸作，能疏俊而少沉着，即如〔永遇乐〕《元宵》词，人咸谓绝佳。此词感怀京洛，须有沉痛语方佳。词中如“如今憔悴，风鬟雾鬓，怕向花间重去”固是佳语，而上下文皆不称。上云：“铺翠冠儿，撚金雪柳，簇带争济楚。”下云：“不如向帘儿底下，听人笑语。”皆太质率，明者自能辨之。

《词学通论》

77. 顾宪融：

女士李易安，名清照，格非之女，济南人。嫁赵明诚，明诚卒，再适张汝舟。著《漱玉集》一卷。《清波杂志》云：“易安以重阳〔醉花阴〕词函致明诚。明诚叹赏，自愧勿如，务欲胜之，一切谢客，忘食寝者三日夜。得五十阕，杂易安作以示友人陆德夫。德夫玩之再三，曰：‘只三句绝佳。’明诚诘之，答曰：‘莫道不消魂，帘卷西风，人比黄花瘦。’正易安作也。”张正夫曰：“易安元宵《永遇乐》云‘落日熔金，暮云合璧’，已自工致。至于‘染柳烟浓，吹梅笛怨，春意知几许’，气象更好。后叠云‘如今憔悴，风鬟霜鬓，怕向花间重去’，皆以寻常语度入音律。炼句精巧则易，平淡入调者难。且夫秋词〔声声慢〕，此乃公孙大娘舞剑手。本朝非无能词之士，未曾有一下至十四叠字者。后叠又云‘到黄昏，点点滴滴’，又使叠字俱无斧凿痕。‘怎生得黑’，‘黑’字不许第二人押。妇人有此奇笔，殆间气也。”按：男中后主、女中易安，并称词家二李。易安词浓淡各极其妙，究苦无骨，不脱为女郎语也。

《填词百法》

78. 张伯驹：

李易安词自南唐来，沈东江谓其极是当行本色，诚然足以抗轶周、柳，争雄秦、黄。李雨村云：其炼处可夺梦窗之席。梦窗或似非其敌，因梦窗词去南唐已渐远耳。

易安〔声声慢〕叠字，真似大珠小珠落玉盘，两宋词人未有此者。许蒿庐谓：此词颇带伧气。虽为过论，然回思在趵突泉听梨花片，再读此词，宛然有山东声口。移人之情，以至于此。

易安〔念奴娇〕前阕有“萧条庭院，斜风细雨，重门深闭”，后阕“被冷香消新梦觉，不许愁人不起”，结云：“日高烟敛，更看今日晴未？”写寂寞心绪如见。黄花庵及王弇州特赏“宠柳娇花”之语。余谓只此语与全词不趁，此即白雨斋所云易安铸语多生造者，然“绿肥红瘦”却自然，与全词亦相趁。此中消息，余细味如此。

《丛碧词话》

79. 闻野鹤：

寇莱公如春日园林，蔚然深秀。苏东坡如深山剑客，不娴俗礼。秦少游如花间丽色，却扇一笑，百媚横生。黄山谷如村女媚客，简直乏致。欧阳公如豪家子弟，仪态大方。张子野如春花百树，浅深互见。周美成如周公制礼，大体略备。王荆公如蛮夷入贡，不谙礼数。辛稼轩如草野人入掌枢密，动辄粗戾。蒋竹山如蓬门丽质，清秀有余。柳耆卿如通天老狐，醉即露尾。康与之如春场笙歌，繁乐聒耳。史梅溪如剪彩成花，细而近纤。姜白石如江介澄波，悠然一往。吴梦窗如天孙云锦，一丝一缕，尽发奇光，俗子庸夫，见之却步。李易安如中人举鼎，时虞绝膑。王碧山如天家姬侍，神采幽馨，迥非凡艳。周公谨如辞树红英，难免浮浪。朱淑贞如碧窗鹦鹉，略解语言。陆放翁如野僧说法，清而无味。张玉田如中郎凋谢，典型尚存。余则自桧以外，可无讥矣。

《偲簃词话》

80. 陈运彰：

以婉曲之笔，达难言之情；以寻常之语，状易见之景，此闺襜中人所独擅其长。其病也，或患于浅，或伤于薄。然情真则语挚，意足乃神全。是语益浅近，而愈觉其深厚，景至平庸，而不碍其韶秀，要本出之自然，不假雕琢，斯为得之。此惟《漱玉词》近之，世以幽栖居士与之并称，非其偶也。

《双白龛词话》

81. 林丁：

词在宋朝，可谓登峰造极，词家之多，不亚唐朝诗人。但最高的两把交椅，却都让我们济南人坐了：一位是爱国军人辛弃疾，一位是状元甥女李清照，一字幼安，一字易安。幼安词奔放淋漓，如悬崖飞瀑，充满忧国热忱；易安同轻柔婉约，如午夜洞箫，抒发个人忧乐。以思想以量论，前者胜后者；以艺术以质论，后者胜先者。

清照之《漱玉词》与纳兰容若之《饮水词》，为中国词坛双璧。

胡怀琛先生以屈、陶、李、杜、白、苏、陆、王为中国八大诗人，吾以李后主、冯延巳、晏殊、欧阳修、苏东坡、李清照、辛弃疾、纳兰容若为中国八大词人。

《蕉窗词话》

82. 祝南：

渔洋服膺易安，至推为婉约宗主，然则将置少游于何地？平心而论：易安于此道致力甚深，其自命亦殊不凡，观其论北宋诸公词可见。以词心言，真可不愧少游；特矜气太重，时欲出奇制胜，毕竟女流，襟抱尚觉偏隘。

易安工于言情，其〔声声慢〕、〔凤凰台上忆吹箫〕、〔一剪梅〕、〔武陵春〕诸阕，均缠绵悱恻，足以荡气回肠。〔醉花阴〕之“帘卷西风，人比黄花瘦”，虽传诵一时，通首不称，惟以句胜耳。

“蹴罢秋千，起来慵整纤纤手。露浓花瘦，薄汗轻衣透。 见有人来，袜划金钗溜，和羞走，倚门回首，却把青梅嗅。”女儿情态，曲曲绘出，非易安不能为此，求之宋人，未见其匹，耆卿、美成，尚隔一尘。

《无庵说词》

吕本中

吕本中(1084—1145)初名大中，字居仁，学者称东莱先生。先世莱州(今属山东)人，后居洛阳(今属河南)，南渡后家婺州(今浙江金华)。先祖数辈皆为显宦。本中少从理学家杨时、游酢等游，以曾祖公著遗表恩授承务郎。宋元符中授济阴主簿，历秦州士曹参军，大名府帅司干官，枢密院编修官，职方员外郎。高宗初为祠部员外郎，直秘阁。绍兴六年(1136)召赴行在，特赐进士出身，擢起居舍人兼权中书舍人，以直龙图阁出知台州，不就，主管太平观。再召为太常少卿，迁中书舍人，兼侍讲，再兼权直学士院，忤秦桧，罢职。卒谥文清。《宋史》有传。本中为江西诗派诗人，尝作《江西诗社宗派图》。有《东莱先生诗集》。词集名《紫微词》。

1. 曾季貍：

东莱晚年长短句，尤浑然天成，不减唐《花间》之作。

《艇斋诗话》

2. 王灼：

陈去非、徐师川、苏养直、吕居仁、韩子苍、朱希真、陈子高、洪觉范，佳处亦各如其诗。

《碧鸡漫志》卷二

3. 杨慎：

宋傅公谋〔水调歌头〕曰：“草草三间屋……”黄玉林〔酹江月〕云：“吾庐何有……”又刘静修〔风中柳〕云：“我本渔樵……”并吕居仁“东里先生家何在”四词，每独行吟歌之，不惟有隐士出尘之想，兼如仙客御风之游矣。昔人谓“诗情不似曲情多”，信然。

《词品》卷二

4.《啸翁词评》：

吕居仁有《咏柳花》词云："柳塘新涨……"盖〔清平乐〕也。居仁直忤柄臣，深居讲道，而小词乃工稳清润至此。

《历代词话》卷七引

5. 黄苏：

写村居乐趣，骨秀神清，玲玲高韵，由其天机胜也。朗吟一过，觉陶渊明《归去来词》后，有此杰作。（评吕本中〔满江红〕"东里先生"）

《蓼园词评》

6. 况周颐：

吕本中《紫微词》，据仁和吴氏《双照楼词目》，近人阳湖吕氏有辑本，惜未得见。《宋史》本传：祖希哲师程颐，本中闻见习熟，少长从杨时、游酢、尹焞游，著有《师友渊源录》、《童蒙训》等书。而填词却无道学气，如〔清平乐〕云："闲倚曲阑成，怅望是处，春愁一样。"〔生查子〕云："更听断肠猿，一似闻弦雁。"〔虞美人〕云："几回冲过雨疏篱，已见一番青子缀残枝。"〔浣溪沙〕云："中酒心情浑似梦，探花时候不曾闲。"并工于言情，而语又甚俊者。

《宋人词话》

7.《续修四库全书总目提要》：

其词章句妥帖，工稳清润，〔清平乐〕《柳塘书事》云："……"〔满江红〕《幽居》云："……"皆清以出尘，淡而不薄，本中直道忤时，而文辞雅润，非刚柔之相异，实心行以相成也。

《紫微词一卷》

赵鼎

赵鼎（1085—1147）字元镇，号得全居士，解州闻喜（今山西闻喜）人。宋徽宗崇宁五年（1106）进士，累官知洛阳。高宗即位，除权户部员外郎，迁司勋郎官，擢右司谏。建炎四年（1130）签书枢密院事，出知平江，徙建康、洪州。绍兴四年（1134）三月召为参知政事，迁知枢密院。九月，拜右仆射同平章事兼知枢密院。次年加都督诸路军马。七年以尚书左仆射同中书门下平章事兼枢密使。绍兴八年（1138）以反对和议为秦桧所忌，罢相。授奉国军节度使知绍兴府，徙知泉州，谪居兴化军，移漳州，再贬清远军节度副使，潮州安置，徙吉阳，不食卒。孝宗即位，赠太傅，追封丰国公，谥忠简。《宋史》有传。有《忠正德文集》。词集名《得全居士词》。

1. 黄昇：

中兴名相，词婉媚不减《花间集》。

《中兴以来绝妙词选》卷二

2. 杨慎：

赵鼎，字元镇，宋中兴名相。小词婉媚，不减《花间》、《兰畹》。“惨结秋阴”一首，世皆传诵之矣。

《词品》卷四

3. 彭孙遹：

词以艳丽为本色，要是体制使然。如韩魏公、寇莱公、赵忠简，非不冰心铁骨，勋德才望，照映千古。而所作小词有“人远波空翠”、“柔情不断如春水”、“梦回鸳帐余香嫩”等语，皆极有情致，尽态极妍。乃知广平梅花，政自无碍。

《金粟词话》

4. 江尚质：

赵忠简，中兴名相也。〔点绛唇〕云："梦回鸳帐余香嫩，更无人问，一枕江南恨。"〔醉桃源〕云："青春不与花为主，花正开时春暮。只有一尊芳醑，留得青春住。"较《花间》更饶情思。

沈雄《古今词话·词评》上卷引

5. 王士禛：

至"谙尽孤眠滋味"及"落花流水别离多"，范、赵二钜公作如许语，又非但广平梅花之比矣。

《花草蒙拾》

6. 王初桐：

赵鼎中兴名相，词章婉媚，不减《花间》。

《小嫏嬛词话》卷二

7. 黄苏：

忠简公此词，当与"身骑箕尾归天上，气作山河壮本朝"二语同其不朽。（评〔满江红〕"惨结秋阴"）

《蓼园词评》

8. 谭莹：

香余鸳帐冷金猊，名相词传品未低。

唱彻声声苏武令，人言作者李梁溪。

《论词绝句一百首》（《乐志堂诗集》卷六）

9. 李慈铭：

词之为道，儒者所不屑言。然宋时名公钜人，如韩、范、欧阳无不为之。降至南宋，其学益盛。四公者（赵鼎、李光、李纲、胡铨）居南北宋之间，未尝以词名，所为文章，忠义奋发，振厉一世，而其立论，皆和平中正，字字近情，与朋友言，尤往复三叹，不胜其气下而词敛。间为长短句，皆曲折如志，务尽其所欲言。

《南宋四名臣词集序》（《四印斋所刻词》）

10. 李慈铭：

宋四名臣中，得全居士之词最为艳发，似晏元献。

《历代词人考略》卷二十引

11. 王鹏运：

嗟呼！兹四公（赵鼎、李光、李纲、胡铨）者，夫岂非所谓魁垒闳廓，儒者其人耶？其身系乎长消安危，其人又系乎用与不用，用之而不终用之也，于是则悲天运，悯人穷，当变风之时，自托乎小雅之才，而词作焉。其思若怨悱，而情弥哀，吁号幽明，剖通精诚。又不欲以为名也，于是则摧刚藏棱，蔽遏掩抑所为，整顿缔造之意，而送之以馨香芬芳之言，与激昂怨慕不能自殊之音声。盖至今使人读焉而悲，绎焉而慨。伉真洞然大人也，故其词深微浑雄，而情独多。鹏运窃尝持此旨以盱衡今古之词人，如四公者，亦出而唱叹于其间，则必非闺幨屑越小可者所得佹托。

《南宋四名臣词集跋》（《四印斋所刻词》）

12. 陈廷焯：

赵公词风流婉约，不亚冯延巳。

《云韶集》卷四

13. 陈廷焯：

词虽不避艳冶，亦不可流于秽亵。尝见赵忠简词，有“梦回鸳帐余香嫩”之句……数公勋德才望，昭昭千古，而所作小词，非不尽态极妍，然不涉秽语，故不为法秀道人师呵。

《词坛丛话》

14. 陈廷焯：

二帝蒙尘，偷安南渡，苟有人心者，未有不拔剑斫地也。南渡后词，如赵忠简〔满江红〕云：“欲待忘忧除是酒……”此类皆慷慨激烈，发欲上指。词境虽不高，然足以使懦夫有立志。

《白雨斋词话》卷六

15. 况周颐：

赵忠简词有四印斋刻本，为《宋四名臣词集》之一。其词清刚沉至，卓然名家。故国故君之思，流溢楮墨之表，激楚者多悲，掩抑者弥苦，令人不堪卒读。如〔鹧鸪天〕《建康上元作》及〔洞仙歌〕“空山雨过”云云，读之可以想见。

《历代词人考略》卷二十

16. 况周颐：

赵忠简词，王氏四印斋刻入《南宋四名臣词》，清刚沉至，卓然名家。故君故国之思，流溢行间句里。如〔鹧鸪天〕《建康上元作》云：“客路那知岁序移……”〔洞仙歌〕后段云：“可怜窗外竹……”其它断句，尤多促节哀音，不堪卒读。而卷端〔蝶恋花〕乃有句云：“年少凄凉天付与，更堪春思萦离绪。”闲情绮语，安在为盛德之累耶？

《蕙风词话》卷二

17. 配生：

得全居士词，黄叔旸称其媚婉不减《花间》。予最爱其〔点绛唇〕一阕云：“惜别伤离，此生此念无重数。故人何处，远送春归去。　美酒一杯，谁解歌金缕？无情绪。淡烟疏雨，花落空庭暮。”末二句，尽将“无情绪”三字写足。又〔蝶恋花〕调中“年少凄凉天赋与”一语亦奇。

《酹月楼词话》

李邴

李邴（1085—1146）字汉老，号云龛，巨野（今山东巨野）人，一作任城（今山东济宁）人。宋崇宁五年（1106）进士。历官起居舍人，试中书舍人，迁翰林学士。曾参加官中曲宴，受徽宗命赋诗。高丽使入贡，命为馆伴。高宗朝，为兵部侍郎兼直学士院。建炎三年（1129），平苗刘之变，擢为端明殿学士、同签书枢密院事，拜尚书右丞；未几，改参知政事。寻罢，闲居十七年，绍兴十六年卒于泉州，年六十二，谥文敏。《宋史》有传。有《玉堂制草》十卷，《云龛草堂集》一百卷。词有周泳先辑本《云龛草堂词》一卷。

1. 王灼：

李汉老（词）富丽，而韵平平。

《碧鸡漫志》卷二

2. 王明清：

李汉老邴少年日作〔汉宫春〕词，脍炙人口，所谓“问玉堂何似，茅舍疏篱”者是也。

《玉照新志》卷三

3. 王初桐：

李汉老富丽而韵平，〔汉宫春〕一阕脍炙人口，所谓“问玉堂何似，茅舍疏篱”也。

《小嫏嬛词话》卷二

4. 黄苏：

（〔念奴娇〕《咏月》）后阕以仙翁自比，言今日谁念我从前有人共乐，而此时孤独，惟与月对影而三，能不痛饮以洗离愁乎？饮至夜将阑而神魂飘越，翩然归去，如仙人之骑黄鹄而吹笛也。

想亦思其故乡之作。

气体清高，词旨又极伉爽。

《寥园词选》

5. 陈廷焯：

〔汉宫春〕（潇洒江梅）起数语不减东坡、和靖梅花诗，而骨韵更胜，宜其播传一时也。“问玉堂”二语，真洒脱，真名士。耆卿词云“忍把浮名，换了浅斟低唱”，不过风流语耳，此却有韵有骨，想见文敏生平。结句愈见气骨，举国无与谈而卒见重于首相，其由也夫。〔玉楼春〕（沉吟不语晴窗畔）“云情”二语，写尽美人。

《云韶集》卷四

向子諲

向子諲（1085—1152）字伯恭，自号芗林居士，先世为开封人，后徙临江（今江西清江）。宋神宗向皇后再从侄。徽宗即位，以恩补假承奉郎，累官知咸平县。忤上官，劾以他事，勒停。宣和初除江淮发运司主管文字，迁淮南转运判官，直秘阁，京畿转运副使兼发运副使。高宗建炎元年（1127）率师勤王，迁直龙图阁，江淮发运副使。历知潭州、鄂州、广州、江州，改江东转运使，徙两浙路都转运使，召除户部侍郎，以徽猷阁直学士出知平江府。以反对和议忤秦桧，致仕，退居十五年。《宋史》有传。有词集名《酒边集》，以南渡后之作为《江南新词》，其前之作为《江北旧词》，合一卷。

1. 胡寅：

词曲者，古乐府之末造也；古乐府者，诗之旁行也。诗出于《离骚》、《楚辞》，而《骚》、《辞》者，变风变雅之怨而迫、哀而伤者也。其发乎情则同，而止乎礼义则异。名曰曲，以其曲尽人情耳。方之曲艺，犹不逮焉；其去曲礼，则益远矣。然文章豪放之士，鲜不寄意于此者，随亦自扫其迹，曰谑浪游戏而已也。唐人为之最工，柳耆卿后出，掩众制而尽其妙，好之者以为不可复加。及眉山苏氏，一洗绮罗香泽之态，摆脱绸缪宛转之度，使人登高望远，举首高歌，而逸怀豪气，超然乎尘垢之外，于是《花间》为皂隶而柳氏为舆台矣。芗林居士，步趋苏堂而哜其胾者也。观其退江北所作于后，而进江南所作于前，以枯木之心，幻出葩华，酌元酒之尊，而弃醇味，非染而不色，安能及此？余得其全集于公之外孙汶上刘荀子卿，反复厌饫，复以归之，因题其后。公宏才伟绩，精忠大节，在人耳目，固史载之矣。后之人味其平生，而听其余韵，亦犹读《梅花赋》而未知宋广平欤？

《酒边集序》（《百家词》）

2.《乐府纪闻》：

临江向伯恭，宋之外戚也，立朝忠节，胡安国、张九成辈极嘉与之。忤桧相意致仕家居，自号芗林居士。作〔满庭芳〕《自庆》云："须知道，天教尤物，相伴老江乡。"作〔减字木兰花〕《绝笔》云："真香妙质，不耐世间风与日。"

沈雄《古今词话·词评》上卷引

3. 毛晋：

伯恭，相家子，钦圣宪肃皇后从侄也。性极孝友，置义庄，赡宗族贫者。其立朝忠节，胡安国、张九成辈极嘉与之。晚忤秦桧意，乃致仕，卜筑清江杨遵道故第，竹木池馆占一都之胜，又绕屋手植岩桂，题其堂曰"芗林"。《自咏》云："须知道，天教尤物，相伴老江乡。"又《绝笔》云："真香妙质，不耐世间风与日。"岂米颠所谓众香国中来，众香国中去，芗林亦庶几耶！

《酒边词跋》（《宋六十名家词》）

4. 贺裳：

向伯恭《咏鞦韆》曰："霞衣轻举疑奔月，宝髻倾攲若坠楼。"追琢工致，绝似杨、刘诗体。

《皱水轩词筌》

5. 焦袁熹：

〔采桑子〕《编纂〈乐府妙声〉竟作》

若论此事，苏黄皆门外汉矣，《酒边词》虽不工，所见最的实也。

若为忏得泥犁罪，扰扰匆匆。暮鼓晨钟。颂酒吟花是事慵。　心持半偈空诸有，若论真空。未数涪翁。只有芗林是个中。

《此木轩直寄词》

6. 李调元：

太白词有“云想衣裳花想容”，已成绝唱。韦庄效之“金似衣裳玉似身”，尚堪入目。而向子諲“花想容仪柳想腰”之句，豪无生色，徒生厌憎。此皆李赤之于李白，黄乐地之于白乐天，杜荀鸭之于杜荀鹤，无赖之类所为也。

《雨村词话》卷一

7. 郭麐：

宋之词人向子諲、史邦卿，皆成家者。然史以附韩侂胄为士论所贱，向以贵臣戚里，卓然方格，迕桧而归，其人品相去远矣。《酒边词》二卷，其中赠伎之作最多，其名如小桃、小兰、轻轻、贺全真、陈宋邻、赵总怜、王称心，不一而足，所谓承平王孙故态者耶。

《灵芬馆词话》卷二

8.《四库全书简明目录》：

（《酒边词》）上卷曰《江南新词》，下卷曰《江北旧词》。新词绍兴中作，旧词宣和、政和中作也。以老境渐归平淡，故退置少作于后云。

《酒边词》

9. 叶申芗：

向子諲伯恭，自号芗林居士，故都贵戚，工于乐章。有《酒边词》，自分为《江南新词》、《江北旧词》。文采风流，恒多顾曲之赠。

《本事词》卷下

10. 谭莹：

序有胡寅未必知，江南江北酒边词。

味如元酒心枯木，依旧看花不自持。

《论词绝句一百首》（《乐志堂诗集》卷六）

11. 冯煦：

《酒边词》《绍兴飞卯大雪行鄱阳道中》〔阮郎归〕一阕，为二帝在北作也。眷恋旧君，与鹿虔扆之“金锁重门”、谢克家之“依依宫柳”同一辞旨怨乱。不知寿皇见之，亦有慨有心否？宜为贼桧所嫉也。“终是爱君”，独一琼楼玉宇之苏轼哉？彼以词骀宕不可为者，殆第见屯田、山谷诸作，而未见此耳。

《蒿庵论词》

12. 陈廷焯：

伯恭词，骨不为高，遣词琢句亦不为高，而其味深长，耐人玩索。

《云韶集》卷四

13. 况周颐：

填词第一要襟抱。唯此事不可强，并非学力所能到。向伯恭〔虞美人〕过拍云：“人怜贫病不堪忧，谁识此心如月正涵秋。”宋人词中，此等语未易多觏。

《蕙风词话》卷二

14. 况周颐：

胡寅序称“退江北所作于后，而进江南所作于前。以枯木之心，幻出葩华，酌元酒之尊，弃置醇味”云云。窃尝浏览竟卷，旧词佳构，实较新词为多，其全阕如〔生查子〕“春心如杜鹃”阕、“近似月当怀”阕、“娟娟月入眉”阕、“相思懒下床”阕，〔好事近〕“初上舞裀时”阕，摘句如〔梅花引〕云：“莫猜疑。莫嫌迟。鸳鸯翡翠，终是一双飞。”〔玉楼春〕云：“只今梅雪可怜时，都似绿窗前日梦。”〔鹧鸪天〕云：“朝云无限飘春态，暮雨情知更可怜。”〔踏莎行〕云：“欲将尊酒遣新愁，谁知引到愁深处。”并婉丽可诵。新词唯〔七娘子〕后段云：“而今不见生尘步。但长江、无语东流去。满地落花，漫天飞絮。谁知总是离愁做。”写情能作天言，却非旧词所及。

《历代词人考略》卷十九

15. 刘师培：

向子諲《酒边词》、刘克庄《后村词》眷恋旧君，伤时念乱，例以古诗，亦子建、少陵之亚。此儒家之词也。

《论文杂记》

历代词人词话之一

孙克强 编著

唐宋人词话

（增订本）

启功 题

下

南開大學出版社

蔡伸

蔡伸（1088—1156）字伸道，自号友古居士，莆田（今福建莆田）人。蔡襄之孙，与兄佃、佃俱有声太学，号“三蔡”。宋徽宗政和五年（1115）进士，宣和中为太学博士，知北海县，通判徐州。南渡后通判真州，历知滁州、徐州、德安府、和州，后为浙东安抚司参议官。官至左中大夫，提举台州崇道观，卒。《宋史翼》有传。有《友古词》。

1. 毛晋：

伸道，莆田人，别号友古居士，忠惠公之孙也。其居距城不及五里，舍宇矮欲压头，犹是伊祖旧物。刘后村过而咏之曰：“庙院蜂房居。”想羡其同居古风欤？但据忠惠公《荔子谱》云：玉堂红一种佳绝，正产其地。伸道从无一语咏之，何耶？其和向伯恭《木犀》诸阕，亦逊《酒边词》三舍矣。

《友古词跋》（《宋六十名家词》）

2.《四库全书简明目录》：

伸与向子諲同官彭城漕属，集中多赠子諲之作，而子諲《酒边词》中所载倡酬姓字，独无一首及伸，似于伸颇有所不满。然伸词格韵婉约，实不在子諲之下。（《友古词》）

3. 冯煦：

蔡伸道与向伯恭尝同官彭城漕属，故屡有酬赠之作。毛氏谓其逊《酒边》三舍，殊非笃论。考其所作，不独〔菩萨蛮〕“花冠鼓翼”一首雅近南唐，即〔蓦山溪〕之“孤城莫角”，〔点绛唇〕之“水绕孤城”诸调，与〔苏武慢〕之前半，亦几几入清真之室。恐子諲且望而却步，岂惟伯仲间耶。

《蒿庵论词》

4. 胡薇元：

伸乃襄之孙，官彭城倅。与向子諲同官彭城，而子諲《酒边词》不及友古。

《岁寒居词话》

5. 陈廷焯：

伸道词极盘屈伸缩之致。

《云韶集》卷四

6. 陈锐：

读友古词，而后叹淮海之清……由其合以求其分，庶见庐山真面。

《褒碧斋词话》

7. 况周颐：

毛子晋《跋友古词》云：其和向伯恭《木犀》诸阕，亦逊《酒边》三舍矣。《四库全书提要》遂云：伸词固逊子諲。嗟嗟，吾不能不为友古痛矣。如鱼饮水，冷暖自知，宇宙悠悠，赏音能几？夫向伯恭特达官耆操雅者，其《江北旧词》犹时有深至沉郁之作，《江南新词》，未免簪绂气多，性灵语少。友古词清言隽句，络绎行间，虽未必卓然名家，其于词中境界，要有一番阅历，研精以求深造，非唯兴到口占，间中笔涉已也。

《历代词人考略》卷十九

8. 况周颐：

友古词婉隽疏达，风格非《酒边词》所及。

《历代词人考略》卷十九引

黄大舆

黄大舆（生卒年不详）字载万，号岷山耦耕，蜀人。与王灼交游。宋高宗建炎三年（1129）冬，大舆集唐以来词人咏梅之作四百余首成《梅苑》十卷。又著有《韩柳文章谱》，词集名《乐府广变风》，并佚。与今存词一首。

1. 王灼：

吾友黄载万歌词，号《乐府广变风》，学富才赡，意深思远，直与唐名辈相角逐，又辅以高明之韵，未易求也。吾每对之叹息，诵东坡先生语曰："彼尝从事于此，然后知其难，不知者以为苟然而已。"夏几道序之曰："惜乎语妙而多伤，思穷而气不舒，赋才如此，反啬其寿，无乃情文之兆欤？"载万所居斋前，梅花一株甚盛，因录唐以来词人才士之作凡数百首，为斋居之玩，命曰《梅苑》。其序引云：呈妍月夕，夺霜雪之鲜。吐臭风晨，聚椒兰之酷。情涯殆绝，鉴赏斯在，莫不抽毫襞彩，比声裁句。召楚云使兴歌，命燕玉以按节。妆台之篇，宾筵之章，可得而述焉。《乐府广变风》有赋梅花数曲，亦自奇特。

《碧鸡漫志》卷二

2. 况周颐：

《清波杂志》云："绍兴庚辰，予在江东，得蜀人黄大舆《梅苑》四百余阕。"庚辰，绍兴三十年也。《梅苑自序》云："己酉之冬，予抱疾山阳。"己酉，建炎三年也。载万时代，丁南北宋之间，行辈在周煇之前，略可考见。其词向来选本罕见著录。《词综补遗》亦仅见其〔虞美人〕一阕，其〔更漏子〕全阕及王灼所称《赋梅》数曲，均佚不传。其所辑《梅苑》，据《清波杂志》，凡四百余阕，今世传本阙九十六首，尚得四百十二首。据目录五百八首，岂周煇所见已非足本欤？《杂志》又云：“后在上饶，《梅苑》为汤平甫借去。汤时以寓客假居王显道侍郎宅，不戒于火，厦屋百间一夕煨烬，尚何有于《梅苑》哉？虽尝补亡，而非元本，每岁当花开时，未尝不歌其曲，怀旧编而诉遗恨焉。”似煇所得《梅苑》，系载万未刻手稿，被燬于火，即已不可复得，今世所传，或即周氏补亡之本，而沿袭载万之名，未可知耳。

《历代词人考略》卷二十三

王灼

王灼（生卒年不详）字晦叔，号颐堂，遂宁（今属四川）人。宋绍兴中尝为幕官。著有《碧鸡漫志》五卷。《郡斋读书志·附志》著录有《颐堂先生文集》五十九卷，长短句一卷。《彊村丛书》辑有《颐堂词》一卷。

1.《续修四库全书总目提要》：

灼尝撰《碧鸡漫志》，详论乐律、派别，后之考唐宋词者多资取于是书，其功匪浅也。所作平稳妥帖，工力亦深。然论词重学识，作词重天资，若以《碧鸡漫志》一书而欲责其作词如何之工，则又一隅之见矣。

《颐堂词一卷》

李弥逊

李弥逊（1089—1153）字似之，号筠溪居士，先世居连江（今属福建），徙苏州吴县（今江苏苏州）。宋徽宗大观三年（1109）进士，授单州司户参军，累官至起居郎，以封事剀切贬知卢山县，改奉祠，废斥隐居八载。宣和末起知冀州，捍卫城池，金兵不能下。靖康元年（1126）召为卫尉少卿，出知瑞州，以江东转运判官领建康府事，平周德之叛。改淮南转运副使，后知饶州、吉州。绍兴七年（1137）复迁起居郎，历中书舍人、户部侍郎，以反对和议忤秦桧。九年（1139）以徽猷阁直学士知端州、漳州。十年归隐连江西山。十二年追论反对和议事落职。二十三年卒。《宋史》有传。有《筠溪集》，词集名《筠溪乐府》。

1. 沈雄：

词之粗莽者，李似之《咏桂》“胜如茉莉，赛若荼蘼”……笔墨何辜，伧父之甚。

《柳塘词话》（《古今词话·词品》下卷引）

2.《四库全书总目提要》：

其长调多学苏轼，与柳、周纤秾别为一派，而力稍不足以举之，不及轼之操纵自如，短调则不乏秀韵矣。

《筠溪乐府提要》

3. 陈廷焯：

似之与桧不合，乞归田，隐然忧君忧国之心未尝忘也，时于词中流露，愈增气骨。

《云韶集》卷四

王以宁

王以宁（1090?—1146），一名以凝，字周士，湘潭（今属湖南）人。以太学生入鼎澧帅幕，宋徽宗宣和三年（1121）以成忠郎换文资为从事郎。钦宗靖康初征天下兵，以宁为李纲幕官。高宗建炎初，以枢密院编修官知鼎州。建炎四年（1130）以宣抚司参谋为京西制置使。绍兴二年（1132）责永州别驾，潮州安置。五年（1135）许自便。十年（1140）复右朝奉郎，知全州。以宁与胡仔、吕本中等人交游。有《王周士词》。

1. 阮元：

以凝词句法精壮，如和虞彦恭寄钱逊升〔蓦山溪〕一阕、重午登霞楼〔满庭芳〕一阕、舣舟洪江步下〔浣溪沙〕一阕，绝无南宋浮艳虚薄之习。其他作亦多类是也。

《四库未收书目提要·王周士词一卷》

2. 王国维：

以凝词句法精壮，如《和虞彦恭寄钱逊升（当作叔）》〔蓦山溪〕一阕、《重午登霞楼》〔满庭芳〕一阕、《舣舟洪江步下》〔浣溪沙〕一阕，绝无南宋浮艳虚薄之习。其他作亦多类是也。

《人间词话》附录一

陈与义

陈与义（1090—1138）字去非，号简斋，其先京兆（今陕西西安）人，后迁洛阳。宋徽宗政和三年（1113）登上舍甲科，授开德府教授，累迁太学博士，以《墨梅》诗为徽宗所赏，除秘书省著作佐郎，后擢符宝郎。坐事谪监陈留酒税。靖康中南奔避乱，辗转于襄、汉、湘、桂，后召为兵部员外郎。绍兴元年夏至会稽行在，迁起居郎、中书舍人兼掌内制，拜吏部侍郎，寻以徽猷阁待制知湖州，召为给事中，以显谟阁直学士提举江州太平观，召回，与宰相不合，复为中书舍人，直学士院。绍兴六年十一月拜翰林学士知制诰。七年正月参知政事。八年，以疾请，以资政殿学士知湖州，复请，提举临安洞霄宫，卒。《宋史》有传。与义工诗，后人推为江西诗派“三宗”（黄庭坚、陈师道、陈与义）之一，有《简斋集》，词集名《无住词》。

1. 王灼：

陈去非、徐师川、苏养直、吕居仁、韩子苍、朱希真、陈子高、洪觉范（词），佳处亦各如其诗。

《碧鸡漫志》卷二

2. 黄昇：

词虽不多，语意超绝，识者谓其可摩坡仙之垒也。

《中兴以来绝妙词选》卷一

3. 元好问：

坡以来，山谷、晁无咎、陈去非、辛幼安诸公，俱以歌词取称，吟咏情性，留连光景，清壮顿挫，能起人妙思。亦有语意拙直，不自缘饰，因病成妍者，皆自坡发之。

《新轩乐府引》（《遗山文集》卷三十六）

4. 杨慎：

（与义）诗为高宗所眷注，而词亦佳。语意超绝，笔力排奡，识者谓其可摩坡仙之垒，非溢美云……其《闽中》〔渔家傲〕云："今日山头云欲举……"又〔虞美人〕云："吟诗日日待春风……"又〔点绛唇〕云："愁无那……"又〔南柯子〕云："阑干三面看晴空……"皆绝似坡仙语。

《词品》卷四

5. 毛晋：

（陈与义）以诗名世，刘后村轩轾元祐后诗人，不出苏、黄二体，唯陈简斋以老杜为师。建炎以后，避地湖峤，行路万里，诗益奇壮。或问刘须溪：宋诗，简斋至矣，毕竟比坡公何如？须溪曰：诗论如花，论高品则色不如香，论逼真则香不如色。雌黄具在，予于其词亦云。

《无住词跋》（《宋六十名家词》）

6.《词苑》：

陈去非，蜀人季常之孙也，为高宗所眷注。词品极佳，语意超绝，识者谓可摩坡仙之垒。

《词苑萃编》卷五引

7. 王初桐：

陈去非《无住词》，语意超绝，识者谓可摩坡仙之垒。

苕溪渔隐称：陈简斋〔临江仙〕词，清婉奇丽，集中惟此最优。张叔夏亦谓：简斋"杏花疏影里，吹笛到天明"之句，真是自然而然。

《小嫏嬛词话》卷二

8.《四库全书总目提要》：

其词不多，且无长调，而语意超绝。黄昇《花庵词选》称其可摩坡仙之垒，至于〔虞美人〕之"及至桃花开后却匆匆"，〔临江仙〕之"杏花疏影里，吹笛到天明"等句，胡仔《渔隐丛话》

亦称其清婉奇丽，盖当时绝重其词也。此本为毛晋所刊，仅十八阕，而吐言天拔，不作柳辨莺娇之态，亦无蔬笋之气，殆于首首可传，不能以篇帙之少而废之。方回《瀛奎律髓》称杜甫为“一祖”，而以黄庭坚，陈师道及与义为“三宗”。如以词论，则师道为勉强学步，庭坚为利钝互陈，皆迥非与义之敌矣。

《无住词提要》

9.《四库全书简明目录》：

与义诗为南渡第一，词亦吐言天拔，不为花辨莺娇之态，亦不含蔬笋之气。殆于首首可传，不止如《渔隐丛话》之所称，未可以篇页之少而废之。

《无住词》

10. 谭莹：

最言坡仙垒可摩，词名无住却无多。

杏花影里人吹笛，竟到天明奈若何。

《论词绝句一百首》（《乐志堂诗集》卷六）

11. 刘熙载：

词之好处，有在句中者，有在句之前后际者。陈去非〔虞美人〕:“吟诗日日待春风，及至桃花开后却匆匆。”此好在句中者也。〔临江仙〕:“杏花疏影里，吹笛到天明。”此因仰承“忆昔”，俯注“一梦”，故此二句不觉豪酣，转成怅惘，所谓好在句外者也。倘谓现在如此，则骙甚矣。

《词概》

12. 冯煦：

北宋大家，每从空际盘旋，故无椎凿之迹。至竹坡、无住诸君子出，渐于字句间凝炼求工，而昔贤疏宕之致微矣。此亦南北宋之关键也。

《蒿庵论词》

13. 胡薇元：

陈与义简斋《无住词》，才十八首，而首首可传。简斋诗师杜少陵，与山谷、后山为三宗。其词吐言天拔，无蔬笋气。然山谷词利钝互见，后山则勉强学步，迥非与义之敌。

《岁寒居词话》

14. 陈廷焯：

去非词多奇警语。

《云韶集》卷四

15. 陈廷焯：

陈简斋《无住词》，未臻高境。惟〔临江仙〕云："忆昔午桥桥上饮……"笔意超旷，逼近大苏。（卷一）

诗以穷而后工，倚声亦然，故仙词不如鬼词，哀则幽郁，乐则浅显也。宋代惟白玉蟾脱尽方外气，陈与义〔拟法驾导引〕三章，亦称佳构……以清虚之笔，写阔大之景，语带仙气，洗脱凡艳殆尽。（卷七）

《白雨斋词话》

16. 况周颐：

《无住词》除毛刻外，有朱彊村刻，为宋胡稺笺本。《四库全书提要》所称开卷〔法驾导引〕三阕，朱竹垞《词综》、周勒山《林下词选》并作赤城韩夫人。《古今词话》云：绍兴间，都下有乌衣椎髻女子歌云"朝元路，朝元路"云云，凡九阕，皆非人世语。或记之以问一道士，道士惊曰：此赤城韩夫人所制，水府蔡真君〔法驾导引〕也。乌衣女子疑龙云。去非词自序与《词话》所云略同。《词话》以去非词属韩夫人，选家遂递相沿袭矣。《花草粹编》作陈去非，盖明人尚不误。《夷坚志》云：陈东靖康间尝饮于京师酒楼，有倡向座而歌，东不之顾，乃去，倚阑独立，歌〔望江南〕词，音调清越，东不觉倾听。视其衣服故敝，时以手揭衣爬搔，肌肤绰约如雪。乃复召使前再歌之。其词曰："阑干曲，红飏绣帘旌。花嫩不禁纤手捻，被风吹去意还惊。眉黛蹙山青。”“铿铁板，间引步虚声。尘世无人知此曲，却骑黄鹤上瑶京。风冷月华清。”东问何人所制，曰：上清蔡真人词也。歌罢，得数钱，即下楼。亟追之，已失所在矣。此二词清超脱俗，与去非词意境相若，又未知谁氏所托，不可考。

《历代词人考略》卷二十一

17. 祝南：

陈简斋不以词名，而《无住词》〔临江仙〕、〔虞美人〕诸阕，骨气奇高，直可破坡仙之垒。惜所作不多，不能自成家数。

《无庵说词》

张元干

张元干（1091—1167）字仲宗，号芦川居士，长乐（今属福建）人。向子諲之甥。宋政和初为太学上舍生。宋徽宗宣和七年（1125）任陈留县丞。钦宗靖康元年（1126）李纲为亲征行营使，辟为属官。高宗时，官至将作少监。绍兴元年（1131）致仕。绍兴十二年（1142）胡铨上疏请斩秦桧等人，李纲亦反对和议而罢居长乐。元干作词分别送胡、李以示支持。为秦桧所知，追赴大理寺，削籍。尔后漫游江浙等地，客死他乡。《宋史翼》有传。元干善诗词，曾与陈与义、吕本中等人唱和。著有《芦川归来集》，有后人辑本。词集有《芦川词》。

1. 周必大：

长乐张元干，字仲宗，在政和、宣和间已有能乐府声，今传于世号芦川集。

《跋张元干送胡邦衡词》（《丛书集成初编》一五六六《益公题跋》卷二）

2. 蔡戡：

（张元干）喜作长短句，其忧国爱君之心，愤世嫉邪之气，间寓于歌诗。绍兴议和，今端明胡公铨志在复仇上书请剑欲斩议者，得罪权臣，窜谪岭海，平生亲党，避嫌畏祸，唯恐去之不速。公作长短句送之，微而显，哀而不伤，深得《三百篇》讽刺之义，非若后世靡丽之词，狎邪之语，适足劝淫，不可以训。公博览群书，尤好韩集、杜诗，手之不释，故文词雄健，气格豪迈，有唐人风……公此词不为无补于世，又岂与柳、晏辈争衡哉？

《芦川居士词序》（《定斋集》卷十三）

3. 张广：

张公仲宗讳元干，以文章学问驰誉宣、政间，官将作大匠，志尚林壑。方少壮时，挂冠谢事。靖康之元，上却敌书，见了翁谈世事于庐山之上。了翁曰：犹有李伯纪在，子择而交之。公敬受教，从之游，激昂奋发，作为歌词，有"人间鼻息鸣鼍鼓"、"遗恨琵琶旧语"之句。此志耿耿，殊非苟窃禄养阿附时好者之比。

《芦川归来集原序》（《四库全书》）

4. 杨慎：

张仲宗，号芦川，填词最工……词虽一小技，然非胸中有万卷，下笔无一尘，亦不能臻其妙也。

张仲宗《送胡澹庵赴贬所》〔贺新郎〕一阕云："梦绕神州路……"此词虽不工亦当传，况工致悲愤如此，宜表出之。

《词品》卷三

5. 毛晋：

仲宗别号芦川居士，三山人。平生忠义自矢，不屑与奸佞同朝，飘然挂冠。绍兴辛酉，胡澹庵上书乞斩秦桧被谪，作〔贺新郎〕一阕送之，坐是与作诗王民赡同除名。兹集以此词压卷，其旨微矣。人称其长于悲愤，及读《花庵》、《草堂》所选，又极妩秀之致，真堪与片玉、白石并垂不朽。

《芦川词跋》（《宋六十名家词》）

6. 焦袁熹：

〔采桑子〕《编纂〈乐府妙声〉竟作》

汉廷不借朱云剑，窜逐天南。祖帐停骖。一曲悲歌送澹庵。　人间鼻息鸣鼍鼓，肉食昏酣。未可深谈。万里龙沙泪雨含。

《此木轩直寄词》

7. 李调元：

元干字仲宗，平生忠义，见于"梦绕神州路"一词。绍兴辛西，胡澹庵邦衡上书乞斩秦桧被谪，仲宗作〔贺新郎〕一阕送之，坐是与作诗王民瞻除名。今其词列卷首，其人可知矣。词云："梦绕神州路……"此大异康与之之"文章孔孟"也。

《雨村词话》卷三

8.《四库全书总目提要》：

其词慷慨悲凉，数百年后，尚想其抑塞磊落之气。然其他作，则多清丽婉转，与秦观、周邦彦可以肩随。毛晋跋曰："人称其长于悲愤，及读《花庵》、《草堂》所选，又极妩秀之致。"可谓知言。

《芦川词提要》

9.《四库全书简明目录》：

元干以作词送胡铨除名，此集中即冠以是篇，而次以寄李纲一篇，并慷慨悲歌，声动简外。然其他作，则清新婉丽，与秦观、周邦彦可以肩随。

《芦川词》

10. 叶申芗：

张元干仲宗善词翰，以送胡邦衡、赠李伯纪两词除名。其刚风劲节，人所共仰。然小词每寄闲情。

《本事词》卷下

11. 刘熙载：

词莫要于有关系。张元干仲宗因胡邦衡谪新州，作〔贺新郎〕送之，坐是除名，然身虽黜而义不可没也……然则词之兴观群怨，岂下于诗哉？

《词概》

12. 冯煦：

芦川居士以〔贺新郎〕一词送胡澹庵谪新州，致忤贼桧，坐是除名……然其集中寿词实繁，而所寿之人，则或书或不书，其〔瑞鹤仙〕一阕首云："倚格天峻阁。"疑即寿桧者，盖桧有一德格天阁也。意居士始亦与桧周旋，至秽德彰闻，乃存词而削其名邪？

《蒿庵论词》

13. 陈廷焯：

仲宗词亦婉转，亦劲直，大踏步便出去，却极尽儒雅风流之致。

《云韶集》卷五

14. 陈廷焯：

二帝蒙尘，偷安南渡，苟有人心者，未有不拔剑斫地也。南渡后词，如……张仲宗〔贺新郎〕云："梦绕神州路……"此类皆慷慨激烈，发欲上指。词境虽不高，然足以使儒夫有立志。

《白雨斋词话》卷六

邓肃

邓肃（1091—1132）字志宏，号栟榈，南剑州沙县（今属福建）人。宋宣和四年（1222）在太学上十诗讽花石纲扰民，被屏出学。钦宗嗣位，以李纲荐，授鸿胪寺簿。金人围汴，被命诣金营，留五十日而还。张邦昌称帝，义不屈，奔赴南京（今河南商丘），擢右正言。李纲罢相，上疏争之，亦罢。绍兴二年（1132）卒。《宋史》有传。有《栟榈集》三十卷，《栟榈词》一卷。

1. 陈廷焯：

善于写景。欧公“绿杨楼外出秋千”，妙在“出”字，此“出”字从上“迷”字生出惊喜之状来，正复不减欧公。结笔尽留恋之致，都与上文“迷”字、“出”字相映合。（评〔长相思〕“一重溪”）

《云韶集》卷五

2. 况周颐：

《栟榈词》新声振绮，好语如珠，寓北宋之轻灵，涉五代之绵丽。宋人称词曰“韵令”，如志宏所作，庶几足当“韵令”之目。

《历代词人考略》卷二十四引

3. 况周颐：

邓志宏《栟榈词》一卷，半塘老人刻入《宋元三十一家词》，凡四十五阕，皆短调。其〔临江仙〕、〔浣溪沙〕、〔菩萨蛮〕诸作，莫不芳情悱恻，妙语蝉嫣，蕙风词隐所称，足当之无愧色。其〔瑞鹧鸪〕云：“北书一纸惨天容。花柳春风不敢秾。未学宣尼歌凤德，姑从阮籍哭途穷。　　此身已落千山外，旧事回思一梦中。何日中兴烦吉甫，洗开阴翳放晴空。”志宏先生抗志高节，不屈于金营，不汙于张邦昌。因李忠定罢去谏争而获罪，眷怀故都，想望兴复，悃款之志流溢楮墨之表。其〔临江仙〕句云：“百卉丛中红紫乱，玉肌自笑孤光。”亦自写其襟抱也。〔南歌子〕云：“凤城一别几经秋。身在天涯海角、忍回头。”又云：“都人应也望宸游。早晚葱葱佳气、满皇州。”略与〔瑞鹧鸪〕同意。

《历代词人考略》卷二十四

吕渭老

吕渭老（生卒年不详），一作滨老，字圣求，嘉兴（今属浙江）人。北宋末以诗名。曾官于朝，后归老于家，宋绍兴中尚在世。有《圣求词》。

1. 赵师岃：

世谓少游诗似曲，子瞻曲似诗，其然乎？至荆公〔桂枝香〕词，子瞻称之“此老真野狐精也”。诗词各一家，惟荆公备众作，艳体虽乐府柔丽之语，亦必工致，真一代奇材。后数十年，当宣和末，有吕圣求者，以诗名，讽咏中率寓爱君忧国意，不但弄笔墨清新俊逸而已……一日，复得圣求词集一编，婉媚深窈，视美成、耆卿伯仲耳。余因念圣求诗词俱可以传后，惜不见他所著述，以是知世间奇才未尝乏也。

《吕圣求词序》（《百家词》）

2. 黄昇：

圣求词婉媚深窈，视美成、耆卿伯仲。

《历代词话》卷六引

3. 杨慎：

圣求在宋人不甚著名，而词甚工。如〔醉蓬莱〕、〔扑蝴蝶近〕、〔惜分钗〕、〔薄幸〕、〔选冠子〕、〔百宜娇〕、〔豆叶黄〕、〔鼓笛慢〕，佳处不减秦少游。

《词品》卷一

4. 《古今词谱》：

林钟商调曲，吕圣求〔醉蓬莱〕词，佳处不减少游。

沈雄《古今词话·词辨》下卷引

5. 沈雄：

渭老秀州人，宣和末朝士，善属词。又散落人间，〔江神子慢〕，尽人以为婉丽。〔西江月慢〕，有无限秾华消不得也。

《古今词话·词评》上卷

6. 王初桐：

吕渭老词，婉媚深窈，美成、耆卿伯仲之间。

《小嫏嬛词话》卷二

7. 李调元：

吕渭老词甚新，不独〔望海潮〕“侧寒斜雨”一阕为升庵所爱也。〔思佳客〕云：“梦里相逢不记时……”调高韵浑，不易得也。“兜鞋”句尤妙。

《雨村词话》卷二

8.《四库全书简明目录》：

滨老初以诗名，南渡后其诗已佚，惟词集仅存。然赵师岃序所载诗数联皆未为超诣，词则秀逸清新。杨慎《词品》尝称其佳处不减秦观，又称其《咏梅》词不减苏轼。

《圣求词》

9. 谭莹：

周柳居然有替人，圣求诗在益酸辛。

人言未减秦淮海，名字流传竟不真。陈振孙《书录解题》作渭老，《词综》因之，今从嘉定壬申赵师岃序。

《论词绝句一百首》（《乐志堂诗集》卷六）

10. 冯煦：

千里和清真，亦趋亦步，可谓谨严。然貌合神离，且有袭迹，非真清真也。其胜处则近屯田，盖屯田胜处，本近清真，而清真胜处，要非屯田所能到。赵师岃序吕滨老圣求词，谓其婉媚深窈，视美成，耆卿伯仲。实只其〔扑蝴蝶〕近之。上半在周、柳之间，其下阕已不称。此外佳构，亦不过〔小重山〕、〔南歌子〕数篇，殆又出千里下矣。

《蒿庵论词》

11. 陈廷焯：

圣求词极深婉，高者不减飞卿，视美成尚远一层。

《云韶集》卷四

12. 况周颐：

吕圣求词〔望海潮〕一阕，最为前人所称道，即今卷中第二阕。此词沉著停匀，自是专家之作，唯风格渐近南宋耳。其摘句如〔思佳客〕云："春风搅树花如雨，夕霭迷空燕趁门。"〔南歌子〕云："一林枫叶堕愁红。归去暮烟深处、听疏钟。"〔一落索〕云："花花叶叶尽成双，浑似我、梁间燕。"又云："残灯不剪五更寒，独自与、余香语。"亦复吐属清新。

《历代词人考略》卷二十三

13. 配生：

昔人称李清照之"红藕香残玉簟秋"为不食人间烟火语。吕圣求《木兰花慢》："新愁暗生旧恨，更流萤弄月入纱衣。"神韵清逸，屏绝尘滓，固宜置之《漱玉集》中矣。

《酹月楼词话》

王之道

王之道（1093—1169）字彦猷，濡须（今安徽合肥）人。宋宣和六年（1124）进士。靖康初，调和州历阳丞，摄历阳令。建炎间，金兵陷无为军，之道率乡人据险共保，抗击金兵。绍兴二年（1132），以功闻于朝，进承奉郎、镇抚司参谋官。六年，知开州。八年，通判滁州。后以反对和议，忤秦桧去官，卜居相山之下，自号相山居士。二十三年，起通判安丰军。绍兴末，除湖北常平茶盐，兼摄鼎州，官至湖南转运判官，以朝奉大夫致仕。乾道五年卒，年七十七。《宋史翼》有传。著有《相山集》三十卷、《相山居士词》一卷。

1.《续修四库全书总目提要》：

之道喜和古今词韵，如追和冯正中、苏东坡、黄鲁直、秦少游、郑毅夫、晁次膺、谢幼槃诸家，和同时词韵者尤夥，如朱希真、张安国、张文伯、王仲之、鲁如晦、董令升等人。其实和韵之词，偶一为之，本无不可，若以此为事，则有强文就韵之弊矣。然之道忤秦桧、非和议，崇尚气节，人品至高，其和张安国〔六州歌头〕，忠义之气流露行间。

《相山居士词一卷》

曾惇

曾惇（1097?—1156后）字宏父，南丰（今属江西）人，曾布之孙，曾纡之子。宋绍兴三年（1133），为右通直郎太府丞，次年罢。八年，进曾布所著《三朝正论》真迹，转右承议郎。秦桧擅国，惇献诗于桧，称之为“圣相”。十四年，知台州。十八年，迁知镇江府。《南宋书》有传。有《曾使君新词》一卷。

1. 黄昇：

以故相之孙，工文辞，播在乐府，平康皆习歌之。

《中兴以来绝妙词选》卷一

2.《古今词话》：

曾慥、曾惇，故相之孙，皆以词章擅名。

《历代词话》卷七引

3. 况周颐：

曾宏父词见《中兴以来绝妙词选》，凡三阕。其〔浣溪沙〕云：“无数春山展画屏。无穷烟柳照溪明。花枝缺处小舟横。　紫禁正须红药句，清江莫与白鸥盟。主人元自是仙卿。”花庵词客云：宏父以故相之孙，工文辞，播在乐府，平康皆习歌之。

《历代词人考略》卷二十九

4. 况周颐：

曾宏父〔浣溪沙〕云：“紫禁正须红药句。清江莫与白鸥盟。”寻常称美语，出以雅令之笔，阅之便不生厌。此酬赠词之别开生面者。

《蕙风词话》卷二

杨无咎

杨无咎（1097—1071），或作扬无咎，字补之，自号逃禅老人、清夷长者，清江（今属江西）人。宋高宗朝因不满秦桧所为，屡征不起。以画梅名于世。《宋史翼》有传。词集名《逃禅词》。

1. 刘克庄：

艺之至者不两能，善画者不必妙词翰，有词翰者不必工画。前代惟王维、郑虔兼之。维以词客、画师自命，虔有“三绝”之名。本朝文湖州、李龙眠亦然。过江后称杨补之，其墨梅擅天下，身后寸纸千金。所制《柳梢青》十阕，不减《花间》、《香奁》及小晏、秦郎得意之作。词画既妙，而行书姿媚精绝，可与陈简斋相伯仲。

《杨补之词画跋》(《适园丛书·后村题跋》卷九)

2.《古今词话》：

杨补之有赠妓周三五词，调寄〔明月棹孤舟〕云：“宝髻双垂烟缕缕……”补之在高宗朝累征不起，自号清夷长者，而词之艳如此。

《历代词话》卷七引

3.《四库全书总目提要》：

词格殊工，在南宋之初，不忝作者。

《逃禅词提要》

4.《四库全书简明目录》：

无咎工画墨梅，赏鉴家至今宝贵，遂以技艺掩其文章。然词格殊高，无绮罗脂粉之气，盖无咎当秦桧柄国时，耻于附势，遂伏处终身，其胸次本无俗事也。

《逃禅词》

5. 继昌（李佳）：

〔玉抱肚〕调，作者不多见。扬无咎词云：“同行同坐……”语多俚质似曲，词家不可为式。

《左庵词话》卷下

6. 张德瀛：

杨补之〔玉抱肚〕词云：“这眉头强展依前锁，这泪珠强收依前堕”，此类实为曲家导源，在词则乖风雅矣。

《词徵》卷一

7. 况周颐：

逃禅老人咏梅诸作，清绝不染纤尘。然如集中〔锯解令〕“送人归后酒醒时”、〔醉花阴〕“捧杯不管余酲恶”、〔解蹀躞〕“迤逦韶华将半”、〔卓牌子慢〕《中秋次田不伐韵》、〔蝶恋花〕《鞋词》、又《赠牛楚》、〔垂丝钓〕《赠吕倩倩》、〔好事近〕《黄琼》、〔殢人娇〕《李莹》等阕，亦复能为情语、艳语。〔蓦山溪〕《和鹫州晏倅酴醾》“天姿雅素”云云，尤极细意熨贴。〔齐天乐〕《和周美成韵》“后堂芳树阴阴见”云云，〔瑞鹤仙〕“听梅花再弄”云云，两长调意致清疏，其能质能淡处尤近清真矩矱。《逃禅词》一百七十余阕，长调约三分之一，疏密浓淡，异格同工。盖于倚声之学研究甚深，非近世画家幅头偶缀数十字，遂附词人之列者可比。特未免词为画掩耳。

《历代词人考略》卷二十八

刘子翚

刘子翚（1101—1147）字彦冲，号屏山，一号病翁，崇安（今属福建）人。以父任补承务郎，辟真定幕府。南渡后，通判兴化军，秩满，诏留任，以疾辞。筑室屏山，专事讲学，深研《周易》，凡十七年。与胡宪、刘勉之为道义交。朱熹曾从之受业。宋绍兴十七年（1147）卒，年四十七，谥文靖，学者称屏山先生。朱熹为撰墓表。《宋史》有传。有《屏山集》二十卷。《彊村丛书》辑其《屏山词》一卷。

1. 配生：

咏物词最难于神韵飘逸，白石之〔暗香〕、〔疏影〕、玉田之〔南浦〕诸调，固已脍炙人口，传为绝唱。刘子翚〔满庭芳〕《咏桂》有“秋入微阴，凉生平远”二语，体物入神，极“觅水影，写阳春”之妙，惜通首不称是耳。梦窗亦有咏桂词〔古香慢〕一阕，警句如“秋淡无光，残照谁主”，虽复凄艳清雅，然是菊不是桂，此子翚所以为胜也。

《酹月楼词话》

2.《续修四库全书总目提要》：

其无意于词，然如〔南歌子〕《和章潮州》云：“宠辱棋翻局，光阴鸟度枝。颓然径醉是便宜。拟倩潭风吹绿、涨瑶卮。”可以想见其胸怀开旷矣。

《屏山词一卷》

曹勋

曹勋（1098—1174）字公显，亦作功显，号松隐，曹组之子。阳翟（今河南禹县）人。宋宣和五年（1123）赐同进士出身。靖康初，为阁门宣赞舍人，从徽宗北迁。过河十余日，徽宗出御衣书领中，命间行诣康王赵构。建炎元年（1127）七月，自燕山遁归至南京（今河南商丘）。绍兴十一年，除容州观察使充奉使大金副使，迁忠州防御使，十二至十四年间，又为金使伴馆副使、接伴使。忤秦桧，奉祠闲居十年。桧死，除知阁门事兼干办皇城司。二十九年六月，为昭信军节度使领阁门事，副王纶使金。明年，提举万寿观。孝宗朝，授太尉，提举皇城司、开府仪同三司。淳熙元年卒，年七十七，谥忠靖。《宋史》有传。著有《北狩见闻录》一卷，《松隐文集》三十九卷。《彊村丛书》辑有《松隐乐府》三卷。

1.《续修四库全书总目提要》：

勋为曹组之子，组以艳丽戏谑之词闻于世……勋词虽少戏谑之言，而浓丽则相近也。

《松隐乐府三卷补一卷》

胡铨

胡铨（1102—1180）字邦衡，号澹庵，江宁（今江苏南京）人，徙居庐陵（今江西吉安）。宋高宗建炎二年（1128）进士，为承直郎，授抚州军事判官。绍兴七年（1137）以吕祉荐应贤良方正能直言极谏科，除枢密院编修官。八年上疏反对和议，请斩王伦、秦桧、孙近三人，被除名编管昭州，后迫于公论，贬监广州盐仓，改签书威武军判官，十二年又除名编管新州，后移吉阳军。二十六年秦桧死，量移衡州。孝宗即位，复奉议郎，知饶州。累官工部侍郎。乾道七年（1171）以敷文阁直学士奉祀归。卒谥忠简。《宋史》有传，著有《澹庵集》，词集名《澹庵长短句》。

1. 李慈铭：

词之为道，儒者所不屑言。然宋时名公钜人，如韩、范、欧阳无不为之，降至南宋，其学益盛。四公者（赵鼎、李光、李纲、胡铨）居南北宋之间，未尝以词名，所为文章，忠义奋发，振厉一世，而其立论皆和平中正，字字近情，与朋友言，尤往复三叹，不胜其气下而词敛。间为长短句，皆曲折如志，务尽其所欲言。即至尊俎，从容流连光景，若恐其思之不永，而欢之不极，岂非所谓至人者，其气与天地自然流行，无所往而不称其物者乎？

《南宋四名臣词集序》（《四印斋所刻词》）

2. 王鹏运：

嗟呼！兹四公（赵鼎、李光、李纲、胡铨）者，夫岂非所谓魁垒闳廓，儒者其人耶？其身系乎长消安危，其人又系乎用与不用，用之而不终用之也，于是则悲天运、悯人穷，当变风之时，自托乎小雅之才，而词作焉。其思若怨悱，而情弥哀，吁号幽明，剖通精诚，又不欲以为名也，于是则摧刚藏棱，蔽遏掩抑所为，整顿缔造之意，而送之以馨香芬芳之言，与激昂怨慕而不能自殊之音声。盖至今使人读焉而悲，绎焉而慨。伉真洞然大人也。故其词深微浑雄，而情独多。鹏运窃尝持此旨以盱衡今古之词人，如四公者，亦出而唱叹于其间，则必非闺幨屑越小可者所得俛托。

《南宋四名臣词集跋》(《四印斋所刻词》)

3. 陈廷焯：

胡公词沉著。

《云韶集》卷四

4. 况周颐：

胡忠简《澹庵长短句》为四印斋所刻《南宋四名臣词》之一，词凡十五阕。〔醉落魄〕云："千岩竞秀。西湖好是春时候，谁知梅雪飘零久。藏白收香，空袖和羹手。　　天涯万里情难逗（元注：一作透）。眉峰岂为伤春皱。片愁未信花能绣。若说相思，只恐天应瘦。"〔鹧鸪天〕《用山谷韵》云："梦绕松江属玉飞。秋风莼美更鲈肥。不因入海求诗句，万里投荒亦岂宜。　　青箬笠，绿荷衣。斜风细雨也须归。崖州险似风波海，海里风波有定时。"公不以词名，此两阕略见其襟抱，自余大都冲夷疏旷，寓坎止流行之趣，半唐王氏所谓"摧刚藏棱"者也。

《历代词人考略》卷二十四

5. 胡玉缙：

今观斯集，虽寥寥篇帙，而清丽处似秦观，豪华处似辛弃疾，韵谐意惬，与词人之冶荡迥殊。

《澹庵长短句提要》(《四库未收书目提要续编》)

岳飞

岳飞（1103—1141）字鹏举，相州汤阴（今河南汤阴）人。世代务农。飞少负气节，家贫力学。宋徽宗宣和四年（1122）从军，为东京留守宗泽部下统制。与金人战，累立战功，高宗曾手书“精忠岳飞”四字制旗以赐。累官至镇宁、崇信军节度使，湖北、荆襄、潭州制置使，武昌郡开国侯。绍兴五年（1135）以镇压杨幺起义，加检校少保，再拜开府仪同三司。十年（1140）拜少保、河南北诸路招讨使，人称“岳少保”。大捷于郾城，金兵闻飞军至，不敢当其锋。十一年（1141）和议成，召为枢密副使。以不附和议，为秦桧所陷，死于大理狱中。孝宗时，复原官，谥武穆，建庙号“忠烈”。宁宗时追封鄂王，理宗时改谥忠武。《宋史》有传。后人辑有《岳忠武王文集》。今存词三首。

1.《古今词话》：

岳侯，忠孝人也，其〔小重山〕词，梦想旧山，悲凉悱恻之至。

《历代词话》卷七引

2. 魏礼：

诗余萌芽于隋唐，至有宋特盛，陆游云：诗至晚唐五季，气格卑陋，而长短句独精巧高丽，后世莫及者。盖伤之也。乃其盛时，惟欧、秦数家推为擅场，即子瞻未能无讥。而予于范希文、辛稼轩、岳忠武诸作，又颇嗜之，盖其音节激昂顿挫，足以助其雄轶之气，比之于诗，似有美在咸酸之外者，虽非诗余本体，要以圆浑流畅，不蹈子瞻之所以取讥也。

《邹幼圃诗余序》（《魏季子文集》卷七）

3. 焦袁熹：

〔采桑子〕《编纂〈乐府妙声〉竟作》

燕云唾手非天意，半壁偷安。猛士摧残。万里长城若坏山。　　庙堂密画如鱼水，怒发冲冠，抉眼留看。看汝诸奴作好官。

《此木轩直寄词》

4. 田同之：

魏塘曹学士云：词之为体如美人，而诗则壮士也；如春华，而诗则秋实也；如夭桃繁杏，而诗则劲松贞柏也。罕譬最为明快。然词中亦有壮士，苏、辛也；亦有秋实，黄、陆也；亦有劲松贞柏，岳鹏举、文文山也。

《西圃词说》

5. 郑方坤：

故山松竹梦难寻，半壁东南已陆沉。

最是鄂王写哀愤，欲将心事付瑶琴。岳武穆〔小重山〕词云："白首为功名，故山松竹梦。阻归程，欲将心事付瑶琴，知音少，弦断有谁听。"伤和议已成，举朝无与同恢复之志也。

《论词绝句》(《蔗尾诗集》卷五)

6. 孙兆溎：

词以蕴蓄缠绵、波折俏丽为工，故以南宋为词宗。然如东坡之"大江东去"，忠武之"怒发冲冠"，令人增长意气，似乎两宋不可偏废。

《片玉山房词话》

7. 陈廷焯：

鄂王一代靖忠，读其词如见其人。

《云韶集》卷四

8. 陈廷焯：

苍凉悲壮中，亦复风流儒雅。(评岳飞〔小重山〕"昨夜寒蛩")

《词则·放歌集》卷一

9. 陈廷焯：

岳少保、韩蕲王、文信国俱能为词，而少保为稍胜。然此皆词以人传，并非有独到处也，浅见者遽叹为工绝，殊可不必。

《白雨斋词话》卷六

10. 张德瀛：

范文正，岳武穆，名臣也；真西山，朱晦庵，大儒也，而皆工于词……盖风会所趋，非必浸淫于此乃能之也。

《词徵》卷五

11. 况周颐：

岳忠武王孙珂所著《桯史》，录王之遗著，词仅二阕，即〔小重山〕、〔满江红〕是也。尝谓两宋词人，唯文忠苏公足当“清雄”二字，清可及也，雄不可及也。鄂王〔满江红〕词，其为雄，并非文忠所及。二公之词皆自性真流出，文忠只是诚于中形于外，忠武真是先行，其言而后从之，盖千古一人而已。

《历代词人考略》卷二十四

史浩

史浩（1106—1194）字直翁，明州鄞县（今属浙江）人。宋绍兴十五年（1145）进士，调余姚尉，历温州教授，国子博士，为建王府教授。孝宗即位，以中书舍人迁翰林学士，知制诰，除参知政事。隆兴元年（1163）拜尚书右仆射、同中书门下平章事兼枢密使。卒谥文惠，追封越王，改谥忠定。《宋史》有传。有《鄮峰真隐漫录》五十卷。词集有《鄮峰真隐大曲》及《鄮峰真隐词曲》。

1. 朱祖谋：

直翁本不为倚声专家，落腔失韵，增减文字，往往而有。改之者以其不䙱于律也，勇违不知盖阙之义，遂蹈削足适履之失。

《鄮峰真隐词校记》（《彊村丛书》）

2. 况周颐：

史直翁有〔满庭芳〕《立春词时方狱空》云："爱日轻融，阴云初敛，一番雪意阑珊。柳摇金缕，梅绽玉腮寒。知是东皇翠葆，飞星汉、来国人间。开新宴，笙歌逗晓，和气满尘寰。　　风光，偏舜水，贤侯政美，棠荫多欢。更圜扉草鞠，木索长闲。休向今朝惜醉，红妆映、群玉颓山。行将见，宜春帖子，清夜写金銮。"《词苑丛谈》：庆历中，开封府与棘寺同日奏狱空，仁宗于宫中宴集，晏小山叔原作〔鹧鸪天〕词"碧藕花开水殿凉"云云，大称上意。直翁词可与并传。盖华贵之笔，宜于和声鸣盛也。

《珠花簃词话》（《历代词人考略》卷二十六引）

3. 况周颐：

史直翁《鄮峰真隐大曲》二卷、《词曲》二卷，彊村朱氏依史氏裔孙传录四库本刻行。其《大曲》曰"采莲"、曰"采莲舞"、曰“太清舞”、曰“柘枝舞”、曰“花舞”、曰“剑舞”、曰“渔父舞”。《大曲》入词总集，宋曾氏《乐府雅词》已开其例矣，其《词曲》前卷较胜，足当“庄”“雅”二字，彊村有校词跋语考证綦详。

《历代词人考略》卷二十六

4. 况卜娱：

宋史浩《鄮峰真隐词》〔临江仙〕《咏闺人写字》云：“槛竹敲风初破睡，楚台梦雨精神。背屏斜映小腰身，山明双翦水，香满一钗云。　　炉袅金丝帘窣地，绮窗秋静无尘。半钩春笋带湘筠，兰亭初写就，愁杀卫夫人。”背屏句极能模绘闺娃神态。又词题中有扇鼓、迁哥鞋，其制并待考。

《织余琐述》

5. 吴梅：

《鄮峰大曲》二卷，有歌词，有乐语，且诸曲之下，各载歌演之状，尤为欧、苏、郑、董诸子所未及。宋人大曲之详，无有过于此者矣。彊村先生，词家之南董也，比年校刻宋元诸词，不胫而遍天下。近得此曲，谓足以尽词之变也，为刊而传之。夫词之与曲，犁然为二。及究其变迁蝉蜕之迹，辄不能得其端倪。今读此曲，则江出滥觞，河出昆仑，源流递嬗之所自，昭若发蒙。锡惠来学，岂有既哉。

《鄮峰真隐大曲跋》（《彊村丛书》）

6.《续修四库全书总目提要》：

朱孝臧谓直翁本不为倚声家语，落腔失韵，增减文字，往往而有。其实浩词虽不成体格，然流丽可喜，浩别撰大曲，亦非不知律者。

《鄮峰真隐词曲二卷》

赵构（宋高宗）

赵构（1107—1187）即宋高宗，字德基，宋徽宗第九子。宋宣和三年（1121）封康王。钦宗靖康元年（1126）使金营被扣，后得还，复使金，至相州以开封围拜河北兵马大元帅。靖康二年（1127）称帝于南京（今河南商丘）。在位三十六年，绍兴三十二年内禅皇太子眘，尊为太上皇帝，退居德寿宫，上尊号曰“光尧”。庙号高宗。事详《宋史》本纪。今存词十五首。

1. 孙宗鉴：

高宗〔渔父词〕：“水涵微雨湛虚明，小笠轻蓑未要晴。”一深于情景，一善于意态，即操觚专家不过如是。

《东皋杂录》（沈雄《古今词话·词话》上卷引）

2. 张端义：

高宗洞达音律，自制曲。

《贵耳录》（《历代词话》卷七引）

3. 廖莹中：

至于一时闲适寓景而作，则有〔渔父词〕十五章，又清新简远，备骚雅之体。其词有曰：“薄晚烟林澹翠微……”又曰：“青草开时已过船……”又曰：“水涵微影澹虚明……”词不能尽载。观此数篇，虽古之骚人词客，老于江湖，擅名一时者，不能企及。

《江行杂录》（《历代词话》卷七引）

4. 谭莹：

制舞杨花曲最工，花王谁比问东风。

须知三殿欢娱日，五国城中雪未融。

《论词绝句一百首》（乐志堂诗集卷六）

5. 陈廷焯：

《渔父词》（水涵微雨湛虚明）笔致清高，几欲与子同作相鼓吹。

《云韶集》卷三

6. 况周颐：

唐张志和制〔渔父〕词，清超绝俗，和者甚多，皆逊原唱。虽东坡、山谷均就其词改为他调，以求协律，亦均自以为不稳。唯高宗所和，同工异曲，几驾原唱而上之，信乎宸章不同凡响。惜原有十五首，传世者仅三首耳。徽、钦所作，含思凄婉，声调呜咽，若高宗〔渔父〕词则调高韵远，是诚中兴气象也。

《历代词人考略》卷七

李石

李石（1108—1181？）字知几，号方舟，资州盘石（今属四川）人。宋绍兴二十一年（1151）进士，为成都户椽。历除太学录。二十九年，任太学博士。罢为成都学官，累官知黎州。乾道中，召为都官郎中，为言者论罢。久之，起知眉州，除成都路转运判官。淳熙初，放罢。卒于淳熙八年（1181）后。蜀人号为方舟先生。《宋史翼》有传。有《方舟集》七十卷，存二十四卷。《彊村丛书》有《方舟诗余》一卷。

1. 杨慎：

李石，字知几，号方舟，蜀之井研人。文章盛传，有《续博物志》。词亦风致。

《词品》卷四（按：沈雄《古今词话·词评》上卷引此则称“花庵词客曰”）

2. 陈廷焯：

张氏惠言《词选》，可称精当，识见之超，有过于竹垞十倍者，古今选本，以此为最。但唐五代两宋词，仅取百十六首，未免太隘。而王元泽〔眼儿媚〕、欧阳公〔临江仙〕、李知几〔临江仙〕，公然列入，令人不解。

《白雨斋词话》卷一

3.《续修四库全书总目提要》：

是编……内多令曲，措词婉妙，浓淡适宜，其〔临江仙〕云：“烟柳疏疏人悄悄……”内则情怀抑郁，寄托遥深，外则娉娉嫋嫋，如揽嫱、施之袂，南宋小令中最可爱之作也。

《方舟词一卷》

康与之

康与之（生卒年不详）字伯可，一字叔闻，号顺庵，又号退轩，滑州（今河南滑县）人。曾从晁以道学，南渡后流寓嘉禾。宋高宗建炎初，上《中兴十策》，名甚著。后谄事秦桧，为秦门下十客之一，以歌词谄媚附会以求进。绍兴十五年（1145）为藉田，官至军器监丞。桧死，编管钦州，绍兴二十八年（1158）移雷州，复送新州牢城。著有《昨梦录》。词集名《顺庵乐府》。

1. 赵彦卫：

康伯可捷于歌诗及应用文，为教坊应制。秦（桧）每燕集，必使为乐语词曲。

《云麓漫钞》卷十

2. 罗大经：

秦桧当国，伯可乃附会求进，擢为台郎。值慈宁归养，两宫燕乐，伯可专应制为歌词，谀艳粉饰，于是声名扫地，而世但以比柳耆卿辈矣。

《鹤林玉露》卷十

3. 柴望：

词起于唐而盛于宋，宋作尤莫盛于宣、靖间，美成、伯可各自堂奥，俱号称作者。

《凉州鼓吹自序》（《彊村丛书》）

4. 詹傅：

近世词人，如康伯可，非不足取，然其失也诙谐。

《笑笑词序》（《彊村丛书》）

5. 陈振孙：

世所传康伯可词鄙亵之甚，此集颇多佳语，陶定安世为之序，王性之、苏养直皆称之，而其人不自爱如此，不足道也。

《直斋书录解题》卷二十一

6. 黄昇：

渡江初，有声乐府，受知秦申王，王荐于太上皇帝，以文词待诏金马门。凡中兴粉饰治具，及慈宁归养，两宫欢集，必假伯可之歌咏，故应制之词为多。书市刊本，皆假托其名。今得官本，及其婿赵善贡及其友陶安世所校定，篇篇精妙。汝阴王性之，一代名士，尝称伯可乐章，非近代所及。今有晏叔原，亦不得独擅，盖知言云。

《中兴以来绝妙词选》卷一

7. 赵文：

观欧、晏词，知是庆历、嘉祐间人语。观周美成词，其为宣和、靖康也无疑矣。声音之为世道邪？世道之为声音邪？有不自知其然而然者矣。悲夫！渡江后，康伯可未离宣和间一种风气，君子以是知宋不能复中原也。

《吴山房乐府序》(《青山集》卷二)

8. 张炎：

词欲雅而正，志之所之，一为情所役，则失其雅正之音。耆卿、伯可不必论，虽美成亦有所不免。

康、柳词亦自批风抹月中来，风月二字，在我发挥，二公则为风月所使耳。

《词源》卷下

9. 沈义父：

康伯可、柳耆卿，音律甚协，句法亦多有好处，然未免有鄙俗语。

《乐府指迷》

10. 陆云龙：

青莲以绝代轶材，裂羁勒另辟词家一径，大都以精新绮丽为宗，故相沿莫妙于淮海、眉山、周洞霄、康大晟，其品虽不得埒，以词论不得优劣也。

《词菁》

11. 宋征璧：

吾于宋词得七人焉：曰永叔，其词秀逸；曰子瞻，其词放诞；曰少游，其词清华；曰子野，其词娟洁；曰方回，其词新鲜；曰小山，其词聪俊；曰易安，其词妍婉。他若黄鲁直之苍老，而或伤于颓。王介甫之劖削，而或伤于拗。晁无咎之规检，而或伤于朴。辛稼轩之豪爽，而或伤于霸。陆务观之萧散，而或伤于疏。此皆所谓我辈之词也。苟举当家之词，如柳屯田哀感顽艳，而少寄托。周清真蜿蜒流美，而乏陡健。康伯可排叙整齐，而乏深邃。其外则谢无逸之能写景，僧仲殊之能言情，程正伯之能壮采，张安国之能用意，万俟雅言之能协律，刘改之之能使气，曾纯甫之能书怀，吴梦窗之能叠字，姜白石之能琢句，蒋竹山之能作态，史邦卿之能刷色，黄花庵之能选格，亦其选也。词至南宋而繁，亦至南宋而敝，作者纷如，难以概述。

《倡和诗余序》（《倡和诗余》）

12.《梅墩词话》：

康伯可《上元应制词》："风柔夜暖。花影乱。笑声喧，闹蛾儿成团打块，簇著冠儿斗转。喜皇都旧日风光，太平再见。"寿皇喜此数句，甚念东京故事，赐赍无算。此正弇州所评：以进奉故，未免浅俗取妍也，然惟顺斋老人能赋之。

沈雄《古今词话·词辨》下卷引

13. 贺裳：

长词推秦、柳、周、康为协律。然康惟〔满庭芳〕冬景一词可称禁脔，余多应酬铺叙，非芳旨也。

《皱水轩词筌》（按：《词苑萃编》卷二引此条作《词苑》）

14. 王士禛：

温、和生而《花间》作，李、晏出而《草堂》兴。此诗之余而乐府之变也。诗余者，古诗之苗裔也。语其正，则南唐二主为之祖，至漱玉、淮海而极盛，高、史其嗣响也；语其变，则眉山导其源，至稼轩、放翁而尽变，陈、刘其余波也。有诗人之词，唐、蜀、五代诸人是也；有文人之词，晏、欧、秦、李诸君子是也；有词人之词，柳永、周美成、康与之之属是也；有英雄之词，苏、陆、辛、刘是也。

《倚声集序》（《渔洋山人文略》卷三）

15. 焦袁熹：

〔采桑子〕《编纂〈乐府妙声〉竟作》

一龙南渡山河改，粉饰承平。孝养□荣。钟石铿锵奏六英。 夕阳西下□□唱，何似耆卿。□□□□（指《醉蓬莱》一阕）。丞相功高上寿觥。

《此木轩直寄词》

16. 王昶：

论词必论其人，与诗同。如晁端礼、万俟雅言、康顺之，其人在俳优戏弄之间，词亦庸俗不可耐，周邦彦亦未免于此。

《江宾谷梅鹤词序》（《春融堂集》卷四十一）

17. 王初桐：

伯可有《顺庵乐府》五卷，渡江初以词受知高宗，凡中兴粉饰治具，及慈宁归养，两宫欢集，必假伯可之歌咏。故应制之词为多，其词未免有鄙俗之语。

《小嫏嬛词话》卷二

18. 李调元：

词至南宋而极，然词人之无行亦至南宋而极，而南宋之无行至康与之尤极。

《雨村词话》卷二

19. 董士锡：

昔柳耆卿、康伯可未尝学问，乃以其鄙嫚之辞缘饰音律以投时好，而词品以坏。

《餐华吟馆词叙》（《齐物论斋文集》卷二）

20. 沈曾植：

（《词筌》：长调推秦、柳、周、康为协律）以宋世风尚言之，秦、柳为当行，周、康为协律。四家并提，宋人无此语也。

《菌阁琐谈》附《手批词话三种》

21. 陈廷焯：

伯可上《中兴十策》时，洞见利害，后以谄桧得进，富贵要人，顿改其素。其人不足取，其词则哀感顽艳，尽有佳者。

《云韶集》卷五

22. 况周颐：

宋倚声家如曹元宠、康伯可辈，专工应制之作。其词有诵无规，亦无庸寄托感慨，所谓和声鸣盛，雍容揄扬，亦复有独到处。陈直斋云（《书录解题》）伯可词鄙亵之甚，则诋谪未免过情。花庵词客《绝妙词选》录伯可词二十三阕，或以清疏胜，或以绵丽胜，得谓鄙亵之甚耶？《顺庵乐府》全帙久佚，只此二十三阕中，可诵者不胜胪举。兹事具有消息，可为知者道耳。

《历代词人考略》卷二十五

23. 张德瀛：

词人中惟康伯可遭际最奇，高宗驻跸维扬，伯可上《中兴十策》，洞悉利弊，是范文正、晏元献一辈人物。洎缪相专柄，伯可厕十客之列，附会干进；孝宗奉养上皇，伯可应制为艳词，谄谀乞进，是柳耆卿、曾纯甫一辈人物。士大夫一朝改行，身名败裂，不可复救。程子曰："节或移于晚，守或失于终。"其若人乎？

《词徵》卷五

24. 王国维：

读《会真记》者，恶张生之薄幸而恕其奸非。读《水浒传》者，恕宋江之横暴而责其深险。此人人之所同也，故艳词可作，唯万不可作儇薄语。龚定庵诗云："偶赋凌云偶倦飞，偶然闲慕遂初衣，偶逢锦瑟佳人问，便说寻春为汝归。"其人之凉薄无行，跃然纸墨间。余辈读耆卿、伯可词，亦有此感，视永叔、希文小词何如耶？

《人间词话》

25. 赵尊岳：

典丽之语，易涉荒伧，北宋人大手笔，最善运用。南宋如康伯可应制诸词，即或不能免俗。（卷一）

宫词典雅旖丽，至复不易。康伯可应制，已蹈皮相堆砌之失，渐涉伤格。（卷五）

《填词丛话》

26. 闻野鹤：

寇莱公如春日园林，蔚然深秀。苏东坡如深山剑客，不娴俗礼。秦少游如花间丽色，却扇一笑，百媚横生。黄山谷如村女媚客，简直乏致。欧阳公如豪家子弟，仪态大方。张子野如春花百树，浅深互见。周美成如周公制礼，大体略备。王荆公如蛮夷入贡，不谙礼数。辛稼轩如草野人入掌枢密，动辄粗戾。蒋竹山如蓬门丽质，清秀有余。柳耆卿如通天老狐，醉即露尾。康与之如春场笙歌，繁乐聒耳。史梅溪如剪彩成花，细而近纤。姜白石如江介澄波，悠然一往。吴梦窗如天孙云锦，一丝一缕，尽发奇光，俗子庸夫，见之却步。李易安如中人举鼎，时虞绝膑。王碧山如天家姬侍，神采幽馨，迥非凡艳。周公谨如辞树红英，难免浮浪。朱淑贞如碧窗鹦鹉，略解语言。陆放翁如野僧说法，清而无味。张玉田如中郎凋谢，典型尚存。余则自桧以外，可无讥矣。

《怬簃词话》

27.《续修四库全书总目提要》：

其词气机骀荡，旋转自如，上元应制，见赏于朝廷；荷花杜鹃，寄托其心志；〔舞杨花〕可证新词，〔卜算子〕有如乐府，〔风流子〕追迹东山，可谓形肖；〔临江仙〕补苴后主，自逞聪明，所惜者少骨力耳，似亦不得以人废言，而况当时乐章，多出其手，可以觇词学之迁变乎？

《顺庵乐府一卷》

曾觌

曾觌（1109—1180）字纯甫，号海野老农，开封（今属河南）人。以父任补官。宋高宗绍兴三十年（1160）以寄班祗候为建王（即后之孝宗）内知客。孝宗即位，权知阁门事兼皇城司。与知阁门事龙大渊共恃宠弄权，世号"曾龙"。后以事出为淮西副总管，迁浙东副总管。淳熙元年（1174）除开府仪同三司，招权纳赂，愈为放肆。六年加少保，醴泉观使。觌有文才，得孝宗信任，用事二十年，权震中外。《宋史》有传。著有《海野集》。词集名《海野词》。

1. 黄昇：

东都故老，及见中兴之盛者，词多感慨。如〔金人捧露盘〕、〔忆秦娥〕等曲，凄然有《黍离》之悲。

《中兴以来绝妙词选》卷一

2. 杨慎：

曾觌，字纯甫，号海野，东都故老，见汴都之盛，故词多感慨，〔金人捧露盘〕是也。

《词品》卷四

3. 王世贞：

词至辛稼轩而变，其源实自苏长公，至刘改之诸公极矣。南宋如曾觌、张抡辈应制之作，志在铺张，故多雄丽。

《艺苑卮言》

4. 毛晋：

纯甫与龙大渊同为建王内知客，孝宗以二人皆潜邸旧人，觞咏唱酬，字而不名。怙宠恃势，纯甫尤甚。故陈俊卿、虞允文辈交章逐之。然文藻颇有可观，如过京师、望丛台诸作，语多感慨，令人有麦秀黍离之悲。与张抡不时赋词进御，赏赉甚渥。至进月词，一夕西兴共闻天乐，岂天神亦不以人废言耶？

《海野词跋》(《宋六十名家词》)

5. 宋征璧：

吾于宋词得七人焉：曰永叔，其词秀逸；曰子瞻，其词放诞；曰少游，其词清华；曰子野，其词娟洁；曰方回，其词新鲜；曰小山，其词聪俊；曰易安，其词妍婉。他若黄鲁直之苍老，而或伤于颓。王介甫之劖削，而或伤于拗。晁无咎之规检，而或伤于朴。辛稼轩之豪爽，而或伤于霸。陆务观之萧散，而或伤于疏。此皆所谓我辈之词也。苟举当家之词，如柳屯田哀感顽艳，而少寄托。周清真蜿蜒流美，而乏陡健。康伯可排叙整齐，而乏深邃。其外则谢无逸之能写景，僧仲殊之能言情，程正伯之能壮采，张安国之能用意，万俟雅言之能协律，刘改之之能使气，曾纯甫之能书怀，吴梦窗之能叠字，姜白石之能琢句，蒋竹山之能作态，史邦卿之能刷色，黄花庵之能选格，亦其选也。词至南宋而繁，亦至南宋而敝，作者纷如，难以概述。

《倡和诗余序》(《倡和诗余》)

6. 邹祗谟：

僻调之多，以柳屯田为最。此外则周清真、史梅溪、姜白石、蒋竹山、吴梦窗、冯艾子集中，率多自制新调，余家亦复不乏。至如晁次膺、万俟雅言之依月按律，进词应制，调名尚数百种未传。曾觌、张抡、吴琚辈亦然。

《远志斋词衷》

7. 许昂霄：

海野东都故老，词多感慨，惜其人无足称。(评曾觌〔金人捧露盘〕)

《词综偶评补录》

8. 王初桐：

曾觌东都故老，词多感慨，如〔金人捧露盘〕、〔忆秦娥〕，凄然有黍离之感。

曾纯甫问一客："'萧鹧巴'可以对何？"人曰："可对'曾鹁脯'。"

《小嫏嬛词话》卷二

9. 黄苏：

末二句，大有寄托忠爱之心，婉然可想。（评曾觌〔阮郎归〕"柳阴庭馆占风光"）

《蓼园词评》

10.《四库全书总目提要》：

黄昇《花庵词选》谓其语多感慨，凄然有黍离之悲。虽与龙大渊朋比作奸，名列《宋史·佞倖传》中，为谈艺者所不齿，而才华富艳，实有可观。

《海野词提要》

11.《四库全书简明目录》：

（曾觌）其应制诸作多工稳，奉使过汴诸作，黄昇收入《花庵词选》，称其有黍离之悲。虽与龙大渊并列名《佞倖传》中，然才华富艳，实有可观。过而存之，亦选六朝诗者不废江总之意也。

《海野词》

12. 谭莹：

画像偏教戴牡丹，阮郎归赋寿皇欢。

诙谐莫诮曾鹁脯，凄绝金人捧露盘。

《论词绝句一百首》（《乐志堂诗集》卷六）

13. 丁绍仪：

海野及见汴都之盛，逮南渡后，奉使过汴，感赋云："记神京……"汴都钟鼎胥移，故曾词后阕，尤觉悲凉。

《听秋声馆词话》卷五

14. 冯煦：

词为文章末技，固不以人品分升降。然如毛滂之附蔡京，史达祖之依侂胄，王安中之反复，曾觌之邪佞，所造虽深，识者薄之。

《蒿庵论词》

15. 陈廷焯：

黍离、麦秀之悲，暗说则深，明说则浅。曾纯甫词，如“雕栏玉砌，空余三十六离宫”，又云：“繁华一瞬，不堪思忆”，又云：“从台歌舞无消息。金樽玉管空陈迹。”词极感慨，但说得太显，终病浅薄。碧山咏物诸篇所以不可及。

《白雨斋词话》卷六

16. 张德瀛：

词有与风诗意义相近者，自唐迄宋，前人巨制，多寓微旨。如……曾纯甫“寂寞东风”，《黍离》写故宫之忆也……其它触物牵绪，抽思入冥，汉、魏、齐、梁，托体而成。揆诸乐章，喁于协声，信凄心而咽魄，固难得而遍名矣。（卷一）

万俟雅言、晁端礼在大晟府时，按月律进词。曾纯甫、张林甫词，亦多应制体……与唐初沈、宋以诗夸耀者相颉颃焉。风气之宗尚如此。

伯可应制为艳词，谄谀乞进，是柳耆卿、曾纯甫一辈人物，士大夫一朝改行，身名败裂，不可复救。程子曰：“节或移于晚，守或失于终。”其若人乎。

淳熙九年，驾诣德寿宫，八月十五夜，曾觌进赏月词，十八日吴琚进观潮词，皆为孝宗叹赏，其恩遇有在柳耆卿之上者。盖偏安以后，犹有承平和乐之气象也。（卷五）

《词徵》

17. 况周颐：

曾纯甫以文词受知孝宗，乃至觞咏唱酬，字而不名。虽论劾云涌，卒跻显秩。当日侍直从容，固宜有俊语名章，渥邀睿赏。今循诵《海野词》，信能精稳入格，冲融和雅，出色当行，第稍乏神韵耳。

《历代词人考略》卷二十八

18. 高旭：

海野词人伤故国，繁华转眼渺空烟。

黍离麦秀行人恨，重过神京意黯然。

《论词绝句》三十首（《未济庐诗集》）

黄公度

黄公度（1109—1156）字师宪，号知稼翁，莆田（今属福建省）人。宋高宗绍兴八年（1138）举进士第一，授签书平海军节度判官，迁秘书省正字。以与赵鼎往来，忤秦桧，以其欲著私史以谤时政，罢职主管台州崇道观，更贬通判肇庆府。桧死，召为考功员外郎兼金部员外郎。《宋史翼》有传。有《知稼翁集》，词集名《知稼翁词》。

1. 曾丰：

考功（黄公度官考功郎）所立不在文字，余于乐章窥之，文字之中，所立寓焉。泉幕之解，非所欲去，而寓意于“邻鸡不管离情”之句。秘馆之除，非所欲就，而寓意于“残春已负归约”之句。凡感发而输写，大抵清而不激，和而不流，要其情性则适，揆之礼义而安，非能为词也，道德之美，腴于根而盎于华，不能不为词也。天与其年，苟夺之晚，俾更涵养，充而大之，窃意可与文忠相后先。

《知稼翁词集序》（汲古阁《宋金词七种》）

2. 毛晋：

洪迈评其词云：“宛转清丽，读者咀嚼于齿颊间而不能已。”又诵其悲秋之句曰：“‘迢迢别浦双帆去，漠漠平芜天四垂。雨意欲晴山鸟乐，寒声初到井梧知。’吾不知谪仙、少陵以还，大历十才子尚能窥其藩否？”可谓赞扬之极矣。

《知稼翁词跋》（《宋六十名家词》）

3. 陈廷焯：

公度词，沉挚有味。

《云韶集》卷六

4. 陈廷焯：

知稼翁词气和音雅，得味外味。

《词则·大雅集》卷二

5. 陈廷焯：

黄思宪《知稼翁词》，气和音雅，得味外味。人品既高，词理亦胜。《宋六十一家词选》中载其小令数篇，洵风雅之正声，温、韦之真脉也。（卷一）

黄公度《知稼翁词》，气格高远，语意浑厚，直合东坡、碧山为一手，所传不多，卓乎不可企及。（卷八）

《白雨斋词话》

葛立方

葛立方（？—1164）字常之，江阴（今属江苏）人。葛胜仲之子。宋高宗绍兴八年（1138）进士，历官左奉议郎、诸王宫大小学教授、太常博士。十八年为秘书省正字，二十二年为校书郎，历中书舍人，吏部侍郎，出知袁州，孝宗隆兴二年（1164）知宣州，被论罢职奉祠卒。《宋史·葛宫传》附立方传。有《归愚集》、《西畴笔耕》、《韵语阳秋》等，词集名《归愚词》。

1.《草窗词评》：

葛立方〔卜算子〕词，用十八叠字，妙手无痕，堪与李清照〔声声慢〕并绝千古。本邑学道人，胸中乃有此奇特。

《历代词话》卷七引

2. 毛晋：

鲁卿、常之，虽不逮李氏、晏氏父子每填一词辄流传丝竹，然绍兴、绍圣间，俱负海内重望，其词亦能入雅字。

《丹阳词跋》（《宋六十名家词》）

3. 许昂霄：

鲁卿（按：葛胜仲）父子门第既高，誉望亦重，特其所作，不逮元献、小山耳。（评葛胜仲〔点绛唇〕）

《词综偶评》

4.《四库全书总目提要》：

宋人之中，父子以填词名家者，为晏殊、晏几道。后则立方与其父胜仲为最著。其词多平实铺叙，少清新宛转之思。然大致不失宋人规格，流传既久，存之亦可备一家。

《归愚词提要》

5.《四库全书简明目录》：

立方作《韵语阳秋》，颇不以兴象为重。其词亦朴实平直，少清新宛转之思，然究不失为雅音，犹诗家之有长庆体也。

《归愚词》

6. 况周颐：

《归愚词》〔西江月〕《咏开炉》云："风送丹枫卷地，霜乾枯苇鸣溪，兽炉重展向深闺。红入麒麟方炽。　翠箔低垂银蒜，罗帏小钉金泥。笙歌送我玉东西。谁管瑶华舞砌。"按《梦梁录》："十月朔，贵家新装暖阁，低垂绣帘，浅斟低唱，以应开炉之节。"《武林旧事》："是日御前供进夹罗御服，臣僚服锦袄子夹公服，授衣之意也。自此御炉日设火，至明年二月朔止。"此词盖专咏暖阁绣帘中景物，亦承平盛概也。

《珠花簃词话》（《历代词人考略》卷二十五引）

7. 况周颐：

《四库全书提要》云其词平实铺叙，少清新宛转之思，然如〔满庭芳〕《评梅》云："北枝，方半吐，水边疏影，绰约娉婷。问横空皎月，匝地寒霙。何似此花清绝，凭君为、子细推评。"〔好事近〕云："归语隔年心事，秉夜阑红烛。"又前调云："已是飞花时候，赖东风无力。"未尝不清新宛转也。〔风流子〕《咏梅》云："淡妆宜瘦，玉骨禁寒。"亦佳句。

《历代词人考略》卷二十五

8. 张德瀛：

葛常之"袅袅水芝红"，词句皆叠字，如唐人之《宛转曲》，世谓其源出"青青河畔草"一诗。然屈原《九章·悲回风》及《无量寿经》"行行相值"六语，又为葛词之祖。

《词徵》卷五

9. 吴梅：

鲁卿与常之，亦如元献、小山也。然门第誉望，可以齐驱，至论词，则虎贲之与中郎矣。

《词学通论》

吴淑姬

吴淑姬，北宋女词人，嫁士人杨子治。其余事迹不详。有《阳春白雪词》五卷，已佚。今存词三首。

1. 严仁：

吴淑姬〔小重山〕一阕，如怨如诉，自起自倒，诵之有难以为情者，匪直深于意态也。

沈雄《古今词话·词辨》上卷引

2. 黄昇：

女流中之黠慧者，有词五卷，名《阳春白雪》，佳处不减李易安也。

《唐宋诸贤绝妙词选》卷十

3. 潘游龙：

姬有词五卷，名《阳春白雪》，佳处敌李易安，惜无知者。（评〔惜分飞〕《送别》）

《精选古今诗余醉》

4. 贺裳：

词虽以险丽为宗，实不及本色语之妙。如……吴淑姬云："一春不忍上高楼，为怕见分携处。"觉"红杏枝头"，费许大气力安排得一"闹"字。

沈雄《古今词话·词品》下卷引

5. 叶申芗：

吴淑姬，闺媛中之慧黠者，有词集名《阳春白雪》，其佳处不让易安。〔祝英台近〕一阕，尤为当时称赏。

《本事词》卷上

6. 汪芑：

白雪阳春枉擅名，愁多难著小心情。

玉簪坠地缘重续，至竟韦皋不再生。

《题林下词》（《茶磨山人诗钞》卷四　光绪十九年刻本）

7. 陈廷焯：

淑姬词颇以韵胜。

《云韶集》卷十

毛幵

毛幵（生卒年不详）字平仲，号樵隐居士，信安（今浙江常山）人。父友，曾官礼部尚书、翰林学士，母亦能诗。幵傲世多忤，仕止宛陵、东阳二州。独与尤袤友善，临终以书嘱尤袤志其墓，后又为序其集。著有《樵隐集》，词集名《樵隐词》，一名《樵隐诗余》。

1. 王木叔：

《樵隐诗余》一卷，信安毛平仲所作也。平仲为人傲世自高，与时多忤，独与锡山尤遂初厚善，临终以书别之，嘱以志墓。遂初既为墓志铭，又序其集。或病其诗文视乐府颇不逮，其然岂其然乎？

《题樵隐词》（《宋六十名家词》）

2. 沈雄：

毛幵字平仲，三衢人，尚书毛友之子，有《樵隐词》一卷。杨慎曰：毛幵小词，惟〔满江红〕一首为佳。

《古今词话·词评》上卷

3. 李调元：

余近得毛氏所藏杨梦羽秘本《樵隐诗余》一卷，多剿袭前人句。如〔玉楼春〕“来如春梦几多时，去似朝云无觅处”，乃欧阳永叔现成对语，平仲岂未知耶？余殆不足观矣。

《雨村词话》卷二

4. 郭麐：

毛幵《樵隐词》所传无多，然亦是雅音。杨用修独称其“泼火初收”一阕，平熟无可取，用修未可为知词者也。

《灵芬馆词话》卷二

5.《四库全书总目提要》:

幵他作不甚著，而小词最工。卷首王木叔题词，有“或病其诗文视乐府颇不逮”之语，盖当时已有定论矣。集中〔满江红〕“泼火初收”一阕尤为清丽芊眠，故杨慎《词品》特为激赏。

《樵隐词提要》

6. 况周颐:

毛平仲〔贺新郎〕“风雨连朝夕”云云，清疏隽逸，不在升庵所赏〔满江红〕下。摘句如〔念奴娇〕云:“梦里京华，不须惊叹，春草年年绿。”〔蝶恋花〕云:“残雪江村迴马路，嫋嫋春寒，帘晚空凝伫。”〔醉落魄〕《咏梅》云:“更无人处增清绝。冷蕊孤香，竹外朦胧月。”〔应天长令〕后段云:“柳枝风轻嫋嫋。门外落花多少。日日离愁萦绕。不知春过了。”〔谒金门〕云:“回首故人天一角，半江枫又落。”皆玉屑清言也。

《历代词人考略》卷二十九

朱淑真

朱淑真（1079?—1131?）号幽栖居士，钱塘（今浙江杭州）人。父朱遹颜，夫汪纲。大约生活在南宋宁宗、理宗时期。淑真从夫宦，常往来吴越荆楚间，善读书，工绘事，晓音律。有《断肠诗集》。词集名《断肠词》。

1. 魏仲恭：

尝闻摛辞丽句，固非女子之事，间有天姿秀发，性灵钟慧，出言吐句，有奇男子之所不如，虽欲掩其名，不可得耳。如蜀之花蕊夫人，近时之李易安，尤显著名者，各有宫词、乐府行乎世，然所谓脍炙者可一二数，岂能皆佳也。比往武林，见旅邸中好事者往往传诵朱淑真词，每窃听之，清新婉丽，蓄思含情，能道人意中事，岂泛泛者所能及，未尝不一唱而三叹也。早岁不幸，父母失审，不能择伉俪，乃嫁为市井民家妻，一生抑郁不得志，故诗中多有忧愁怨恨之语。每临风对月，触目伤怀，皆寓于诗，以写其胸中不平之气，竟无知音，悒悒抱恨而终。自古佳人多命薄，岂止颜色如花命如叶耶！观其诗，想其人，风韵如此，乃下配一庸夫，固负此生矣。其死也，不能葬骨于地下，如青冢之可吊；并其诗为父母一火焚之。今所传者，百不一存，是重不幸也。呜呼冤哉！

《断肠诗集序》（《断肠诗集》）

2. 孙寿斋：

有如朱淑真，禀嘲风咏月之才，负阳春白雪之句，凡解物而思，因时而感，形诸歌咏，见于词章，顷刻立就，一唱三叹，听之者多，和之者少，可谓出群之标格矣。

《断肠诗集序》（《断肠诗集》）

3. 杨维桢：

女子诵书属文者，史称东汉曹大家氏。近代易安、淑真之流，宣徽词翰，一诗一简，类有动于人。然出于小听挟慧，拘于气习之陋，而未适乎情性之正。比大家氏之才、之行足以师表六宫，一时文学而光父兄者，不得并议矣。

《曹氏雪斋弦歌序》（《东维子集》卷七）

4. 陈霆：

闻之前辈，朱淑真才色冠一时，然所适非偶，故形之篇章，往往多怨恨之句。世因题其稿曰《断肠集》。大抵佳人命薄，自古而然，断肠独斯人哉？古妇人之能词章者，如李易安、孙夫人辈，皆有集行世，淑真继其后，所谓代不乏贤。其词曲颇多……凡皆清楚流丽，有才士所不到，而彼顾优然道之，是安可易其为妇人语也？

《渚山堂词话》卷二

5. 杨慎：

朱淑真《元夕》〔生查子〕云："去年元夜时，花市灯如昼。月上柳梢头，人约黄昏后。　　今年元夜时，月与灯依旧。不见去年人，泪湿春衫袖。"词则佳矣，岂良人家妇所宜邪？

《词品》卷二

6. 田汝成：

朱淑真者，钱塘人，幼警慧，善读书，工诗，风流蕴藉，早年父母无识，嫁市井民家。其夫村恶，籧篨戚施，种种可厌。淑真抑郁不得志，作诗多忧愁怨恨之思，时牵情于才子，竟无知音，悒悒抱恚而死。

淑真诗词多柔媚，独《清昼》一绝，《送春》一词，颇疏俊可喜。

《西湖游览志余》卷十六《香奁艳语》（《武林掌故丛编》）

7. 田艺蘅：

淑真，浙中海宁人，文公侄女也。文章幽艳，才色娟丽，实闺阁所罕见者，因匹偶非伦，弗遂素志，赋《断肠集》十卷以自解。

《断肠词·纪略》（《丛书集成初编》）

8. 郦琥：

淑真姓朱，浙人也。文章幽怨，才色清丽，实闺门之罕。因匹偶之非，勿遂素志，尝赋断肠哀怨之诗，以自解郁郁不乐之恨。

《彤管遗编》后集

9. 潘是仁：

朱淑真者，宋之女郎，生而颖慧，稍长喜近楮研，曹大家、谢道蕴流亚也。惜其藁砧非匹，含思含情，悒悒不遂。使尔雎鸠相叶，如徐淑、秦嘉也者，互为爱慕，其唱和奚啻倍蓰；即不然，当时得遇善诱之吉士，临邛卓氏无俟新寡，断肠诗化作消魂句矣。如红颜薄命何！吾于淑真，不能无遗憾云。

《断肠集引》（《断肠诗集》）

10. 处囊斋主人：

朱淑真，钱塘人，幼警慧，工诗书，风流蕴藉。早岁不幸，父母不能择伉俪，乃嫁为市井民家妻。其夫村恶，籧篨戚施，种种可厌。淑真抑郁不得志，作诗多忧怨之思，以写其不平之愤，时牵情于才子，竟无知音，悒悒抱恚而死。

《诗女史纂》

11.《女红志余》：

钱塘朱淑真自以所适非偶，词多幽怨。每到春时，下帏趺坐。人询之，则云：我不忍见春光也。

沈雄《古今词话·词评》上卷引

12. 陆昶：

淑真诗好，词不如诗，爱其“黄昏却下潇潇雨”句，又词好于诗也。惜其〔生查子〕“月上柳梢”语作人话柄，不足取耳。

《历朝名媛诗词》卷十一

13. 焦袁熹：

〔采桑子〕《编纂〈乐府妙声〉竟作》

李易安、朱淑真

文星堕在犀帷底，检校看详。金石商量。茗汁反（平）来笑语香。　　朔风吹破双鸾影，暮影苍凉。何似朱娘。一世红颜早断肠。

朱希真、朱淑真

嵚奇历落真男子，篇帙模糊。堕落眉须。好似江壖大小孤。朱娘不少伤春句，元夜城隅。又是虚无。闻道罗敷自有夫《元夜》词，今在六一词中，盖非朱作。

《此木轩直寄词》

14. 张云璈：

至若班管名家，《玉台》妙制。《断肠集》里，梦约酴醾；《漱玉词》中，香销菡萏。

《西泠闺咏序》

15. 吴衡照：

易安“眼波才动被人猜”，矜持得妙；淑真“娇痴不怕人猜”，放诞得妙。均善于言情。

《莲子居词话》卷二

16. 陈文述：

白蝨成灰吊玉台，轻寒微雨怨花开。
钱塘山水真清丽，五百年中有此才。

深情如此合伤春，阁泪抛诗酒盏亲。
飞絮满城莺满树，断肠时节断肠人。

轻风翦翦雨丝丝，真是人间绝妙词。
我欲将花呼小影，荼靡春梦海棠诗。

新词欧九擅风流，花市春灯照月游。
却有怨情无荡思，莫教更唱柳梢头。

锦字回文事有无，簪花妙笔未模糊。
聪明也有苏娘意，手写璇玑一幅图。

《题朱淑真〈断肠集〉》（《碧城仙馆诗钞》卷六）

17.《四库全书总目提要》：

淑真，钱唐女子，自号幽栖居士。嫁为市井民妻，不得志以没。宛陵魏端礼辑其诗为《断肠集》，即此本也，其诗浅弱，不脱闺阁之习。世以沦落哀之，故得传于后。前有田艺衡《纪略》一篇，词颇鄙俚，似出依托。

《断肠集提要》

18.《四库全书简明目录》：

淑真所适非偶，故多幽怨之音。旧与李清照《漱玉词》合刊，虽未能与李清照齐驱，要亦无愧于作者。

《断肠词》

19. 宋翔凤：

说尽无聊六一词，黄昏月上是何时。
断肠集里谁编入，也动人间万种疑。

《论词绝句》二十首（《洞箫楼诗纪》三）

20. 梁绍壬：

《漱玉》、《断肠》二词，独有千古，而一以“桑榆晚景”一书致诮，一以“柳梢月上”一词诒讥。后人力辨易安无此事、淑真无此词，此不过为才人开脱。其实改嫁本非圣贤所禁；〔生查子〕一阕，亦未见定是淫奔之词。此与欧公簸钱一事，今古哓哓辨论，殊可不必。

《两般秋雨庵随笔》卷三

21. 沈涛：

《断肠》一集，特以儿女缠绵写其幽怨。“月上柳梢”词见欧阳公集，明人选本嫁名淑真，致蒙不洁之名，亟应昭雪。

《瑟榭丛谈》卷下

22. 方熊：

《云麓漫抄》载清照投綦处厚启，语甚不经，几令后人疑清照晚节不终。后见陈云伯《颐道堂集》有题查伯葵《易安论》后云“谈娘善诉语何诬，卓女琴心事本无。赖有琵琶查十八，清商一曲慰罗敷”，又杨升庵《词品》载淑真〔生查子〕一阕有“月上柳梢头，人约黄昏后”之句，遂令后人疑淑真为佚女。不知此词是欧公所作，见《庐陵集》。后见潘人龙《清芬堂集》有题句云：“幽栖一卷断肠词，家世文公擅淑姿。谁把庐陵真本误，柳梢月上约人时。”前谤皆谓一雪。因阅二家词为并志之。

金石摩挲语笑亲，归来堂上绝纤尘。

深秋一曲声声慢，不见当年□茗人。

人间鸦凤本非伦，阁泪抛书怨句新。

宽尽带围愁不解，一生刻意为伤春。“阁泪抛书卷”、“带围宽褪小腰身”，皆淑真伤春句也。

桑榆暮景投綦启，人约黄昏元夜词。

似此沉冤难尽雪，生才不幸是蛾眉。

《题李清照〈漱玉集〉、朱淑真〈断肠集〉》(《秀屏风馆诗集》卷六)

23. 谭莹：

幽栖居士惜芳时，人约黄昏莫更疑。

未必断肠漱玉似，送春风雨总怜伊。

《论词绝句一百首》（《乐志堂诗集》卷六）

24. 汪芑：

柳梢月上约人时，艳思空教放诞疑。

留得宛陵断肠集，漫嗟彩凤逐鸦嬉。朱淑真

《题林下词》（《茶磨山人诗钞》卷四）

25. 潘际云：

幽栖一卷断肠词，家世文公擅淑姿。

谁把庐陵真本误，柳梢月上约人时。

朱淑真，海宁女子，自称幽栖居士，著有《断肠词》一卷，前有《纪略》一篇，称为文公侄女。今按其词止二十七阕。杨慎升庵《词品》载其〔生查子〕一阕，有“柳上月梢头，人约黄昏后”之语，毛晋遂指为白璧微瑕。然此词今载欧阳公《庐陵集》第一百三十一卷中，不知何以竄入淑真集内，诬以桑濮之行。慎收入《词品》，既不为考，而晋刻《宋名家词》六十一种，《六一词》既在其内，乃于《六一词》漏注互见《断肠词》，已乱其例，而于淑真集更不一置辨，且实证为白璧微瑕，益为卤莽之甚。今其集已收入四库书，而刊去此篇，庶不致厚诬古人矣。

《朱淑真题断肠词》（《清芬堂集》卷四）

26. 胡薇元：

海宁朱淑贞，乃文公族侄女，有《断肠词》，亦清婉作。

《岁寒居词话》

27. 继昌（李佳）：

朱淑真词〔蝶恋花〕云：“楼外垂杨千万缕……”情致缠绵，笔底毫无沉闷。

《左庵词话》卷上

28. 陈廷焯：

淑真词以情胜，凄艳芊绵，除李易安外无出其右者。淑真词风流婉转，合魏夫人并驱中原。

曲折婉转，不减易安。情词凄艳，晏、欧之匹也。

《云韶集》卷十

29. 陈廷焯：

朱淑真词，风致之佳，情词之妙，真不亚于易安。宋妇人能诗词者不少，易安为冠，次则朱淑真，次则魏夫人也。

《词坛丛话》

30. 陈廷焯：

宋妇人能词者，自以易安为冠。淑真才力稍逊，然规模唐五代不失分寸，转为词中正声。

《词则·大雅集》卷四

31. 陈廷焯：

朱淑真词，才力不逮易安，然规模唐五代，不失分寸。如“年年玉镜台”及“春已半”等篇，殊不让和凝、李珣辈。惟骨韵不高，可称小品。

《白雨斋词话》卷二

32. 况周颐：

《香海棠馆词话》“朱淑真事辑”，其要旨亟亟于辩诬，自余未遑。考订淑真与曾布妻魏氏为词友，曾布贵盛当元祐以后、崇宁以前，以大观元年卒。淑真为布妻之友，则是北宋人无疑。自来选家列之南宋，谓是文公侄女，甚且以为元人，其误甚矣。以时代考之，李易安犹稍后于淑真，即以词之风格论，淑真纯乎北宋，易安则渐近南宋，风会所趋，不期然而然也。《池北偶谈》谓淑真《璿玑图记》作于绍定三年，“绍定”当是“绍圣”之误。绍定，理宗改元，已近南宋末季，浙地隶辇毂久矣，宦游浙西云云，措词亦不类也。

《宋人词话》

33. 况周颐：

以词格论，淑真清空婉约，纯乎北宋；易安笔情近浓至，意境较沉博，下开南宋风气，非所诣不相若，则时会为之也。

《蕙风词话》卷四

34. 况周颐：

词学莫盛于宋，易安、淑真尤为闺阁隽才，而皆受奇谤。

《断肠词跋》（《四印斋汇刊词》）

35. 许玉瑑：

夔笙舍人以校补汲古阁未刊本宋朱淑真《断肠词》一卷刊成，属为之序，并旁搜它书所见朱淑真轶事，以证升庵《词品》所论之诬，乃慨然曰：风雨而思君子，颇颔而怀美人，《风》、《骚》所讴，寓言八九。淑真一弱女子耳，数百年后，犹为之顾惜名节，订伪匡谬，足使孤花之秀，坠蒂而余芳；幺弦之激，绕梁而犹响，抑何幸哉！宋代闺秀，淑真、易安，并称隽才，同被奇谤。而《漱玉》一编，既得卢抱孙诸君辨诬于先，又得幼霞同年重刊于后；《断肠词》则曙星孤悬，缺月空皎。

《校补断肠词序》（《四印斋所刻词》）

36. 木石居士：

粗豪婉约各翻新，本色当行自有人。

听罢双鬟花底唱，李朱端合匹苏辛。自宋人说部有铁板红牙之喻，词家乃分豪放及婉约两派，毛稚黄独以三李为本色当行，其一妇人即易安也。朱之于李，亦犹辛之于苏耳。

黄昏月上柳梢斜，元夜观灯玩岁华。

女伴相邀等闲事，漫讥白璧有微瑕。毛氏刻《断肠词》，指〔生查子〕为白璧微瑕，亦有谓其误收《六一词》者，宋词互见不一其例，然此词肖妇人之口吻，当为朱氏作无疑，故余仍采入之。

《名媛词选题辞十首》（《五百家名媛词选》）

37. 周庆云：

淑真词，绵渺婉约，极合风人之旨。

《历代两浙词人小传》

38. 薛绍徽：

嗟夫！息妫有同穴之称，乃谓桃花不语；辽后著回心之什，竟蒙片月奇冤。谣诼兴则娥眉见嫉，诪张幻而蝇壁易污。长舌厉阶，实文人之好事；圣谗殄行，致淑媛以厚诬。黑白既淆，贞淫莫辨。竟使深闺扼腕，抱读遗编；愿教彤管扬辉，昭为信史。赵宋词女，李朱名家。《漱玉》则居临柳絮，《断肠》则家在桃村。市古寺之残碑，品茶对酌；贺东轩之移学，举案同心。椠铅逐逐，随宦青莱；丝管纷纷，胜游吴楚。迨及残山半壁，薄衾五更。阿婆白发，已过大衍之年；怨女归宁，莫寄伤心之泪。奚至桑榆晚景，更易初心；花市元宵，徘徊密约乎？大抵玉壶颂金之案，已肇妒才；花枝连理之诗，难言幽恨。露华桂子，招众口以烁金；细雨斜风，忆前欢而入梦。负盛名以致谤，因清怨而生疑。于是妄改綦崇礼之谢启，杂窜《庐陵集》之艳词。李心传《要录》，病在疏讹；杨升庵品词，失于稽考。西蜀去浙数千里，传闻不免异辞；有明后宋三百年，持论未曾检点。且也张汝舟历官清要，奚言驵侩下才；王唐佐传述始终，误作市井民妇。当君臣播越之时，安事文书催再醮？彼夫妇乖离而后，何心词赋约幽期？实际可征，疑团自破。所惜者，妄增数举，姓氏偶同；为主东君，爵里俱逸。胡元任《丛话》，变俗谚为丹青；魏仲恭《序言》，仗耳食为口实。好恶支离，是非颠倒耳。然而原心定论，据事探幽。编集虽零落不完，诗词尚昭彰若揭。赠韩、胡二使者，嫠妇犹称；宴谢、魏两夫人，贵游可数。寒窗败几，已醒晓梦疏钟；鸥鹭鸳鸯，似叹小星夺月。愿过淮水，犹存爱国之忱；仰望白云，时起思亲之念。忠孝已根其天性，纲常必熟于怀来。安敢别抱琵琶，偷贻芍药，花殊旌节，树异女贞哉！推原其故，或出有因。衣冠王导，斥将杭作汴之非；早晚平津，有称夫为人之异。奸黠者转羞成怒，轻薄者飞短流长。胡惠斋摘文之忌，不知道高毁来；〔生查子〕大曲所传，遂致移花接木。硗硗易缺，哆哆能张。毒生蛋尾，影射蜮沙。谤孀闺于身后，语涉无根；疑静女于生前，冤几不白。岂弗悖欤？吁可怪已！

《李清照朱淑真论》(《黛韵楼文集》卷下)

39. 雷瑨：

朱淑真，钱塘人，幼警慧，善读书，工诗，风流蕴藉。嫁市民家，其夫村恶，淑真不得志，诗多嗟怨。时牵情于才子，竟无知音，悒悒抱恚而死。宛陵魏端礼为之辑其诗词，名曰《断肠集》。其词多柔媚，独《送春》一词，颇疏俊可喜。词云：“楼外垂杨千万缕，欲系青春，少住春还去。犹自风前飘柳絮，随春且看归何处。　满目山川闻杜宇，便做无情，莫也愁人意。把酒送春春不语，黄昏却下潇湘雨。”相传淑真有元夜〔生查子〕词，云：“去年元夜时，花市灯如昼。月上柳梢头，人约黄昏后。　今年元夜时，月与灯依旧。不见去年人，泪湿春衫袖。”杨升庵《词品》云：“词则佳矣，岂良人妇女所宜耶？”王渔洋云：“此词见欧阳修《文忠集》一百三十一卷，不知何以讹为朱氏作。”世遂以此词疑淑真失妇德，纪载不可不审也。

《闺秀词话》卷一

40. 陈去病：

幽栖居士朱淑真，相传为文公侄女，以所适非偶，著《断肠集》，时有怨语。或且以〔生查子〕词病之，而不知为欧九作，则其被诬也深矣……词尤与漱玉齐名。如〔生查子〕：“寒食不多时”……断句如“欹枕背灯眠。月和残梦圆”……“把酒送春春不语。黄昏却下潇潇雨”，俱极清新俊逸，意态横生，一若聪明人不嫌作痴语，真所谓娇憨绝世也。又其〔清平乐〕“娇痴不怕人猜”……〔柳梢青〕“个中风味谁知”……此尤岂门外汉所能道只字耶？

《病倩词话》

41. 黄侃：

〔浣溪沙〕《同况夔笙题朱淑真小像二首》之二

闺秀工词有几人。当时漱玉信无伦。清词丽句好为邻。　　咏絮才华轻谢女，弹琴风调笑文君。柳梢谁见月黄昏。

《黄季刚诗文钞·词钞》

42. 闻野鹤：

寇莱公如春日园林，蔚然深秀。苏东坡如深山剑客，不娴俗礼。秦少游如花间丽色，却扇一笑，百媚横生。黄山谷如村女媚客，简直乏致。欧阳公如豪家子弟，仪态大方。张子野如春花百树，浅深互见。周美成如周公制礼，大体略备。王荆公如蛮夷入贡，不谙礼数。辛稼轩如草野人入掌枢密，动辄粗戾。蒋竹山如蓬门丽质，清秀有余。柳耆卿如通天老狐，醉即露尾。康与之如春场笙歌，繁乐聒耳。史梅溪如剪彩成花，细而近纤。姜白石如江介澄波，悠然一往。吴梦窗如天孙云锦，一丝一缕，尽发奇光，俗子庸夫，见之却步。李易安如中人举鼎，时虞绝膑。王碧山如天家姬侍，神采幽馨，迥非凡艳。周公谨如辞树红英，难免浮浪。朱淑贞如碧窗鹦鹉，略解语言。陆放翁如野僧说法，清而无味。张玉田如中郎凋谢，典型尚存。余则自桧以外，可无讥矣。

《怬簃词话》

袁去华

袁去华（1111—？）字宣卿，江西奉新（一作豫章）人。宋绍兴十五年（1145）进士。曾为善化知县，后改官知石首县。善为歌词，尝为张孝祥所称。著有《适斋类稿》八卷、《宣卿词》一卷。

1. 陈振孙：

（袁去华）善为歌词，尝赋长沙定王台，见称于张安国，为书之。

《直斋书录解题》卷十八

2. 陈廷焯：

宣卿词风流凄楚，不愧名家。

遣词遣韵俱极真切，艳词有此可以无憾。（评〔谒金门〕“春索莫”）

《云韶集·补人》卷二十五

3. 胡玉缙：

（袁去华）词笔大率妍雅，非杜安世之浅俗、卢炳之庸鄙比也。

《袁宣卿词提要》（《四库未收书目提要续编》）

张抡

张抡（生卒年不详）字材甫，自号莲社居士，开封（今属河南）人。娶宗室女。宋高宗绍兴间官至两浙西路马步军副都统总管，迁知阁门事。孝宗淳熙五年（1178）进宁武军承宣使。《南宋书》有传。撰有《道情鼓子词》百首。后人辑其词为《莲社词》。

1. 黄昇：

南渡故老及见太平之盛者，集中多应制词。

《中兴以来绝妙词选》卷二

2. 杨慎：

张材甫，名抡，南渡故老，词多应制。《元夕》“双阙中天”一首，繁华感慨，已入选矣……足称词人。

《词品》卷四

3. 王世贞：

词至稼轩而变，其源实自苏长公，至刘改之诸公极矣。南宋如曾觌、张抡辈应制之作，志在铺张，故多雄丽。

《艺苑卮言》

4. 邹祇谟：

僻调之多，以柳屯田为最。此外则周清真、史梅溪、姜白石、蒋竹山、吴梦窗、冯艾子集中，率多自制新调，余家亦复不乏。至如晁次膺、万俟雅言之依月按律，进词应制，调名尚数百种未传。曾觌、张抡、吴琚辈亦然。

《远志斋词衷》

5. 沈雄：

张材甫，南渡故老，及见太平之盛者。集中多应制词，如〔蝶恋花〕、〔朝中措〕、〔霜天晓角〕，杰作也。

《古今词话·词评》上卷（按：《词苑萃编》卷五、《历代词话》卷七引此条，均作《莲社词选》）

6. 黄苏：

材甫为南渡遗老，有《莲社词》一卷。词多变徵，此首尤清壮。（评张抡〔烛影摇红〕“双阕中天”）

《蓼园词评》

7. 张德瀛：

曾纯甫、张材甫词，亦多应制体……与唐初沈、宋以诗夸耀者相颉颃焉。风气之宗尚如此。

《词徵》卷五

8. 况周颐：

张材甫《上元有怀》〔烛影摇红〕“双阕中天”云云，此词情真调楚，悃款缠绵，故国故君之思溢于楮墨之表。求之云壑、海野词中，殆未曾有，观于此而莲社词格夐乎尚已。《莲社词》一卷，《直斋书录解题》著录，久佚不传。近彊村朱氏依善本书室藏本刻行，惜缺字太多，无从据补。有《春》、《夏》、《秋》、《冬》及《山居》、《渔父》、《咏酒》、《咏闲》、《修养》、《神仙》词各十阕，疑即所谓《道情鼓子词》，当时别为一卷，附《莲社词》以行者。宋人有《十二月鼓子词》，此昉其体而稍稍变通之。而《莲社词》仅九阕，则后人抄撮而成，非足本矣。

《历代词人考略》卷三十二

9. 胡玉缙：

抡词除《鼓子词》外，气格亦不甚高，而大率春容谐雅。其〔壶中慢〕赏大花词，周密云，或谓是康伯可所赋，张抡以为己作。

《莲社词提要》（《四库未收书目提要续编》）

10. 《续修四库全书总目提要》：

抡虽以词章邀宠，然如〔烛影摇红〕云：“今宵谁念泣孤臣，回首长安远。”忠义之情见乎辞矣。

《莲社词一卷》

韩元吉

韩元吉（1118—1187）字无咎，号南涧翁，开封雍丘（今河南开封）人。韩维四世孙。以荫为龙泉县主簿。官至吏部尚书，龙图阁学士。《宋史翼》有传。著有《南涧甲乙稿》，词集名《南涧诗余》。

1. 吴师道：

韩南涧题采石蛾眉亭词云："倚天绝壁。直下江千尺。天际两蛾横黛，愁与恨、几时极。　　暮潮风正急。酒阑闻塞笛。试问谪仙何处，青山外、远烟碧。"此〔霜天晓角〕调也，未有能继之者。

《吴礼部词话》

2. 黄苏：

不过一首登高词耳，易入熟径，最难超卓。词虽未甚奇辟，但亦清雅不俗，有俊拔自喜之概。无咎系南渡遗老，辛幼安作寿词，所望之以真儒事业者也。其后事业不甚著。次阕，平原西望，应亦有神州陆沉之慨乎？"休问随处是蓬莱"句，见南渡非可苟安也。有志未逮，有心者能弗感慨系之。（评〔水调歌头〕"今日俄重九"）

《蓼园词评》

3. 陈廷焯：

南涧词颇有骨。

《云韶集》卷五

4. 况周颐：

《南涧诗余》，彊村朱氏依《南涧甲乙稿》校补本刊行。无咎词以《阳春白雪》所录三首最为擅胜，〔永遇乐〕《为张安国赋》、

〔六州歌头〕《咏桃花》，其一即〔好事近〕汴京赐宴作也。断句如〔虞美人〕《送韩子师》云："天公也自惜君行。小雨霏霏特地、不成晴。"〔醉落魄〕《务观席上索赋》云："明年此夜知何处。且插梅花，同听画檐雨。"能以淡语入情，不假雕饰。〔菩萨蛮〕《夜宿余家楼闻笛声》前段云："薄云卷雨凉成阵。雨晴陡觉荷花润。波影淡寒星。水边灯火明。"写出幽静之景，绝佳。

《历代词人考略》卷二十七

5. 况周颐：

《南涧诗余》竟卷疏俊，无颓唐粗率之笔。它宋人集似此匀称者不多觏也。

《历代词人考略》卷二十七引

6.《续修四库全书总目提要》：

其词字句妥帖，气清意远，家国之感时露毫端。(《南涧诗余一卷》)

其父之词，亦清艳凄婉，寄托遥深。(《涧泉诗余一卷》)

侯寘

侯寘（生卒年不详）字彦周，东武（今山东诸城）人。晁谦之甥，南渡后居长沙，曾官耒阳县令。宋乾道、淳熙间尚在世。有《懒窟词》。

1. 毛晋：

彦周，东武人，晁氏之甥也，渭阳之谊甚笃，如〔玉楼春〕、〔青玉案〕、〔朝中措〕、〔瑞鹧鸪〕诸调，情见乎词矣。其《席上送行》云："后夜萧萧葭苇岸，一尊独酌见离情。"不让徐勉送客曲。弇州先生病美成不能作情语，彦周殆能作情语者耶？

《懒窟词跋》（《宋六十名家词》）

2.《四库全书总目提要》：

寘为晁氏之甥，犹有元祐旧家流风余韵，故交游皆胜流，其词亦婉约娴雅，无酒楼歌馆簪舄狼藉之态。虽名不甚著，而在南宋诸家之中，要不能不推为作者。

《懒窟词提要》

3. 况周颐：

毛子晋《跋懒窟词》谓彦周能作情语，又云："渭阳之谊甚笃，如〔玉楼春〕、〔青玉案〕、〔朝中措〕、〔瑞鹧鸪〕诸调，情见乎词矣。"其〔瑞鹧鸪〕全阕云："遥天拍水共空明。玉镜开奁特地晴。极目秋容无限好，举头醉眼暂须醒。　白眉公子催行急，碧落仙人著句清。后夜萧萧葭苇岸，一尊独酌见离情。"其〔玉楼春〕句云："庾楼江阔碧天高，遥想飞觞清夜永。"〔青玉案〕云："咫尺清明三月暮。寻芳宾客，对花杯酌，回首西江路。"〔朝中措〕云："记取明朝登览，绿漪唯有秦淮。"皆子晋谓为情语者也。

《历代词人考略》卷二十九

4. 况卜娱：

《懒窟词》〔菩萨蛮〕《木犀十咏·簪髻》云：“玉蕊纵妖娆，恐无能样娇。”按《广韵》：能，奴登切，音伫。北语对我而言曰伫，盖你之声转，能、伫音同。侯寘北人，用方音入词耳。奴登切之登，读若丁。丁有当谊。粤语即时曰登时。丁、当、登亦声转。

〔菩萨蛮〕《湖上即事》云：“终日倚危阑，故人湖上山。”眼前语，却似未经人道。

〔阮郎归〕《为刑鲁仲小鬟赋》云：“淡妆浓态楚宫腰，梅枝雪未消。”美人丰姿清润，梅枝句妙于形容。

《织余琐述》

赵彦端

赵彦端（1121—1175）字德庄，号介庵，宋太祖弟魏王廷美七世孙。宋高宗绍兴八年（1138）进士。十二年（1142）为左修职郎、钱塘主簿。后知余干（今属江西），遂家于此。隆兴元年（1163）召对，除国子监丞，迁右司员外郎。孝宗乾道三年（1167）以直显谟阁为江南东路转运副使。四年（1168）徙福建，召为太常少卿。六年（1170）以直宝文阁知建宁府。著有《介庵集》，已佚。词集名《介庵词》，一名《介庵琴趣外篇》，或名《宝文雅词》。

1．沈雄：

淳熙间赵彦端字德庄者，赋西湖有“波底夕阳红湿”，为阜陵欣赏，曰：“我家里人也会作此等语。”有《介庵词》四卷。此环卫中之能词表表者。

《古今词话·词话》上卷

2．沈道宽：

不放闲愁入酒酣，王孙芳草怨江南。
夕阳红湿苍波底，送尽归云赵介庵。

《论词绝句》（《话山草堂诗钞》卷一）

3．《四库全书总目提要》：

张端义《贵耳集》载彦端尝赋西湖〔谒金门〕词，有“波底斜阳红湿”之句，为高宗所喜。有“我家里人也会作此等语”之称，其他篇亦多婉约纤秾，不愧作者。集末〔鹧鸪天〕十阕，乃为京口角妓萧秀、萧莹、欧懿、刘雅、欧倩、文秀、王婉、杨兰、吴玉九人而作，词格凡猥，皆无可取，且连名入之集中，殆于北里之志，殊乖雅音。盖唐宋以来士大夫不禁狭斜之游，彦端是作，盖亦移于习俗，存而不论可矣。

《介庵词提要》

4. 叶申芗：

赵彦端德庄，有《介庵词》，为宗室之秀。

《本事词》卷下

5. 谭莹：

集中偏爱伎名垂，一代宗英作者谁？

波底夕阳红湿句，我家人语阜陵堆。

《论词绝句一百首》（《乐志堂诗集》卷六）

6. 冯煦：

坦庵、介庵、惜香，皆宋氏宗室，所作并亦清雅可诵……其实介庵所造，比诸坦庵、惜香，似尚未逮，毛氏既许坦庵为放翁一流，又谓其多富贵气，不亦自相矛盾耶。

《蒿庵论词》

7. 陈廷焯：

德庄词，佳者直入永叔之室。

《云韶集》卷六

8. 张德瀛：

集诗句入词，惟朱竹垞《蕃锦集》篇帙最富。然苏子瞻、赵介庵均列是体，盖宋人已有为之者。

《词徵》卷一

9.《续修四库全书总目提要》：

〔清平乐〕《席上赠人》一首……为阜陵所赏，其词中佳处多此类也。

《介庵琴趣外篇六卷补一卷》

李流谦

李流谦（1123—1176）字无变，号澹斋，汉州德阳（今属四川）人。以荫补将仕郎，历官雅州教授、奉议郎通判潼川府事。宋淳熙三年卒。有《澹斋集》八十一卷，今存十八卷。有《澹斋词》一卷。

1. 况周颐：

德阳李无变流谦《澹斋词》〔小重山〕《绵守白宋瑞席间作》云："轻著单衣四月天，重来间屈指，惜流年。人间何处有神仙。安排我，花底与尊前。　　争道使君贤。笔端驱万马，驻平川。长安只在日西边。空回首，乔木淡疏烟。"此词过拍、歇拍言情、写景疏俊深远。即换头"笔端"二句亦颇有气势，不涉庸泛俚滑之失。无变词名不甚显，自宋已还，各家选本未经著录，比年乃见刻本。其它所作如〔虞美人〕《春怀》后段云："东君又是匆匆去，我亦无多住。四年薄宦老天涯，闲了故园多少、好花枝。"〔洞仙歌〕《忆别》前段云："云窗雾阁，尘满题诗处。枝上流莺解人语，道别来、知否瘦尽花枝。春不管，更遣何人管取。"并皆婉丽可诵。〔满庭芳〕《过黄州游雪堂次东坡韵》后段云："松柏皆吾手种，依然□烟蕊霜柯。君知否，人间尘事，元不到渔蓑。"则尤返虚入浑，渐近骨干坚苍矣。

《珠花簃词话》（《历代词人考略》卷二十九引）

2. 况周颐：

李无变《澹斋词》，彊村朱氏依《大典·淡斋集》本刻行，清丽之笔兼而有之，惜篇幅无多耳。无变以虞允文荐，召入王府教授，盖绍兴、乾道间人。其〔醉蓬莱〕《同幕中诸公劝虞宣威酒》"正红疏绿密"云云，当时盖以文字契合也。

《历代词人考略》卷二十九

3.《续修四库全书总目提要》：

词多浅俗藸弱，存以备一家耳。

《澹斋词一卷》

王千秋

王千秋（生卒年不详）字锡老，号审斋，东平（今属山东）人，流寓金陵。与韩元吉、姚宏等人交往。宋高宗、孝宗前后在世。有《审斋词》。

1. 梁文恭：

审斋先生世稀有，曾是金陵一耆旧。
万卷胸中星斗文，百篇笔下龙蛇走。
渊源更擅麟史长，碑版肯居鳄文后。
倚马常摧鏖战场，脱腕难供扫愁帚。
中州文献儒一门，异乡萍逢家百口。审斋《谢解启》云："少日羁孤，百口星分于异县；长年忧患，一身蓬转于四方。"
恨极黄杨厄闰年，闲却玉堂挥翰手。
夜光干没世称屈，远枳卑栖价低售。
漂摇何地著此翁，忘忧夜醉长沙酒。
岂无厚禄故人来，为辨草堂留野叟。
嗟余亦是可怜人，惭愧阿戎惊白首。
一灯续得审斋光，多少达人为裔胄。
睠予憔悴五峰下，频寄篇来复相寿。
年来事事淋过灰，尚有诗情闲情窦。
有时信笔不自置，忆起居家吕窠臼。
审斋乐府似花间，何必老夫泲篇右。
《读审斋先生乐府》（《百家词》）

2. 毛晋：

东平王千秋，字锡老。尝见自制启联云："少日羁孤，百口星分于异县；长年忧患，一身蓬转于四方。"其遭逢概可想已。乐府凡六十余调，多酬贺篇，绝少绮艳之态。

《审斋词跋》（汲古阁本）

3. 李调元：

诗至晚唐，有卢延让不同文赋，“易为著者之乎”，风斯下矣。乃词至晚宋，又有王千秋审斋〔临江仙〕“者也之乎真太错”，不更下乎？此等直不可学。

《雨村词话》卷二

4.《四库全书总目提要》：

毛晋跋称其词多酬贺之作，然生日暇词，南宋人集中皆有，何独刻责于千秋？况其体本《花间》，而出入于东坡门径，风格秀拔，要自不杂俚音。南渡之后，亦卓然为一作手。黄昇《中兴词选》不见采录，或偶未见其本耳。晋《跋》遽以绝少绮艳评之，亦殊未允，集中如〔忆秦娥〕、〔清平乐〕、〔好事近〕、〔虞美人〕、〔点绛唇〕以及咏花诸作，短歌微吟，兴复不浅，何必屯田《乐章》始为情语也。

《审斋词提要》

5.《四库全书简明目录》：

（王千秋）其词出入于秦观、苏轼之间，毛晋跋以绝少绮艳病之。然如〔忆秦娥〕、〔清平乐〕、〔好事近〕、〔虞美人〕、〔点绛唇〕及咏花诸作，短歌微吟，兴复不浅，何必屯田《乐章》始为情语也。

《审斋词》

6. 谢章铤：

自三唐创雕琼镂玉之文，而五季沿月露风云之旧，求其辞致萧闲，情采标举，则竹坡挢舌，审斋掣肘。

《赌棋山庄词话》卷三

7. 冯煦：

后山、懒窟、申斋、石屏诸家，并娴雅有余，绵丽不足，与卢叔阳、黄叔旸之专尚细腻者，互有短长。

《蒿庵论词》

8．况周颐：

审斋词〔浣溪沙〕《咏焦油》云：“买市宣和预赏时。流苏垂盖宝灯围。小铛烹玉鼓声随。　金弹玲珑今夕是，鳌山缥缈昔游非。马行遗老想霓衣。”感物兴怀，不沾不脱。其断句如〔虞美人〕云：“老来心绪怯么弦。出塞移船莫遣、到愁边。”前调云：“海棠开尽野棠开。匹马崎岖、还入乱山来。”骨干疏俊。蓼园黄氏称其时有佳句，此类是已。又，〔青玉案〕云：“拥翘欲去。颦蛾还住。不尽徘徊意。”描写闺人姿态，栩栩豪端。毛子晋讥其“绝少绮语”，非知人之言也。又，审斋词〔浣溪沙〕云：“不止恨伊唯准拟，也先伤我太因循。而今头过总休论。”或疑“头”是误字，“头过”或宋人方言，犹“称消”周草窗〔西江月〕句“称消不过牡丹情”、“遮些”王质《渔父》词“遮些快活有谁知”、“怎奈向”秦少游〔八六子〕句“怎奈向、欢娱渐随流水”之类。

《历代词人考略》卷三十三

朱雍

朱雍（生卒年不详），宋绍兴中乞召试，与宗室赵仲御唱酬。著有《梅词》。

1. 况周颐：

通卷咏梅，行间自无一点尘俗，是不浪费楮墨者。

《梅词校记》（《四印斋汇刻三十一家词》）

2. 况周颐：

《中兴以来绝妙词选》录朱雍词三阕，小传云：有《梅词》二卷。四印斋所刻《梅词》，依南昌彭文勤知圣道斋藏旧钞本，即汲古阁未刻本，仅二十阕，又不分卷，疑原本不止此数，此为后人重辑也。（钱塘丁氏善本书室藏劳巽卿校本，亦止二十阕。）朱贤良词，谐适之调与拗涩之调皆工，自是倚声专家，非涉笔成兴，罔关深造者，比如〔忆秦娥〕、〔梅花引〕，此谐适之调也；〔迷神引〕、〔西平乐〕《用柳耆卿韵》，此拗涩之调也。连情发藻，咏叹长言，癯仙知己，斯为不愧。宋蜀人黄大舆辑前贤咏梅词为《梅苑》十卷，贤良此帙可与并传，〔暗香〕、〔疏影〕中述作之能事毕矣。

《历代词人考略》卷二十八

3. 胡玉缙：

其词意境澄澈，绝去纤尘，颇可讽诵。〔忆秦娥〕、〔西平乐〕诸阕尤雅丽，视老于填词者未为多让，只以名位不昌，故姓字不著于史传。

《梅词提要》（《四库未收书目提要续编》）

向滈

向滈(生卒年不详),字丰之,号乐斋,开封(今属河南)人。自幼能诗,尝从王庭珪游,宋绍兴间官萍乡令。有《乐斋词》。

1. 杨慎:

向丰之,号乐斋,有〔如梦令〕一词云“谁伴明窗独坐……”词似俚而意深,亦佳作也。

《词品》卷五

2. 胡玉缙:

其词虽未能与柳永、秦观抗衡,而清婉流丽,与晏殊、谢逸亦略相伯仲。

《乐斋词提要》(《四库未收书目提要续编》)

3. 《续修四库全书总目提要》:

滈词不事雕琢,俗不伤雅,儿女情痴,言之有味,惜淡而不腴,浅而不深,致不能成大家也。

《乐斋词一卷》

曹冠

曹冠（生卒年不详）字宗臣，号双溪居士，东阳（今浙江东阳）人。以乡贡入太学，为秦桧门下客，教其孙埙。宋高宗绍兴二十四年（1154）与秦埙同举进士。二十五年自平江府学教授，擢国子录，后除太常博士兼权中书门下检正诸房公事。秦桧死，免职。后被论并削科名。孝宗乾道五年（1169）再应试中第，光宗绍熙初为郴州守。有《双溪集》，词集名《燕喜词》。

1. 陈霾：

曹公文雄学奥，节劲气严，三十年台省旧人也。不辞小试，来游宣幕，使君大监状元詹公既深知之，一见其文集，尤加叹赏，叙而锓板于郡庠，名之曰《双溪》，因其居也，又以其所著乐府，可歌于闺门之内者，别为一集，名之曰《燕喜》，摭其实也。方其花朝月夕，少长团栾，尊俎之余，出而歌之，于以导嘻嘻怡怡之情，佳作乐事萃于一门，近世之作未有者……寥寥百余年，继坡仙而作，非公而谁？

《燕喜词叙》（《四印斋汇刻宋元三十一家词》）

2. 詹效之：

检正曹公，行兼九德，浑然天成，文章政事，渊源经术，廉介有守，既和且正。太守大监詹公叹赏其文，摭其大略而刊诸宣城学官。既有成集矣，复以所著乐府析为别集，名曰《燕喜》。窃尝玩味之，旨趣纯深，中含法度，使人一唱而三叹，盖其得于六义之遗意，纯乎雅正者也。昔王褒为益州刺史，作中和乐职宣布诗，出于一时歆羡，犹且选好事者，以《鹿鸣》之声习而歌之，至于转而上闻，汉宣帝褒美之。矧斯作也，和而不流，足以感发人之善心，将有采诗者播而扬之，以补乐府之阙，其有助于教化，岂浅浅哉！

《燕喜词跋》（《四印斋汇刻宋元三十一家词》）

3. 况周颐：

宗臣词取径质实，尚有骨干，却非专家之作。

《历代词人考略》卷二十七

4. 况周颐：

宋曹冠《燕喜词》〔凤栖梧〕云："飞絮撩人花照眼。天阔风微，燕外晴丝卷。"状春情景色绝佳。每值香南研北，展卷微吟，便觉日丽风暄，淑气扑人眉宇。全帙中似此佳句，竟不可再得。

《蕙风词话》卷二

姚述尧

姚述尧（生卒年不详）字进道，钱塘（今浙江杭州）人。宋高宗绍兴二十四年（1154）进士。孝宗乾道四年（1168）知乐清县，乾道七年（1171）权发遣处州。淳熙九年（1182）知鄂州，放罢。十五年（1188）知信州，旋主管亳州明道宫。述尧与张九成友善，以笃于内行著，以道学家而工词。词集名《箫台公余词》，以乐清有箫台峰，因以名词集。

1. 陆心源：

其词清丽芊绵，绝无语录气，亦南宋道学家所罕见也。

《箫台公余词跋》(《彊村丛书》)

2. 况周颐：

姚进道《箫台公余词》，皆其官乐清时所作，故以为名。《四库》及《研经室外集》均未著录，可知传本之少。仁和劳氏有钞本，光绪中，钱塘丁氏据以刻入《西泠词萃》。陆存斋先生跋，称其词“清丽芊绵，绝无语录气”，信然。《宋诗纪事》录进道诗，仅《过青田》断句云：“簇簇鱼盐喧古市，声声弦诵偏儒家。”其全首竟无存者，而词集独未散佚，亦云幸矣。

《历代词人考略》卷二十七

3. 况周颐：

姚进道《箫台公余词》〔浣溪沙〕《青田赵宰席间作》云：“醉眼斜拖春水绿。黛眉低拂远山浓。此情都在酒杯中。”〔鹧鸪天〕：“县有花名日日红。”《高仲坚席间作》云：“夜深莫放西风入，频遣司花护锦裀。”〔瑞鹧鸪〕《赏海棠》云：“一抹霞红匀醉脸，恼人情处不须香。”〔如梦令〕《水仙用雪堂韵》云：“钩月衬凌波，彷佛湘江烟路。”〔行香子〕《抹利花》云：“香风轻度，翠叶柔枝。

与玉郎摘，美人戴，总相宜。”〔好事近〕《重午前三日》云：“梅子欲黄时……”进道名述尧，钱塘人。南宋理学家张子韶诗云：“环顾天下间，四海唯三友。”三友者，施彦执、姚进道、叶先觉，其见重于时如此，顾亦能为绮语、情语。可知《兰畹》、《金荃》，何损于言坊行表也。

《蕙风词话》卷二

4. 胡玉缙：

述尧字进道，华亭人，以钱塘籍登绍兴二十四年进士，知温州乐清县。县有箫台峰，为王子晋吹箫之所，其词皆官乐清时所作……而词乃清丽芊绵，绝无语录气。陆心源《仪顾堂题跋》，称为“南宋道学家所罕见”，亦可见述尧之善用其才矣。

《箫台公余词提要》（《四库未收书目提要续编》）

陆游

陆游（1125—1210）字务观，号放翁，山阴（今浙江绍兴）人。以荫补登仕郎。宋高宗绍兴二十二年（1152）荐送列第一，秦桧孙埙适居其次，桧怒。次年试礼部复置前列，为秦桧所黜。桧死，始任福州宁德主簿，历敕令所删定官，大理寺司直兼宗正簿。孝宗即位，迁枢密院编修官兼编类圣政所检讨官，以“力学有闻，言论剀切”赐进士出身。以直言出判建康府、隆兴府。复以“交结台谏，鼓唱是非，力说张浚用兵”之罪名免归。乾道五年（1169）起通判夔州。王炎宣抚川陕，辟干办公事。范成大帅蜀，为参议官。累迁江西提举常平，知严州，除军器少监。光宗即位，迁礼部郎中兼实录院检讨官，旋即罢归山阴，闲居十年。宁宗嘉泰二年（1202）权同修国史、实录院同修撰、兼秘书监，升宝章阁待制，致仕。《宋史》有传。游有史才，工诗文，与范成大，杨万里、尤袤并称“中兴四大诗人”。著有《剑南诗稿》、《渭南文集》、《南唐书》等。亦工词，词集名《放翁词》，一名《渭南词》。

1. 陆游：

《风》、《雅》、《颂》之后，为骚、为赋、为曲、为引、为行、为谣、为歌，千余年后乃有倚声制辞，起于唐之季世，则其变愈薄，可胜叹哉！予少时汩于世俗，颇有所为，晚而悔之，然渔歌菱唱，犹不能止。今绝笔已数年，念旧作终不可掩，因书其首，以识吾过。

《长短句自序》（《渭南文集》卷十四）

2. 刘克庄：

长短句昉于唐，盛于本朝。余尝评之：耆卿有教坊丁大使意态；美成颇偷古句；温、李诸人，苦于挦撦；近岁放翁、稼轩，一扫纤艳，不事斧凿，高则高矣，但时时掉书袋，要是一癖。

《跋刘叔安感秋八词》(《丛书集成初编》一五六九《后村题跋》卷二）

3. 刘克庄：

至于酒酣耳热，忧时愤世之作，又如阮籍、唐衢之哭也。近世唯辛、陆二公有此气魄。

《翁应星乐府序》(《后村大全集》卷九十七）

4. 刘克庄：

放翁长短句……其激昂感慨者，稼轩不能过；飘逸高妙者，与陈简斋、朱希真相颉颃；流丽绵密者，欲出晏叔原、贺方回之上。

《后村诗话》续集卷四

5. 罗大经：

陆务观，农师之孙，有诗名，恃酒颓放，因自号放翁。作词云：“桥如虹。水如空。一叶飘然烟雨中。天教称放翁。”晚年和平粹美，有中原承平时气象，朱文公称美之。

《鹤林玉露》(《词苑萃编》卷五引）

6. 黄昇：

刘漫塘云：范至能、陆务观以东南文墨之彦，至能为蜀帅，务观在幕府，主宾唱酬，短章大篇，人争传诵之。

《中兴以来绝妙词选》卷二

7. 黄昇：

杨诚斋尝称陆放翁之诗敷腴，尤梁溪复称其诗俊逸，余观放翁之词，尤其敷腴俊逸者也。如〔水龙吟〕云：“韶光妍媚……”如〔归江仙〕云：“鸠雨催成新绿……”皆思致精妙，超出近世乐府。至于《月照梨花》一词云：“霁景风软……”此篇杂之唐人《花间集》中，虽具眼未知乌之雌雄也。

《中兴词话》

8. 黄昇：

放翁词纤丽处似淮海，雄快处似东坡。〔鹊桥仙〕《感旧》一词，英爽可掬，流浪亦可惜矣。

沈雄《古今词话·词评》上卷引

9. 杨慎：

放翁词纤丽处似淮海，雄慨处似东坡。其《感旧》〔鹊桥仙〕一首："华灯纵博……"英气可掬，流落亦可惜矣！其"坠鞭京洛，解珮潇湘。欲归时，司空笑问，渐近处，丞相嗔狂"，真不减少游。

《词品》卷五

10. 毛晋：

杨用修云"纤丽处似淮海，雄慨处似东坡"，予谓超爽处更似稼轩耳。

《放翁词跋》（《宋六十名家词》）

11. 宋征璧：

吾于宋词得七人焉：曰永叔，其词秀逸；曰子瞻，其词放诞；曰少游，其词清华；曰子野，其词娟洁；曰方回，其词新鲜；曰小山，其词聪俊；曰易安，其词妍婉。他若黄鲁直之苍老，而或伤于颓。王介甫之劖削，而或伤于拗。晁无咎之规检，而或伤于朴。辛稼轩之豪爽，而或伤于霸。陆务观之萧散，而或伤于疏。此皆所谓我辈之词也。苟举当家之词，如柳屯田哀感顽艳，而少寄托。周清真蜿蜒流美，而乏陡健。康伯可排叙整齐，而乏深邃。其外则谢无逸之能写景，僧仲殊之能言情，程正伯之能壮采，张安国之能用意，万俟雅言之能协律，刘改之之能使气，曾纯甫之能书怀，吴梦窗之能叠字，姜白石之能琢句，蒋竹山之能作态，史邦卿之能刷色，黄花庵之能选格，亦其选也。词至南宋而繁，亦至南宋而敝，作者纷如，难以概述。

《倡和诗余序》（《倡和诗余》）

12. 尤侗：

唐诗以李、杜为宗，而宋词苏、陆、辛、刘有太白之风；秦、黄、周、柳，得少陵之体。

《词苑丛谈序》(《词苑丛谈》)

13. 贺裳：

长调推秦、柳、周、康为协律……要此数家，正是王、石厨中物，若求王武子琉璃匕内豚味，吾谓必当求之陆放翁、史邦卿、方千里、洪叔玙诸家。

《皱水轩词筌》

14. 曾王孙：

昔梅溪、梦窗刻意作风华语，渭南、稼轩亦稍露豪迈之气。

《百名家词钞》引

15. 邹祗谟：

南宋诸家，蒋、史、姜、吴，警迈瑰奇，穷姿构彩；而辛、刘、陈、陆诸家，乘间代禅，鲸呿鳌掷，逸怀壮气，超乎有高望远举之思。

《倚声初集序》(《倚声初集》)

16. 邹祗谟：

诗家有王、孟、储、韦一派，词流惟务观、仙伦、次山、少鲁诸家近似，与辛、刘徒作壮语者有别。

《远志斋词衷》

17. 许昂霄：

南渡后，唯放翁为诗家大宗。词亦扫尽纤淫，超然拔俗。

《词综偶评·补录》

18. 王士禛：

温、和生而《花间》作，李、晏出而《草堂》兴。此诗之余而乐府之变也。诗余者，古诗之苗裔也。语其正，则南唐二主为之祖，至漱玉、淮海而极盛，高、史其嗣响也；语其变，则眉山导其源，至稼轩、放翁而尽变，陈、刘其余波也。有诗人之词，唐、蜀、五代诸人是也；有文人之词，晏、欧、秦、李诸君子是也；有词人之词，柳永、周美成、康与之之属是也；有英雄之词，苏、陆、辛、刘是也。

《倚声集序》(《渔洋山人文略》卷三)

19. 吴雯：

风筝天半玉嵚崎，本是仙人凤管吹。

一夜愁心化冰雪，韦家诗句渭南词。

《读放翁词》(《莲洋集》卷八)

20. 焦袁熹：

〔采桑子〕《编纂〈乐府妙声〉竟作》

蜡封夜半亲飞檄，驰论幽并。雨黑风腥。不许书生梦不醒。　　低篷三扇平生事，两鬓星星。家祭丁宁。等到冬青一树青。

惊鸿照影春波渌，风月池台。画角声哀。旧事依依心上来。　　单骑懊恼叙头凤，锦字亲裁。烛泪空陪。一寸相思一寸灰。

《此木轩直寄词》

21. 田同之：

魏塘曹学士云：词之为体如美人，而诗则壮士也；如春华，而诗则秋实也；如夭桃繁杏，而诗则劲松贞柏也。罕譬最为明快。然词中亦有壮士，苏、辛也；亦有秋实，黄、陆也。

诗词风气，正自相循。贞观、开元之诗，多尚淡远。大历、元和后，温、李、韦、杜渐入香奁，遂启词端。《金荃》、《兰畹》之词，概崇芳艳。南唐、北宋后，辛、陆、姜、刘渐脱香奁，仍存诗意。

《西圃词说》

22. 李其永：

不惜貂裘换钓篷，一身来往绿波中。

渔竿长在桃花树，春色山阴陆放翁。

《读历朝词杂兴》(《贺九山房诗·蓬蒿集》)

23. 王初桐：

陆放翁生时，母梦秦少游，故以秦名为字，而字其名。又有“小李白”之号。其词一扫纤秾，不事斧凿，艺苑称之。晚年为韩侂胄撰《南园阅古泉记》，见讥清议，尚论者惜焉。《四朝闻见录》：韩侂胄喜陆附己，至出所爱四夫人擘阮琴起舞，索公为词，有“飞上锦裀红绉”之语，今放翁集中无此词。

杨用修云：陆务观词纤艳如淮海，沉雄如东坡。

放翁〔鹊桥仙〕云：“镜湖元是属闲人，又何必、官家赐与。”又《夜闻杜鹃》云：“故山犹是不堪听，况半世飘零羁旅。”〔南乡子〕云：“重到故乡交旧少，凄凉却恐、他乡胜故乡。”笔意高绝，在集中亦推冠军。然议论透露，去前辈浑然和厚之气远矣。

《小嫏嬛词话》卷二

24. 李调元：

放翁词似诗，然较诗浓缛，所欠一醒字，而〔破阵子〕词却甚工。词云：“仕至千钟良易，年过七十常稀……”

《雨村词话》卷二

25. 凌廷堪：

填词之道，须取法南宋，然其中亦有两派焉。一派为白石，以清空为主，高、史辅之……扫除野狐，独标正谛，犹禅之南宗也。一派为稼轩，以豪迈为主，继之者龙洲、放翁、后村，犹禅之北宗也。

张其锦《梅边吹笛谱序》引(《清名家词》)

26. 黄苏：

放翁一生忧国之心，触处流出，无非一腔忠爱。此词辞虽含蓄，而意极沉痛。盖南渡国步日蹙，而上下安于逸乐，所谓“一城丝管”，争占亭馆也。次阕，自叹年华已晚，身安废弃，流落天涯，不能为力也。结句“恨向东风满”，饶有沉雄郁勃之致，跃跃纸上。（评陆游〔水龙吟〕“摩诃池上追游路”）

《蓼园词评》

27. 方东树：

补之词失之繁，气稍缓。放翁多门面客气。乃知大家之不易得。

《昭昧詹言》卷十二

28.《四库全书总目提要》：

游生平精力尽于为诗，填词乃其余力，故今所传者，仅及诗集百分之一。刘克庄《后村诗话》谓其时掉书袋，要是一病。杨慎《词品》则谓其纤丽处似淮海，雄快处似东坡。平心而论，游之本意，盖欲驿骑于二家之间，故奄有其胜，而皆不能造其极。要之诗人之言，终为近雅，与词人之冶荡有殊。其短其长，故具在是也。

《放翁词提要》

29. 谭莹：

莲花博士曲新翻，合是诗人总断魂。

飞上锦裍红绉语，千秋遗恨记南园。

《论词绝句一百首》（《乐志堂诗集》卷六）

30. 华长卿：

剑南词笔辟仙根，修月全无斧凿痕。

却怪时时掉书袋，惊他枵腹过雷门。

《论词绝句》（《梅庄诗钞》卷五）

31. 刘熙载：

陆放翁词，安雅清赡，其尤佳者在苏、秦间。然乏超然之致，天然之韵，是以人得测其所至。

《词概》

32. 李慈铭：

放翁词格，殊清快迫稼轩。

《越缦堂读书记》集部·词曲类·赤城词

33. 谭献：

两宋词人之耆寿者，前称子野，后则放翁。放翁乐府曲而至，婉而深，跌宕而昭彰。

《老学后庵自订词叙》(《复堂文续》卷二)

34. 谭献：

放翁秾纤得中，精粹不少，南宋善学少游者惟陆。

《复堂词话》

35. 冯煦：

剑南屏除纤艳，独往独来，其逋峭沉郁之概，求之有宋诸家无可方比。《提要》以为“诗人之言，终为近雅，与词人之冶荡有殊”，是也。至谓游“欲驿骑东坡、淮海之间，故奄有其胜，而皆不能造其极”，则或非放翁之本意欤？

《蒿庵论词》

36. 沈曾植：

南渡初以至光、宁，士大夫涉笔诗余者。标尚如此，略如诗有江西派。然石湖、放翁，润以文采，要为乐而不淫，以自别为诗人旨格。曾端伯《乐府雅词》，是以此意裁别者。

《海日楼丛钞》(《菌阁琐谈》附录)

37. 沈曾植：

黄公推挹放翁，是其独嗜。然陆与史，固判然两途。

《手批〈皱水轩词荃〉》(《菌阁琐谈》附录)

38. 沈曾植：

放翁、遗山，工力并到，但赋体多而比兴少耳。

《海日碎金·刘融斋〈词概〉评语》(《同声月刊》第三卷第十

一号）

39. 陈廷焯：

放翁、稼轩扫尽绮靡，别树词坛一帜，然二公正自不同，稼翁词悲而壮，如惊雷怒涛，雄视千古；放翁词悲而郁，如秋风夜雨，万籁呼号，其才力真可压于稼轩。人谓放翁颓放，诗词一如其人，不知处放翁之境，外患既深，内乱已作，不得不缄口结舌，托于颓放，其忠君爱国之心实与子美、子瞻无异也。读先生词，不当观其奔放横逸之处，当观其一片流离颠沛之思，哀而不伤，深得风人大旨。后之处乱世者有以法矣。

寓意高远，笔力高绝，此种地步不惟秦、柳不能道，即求诸唐、宋诸名家亦不能到。

放翁词胜于诗，以诗近于粗，词则精粗恰当。

《云韶集》卷六

40. 陈廷焯：

稼轩词，粗粗莽莽，桀傲雄奇，出坡老之上。惟陆游《渭南集》可与抗手，但运典太多，真气稍逊。

稼轩词非不运典，然运典虽多，而其气不掩，非放翁所及。

《词坛丛话》

41. 陈廷焯：

放翁词病在一泻无余，似此（按：指〔采桑子〕“宝钗楼上妆梳晚”）婉雅闲丽，不可多得也。（《大雅集》卷三）

辛、陆并称豪放，然陆之视辛，奚啻瓦缶之竞黄钟也？择其遒劲者数章，尚可觇其抱负，去稼轩则万里矣。（《放歌集》卷二）

《词则》

42. 陈廷焯：

放翁词亦为当时所推重，几欲与稼轩颉颃。然粗而不精，枝而不理，去稼轩甚远。大抵稼轩一体，后人不易学步。无稼轩才力，无稼轩胸襟，又不处稼轩境地，欲于粗莽中见沉郁，其可得

乎？（卷一）

东坡一派，无人能继。稼轩同时，则有张、陆、刘、蒋辈，后起则有遗山、迦陵、板桥、心余辈。然愈学稼轩，去稼轩愈远。稼轩自有真耳，不得其本，徒逐其末，以狂呼叫嚣为稼轩，亦诬稼轩甚矣。（卷八）

《白雨斋词话》

43. 陈锐：

宋以后无词，犹之唐以后无诗，词故诗之余也。晏、范、欧、苏、后山、山谷、放翁，皆极一时之盛。

《褒碧斋词话》

44. 蒋兆兰：

宋代词家，源出于唐五代，皆以婉约为宗。自东坡以浩瀚之气行之，遂开豪迈一派。南宋辛稼轩运深沉之思于雄杰之中，遂以苏、辛并称。他如龙洲、放翁、后村诸公，皆嗣响稼轩，卓卓可传者也。

《词说》

45. 郑文焯：

放翁题《花间集》云："此皆唐末五代时人作。方斯时，天下岌岌，生民救死不暇，士大夫乃流宕如此，可叹也哉。或者出于无聊故耶？"又谓："唐自大中以后，诗衰而倚声作，使诸人以其所长格力施于所短，则后世孰得而议。华墨驰骋则一，能此不能彼，未易以理推也。"今读放翁诗集，既滋多口，议其浅薄，颇有复沓之讥，而词则能摆落故态，斐娓可观，其高淡处出入稼轩、于湖之间，将其所谓"诗格益卑，而倚声者辄简古可爱"，请事斯语，还诸笠泽翁，当不以评泊矫枉，为予督过也。

《放翁词跋》（《大鹤山人词话》附录）

46. 况周颐：

放翁词风格隽上，亦有芊绵温丽之作。其〔双头莲〕《呈范致能待制》“华发星星”云云，此阕尤矜心作意之笔，气体沉著。又如〔月上海棠〕《咏成都城南蜀王旧苑古梅》“斜阳废苑朱门闲”，则尤卓然专家，不得谓诗人余事矣。《绝妙好词》录其小令三阕，殊未尽集中之胜。

《历代词人考略》卷三十一

47. 王国维：

南宋词人，白石有格而无情，剑南有气而乏韵。其堪与北宋人颉颃者，唯一幼安耳。

《人间词话》

48. 刘师培：

剑南之词，屏除纤艳，清真绝俗，逋峭沉郁，而出以平淡之词，例以古诗，亦元亮、右丞之匹。此道家之词也。

《论文杂记》

49. 吴梅：

刘潜夫云：放翁、稼轩，一扫纤艳，不事斧凿，但时时掉书袋，要是一癖。余谓务观与稼轩，不可并列。放翁豪放处不多，今传诵最著者，如〔双头莲〕、〔鹊桥仙〕、〔真珠帘〕等，字字馨逸，与稼轩大不相同。至南园一记，蒙垢今古，钗头别凤，寄慨家庭，平生家国间，真有隐痛矣。

《词学通论》

50. 闻野鹤：

寇莱公如春日园林，蔚然深秀。苏东坡如深山剑客，不娴俗礼。秦少游如花间丽色，却扇一笑，百媚横生。黄山谷如村女媚客，简直乏致。欧阳公如豪家子弟，仪态大方。张子野如春花百树，浅深互见。周美成如周公制礼，大体略备。王荆公如蛮夷入贡，不谙礼数。辛稼轩如草野人入掌枢密，动辄粗戾。蒋竹山如蓬门丽质，清秀有余。柳耆卿如通天老狐，醉即露尾。康与之如春场笙歌，繁乐聒耳。史梅溪如剪彩成花，细而近纤。姜白石如

江介澄波，悠然一往。吴梦窗如天孙云锦，一丝一缕，尽发奇光，俗子庸夫，见之却步。李易安如中人举鼎，时虞绝脏。王碧山如天家姬侍，神采幽馨，迥非凡艳。周公谨如辞树红英，难免浮浪。朱淑贞如碧窗鹦鹉，略解语言。陆放翁如野僧说法，清而无味。张玉田如中郎凋谢，典型尚存。余则自桧以外，可无讥矣。

《惬簃词话》

姜特立

姜特立（11255—？）字邦杰，丽水（今属浙江）人。以荫补承信郎。宋光宗时知阁门事。宁宗朝终官庆远军节度使。事见《宋史·佞幸传》。著有《梅山诗稿》。词集名《梅山词》。

1. 况周颐：

梅山词，妍丽丰腴是其本色，渐近深造，恰未成变化，以故纷披沉顿之笔，间一见之，而究不敌本色语多也。

《历代词人考略》卷三十三引

2. 况周颐：

姜邦杰《梅山词》一卷，半塘老人依南昌彭氏知圣道斋藏旧钞本刻入《宋元三十一家词》，凡二十阕。其在集中较为清疏遒上者，如〔霜天晓角〕之“欢娱电掣”、〔满江红〕之“小小华堂”均是。又，〔浣溪沙〕之后段云：“蜗角虚名真误我，蝇头细字不禁愁。班超何日定封侯。”上二句属对工活，末句恰能承束上意，余尝谓宋词名作皆有理脉可寻，于此等处见之。《德寿宫起居注》载姜特立进〔金盏子〕慢词，今集中失载。

《历代词人考略》卷三十三

3. 况卜娱：

宋姜特立《梅山词》〔菩萨蛮〕云：“苗叶万珠明，露华圆更清。”“圆更清”三字，其所以然未易说出，却有无限真趣深致，决非钝根人所能领会耳。又〔蝶恋花〕云：“明日尊前无觅处，咿轧篮舆，只向双溪路。”篮舆入词，似乎前此未有。咿轧肖其声，妙。

《织余琐述》

范成大

范成大（1126—1193）字致能，号石湖居士，吴县（今江苏苏州）人。宋高宗绍兴二十四年（1154）进士，授徽州司户参军，历圣政所检讨官、枢密院编修、秘书省正字、校书郎，迁著作佐郎，除吏部郎官，言者论其超躐，罢奉祠，起知处州，还为礼部员外郎兼崇政殿说书，迁起居郎。乾道六年（1170）假资政殿大学士充金祈请国信使，使金不屈，几遭杀害。使还，任中书舍人，出知静江府、广南西道安抚使，迁敷文阁待制、四川制置使，召除权吏部尚书，拜参知政事，两月，奉祠。淳熙七年（1180），起知明州，除端明殿学士，寻帅金陵，以病请闲。十年，进资政殿学士领洞霄宫；绍熙三年加大学士，四年卒，谥文穆。《宋史》有传。诗与陆游、杨万里、尤袤齐名，号“中兴四大诗人”，有《石湖大全集》，已佚。今存《石湖诗集》。词集名《石湖词》。

1. 杨长孺：

石湖先生文章翰墨，其视坡、谷，所谓鲁君至宋，呼于垤泽之门者。今留天地间，已贵珍之，况后世子云耶？吟咏余思，游戏乐府，纵笔落纸，不雕而工，较之于诗，似又度骅骝前也。

《石湖词跋》（《永乐大典》卷二二六六）

2. 黄昇：

词意清婉，咏味之如在图画中。（评〔眼儿媚〕《萍乡道中》）

《中兴词话》

3. 王闿运：

自然移情，不可言说，绮语中仙语也，考上上。（评范成大〔眼儿媚〕“酣酣日脚紫烟浮”）

《湘绮楼评词》

4. 沈曾植：

南渡初以至光、宁，士大夫涉笔诗余者，标尚如此，略如诗有江西派。然石湖、放翁润以文采，要为乐而不淫，以自别为诗人旨格。曾端伯《乐府雅词》，是以此意裁别者。

《海日楼丛钞》（《菌阁琐谈》附录）

5. 陈廷焯：

石湖词，风神婉约，元人先声。

石湖词音节最婉转，读稼轩词后，读石湖词，令人心平气和。

《云韶集》卷五

6. 况周颐：

《石湖词》有知不足斋刻本，乃据抄本付刊，鲍渌饮又辑《补遗》，但抄本字多讹脱。王半塘翁曾以旧本校之，朱彊村刻入丛书，又自《花庵词选》等书补辑二十二首，皆陈梦弼所未和。中间如〔醉落魄〕“栖鸟飞绝”阕，在《石湖词》中尤为黄绢幼妇。梦弼所和，大都石湖通显以后之作，其佳词如〔醉落魄〕者，不尽在元唱中也。

《历代词人考略》卷二十七

7. 胡玉缙：

成大在南宋中叶，诗文与杨万里、陆游齐名。今观其词，清雅莹洁，迥异尘嚣，小令尤胜于长调，亦与《诚斋乐府》、《放翁词》亦相伯仲……亦以见成大虽不以词名，而诗人之言，终为有则，有转胜于词人之冶荡者矣。

《石湖词提要》（《四库未收书目提要续编》）

8. 祝南：

石湖小词有绝佳者，如〔眼儿媚〕之“春慵恰似春塘水，一片縠纹愁。溶溶曳曳，东风无力，欲避还休”，香软温馨，中人欲醉，使淮海为之，恐不外是。惜石湖词如其诗，专主清润，类此者不多耳。梦窗和作，幸不及此，否则，将不知要费许多气力也。

《无庵说词》

尤袤

尤袤（1127—1194）字延之，自号遂初居士，常州无锡（今江苏无锡）人。少聪慧，被呼为奇童。宋高宗绍兴十八年（1148）进士，历泰兴令，累迁著作郎兼太子侍读。孝宗淳熙五年（1178）以直言出知台州，除淮东提举常平，改江东。八年进直秘阁、江西转运判官兼知隆兴府，改江东提刑。淳熙十六年（1189）兼权中书舍人兼直学士院。光宗绍熙元年（1190）改知婺州，改太平州，除焕章阁待制、给事中，兼侍讲，迁礼部尚书兼侍读。卒赠金紫光禄大夫，谥文简。《宋史》有传。袤善诗文，诗与杨万里、范成大、陆游齐名，号“中兴四大诗人”。著有《遂初小稿》，已佚。后人辑有《梁溪遗稿》一卷。今存词二首。

1.《啸翁词评》：

尤袤潜心理蕴，所著《梁溪集》，长短句尤工。

《历代词话》卷七引（按：《词苑萃编》卷五引此条作《续清言》）

2. 陈廷焯：

以诗为词，而不脱词场本色，真此调中合作。（评〔瑞鹧鸪〕“清溪西畔小桥东”）

《云韶集》卷二五

谢懋

谢懋（生卒年不详）字勉仲，号静寄居士，洛师（今属河南）人。生平不详。著有《静寄居士乐章》，有后人辑本，一名《静寄乐府》。

1. 黄昇：

吴坦伯明为序，称其片言只字，戛玉铿金，蕴藉风流，为世所贵云。

《中兴以来绝妙词选》卷四

2. 王世贞：

谢勉仲“染云为幌……”俱为险丽。

《艺苑卮言》

3. 杨慎：

谢勉仲，名懋，号静寄居士。吴伯明称其“片言只字，戛玉锵金，蕴藉风流，为世所贵云”。其七夕〔鹊桥仙〕一词入选，“钩帘借月”是也。若“余酲未解扶头懒，屏里潇湘梦远”，亦的的佳句。

《词品》卷四

4. 沈雄：

勉仲自号静寄居士，乐章二卷，吴坦为之序，称其“片言只字，戛玉锵金，蕴藉风流，为世所贵”。其《惜别》〔武陵春〕、《行乐》〔风流子〕，又其词之含情无限者。草窗所选〔蓦山溪〕、〔风入松〕，更推清丽。

《古今词话·词评》上卷

5. 王初桐

谢懋《静寄居士乐章》一卷，吴伯明为序，称其“片言只字，戛玉铿金，蕴藉风流，为世所赏”。

《小嫏嬛词话》卷二

6. 况周颐：

谢勉仲〔鹊桥仙〕《七夕》词，前人所最称赏，余不知其何以佳也？《词旨》警句“燕子不归花有恨”、“小院春寒”，是亦非其至者。勉仲词见于《花庵绝妙词选》及《绝妙好词》，凡十三阕，以〔石州引〕一阕为最完整：“日脚斜明，秋色半阴，人意凄楚。飞云特地凝愁，做弄晚来微雨。谁家别院，舞困几叶霜红，西风送客闻砧杵。鞭马出都门，正潮平洲渚。　　无语。忽忽短棹，满载离愁，片帆高举。京洛红尘，因念几年羁旅。浅颦轻笑，风月逢迎，别来谁画双眉妩。回首一销凝，望归鸿容与。”云云，惜后段“风月”上仍缺二字，《词综》有此词，亦缺此二字。

《历代词人考略》卷三十四

7. 张德瀛：

南宋人词咏桂者，毛吾竹、谢勉仲、吴梦窗诸家最著。

《词徵》卷六

8. 况卜娱：

《花庵词选》谢懋〔杏花天〕歇拍云：“余酲未解扶头懒，屏里潇湘梦远。”昔人盛称之。不如其过拍云：“双双燕子归来晚，零落红香过半。”此二语不曾作态，恰妙造自然。蕙风论词之旨如此。

《织余琐述》(《蕙风词话》卷二引）

9. 《续修四库全书总目提要》：

《花庵中兴以来绝妙词选》云谢勉仲有乐章二卷，吴坦伯明为序，称其“片言只字，戛玉铿金，酝藉风流，为世所贵”……〔浪淘沙〕云：“黄道雨初干……”又〔鹊桥仙〕《七夕》云：“钩帘借月，染云为幌。”〔杏花天〕云：“余酲未解扶头懒，屏里潇湘梦远。”〔风入松〕云：“换得河阳衰鬓，一帘烟雨梅黄。”皆雅有远神，辞无虚设，吴坦所谓，非浮夸也。

《静寄居士乐章一卷》

杨万里

杨万里（1127—1206）字廷秀，号诚斋。吉州吉水（今江西吉安）人。宋高宗绍兴二十四年（1154）进士，授赣州司户参军，调永州零陵丞。张浚入相，荐之于朝，授临安府教授，改知奉新县。召为国子博士，迁太常博士。升太常丞兼吏部郎官，转将作少监，出知漳州、常州，提举广东常平茶盐，提点广东刑狱。淳熙十一年（1184），召为吏部员外郎。历枢密院检详，守右司郎中，迁左司郎中，秘书少监，以直秘阁出知筠州。光宗即位，为秘书监，出为江东转运副使，乞祠，除秘阁修撰，提举万寿宫。自是屡召不复出，宁宗朝以宝文阁待制致仕，卒赠光禄大夫，谥文节。《宋史》有传。万里诗与范成大、陆游、尤袤齐名，称“中兴四大诗人”。有《诚斋集》。词有后人辑本《诚斋乐府》。

1. 黄昇：

诚斋长短句殊少，此曲（按：指〔忆秦娥〕“新春早”）精绝，当为拈出，以告世之未知者。

《中兴词话》

2. 沈雄：

杨万里，号诚斋。以道德风节，昭映一世，为四朝耆老……小词亦一二见也。

《古今词话·词评》上卷

3. 《续清言》：

杨万里不特诗有别才，即词亦有奇致……昔人谓东坡词是曲子中缚不住者，廷秀词又何多让？乃知有气节人，笔墨自然不同。

《历代词话》卷七引

4. 王初桐：

杨诚斋〔好事近〕、白玉蟾〔霜天晓角〕蜀妓〔市桥柳〕等作，奇峭可喜，乃词家险境，偶一为之则可。

《小嫏嬛词话》卷二

朱熹

朱熹（1130—1200）字元晦，一字仲晦，号晦庵，晚号晦翁，自号云谷老人，徽州婺源（今属江西）人，家于建阳（今属福建）之考亭山。宋高宗绍兴十八年（1148）进士，授同安主簿。孝宗乾道三年（1167）为枢密院编修官。淳熙五年（1178）知南康军，兴利除害，复白鹿洞书院。六年除提举江西常平茶盐公事，改浙东。十四年（1187）起提点江西刑狱。宁宗即位，除焕章阁待制，侍讲，后以忤韩侂胄，提举南京鸿庆宫。庆元二年（1196）落职罢祠。庆元六年（1200）卒。谥文，理宗时赠太师，追封信国公。《宋史》有传。熹居崇安时，榜厅事为“紫阳书堂”，学者称为“紫阳先生”。又创草堂于建阳之云谷，名“晦庵”，亦以自号。晚年卜筑考亭，建沧州精舍，自号“沧州病叟”，又号遁翁，学者又称为“考亭先生”。朱熹为宋代著名哲学家，工诗文，有《晦庵先生大全集》。词集名《晦庵词》。

1. 陈霆：

词曲于道末矣。纤言丽语，大雅是病，然以东坡、六一之贤，累篇有作，晦庵朱子，世大儒也，“江水浸云”，“晚朝飞画”等调，曾不讳言。用是而观，大贤君子，兴亦不浅矣。

《渚山堂词话序》

2. 邹祗谟：

词有隐括体，有回文体。回文之就句回者，自东坡、晦庵始也。

《远志斋词衷》

3. 朱彝尊：

仁宗于禁中度曲，时则有若柳永；徽宗以大晟名乐，时则有若周邦彦、曹组、辛次膺、万俟雅言，皆明于宫调，无相夺伦者也。洎乎南渡，家各有词，虽道学如朱仲晦、真希元，亦能倚声中律吕，而姜夔审音尤精。

《群雅集序》(《曝书亭集》卷四十)

4. 朱彝尊：

自唐以后，工诗者每兼工于词。宋元元老，若韩、范、司马，理学若朱仲晦、真希元，亦皆为之，由是乐章卷帙，几与诗争富。

《紫云词序》(《曝书亭集》卷四十)

5.《读书续录》：

晦庵先生回文词，几于家弦户诵矣。其隐括杜牧之《九日齐山登高诗》〔水调歌头〕一阕，气骨豪迈，则俯视辛、苏；音韵谐和，则仆命秦、柳，洗尽千古头巾俗态。

《历代词话》卷七引

6. 郑方坤：

偷声减字费吟哦，小技真来长者呵。

牵率晦翁张壁垒，不愁香粉倒前戈。朱子有《晦庵词》一卷。

《论词绝句》(《蔗尾诗集》卷五)

7. 张德瀛：

范文正、岳武穆，名臣也；真西山、朱晦庵，大儒也，而皆工于词……盖风会所趋，非必浸淫于此，乃能之也。

《词徵》卷五

8. 李宝嘉：

词盛于宋，而周、程皆不闻有作，晦庵偶一为之，而非所长。

《南亭词话》

严蕊

严蕊（生卒年不详），一名蕊奴，字幼芳。曾为天台军营妓。今存词三首。

1. 叶申芗：

天台营妓严蕊，字幼芳，色艺冠时，琴弈书画，靡不精妙。间作小词，亦复新颖可喜。

《本事词》卷下

2. 谭莹：

天台伎合赋桃花，限韵词工益作家。

怪得有人心为醉，鹊桥已驾恐缘差。

《论词绝句一百首》（《乐志堂诗集》卷六）

沈端节

沈端节（生卒年不详）字约之，号克斋，吴兴（今浙江湖州）人，寓居溧阳（今属江苏）。宋乾道三年（1167）为芜湖丞，后除知县。孝宗淳熙三年（1176）知衡州，后官提举江东茶盐，官至朝散大夫、江东提刑。与张孝祥友善。有《克斋词》。

1. 张侃：

沈端节字约之，《元夕》〔探春令〕云："旧家元夜，追随风月，连宵欢宴。被那溏引得，滴流流地，一似蛾儿转。　而今老大心情懒。灯下几曾忺看。算静中惟有，窗间梅影，合是幽人伴。"《日至》〔感皇恩〕词："和气霭微霄，黄云飘转。东阁观梅负诗眼。满斟绿酒，唱个曲儿亲劝。愿从今日去，长相见。宝幄欢浓，玉炉香软。彼此宜冬镇长健。绣床儿畔。渐渐日迟风暖。告他事事，底饶一线。"用俗语而婉丽。周文忠公乾道丁亥游山，经从芜湖，时约之为宰，以诗编谒文忠，文忠谢以诗："令君到处即文场，未怕簿书期会忙。神术有时朝赐履，赓歌无路赞垂裳。彭州篇什元飞动，工部交游更老苍。自古诗人贵磨琢，试看淇澳咏文章。"文忠期待，可谓厚矣。

《拙轩词话》

2. 毛晋：

今会宗词亦不多见，其脍炙人口者，惟《咏贾耘老苕上水阁》一阕……余尝有句云："三间小阁贾耘老，一首佳词沈会宗。"今读《克斋词》，风致亦甚相类，独长于咏物写景，又不堕郑卫恶习，殆梅溪、竹屋之流欤？

《克斋词跋》（《宋六十名家词》）

3. 吴衡照：

郭频伽《灵芬馆诗话》十卷，末附词话二卷……所录名篇隽句，生香活色，绝少俗韵。其称梅溪警句及克斋〔太常引〕一阕，真能补竹垞《词综》所未备。

《莲子居词话》卷三

4.《四库全书简明目录》：

其词多有调而无题，虽唐五代之旧例，然无以考其用意之工拙。以词采论之，则吐属颇有风韵，不以《花庵》、《草堂》诸选未见采录减价也。

《克斋词》

5. 冯煦：

《提要》谓沈端节吐属婉约，颇具风致，似尚未尽克斋之妙。周氏济论词之言曰："初学词求空，空则灵气往来，既成格调求实，实则精力弥满。"克斋所造，已臻实地。而〔南歌子〕"远树昏鸦闹"一阕，尤为字字沉响，匪仅以婉约擅长也。

《蒿庵论词》

6. 况周颐：

沈约之词，全阕如〔虞美人〕之"碧云衰草连天远"，〔洞仙歌〕（刻本无题，当是咏雪）之"夜来惊怪，冷逼流苏帐"，摘句如〔卜算子〕云："千里江山暗淡中，总是悲秋意。"〔南歌子〕云："雪篷烟櫂炯寒光。疑是风林纤月，到船窗。"〔醉落魄〕云："深院无人，只有燕穿幕。"〔太常引〕云："天远树冥冥。怅好梦，才成又醒。"并方雅清浑，未坠宋人标格。

《历代词人考略》卷三十三

7. 况周颐：

宋词名句，多尚浑成，亦有以刻画见长者。沈约之〔谒金门〕云："独倚危栏清昼寂，草长流翠碧。"前调云："寒色著人无意绪，竹鸣风似雨。"〔如梦令〕云："忺睡，忺睡。窗在芭蕉叶底。"〔念奴娇〕（刻本无题，当是咏海棠）云："醉态天真，半羞微敛，未肯都开了。"刻画而不涉纤，所以为佳。

《蕙风词话》卷二

张孝祥

张孝祥（1132—1169）字安国，历阳乌江（今安徽和县）人。寓居芜湖，因号于湖居士。宋高宗绍兴二十四年（1154）举进士第一，授承事郎，签书镇东军节度判官。时秦桧孙埙与试，考官已定埙第一，高宗拔孝祥第一，桧怒，下其父祁于狱。桧死方释。孝祥召为秘书省正字，迁校书郎、尚书礼部员外郎。绍兴二十八年（1158）除起居舍人，权中书舍人。被劾罢，起知抚州。孝宗即位，迁知平江府，以张浚荐除中书舍人，寻除直学士院兼都督府参赞军事，领建康留守。张浚北伐失败，罢。后起知静江府、广南西路经略安抚使，罢。乾道二年（1166）复起知潭州，迁荆南湖北路安抚使，请祠归，以疾卒。《宋史》有传。著有《于湖居士文集》，词集名《于湖词》，或名《于湖先生长短句》。

1. 汤衡：

昔东坡见少游《上巳游金明池》诗有“帘幕千家锦绣垂”之句，曰：“学士又入小石调矣。”世人不察，便谓其诗似词，不知坡之此言，盖有深意。夫镂玉雕琼，裁花剪叶，唐末词人非不美也，然粉泽之工，反累正气。东坡虑其不幸而溺乎彼，故援而止之，惟恐不及。其后元祐诸公，嬉弄乐府，寓以诗人句法，无一毫浮靡之气，实自东坡发之也。于湖紫微张公之词，同一关键。

公（孝祥）平昔为词，未尝著稿，笔酣兴健，顷刻即成，初若不经意，反复究观，未有一字无来处。如〔歌头〕凯歌、登无尽藏、岳阳楼诸曲，所谓骏发踔厉，寓以诗人句法者也。自仇池仙去，能继其轨者，非公其谁与哉？览者击节，当以予为知言。

《张紫微雅词序》

2. 陈应行：

苏明允不工于诗，欧阳永叔不工于赋，曾子固短于韵语，黄鲁直短于散语，苏子瞻词如诗，秦少游诗如词，才之难全也，岂前辈犹不免耶？紫微张公孝祥，姓字风雷于一世，辞彩日星于群因。其出入皇王，纵横礼乐，固已见于万言之陛对；其判花视草，演丝为纶，固已形于尺一之诏书。至于托物寄情，弄翰戏墨，融取乐府之遗意，铸为毫端之妙词，前无古人，后无来者，散落人间，今不知其几也。比游荆湖间，得公《于湖集》，所作长短句凡数百篇，读之泠然洒然，真非烟火食人辞语。予虽不及识荆，然其潇散出尘之姿，自在如神之笔，迈往凌云之气，犹可以想见也。

《于湖先生雅词序》(《影刊宋金元明本词》)

3. 谢尧仁：

先生诗文与东坡相先后者已十之六七，而乐府之作，虽但得于一时燕笑咳唾之顷，而先生之胸次笔力皆在焉。今人皆以为胜东坡，但先生当时意尚未能自肯，因又问尧仁曰：使某更读书十年何如？尧仁对曰：他人虽更读百世书，尚未必梦见东坡，但以先生来势如此之可畏，度亦不消十年，吞此老有余矣。

《张于湖先生集序》

4. 黄昇：

有《紫微雅词》，汤衡为序，称其平昔为词未尝著稿，笔酣兴健，顷刻即成，无一字无来处。如〔歌头〕凯歌诸曲，骏发蹈厉，寓以诗人句法者也。

《中兴以来绝妙词选》卷二

5. 魏了翁：

张于湖有英姿奇气，著之湖湘间，未为不遇。洞庭所赋（按：指〔念奴娇〕“洞庭青草”）在集中最为杰特。方其吸江酌斗、宾客万象时，讵知世间有紫微青琐哉？

《跋张于湖〔念奴娇〕词真迹》(《丛书集成初编》一五九七《鹤

山题跋》卷二）

6. 杨慎：

张孝祥，字安国，蜀之简州人，四状元之一也。后卜居历阳。平昔为词，未尝著稿，笔酣兴健，顷刻即成，无一字无来处。如〔歌头〕凯歌诸曲，骏发蹈厉，寓以诗人句法者也。

《词品》卷四

7. 宋征璧：

苟举当家之词，如……张安国之能用意……亦其选也。

徐釚《词苑丛谈》卷四引

8. 沈雄：

安国在建康留守魏公席上，赋〔六州歌头〕，感愤淋漓。魏公为之罢饮而入，则其词之足以动人者也。

《古今词话·词评》上卷

9. 查礼：

张安国孝祥号于湖，乌江人……著有《于湖词》一卷。声律宏迈，音节振拔，气雄而调雅，意缓而语峭。集内〔念奴娇〕过洞庭一解，最为世所称颂。

《铜鼓书堂词话》

10. 黄苏：

写雨写情，是一是二，笔极清婉流丽。至其托兴处，当于言外细细参之。（评张孝祥〔满江红〕“斗帐高眠”）

《蓼园词评》

11. 沈道宽：

赍恨于湖笔气遒，隔江猎火望毡裘。

符离取败张中令，忍听歌头唱六州。

《论词绝句》（《话山草堂诗钞》卷一）

12. 宋翔凤：

南宋词人，系情旧京，凡言归路，言家山，言故国，皆恨中原隔绝。此周公谨氏《绝妙好词》所由选也。公谨生宋之末造，见韩侂胄函首，知恢复非易言，故所选以张于湖为首。以于湖不附和议，而早知恢复之难，不似辛稼轩辈率意轻言，后复自悔也。

《乐府余论》

13.《四库全书总目提要》：

陈应行、汤衡两序，皆称其词寓诗人句法，继轨东坡，观其所作，气概亦几近之。《朝野遗记》称其在建康留守席上赋〔六州歌头〕一阕，感愤淋漓，主人为之罢席，则其忠愤慷慨，有足动人者矣。

《于湖词提要》

14.《四库全书简明目录》：

（张孝祥）其诗文皆追摹苏轼，词亦骎骎乎近之。《朝野遗记》称其在建康留守席上，赋〔六州歌头〕，感慨淋漓，主人为之罢席，可以想其气概矣。

《于湖词》

15. 谭莹：

红罗百匹总无嫌，想亦无心学子瞻。

至使魏公缘罢酒，一腔忠愤洗香奁。

《论词绝句一百首》（《乐志堂诗集》卷六）

16. 王僧保：

唾壶击碎剑光寒，一座欷歔墨未干。

别有心胸殊历落，不同花月寄悲欢。

《论词绝句》（《餐樱庑词话》引）

17. 华长卿：

南渡无人说中兴，状元忠愤气填膺。

千金一字于湖集，来历何人注少陵。

《论词绝句》（《梅庄诗钞》卷五）

18. 刘熙载：

张孝祥安国于建康留守席上赋〔六州歌头〕，致感重臣罢席。然则词之兴、观、群、怨岂下于诗哉？

《词概》

19. 孙衣言：

每读苏子瞻、张于湖、陈同甫诸家之作，豪情逸兴，相去千余年，而其傲睨一世之概如在目前。窃谓词固未可轻，且亦何必定作儿女子语耶？

《水仙亭词序》(《东瓯词征》卷十)

20. 谢章铤：

于湖为南宋名家，所著《紫微词》，久已脍炙人口。

《赌棋山庄词话》续编一

21. 王闿运：

飘飘有凌云之气，觉东坡〔水调〕有尘心。(评张孝祥〔念奴娇〕“洞庭青草”)

《湘绮楼评词》

22. 冯煦：

于湖在建康留守席上赋〔六州歌头〕，感愤淋漓，主人为之罢席。他若〔水调歌头〕之“雪洗虏尘静”一首，〔木兰花慢〕之“拥貔貅万骑”一首，〔浣溪沙〕之“霜日明霄”一首，率皆眷怀君国之作。

《蒿庵论词》

23. 陈廷焯：

安国词，意到笔随，却不浮滑，字字腴炼。

《云韶集》卷五

24. 陈廷焯：

张安国词，热肠郁思，可想见其为人。刘后村感激豪宕，其词与安国相伯仲，去稼轩虽远，正不必让刘、蒋。世人多好推刘、

蒋，直以为稼轩后劲，何耶？（卷一）

张孝祥〔六州歌头〕一阕，淋漓痛快，笔饱墨酣，读之令人起舞。惟“忠愤气填膺”一句，提明忠愤，转浅转显，转无余味。或亦耸当途之听，出于不得已耶。（卷六）

唐宋名家，流派不同，本原则一。论其派别，大约……辛稼轩为一体，张、陆、刘、蒋、陈、杜合者附之。

东坡一派，无人能继，稼轩同时，则有张、陆、刘、蒋辈，后起则有遗山、迦陵、板桥、心余辈。然愈学稼轩，去稼轩愈远，稼轩自有真耳。不得其本，徒逐其末，以狂呼叫嚣为稼轩，亦诬稼轩甚矣。（卷八）

《白雨斋词话》

25. 况周颐：

于湖词〔菩萨蛮〕云：“东风约略吹罗幕……”此词绵丽蓄艳，直逼《花间》。求之北宋人集中，未易多覯。

《蕙风词话》续编卷一

26. 张寿镛：

自宋元丰间，清真居士（周邦彦，字美成）以词学鸣于时，洎知明州，因家奉化。所谓《清真词》者，明之士皆善习焉。南渡而后，张于湖（孝祥）其尤著者也。

《梦窗词稿序》（《梦窗四稿》）

27. 高旭：

翠葆霓旌怅望中，中原遗老愤填胸。

到今听此心犹碎，罢席应非一魏公。

《论词绝句》三十首（《未济庐诗集》）

28. 吴梅：

此作（按：〔念奴娇〕“洞庭青草”）绝妙好词冠诸简端，其气象固是豪雄，惟用韵不甚合耳。于湖他作，如〔西江月〕之“东风吹我过湖船，杨柳丝丝拂面”，〔满江红〕之“点点不离杨柳外，声声只在芭蕉里”，皆俊妙可喜。陈郡汤衡序《于湖词》云：“元祐诸公，嬉弄乐府，寓以诗人句法，无一毫浮靡之气，实自东坡发之也。于湖紫微张公之词，同一关键。”以于湖并东坡，论亦不误，惟才气较薄弱耳。

《词学通论》

王质

王质（1135—1189）字景文，号雪山，其先东平（今属山东）人，南渡后，徙兴国（今湖北阳新）。游太学，与张孝祥父子交，深见器重。宋绍兴三十年（1160）进士。辟为张浚都督江淮幕，入为太学正，被谗罢。虞允文宣抚川陕，辟为幕属。入为敕令所删定官，迁枢密院编修官。虞允文荐质等三人鲠亮有文，可为谏官，亦为中贵所沮。出通判荆南府、改吉州，皆不赴。淳熙十六年卒，年五十五。《宋史》、《南宋书》有传。有《雪山集》四十卷，《彊村丛书》辑有《雪山词》一卷。

1. 王初桐：

王质《雪山词》多粗劣，其调名往往多不经见者。如〔凤时春〕、〔泛兰舟〕、〔无月不登楼〕、〔别素质〕、〔平调万年欢〕之类是也，惟〔怨春郎〕《宿池口》一阕颇佳，词云："芦花已老。蓼花已老。江腹冲风，山头残照。暮烟不辨栖鸥。识归舟。　归舟照顾新洲阁。惊波恶。别栋深湾泊。南津北泺，水村总没人家。莽平沙。"又〔红窗怨〕《送邵倅》一阕与蜀妓〔市桥柳〕《送行》词大略相同。

《小嫏嬛词话》卷二

2. 况周颐：

王景文自序《西征丛纪》云："自丁亥至庚寅，得词五十有一。"今所传聚珍版大典本《雪山集》卷十六诗余七十五首，今录小令二首。〔清平乐〕云："断桥流水。香满扶疏里。忽见一枝明眼底。人在山腰水尾。　梨花应梦纷纷。征鸿叫断行云。不见绿毛么凤，一方明月中庭。"〔虞美人〕云："绿阴夹岸人家住。桥上人来去。行舟远远唤相应。全似孤烟斜日、出阊门。　流花拂拂侵沙嘴。直到垂杨底。吴江虽有晚潮回。未比合江亭下、水如飞。”断句如〔清平乐〕《梅影》云：“细看横斜影下，如闻溪水泠泠。”〔鹧鸪天〕《山行》云：“微茫山路才通足，行到山深路亦无。”〔一斛珠〕《桃园赏雪》云：“横吹小弄梅花笛。看你飘零，不似江南客。”〔青玉案〕《池亭》云：“一寸江湖无可付。渚兰汀草，卧烟欹雨，荒水垂纶处。”并皆疏俊清新，自然妙造。景文于词，庶几造诣甚深，不同口占漫兴之作。

《历代词人考略》卷二十八

3. 况周颐：

王质〔江城子〕句云：“得到钗梁容略住，无分做，小蜻蜓。”未经人道。

《蕙风词话》卷二

丘崈

丘崈（1135—1208）字宗卿，江阴（今属江苏）人。宋隆兴元年（1163）进士，为建康府观察推官。虞允文奇其才，奏除国子博士，迁太常博士，出知秀州华亭县。历知绍兴府，改两浙转运副使。光宗即位，历官太常少卿兼权工部侍郎，户部侍郎，四川安抚制置使兼知成都府。宁宗朝，知建康府、江淮宣抚使。开禧二年（1206），签书枢密院事、督视江淮军马。嘉定元年（1208）七月，同知枢密院事，八月病卒，年七十四，谥文定。《宋史》有传。有《丘文定公集》十卷，《文定公词》一卷。

1.《续修四库全书总目提要》：

崈机神颖悟，慷慨忠烈，而其词不似辛、刘，然如〔水调歌头〕《登赏心亭怀古》、《秋日登浮远堂作》诸首，以苍莽之调，寄回荡之音，亦南宋初年可读之词。

《丘文定公词一卷》

赵长卿

赵长卿（生卒年不详），自号仙源居士，宗室，南渡后居南丰（今属江西）。宋高宋、孝宗间在世。有《仙源居士乐府》九卷。

1. 毛晋：

长卿自号仙源居士，盖南丰宗室也，不栖志纷华，独安心风雅，每遇花间莺外，辄觞咏自娱。乡贡进士刘泽集其乐府，以春景、夏景、秋景、冬景及总词、贺生辰、补遗类编，釐为十卷，虽未敢与南唐二主相伯仲，方之徽宗，则响出云霄矣。

《惜香乐府跋》（《宋六十名家词》）

2. 沈雄：

汲古阁载南丰宗室赵长卿，一称仙源居士，《惜香乐府》多至十卷……此四宗室之工于词者也。

《古今词话·词话》上卷

3.《四库全书简明目录》：

（赵长卿）其词瑕瑜互见，不能一一警策。然长卿恬于进取，觞咏自适，随意成文，亦颇有淡远萧疏之致。

《惜香乐府》

4. 华长卿：

惜香乐府号仙源，恬淡高风万古存。

寄语吴兴松雪老，姓名惭否赵王孙。赵长卿、赵孟頫

《论词绝句》（《梅庄诗钞》卷五）

5. 胡薇元：

赵长卿《惜香乐府》，宋宗室也，自号仙源居士。词十卷，分四季，乃当时乡贡进士刘泽所定，体殊无谓……长卿澹于仕进，觞咏自娱，多淡远萧疏之致。

《岁寒居词话》

6. 陈廷焯：

居士词凄艳芊绵，飞卿之流亚也。

《云韶集》卷四

7. 冯煦：

坦庵、介庵、惜香，皆宋氏宗室，所作并亦清雅可诵。

《蒿庵论词》

8. 况周颐：

《惜香乐府》有〔蓦山溪〕《和曹元宠赋梅韵》，知长卿为徽宗时人。又有〔清平乐〕《忠孝堂呈李宜山同舍》，当是曾为太学诸生。词凡十卷，约三百阕，在六十家中为裒然巨帙。其〔眼儿媚〕“楼上黄昏”阕，乃秦少游作；〔念奴娇〕“见梅惊笑”阕，乃朱希真作；〔贺新郎〕“篆缕销金鼎”阕，乃李玉作。皆明人改编时羼入也。

《历代词人考略》卷二十二

9. 张德瀛：

赵长卿《惜香乐府》编至十卷，殆倚声家之詅痴符也。集中〔蓦山溪〕、〔汉宫春〕诸阕，多插科打诨之语，与黄豫章〔鼓笛慢〕数词相类，庄士见之，能无废卷耶？

《词徵》卷一

张震

张震（生卒年不详）字东父，号无隐居士，龙湖（今属四川）人。宋宁宗庆元三年（1197）知湖州，五年（1199）为江西提刑，开禧元年（1205）江西提刑。嘉定元年（1208）入为右司郎中。今存词五首。

1. 黄昇：

词甚婉媚，盖富贵人语也。

《中兴以来绝妙词选》卷三

2. 杨慎：

张震，字东父，号无隐居士，蜀之益宁人也。孝宗朝为谏官，有直声，孝宗称其知无不言，言无不当。光宗朝以数直言去位，时称“王十朋去，省为之空；张震去，台为之空”，一代名臣也，而其词婉媚风流，乃知赋梅花者，不独宋广平也。

《词品》卷五

3. 王初桐：

张震号无隐居士，词甚婉媚，盖富贵人语。

《小嫏嬛词话》卷二

4. 况周颐：

张东父词见《中兴以来绝妙词选》，凡五阕，其全阕〔鹧鸪天〕云：“宽尽香罗金缕衣。心情不似旧家时。万丝柳暗才飞絮，一点梅酸已着枝。　金底背，玉东西。前欢赢得两相思。伤心不及风前燕，犹解穿帘度幕飞。”花庵词客谓其词甚婉媚，庶乎近之。至谓富贵人语，恐富贵人无此雅骨也。

《历代词人考略》卷二十八

王炎

王炎（1137—1218）字晦叔，号双溪，婺源（今属江西）人。宋孝宗乾道五年（1169）进士，调崇阳主簿。张栻帅江陵，辟置幕府。秩满授潭州教授，改知临湘县，以荐知湖州，累官至军器监，中奉大夫，封婺源县男。《宋史翼》有传。炎与朱熹友善，所居在武水之阳，双溪合流，因以"双溪"名集，有《双溪集》。其他著作甚多，总题《双溪类稿》，已佚。词集名《双溪词》，或名《双溪诗余》。

1. 王炎：

今之长短句，盖乐府曲之苗裔也。古律诗至晚唐衰矣，而长短句尤为清脆，如幺弦孤韵，使人属耳不厌也。予于诗文本不能工，而长短句不工尤甚。盖长短句宜歌而不宜诵，非朱唇皓齿，无以发其要妙之声……今之为长短句者，字字言闺阃事，故语懦而意卑。或者欲为豪壮语以矫之，夫古律诗且不以豪壮语为贵，长短句命名曰曲，取其曲尽人情，惟婉转妩媚为善，豪壮语何贵焉？不溺于情欲，不荡而无法，可以言曲矣。此炎所未能。曹公论鸡跖曰：食之无益，弃之可惜。此长短句五十余阕，亦鸡跖之类也。

《双溪诗余自序》(《四印斋汇刻宋元三十一家词》)

2. 况周颐：

王晦叔《双溪诗余》，疏俊处雅有北宋风格。如〔鹧鸪天〕之"淡淡疏疏不惹尘"，〔念奴娇〕之"晓来雨过"是也。断句如〔卜算子〕云："那得心情似少年，双燕归时候。"又云："蓓蕾枝头怯苦寒，恰似人憔悴。"又云："雨意才收日气浓，玉靥红如醉。"言情肖物，并皆佳妙。又〔南柯子〕云："青翰载酒泛晴晖。不忍十分寥落、负花时。”〔好事近〕云：“闲日似年长，又在他乡春暮。柳外一声鶗鴂，怨落花飞絮。”晦叔自序之言曰：“长短句命名曰曲，取其曲尽人情，唯婉转妩媚为善。如右所作，固犹在婉转妩媚之上也。”

《历代词人考略》卷三十一

3. 胡玉缙：

炎学问渊雅，著述甚夥，故诗文既具有根底，其词亦清切婉丽，深得晚唐、五代以来之正宗。此集五十余阕，几于首首可诵。观自序数语，可见其学识坚卓，即倚声小道，亦不为风气所转移矣。

《双溪词提要》(《四库未收书目提要续编》)

杨冠卿

杨冠卿（1139—？）字梦锡，江陵（今属四川）人。举进士，为九江戎司掾，曾知广州。晚寓临安。著有《客亭类稿》。有《客亭乐府》。

1. 况周颐：

杨梦锡《客亭乐府》一卷，彊村朱氏依《大典》《客亭类稿》本刻行。词凡三十六首。〔垂丝钓〕云："翠帘昼卷。庭花日影初转。酒力未醒，眉黛还敛。停歌扇（《词综补遗》作"眉黛敛，还传歌扇"）。背画阑倚遍。情无限。怅韶华又晚。　　锦鞯去后，愁宽珠袖金钏。碧云信远。难托西楼雁。空写银筝怨。肠欲断。更落红万点。"此调涩甚，词则妥贴易施，可称合作。〔水调歌头〕序云："归自罗浮，舟过于湖，哭张安国。至采石，吊李谪仙，悼今昔二贤豪之不复见也。月夜酹酒江渍，慨然而去，作长短句："曳杖罗浮去，辽鹤正南翔。青鸾为报消息，岩壑久相望。无奈渔溪欸乃，唤起萍洲昨梦，风雨趁归航。万里家何许，天阔水云长。历五湖，转湘楚，下三江。兴亡千古余恨，收拾付诗囊。重到然犀矶渚，不见骑鲸仙子，客意转凄凉。举酒酹江月，襟袖泪淋浪。"此词称题自是不易，以其伤今吊古，一往情深，颇有关于襟抱，故录之。词格如杨客亭，当以"穆"字药一"近"字。

《历代词人考略》卷三十二

2. 况周颐：

宋人词如《客亭乐府》，不失其为清辞丽句，顾绝无迴肠荡气、惊才绝艳之笔，以其无事外远致，乃至循览竟卷，不能言其佳胜所在。盖是犹中驷，非上乘也。

《历代词人考略》卷三十二引

3.《续修四库全书总目提要》：

是编……共三十六首，浑圆溜亮，篇篇可读。

《客亭乐府一卷》

辛弃疾

辛弃疾（1140—1207）初字坦夫，后改字幼安，号稼轩，历城（今山东济南）人。少与党怀英同师蔡伯坚，号“辛党”。宋高宗绍兴三十一年（1161）组织义兵抗金，后率部归耿京义军，为掌书记，人称“青兕”。三十二年（1162）奉命奉表归宋，高宗于建康召见。授耿京为天平军节度使，弃疾为承务郎、天平节度掌书记。使还，张安国已害耿京，率部降金。弃疾带人径闯金营，缚张安国，率义军归南宋。差江阴签判。孝宗乾道四年（1168）通判建康府。六年上《九议》、《应问》、《美芹十论》，言恢复大计。迁司农寺主簿，出知滁州。淳熙元年（1174），辟江东安抚司参议官，以叶衡荐提点江西刑狱，历京西转运判官，知江陵府兼湖北安抚使，知隆兴府兼江西安抚使。五年（1178）召为大理少卿，出为湖北、湖南转运副使，知潭州兼湖南安抚使。在湖南创“飞虎军”，为江上诸军之冠。再知隆兴府兼江西安抚使。淳熙八年（1181）被劾，落职。卜居上饶城北之带湖，筑室名之稼轩，自号稼轩居士。光宗绍熙二年（1191）起福建提点刑狱，迁太府卿，知福州兼福建安抚使。宁宗庆元元年（1195）再被劾，丐祠归。家居瓢泉达八年。后起知绍兴府兼浙东安抚使，知镇江府。坐缪举提举冲佑观，进龙图阁待制，知江陵府，后进枢密都承旨，未受命而卒。赠光禄大夫。恭宗德祐初，加赠少师，谥忠敏。《宋史》有传。著有《稼轩集》，已佚，有辑本《辛稼轩诗文钞存》。有《稼轩词》，又一本名《稼轩长短句》。

1. 范开：

器大者声必闳，志高者意必远。知夫声与意之本原，则知歌词之所自出。是盖不容有意于作为，而其发越著见于声音言意之表者，则亦随其所蓄之浅深，有不能不尔者存焉耳。世言稼轩居士辛公之词似东坡，非有意于学坡也，自其发于所蓄者言之，则不能不坡若也。坡公尝自言与其弟子由为文口多而未尝敢有作文之意，且以为得于谈笑之间，而非勉强之所为。公之于词亦然，苟不得之于嬉笑，则得之于行乐；不得之于行乐，则得之于醉墨淋漓之际。挥毫未竟而客争存去，或闲中书石，兴来写地，亦或微吟而不录，漫录而焚稿，以故多散逸。是亦未尝有作之之意，其于坡也，是以似之。虽然，公一世之豪，以气节自负，以功业自许，方将敛藏其用以事清旷，果何意于歌词哉？直陶写之具耳。故其词之为体，如张乐洞庭之野，无首无尾，不主故常；又如春云浮空，卷舒起灭，随所变态，无非可观。无他，意不在于作词，而其气之所充，蓄之所发，词自不能不尔也。其间固有清而丽、婉而妩媚，此又坡词之所无，而公词之所独也。昔宋复古、张乖崖方严劲正，而其词乃复有浓纤婉丽之语，岂铁石心肠者类皆如是耶？

《稼轩词序》(《稼轩词甲集》)

2. 汪莘：

余于词，所爱喜者三人焉。盖至东坡而一变，其豪妙之气，隐隐然流出言外，天然绝世，不假振作。二变而为朱希真，多尘外之想，虽杂以微尘，而其清气自不可没。三变而为辛稼轩，乃写其胸中事，尤好称渊明。此词之三变也。

《方壶诗余自序》(《彊村丛书》)

3. 刘克庄：

长短句昉于唐，盛于本朝，余尝评之：耆卿有教坊丁大使意态；美成颇偷古句，温、李诸人，困于挦扯；近岁放翁、稼轩，一扫纤艳，不事斧凿，高则高矣，但时时掉书袋，要是一癖。

《跋刘叔安感秋八词》(《丛书集成初编》一五六九《后村题跋》卷二)

4. 刘克庄：

至于酒酣耳热，忧时愤世之作，又如阮籍、唐衢之哭也。近世唯辛、陆二公有此气魄。

《翁应星乐府序》（《后村大全集》卷九十七）

5. 刘克庄：

世之知公者，诵其诗词，而以前辈谓有井水处，皆唱柳词。余谓耆卿直留连光景，歌咏太平尔；公所作大声鞺鞳，小声铿鍧，横绝六合，扫空万古，自有苍生以来所无。其秾纤绵密者亦不在小晏、秦郎之下。

《辛稼轩集序》（《后村大全集》卷九十八）

6. 元好问：

坡以来，山谷、晁无咎、陈去非、辛幼安诸公，俱以歌词取称，吟咏情性，留连光景，清壮顿挫，能起人妙思。亦有语意拙直，不自缘饰，因病成妍者，皆自坡发之。

《新轩乐府引》（《遗山文集》卷三十六）

7. 元好问：

乐府以来，东坡第一，以后便到辛稼轩。

《遗山自题乐府引》（《遗山乐府》）

8. 黄昇：

"宝钗分，桃叶渡……"此辛稼轩词也。风流妩媚，富于才情，若不类其为人矣。至于《贺王宣子平寇》则云："白羽风生貔虎噪，青溪路断猩鼯泣。"……等语，则铁心石肠发于词气间凛凛也。盖其天才既高，如李白之圣于诗，无适而不宜，故能如此。

《中兴词话》

9. 詹傅：

近世词人，如康伯可，非不足取，然其失也诙谐；如辛稼轩，非不可喜，然其失也粗豪。

《笑笑词序》（《彊村丛书》）

10. 王博文：

乐府始于汉，著于唐，盛于宋。大概以情致为主，秦、晁、贺、晏虽得其体，然哇淫靡曼之声胜。东坡、稼轩矫之以雄词英气，天下之趋向始明。

《天籁集序》（《四印斋刻本》）

11. 刘辰翁：

词至东坡，倾荡磊落，如诗如文，如天地奇观，岂与群儿雌声学语较工拙？然犹未至用经用史，牵《雅》、《颂》入《郑》、《卫》也。自辛稼轩前，用一语如此者，必且掩口。及稼轩横竖烂熳，乃如禅宗棒喝，头头皆是；又如悲笳万鼓，平生不平事并卮酒，但觉宾主酣畅，谈不暇顾。词至此亦足矣。然陈同父效之，则与左太冲入群媪相似，亦无面而返。嗟乎，以稼轩为坡公少子，岂不痛快灵杰可爱哉！而愁髻龋齿作折腰步者阉然笑之。《敕勒》之歌拙矣，“风吹草低”之句，与“大风起”语高下相应，知音者少。顾稼轩胸中今古，止用资为词，非不能诗，不事此耳。斯人北来，喑呜鸷悍，欲何为者？而谗摈销沮，白发横生，亦如刘越石。陷绝失望，花时中酒，托之陶写，淋漓慷慨，此意何可复道，而或者以流连光景、志业之终恨之，岂可向痴人说梦哉？为我楚舞，吾为若楚歌，英雄感怆，有在常情之外，其难言者，未必区区妇人孺子间也。世儒不知哀乐，善刺人，及其自为，乃与陈若山等。嗟哉！伟然二丈夫无异。

《辛稼轩词序》（《须溪集》卷六）

12. 陈模：

蔡光工于词，靖康间陷于虏中。辛幼安尝以诗词参请之，蔡曰：子之诗则未也，他日当以词名家。故稼轩归本朝，晚年词笔尤好。尝作〔贺新郎〕云：“绿树听啼鴂……”此词尽集许多怨事，全与太白《拟恨赋》手段相似。又《止酒》赋〔沁园春〕云：“杯汝来前……”此又如《宾戏》、《解嘲》等作，乃是把古文手段寓之于词。赋《筑偃湖》云:“叠嶂西驰……”说松而及谢家子弟、相如车骑、太史公文章,自非脱落故常者未易闯其堂奥。刘改之所作〔沁园春〕,虽颇似其豪,而未免于粗。近时作词者,只说周美成、姜尧章等,而以稼轩词为豪迈,非词家本色。潘紫岩牥云:东坡为词诗,稼轩为词论。此说固当。盖曲者曲也,固当以委曲为体;然徒狃于风情婉娈,则亦不足以启人意。回视稼轩所作,岂非万古一清风也哉?

《怀古录》卷中

13. 韩淲:

辛弃疾字幼安,有机数,调度高放,词语洒落。俗传所谓《稼轩长短句》是也。

《涧泉日记》卷中

14. 赵文:

观欧、晏词,知是庆历、嘉祐间人语。观周美成词,其为宣和、靖康也无疑矣。声音之为世道邪?世道之为声音邪?有不自知其然而然者矣。悲夫!……渡江后,康伯可未离宣和间一种风气,君子以是知宋不能复中原也。近世辛幼安跌荡磊落,犹有中原豪杰之气。而江南言词者宗美成,中州言词者宗元遗山,词之优劣未暇论,而风气之异,遂为南北强弱之占,可感已。

《吴山房乐府序》(《青山集》卷二)

15. 张炎:

辛稼轩〔祝英台近〕云:“宝钗分……”皆景中带情,而存骚雅。故其燕酣之乐,别离之愁,回文题叶之思,岘首西州之泪,一寓于词。若能屏去浮艳,乐而不淫,是亦汉魏乐府之遗意。

辛稼轩、刘改之作豪气词,非雅词也,于文章余暇,戏弄笔墨,为长短句之诗耳。

元遗山极称稼轩词,及观遗山词,深于用事,精于炼句,有风流蕴藉处,不减周、秦,如《双莲》、《雁邱》等作,妙在模写情态，立意高远，初无稼轩豪迈之气。

《词源》卷下

16. 李长翁：

诗盛于唐，乐府盛于宋，诸贤名家不少，独东坡、稼轩杰作磊落倜傥之致，溢出豪端，殊非雕脂镂冰者所可仿佛。

《古山乐府序》(《四库全书》)

17. 陈霆：

辛稼轩词，或议其多用事，而欠流便。予览其《琵琶》一词，则此论未足凭也。〔贺新郎〕云：“凤尾龙香拨……”此篇用事最多，然圆转流丽，不为事所使，称是妙手。

《渚山堂词话》卷二

18. 杨慎：

稼轩，诸子百家，行间笔下，驱斥如意矣。如“天气殊未佳，汝定成行否，得且住为佳耳”，此晋帖中无名氏语也，语本入妙，而稼轩引用之。

沈雄《古今词话·词品》下卷引

19. 李濂：

稼轩有逸才，长于填词，平生与朱晦庵、陈同父、洪景卢、刘改之辈相友善。晦庵《答稼轩启》有曰：“经纶事业，股肱王室之心；游戏文章，脍炙士林之口。”刘改之气雄一世，其寄稼轩词有曰：古岂无人，可以似吾稼轩者谁？后百余年，邯郸张埜过其墓而以词酹之曰：“岭头一片青山，可能埋得凌云气。”又曰：“漫人间留得，阳春白雪，千载下，无人继。”观同时之所推奖，异代之所追慕，则稼轩人品之豪，词调之美，概可见已。晦庵之没也，时党禁方严，稼轩独为文哭之。卒之日，家无余财，仅遗平生著述数帙而已。乌呼，贤哉！

《批点稼轩长短句序》(《稼轩词编年笺注》)

20. 王世贞：

言其业，李氏、晏氏父子、耆卿、子野、美成、少游、易安至矣，词之正宗也。温、韦艳而促，黄九精而险，长公丽而壮，幼安辨而奇，又其次也，词之变体也。

词至辛稼轩而变，其源实自苏长公，至刘改之诸公极矣。南宋如曾觌、张抡辈应制之作，志在铺张，故多雄丽。稼轩辈抚时之作，意存感慨，故饶明爽。然而秾情致语，几于尽矣。

《艺苑卮言》

21. 任良干：

邪正在人，不在世代；于心，不于诗词。若诗之《溱洧》、《桑中》、《鹑奔》、《鸡鸣》，虽谓今之淫曲可也。张于湖、李冠之〔六州歌头〕，辛稼轩之〔永遇乐〕，岳忠武之〔小重山〕，虽谓古之雅诗可也。填词之不可废者以此。

《词林万选序》（《词林万选》）

22. 王骥德：

词曲不尚雄劲险峻，只一味妩媚闲艳，便称合作，是故苏长公、辛幼安并置两庑，不得入室。

《曲律》卷四

23. 谭元春：

诗不可如词，词不可如曲，唐、宋、元所以分。予又谓：曲如词，词如诗，亦非当行，要皆有清洌无欲之品，肃括弘深之才，潇洒出尘之韵，始可以擅绝技而名后世。余庐居多暇，常携稼轩长短句散步于荒墟平畴间，不哭而歌，壹似乎违礼者，然一入其中，形神栖泊，所谓闻犬声，望烟火，便知息身之有地耳。稼轩与晦庵、同父常以词相和，二公犹存宽衣博带气，不如稼轩一片烟月自肺肝中结出也。方诸古人，其渊明之诗、云林之画、怀师之书、梅亭之四六、致远、汉卿之曲乎？

《辛稼轩长短句序》（《新刻谭友夏合集》）

24. 秦士奇：

温、韦艳而促，黄九精而刻，长公骚而壮，幼安辨而奇。

《草堂诗余叙》（《草堂诗余四集》）

25. 俞彦：

辛稼轩自度梁肉不胜前哲，特出奇险为珍错供，与刘后村辈俱曹洞旁出。学者正可钦佩，不必反唇并捧心也。

《爰园词话》

26. 易震吉：

〔念奴娇〕《读稼轩集用大江东去韵》

期思渡口，来青兕、共诧天生神物。叠嶂西驰旋万马，压倒东坡赤壁。婢子琵琶，儿童觱篥，那解阳春雪。绍兴相望，如公应号词杰。　　公岂仅仅词人，八陵二圣，忠愤漫胸发。陡把大声呼海内，虏焰一飙吹灭。著作其余，风流婉约，写出心如发。伊人安在，瓢泉犹照秋月。

《秋佳轩诗余》卷四（《明词汇刊本》）

27. 卓回：

词调风气聿开，拘士扁心，专尚香奁，弊流鄙亵。于是英人俊物，襟怀宕往者，起而非之，悬旌树帜，聚讼不休。余以为皆非也。夫矜奇负气，舍稼轩、坡老安仿？缠绵温丽，舍清真、花庵奚归？然苏、辛未尝乏缠绵温丽之篇，黄、周时亦露矜奇负气之句，大要不失“绝妙好辞”四字宗旨耳，此可令两家扪舌者也。

《词汇·凡例》（《古今词汇》）

28. 毛晋：

稼轩晚年来卜筑奇狮，专工长短句，累五百首有奇。但词家争斗秾纤，而稼轩率多抚时感事之作，磊落英多，绝不作妮子态。宋人以东坡为词诗，稼轩为词论，善评也。

《稼轩词跋》（《宋六十名家词》）

29. 孟称舜：

乐府以皦迳扬厉为工，诗余以宛丽流畅为美。故作词者率取柔音曼声，如张三影、柳三变之属。而苏子瞻、辛稼轩之清俊雄放，皆以为豪而不入于格。宋伶人所评〔雨霖铃〕与〔酹江月〕之优劣，遂为后世填词者定律矣。予窃以为不然……幽思曲想，则张、柳之词工矣，然其失则俗而腻也，古者妖童冶妇之所遗也；伤时吊古，苏、辛之词工矣。然其失则莽而俚也，古者征夫放士之所托也。两家各有其美，亦各有其病。

《古今词统序》（按：此条又见陈继儒《诗余广选序》）

30. 徐士俊：

稼轩〔六么令〕《送玉山令陆德隆还吴中》第四句陆云饮羊酪语，第六句陆龟蒙居甫里事，第八句陆绩，第十句陆贾，第十二句陆逊，末句陆羽。先辈特以捃拾见长，而情致则短矣。

沈雄《古今词话·词品》下卷引

31. 徐士俊：

苏以诗为词，辛以论为词，正见词中世界不小，昔人奈何讥之？正宗易安第一，旁宗幼安第一。二安之外无首席矣。

《古今词统》参评语

32. 冯班：

词体琐碎，入宋而文格始昌，名人大手，集中皆有宫商之语。辛稼轩当宋之南，抱英雄之志，有席卷中原之略，厄于时运，势不得展，长短句涛涌雷发，坡公以后，一人而已。

《叙词源》（《钝吟文稿》）

33. 曹溶：

上不牵累唐诗，下不滥侵元曲者，词之正位也。豪旷不冒苏、辛，秽亵不落周、柳者，词之大家也。

《古今词话序》（《古今词话》）

34. 严沆：

南渡以后，幼安负青兕之力，一意奔放，用事不休；改之、潜夫、经国尤而效之，无复词人之旨……要其原皆自美成出。

《古今词选序》（《宋词三百首笺注》引）

35. 刘体仁：

稼轩“杯汝前来”，《毛颖传》也；“谁共我，醉明月”，《恨赋》也。皆非词家本色。

文字总要生动，镂金错采，所以为笨伯也。词尤不可参一死句，辛稼轩非不自立门户，但是散仙入圣，非正法眼藏。改之处处吹影，乃博刀圭之讥，宜矣。

《七颂堂词绎》

36. 尤侗：

夫苏公以殿阁之才，屏弃蛮烟瘴雨之外，惟与老僧谈禅，或强闲人说鬼；辛公当南渡时，自恨抱负未尽，至欲据牛头山，决西湖之水，陈同甫骇而遁去。彼两公者何如人哉？其见于词者如“大江东去，浪淘尽、千古风流人物”与“把吴钩看了，栏杆拍遍，无人会登临意”，略见一斑矣。

《溉堂词序》（《西堂杂俎》三集卷三）

37. 尤侗：

唐诗以李、杜为宗，而宋词苏、陆、辛、刘，有太白之风；秦、黄、周、柳，得少陵之体。此又画疆而理、联骑而驰者也。

《词苑丛谈序》（《词苑丛谈》）

38. 吴骐：

子瞻、稼轩以经济之才，悒郁挫折，忠爱怨悱，寄情小词，龙象蹴踏，何暇计步植木哉？故诗具宏肆，而词体则疏……大概唐词结构如六朝乐府，苏辛词结构如歌行，南宋词如小赋。后人斟酌三者之间，谓唐与南宋之词可融为一，而苏辛之词独其单。

《宋南陔词序》（《延陵处士集》卷一七）

39. 吴绮：

宋词宗尚秦、柳，以其缠绵旖旎，不求藻绘自有余妍也。苏、辛之词，调极高迈，语极流畅，当时犹有訾议，谓如诗之有变风、变雅。后之填词家动辄持铁绰板唱大江东去，直如使酒骂坐，与此道奚啻河汉哉？

《百名家词钞》引

40. 先著：

南渡以后名家，长词虽极意雕镌，小调不能不敛手。以其工出意外，无可著力也。稼轩本色自见，亦足赏心。（评辛弃疾〔卜算子〕“汉代李将军”）（卷一）

稼轩词于宋人中自辟门户，要不可少。有绝佳者，不得以“粗”、“豪”二字蔽之。如此种创见以为新奇，流传遂成恶习，存一以概其余。世以苏、辛并称，辛非苏类。稼轩之次则后村、龙洲，是其偏裨也。（评辛弃疾〔沁园春〕“叠障西驰”）（卷六）

《词洁辑评》

41. 沈谦：

稼轩词以激扬奋厉为工，至“宝钗分，桃叶渡”一曲，昵狎温柔，魂销意尽，才人伎俩，真不可测。昔人论画云，能寸人豆马，可作千丈松，知言哉。

学周、柳，不得见其用情处；学苏、辛，不得见其用气处。当以离处为合。

《填词杂说》

42. 贺裳：

如“锦字偷裁，立尽西风雁不来”，风致何妍媚也，乃出自稼轩之手，文人固不可测。

稼轩虽入粗豪，尚饶气骨。其不堪者，如“以手推松曰去”、“一松一竹真朋友，山鸟山花好弟兄”及“检点人间快活人，未有如翁者”等句耳。

《皱水轩词筌》

43. 毛先舒：

填词小道也，古来独推东坡、稼轩能于此中寓豪宕顿挫之致，所谓绝似太史公者，二公有焉。

《题三先生词》(《潠书》卷三)

44. 陆进：

词有两体：闺襜之作，宜于旖旎；登临赠答，则又以豪迈见长。此秦、柳之于苏、辛，并足千古也。

《百名家词钞》引

45. 丁澎：

古今词人无虑千百家，迨北宋为极盛。苏子瞻、陆放翁诸君特以遒丽取胜。至辛稼轩，其度越人也远甚，余子瞠乎后矣……稼轩才则海而笔则山，博稽载籍，一乎己口，好学深思，多引成言，史迁之文，魏武之乐府，庶几乎似之。唐宋以来，言词必推辛，犹言诗必推杜，横视角出，一人而已。

《梨庄词序》(《扶荔堂文集》)

46. 曾王孙：

昔梅溪、梦窗刻意作华语，渭南、稼轩亦稍露豪迈之气。

《百名家词钞》引

47. 陈维崧：

东坡、稼轩诸长调，又骎骎乎如杜甫之歌行与西京之乐府也。

《词选序》(《迦陵文集》卷二)

48. 顾仲清：

宋名家词最盛，体非一格：辛、苏之雄放豪宕，秦、柳之妩媚风流，判然分途，各极其妙，而姜白石、张叔夏辈以冲淡秀洁，得词之中正。

高佑釲《湖海楼词序》引(《清名家词》)

49. 邹祗谟：

南宋诸家，蒋、史、姜、吴，警迈魂奇，穷姿构彩；而辛、刘、陈、陆诸家，乘间代禅，鲸呿鳌掷，逸怀壮气，超乎有高望远举之思。

《倚声初集序》（《倚声初集》）

50. 邹祗谟：

词至稼轩，经子百家，行间笔下，驱斥如意。

稼轩雄深雅健，自是本色，俱从《南华》、《冲虚》得来。然作词之多亦无如稼轩者。中调、短令亦间作妩媚语，观其得意处，真有压倒古人之意。

《远志斋词衷》

51. 魏礼：

诗余萌芽于隋唐，至有宋特盛，陆游云“诗至晚唐五季，气格卑陋，而长短句独精巧高丽，后世莫及”者，盖伤之也。乃其盛时，惟欧、秦数家推为擅场，即子瞻未能无讥。而予于范希文、辛稼轩、岳忠武诸作，又颇嗜之，盖其音节激昂顿挫，足以助其雄轶之气，比之于诗，似有美在咸酸之外者，虽非诗余本体，要以圆浑流畅，不蹈子瞻之所以取讥也。

《邹幼圃诗余序》（《魏季子文集》卷七）

52. 彭孙遹：

高之视史，刘之视辛，虽齐名一时，而优劣自不可掩。

稼轩之词，胸有万卷，笔无点尘，激昂措宕，不可一世。

《金粟词话》

53. 沈雄：

稼轩〔贺新郎〕“绿树听啼鴂”一首，尽集许怨事，却与太白《拟恨赋》相似……即如沈伯时评梦窗词，用事下语，太晦处人不易知，亦是一病。

《古今词话·词品》下卷

54. 王士禛：

温、和生而《花间》作，李、晏出而《草堂》兴。此诗之余而乐府之变也。诗余者，古诗之苗裔也。语其正，则景煜为之祖，至漱玉、淮海而极盛，高、史其大成也；语其变，则眉山导其源，至稼轩、放翁而尽变，陈、刘其余波也。有诗人之词，唐、蜀、五代诸君子是也；有文人之词，晏、欧、秦、李诸君子是也；有词人之词，柳永、周美成、康与之之属是也；有英雄之词，苏、陆、辛、刘之属是也。

《倚声集序》（《渔洋山人文略》卷三）

55. 王士禛：

凡为诗文，贵有节制，即词曲亦然。正调至秦少游、李易安为极致，若柳耆卿则靡矣。变调至东坡为极致，辛稼轩豪于东坡而不免稍过，若刘改之则恶道矣。学者不可以不辨。

《分甘余话》卷二

56. 王士禛：

石勒云：大丈夫磊磊落落，终不学曹孟德、司马仲达狐媚。读稼轩词，当作如是观。

张南湖论词派有二：一曰婉约，一曰豪放，仆谓婉约以易安为宗，豪放惟幼安称首。

《花草蒙拾》

57. 宋荦：

今人论词动称辛、柳，予观稼轩词以“佛狸祠下，一片神鸦社鼓”为最，耆卿词以“关河冷落，残照当楼”与“杨柳岸，晓风残月”为佳，它亦未尽称是。

《跋曹实庵咏物词》（《西陂类稿》卷二十八）

58. 汪懋麟：

予尝论宋词有三派：欧、晏正其始，秦、黄、周、柳、姜、史、李清照之徒备其盛，东坡、稼轩放乎其言之矣。其余子非无单词只句可喜可诵，苟求其继，难矣哉。

《棠村词序》（《清名家词》）

59. 周在浚：

辛稼轩当弱宋末造，负管、乐之才，不能尽展其用，一腔忠愤，无处发泄。观其与陈同父抵掌谈论，是何等人物，故其悲歌慷慨抑郁无聊之气，一寄之于词。今乃欲与搔头傅粉者比，是岂知稼轩者？王阮亭谓石勒云：大丈夫磊磊落落，终不学曹孟德、司马仲达狐媚，稼轩词当作如是观。予谓有稼轩之心胸，始可为稼轩之词。今粗浅之辈，一切乡语猥谈、信笔涂抹，自负吾稼轩也，岂不令人齿冷。

宋人词调，确自乐府中来。时代既异，声调遂殊，然源流未始不同，亦各就其情之所近取法之耳。周、柳之纤丽，《子夜》、《懊侬》之遗也；欧、苏纯正，非《君马黄》、《出东门》之类欤？放而为稼轩、后村，悲歌慷慨，傍若无人，则汉帝《大风》之歌，魏武《对酒》之什也。究其所以，何尝不言情，亦各自道其情耳。

《借荆堂词话》（徐釚《词苑丛谈》卷四引）

60. 楼俨：

稼轩驱使庄、骚、经、史，无一点斧凿痕，笔力甚峭。

《词林纪事》卷十一引

61. 焦袁熹：

〔采桑子〕《编纂〈乐府妙声〉竟作》

辛稼轩、刘龙洲、后村

痴儿骏女知何恨，学语幽呜。滴粉搓酥。看取堂堂一丈夫。　二刘未许曹刘敌，而况其余。湖海尤粗此句谓同父。总与辛家作隶奴。

辛家乐府知何似，起舞青萍。四座都醒。羯鼓声高众乐停。　胸中块垒千杯少，发白灯青。老大飘零。激越悲凉不可听。

墨花一闪光如电，吊古伤今。感慨悲吟。泪雨淋浪欲满襟。　　龙蛇一扫三千字，活虎生擒。猛似韩擒。须识伊家苦用心。

《此木轩直寄词》

62. 王时翔：

词自晚唐温、韦主于柔婉，五季之末李后主以哀艳之辞倡于上，而下皆靡然从之。入宋号为极盛，然欧阳、秦、黄诸君子且不免相沿袭，周、柳之徒无论已，独苏长公能盘硬语，与时异趋，而复失之粗。南渡后得辛稼轩寄情于豪宕中，其所制往往苍凉悲壮，在古乐府与魏武埒，斯可语于诗之变雅矣。

《莫荆琰词序》(《小山诗文全稿·文稿》卷二)

63. 田同之：

魏塘曹学士云：词之为体如美人，而诗则壮士也；如春华，而诗则秋实也；如夭桃繁杏，而诗则劲松贞柏也。罕譬最为明快。然词中亦有壮士，苏、辛也；亦有秋实，黄、陆也；亦有劲松贞柏，岳鹏举、文文山也。

大历、元和后，温、李、韦、杜渐入香奁，遂启词端。《金荃》、《兰畹》之词，概崇芳艳。南唐、北宋后，辛、陆、姜、刘渐脱香奁，仍存诗意。

今人论词，动称辛、柳，不知稼轩词以“佛狸祠下，一片神鸦社鼓”为最，过此则颓然放矣。

《西圃词说》

64. 厉鹗：

尝以词譬之画，画家以南宗胜北宗。稼轩，后村诸人，词之北宗也；清真、白石诸人，词之南宗也。

《红螺词序》(《樊榭山房文集》卷四)

65. 郑方坤：

稼轩笔比镆铘铦，醉墨淋浪侧帽檐。

伏枥心情横槊气，肯随儿女斗秾纤。稼轩长才，遘斯末运，具《离骚》之忠愤，有越石之清刚，如金筛成器，自擅商声，枥马悲鸣，不忘千里。而陋者顾于音响声色间掎摭利病，无乃斥鷃之视鲲鹏矣乎？

《论词绝句》（《蔗尾诗集》卷五）

66. 江昱：

辛家老子体非正，有时雅音还特存。

卓哉二刘并才俊，大目底缘规孟贲。

《论词十八首》（《松泉诗集》卷一）

67. 汪筠：

清雄端合让苏辛，忠敏牢愁绝代无。

花落小山亭上酒，怨春不语为春孤。

《读〈词综〉后书二十首》（《谦谷集》卷二）

68. 王鸣盛：

东坡、稼轩英雄本色语，何尝不令人欲歌欲泣？文章能感人，便是可传，何必净洗艳粉香脂与铜琵铁板乎？

《王初桐巏埊山人词集评语》（《赌棋山庄词话》续编四引）

69. 王初桐：

变调词辛、苏并称，当以稼轩为第一。刘龙洲、刘后村学稼轩者也，皆近乎粗。

稼轩为词，以豪快自喜，每燕必命侍妓歌其所作，特好歌〔贺新郎〕一词，自诵其警句曰："我见青山多妩媚，料青山见我应如是。"又曰："不恨古人吾不见，恨古人不见吾狂耳。"每至此辄抚髀自笑，顾问坐客何如，意气轩举，千载如见。

辛稼轩"杯汝前来"，刘龙洲"斗酒彘肩"，皆非词家正体，不可学。

《小嫏嬛词话》卷二

70. 李调元：

鄱阳姜夔郁为词宗，一归醇正。于是辛稼轩、史达祖、高观国、吴文英师之于前，蒋捷、周密、陈君衡、王沂孙效之于后。(《序》)

升庵谓改之似稼轩之豪，而未免粗。此评真不能为改之讳。词至宋末，多堕恶道，有目人所共知。（卷二）

辛稼轩词肝胆激烈，有奇气，腹有诗书，足以运之，故喜用《四书》成语，如自己出。如“今日既盟之后”，“贤哉回也”，“先觉者贤乎’等句，为词家另一派。然学之稍粗则堕恶道。其时为稼轩客如龙洲刘过，每学其法，时多称之，然失之粗劣。（卷三）

《雨村词话》

71. 吴锡麒：

词之派有二：一则幽微要眇之音，宛转缠绵之致，戛虚响于弦外，标隽旨于味先，姜、史其渊源也……一则慷慨激昂之气，纵横跌宕之才，抗秋风以奏怀，代古人而抒愤，苏、辛其圭臬也。

《董琴南楚香山馆词钞序》(《有正味斋全集》卷八）

72. 杨芳灿：

裁云缝月，妙合自然；刻楮镂冰，意惟独造。有稼轩之豪迈，兼白石之清疏，此词家之最上乘也。尝论小词秦、柳固为正宗，姜、辛亦非别派。与其摹写闺幨，千手一律，何如行吾胸臆，独开生面为之得乎？

《松花庵诗余跋》

73. 凌廷堪：

填词之道，须取法南宋。然其中亦有两派焉，一派为白石，以清空为主，高、史辅之，前则有梦窗、竹山、西麓、虚斋、蒲江，后则有玉田、圣与、公谨、商隐诸人，扫除野狐，独标正谛，犹禅之南宗也。一派为稼轩，以豪迈为主，继之者龙洲、放翁、后村，犹禅之北宗也。

张其锦《梅边吹笛谱序》引（《清名家词》）

74. 张惠言：

宋之词家，号为极盛，然张先、苏轼、秦观、周邦彦、辛弃疾、姜夔、王沂孙、张炎，渊渊乎文有其质焉。

《词选序》(《张惠言论词》)

75. 黄苏：

史称稼轩人材，大类温峤、陶侃。周益公等抑之，为之惜，此必有所托而借闺怨以抒其志乎？（评辛弃疾〔祝英台近〕“宝钗分”）

幼安忠义之气，由山东间道归来，见有同心者，即鼓其义勇。辞似颂美，实句句是规励，岂可以寻常寿词例之？诵其诗，读其书，不知其人可乎？是以论其世。不能知人论世，又岂能以论文？（评辛弃疾〔水龙吟〕“渡江天马南来”）

稼轩忠义之气，当高宗初南渡，由山东间道奔行在，竭蹶间关，力图恢复，岂是安于退闲者？自秦桧柄用，而正人气沮矣。所谓惊弦骇浪，迫于不得已而思退，心亦苦矣。末又云：“怕君恩未许，此意徘徊”，退不能退，何以为情哉？（评辛弃疾〔沁园春〕“三径初成”）

稼轩一生忠义，坎坛崎岖后，以激而思退，作〔沁园春〕及〔摸鱼儿〕词，以抒其意。(评刘过〔贺新郎〕“睡觉啼莺晓”)

《蓼园词评》

76. 郭麐：

至东坡以横绝一代之才，凌厉一世之气，间作倚声，意若不屑，雄词高唱，别为一宗。辛、刘则粗豪太甚矣。

《灵芬馆词话》卷一

77. 郭麐：

词家者流，其源出于国风，其本沿于齐梁，自太白以至五季，非儿女之情不道也。宋立乐府，用于庆赏饮宴，于是周、秦以绮靡为宗，史、柳以华缛相尚，而体一变。苏、辛以高世之才，横绝一时，而奋末广愤之音作。姜、张祖骚人之遗，尽洗秾艳，而情空婉约之旨深，自是以后，虽有作者，欲离去别见，其道无由。

《无声诗馆词序》(《灵芬馆集杂著》卷二)

78. 吴衡照：

辛稼轩别开天地，横绝古今。《论》、《孟》、《诗小序》、《左氏春秋》、《南华》、《离骚》、《史》、《汉》、《世说》、选学、李杜诗，拉杂运用，弥见其笔力之峭。(卷一)

辛词"小草旧曾呼远志，故人今有寄当归。"《日知录》云：稼轩久宦南朝，未得大用，晚岁有廉颇思用赵之意。窃谓此当与〔摸鱼儿〕、〔破阵子〕等阕合看，感慨自见。(卷二)

苏、辛并称，辛之于苏，亦犹诗中山谷之视东坡也。(卷四)

《莲子居词话》

79. 沈道宽：

稼轩格调继苏髯，铁马金戈气象严。

我爱分钗桃叶渡，温柔激壮力能兼。

《论词绝句》(《话山草堂诗钞》卷一)

80. 邓廷桢：

世称词之豪迈者，动曰苏、辛。不知稼轩词自有两派，当分别观之。如〔金缕曲〕之"听我三章约"、"甚矣吾衰矣"二首，及〔沁园春〕、〔水调歌头〕诸作，诚不免一意迅驰，专用骄兵。若〔祝英台近〕之"是他春带愁来，春归何处。却不解带将愁去"，〔摸鱼儿〕发端之"更能消几番风雨，匆匆春又归去"，结语之"休去倚危阑，斜阳正在，烟柳断肠处"，〔百字令〕之"旧恨春江流不尽，新恨云山千叠"，〔水龙吟〕之"楚天千里清秋，水随天去，秋无际。遥岑远目，献愁供恨，玉簪螺髻"，〔满江红〕之"怕流莺乳燕，得知消息"，〔汉宫春〕之"年时燕子，料今宵梦到西园"，皆独茧初抽，柔毛欲腐，平欺秦、柳，下轹张、王。宗之者固仅袭皮毛，诋之者亦未分肌理也。

《双砚斋词话》

81. 陆鎣：

词家言苏、辛、周、柳，犹诗歌称李、杜，骈体举庾、徐，以为标帜云尔。

《问花楼词话》

82. 姚椿：

〔永遇乐〕《过弋阳吊辛稼轩》

剩水残山，偶然容得，天下奇士。南渡旌旗，北来金鼓，不尽兴亡事。期思旧地，稼轩新筑，无限停云情思。叹夫君、从容杯酒，几多人物英伟。　千年词句，老坡匹敌，赢得人呼青兕。保障襄樊，一军飞虎，犹备东南使。美芹议论，上梁文字，都付半沤江水。只余恨、夜来风雨，纸灰吹起。

〔满江红〕《题稼轩词后》

莫道词人，犹解识、晦庵老子。叹当日、东南半壁，残山剩水。禾黍中原悲板荡，瓢泉一曲歌清泚。算词场、跋扈几人雄，推青兕。　东坡老，前身是。刘过辈，何堪齿。数千秋谁有，遗山知己。万事古来风月好，一生消得江山美。料孔门、点也野人狂，都如此。

《洒雪词》

83. 宋翔凤：

抱得胸中郁郁思，流莺消息不教知。
伤春伤别总无赖，生面重开南渡词。

四上分明极声变，粗豪无迹胜缠绵。
稼翁白发尊前泪，尽付云屏一枕边。

《论词绝句二十首》（《洞箫楼诗纪》三）

84. 宋翔凤：

(《草堂诗余》) 中多唐五季北宋人词，南渡后亦有辛稼轩、刘改之、史邦卿、高竹屋、黄叔暘诸家，以其音节尚未变也。

《乐府余论》

85.《四库全书总目提要》：

其词慷慨纵横，有不可一世之概，于依声家为变调，而异军特起，能于剪红刻翠之外，屹然别立一宗，迄今不废。观其才气俊迈，虽似乎奋笔而成，然岳珂《桯史》记弃疾自诵〔贺新凉〕、〔永遇乐〕二词，使座客指摘其失。珂谓〔贺新凉〕词首尾二腔，语句相似；〔永遇乐〕词用事太多，弃疾乃自改其语，日数十易，累月犹未竟，其刻意如此云云。则未始不由苦思得矣。

《稼轩词提要》

86.《四库全书简明目录》：

（辛弃疾）其词源出于苏轼，而才气纵横，溢为奇恣，遂于宋人中，别辟门庭。譬诸苏、黄之书，不可绳以二王法，而能自为一法，传之至今。

《稼轩词》

87. 周济：

稼轩不平之鸣，随处辄发，有英雄语，无学问语，故往往锋颖太露。然其才情富艳，思力果锐，南北两朝，实无其匹，无怪流传之广且久也。世以苏、辛并称，苏之自在处，辛偶能到，辛之当行处，苏必不能到。二公之词，不可同日语也。后人以粗豪学稼轩，非徒无其才，并无其情。稼轩固是才大，然情至处，后人万不能及。

北宋词多就景叙情，故珠圆玉润，四照玲珑。至稼轩、白石，一变而为即事叙景，使深者反浅，曲者反直。吾十年来服膺白石，而以稼轩为外道，由今思之，可谓瞽人扪籥也。稼轩郁勃故情深，白石放旷故情浅；稼轩纵横故才大，白石局促故才小，惟〔暗香〕、

〔疏影〕二词，寄意题外，包蕴无穷，可与稼轩伯仲。

《介存斋论词杂著》

88. 周济：

稼轩敛雄心，抗高调，变温婉，成悲凉……问途碧山，历梦窗、稼轩，以还清真之浑化，余所望于世之为词人者盖如此。

苏、辛并称，东坡天趣独到处，殆成绝诣，而苦不经意，完璧甚少；稼轩则沉著痛快，有辙可循，南宋诸公，无不传其衣钵，固未可同年而语也。稼轩由北开南，梦窗由南追北，是词家转境……白石脱胎稼轩，变雄健为清刚，变驰骤为疏宕。盖二公皆极热中，故气味吻合，辛宽姜窄，宽故容秽，窄故斗硬……稼轩豪迈是真，竹山便伪。

《宋四家词选目录序论》

89. 董士锡：

昔柳耆卿、康伯可未尝学问，乃以其鄙嫚之辞缘饰音律以投时好，而词品以坏。姜白石、张玉田出，力矫其弊为清雅之制，而词品以尊。虽然，不合五代、全宋以观之，不能极词之变也；不读秦少游、周美成、苏子瞻、辛幼安之别集，不能撷词之盛也。元明至今，姜、张盛行而秦、周、苏、辛之传几绝，则以浙西六家独尊姜、张之故。盖尝论之，秦之长，清以和；周之长，清以折；而同趋于丽。苏、辛之长，清以雄；姜、张之长，清以逸；而苏、辛不自调律，但以文辞相高，以成一格，此其异也。六子者，两宋诸家皆不能过焉。然学秦病平，学周病涩，学苏病疏，学辛病纵，学姜、张病肤，盖取其丽与雄与逸而遗其清，则五病杂见，而三长亦渐以失。

《餐华吟馆词叙》（《齐物论斋文集》卷二）

90. 顾翰：

苏、辛二家词，如天仙化人，不可仿佛，最不易学，亦不宜学，非若姜、史诸家，各有轨辙可循。

《听秋声馆词话》卷十九引

91. 沈涛：

词以南宋为正宗，北宋诸公犹不免有粗豪处。稼轩、龙洲、后村，流派原本东坡居士，但别有寄托，未可一例视也。

《空青馆词序》（《清名家词》）

92. 孙兆溎：

今人谈词家，动以苏、辛为不足学，抑知檀板红牙不可无铜琵铁拨，各得其宜，始为持平之论。

《片玉山房词话》

93. 顾宋梅：

南渡以后，名家长词极意雕镌，外调不能不敛手。以其工出意外，无可著力也。稼轩本色自见，亦足赏心。

《词苑萃编》卷二引

94. 谭莹：

小晏秦郎实正声，词诗词论亦佳评。
此才变态真横绝，多恐端明转让卿。

斜阳烟柳话当年，秾丽词工又屑传。
谨谢夫君言亦误，两词沉痼实依然。

《论词绝句一百首》（《乐志堂诗集》卷六）

95. 蔡宗茂：

词盛于宋代。自姜、张以格胜，苏、辛以气胜，秦、柳以情胜，而其派乃分。然幽深窅眇，语巧则纤；跌宕纵横，语粗则浅，异曲同工，要在各造其极而已。

《拜石山序词序》（《清名家词》）

96. 张鸿卓：

周、秦绮靡，苏、辛豪迈，梦窗、竹山研炼，石帚、玉田清超，耆卿则善道俗情，山谷又兼俳语，此家数之别也。

《绿雪轩论词》

97. 华长卿：

谁信词人老战场，忠肝义胆溢骚肠。

玉环飞燕皆尘土，此语安能悟寿皇。

《论词绝句》(《梅庄诗钞》卷五)

98. 杨希闵：

毛子晋云：词家争斗秾纤……善评也。闵案：子晋于词，实无所解，以争斗秾纤为尚，五六百年痼疾也，奈何不知反哉。稼轩为词论，其说近是，东坡为词诗则大非。

昔人以稼轩配苏未合，苏如诗家太白，非辛可观，惟辛有一段耿耿不忘恢复之思，较放翁、石湖反觉热腾腾地，其于词者，不可没也。辛词不善学之流入粗犷，吾取其寄兴深远者。王阮亭云：石勒云："大丈夫磊磊落落，终不学曹孟德、司马仲达狐媚。读稼轩词，当作如是观。"

《词轨》卷六

99. 蒋敦复：

有厚入无间者，南宋自稼轩、梦窗外，石帚间能之，碧山时有此境，其他即无能为役矣。

《芬陀利室词话》卷三

100. 刘熙载：

辛稼轩风节建竖，卓绝一时，惜每有成功，辄为议者所沮。观其〔踏莎行〕《和赵兴国》有云："吾道悠悠，忧心悄悄。"其志与遇，概可知矣。《宋史》本传称其雅善长短句，悲壮激烈，又称谢校勘过其墓旁，有疾声大呼于堂上，若鸣其不平。然则其长短句之作，固莫非假之鸣者哉。

稼轩词龙腾虎掷，任古书中理语、廋语，一经运用，便得风流，天资是何夐异。

苏、辛皆至情至性人，故其词潇洒卓荦，悉出于温柔敦厚。

或以粗犷托苏、辛，固宜有视苏、辛为别调者哉。

张玉田盛称白石，而不甚许稼轩，耳食者遂于两家有轩轾意。不知稼轩之体，白石尝效之矣，集中如〔永遇乐〕、〔汉宫春〕诸阕均次稼轩韵，其吐属气味，皆若秘响相通，何后人过分门户耶？

白石才子之词，稼轩豪杰之词，才子、豪杰，各从其类爱之，强论得失，皆偏辞也。

词品喻诸诗，东坡、稼轩，李、杜也。

苏、辛词似魏玄成之妩媚。

《词概》

101. 刘熙载：

英雄出语多本色，辛稼轩词于是可尚。

杜诗云："前辈飞腾入，余波绮丽为。"以词而论，飞腾惟稼轩足当之，绮丽则不可胜举。

《游艺约言》(《古桐书屋续刻三种》)

102. 周大枢：

词家两派，秦柳、苏辛而已。秦、柳婉媚，而苏、辛以宕激慷慨变之，近于诗矣。诗以风骨为主，苏分其诗才之余者也，辛则并其诗之才、之力而专治其余。

谢章铤《词话纪余》引(《赌棋山庄全集·稗贩杂余》卷三)

103. 谢章铤：

词渊源《三百篇》，萌芽古乐府，成体于唐，盛于宋，衰于元、明，复昌于国朝。温、李，正始之音也，晏、秦，当行之技也，稼轩出始用气，白石出始立格。呜乎！词虽小道，难言矣。

《叶辰溪我闻室词叙》(《赌棋山庄全集》卷一)

104. 谢章铤：

词贵清空，嫌质实，然而五石之瓠非不彭然也，清空则清空矣，一往而尽焉。东坡词诗，稼轩词论，其流弊又有不厌众口者矣。盖言意之不易称也如是。

《双邻词钞序》(《赌棋山庄文集》卷二)

105. 谢章铤：

苏、辛志于君国，故其词肮脏而不猥；秦之情深，姜之行洁，故其词缠绵而娟秀。

《词话纪余》(《赌棋山庄全集·稗贩杂余》卷三)

106. 谢章铤：

词之兴也，大抵由于尊前惜别，花底谈心，情事率多亵近，数传而后，府仰激昂，时有寄托，然而其量未尽也。故赵宋一代作者，苏、辛之派不及姜、史，姜、史之派不及晏、秦，此固正变之推未穷，而亦以填词为小道，若其量之只宜如此者。

《与黄子寿论词书》(《赌棋山庄全集》卷五)

107. 谢章铤：

学稼轩，要于豪迈中见精致。近人学稼轩，只学得莽字、粗字，无怪阑入打油恶道。试取辛词读之，岂一味叫嚣者所能望其项踵？……稼轩是极有性情人，学稼轩者，胸中须先具一段真气、奇气，否则虽纸上奔腾，其中俄空焉，亦萧萧索索如牖下风耳。(卷一)

南宋以还，元风益著，虽周、柳之纤丽，辛、刘之雄放，风气所竞，不可相强。(卷三)

崇奉姜、史，卑视苏、辛者，非矣。第今之学苏、辛者，亦不讲其肝胆之轮困，寄托之遥深，徒以浪烟涨墨为豪。是不独学姜、史不之许，即学苏、辛，亦宜挥之门外也。(卷五)

御卜又谓："词体如美人含娇掩媚，秋波微转，正视之一态，旁观之又一态；近窥之一态，远窥之又一态。"数语颇俊，然此亦谓温、李、晏、秦耳，若苏、辛、刘、蒋，则如素娥之视虙妃，尚嫌临波作态。(卷七)

稽之宋词，秦、柳，其南曲昆山腔乎？苏、辛，其北曲秦腔乎。

晏、秦之妙丽，源于李太白、温飞卿。姜、史之清真，源于张志和、白香山。惟苏、辛在词中，则藩篱独辟矣。读苏、辛词，知词中有人，词中有品，不敢自为菲薄，然辛以毕生精力注之，比苏尤为横出。吴子律曰：辛之于苏，犹诗中山谷之视东坡也，东坡之大，殆不可以学而至。此论或不尽然。苏风格自高，而性情颇歉，辛却缠绵恻悱，且辛之造语俊于苏。若仅以大论也，则室之大不如堂，而以堂为室，可乎？（卷九）

欧阳、晏、秦，北宋之正宗也……白石、高、史，南宋之正宗也……若苏、辛自立一宗，不当侪于诸家派别之中。

词家讲琢句而不讲养气，养气至南宋善矣，白石和永，稼轩豪雅，然稼轩易见，而白石难知。史之于姜，有其和而无其永，刘之于辛，有其豪而无其雅。至后来之不善学姜、辛者，非懈则粗。（卷十二）

南山曰：词家苏、辛、秦、柳，各有攸宜，轨范虽殊，不容偏废。又曰：以情胜者恐流于弱，以气胜者恐失于粗。（续编三）

《赌棋山庄词话》

108. 江顺诒：

以辛拟太白，以苏拟少陵，尚属闰统。（卷一）

至辛、蒋以豪迈之语，为变徵之音，如今弦笛，腔愈低则调愈促，声高则调高，何碍吟叹之有？（卷四）

以苏、辛、秦、柳与姜、张并论，究之格胜者气与情不能逮。（卷五）

粗莽则苏、辛之流弊，犯之甚易。（卷六）

海以大之有苏，渊以沉之有张，涛以雄之有稼轩，平以远之有竹屋，縠纹蜃气以绮之有梦窗，缠绵菀结以赴之有石帚。（卷七）

稼轩仙才，亦霸才也。（附录）

《词学集成》

109. 沈世良：

稼轩玉局气拏云，字字华严劫外身。

夜半传衣谁得髓，可怜人爱说苏辛。稼轩、东坡

《案头杂置诸词集戏题四绝句》(《小祗陀庵诗钞》卷一)

110. 黄彭年：

“言以发志，文以足言”，又曰：“书不尽言，言不尽意。”以是读词，时有所会。自唐以来，作者代出。南宋之际，厥指繁深。幼安之〔祝英台近〕，则《贝锦》、《青蝇》也；尧章之〔疏影〕，则《扬水》、《黍离》也；圣与之〔高阳台〕则《匪风》、《下泉》也。无名氏之〔绿意〕则《鸡鸣》、《风雨》也。贤人君子，感时触物，吟咏性情，主文谲谏，诗人之意，犹未远乎！

《香草词序》(《陶楼文钞》卷九)

111. 李慈铭：

南宋百余年中所号词中大家者，惟辛幼安为历城人，姜尧章为鄱阳人，余皆浙人耳。予尝论词固莫富于南宋，律亦日密，然词芜意浅，俚鄙百出，此事遂成恶道。……就中作者，惟稼轩最为清矫，不锢所溺；而石帚名最盛，业最下，实群魔之首出者。(集部·词曲类·纳兰词)

余于词非当家，所作者真诗余耳。然于此中颇有微悟。盖必若近若远，忽去忽来，如蛱蝶穿花，深深款款；又须于无情无绪中，令人十步九回，如佛言食蜜，中边皆甜。古来得此旨者，南唐二主、六一、安陆、淮海、小山及李易安《漱玉词》耳。屯田近俗，稼轩近霸，而两家佳处，均契渊微。(集部·词曲类·赤城词)

长调须流宕而不剽，雄厚而不竞。清真未免剽，稼轩未免竞，东坡则或上类于诗，或下流于曲，故足以鼓吹骚雅者鲜已。(集部·词曲类·赤城词)

《越缦堂读书记》八《文学》四

112. 沈祥龙：

古诗云："识曲听其真。"真者，性情也，性情不可强，观稼轩词知为豪杰，观白石词知为才人，其真处有自然流出者。词品之高低，当于此辨之。

词之言情，贵得其真。劳人思妇，孝子忠臣，各有其情。古无无情之词，亦无假托其情之词，柳、秦之妍婉，苏、辛之豪放，皆自言其情者也。必专言《懊侬》、《子夜》之情，情之为用，亦隘矣哉。

雄爽宜学东坡、稼轩，然不可近于粗厉。

用成语，贵浑成，脱化如出诸己……稼轩能合经史子而用之，自其才力绝人处，他人不宜轻效。

词至南宋，如稼轩、同甫之慷慨悲凉，碧山、玉田之微婉顿挫，皆伤时感事，上与《风》《骚》同旨，可薄为小技乎？

《论词随笔》

113. 谭献：

李白、温岐，文士为之；升元、靖康，君王为之；将相大臣，范仲淹、辛弃疾为之……皆作者也。

稼轩心胸，发其才气，改之而下则犷……然东坡是衣冠伟人，稼轩则弓刀游侠。

白石、稼轩，同音笙磬，但清脆与镗鞳异响，此事自关性分。

《复堂词话》

114. 冯煦：

稼轩负高世之才，不可羁勒，能于唐宋诸大家外别树一帜，自兹以降，词遂有门户主奴之见。而才气横轶者，群乐其豪纵而效之……即如集中所载〔水调歌头〕"长恨复长恨"一阕、〔水龙吟〕"昔时曾有佳人"一阕，连缀古语，浑然天成，既非东家所能效颦，而〔摸鱼儿〕、〔西河〕、〔祝英台近〕诸作，摧刚为柔，缠绵悱恻，尤与粗犷一派，判若秦越。

后村词，与放翁、稼轩，犹鼎三足。

《蒿庵论词》

115. 樊增祥：

子瞻天才，敻绝一世，稼轩嗣响，号曰苏、辛，第纵笔一往，无复纡曲之致、要眇之音，其胜者珠剑同光，而失者泥沙并下，等诸变徵，殆匪正声。

《东溪草堂词选自叙》（《樊山集》卷二）

116. 沈泽棠：

辛稼轩〔摸鱼儿〕上阕云："更能消、几番风雨，匆匆春又归去。惜春长怕花开早，何况落红无数。春且住。见说道、天涯芳草无归路。怨春不语。算只有、殷勤画檐蛛网，尽日惹飞絮。"起二句入题飘忽，"惜春"二句深一层跌出，"春且住"一顿作开，下三句托笔作合，真一波三折，开后人无限法门。下阕收语："闲愁最苦。休去倚危阑，斜阳正在，烟柳断肠处。"树树皆秋色，山山惟落晖，伤心人别有怀抱，令人读不成声。

稼轩〔祝英台近〕云："怕上层楼，十日九风雨。"九字千古高唱，今人只以粗犷作苏辛，真隔十重帘幕。

《太平清话》载张埜《古山乐府》〔水龙吟〕《酹辛稼轩墓》云："岭头一片青山，可能埋没凌云气。"是真能知稼轩者。

《忏庵词话》

117. 王鹏运：

晓风残月可人怜，婀娜新词竞管弦。
何似三郎催羯鼓，夙酲余岁一时捐。

层楼风雨暗伤春，烟柳斜阳独怆神。
多少江湖忧乐意，漫呼青兕作词人。

信州足本销沉久，汲古丛编亥豕多。

今日雕镌拨云雾，庐山真面问如何。

《校刊稼轩词成率题三绝于后》（四印斋刻《稼轩长短句》）

118. 王鹏运：

词家苏、辛并称，其实辛犹人境也，苏其殆仙乎？

《半塘遗稿》（《唐宋名家词选》引）

119. 王鹏运：

长公疏朗，稼轩沉雄。

缪荃孙《宋元词四十家序》引（《艺风堂文集》卷五）

120. 胡薇元：

其词十二卷，慷慨纵横，不可一世，才气俊迈，于倚声家为雄豪一派，世称苏辛。然坡翁奋笔直写。稼轩〔贺新凉〕、〔永遇乐〕二词，使座客指摘其失，岳珂谓其〔贺新凉〕首尾二腔语句相似，〔永遇乐〕用事太多，乃自改其语，日数十易，未尝不呕心艰苦。

《岁寒居词话》

121. 沈曾植：

（险丽词风）在宋人词中，山谷开其端，稼轩极其趣，白石亦染指焉。南宋诸家有合于此不少。

渔洋称易安、幼安为济南二安，难乎为继。易安为婉约主，幼安为豪放主。

《菌阁琐谈》

122. 沈曾植：

《词筌》："稼轩虽入粗豪，尚饶气骨。"先生批云：谓稼轩为粗豪，宜其称赏改之也。

《词筌》："若求王武子琉璃匕内豚味，吾谓必当求之陆放翁、史邦卿、方千里、洪叔屿诸家。"先生批云：黄公推挹放翁，是其独嗜，然陆与史，固判然两途。

《手批词话三种》（《菌阁琐谈》附）

123. 沈曾植：

至于粗纤互入，硬软交融，则词仙化境，渔洋所以心折于二济也。

《海日碎金·刘融斋〈词概〉评语》（《同声月刊》第二卷第十一号）

124. 继昌（李佳）：

辛稼轩词，慷慨豪放，一时无两，为词家别调。集中多寓意作，如〔摸鱼儿〕：“更能消……”以是见词不徒作，岂仅批风咏月。（卷上）

稼轩〔千年调〕词：“左手把青霓……”又〔粉蝶儿〕云：“昨日春如……”用笔如龙跳虎卧，不可羁勒，才情横溢，海天鼓浪。然以音律绳之，岂能细意熨贴。（卷下）

《左庵词话》

125. 继昌（李佳）：

〔醉蓬莱〕《读苏辛词》

数宋家南北，几辈词人，是谁抗手。同调苏辛，却空前超后。健笔如龙，凌霄似鹤，在云中飞走。拔剑低昂，悲歌慷慨，豪情能有。　　不比春风，旖旎多情，镂月裁花，姜秦周柳。一曲箫声，谱出红儿口。铁板铜琶，为谁高唱，下香醪三斗。若得同时，两公赓和，定多千首。

《左庵诗余·菊宧词》

126. 林纾：

词家唯姜石帚能结响哑，不善学则流于滞涩；辛幼安结响能高，不善学必入于枵。

《文微·论诗词第十》

127. 陈廷焯：

南宋而后，稼轩如健鹘摩天，为词坛第一开辟手。（卷二）

稼轩词如龙蛇飞舞，信手拈来都成绝唱。词至稼轩，纵横博大，痛快淋漓，风雨纷飞，鱼龙百变，真词坛飞将军也。稼轩词拉杂使事，而以浩气行之，如登泰山，如观东海，珠宝花银，楼台宫阙，皆在虚无缥缈中，非后世运典者所得方其万一。苏、辛千古并称，然东坡豪宕则有之，但多不合拍处，稼轩则于纵横驰骤中而部伍极其整严，尤出东坡之上。稼轩负奇郁之气而值国运颠沛之时，发而为词，正如惊雷怒涛，骇人耳目，其实一片血泪。词有格，稼轩词若无格；词有律，稼轩词若无律，细按之，格律丝毫不紊，总由才大如海，只信手挥洒，电掣风驰，飞沙走石，真词坛第一开辟手。两宋词人，前推方回、清真，后推白石、梅溪、草窗、梦窗、玉田诸家，苏、辛横其中，正如双峰雄峙，虽非正声，自是词曲内缚不住者，独至处，美成、白石亦不能到。

东坡词极名士之雅，稼轩词极英雄之气。千古并称，而稼轩更胜。

稼轩词上掩东坡，下括刘、陆，独往独来，旁若无人。（卷五）

《云韶集》

128. 陈廷焯：

稼轩词，粗粗莽莽，桀傲雄奇，出坡老之上。惟陆游《渭南集》可与抗手，但运典太多，真气稍逊。

稼轩词非不运典，然运典虽多，而其气不掩，非放翁所及。

稼轩词，直似一座铁瓮城，坚而锐，锐而厚，凭你千军万马，也冲突不入。

《词坛丛话》

129. 陈廷焯：

宛雅芊丽，稼轩亦能为此种笔路，真令人心折。（《大雅集》卷二）

感激豪宕，苏、辛并峙千古。然忠爱恻怛，苏胜于辛；而淋漓悲壮，顿挫盘郁，则稼轩独步千古矣。

稼轩词魄力雄大，如惊雷怒涛，骇人耳目，天地钜观也。后惟迦陵有此笔力，而郁处不及。

稼轩〔水调歌头〕诸阕，直是飞行绝迹，一种悲愤慷慨郁结于中，虽未能痕迹消融，却无害其为浑雅，后人未易摹仿。稼轩词拉杂使事，而以浩气行之，如五都市中，百宝杂陈；又如淮阴将兵，多多益善。风雨纷飞，直能百变天地奇观也。(《放歌集》卷一)

辛、陆并称豪放，然陆之视辛，奚啻瓦缶之竟黄钟也？择其遒劲者数章，尚可觇其抱负，去稼轩则万里矣。(《放歌集》卷二)

《词则》

130. 陈廷焯：

唐五代词，不可及处，正在沉郁。宋词不尽沉郁……即东坡、方回、稼轩、梦窗、玉田等，似不必尽以沉郁胜，然其佳处，亦未有不沉郁者。

苏、辛并称，然两人绝不相似。魄力之大，苏不如辛；气体之高，辛不逮苏远矣。

辛稼轩，词中之龙也，气魄极雄大，意境却极沉郁。不善学之，流入叫嚣一派，论者遂集矢于稼轩，稼轩不受也。

稼轩词如〔永遇乐〕《京口北固亭怀古》、〔南乡子〕《登京口北固亭》、〔浪淘沙〕《山寺夜作》、〔瑞鹤仙〕《南涧双溪楼》等类，才气虽雄，不免粗鲁。世人多好读之，无怪稼轩为后世叫嚣者作俑矣。读稼轩词者，去取严加别白，乃所以爱稼轩也。

稼轩〔水调歌头〕诸阕，直是飞行绝迹，一种悲愤慷慨郁结于中，虽未能痕迹消融，却无害其为浑雅。后人未易摹仿。

稼轩词仿佛魏武诗，自是有大本领、大作用人语。

稼轩词着力太重处，如〔破阵子〕《为陈同甫赋壮诗以寄之》、〔水龙吟〕《过南涧双溪楼》等作，不免剑拔弩张。余所爱者，如“红莲相倚深如怨，白鸟无言定是愁”……之类，信笔写去，格调自苍劲，意味自深厚，不必剑拔弩张，洞穿已过七札，斯为绝技。

稼轩最不工绮语。

刘改之、蒋竹山皆学稼轩者，然仅得稼轩糟粕，既不沉郁，又多支蔓。

大抵稼轩一体，后人不易学步。无稼轩才力，无稼轩胸襟，又不处稼轩境地，欲于粗莽中见沉郁，其可得乎？（卷一）

苏、辛与周、秦，流派各分，本原则一。（卷五）

稼轩词有以朴处见长、愈觉情味不尽者，如〔水调歌头〕结句云：“东岸绿阴少，杨柳更须栽。”信手拈来，便成绝唱，后人亦不能学步。

稼轩词，于雄莽中别饶隽味。如“马上离愁三万里，望昭阳宫殿孤鸿没。”又“休去倚危栏，斜阳正在，烟柳断肠处。”多少曲折。惊雷怒涛中，时见和风暖日。所以独绝古今，不容人学步。

稼轩词……于悲壮中见浑厚。后之狂呼叫嚣者，动托苏、辛，真苏、辛之罪人也。

苏、辛词，后人不能摹仿。南渡词人，沿稼轩之后，惯作壮语，然皆非稼轩真面目。

稼轩有吞吐八荒之概，而机会不来，正则可以为郭、李，为岳、韩，变则即桓温之流亚，故词极豪雄，而意极悲郁。苏、辛两家，各自不同，后人无东坡胸襟，又无稼轩气概，漫为规模，适形粗鄙耳。

宋词有不能学者，苏、辛是也……苏、辛自是正声，人苦学不到耳。

学周、秦、姜、史不成，尚无害为雅正。学苏、辛不成，则入于魔道矣。发轫之始，不可不慎。（卷六）

辛稼轩词运用唐人诗句，如淮阴将兵，不以数限，可谓神勇。而亦不能牢笼万态，变而愈工，如腐迁《夏本纪》之点窜《禹贡》也。（卷七）

东坡词全是王道，稼轩则兼有霸气，然犹不悖于王也。

白石仙品也。东坡神品也，亦仙品也。梦窗逸品也。玉田隽品也。稼轩豪品也。然皆不离于正，故与温、韦、周、秦、梅溪、碧山同一大雅，而无傲而不理之诮。后人徒恃聪明，不穷正始，终非至诣。

东坡一派，无人能继。稼轩同时，则有张、陆、刘、蒋辈，后起则有遗山、迦陵、板桥、心余辈。然愈学稼轩，去稼轩愈远。稼轩自有真耳，不得其本，徒逐其末，以狂呼叫嚣为稼轩，亦诬稼轩甚矣。

唐宋名家，流派不同，本原则一。论其派别，大约……辛稼轩为一体，张、陆、刘、蒋、陈、杜合者附之。

词有表里俱佳、文质适中者……词中之上乘也。有质过于文者……辛稼轩、张皋文是也，亦词中之上乘也。

稼轩求胜于东坡，豪壮或过之，而逊其清超，逊其忠厚。

韦端己〔菩萨蛮〕四章，辛稼轩〔水调歌头〕、〔鹧鸪天〕等阕，间有朴实处。而伊郁即寓其中。浅率粗鄙者，不得藉口。

诗有诗境，词有词境，诗词一理也……退之生凿，柳州幽峭，则稼轩、玉田，时或过之。（卷八）

《白雨斋词话》

131. 张祥龄：

辛、刘之雄放，意在变风气，亦其才只如此。东坡不耐此苦，随意为之，其所自立者多，故不拘于词中求生活。

《片玉》人称善融唐诗，稼轩或用《楚辞》，此亦偶然，长处固不在是。如谓诗佳，何不诵唐诗？非谓诗之道大，词之道小，体格然也。

《词论》

132. 蒋兆兰：

宋代词家，源出于唐五代，皆以婉约为宗，自东坡以浩瀚之气行之，遂开豪迈一派。南宋辛稼轩，运深沉之思于雄杰之中，遂以苏、辛并称。他如龙洲、放翁、后村诸公，皆嗣响稼轩，卓卓可传者也。嗣兹以降，词家显分两派，学苏、辛者所在皆是。

《词说》

133. 康有为：

若美成之跌宕悠扬，苏辛之傥宕遒上，梦窗之七宝楼台，姜张之清新俊逸，亦各穷极极妍矣。然韵味之隽，含蓄之深，神情之远，词句人逸未有若三李者。

《江山万里楼词钞序》(《江山万里楼诗词钞》)

134. 陈锐：

词如诗，可模拟得也……辛稼轩俊逸似鲍明远。

《裦碧斋词话》

135. 况周颐：

碧山乐府如书中欧阳信本，准绳规矩极佳；二晏如右军父子；贺方回如李北海；白石如虞伯施，而隽上过之；公谨如褚登善；梦窗如鲁公；稼轩如诚悬；玉田如赵文敏。

《香海棠馆词话》(龙榆生《唐宋名家词选》引。按：此则不见《蕙风丛书》本《香海棠馆词话》)

136. 况周颐：

填词以“厚”为要旨。苏、辛词皆极厚，然不易学，或不能得其万一而转滋流弊，如粗率、叫嚣、澜浪之类。(卷十四)

词家苏、辛并称，差堪鼎足者，其贺方回乎？苏词清雄，其厚在神；辛词刚建含婀娜，其秀在骨。今世倚声专家富有性情者，其于幼安或粗得涯涘，而于长公未由窥其堂奥也。稍有合于辛矣，不进于苏不止，其唯取径东山乎？东山笔力沉至，满心而发，肆口而成。骤观之甚似意中之言，深求之实有无穷之蕴，盖具体长公，而于幼安则异曲而同工也。东山独到之处在语言文字之外，非于辛有合者不能学，即能学之亦未必遽近于苏，特舍此别无可假之涂耳。此论为得力于幼安者发。(卷三十)

《历代词人考略》

137. 况周颐：

性情少，勿学稼轩。非绝顶聪明，勿学梦窗。

东坡、稼轩，其秀在骨，其厚在神，初学看之，但得其粗率而已，其实二公不经意处，是真率，非粗率也。余至今未敢学苏、辛也。

《蕙风词话》卷一

138. 张德瀛：

若辛稼轩用《四书》语，气韵之胜，离貌得神，又非徒以青兕自雄者。

苏、辛二家，昔人名之曰“词诗”、“词论”，愚以古词衡之曰：“不用之时全体在，用即拈来，万象周沙界。”

稼轩词趣昭事博，深得漆园遗意，故篇首以秋水观冠之，其题张提举玉峰楼词，借庄叟自喻，意已可知，它如〔兰陵王〕引梦蝶事，〔水调歌头〕引吓鼠鹍鹏事，此类不一而足。其词凌高厉空，殆夸而有节者也。

《词徵》卷五

139. 赵熙：

〔水龙吟〕《题稼轩词即用集中登建康赏心亭韵》

风吹太古秋声，手扪星斗行天际。荒荒下界，齐州九点，万山如髻。元晦论交，叠山请谥，齐名苏子。有龟堂诗骨，龙川文笔。唾壶响，铁如意。　　志取长鲸为脍。问中原、虏尘消未。苍天老矣，赵家宫殿，钱塘王气。小试滁湘，可怜王蔺，谤书忘此。逗丛编、夜雨天惊石破，化黄河泪。

《香宋词》卷三

140. 陈洵：

南渡而后，稼轩崛起，斜阳烟柳，与故国月明相望于二百年中，词之流变，至此止矣。

词笔莫妙于留。盖能留则不尽而有余味，离合顺逆，皆可随意指挥，而深沉浑厚，皆由此得。虽以稼轩之纵横，而不流于悍疾，则能留故也。

《海绡说词》

141. 夏敬观：

稼轩学东坡者，东坡乃真能不率，稼轩则不无稍率者。

《蕙风词话诠评》（《蕙风词话》附录）

142. 夏敬观：

〔横塘路〕“凌波不过”，稼轩秾丽之处从此脱胎。细读东山词，知其为稼轩所师也。世但言苏辛为一派，不知方回，亦不知稼轩。

《吷庵词评》

143. 高旭：

稼轩妙笔几于圣，词界应无抗手人。

侠气柔情双管下，小山亭酒倍酸辛。

《论词绝句》三十首（《未济庐诗集》）

144. 高旭：

高论断推同甫，狂歌合让剑南。

南渡□人有限，与公鼎立而三。

《十大家词题词》（《中华新报》1909 年 6 月 17 日）

145. 高旭：

〔虞美人〕《题辛稼轩集》

羞为人世书呆子。死活堆千纸。人生才调绝沉雄。铁马金戈叠过大江东。　　中兴望断腥膻遍。乱世伤生贱。我今同把古人忧。空倚危楼洒泪看吴钩。

《高旭集》卷二十《天梅佚词》

146. 王国维：

南宋词人，白石有格而无情，剑南有气而乏韵，其堪与北宋人颉颃者，唯一幼安耳。近人祖南宋而祧北宋，以南宋之词可学，北宋不可学也。学南宋者，不祖白石，则祖梦窗，以白石、梦窗可学，幼安不可学也。学幼安者率祖其粗犷滑稽，以其粗犷滑稽处可学，佳处不可学也。幼安之佳处，在有性情，有境界，即以气象论，亦有“傍素波、干青云”之概，宁后世龌龊小生所可拟耶？

东坡之词旷，稼轩之词豪，无二人之胸襟而学其词，犹东施之效捧心也。读东坡、稼轩词，须观其雅量高致，有伯夷、柳下惠之风，白石虽似蝉蜕尘埃，然终不免局促辕下。

苏、辛，词中之狂，白石犹不失为狷，若梦窗、梅溪、玉田、草窗、西麓辈，面目不同，同归于乡愿而已。

长调自以周、柳、苏、辛为最工。

唐五代之词，有句而无篇，南宋名家之词，有篇而无句，有篇有句，唯李后主降宋后之作，及永叔、子瞻、少游、美成、稼轩数人而已。

《人间词话》

147. 王国维：

故以宋词比唐诗……南宋惟一稼轩可比昌黎。

《清真先生遗事·尚论三》

148. 樊志厚：

南宋词人之有意境者，唯一稼轩，然亦若不欲以意境胜。

《人间词序》二

149. 张素：

苏辛语多慷慨，秦柳意尚芊绵。

要摘玄珠在手，须探赤水龙眠。

《石工、眉孙两家论词不合》(《闷寻鹦馆诗抄》)

150. 刘师培：

稼轩之词，才思横溢，悲壮苍凉。如〔永遇乐〕诸词。例之古诗，远法太冲，近师太白，此纵横家之词也。后世词人乐苏、辛词曲之豪纵，竞相效法，浮嚣粗犷，不复成词，此则不善学苏、辛者之失，非苏、辛之失也。

《论文杂记》

151. 叶恭绰：

芳菲苦助啼鹃泪，刍豆徒伤仗马心。

剩向九原添叱咤，人间何地着骚吟。谢叠山夜过稼轩墓，闻大声呼啸，祭之乃止。窃意稼轩乃南宋第一血性男子，其率众由金归宋，意将大有所为，乃平生从未稍伸其志。其不平也固宜。高宗徒縻以禄位，岂稼轩志哉！

《读稼轩集》（《遐庵汇稿》中编）

152. 吴梅：

学稼轩词，须多读书。不用书卷，徒事叫嚣，便是蒋心余、郑板桥，去“沉郁”二字远矣。辛词着力太重处，如〔破阵子〕《为陈同甫赋壮诗以寄之》、〔瑞鹤仙〕《南涧双溪楼》等作，不免剑拔弩张。至如〔鹧鸪天〕云：“却将万字平戎策，换得东郊种树书。”读之不觉衰飒。〔临江仙〕云：“别浦鲤鱼何日到，锦书封恨重重。海棠花下去年逢，也应随分瘦，忍泪觅残红。”婉雅芊丽，孰谓稼轩不工致语耶？又〔蝶恋花〕《元日立春》云：“今岁花朝消息定，只愁风雨无凭准。”盖言荣辱不定，迁谪无常，言外有多少疑惧哀怨，而仍是含蓄不尽。此等处，虽迦陵且不能知，遑论余子？世以〔摸鱼子〕一首为最佳，亦有见地，但启讥讽之端。陈藏一之《咏雪》，德祐太学生之〔百字令〕，往往易招愆尤也。

《词学通论》

153. 西神：

稼轩、白石、碧山三家，尤几于每饭不忘君国，造微极幽。词人至此，其诣高矣、深矣、蔑以加矣。

《词史卮谈》

154. 陈匪石：

夫张炎之妥溜；王沂孙之沉郁；吴文英极沉博绝丽之观，擅潜气内转之妙；姜夔野云孤飞，语淡意远；辛弃疾气魄雄大，意味深厚，皆于南宋自树一帜，流风所被，与之化者，各若干人。

《声执》卷下

155. 陈匪石：

稼轩以生龙活虎之才，为铸史熔经之作，格调不惮其变，隶事不厌其多，其佳者竟成古今绝唱，却不容人学步。并世如陈同甫、刘龙洲，后世如陈其年，善学辛者，亦多杰作，然究涉粗犷。学者读稼轩词，宜取神遗貌，藉药纤弱之病；而发风动气，则所当慎也。

《宋词举》卷上

156. 陈匪石：

苏、辛豪情逸气自不可及，亦不可学。学之则易流于粗。

《旧时月色斋词谭》

157. 柳亚子：

〔虞美人〕《题稼轩词和慧云韵》

霸才青兕兵家子。读破书千纸。河山半壁误英雄，赢得雕虫余技擅江东。　　唐宫汉阙荆榛遍。苦恨铜驼贱。华夷倒置总堪忧。未请长缨孤负汝吴钩。

《磨剑室诗词集·词集》

158. 蔡嵩云：

南宋以降，慢词作法，穷极工巧，稼轩虽接武东坡，而词之组织结构，有极精者，则非纯任自然矣。

看人词极难，看作家之词尤难，非有真赏之眼光，不易发见其真意……有原意本深，而视之过浅者，如稼轩词多有寓意，后人但看其表面，以为豪语易学是也。

稼轩词，豪放师东坡，然不尽豪放也，其集中，有沉郁顿挫之作，有缠绵悱恻之作，殆皆有为而发。其修辞亦种种不同，焉得概以“豪放”二字目之？

《柯亭词论》

159. 赵尊岳：

辛、刘并称，辛实高于刘。盖辛以真性情发清雄之语，足以唤起四坐靡靡，别立境界，其失或疏或犷，则为雄之所累。有辛之清，抒辛之雄，不免此失，无其清而效其雄者可知。实则清根于性情，雄由于笔力。综览全集，亦有〔祝英台近〕等不雄之作，而无不清之作，斯实由于真性情所寄托。彼貌为狂放者，当知所鉴矣。

《珍重阁词话》

160. 赵尊岳：

辛、刘并称，实则辛高于刘。辛以真性情发清雄之思，足以唤起四座，别开境界，虽疏犷不掩其乱头粗服之美。学者徒作壮语以为雄，而不能得一"清"字，则仅袭其犷，似刘而不似辛矣。大抵清主于性灵，雄主于笔力。无其清者，不必偏学其雄也。（卷二）

《花间》不易遽学，古蕃锦岂人尽可织？下之如梦窗之七宝楼台，《珠玉》之浑金朴玉，《小山》之风神淡厚，苏、辛之清雄天成，均不易为师资。《乐章》善道眼前之景物，一一写来，无不精深。笔力又复骞举，宽不失疏，岂易著墨？清真、梦窗，浑厚精整，少有途辙，为学词者所必由。淮海风神足，白石出笔健，玉田意境跌宕，亦学者所当永为圭臬者。（卷五）

《填词丛话》

161. 宣雨苍：

稼轩词感慨苍凉，自具一格。亦南宋之东坡也。后之学者，自改之、竹山，已不免病在犻狂。试读辛"野塘花落"，"罗帐灯昏"诸作，其静细处，岂寻常操心人能道一语？使举后学之鄙狂叫嚣，以为胎息不善，归咎师资，稼轩不能受也。

《词谳》

162. 顾宪融：

辛稼轩，名弃疾，字幼安，历城人。耿京聚兵山东，留掌书记。奉表南归，高宗见授承务郎，累官龙图待制，进枢密都承旨。德祐初，以谢枋得请赠少师，谥忠敏。有《稼轩长短句》十二卷。彭羡门曰："稼轩词胸有万卷，笔无点尘，激昂排宕，不可一世。"邹程村曰："词至稼轩，经子百家，行间笔下，驱斥如意。"又曰："稼轩雄深雅健，自是本色，俱从《南华》、《冲虚》得来。然作词之多，亦无如稼轩者。中调、小令亦间作妩媚语，观其得意处，真有压倒古人之意。"周止庵曰："稼轩不平之鸣，随处辄发。有英雄语，无学问语，故往往锋颖太露。然其才情富艳，思力果锐，南北两朝实无其匹。无怪流传之广且久也。"又曰："此以苏辛并称。苏之自在处，辛偶能到之；辛之当行处，苏必不能到。二公之词，不可同日语也。"又曰："后人以粗豪学稼轩，非徒无其才，并无其情。稼轩固是才大，然情至处，后人万不能及。"毛晋刻《稼轩集跋》曰："蔡元工于词，靖康中陷虏庭，稼轩以诗词谒见。蔡曰：'子之诗则未也，他日当以词名家。'故稼轩晚年来卜筑奇狮，专工长短句，累五百首有奇。但词家争斗秾纤，而稼轩率多抚时感事之作，磊砟英多，绝不作妮子态。宋人以东坡为词诗，稼轩为词论，善评也。"梨庄曰："辛稼轩当弱宋末造，负管乐之才，不能尽展于用，一腔忠愤，无处发泄。观其与陈同甫抵掌谈论，是何等人物！故其悲歌慨慷、抑郁无聊之气，一寄之于词。今乃欲与搔头傅粉者比，是岂知稼轩者！王阮亭谓：'石勒云：大丈夫磊落，终不学曹孟德、司马仲达狐媚。稼轩词当作如是观。'余谓有稼轩之心胸，始可为稼轩之词。今粗浅之辈，一切乡语猥谈，信笔涂抹，自负'我稼轩也'，岂不令人齿冷！"《爰园词话》曰："唐诗三变愈下，宋词殊不然。欧、苏、秦、黄足当高、岑、黄、李。南渡以后，矫矫陡健，即不得称中宋、晚宋也。惟辛稼轩自度粱肉不胜发哲，特出奇险为珍错供，与刘后村辈俱曹洞旁出。

学者正可钦佩，不必反唇并捧心也。”

《填词百法》

163. 伊鹏：

苏东坡之词豪放，周美成之词沉郁，晁无咎之词伉爽，辛稼轩之词激壮，而黄山谷则近于粗鄙矣。

《醉月楼词话》

164. 张伯驹：

辛稼轩〔贺新郎〕《别茂嘉十二弟一阕》，先从听啼鴂说起，又听到杜鹃、鹧鸪，直到“春归无寻处”，“芳菲都歇”，而忽一转到“算未抵、人间离别”，真是笔力扛鼎。到此已有“山穷水尽疑无路”之感，后面甚难接下。然突写出“琵琶”、“马上”、“河梁”、“万里”、“易水”、“衣冠”，后又归到“啼鸟”，以离别作结，章法奇绝。必是意有所触，情有所激，如骨鲠在喉，不能不吐，遂脱口而出，随笔而下，奔放淋漓。刘公勇云：“与《恨赋》相似，非词家本色。”尚未为知者。岳珂《桯史》云：曾指摘稼轩词之失，稼轩乃自改其语，日数十易．累月未竟。此词绝非日数十易，而与剪红刻翠雕辞饰句者比也。

稼轩〔祝英台近〕词结拍：“是他春带愁来，春归何处，却不解、带将愁去。”是从前“怕上层楼，十日九风雨。断肠片片飞红。都无人管”及过片“试把花卜归期，才簪又重数”一波三折下来。如此作收，语尽意长。《耆旧续闻》云：辛幼安词“是他春带愁来，春归何处，却不解、带将愁去”，人皆以为佳，不知赵德庄〔鹊桥仙》词云：“春愁元自逐春来，却不肯、随春归去。”盖德庄又体李汉老杨花词云：“蓦地便和春，带将归去。”大抵后辈作词，无非前人已通底句，特善能转换耳。按：前后人情景相同，而因景写情，则各有其境。语或有同，而意有不同。幼安“春带愁来”与德庄“愁逐春来”便不同；“带将愁去”与“随春归去”亦不同。观上“怕上层楼”及“花卜归期”等句可知。至幼安、德庄与李汉老词，又皆有不同矣，非抄袭也。

《丛碧词话》

165. 闻野鹤：

寇莱公如春日园林，蔚然深秀。苏东坡如深山剑客，不娴俗礼。秦少游如花间丽色，却扇一笑，百媚横生。黄山谷如村女媚客，简直乏致。欧阳公如豪家子弟，仪态大方。张子野如春花百树，浅深互见。周美成如周公制礼，大体略备。王荆公如蛮夷入贡，不谙礼数。辛稼轩如草野人入掌枢密，动辄粗戾。蒋竹山如蓬门丽质，清秀有余。柳耆卿如通天老狐，醉即露尾。康与之如春场笙歌，繁乐聒耳。史梅溪如剪彩成花，细而近纤。姜白石如江介澄波，悠然一往。吴梦窗如天孙云锦，一丝一缕，尽发奇光，俗子庸夫，见之却步。李易安如中人举鼎，时虞绝膑。王碧山如天家姬侍，神采幽馨，迥非凡艳。周公谨如辞树红英，难免浮浪。朱淑贞如碧窗鹦鹉，略解语言。陆放翁如野僧说法，清而无味。张玉田如中郎凋谢，典型尚存。余则自桧以外，可无讥矣。

词境有四。其一，如新桐始叶，嫩翠若滴。柳梢月上，娟娟欲波，天机灵活，生意澹宕，□无丝毫迹象可寻，东坡所谓“空山无人，水流花开”者也。此境惟飞卿、正中、小山诸公具之。其二，如巨室闺禬，范律严肃，入其阌者，微闻幽馨，仙帷缥缈，檀屏掩映，弦声微作，不可端倪。此境惟少游、美成诸公具之。其三，如深山侠士，瑰抱恢奇，酒酣起舞，剑芒腾跃，抚髀一啸，林木悉靡，咤云挪月，不可一世。此境惟东坡、稼轩诸公具之。其四，如霓羽仙人，神光姚冶，云房露阙，瞬息万变，龙绡之带，凤羽之裳，织华组绮，迥非凡手。此境惟梦窗、草窗诸公具之。上下千古，不出四者。自余曹鄫不复成邦，可无讥已。

《怬簃词话》

166. 林丁：

胡怀琛先生以屈、陶、李、杜、白、苏、陆、王为中国八大诗人，吾以李后主、冯延巳、晏殊、欧阳修、苏东坡、李清照、辛弃疾、纳兰容若为中国八大词人。

词在宋朝，可谓登峰造极，词家之多，不亚唐朝诗人。但最高的两把交椅，却都让我们济南人坐了：一位是爱国军人辛弃疾，一位是状元甥女李清照，一字幼安，一字易安。幼安词奔放淋漓，如悬崖飞瀑，充满忧国热忱；易安词轻柔婉约，如午夜洞箫，抒发个人忧乐。以思想以量论，前者胜后者；以艺术以质论，后者胜先者。

《蕉窗词话》

167. 祝南：

辛稼轩词，思力沉透，笔势纵横，气魄雄伟，境界恢阔，每一下笔，即有笼盖一切之概。由其书卷多，襟抱广，经验丰得来，绝非粗莽浅率者所得借口。

坡词由南而北，稼轩由北而南，虽作风不同，而辛受苏影响之迹象欲可按索。

稼轩词最沉着处，每以最浑脱之笔出之，此层最须体会。有似脱口而出，实乃几经锤炼、沉痛至极者，尤不可草草看过。

稼轩词至难学，然不可不读，盘薄之气，坚苍之骨，得于此植其基也。周止庵标稼轩为一宗，而其词于稼轩实无所得。近贤如文芸阁、王半塘、沈子培、朱古微等乃真知取气植骨于稼轩者。

稼轩词真力弥满，不易以貌袭也。徒袭其貌必平浅，患平浅也而益之以风趣，则学稼轩乃转入竹山一路矣，乌睹所谓稼轩者？蒋心余、郑板桥辈均如此。

稼轩词以力量胜、性情胜，所谓“满心而发，肆口而成”也。惟其如此，故为令词时不免失之直率。直率不为稼轩病，学稼轩而专师其直率，乃真大病矣！

《无庵说词》

赵善扛

赵善扛（1141—？）字文鼎，别号解林居士。宋宗室，太宗子元份六世孙。历守蕲州、处州，淳熙间卒。词见黄昇《中兴以来绝妙词选》卷四。

1. 黄昇：

诗词甚富，盖赵德庄之流也。

《中兴以来绝妙词选》卷四

2. 杨慎：

赵文鼎，名善扛，号解林居士。其春游〔重叠金〕云："楚宫杨柳依依碧。遥山翠隐横波溢。绝艳照秾春。春光欲醉人。　纤纤芳草嫩。微步轻罗衬。花戴满头归。游蜂花上飞。"其二："玉关芳草粘天碧。春风万里思行客。骄马向风嘶。道归犹未归。　南云新有雁。望眼愁边断。膏沐为谁容。日高花影重。"〔重叠金〕即〔菩萨蛮〕也。又〔十拍子〕阕亦佳。

《词品》卷四

3. 沈雄：

岳倦翁云："赵师侠，燕王德昭七世孙，举进士，有《坦庵乐府》，其为文如泉出不择地，词之摹写风景，体状物情，俱极精巧，初不知其得之之易。"黄玉林云："赵善扛，字文鼎，自称解林居士，词甚富，盖德庄之流也。"汲古阁载南丰宗室赵长卿，一称仙源居士，《惜香乐府》多至十卷。《词综》载余干王孙赵汝愚，字子直，举进士，累官右丞相，盛以词章鸣世。此四宗室之工于词者也。

《古今词话·词话》上卷

4. 陈廷焯：

解林词颇见骨力，揖让进退庶几古人，不第于句调中见长也。

《云韶集》卷七

程垓

程垓（生卒年不详）字正伯，眉山（今属四川）人，程正辅之孙，正辅与苏轼为中表兄弟。杨慎、毛晋、《四库全书总目提要》均误以垓与苏轼为中表，后世有沿袭其误者。况周颐《蕙风词话》卷四已辨之。垓曾与尤袤、陆游等游，绍熙三年（1192），已五十许，杨万里曾荐以贤良方正科。家有拟舫号“书舟”，词集因名《书舟词》。

1. 王称：

程正伯以诗词名，乡之人所知也。余顷岁游都下，数见朝士，往往亦称道正伯佳句。独尚书尤公以为不然，曰正伯之文过于诗词，此乃识正伯之大者也。今乡人有欲刊正伯歌词，求余书其首，余以此告之，且为言：正伯方为当涂诸公以制举论荐，使正伯惟以词名世，岂不小哉？则曰：古乐府亦文尔，初何损于正伯之文哉？余用是乐为书之。虽然，昔晏叔原以大臣子，处富贵之极，为靡丽之词，其政事堂中旧客尚欲其捐有余之才，益未至之德者，盖叔原独以词名尔，他文则未传也。至少游、鲁直则兼之，故陈无己之作，自云不减秦七、黄九，是亦推尊其词尔。余谓：正伯为秦、黄则可，为叔原则不可。

《书舟词序》（《百家词》）

2. 毛晋：

（程垓）〔酷相思〕、〔四代好〕、〔折红英〕诸阕，词家皆极欣赏，谓秦七、黄九莫及也。

《书舟词跋》（《宋六十名家词》）

3. 宋征璧：

吾于宋词得七人焉：曰永叔，其词秀逸；曰子瞻，其词放诞；

曰少游，其词清华；曰子野，其词娟洁；曰方回，其词新鲜；曰小山，其词聪俊；曰易安，其词妍婉。他若黄鲁直之苍老，而或伤于颓。王介甫之劖削，而或伤于拗。晁无咎之规检，而或伤于朴。辛稼轩之豪爽，而或伤于霸。陆务观之萧散，而或伤于疏。此皆所谓我辈之词也。苟举当家之词，如柳屯田哀感顽艳，而少寄托。周清真蜿蜒流美，而乏陡健。康伯可排叙整齐，而乏深邃。其外则谢无逸之能写景，僧仲殊之能言情，程正伯之能壮采，张安国之能用意，万俟雅言之能协律，刘改之之能使气，曾纯甫之能书怀，吴梦窗之能叠字，姜白石之能琢句，蒋竹山之能作态，史邦卿之能刷色，黄花庵之能选格，亦其选也。词至南宋而繁，亦至南宋而敝，作者纷如，难以概述。

《倡和诗余序》(《倡和诗余》)

4. 严沆：

正伯，苏氏中表，独于词未尝师苏氏，宁阑入耆卿之调，工者无论，俚者殆有甚焉。

《古今词选序》(《宋词三百首笺注》引)

5. 王初桐：

程正伯，眉山人，与子瞻为中表兄弟，故其词有相乱者。

《小嫏嬛词话》卷一

6.《四库全书总目提要》：

尚书尤袤曾称其文过于诗词，今其诗文无可考，而词则颇有可观。杨慎《词品》最称其〔酷相思〕、〔四代好〕、〔折秋英〕数阕。盖垓与苏轼为中表，耳濡目染，有自来也。

《书舟词提要》

7.《四库全书简明目录》：

垓词清便流易，不施雕饰，其〔意难忘〕、〔一剪梅〕诸调，毛晋刻《六十家词》，定为苏轼之作误入垓集，不知何据。然诸词格力俱较轼为弱也。

《书舟词》

8. 冯煦：

程正伯凄婉绵丽，与草窗所录《绝妙好词》家法相近，故是正锋。虽与子瞻为中表昆弟，而门径绝不相入。若其〔四代好〕、〔闺怨无闷〕、〔酷相思〕诸阕，在《书舟集》中极俳薄，不类其他作，而升庵乃亟称之，真物色牝牡骊黄外矣。

《蒿庵论词》

9. 胡薇元：

程垓正伯《书舟词》，眉山人，亦字虚舟。王偁序云：尚书尤袤称其文过于词。杨升庵《词品》称其〔酷相思〕、〔折秋英〕数阕，余亦颇有可观。书舟与东坡为中表，濡染有自来矣。

《岁寒居词话》

10. 陈廷焯：

正伯词，奇肆处亚于老坡，而一种风流婉转之处，是又先生独步也。

《云韶集》卷五

11. 陈廷焯：

余观其词浅薄者多，高者笔意尚闲雅，去坡仙何止万里。

竹垞谓正伯词有与坡仙相乱者。余谓两人词，一洪一纤，一深一浅，如冰炭之不相入。无俟辨而可明，何虑其相乱也。

《白雨斋词话》卷六

12. 吴梅：

其词以凄婉绵丽为宗，为北宋人别开生面，自是以后，字句间凝炼渐工，而昔贤疏宕之致微矣。

《词学通论》

13. 碧痕：

宋人谓程正伯与苏子瞻同调，盖讥其一是铁喉铜板也。予读其〔酷相思〕《惜别》云："月挂霜林寒欲坠，正门外，催人起。

奈离别如今真个是。欲住也，留无计。欲去也，来无计。　　马上离情襟上泪，各自个，供憔悴。问江路梅花开也未？春到也，须频寄。人到也，须频寄。”此词浑厚和雅，置之《片玉集》中，不分轩轾，何竟是东坡乎？

《竹雨绿窗词话》

石孝友

石孝友（生卒年不详）字次仲，南昌（今属江西）人。孝宗乾道二年（1166）进士。有词集名《金谷遗音》。

1. 杨慎：

次仲词在宋未著名，而清奇宕丽如此。宋之填词为一代独艺，亦犹晋之字、唐之诗，不必名家而皆奇也。

《词品》卷二

2. 毛晋：

余初阅蒋竹山集，至“人影窗纱”一调，喜谓周、秦复生，又恐白雪寡和。既更得次仲《金谷遗音》，如〔茶瓶儿〕、〔惜奴娇〕诸篇，轻倩纤艳，不堕“愿奶奶兰心蕙性”之鄙俚，又不坠“霓裳缥缈，杂佩珊珊”之叠架，方之蒋胜欲，余未能伯仲也。

《金谷遗音跋》（《宋六十名家词》）

3. 毛晋：

次仲、几叔辈，不乏“宠柳娇花，燕衔莺耽”等语，何愧大晟上座耶？

《竹斋诗余跋》（《宋六十名家词》）

4. 邹祗谟：

《草堂》不选竹斋黄机、金谷石孝友词，《花庵》不选姑溪李之仪、友古蔡伸词。古来名作散轶，或其佳处而不传，或传者未必尽佳，正贺黄公所谓文之所在，不必名之所在也。

《远志斋词衷》

5. 沈雄：

世以张子野〔行香子〕三句为足挂齿颊，谓之“张三中”，即“心中事，眼中泪，意中人”也。却不知石次仲有三些字，如“等些时，说些子，做些儿”，言情之作，不涂脂粉。更不知刘改之有三欠字，如“欠桃花，欠沙鸟，欠渔船”。布景之什，无限风烟，只存乎其人耳。

《柳塘词话》（《古今词话·词辨》下卷引）

6. 李调元：

石次仲孝友《金谷遗音》，用笔超逸，似不食人间烟火，在南宋另是一格。然亦有鄙俗句。如〔亭前柳〕词后段云：“识尽千千并万万，那得恁海底猴儿。这百十钱一个，泼性命不分付，待分付谁。”集中佳词固多，此首颇为白璧之累。且前段有“被新冤家矍索”，按“矍索”二字，曲中少用，亦俗语也。

词中白描高手无过石孝友。〔卜算子〕云：“见也如何莫。别也如何遽。别也应难见也难，后会难凭据。　去也如何去。住也如何住。住也应难去也难，此际难分付。”所谓不著一字，尽得风流。至〔惜奴娇〕仍然一种笔意，然却开曲儿一门矣。

《雨村词话》卷二

7.《四库全书总目提要》：

其词长调以端庄为主，小令以轻倩为工。而长调类多献谀之作，小令亦间近于俚俗。

《金谷遗音提要》

8. 杜文澜：

词之与曲，则同源别派，清浊判然。自元以来，院本传奇原有佳句可入词林，但曲之径太宽，易涉粗鄙油滑，何可混羼入词？乃宋人有俳优一体，降格而甘比于伶官，误人非浅。如《词律》所列黄山谷〔望远行〕、〔少年心〕各一阕，〔鼓笛令〕二阕，石孝友〔惜奴娇〕二阕，庸恶陋劣，其猥亵几似淫词，怫心刺目。

《憩园词话》卷一

9. 冯煦：

《金谷遗音》小调间有可采，然好为俳语，在山谷、屯田、竹山之间，而隽不及山谷，深不及屯田，密不及竹山，盖皆有其失，而无其得也。

《蒿庵论词》

10. 陈廷焯：

次仲词清奇雄秀，别于诸家外，独树一帜。

次仲词多警句，令人拍案叫绝。

次仲最工小令，余尝谓叔原小令婉丽，次仲小令雄秀，真先后两雄也。

《云韶集》卷八

11. 况周颐：

石次仲《金谷遗音》言情写景，并多佳构，《四库》仅列存目，未免屈抑。如〔水凋歌头〕之“美人在何许”，〔点绛唇〕之“醉倚危樯”，〔谒金门〕之“云树直”，〔望江南〕之“山又水”，〔蝶恋花〕之“薄幸人人留不住”，〔千秋岁引〕之“春工领略”，以上各阕或寓情于景，或融景入情，有清新疏俊之长，而无软媚纤佻之失，在两宋人词中抑亦骎骎上驷矣。间有言情通俗，体涉俳谐，遂开金元剧曲蹊径，是则风会迁流，有不期然而然者。

《历代词人考略》卷三十二

12. 况卜娱：

石孝友《金谷遗音》〔眼儿媚〕云：“愁云淡淡雨潇潇，暮暮复朝朝。别来应是，眉峰翠减，腕玉香销。　小轩独坐相思处，情绪好无聊。一丛萱草，几竿修竹，数叶芭蕉。”过拍三句，用秦少游“也应似旧，盈盈秋水，淡淡春山”句意，而稍变化之，究不如秦句浑雅。

《织余琐述》

韩玉

韩玉（生卒年不详）字温甫，本金人。孝宗隆兴初，挈家自金投宋，授江淮都督府计议军事，后添差通判隆兴府。兄在金谋举义，事泄遇害。张浚罢职，玉亦勒停，送柳州羁管。乾道五年（1169）添差袁州通判，六年为右承务郎、军器少监兼权兵部郎官，七年兼提点御前军器所。曾与辛弃疾、康与之等人交游。著有《东浦词》。

1. 毛晋：

韩温甫家于东浦，因以名其词。虽与康顺庵、辛稼轩诸家酬唱，其妍媸相去，非但苧萝、无盐也。余去冬日事畚锸，研田久芜，托友人校雠诸词集以行世，入年读之，如兹集开卷〔水调歌头〕，为之掩鼻。又〔且坐令〕，其自度曲也，押韵颇峭，但“冤家何处贪欢乐，引得我心儿恶”等语，又未免俳笑矣。

《东浦词跋》（《宋六十名家词》）

2.《四库全书总目提要》：

毛晋刻其词入《宋六十家词》，又诋其虽与康与之、辛弃疾唱和，相去不止苧萝、无盐，今观其词，虽庆贺诸篇，不免俗滥，晋所摘〔且坐令〕中二句，亦体近北曲，诚非佳制，然宋人词内此类至多，何独刻责于玉？且集中如〔感皇恩〕、〔减字木兰花〕、〔贺新郎〕诸作，未尝不凄清宛转。

《东浦词提要》

3.《四库全书简明目录》：

玉本金人，绍兴初挈家南渡，此集皆归宋以后作也。毛晋刻入《六十家词》中，称其虽与康与之、辛弃疾唱和，相去如苧萝、无盐。今考集中，惟庆贺诸篇不免俗滥，晋所摘〔且坐令〕二语体类北曲，亦诚为不佳，然宋人词此类甚多，何独刻责于玉？至如〔感皇恩〕、〔减字木兰花〕、〔贺新郎〕诸作，又何尝不凄清宛转，岂可一概排诋欤？

《东浦词》

4. 况周颐：

竹垞《词综》录金人韩玉词三首，列王特起后，赵秉文前。宋有两韩玉，其一《金史》有传，字温甫，北平人，明昌五年进士，官至河北军节度副使。其一绍兴初由金挈家而南，授江淮都督府计议军事，见叶绍翁《四朝闻见录》，著有《东浦词》。金韩玉字温甫者，未闻其能词也。宋韩玉《东浦词》一卷，刻入《汲古阁六十家词》。竹垞《词综》所录〔感皇恩〕《广东与康伯可》"远柳绿含烟"阕，〔减字木兰花〕《赠歌者》"香檀素手"阕，〔贺新郎〕"柳外莺声碎"阕，并在卷中。可知竹垞误宋韩玉为金韩玉矣。金韩玉不应有广东之行，与康伯可唱酬，是亦一证。王幼安按：韩玉于隆兴初归正，《四朝闻见录》传本误"隆兴"为"绍兴"。

《蕙风词话》卷四

刘光祖

刘光祖（1142—1222）字德修，号后溪，一号山堂。简州阳安（今四川简阳）人，晚寓德清（今属浙江）。乾道五年（1169）进士。除剑南东川节度推官，辟潼川提刑司检法。淳熙五年（1178），除太学正。守秘书省正字，兼吴、益王府教授，迁校书郎，兼皇太子宫小学教授。后出知果州。光宗朝，历官殿中侍御史、潼川运判、江西、夔州提刑。绍熙五年（1194）七月，除侍御史。宁宗受禅，改司农少卿，进起居舍人，迁起居郎。开禧三年（1207），除潼川路提点刑狱，权知庐州。嘉定二年（1209），知襄阳府。历官宝谟阁直学士知潼川府，升显谟阁直学士。嘉定十五年卒，年八十一。谥文节。《宋史》有传。有《后溪集》十卷，已佚。赵万里《校辑宋金元人词》辑有《鹤林词》一卷。

1. 沈雄：

刘光祖，字德修，蜀之名士，有《鹤林集》，词亦庄重而出之者。

《古今词话·词评》上卷

2.《续修四库全书总目提要》：

草窗《绝妙好词》录其〔洞仙歌〕《败荷》一首，确为宛雅飘曳之作，又〔踏莎行〕云：“扫径花零……”不独词气跌宕，亦姿态横生矣。

《鹤林词一卷提要》

马子严

马子严（生卒年不详），字庄父，自号古洲居士，建安（今属福建）人。孝宗淳熙二年（1175）进士。尝知岳州。有《古洲词》。

1. 黄昇：

寿词最难得佳者，太泛则疏，太著则拘。惟稼轩《庆洪内翰七十》云："更十岁太公方出将，又十岁武公方入相。"马古洲《庆傅侍郎生日》云："天子方将申说命，云孙又合为霖雨。"上联工夫在方字，下联以云孙对天子，自然中的，事意俱佳，未易及也。

闺词牵于情，易至诲淫。马古洲有一曲云："睡鸭徘徊烟缕长，日长春困不成妆。步欺草色金莲润，捻断花须玉笋香。　轻洛浦，笑巫阳。锦纹亲织寄檀郎。儿家门户藏春色，戏蝶游蜂不敢狂。"前数语不过纤艳之词耳，断章凛然，有以礼自防之意。所谓发乎情，止乎礼义，近世乐府，未有能道此者。

《中兴词话》

2. 杨慎：

马庄父，字子严，号古洲，建安人。有经学，多论著，填词其余事也。《草堂词》选其《春游》〔归朝欢〕一首。余如〔月华清〕云："怅望月中仙桂。问窃药佳人，与谁同岁。"〔贺圣朝〕云："游人拾翠不知远，被子规呼转。"〔阮郎归〕结句云："三三两两叫船儿，人归春也归。"《元夕词》云："玉梅对妆雪柳，闹蛾儿象生娇颤。"可考见杭都节物。

《词品》卷四

3. 沈雄：

马古洲建安人，好经纶，填词其余事也。如〔月华清〕云："怅望月中仙桂。问窃药佳人，与谁同岁。"〔贺圣朝〕云："游人拾翠不知返。被子规呼转。”〔阮郎归〕云：“三三两两叫船儿，人归春也归。”俱有旨趣。

《柳塘词话》(《古今词话·词评》上卷引)

4.《宋名家词评》：

建安马古洲有经学，多论著，填词其余事也。《草堂》选其《春游》〔归朝欢〕一首，余如〔月华清〕云：“怅望月中仙桂。问窃药佳人，与谁同岁。”〔贺圣朝〕云：“游人不知返。被子规呼转。”〔阮郎归〕云：“三三两两叫船儿。人归春也归。”俱骀荡清快，别有旨趣。《元夕词》云：“玉梅对妆雪柳，闹蛾儿象生娇颤。”更可考见杭都节物。

《历代词话》卷八引

5. 况周颐：

马古洲词间有拙处、欠熨帖处，却不涉俗，不楚楚作态故也。

《历代词人考略》卷三十二引

6. 况周颐：

马庄甫在南宋词人中名不甚显。《御选历代诗余·词人姓氏》：马庄甫，字子严。盖名、字互误。其词见《花庵词选》、《花草粹编》、竹垞《词综》者署马庄甫，见《全芳备祖》者署马古洲。明以前选家，其于作者往往仅署字，不书名，或仅署别号，甚或仅记所从出之书，《粹编》多有久之而其人之名乃至不可考，是亦缺憾也。庄甫词格与康伯可、曹元宠、田不伐辈近似，有〔卜算子慢〕云：“壁月上极浦。帆落人挝鼓。石城倒影，深夜鱼龙舞。佳气郁郁，紫阁腾云雨。回首分今古。千载是和非，夕阳中、双燕语。　向人诉。记玉井辘轳，胭脂涨腻，几许蛾眉妒。感叹息、花好随风去。流景如羽。且共乐升平，不须后庭玉树。”见《景定康建志》，为选本所未收。

《历代词人考略》卷三十二

7. 况周颐：

马古洲〔海棠春〕云：“护取一庭春，莫弹花间鹊。”用徐干臣“闷来弹鹊，又搅碎、一帘花影”，可谓善变。

又马古洲〔月华清〕云：“怕里。又悲来老却，兰台公子。”“怕里”，宋人方言，草窗词中屡见，犹言恰提防间，大致如此诠释，尚须就句意活动用之。

《蕙风词话续编》卷一

8.《续修四库全书总目提要》：

此本……咏物为多，颇有寄托，词末喜用重笔，如〔贺圣朝〕末云：“花前一笑不须悭，待花飞休怨。”〔鹧鸪天〕末云：“儿家闭户藏春色，戏蝶游蜂不敢狂。”〔水龙吟〕《海棠》末云：“问因何、却欠一些香味，惹旁人恨。”此皆煞尾用粗俗之笔也。考北宋之词最重收煞，如屯田〔雨霖铃〕词末云：“此去经年，应是良辰美景虚设。便纵有、千种风流，更与何人说。”清真〔尉迟杯〕末云：“有何人念我无聊，梦魂凝想鸳侣。”凡此之类，不知者以为粗拙，而不知其词前幽雅绸缪，非用笨重之笔不足以束之，此正北宋词人之大处。南宋但以“雅”字为标榜，明于此者盖寡矣。子严时有此境，稍嫌轻而易露，后不称前也。

《古洲词一卷提要》

赵师侠

赵师侠（生卒年不详）字介之，号坦庵，宋太祖次子燕王德昭七世孙。南渡后家新淦（今江西新干）。孝宗淳熙二年（1175）进士。十五年（1188）为江华郡丞。有《坦庵长短句》，一名《坦庵词》。

1. 尹觉：

坦庵先生，金闺之彦，性天夷旷，吐而为文，如泉出不择地。连收两科，如俯拾芥，词章乃其余事。人见其模写风景、体状物态，俱极精巧，初不知得之之易，以至得趣忘忧，乐天知命，兹又情性之自然也。

《题坦庵词》（《宋六十名家词》）

2. 毛晋：

介之，汴人，一名师侠。生于金闺，捷于科第，故其词亦多富贵气。或病其能作浅淡语，不能作绮艳语，余正谓诸家颂酒赓色，已极滥觞，存一淡妆以愧浓抹，亦初集中放翁一流也。

《坦庵词跋》（《宋六十名家词》）

3. 沈雄：

岳倦翁云："赵师侠，燕王德昭七世孙，举进士，有《坦庵乐府》，其为文如泉出不择地，词之摹写风景，体状物情，俱极精巧，初不知其得之之易。"……此四宗室之工于词者也。

《古今词话·词话》上卷

4. 王初桐：

赵师侠《坦庵长短句》一卷，摹写风景，体状物态，俱极精巧。

《小嫏嬛词话》卷二

5.《四库全书总目提要》：

是集前有其门人尹觉序，据云：坦庵为文，如泉出不择地，词章乃其余事，其模写体状，虽极精巧，皆本情性之自然。今观其集，萧疏淡远，不肯为剪红刻翠之文，洵词中之高格，但微伤率易，是其所偏。

《坦庵词提要》

6. 叶申芗：

赵师侠坦庵，为南宗之隽，工词章，亦多赠妓之作。

《本事词》卷下

7. 冯煦：

坦庵、介庵、惜香，皆宋氏宗室，所作并亦清雅可诵……其实介庵所造，比诸坦庵、惜香，似尚未逮。毛氏既许坦庵为放翁一流，又谓其多富贵气，不亦自相矛盾耶？

《蒿庵论词》

8. 胡薇元：

赵师侠《坦庵词》……其门人尹觉序云：坦庵文如泉出不择地，词章乃其余事。其模写体状虽极精巧，皆本性情之自然。今观其集，萧疏澹远，洵为高格，诚如所云，其失也易。

《岁寒居词话》

9. 碧痕：

词家作浓香之语易，作淡丽之语难。盖因词重纤巧，人多以香奁趋之。宋之词家，奚只千百，惟赵介之以淡语胜。其〔满江红〕云："目断碧云无消息，试凭青翼飞南北。听掀帘，疑是故人来，风敲竹。"又"雾浓烟重遥山暗，云淡天低去水长"等句，皆宋人所无者。

《竹雨绿窗词话》

陈亮

陈亮（1143—1194）字同甫，号龙川，学者称龙川先生，婺州永康（今浙江永康）人。少喜谈兵，下笔千言立就，有国士之目。乾道五年（1169）试吏部，被黜。孝宗隆兴初上《中兴五论》，奏入不报。退而杜门力学十年。淳熙五年（1178）更名同，先后四上疏，欲激孝宗恢复，在廷交怒，以为狂怪，屡遭大狱。光宗绍熙四年（1193）策进士，光宗亲擢第一，授签书建康府判官公事，未至官，卒。理宗端平（1234—1236）初谥文毅。《宋史》有传。陈亮是宋代著名哲学家，文章气势磅礴，尤工词。有《龙川文集》，词集名《龙川词》。

1. 陈亮：

本之以俚语，杂之以街谭巷歌，抟搦义理，劫剥经传，而卒归曲子之律。

《与郑景元提干》（《龙川文集》卷二十一）

2. 叶适：

有长短句四卷。每一章就，辄自叹曰：平生经济之怀，略已陈矣。

《书龙川集后》（《水心集》卷二十九）

3. 周密：

龙川好谈天下大略，以气节自居，而词亦疏宕有致。

《词林纪事》卷十一引

4. 刘辰翁：

词至东坡，倾荡磊落……及稼轩横竖烂漫，乃如禅宗棒喝，头头皆是；又如悲笳万鼓，平生不平事并卮酒，但觉宾主酣畅，谈不暇顾。词至此亦足矣。然陈同父效之，则与左太冲入群媪相似，亦无面而返。

《辛稼轩词序》(《须溪集》卷六)

5. 毛晋：

余正喜同甫（陈亮）不作妖语、媚语，偶阅《中兴词选》，得〔水龙吟〕以后七阕，亦未能超然，但无一调合本集者，或云赝作。

《龙川词跋》(《宋六十名家词》)

6. 邹祇谟：

南宋诸家，蒋、史、姜、吴，警迈瑰奇，穷姿构彩；而辛、刘、陈、陆诸家，乘间代禅，鲸呿鳌掷，逸怀壮气，超乎有高望远举之思。

《倚声初集序》

7. 王士禛：

诗余者，古诗之苗裔也。语其正，则景、煜为之祖……语其变，则眉山导其源，至稼轩、放翁而尽变，陈、刘其余波也……有英雄之词，苏、陆、辛、刘之属是也。

《倚声初集序》(《渔洋山人文略》卷三)

8. 《词苑》：

陈同父开拓万古之心胸，推倒一世之豪杰，而作词乃复幽秀。

《历代词话》卷八引

9. 姚椿：

〔永遇乐〕《过永康吊陈同父》

南渡江山，布衣有此，绝出豪俊。云雷风雨，龙蛇虎豹，八面堂堂阵。心胸万古，英雄一世，休笑先生困顿。叹一官、功名已矣，铭旌吹冷霜鬓。　　临安湖水，建康江水，何处銮舆临幸。芳菲世界，中原莺燕，谁问归鸿信。当年可惜，寿皇英主，枉著中兴五论。只今日、新词歌罢，尚闻余恨。

《洒雪词》

10.《四库全书总目提要》：

此集（按：指《龙川词》。）……词多纤丽，与本集迥殊，或疑赝作。毛晋跋称黄昇与亮俱南渡后人，何至谬误若此，或昇惟选绮艳一种，而亮子沆所编本集，特表其父磊落骨干，故若出二手云云。考亮虽与朱子讲学，而不废北里之游，其与唐仲友相忤，谗构于朱子，朱子为其所卖，误兴大狱，即由亮狎台州官妓，嘱仲友为脱籍，仲友沮之之故，事载《齐东野语》第十七卷中。则其词体杂《香奁》，不足为异，晋之所跋，可谓得其实矣。

《龙川词提要》

11.《四库全书简明目录》：

亮词已载本集中，然无艳绮之作。其艳绮之作，乃载于黄昇《花庵词选》。盖集为其子沆所编，意有所讳，黄昇则据其流传之稿也。

《龙川词》

12. 谭莹：

生平经济托微言，文似龙川意可原。

亦有翠绡封泪语，散花庵选集无存。

《论词绝句一百首》（《乐志堂诗集》卷六）

13. 李肇增：

尧章歌曲，隐《黍离》之感；同甫平生，抗中兴之疏。词士深约，义概存焉，骚雅以还，信未可以靡靡訾矣。又况欧、范诸公，比物荃荪，非无丽语，宅心钟鼎，卓建大猷，往烈未泯。

《采香词序》（《清名家词》）

14. 刘熙载：

陈同甫与稼轩为友，其人才相若，词亦相似。

《词概》

15. 孙衣言：

每读苏子瞻、张于湖、陈同甫诸家之作，豪情逸兴，相去千余年，而其傲睨一世之概如在目前。窃谓词固未可轻，且亦何必定作儿女子语耶？

《水仙亭词序》（《东瓯词徵》卷十）

16. 沈祥龙：

词至南宋，如稼轩、同甫之慷慨悲凉，碧山、玉田之微婉顿挫，皆伤时感事，上与风骚同旨，可薄为小技乎？

《论词随笔》

17. 冯煦：

龙川痛心北虏，亦屡见于辞，如〔水调歌头〕云："尧之都……"〔念奴娇〕云："因笑王谢诸人……"〔贺新郎〕云："举目江河休感涕……"忠愤之气，随笔涌出，并足唤醒当时聋聩，正不必论词之工拙也。

《蒿庵论词》

18. 沈曾植：

（陈同甫）终不堪与稼轩同日语，非嫌其面目粗，嫌骨理粗耳。

《海日碎金·刘融斋〈词概〉评语》（《同声月刊》第二卷第十一号）

19. 张祥龄：

龙川〔水调歌头〕云："尧之都，舜之壤，禹之封。于今应有、一个半个耻和戎。"〔念奴娇〕云："因笑王谢诸人，登高怀远，也学英雄涕。"世谓此等为洗金钗钿盒之尘，不知洗之者在气骨，非在选字。周、姜绮语，不患大家，若以叫嚣粗粗为正雅，则未之闻。

《词论》

20. 陈廷焯：

陈同甫豪气纵横，稼轩几为所挫。而《龙川词》一卷，合者寥寥，则去稼轩远矣。

《白雨斋词话》卷一

21. 况周颐：

龙川词分清豪、婉丽两派，前人所称述大都婉丽之作，入毛刻《补遗》卷中者。其以清雄胜者，如〔水调歌头〕《送章德茂大卿使虏》“不见南师久”云云，慷慨淋漓，可想见其襟抱。

《历代词人考略》卷三十

22. 张德瀛：

陈同甫幼有国士之目，孝宗淳熙五年，诣阙上书，于古今沿革、政治得失，指事直陈，如龟之灼。然挥霍自恣，识者或以夸大少之。其发而为词，乃若天衣飞扬，满壁风动。惜其每有成议，辄招妒口，故肮脏不平之气，辄寓于长短句中。读其词，益悲其人之不遇已。

《词徵》卷五

23. 刘师培：

龙川之词，感愤淋漓，如〔六州歌头〕、〔水调歌头〕、〔木兰花慢〕、〔浣溪沙〕数首，皆痛心君国光复之词，溢于言表矣。眷怀君国；稼轩之词，才思横溢，悲壮苍凉。如〔永遇乐〕诸词。例之古诗，远法太冲，近师太白，此纵横家之词也。

《论文杂记》

24. 吴梅：

叶水心云：同甫长短句四卷，每一章成，辄自叹曰：平生经济之怀，略已陈矣。周草窗云：龙川好谈天下大略，以节气自居，而词亦疏宕有致。毛子晋云：龙川词读至卷终，不作一妖语媚语，殆所称不受人怜者欤。余谓龙川与幼安，往来至密。集中〔贺新郎〕三首，足见气谊，故词境亦近之。而如此作，又复幽秀妍丽，能者固无所不能也。

《词学通论》

25. 姚锡均：

玉田微削梦窗腴，柳七风神故不虚。

若舍浮华论骨概，龙川一集有谁知。

《示了公论词绝句十二首》（《南社》第十八集，民国铅印本）

杨炎正

杨炎正（1145—1214）字济翁，庐陵（今江西吉安）人。杨万里族弟。宁宗庆元二年（1196）进士，授宁远主簿，迁吏部架阁。嘉定三年（1210）为大理司直，历知藤州、琼州。官至安抚使。有《西樵语业》。

1. 毛晋：

《语业》一卷，俊逸可喜，不作妖艳情态，虽非词家能品，其品之闲闲可想见。

《西樵语业跋》（《宋六十名家词》）

2. 李调元：

炎正《西樵语业》有〔诉衷情〕词云：“露珠点点欲围（按：“围”应为“团”）霜，分冷与纱窗。”“团霜”、“分冷”四字最工。如〔生查子〕句云：“人好欺花色。”“欺”字亦工，盖能炼句故也。

《雨村词话》卷二

3.《四库全书总目提要》：

其纵横排奡之气，虽不足敌弃疾，而屏绝纤秾，自抒清俊，要非俗艳所可拟。一时投契，盖亦有由云。

《西樵语业提要》

4.《四库全书简明目录》：

（杨炎正）词凡三十七首，而与辛弃疾唱和者六。其奇逸排奡之气，虽不足以敌弃疾，而洗涤铅华，独标清隽，要非俗艳所能拟。

《西樵语业》

5. 冯煦：

有与幼安周旋而即效其体者，若西樵、洺水两家，惜怀古味薄，济翁笔亦不健，比诸龙洲，抑又次焉。

《蒿庵论词》

6. 陈廷焯：

翁词不事镵刻，而韵节自佳。

《云韶集》卷六

7. 况周颐：

杨济翁〔蝶恋花〕前段云："离恨做成春夜雨。添得春江，划地东流去。弱柳系船都不住。为君愁绝听鸣橹。"亦婉曲亦新颖，无此词心，不能有此词笔。

《珠花簃词话》(《历代词人考略》卷三十引)

8. 况周颐：

杨济翁词〔水调歌头〕《登多景楼》云："寒眼乱空阔，客意不胜秋。强呼斗酒，发兴特上最高楼。舒卷江山图画，应答龙鱼悲啸，不暇顾诗愁。风露巧欺客，分冷入衣裘。　　忽醒然，成感慨，望神州。可怜报国无路，空白一分头。都把平生意气，只做如今憔悴，岁晚若为谋。此意仗江月，分付与沙鸥。"此等词风骨高骞，自是稼轩法乳。其〔贺新郎〕句云："独有荼蘼开未到，留得一分春住。"〔蝶恋花〕云："门外马嘶人去后。乱红不管花消瘦。"亦稼轩之"断肠点点飞红，都无人管。倩谁唤、流莺声住"也。刘改之模范稼轩，《龙洲词》中不少婉约绵丽之作，正与济翁略同。

《历代词人考略》卷三十

9. 况周颐：

"离恨做成春夜雨。添得春江，划地东流去。弱柳系船都不住。为君愁绝听鸣橹。"杨济翁〔蝶恋花〕前段也。婉曲而近沉着，新颖而不穿凿，于词为正宗中之上乘。

《蕙风词话》卷二

10. 张德瀛：

刘改之词，如“左执太行之獶，而右搏雕虎”，是善效稼轩体者……南宋此体最多……杨济翁〔水调歌头〕：“可怜报国无路，空白一分头。”……皆所谓拔地倚天，句句欲活者。

《词徵》卷五

张镃

张镃（1153—1235）字功甫，又字时可，号约斋，先世凤翔人，后居临安（今浙江杭州）。南宋初大将张俊之曾孙。孝宗隆兴二年（1164）为大理司直。淳熙五年（1178）直秘阁，通判婺州。十三年通判临安府。宁宗庆元元年（1195）为司农寺主簿，三年迁司农寺丞，与官观。开禧三年（1207）为司农少卿，坐事被除名象州编管。曾卜筑南湖，服玩豪侈，为天下冠。以诗名，著有《南湖集》、《玉照堂词》，并佚。有后人辑本《南湖集》十卷，第十卷为词，或单行，名《南湖诗余》。

1. 周密：

张功甫，西秦人，“月洗高梧”一阕，乃咏物之入神者。此白石论邦卿词而及之。

沈雄《古今词话·词评》上卷引

2. 杨慎：

张功甫，名镃，善填词。尝即席作〔贺新郎〕《送陈退翁分教衡湘》云：“桂隐传杯处……”此词首尾变化，送教官而及阴山狂虏，非善转换不及此。末句“呼翠袖，为君舞”六字又能换回结煞，非千钧笔力未易到此。

《词品》卷四

3. 贺裳：

稗史称韩干画马，人入其斋，见干身作马形，凝思之极，理或然也，作诗文亦必如此始工……张功甫“月洗高梧……”不惟曼声胜其高调，兼形容处心细如丝发。

《皱水轩词筌》

4. 王初桐：

张功父有《玉照堂词》一卷，玉照堂以种梅得名，其词多赏梅之作，花庵拔其尤者十五阕，虽有风味而格调未高。

《小嫏嬛词话》卷二

5. 谭莹：

玉照堂开夜不扃，海盐腔衍与谁听？

满身花影词工绝，将种何须蟋蟀经。

《论词绝句一百首》（《乐志堂诗集》卷六）

6. 郑文焯：

功甫赋促织词，不使才气，自成名贵，澹雅冲和，其盛唐、《雅》、《颂》之遗音欤？石帚则如《变风》、《小雅》，几以奴仆命骚，两家皆各尽能事，诚未易轩轾也。

《词林翰藻·郑文焯致朱祖谋书》（《词学》第七辑）

7. 况周颐：

今读《南湖诗余》，泰半对花拊景之作，兹择其尤雅者标目如左：〔昭君怨〕《园池夜泛》"月在碧虚"阕，〔菩萨蛮〕《咏鸳鸯梅》"前生曾是"阕，〔好事近〕《拥绣堂看大花》"手种满阑花"阕，〔虞美人〕《咏水蘋花》"浓妆未试"阕，〔感皇恩〕《驾霄亭观月》"诗眼看青天"阕，〔蝶恋花〕"杨柳秋千"阕，又"门外沧洲"阕，〔鹧鸪天〕《自兴远桥过清夏堂》"闲立飞虹"阕，〔念奴娇〕《宜雨亭咏千叶海棠》"绿云影里"阕，〔八声甘州〕《秋夜奉怀浙东辛帅》"领千岩万壑"阕，〔宴山亭〕"幽梦初回"阕。断句如〔眼儿媚〕《咏女贞木》云："月儿照着，风儿吹动，香了黄昏。"〔鹊桥仙〕《采菱》云："湿烟吹霁木兰轻，照波底、红娇翠婉。"皆可诵。〔满庭芳〕《咏促织》后段云："儿时，曾记得，呼灯灌穴，敛步随音。任满身花影，犹自追寻。携向华堂戏斗，亭台小、笼巧妆金。今休说，从渠床下，凉夜伴孤吟。"状物寓情，庶几石帚嗣响，唯〔风入松〕云："耳边嘱付话儿奸。休放蛮檀。""奸"韵绝奇，"蛮檀"

字亦仅见。

《历代词人考略》卷三十四

8. 况周颐：

张功甫《南湖诗余》泰半对花拊景之作，兹择其尤雅者标目如左：〔昭君怨〕《园池夜泛》“月在碧虚”阕，〔菩萨蛮〕《咏鸳鸯梅》“前生曾是”阕，〔好事近〕《拥绣堂看天花》“手种满阑花”阕，〔虞美人〕《咏水荮花》“浓妆未试”阕，〔感皇恩〕《驾宵亭观月》“诗眼看青天”阕，〔蝶恋花〕“杨柳秋千”阕，又“门外沧州”阕，〔鹧鸪天〕《自兴远桥过清夏堂》“闲立飞虹”阕，〔念奴娇〕《宜雨亭咏千叶海棠》“绿云影里”阕，〔八声甘州〕《秋夜奉怀浙东辛帅》“领千岩万壑”阕，〔宴山亭〕“幽梦初回”阕。断句如〔南乡子〕《春雪》云：“小立妖娆何所似，风前。柳絮飞时见牡丹。”〔眼儿媚〕《咏女贞木》云：“月儿照着，风儿吹动，香了黄昏。”〔鹊桥仙〕《采菱》云：“湿烟吹霁木兰轻，照波底、红娇翠婉。”皆可咏。〔满庭芳〕《咏促织》后段云：“儿时，曾记得，呼灯灌穴，敛步随音。任满身花影，犹自追寻。携向华堂戏斗，亭台小、笼巧妆金。今休说，从渠床下，凉夜伴孤吟。”状物寓情，庶几石帚嗣响。〔瑞鹤仙〕云：“闷归来，已早游人回尽，灯暗重门欲闭”，与“那人正在，灯火阑珊处”同一黯然销魂。唯〔风入松〕云：“耳边嘱咐话儿奸。休放蛮檀。”“奸”韵绝奇，“蛮檀”字亦仅见。

《宋人词话》

9.《续修四库全书总目提要》：

镃词字句精整，而用笔流畅，在南宋词中，虽未臻博大，而工丽可称也。

《南湖诗余一卷附张枢词一卷提要》

刘过

刘过（1154—1206）字改之，号龙洲道人，吉州太和（今江西泰和）人，四举不第，一生布衣，放浪江湖，寄食达官贵人间，与庐陵刘仙伦齐名，号“庐陵二布衣”。光宗时曾伏阙上书，又曾上书宰相陈恢复方略，皆不报。曾与辛弃疾、岳珂等人交游。《南宋书》、《宋史翼》有传。著有《龙洲集》。词集有《龙洲词》。

1. 《咸淳玉峰续志》：

刘过，字改之，自号龙洲，本庐陵人，客良山，依妻家而居。过为人尚气节，喜饮酒，为词章豪放英特，如“斗酒彘肩，风雨渡江，岂不快哉？”等词皆行于世。至扣阁一书，请先皇过宫，言极剀切，尤诸公所称许，死葬马鞍山。

《宋元方志丛刊》

2. 黄昇：

王简卿侍郎尝赠以诗云：“观渠论到前贤处，据我看来近世无。”其词多壮语，盖学稼轩者也。号龙洲道人。

《中兴以来绝妙词选》卷五

3. 张世南：

刘过，字改之，能诗词，流落江湖，酒酣耳热，出语豪纵，自谓晋宋间人物。

《游宦纪闻》卷一

4. 张炎：

辛稼轩、刘改之作豪气词，非雅词也。于文章余暇，戏弄笔墨，为长短句之诗耳。

《词源》卷下

5. 陶南村：

改之造词赡逸有思致，〔沁园春〕二首，极纤丽可爱。

沈雄《古今词话·词评》上卷引

6. 陈霆：

刘改之〔沁园春〕云："绿鬓朱颜，玉带金鱼……"此词题云《代寿韩平原》，然在当时，不知竟代谁作。改之与康伯可俱渡江后诗人，康以词受知秦桧，致位通显。而改之竟流落布衣以死。人之幸不幸又何也。然改之词意虽媚，其"收拾用儒"、"收敛若无"与"芝香枣熟"等句，犹有劝侂胄谦冲下贤，及功成身退之意。若康之寿桧云："愿岁岁，见柳梢青浅，梅英红小。"则迎导其怙宠固位，志则陋矣。

《渚山堂词话》卷三

7. 李濂：

改之气雄一世，寄辛词曰："古岂无人，可以似我，稼轩者谁。"

沈雄《古今词话·词评》上卷引

8. 王世贞：

词至辛稼轩而变，其源实自苏长公，至刘改之诸公极矣。南宋如曾觌、张抡辈应别之作，志在铺张，故多雄丽。稼轩辈抚时之作，意存感慨，故饶明爽。然而秾情致语，几于尽矣。

《艺苑卮言》

9. 毛晋：

改之家于西昌，自号龙洲道人。为稼轩之客，故小词亦多相混。如"堂上谋臣樽俎"之类是也。宋子虚称为天下奇男子。平生以气义撼当世，其词激烈，读者感焉。花庵谓其词学辛幼安，如《别妾》〔天仙子〕、《咏画眉》〔小桃红〕诸阕，稼轩集中能有此纤秀语耶？

《龙洲词跋》(《宋六十名家词》)

10. 宋征璧：

吾于宋词得七人焉：曰永叔，其词秀逸；曰子瞻，其词放诞；曰少游，其词清华；曰子野，其词娟洁；曰方回，其词新鲜；曰小山，其词聪俊；曰易安，其词妍婉。他若黄鲁直之苍老，而或伤于颓。王介甫之劖削，而或伤于拗。晁无咎之规检，而或伤于朴。辛稼轩之豪爽，而或伤于霸。陆务观之萧散，而或伤于疏。此皆所谓我辈之词也。苟举当家之词，如柳屯田哀感顽艳，而少寄托。周清真蜿蜒流美，而乏陡健。康伯可排叙整齐，而乏深邃。其外则谢无逸之能写景，僧仲殊之能言情，程正伯之能壮采，张安国之能用意，万俟雅言之能协律，刘改之之能使气，曾纯甫之能书怀，吴梦窗之能叠字，姜白石之能琢句，蒋竹山之能作态，史邦卿之能刷色，黄花庵之能选格，亦其选也。词至南宋而繁，亦至南宋而敝，作者纷如，难以概述。

《倡和诗余序》(《倡和诗余》)

11. 尤侗：

唐诗以李、杜为宗，而宋词苏、陆、辛、刘，有太白之风；秦、黄、周、柳，得少陵之体。此又画疆而理、联骑而驰者也。

《词苑丛谈序》(《词苑丛谈》)

12. 先著：

贪于取巧，便是小家伎俩。然亦可知南渡以来，此道穷态极变，不可以一律论也。(评刘过〔行香子〕“佛寺云边”)(卷二)

世以苏、辛并称，辛非苏类，稼轩之次则后村、龙洲，是其偏裨也。(评辛弃疾〔沁园春〕“叠嶂西驰”)(卷六)

《词洁辑评》

13. 贺裳：

词有如张融危膝，不可无一，不可有二者。如刘改之〔天仙子〕《别妾》是也。中云：“马儿不住去如飞，牵一憩，坐一憩。”又云：“去则是，住则是，烦恼自家烦恼你。”再若效颦，宁非打油恶道乎？然篇中“雪迷村店酒旗斜”，固非雅流不能作此语。

《皱水轩词筌》

14. 邹祗谟：

南宋诸家，蒋、史、姜、吴，警迈瑰奇，穷姿构彩；而辛、刘、陈、陆诸家，乘间代禅，鲸呿鳌掷，逸怀壮气，超乎有高望远举之思。

《倚声初集序》(《倚声集》)

15. 邹祗谟：

诗家有王、孟、储、韦一派，词流惟务观、仙伦、次山、少鲁诸家近似，与辛、刘徒作壮语者有别。

《远志斋词衷》

16. 彭孙遹：

词家每以秦七、黄九并称，其实黄不及秦甚远。犹高之视史，刘之视辛，虽齐名一时，而优劣自不可掩。

《金粟词话》

17. 王士禛：

凡为诗文，贵有节制，即词曲亦然。正调至秦少游、李易安为极致，若柳耆卿则靡矣。变调至东坡为极致，辛稼轩豪于东坡而不免稍过，若刘改之则恶道矣。学者不可以不辨。

《分甘余话》卷二

18. 王士禛：

温、和生而《花间》作，李、晏出而《草堂》兴。此诗之余而乐府之变也。诗余者，古诗之苗裔也。语其正，则南唐二主为之祖，至漱玉、淮海而极盛，高、史其嗣响也；语其变，则眉山导其源，至稼轩、放翁而尽变，陈、刘其余波也。有诗人之词，唐、蜀、五代诸人是也；有文人之词，晏、欧、秦、李诸君子是也；有词人之词，柳永、周美成、康与之之属是也；有英雄之词，苏、陆、辛、刘是也。

《倚声集序》(《渔洋山人文略》卷三)

19. 沈雄：

古者歌必有和，所以继声也。倡予和汝，诗咏箨兮。调高和寡，曲推白雪。至一韵而为之数回往复，长庆之元、白，松陵之皮、陆，实滥觞焉。属和工而格愈降矣。苏、黄间一为之，辛、刘复为迭出，顾其才力优为之，此犹夫绝尘远驭之才技，不驰逐于康庄大堤，而躐骤于巉崖峭壁，若不藉此无以擅长者。

《古今词话·词品》上卷

20.《词苑》：

刘改之能诗词，酒酣耳热，出语豪纵。嘉泰癸酉寓中都时，辛稼轩帅越，遣使招之，适以事不及行，因仿辛体作〔沁园春〕一词缄往，下笔便逼真。其词曰："斗酒彘肩……"辛得词大喜，竟邀之去，馆燕弥月，酬赠千缗。改之竟荡于酒，不问也。尝以此词，语岳侍郎倦翁，掀髯有得色。岳曰："词句固佳，但恨无刀圭药，疗君白日见鬼症耳。"举座大噱。

《历代词话》卷八引

21.《乐府纪闻》：

刘改之阨于韦布，放浪吴楚间。辛幼安守京口，改之敝衣曳屐而来。幼安命之赋雪，则云："功名有分平吴易，贫赋无交访戴难。"命赋多景楼，则云："江流千古英雄泪，山掩诸公富贵羞。"幼安帅越日，赠以千缗，为求田资。其词多壮语而学幼安者也。

沈雄《古今词话·词评》上卷引

22. 田同之：

诗词风气，正自相循。贞观、开元之诗，多尚淡远。大历、元和后，温、李、韦、杜渐入香奁，遂启词端。《金荃》、《兰畹》之词，概崇芳艳。南唐、北宋后，辛、陆、姜、刘渐脱香奁，仍存诗意。

《西圃词说》

23. 王初桐

变调词辛、苏并称，当以稼轩为第一，刘龙洲、刘后村学稼轩者也，皆近乎粗。

辛稼轩“杯汝前来”，刘龙洲“斗酒彘肩”皆非词家正体，不可学。

《小嫏嬛词话》卷二

24. 李调元：

余阅刘过《龙洲词集》，有学辛稼轩而粗之评……升庵谓改之似辛稼轩之豪，而未免粗。此评真不能为改之讳。词至宋末，多堕恶道，有目人所共知。又窃幸余与升庵论之若合符也。（卷二）

辛稼轩词肝胆激烈，有奇气，腹有诗书，足以运之，故喜用《四书》成语，如自己出，如“今日既盟之后”，“贤哉回也”，“先觉者贤乎”等句，为词家另一派。然学之稍粗则坠恶道。其时为稼轩客如龙洲刘过，每学其法，时多称之，然失之粗劣。独〔西江月〕一词有句云：“天时地利与人和，燕可伐与曰可。”用《四书》语，颇有稼轩气味。（卷三）

《雨村词话》

25. 黄苏：

改之为稼轩之客，稼轩一生忠义，坎壈崎岖后，以激而思退，作〔沁园春〕及〔摸鱼儿〕词，以抒其意。此词所谓“百计不如归好”，亦稼轩之意，有激之词也。前阕尤奇崛郁勃，得骚雅之遗。志隐而彰，旁若无人，可以悲其遇。（评刘过〔贺新郎〕“睡觉啼莺晓”）

《蓼园词评》

26. 张惠言：

宋之词家，号为极盛。然张先、苏轼、秦观、周邦彦、辛弃疾、姜夔、王沂孙、张炎渊渊乎文有其质焉。其荡而不反，傲而不理，枝而不物，柳永、黄庭坚、刘过、吴文英之伦，亦各引一端，以取重于当世。而前数子者，又不免有一时放浪通脱之言出于其间。

《词选序》

27. 郭麐：

词之为体，大略有四：……至东坡以横绝一代之才，凌厉一世之气，间作倚声，意若不屑，雄词高唱，别为一宗。辛、刘则粗豪太甚矣。

《灵芬馆词话》卷一

28.《四库全书总目提要》：

黄昇《花庵词选》谓改之乃稼轩之客，词多壮语，盖学稼轩。然过词凡赠辛弃疾者则学其体，如“古岂无人，可以似吾，稼轩者谁”等词是也。其余虽跌宕淋漓，实未尝全作辛体。陶九成《辍耕录》又谓改之造语赡逸有思致，〔沁园春〕二首尤纤丽可爱。今观集中《咏美人指甲》、《美人足》二阕，刻画猥亵，颇乖大雅，九成乃独加推许，不及张端义《贵耳集》独取其〔南楼〕一词，为不失赏音矣。《渚山堂词话》云：改之〔沁园春〕“绿鬓朱颜”一阕，系代寿韩平原。然在当时，不知竟代谁作，今亦无从详考，观集中〔贺新郎〕第五首注曰：“平原纳宠姬，奏方响，席上赋。”则改之且身预南园之宴，不止代人祝嘏矣。盖纵横游士，志在功名，固不能规言而矩行，亦不必曲为之讳也。

《龙洲词提要》

29.《四库全书简明目录》：

黄昇谓过乃辛弃疾客，词多壮语，盖学弃疾。然过惟和弃疾者用弃疾体，其他作实不尽然。如《贵耳集》所取〔南楼令〕一首，颇为婉秀。《辍耕录》所取〔沁园春〕二首，未尝非香奁媟语也。

《龙洲词》

30. 沈涛：

词以南宋为正宗，北宋诸公犹不免有粗豪处。稼轩、龙洲、后村，流派原本东坡居士，但别有寄托，未可一例视也。

《空青馆词序》(《清名家词》)

31. 叶申芗：

改之好作〔沁园春〕，其上辛稼轩、赠郭杲、寄孙季和诸篇，皆脍炙人口。而《咏美人》二阕，尤纤丽可爱。其《咏美人足》云："洛浦凌波……"其《咏美人指甲》云："销薄春冰……"世皆以龙洲好学稼轩作豪语，似此两阕，亦可谓细腻风光矣。

《本事词》卷下

32. 谭莹：

天下皆歌又禁中，赏音能与古琴同。

鬼名点遍胡为者，一语当师岳倦翁。

《论词绝句一百首》(《乐志堂诗集》卷六)

33. 刘熙载：

刘改之词，狂逸之中，自饶俊致，虽沉着不及稼轩，足以自成一家。其有意效稼轩体者，如〔沁园春〕"斗酒彘肩"等阕，又当别论。

刘改之〔沁园春〕《咏美人指甲》、《美人足》二阕，以亵体为世所共讥，然病在标者，犹易治也。

《词概》

34. 谢章铤：

南宋以还，元风益著，虽周、柳之纤丽，辛、刘之雄放；风气所竞，不可相强。(卷三)

(黄)御卜又谓：词体如美人含娇掩媚，秋波微转，正视之一态，旁观之又一态；近窥之一态，远窥之又一态。数语颇俊，然此亦谓温、李、晏、秦耳，若苏、辛、刘、蒋，则如素娥之视虙妃，尚嫌临波作态。(卷七)

词家讲琢句而不讲养气，养气至南宋善矣。白石和永，稼轩豪雅……刘之于辛，有其豪而无其雅。至后来之不善学姜、辛者，非僻则粗。（卷十二）

自刘改之以〔沁园春〕咏指甲、咏小脚后，词家刻划闺秀，辄从其体。（续编四）

《赌棋山庄词话》

35. 谭献：

能用齐梁小乐府意法入填词，便参上乘。

《复堂词话》

36. 冯煦：

龙洲自是稼轩附庸，然得其豪放，未得其宛转。子晋亟称其〔天仙子〕、〔小桃红〕二阕，云纤秀为稼轩所无。今视其语，〔小桃红〕亵矣而未甚也，〔天仙子〕则皆市井俚谈，不知子晋何取而称之？殆与陶九成之称其〔沁园春〕咏美人指、足同一见地邪？周必大《近体乐府》、黄机《竹斋诗余》，亦幼安同调也。又有与幼安周旋而即效其体者，若西樵、洺水两家，惜怀古味薄，济翁笔亦不健，比诸龙洲，抑又次焉。

《蒿庵论词》

37. 沈泽棠：

龙洲〔醉太平〕云："小楼明月调筝，写春风数声。翠销香暖云屏，更那堪酒醒。"又旖旎，又幽峭。

《忏庵词话》

38. 沈曾植：

改之、竹屋、邦卿、后村，境地不同，不及前人，只一凡字。

《海日碎金·刘融斋〈词概〉评语》(《同声月刊》第二卷第十一号)

39. 继昌（李佳）：

刘过〔唐多令〕《重过武昌》云："芦叶满汀洲……"轻圆柔

脆，小令中工品。词以写情，须意致缠绵，方为合作。无清灵之笔，意致焉得缠绵。彼徒以典丽堆砌为工者，固自不解用笔。

《左庵词话》卷上

40. 陈廷焯：

改之词豪壮感激，升稼轩之堂。如〔贺新郎〕、〔唐多令〕诸阕，俱极顿挫之致。板桥所谓“老年学刘、蒋”，断推此种。

疏狂跌宕，豪迈直前是改之性格，是稼轩规模。

风流洒脱，粗言之，竹林七贤之流，精言之，有随遇而安之乐。

《云韶集》卷六

41. 陈廷焯：

北宋之晏叔原，南宋之刘改之，一以韵胜，一以气胜，别于清真、白石外，自成大家。

《词坛丛话》

42. 陈廷焯：

改之、竹山皆学稼轩，但仅得稼轩糟粕，既不沉郁，又多支蔓，词之衰，刘、蒋为之也。竹山稍质实，改之才气较胜，合者未始不可寄稼轩庑下。

《词则·放歌集》卷二

43. 陈廷焯：

刘改之、蒋竹山，皆学稼轩者。然仅得稼轩糟粕，既不沉郁，又多支蔓。词之衰，刘、蒋为之也。

改之全学稼轩皮毛，不则即为〔沁园春〕等调，淫词亵语，污秽词坛。即以艳体论，亦是下品。盖叫嚣、淫冶，两失之矣。（卷一）

诗词原可观人品，而亦不尽然……词中如刘改之辈，词本卑鄙，虽负一时重名，然观其词，即可知其人之不足取。（卷五）

二帝蒙尘，偷安南渡，苟有人心者，未有不拔剑斫地也。南渡后词，如……刘改之〔沁园春〕《上郭帅》云："威撼边城……"又〔八声甘州〕《送湖北招抚吴猎》云："望中原驰驱去也……"此类皆慷慨激烈，发欲上指。词境虽不高，然足以使懦夫有立志。（卷六）

刘改之《咏美人指甲》、《美人足》〔沁园春〕两篇，玉田《词源》录附姜、史咏物之后。谓两词亦工丽，但不可与前作同日语。余谓宋人咏物佳篇极多，何必录此两词，有污大雅。此《词源》之小疵，不得以玉田所赏而讳其失。（卷七）

东坡一派，无人能继。稼轩同时，则有张、陆、刘、蒋辈，后起则有遗山、迦陵、板桥、心余辈。然愈学稼轩，去稼轩愈远，稼轩自有真耳。不得其本，徒逐其末，以狂呼叫嚣为稼轩，亦诬稼轩甚矣。

唐宋名家，流派不同，本原则一。论其派别，大约……辛稼轩为一体，张、陆、刘、蒋、陈、杜合者附之。

有有文无质者，刘改之……词中之下乘也。（卷八）

《白雨斋词话》

44. 张祥龄：

辛、刘之雄放，意在变风气，亦其才只如此。东坡不耐此苦，随意为之，其所自立者多，故不拘拘于词中求生活。

《词论》

45. 蒋兆兰：

宋代词家，源出于唐五代，皆以婉约为宗。自东坡以浩瀚之气行之，遂开豪迈一派。南宋辛稼轩，运深沉之思于雄杰之中，遂以苏、辛并称。他如龙洲、放翁、后村诸公，皆嗣响稼轩，卓卓可传者也。

《词说》

46. 况周颐：

《四库全书提要》谓：龙洲词不全学辛，今读之，信然。如〔贺新郎〕之“老去相如倦”,《赠张彦公》之“晓印霜花步”,〔祝英台近〕之“窄轻衫”,〔醉太平〕之“情高意真”，此等词跌宕则近之，淋漓则未也，疑是龙洲本色。

《历代词人考略》卷三十一

47. 况周颐:

刘改之词格本与辛幼安不同……龙洲词变易体格,迎合稼轩，与琴精幻形求合何以异。吾谓改之宜先自焚其稿。

《蕙风词话》卷二

48. 高旭:

秋娘憔悴记当时，疏雨梧桐怨可知。

佳句禁中都唱遍，莫教认作邓家词。

《论词绝句》三十首（《未济庐诗集》）

49. 吴梅:

改之词学幼安，而横放杰出，尤较幼安过之。叫嚣之风，于此开矣。黄花庵云:如《别妾》〔天仙子〕、《咏画眉》〔小桃红〕诸阕，稼轩集中能有此纤秀语耶？毛子晋又述此语为改之辩护。余以为改之诸作，如《美人指甲》、《美人足》，虽传述人口，实是秽亵，不足为法，至豪迈处又一放不可收。盖学幼安而不从“沉郁”二字着力，终无是处也。集中〔沁园春〕至多,“斗酒彘肩”一首尤著名，亦谰语耳。细检一过，惟〔贺新郎〕“老去相如”一阕，是其最胜者矣。

《词学通论》

50. 顾宪融:

刘龙洲，名过，字改之，西昌人。著有《龙洲词》一卷。龙洲为辛稼轩之客，故小词每多相混，如“堂上谋臣樽俎”之类是也。宋子虚称为“天下奇男子”，平生以气义撼当世，其词激烈，读者感焉。《花庵》谓其词学辛幼安，如《别妾》〔天仙子〕、《咏画眉》〔小桃红〕诸阕，稼轩集中能有此纤秀否耶？

《填词百法》

51. 张伯驹：

刘改之《唐多令》："旧江山、浑是新愁，欲买桂花同载酒。终不似、少年游。"语畅韵协，自是一时佳作。乃传其有焚琴之事，终不及稼轩性情之真挚，词自逊一筹。

《丛碧词话》

52. 陈运彰：

刘改之〔沁园春》指、足二阕，为龙洲词中最下下者，而世艳称之。即贤者如邵孺复（亨贞），亦啧啧称道，刻意追摹，《蛾术词选》卷三（孺复词集名）〔沁园春》序云："龙洲先生以此词咏指甲、小脚，为绝代脍炙，继其后者独未见，彦强庚兄，示我眉目二作，真能追逐古人于百岁之上，不既难矣。暇日偶于卫立礼坐上，以告孙季野丈，为之击节不已，因相约同赋，翼日而成什焉。"龙洲词于宋人中，未为上乘，其横放杰出之才，要不可厚非。孺复为元代词人，亦卓然名家。其集中拟古十首，若《花间》、雪堂、清真、无住、顺庵、白石、梅溪、稼轩、遗山、龙洲，靡不神似。可见其功力之深至。后世盛称孺复词，亦仅及其〔沁园春》眉、目两词，失其真矣。

《双白龛词话》

卢炳

卢炳(生卒年不详)字叔阳，自号丑斋。宁宗嘉定七年(1214)守融州，以凶狠奸贪罢。有《烘堂词》。

1. 毛晋：

词中喜用僻字，如袢、潺、皴、散、褑子之类。异花幽鸟，虽属小品，亦自可人。共六十余调，长于描写，令人生画思……烘堂可谓词中有画矣。

《烘堂词跋》(《宋六十名家词》)

2. 许昂霄：

《哄堂词》下语用字，亦复楚楚有致。

《词综偶评》

3. 李调元：

卢炳自号丑斋，有《烘堂词》一卷，喜用僻字。

《雨村词话》卷二

4.《四库全书总目提要》：

炳盖尝仕州县，故多同官倡和之词。然其同官无一知名士。其颂祝诸作，亦俱庸下。至于〔武陵春〕之以“老”、“叶”、“头”，〔水龙吟〕之以“斗”、“奏”、“叶”、“表”，〔清平乐〕之以“皱”、“叶”、“好”、“笑”，虽古韵本通，而词家无用古韵之例，亦为破格。他若〔贺新郎〕之“问天公底事教幽独，待拉向锦屏曲”，〔玉团儿〕之“把不定红生脸肉”，〔蓦山溪〕之“鞭宝马，闹竿随，簇著花藤轿”，皆鄙俚不文，有乖雅调。惟咏物诸作，尚细腻熨贴，间有可观耳。

《哄堂词提要》

5. 冯煦：

后山、懒窟、审斋、石屏诸家，并娴雅有余，绵丽不足，与卢叔阳、黄叔旸之专尚细腻者，互有短长。

《蒿庵论词》

6. 况周颐：

卢叔阳词在宋人中未为上驷，然气格雅近沉着，句意不涉纤佻。如〔念奴娇〕之“晚天清楚”，〔踏莎行〕之“猎猎霜风”，〔点绛唇〕之“过眼溪山”，皆集中合作。断句如〔诉衷情〕云：“秋净楚天如水，云叶度墙低。”〔谒金门〕云：“风卷绣帘飞絮入。柳丝萦似织。”又云：“尺素待凭鱼雁觅。远烟凝处碧。”殆即毛跋所谓“词中有画”者欤？

《历代词人考略》卷二十九

郑文妻（孙夫人）

孙氏（生卒年不详），名道绚，太学生郑文之妻。郑文，秀州人。绍兴年间在世。孙氏能词，今存词一首。

1. 陈霆：

古妇人之能词章者，如李易安、孙夫人辈，皆有集行世。

《渚山堂词话》卷二

2. 杨慎：

太学服膺斋上舍郑文，秀州人，其妻寄以〔忆秦娥〕云："花深深……"此词为同舍者传播，酒楼妓馆皆歌之。

《词品·拾遗》（按：《词苑萃编》卷五引此条作《古杭杂记》。）

3. 贺裳：

词家用意极浅，然愈翻则愈妙。如周清真〔满路花〕后半云："愁如春后絮……"酷尽无聊赖之致。至陆放翁〔一丛花〕则云："从今判了……"其情加切矣。至孙夫人〔风中柳〕则更云："别离情绪，待归来都告，怕伤郎，又还休道。"则又进一层。然总此一意也，正如剥蕉者，转入转深耳。

《皱水轩词筌》

4. 毛先舒：

男子多作闺人语。孙夫人，妇人耳，〔烛影摇红〕词乃更作男相思词，亦一创也。其词亦甚精刻凄惋，虽慧男子所不及。

《诗辩坻》卷四（《清诗话续编》）

5. 谭莹：

寄〔忆秦娥〕语不深，海棠开后到如今。

酒楼依馆皆传播，信是旗亭独赏音。

《论词绝句一百首》（《乐志堂诗集》卷六）

6. 谢章铤：

孙氏之〔忆秦娥〕……深得《国风·卷耳》之遗。

《赌棋山庄词话》卷十一

7. 陈廷焯：

风流秀景，情词俱佳。

《云韶集》卷十

姜夔

姜夔（1155?—1221?）字尧章，号白石道人，鄱阳（今江西鄱阳）人。父噩曾知汉阳县，卒于官。姜夔早岁孤贫，姊嫁沔之山阳，因往来沔鄂间几二十年。淳熙十三年（1186）结识萧德藻于长沙，以诗为萧德藻所赏，妻以侄女，携之同寓湖州武康，与白石洞天为邻，其友潘德久字之曰“白石道人”。曾与范成大、杨万里、辛弃疾等人交游。绍熙元年（1190）冬，姜夔戴雪诣石湖，作咏梅之〔暗香〕、〔疏影〕新声二阕。绍熙四年（1193）起，出入张鉴之门，依之十年。宁宗庆元三年（1197）进《大乐议》，乞正雅乐。五年上《圣宋饶歌》，诏免解与礼部试，不第，以布衣终。夔精音律，工诗词，善书法，著有《白石道人诗集》、《诗说》、《绛帖平》、《续书谱》等。词集名《白石道人歌曲》。清人有以梦窗词中所提及之姜石帚为姜夔，二人年代不相及，实误。

1. 陈郁：

白石道人姜尧章，气貌若不胜衣，而笔力足以扛百斛之鼎，家无立锥，而一饭未尝无食客。图书翰墨之藏，充栋汗牛。襟期洒落，如晋宋间人，意到语工，不期于高远而自高远。

《藏一话腴》内编卷下

2. 沈义父：

姜白石清劲知音，亦未免有生硬处。

《乐府指迷》

3. 柴望：

词起于唐而盛于宋，宋作尤莫盛于宣、靖间，美成、伯可各自堂奥，俱号称作者。近世姜白石一洗而更之，〔暗香〕、〔疏影〕等作，当别家数也。

大抵词以隽永委婉为尚，组织涂泽次之，呼嗥叫啸抑末也。唯白石词登高眺远，慨然感今悼往之趣，悠然托物寄兴之思，殆与古〔西河〕、〔桂枝香〕同风致，视青楼歌、红窗曲万万矣。故余不敢望靖康家数，白石衣钵，或仿佛焉。

《凉州鼓吹自序》(《彊村丛书》)

4. 邓牧：

古所谓歌者，《诗三百》止尔。唐宋间始为长短句，法非古意，然数百年来，工者几人，美成、白石逮今脍炙人口。知者谓丽莫若周，赋情或近俚；骚莫若姜，放意或近率。

《山中白云词序》(《西泠词萃》)

5. 黄昇：

中兴诗家名流，词极精妙，不减清真乐府。其间高处，有美成所不能及。善吹箫，自制曲，初则率意为长短句，然后协以音律云。居鄱阳。

《中兴以来绝妙词选》卷六

6. 赵与訔：

歌曲特文人余事耳，或者少谐音律。白石留心学古，有志雅乐，如《会要》所载，奉常所录，未能尽见也。声文之美，概具此编。

《白石道人歌曲跋》(《四印斋所刻词》)

7. 陈模：

近时作词者，只说周美成、姜尧章等，而以稼轩词为豪迈，非词家本色。……或曰：美成、尧章，以其晓音律，自能撰词调，故人尤服之。

《怀古录》卷中

8. 张炎：

词要清空，不要质实。清空则古雅峭拔，质实则凝涩晦昧。姜白石词如野云孤飞，去留无迹。吴梦窗词如七宝楼台，眩人眼目，碎拆下来，不成片断。此清空、质实之说。

白石词如〔疏影〕、〔暗香〕、〔扬州慢〕、〔一萼红〕、〔琵琶仙〕、〔探春〕、〔八归〕、〔淡黄柳〕等曲，不惟清空，又且骚雅，读之使人神观飞越。

《词源》卷下

9. 虞集：

宋代作者，如苏子瞻变化不测之才，犹不免制词如诗之诮；若周邦彦、姜尧章辈，自制谱曲，稍称通律，而词气又不无卑弱之憾。

《中原音韵序》

10. 陆辅之：

古人诗有翻案法，词亦然。词不用雕刻，刻则伤气，务在自然。周清真之曲丽，姜白石之骚雅，史梅溪之句法，吴梦窗之字面，取四家之所长，去四家之所短，此翁（按：翁指张炎，号乐笑翁。）之要诀。

《词旨》上

11. 杨慎：

词极精妙，不减清真乐府。其间高处有周美成不能及者。善吹箫，自制曲，初则率意为长短句，然后协以音律云。……其腔皆自度者。传至今，不得其调，难入管弦，只爱其句之奇丽耳。

《词品》卷四

12. 毛晋：

白石词盛行于世，多逸“五湖旧约”及“燕雁无心”诸调。前人云：花庵极爱白石，选录无遗。既读《绝妙词选》果一一具载，真完璧也。范石湖评其诗云：有裁云缝月之妙手，敲金戛玉之奇声。予于其词亦云。萧东夫于少年客游中，独赏其词，以其兄之子妻之。不第而卒，惜哉！

《白石词跋》（《宋六十名家词》）

13. 宋征璧：

吾于宋词得七人焉：曰永叔，其词秀逸；曰子瞻，其词放诞；曰少游，其词清华；曰子野，其词娟洁；曰方回，其词新鲜；曰小山，其词聪俊；曰易安，其词妍婉。他若黄鲁直之苍老，而或伤于颓。王介甫之劖削，而或伤于拗。晁无咎之规检，而或伤于朴。辛稼轩之豪爽，而或伤于霸。陆务观之萧散，而或伤于疏。此皆所谓我辈之词也。苟举当家之词，如柳屯田哀感顽艳，而少寄托。周清真蜿蜒流美，而乏陡健。康伯可排叙整齐，而乏深邃。其外则谢无逸之能写景，僧仲殊之能言情，程正伯之能壮采，张安国之能用意，万俟雅言之能协律，刘改之之能使气，曾纯甫之能书怀，吴梦窗之能叠字，姜白石之能琢句，蒋竹山之能作态，史邦卿之能刷色，黄花庵之能选格，亦其选也。词至南宋而繁，亦至南宋而敝，作者纷如，难以概述。

《倡和诗余序》(《倡和诗余》)

14. 刘体仁：

词亦有初、盛、中、晚，不以代也……至姜白石、史邦卿，则如唐之中。

《七颂堂词绎》

15. 尤侗：

词之系宋，犹诗之系唐也。唐诗有初、盛、中、晚，宋词亦有之。唐之诗，由六朝乐府而变；宋之词，由五代长短句而变。约而次之，小山、安陆，其词之初乎，淮海、清真，其词之盛乎，石帚、梦窗，似得其中；碧山、玉田，风斯晚矣。

《词苑丛谈序》(《词苑丛谈》)

16. 先著：

韵小乘也……白石之词，无一凡近，况尘土垢秽乎。(《发凡》)

空淡深远，较之石帚作，宁复有异。石帚专得此种笔意，遂于词家另开宗派。如"条风布暖"句，至石帚皆淘洗尽矣。然渊

源相沿，固是一祖一祢也。（评周邦彦〔应天长慢〕“条风布暖”）（卷四）

《词洁辑评》

17. 施闰章：

词贵清空，不尚质实，盖清空则灵，质实则滞。所以梦窗、白石，未免有偏胜之弊耳。

《百名家词钞》引

18. 顾仲清：

宋名家词最盛，体非一格。苏、辛之雄放豪宕，秦、柳之妩媚风流，判然分途，各极其妙。而姜白石、张叔夏辈，以冲澹秀洁得词之中正。

《湖海楼词序》引（《清名家词》）

19. 邹祗谟：

咏物固不可不似，尤忌刻意太似。取形不如取神，用事不若用意。宋词至白石、梅溪，始得个中妙谛。

《远志斋词衷》

20. 邹祗谟：

南宋诸家，蒋、史、姜、吴，警迈瑰奇，穷姿构彩；而辛、刘、陈、陆诸家，乘间代禅，鲸呿鳌掷，逸怀壮气，超乎有高望远举之思。

《倚声初集序》（《倚声集》）

21. 许昂霄：

词中之有白石，犹文中之有昌黎也。世固也以昌黎为穿凿生割者，则以白石为生硬也亦宜。

《词综偶评》

22. 朱彝尊：

词莫善于姜夔，宗之者，张辑、卢祖皋、史达祖、吴文英、蒋捷、王沂孙、张炎、周密、陈允平、张翥、杨基，皆具夔之一体。基之后，得其门者寡矣。

《黑蝶斋诗余序》(《曝书亭集》卷四十)

23. 朱彝尊：

世人言词，必称北宋。然词至南宋，始极其工，至宋季而始极其变，姜尧章氏最为杰出。

言情之作，易流于秽，此宋人选词，多以雅为目，法秀道人语涪翁曰：作艳词当堕犁舌地狱。正指涪翁一等体制而言耳。填词最雅，无过石帚。

《词综·发凡》

24. 朱彝尊：

仁宗于禁中度曲，时则有若柳永；徽宗以大晟名乐，时则有若周邦彦、曹组、辛次膺、万俟雅言，皆明于宫调，无相夺伦者也。洎乎南渡，家各有词，虽道学如朱仲晦、真希元，亦能倚声中律吕，而姜夔审音尤精。

《群雅集序》(《曝书亭集》卷四十)

25. 万树：

周、柳、万俟等之制腔造谱皆按宫调，故协于歌喉，播诸弦管，以迄白石、梦窗辈各有所创，未有不悉音理而可造格律者。

《词律·发凡》

26. 王士禛：

宋南渡后，梅溪、白石、竹屋、梦窗诸子极妍尽态，反有秦、李未到者，虽神韵天然处或减，要自令人有观止之叹。正如唐绝句至晚唐刘宾客、杜京兆，妙处反进青莲、龙标一尘。

《花草蒙拾》

27. 鲁超：

余惟诗以苏、李为宗，自曹、刘迄鲍、谢，盛极而衰，至隋时风格一变，此有唐之正始所自开也。词以温、韦为则，自欧、秦迄姜、史，亦盛极而衰，至明末才情复畅，此昭代之大雅所由振也。

《今词初集序》(《今词初集》)

28. 洪正治：

白石在渡江诸贤中，品目显著，然且若此，则夫单家孤帙，其为名湮绝响者知复何限。

《自序白石词刊本》(夏承焘《姜白石词编年笺校》引)

29. 李良年：

香脆欲绝，惟姜白石有此，柳、秦两七远不敌也。

《锦瑟词话》引（《锦瑟词》附）

30. 宋荦：

迨白石翁崛起南宋，玉田、草窗诸公互相倡和，如野云孤鹤，去留无迹，此竹垞论词所以必推南宋也。

《跋曹实庵咏物词》(《西陂类稿》卷二十八)

31. 陈玉璂：

宋之能词者六十余家，如秦少游、高竹屋、姜白石、史邦卿、吴梦窗数子，始可称以新意合古谱者。杨诚斋论词六要，一曰按谱，一曰出新意是也。苟不按谱，则歌韵不协，歌韵不协，则凌犯他宫，非复本调；不出新意，则必蹈袭前人，即或炼字换句，而趣旨雷同，其神味亦索然易尽。

《苍悟词序》(《清名家词》)

32. 汪懋麟：

予尝论宋词有三派：欧、晏正其始，秦、黄、周、柳、姜、史、李清照之徒备其盛，东坡、稼轩放乎其言之矣。其余子非无单词只句可喜可诵，苟求其继，难矣哉。

《棠村词序》(《清名家词》)

33. 汪森：

西蜀、南唐而后，作者日盛。宣和君臣，转相矜尚。曲调愈多，流派因之亦别。短长互见，言情者或失之俚，使事者或失之伉。鄱阳姜夔出，句琢字炼，归于醇雅。于是史达祖、高观国羽翼之，张辑、吴文英师之于前，赵以夫、蒋捷、周密、陈允衡、王沂孙、张炎、张翥效之于后，譬之于乐，舞《箾》至于九变，而词之能事毕矣。

《词综序》(《词综》)

34. 曹炳曾：

南宋词家推白石、玉田为领袖，而玉田实祖白石。所南郑氏叙张词，谓其仰扳尧章，山村仇氏亦云与白石老仙相鼓吹。而玉田尝称白石为“野云孤飞，去留无迹。不惟清虚，兼又骚雅。”两人之词，实属一家。

《书姜白石集后》(《放言居诗集》卷六附《杂著》)

35. 焦袁熹：

〔采桑子〕《编纂〈乐府妙声〉竟作》

范家一队当先出，白石粼粼。未免清贫。制得新词果绝伦。　诚知此事由天纵，一片闲云。野逸天真。寄语诸公莫效曠。

《此木轩直寄词》

36. 杜诏：

词盛于北宋，至南宋乃极其工。姜夔尧章最为杰出，宗之者史达祖、高观国、卢祖皋、吴文英、蒋捷、周密、陈允平诸名家，皆具夔之一体，而张炎叔夏庶几全体具矣。仇仁近谓：叔夏词意度超元，律吕协洽，多与白石老仙相鼓吹。顾白石风骨清劲，诚如沈伯时所云，未免有生硬处，叔夏则和雅而精粹，读其《乐府指迷》一书，为古今填词准则，夫岂斤斤墨守尧章者。

两家（按：指姜夔、张炎。）足以概南宋，从此溯源北宋，研味乎淮海、清真，一归诸和雅，则词之能事毕矣。其有功于词学岂浅哉！

《山中白云词序》(《山中白云词》城书室本)

37. 王时翔：

词自晚唐，温、韦主于柔婉，五季之末，李后主以哀艳之辞倡于上，而下皆靡然从之。入宋号为极盛，然欧阳、秦、黄诸君子且不免相沿袭，周、柳之徒无论已。独苏长公能盘硬语与时异趋，而复失之粗。南渡后得辛稼轩，寄情于豪宕之中，其所制，往往苍凉悲壮，在古乐府当与魏武埒，斯可语于诗之变雅矣。迨姜白石出而后蕴藉深远，前人之作几可废。

《莫荆琰词序》(《小山诗文全稿·文稿》卷二)

38. 闵华：

丰城埋剑气，合浦交珠光。
神物有呵护，会合非寻常。
缅昔白石翁，布衣家鄱阳。
驰声公卿间，税驾山水间。
清诗琢冰雪，秀逸超尤扬。
才人有仙语，美女无妍妆。
特工长短句，含宫而咀商。
宋乐见雅奏，越俗腾歌章。
异代少继响，俎豆尊词场。
诗歌凡六卷，或存而或亡。
秀水朱检讨，考据称精详。
太息不得见，欲辑徒茫茫。
讵知物久晦，益用人弥彰。
迩闻有善本，始自南村藏。
传抄已南北，锓者多罹殃。盐官张氏既刊，以事中辍松陵，汪氏欲继之，亦不果。
南圻好古士，得此喜欲狂。
去取辨真伪，字画推偏旁。
整顿付梨枣，校对勤丹黄。

镂板既已竟，印订成端良。
传观悦四座，仿佛闻铿锵。
初疑小红唱，月底箫声扬。
又疑七弦操，流水松风凉。
古人虽已杳，风流犹可望。
公乎厄生前，泛越仍浮湘。
身世成赘婿，官职惟斋郎。
却于交友际，往往生慷慨。
岂识六百载，有客腹瓣香。
遗编为缉缀，不啻平生张。
从兹是完璧，永永垂缥缃。
临风试一诵，百丈生光芒。

《南圻合刻姜白石诗词成赋以识之》(《澄秋阁诗集》第一集卷四)

39. 田同之：

姜夔尧章崛起南宋，最为高洁，所谓如野云孤飞，去留无迹者。惜乎《白石乐府》五卷，今已无传，惟《中兴绝妙词》，仅存二十余阕耳。

《西圃词说》

40. 许田：

南宋如姜白石、高竹屋、史梅溪、吴梦窗、蒋竹山、王碧山、张玉田诸家，皆不袭前贤一语，吐词属意，穷极工巧。

《屏山词话》

41. 纪迈宜：

组绣文章班马左，樽彝诗句杜韩黄。
差排蠹阁蜗庐内，如罪瑶笙锦瑟傍。
雨后塞鸿行潦草，风中檐吗韶荒唐。
奇怀天付闺人写，岳秀河灵毓断肠。

《秋夜读李清照寻寻觅觅词感赋效山谷体》(《俭重堂诗》卷一)

42. 陈撰：

南宋词人，浙东、西特盛。若岳肃之、卢申之、张功甫、张叔夏、史邦卿、吴君特、孙季蕃、高宾王、王圣与、尹惟晓、周公谨、仇仁近及家西麓先生，先后辈出。而审音之精，要以白石为谐极……先生事事精习，率妙绝无品。虽终身草莱，而风流气韵足以标映后世。当乾、淳间俗学充斥，文献湮替，乃能雅尚如此，洵称豪杰之士矣。

《自跋白石词刊本》(夏承焘《姜白石词编年笺校》引)

43. 陈撰：

词莫尚于南宋景淳、德祐间，要以白石为宗主。其嗣白石起者，无逾于玉田《白云》一集。

《山中白云词疏证序》(《彊村丛书》)

44. 厉鹗：

(白石词)玩其清妙秀远之词可矣。

《自跋白石词钞本》(夏承焘《姜白石词编年笺校》引)

45. 厉鹗：

尝以词譬之画，画家以南宗胜北宗。稼轩、后村诸人，词之北宗也；清真、白石诸人，词之南宗也。

《红螺词序》(《樊榭山房文集》卷四)

46. 厉鹗：

旧时月色最清妍，香影都从授简传。

赠与小红应不惜，赏音只有石湖仙。

《论词绝句》(《樊榭山房集·诗集》卷七)

47. 郑方坤：

红牙铁板画封疆，墨守输攻各挽强。

莫向此间分左袒，黄金留待铸姜郎。东坡问幕士云：我词比柳何如？对曰：柳郎中词只好十七八女郎，执红牙拍，歌“杨柳岸，晓风残月”；学士词须关西大汉持铁绰板，唱“大江东去”。姜尧章所著《石帚词》，戛玉敲金，得未曾有。

《论词绝句》（《蔗尾诗集》卷五）

48. 吴淳还：

南宋词至姜氏尧章，始一变《花间》、《草堂》纤秾靡丽之习。野云孤飞，去留无迹，前人称之审矣。

《序武唐俞氏白石词钞》（夏承焘《姜白石词编年笺校》引）

49. 江炳炎：

〔西江月〕

笔染沧江虹月，思穿冷岫孤云。淡然南宋古遗民，抹煞词坛衮衮。　就令秦郎色减，何嫌柳七声吞。将金铸像日三薰，舌底宫商细问。

夏承焘《姜白石词编年笺校》引

50. 姜虬绿：

公晚年用意之精，审律之细，于此道真有深入。

《跋姜忠肃祠堂白石词钞本》（夏承焘《姜白石词编年笺校》引）

51. 江昱：

石帚高情自度工，孤云无迹任西东。

乐书不赏张兄死，只有吹箫伴小红。

《论词十八首》（《松泉诗集》卷一）

52. 汪筠：

南渡江山未可凭，诸君哀怨尽情能。

一从白石箫声断，谁倚琼楼最上层。

《读〈词综〉书后二十首》（《谦谷集》卷二）

53. 查礼：

白石自度之曲有〔扬州慢〕、〔长亭怨慢〕、〔淡黄柳〕、〔石湖仙〕、〔暗香〕、〔疏影〕、〔惜红衣〕、〔角招〕、〔徵招〕、〔秋宵吟〕、〔凄凉犯〕、〔翠楼吟〕、〔湘月〕一十三调，白石盖深浃音律，精于按拍，故能各臻其妙。按：《砚北杂志》云：白石载雪诣范石湖，止既月，一日授简索句，且征新声，白石遂制〔暗香〕、〔疏影〕二曲，石湖把玩不已，使妓小红习之，音节谐婉，寻以小红赠之。其夕大雪，白石过垂虹赋诗曰："自作新词韵最娇，小红低唱我吹箫。""新词"即指〔暗香〕、〔疏影〕二调也。张叔夏云："白石〔暗香〕、〔疏影〕二曲，前无古人，后无来者，自立新意，真为绝唱。"又评白石词云："词要清空，不要质实。姜白石如野云孤飞，去留无迹。"沈伯时评云："姜白石清劲知音，未免有生硬处。"余谓白石词雅丽清新，为有宋一代名家，而伯时尚云"不免生硬"，今人才识远逊古人，动辄裁割字句，交互平仄，凭意是逞，可乎？

《榕巢词话》

54. 章恺：

秀骨清魂画亦难，千秋白石压词坛。

暗香疏影春风意，淡月黄昏一笛寒。

《论词绝句八首》（《章北亭集》卷二）

55. 朱方蔼：

酒阑蟋蟀语秋塘，信是愁吟伴庾郎。

赋物却能超物外，苔枝缀玉写疏香。

《论词绝句》（王昶《蒲褐山房诗话》引）

56. 江春：

荀卿子有言，艺之至者，不能两而工。王良、韩哀善御而不能为车，奚仲天下之善为车者也；甘蝇、养由基善射而不能为弓，倕天下之善为弓者也。是故工于诗者不必兼于词，工于词者或不能长于诗，比比然矣。然吾观唐之李太白、白乐天、温飞卿，宋之欧阳永叔、苏子瞻，皆诗词兼工者，古或有其人焉。其在南渡，则白石道人实起而继之。其诗初学西江，已而自出机杼，清婉拔俗，其绝句则骎骎乎半山矣。其词则一屏靡曼之习，清空精妙，敻绝前后。以禅宗论，白石为曹溪六祖能，竹屋、梦窗、梅溪、玉田之流，则江西让、南岳思之分支也。盖自唐、五代、北宋之南渡，而白石始得其宗，截断众流，独标新旨，可谓长短句之至工者矣。

《序陆钟辉白石词刊本》（夏承焘《姜白石词编年笺校》引）

57. 王鸣盛：

北宋词人原只有艳冶、豪荡两派，自姜夔、张炎、周密、王沂孙方开清空一派，五百年来，以此为正宗。

王初桐《巏堥山人词集》评语（谢章铤《赌棋山庄词话》续编四引）

58. 王昶：

词，《三百篇》之遗也，然风雅正变，王者之迹，作者多名卿士大夫，庄人正士。而柳永、周邦彦辈不免杂于俳优。后惟姜、张诸人以高贤志士放迹江湖，其旨远，其词文，托物比兴，因时伤事，即酒食游戏，无不有黍离、周道之感，与诗异曲而同工。且清婉窈眇，言者无罪，听者泪落。

《姚茝汀词雅序》（《春融堂集》卷四十一）

59. 王昶：

姜氏夔、周氏密诸人，始以博雅擅名，往来江湖，不为富贵所熏灼，是以其词冠于南宋，非北宋之所能及。暨于张氏炎、王氏沂孙，故园遗民，哀时感事，缘情赋物，以写闵周、哀郢之思，而词之能事毕矣。世人不察，猥以姜、史同日而语……夫梅溪乃平原省吏，平原之败，梅溪因以受黥，是岂可与白石比量工拙哉？譬犹名倡妙伎姿首或有可观，以视瑶台之仙、姑射之处子，臭味区别，不可倍蓰算矣。

《江宾谷梅鹤词序》（《春融堂集》卷四十一）

60. 王昶：

唐之末造，诗人间以其余音绮语变为填词，北宋之季，演为长调，变愈甚，遂不能复合于诗，故词至白石、碧山、玉田，与诗分茅设蕝，各极其工。

《琴画楼词钞自序》(《春融堂集》卷四十一)

61. 夏秉衡：

至南北宋而作者日盛，如清真、石帚、竹山、梅溪、玉田诸集，雅正超忽，可谓词家上乘矣。

《清绮轩词选序》(《清绮轩词选》)

62. 沈初：

梅溪竹屋斗清新，体物幽思妙入神。

那及鄱阳姜白石，天然标格胜于人。

《论词绝句十八首》(《兰韵堂诗集》卷一)

63. 王初桐：

北宋之英华，至周清真而极；南宋之光气，自姜石帚而开。清真，北宋之殿；石帚，南宋之冠。

范石湖云：白石有裁云缝月之妙手，敲金戛玉之奇声。黄叔旸云：白石词极精妙，不减清真，高处有美成不能及。赵子固云：白石，词家之申韩也。白石每率意为长短句，后乃协之声律，南宋词人如张辑、卢祖皋、史达祖、吴文英、蒋捷、王沂孙、张炎、周密、陈允平之徒皆宗之。白石洞晓音律，尝患中兴以来乐典久坠，庆元三年上《大乐议》一卷，《琴瑟考古图》一卷，诏以其书付有司收掌。朱文公谓夔深于礼乐，杨万里极赏其诗，然卒不第，以布衣终，所著《白石道人丛稿》十卷，《诗说》一卷，《歌曲》五卷，《绛帖平》二十卷，《续书谱》四卷，《禊帖偏旁考》一卷，《集古印谱》一卷，《张循王遗事》一卷，行于世。近何起瀛著《姜夔传》云：夔，鄱阳布衣，后徙苕上。所居近白石洞天，因号石帚，又号白石道人，同时有黄岩老者，亦号白石，同学诗于萧千岩，时称双白石。严杰《姜夔传》云：夔系出九真唐谏议大夫公辅之裔，八世祖泮任饶州教授，即家于鄱阳，父噩，绍兴庚午进士。子二：瓛，太庙斋郎；瑛，嘉禾郡佥判。

姜、张小令皆不工，犹老杜之绝句。

姜学周，张学姜。学焉而善变，每变愈工，发之极其盛，极盛难继，故词学至元而衰。

《小娜嬛词话》卷二

64. 吴骞：

从来数填词家，咸推姜尧章，清新俊逸，几与秦七、黄九相颉颃。宗之者若张辑、卢祖皋、史达祖诸人，皆能自拔于流俗，一洗《花庵》、《草堂》之陈言，得非用心有独苦乎？

《莲子居词钞序》(《愚谷文存》)

65. 李调元：

姜白石夔〔鹧鸪天〕词三首，如“鸳鸯独宿何曾惯，化作西楼一缕云”，不但韵高，亦由笔妙。何必石湖所赞自制曲之敲金戛玉声、裁云缝月手也。

《雨村词话》卷三

66. 吴蔚光：

文极于左，诗极于杜，词极于姜，其余皆不离乎此者。

《自怡轩词选序》

67. 吴锡麒：

词之派有二：一则幽微要眇之音，宛转缠绵之致，戛虚响于弦外，标隽旨于味先，姜、史其渊源也，本朝竹垞继之，至吾杭樊榭而其道盛；一则慷慨激昂之气，纵横跌宕之才，抗秋风以奏怀，代古人而奋愤，苏、辛其圭臬也，本朝迦陵振之，至吾友瘦铜而其格尊……岂得谓姜、史之清新为是，苏、辛之横逸为非？

《董琴南楚香山馆词钞序》(《有正味斋全集》卷八)

68. 杨芳灿：

裁云缝月，妙合自然，刻楮镂冰，意惟独造。有稼轩之豪迈，兼白石之清疏，此词家之最上乘也。尝论小词，秦、柳固为正宗，姜、辛亦非别派。与其摹写闺幨，千手一律，何如行吾胸臆，独开生面为之得乎？

《松花庵诗余跋》

69. 凌廷堪：

慢词北宋为初唐，秦、柳、苏、黄如沈、宋，体格虽具，风骨未遒；片玉则如拾遗，骎骎有盛唐之风矣；南渡为盛唐，白石如少陵，奄有诸家，高、史则中允、东川，吴、蒋则嘉州、常侍。

填词之道，须取法南宋。然其中亦有两派焉，一派为白石，以清空为主，高、史辅之，前则有梦窗、竹山、西麓、虚斋、蒲江，后则有玉田、圣与、公谨、商隐诸人，扫除野狐，独标正谛，犹禅之南宗也。一派为稼轩，以豪迈为主，继之者龙洲、放翁、后村，犹禅之北宗也。

张其锦《梅边吹笛谱序》引（《清名家词》）

70. 郭麐：

姜、张诸子，一洗华靡，独标清绮，如瘦石孤花，清笙幽磬，入其境者，疑有仙灵，闻其声者，人人自远。梦窗、竹屋，或扬或沿，皆有新隽，词之能事备矣。

《灵芬馆词话》卷一

71. 郭麐：

词家者流，其源出于《国风》，其本沿于齐、梁，自太白以至五季，非儿女之情不道也。宋立乐府，用于庆赏饮宴，于是周、秦以绮靡为宗，史、柳以华缛相尚，而体一变。苏、辛以高世之才，横绝一时，而奋末广愤之音作。姜、张祖骚人之遗，尽洗秾艳，而清空婉约之旨深，自是以后，虽有作者欲离去别见，其道无由。

《无声诗馆词序》（《灵芬馆杂著》卷二）

72. 郭麐：

叔夏、草窗、君特、尧章诸君之词，有过为掩抑屈折，令人不即可得其微旨，当时感慨所由，后来不尽知之也。

《桃花潭水词序》(《灵芬馆杂著》)

73. 陈鸿寿:

耆卿骞翮于津门，邦彦厉响于照碧，词至北宋而一变。石帚、玉田理定而摛藻，梅溪、竹山情密而引辞，词至南宋而又一变。

《灵芬馆词序》(《清名家词》)

74. 徐养源:

世之论雅乐者，辄耻言俗乐……其最善言乐者，中朝惟有沈括，南渡惟有姜夔。之二人者，深明俗乐，而又能推俗乐之条理，上求合乎雅乐。故其立论悉中窍要，非凭私逞臆者可同日道也。

《拟南宋姜夔传》(夏承焘《姜白石词编年笺校》附)

75. 秦恩复:

南渡词人推白石、玉田得雅音之正宗，此外如梅溪、竹屋、梦窗、竹山、弁阳、碧山，指不胜屈，并皆高挹前贤，别开生面，如五色之相宣，如八音之迭奏，洵乎无美不备，有境必臻，洋洋乎巨观也。

《日湖渔唱跋》(《词学丛书》)

76. 江藩:

词之有姜、张，如诗之有李、杜也。

《词源跋》

77. 吴衡照:

咏物虽小题，然极难作，贵有不粘不脱之妙，此体南宋诸老尤擅长。姜白石《蟋蟀》云:“候馆迎秋，离宫吊月，别有伤心无数……”刻画精巧，运用生动，所谓空前绝后矣。(卷一)

东坡之大，与白石之高，殆不可以学而至。(卷四)

《莲子居词话》

78. 沈道宽:

白石清声自一家，尽刊雕饰洗铅华。

流传衣钵归初祖，提唱宗风到竹垞。

《论词绝句》(《话山草堂诗钞》卷一)

79. 邓廷桢:

词家之有白石,犹书家之有逸少,诗家之有浣花。盖缘识趣既高,兴象自别。其时临安半壁,相率恬熙。白石来往江淮,缘情触绪,百端交集,托意哀丝。故舞席歌场,时有击碎唾壶之意。如〔扬州慢〕之"自胡马窥江去后,废池乔木,犹厌言兵。渐黄昏清角吹寒,都在空城",〔齐天乐〕之"候馆吟秋,离宫吊月,别有伤心无数。豳诗漫与,笑篱落呼灯,世间儿女",〔凄凉犯〕之"马嘶渐远,人归甚处,戍楼吹角。情怀正恶。更衰草寒烟淡薄。似当时将军部曲,迤逦度沙漠",〔惜红衣〕之"维舟试望,故国渺天北",则周京离黍之感也。〔疏影〕前阕之"昭君不惯胡沙远,但暗忆、江南江北。想佩环、月下归来,化作此花幽独",后阕之"还教一片随波去,又却怨玉龙哀曲",〔长亭怨慢〕之"第一是早早归来,怕红萼无人为主",乃为北庭后宫言之,则《卫风·燕燕》之旨也。读者以意逆志,是为得之。至其运笔之曲,如"阅人多矣,争得似长亭树。树若有情时,不会得青青如此";琢句之工,如"天涯情味,仗酒祓清愁,花销英气","二十四桥仍在,波心荡冷月无声",则如堂下斫轮,鼻端施垩。若夫新声自度,筝柱旋移,则如郢中之歌,引商刻羽,杂以流徵矣。以此辉映湖山,指㧑坛坫,百家腾跃,尽入环中。评者称其有缝云剪月之奇,戛玉敲金之妙,非过情也。

西泠词客石帚而外,首数玉田。论者以为堪与白石老仙相鼓吹……盖白石硬语盘空,时露锋芒。

词调合小令慢词计之,不下六百有奇,无不可填……〔湘月〕一调,白石自注云:〔念奴娇〕之鬲指声。白石精于宫谱,故于〔念奴娇〕外,别为此词。

《双砚斋词话》

80. 包世臣：

意内而言外，词之为教也。然意内不可强致，言外非学不成。是词说者言外而已，言成则有声，声成则有色，色成而味出焉。三者具，则足以尽言外之才矣。若夫感人之速者莫如声，故词倚声。声之得者又有三：曰清、曰脆、曰涩。不脆则声不成，脆矣而不清则腻，清矣而不涩则浮。屯田、梦窗以不清伤气；淮海、玉田以不涩伤格；清真，白石则能兼三矣。六家于言外之旨得矣，以云意内，惟白石、玉田耳，淮海时时近之，清真、屯田、梦窗皆去之弥远，而俱不害为可传者，则以其声之幺眇铿盘，恻恻动人，无色而艳，无味而甘故也。

《月底修箫谱序》（《艺舟双楫》一）

81. 宋翔凤：

垂虹亭畔老词人，缝月裁云意总真。

赖得词原三卷在，异时法曲识传薪。扬州陆氏重刻宋本《白石词集》，旁注谱，近人罕解。后秦编修刻张叔夏《词原》足本，其说皆在，可以通白石之谱矣。

诗从杜曲波愈阔，词到鄱阳音太希。

纵有玉田相鼓吹，还当无缝逊天衣。

《论词绝句二十首》（《洞箫楼诗纪》三）

82. 宋翔凤：

词家之有姜石帚，犹诗家之有杜少陵，继往开来，文中关键。其流落江湖，不忘君国，皆借托比兴，于长短句寄之。如〔齐天乐〕，伤二帝北狩也；〔扬州慢〕，惜无意恢复也；〔暗香〕、〔疏影〕，恨偏安也。盖意愈切，则辞愈微。屈、宋之心，谁能见之；乃长短句中，复有白石道人也。

宋元之间，词与曲一也。以文写之则为词，以声度之则为曲……于是度曲者，但寻其声；制词者，独求于意。古有遗音，今成绝响……兹白石尚传遗集，玉田更有成书。点画方迷，指归难见。

《乐府余论》

83. 宋翔凤：

〔暗香〕《题姜白石诗词合集即用集中韵》

照来古色。有词仙未老，高楼吹笛。望久玉梯，欲上浮槎把星摘。清思湖山自冷，又风雨、飘零遗笔。任几辈、换羽移宫，谁复继斯席。　　乡国。韵正寂。久付与蠹蟫，数卷尘积。去波未竭。红药桥边屡追忆。明月当空尚有，须洗尽、楼台金碧。按旧调，都在也。小红唱得。

《浮溪精舍词·洞箫词》

84. 宋翔凤：

〔疏影〕《前题用集中韵》

红牙拍玉。过好风几信，时雨经宿。自制新词，还度新声，付与哀丝豪竹。江南自昔销魂地，况隔断、高楼西北。更愁他、倚遍阑干，早是一春人独。　　须记垂虹旧路，马塍好未损，吟到浓绿。梦里天涯，多少情怀，觅向空山茅屋。华年怕续伤心史，剩几首、苍凉词曲。待后来、织上旋机，碎锦又难成幅。

《浮溪精舍词·洞箫词》

85.《四库全书总目提要》：

词自鄱阳姜夔，句琢字炼，始归醇雅，而达祖、观国为之羽翼，故张炎谓数家格调不凡，句法挺异，俱能特立清新之意，删削靡曼之词。乃《草堂诗余》于白石、梅溪则概未寓目，《竹屋词》亦止选其〔玉蝴蝶〕一阕，盖其时方尚甜熟，与风尚相左故也。(《竹屋痴语提要》)

夔诗格高秀，为杨万里等所推；词亦精深华妙，尤善自度新腔，故音节文采，并冠绝一时，其诗所谓“自制新词韵最娇，小红低唱我吹箫”者，风致尚可想见。(《白石道人歌曲提要》)

86.《四库全书简明目录》：

夔诗格高秀，迥出一时，词亦华妙精深，尤娴于音律。故于九歌，皆注律吕，琴曲亦注指法，自制诸曲皆注节拍于旁，似西域旁行之字，亦足以资考核。

《白石道人歌曲》

87. 朱锦琮：

宋之姜夔，复能搜讲古制，为一代盛典。惟其精于律吕，故其词可播之管弦。

《校礼堂词序》

88. 周济：

北宋词多就景叙情，故珠圆玉润，四照玲珑。至稼轩、白石，一变而为即事叙景，使深者反浅，曲者反直。吾十年来服膺白石，而以稼轩为外道，由今思之，可谓瞽人扪籥也。稼轩郁勃故情深，白石放旷故情浅。稼轩纵横故才大，白石局促故才小。惟〔暗香〕、〔疏影〕二词，寄意题外，包蕴无穷，可与稼轩伯仲。余俱据事直书，不过手意近辣耳。

白石词如明七子诗，看是高格响调，不耐人细思。

白石以诗法入词，门径浅狭，如孙过庭书，但便后人模仿。

白石好为小序，序即是词，词仍是序，反覆再观，如同嚼蜡矣。词序序作词缘起，以此意词中未备也。今人论院本，尚知曲白相生，不许复沓，而独津津于白石词序，一何可笑。

《介存斋论词杂著》

89. 周济：

白石疏放，酝酿不深。

《词辨自序》（《介存斋论词杂著》附录）

90. 周济：

白石脱胎稼轩，变雄健为清刚，变驰骤为疏宕。盖二公皆极热中，故气味吻合，辛宽姜窄，宽故容秽，窄故斗硬。

白石号为宗工，然亦有俗滥处（〔扬州慢〕：“淮左名都，竹西佳处。”）、寒酸处（〔法曲献仙音〕：“象笔鸾笺，甚而今，不道秀句。”）、补凑处（〔齐天乐〕：“豳诗漫与。笑篱落呼灯，世间儿女。”）、敷衍处（〔凄凉犯〕“追念西湖”上半阕。）、支处（〔湘月〕：“旧家乐事谁省。”）、复处（〔一萼红〕：“翠藤共、闲穿径竹”，“记曾共、西楼雅集。”），不可不知。

白石小序甚可观，苦与词复。若序其缘起，不犯词境，斯为两美已。

《宋四家词选目录序论》

91. 董士锡：

昔柳耆卿、康伯可未尝学问，乃以其鄙嫚之辞缘饰音律以投时好，而词品以坏。姜白石、张玉田出，力矫其弊为清雅之制，而词品以尊。虽然，不合五代、全宋以观之，不能极词之变也，不读秦少游、周美成、苏子瞻、辛幼安之别集，不能撷词之盛也。元明至今，姜、张盛行而秦、周、苏、辛之传几绝，则以浙西六家独尊姜、张之故。盖尝论之，秦之长，清以和；周之长，清以折；而同趋于丽。苏、辛之长，清以雄；姜、张之长，清以逸；而苏、辛不自调律，但以文辞相高，以成一格，此其异也。六子者，两宋诸家皆不能过焉。然学秦病平，学周病涩，学苏病疏，学辛病纵，学姜、张病肤，盖取其丽与雄与逸而遗其清，则五病杂见而三长亦渐以失。

《餐华吟馆词叙》（《齐物论斋文集》卷二）

92. 顾翰：

苏、辛二家词，如天仙化人，不可仿佛，最不易学，亦不宜学，非若姜、史诸家，各有轨辙可循。

《听秋声馆词话》卷十九引

93. 周之琦：

词之有令，唐五代尚已。宋惟晏叔原最擅胜场。贺方回差堪接武。其余间有一二名作流传，然非专门之学……大抵宋词闲雅有余，跌宕不足，长调则有清新绵邈之音，小令则少抑扬抗坠之致。盖时代升降使然，虽片玉、石帚不能自开生面，况其下者乎！

《心日斋十六家词选》

94. 周之琦：

洞天山水写清音，千古词坛合铸金。

怪底纤儿诮生硬，野云无迹本难寻。

《心日斋十六家词选》附

95. 程恩泽：

涩体清真掩抑弦，飞腾石帚五通仙。

君能并作洪炉铸，更把余金范玉田。

《题周稚圭前辈〈金梁梦月词〉》(《程侍郎遗集》卷六)

96. 戈载：

词学至宋盛矣、备矣，然纯驳不一，优劣迥殊。欲求正轨以合雅音，唯周清真、史梅溪、姜白石、吴梦窗、周草窗、王碧山、张玉田七人，允无遗憾。(卷一)

白石之词清气盘空，如野云孤飞，去留无迹，其高远峭拔之致，前无古人，后无来者，真词之圣也。盖白石深明律吕之学。(卷三)

《宋七家词选》

97. 孙麟趾：

识见低，则出句不超。超者出乎寻常意计之外。白石多清超之句，宜学之。

高澹婉约，艳丽苍莽，各分门户。欲高澹学太白、白石。

《词迳》

98. 谭莹：

石帚词工两宋稀，去留无迹野云飞。

旧时月色人何在？ 戛玉敲金拟恐非。

前无古更后无今，可向尊前一集寻。

锦瑟未知终不信，小红低唱有余音。

《论词绝句一百首》（《乐志堂诗集》卷六）

99. 蔡宗茂：

词盛于宋代。自姜、张以格胜，苏、辛以气胜，秦、柳以情胜，而其派乃分。然幽深窅眇，语巧则纤；跌宕纵横，语粗则浅。异曲同工，要在各造其极而已。

《拜石山房词序》（《清名家词》）

100. 张鸿卓：

周、秦绮靡，苏、辛豪迈，梦窗、竹山研炼，石帚、玉田清超，耆卿则善道俗情，山谷又兼俳语，此家数之别也。

《绿雪轩论词》

101. 华长卿：

缝月裁云推妙手，敲金戛玉诩奇声。

咏梅绝调高千古，岂止词华媲美成。

《论词绝句》（《梅庄诗钞》卷五）

102. 杨希闵：

白石词南宋无出其右者，玉田、梦窗诸君皆附庸也。

《词轨》卷六

103. 李肇增：

尧章歌曲，隐《黍离》之感；同甫平生，抗中兴之疏。词士深约，义概存焉，骚雅以还，信未可以靡靡訾矣。又况欧、范诸公，比物荃荪，非无丽语，宅心钟鼎，卓建大猷，往烈未泯。

《采香词序》（《清名家词》）

104. 张文虎：

往在金陵，尝与周缦云侍御论词，缦老曰：竹垞言南宋诸家皆宗白石，然窃谓梦窗实本清真，于子何如？予曰：白石何尝不自清真出，特变其秾丽为淡远耳。自国初以来，以玉田配白石，正以其得淡远之趣。近时诸家，又祧姜、张而趋二窗，顾草窗深细而雅，门径稍宽，或易近似，未见能涉梦窗之藩篱者，此犹白石之于清真矣。

《绿梅花龛词序》(《舒艺室杂著剩稿》)

105. 张文虎：

二十年前言长短句者，家白石而户玉田，使苏、辛不得为词，今则俎豆二窗而祧姜、张矣。

《索笑词序》(《舒艺室杂著剩稿》)

106. 陈澧：

自琢新词白石仙，暗香疏影写清妍。

无端忽触胡沙感，争怪经师作郑笺。张皋文谓〔疏影〕词为二帝之愤。

《论词绝句》(《陈东塾先生遗诗》)

107. 刘熙载：

张玉田盛称白石，而不甚许稼轩，耳食者遂于两家有轩轾意。不知稼轩之体，白石尝效之矣，集中如〔永遇乐〕、〔汉宫春〕诸阕均次稼轩韵，其吐属气味，皆若秘响相通，何后人过分门户耶？

白石才子之词，稼轩豪杰之词，才子、豪杰，各从其类爱之，强论得失，皆偏辞也。

词品喻诸诗，东坡、稼轩，李、杜也；耆卿，香山也；梦窗，义山也；白石、玉田，大历十子也；其有似韦苏州者，张子野当之。

姜白石词幽韵冷香，令人挹之无尽，拟诸形容，在乐则琴，在花则梅也。

词家称白石曰白石老仙，或问毕竟与何仙相似，曰：藐姑冰雪，词中用事，贵无事障。晦也，肤也，多也，板也，此类皆障也。姜白石词用事入妙，其要诀所在，可于其《诗说》见之。曰：僻事实用，熟事虚用，学有余而约以用之，善用事者也；乍叙事而间以理言，得活法者也。盖为近之。

《词概》

108. 杜文澜：

梦窗词以绵丽为尚，笔意幽邃，与周美成、姜尧章并为词学之正宗。

《梦窗词稿叙》(《梦窗四稿》)

109. 蒋春霖：

白石能自度腔，脱尽畦畛，仙乎仙乎！诗家可配李白。

白石天才，非人力所至，弁阳、乐笑两翁，差有畦径，梦窗好为堆砌，贻误后学匪浅。

《潜庐挥麈录》引

110. 谢章铤：

长调最难工，芜累与痴重同忌。衬字不可少，又忌浅熟。咏物至词更难于诗，即“昭君不惯胡沙远，但时忆江南江北”亦费解。此词音节固佳，至其文则多有欠解处，白石极纯正娴雅，然此阕及〔暗香〕阕则尚有可议，盖白石字雕句炼，雕炼太过，故气时不免滞，意时不免晦。(卷一)

词之原出古乐府，乐府多杂俗谚，如“豨妃”、“沦浡”之类，填词者效之而每放愈下，稍近鄙亵。又以其道之通于曲也，因而“则个”、“甚么”、“呆坐”、“快活”等字无不阑入，而词品坏矣。推波助澜，山谷无乃罪过，此白石所以以雅字为宗旨。(卷三)

北宋多工短调，南宋多工长调；北宋多工软语，南宋多工硬语……白石、高、史，南宋之正宗也。

词家讲琢句而不讲养气，养气至南宋善矣。白石和永，稼轩豪雅，然稼轩易见，而白石难知。史之于姜，有其和而无其永。刘之于辛，有其豪而无其雅。至后来之不善学姜、辛者，非懈则粗。

白石道人为词中大宗，论定久矣。读其《诗说》诸则，有与长短句相通者。

雕刻伤气，敷衍露骨。若鄙而不精巧，是不雕刻之过。拙而无委曲，是不敷衍之过。此即疏密相间之说也。故白石字雕句刻，而必准之以雅。雅则气和而不促，辞稳而不浇。（卷十二）

《赌棋山庄词话》

111. 谢章铤：

苏、辛志于君国，故其词肮脏而不猥；秦之情深，姜之行洁，故其词缠绵而娟秀。

《词话纪余》（《赌棋山庄全集·稗贩杂余》卷三）

112. 谢章铤：

词渊源《三百篇》，萌芽古乐府，成体于唐，盛于宋，衰于元、明，复昌于国朝。温、李，正始之音也；晏、秦，当行之技也；稼轩出始用气，白石出始立格。呜呼！词虽小道，难言矣。

《叶辰溪我闻室词叙》（《赌棋山庄全集》卷一）

113. 谢章铤：

词之兴也，大抵由于尊前惜别，花底谈心，情事率多亵近，数传而后，俯仰激昂，时有寄托，然而其量未尽也。故赵宋一代作者，苏、辛之派不及姜、史，姜、史之派不及晏、秦，此固正变之推未穷，而亦以填词为小道，若其量之只宜如此者。

《与黄子寿论词书》（《赌棋山庄全集》卷五）

114. 谢元淮：

自度新曲，必如姜尧章、周美成、张叔夏、柳耆卿辈，精于音律、吐辞即叶宫商者，方许制作。

《填词浅说》

115. 李慈铭：

南宋百余年中所号词中大家者，惟辛幼安为历城人，姜尧章为鄱阳人，余皆浙人耳。予尝论词固莫富于南宋，律亦日密，然词芜意浅，俚鄙百出，此事遂成恶道……就中作者，惟稼轩最为清矫，不锢所溺；而石帚名最盛，业最下，实群魔之首出者。

白石以词名当家，律吕甚谐，不失分寸，而语意疏拙，其盛传者〔暗香〕、〔疏影〕二词，读之似幽咽可听，而情味索然，又多率句，予尝谓可与张玉田《春水》词并置不论。

《越缦堂读书记》八《文学》四

116. 沈祥龙：

词中虚字，犹曲中衬字，前呼后应，仰承俯注，全赖虚字灵活，其词始妥溜而不板实。不特句首虚字宜讲，句中虚字亦当留意。如白石词云："庾郎先自吟愁赋，凄凄更闻私语。""先自"、"更闻"，互相呼应，余可类推。

古诗云："识曲听其真。"真者，性情也，性情不可强。观稼轩词，知为豪杰，观白石词知为才人，其真处有自然流出者。词品之高低当于此辨之。

白石诗云："自制新词韵最娇。"娇者，如出水芙蓉，亭亭可爱也。徒以嫣媚为娇，则其韵近俗矣。试观白石词何尝有一语涉于嫣媚？

流畅宜学白石、玉田，然不可流于浅易。

《论词随笔》

117. 许玉瑑：

白石道人自制曲十三首，又〔鬲谿梅令〕、〔杏花天影〕、〔醉吟商小品〕、〔玉梅令〕、〔霓裳中序弟一〕，虽非自制，而摘词定谱，实始尧章，一洗柔滑纤缛之习。

《城南拜石词自序》（《薇省词钞》卷十）

118. 冯煦：

垂虹亭子笛绵绵，吸露餐风解蜕蝉。

洗尽人间烟火气，更无人是石湖仙。

《论词绝句》（《蒿庵类稿》卷七）

119. 冯煦：

宋之为慢词者，美成首出，姜、张而极。《片玉》所甄率在大观、政和间，北宋之季也。白石、玉田连蹇不偶，《黍离》之歌，《桔颂》之章，比比有之，南宋之季也。慢为衰世之作，殆有征耶？

《和珠玉词序》(《蒿庵类稿》卷十六)

120. 冯煦：

白石为南渡一人，千秋论定，无俟扬搉。《乐府指迷》独称其〔暗香〕、〔疏影〕、〔扬州慢〕、〔一萼红〕、〔琵琶仙〕、〔探春慢〕、〔淡黄柳〕等曲……其实石帚所作，超脱蹊径，天籁、人力，两臻绝顶，笔之所至，神韵俱到。非如乐笑、二窗辈可以奇对警句相与标目，又何事于诸调中强分轩轾也？

《蒿庵论词》

121. 陶方琦：

白石道人洞娴音律，大乐建议，緦诸太常，故其为词如野云孤飞，去留无迹，不惟清虚，且又骚雅。昔哲所誉，自稽极程。宜乎五音平章，百祀馨祝。

《序许增刊白石词本》(夏承焘《姜白石词编年笺校》引)

122. 缪荃孙：

南宋词人，姜、张并举，〔暗香〕、〔疏影〕，石帚以坚洁自矜；〔绿意〕、〔红情〕，春水以清空流誉。洵足药粗豪之病，涤佚荡之疵。

《宋元词四十家序》(《艺风堂文集》卷五)

123. 樊增祥：

高、孝以来，词流盖夥，翳惟白石，实长其盟，于是史邦卿、吴君特羽翼于前，王圣与、张叔夏标映于后。此五君者，譬渥洼美驷，荆野明瑶，词学一日不湮，斯人亦一日不没。邦卿昵于韩氏，清议所羞，要其纂组丽密，宫羽缗斐，不以人废，斯之谓欤？君特以醇粹之姿，发瑶瑰之想，万花共采，五鲭合脔，七宝楼台之喻，殆乐笑翁之过言乎？碧山感物之咏，上薄骚经；玉田托兴之辞，义均宋赋，拟诸石帚，具体而微。

声音感人，回肠荡气，以李重光为君；演绎和畅，丽而有则，以周美成为极；清劲有骨，淡雅居宗，以姜尧章为最。至于长短皆宜，高下应节，亦终无过于美成者。

《东溪草堂词选自叙》（《樊山集》卷二十三）

124. 沈泽棠：

石帚之骚越苍凉，飞行绝迹，玉田之空虚绵邈，举重如轻，皆梦窗所短，然其词境幽涩，正足以药剽滑之弊。张叔夏云："吴梦窗如七宝楼台，眩人眼目，拆碎下来，不成片段。"此病词家亦须知之。

学白石者易生硬，学玉田者易浮滑，学梦窗者易堆垛。能消息于张、吴二家，是为合作。若白石老仙，则直须性情、学问俱到十分，方许问津矣。

白石〔暗香〕云："何逊而今渐老，都忘却、春风词笔。"〔疏影〕云："昭君不惯胡沙远，但暗忆、江南江北。想佩环、月下归来，化作此花幽独。"均属用事而神乎变化者，自与獭祭迥别，且姜词实为汴宫北徙而言也。

白石词，初看如花中没骨，无钩勒可寻，而蛛丝马迹，呼吸灵通，又时于深造得之。如〔暗香〕一阕云："旧时月色，算几番照我，梅边吹笛。唤起玉人，不管清寒与攀摘。何逊而今渐老，都忘却、春风词笔。但怪得、竹外疏花，香冷入瑶席。　江国。正寂寂。叹寄与路遥，夜雪初积。翠樽易竭。红萼无言耿相忆。长记曾携手处，千树压、西湖寒碧。又片片吹尽也，几时见得。"上半以"旧时"、"而今"作开合耳，而夭娇变化，能令读者揽挹不尽，是为笔妙，亦由此老胸次萧旷，故能作此等语。

白石〔一萼红〕《人日登定王台》下阕换头处云："南去北来何事，荡湘云楚水，极目伤心。"一双冷眼，一腔热血，如陈伯玉登幽州古台，狂歌涕下。

石帚词换头处多不轻放过，最宜深味。

填词，题贵雅隽。予最爱《白石道人歌曲》，题云："予客武陵，湖北宪治在焉。古城野水，乔木参天，予与二三友日荡舟其间，意象幽闲，不类人境。秋水且涸，荷叶出地寻丈，因列坐其下。上不见日，清风徐来，绿云自动，间于疏处窥见游人画船，亦一乐也。朅来吴兴，数得相羊荷花中。又夜泛西湖，光景奇绝。故以此句写之。"又云："丙午人日，余客长沙别驾之观政堂。堂下曲沼，西负古垣，有卢桔幽篁，一径深曲。穿径而南，官梅数十株，如椒如菽，或红破白露，枝影扶疏。着屐苍苔细石间，野兴横生，极命驾登定王台，乱湘流，入麓山，湘云低昂，湘波容与。兴尽悲来，醉吟成调。"此真仙境仙语。

《忏庵词话》

125. 王鹏运：

《白石道人自制曲》一卷，高亢清空，声出金石。

〔长亭怨慢〕小序（《清名家词》）

126. 胡薇元：

《白石道人歌曲》，姜夔尧章撰。词精深华妙，为诚斋所推。尤善自度腔，音节文采，冠绝一时，所谓"自制新腔韵最娇，小红低唱我吹箫"，风致可想。

《岁寒居词话》

127. 沈曾植：

叔耕（汪莘）……所称举，则南渡初至光、宁，士大夫涉笔诗余者标尚如此，略如诗有江西派。然石湖、放翁，润以文采，要为乐而不淫，以自别为诗人旨格。曾端伯《乐府雅词》，是以此意裁别者。白石老人，此派极则，诗与词几合同而化矣。吴梦窗、史邦卿影响江湖，别成绚丽，特宜于酒楼歌馆，饤坐持杯，追拟周、秦，以缵东都盛事。于声律为当行，于格韵则卑靡。

《海日楼丛钞》（《菌阁琐谈》附录）

128. 朱依真：

合是诗中杜少陵，词场牛耳让先登。

暗香疏影精神在，夜月清寒照马塍。白石墓在西马塍。

《论词绝句》(《餐樱庑词话》引)

129. 继昌（李佳）：

词以意趣为主，意趣不高不雅，虽字句工颖，无足尚也。意能迥不犹人最佳。东坡词最有新意，白石词最有雅意。

白石笔致骚雅，非他人所及，最多佳作。石湖咏梅二词，尤为空前绝后，独有千古……清虚婉约，用典亦复不涉呆相。风雅如此老，倩小红低唱，吹箫和之，洵无愧色。

《左庵词话》卷上

130. 《玉几山房听雨录》：

南宋词人，浙东西特甚，而审音之精，要以白石为极诣。

蔡嵩云《乐府指迷笺释》引

131. 林纾：

词家唯姜石帚能结响哑，不善学则流于涩滞；辛幼安结响能高，不善学必入于枵。

《文微·论诗词第十》

132. 陈廷焯：

自张叔夏出，斟酌古今，词品愈纯，大致不外白石词体。词至南宋，正如诗至盛唐，呜呼至矣。北宋词极其高，南宋词极其变，两宋作者，断以清真、白石为宗。(卷二)

白石词亦是祖述清真，而高者令美成却步。白石词神游象外，如白云在空，随风变灭，盖圣于词者。两宋作者，前推方回、清真，后推白石、梅溪，然方回、清真各极其盛，梅溪或稍逊焉，若白石神清意远，不独方回、清真不得专美于前，直欲合唐宋元明诸家，尽归笼罩矣。词至白石而知词人之有总萃焉，清劲似美成，风骨似方回，骚情逸志，视晏、欧如舆台矣，高举远引，视秦、柳如傀儡矣，清虚中见魄力，直令苏、辛避席，刚健中含婀娜，是又竹屋、梅溪、梦窗、草窗、竹山、玉田以及元明诸家之先声也，呜呼，至矣。

词有白石，犹史有马迁，诗有杜陵，书有羲之，画有陆探微也。

气格隽上则是先生本来面目，用陈语而不落陈腐风味。

白石词每于一二虚字中反复唱叹，韵味都出。

哀而不伤，真词圣也。

身世之感，有情不容己者，击碎玉唾壶。诗人如杜、李，词人如白石，未能大用，我亦欲代击唾壶。（卷六）

碧山学白石得其清者。他如西麓得白石之雅，竹山得白石之俊快，梦窗、草窗得白石之神，竹屋、梅溪得白石之貌，玉田得其骨，仲举得其格，盖诸家皆有专司，白石其总萃也。

南宋白石出，诗冠一时，词冠千古，诸家皆以师事之。（卷九）

《云韶集》

133. 陈廷焯：

古今词人众矣，余以为圣于词者有五家。北宋之贺方回、周美成，南宋之姜白石，国朝之朱竹垞、陈其年也。

词中之有姜白石，犹诗中之有渊明也。琢句炼字，归于纯雅。不独冠绝南宋，直欲度越千古。《清真集》后，首推白石。

白石，词中之仙也。

白石词，如白云在空，随风变灭，独有千古。同时史达祖、高观国两家，直欲与白石并驱，然终让一步。他如张辑、吴文英、赵以夫、蒋捷、周密、陈允平、王沂孙诸家，各极其盛，然未有出白石之范围者。

《词坛丛话》

134. 陈廷焯：

白石词清虚骚雅，前无古人，后无来者，真词中之圣也。

白石、梅溪皆祖清真。白石化矣，梅溪或稍逊焉，然高者亦未尝不化。(《大雅集》卷三)

南宋词家，白石、碧山纯乎纯者也；梅溪、梦窗、玉田，大纯而小疵，能雅不能虚，能清不能厚也。(《大雅集》卷四)

绮语自白石出之，亦自闲雅，具有仙笔。(《闲情集》卷一)

《词则》

135. 陈廷焯：

姜尧章词，清虚骚雅。每于伊郁中饶蕴藉，清真之劲敌，南宋一大家也。梦窗、玉田诸人，未易接武。

南渡以后，国势日非。白石目击心伤，多于词中寄慨，不独〔暗香〕、〔疏影〕二章，发二帝之幽愤，伤在位之无人也。特感慨全在虚处，无迹可寻，人自不察耳。感慨时事，发为诗歌，便已力据上游，特不宜说破，只可用比兴体。即比兴中，亦须含蓄不露，斯为沉郁，斯为忠厚……南宋词人，感时伤事，缠绵温厚者，无过碧山，次则白石。白石郁处不及碧山，而清虚过之。

白石词以清虚为体，而时有阴冷处，格调最高。沈伯时讥其生硬，不知白石者也。黄叔旸叹为美成所不及，亦漫为可否者也。惟赵子固云：白石，词家之申、韩也，真刺骨语。

美成、白石，各有至处，不必过为轩轾。顿挫之妙，理法之精，千古词综，自属美成。而气体之超妙，则白石独有千古，美成亦不能至。

美成词于浑灏流转中，下字用意，皆有法度。白石则如白云在空，随风变灭。所谓各有独至处。

白石长调之妙，冠绝南宋，短章亦有不可及者。

白石词，如“无奈苕溪月，又唤我扁舟东下”，又“冷香飞上诗句”，又“高柳垂阴，老鱼吹浪，留我花间住”等语，是开玉田一派。在白石集中，只算隽句，尚非夐高之境。

词法之密，无过清真；词格之高，无过白石；词味之厚，无

过碧山。词坛三绝也。（卷二）

周、秦词以理法胜，姜、张词以骨韵胜，碧山词以意境胜，要皆负绝世才，而又以沉郁出之，所以卓绝千古也。（卷六）

白石，仙品也。东坡，神品也，亦仙品也。梦窗，逸品也。玉田，隽品也。稼轩，豪品也。然皆不离于正，故与温、韦、周、秦、梅溪、碧山同一大雅，而无傲而不理之诮。

汪玉峰森之序《词综》，云："言情者或失之俚，使事者或失之伉。鄱阳姜夔出，句琢字炼，归于醇雅……"窃谓白石一家，如闲云野鹤，超然物外，未易学步……总之，谓白石拔帜于周、秦之外，与之各有千古则可，谓南宋名家以迄仲举皆取法于白石，则吾不谓然也。

白石、梅溪、碧山、玉田词，修饰皆极工，而无损其真气，何也？《列子》云："有色者，有色色者。"知此，可以言词矣。

稼轩求胜于东坡，豪壮或过之，而逊其清超，逊其忠厚。玉田追踪于白石，格调亦近之，而逊其空灵，逊其浑雅。故知东坡、白石具有天授，非人力所可到。（卷八）

《白雨斋词话》

136. 张祥龄：

周清真，诗家之李东川也；姜尧章，杜少陵也；吴梦窗，李玉溪也；张玉田，白香山也。

词至白石，疏宕极矣。梦窗辈起，以密丽争之。至梦窗而密丽又尽矣，白云以疏宕争之。三王之道若循环，皆图自树之方，非有优劣。况人之才质限于天，能疏宕者不能密丽，能密丽者不能疏宕。

南唐二主、冯延巳之属，固为词家宗主，然是勾萌，枝叶未备；小山、耆卿而春矣；清真、白石而夏矣；梦窗、碧山，已秋矣；至《白云》，万宝告成，无可推徙。元故以曲继之，此天运之终也。

《词论》

137. 蒋兆兰：

南渡以后，尧章崛起，清劲逋峭，于美成外别树一帜。张叔夏拟之野云孤飞，去留无迹，可谓善于名状。继之者亦惟《花外》与《山中白云》，差为近之。然论气格，迥非敌手也。

《词说》

138. 郑文焯：

此词雅澹冲和，能尽体物情景，一时脍炙吟口，工在宣□，白石乃以变雅之音别构一格，托寄遥深，其高致亦足千古。（评〔齐天乐〕“庾郎先自吟愁赋”）

此盖伤心二帝蒙尘，诸后妃相从北辕，沦落胡地，故以昭君托喻，发言哀断。考唐王建《塞上咏梅》诗曰：“天山路边一株梅，年年花发黄云下。昭君已没汉使回，前后征人谁系马。”白石词意当本此。近世读者多以意疏解，或有嫌其举典，拟不于伦者，殆不自知其浅暗矣。词中数语，纯从少陵咏明妃诗意隐括，出以清健之笔，如闻空中笙鹤，飘飘欲仙，觉草窗、碧山所作吊雪香亭梅诸词，皆人间语，视此如隔一尘，宜当时转播吟口，为千古绝唱也。至下阕藉《宋书》寿阳公主故事引申前意，寄情遥远，所谓怨深文绮，得风人温厚之旨已。（评〔疏影〕“苔枝缀玉”）

近世词家，务为雕绚，意制浅疏，以为倚声中别有取字一格。元明以降，益用胸驰臆断，文不雅驯。观于清真、白石诸大家，无一字无来历，尽从唐人诗句剪裁而出，使读者但惊叹于清妙而已。

《批校白石道人歌曲》

139. 郑文焯：

功甫赋促织词不使才气，自成名贵，澹雅冲和，其盛唐雅颂之遗音欤？石帚则如变风、小雅，几以奴仆命骚，两家皆各尽能事，诚未易轩轾也。

周、姜取字至纯粹，若柳、吴则取字至博。近考屯田于二谢诗极多运用，至梦窗更博于史，而镕铸工，顾韵中字例，亦不若周、姜之精严已。

石帚令词，爱其琢句老成，取字雅洁，多从昌谷诗中得来。

《词林翰藻·郑文焯致朱祖谋书》(《词学》第七辑)

140. 郑文焯：

余平生慕尧章之为人疏古冲澹，有晋宋间风，又能深于礼乐，以敷文博古自娱。当时名公硕儒贤之遇之者既众且笃矣，而卒无能振之于窭困无聊之地，以养其岩壑之身，《文苑》、《隐逸》两传无称，仅于乐志存其所议，比于伶伦，使尧章当日弗娴声律，则亦没没而已矣……白石一布衣，才不为时求，心不与物竞，独以歌曲声江湖，幸免于庆元伪学之党籍，可不谓之知几者乎？知几故言能见道，吾是以有取焉。

白石以沉忧善歌之士，振响于南渡之际，进议大乐，志在复古，而道不行。顾所谓铙部鼓吹、越九歌，固能缘饰诗乐。其自制词曲，旁缀音谱，杂以乐句，则仍当时乐工之所为。

《瘦碧词自序》(《大鹤山房全书》)

141. 郑文焯：

沈伯时论词云：读唐诗多，故语多淡雅。宋人有隐括唐诗之例。玉田谓：取字当从温、李诗中来。今观美成、白石诸家，嘉藻纷缛，靡不取材于飞卿、玉溪，而于长爪郎奇隽语尤多裁制。尝究心于此，觉玉田言不我欺。

白石以沉忧善歌之士，意在复古，进大乐议，率为伶伦所厄，其志可悲，其学自足千古。叔夏论其词如野云孤飞，去留无迹，百世兴感，如见其人……细绎白石歌曲，得其雅淡疏宕之致，一洗金钗钿合之尘。

《郑大鹤先生论词手简》(《大鹤山人词话》附录)

142. 郑文焯：

石帚词，骚雅原于高澹，如孤云野鹤，养空而游。当党禁之余，值南渡之会，士大夫流离坏乱，以北人落南，多侨寄萧寺，或一官疏放，失志无归，莫不恻隐盻愉，缘情造端，以词自陶其感遇，而苕、霅之间遂多词客之迹，兴往情来，形赠景答，凄异之音，流传弦管。独石帚幽寒自逸，其所作一如其人之馨絜，无忏微身世之感，意绝荣落，终老江湖，故所为词虽少逊清真之高浑，而超逸纯粹则过之，当时论者翕然无异词，且服其行谊之高焉。

《批校唐五代词选》

143. 康有为：

若美成之跌宕悠扬，苏、辛之傥宕遒上，梦窗之七宝楼台，姜、张之清新俊逸，亦各穷极极妍矣。然韵味之隽，含蓄之深，神情之远，词句之逸未有若三李者。

《江山万里楼词钞序》(《江山万里楼诗词钞》)

144. 陈锐：

词如诗，可模拟得也……白石得渊明之性情。

白石拟稼轩之豪快，而结体于虚。梦窗变美成之面貌，而炼响于实。南渡以来，双峰并峙，如盛唐之有李、杜矣。顾词人领袖必不相轻，今梦窗四稿中，屡和石帚，而姜集中不及梦窗，疑不可考。至《草堂诗余》不选石帚一字，则又咄咄一怪事。

《袌碧斋词话》

145. 陈锐：

大抵词自五季以降，以耆卿为先圣，美成为先师。白石道人崛起南渡之余，明心见性，居然成佛作祖；而四明吴君特以其轶才，贯串百氏，蔚为大宗，令人有观止之叹。

《词比自序》(《词学季刊》创刊号)

146. 况周颐：

姜白石〔鹧鸪天〕云："笼纱未出马先嘶。"七字写出华贵气象，却淡隽不涉俗。

《蕙风词话》卷二

147. 况周颐：

碧山乐府如书中欧阳信本，准绳规矩极佳。二晏如右军父子。贺方回如李北海。白石如虞伯施，而隽上过之。公谨如褚登善。梦窗如鲁公。稼轩如诚悬。玉田如赵文敏。

《香海棠馆词话》(龙榆生《唐宋名家词选》引。按：此则不见《蕙风丛书》本《香海棠馆词话》。)

148. 张德瀛：

太史公文，疏荡有奇气；吴叔庠文，清拔有古气。词家惟姜石帚、王圣与、张叔夏、周公谨足以当之。数子者感怀君国，所寄独深，非以曼辞丽藻倾炫心魂者比也。

读石帚诸人所制，乃知姑射仙姿，去人不远，破觚为圜，要分别观之。

《词徵》卷五

149. 许庚飏：

自群雅音沦，《花间》实倚声之祖；大晟论定，《片玉》以协律为工。建炎而还，作者尤盛，竹斋、竹屋，梅溪、梅津。公谨以《渔笛》按腔，君特以梦窗名集。花庵有选，蘋云竞歌。然好为纤秾者，不出乎秦、柳；力矫靡曼者，自比于苏、辛。求其并有中原，后先特立，尧章、叔夏，实为正宗。

《王鹏运四印斋刊双白词序》(《四印斋所刻词》)

150. 夏敬观：

转折笔圆，恃虚字为转折耳。意圆，则前后呼应一贯。神圆，则不假转折之笔，不假呼应之意，而潜气内转。方者，本质，天所赋也。圆者，功力，学所致也。方圆二字，不易解释。梦窗，能方者也。白石、玉田，能圆者也。知此可悟方圆之义。方中不见圆，盖神圆也，惟北宋人能之。子野、方回、耆卿、清真，皆是也。

白石、玉田一派，勾勒得当，亦近质实，诵之如珠走盘，圆而不滑。

《蕙风词话诠评》(《蕙风词话》附录)

151. 高旭：

白石当年善写生，人间从此有奇音。

梅花清瘦荷花冷，再谱扬州蟋蟀声。

《论词绝句三十首》(《未济庐诗集》)

152. 高旭：

运以申韩之气，沉雄博大兼赅。

力能镕铸骚雅，生面划然别开。(姜白石)

《十大家词题词》(《中华新报》1909 年 6 月 17 日)

153. 王国维：

昭明太子称陶渊明诗“跌宕昭彰，独超众类，抑扬爽朗，莫之与京”，王无功称薛收赋“韵趣高奇，词义晦远，嵯峨萧瑟，真不可言”，词中惜少此二种气象，前者唯东坡，后者唯白石，略得一二耳。

白石写景之作，如“二十四桥仍在，波心荡，冷月无声”，“数峰清苦，商略黄昏雨”，“高树晚蝉，说西风消息”，虽格韵高绝，然如雾里看花，终隔一层。梅溪、梦窗诸家写景之病，皆在一“隔”字。北宋风流，渡江遂绝，抑真有运会存乎其间耶？

古今词人格调之高，无如白石。惜不于意境上用力，故觉无言外之味，弦外之响，终不能与于第一流之作者也。

南宋词人，白石有格而无情，剑南有气而乏韵，其堪与北宋人颉颃者，唯一幼安耳。近人祖南宋而祧北宋，以南宋之词可学，北宋不可学也。学南宋者，不祖白石，则祖梦窗，以白石、梦窗可学，幼安不可学也。

读东坡、稼轩词，须观其雅量高致，有伯夷、柳下惠之风。白石虽似蝉蜕尘埃，然终不免局促辕下。

苏、辛，词中之狂。白石犹不失为狷。若梦窗、梅溪、玉田、草窗、西麓辈，面目不同，同归于乡愿而已。

诗人对宇宙人生，须入乎其内，又须出乎其外。入乎其内，故能写之。出乎其外，故能观之。入乎其内，故有生气。出乎其外，故有高致。美成能入而不能出，白石以降，于此二事皆未梦见。

白石之词，余所最爱者，亦仅二语，曰“淮南皓月冷千山，冥冥归去无人管”。

东坡之旷在神，白石之旷在貌。白石如王衍口不言阿堵物，而暗中为营三窟之计，此其所以可鄙也。

“纷吾既有此内美兮，又重之以修能”，文字之事，于此二者，不能缺一。然词乃抒情之作。故尤重内美，无内美而但有修能，则白石耳。

白石尚有骨，玉田则一乞人耳。

《人间词话》

154. 樊志厚：

白石之词，气体雅健耳。至于意境，则去北宋人远甚。

《人间词序》二

155. 张素：

玉田新声最美，石帚旁谱尤精。

要自肝雕肾镂，未嫌体弱神清。

《石工、眉孙两家论词不合》(《闳寻鹦馆诗抄》)

156. 吴庠：

质之对待字为文，非清也。质者，本质也，即词家之命意也。惟质故实，所谓意余于辞也。文者，文饰也，即词家之遣辞也。

惟文故空，所谓辞余于意也。予故以为梦窗词，正是文而空，不是质而实；白石词，正是质而实，不是文而空。不过梦窗文中有质，白石质外有文，而其传诵之作，又皆有清气往来，此其所以为名家也。

《清空质实说》(《同声月刊》第一卷第九号)

157. 吴梅：

南渡以后，国势日非，白石目击心伤，多于词中寄慨，不独〔暗香〕、〔疏影〕，发二宗之幽愤，伤在位之无人也，特感慨全在虚处，无迹可寻，人自不察耳。盖词中感喟，只可用比兴体，即比兴中亦须含蓄不露。斯为沉郁，若慷慨发越，终病浅显。如〔扬州慢〕"自胡马窥江去后，废池乔木，犹厌言兵"，已包涵无数伤乱语。又如〔点绛唇〕《丁未过吴淞作》，通首只写眼前景物，至结处云："今何许，凭阑怀古，残柳参差舞。"其感时伤事，只用"今何许"三字提唱，无穷哀感，都在虚处。他如〔石湖仙〕、〔翠楼吟〕诸作，自是有感而发，特未敢臆断耳。

《词学通论》

158. 陈匪石：

词之用韵，虽与诗有相承之关系，然词以应歌，当筵命笔，每不免杂以方音……如真、庚、侵三部，寒、覃二部，萧、尤二部，及入声屋、质、月、药、洽五部，按之古今分部及音理，皆不相通，而有时互相羼杂，即知音之清真、白石、梦窗亦每见之。

凡词中无韵之处，忽填同韵之字，则迹近多一节拍，谓之犯韵，亦曰撞韵。守律之声家，悬为厉禁。近日朱、况诸君，尤斤斤焉。而宋词于此，实不甚严，即清真、白石、梦窗亦或不免。彼精通声律，或自有说。吾人不知节拍，乃觉彷徨。

词境极不易说，有身外之境，风雨、山川、花鸟之一切相皆是；有身内之境，为因乎风雨、山川、花鸟，发于中而不自觉之一念。身内身外，融合为一，即词境也。仇述庵问词境如何能佳，愚答以“高处立，宽处行”六字。能高能宽，则涵盖一切，包容一切，不受束缚，生天然之观感，得真切之体会。再求其本，则宽在胸襟，高在身分。名利之心固不可有，即色相亦必能空，不生执着。渣滓净去，翳障蠲除，冲夷虚澹，虽万象纷陈，瞬息万变，而自能握其玄珠，不浅、不晦、不俗以出之，叫嚣儇薄之气皆不能中于吾身，气味自归于醇厚，境地自入于深静。此种境界，白石、梦窗词中往往可见，而东坡为尤多。若论其致力所在，则全自养来，而辅之以学。《蕙风词话》曰：“多读书，谨避俗。”又曰：“取古人词之意境极佳者，缔构于吾想望中，使吾性灵相浃而俱化。”皆入手之法门，特不免仍有迹象耳。

《声执》卷上

159. 陈匪石：

选南宋词者，戈顺卿取史、姜、吴、周、王、张六家，周稚圭取姜、史、吴、王、蒋、张六家，周止庵则以辛、王、吴为领袖。夫张炎之妥溜，王沂孙之沉郁，吴文英极沉博绝丽之观，擅潜气内转之妙，姜夔野云孤飞，语淡意远，辛弃疾气魄雄大，意味深厚，皆于南宋自树一帜。流风所被，与之化者各若干人。然蒋捷身世之感，同于王、张，雕琢之工，导源吴氏。周密附庸于吴，尤为世所同认。姑舍蒋、周而录张、王、吴、姜、辛，意实在此。至此五家者，相因相成，往往可见，然各有千古，不能相掩也。史达祖步趋清真，几于笑颦悉合，虽非戛戛独造，然南渡以降，专为此种格调者，实无其匹，故效戈、周之选，不敢过而废之。初学为词者，先于张、王求雅正之音，意内言外之旨，然后以吴炼其气意，以姜拓其胸襟，以辛健其笔力，而旁参之史，藉探清真之门径，即可望北宋之堂室，犹是周止庵教人之法也。

《宋词举》卷上

160. 陈匪石：

白石、梦窗皆善炼气。但白石之气清刚拔俗，在字句外，人得而见之；梦窗之气，潜气内转，伏于字句中，人不得而见之。此所以知白石者较多，知梦窗者较少。

《旧时月色斋词谭》

161. 蔡嵩云：

北宋如屯田、方回、清真、雅言诸家，南宋如白石、梅溪、梦窗、草窗、玉田诸家，大都妙解音律，所为词，声文并茂。

白石词在南宋，为清空一派开山祖，碧山、玉田皆其法嗣。其词骚雅绝伦，无一点浮烟浪墨绕其笔端，故当时有“词仙”之目。“野云孤飞，去留无迹”，有定评矣。

《柯亭词论》

162. 蔡嵩云：

宋末词风，除稼轩外，可分二派：导源白石而自成一体者，东泽、竹山、中仙、玉田诸家，皆其选也；导源清真而各具面目者，梅溪、梦窗、西麓、草窗诸家，皆其选也。

《乐府指迷笺释引言》（《词学季刊》第三卷第四号）

163. 宣雨苍：

词，诗余也。其源从乐府长短句递遭而来。唐人采乐府制新律，而后有词。其嚆矢于何人，无可指实。第举世之所传最首出者，李白之〔菩萨蛮〕、〔忆秦娥〕，然亦不得即谓权舆于太白也。其后有唐一代所传作者，韦应物、王建、韩翃、白居易、刘禹锡、皇甫淞、司空图、韩偓，并有著作，而温庭筠最称杰出。五季南唐，小令之工，后无能媲。北宋词引为慢声，正如初唐五七言律诗，多在古近体之间。求其通体工称之作，殊不多数。舍东坡如天马行空，别成一格外，余子如淮海、耆卿，相传诸作，往往一首中虽有可诵名句，而俗艳浮响、无谓俚言，亦复不免杂出，金錀互见。诚不能为古人曲讳。至于清真，渐臻完密，然生硬处仍时有之。盖其时犹以为词者乃诗之余，未足并重，但以寻声为尚，而修词次之，此其所以失也。南宋作者究心倚声，重于诗歌，一时士夫能文章者，无不旁通音律，故能声文并茂，其最高为姜尧章，《词品》谓其高处有美成不能及者。多自制曲，初则率意为长短句，既成，乃按以律吕，无不协者。其〔长亭慢〕自序亦如此。是知尧章之制词，固先有文而后有声，有声而后有律，深合“歌以咏、律谐声”之道。此其所以集大成也。

世以姜、史并称，梅溪细腻匀帖，允称作家，而考其根底，实不逮姜远甚。盖白石风度如孤云野鹤，高致在诗人陶、孟之间，岂彼权门堂吏所可希及？人有真性情而后有真文字，彼搔首弄姿者，虽工亦奚以为。

白石集中亦间作艳词，如戏平甫、戏仲远诸作，游戏之中，仍具深情；又其苕溪记见，金陵感梦，艳在情致，而不在语言。是方称为艳词合作。

《词谰》

164. 顾宪融：

姜白石，名夔，字尧章，鄱阳人。流寓吴兴，自号白石道人。尝进乐书，免解，不第而卒。有《白石词》五卷。范石湖曰：“白石有裁云缝月之妙手，敲金戛玉之奇声。”沈伯时曰：“白石清劲知音，亦未免有生硬处。”张叔夏曰：“姜白石如野云孤飞，去留无迹。”又云：“白石词不惟清虚，且又骚雅，读之使人神观飞越。”宋翔凤曰：“词家之有姜白石，犹诗家之有杜少陵，继往开来，文中关键。其流落江湖，不忘君国，皆借托比兴于长短句寄之。如〔齐天乐〕，伤二帝北狩也；〔扬州慢〕，惜无意恢复也；〔暗香〕、〔疏影〕，恨偏安也。盖意愈切则辞愈微，屈宋之心，谁能见之？”凡此皆道着白石佳处，独周止庵《词辨》则深致不满。周氏曰：“北宋词多就景叙情，故珠圆玉润，四照玲珑。至稼轩、白石一变而为即事叙景，使深者反浅，曲者反直。吾十年来服膺白石，而以稼轩为外道，由今思之，可谓瞽人扪钥也。稼轩郁勃故情深，白石放旷故情浅；稼轩纵横故才大，白石局促故才小。惟〔暗香〕、

〔疏影〕二词，寄意题外，包蕴无穷，可与稼轩伯仲，余俱据事直书，不过手意近辣耳！”又曰：“白石如明七子诗，看是高格响调，不耐人细思。”又曰：“白石以诗法入词，门径浅狭，如孙过庭书，但便后人模仿。”又曰：“白石好为小序，序即是词，词仍是序，反复再观，如同嚼蜡矣。词序序作词缘起，以此意词中未备也。今人论院本，尚知曲白相生，不许复沓，而独津津于白石词序，一何可笑！”按：姜氏词高远峭拔，清气盘旋，其才力自有过人处。周氏所云，未为定论，若小序繁冗，自无足论。学者欲求下手处，当先自俗处求雅、滑处求涩可也。

《填词百法》

165. 姚锡钧：

飞行绝迹定谁俱，七宝楼台密不疏。

区别梦窗和白石，一饶秾緻一清虚。

《示了公论词绝句》十二首（《南社》第十八集　民国铅印本）

166. 赵尊岳：

语之苍润，各有风度。白石语最苍而风度亦最胜。风度固不徒训侧艳者也。

《珍重阁词话》

167. 赵尊岳：

词固不易为，小序尤不易为，盖楔子也。然与词又不得相犯，白石最长于此，使人先读，即为神往。

词语苍润，各有风度。白石语最苍，风度最胜。又小令促拍中求见风度为难，若能见之，益臻其妙。

风度随词中之语意以逞其长，若论气度，则苍劲之语，亦当出之以雍容之笔，白石元宵出行诸作庶得之矣。（卷一）

若再断代言之，同时竞爽，自各极其胜场。十国蕃艳之中，南唐二主独以至情见著。北宋柳缛、贺疏，周雅、秦秀；南宋吴密、姜苍，张俊、周丽；元则遗山天颖，惟以雄胜。明仅二陆沉

着可诵。(卷二)

词意极深挚而出以清疏之笔、苍劲之音者，白石当屈首指。原来笔苍不害情挚，而深入浅出，尤为词家之至义。惟运笔特难，千古词人，学白石多不可得，可以知之。(卷三)

宋词以晏、秦、周、柳、苏、吴、姜、张为八大家……姜之苍雅，张之骀荡，均为百世之师。(卷四)

文字以风会而转移，积久必变。《花间》蕃艳，至北宋而一变为冲淡之致，专以第一义发为渊穆之音。第一义语，固人人心目所习知，然能出以厚淡渊穆之笔，则醰然有味，固非易易，南宋又不期而别生境界。以求取胜于前人也，则不得不屏汰此厚淡之境，渐尚丽密。太羹玄酒，又觉其不如玉旨金醴之耳目一新。此亦必然之势有以致之。由今以言，学者当先于北宋师清真，南宋师白石，较有蹊径而不失浑成。若今日而仍专于第一义，漫以空声浮响，自托厚淡，必致徒见其弊，有已蹈此失者，又当研求梦窗炼字造句之法以药之。(卷四)

咏物不能不用故实，惟不宜直说、明说，而又当使读者一见便知，则在运笔之法，有以存其精义，去其迹象。白石咏梅，即其至者。

论诗有穷而后工之说，词则不然，虽穷亦当以华贵雍容之音出之。一涉寒酸，便蹈卑格。小山"舞低"、"歌尽"一联，固决不出诸三家村里，即以白石之艰虞，尚曰"笼纱未出马先嘶"，又曰"白头居士无呵殿"，虽写贫迫之情，具见雍容之致。至"东风历历红楼下"，更是何等风情！可知郊寒岛瘦，若作词者，当变其法。

《花间》不易遽学，古蕃锦岂人尽可织？下之如梦窗之七宝楼台，《珠玉》之浑金朴玉，《小山》之风神淡厚，苏、辛之清雄天成，均不易为师资。《乐章》善道眼前之景物，一一写来，无不精深，笔力又复骞举，宽不失疏，岂易着墨？清真、梦窗，浑厚精

整，少有途辙，为学词者所必由。淮海风神足，白石出笔健，玉田意境跌宕，亦学者所当永为圭臬者。（卷五）

《填词丛话》

168. 赵尊岳：

倚声之学，托始于唐，浸盛于五季。其君若臣，歌舞宴酣；风流相尚，琱璚镂玉，方巧化工，《尊前》、《花间》，奄有众美。爰及天水，晏氏父子，引温、韦之绪；欧、苏、秦、柳，风雅所宗；子野、方回，并世郢匠。清真崛起，为两宋关键，间以质拙胜，非深于此道不易知。南渡已还，麦秀黍离，家国之感，发为咏歌。白石老仙，风格遒上，宜与稼轩分镳平辔。梦窗专家，斯诣造极，蕃艳之笔，运以沉思，致密之中，饶有清气。七宝楼台之喻，甚非知人之言。竹山高节，艳而有骨。公谨、圣与，丽而有则。玉田王孙，后来之秀，清辞丽句，叹观止焉。

《蓉影词跋》（《蓉影词》）

169. 陈闳慧：

〔风入松〕

《雪澄以姜石帚象贻铁尊师，并题一词，梅伯、姜门先有和作，余亦继声》

暗香疏影曲中人。词笔旧传神。红牙拍共箫声缓，韵最骄、雅称朱唇。慧业三生不昧，才名千载如新。……

《东瓯词徵》卷十四

170. 张伯驹：

姜白石词，俊朗者使人神飞心畅，其晦涩者亦使人费解凝思。承淮海之先天，亦开梦窗之后地。

《丛碧词话》

171. 闻野鹤：

寇莱公如春日园林，蔚然深秀。苏东坡如深山剑客，不娴俗礼。秦少游如花间丽色，却扇一笑，百媚横生。黄山谷如村女媚客，简直乏致。欧阳公如豪家子弟，仪态大方。张子野如春花百树，浅深互见。周美成如周公制礼，大体略备。王荆公如蛮夷入贡，不谙礼数。辛稼轩如草野人入掌枢密，动辄粗戾。蒋竹山如蓬门丽质，清秀有余。柳耆卿如通天老狐，醉即露尾。康与之如春场笙歌，繁乐聒耳。史梅溪如剪彩成花，细而近纤。姜白石如江介澄波，悠然一往。吴梦窗如天孙云锦，一丝一缕，尽发奇光，俗子庸夫，见之却步。李易安如中人举鼎，时虞绝膑。王碧山如天家姬侍，神采幽馨，迥非凡艳。周公谨如辞树红英，难免浮浪。朱淑贞如碧窗鹦鹉，略解语言。陆放翁如野僧说法，清而无味。张玉田如中郎凋谢，典型尚存。余则自桧以外，可无讥矣。

清代戈载有宋七家之选，一周美成，二史梅溪，三姜石帚，四吴梦窗，五周草窗，六王圣与，七张叔夏。综其得失，可得而称焉。美成盖代词才，律细而不枯，意深而不刻。灏灏落落，百世之所宗也。梅溪能巧，上者故自清新，下者辄流浮俗。白石清响，为世所称，然音律故娴，意象未备，虽幽邈自喜，要其去美成远矣。梦窗刻意苦搜，镂冰煮雪，一字一句，古丽照人，樊身云所谓“五花共采，万鲭合脔”者也，后者学之，辄伤碎乱，梦窗独能寓郁厚于藻采之中，是盖上人一等者。草窗细敏，丽而有则，然古雅之致尽矣。圣与尤秾艳绵丽尽致，特稍逊梦窗耳。至于玉田，下驷才也，妄欲随逐其后，吾无称焉。

《愢簃词话》

172. 祝南：

刘融斋谓白石词“拟诸形容，在乐则琴，在花则梅”，以格韵言也；张玉田谓白石词“如野云孤飞，去留无迹”，以意境言也。余谓白石实兼众长，集中有绝类稼轩者，如〔玲珑四犯〕、〔翠楼吟〕、〔永遇乐〕诸阕是；有绝类美成者，如〔霓裳中序第一〕、〔秋宵吟〕、〔月下笛〕诣阕是；至若〔惜红衣〕、〔念奴娇〕、〔扬州慢〕、〔琵琶仙〕、〔长亭怨慢〕以及〔暗香〕、〔疏影〕等作，于清虚骚雅中自饶激楚之音，凄婉之味，则前无古人，自开气派。玉田以下，历数百年，宗风不坠，胥于此中求之也。常州词人尊稼轩、美成而力诋白石，门户之见甚深，然于白石亦何曾有毫发损哉？

令词非白石所长，然如〔点绛唇〕、〔鬲溪梅令〕等，亦非凡手可及。王观堂只赏其“淮南皓月冷千山，冥冥归去无人管”，殆取其有远韵耶？以此两语，较之“今何许？凭阑怀古，残柳参差舞”与“漫向孤山山下觅盈盈，翠禽啼一春”，情味孰为浓至，必有能辨之者。

《无庵说词》

173.《续修四库全书总目提要》：

词自姜夔以来，屏浮艳，祛俗滥，雅音是饬，气味醇深。

《国朝词雅二十四卷提要》

汪莘

汪莘（1155—1227）字叔耕，号柳塘，休宁（今属安徽）人。屏居黄山，精研《易》义，傍究兵家、释老之书，与朱熹交善。宁宗嘉定中，下诏求言，乃三次诣阙上书，不报。徐谊欲以遗逸荐，不果。筑室柳溪上，自号方壶居士。《宋史翼》有传。著有《方壶存稿》，词集名《方壶诗余》。

1. 汪莘：

唐宋以来，词人多矣，其词主乎淫，谓不淫非词也。余谓词何必淫，顾所寓何如尔！余于词，所爱喜者三人焉。盖至东坡而一变，其豪妙之气，隐隐然流出言外，天然绝世，不假振作。二变而为朱希真，多尘外之想，虽杂以微尘，而其清气自不可没。三变而为辛稼轩，乃写其胸中事，尤好称渊明。此词之三变也。余平昔好作诗，未尝作词。今五十四岁，自中秋之日至孟冬之月，随所寓赋之，得三十篇，乃知作词之乐，过于作诗，岂亦昔人中年丝竹之意耶？每水阁闲吟，山亭静唱，甚自适也。

《方壶诗余自序》（《彊村丛书》）

2. 程珌：

叔耕词蕴霞笺玉滴之奇，而忧深思远，未易遽班之贺白也。

《历代词话》卷八引

3. 孙嵘叟：

方壶居士抱迈往轶群之气，颐神天隐，高蹈物表，不屑习举子业以绊名利之网，发为文章，雄壮奇伟，飘飘然如驭风骑气与造物者游，无一点烟火气，古赋似宋玉，诗歌似太白，长短句似坡翁，不受音律束缚者，真是邦之英材间气也。

《方壶存稿序》（《四库全书》）

4. 王初桐：

汪莘号方壶居士，孙山甫谓其词似坡翁，不受音律束缚。

《小嫏嬛词话》卷二

5.《四库全书总目提要》：

诗余前有自序，称所爱者苏轼、朱希真、辛弃疾三人，谓之词家三变，故所作稍近粗豪。其中〔水调歌头〕二首，至以持志存心为题，则自有诗余，从无此例。苟欲讲学，何不竟作语录乎。

《方壶存稿提要》

6. 沈曾植：

叔耕词颇质木，其人盖学道而有得者。

《海日楼丛钞》(《菌阁琐谈》附录)

7. 陈廷焯：

叔耕词情高意远，雅韵骚情，庶几古人。

《云韶集》卷七

8. 陈廷焯：

词有文过于质者，李后主……汪叔耕……是也，词中之次乘也。

《白雨斋词话》卷八

9. 况周颐：

方壶居士词，其独到处，能淡而瘦。

《蕙风词话》卷二

郭应祥

郭应祥（1158—？）字承禧，号遁斋，又号笑笑先生，临江军（今江西清江）人。孝宗淳熙八年（1181）进士，尝官楚越间，著有《笑笑词》。

1. 詹傅：

遁斋先生以宏博之学，发为经纬之文，形于言语议论，著于发策决科，高妙天下，模楷后学，以其绪余寓于长短句，岂惟足以接张于湖、吴敬斋之源流而已。窃窥其措辞命意，若连冈平陇，忽断而后续；其下语造句，若奇葩丽草，自然而敷荣，虽参诸欧、苏、柳、晏，曾无间然。而先生自谓诗不甚工，棋不甚高，常以自娱，人或从而笑之，岂非类下士之闻道也欤？先生亦有时而笑人，岂非得乐然后笑之笑也欤？窃尝盥浴诵瑞庆节之词，如“福若高宗，太平赛过仁祖”之句，则知爱君之意为甚厚；送太夫人之词，如“别驾奉安舆，前呵方塞途”之句，则知尊亲之心为甚笃；如“妇姑夫妇孙和子，同住人间五百年”，“花县飞凫舄，芝庭捧鹤书”之句，则知庆源流长，椿桂争芳，卓为当世之伟观；如“一笑对西风”，如“一声啼鸩五更钟”之句，则知有言外不尽之意，殆不食烟火人所作。近世词人，如康伯可，非不足取，然其失也诙谐；如辛稼轩，非不可喜，然其失也粗豪。惟先生之词，典雅纯正、清新俊逸，集前辈大全而自成一家之机轴。

《笑笑词序》（《彊村丛书》）

2. 滕仲因：

词章之派，端有自来，溯源徂流，盖可考也。昔闻张于湖一传而得吴敬斋，再传而得郭遁斋，源深流长，故其词或如惊涛出壑，或如绉谷纹江，或如净练赴海，可谓冰生于水而寒于水矣。

《笑笑词后记》（《彊村丛书》）

杜旟

杜旟（生卒年不详）字伯高，号桥斋，兰溪（今属浙江）人。与弟旃、斿、旞、旝并有文名，称“杜氏五高”。尝登吕祖谦之门。淳熙、开禧间两以制科荐。陆游、叶适、陈亮并称其文。有《桥斋集》，今佚。今存词三首。

1. 陈亮：

叶正则赠杜幼高诗，有“杜子五兄弟，才名不相下”之语。盖伯高早登东莱之门，其词如奔风逸足，而鸣以和鸾；仲高丽句如“半落半开花有恨，一晴一雨春无力”，令人眼动；叔高戈矛森立，有吞虎食牛之气；季高、幼高，后先辉映，匪独一门之盛，可谓一时之豪。

《历代词话》卷八引

2. 王初桐：

杜伯高兄弟五人并有名誉。叶正则赠诗云：“杜子五兄弟，词林俱上头。”伯高词固不愧作手，仲高丽句，陈同甫以为晏叔原不得擅美，惜乎未见。

《小嫏嬛词话》卷二

3 陈廷焯：

伯高词，一气盘旋，魄力甚大。

《云韶集》卷六

4. 陈廷焯：

杜伯高词气魄绝大，音调又极谐。所传不多，然在南宋，可以自成一队。陈同甫云：“伯高奔风逸足，而鸣以和鸾。”评论甚当。

《白雨斋词话》卷六

5. 况周颐：

杜伯高词〔蓦山溪〕：“春风如客，可是繁华主。红紫未全开，早绿遍、江南千树。一番新火，多少倦游人，纤腰柳，不知愁，犹作风前舞。　　小栏干外，两两幽禽语。问我不归家，有佳人、天寒日暮。老来心事，惟只有春知，江头路，带春来，更春归去。”见《花草粹编》。此词清新流丽，雅近北宋，与〔酹江月〕“江山如此”阕异曲同工。又〔摸鱼儿〕“放扁舟、万山环处”云云，见《词综》。

《历代词人考略》卷三十三

刘仙伦

刘仙伦（生卒年不详），一名儗，字叔儗，号招山，庐陵（今江西吉安）人，布衣终身，与刘过齐名，同为江湖游士，号“庐陵二布衣”。有《招山小集》。词集有后人辑本《招山乐章》。

1. 黄昇：

庐陵人刘仙伦，乐章为人所脍炙。吉州刊本多遗落，刘复以家藏本行世，纸贵一时。周草窗曰：〔菩萨蛮〕别词，词鄙意浓。

沈雄《古今词话·词评》上卷引

2. 黄昇：

蛾眉亭题咏甚多，惟〔霜天晓角〕一曲为绝唱。云：“倚空绝壁……”词意高绝，几拍谪仙之肩。世传其词，不知为刘招山所作，余旧抄其全集得之。招山之词，佳者极多。

《中兴词话》

3. 杨慎：

刘叔儗，名仙伦，庐陵人，号招山。乐章为人所脍炙……有〔系裙腰〕一词云：“山儿矗矗水儿清……”词秾薄而意优柔，亦柳永之流也。

《词品》卷四

4. 邹祇谟：

诗家有王、孟、储、韦一派，词流惟务观、仙伦、次山、少鲁诸家近似，与辛、刘徒作壮语者有别。

《远志斋词衷》

5. 沈泽棠：

刘仙伦〔菩萨蛮〕《效唐人闺怨》云：“冷烟寒食夜，淡月梨花下。犹有软心肠，为他烧夜香。”确是南唐小令。

词有淡远取神，只描写景物，而情致自在言外，此为高手。然不善学之，最易落套，亦如诗中之假王、韦也。刘仙伦〔一剪梅〕云："唱到阳关第四声。香带轻分，罗带轻分。杏花时节雨纷纷。山绕孤村，水绕孤村。　更没心情共酒尊。春衫香满，空有啼痕。一般离思两销魂。马上黄昏，楼上黄昏。"此阕颇能景中寓情。

《忏庵词话》

6. 陈廷焯：

二帝蒙尘，偷安南渡，苟有人心者，未有不拔剑斫地也。南渡后词，如……刘叔儗〔念奴娇〕云："其肯为我来耶……"此类皆慷慨激烈，发欲上指，词境虽不高，然足以使懦夫有立志。

《白雨斋词话》卷六

7. 况周颐：

词有淡远取神，只描取景物，而神致自在言外，此为高手。然不善学之，最易落套。亦如诗中之假王、孟也。刘招山〔一剪梅〕过拍云："杏花时节雨纷纷。山绕孤村，水绕孤村。"颇能景中寓情。昔人但称其歇拍三句"一般离思"云云，未足尽此词佳胜。

《蕙风词话》续编卷一

8. 况周颐：

招山词清劲疏隽，风格在南北宋之间，《绝妙好词》录十七阕，如〔贺新郎〕《题吴江》云："依旧四桥风景在，为问坡仙甚处。但遗爱、沙边鸥鹭。天水相连苍茫外，更碧云、去尽山无数。潮正落，日还暮。"〔永遇乐〕《春暮有怀》云："解箨吹香，遗丸荐脆，小芰浮鸳浦。画栏如旧，依稀犹记，伫立一钩莲步。"皆可诵之句。其短调如〔霜天晓角〕《题蛾眉亭》云："倚空绝壁。直下江千尺。天际两蛾凝黛，愁与恨、几时极。　暮潮风正急。酒醒闻塞笛。试问谪仙何处，青山外、远烟碧。"亦复玉致瑶姿，不假雕饰。

《历代词人考略》卷三十三

9.《续修四库全书总目提要》：

仙伦之词气骨不高，文杂鄙语，〔系裙腰〕云……凡斯之类，皆花庵所谓词猾薄而意优柔者也，其所以脍炙人口者亦以此故。盖词薄而意柔，则易入心，最宜十七八女郎按红牙板歌唱。自屯田以来，往往以此蜚声，匪特仙伦一人已也。

《招山乐章一卷提要》

韩淲

韩淲（1159—1224）字仲止，号涧泉，韩元吉之子，居上饶（今属江西）。尝官判院，淲以诗鸣当世，与赵蕃（号章泉）齐名，号“二泉”。史弥远当国，罗致之，不为少屈。人品学问，俱有根柢，雅志绝俗，清苦自持，年甫五十即休官不仕。卒年六十六。有《涧泉集》二十卷、《涧泉日记》三卷、《涧泉诗余》一卷。

1. 陈廷焯：

秀而炼。情致自佳。（评〔好事近〕“一涧水南山”）

《云韶集》卷二五

2.《续修四库全书总目提要》：

淲为维五世孙，元吉子，数代文章，显耀当时。淲词委婉有情致，淡雅而浓厚，其工力之深可见矣。其父之词亦清艳凄婉，寄托遥深。词派既同，又并传词集，可比美北宋之《珠玉》、《小山》矣。

《涧泉诗余一卷提要》

吴礼之

吴礼之（生卒年不详）字子和，号顺受老人，钱塘（今浙江杭州）人。有《顺受老人词》五卷，已佚。今有后人辑本。

1. 郑国辅：

吴礼之《顺受老人词》，久著名。其〔雨中花慢〕及〔丑奴儿〕长调，皆能以寻常语言，为极透脱文字。

《历代词话》卷八引

2. 沈雄：

吴礼之，字子和，钱塘人。有《顺受老人词》，久著名，郑国辅为之序。……能以极寻常语言，为极透脱文字。

《柳塘词话》（《古今词话·词评》上卷引）

3. 李调元：

吴礼之有《顺受老人词》，中载王生、陶氏月夜共沉西湖赋此吊之词云："连环易阙……"事奇词亦奇。

《雨村词话》卷二

4. 况周颐：

吴子和，时代未详，其赋西湖竞渡〔喜迁莺〕词，丁临安全盛时，殆必在光、宁前矣。《顺受老人词》，花庵撰录凡十六阕，〔蝶恋花〕《别恨》"急水浮萍风里絮"云云，空中传恨，循环无端，十六阕中最为擅胜。断句如〔丑奴儿〕《秋别》云："去也难留。万重烟水一扁舟。锦屏罗幌，多应换得，蓼岸苹洲。"〔杏花天〕云："遥山好似宫眉浅。人比遥山更远。"〔渔家傲〕云："晓妆镜里春愁满。"差不愧"绝妙"二字。

《历代词人考略》卷三十三

5. 张德瀛：

回文有二体：有逐句回环者，晁次膺〔菩萨蛮〕是也。有通体回环者，吴礼之〔西江月〕是也。

《词徵》卷一

6.《续修四库全书总目提要》：

礼之词格不高，语多平率，偶有疏旷之致，亦非词中之本色。

《顺受老人词一卷提要》

俞国宝

俞国宝（生卒年不详）号醒庵，临川（今江西抚州）人。孝宗淳熙间为太学生。工词，曾于西湖断桥酒肆中书〔风入松〕“一春长费买花钱”一首于素屏。高宗为太上皇，一日游幸见之，赏其词，即日命释褐。有《醒庵遗珠集》，已佚。今存词五首。

1. 王世贞：

高宗在德寿宫游乐景园，偶步入一酒肆，见素屏有俞国宝书〔风入松〕一词，嗟赏之。诵至“明日重携残酒，来寻陌上花钿”，曰：未免酸气。改“明日重扶残醉”，乃即日予释褐。此词之遇者也。

《艺苑卮言》

2. 宋翔凤：

红杏绿杨俞国宝，风帘露井陆辰州。
妙词已足成佳话，何用当年本事留。

《论词绝句二十首》（《洞箫楼诗纪》三）

3. 谭莹：

酒肆屏风果墨缘，尚扶残醉玉音宣。
断桥迴异桥南路，赋玉珑璁竟不还。

《论词绝句一百首》（《乐志堂诗集》卷六）

4. 继昌（李佳）：

俞国宝〔风入松〕调煞句：“明日重携残酒，来寻陌上花钿。”德祐改为“重扶残醉”，便多蕴藉，不似原作犹带寒酸气。

《左庵词话》卷下

5. 况周颐：

淳熙间，太学生俞国宝以题断桥酒肆屏风上〔风入松〕词“一春常费买花钱”云云为高宗所称赏，即日予释褐。此则屡经记载，稍涉倚声者知之。其实赵词（按：指赵昂词〔婆罗引〕。）近沉着，俞第流美而已。以体格论，俞殊不逮赵。顾当时盛传，以其句丽可喜，又谐适便口诵，故称述者多。文字以投时为宜，词虽小道，可以窥显晦之故。古今同揆，感慨系之矣。（卷二）

宋俞国宝“一春长费赏花钱”阕，体格于虞词（按：指虞集词〔风入松〕。）为近，鲜翠流丽而已，亦复脍炙人口。（卷三）

《蕙风词话》

6. 高旭：

醒庵扶醉未曾醒，魂系花钿陌上寻。

湖水湖烟春易去，不该惹我屡沉吟。

《论词绝句》三十首（《未济庐诗集》）

程珌

程珌（1164—1242）字怀古，徽州休宁（今安徽休宁）人，因先世居河北洺水，因自号洺水遗民。光宗绍熙四年（1193）进士，授昌化主簿。嘉定十三年（1220）除秘书丞。累官拜翰林学士，知制诰。绍定间，知福州，兼福建安抚使。以端明殿学士致仕。《宋史》有传。有《洺水集》，词集名《洺水词》。

1.《四库全书总目提要》：

珌文宗欧、苏，其所作词，亦出入于苏、辛二家之间。中多寿人及自寿之作，颇嫌寡味。

《洺水词提要》

2. 冯煦：

有与幼安周旋而即效其体者，若西樵、洺水两家。惜怀古味薄，济翁笔亦不健，比诸龙洲，抑又次焉。

《蒿庵论词》

3. 况周颐：

程怀古《洺水词》颇多奇崛之笔，足当一“重”字，《四库》列之存目，稍形屈抑。如〔水调歌头〕“日毂金钲赤”云云，此等词可医庸弱之失。又如前调之“天地本无际”，〔满江红〕之“黄鹤楼前”，此两阕亦集中佳胜。断句如〔念奴娇〕《忆先庐春山之胜》云：“忍见庭前，去年芳草，依旧青青色。”又云：“燕子春寒浑未到，谁说江南消息。”则又以疏俊擅长矣。

《历代词人考略》卷三十四

郑域

郑域（生卒年不详）字中卿，号松窗，三山（今福建福州）人。淳熙十一年（1184）进士。庆元二年（1196）随张贵谟使金，嘉定中官行在诸司粮料院干办。赵万里《校辑宋金元人词》辑有《松窗词》一卷。

1. 杨慎：

郑中卿，名域，三山人，号松窗。使虏回，有《燕谷剽闻》二卷，纪虏事甚详。〔昭君怨〕《咏梅》一词云："道是花来春未。道是雪来香异。水外一枝斜。野人家。　冷淡竹篱茅舍。富贵玉堂琼榭。两地不同栽。一般开。"兴比甚佳。《丽情》云："合是一钗双燕，却成两处孤鸾。"乐府多传之。

《词品》卷四

2. 沈雄：

郑域，字中卿，宁宗朝尝随张贵谟使北，著《燕谷剽闻》。词亦清醒可喜。

《古今词话·词评》上卷

3. 谢章铤：

《四朝闻见录》载中卿自作韩侂胄南园记，并砻石以献。韩以放翁记为重，仆郑石瘗之地。后韩败，郑获免。盖其人品不足道，而词自是作家。如《生日》〔念奴娇〕云："嗟来咄去，被天公、把作小儿调戏。蹀雪龙庭归未久，还促炎州行李。不半年间，北朝南粤，一万三千里。征衫著破，著衫人，可知矣。　休问海角天涯，黄蕉丹荔，自足供甘旨。泛绿依红无个事，时舞斑衣而已。救蚁藤桥，养鱼盆沼，亦是经纶耳。伊周安在，且须学，老莱子。"此等作肩随竹山，差无愧色。中卿庆元中随张贵谟使北，著《燕谷剽闻》二卷，故有“蹀雪龙庭”之语。

《赌棋山庄词话》卷七

4.《续修四库全书总目提要》：

词仅存十一首……〔念奴娇〕五首，迹似辛、刘，令曲则清艳有致，〔昭君怨〕《梅花》云：“……”淡淡之中有深意焉。〔画堂春〕云：“……”雅丽而有姿态，其工力皆不易及也。

《松窗词一卷提要》

戴复古

戴复古（1167—？）字式之，黄岩（今浙江黄岩）人，家于石屏山下，因自号石屏。无意仕进。曾从陆游学诗，为江湖派诗人。《宋史翼》有传。有《石屏集》。词集名《石屏长短句》，又名《石屏词》。

1. 真德秀：

戴复古诗词，高处不减孟浩然。

《石屏词跋》（《百家词》）

2. 杨慎：

戴石屏……词一卷，惟《赤壁怀古》〔满江红〕一首，句有“万炬临江貔虎噪，千艘烈炬鱼龙舞……”，而全篇不称。〔临江仙〕一首差可，见予所选《百琲明珠》。余无可取者。方虚谷议其胸中无百字成诵书故也。

《词品》卷五

3. 毛晋：

式之以诗鸣东南半天下，所称南渡后江湖四灵之一也。石屏，其所居山名，因以为号。性好游，南适瓯闽，北窥吴越，上会稽，绝重江，浮彭蠡，泛洞庭，望匡庐、五老、九嶷诸峰，然后放于淮、泗，归老委羽之下。读其《自述》〔沁园春〕一阕、《自嘲》〔望江南〕三阕，可想见其大概矣。一时楼四明、吴荆溪辈盛称其痛念先人，固穷继志，以为天台诗品莫出其右者。

《石屏词跋》

4. 焦袁熹：

〔采桑子〕《编纂〈乐府妙声〉竟作》

问君底似相如渴，重拨鸾弦。三载留连。月堕江心镜不圆。　思量却似秋胡妇，揉碎花笺。薄命谁怜。杯酒浇坟定几年。

《此木轩直寄词》

5. 《四库全书总目提要》：

复古为陆游门人，以诗鸣江湖间。方回《瀛奎律髓》称其豪健清快，自成一家。今观其词，亦音韵天成，不费斧凿。其〔望江南〕《自嘲》第一首云："贾岛形模元自瘦，杜陵言语不妨村。谁解学西昆。"复古论诗之宗旨，于此具见，宜其以诗为词，时出新意，无一语蹈袭也。

《石屏词提要》

6. 《四库全书简明目录》：

方回《瀛奎律髓》称其诗清新健快，其词亦然。至《赤壁怀古》之类，豪情壮采，直逼苏轼，又集中之变调也。

《石屏词》

7. 谭莹：

赤壁词谁眼更青，剑南诗法未凋零。

豪情壮采东坡似，低首天台戴石屏。

《论词绝句一百首》（《乐志堂诗集》卷六）

8. 况周颐：

石屏词往往作豪放语，绵丽是其本色，〔满江红〕《赤壁怀古》云："赤壁矶头……"歇拍云云，是本色流露处。

《蕙风词话续编》卷一

9. 况周颐：

戴式之《石屏词》，为壶山宋谦父作〔望江南〕四曲，又自嘲三解，〔沁园春〕《自述》、〔贺新郎〕《寄丰宅之》等阕，并豪放近辛、刘。然如〔鹊桥仙〕之"新荷池沼"，〔醉太平〕之"长亭短亭"两词，清丽芊绵，未坠北宋风格。其〔木兰花慢〕《怀旧》阕"莺啼啼不住"云云，则以情真而语工，非其它所作可比也。

《历代词人考略》卷三十一

洪咨夔

洪咨夔（1176—1236）字舜俞，号平斋，于潜（今属浙江）人。宁宗嘉泰二年（1202）进士，授如皋主簿。为崔与之所器重，崔帅淮东、成都，并辟置幕府，荐为籍田令、通判成都府。理宗即位，召为秘书郎，金部员外郎，考功员外郎。忤史弥远，罢归。弥远死，召为礼部员外郎，历拜监察御史，殿中侍御史，中书舍人兼权吏部侍郎直贡举兼直学士院，吏部侍郎兼给事中，刑部尚书，后拜翰林学士、知制诰。加端明殿学士，提举万寿观。卒谥忠文。《宋史》有传。著有《平斋集》，词集名《平斋词》。

1. 毛晋：

其诗余四十有奇，多送行献寿之作，无判花嗜酒之篇。昔人谓王岐公文多富贵气，予于舜俞之词亦云。

《平斋词跋》（《宋六十名家词》）

2. 李调元：

洪咨夔《平斋词》，喜用成语作起句。如〔沁园春〕云：“诗不云乎，蒹葭苍苍，白露为霜。”又云：“归去来兮，杜宇声声，道不如归。”皆极自然。按《宋史》，公毁邓艾祠，更祠诸葛武侯，告其民曰：毋事仇雠而忘父母。其忠鲠直亮可知。故其词轩轩多爽致。

《雨村词话》卷三

3. 《四库全书总目提要》：

咨夔以才艺自负，新第后上书卫王，自宰相至州县无不捃摭其短，遂为时相所忌，十年不调，故其词淋漓激壮，多抑塞磊落之感，颇有似稼轩、龙洲者。

《平斋词提要》

4.《四库全书简明目录》：

咨夔骨鲠之士，早年见扼于权幸，晚乃致位通显。故其词多抑塞磊落之气，颇近辛弃疾、刘过。毛晋跋以王岐公文多富贵拟之，未为得实。

《平斋词》

5. 冯煦：

平斋工于发端，其〔沁园春〕凡四首……皆有振衣千仞气象，惜其下并不称。

《蒿庵论词》

6. 况周颐：

《四库全书提要》云《平斋词》颇有似稼轩、龙洲者。今阅洪词，细审之，其中所怀蕴蓄郁勃不能自已，及至放笔为词，慷慨淋漓，自然与辛、刘契合，非刻意模仿辛、刘也。其词如〔贺新郎〕《咏梅用甄龙友韵》云："放了孤山鹤。向西湖、问讯水边，嫩寒篱落。试粉盈盈微见面，一点芳心先著。正日暮、烟轻云薄。欲揽清香和月咽，倩冯夷、为洗黄金杓。花向我，劝多酌。　单于吹彻今成昨。未甘渠、琢玉为堂，把春留却。倚遍黄昏阑十二，知被儿曹先觉。更笑杀、卢仝赤脚。但得东风先在手，管绿阴、好践青青约。方寸事、两眉角。"仍以清疏擅胜，唯"觉"、"脚"两韵体格近似辛、刘耳。弁阳翁《绝妙好词》录其〔眼儿媚〕"平沙芳草渡头村"云云，此等词似非平斋本色，集中亦不多见。草窗选词，未免偏重婉丽一派。

《历代词人考略》卷三十六

史达祖

史达祖（生卒年不详）字邦卿，号梅溪，汴（今河南开封）人。宁宗开禧中韩侂胄当国，达祖以堂吏为韩所倚重，拟帖拟旨，俱出其手，一时士大夫求进者皆趋其门，呼为“梅溪先生”。尝陪使臣李壁至金。韩败，达祖遭黥刑，贬死。著有《梅溪词》。

1. 张镃：

（史词）大凡如行帝苑仙瀛，辉华绚丽，欣盼骇接。因掩卷而叹曰：有是哉！能事之无遗恨也。盖生之作，辞情俱到，织绡泉底，去尘眼中，妥贴轻圆，特其余事。至于夺苕艳于春景，起悲音于商素，有瑰奇警迈、清新闲婉之长，而无訑荡污淫之失。端可以分镳清真，平睨方回，而纷纷三变行辈，几不足比数。山谷以行谊文章，宗匠一代，至序小晏词，激昂婉转以伸吐其怀抱，而“杨花谢桥”之句，伊川犹称可之。生满襟风月，鸾吟凤啸，锵洋乎口吻之际者，皆自漱涤书传中来，况欲大肆其力于五七言，回鞭温、韦之途，掉鞅李、杜之域，跻攀风雅，一归于正，不于是而止。

《题梅溪词》（《宋六十名家词》）

2. 姜夔：

梅溪词奇秀清逸，有李长吉之韵，盖能融情景于一家，会句意于两得也。

《题梅溪词》（《百家词》）

3. 张炎：

所可仿效之词，岂一美成而已。旧有刊本《六十家词》，可歌可诵者，指不多屈。中间如秦少游、高竹屋、姜白石、史邦卿、吴梦窗，此数家格调不侔，句法挺异，俱能特立清新之意，删削靡曼之词，自成一家，各名于世。

词中句法，要平妥精粹。一曲之中，安能句句高妙，只要拍搭衬副得去，于好发挥笔力处，极要用功，不可轻易放过，读之使人击节可也……如史邦卿《春雨》云："临断岸、新绿生时，是落红、带愁流处。"《灯夜》云："自怜诗酒瘦，难应接许多春色。"

诗难于咏物，词为尤难。体认稍真，则拘而不畅，模写差远，则晦而不明。要须收纵联密，用事合题。一段意思，全在结句，斯为绝妙。如史邦卿〔东风第一枝〕《咏春雪》云："巧剪兰心，偷黏草甲，东风欲障新暖。谩疑碧瓦难留，信知暮寒较浅。行天入镜，做弄出轻松纤软。料故园不卷重帘，误了乍来双燕。　青未了、柳回白眼。红欲断、杏开素面。旧游忆著山阴，后盟遂妨上苑。熏炉重熨，便放慢春衫针线。恐凤靴挑菜归来，万一灞桥相见。"〔绮罗香〕《咏春雨》云："做冷欺花，将烟困柳，千里偷催春暮。尽日冥迷，愁里欲飞还住。惊粉重、蝶宿西园，喜泥润、燕归南浦。最妨他、佳约风流，钿车不到杜陵路。　沉沉江上望极，还被春潮晚急，难寻官渡。隐约遥峰，和泪谢娘眉妩。临断岸、新绿生时，是落红、带愁流处。记当日门掩梨花，翦灯深夜语。"〔双双燕〕《咏燕》云："过春社了，度帘幕中间，去年尘冷。差池欲住，试入旧巢相并。还相雕梁藻井。又软语商量不定。飘然快拂花梢，翠尾分开红影。　芳径。芹泥雨润。爱贴地争飞，竞夸轻俊。红楼归晚，看足柳昏花暝。应自栖香正稳。便忘了天涯芳信。愁损玉人，日日画栏独凭。"……全章精粹，所咏了然在目，且不留滞于物。

《词源》卷下

4. 陆辅之：

周清真之典丽，姜白石之骚雅，史梅溪之句法，史达祖，字邦卿，汴人，自号梅溪。韩太师为平章，史为省吏，甚见倚重，奉行文字拟帖拟旨，下及柬札申呈皆出其手。韩败，遂黥焉。有《梅溪词》一卷。姜白石序其词云：奇秀清逸，有李长吉之韵，盖能融情景于一家，会句意于两得。张功甫亦称梅溪词可分镳清真，平睨方回。吴梦窗之字面，取四家之所长，去四家之所短，此翁（张炎）之要诀。

《词旨》上

5. 杨慎：

史邦卿〔杏花天〕词云："软波拖碧蒲芽短。画楼外，花晴柳暖。今年自是清明晚。便觉芳情较懒。　春衫瘦，东风剪剪。逼花坞，香吹醉面。归来立马斜阳岸。隔水歌声一片。"姜尧章云："史邦卿之词，奇秀清逸，有李长吉之韵，盖能融情景于一家，会句意于两得。"姜亦当时词手，而服之如此。

《词品》卷四

6. 顾起纶：

李太白首倡〔忆秦娥〕，凄婉流丽，颇臻其妙，为千载词家之祖。至王仲初〔古调笑〕，融情会景，犹不失题旨。白乐天始调换头，去题渐远，揆之本来词体稍变矣。骚雅名流，隽语竞爽，苏长公辈，才情各擅所长，其风流余蕴，籍籍人口。厥后元季乐府之盛，概又不出史邦卿蹊径耳。

《花庵词选跋》(《词苑英华》)

7. 毛晋：

陈造叙云：高竹屋与史梅溪皆周、秦之流，所作要是不经人道语，其妙处，少游、美成亦未及也。

《竹屋词跋》(《宋六十名家词》)

8. 毛晋：

余幼读〔双双燕〕词，便心醉梅溪。今读其全集，如"醉玉生香"，"柳发梳月"等语，则"柳昏花瞑"之句又不足多矣。姜白石称其奇秀清逸，有李长吉之韵，盖能融情景于一家，会句意于两得，岂易及耶？

《梅溪词跋》(《宋六十名家词》)

9. 刘体仁：

词亦有初、盛、中、晚，不以代也。牛峤、和凝、张泌、欧阳炯、韩偓、鹿虔扆辈，不离唐绝句，如唐之初未脱隋调也，然皆小令耳。至宋则极盛，周、张、柳、康，蔚然大家。至姜白石、史邦卿，则如唐之中。而明初比唐晚，盖非不欲胜前人，而中实枵然，取给而已，于神味处，全未梦见。

《七颂堂词绎》

10. 先著：

史之逊姜，有一二欠自然处。雕镂有痕，未免伤雅，短处正不必为古人曲护。意欲灵动，不欲晦涩。语欲稳秀，不欲纤佻。人工胜则天趣减，梅溪、梦窗自不能不让白石出一头地。（评史达祖〔东风第一枝〕"草脚愁苏"。）（卷四）

美成如杜，白石兼王、孟、韦、柳之长。与白石并有中原者，后起之玉田也。梅溪、梦窗、竹山皆自成家，逊于白石，而优于诸人。（评张炎〔齐天乐〕"分明柳上春风眼"。）（卷五）

《词洁辑评》

11. 贺裳：

作险韵者，以妥为贵，史达祖〔一斛珠〕曰："鸳鸯意惬。空分付、有情眉睫。齐家莲子黄金叶。争比秋苔，靴凤几番蹑。　墙阴月白花重叠。匆匆软语频惊怯。宫香锦字将盈箧。雨长新寒，今夜梦魂接。"语甚生新，却无一字不妥也，末语尤有致。

稗史称韩干画马，人入其斋，见干身作马形，凝思之极，理或然也。作诗文亦必如此始工。如史邦卿咏燕，几于形神俱似矣。次则姜白石咏蟋蟀。

长调推秦、柳、周、康为协律，然康惟〔满庭芳〕《冬景》一词，可称禁脔，余多应酬铺叙，非芳旨也。周清真虽未高出，大致匀净，有柳攲花亸之致，沁人肌骨处，视淮海不徒娣姒而已。弇州谓其能入丽字，不能入雅字，诚确。谓能作景语不能作情语，则不尽然。但生平景胜处为多耳。要此数家，正是王、石厨中物，若求王武子琉璃匕内豚味，吾谓必当求之陆放翁、史邦卿、方千里、洪叔玙诸家。

《皱水轩词筌》

12. 曾王孙：

梅溪、梦窗刻意作华语。

《百名家词钞》引

13. 许昂霄：

白石、梅溪，昔人往往并称。骤阅之，史似胜姜，其实则史稍逊尧章。昔钝翁尝问渔洋曰：王、孟齐名，何以孟不及王？渔洋答曰：孟诗味之未能免俗耳。吾于姜、史亦云。倚声者试取两家词熟玩之，当不以予为蚍蜉之撼。

《词综偶评》

14. 朱彝尊：

〔祝英台近〕《题丁雁水韬汝词稿》

史梅溪，姜石帚，涩体梦窗叟。不事形摹，秦七与黄九。试论北宋南唐，偷声比调，谁得似、玉昆金友。

《江湖载酒集》（《曝书亭集》卷二十六）

15. 邹祗谟：

南宋诸家，蒋、史、姜、吴，警迈瑰奇，穷姿构彩，而辛、刘、陈、陆诸家，乘间代禅，鲸呿鳌掷，逸怀壮气，超乎有高望远举之思。

《倚声初集序》（《倚声初集》）

16. 邹祗谟：

僻调之多，以柳屯田为最。此外则周清真、史梅溪、姜白石、蒋竹山、吴梦窗、冯艾子集中，率多自制新调，余家亦复不乏。

咏物固不可不似，尤忌刻意太似。取形不如取神，用事不若用意。宋词至白石、梅溪，始得个中妙谛。

长调惟南宋诸家，才情蹀躞，尽态极妍。阮亭尝云：词至姜、吴、蒋、史，有秦、李所未到者。正如晚唐绝句，以刘宾客、杜紫微为神诣，时出供奉、龙标一头地。

朱承爵《存余堂诗话》云：诗词虽同一机杼，而词家意象与诗略有不同。句欲敏，字欲捷，长篇须曲折三致意，而气自流贯乃得。此语可为作长调者法，盖词至长调而变已极，南宋诸家凡以偏师取胜者无不以此见长，而梅溪、白石、竹山、梦窗诸家丽情密藻，尽态极妍，要其瑰琢处，无不有蛇灰蚓线之妙，则所云一气流贯也。

《远志斋词衷》

17. 彭孙遹：

宋人张玉田论词，极推少游、竹屋、白石、梅溪、梦窗诸家，而稍诎美成。

南宋词人，如白石、梅溪、竹屋、梦窗、竹山诸家之中，当以史邦卿为第一。昔人称其分镳清真，平睨方回，纷纷三变行辈，不足比数，非虚言也。

词家每以秦七、黄九并称，其实黄不及秦甚远。犹高之视史，刘之视辛，虽齐名一时，而优劣自不可掩。

《金粟词话》

18. 沈雄：

姜尧章谓梅溪词仅百余首。张镃序之曰：“生词织绡泉底，去尘眼中。有警迈闲婉之长，而无訑荡污淫之失。”盖能融情景于一家，会句意于两得者。尧章亦当时名手，而服之如此。若〔双双燕〕之咏春燕，〔绮罗香〕之咏春雨，尤为尧章拈出者。

《古今词话·词评》上卷

19. 王士禛：

诗余者，古诗之苗裔也。语其正，则景、煜为之祖，淮海而极盛，高、史其大成也。

《倚声初集序》(《渔洋山人文略》卷三)

20. 王士禛:

南宋渡后，梅溪、白石、竹屋、梦窗诸子，极妍尽态，反有秦、李未到者。虽神韵天然处或减，要自令人有观止之叹。正如唐绝句，至晚唐刘宾客、杜京兆，妙处反进青莲、龙标一尘。

张玉田谓咏物最难。体认稍直，则拘而不畅，摹写差远，则晦而不明。而以史梅溪之咏春雪、咏燕，姜白石之咏促织为绝唱。

仆每读史邦卿咏燕词“又软语商量不定，飘然快拂花梢，翠尾分开红影”，又“红楼归晚，看足柳昏花暝”，以为咏物至此，人巧极天工矣。

前辈谓史梅溪之句法，吴梦窗之字面，固是确论。尤须雕组而不失天然，如“绿肥红瘦”、“宠柳娇花”，人工天巧，可称绝唱。若“柳腴花瘦，蝶凄蜂惨”，即工，亦巧匠琢山骨矣。

《花草蒙拾》

21. 徐釚:

古人蕴藉生动，一唱三叹，以不尽为嘉。清真以短调行长调，滔滔漭漭，如唐初四杰作七古，嫌其不能尽变。至姜、史、蒋、吴融炼字句，法无不备。

沈雄《古今词话·词评》下卷引

22. 鲁超:

余惟诗以苏、李为宗，自曹、刘迄鲍、谢，盛极而衰，至隋时风格一变，此有唐之正始所自开也。词以温、韦为则，自欧、秦迄姜、史，亦盛极而衰，至明末才情复畅，此昭代之大雅所由振也。

《今词初集序》(《今词初集》)

23. 陈玉璂:

宋之能词者六十余家，如秦少游、高竹屋、姜白石、史邦卿、吴梦窗数子，始可称以新意合古谱者。杨诚斋论词六要一曰按谱、一曰出新意是也。苟不按谱，则歌韵不协，歌韵不协，则凌犯他宫，非复本调；不出新意，则必蹈袭前人，即或炼字换句，而趣旨雷同，其神味亦索然易尽。

《苍梧词序》(《清名家词》)

24. 汪懋麟：

予尝论宋词有三派：欧、晏正其始，秦、黄、周、柳、姜、史、李清照之徒备其盛，东坡、稼轩放乎其言之矣。其余子非无单词只句可喜可诵，苟求其继，难矣哉。

《棠村词序》(《清名家词》)

25. 焦袁熹：

〔采桑子〕《编纂〈乐府妙声〉竟作》

青衫不向诗书得，风月襟情。鸾凤音声。酒肆歌楼合有名。 劝君莫谩嘲牛后，上寿先生。赞助调羹此是高宾王词中语，读之得不令人惭赧。多少尊官唤作兄。

《此木轩直寄词》

26. 杜诏：

词盛于北宋，至南宋乃极其工。姜夔尧章最为杰出，宗之者史达祖、高观国、卢祖皋、吴文英、蒋捷、周密、陈允平诸名家，皆具夔之一体。

《山中白云词序》

27. 许田：

南宋如姜白石、高竹屋、史梅溪、吴梦窗、蒋竹山、王碧山、张玉田诸家，皆不袭前贤一语，吐词属意，穷极工巧。

《屏山词话》

28. 郑方坤：

崔子鸳鸯郑鹧鸪，描头画角总常奴。

追魂得似梅溪燕，软语商量一句无。史邦卿咏燕词云："试入旧巢相并。还相雕梁藻井，又软语、商量不定。"

《论词绝句》(《蔗尾诗集》卷五)

29. 李其永：

重翻双燕曲犹新，到得歌残又一春。

莫管呢喃声不住，柳昏花暝是何人。

《读历朝词杂兴》(《贺九山房诗·蓬蒿集》)

30. 江昱：

织绡泉底去氛埃，省吏翩翩绝世才。

具有锦囊幽艳笔，固应平睨贺方回。

《论词十八首》(《松泉诗集》卷一)

31. 汪筠：

梅溪白石漫声名，鼓吹王孙极胜情。

西麓萧斋花外在，白云终竟去人清。

《读〈词综〉书后二十首》(《谦谷集》卷二)

32. 江春：

以禅宗论，白石为曹溪六祖能，竹屋、梦窗、梅溪、玉田之流，则江西让、南岳思之分支也。

《序陆钟辉白石词刊本》(《姜白石词编年笺注》引)

33. 王昶：

姜氏夔、周氏密诸人，始以博雅擅名，往来江湖，不为富贵所熏灼，是以其词冠于南宋，非北宋之所能及。暨于张氏炎、王氏沂孙，故园遗民，哀时感事，缘情赋物，以写闵周、哀郢之思，而词之能事毕矣。世人不察，猥以姜、史同日而语……夫梅溪乃平原省吏，平原之败，梅溪因以受黥，是岂可与白石比量工拙哉？譬犹名倡妙伎，姿首或有可观，以视瑶台之仙、姑射之处子，臭味区别，不可倍蓰算矣。

《江宾谷梅鹤词序》(《春融堂集》卷四十一)

34. 夏秉衡：

至南北宋而作者日盛，如清真、石帚、竹山、梅溪、玉田诸集，雅正超忽，可谓词家上乘矣。

《清绮轩词选序》（《清绮轩词选》）

35. 王初桐：

《梅溪词》一卷，张功甫《序》称为“纤绡泉底，去尘眼中，妥贴轻圆，辞情俱到，有瑰奇警迈、清新闲婉之长，而无谜荡污淫之失。端可分镳清真，平睨方回。”姜尧章亦云：“奇秀清逸，融情景于一家，会句意于两得。”然其人乃韩侂胄堂吏耳。雷孝友弹侂胄疏云：“堂吏史达祖用事，言无不从，公受贿赂，公为奸利。”周公谨云：“史达祖为平原堂吏，尽握三省权，一时士大夫无廉耻者，皆趋其门，呼为梅溪先生。”叶绍翁云：韩平章倚省吏史邦卿，奉行文字拟帖撰旨，俱出其手，权炙缙绅。侍从柬札，至用申呈。有李姓者，于史几上大书曰：危哉邦卿！侍从申呈。未几韩败，史亦贬死。其人品流又在康与之下，其词不以人废可也。

《小嫏嬛词话》卷二

36. 李调元：

诗先有乐府而后有古体，有古体而后有近体。乐府即长短句，长短句即古词也。故曰词非诗之余，乃诗之源也。温、韦以流丽为宗，《花间集》所载南唐、西蜀诸人最为古艳。北宋自东坡“大江东去”，秦七、黄九踵起，周美成、晏叔原、柳屯田、贺方回继之，转相矜尚，曲调愈多，派衍愈别。鄱阳姜夔郁为词宗，一归醇正。于是辛稼轩、史达祖、高观国、吴文英师之于前，蒋捷、周密、陈君衡、王沂孙效之于后，譬之于乐，舞《箾》至于九变，而叹观止矣。（《序》）

史达祖《梅溪词》最为白石所赏，炼句清新，得未曾有，不独〔双双燕〕一阕也。余读其全集，爱不释手。（卷三）

《雨村词话》

37. 吴锡麒：

词之派有二：一则幽微要眇之音，宛转缠绵之致，戛虚响于弦外，标隽旨于味先，姜、史其渊源也。……一则慷慨激昂之气，纵横跌宕之才，抗秋风以奏怀，代古人而抒愤，苏、辛其圭臬也。

《董琴南楚香山馆词钞序》(《有正味斋全集》卷八)

38. 黄苏：

《玉林词话》云："临断岸"以下数语，姜尧章称赏。谓梅溪之词，盖能融情景于一家，会句意于两得，其谓是欤？愁雨耶？怨雨耶？多少淑偶佳偶，尽为所误，而伊仍浸淫渐渍，联绵不已。小人情态如是。句句清隽可思。好在结二语，写得幽闲贞静，自有身分，怨而不怒。(评史达祖〔绮罗香〕"做冷欺花")

《蓼园词评》

39. 郭麐：

词家者流，其源出于国风，其本沿于齐、梁，自太白以至五季，非儿女之情不道也。宋立乐府，用于庆赏饮宴，于是周、秦以绮靡为宗，史、柳以华缛相尚，而体一变。苏、辛以高世之才，横绝一时，而奋末广愤之音作。姜、张祖骚人之遗，尽洗秾艳，而情空婉约之旨深，自是以后，虽有作者，欲离去别见，其道无由。

《无声诗馆词序》(《灵芬馆杂著》卷三)

40. 郭麐：

梅溪词，竹垞《词综》所选已不少矣。然其佳句尚多。〔祝英台〕《咏蔷薇》云："见郎和笑拖裙，匆匆欲去，又蓦地、罥留芳袖。"〔庆清朝〕云："坠絮孳萍，狂鞭孕竹，偷移红紫池亭。余花未落，似供残蝶经营。"〔过龙门〕一首云："一带古苔墙。多听寒螀。箧中针线早销香。燕尾宝刀窗下梦，谁剪秋裳。　　宫漏莫添长。空费思量。鸳鸯难得再成双。昨夜楚山花簟里，波影先凉。"读之令人欲唤奈何。张功甫序其词，以为"有清新闲婉之长，无訑荡污淫之失，可以分镳清真，平睨方回，三变行辈，不足比数"，洵非虚誉。

《灵芬馆词话》卷二

41. 陈鸿寿：

耆卿骞翮于津门，邦彦厉响于照碧，词至北宋而一变。石帚、玉田理定而摛藻，梅溪、竹山情密而引辞，词至南宋而又一变。

《灵芬馆词序》（《清名家词》）

42. 吴衡照：

咏物虽小题，然极难作，贵有不粘不脱之妙，此体南宋诸老尤擅长……史梅溪《春燕》云："还相雕梁藻井。又软语商量不定。飘然快拂花梢，翠尾分开红影。"……数语刻画精巧，运用生动，所谓空前绝后矣。

史邦卿奇秀清逸，为词中俊品，张功甫序其集而行之，乃甘作权相堂吏，身败名裂，卒与耿柽、董如璧辈并送大理，何其悖也。新安程有徽以进士第，久滞选调，侂胄招而馆之南园。程经年不与朝士大夫接，朝士大夫亦无知之者。初未尝从侂胄求官，侂胄欲授以掌故，程不愿也。至侂胄既败，拂袖归，人方知之而怜之，不谓侂胄党也。邦卿顾不出此，而为苏师旦之续，至使雕华妙手，姓氏不见录于文苑中。其才虽佳，其人无足称已。楼敬思俨科目困人之语，非持平之论。

《莲子居词话》卷一

43. 黄承吉：

窗前燕子觅巢时，正忆梅溪一卷词。

为有回环清韵在，持将比似右丞诗。

《观史邦卿词》（《梦陔堂诗集》卷十九）

44. 沈道宽：

流水缄愁带落红，梅溪写出态怡融。

试临断岸看新绿，信是毫端有化工。

《论词绝句》（《话山草堂诗钞》卷一）

45. 宋翔凤：

无端软语去商量，昔日差池今断肠。

丞相堂前存故吏，怪渠词意尽低昂。史邦卿为韩侂胄堂吏，侂胄意在恢复，故史词托兴亦在此也。

《论词绝句》二十首（《洞箫楼诗纪》三）

46.《四库全书总目提要》：

达祖人不足道，而词则颇工。镃称其分镳清真，平睨方回，而纷纷三变行辈，不足比数。清真为周邦彦之号，方回为贺铸之字，三变为柳永之原名，其推奖未免稍溢。然清词丽句，在宋季颇属铮铮，亦未可以其人掩其文矣。

《梅溪词提要》

47.《四库全书总目提要》：

词自鄱阳姜夔，句琢字炼，始归醇雅，而达祖、观国为之羽翼，故张炎谓数家格调不凡，句法挺异，俱能特立清新之意，删削靡曼之词，乃《草堂诗余》于白石、梅溪则概未寓目，《竹屋词》亦止选其〔玉蝴蝶〕一阕，盖其时方尚甜热，与风尚相左故也。观国与达祖叠相酬唱，旗鼓俱足相当。

《竹屋痴语提要》

48.《四库全书简明目录》：

达祖为韩侂胄堂吏，而其词则抗行作者间。张镃序称其分镳清真，平睨方回，固为过当，然清词丽句，亦姜夔之次乘也。

《梅溪词》

49. 周济：

梅溪甚有心思，而用笔多涉尖巧，非大方家数，所谓一钩勒即薄者。

梅溪词中喜用"偷字"，足以定其品格矣。

《介存斋论词杂著》

50. 周济：

梅溪才思，可匹竹山。竹山粗俗，梅溪纤巧，粗俗之病易见，纤巧之习难除。颖悟子弟，尤易受其熏染。余选梅溪词多所割爱，盖慎之又慎云。梅溪好用偷字，品格便不高。

《宋四家词选目录序论)》

51. 顾翰：

苏、辛二家词，如天仙化人，不可仿佛，最不易学，亦不宜学。非若姜、史诸家，各有轨辙可循。

《听秋声馆词话》卷十九引

52. 周之琦：

长安索米漫欹歞，秘省申呈不负渠。

泉底纤绡尘去眼，当时侍从较何如。

《心日斋十六家词选》附

53. 戈载：

词学至宋盛矣，备矣，然纯驳不一，优劣迥殊。欲求正轨以合雅音，唯周清真、史梅溪、姜白石、吴梦窗、周草窗、王碧山、张玉田七人允无遗憾。

《宋七家词选》卷一

54. 戈载：

周清真善运化唐人诗句，最为词中神妙之境。而梅溪亦擅其长，笔意更为相近。予尝谓梅溪乃清真之附庸，若仿张为作词家主客图，周为主，史为客，未始非定论也。

《梅溪词跋》(《宋七家词选》)

55. 谭莹：

清真难俪况方回，掾吏居然觏此才。

纵使未堪昌谷比，断肠挑菜或归来。

《论词绝句一百首》(《乐志堂诗集》卷六)

56. 华长卿

警迈瑰奇自一家，织绡泉底净无沙。

甘心枉作权奸用，平睨方回未足夸。

《论词绝句》(《梅庄诗钞》卷五)

57. 杨希闵：

温、韦、二晏、秦、贺皆能诗，苏、黄尤卓卓，姜、辛诗亦工，安身之命不在词，故溢为夐绝也。屯田、清真、梅溪、梦窗、碧山、玉田诸子藉词蕃身，他文翰一无可见，有委无源，故绣绘字句，排比长调以自饰。（《总论》）

姜尧章评梅溪词云：奇秀清逸，盖能融情景一家，会句意于两得。其倾倒如此。然考叶绍翁《四朝闻见录》，韩侂胄为平章，专倚省吏史达祖，奉行文字，拟帖拟旨，俱出其手，侍从简札，至用申呈，韩败遂黥焉。梅溪人品如此，华士信无足取，核其全稿，佳作寥寥，未可与冯仆射一例也。周稚圭《题梅溪词》云："长安索米漫欷歔……"又黄承吉《春谷诗》云："窗前燕子觅巢时，正忆梅溪一卷词。为有回环清韵在，持将比拟右丞诗。"盖专取其词之工也，然亦有溢美。（卷六）

《词轨》

58. 刘熙载：

周美成律最精审，史邦卿句最警炼，然未得为君子之词者，周旨荡，而史意贪也。

《词概》

59. 丁绍仪：

顾丈蒹塘尝言苏、辛二家词如天仙化人，不可仿佛，最不易学，亦不宜学，非若姜、史诸家，各有轨辙可循。

《听秋声馆词话》卷十九引

60. 谢章铤：

咏物词虽不作可也，别有寄托如东坡之咏雁，独写哀怨如白石之咏蟋蟀，斯最善矣。至如史邦卿之咏燕，刘龙洲之咏指、足，纵工藻绘，已落言诠。今日则虽欲为刘、史奴隶，恐二公亦不屑也。彼演肤辞，比征僻典，夸富矜多，味同嚼蜡。（卷二）

北宋多工短调，南宋多工长调。北宋多工软语，南宋多工硬语。然二者偏至，终非全才。欧阳、晏、秦，北宋之正宗也。柳耆卿失之滥，黄鲁直失之伧。白石、高、史，南宋之正宗也。吴梦窗失之涩，蒋竹山失之流。若苏、辛自立一宗，不当侪于诸家派别之中。

词家讲琢句而不讲养气，养气至南宋善矣。白石和永，稼轩豪雅。然稼轩易见，而白石难知。史之于姜，有其和而无其永。刘之于辛，有其豪而无其雅。至后来之不善学姜、辛者，非懈则粗。

《赌棋山庄词话》卷十二

61. 谢章铤：

词之兴也，大抵由于尊前惜别，花底谈心，情事率多亵近，数传而后，俯仰激昂，时有寄托，然而其量未尽也。故赵宋一代作者，苏、辛之派不及姜、史，姜、史之派不及晏、秦，此固正变之推未穷，而亦以填词为小道，若其量之只宜如此者。

《与黄子寿论词书》（《赌棋山庄全集》卷五）

62. 江顺诒：

比词于诗，原可以初、盛、中、晚论，而不可以时代后先分。如南唐二主似唐之初，秦、柳之琐屑，周、张之纤靡，已近于晚。北宋惟李易安差强人意。至南宋白石、玉田，始称极盛，而为词家之正轨。以辛拟太白，以苏拟少陵，尚属闰统。竹山、竹屋、梅溪、碧山、梦窗、草窗，则似中唐退之、香山、昌谷、玉溪之各臻其极。（卷一）

梅溪、竹屋，去姜、张一间耳。（卷五）

《词学集成》

63. 李慈铭：

梅溪、碧山、梦窗、草窗亦皆有佳处，惟不宜学其累句以为当家，剽其拙字以为宗法，甘图僿以为沉着，习粗疏以为大方。

《越缦堂读书记》八《文学》四

64. 冯煦：

一程烟草一程愁，岁晚晚归鬓已秋。

怪底梅溪跋珠履，解吟双雁月当楼。

《论词绝句》(《蒿庵类稿》卷七)

65. 冯煦：

词为文章末枝，固不以人品分升降。然如毛滂之附蔡京，史达祖之依侂胄，王安中之反覆，曾觌之邪佞，所造虽深，识者薄之。梅溪生平，不载史传，据其〔满江红〕《咏怀》所云“怜牛后、怀鸡肋”，又云“一钱不值贫相逼”，则韩氏省吏之说，或不诬与？

诸家所论（按：指陈子龙、张纲孙、毛先舒论词之语），未尝专属一人，而求之两宋，惟片玉、梅溪，足以备之。周之胜史，则又在浑之一字。词至于浑，而无可复进矣。

《蒿庵论词》

66. 缪荃孙：

阳春领袖于南唐，庆湖负声于北宋，碧山之绵眇，梅溪之轶丽，中圭双秀，不殊怨悱之音。

《宋元词四十家序》(《艺风堂文集》卷三)

67. 樊增祥：

高、孝以来，词流盖夥，翳惟白石，实长其盟，于是史邦卿、吴君特羽翼于前，王圣与、张叔夏标映于后。此五君者，譬诸渥洼美驷，荆野明瑶，词学一日不湮，斯人亦一日不没。邦卿昵于韩氏，清议所羞，要其纂组丽密，宫羽缁斐，不以人废，斯之谓欤？

《东溪草堂词选自叙》(《樊山集》卷二十三)

68. 胡薇元：

《梅溪词》，史达祖邦卿作。汴人，《西湖志》称其为韩侂胄堂吏。考玉津园事，张镃虽预其谋，镃实侂胄之客，故于满头花生辰得移厨张乐于韩邸。《梅溪词》有张镃序。梅溪词极工，镃称其分镳清真，平睨方回，三变行辈，不足比数，则未免推奖溢美矣。姜尧章云：邦卿词奇秀清逸，融情景于一家，会句意于两得。此论平允。

《岁寒居词话》

69. 沈曾植：

叔耕（汪莘）……所称举，则南渡初以至光、宁士大夫涉笔诗余者。标尚如此，略如诗有江西派。然石湖、放翁润以文采，要为乐而不淫，以自别为诗人旨格。曾端伯《乐府雅词》是以此意裁别者。白石老人，此派极则，诗与词几合同而化矣。吴梦窗、史邦卿影响江湖，别成绚丽，特宜于酒楼歌馆，钉坐持杯，追拟周、秦，以缵东都盛事。于声律为当行，于格韵则卑靡。

《词筌》：若求王武子琉璃匕内豚味，吾谓必当求之陆放翁、史邦卿、方千里、洪叔玙诸家。先生批云：黄公推挹放翁，是其独嗜。然陆与史，固判然两途。

《海日楼丛钞》（《菌阁琐谈》附录）

70. 朱依真：

雕梁软语足形容，柳暝花昏意态中。

项羽不知兵法诮，也应还著贺黄公。贺裳，字黄公。著《皱水轩词筌》，谓史邦卿《咏燕词》，白石不取其“软语商量”，而取其“柳昏花暝”，不免项羽不知兵法之讥。

《论词绝句》（《餐樱庑词话》引）

71. 陈廷焯：

梅溪词祖述自是清真，而取法全师白石，其高处虽令美成、尧章为之，当不过是。

梅溪词骚情逸致，高者与方回并驱中原，次亦竹屋、梦窗之匹。

梅溪之高，宜出竹屋之右。世称梅溪、白石并祖清真，然白石当与清真并驱，梅溪虽稍逊焉，而相去不过一间耳。

竹屋、梅溪、梦窗、草窗诸家，大致远祖清真，近师白石，诸家中梅溪、梦窗尤臻绝顶。

（梅溪词）字字精妙，得白石之境。又流动，又骚雅，又沉至。后人以白石、梅溪并称，千古盖有以夫。

梅溪词专以婉转曲折见长，盖不如此则情不出。深情如诉，不滞于题。（卷七）

碧山学白石得其清者，他如西麓得白石之雅，竹山得白石之俊快，梦窗、草窗得白石之神，竹屋、梅溪得白石之貌，玉田得其骨，仲举得其格，盖诸家皆有专司，白石其总萃也。（卷九）

《云韶集》

72. 陈廷焯：

白石词，如白云在空，随风变灭，独有千古。同时史达祖、高观国两家，直欲与白石并驱，然终让一步。他如张辑、吴文英、赵以夫、蒋捷、周密、陈允平、王沂孙诸家，各极其盛，然未有出白石之范围者。惟玉田词风流疏快，视白石稍逊，当与梅溪、竹屋，并峙千古。

《词坛丛话》

73. 陈廷焯：

伊古词章，不外比兴。谷风阴雨，犹自期以同心，攘垢忍尤，卒不改乎此度。为一室之悲歌，下千年之血泪，所感者深且远也。后人之感，感于文不若感于诗，感于诗不若感于词。诗有韵，文无韵。词可按节寻声，诗不能尽被弦管。飞卿、端己，首发其端，周、秦、姜、史、张、王，曲竟其绪，而要皆发源于《风》、《雅》，推本于《骚》、《辩》。故其情长，其味永，其为言也哀以思，其感人也深以婉。（《自叙》）

唐、五代词，不可及处，正在沉郁。宋词不尽沉郁，然如子野、少游、美成、白石、碧山、梅溪诸家，未有不沉郁者。（卷一）

竹屋、梅溪并称，竹屋不及梅溪远矣。梅溪全祖清真，高者几于具体而微。论其骨韵，犹出梦窗之右。

彭骏孙云：南宋词人，如白石、梅溪、竹屋、梦窗、竹山诸家之中，当以史邦卿为第一。昔人称其分镳清真，平睨方回，纷纷三变行辈，不足比数，非虚言也。此论推扬太过，不当其实。三变行辈，信不足数。然同时如东坡、少游，岂梅溪所能压倒？至以竹屋、竹山与之并列，是又浅视梅溪。大约南宋词人，自以白石、碧山为冠，梅溪次之，梦窗、玉田又次之，西麓又次之，草窗又次之，竹屋又次之。竹山虽不论可也。然则梅溪虽佳，亦何能超越白石，而与清真抗哉？

梅溪〔东风第一枝〕《立春》精妙处，竟是清真高境。张玉田云：不独措词精粹，又且见时节风物之感。乃深知梅溪者。余尝谓：白石、梅溪皆祖清真，白石化矣，梅溪或稍逊焉。然高者亦未尝不化，如此篇是也。

梅溪词，如："碧袖一声歌，石城怨、西风随去。沧波荡晚，菰蒲弄秋，还重到断魂处。"沉郁之至。又："三年梦冷，孤吟意短，屡烟钟津鼓。屐齿厌登临，移橙后，几番凉雨。"亦居然美成复生。又〔临江仙〕结句云："枉教装得旧时多。向来箫鼓地，曾见柳婆娑。"慷慨生哀，极悲极郁。较"临断岸、新绿生时，是落红、带愁流处"之句，尤为沉至。此种境界，却是梅溪独绝处。

梅溪〔玉蝴蝶〕云："一笛当楼，谢娘悬泪立风前。"幽怨似少游，清切如美成，合而化矣。

陈唐卿云：竹屋、梅溪词，要是不经人道语，其妙处，少游、美成亦未及也。此论殊谬。夫梅溪求为少游、美成而不足者，竹屋则去之愈远，乌得谓周、秦所不及？且作词只论是非，何论人道与不道？若不观全体，不究本原，徒取一二聪明新巧语，遂叹为少游、美成所不能及，是亦妄人也已矣。

梦窗之妙，在超逸中见沉郁，不及碧山、梅溪之厚，而才气较胜。

南宋词家白石、碧山，纯乎纯者也。梅溪、梦窗、玉田辈，大纯而小疵，能雅不能虚，能清不能厚也。（卷二）

金词于彦高外，不得不推遗山。遗山词刻意争奇求胜，亦有可观。然纵横超逸，既不能为苏、辛，骚雅清虚，复不能为姜、史。于此道可称别调，非正声也。

国初多宗北宋，竹垞独取南宋，分虎、符曾佐之，而风气一变。然北宋、南宋，不可偏废。南宋白石、梅溪、梦窗、碧山、玉田辈，固是高绝，北宋如东坡、少游、方回、美成诸公，亦岂易及耶。况周、秦两家，实为南宋导其先路。数典忘祖，其谓之何。（卷三）

诗词原可观人品，而亦不尽然。诗中之谢灵运、杨武人，人品皆不足取，而诗品甚高。尤可怪者，陈伯玉扫陈、隋之习，首复古之功，其诗雄深苍莽中，一归于纯正。就其诗以论人品，应有可以表见者，而谄事武后，腾笑千古。词中如刘改之辈，词本卑鄙，虽负一时重名，然观其词，即可知其人之不足取。独怪史梅溪之沉郁顿挫，温厚缠绵，似其人气节、文章可以并传不朽，而乃甘作权相堂吏，致与耿柽、董如璧辈并送大理，身败名裂。其才虽佳，其人无足称矣。梅溪姓氏，不见录于文苑中，职是之故。

冯正中〔蝶恋花〕四章，忠爱缠绵，已臻绝顶。然其人亦殊无足取，尚何疑于史梅溪耶？诗词不尽能定人品，信矣。（卷五）

两宋词家各有独至处，流派虽分，本原则一。惟方外之葛长庚，闺中之李易安，别于周、秦、姜、史、苏、辛外，独树一帜。而亦无害其为佳，可谓难矣。然毕竟不及诸贤之深厚，终是托根浅也。

学周、秦、姜、史不成，尚无害为雅正。学苏、辛不成，则入于魔道矣。发轫之始，不可不慎。（卷六）

飞卿词大半托词帷房，极其婉雅而规模自觉宏远。周、秦、

苏、辛、姜、史辈，虽姿态百变，亦不能越其范围。本原所在，不容以形迹胜也。（卷七）

读古人词，贵取其精华，遗其糟粕。且如少游之词，几夺温、韦之席，而亦未尝无纤俚之语。读《淮海集》，取其大者高者可矣。……少游真面目何由见乎？东坡、稼轩、白石、玉田高者易见，少游、美成、梅溪、碧山高者难见，而少游、美成尤难见。

词中如飞卿、端己、正中、子野、东坡、少游、白石、梅溪诸家，脍炙人口之词，多不过二三十阕，少则十余阕或数阕，自足雄峙千古，无与为敌。

唐宋名家，流派不同，本原则一。论其派别，大约……史梅溪为一体……其间惟飞卿、端己、正中、淮海、美成、梅溪、碧山七家，殊途同归。余则各树一帜，而皆不失其正。

白石仙品也，东坡神品也，亦仙品也，梦窗逸品也，玉田隽品也，稼轩豪品也，然皆不离于正。故与温、韦、周、秦、梅溪、碧山同一大雅，而无傲而不理之诮。后人徒恃聪明，不穷正始，终非至谐。

汪玉峰森之序《词综》云：“言情者或失之俚，使事者或失之伉。鄱阳姜夔出，句琢字炼，（此四字甚浅陋，不知本原之言。）归于醇雅。于是史达祖、高观国羽翼之，张辑、吴文英师之于前，赵以夫、蒋捷、周密、陈允平、王沂孙、张炎、张翥效之于后。譬之于乐，舞《箾》至于九变，而词之能事毕矣。”此论盖阿附竹垞之意，而不知词中源流正变也。窃谓白石一家，如闲云野鹤，超然物外，未易学步。竹屋所造之境，不见高妙，乌能为之羽翼？至梅溪则全祖清真，与白石分道扬镳，判然两途。东泽得诗法于白石，却有似处，词则取径狭小，去白石甚远。梦窗才情横逸，斟酌于周、秦、姜、史之外，自树一帜，亦不专师白石也。《虚斋乐府》较之小山、淮海，则嫌平浅，方之美成、梅溪，则嫌伉坠，似郁不纡，亦是一病，绝非取径于白石。

沈伯时《乐府指迷》云：诗难于咏物，词为尤难。体认稍真，则拘而不畅，摹写差远，则晦而不明。要须收纵联密，用事合题。一段意思，全在结尾，斯为绝妙。此论亦确当。然如碧山咏物诸篇，则大矣化矣，又不仅在结尾寓意也。读白石、梅溪、碧山、玉田词，如饮醇醪，清而不薄，厚而不滞。

白石、梅溪、碧山、玉田词，修饰皆极工，而无损其真气，何也？《列子》云："有色者，有色色者。"知此可以言词矣。

词有表里俱佳、文质适中者，温飞卿、秦少游、周美成、黄公度、姜白石、史梅溪、吴梦窗、陈西麓、王碧山、张玉田、庄中白是也。词中之上乘也。（卷八）

《白雨斋词话》

74. 蒋兆兰：

史梅溪词以幽秀胜。张功甫称其有瑰奇警迈、清新闲远之长，良是。戈顺卿列之七家，允为无忝。

《词说》

75. 郑文焯：

玉田崇四家词，黜柳以进史，盖以梅溪声韵铿訇，幽约可讽，独于律未精细。

《郑大鹤先生论词手简》（《大鹤山人词话》附录）

76. 况周颐：

梅溪词《寻春服感念》〔寿楼春〕云："裁春衫寻芳。记金刀素手，同在晴窗。几度因风飞絮，照花斜阳。谁念我、今无肠。自少年、消磨疏狂。但听雨挑灯，攲床病酒，多梦睡时妆。　飞花去，良宵长，有丝阑旧曲，金谱新腔。最恨湘云人散，楚兰魂伤。身是客，愁为乡。算玉箫、犹逢韦郎。近寒食人家，相思未忘萍藻香。"此自度曲也。前段"因风飞絮，照花斜阳"，后段"湘云人散，楚兰魂伤"句，"风飞"、"花斜"、"云人"、"兰魂"，并用双声叠韵字，是声律极细处。

《餐樱庑词话》

77. 况周颐：

史梅溪，宋词名家也。其赋咏诸作，久脍炙人口，乃至工于言情，则论者殊未之及，兹略举数阕。如〔三姝媚〕之“烟光摇缥瓦”，〔瑞鹤仙〕之“杏烟娇湿鬓”，乃其最浓至者。〔八归〕之“秋江带雨”，〔玉蝴蝶〕之“晚雨未摧宫树”，乃其较疏俊者。〔蝶恋花〕之“二月东风吹客袂”，〔解佩令〕之“人行花坞”，则又以标韵胜矣。又，梅溪词《寻春服感念》〔寿楼春〕云：“裁春衫寻芳。记金刀素手，同在晴窗。几度因风飞絮，照花斜阳。谁念我、今无肠。自少年、消磨疏狂。但听雨挑灯，欹床病酒，多梦睡时妆。　飞花去，良宵长。有丝阑旧曲，金谱新腔。最恨湘云人散，楚兰魂伤。身是客，愁为乡。算玉箫、犹逢韦郎。近寒食人家，相思未忘苹藻香。”此自度曲也。前段“因风飞絮，照花斜阳”，后段“湘云人散，楚兰魂伤”句，“风飞”、“花斜”、“云人”、“兰魂”并用双声叠韵字，是声律极细处。

《历代词人考略》卷三十四

78. 张德瀛：

汪蛟门谓宋词有三派，欧、晏正其始，秦、黄、周、柳、姜、史之徒极其盛，东坡、稼轩放乎其言之矣。

《词徵》卷六

79. 夏敬观：

史梅溪，一中书堂吏耳，能为士大夫之词，以笔多纤巧，遂品格稍下。

《蕙风词话诠评》（《蕙风词话》附录）

80. 夏敬观：

南宋惟史邦卿梅溪词为能炼铸精粹，上比清真，得其大雅，下方梦窗，不伤于涩。

《忍古楼词话》

81. 高旭：

删除靡曼铸新词，竹屋梅溪梦见之。

微觉浑涵元气失，轻圆闲婉却堪师。

《论词绝句》三十首（《未济庐诗集》）

82. 王国维：

白石写景之作，如“二十四桥仍在，波心荡、冷月无声”，“数峰清苦，商略黄昏雨”，“高树晚蝉，说西风消息”，虽格韵高绝，然如雾里看花，终隔一层。梅溪、梦窗诸家写景之病，皆在一“隔”字。北宋风流，渡江遂绝，抑真有运会存乎其间耶？

周介存谓：“梅溪词中，喜用偷字，足以定其品格。”刘融斋谓：“周旨荡而史意贪。”此二语令人解颐。

苏、辛，词中之狂。白石犹不失为狷。若梦窗、梅溪、玉田、草窗、西麓辈，面目不同，同归于乡愿而已。

宋李希声《诗话》曰：古人作诗，正以风调高古为主。虽意远语疏，皆为佳作。后人有切近的当、气格凡下者，终使人可憎。余谓北宋词亦不妨疏远。若梅溪以降，正所谓切近的当、气格凡下者也。

梅溪、梦窗、玉田、草窗、西麓诸家，词虽不同，然同失之肤浅。虽时代使然，亦其才分有限也。近人弃周鼎而宝康瓠，实难索解。

《人间词话》

83. 吴梅：

邦卿为平原堂吏，千古无不惜之。楼敬思云：史达祖南宋名士，不得进士出身。以彼文采，岂无论荐？乃甘作权相堂吏，至被弹章，不亦降志辱身之至耶？读其《书怀》〔满江红〕词：“好领青衫，全不向诗书中得。三径就荒秋自好，一钱不值贫相逼。”亦自怨自艾者矣。又读其《出京》〔满江红〕词：“更无人擫笛傍宫墙，苔花碧。”又云：“老子岂无经世术，诗人不预平边策。”是亦善于解嘲焉。然集中又有《留别社友》〔龙吟曲〕："楚江南，每为神州未复，阑干静、慵登眺。"新亭之泣，未必不胜于兰亭之集也。乃以词客终其身，史臣亦不屑道其姓氏。科目之困人如此，岂不可叹。然则词人立品，为尤要矣。戈顺卿谓周清真善运化唐人诗句，最为词中神妙之境，而梅溪亦擅其长，笔意更为相近。又云：若仿张为作《词家主客图》，周为主，史为客，未始非定论也。其倾倒梅溪，可为尽至。余谓白石、梅溪，皆祖清真，白石化矣，梅溪或稍逊耳。至其高者，亦未尝不化。如〔湘江静〕云："三年梦冷，孤吟意短，屡烟钟津鼓。屐齿厌登临，移橙后，几番凉雨。"又〔临江仙〕结句云："枉教装得旧时多。向来箫鼓地，曾见柳婆娑。"慷慨生哀，极悲极郁，居然美成复生。较"临断岸、新绿生时，是落红、带愁流处"尤为沉着。此种境地，却是梅溪独到处。

《词学通论》

84. 陈匪石：

选南宋词者，戈顺卿取史、姜、吴、周、王、张六家，周稚圭取姜、史、吴、王、蒋、张六家，周止庵则以辛、王、吴为领袖。夫张炎之妥溜；王沂孙之沉郁；吴文英极沉博绝丽之观，擅潜气内转之妙；姜夔野云孤飞，语淡意远；辛弃疾气魄雄大，意味深厚，皆于南宋自树一帜。流风所被，与之化者各若干人。然蒋捷身世之感，同于王、张，雕琢之工，导源吴氏。周密附庸于吴，尤为世所同认。姑舍周、蒋，而录张、王、吴、姜、辛，意实在此。至此五家者，相因相成，往往可见，然各有千古，不能相掩也。史达祖步趋清真，几于笑颦悉合，虽非戛戛独造，而南渡以降，专为此种格调者实无其匹。故效戈、周之选，不敢过而废之。初学为词者，先于张、王求雅正之音，意内言外之旨，然后以吴炼其气意，以姜拓其胸襟，以辛健其笔力，而旁参之史，藉探清真之门径，即可望北宋之堂室，犹是周止庵教人之法也。

《宋词举》卷上

85. 陈匪石：

史达祖附庸清真，有因无创。

《声执》卷下

86. 蔡嵩云：

词讲四声，宋始有之，然多为音律家之词。文学家之词，分平仄而已。音律家之词，原可歌唱，四声调叶，为可歌之一种要素。仇山村曰：词有四声、五音、均拍、轻重、清浊之别，即指可歌之词而言。北宋如屯田、方回、清真、雅言诸家，南宋如白石、梅溪、梦窗、草窗、玉田诸家，大都妙解音律，所为词，声文并茂。

词尚自然固矣，但亦不可一概论。无论何种文艺，其在初期，莫不出乎自然，本无所谓法。渐进则法立，更进则法密。文学技术日进，人工遂多于自然矣。词之进展，亦不外此轨辙。南宋以降，慢词作法，穷极工巧。稼轩虽接武东坡，而词之组织结构，有极精者，则非纯任自然矣。梅溪、梦窗，远绍清真，碧山、玉田，近宗白石，词法之密，均臻绝顶。

《柯亭词论》

87. 宣雨苍：

世以姜、史并称，梅溪细腻熨帖，允称作家。而考其根底，实不逮姜远甚。盖白石风度如孤云野鹤，高致在诗人陶、孟之间，岂彼权门堂吏所可希及？人有真性情而后有真文字，彼搔首弄姿者，虽工亦奚以为。

《词谰》

88. 顾宪融：

史梅溪，名达祖，字邦卿。著有《梅溪词》二卷。张功甫《序》云："织绡泉底，去尘眼中，妥贴轻圆，特其余事。"又曰："有瑰奇警迈、清新闲婉之长，而无訑荡污淫之失，端可以分镳清真，平睨方回。”姜白石曰：“邦卿词奇秀清逸，融情景于一家，会句意于两得。”戈顺卿曰：“周清真善运化唐人诗句，最为词中神妙之境。而梅溪亦擅其长，笔意更为相近。予尝谓梅溪乃清真之附庸，若仿张为作《词家主客图》，周为主，史为客，未始非定论也。”

《填词百法》

89. 赵尊岳：

宋词佳处，亦各擅其胜场。小山华贵而取境不大；淮海艳宕而或失之轻俊；梅溪敏于词令，间或拙于事理；方回肤廓；玉田谐婉或失之空疏；草窗、花外，敷藻甚工，往往言之无物。读者当各采其精英，各避其短失。（卷一）

好用新颖艳冶之字面，貌似婉约而不善于运用者，往往转成拙讷，此则大谬不然矣。梅溪间蹈此失。故驱使新字，亦当运以慧心，不能徒乞灵于花团锦簇之字面。（卷二）

《填词丛话》

90. 张伯驹：

梅溪〔双双燕〕词，黄花庵云：姜尧章最赏其“柳昏花暝”之句。贺黄公云：常观姜论史词，不称其“软语商量”，而赏其“柳昏花暝”。固知不免项羽学兵法之恨。王静安云：贺黄公谓姜论史词不称其“软语商量”，而称其“柳昏花暝”，固知不免项羽学兵法之恨。然“柳昏花暝”自是欧、秦辈句法，前后有画工、化工之殊。吾从白石，不能附会黄公矣。余谓：静安此论，忘却本题是咏燕；若想到燕，便知“软语商量”之佳。“柳昏花暝”与“做冷欺花”、“将烟困柳”造句法相同，仍不似欧、秦口气。何以白石独赏此句？盖南宋词造语用字已日趋画工。吾从黄公，不能附合静安矣。

《丛碧词话》

91. 闻野鹤：

寇莱公如春日园林，蔚然深秀。苏东坡如深山剑客，不娴俗礼。秦少游如花间丽色，却扇一笑，百媚横生。黄山谷如村女媚客，简直乏致。欧阳公如豪家子弟，仪态大方。张子野如春花百树，浅深互见。周美成如周公制礼，大体略备。王荆公如蛮夷入贡，不谙礼数。辛稼轩如草野人入掌枢密，动辄粗戾。蒋竹山如蓬门丽质，清秀有余。柳耆卿如通天老狐，醉即露尾。康与之如春场笙歌，繁乐聒耳。史梅溪如剪彩成花，细而近纤。姜白石如江介澄波，悠然一往。吴梦窗如天孙云锦，一丝一缕，尽发奇光，俗子庸夫，见之却步。李易安如中人举鼎，时虞绝膑。王碧山如天家姬侍，神采幽馨，迥非凡艳。周公谨如辞树红英，难免浮浪。朱淑贞如碧窗鹦鹉，略解语言。陆放翁如野僧说法，清而无味。张玉田如中郎凋谢，典型尚存。余则自桧以外，可无讥矣。

清代戈载有宋七家之选：一周美成，二史梅溪，三姜石帚，四吴梦窗，五周草窗，六王圣与，七张叔夏。综其得失，可得而称焉。美成盖代词才，律细而不枯，意深而不刻，灏灏落落，百世之所宗也。梅溪能巧，上者故自清新，下者辄流浮俗。白石清响，为世所称，然音律故娴，意象未备，虽幽邈自喜，要其去美成远矣。梦窗刻意苦搜，镂冰煮雪，一字一句，古丽照人，樊身云所谓“五花共采，万鲭合脔”者也，后者学之，辄伤碎乱。梦窗独能寓郁厚于藻采之中，是盖上人一等者。草窗细敏，丽而有则，然古雅之致尽矣。圣与尤秾艳绵丽尽致，特稍逊梦窗耳。至于玉田，下驷才也，妄欲随逐其后，吾无称焉。

《愢簃词话》

92. 祝南：

梅溪〔双双燕〕，体物之工，古今第一。东坡〔水龙吟〕咏杨花如不遗貌取神者，恐亦不能出其右也。

梅溪词尽态极妍，思精笔灵，可疗粗率，可药腐俗。

梅溪词用心过细，时病巧琢，然清丽圆美，自是出色当行之作，其佳者便可比肩美成，笔力差弱耳。或以侪之白石，非知言也。白石工力未必胜梅溪，白石格韵，断非梅溪可到。

《无庵说词》

高观国

高观国（生卒年不详）字宾王，号竹屋，山阴（今浙江绍兴）人。曾为南宋权臣韩侂胄堂吏。多与史达祖唱和，曾与陆游、陈造等人交游。有《竹屋痴语》。

1. 黄昇：

词名《竹屋痴语》，陈造为序，称其与史邦卿皆秦、周之词，所作要是不经人道语，其妙处少游、美成，若唐诸公亦未及也。

《中兴以来绝妙词选》卷六

2. 张炎：

秦少游、高竹屋、姜白石、史邦卿、吴梦窗，此数家格调不侔，句法挺异，俱能特立清新之意，删削靡曼之词，自成一家，各名于世。

《词源》卷下

3. 沈雄：

山阴高宾王词，陈唐卿序之，要是不经人道语。

《古今词话·词评》上卷

4. 王士禛：

宋南渡后，梅溪、白石、竹屋、梦窗诸子，极妍尽态，反有秦、李未到者。虽神韵天然处或减，要自令人有观止之叹。正如唐绝句，至晚唐刘宾客、杜京兆，妙处反进青莲、龙标一尘。

《花草蒙拾》

5. 王士禛：

诗余者，古诗之苗裔也。语其正，则景、煜为之祖，淮海而极盛，高、史其大成也。

《倚声初集序》（《渔洋山人文略》卷三）

6.《古今词话》：

高观国精于咏物，《竹屋痴语》中最佳者有〔御街行〕咏轿、咏帘，〔贺新郎〕咏梅，〔解连环〕咏柳，〔祝英台近〕咏荷，〔少年游〕咏草，皆工而入逸，婉而多风。

《历代词话》卷八引

7. 陈玉璂：

宋之能词者六十余家，如秦少游、高竹屋、姜白石、史邦卿、吴梦窗数子，始可称以新意合古谱者。杨诚斋论词六要，一曰按谱，一曰出新意是也。苟不按谱，则歌韵不协，歌韵不协，则凌犯他宫，非复本调；不出新意，则必蹈袭前人，即或炼字换句，而趣旨雷同，其神味亦索然易尽。

《苍梧词序》(《清名家词》)

8. 焦袁熹：

〔采桑子〕《编纂〈乐府妙声〉竟作》

蒲江、竹屋

周秦死后寻遗响，太半粗疏。吠犬鸣驴。一卷清词八米卢。　　词人结习成痴语，竹屋伊唔。细腻工夫。抵得梅溪一半无。

《此木轩直寄词》

9. 杜诏：

词盛于北宋，至南宋乃极其工。姜夔尧章最为杰出，宗之者史达祖、高观国、卢祖皋、吴文英、蒋捷、周密、陈允平诸名家，皆具夔之一体。

《山中白云词序》

10. 许田：

南宋如姜白石、高竹屋、史梅溪、吴梦窗、蒋竹山、王碧山、张玉田诸家，皆不袭前贤一语，吐词属意，穷极工巧。

《屏山词话》

11. 江春：

以禅宗论，白石为曹溪六祖能，竹屋、梦窗、梅溪、玉田之流，则江西让、南岳思之分支也。

《序陆钟辉白石词刊本》(《姜白石词编年笺注》引)

12. 王初桐：

高宾王《竹屋痴语》一卷，陈造序云：高竹屋与史梅溪皆周、秦之词，所作要是不经人道语，其妙处少游、美成亦不及也。《草堂集》不多选，如〔玉蝴蝶〕，坊刻竟逸之，又如〔杏花天〕、〔思佳客〕诸作，混入他人，当为拈出。

《小嫏嬛词话》卷二

13. 凌廷堪：

慢词北宋为初唐……南渡为盛唐，白石如少陵，奄有众家。高、史则中允、东川。

张其锦《梅边吹笛谱序》引（《清名家词》）

14. 吴衡照：

咏物虽小题，然极难作，贵有不粘不脱之妙，此体南宋诸老尤擅长……高竹屋《梅》云："云隔溪桥人不度，的皪春心未纵。又开遍西湖春意烂，算群花正做江山梦。"……刻画精巧，运用生动，所谓空前绝后矣。

《莲子居词话》卷一

15. 沈道宽：

竹屋痴情太俊生，惜花难觅护花铃。

愁边新句无人道，十二阑干六曲屏。

《论词绝句》(《话山草堂诗钞》卷一）

16.《四库全书总目提要》：

词自鄱阳姜夔，句琢字炼，始归醇雅，而达祖、观国为之羽翼，故张炎谓数家格调不凡，句法挺异，俱能特立清新之意，删削靡曼之词。乃《草堂诗余》于白石、梅溪则概未寓目，竹屋词亦止选其〔玉蝴蝶〕一阕，盖其时方尚甜熟，与风尚相左故也。观国与达祖叠相酬唱，旗鼓俱足相当。

《竹屋痴语提要》

17. 《四库全书简明目录》：

（高观国）其词与史达祖齐名，其清新挺拔，壁垒诚足以相当。故陈造序称竹屋、梅溪妙处皆不经人道也。

《竹屋痴语》

18. 周济：

竹屋得名甚盛，而其词一无可观，当由社中标榜而成耳。然较之西麓，尚少厌气。

《介存斋论词杂著》

19. 周济：

清真浑厚……竹屋、蒲江，并有盛名。蒲江窘促，等诸自郐，竹屋硁硁，亦凡响耳。

《宋四家词选目录序论》

20. 谭莹：

和天也瘦语真痴，语未经人竹屋词。

端恐梅溪无此语，为春瘦却怕春知。

《论词绝句一百首》（《乐志堂诗集》卷六）

21. 华长卿：

宾王痴语胜蒲江，迥异梅溪与草窗。

神妙未经人道过，群花作梦句无双。

《论词绝句》（《梅庄诗钞》卷五）

22. 谢章铤：

北宋多工短调，南宋多工长调；北宋多工软语，南宋多工硬语。然二者偏至，终非全才……白石、高、史，南宋之正宗也。

《赌棋山庄词话》卷十二

23. 刘熙载：

高竹屋词，争驱白石，然嫌多绮语。如〔御街行〕之咏轿，其设想之细腻曲折，何为也哉。咏帘亦然，刘改之〔沁园春〕咏美人指甲、美人足二阕，以亵体为世所共讥，然病在标者，犹易治也。

《词概》

24. 李慈铭：

《竹屋痴语》、《日湖渔唱》，朴野之音，二家相似，虽间有佳唱，存而不论可矣。

《越缦堂读书记》八《文学》四

25. 冯煦：

陈造序高宾王词，谓竹屋、梅溪要是不经人道语。玉田亦以两家与白石、梦窗并称。由观国与达祖叠相唱和，故援与相比。平心论之，竹屋精实有余，越逸不足，以梅溪较之，究未能旗鼓相当。今若求其同调，则惟卢蒲江差足肩随耳。

《蒿庵论词》

26. 樊增祥：

高、孝以来，词流盖夥，翳惟白石，实长齐盟。于是史邦卿、吴君特羽翼于前，王圣与、张叔夏标映于后，此五君者，譬诸渥洼美驷，荆野明瑶，词学一日不湮，斯人亦一日不没……碧山感物之咏，上薄骚经；玉田托兴之辞，义均宋赋，拟诸石帚，具体而微。其他卢申之、高宾王、蒋胜欲、周公谨之属，亦能各引一端，同声相应，洵长城外之偏师，廊庑中之高弟矣。

《东溪草堂词选自叙》（《樊山集》卷二十三）

27. 沈泽棠：

《竹屋痴语》〔金人捧露盘〕《水仙》云："梦湘云，吟湘月，吊湘灵。有谁见、罗袜尘生。""香心静，波心冷，琴心怨，客心惊。怕佩解、却返瑶京。"又前调《梅》云："念瑶姬，翻瑶佩，下瑶池。冷香梦、吹上南枝。”“溪痕浅，云痕冻，月痕淡，粉痕微。江楼怨，一笛休吹。”此则钝根人语耳。张叔夏云：“竹屋、白石、梦窗、梅溪，俱能特立清新之意，删削靡曼之词，自成一家。”何可以竹屋比肩三子。

竹屋〔思佳客〕云：“春思悄，昼窗深，谁能拘束少年心。莺来惊碎风流胆，踏动樱桃叶底铃。”几堕恶趣。〔风入松〕云：“长桥爱、花柳多情。江外风娇日暖，翠边水秀山明。”更不成语。

《忏庵词话》

28. 胡薇元：

《竹屋痴语》，高观国宾王词，高邮陈造与史达祖为之序。竹屋，山阴人。自白石而后，句琢字炼，始归雅纯，而竹屋、梅溪为之羽翼。故张炎谓其格调不凡，句法挺异，特立清新，删削靡曼。乃《草堂》于白石、梅溪尽不入选。竹屋词仅登〔玉蝴蝶〕一阕，盖其时专尚酣熟故也。竹屋与梅溪酬唱，旗鼓足以相当……陈唐卿云：竹屋词要是不经人道语，其妙处，少游、美成亦未及也。语虽过当，要亦格调不凡耳。

《岁寒居词话》

29. 朱依真：

香泥垒燕卢申之，淡月疏帘绮语词。

何似山阴高竹屋，独标新意写乌丝。

《论词绝句》（《餐樱庑词话》引）

30. 陈廷焯：

竹屋词标新领异，有独往独来之概。竹屋、梅溪、梦窗、草窗诸家，大致远祖清真，近师白石，诸家中，梅溪、梦窗尤臻绝顶，竹屋词独有一片飞舞之致，亦是他人不能到。（卷七）

碧山学白石得其清者，他如西麓得白石之雅，竹山得白石之俊快，梦窗、草窗得白石之神，竹屋、梅溪得白石之貌，玉田得其骨，仲举得其格，盖诸家皆有专司，白石其总萃也。（卷九）

《云韶集》

31. 陈廷焯：

竹屋、梅溪并称，竹屋不及梅溪远矣。梅溪全祖清真，高者几于具体而微。论其骨韵，犹出梦窗之右。

竹屋词最隽快，然亦有含蓄处。抗行梅溪则不可，要非竹山所及。

陈唐卿云：竹屋、梅溪词，要是不经人道语，其妙处，少游、美成亦未及也。此论殊谬。夫梅溪求为少游、美成而不足者，竹屋则去之愈远，乌得谓周、秦所不及？且作词只论是非，何论人道与不道？若不观全体，不究本原，徒取一二聪明新巧语，遂叹为少游、美成所不能及，是亦妄人也已矣。（卷二）

竹屋所造之境，不见高妙。（卷八）

《白雨斋词话》

32. 况周颐：

开国朝词门径者高竹屋。〔齐天乐〕《中秋夜怀梅溪》云："古驿烟寒，幽垣梦冷，应念秦楼十二。"此等句钩勒太露，便失之薄。

《餐樱庑词话》

33. 况周颐：

融斋刘氏《艺概》云："高竹屋词，争驱白石，然嫌多绮语。"窃尝浏览竟卷，亦有并非绮语而词甚工，如〔玉蝴蝶〕"唤起一襟凉思"云云，〔鹧鸪天〕"有约湖山却解襟"云云，此等词亦复饶有骨干，未可付之十八女郎红牙拍板也，其实虽艳而不俗，即亦无伤高格。如〔夜合花〕之"斑驳云开"，〔兰陵王〕之《为十年故人作》"凤箫咽"，此等词虽涉言情，未可以绮语目之，其气清，其神淡也。断句如〔玲珑四犯〕云："魂惊苒苒江南远，烟草愁如许。"〔醉落魄〕云："乱峰低处明残日。雁字成行，界破暮天碧。"绵邈疏爽，各擅所长，并皆可诵。

《历代词人考略》卷三十四

34. 高旭：

删除靡曼铸新词，竹屋梅溪梦见之。

微觉浑涵元气失，轻圆闲婉却堪师。

《论词绝句》三十首（《未济庐诗集》）

35. 吴梅：

宾王与梅溪交谊颇挚，词亦各有长处。集中如〔贺新郎〕之《赋梅》、〔喜迁莺〕之《秋怀》、〔花心动〕之《梅意》、〔解连环〕之《咏柳》、〔瑞鹤仙〕之《筇枝》，皆情意悱恻，得少游之意。陈慥序其词云：高竹屋与史梅溪皆出周、秦之词，所作要是不经人道语，其妙处少游、美成亦未及也。此论虽推崇过当，惟以竹屋为周、秦之词，是确有见地。大抵南宋以来，如放翁，如于湖，则学东坡；如龙川，如龙洲，则学稼轩；至蒲江、宾王辈，以江湖叫嚣之习非倚声家所宜，遂瓣香周、秦，而词境亦闲适矣。诸家造诣，固有不同。论其大概，不外乎此。

《词学通论》

魏了翁

魏了翁（1178—1237）字华父，号鹤山，邛州蒲江（今属四川）人。庆元五年（1198）进士，授签书剑南西川节度判官厅公事。历秘书省正字、校书郎。出知嘉定，以养亲归里，筑室白鹤山下，授徒讲学，学者因称鹤山先生。后起为权礼部尚书兼直学士院等。以资政殿学士、通奉大夫致仕，卒赠太师，谥文靖，追赠秦国公。《宋史》有传。有《鹤山全集》。词集有《鹤山长短句》。

1. 黄昇：

庆元己未黄甲第三名，晚与真西山齐名，有词附《鹤山集》，皆寿词之得体者。

《中兴以来绝妙词选》卷七

2. 杨慎：

魏了翁，字华父，号鹤山，邛州人，庆元己未第二人及第，与真西山齐名。道学宗派，词不作艳语。长短句一卷，皆寿词也……宋代寿词无有过之者。

《词品》卷五

3. 朱彝尊：

宣、政而后，士大夫争为献寿之词，联篇累牍，殊无意味。至魏华父，则非此不作矣。是集于千百之中，止存一二，虽华父亦置不录也。

《词综·发凡》（《词综》）

4. 吴衡照：

生日献词，盛于宋时，以谀佞之笔，拦入风雅，不幸而传，岂不倒却文章架子？孔毅夫野史：文潞公守太原，辟司马温公为通判，夫人生日，温公献小词，为都漕唐子方峻责。此事固未可信，然至如魏华父则非此不作，不可解已。

《莲子居词话》卷三

5. 谢章铤：

华父《鹤山长短句》三卷，虽未臻上乘，亦未尝全作谀辞。

《赌棋山庄词话》续编一

6. 况周颐：

魏文靖词，黄玉林云：皆寿词之得体者。朱竹垞本花庵之说，遂谓非寿词不作。今考《鹤山先生大全文集》，卷九十四至九十六皆长短句，最一百八十八首，非寿词八十七首，黄、朱二氏之说皆不然矣。文靖，理学名臣，蕴蓄深厚。即其倚声之作，亦复局度冲夷，体制朴雅，非寻常摛华掞藻、角逐词坛者所可同日语也。

《历代词人考略》卷三十六

李从周

李从周（生卒年不详）字肩吾，一字子我，号蠙洲，彭山（今属四川）人，一说临邛（今四川邛崃）人。从周为魏了翁客。著《字通》一卷，极为魏了翁称许。有《蠙洲词》，已佚。赵万里《校辑宋金元人词》有辑本。

1. 沈泽棠：

李肩吾〔清平乐〕下阕云：“叮咛记取儿家。碧云隐映红霞。直下小桥流水，门前一树桃花。”巧不伤雅，且“碧云”句先为下“流水”、“桃花”写照，虽四句亦有线索。

《忏庵词话》

2.《续修四库全书总目提要》：

所作俗而不浅，雅而不涩，其用当时语言入词者，如〔抛球乐〕云“春色三停早二停”、〔谒金门〕云“人又不来春且恰”、〔风入松〕云“百单五个黄昏”皆是也；其用寻常之语而不觉其轻薄者，如〔谒金门〕云“可奈薄情如此黠，寄书浑不答”是也；其辞语雅丽者，如〔鹧鸪天〕云“杏花帘外莺将老，杨柳楼前燕不来”是也。至若〔清平乐〕云：“叮咛记取儿家。碧云隐映红霞。直下小桥流水，门前一树桃花。”则雅俗无迹，有自然之妙。若专以雅词评论宋贤，则未免狭矣。

《蠙洲词一卷提要》

卢祖皋

卢祖皋（生产年不详）字申之，又字次夔，号蒲江，永嘉（今属浙江）人。宁宗庆元五年（1199）进士，嘉定十一年（1218）主管刑、工部架阁文字，历迁秘书省正字、校书郎、著作郎、将作少监、权直学士院。卒于官。曾与永嘉四灵唱和，词集名《蒲江词稿》。

1. 黄昇：

乐章甚工，字字可入律吕，浙人皆唱之，有《蒲江词稿》行于世。

《中兴以来绝妙词选》卷八

2. 黄昇：

彭传师于吴江三高堂之前作钓雪亭，蒲江为之赋词云："挽住风前柳……"无一字不佳。每一咏之，所谓如行山阴道中，山水映发，使人应接不暇也。

《中兴词话》

3. 杨慎：

卢申之，名祖皋，邛州人。有《蒲江词》一卷，乐章甚工，字字可入律吕。

《词品》卷四

4. 毛晋：

黄叔旸谓其乐府甚工，字字可入律吕，浙人皆唱之，《中兴集》中几尽采录。或病其偶句太多，未足惊目。余喜其"柳色津头泫绿，桃花渡口啼红"，较之秦七"莺嘴啄花红溜，燕尾点波绿皱"不更鲜秀耶？又"玉箫吹未彻，窗影梅花月。无语只低眉，闲拈双荔枝"，直可步趋南唐"孤枕梦回鸡塞远，小楼吹彻玉笙寒"矣。

至如“江涵雁影梅花瘦，花片无声帘外雨”云云，盖古乐府佳句也。

《蒲江词跋》(《宋六十名家词》)

5. 朱彝尊：

词莫善于姜夔，宗之者张辑、卢祖皋、史达祖、吴文英、蒋捷、王沂孙、张炎、周密、陈允平、张翥、杨基，皆具夔之一体。

《黑蝶斋诗余序》(《曝书亭集》卷四十)

6. 焦袁熹：

〔采桑子〕《编纂〈乐府妙声〉竟作》

蒲江、竹屋

周秦死后寻遗响，太半粗疏。吠犬鸣驴。一卷清词八米卢。　词人结习成痴语，竹屋伊唔。细腻工夫。抵得梅溪一半无。

《此木轩直寄词》

7. 杜诏：

词盛于北宋，至南宋乃极其工。姜夔尧章最为杰出，宗之者史达祖、高观国、卢祖皋、吴文英、蒋捷、周密、陈允平诸名家，皆具夔之一体。

《山中白云词序》

8. 王初桐：

卢蒲江，楼大防之甥也。其词尽入《中兴集》。或病其偶句太多，未足惊目，然字字可入律吕。

《小嫏嬛词话》卷二

9. 凌廷堪：

填词之道，须取法南宋。然其中亦有两派焉。一派为白石，以清空为主，高、史辅之。前则有梦窗、竹山、西麓、虚斋、蒲江，后则有玉田、圣与、公谨、商隐诸人，扫除野狐，独标正谛，犹禅之南宗也。

张其锦《梅边吹笛谱序》引(《清名家词》)

10. 《四库全书简明目录》:

祖皋为楼钥之甥,又与永嘉四灵游,故颇工于诗。然其诗传者不多。词集虽存,较《花庵词选》所载仅多一首,盖即从《花庵词选》录出,亦非原帙也。张端义《贵耳集》称其小词纤雅,今虽散佚之余,尚可见一斑。

《蒲江词》

11. 周济:

蒲江小令,时有佳趣。长篇则枯寂无味,此才小也。

《介存斋论词杂著》

12. 周济:

竹屋、蒲江,并有盛名。蒲江窘促,等诸自郐;竹屋硁硁,亦凡响耳。

《宋四家词选目录序论》

13. 谭莹:

平江伎唱蒲江曲,春色原无主属谁。

可有渊源关绮语,大防文集四灵诗。

《论词绝句一百首》(《乐志堂诗集》卷六)

14. 冯煦:

竹屋精实有余,超逸不足。以梅溪较之,究未能旗鼓相当。今若求其同调,则惟卢蒲江差足肩随耳。

《蒿庵论词》

15. 沈泽棠:

卢蒲江〔江城子〕云:“年华空自感飘零。拥春酲,对谁醒。天阔云闲,无处觅箫声。载酒买花年少事,浑不似,旧心情。”与刘龙洲词“欲买桂花重载酒,终不似,少年游”可称二难,然终不如少陵之“诗酒尚堪驱使在,未须料理白头人”为崛强可喜。

蒲江〔贺新凉〕一阕自注云:“彭传师于吴江三高堂之前作钓

雪亭，盖擅渔人之窟宅，以供诗境也。子野命予赋之。”上阕云：“挽住风前柳。问鸱夷、当日扁舟，近曾来否？月落潮生无限事，零乱茶烟未久。谩留得、莼鲈依旧。可是从来功名误，抚荒祠、谁继风流后。今古恨，一搔首。”“三高”者，范蠡、陆龟蒙、张翰。第二句从范起，“零乱”句入桑苎翁，“漫留”句串入张步兵，“今古恨”二句总结三高，词法亦有步骤。

蒲江〔清平乐〕下阕结句：“残梦不成重理，一双蝴蝶飞来。”又前调收云：“何处一春游荡，梦中犹恨杨花。”一从虚际烘托，一是加倍写法。

蒲江〔谒金门〕云：“玉腕笼纱金半约，睡浓团扇落。采得双莲迎笑剥，柳阴多处泊。”描写情景过于质实，便成俗艳，无隽永之味矣。

词用迭字颇难自然。蒲江〔乌夜啼〕《西湖》云：“漾暖纹波飐飐，吹晴丝雨蒙蒙。轻衫短帽西湖路，花气扑青骢。”迭字尚不硬不弱。

《忏庵词话》

16. 陈廷焯：

蒲江词，如白云在空。舒卷有致。

《云韶集》卷六

17. 吴梅：

《蒲江词》仅二十五阕，而佳者颇多。如〔贺新郎〕之《钓雪亭》、〔倦寻芳〕之《春思》、〔西江月〕之《中春》、〔清平乐〕之《春恨》，字字工协。毛子晋谓其有古乐府佳句，犹在字句间求之。论其词境，可与玉田、草窗并美云。

《词学通论》

真德秀

真德秀（1178—1235）字景元，更字希元，学者称“西山先生”，建州浦城（今属福建）人。宁宗庆元五年（1199）进士，授南剑州判官。继试中博学宏词科，入闽帅幕，召为太学正，迁博士。嘉定初，召试学士院，迁校书郎，寻兼沂王府教授，权直学士院。历秘书郎、军器少监、起居舍人、太常少卿，以秘阁修撰出为江南东路转运副使，知泉州、隆兴府，知潭州兼湖南安抚使。理宗即位，召为中书舍人，迁礼部侍郎，直学士院。绍定五年（1232）起知泉州。端平元年（1234）召为户部尚书，改翰林学士、知制诰，拜参知政事。进资政殿学士提举万寿观。卒赠银青光禄大夫，谥文忠。《宋史》有传。德秀为宋代著名理学家。著有《西山先生文集》、《西山甲乙稿》等。今存词一首。

1.《宋名家词评》：

真德秀咏红梅词云：“两岸月桥花半吐……”盖〔蝶恋花〕也。作《大学衍义》人，又有此等词笔。

《历代词话》卷七引

2. 朱彝尊：

仁宗于禁中度曲，时则有若柳永；徽宗以大晟名乐，时则有若周邦彦、曹组、晁次膺、万俟雅言，皆明于宫调，无相夺伦者也。洎乎南渡，家各有词，虽道学如朱仲晦、真希元，亦能倚声中律吕，而姜夔审音尤精。

《群雅集序》（《曝书亭集》卷四十）

3. 朱彝尊：

自唐以后，工诗者每兼工于词，宋之元老，若韩、范、司马，理学者朱仲晦、真希元，亦皆为之，由是乐章卷帙，几与诗争富。

《紫云词序》(《曝书亭集》卷四十)

4. 王初桐:

真西山红梅词,蕴藉风流,远胜《鹤山长短句》。

《小嫏嬛词话》卷二

5. 陈澧:

道学西山经考亭,文章独以正宗名。

吟成花又娇无语,却比词人倍有情。

《论词绝句》(《陈东塾先生遗诗》)

6. 谢章铤:

真西山,作《大学衍义》人也,而有〔蝶恋花〕之词。盖古来忠孝节义之事大抵发于情,情本于性,未有无情而能自立于天地间者。此双莲雁邱,鸟兽草木,亦以情而并垂不朽也。

《赌棋山庄词话》卷十一

7. 沈泽棠:

真西山〔蝶恋花〕《红梅》云:"两岸月桥花半吐,红透肌香、暗把游人误。尽道武陵溪上路,不知迷入江南去。"此词未称上驷,特以公道学,不惯作绮语,故脍炙至今耳。

《忏庵词话》

8. 陈廷焯:

《词综》所录朱晦翁〔水调歌头〕、真西山〔蝶恋花〕,虽非高作,却不沉闷,固知不是腐儒。

《白雨斋词话》卷六

9. 况周颐:

真文忠咏红梅〔蝶恋花〕见《绝妙好词》,虽涉艳语,却有骨干,绝无词流软媚之失。仪墨庄云:歇拍三句殆为小人蛊君者发,说亦近似。

《历代词人考略》卷三十五

10. 张德瀛：

范文正、岳武穆，名臣也；真西山、朱晦庵，大儒也；而皆工于词……盖风会所趋，非必浸淫于此乃能之也。

《词徵》卷五

徐照

徐照（?—1211）字道晖，一字灵晖，号山民，永嘉（今属浙江）人。工诗，与徐玑（号灵渊）、赵师秀（号灵秀）、翁卷（字灵舒）号“永嘉四灵”。终身布衣，未尝仕进。《宋史翼》有传。著有《芳兰轩集》。今存词五首。

1. 王士禛：

顾太尉“换我心，为你心，始知相忆深”，自是透骨情语，徐山民“妾心移得在君心，方知人恨深”全袭此，然已为柳七一派滥觞。

《花草蒙拾》

2. 谭莹：

相思无处说相思，妾欲移心恨未知。

谁谓山民工小令，至今人说四灵诗。

《论词绝句一百首》（《乐志堂诗集》卷六）

3. 沈泽棠：

徐山民与徐玑、翁卷、赵师秀号“永嘉四灵”，诗皆工晚唐体。其〔南歌子〕云：“帘景篵金线，炉烟袅翠丝。菰芽新出满盆池，唤取玉瓶添水买鱼儿。　意取钗重碧，慵梳髻翅垂。相思无处说相思，笑把画罗小扇觅春词。”纤细无味，此则词中四灵派。而笃嗜此种者，竟以此始为正法眼藏，宗风不几堕哉？

山民〔阮郎归〕下阕结句云：“妾心移得在君心，方知人恨深。”情挚语太过则似柳七。南唐小令已有“换我心，为你心，始知相忆深”之句（按：此为后蜀顾敻〔诉衷情〕词中语。），此词得无山谷所云“伤事主”耶？

《忏庵词话》

4. 况周颐：

徐山民词〔南歌子〕云："相思无处说相思，笑把画罗小扇觅春词。"〔阮郎归〕云："妾心移得在君心，方知人恨深。"此陆辅之所摘警句也。余喜其〔玉楼春〕起调云："萤飞月里无光色。波水不摇楼影直。"状夜景妙肖入神，尤能以淡静胜。又，《文献通考》云："徐照、徐玑、翁卷、赵师秀四人号'永嘉四灵'，唯赵师秀尝登第改官。"则山民或竟一布衣矣。检《芳兰轩诗集》，有《永州书怀》、《题浯溪》、《永州寄翁灵舒》诸作，其《寄灵舒》句云："古郡百蛮边，苍梧九点烟。去家疑万里，归计在明年。"山民盖寓永稍久，或尝薄宦此间，今不可考。其卒在嘉定初，则当为孝、光时人。

《历代词人考略》卷三十三

5. 况周颐：

徐山民〔瑞鹧鸪〕云："雨多庭石上苔文。门外春光老几分。为把旧书藏宝带，误翻残酒湿绡裙。　风头花片难装缀，愁里莺声怯听闻。恰似剪刀裁破恨，半随妾处半随君。"〔瑞鹧鸪〕调与七言律诗同，山民此词却必不可作七律观。此词与诗之别也。

《珠花簃词话》（《历代词人考略》卷三十三引）

6. 况卜娱：

宋徐照〔清平乐〕后段云："迎人卷上珠帘，小螺未拂眉尖。贪教玉笼鹦鹉，杨花飞满妆奁。"描写闺娃憨态，饶弦外音。

《织余琐述》

刘学箕

刘学箕（生卒年不详）字习之，自号种春子，崇安（今属福建）人。刘子翚之孙，刘坪之子。恬于仕进，隐居南山。家饶池馆，有堂曰“方是闲”，因又号方是闲居士。有《方是闲居士小稿》。《彊村丛书》辑有《方是闲居士词》一卷。

1. 刘淮：

诗靡香山之垒，词拍稼轩之肩。

《方是闲居士小稿》

2. 杨希闵：

此词有寄托，前段言江山寥落无人杰也，后段言当路者高居深拱不恤国乱民散也。（评刘学箕〔乌夜啼〕“长亭急管生愁”）

《词轨》补录卷三

3.《续修四库全书总目提要》：

气势雄浑，颇似辛、刘。其〔贺新郎〕《和稼轩》……前目以为忠孝之气，奕奕纸上，虽置之稼轩集中，殆不能辨，洵非虚誉。其〔唐多令〕《登多景楼》一首，盖亦仿效刘龙洲安远楼作也。

《方是闲居士词一卷提要》

刘镇

刘镇（生卒年不详）字叔安，号随如，学者称随如先生。南海（今广东广州）人。宁宗嘉泰二年（1202）进士，与弟秖、铎并有文名，有司旌其所居坊名“丛桂”。有《随如百咏》，有后人辑本。

1. 刘克庄：

叔安刘君落笔妙天下，间为乐府，丽不至亵，新不犯陈，借花卉以发骚人墨客之豪，托闺怨以寓放臣逐子之感，周、柳、辛、陆之能事，庶乎其兼之矣。

《跋刘叔安感秋八词》（《后村题跋》卷二）

2. 杨慎：

刘叔安，名镇，号随如……南渡填词钜工也。

《词品》卷五

3. 贺裳谟：

作词不待用事，用之妥切，则语始有情。刘叔安〔水龙吟〕《立春怀内》曰：“双燕无凭……”此用樊夫人刘纲事，妙在与己姓暗合。若他人用之，虽亦好语，终减量矣。

《皱水轩词筌》

4. 沈雄：

泰定中，进士刘叔安，有《随如百咏》，富贵蕴藉，不屑为无意味句者。其词皆时令物情之什。

《柳塘词话》（《古今词话·词评》上卷引）

5. 王初桐：

刘叔安乐府，丽不至亵，新不犯陈。

《小嫏嬛词话》卷二

6. 谭莹：

柳周辛陆事兼能，论到随如得未曾。刘潜夫语，见花庵《绝妙词选》并《绝妙好词》笺。

岂独后村评骘当，心倾周密又黄昇。

《三十六首专论岭南人》（《乐志堂诗集》卷六）

7. 陈廷焯：

叔安词韵味深婉，得欧阳永叔之遗。

《云韶集》卷六

8. 潘飞声：

刘叔安先生，名镇，南海人。嘉泰壬戌进士，自号随如子，有《随如百咏》。其词格高气远，情致绵邈，而才足以运之，为宋代词家特出。〔沁园春〕《题西宗云山楼》云："爽气西来……"又〔花心动〕《题临安新亭》云："鸠雨催晴……"此等词，用意摛藻，宛转浑雅，总不轻下一笔，真是大家手笔。

昔人谓耆卿情有余而才不足，夫以屯田犹未能两者俱兼，况他人哉？随如集〔汉宫春〕《郑贺守席上怀旧》云："日软风柔……"又〔水龙吟〕《庚寅寄远》云："老来惯与春相识……"二词情文交至，不知较之耆卿如何？随如集中《丙戌清明和章质夫韵》调〔水龙吟〕云："弄晴台馆收烟候……"《丙子元夕》调〔庆春泽〕云："灯火烘春……"情思婉妙，读者疑为白石道人集中作。

随如先生集中有〔念奴娇〕一调赋茉莉云："调冰弄雪……"赋物小题，而托体高华，此宋人与元明人异处。

《粤词雅》

9. 潘飞声：

红尘醉帽爱金挥，曾羡花翁荣蹇归。

绝意青楼题小扇，春愁多半在屏帏。"屏帏半掩，奈梦魂不到愁边"，又"屏山半掩，还别有愁来路"，皆名句。

《论粤东词绝句》（《说剑堂集》）

10. 况周颐：

刘随如〔水龙吟〕《丙子立春怀内》云："三山腊雪才消，夜来谁转回寅斗。试灯帘幕，送寒幡胜，暗香携手。少日欢娱，旧游零落，异乡歌酒。到如今，生怕春来太早，空赢得、两眉皱。　春到兰湖少住，肯殷勤、访梅寻柳。相思人远，带围宽减，粉痕消瘦。双燕无凭，尺书难表，甚时回首。想画阑、倚遍东风，闲负却、桃花咒。"歇拍二句与秦太虚〔眼儿媚〕后段"绮窗人在东风里"云云，异曲同工。又〔玉楼春〕《东山探梅》歇拍云："白头空负雪边春，著意问春春不语。"语意亦淡而深。

《历代词人考略》卷三十六

11.《续修四库全书总目提要》：

刘潜夫论其词云："丽不致亵，新不犯陈，周、柳、辛、陆之能，庶乎兼之。"其所褒美，似嫌逾量。然其词翻陈出新，戛戛独造……造句用事，别具心裁，谢朝华于已披，启夕秀于未振，此之谓矣。

《随如百咏一卷提要》

张侃

张侃（生卒年不详）字直夫，扬州（今属江苏）人，卜宅吴兴（今浙江湖州）。侃尝官监常州奔牛镇酒税、上虞丞。嘉定十六年（1223），自金坛解组。宝庆二年（1226），宰句容。端平二年（1235），签判镇江。有《张氏拙轩集》六卷，内有论词之《拣词》一卷，收入《词话丛编》，改称《拙轩词话》。赵万里《校辑宋金元人词》自《永乐大典》辑有《拙轩词》一卷。

1.《续修四库全书总目提要》：

〔感皇恩〕云："罨画湖山最春早……"用笔虽未精悍，而宛转雅好，态度安闲，自成风格，惜其传词甚少也。

《拙轩词一卷提要》

周文璞

周文璞（生卒年不详）字晋仙，号方泉，又号野斋、山楹，阳谷（今属山东）人。曾官溧阳县丞。能诗，与姜夔等唱和。有《方泉先生诗集》。今存词二首。

1. 杨慎：

周晋仙，名文璞，宋淳熙间人。其字曰晋仙者，因名璞，义取郭璞，故曰晋仙也。能诗词，好奇怪。有《灌口二郎歌》，为时所称，以为不减李贺。……有《题酒家壁》〔浪淘沙〕一词云："还了酒家钱……"其词飘逸似方外尘表。

《词品》卷二（按：《词苑萃编》卷五引此条作《词苑》，文字稍异。）

2. 况周颐：

周晋仙《题酒家壁词》〔浪淘沙〕虽自然超妙，然学之非宜，恐堕野狐禅也。晋仙又有〔一剪梅〕云："风韵萧疏玉一团。更著梅花，轻袅云鬟。者回不是恋江南。只为温柔，天上人间。　赋罢闲情共倚阑。江月庭芜，总是消魂。流苏斜掩烛花寒。一样眉尖，两处关山。"见弁阳翁《绝妙好词》。斯为倚声正轨，晋仙所称"细雨湿流光"五字，乃冯正中《阳春集》〔南乡子〕词句，谓出《花间集》，误也。晋仙子伯弜尝选《唐三体诗》。

《历代词人考略》卷三十三

韩嘐

韩嘐（生卒年不详）字子耕，号萧闲，词集名《萧闲词》，有后人辑本。

1. 况周颐：

韩子耕〔高阳台〕《除夕》云："频听银签……"此等词语浅情深，妙在字句之表，便觉刻意求工是无端多费气力。

韩子耕词妙处，在一"松"字，非功力甚深不办。

《蕙风词话》卷二

2.《续修四库全书总目提要》：

嘐词所存虽少，而雅洁秀丽，娉婷袅娜，〔浪淘沙〕《丰乐楼》云："……"造语警饬，运笔空灵。集中诸首，并可诵也。

《萧闲词一卷提要》

孙惟信

孙惟信（1179—1243）字季蕃，号花翁，开封（今属河南）人，居婺州（今浙江金华），曾以荫为监当官，弃官游四方。光宗时隐居西湖。与赵师秀、刘克庄游。惟信善雅谈，长身缊袍，意度疏旷，见者以为侠客异人。有《花翁集》，词有后人辑本《花翁词》。

1. 刘克庄：

（花翁）长身缊袍，意度疏旷，见者疑为侠客异人。其倚声度曲，公谨之妙；散发横笛，野王之逸；奋袖起舞，越石之壮也。

《孙花翁墓志》（《后村集》卷三十九）

2. 刘克庄：

中年豪宕以词行，醉墨淋漓一座倾。

《夜检故书得孙季蕃词有怀其人二首》其二（《全宋诗》）

3. 沈义父：

孙花翁有好词，亦善运意。但雅正中忽有一两句市井句，可惜。

《乐府指迷》

4. 朱彝尊：

施乘之、孙季蕃盛以词鸣，沈伯时《乐府指迷》亦为矜誉，今求其集，不可复睹。

《词综·发凡》（《词综》）

5. 查礼：

（花翁）词之情味缠绵，笔力幽秀，读之令人涵泳不尽。

《铜鼓书堂词话》

6. 王初桐：

孙花翁盛有词名，其集不传。沈伯时云：花翁有好词，亦善运意，但雅正中忽有一两句市井语，可惜。

《小螂嬛词话》卷二

7. 谭莹：

弃官长短句工吟，故事花翁集里寻。

人物语应无市井，当留此论作词箴。

《论词绝句一百首》(《乐志堂诗集》卷六)

8. 况周颐：

孙花翁〔夜合花〕词云："风叶敲窗，露蛩吟甃，谢娘庭院秋宵。凤屏半掩，钗花映烛红摇。润玉暖，腻云娇。染芳情、香透鲛绡。断魂留梦，烟迷楚驿，月冷蓝桥。　　谁念卖药文箫。望仙城路杳，莺燕迢迢。罗衫暗摺，兰痕粉迹都销。流水远，乱花飘。苦相思、宽尽香腰。几时重恁，玉骢过处，小袖轻招。"此词风流蕴藉，神韵独绝。又〔烛影摇红〕《咏牡丹》"一朵鞓红"云云，〔南乡子〕"璧月小红楼"云云，二词亦集中佳胜，诚如查恂叔云："缠绵幽秀，令人涵泳不尽。"

《历代词人考略》卷三十四

9. 吴梅：

《花翁集》今不传，其词仅见《绝妙好词》所录五首而已。刘后村《花翁墓志》云：始昏于婺，后去婺游，留苏杭最久。一榻之外无长物，躬爨而食，书无乞米之贴，文无逐贫之赋，终其身如此。是花翁平生亦略见矣。沈伯时云：孙花翁有好词，亦善运意，但雅正中时有一二市井语。余谓翁集既佚，无可评骘。就弁阳所录，固无此病也。

《词学通论》

10.《续修四库全书总目提要》：

沈伯时云："孙花翁有好词，亦善运意，但雅正中时有一二市井语。"刘克庄云："季蕃倚声度曲，公瑾之妙。"今以所存论之，沈评最为精当。〔夜合花〕云："风叶敲窗……"伯时所谓雅正者也。〔清平乐〕云："分付许多风致，送人行下楼儿。"〔水龙吟〕云："祷告些儿，也都不是，求名求利。"〔昼锦堂〕云："银屏下争信有人，真个病也，天天。"皆伯时所谓市井语也。惟信之词驳杂不纯，此可明征者已。

《花翁词一卷提要》

方千里

方千里（生卒年不详），衢州信安（今属浙江）人。曾官舒州签判。有《和清真词》。

1. 刘体仁：

千里遍和美成词，非不甚工，总是堆炼法，不动宕。唯“鸿影又被战尘迷”一阕，差有气。

《七颂堂词绎》

2. 贺裳：

长调推秦、柳、周、康为协律。……要此数家，正是王石厨中物，若求王武子琉璃匕内豚味，吾谓必当求之陆放翁、史邦卿、方千里、洪叔玙诸家。

《皱水轩词筌》（按：《词苑萃编》卷二引此条作《词苑》。）

3. 沈雄：

（方千里）〔过秦楼〕、〔风流子〕是和词之出一头地者。

《古今词话・词评》上卷

4.《四库全书简明目录》：

千里词规模邦彦，故追和其韵，如苏轼之和陶，虽天然谐婉，终有芒忽之差，然亦似唐摹晋帖，几于乱真矣。

《和清真词》

5. 陈廷焯：

和清真而笔法亦雅近清真。字字婉约，老境可叹。

《云韶集》卷七

6. 况周颐：

方千里，时代未详。毛子晋《和清真词跋》：美成提举大晟乐府，每制一调，名流辄依律赓唱。独东楚方千里、乐安杨泽民有

《和清真全词》各一卷，或合为《三英集》行世云云。以其语意审之，似乎周、方为同时人矣。然黄花庵录千里词三阕入《中兴以来绝妙词选》，继此选家因之皆列为南宋人。考《夷坚志·癸集》有云："乾道辛卯，饶州将秋试，是时以荐福寺为举场。鄱阳士人李似于八月七日夜梦行天庆观街，逢报榜人络绎呼云：'解元是王播之秀才！'未及细问而寤。遍思朋游卓卓，皆无此姓名。独念《尚书·盘庚篇》有'王播告之修，不匿厥指，王用丕钦。罔有逸言，民用丕变'之句，是一好书义题目。因入州学语其友方千里子村曰：'吾梦如是，想必出此。正系子村本经，决非偶然，故密以相告，盍预为之备。'子村曰：'固已曾商量，未必然也。'殊不介意。及引试，果为第一篇题，子村悔不从李言，忉怅失色。既揭榜，遭黜"。志止此此李似之友姓方名千里者，殆即和清真词之方千里，则其字与时代均可考得。盖千里南宋孝宗时人，花庵列之南宋，古□文氏误也。诸家以千里为三衢人，乃依据《花庵词选》，而杨湜《古今词话》则云"东楚方千里"。此云"饶州"，考地志饶州本楚番邑，吴置鄱阳郡，隋改饶州，至宋因之，与杨云"东楚"正合。千里词，如花庵所选〔过秦楼〕"柳洒鹅黄"阕、《词综》所选〔塞垣春〕"四远天垂野"阕，并近清真风格。其〔诉衷情〕起调云："一钩新月淡于霜。杨柳渐分行。""杨柳"句得淡月之神。〔风流子〕歇拍云："争表为郎憔悴，相见方知。"作质朴语亦刻意学清真处。

《历代词人考略》卷二十

7. 蔡嵩云：

南渡后，大晟乐谱散失，不独柳谱全亡，周谱亦所存无几。坊曲优伎有能歌清真词一二调者，人莫不视同珠璧。惟其审音用字之法既不传，如是群视周词四声为金科玉律。方千里、杨泽民、陈西麓诸家和清真调，谨守四声，少有踰越，即其一例。厥后词家，因守周词之四声，遂推而守其他音律家之四声，此南宋守四声词派所由成立也。

北宋尚无守四声之说。通音律之词家，大都能按宫制谱，审音用字。南渡后，此法渐失传，于是始有守四声词派出，以求于律不迕。至所谓守四声，在一调中，有全守者，有半守半不守者，方、杨诸家之和清真，每有此现象。

《柯亭词论》

杨泽民

杨泽民（1182—？），乐安（今属江西）人。曾为赣州推官。有《和清真词》。时人以周邦彦、方千里与泽民词合刻，称《三英集》。

1．丁绍仪：

宋杨泽民有《续和清真词》。后人合美成、千里作为《三英集》，其词远不如方，无论乎周。

《听秋声馆词话》卷九

2．况周颐：

杨泽民和清真词，曩曾见知圣道斋抄本，钱塘丁氏善本书室所藏亦精抄本。近唯海丰吴氏依北海郑氏石芝勘校本刻入《山左人词》，其书印行无多，传本即已难致。丁杏舲所称之三阕以〔玉楼春〕为尤胜，所谓自然从追琢中出，雅近清真消息。

《历代词人考略》卷二十

3．况周颐：

“良人轻逐利名远，不忆幽花静院”，杨泽民〔秋蕊香〕句。“幽花静院”，抵多少“盈盈秋水，淡淡春山。”“良人”句质不涉俗，是泽民学清真处。

《蕙风词话》卷二

4．胡玉缙：

今观其词，清蔚虽远逊原作，而浏亮实不减千里，可称绛树两歌，黄华二牍。

《和清真词提要》（《四库未收书目提要续编》）

5．蔡嵩云：

南渡后，大晟乐谱散失，不独柳谱全亡，周谱亦所存无几。

坊曲优伎有能歌清真词一二调者，人莫不视同珠璧。惟其审音用字之法既不传，如是群视周词四声为金科玉律。方千里、杨泽民、陈西麓诸家和清真调，谨守四声，少有踰越，即其一例。厥后词家，因守周词之四声，遂推而守其他音律家之四声，此南宋守四声词派所由成立也。

北宋尚无守四声之说。通音律之词家，大都能按宫制谱，审音用字。南渡后，此法渐失传。于是始有守四声词派出，以求于律不迕，至所谓守四声，在一调中，有全守者，有半守半不守者，方、杨诸家之和清真，每有此现象。

《柯亭词论》

陈以庄

陈以庄（生卒年不详）字敬叟，号月溪，建安（今福建建瓯）人。黄铢之甥。有《陈敬叟集》，刘克庄为序。今存词三首。

1. 刘克庄：

敬叟诗才气清拔，力量宏放。为人旷达如列御寇、庄周；饮酒如阮嗣宗、李太白；笔札如谷子云；草隶如张颠、李潮；乐府如温飞卿、韩致光。余每叹其所长，非复一事。

《敬叟集序》（《词林纪事》卷十五引）

2. 况周颐：

偶阅《闽词钞》，宋陈以庄〔菩萨蛮〕云："举头忽见衡阳雁。千声万字情何限。叵耐薄情夫。一行书也无。　泣归香阁恨。和泪淹红粉。待雁却回时。也无书寄伊。"歇拍云云，略失敦厚之旨。所谓尽其在我何也。然而以谓至深之情，亦无不可。

《蕙风词话》卷二

黄机

黄机（生卒年不详）字几仲，一云字几叔，号竹斋，东阳（今属浙江）人。曾任于州郡，游宦吴楚之间，多有与岳珂唱酬之作。著有《竹斋诗余》。

1. 毛晋：

次仲、几叔辈不乏“宠柳娇花”、“燕昕莺肮”等语，何愧大晟上座耶。

《竹斋诗余跋》（《宋六十名家词》）

2. 李调元：

黄机《竹斋诗余》，清真不减美成，而《草堂集》竟不选一字。

《雨村词话》卷二

3. 《四库全书总目提要》：

机所赠词，亦皆沉郁苍凉，不复作草媚花香之语。

《竹斋诗余提要》

4. 《四库全书简明目录》：

机才气磊落，多与岳珂以长调唱酬，极激楚苍凉之致。

《竹斋诗余》

5. 谭莹：

竹斋名藉草堂存，沉郁苍凉一代论。

刻翠剪红原不屑，唱酬唯有岳王孙。

《论词绝句一百首》（《乐志堂诗集》卷六）

6. 陈廷焯：

竹斋词情意恳到，处处皆身历其境语。

《云韶集》卷六

7. 陈廷焯：

黄几仲〔虞美人〕云:“书生万字平戎策，苦泪风前滴。”……此类皆慷慨激烈,发欲上指。词境虽不高,然足以使懦夫有立志。《白雨斋词话》卷六

8. 况周颐：

黄几仲《竹斋诗余》，清辞丽句络绎行间。兹摘录如左，毛子晋所称“不愧大晟上座”者也。〔乳燕飞〕云：“问取归期何日是，指点庭前幽树定，冷蕊疏花将吐。”〔摸鱼儿〕云：“蓬松不理金钗溜，鸾镜一奁香雾。”又云：“任门外东风，流莺声里，尽日搅飞絮。”〔木兰花慢〕云：“春来故园渐好，似不应，不醉把春休。”〔满江红〕云：“归梦不知家远近，飞帆正挂天西北。”〔清平乐〕云：“卓午花阴不动，一双蝴蝶团圆。”〔谒金门〕云：“燕子双双来未久，颇知人意否？”又前调云：“妆罢宝奁慵不掩，无风香自满。”〔霜天晓角〕云：“却笑英雄自古，兴亡事，类如此。”〔夜行船〕云：“说似游人，直须烧烛，早晚绿阴青子。”〔鹊桥仙〕云：“黄花似钿，芙蓉如面，秋事凄然向晚。”又前调云：“夕阳明处一回头，有人在、高楼凝望。”〔虞美人〕云：“浅山荒草记当时，筱竹篱边，羸马向人嘶。”〔临江仙〕云：“觉来烟雨满平芜，客情殊索莫，肯唤一尊无。”全阕如〔沁园春〕《次岳总干韵》云：“日过西窗，客枕梦回，庭空放衙。记海棠洞里，泥金宝罥，酴醾架下，油壁钿车。醉墨题诗，蔷薇露重，满壁飞雅行整斜。争知道，向如今漂泊，望断天涯。　小桃一半蒸霞。更两岸垂杨浑未花。便解貂贯酒，消磨春恨，量珠买笑、酬答年华。对面青山，招之不至，说与浮云休苦遮。山深处，见炊烟又起，知有人家。”此词在黄集中最为精稳，自是矜心作意之笔。又〔传言玉女〕云：“日薄风柔，池面欲平还皱。纹楸玉子，磔磔敲春昼。衾绣半卷，花气浓薰香兽。小团初试，辘轳银甃。　梦断阳台，甚情怀、似病酒。凤奁羞对，比年时更瘦。双燕乍归，寄与绿笺红豆。那堪

又是、牡丹时候。"〔丑奴儿令〕云:"绮窗拨断琵琶索,一一相思。一一相思。无限柔情说似谁? 银钩欲写回文曲,泪满乌丝。泪满乌丝。薄幸知他知不知?"或闲情如画,或雅韵欲流,皆合作也。

《宋人词话》

严仁

严仁（生卒年不详）字次山，号樵溪，邵武（今属福建）人。与同族严羽、严参齐名，称“邵武三严”。词集名《清江欸乃》，已佚。今有后人辑本。

1. 黄昇：

次山词，极能道闺阁之趣。

《词苑萃编》卷五引

2.《草堂词评》：

严次山《清江欸乃集》，极为词家所重。〔玉楼春〕之《春怨》、〔鹧鸪天〕之《别情》、〔绿头鸭〕之《记恨》、〔金缕曲〕之《送春》，无不入选，而吾独爱其“粘云江影伤千古，流不去断魂处”，自是才人创句。

《历代词话》卷八引

3. 杨慎：

严仁，字次山，词名《清江欸乃》，其佳处有“粘云江影伤千古，流不去断魂处”之句。又长于庆寿、赠行，洒然脱俗。（卷四）

赵汝愚《题鼓山寺》云：“几年奔走厌尘埃……”朱晦翁摘诗中“天风海涛”字题扁……严次山有〔水龙吟〕题于壁云“飙车飞上蓬莱……”赵诗、朱字、严词，可谓三绝。（卷五）

《词品》

4. 贺裳：

词虽以险丽为工，实不及本色语之妙。如……严次山“一春不忍上高楼，为怕见、分携处”，观此种句，觉“红杏枝头春意闹”尚书安排一个字费许大气力。

《皱水轩词筌》

5. 邹祗谟：

诗家有王、孟、储、韦一派，词流惟务观、仙伦、次山、少鲁诸家近似，与辛、刘徒作壮语者有别。

《远志斋词衷》

6. 沈雄：

严次山词，极能道闺帏之趣，名《清江欸乃》，杜月渚为之序。族人严羽、严参，时称“邵武三严”，见花庵选。

《古今词话·词评》上卷

7. 沈雄：

近代选家，无有不知次山词者，〔玉楼春〕《春思》、〔鹧鸪天〕《别情》是也。甚则〔多丽〕之《记恨》、〔金缕曲〕之《送春》，有不能释卷者。独“粘云江影伤千古，流不去断魂处”，是才人创句，而亦削之，为咄咄怪事。

《柳塘词话》（《古今词话·词评》上卷引）

8. 田同之：

严次山“一春不忍上高楼，为怕见，分携处”，观此种句，即可悟词中之真色生香。且“怕人留恋伊”，“为怕见、分携处”，两“怕”字用来妙不可言。若用一“恐”字，亦未尝说不去，然毫厘差则千里谬矣。盖词中雅俗字原可互相胜负，非文理不背即可通用，此仅可为解人道也。

《西圃词说》

9. 王初桐：

严次山词，极能道闺阁之趣，有《清江欸乃》一卷。

《小嫏嬛词话》卷二

10. 陈廷焯：

次山词雅近和凝。

《云韶集》卷六

11. 况周颐：

严次山词，除〔玉楼春〕等四阕见称于《草堂词评》外，断句如〔蝶恋花〕“风送生香来近远。笑声只在秋千畔。”〔鹧鸪天〕云：“挑成锦字心相向，未必君心似妾心。”〔一落索〕云：“一春不忍上高楼，为怕见、分携处。”〔南柯子〕云：“门前溪水泛花流。流到西川犹是、故家愁。”〔菩萨蛮〕云：“寄语笛休横。只消三两声。”可谓工于言情。次山词见花庵《绝妙词选》，凡三十阕。

《历代词人考略》卷三十七

12. 况卜娱：

宋严仁词〔醉桃源〕云：“拍堤春水蘸垂杨，水流花片香。弄花噆柳小鸳鸯，一双随一双。”描写芳春景物，极娟妍鲜翠之致，微特如画而已，政恐刺绣妙手，未必能到。

《织余琐述》（《蕙风词话》卷二引）

张辑

张辑（生卒年不详）字宗瑞，号东泽，鄱阳（今江西鄱阳）人。父张履信曾知连州。辑从姜夔得诗法，为江湖派诗人，冯去非称之为“东仙”。曾为朱希真《应制词韵》作《衍义》以释之。词集有《东泽绮语债》、《清江渔谱》。

1. 黄昇：

有词二卷，名《东泽绮语债》。朱湛卢为序，称其得诗法于姜尧章，世所传《欸乃集》，皆以为采石月下，谪仙复作，不知其又能词也。其词皆以为篇末之语，而立新名云。

《中兴以来绝妙词选》卷九

2. 杨慎：

张宗瑞，鄱阳人，号东泽，词一卷，名《东泽绮语债》。其词皆倚旧腔，而别立新名，亦好奇之过也。

《词品》卷五

3. 朱彝尊：

词莫善于姜夔，宗之者张辑、卢祖皋、史达祖、吴文英、蒋捷、王沂孙、张炎、周密、陈允平、张翥、杨基，皆具夔之一体。

《黑蝶斋诗余序》（《曝书亭集》卷四十）

4. 汪森：

鄱阳姜夔出，句琢字炼，归于醇雅。于是史达祖、高观国羽翼之，张辑、吴文英师之于前，赵以夫、蒋捷、周密、陈允衡、王沂孙、张炎、张翥效之于后，譬之于乐，舞《箾》至于九变，而词之能事毕矣。

《词综序》

5. 焦袁熹：

〔采桑子〕《编纂〈乐府妙声〉竟作》

张君绮语真清绝，白石传衣。分付红儿。多恐声牙不似伊。　　老仙自解修箫谱，只合曹随。朱碧看迷。多事新题换旧题。

《此木轩直寄词》

6. 王初桐：

张辑《东泽绮语债》，调名皆标新寓旧，如〔钓船笛〕寓〔好事近〕，〔南浦月〕寓〔点绛唇〕，通卷如是。朱湛庐云：东泽得诗法于姜尧章，不知其又能词也。

《小嫏嬛词话》卷二

7. 黄苏：

朱湛卢曰：东泽得诗法于姜尧章，世谓谪仙复作，不知其又能词也。东泽，辑集名。英雄失路，岁月易徂，回想故乡，能无耿耿。（评张辑〔桂枝香〕“梧桐语细”）

《蓼园词评》

8. 沈道宽：

红牙按拍唱新声，顾曲周郎共此情。

东泽还余绮语债，心香一瓣为先生。

《论词绝句》（《话山草堂诗钞》卷一）

9. 谭莹：

绮语能工债亦酬，一分憔悴一分秋。

鄱阳词法兼诗法，怪说词家第一流。

《论词绝句一百首》（《乐志堂诗集》卷六）

10. 陈廷焯：

东泽词情高韵远。

《云韶集》卷六

11. 陈廷焯：

白石词，如白云在空，随风变灭，独有千古……如张辑……诸家，各极其盛，然未有出白石之范围者。

《词坛丛话》

12. 况周颐：

张宗瑞《东泽绮语债》一卷，彊村朱氏依善本书室藏明钞本刻行。其《清江渔谱》一卷，则近人吴某辑本，仅据《阳春白雪》及《江湖后集》得词十二阕，寿词居其太半。宗瑞生平杰作大约具载《绮语》中矣。〔疏帘淡月〕寓〔桂枝香〕《秋思》，此阕最脍炙人口。〔貂裘换酒〕寓〔贺新郎〕《乙未冬别冯可久》"笛换春风起"云云，〔沙头雨〕寓〔点绛唇〕"带醉归时"云云，此两阕风调清婉，不在〔桂枝香〕下也。断句如〔月上瓜洲〕寓〔乌夜啼〕《南徐多景楼作》云："塞草连天，何处是神州。"〔祝英台近〕云："对酒相思，争似且留醉。"其写绵邈遥深之景，低徊往复之情，尤有事外远致，未可第以绮语目之。

《历代词人考略》卷二十四

13. 胡玉缙：

其词皆以篇末之语而立新名，别成一格。大率风流跌宕，一往情深，颇有李白〔忆秦娥〕、〔菩萨鬘〕之遗意。

《东泽绮语提要》(《四库未收书目提要续编》)

14. 吴梅：

东泽得诗法于姜尧章，词亦学之，但少尧章清刚之气耳。集中词共二十三首，皆摘取词中语标作牌名，与方回《寓声》正同。顾贺、张二家则可，今人则万不能学也。诸作中亦有效苏、辛者，如〔貂裘换酒〕(即〔贺新郎〕)《乙未冬别冯可久》、〔淮甸春〕(即〔念奴娇〕)《访淮海事迹》、〔东仙〕(即〔沁园春〕)《冯可迁号予为东仙，故赋》。皆雄健可喜，不似〔疏帘淡月〕之婉约矣。惟〔杏梁燕〕(即〔解连环〕)则与〔梧桐雨细〕情韵相类。盖东泽能融合豪放婉丽为一也。

《词学通论》

15. 配生：

“杨柳岸、晓风残月”，世称绝调，良以气清神逸，得之天助，此虽名家集中，未易数觏。张东泽〔疏帘淡月〕歇拍云：“疏帘淡月，照人无寐。”写闲情幽致，入妙入神，视三变此词，庶乎近之。

《酹月楼词话》

16. 《续修四库全书总目提要》：

辑受诗法于白石道人，其词清蒨闲雅，亦渊源白石者……句法虽异，而气味则同。统观全词，白石清空缥缈之中，时有精拔之处；辑清雅有余，浑厚不足，如〔疏帘淡月〕之“落叶西风，吹老几番尘世”，与〔垂杨碧〕之“千里江南真咫尺，醉中归梦直”，最得白石之神，惜其不多见耳。

《东泽绮语债一卷、清江渔谱一卷提要》

黄孝迈

黄孝迈（生卒年不详），字德文，号雪舟。生平不详，有《雪舟长短句》，刘克庄曾为之跋。今存词二首。

1. 刘克庄：

孝迈英年，妙才超轶，词采溢出，天设神授，朋侪推独步，耆宿避三舍，酒酣耳热，倚声而作者，殆欲摩刘改之、孙季蕃之垒。今士非黄策子不暇观、不敢习，未有能极古今文章变态节奏，而得其遗意如君者。

《黄孝迈长短句跋》（《适园丛书》本《后村题跋》卷八）

2. 刘克庄：

（孝迈词）其清丽，叔原、方回不能加，其绵密骎骎秦郎"和天也瘦"之作矣。

《再题黄孝迈长短句》（《适园丛书》本《后村题跋》卷十）

3. 刘克庄：

孙花翁死，世无填词手。后有黄孝迈，近有汤野孙……二君词虽工，如世不好何？然二君皆约而在下，世故忧患不入其心，姑以流连光景，歌咏太平为乐，安知他日无蜀公辈人击节赏音乎？

《汤野孙长短句跋》（《适园丛书》本《后村题跋》卷十三）

4. 谭莹：

梨花好梦不曾圆，忙恨东风咏水仙。

辛苦后村评骘当，雪舟相识十年前。

《论词绝句一百首》（《乐志堂诗集》卷六）

5. 况周颐：

黄雪舟词，清丽芊绵，颇似北宋名作。唯传作无多，殊为憾事。其〔水龙吟〕云："柔肠一寸，七分是恨，三分是泪。"盖仿东坡“春色三分，二分尘土，一分流水”之句，所不逮者，以刻镂稍著痕迹耳。其歇拍云：“待问春，怎把千红，换得一池绿水。”亦从“一分流水”句引伸而出。

《蕙风词话续编》卷一

6. 高旭：

雪舟词句剧消魂，描出湘真夜月痕。

翠玉楼前谁不感，甚时重与见桃根。

《论词绝句》三十首（《未济庐诗集》）

刘克庄

刘克庄（1187—1269）字潜夫，号后村，学者称后村先生，莆田（今属福建）人。宁宗嘉定二年（1209）以荫补将仕郎，后知建阳县。言官指其《落梅》诗以为讪谤，免官。端平初真德秀帅闽，辟为帅司参议官。理宗淳祐六年（1246）以“文名久著，史学尤精”特赐同进士出身，除秘书少监、国史院编修官，累官至工部尚书兼侍读，以龙图阁直学士致仕，卒谥文定。有《后村先生大全集》，词集名《后村长短句》，一名《后村别调》。

1. 刘克庄：

青端帖子让渠侬，别有诗余端变风。
压尽晚唐人以下，托诸小石调之中。
蜀公喜柳歌仁庙，洛叟讥秦渫上穹。
可惜今世同好者，樽前忆杀老花翁。

《自题长短句后》（《后村大全集》卷三十四）

2. 张炎：

潜夫负一代时名，《别调》一卷，大约直致近俗，效稼轩而不及者。

沈雄《古今词话·词评》上卷引

3. 杨慎：

刘克庄，字潜夫，号后村。有《后村别调》一卷，大抵直致近俗，效稼轩而不及也。

《词品》卷五

4. 俞彦：

唐诗三变愈下，宋词殊不然……南渡以后，矫矫陡健，即不得称中宋、晚宋也。惟辛稼轩自度粱肉不胜前哲，特出奇险为珍错供，与刘后村辈俱曹洞旁出，学者正可钦佩，不必反唇并捧心也。

《爰园词话》

5. 毛晋：

所撰《别调》一卷，大率与辛稼轩相类。杨升庵谓其壮语足以立懦，予窃谓其雄力足以排奡。

《后村别调跋》(《宋六十名家词》)

6. 先著：

后村此调埋没于断楮敝墨之中，从前无有人拈出，真风骚之遗，不当仅作词观也。若情深而句婉，犹其余事。(评刘克庄〔贺新郎〕“妾出于微贱”)

《词洁辑评》卷六

7. 刘榛：

〔念奴娇〕《读宋名家词》

诗士骚变，下梢到、荡子尖新词曲。冶绿娇红争抹饰，那是男儿气骨？风月多情，柳郎第一，开卷羞人目。相思谱就，可怜痴恨千斛。　　儒雅本色风流，稼轩吾友，还后村吾族。太史文章工部诗，个里游行原是。下令词坛，为刘左袒，为柳长戈逐。管城先拜，义辞巾帼之辱。

《董园词》(《虚直堂文集》卷廿四)

8. 周在浚：

宋人词调，确自乐府中来。时代既异，声调遂殊，然源流未始不同，亦各就其情之所近取法之耳。周、柳之纤丽，《子夜》、《懊侬》之遗也；欧、苏纯正，非《君马黄》、《出东门》之类欤？放而为稼轩、后村，悲歌慷慨，旁若无人，则汉帝《大风》之歌，魏武《对酒》之什也。究其所以，何尝不言情，亦各自道其情耳。

《借荆堂词话》(徐釚《词苑丛谈》卷四引)

9. 焦袁熹：

〔采桑子〕《编纂〈乐府妙声〉竟作》

辛稼轩、刘龙洲、后村

痴儿骙女知何恨，学语幽鸣。滴粉搓酥。看取堂堂一丈夫。二刘未许曹刘敌，而况其余。湖海尤粗（此句谓同父）。总与辛家作隶奴。

后村

承恩主判茅君洞，史学文才。姓氏风雷。笔底鞫輘起怒雷。山歌协律如匏竹，豪气粗材。伧父休咍。多少尊拳笑受来。

《此木轩直寄词》

10. 厉鹗：

尝以词譬之画，画家以南宗胜北宗。稼轩、后村诸人，词之北宗也；清真、白石诸人，词之南宗也。

《红螺词序》(《樊榭山房文集》卷四)

11. 江昱：

辛家老子体非正，有时雅音还特存。

卓哉二刘并才俊，大目底缘规孟贲。二刘谓后村、龙洲

《论词十八首》(《松泉诗集》卷一)

12. 王初桐：

变调词辛、苏并称，当以稼轩为第一。刘龙洲、刘后村学稼轩者也，皆近乎粗。

《小嫏嬛词话》卷二

13. 李调元：

刘后村克庄词以才气胜，迥非剪红刻翠比。然服膺周清真邦彦不容口，见之于〔最高楼〕一词云："周郎后，直数到清真。""欺贺、晏，压黄、秦。"

刘后村克庄有〔满江红〕十二首，悲壮激烈，有敲碎唾壶，

旁若无人之意。南渡后诸贤皆不及。升庵称其壮语足以立懦，信然。自名别调，不辜也。

《雨村词话》卷三

14. 凌廷堪：

填词之道，须取法南宋，然其中亦有两派焉。一派为白石，以清空为主……一派为稼轩，以豪迈为主。继之者龙洲、放翁、后村，犹禅之北宗也。

张其锦《梅边吹笛谱跋》引（《清名家词》）

15. 焦循：

黄玉林《花庵绝妙词选》，不名一家，其中如刘克庄诸作，磊落抑塞，真气百倍，非白石、玉田辈所能到。

《雕菰楼词话》

16. 沈道宽：

潜夫别调写相思，且尽尊前酒一卮。

舞错伊川浑不顾，萧郎相见目成时。

《论词绝句》（《话山草堂诗钞》卷一）

17. 《四库全书总目提要》：

克庄在宋末以诗名，其所作词，张炎《乐府指迷》讥其直致近俗，效稼轩而不及。今观是集，虽纵横排宕，亦颇自豪，然于此事究非当家。

《后村别调提要》

18. 沈涛：

词以南宋为正宗，北宋诸公犹不免有粗豪处。稼轩、龙洲、后村，流派原本东坡居士，但别有寄托，未可以一例视也。

《空青馆词序》（《清名家词》）

19. 谭莹：

果被梅花累十年，后村别调有人传。

与郎眉语伊州错，快语何尝不可怜。

《论词绝句一百首》(《乐志堂诗集》卷六)

20. 刘熙载:

刘后村词，旨正而语有致。真西山《文章正宗》，诗歌一门属后村编类，且约以世教民彝为主，知必心重其人也。后村〔贺新郎〕《席上闻歌有感》云:“粗识国风关雎乱，羞学流莺百啭。总不涉闺情春怨。”又云:“我有生平离鸾操，颇哀而不愠，微而婉。”意殆自寓其词品耶。

《词概》

21. 冯煦:

后村词，与放翁、稼轩，犹鼎三足。其生丁南渡，拳拳君国，似放翁。志在有为，不欲以词人自域，似稼轩……升庵称其壮语，子晋称其雄力，殆犹之皮相也。

《蒿庵论词》

22. 陈廷焯:

潜夫词豪宕风流，有独来独往之概。

豪宕感激，悲壮风流，是潜夫本色，是苏、辛流亚。

《云韶集》卷六

23. 陈廷焯:

潜夫感激豪宕，其词与安国相伯仲，去稼轩虽远，正不必让刘、蒋。世人多好推刘、蒋，直以为稼轩后劲，何也?

《词则·放歌集》卷二

24. 陈廷焯:

张安国词，热肠郁思，可想见其为人。刘后村则感激豪宕，其词与安国相伯仲，去稼轩虽远，正不必让刘、蒋。(卷一)

二帝蒙尘，偷安南渡，苟有人心者，未有不拔剑斫地也。南渡后词，如……刘潜夫〔玉楼春〕云:“男儿西北有神州……”……此类皆慷慨激烈，发欲上指。词境虽不高，然足以使懦夫有立志。(卷六)

《白雨斋词话》

25. 蒋兆兰：

宋代词家，源出于唐五代，皆以婉约为宗。自东坡以浩瀚之气行之，遂开豪迈一派。南宋辛稼轩运深沉之思于雄杰之中，遂以苏、辛并称。他如龙洲、放翁、后村诸公，皆嗣响稼轩，卓卓可传者也。

《词说》

26. 况周颐：

刘潜夫，文章郢匠，余事填词，真率坦夷，信笔抒写，往往神似稼轩，非刻意效稼轩也。窃尝雒诵竟卷，就所赏会之句缀录如左，其于后村胜处殆犹未逮什一。〔风入松〕《福清道中作》云："多情唯是灯前影，伴此翁、同去同来。逆旅主人相问，今回老似前回。"真语可喜。〔生查子〕《灯夕戏陈敬叟》云："人散市声收，渐入愁时节。"赋情绝工。〔摸鱼儿〕《赏海棠》云："甚春来、冷烟凄雨，朝朝迟了芳信。蓦然作暖晴三日，又觉万株娇困。"尤能字字跳脱，婉转关生。又前调云："暮云千里伤心处，那更乱蝉疏柳。"〔临江仙〕《潮惠道中》云："最怜几树木芙蓉。手栽才数尺，别后为谁红。"〔踏莎行〕《甲午重九牛山作》云："向来吹帽插花人，尽随残照西风去。"此等句，非必矜心作意而后出之，亦何庸于稼轩词中求生活耶？

《历代词人考略》卷三十六

27. 刘师培：

向子諲《酒边词》、刘克庄《后村词》眷恋旧君，伤时念乱，例以古诗，亦子建、少陵之亚。此儒家之词也。

《论文杂记》

28. 吴梅：

《后村别调》，张叔夏谓直致近俗，乃效稼轩而不及者，洵然。集中〔沁园春〕二十五首，〔念奴娇〕十九首，〔贺新郎〕四十二首，〔满江红〕三十一首，可云多矣。而奔放跅弛，殊无含蕴。且寿人、自寿诸作，触目皆是，词品实不高也。《古今词话》以〔清平乐〕“贪与萧郎眉语，不知舞错伊州”二句为妙语，亦不过聪俊人口吻，非词家之极则。惟《南岳》一稿，几兴大狱，诏禁作诗，词学遂盛，此则于倚声家颇有关系。

《词学通论》

29. 配生：

后村词：“空有鬓如潘骑省，断无面见陶彭泽。”语极奇俊。

《爵月楼词话》

赵以夫

赵以夫（1189—1256）字用父，号虚斋，一号芝山老人，太宗弟魏王廷美八世孙。南渡后家长乐（今属福建）。宁宗嘉定十年（1217）进士，历知邵武军、漳州。理宗嘉熙元年（1237）拜枢密院副都承旨。淳祐初罢，寻加资政殿学士，进吏部尚书兼侍读，改礼部尚书，进资政殿学士。著有《易通》、《庄子解》等书。词集名《虚斋乐府》。

1. 汪森：

鄱阳姜夔出，句琢字炼，归于醇雅。于是史达祖、高观国羽翼之，张辑、吴文英师之于前，赵以夫、蒋捷、周密、陈允衡、王沂孙、张炎、张翥效之于后，譬之于乐，舞《箾》至于九变，而词之能事毕矣。

《词综序》（《词综》）

2. 谢章铤：

张元干长乐、赵以夫长乐、陈德武闽县、葛长庚闽清诸家，皆府治以内之人，其词莫不价重鸡林。（卷五）

填词之道，须取法南宋，然其中亦有两派焉。一派为白石，以清空为主，高、史辅之，前则有梦窗、竹山、西麓、虚斋、蒲江，后则有玉田、圣与、公谨、商隐诸人，扫除野狐，独标正谛，犹禅之南宗也。（续编三）

《赌棋山庄词话》

3. 陈廷焯：

用父词纯师白石，清逸俊快处直入其室矣。

《云韶集》卷七

4. 陈廷焯：

白石词，如白云在空，随风变灭，独有千古……如张辑、吴文英、赵以夫、蒋捷、周密、陈允平、王沂孙诸家，各极其盛，然未有出白石之范围者。

《词坛丛话》

5. 陈廷焯：

《虚斋乐府》，较之小山、淮海，则嫌平浅；方之美成、梅溪，则嫌伉坠，似郁不纡，亦是一病，绝非取径于白石。

赵以夫〔龙山会〕《九日》云："西北最关情，漫遥指、东徐南楚。黯销魂，斜阳冉冉，雁声悲苦。"感时之作，但说得太显，不耐寻味，金氏所谓"鄙词"也。

《白雨斋词话》卷八

6. 况周颐：

赵虚斋词，沉着中饶有精采，可诵之阕甚多，兹略具其目如左：〔芙蓉月〕"黄叶舞"云云，〔徵招〕《雪》"玉壶冻裂"云云，〔汉宫春〕"投老归来"云云，〔秋蕊香〕"一夜金风"云云，〔解语花〕"红香湿月"云云，〔凤归云〕"正愁予"云云，〔桂枝香〕"水天一色"云云，前调"青霄望极"云云，〔水龙吟〕"塞楼吹断"云云，〔探春慢〕"宝胜宾春"云云，〔龙山会〕"九日无风雨"云云，〔二郎神〕"野塘暗碧"云云，〔摸鱼儿〕"古城阴"云云，〔贺新郎〕"葵扇秋来贱"云云，前调"载酒阳关去"云云。其尤雅者，〔孤鸾〕《咏梅》、〔玉烛新〕《和方时父并怀孙季蕃》、〔角招〕《咏梅》诸阕。虚斋在南宋名家中庶几上驷矣。

《历代词人考略》卷三十七

周端臣

周端臣（生卒年不详）字彦良，号葵窗，建业（今江苏南京）人。《武林旧事》卷六“诸色伎艺人·御前应制”栏中有其名，盖尝为御前应制。约卒于淳祐、宝祐间。赵万里《校辑宋金元人词》辑有《葵窗词稿》一卷。

1. 况周颐：

宋周端臣〔木兰花慢〕句云：“料今朝别后，它时有梦，应梦今朝。”吕居仁〔减字木兰花〕云：“来岁花前。又是今年忆昔年。”命意政同，而遣词各极其妙。

《蕙风词话续编》卷一

2. 沈泽棠：

周端臣〔木兰花慢〕上阕云：“梅梢。尚留顾藉，滞东风、未肯雪轻飘。”下阕云：“河桥。柳愁未醒，赠行人、又恐越魂销。”“梅梢”、“河桥”，是句中用韵，古今词家每多忽略。

《忏庵词话》

3.《续修四库全书总目提要》：

端臣明于声律之学，其〔清夜游〕、〔春归怨〕并注“越调”，盖皆其自度腔，流传甚少，为可惜也。〔木兰花慢〕《送人之官九华》云：“……”立意新颖，善于擒纵，匪特规律谨严，其词亦异寻常也。

《葵窗词稿一卷提要》

张榘

张榘（生卒年不详）字方叔，号芸窗，润州南徐（今江苏镇江）人。理宗淳祐间官句容令，宝祐间为江东制置使参议、机宜文字。多谄谀贾似道之词。著有《芸窗词》。

1. 毛晋：

（《芸窗词》）如“正挑灯共听夜雨”，幽韵不减陆放翁。如“小楼燕子话春寒”，艳态不减史邦卿。至如“秋在黄花羞涩处”，又“苦被流莺，蹴翻花影，一栏红露”等语，直可与秦七、黄九相雄长。或病其饶贫寒气，毋乃太贬乎？

《芸窗词跋》（《宋六十名家词》）

2. 李调元：

人谓张榘《芸窗词》饶贫气，今观其全集如“小楼燕子话春寒”，又“秋在黄花羞涩处”，又“苦被流莺，蹴翻花影，一栏红露”，俱不减少游丰韵。

《雨村词话》卷三

3.《四库全书总目提要》：

词仅五十首，而应酬之作凡四十三首。四十三首之中，寿贾似道者五，寿似道之母者二，其余亦大抵谀颂上官之作。尘容俗状，开卷可憎，惟小令时有佳语。

《芸窗词提要》

4. 冯煦：

《芸窗》全卷只五十阕，而应酬谀颂之作，几及十九。子晋乃取其警句分配放翁、邦卿、秦七、黄九。以一人之笔，兼此四家，恐亦势之所不能也。

《蒿庵论词》

5. 陈廷焯：

张方叔〔贺新凉〕云："世上岂无高卧者，奈草庐、烟锁无人顾。"……此类皆慷慨激烈，发欲上指。词境虽不高，然足以使懦夫有立志。

《白雨斋词话》卷六

6. 况卜娱：

宋张榘词〔应天长〕《咏苏堤春晓》云："秋千架，闲晓索，正露洗绣鸳痕窄。"此等句却不嫌纤艳，以境韵胜也。又咏雷峰夕照"磬圆树杪"句，"圆"字亦极形容之妙。

《织余琐述》

宋自逊

宋自逊（生卒年不详）字谦父，号壶山，金华（今属浙江）人，徙居新建（今属江西）。与戴复古交游，词集名《渔樵笛谱》，有后人辑本，存词七首。

1. 黄昇：

文笔高绝，当代名流皆敬爱之，其词集名《渔樵笛谱》。

《中兴以来绝妙词选》卷九。

2. 黄昇：

宋字谦父，南昌人。其词名《渔樵笛谱》，率真而不事矫饰者也。

沈雄《古今词话·词评》上卷引

3. 《梅墩词话》：

每阅谦父〔蓦山溪〕词意，知其性情之所近。

沈雄《古今词话·词评》上卷引

4. 《续修四库全书总目提要》：

花庵《中兴以来绝妙词选》云：宋谦父文笔高绝，当代名流皆敬爱之……〔蓦山溪〕《自述》云："……"浅淡有情趣，虽不能谓为雅词，然不觉粗鄙者，气为之也。至若〔贺新郎〕后阕云："人到中年已后……"则又吐属清妙，雅俗泯迹者已。

《渔樵笛谱一卷提要》

刘子寰

刘子寰（生卒年不详）字圻父，号篁嵲翁，建阳（今属福建）人。嘉定十年（1217）进士。尝宦于钦州。有《篁嵲集》。赵万里《校辑宋金元人词》辑有《篁嵲词》一卷。

1. 黄昇：

刘圻父早登朱文公之门，刘后村尝序其诗，其词更上一层者。

沈雄《古今词话·词评》上卷引

2. 杨慎：

刘圻父，字子寰，号篁嵲。早登朱文公之门，居麻沙，有文集行世。其〔玉楼春〕云："今来古往长安道。岁岁荣枯原上草。行人几度到江滨，不觉身随枫树老。　蒲花易晚芦花早。客里光阴如过鸟。一般垂柳短长亭，去路不如归路好。"颇有警悟。《观泉》二句云："静坐时看松鼠饮，醉眠不碍山禽浴。"亦新。

《词品》卷五

3. 江尚质：

"静坐时看松鼠饮，醉眼不碍山禽浴"，是咏山泉之极肖者。《草窗词》又选其〔霜天晓角〕。

沈雄《古今词话·词评》上卷引

4.《续修四库全书总目提要》：

子寰词虽不免于酬应，而精深骚雅之作亦时时见之也。〔满江红〕《风泉峡观泉》云："……"字字高朗，语语清妙。

《篁嵲词一卷提要》

徐经孙

徐经孙（1192—1273）字仲立，初名子柔，丰城（今属江西）人。以家在洪、抚之间，有山方正，故号矩山。理宗宝庆二年(1226)进士，授浏阳主簿，调知永兴、临武县，通判潭州。入为国子博士，迁监察御史，进直宝章阁，福建路提点刑狱，升安抚使，召为秘书监兼太子谕德，累官翰林学士，知制诰。以忤贾似道，不逾月而罢，闲居十年。卒谥文惠。《宋史》有传。著有《矩山存稿》。词有后人辑本《矩山词》。

1. 李之鼎：

（经孙）志气严正，文章浩瀚，奏疏则指斥时事，剀切敷陈。惟诗词直抒胸臆，不复研炼，与《击壤集》相似，亦宋人道学派体也。

《矩山词跋》（《彊村丛书》）

2.《续修四库全书总目提要》：

经孙作词不多，此盖偶一为之，然如〔水调歌头〕《致仕得请》云……读之令人羡其闲居自得、安享大年之乐也。

《矩山词一卷提要》

葛长庚

葛长庚（1194—？）字如晦，闽清（在今福建省）人，一云琼州（今海南海口）人。少而父亡母嫁，遂弃家而游，至雷州，为白氏收养，改姓白，名玉蟾，字以阅，又字象甫，号白叟、海琼子、海南子等。入武夷山从陈翠虚学道，九年始得道。宁宗嘉定年间诏征阙下，馆太乙宫，封紫清明真道人，后于鹤林羽化，著有《海琼》、《上清》、《玉蟾》、《武夷》等集，词集名《玉蟾先生诗余》。

1. 沈雄：

词选中有方外语，芜累与空疏同病。要寓意言外，一如寻常，不别立门户，斯为入情。仲殊、觉范、祖可尚矣。若世所称白玉蟾、丘长春，皆仙家之有词名者。

《古今词话·词评》上卷

2. 谢章铤：

张元干长乐、赵以夫长乐、陈德武闽县、葛长庚闽清诸家，皆府治以内之人，其词莫不价重鸡林。

《赌棋山庄词话》卷五

3. 陈廷焯：

真人词清疏俊快中而往复缠绵，一唱三叹，别于清真、白石外，独成一家。

《云韶集》卷十

4. 陈廷焯：

真人词一片热肠，不作闲散语，特见其高。

风流酸楚中极清俊之致，出黄叔旸辈右矣。

真人〔贺新郎〕诸阕，大率多送别之作，情极真，语极俊，既缠绵、又沉着，在宋人中亚于稼轩，高于竹山。

《词则·别调集》卷二

5. 陈廷焯：

葛长庚词，一片热肠，不作闲散语，转见其高。其〔贺新郎〕诸阕，意极缠绵，语极俊爽，可以步武稼轩，远出竹山之右。（卷二）

两宋词家各有独至处，流派虽分，本原则一。惟方外之葛长庚，闺中之李易安，别于周、秦、姜、史、苏、辛外，独树一帜。而亦无害其为佳，可谓难矣。然毕竟不及诸贤之深厚，终是托根浅也。

葛长庚词，风流凄楚，一片热肠，无方外习气。（卷六）

《白雨斋词话》

6. 潘飞声：

白玉蟾词，有情辞伉爽，一气呵成，置之苏、辛集中，所谓词家大文者。

《粤词雅》

7. 潘飞声：

天宫花片写归思，醉后骑龙铁笛吹。

静夜玉蟾飞卷下，神光一片海璃词。

《论粤东词绝句》（《说剑堂集》）

8.《续修四库全书总目提要》：

是编……内多餐霞铅汞之语，非所以言长短句也，而撰作甚夥，徒为费辞。

《玉蟾先生诗余一卷续一卷提要》

吴潜

吴潜（1196—1262）字毅夫，号履斋，宣州宁国（今属安徽）人。宁宗嘉定十年（1217）举进士第一，授签镇东军节度判官，累官至太府卿。历知建康府、隆兴府、太平州、庆元府、平江府、镇江府、临安府，后为翰林学士，知制诰兼侍读，改端明殿学士，签书枢密院事，封金陵郡侯。以贤政殿学士出知福州、绍兴府，召为同知枢密院兼参知政事。理宗淳祐十一年（1251）拜右丞相兼枢密使。次年以观文殿大学士提举洞霄宫，宝祐四年（1256）授沿海制置大使，判庆元府，累请归，进封崇国公，判宁国府。开庆元年（1259）召拜特进左丞相，封庆国公，改封许国公。忤理宗，责授化州团练使，循州安置，卒赠少师。《宋史》有传。有《履斋遗集》。词集名《履斋诗余》。

1. 陈霆：

吴履斋潜，字毅夫，宋状元及第。初其父柔胜仕行朝，晚寓予里，履斋实生焉……史称履斋为人豪迈，不肯附权要，然则固刚肠者，而“抖擞”、“悲凉”等句，似亦类其为人。

《渚山堂词话》卷一

2. 杨慎：

吴毅甫，名潜，号履斋，嘉定丁丑状元，为贾似道所陷，南迁，有《履斋诗余》行世。

《词品》卷五

3. 沈雄：

吴潜字履斋，嘉定中第一人。其〔声声慢〕《和梦窗赋梅》，其〔贺新郎〕《赠妓》，见《词品》。后为贾似道所陷。

《古今词话·词评》上卷

4.《四库全书总目提要》：

其诗余则激昂凄劲兼而有之，在南宋不失为佳手。

《履斋遗集提要》

5. 谭莹：

道家装束恨难寻，许国生平却不禁。

和摸鱼儿挥泪别，怜才始侑百星金。

《论词绝句一百首》（《乐志堂诗集》卷六）

6. 谢章铤：

词固有兴观群怨，事父事君，而与雅颂同文者乎。吾请举近人陆太冲以谦之言曰：其事关伦纪者甚多，如……吴毅夫〔满江红〕“报国无门，济时有策”，其自负何如。

《赌棋山庄词话》卷十一

7. 沈泽棠：

吴履斋〔南柯子〕云：“池水凝新碧，兰花驻老红。”初疑下三字生造，后阅北宋人张文潜诗：“老红驻春妆”，知为吴词所自出。古人真无一字无来历也。

《忏庵词话》

8. 陈廷焯：

毅夫词，笔力苍劲，满纸皆作秋声。

毅夫词善写秋意，脱尽富贵人气息。笔法蝉联，却不伤雅，以气胜故也。

《云韶集》卷七

9. 况周颐：

《四库》著录《履斋遗集》四卷，宣城梅鼎祚所编，凡诗一卷，诗余一卷，杂文二卷。吾郡彊村朱氏近辑《湖州词徵》，《履斋词》凡三卷（卷十一迄卷十三），其一卷即四库《遗集》本，其二卷录自《开庆四明续志》。履斋词笔清超，不事追琢，风格在张安国、洪舜俞之间。如〔满江红〕之“万里西风”、〔水调歌头〕之“皎月亦常有”、〔长相思〕之“燕高飞”，卷中不少佳构，略举以概其余。

《历代词人考略》卷三十七

10. 况卜娱：

宋吴潜词〔念奴娇〕《咏白莲》云：“天然缟质，想当年此种，来从太素。”自注：“太素，国名。出荷花。”此国名甚新，殆即所谓香国耶。〔满江红〕《为苍云堂后桂树作》云：“刘安笑，淹留耳；吴猛约，何时是。”吴猛，即吴刚也。〔青玉案〕《四明窗会客》云：“归去来兮，不如归去，铁定知今是。”“铁定”字入词亦新。

《织余琐述》

11. 《续修四库全书总目提要》：

潜词纵放，虽无精湛之处，而气机流走，颇有法度，不致令人厌读也。

《履斋先生诗余一卷续一卷别集二卷提要》

方岳

方岳（1199—1262）字巨山，号秋崖，歙州祁门（今属安徽）人。绍定五年（1232）进士，官至吏部尚书左郎官。景定三年卒，年六十四。《宋史翼》有传。有《秋崖集》四十卷、《秋崖先生词》四卷。

1. 陈廷焯：

巨山词与龟峰相伯仲。

《云韶集》卷七

2. 陈廷焯：

感慨时事，发为诗歌，便已力据上游，特不宜说破，只可用比兴体。即比兴中，亦须含蓄不露，斯为沉郁，斯为忠厚。若王子文之〔西河〕，曹西士之和作，陈经国之〔沁园春〕，方巨山之〔满江红〕、〔水调歌头〕，李秋田之〔贺新凉〕等类，慷慨发越，终病浅显。（卷二）

二帝蒙尘，偷安南渡，苟有人心者，未有不拔剑斫地也。南渡后词，如……方巨山〔满江红〕云："倘只消、江左管夷吾，终须有。"又〔水调歌头〕云："莫倚阑干北，天际是神州。"……此类皆慷慨激烈，发欲上指。词境虽不高，然足以使懦夫有立志。（卷六）

《白雨斋词话》

3. 沈泽棠：

方秋崖〔江神子〕《牡丹》云："切莫近前轻着语，题品错，怕花嗔。"国色天香，除谪仙〔清平调〕外，岂易着语品题耶？数语可补入《牡丹荣辱志》。张船山诗云："平生只是知惭愧，逢着梅花不作诗。"此真妙于语言。

《忏庵词话》

4. 况周颐：

疏浑中有名句，不坠宋人风格。应酬率意之作，亦较他家为少。置之六十家中，不在石林、后村下也。

《秋崖词跋》（《四印斋所刻词》）

5. 况周颐：

方秋崖〔沁园春〕词隐括《兰亭序》，有小序："江彊仲大卿禊饮水西，令妓歌兰亭，皆不能，乃为以平仄度此曲，俾歌之。"云云大抵循声按拍，宋人最为擅长，不徒长短句皆可歌，即前人佳妙文字，亦皆可歌。水西群妓，殆非妙选工歌者。如其工者，则必能歌《兰亭序》矣。

《蕙风词话续编》卷一

李南金

李南金（生卒年不详）字晋卿，自号三溪冰雪翁，乐平（今属江西）人。理宗宝庆二年（1226）进士。今存词一首。

1. 叶申芗：

李南金自号三溪冰雪翁。有良家女流落可叹者，李为感赋〔贺新郎〕云："流落今如许……"悲凉感叹，想南金亦自写其流落之意欤？

《本事词》卷下

2. 谭莹：

独为秋娘感慨深，三生杜牧李南金。

贺新郎谱青衫湿，沦落天涯自古今。

《论词绝句一百首》（《乐志堂诗集》卷六）

3. 况周颐：

〔贺新郎〕调第二韵应三字一句，四字二句。晋卿词云："我亦三生杜牧，为秋娘著句。"作两句，上句六字，下句五字，与律不合，未知有所本否？词人作长短句，以声倚之，但求高下清浊，赴节合拍，无聱牙捩喉之疵，分句字数可勿拘定，昔人曾有是说。唯是晋卿词句，平仄尤不尽合。"杜牧""杜"字必须用平声，晋卿乃用上声，讵亦可以通融耶？意者当日随笔纪事，未经斟酌，设令改句协律，亦何难之有哉？

《历代词人考略》卷二十七

吴文英

吴文英（1200?—1260?）字君特，号梦窗，晚号觉翁，四明（今浙江宁波）人。原姓翁，与翁元龙、逢龙为亲伯仲，过继为吴氏后嗣。一生未第，游幕终生，于苏州、杭州、越州三地居留最久。晚年先后为浙东安抚使吴潜及嗣荣王赵与芮门下客。吴文英于词学颇有心得，曾向沈义父传授词法，俱见《乐府指迷》。有《梦窗甲乙丙丁稿》，又名《梦窗词》。

1. 尹焕：

求词于吾宋者，前有清真，后有梦窗，此非焕之言，四海之公言也。

《中兴以来绝妙词选》卷十引

2. 张炎：

秦少游、高竹屋、姜白石、史邦卿、吴梦窗，此数家格调不侔，句法挺异，俱能特立清新之意，删削靡曼之词，自成一家，各名于世。

句法中有字面，盖词中一个生硬字用不得。须是深加煅炼，字字敲打得响，歌诵妥溜，方为本色语。如贺方回、吴梦窗，皆善于炼字面，多于温庭筠、李长吉诗中来。

词要清空，不要质实。清空则古雅峭拔，质实则凝涩晦昧。姜白石词如野云孤飞，去留无迹。吴梦窗词如七宝楼台，眩人眼目，碎拆下来，不成片段。此清空质实之说。

词之难于令曲，如诗之难于绝句，不过十数句，一句一字闲不得。末句最当留意，有有余不尽之意始佳。当以唐《花间集》中韦庄、温飞卿为则。又如冯延巳、贺方回、吴梦窗亦有妙处。

《词源》卷下

3. 沈义父：

梦窗深得清真之妙。其失在用事下语太晦处，人不可晓。

《乐府指迷》

4. 宋征璧：

吾于宋词得七人焉：曰永叔，其词秀逸；曰子瞻，其词放诞；曰少游，其词清华；曰子野，其词娟洁；曰方回，其词新鲜；曰小山，其词聪俊；曰易安，其词妍婉。他若黄鲁直之苍老，而或伤于颓。王介甫之劖削，而或伤于拗。晁无咎之规检，而或伤于朴。辛稼轩之豪爽，而或伤于霸。陆务观之萧散，而或伤于疏。此皆所谓我辈之词也。苟举当家之词，如柳屯田哀感顽艳，而少寄托。周清真蜿蜒流美，而乏陡健。康伯可排叙整齐，而乏深邃。其外则谢无逸之能写景，僧仲殊之能言情，程正伯之能壮采，张安国之能用意，万俟雅言之能协律，刘改之之能使气，曾纯甫之能书怀，吴梦窗之能叠字，姜白石之能琢句，蒋竹山之能作态，史邦卿之能刷色，黄花庵之能选格，亦其选也。词至南宋而繁，亦至南宋而敝，作者纷如，难以概述矣。

《倡和诗余序》（《倡和诗余》）

5. 施闰章：

词贵清空，不尚质实，盖清空则灵，质实则滞。所以梦窗、白石，未免有偏胜之弊耳。

《百名家词钞》引

6. 尤侗：

词之系宋，犹诗之系唐也。唐诗有初、盛、中、晚，宋词亦有之。唐之诗，由六朝乐府而变；宋之词，由五代长短句而变。约而次之，小山、安陆，其词之初乎？淮海、清真，其词之盛乎？石帚、梦窗，似得其中，碧山、玉田，风斯晚矣。

《词苑丛谈序》（《词苑丛谈》）

7. 先著：

用笔拗折，不使一犹人字，虽极雕嵌，复有灵气行乎其间。今之治词者，高手知师法姜、史，梦窗一种，未见有取途涉津者，亦斯道中之广陵散也。（评吴文英〔珍珠帘〕“密沉炉暖余烟袅”）

人工胜则天趣减，梅溪、梦窗自不能不让白石出一头地。（评史达祖〔东风第一枝〕“草脚愁苏”）（卷四）

梅溪、梦窗、竹山皆自成家，逊于白石，而优于诸人。（评张炎〔齐天乐〕“分明柳上春风眼”）（卷五）

《词洁辑评》

8. 曾王孙：

梅溪、梦窗刻意作华语。

《百名家词钞》引

9. 邹祗谟：

南宋诸家，蒋、史、姜、吴，警迈瑰奇，穷姿构彩；而辛、刘、陈、陆诸家，乘间代禅，鲸呿鳌掷，逸怀壮气，超乎有高望远举之思。

《倚声初集序》

10. 邹祗谟：

僻调之多，以柳屯田为最。此外则周清真、史梅溪、姜白石、蒋竹山、吴梦窗、冯艾子集中，率多自制新调。

朱承爵《存余堂诗话》云：诗词虽同一机杼，而词家意象，与诗略有不同。句欲敏，字欲捷，长篇须曲折三致意，而气自流贯，乃得。此语可为作长调者法。盖词至长调而变已极，南宋诸家凡以偏师取胜者无不以此见长。而梅溪、白石、竹山、梦窗诸家，丽情密藻，尽态极妍。要其瑰琢处，无不有蛇灰蚓线之妙，则所云一气流贯也。

姜、史、高、吴，而融篇炼句琢字之法，无一不备。

《远志斋词衷》

11. 朱彝尊：

词莫善于姜夔，宗之者，张辑、卢祖皋、史达祖、吴文英、蒋捷、王沂孙、张炎、周密、陈允平、张翥、杨基，皆具夔之一体。

《黑蝶斋诗余序》(《曝书亭集》卷四十)

12. 万树：

周、柳、万俟等之制腔造谱皆按宫调，故协于歌喉，播诸弦管，以迄白石、梦窗辈各有所创，未有不悉音理而可造格律者。

《词律·发凡》(《词律》)

13. 彭孙遹：

梦窗之词虽琱缋满眼，然情致缠绵，微为不足。余独爱其《除夕立春》一阕，兼有天人之巧。

《金粟词话》

14. 王士禛：

宋南渡后，梅溪、白石、竹屋、梦窗诸子，极妍尽态，反有秦、李未到者。虽神韵天然处或减，要自令人有观止之叹。

前辈谓史梅溪之句法，吴梦窗之字面，固是确论。尤须雕组而不失天然。

《花草蒙拾》

15. 李良年：

南宋词人如梦窗之密、玉田之疏，必兼之乃工。

曹贞吉《秋锦山房词序》引(《清名家词》)

16. 陈玉璂：

宋之能词者六十余家，如秦少游、高竹屋、姜白石、史邦卿、吴梦窗数子，始可称以新意合古谱者。杨诚斋论词六要：一曰按谱，一曰出新意是也。苟不按谱，歌韵不协，歌韵不协，则凌犯他宫，非复本调；不出新意，则必蹈袭前人，即或炼字换句，而趣旨雷同，其神味亦索然易尽。

《苍梧词序》(《清名家词》)

17. 徐釚：

姜、史、蒋、吴，融炼字句，法无不备。

沈雄《古今词话·词评》下卷引

18. 焦袁熹：

〔采桑子〕《编纂〈乐府妙声〉竟作》

当年苕霅知交旧梦窗从姜石帚游最久，云水苍寒。寂寞骚坛。颜谢孤标异代看。　　楼台七宝君休坼，误了邯郸。失却边鸾。多买燕支画牡丹。

《此木轩直寄词》

19. 杜诏：

词盛于北宋，至南宋乃极其工。姜夔尧章最为杰出，宗之者史达祖、高观国、卢祖皋、吴文英、蒋捷、周密、陈允平诸名家，皆具夔之一体。

《山中白云词序》

20. 王时翔：

南宋词人号极盛，然以吴梦窗之奇丽而不免于晦，以周草窗之澹逸而或近于平。

《别花人语序》(《小山诗文全稿·文稿》卷二)

21. 田同之：

诗有韵，词有腔，词失腔，犹诗落韵。诗不过四、五、七言而止，词乃有四声、五音、均拍、重轻、清浊之别。若言顺律舛，律协言谬，俱非本色。或一字未合，一句皆废；一句未妥，一阕皆不光采，信戛戛乎其难矣。古人有言曰：铅汞炼而丹成，情景交而词成。指迷妙诀，当于玉田、梦窗间求之。

至唐律以后，浸淫而为词，尤以谐声为主，平仄失调，即不可入调。周、柳、万俟等之制腔造谱，皆按宫调，故协于歌喉。以及白石、梦窗辈，各有所创，未有不悉音理而可造格律者。

《西圃词说》

22. 许田：

南宋如姜白石、高竹屋、史梅溪、吴梦窗、蒋竹山、王碧山、张玉田诸家，皆不袭前贤一语，吐词属意，穷极工巧。

《屏山词话》

23. 江昱：

四稿何人解问津，空怜字面细推寻。

要知金碧熣煌处，七宝楼台远匠心。

《论词十八首》（《松泉诗集》卷一）

24. 汪筠：

绮语流传也复豪，清真得替后来高。

梦窗竹屋俱坛坫，未便梅溪得锦袍。

《读〈词综〉书后二十首》（《谦谷集》卷二）

25. 章恺：

七宝楼台耀眼光，半空飞影入云长。

玉田妙境谁能会，万里冰壶月正凉。

《论词绝句八首》（《章北亭集》卷二）

26. 江春：

以禅宗论，白石为曹溪六祖能，竹屋、梦窗、梅溪、玉田之流，则江西让、南岳思之分支也。

《序陆钟辉白石词刊本》（《姜白石词编年笺校》引）

27. 王初桐：

尹惟晓云：求词于吾宋，前有清真，后有梦窗。沈伯时云：梦窗深得清真之妙，其失在用事下语太晦处，人不易知。朱锡鬯谓为涩体。

《小嫏嬛词话》卷二

28. 李调元：

鄱阳姜夔郁为词宗，一归醇正。于是辛稼轩、史达祖、高观国、吴文英师之于前，蒋捷、周密、陈君衡、王沂孙效之于后，譬之于乐，舞《箾》至于九变，而叹观止矣。

《雨村词话序》

29. 凌廷堪：

填词之道，须取法南宋。然其中亦有两派焉，一派为白石，以清空为主，高、史辅之，前有梦窗、竹山、西麓、虚斋、蒲江，后则有玉田、圣与、公谨、商隐诸人，扫除野狐，独标正谛，犹禅之南宗也。一派为稼轩，以豪迈为主，继之者龙洲、放翁、后村，犹禅之北宗也。

张其锦《梅边吹笛谱序》引（《清名家词》）

30. 张惠言：

荡而不反，傲而不理，枝而不物。柳永、黄庭坚、刘过、吴文英之伦，亦各引一端，以取重于当世。而前数子者，又不免有一时放浪通脱之言出于其间。

《词选序》（《张惠言论词》）

31. 郭麐：

词之为体，大略有四：……姜、张诸子，一洗华靡，独标清绮，如瘦石孤花，清笙幽磬，入其境者，疑有仙灵，闻其声者，人人自远。梦窗、竹屋，或扬或沿，皆有新隽，词之能事备矣。

《灵芬馆词话》卷一

32. 郭麐：

叔夏、草窗、君特、尧章诸君之词，有过为掩抑屈折，令人不即可得其微旨，感慨所由，后来不尽知之也。

《桃花潭水词序》（《灵芬馆杂著》）

33. 孙尔准：

七宝楼台隶事骈，雪狮儿句咏衔蝉。

清空婉约词家旨，未必新声近玉田。

《论词绝句》二十二首（《泰云堂诗集》卷四）

34. 沈道宽：

七宝楼台说梦窗，珠玑碧带落金缸。

美成嗣响多新曲，好听词家自度腔。

《论词绝句》(《话山草堂诗钞》卷一)

35. 包世臣：

声之得者又有三：曰清、曰脆、曰涩。不脆则声不成，脆矣而不清则腻，清矣而不涩则浮。屯田、梦窗以不清伤气；淮海、玉田以不涩伤格，清真、白石则能兼三矣。六家于言外之旨得矣，以云意内，惟白石、玉田耳，淮海时时近之，清真、屯田、梦窗皆去之弥远，而俱不害为可传者，则以其声之幺眇铿盘，恻恻动人，无色而艳，无味而甘故也。

《月底修箫谱序》(《艺舟双楫》一)

36.《四库全书总目提要》：

文英及与姜夔、辛弃疾游，倡和具载集中，而又有寿贾似道诸作，殆亦晚节颓唐，如朱希真、陆游之比。其词则卓然南宋一大宗。沈泰嘉《乐府指迷》称其深得清真之妙，但用事下语太晦处，人不易知。张炎《乐府指迷》亦称其如七宝楼台，炫人眼目，拆碎下来，不成片段。所短所长，评品皆为平允，盖其天分不及周邦彦，而研炼之功则过之，词家之有文英，亦如诗家之有李商隐也。

《梦窗稿提要》

37. 周济：

论词之人，叔夏晚出，既与碧山同时，又与梦窗别派，是以过尊白石，但主清空。

良卿曰：尹惟晓前有清真，后有梦窗之说，可谓知言。梦窗每于空际转身，非具大神力不能。梦窗非无生涩处，总胜空滑。况其佳者，天光云影，摇荡绿波，抚玩无斁，追寻已远。君特意思甚感慨，而寄情闲散，使人不易测其中之所有。

《介存斋论词杂著》

38. 周济

自温庭筠……吴文英……张炎之流，莫不蕴藉深厚，而才艳思力，各骋一途，以极其致。譬如匡庐衡岳，殊体而并胜，南威西施，别态而同妍矣。

《词辨自序》(《介存斋论词杂著》附录)

39. 周济：

梦窗奇思壮采，腾天潜渊，返南宋之清泚，为北宋之秾挚。

皋文不取梦窗，是为碧山门径所限耳。梦窗立意高，取径远，皆非余子所及。惟过嗜饾饤，以此被议。若其虚实并到之作，虽清真不过也。

草窗最近梦窗，但梦窗思沉力厚，草窗则貌合耳。

《宋四家词选目录序论》

40. 周之琦：

梦窗词自张叔夏不成片断之论出，耳食者群然和之。余谓梦窗格律之细，方驾清真；意境之超，希踪石帚，断非叔夏所能跂及，〔唐多令〕一阕乃梦窗卒笔，叔夏以其类己而称之，非知梦窗者也。

《心日斋十六家词选》

41. 周之琦：

月斧吴刚最上层，天机独茧自缫冰。

世人耳食张春水，七宝楼台见未曾。

《心日斋十六家词选》附

42. 戈载：

词学至宋盛矣，备矣，然纯驳不一，优劣迥殊。欲求正轨以合雅音，唯周清真、史梅溪、姜白石、吴梦窗、周草窗、王碧山、张玉田七人允无遗憾。

《宋七家词选》卷一

43. 戈载：

梦窗从吴履斋诸公游，晚年好填词，以绵丽为尚，运意深远，用笔幽邃，炼字炼句，迥不犹人。貌观之雕缋满眼，而实有灵气行乎其间，细心吟绎，觉味美于回，引人入胜，既不病其晦涩，亦不见其堆垛。此与清真、梅溪、白石并为词学之正宗，一派真传，特稍变其面目耳。犹之玉溪生之诗，藻采组织而神韵流转，旨趣永长，未可妄讥其獭祭也。

《梦窗词跋》（《宋七家词选》）

44. 戈载：

夫词莫盛于宋，而粗疏者有之，冶靡者有之，浮滑者有之，梦窗力矫其弊，创为此格，犹唐诗中之有玉溪生也。

《知止堂词录序》（湖南贤思书局光绪二十年刻本）

45. 孙麟趾：

梦窗足医滑易之病，不善学之，便流于晦。余谓词中之有梦窗，如诗中之有长吉。篇篇长吉，阅者易厌。篇篇梦窗，亦难悦目。

词中四字对句，最要凝炼……如梦窗〔倦寻芳〕云：“珠珞香消空念往，纱窗人老羞相见。”令人读去，忘其为对乃妙。

石以皱为贵，词亦然。能皱必无滑易之病，梦窗最善此。

高澹婉约，艳丽苍莽，各分门户……欲艳丽学飞卿、梦窗。

《词迳》

46. 周尔墉：

尧章高远，君特沉厚，各极其能。于逼塞中见空灵，于浑朴中见勾勒，于刻画中见天然，读梦窗词，当于此着眼。性情能不为词藻所掩，方是梦窗法乳。

《周批绝妙好词笺》卷四（《唐宋名家词选》引）

47. 谭莹：

四卷词编更补遗，梦窗词比义山诗。

得君乐府迷能指，履贯谁传沈伯时。

《论词绝句一百首》(《乐志堂诗集》卷六)

48. 张鸿卓：

周、秦绮靡，苏、辛豪迈，梦窗、竹山研炼，石帚、玉田清超，耆卿则善道俗情，山谷又兼俳语，此家数之别也。

《绿雪轩论词》

49. 王僧保：

须知妙谛在清空，金碧檀栾语太工。

岂有楼台能拆碎，赏心焦叶雨声中。

《论词绝句》(《餐樱庑词话》引)

50. 华长卿：

片玉真传得异才，眩人七宝幻楼台。

知音独有周公谨，频听蘋洲渔笛来。吴文英、周密

《论词绝句》(《梅庄诗钞》卷五)

51. 杨希闵：

温、韦、二晏、秦、贺皆能诗，苏、黄尤卓卓，姜、辛诗亦工，安身立命不在词，故溢为词夐绝也。屯田、清真、梅溪、梦窗、碧山、玉田诸子藉词蕃身，他文翰一无可见，有委无源，故绣绘字句，排比长调以自饰。(《总论》)

梦窗词分甲、乙、丙、丁四目，山阴尹焕序之谓："求词于吾宋，前有清真，后有梦窗，此非焕之言，四海之公言也。"闵绎其稿，雕琢绮密，信乎瓣香庆湖，然有人工而乏天放，较庆湖犹差一尘，未论秦、贺也。张叔夏评梦窗词如七宝楼台，眩人眼目，折碎下来，不成片段，此评甚当。而周遹主题梦窗词云："月斧吴刚最上层……"又反张所评，好尚各别如此。(卷六)

《词轨》

52. 蒋敦复：

有厚入无间者，南宋自稼轩、梦窗外，石帚间能之，碧山时

有此境，其他即无能为役矣。

《芬陀利室词话》卷三

53. 张文虎：

往在金陵，尝与周缦云侍御论词，缦老曰：竹垞言南宋诸家皆宗白石，然窃谓梦窗实本清真，于子何如？予曰：白石何尝不自清真出，特变其秾丽为淡远耳。自国初以来，以玉田配白石，正以其得淡远之趣。近时诸家，又祧姜、张而趋二窗，顾草窗深细而雅，门径稍宽，或易近似，未见能涉梦窗之藩篱者，此犹白石之于清真矣。

《绿梅花龛词序》（《舒艺室杂著剩稿》）

54. 刘熙载：

蒋竹山词未极流动自然，然洗炼缜密，语多创获。其志视梅溪较贞，其思视梦窗较清。

词品喻诸诗，东坡、稼轩，李、杜也；耆卿，香山也；梦窗，义山也；白石、玉田，大历十子也。其有似韦苏州者，张子野当之。

诗有西江、西昆两派，惟词亦然。戴石屏〔望江南〕云：“谁解学西昆。”是学西江派人语，吴梦窗一流当不喜闻。

《词概》

55. 丁绍仪：

词至南宋而极工，然如白石、梦窗、草窗、玉田，皆胥疏江湖，故语多婉笃，去北宋疏越之音远矣。

《听秋声馆词话》卷六

56. 继昌（李佳）：

吴梦窗〔惜红衣〕云：“鹭老秋丝……”此等词，抚今伤昔，以之写情，哀艳易工。

《左庵词话》卷下

57. 杜文澜：

南宋端平、淳祐之间，工于倚声者，以吴梦窗为最著。梦窗名文英，字君特。据《蘋洲渔笛谱》末附梦窗所题〔踏莎行〕，自称觉翁，盖晚年之号。家于四明，高尚不仕。久客杭都及浙西、淮南诸郡，与吴履斋诸公游。尹惟晓、沈义甫、张叔夏皆称之。与周草窗为忘年之交……梦窗词以绵丽为尚，笔意幽邃，与周美成、姜尧章并为词学之正宗。

《梦窗四稿叙》(《梦窗四稿》)

58. 曹璿：

海以大之有苏，渊以沉之有张，涛以雄之有稼轩，平以远之有竹屋，縠纹蜃气以绮之有梦窗，缠绵菀结以赴之有石帚。

《玉壶买春词序》(《词学集成》卷七引)

59. 谢章铤：

白石归吴，移情丝竹，经正者纬成，理足者词畅。清真滥觞于其前，梦窗推波于其后，学者宗尚，要非溢美。(卷三)

设色，词家所不废也。今试取温尉与梦窗较之，便知仙凡之别矣。盖所争在风骨，在神韵。温尉生香活色，梦窗所谓七宝楼台，拆碎不成片段。(卷八)

北宋多工短调，南宋多工长调。北宋多工软语，南宋多工硬语。然二者偏至，终非全才……白石、高、史，南宋之正宗也。吴梦窗失之涩，蒋竹山失之流。(卷十二)

《赌棋山庄词话》

60. 江顺诒：

酸腐者，道学语也；怪诞者，荒唐语也。至粗莽，则苏、辛之流弊，犯之甚易。若险丽而无镂刻痕，则仍梦窗一派，而未臻姜、张之绝诣也。

《词学集成》卷六

61. 李慈铭：

南宋之末，终推草窗、梦窗两家为此事眉目，非碧山、竹屋所可颉颃。

梅溪、碧山、梦窗、草窗亦皆有佳处，惟不宜学其累句以为当家，剿其拙字以为宗法，甘图僿以为沉着，习粗疏以为大方，则得失在人，鉴裁由我，博观约取，夫复何伤？

《越缦堂读书记》八《文学》四

62. 谭献：

深湛之思，最是善学清真处。

梦窗极经意词，有五季遗响。

《复堂词话》

63. 冯煦：

七宝楼台迥不殊，周姜而外此华腴。

雁声都在斜阳许，余子纷纷道得无。

《论词绝句》(《蒿庵类稿》卷七)

64. 冯煦：

梦窗之词，丽而则，幽邃而绵密，脉络井井，而卒焉不能得其端倪。尹惟晓比之清真，沈伯时亦谓深得清真之妙，而又病其晦。张叔夏则譬诸七宝楼台，眩人眼目。盖《山中白云》，专主清空，与梦窗家数相反……《提要》云："天分不及周邦彦，而研炼之功则过之，词家之有文英，如诗家之有李商隐。"予则谓商隐学老杜，亦如文英之学清真也。

《蒿庵论词》

65. 樊增祥：

高、孝以来，词流盖夥，翳惟白石，实长其盟，于是史邦卿、吴君特羽翼于前，王圣与、张叔夏标映于后。此五君者，譬诸渥洼美驷，荆野明瑶，词学一日不湮，斯人亦一日不没。邦卿昵于韩氏，清议所羞，要其纂组丽密，宫羽缁斐，不以人废斯之谓欤？

君特以酝粹之姿，发瑶瑰之想，万花共采，五鲭合脔，七宝楼台之喻，殆乐笑翁之过言乎？

《东溪草堂词选自叙》（《樊山集》卷二十三）

66. 沈泽棠：

吴梦窗〔烛影摇红〕《饯冯深居翌日深居初度》云："飞盖西园，晚秋恰胜春天气。"与王渔洋之"残春风景似初秋"，皆得山谷所谓翻着袜法。

石帚之骚越苍凉，飞行绝迹，玉田之空虚绵邈，举重如轻，皆梦窗所短。然其词境幽涩，正足以药剽滑之弊。张叔夏云："吴梦窗如七宝楼台，眩人眼目，拆碎下来，不成片段。"此病词家亦须知之。

学白石者易生硬，学玉田者易浮滑，学梦窗者易堆垛。能消息于张、吴二家，是为合作。若白石老仙，则直须性情、学问俱到十分，方许问津矣。

吴梦窗〔花心动〕《郭清华新轩》云："绣槛展春，金屋宽花，谁管采菱波狭。翠深知是深多少，都不放夕阳红入。"思力深厚，直透纸背，亦不易学。

于逼塞处见空虚，于浑朴中见勾勒，于刻画中见天然，读梦窗词当于此着眼。性情能不为词藻所掩，方是梦窗法乳。

梦窗〔唐多令〕云："何处合成愁，离人心上秋。纵芭蕉、不雨也飕飕。都道晚凉天气好，有明月，倦登楼。　年事梦中休，花空烟水流。燕辞归，客尚淹流。垂柳不萦裙带住，漫长是，系行舟。"词固动荡，但非梦窗平生杰构。玉田心赏，以其近自家手笔故耳。

梦窗〔高阳台〕《落梅》云："南楼不恨吹横笛，恨晓风、千里关山。"换头处："寿阳宫里愁鸾镜，问谁调玉髓，暗补香瘢。"隶事如盐着水，得未曾有。谁谓词不宜用典，实不易用耳。

梦窗〔杏花天〕《重午》云："竹西歌断芳尘去，宽尽经年臂缕。”绾合自然，此决不可不知。

梦窗〔风入松〕下阕云：“黄蜂频扑秋千索，有当时、纤手香凝。”又〔高阳台〕云：“飞红若到西湖底，搅翠澜、总是愁鱼。”用笔总透过数层，词家秘钥也。

《忏庵词话》

67. 王鹏运：

梦窗以空灵奇幻之笔，运沉博绝丽之才，几如韩文、杜诗，无一字无来历。

《梦窗四稿跋》(《梦窗四稿》)

68. 胡薇元：

吴文英甲乙丙丁四稿词……其词在南宋，卓然大家，但用事偶有近晦不易知处。张炎《乐府指迷》称其天姿不及清真，而研炼之功过之。

《岁寒居词话》

69. 沈曾植：

吴梦窗、史邦卿影响江湖，别成绚丽，特宜于酒楼歌馆，饤坐持杯，追拟周、秦，以缵东都盛事。于声律为当行，于格韵则卑靡。

《海日楼丛钞》(《菌阁琐谈》附录一)

70. 朱依真：

质实何须诮梦窗，自来才士惯雌黄。

几人真悟清空旨，错采填金也不妨。

《论词绝句》(《餐樱庑词话》引)

71. 陈廷焯：

竹屋、梅溪、梦窗、草窗诸家，大致远祖清真，近师白石。诸家中梅溪、梦窗尤臻绝顶。(卷七)

梦窗如蓬莱飘渺，令人可望而不可及。南宋自姜尧章出，直追清真，度越千古，竹屋、梅溪为其羽翼，后有作者，远莫能及，梦窗以旷逸之才发沉静之思，直入白石清空之室，当与梅溪并驱。

梦窗、草窗大致相同，昔人已有定评。然两家之师白石，取法皆同。但梦窗高处人不易知，草窗高处一望而知，此其同而不同者也。其实梦窗何尝沉晦？人自领略不到耳。草窗亦不仅轩豁呈露，其骨韵之高，仍与梦窗无二，真一时两雄也。

读梦窗词须息心静气，方知其炼字、炼句、用意、用笔之妙。世人讥其太晦者，正粗心浮气，不善读梦窗词耳。

人谓梦窗词多晦语，殊不知梦窗词于沉静中笔态犹自飞舞。

梦窗词不以绮丽见长，然其一二绮丽处，正是他人道不出。（卷八）

碧山学白石得其清者，他如西麓得白石之雅，竹山得白石之俊快，梦窗、草窗得白石之神，竹屋、梅溪得白石之貌，玉田得其骨，仲举得其格，盖诸家皆有专司，白石其总萃也。（卷九）

《云韶集》

72. 陈廷焯：

白石词，如白云在空，随风变灭，独有千古。……他如张辑、吴文英……诸家，各极其盛，然未有出白石之范围者。

《词坛丛话》

73. 陈廷焯：

梦窗词能于超逸中见沉郁，不及碧山、梅溪之厚，而才气较胜。皋文以梦窗与耆卿、山谷、改之辈同列，一偏之见，非公论也。

梦窗词不必以绮丽见长，然其一二绮丽处，正不可及。（《大雅集》卷三）

亦绮丽，亦超脱，此梦窗本色。彼讥梦窗以组织为工者，不知梦窗者也。（《别调集》卷二）

《词则》

74. 陈廷焯：

唐五代词不可及处，正在沉郁……即东坡、方回、稼轩、梦窗、玉田等，似不必尽以沉郁胜，然其佳处，亦未有不沉郁者。

张氏惠言《词选》，可称精当，识见之超，有过于竹垞十倍者，古今选本，以此为最。但……以吴梦窗为变调，摈之不录，所见亦左。（卷一）

姜尧章词，清虚骚雅。每于伊郁中饶蕴藉，清真之劲敌，南宋一大家也。梦窗、玉田诸人，未易接武。

大约南宋词人，自以白石、碧山为冠，梅溪次之，梦窗、玉田又次之。

梦窗在南宋，自推大家。惟千古论梦窗者多失之诬。尹惟晓云："求词于吾宋，前有清真，后有梦窗，此非予之言，四海之公言也。"为此论者，不知置东坡、少游、方回、白石等于何地？沈伯时云："梦窗深得清真之妙，但用事下语太晦处，人不易知。"其实梦窗才情超逸，何尝沉晦？梦窗长处，正在超逸之中，见沉郁之意，所以异于刘、蒋辈，乌得转以此为梦窗病？至张叔夏云："吴梦窗如七宝楼台，眩人眼目，拆碎下来，不成片段。"此论亦余所未解。窃谓七宝楼台，拆碎不成片段，以诗而论，如太白《牛渚西江夜》一篇，却合此境。词惟东坡〔水调歌头〕近之。若梦窗词，合观通篇，固多警策，即分摘数语，亦自入妙，何尝不成片段耶？总之，梦窗之妙，在超逸中见沉郁，不及碧山、梅溪之厚，而才气较胜。

张皋文《词选》独不收梦窗词。以苏、辛为正声，却有巨识。而以梦窗与耆卿、山谷、改之辈同列，不知梦窗者也。

梦窗精于造句，超逸处则仙骨珊珊，洗脱凡艳；幽索处则孤怀耿耿，别缔古欢。

西麓词在中仙、梦窗之间，沉郁不及碧山，而时有清超处；超逸不及梦窗，而婉雅犹过之。

南宋词家白石、碧山，纯乎纯者也。梅溪、梦窗、玉田辈，大纯而小疵，能雅不能虚，能清不能厚也。（卷二）

昔人谓梦窗之密，玉田之疏，必兼之乃工……梦窗疏处，高过玉田，而密处不及，与古人之言正相反，书之以俟识者。（卷三）

白石仙品也，东坡神品也，亦仙品也，梦窗逸品也，玉田隽品也，稼轩豪品也。然皆不离于正，故与温、韦、周、秦、梅溪、碧山同一大雅，而无傲而不理之诮。

唐宋名家，流派不同，本原则一。论其派别，大约……吴梦窗为一体。

梦窗才情横逸，斟酌于周、秦、姜、史之外，自树一帜，亦不专师白石也。

词有表里俱佳，文质适中者，温飞卿……吴梦窗……是也。词中之上乘也。（卷八）

《白雨斋词话》

75. 张祥龄：

周清真，诗家之李东川也。姜尧章，杜少陵也。吴梦窗，李玉溪也。张玉田，白香山也……词至白石，疏宕极矣。梦窗辈起，以密丽争之。至梦窗而密丽又尽矣，白云以疏宕争之。三王之道若循环，皆图自树之方，非有优劣。况人之才质限于天，能疏宕者不能密丽，能密丽者不能疏宕。

辛、刘之雄放，意在变风气，亦其才只如此。东坡不耐此苦，随意为之，其所自立者多，故不拘拘于词中求生活。若梦窗舍词外，莫可竖立，故殚心血为之，是丹非朱，眼光未大。

文章风气，如四序迁移，莫知为而为，故谓之运，左春右秋，冰虫之见，生今反古，是冬箑夏炉，乌乎能？安序顺天，愚者一得……南唐二主、冯延巳之属，固为词家宗主，然是勾萌，枝叶未备；小山、耆卿而春矣；清真、白石而夏矣；梦窗、碧山，已秋矣；至《白云》，万宝告成，无可推徙。元故以曲继之，此天运之终也。

《词论》

76. 严复：

梦窗词旨，实用玉溪诗法，咽抑凝回，辞不尽意，而使人自遇于深至。钩釽杂碎，或学者之过，犹西昆末流，诚不可归狱梦窗。

《与朱彊村书》（《词学季刊》创刊号）

77. 蒋兆兰：

继清真而起者，厥惟梦窗。英思壮采，绵丽沉警，适与玉田生清空之说相反。玉田生称其“何处合成愁”篇为疏快不质实，其实梦窗佳处，正在丽密，疏快非其本色也。至所举过涩之句，为后世学梦窗者点醒不少。草窗词品虽与梦窗相近，然炼不伤气，自饶名贵。

《词说》

78. 郑文焯：

君特为词，用隽上之才，别构一格，拈韵习取古谐，举典务出奇丽，如唐贤诗家之李贺，文流之孙樵、刘蜕，锤幽凿险，开迳自行，学者匪造次所能陈其细趣也。其取字多从长吉诗中得来，故造语奇丽。世士罕寻其源，辄疑太晦，过矣。

《郑校梦窗词跋》（《唐宋名家词选》引）

79. 郑文焯：

梦窗、石帚，属对真好手也。

吴词即本之柳，虽结句平侧小异，乃玉田《讴曲指要》所谓“腔平字侧，拗则少入”，沈梦溪所谓“字皆举本，融入声中”，实古歌者音拍之微妙，绝非后学所得拟议其字例异同也。

宋词家之有梦窗，殆犹唐诗人之长吉乎？其灏气流转，文采高丽，纯学清真，而未得其浑。又相从石帚游，研讨声律，游苕霅三十年，倡酬风月，神韵所至，骚雅似之，而特变其疏澹。

周、姜取字至纯粹，若柳、吴则取字至博。近考屯田于二谢诗极多运用，至梦窗更博于史，而镕铸工，顾韵中字例，亦不若周、姜之精严已。

石帚令词，爱其琢句老成，取字雅洁，多从昌谷诗中得来。因征之清真，先后同揆，所谓无一字无来历。玉田亦谓方回、梦窗取材温、李，以字面为词中起眼处，须字字敲得响也，其隐括例尚不在此数。

沈义父云："读唐诗多，故语淡雅。"若耆卿富于甄采，得之六朝文藻为多，不仅摘艳三唐。梦窗更博于史，其研炼益工。世士恒苦浅暗寡闻，辄目为晦涩，未尝于此穷讨宏搜，遂于旧文妄有点窜……周、柳、姜、吴为两宋词坛钜子，来哲之楷素，乐祖之渊源。

清真〔西平乐〕、〔瑞鹤仙〕、〔浪淘沙〕诸慢曲，其时或值方腊之乱，其词颇多峻切之音。即梦窗亦感触时事，不尽自组丽中来。他若南宋诸老，发言哀断，益令人感音潸泪矣。

《词林翰藻·郑文焯致朱祖谋书》（《词学》第七辑）

80. 郑文焯：

若夫学文英之秾，患在无气；学龙洲之放，又患在无笔，二者洵后学所厚诫，未可率拟也。

《大鹤山人词话》

81. 郑文焯：

词意固宜清空，而举典尤忌冷僻。梦窗词高隽处固足矫一时放浪通脱之弊，而晦涩终不免焉。至其隶事，虽亦渊雅可观，然锻炼之工，骤难索解，浅人或以意改窜，转不能通，此近世刻本讹变之甚于诸家，当时流传所为不广也。

《大鹤山人词集跋尾·梦窗词跋二》（《大鹤山人词话》附录）

82. 郑文焯：

今之学梦窗者，但知于字面雕润，而俭腹羌无故实，绝无蕴藉之功，故藻缋皆俗，虽有妙义，而辞不足以达之，此觉翁所为卓绝千古。自宋以来，鲜能仿佛其一二，知之者盖亦寡矣。

梦窗词自玉田有“七宝楼台”之喻，世眼恒以恢奇宏丽，目为精彩绝艳，学之者遂致艰涩，多用代字雕润，甚失梦窗精微之旨。今特选其空灵诸作，以朱笔注之，俾知其行气存神之妙，不得徒于迹象求之。

考梦窗集中〔暗香〕、〔疏影〕、〔惜红衣〕、〔凄凉犯〕及平调〔满江红〕，皆白石自制曲见之词叙中者，而梦窗填此数阕，其音吕悉合姜语。其〔惜红衣〕词叙又称从石帚游苕霅间三十五年。其投分之雅，旧侣和之殷勤，信而有证。

此调梦窗连篇皆于律甚细，凡上阕第三韵三字句上并属对而意自联，下阕第三韵亦如之。详审四解，字律不差累黍，可征词虽小道，而律之细密，断非率尔操觚者所能见到。吁，亦难已。一语道破，夫岂偶然。（评〔绛都春〕《为郭清华内子寿》）

此调清健在骨，是北宋风格，其高迴不减清真，不能强梦窗焉之也。结处转入苍茫空窈之境，看似平易，非大魄力不办，所谓眼前有景道不得也。（评〔声声慢〕《夏景》）

此类题断非庸手所能着墨。此作是何意态雄且杰，其妙处亦在化质实为清空，故无凝滞之迹，咏古岂易言哉？（评〔庆春泽〕《过种山即越文种墓》）

万古精灵，空荡幽默，怀古之作至此乃神。（评〔齐天乐〕《与冯深居登禹陵》）

《郑文焯手批梦窗词》

83. 郑文焯：

梦窗与石帚同时，为词友，观其词稿中一再赠答，略见石帚生平，雅爱知旧，觞咏之乐，殆无虚夕，故论者谓其家徒四壁立，而一饭未尝无宾客。独姜集中不载与梦窗唱和之作，岂以其涉于势途，有妨高侣邪？梦窗词喜用古通韵，如庚、阳、歌、麻之类，其〔法曲献仙音〕乃以“冷”与“上”、“浪”叶，后学多误会，毛、杜二家校刻，并指为非韵，余别有辩证一则寄诤半塘前辈。

至人谓其词为涩体，不知其行气清空，正如朱霞白鹤，飞荡云表。若乙稿〔东风第一枝〕、〔八声甘州〕、〔三姝媚〕，丙稿〔祝英台近〕、〔瑞鹤仙〕等曲，皆玉田所谓妥溜者，余最喜诵其“春送犹未苦，送春随人去天涯”（按：应为“送人犹未苦，苦送春、随人去天涯。”）二语，怊怅切情，宛转附物，又在七宝楼台最上层已。

《批校唐五代词选》

84. 郑文焯：

吴君特一四明词客耳，端平、景定之间以倚声鸣于时。吴山越水时复见其高踪，闻其逸唱，胥疏江湖，老于韦布，史传亡称，仅于尹梅津、沈义甫诸人品题及草窗、玉田两词集中依约考见其生平，一唱酬间亦足以知人论世已。顾集中涉及荣王词凡六阕，又两寿秋壑，再题其西湖居处，是君特曳裾王门，附声权贵，终未免白璧微瑕，以视白石道人，其高致偶乎远已。

《梦窗词校议》

85. 陈衍：

梦窗、竹山固时出疏快语，非惟涩焉已也。

《小玲珑阁词序》（《清名家词》）

86. 朱祖谋：

梦窗词品在有宋一代，颉颃清真。近世柏山刘氏独论其晚节，标为高洁……乐笑翁题〔霜花腴〕卷后云：“独怜水楼赋笔，有斜阳，还怕登临。愁来了，听残莺啼过柳隐。”古之伤心人别有怀抱，读梦窗词当如此低回矣。

《梦窗四稿序》（《梦窗四稿》）

87. 朱祖谋：

君特以隽上之才，举博丽之典，审音拈韵，习谙古谐，故其为词也，沉邃缜密，脉络井井，缒幽抉潜，开径自行，学者匪造次所能陈其义趣。

《梦窗词跋》（《彊村丛书》）

88. 康有为：

若美成之跌宕悠扬，苏、辛之傥宕遒上，梦窗之七宝楼台，姜、张之清新俊逸，亦各穷极极妍矣。然韵味之隽，含蓄之深，神情之远，词句之逸未有若三李者。

《江山万里楼词钞序》(《江山万里楼诗词钞》)

89. 陈锐：

大抵词自五季以降，以耆卿为先圣，美成为先师。白石道人崛起南渡之余，明心见性，居然成佛作祖；而四明吴君特以其轶才，贯串百氏，蔚为大宗，令人有观止之叹。

《词比自序》(《词学季刊》创刊号)

90. 陈锐：

词如诗，可模拟得也……梦窗有康乐之标轨。

白石拟稼轩之豪快，而结体于虚；梦窗变美成之面貌，而炼响于实。南渡以来，双峰并峙，如盛唐之有李、杜矣。

《褒碧斋词话》

91. 况周颐：

性情少，勿学稼轩，非绝顶聪明，勿学梦窗。(卷一)

近人学梦窗，辄从密处入手，梦窗密处，能令无数丽字，一一生动飞舞，如万花为春，非若雕璚蹙绣，毫无生气也。如何能运动无数丽字？恃聪明，尤恃魄力。如何能有魄力？唯厚乃有魄力。梦窗密处易学，厚处难学。

重者，沉着之谓。在气格，不在字句。于梦窗词庶几见之，即其芬菲铿丽之作，中间隽句艳字，莫不有沉挚之思，灏瀚之气，挟之以流转。令人玩索而不能尽，则其中之所存者厚。沉着者，厚之发见乎外者也。欲学梦窗之致密，先学梦窗之沉着。即致密、即沉着，非出乎致密之外，超乎致密之上，别有沉着之一境也。梦窗与苏、辛二公，实殊流而同源。其所为不同，则梦窗致密其外耳。其至高至精处，虽拟议形容之，未易得其神似。颖慧之士，

束发操觚，勿轻言学梦窗也。（卷二）

宋词深致能入骨，如清真、梦窗是。（卷三）

《蕙风词话》

92. 况周颐：

碧山乐府如书中欧阳信本，准绳规矩极佳。二晏如右军父子。贺方回如李北海。白石如虞伯施，而隽上过之。公谨如褚登善。梦窗如鲁公。稼轩如诚悬。玉田如赵文敏。

《香海棠馆词话》（龙榆生《唐宋名家词选》引。按：此则不见《蕙风丛书》本《香海棠馆词话》。）

93. 况周颐：

觉翁崛起四明，以空灵奇幻之笔，运沉博绝丽之才，缒幽抉潜，开径自行，凝然为斯道高矩。又后草窗、碧山、龟溪二隐辈，熏香掬艳，异曲同工。以审定宫律言，知音如紫霞翁，亦当于词坛别树一帜。

词之极盛于南宋也，方当半壁河山，将杭作汴，一时骚人韵士，刻羽吟商，宁止流连光景云尔？其荦荦可传者，大率有忠愤抑塞、万不得已之至情寄托于其间，而非“晓风残月”、“桂子飘香”可同日语矣。梦翁怀抱清敻，于词境为最宜，设令躬际承平，其出象笔鸾笺，以鸣和声之盛，虽平揖苏、辛，指麾姜、史，何难矣。乃丁世剧变，戢影沧洲，黍离麦秀之伤，以视南渡群公，殆又甚焉。

《历代两浙词人小传序》（梦坡室藏板）

94. 张德瀛：

吴梦窗词，绚中有素，故于南宋自成一派。然訄费锦缋者，蔑视其本，则真如玉田生所云矣。

《词徵》卷五

95. 杨铁夫：

梦窗诸词，无不脉络贯通，前后照应，法密而意串，语卓而律精。而玉田七宝楼台之说，真矮人观剧矣。

《吴梦窗词选笺释自序》(《吴梦窗词选笺释》)

96. 陈洵：

南渡而后……湖山歌舞，遂忘中原。名士新亭，不无涕泪，性情所寄，慷慨为多。然达事变，怀旧俗，大晟余韵，未尽亡也。天祚斯文，钟美君特，水楼赋笔，年少承平，使北宋之绪，微而复振。尹焕谓前有清真，后有梦窗，信乎其知言矣。

“稼轩由北开南，梦窗由南追北”，善乎周氏之能言也。南宋诸家，鲜不为稼轩牢笼者，龙洲、后村、白石皆师法稼轩者也，二刘笃守师门，白石别开家法。白石立而词之国土蹙矣，至玉田演为清空，奉白石为祧庙，画江画淮，号令所及，使人遂忘中原，微梦窗谁与言恢复乎？

周止庵曰：“近人颇知北宋之妙，然终不忘有姜、张二字，横亘胸中。岂知姜、张在南宋亦非巨擘乎？论词之人，叔夏晚出，既与碧山同时，又与梦窗别派，是以过尊白石，但主清空。后人不能细研词中浅深曲折之故，群聚而和之，并为一谈，亦固其所也。”洵按：自元以来，若仇仁近、张仲举，皆宗姜、张者，以至于清竹垞、樊榭极力推演，而周、吴之绪几绝矣，竹垞至谓梦窗亦宗白石，尤言之无理者。

周止庵立周、辛、吴、王四家，善矣。惟师说虽具，而统系未明，疑于传授家法，或未洽也。吾意则以周、吴为师，余子为友，使周、吴有定尊，然后余子可取益。于师有未达，则博求之友。于友有未安，则还质之师。如此，则系统明，而源流分合之故，亦从可识矣。周氏之言曰：“清真，集大成者也。稼轩敛雄心，抗高调，变温婉，成悲凉。碧山切理餍心，言近指远，声容调度，一一可循。梦窗奇思壮采，腾天潜渊，返南宋之清泚，为北宋之秾挚。是为四家，领袖一代。”所谓师说具者也。又曰：“问途碧山，历梦窗、稼轩以还清真之浑化。”所谓系统未明者也。

张氏辑《词选》，周氏撰《词辨》，于是两家并立，皆宗美成。而皋文不取梦窗，周氏谓其为碧山门径所限。周氏知不由梦窗不足以窥美成，而必曰问途碧山者，以其蹊径显然，较梦窗为易入耳。非若皋文欲由碧山直造美成也。吾年三十，始学为词，读周氏《四家词选》，即欲从事于美成。乃求之于美成，而美成不可见也；求之于稼轩，而美成不可见也；求之于碧山，而美成不可见也；于是专求之于梦窗，然后得之。因知学词者，由梦窗以窥美成，犹学诗者由义山以窥少陵，皆涂辙之至正者也。今吾立周、吴为师，退辛、王为友，虽若与周氏小有异同，而实本周氏之意，渊源所自，不敢诬也。

以涩求梦窗，不如以留求梦窗。见为涩者，以用事下语处求之。见为留者，以命意运笔中得之也。以涩求梦窗，即免于晦，亦不过极意研炼，丽密止矣，是学梦窗，适得草窗。以留求梦窗，则穷高极深，一步一境，沈伯时谓梦窗深得清真之妙，盖于此得之。

清真格调天成，离合顺逆，自然中度。梦窗神力独运，飞沉起伏，实处皆空。梦窗可谓大，清真则几于化矣。由大而几化，故当由吴以希周。

飞卿严妆，梦窗亦严妆。惟其国色，所以为美。若不观其倩盼之质，而徒眩其珠翠，则飞卿且讥，何止梦窗。玉田所谓碎拆不成片段者，眩其珠翠耳。

清真不肯附和祥瑞，梦窗不肯攀援藩邸，襟度既同，自然玄契。《诗》云："惟其有之，是以似之。"

《海绡说词》

97. 张尔田：

梦窗词殿天水一朝，分镳清真，碎璧零玑，触之皆宝。虽埋藩溷，其精神行天壤，固自不敝。

《梦窗词集跋》（《彊村丛书》）

98. 张尔田：

梦窗词实以清真为骨，以词藻掩过之，不使自露，此是技术上一种狡狯法，最不易学，亦不必学。

《与龙榆生论词书》(《同声月刊》第一卷第三号)

99. 夏敬观：

梦窗，词中汉魏文，潜气内转，不恃虚字衔接。不善学者，但于字句求之，失之远矣。

《忍古楼词话》

100. 夏敬观：

转折笔圆，恃虚字为转折耳。意圆，则前后呼应一贯。神圆，则不假转折之笔，不假呼应之意，而潜气内转。方者，本质，天所赋也。圆者，功力，学所致也。方圆二字，不易解释，梦窗，能方者也。白石、玉田，能圆者也。知此可悟方圆之义。方中不见圆，盖神圆也，惟北宋人能之，子野、方回、耆卿、清真皆是也。

梦窗学清真者，清真乃真能不琢，梦窗固有琢之太过者。

勾勒者，于词中转接提顿处，用虚字以显明之也。即张炎《词源》所云："用虚字呼唤，单字如正、但、任、甚之类，两字如莫是、还又、那堪之类，三字如更能消、最无端、又却是之类。"南宋清空一派，用此勾勒法为多。用之无不得当者，南宋名家是也……吴梦窗于此等处多换以实字，玉田讥为七宝楼台，拆下不成片段，以为质实，则凝涩晦昧。其实两种皆北宋人法，读周清真词便知之。清真非不用虚字勾勒，但可不用者即不用，其不用虚字，而用实字或静辞以为转接提顿者，即文章之潜气内转法。今人以清真、梦窗为涩调一派，梦窗过涩则有之，清真何尝涩耶？清真造句整，梦窗以碎锦拼合。整者元气浑仑，碎拼者古锦斑斓。不用勾勒，能使潜气内转，则外涩内活。白石、玉田一派，勾勒得当，亦近质实，诵之如珠走盘，圆而不滑。二派皆出自清真，及其至，品格亦无高下也。今之学梦窗者，但能学其涩，而不能知其活。拼凑实字，既非碎锦，而又捍格不通，其弊等于满纸用呼唤字耳。

《蕙风词话诠评》(《蕙风词话》附录)

101. 张寿镛：

自宋元丰间，清真居士（周邦彦，字美成）以词学鸣于时，洎知明州，因家奉化。所谓《清真词》者，明之士皆善习焉。南渡而后，张于湖（孝祥）其尤著者也。晚宋则梦窗、处静（翁元龙）、西麓（陈允平）为大宗，而梦窗更得清真之妙。

《梦窗四稿序》(《梦窗四稿》)

102. 高旭：

梦窗才藻艳于霞，七宝楼台眼欲花。

心赏蘋洲渔笛谱，白莲花底思无涯。

《论词绝句》三十首（《未济庐诗集》）

103. 王国维：

梅溪、梦窗诸家写景之病，皆在一“隔”字。

苏、辛，词中之狂。白石犹不失为狷。若梦窗、梅溪、玉田、草窗、西麓辈，面目不同，同归于乡愿而已。

介存谓梦窗词之佳者，如“水光云影，摇荡绿波，抚玩无极，追寻已远”，余览《梦窗甲乙丙丁稿》中，实无足当此者。有之，其“隔江人在雨声中，晚风菰叶生秋怨”二语乎？

梦窗之词，余得取其词中之一语以评之，曰：“映梦窗，零乱碧。”

“池塘春草谢家春，万古千秋五字新。传语闭门陈正字，可怜无补费精神”，此遗山论诗绝句也。梦窗、玉田辈，当不乐闻此语。

梅溪、梦窗、玉田、草窗、西麓诸家，词虽不同，然同失之肤浅。虽时代使然，亦其才分有限也。近人弃周鼎而宝康瓠，实难索解。

予于词……南宋只爱稼轩一人，而最恶梦窗、玉田。

《人间词话》

104. 樊志厚：

君之于词……尤痛诋梦窗、玉田，谓梦窗砌字，玉田垒句。一雕琢，一敷衍，其病不同，而同归于浅薄。

《人间词序》一

105. 樊志厚：

梦窗、玉田出，并不求诸气体，而惟文字之是务，于是词之道熄矣。

《人间词序》二

106. 吴庠：

流览古今词刻，其守四声者，宋人如方千里、杨泽民、陈西麓、吴梦窗，皆能依清真四声。方、杨、陈三家词，与当时作手比较，皆不见佳……梦窗佳矣，然合四稿观之，究多费解语。昔人谓梦窗意为辞掩，不佞以为意之受累于辞，实词之受累于声。盖梦窗能知清真之词，不能知清真之词之声。所以清真一调两词，能自变通其声，而梦窗不能。其不能也，其不知也，惟有拘守而已。特其聪明过人，故伎俩较方、杨、陈三家为高耳。

《与夏瞿禅书》（《同声月刊》第一卷第三号）

107. 马一浮：

古来词人利弊，此难具言。以诗为比，太白如苏、李，后主如子建，温、韦如晋宋间诗，北宋诸家如初唐，清真如少陵（律最细，词最润），梦窗如义山。

《马一浮先生语录类编》（《马一浮集》）

108. 吴梅：

梦窗词，以绵丽为尚，运意深远，用笔幽邃，练字炼句，迥不犹人。貌观之，雕缋满眼，而实有灵气行乎其间。细心吟绎，觉味美于方回，引人入胜，既不病其晦涩，亦不见其堆垛。此与清真、梅溪、白石，并为词学之正宗。一脉真传，特稍变其面目耳。犹之玉溪生之诗，藻采组织，而神韵流转，旨趣永长，未可妄讥其獭祭也。昔人评骘，多有未当，即如尹惟晓以梦窗并清真，不知置东坡、少游、方回、白石等于何地？誉之未免溢量。至沈伯时谓其太晦，其实梦窗才情超逸，何尝沉晦？梦窗长处，正在超逸之中，见沉郁之思，乌得转以沉郁为晦耶？若叔夏七宝楼台之喻，亦所未解。窃谓东坡〔水调歌头〕、介甫〔桂枝香〕有此弊病。至梦窗词，合观通篇，固多警策，即分摘数语，亦自入妙，何尝不成片段耶？张皋文《词选》，独不收梦窗词，而以苏、辛为正声，此门户之见，乃以梦窗与耆卿、山谷、改之辈同列，此真不知梦窗也。董氏《续词选》，只取梦窗〔唐多令〕、〔忆旧游〕两篇，此二篇绝非梦窗高诣。〔唐多令〕一篇，几于油腔滑调，在梦窗集中最属下乘。《续选》独取此两篇，岂故收其下者，以实皋文之言耶？谬矣。

梦窗精于造句，超逸处，则仙骨珊珊，洗脱凡艳；幽索处，则孤怀耿耿，别缔古欢。

《词学通论》

109. 陈匪石：

词之用韵，虽与诗有相承之关系，然词以应歌，当筵命笔，每不免杂以方音……如真、庚、侵三部，寒、覃二部，萧、尤二部，及入声屋、质、月、药、洽五部，按之古今分部及音理，皆不相通，而有时互相羼杂，即知音之清真、白石、梦窗亦每见之。

凡词中无韵之处，忽填同韵之字，则迹近多一节拍，谓之犯韵，亦曰撞韵。守律之声家，悬为厉禁，近日朱、况诸君尤斤斤焉，而宋词于此，实不甚严，即清真、白石、梦窗亦或不免。彼精通声律，或自有说，吾人不知节拍，乃觉彷徨。

至全依四声，则除方千里和清真以外，梦窗填清真、白石自度之腔，亦谨守之。故某人创调，其四声即应遵守某人。

读昔人词评，或曰拗怒，或曰老辣，或曰清刚，或曰大力盘旋，或曰放笔为直干，皆施于屯田、清真、白石、梦窗，而非施于东坡、稼轩一派……故词之为物，固衷于诗教之温柔敦厚，而气实为之母。但观柳、贺、秦、周、姜、吴诸家所以涵育其气、运行其气者即知。东坡、稼轩，音响虽殊，本原则一。

词境极不易说，有身外之境，风雨、山川、花鸟，之一切相皆是，有身内之境，为因乎风雨、山川、花鸟发于中而不自觉之一念。身内身外，融合为一，即词境也。仇述庵问词境如何能佳，愚答以“高处立，宽处行”六字，能高能宽，则涵盖一切，包容一切，不受束缚，生天然之观感，得真切之体会。再求其本，则宽在胸襟，高在身分，名利之心固不可有，即色相亦必能空，不生执著，渣滓净去，翳障蠲除，冲夷虚澹，虽万象纷陈，瞬息万变，而自能握其玄珠，不浅、不晦、不俗以出之，叫嚣儇薄之气皆不能中于吾身，气味自归于醇厚，境地自入于深静，此种境界，白石、梦窗词中往往可见，而东坡为尤多。若论其致力所在，则全自养来，而辅之以学。《蕙风词话》曰：“多读书，谨避俗。”又曰：“取古人词之意境极佳者，缔构于吾想望中，使吾性灵相浃而俱化。”皆入手之法门，特不免仍有迹象耳。

有曲直，有虚实，有疏密，在篇段之结构，皆为至要之事。曲直之用，昔人谓曲已难，直尤不易。盖词之用笔，以曲为主。寥寥百字内外，多用直笔，将无回转之余地，必反面、侧面，前路、后路，浅深远近，起伏回环，无垂不缩，无往不复，始有尺幅千里之观，玩索无尽之味。两宋名家，随在可见，而神妙莫如清真、梦窗。

《声执》卷上

110. 陈匪石：

选南宋词者，戈顺卿取史、姜、吴、周、王、张六家，周稚圭取姜、史、吴、王、蒋、张六家，周止庵则以辛、王、吴为领袖。夫张炎之妥溜，王沂孙之沉郁，吴文英极沉博绝丽之观，擅潜气内转之妙，姜夔野云孤飞，语淡意远，辛弃疾气魄雄大，意味深厚，皆于南宋自树一帜。流风所被，与之化者各若干人。然蒋捷身世之感同于王、张，雕琢之工导源吴氏，周密附庸于吴，尤为世所同认。姑舍周、蒋而录张、王、吴、姜、辛，意实在此。至此五家者，相因相成，往往可见，然各有千古，不能相掩也。

南宋善学柳者，惟梦窗一人。特意须极多，否则非竭即复；气须极盛，否则非断即率耳。

《宋词举》卷上

111. 陈匪石：

张玉田论梦窗词，谓如七宝楼台，炫人眼目，拆碎则不成片断。是美其奇思异采，而以其过于典实，意犹不知足也。玉田论词取清空，不取质实。夫质实之流弊，晦涩与堆砌易蹈其一。玉田之说，未可厚非。但细读梦窗各词，虽不着一虚字，而潜气内转，荡气回肠，均在无虚字句中，亦绚烂，亦奥折，绝无堆垛饾饤之弊。后人腹笥太空，读之不能了解，辄袭取乐笑翁语，亦为质实而不疏快，不亦谬乎！

白石、梦窗皆善炼气。但白石之气清刚拔俗，在字句外，人得而见之；梦窗之气，潜气内转，伏于无虚字句中，人不得而见之。此所以知白石者较多，知梦窗者较少。而一般对君特肆攻击者，犹不免为吴氏之门外汉也。

造字琢句，不外一“化”字。用一故实，必有数故实以辅佐之；意取于此，用字不妨取于彼，合数典为一典，自新颖而有来历……而梦窗尤擅用之，《甲乙丙丁稿》中，举不胜举。吾人欲求造字琢句之妙，须于梦窗词深味之。

世人病梦窗之涩，予不谓然。盖涩由气滞，梦窗之气，深入骨里，弥满行间，沉着而不浮，凝聚而不散，深厚而不浅薄，绝无丝毫滞相，浅尝者或未之知耳。但必有梦窗之气，而后可以不涩。

《旧时月色斋词谭》

112. 碧痕：

张叔夏《词源》论吴梦窗词如七宝楼台，眩人眼目，拆碎下来，不成片段。盖以其太质实耳。予读其“何处可成愁，离人心上秋。纵芭蕉不雨也飕飕。都道晚凉天气好，有明月，倦登楼。　年事梦中休，花空烟水流。燕辞归客尚淹留。垂柳不萦裙带住，漫长是，系行舟”一阕，实足与清真相埒，不落质实之讥。他如“渺空烟四远”、“宫粉雕痕”等句，亦属咎有应得。

《竹雨绿窗词话》

113. 周曾锦：

玉田于梦窗颇致不满，不但七宝楼台之喻而已。梦窗“何处合成愁”一阕，在梦窗为别调，而玉田亟称之，他词不如是也。以此取梦窗，则其所不取者可知矣。平心论之，梦窗雕琢太过，致多晦涩，实是一病，固不必曲为之讳也。

《白石道人诗说》云：雕琢伤气。予谓非第说诗而已，惟词亦然。梦窗诸公，恐正不免此。

《卧庐词话》

114. 蔡嵩云：

北宋如屯田、方回、清真、雅言诸家，南宋如白石、梅溪、梦窗、草窗、玉田诸家，大都妙解音律，所为词，声文并茂。

南宋以降，慢词作法，穷极工巧……梅溪、梦窗，远绍清真，碧山、玉田，近宗白石，词法之密，均臻绝顶。宋词自此，殆纯乎人工矣。

梦窗深得清真之妙，其慢词开合变化，实间接自柳出。惟面貌全变，另具神理，不惟不似屯田，并不似清真。看词者若仅于字句表面求之，更不易得其端倪矣。

清真令曲，闲婉似叔原，而沉着亦近之；慢词疏宕类耆卿，而精湛则过之。于以见其作法非同一机杼矣。梦窗亦然，慢词极凝炼，令曲却极流利。故玉田于其慢词，讥为凝涩晦昧，谓如七宝楼台，碎拆下来，不成片段，而独赏其〔唐多令〕之疏快，以为不质实，集中尚有。又以其令曲妙处与贺方回并称。令曲慢词，截然两途，观此益信。

梦窗慢词，高华丽密处最难学，须有灵变之笔以御之，若无此笔，慎勿学梦窗，否则必流于晦涩。

《柯亭论词》

115. 蔡嵩云：

梦窗词绵密妍练，运用丽字，如数家珍。

梦窗喜炼字面，即恐用字太露。然有时矫枉过正，结果往往流于晦涩。

《乐府指迷笺释引言》（《词学季刊》第三卷第四号）

116. 顾宪融：

吴梦窗，名文英，字君特，四明人。有《甲乙丙丁词稿》四卷。戈顺卿曰："梦窗从履斋诸公游，晚年好填词，以绵丽为尚，运意深远，用笔幽邃，炼字炼句，迥不犹人。貌观之雕缋满眼，而实有灵气行乎其间。细心吟绎，觉味满于回，引人入胜。既不病其晦涩，亦不见其堆垛。此与清真、梅溪、白石并为词学之正宗，一脉真传，特稍变其面目耳。犹之玉溪生之诗，藻采组织，而神韵流转，旨趣永长，未可妄讥其獭祭也。"周止庵曰："梦窗每于空际转身，非具大神力不能。"又曰："梦窗非无生涩处，总胜空滑。况其佳者，天光云影，荡漾绿波，抚玩无斁，追寻已远。"又曰："君特意思甚感慨，而寄情闲散，使人不易测其中之所有。"按：梦窗刻意学清真，而深得其妙，但有时用事太晦处人不易知。故玉田以为七宝楼台，眩人眼目，拆碎下来不成片段。盖《山中白云》专主清空，与梦窗家数适相反耳。

《填词百法》

117. 姚锡钧：

飞行绝迹定谁俱，七宝楼台密不疏。

区别梦窗和白石，一饶秾致一清虚。

《示了公论词绝句》十二首（《南社》第十八集，民国铅印本）

118. 赵尊岳：

梦窗之炼字，在炼形容事物之字，有时从苍劲中锤炼得之，有时从艳冶中锤炼得之，有时从明媚中锤炼得之，各极其胜。然苍劲者难，雕琢者易。

《珍重阁词话》

119. 赵尊岳：

若再断代言之，同时竞爽，自各极其胜场。十国蕃艳之中，南唐二主独以至情见著。北宋柳缛、贺疏，周雅、秦秀；南宋吴密、姜苍、张俊、周丽；元则遗山天颖，惟以雄胜。明仅二陆沉着可诵。

梦窗形模事物，无不致意于字面，即炼字也。其字有取于苍劲者，有取于侧艳者，各极其致。然自侧媚中取字易，自激越苍劲中取字难。（卷二）

用字研炼，首推梦窗。梦窗有真情真意，以驱策此若干研炼之字面。又全篇气机生动，使实字不致质滞，此大笔力也，何易语此？盖能使流走之气机与研炼之字面相表里，始足与言炼字之法。彼临渴掘井，觅致若干蕃艳之字而又不善位置者，在在且有金沙入眼之弊，何止拆将下来不成片段乎？此梦窗之所以难学也。（卷三）

宋词以晏、秦、周、柳、苏、吴、姜、张为八大家。周虽蹊径分明，学之亦不易易。晏词智慧流露而重大有余，实为浑金璞玉之音。柳能以繁词写碎景细情。苏能直抒其胸臆，清雄莫并。秦以风神取胜。吴以精金美玉胜，细针密缕，学者望之似有迹，学之辄无功。姜之苍雅，张之骀荡，均为百世之师。学者能奉此数大家为祖祢，能得若干即成就若干，外无余师矣。

文字以风会而转移，积久必变。《花间》蕃艳，至北宋而一变为冲淡之致，专以第一义发为渊穆之音。第一义语，固人人心目所习知，然能出以厚淡渊穆之笔则醰然有味，固非易易。南宋又不期而别生境界。以求取胜于前人也，则不得不屏汰此厚淡之境，渐尚丽密。太羹玄酒，又觉其不如玉旨金醴之耳目一新。此亦必然之势有以致之。由今以言，学者当先于北宋师清真，南宋师白石，较有蹊径而不失浑成。若今日而仍专于第一义，漫以空声浮响，自托厚淡，必致徒见其弊。有已蹈此失者，又当研求梦窗炼字造句之法以药之。（卷四）

《花间》不易遽学，古蕃锦岂人尽可织？下之如梦窗之七宝楼台，《珠玉》之浑金朴玉，《小山》之风神淡厚，苏辛之清雄天成，均不易为师资。《乐章》善道眼前之景物，一一写来，无不精深。笔力又复骞举，宽不失疏，岂易着墨？清真、梦窗，浑厚精整，少有途辙，为学词者所必由。淮海风神足，白石出笔健，玉田意境跌宕，亦学者所当永为圭臬者。

学苏、辛贵先有襟抱，学梦窗贵先有学力。学力可求，故自效于梦窗者长多。襟抱在天成，故学苏、辛者每雄而不清，转犯叫嚣犷率诸病。

梦窗精整而有气机，斯不窒滞。玉田疏荡而有性情，故不空泛。学者取径两家，当先立此二戒。

作华贵词，不庸不俗；作感怆语，不卑不哀，为词中要义。若能出以沉着之语，尤见生色。梦窗“青冢麒麟有恨”、“卧听箫鼓游山”，虽笔涉风趣，意实沉着，可为学者师法。（卷五）

《填词丛话》

120. 赵尊岳：

倚声之学，托始于唐，浸盛于五季。其君若臣，歌舞宴酣，风流相尚，琱璛镂玉，方巧化工，《尊前》、《花间》，奄有众美。

爰及天水，晏氏父子，引温、韦之绪。欧、苏、秦、柳，风雅所宗。子野、方回，并世郢匠。清真崛起，为两宋关键，间以质拙胜，非深于此道不易知。南渡已还，麦秀黍离，家国之感，发为咏歌。白石老仙风格遒上，宜与稼轩分镳平辔。梦窗专家，斯诣造极，蕃艳之笔，运以沉思，致密之中，饶有清气，七宝楼台之喻，甚非知人之言。竹山高节，艳而有骨。公谨、圣与，丽而有则。玉田王孙，后来之秀，清辞丽句，叹观止焉。

《蓉影词跋》(《蓉影词》)

121. 张伯驹：

梦窗〔祝英台近〕《除夜立春》词前阕云："残日东风，不放岁华去。有人添烛西窗，不眠侵晓，笑声转、新年莺语。"后阕"归梦湖边，还迷镜中路。可怜千点吴霜，寒消不尽，又相对、落梅如雨"，句句扣紧是除夜立春。彭羡门谓：兼有天人之巧，信然。〔风入松〕"听风听雨过清明"一阕，情深语雅，写法高绝。〔高阳台〕《丰乐楼》词"东风紧送斜阳下"，何其神色动人。后阕"飞红若到西湖底，搅翠澜、总是愁鱼。莫重来，吹尽香绵，泪满平芜"，可哀可哭。此等词，秾丽清空，兼而有之，安能诮为拆碎七宝楼台？然后人学梦窗者，则不学此等词也。

后人学梦窗者，必抑屯田。然屯田不装七宝，仍是楼台；梦窗拆碎楼台，仍是七宝。后人既非楼台，亦非七宝，只就字面饤饾雕饰，自首至尾，使人不解，亦不知其自己解否耳？

《丛碧词话》

122. 舍我：

近数十年，作者多趋重梦窗，盖因仲修有涩字之论。涩即棘练之简称，而梦窗则专以棘练见长者也。如"黄蜂频扑秋千索，有当时纤手香凝"、"断红若到西湖底，搅翠澜，总是愁鱼"等句，皆想入非非，非率尔操觚者所能做到。惟棘练太甚，则难免牵强不通，学者所当慎也。

《天问庐词话》

123. 闻野鹤：

寇莱公如春日园林，蔚然深秀。苏东坡如深山剑客，不娴俗礼。秦少游如花间丽色，却扇一笑，百媚横生。黄山谷如村女媚客，简直乏致。欧阳公如豪家子弟，仪态大方。张子野如春花百树，浅深互见。周美成如周公制礼，大体略备。王荆公如蛮夷入贡，不谙礼数。辛稼轩如草野人入掌枢密，动辄粗戾。蒋竹山如蓬门丽质，清秀有余。柳耆卿如通天老狐，醉即露尾。康与之如春场笙歌，繁乐聒耳。史梅溪如剪彩成花，细而近纤。姜白石如江介澄波，悠然一往。吴梦窗如天孙云锦，一丝一缕，尽发奇光，俗子庸夫，见之却步。李易安如中人举鼎，时虞绝膑。王碧山如天家姬侍，神采幽馨，迥非凡艳。周公谨如辞树红英，难免浮浪。朱淑贞如碧窗鹦鹉，略解语言。陆放翁如野僧说法，清而无味。张玉田如中郎凋谢，典型尚存。余则自桧以外，可无讥矣。

自乐笑翁有“姜白石如野云孤飞”一语，于是论词者竞尊石帚，而梦窗则竟折抑矣。要知“清空”、“质实”云者，不徒以面目判也。石帚天分孤高，洞晓声律，其学自宜迈人，所谓“清空”者，犹不过其面目耳。若梦窗则作词浑厚，遣词周密，若天孙锦裳，异光曜目，无丝缕俗韵，特学者每以蕴意深邃为憾，于是有以凝滞诮之者矣，要之皆非本色。且所谓“金碧楼台，拆散下来，不成片段”者，此语尤未能适当。词如人体然，完好无恙，则神采奕奕，使从而支解焉，则臭腐随之矣。以其臭腐，遂亦谓人体不善耶？试以姜白石之野云拆之，亦未审其果成何片段也。嗟乎，惟其不能成片段，益足见构造之者之苦心。且楼台自楼台，亦正无烦于拆散。而乐笑翁乃以此抑梦窗，真冤煞矣。

词境有四：其一，如新桐始叶，嫩翠若滴，柳梢月上，娟娟欲波，天机灵活，生意澹宕，□无丝毫迹象可寻，东坡所谓“空山无人，水流花开”者也。此境惟飞卿、正中、小山诸公具之。

其二，如巨室闺襜，范律严肃，入其闼者，微闻幽馨，仙帷缥缈，檀屏掩映，弦声微作，不可端倪。此境惟少游、美成诸公具之。其三，如深山侠士，瑰抱恢奇，酒酣起舞，剑芒腾跃，抚髀一啸，林木悉靡，咤云掷月，不可一世。此境惟东坡、稼轩诸公具之。其四，如霓羽仙人，神光姚冶，云房露阙，瞬息万变，龙绡之带，凤羽之裳，织华组绮，迥非凡手。此境惟梦窗、草窗诸公具之。上下千古，不出四者。自余曹鄘不复成邦，可无讥已。

清代戈载有宋七家之选：一周美成，二史梅溪，三姜石帚，四吴梦窗，五周草窗，六王圣与，七张叔夏。综其得失，可得而称焉。美成盖代词才，律细而不枯，意深而不刻，灏灏落落，百世之所宗也。梅溪能巧，上者故自清新，下者辄流浮俗。白石清响，为世所称，然音律故娴，意象未备，虽幽邈自喜，要其去美成远矣。梦窗刻意苦搜，镂冰煮雪，一字一句，古丽照人，樊身云所谓“五花共采，万鲭合脔”者也，后者学之，辄伤碎乱。梦窗独能寓郁厚于藻采之中，是盖上人一等者。草窗细敏，丽而有则，然古雅之致尽矣。圣与尤秾艳绵丽尽致，特稍逊梦窗耳。至于玉田，下驷才也，妄欲随逐其后，吾无称焉。

《愢簃词话》

124. 钱仲联：

词之有梦窗，犹诗之有玉溪乎？毗卢遮那庄严藏，楼阁交网罗光，非弥勒弹指出声，曷由睹其广博严丽？……梦窗之词，如其所谓檀栾金碧，婀娜蓬莱，然人巧极而真宰通，千拗万折，潜气内转，非沉浸咀含，与梦窗精灵相感，则其悬解何由得。

《吴梦窗词笺释序》

125. 祝南：

梦窗词炼字炼句，迥不犹人，足救滑易之病。

梦窗词以丽密胜，然意味自厚，人惊其丽密而忘其意味耳。其源出自飞卿。

梦窗词亦有气势，有顿宕，特不肯作一平易语，遂不免陷于晦涩。读者须于此处求真际，不应专讲情韵、猎采藻也。

梦窗词用意过事曲折，故有“不成片段”之讥。然能细加按索，自有脉络可见，非凑杂成章也。惟不可穿凿求之耳。况蕙风谓“非绝顶聪明，勿学梦窗”，恐以凑杂为梦窗也。

《无庵说词》

翁元龙

翁元龙（生卒年不详）字时可，号处静，四明（今浙江宁波）人，一作黄岩（在今浙江省）人。与吴文英为亲伯仲，客于右相杜范之门。词有后人辑本《处静词》。

1. 杜范：

余拙于文，于乐府尤所未解。今观翁君时可之作，如絮浮水，如荷湿露，萦旋流转，似沾非著，岂非游戏翰墨之妙耶？余固未解，殆类饰宝玩置窗几间，未尝不以为珍也。然周、柳辈凄清丽句，后之为乐府者多之；而苏、黄诸爱惜文士如金璧乃寂不挂口，此亦余所未解时可。试评时可以处静自号云。

《跋翁处静词》（《静献集》卷十七）

2. 周密：

翁元龙，字时可，号处静，与吴君特为亲伯仲，作词各有所长。世多知君特而知时可者甚少，予尝得一编，类多佳语，已刊于集矣。今复摭数小阕于此……真《花间》语也。

《浩然斋词话》

3. 沈泽棠：

翁元龙〔绛都春〕《秋海棠与黄菊盛开》上阕云：“玉颜不趁秋容换，但换春游同伴。”下阕云：“秋娘羞占东篱畔。待说与、深宫幽怨。恨他情淡陶郎，旧缘较浅。”由海棠递入黄菊，融洽分明，不涉呆相。咏物当学此种。

《忏庵词话》

4. 继昌（李佳）：

词中属对，亦有求工者。如……翁处静“种石生云，移花带月”……皆经锻炼而出，然亦不可十分吃力。

《左庵词话》卷下

5. 陈廷焯：

词胜，骨韵亦胜。草窗称时可与梦窗为亲伯仲，作词各有所长。

《词则·闲情集》卷二

6.《续修四库全书总目提要》：

杜评云："时可之作，如絮浮水，如荷湿露，萦旋流转，似沾非著。"今观所撰，非尽虚也。〔水龙吟〕云："画楼红湿斜阳……"用意琢句，并细腻熨贴。〔齐天乐〕云："种石生云，移花带月。"《词旨》亦称其属对之工，可知其辞不虚遣、语无泛设也。

《处静词一卷提要》

翁孟寅

翁孟寅（生卒年不详）字宾旸，号五峰，钱塘（今浙江杭州）人。赵万里《校辑宋金元人词》辑有《五峰词》一卷。

1. 陈廷焯：

词不高而字炼。（评〔阮郎归〕“月高楼外柳花明”）

《云韶集》卷二五

2. 沈泽棠：

翁孟寅之“人生好梦逐春风，不似杨花健”，与朱藻“一径杨花不避人”，及卢祖皋之“何处一春游荡，梦中犹恨杨花”，皆善于驱使杨花者。

翁孟寅〔摸鱼儿〕：“沙津少驻。举目送鸿飞，幅巾老子，楼上正凝伫。”东坡送子由诗“时见官帽出复没”，是由送客望见行人，极写临歧眷恋之状，此词煞尾乃由行人望见送者，客子销魂，故人惜别，用笔两面俱到。

《忏庵词话》

3.《续修四库全书总目提要》：

其词清秀雅丽，格高韵古，不得以传词甚少而忽之也……所作擒纵开合，靡不如意，语浅情深，委婉曲折，至于吐属清雅，犹其余事。

《五峰词一卷提要》

万俟绍之

万俟绍之（生卒年不详）字子绍，自号郢庄，郢（今湖北钟祥）人。有《郢庄吟稿》。赵万里《校辑宋金元人词》辑有《郢庄词》一卷。

1.《续修四库全书总目提要》：

辞语雅丽，笔意高古，所存皆可读也。〔蝶恋花〕《春风》云："……"神情似在唐宋之间。

《郢庄词一卷提要》

潘牥

潘牥（1204—1246）字庭坚，号紫岩，闽县（今属福建）人。端平二年（1235）进士，调镇南军节度推官、衢州推官，皆未上。历浙西茶盐司干官，改宣教郎，除太学正，旬日出通判潭州。淳祐六年卒于官，年四十三。有《紫岩集》。《宋史》、《南宋书》有传。赵万里《校辑宋金元人词》辑有《紫岩词》一卷。

1. 杨慎：

潘牥，字庭坚，号紫岩，乙未何枭榜及第第三人。美姿容，时有谚云“状元真何郎，榜眼真郭郎，探花真潘郎”也。庭坚以气节闻于时，词止〔南乡子〕一首，《草堂》所选是也。

《词品》卷五

2. 黄苏：

沈际飞曰：“阁下溪声阁外山”句，便已婉挚，况复足“山水”一句乎。又曰：“结得凄切”。按“溪山”句，“梅花”句，似非忆妓所能当，或亦别有寄托，题或误耳。而词致俊雅，故自不同凡艳。（评〔南乡子〕“生怕倚栏干”）

《蓼园词评》

3. 况周颐：

潘紫岩词，余最喜其〔南乡子〕一阕，《后村诗话》题云《镡津怀旧》，《花庵绝妙词选》题云《题南剑州妓馆》。小令中能转折，便有尺幅千里之势。词云：“生怕倚阑干。阁下溪声阁外山。空有旧时山共水，依然。暮雨朝云去不还。　　相见蹑飞鸾。月下时时认佩环。月又渐低霜又下，更阑。折得梅花独自看。”歇拍尤意境幽瑟。

《蕙风词话续编》卷一

4.《续修四库全书总目提要》:

牥存词虽少，其〔洞仙歌〕一阕，感慨今古，凄凉哀断，自为佳作，又〔南乡子〕云:“生怕倚阑干……”不独委宛曲折，体格甚高，而花庵谓牥以气节闻于时，亦可于此词觇其概矣。

《紫岩词一卷提要》

陈允平

陈允平（1205?—1280?）字君衡，一字衡仲，号西麓，自称莆郧御澹室后人，四明（今浙江宁波）人。曾游于杨简之门。淳祐三年（1243）为余姚令，旋罢去。恭帝时为沿海制置司参议官。卫王赵昺祥兴初参与抗元活动，为王姓仇家所告，遭捕，同官袁洪解之得免。自是杜门不出。后以才被荐至大都，以病免归。有《西麓诗稿》，词集有《日湖渔唱》一卷、《西麓继周集》一卷。

1. 张炎：

近代陈西麓所作，本制平正，亦有佳者。

《词源》卷下

2. 杜诏：

词盛于北宋，而南宋乃极其工。姜夔尧章最为杰出，宗之者史达祖、高观国、卢祖皋、吴文英、蒋捷、周密、陈允平诸名家，皆具夔之一体。

《山中白云词序》

3. 江昱：

幼年有痴老知难，铅汞知应到九还。

妙诀究非高远得，日湖平正费跻攀。

《论词十八首》（《松泉诗集》卷一）

4. 王初桐：

陈西麓〔摸鱼儿〕云："玉屏翠冷梨花瘦，寂寞小楼烟雨。"〔扫花游〕云："暝烟带树，有投林鹭宿，凭栏僧语。"如文待诏着色画图，淡丽中有静深气。

《花草粹编》有陈君衡词二阕，《日湖渔唱》中所无。张叔夏云：近代陈西麓所作平正，亦有佳者。

《小螂嬛词话》卷二

5. 秦恩复：

西麓词清丽芊绵，小令尤为擅长。其和周清真韵者甚多，知其胎息于前人者深也。

《日湖渔唱跋》(《词学丛书》)

6. 阮元：

其诗词与吴文英、翁元龙齐名，张玉田尝论其所作平正。

《四库未收书目提要·日湖渔唱一卷》

7. 周济：

西麓疲软凡庸，无有是处，书中有馆阁书，西麓殆馆阁词也。西麓不善学少游，少游中行，西麓乡愿。竹屋得名甚盛，而其词一无可观，当由社中标榜而成耳。然较之西麓，尚少厌气。

《介存斋论词杂著》

8. 周济：

西麓宗少游，径平思钝，乡愿之乱德也。

《宋四家词选》(《目录序论》)

9. 谭莹：

晓起帘栊翠渐交，莺声春在杏花梢。

独将雅正张炎语评西麓，剩粉零金语欲抛。

《论词绝句一百首》(《乐志堂诗集》卷六)

10. 王僧保：

词人多半善言愁，月露连篇语欲羞。

梦觉银屏春太瘦，垂杨不应减风流。

《论词绝句》(《香海棠馆词话》引)

11. 伍崇曜：

允平字君衡，号西麓，句章人。张炎《乐府指迷》称，词欲雅而正，志之所之，一为物所役，则失其雅正之音，近代陈西麓所作，平正亦有佳者。我朝朱竹垞撰《词综》，尝谓论词必出于雅正，故曾慥录《雅词》，鲖阳居士辑《复雅》，其论实本于炎，而炎以属之西麓，固依声嫡派矣。

《日湖渔唱跋》(《丛书集成初编》)

12. 李慈铭：

《竹屋痴语》、《日湖渔唱》，朴野之音，二家相似，虽间有佳唱，存而不论可矣。

《越缦堂读书记》八《文学》四

13. 陈廷焯：

西麓词，风神绰约，丽而有则，亦是效法白石，而低徊宛转，深得《骚》、《雅》之遗，盖其取法也近，其祖述也远矣。词至元、明以后，纤冶流于淫矣，雅正之音不可复作。有志倚声者，自当以清真、白石为宗。然西麓、玉田两家，尤能拔人于污泥之中。

音调绵远，学白石而化者。

西麓湖上诸篇，芊绵清丽，不关时事者。盖君子素位而行，亦不流于纤冶者，则是《风》、《雅》之遗，西麓之本色也。(卷八)

碧山词与陈西麓仿佛，但陈以和雅胜，王以清丽胜，要皆师白石而得其正者。

碧山学白石得其清者，他如西麓得白石之雅，竹山得白石之俊快，梦窗、草窗得白石之神，竹屋、梅溪得白石之貌，玉田得其骨，仲举得其格。盖诸家皆有专司，白石其总萃也。(卷九)

《云韶集》

14. 陈廷焯：

张叔夏云：词欲雅而正，近时陈西麓所作，平正亦有佳者。夫平正则难佳，平正而有佳者，乃真佳也。三复西麓词，一切流荡忘反之失，不化而化矣。

《词则·大雅集》卷三

15. 陈廷焯：

陈西麓词，和平婉雅，词中正轨。张叔夏云："词欲雅而正，志之所之，一为物所役，则失其雅正之音。”“近代陈西麓，所作平正，亦有佳者。”夫平正则难见其佳，平正而有佳者，乃真佳也。求之于诗，十九首后，其惟陶渊明乎？词惟西麓近之。有志于古者，三复西麓词，一切流荡忘反之失，不化而化矣。西麓词在中仙、梦窗之间。沉郁不及碧山，而时有清超处；超逸不及梦窗，而婉雅犹过之。西麓亦是取法清真，集中和美成者十之二三，想见服膺之意。特面目全别，此所谓脱胎法。（卷二）

草窗、西麓两家，则皆以清真为宗。而草窗得其姿态，西麓得其意趣。（卷八）

《白雨斋词话》

16. 况周颐：

陈君衡词，各家选本所录，并见《日湖渔唱》，绝无采及《继周集》者，盖《继周集》传本尤少，比年始显于世也。窃尝浏览一过，其词循声赴节，停匀妥帖，竟卷一律。故其全阕无庸撰录，其断句较有韵致者，如〔瑞龙吟〕云：“深院静，东风落红如雨。画屏梦绕，一篝香絮。”〔扫花游〕云：“怕春去，问杜宇唤春，归去何处。”〔夜飞鹊〕云：“何似醉中先别，容易为分襟，独抱琴归。”〔花犯〕云：“烟江暮，佩环未结，愁不到、独醒人梦里。”〔大酺〕云：“东风垂杨恨，锁朱门深静，粉香初熟。”〔霜叶飞〕云：“半江枫叶自黄昏，深院砧声悄。渐凉蝶、残花梦晓。西风篱落寒蛩小。”〔渡江云〕云：“夜渐分，西窗愁对，烟月笼沙。”〔蝶恋花〕云：“怅望章台愁转首。画阑十二东风旧。”又云：“闷倚琐窗灯炯炯，兽香闲伴银屏冷。”〔少年游〕云：“比翼香囊，合欢罗帕，都作薄情看。”〔解连环〕云：“淡月梨花，别后伴、情里萧索。”〔忆旧游〕云：“更忆西风里，采芙蓉江上，双桨频招。怨红一叶应到，明月赤阑桥。”〔解花语〕云：“游人静也，东风里、万红初谢。”〔过秦楼〕云：“渐江空霜晓，黄芦漠漠，一声来雁。”〔解蹀躞〕云：“无奈历历寒蝉，为谁唤老西风，伴人吟苦。”〔一落索〕云：

“落花何处不春愁，料不是，因花瘦。”〔虞美人〕云：“一天明月一江云。云外月明、应照凤楼人。”张叔夏谓：西麓所作，平正亦有佳者，此类是已。大凡文章之一体，皆有成就之一境。西麓之词，亦自有成就，惜成就止乎此耳。其长调如〔浪淘沙慢〕、〔西平乐慢〕等阕，亦复极见功力，以全体大段言，则树骨为坚，言情不深，既无惊才绝艳之笔，尤乏惊心动魄之句。以视当时名辈，虽草窗、碧山未能如骖之靳也。然而西麓南宋遗老，品节贞峻，词以人重，固宜装之宝轴，丽以金箱矣。

《宋人词话》

17. 胡玉缙：

是集乃别一种，与《日湖渔唱》无一相复，而词旨清婉，音节亢爽，则大旨相同。张炎《乐府指迷》但称其“平正”，未足以尽允平也。

《西麓继周集提要》(《四库未收书目提要续编》)

18. 张德瀛：

韵不足，规之以格，西麓是已。

《词徵》卷五

19. 王国维：

苏、辛，词中之狂，白石犹不失为狷。若梦窗、梅溪、玉田、草窗、西麓辈，面目不同，同归于乡愿而已。

梅溪、梦窗、玉田、草窗、西麓诸家，词虽不同，然同失之肤浅。虽时代使然，亦其才分有限也，近人弃周鼎而宝康瓠，实难索解。

《人间词话》

20. 吴梅：

张叔夏云：“词欲雅而正，志之所之。一为情所役，则失其雅正之音。”“近代陈西麓所作平正，亦有佳者。”夫平正则难见其佳，平正而有佳者，乃真佳也。其词取法清真，刻意摹效。《继周》一集，皆和周韵，多至百二十一首（《继周集》共词百二十三首，和周韵者百二十一首。惟〔过秦楼〕前一首，琴调〔相思引〕并非周韵。疑宋本《片玉词》别有存此二首者也）。其倾倒美成，可与方千里、杨泽民并传，然其面目并不十分相似。此即脱胎法，可见古人用力之方矣。集中诸词，喜改平韵，如〔绛都春〕、〔永遇乐〕及此词（按：指〔酹江月〕“霁空虹雨”），别具幽秀之致，亦白石法也。西湖十咏多感时之语，时时寄托，忠厚和平，真可亚于中仙，非草窗所可及。其词作于景定癸亥岁，阅十余年宋亡矣。是故读西麓词，一切流荡忘返之失，自然化去耳。

《词学通论》

21. 蔡嵩云：

南渡后，大晟乐谱散失，不独柳谱全亡，周谱亦所存无几。坊曲优伎，有能歌清真词一二调者，人莫不视同珠璧。惟其审音用字之法既不传，如是群视周词四声为金科玉律，方千里、杨泽民、陈西麓诸家和清真调，谨守四声，少有逾越，即其一例。厥后词家，因守周词之四声，遂推而守其他音律家词之四声，此南宋守四声词派所由成立也。

《柯亭词论》

刘澜

刘澜（？—1276）字养源，号江村，天台（今浙江临海）人。尝为道士，后还俗，干谒无成。今存词四首。

1. 刘克庄：

刘君澜尝请方蒙仲序其诗以示余。余曰：诗当与诗人评之，蒙仲文人，非诗人，安能评诗？今又请余评其词，余谢曰：词当叶律，使雪儿、春莺辈可歌，不可以气为色，君所作未知叶律否？前辈惟耆卿、美成尤工，君其往问之。读余此评者必笑曰：君谓蒙仲不能评诗，君顾能评词乎？

《跋刘澜乐府》（《后村大全集》卷一百零九）

2. 况周颐：

刘养源词，清拔处具体白石。见《绝妙好词》凡三阕，皆合作也。〔庆宫春〕《重登峨眉亭感旧》云："春剪绿波，日明金渚，镜光尽浸寒碧。喜溢双蛾，迎风一笑，两情依旧脉脉。那时同醉，锦袍湿、乌纱欹侧。英游何在，满目青山，飞下孤白。　片帆谁上天门，我亦明朝，是天门客。平生高兴，青莲一叶，从此飘然八极。矶头绿树，见白马、书生破敌。百年前事，欲问东风，酒醒长笛。"此词从白石"双桨莼波"阕脱化而出，所不逮白石者，质与遒耳。其〔瑞鹤仙〕《咏海棠》后段云："红蹙。花开不到，杜老溪庄，已公茅屋。山城水国。欢易断，梦难续。记年时马上，人酣花醉，乐奏开元旧曲。夜归来，驾锦漫天，绛纱万烛。"〔齐天乐〕《吴兴郡宴遇旧人》后段云："刘郎今度更老，雅怀都不到，书带题扇。花信风高，苕溪月冷，明日云帆天远。"此等词浓处见骨干，淡处弥腴韵，置之碧山、玉田集中，未易伯仲。又，《蘋洲渔笛谱》有和刘养源〔明月引〕、〔六么令〕各二阕，惜元唱已佚。

《历代词人考略》卷三十三

洪瑹

洪瑹（生卒年不详）字叔玙，自号空同词客，南宋理宗时人。有《空同词》。

1. 毛晋：

叔屿自号空同词客，先辈称其不减周美成。如“燕子又归来，但惹得满身花雨”，又“花上蝶，水中凫，芳心密意两相与”等语，尤艳惊一时，惜不多见。既读《空同词》一卷，真真如游金、张之堂，而揽嫱、施之袂。

《空同词跋》（《宋六十名家词》）

2. 贺裳：

长调推秦、柳、周、康为协律……要此数家，正是王石厨中物，若求王武子琉璃匕内豚味，吾谓必当求之陆放翁、史邦卿、方千里、洪叔玙诸家。

《皱水轩词筌》（按：《词苑萃编》卷二引此条作《词苑》。）

3. 况周颐：

空同词〔月华清〕《春夜对月》云：“况是风柔夜暖。正燕子新来，海棠微绽。不似秋光，只照离人肠断。”用苏文忠公王夫人语意，绝佳。上三句亦胜情徐引。

空同词如秋卉娟妍，春蘅鲜翠。

空同词喜炼字。〔菩萨蛮〕云：“系马短亭西，丹枫明酒旗。”〔南柯子〕云：“碧天如水印新蟾。”〔阮郎归〕云：“绿情红意两逢迎。扶春来远林。”又云：“罗衣金缕明。”两“明”字、“印”字、“扶”字，并从追琢中出。又〔鹧鸪天〕云：“莹然初日照芙蕖。”能写出美人之精神。〔浪淘沙〕《别意》云：“花雾涨冥冥，欲雨还晴。”能融景入情，得迷离惝恍之妙。皆佳句也。“涨”字亦炼。

〔行香子〕云："十年心事，两字眉婚。""眉婚"二字新奇，殆即目成之意，未详所本。

《蕙风词话》卷二

4. 况卜娱：

《空同词》〔月华清〕《春夜对月》云："况是风柔夜暖，正燕子新来，海棠微绽。不似秋光，只照离人肠断。"用苏文忠公王夫人语意绝佳。上三句亦胜情徐引。

《织余琐述》

章谦亨

章谦亨（生卒年不详）字牧之，一字牧叔，吴兴（今属浙江）人。理宗绍定间为铅山令，为政宽平，人称“佛家”。嘉熙二年（1238）除直秘阁、浙东提刑，兼知衢州。今存词九首。

1. 周密：

章牧之谦亨尝为浙东宪，风采为一时所称，然蕴藉滑稽。

《浩然斋词话》

2. 况周颐：

章牧之词见彊村朱氏《湖州词徵》凡六阕，唯〔念奴娇〕“垂杨得地”阕见《御选历代诗余》，〔步蟾宫〕“团圆小酌”阕见《浩然斋雅谈》，自余〔摸鱼儿〕、〔念奴娇〕“画楼侧畔”云云、〔浪淘沙〕、〔小重山〕各一阕，并未详所出。朱氏《词徵》乃据皕宋楼陆氏《吴兴词存》旧稿从事增辑，比询彊村先生，章词乃陆氏元辑，采从何书，未经注出。陆氏著述各书颇称赅博，唯应注不注，与徐电发《词苑丛谈》缺憾略同耳。又有〔石州引〕一阕见《历代诗余》，此阕在牧之词中庶几合作，而《词徵》未载。词云：“半角庭阴，弓月映眉，珠露侵靸。花棚倒挂风枝，低罥鬓唇匎叶。凭肩笑问，甚日罢织流黄，泥人无语吟蛩答。灯近悄分携，溜钿钗犀合。　一霎。莲丝易折。未稳栖鸳，陡惊弹鸭。几度空阶，宵永笛声孤擪。玉腰烟瘦，梨梦香消，醒来凉袖阑干压。不尽度檐云，写闲愁千叠。”其〔摸鱼儿〕《过期思稼轩之居，漕留饮于秋水观，赋一词谢之》过拍云：“带湖鸥鹭。犹不忍寒盟，时寻门外，一片芰荷浦。”语亦清婉可诵。周公谨与牧之同时，乃称道其〔步蟾宫〕俳谐之作，讵其它所作当时未尝得见耶？又按〔石州引〕即〔石州慢〕，据谱，后段第四韵应四字一句、六字一句、七字一句叶。牧之词“玉腰烟瘦，梨梦香消”作四字对句，少二字，讵又体耶？《词律》未载。

《宋人词话》

李彭老

李彭老（生卒年不详）字商隐，号筼房，德清（今属浙江）人，理宗淳祐中曾为沿江制置司属官。与弟莱老齐名，号“龟溪二隐”。与吴文英、周密以词酬唱。词集有与其弟李莱老合辑之《龟溪二隐词》。

1. 张直夫：

靡丽不失为《国风》之正，闲雅不失为《骚》、《雅》之赋，摹拟《玉台》不失为齐梁之工，则情为性用，未闻为道之累。

《浩然斋词话》引

2. 沈雄：

李彭老，字商隐，有《筼房词》。李莱老，字周隐，有《秋崖词》。两人为一时翘楚，但俱是寄和草窗者。篇章亦甚富而少余蕴耳。

《古今词话·词评》上卷

3. 查礼：

宋人落梅词，名句甚多，如〔高阳台〕一解赋落梅者，吴梦窗云：“宫粉雕痕……”李筼房云：“竹里遮寒……”又云：“环珮无声……”李秋崖云：“门掩香残……”又云：“烟湿荒村……”三人写落梅之情景魂魄各有不同。其雅正澹远、柔婉深长之处，令人可思可咏。

《铜鼓书堂词话》

4. 凌廷堪：

词者诗之余也，昉于唐，沿于五代，具于北宋，盛于南宋，衰于元，亡于明。以诗譬之，慢词如七言，小令如五言。慢词北宋为初唐，秦、柳、苏、黄如沈、宋，体格虽具，风骨未遒。片玉则如拾遗，骎骎有盛唐之风矣。南渡为盛唐，白石如少陵，奄有诸家，高、史则中允、东川，吴、蒋则嘉州、常侍。宋末为中唐，玉田、碧山风调有余，浑厚不足，其钱、刘乎？草窗、西麓、商隐、友竹诸公，盖又大历派矣。

张其锦《梅边吹笛谱序》引（《清名家词》）

5. 沈泽棠：

李篔房〔生查子〕云："心事卜金钱，月上鹅黄柳。拜了夜香休，翠被听春漏。"含蓄之笔，写怨字更深，正不必以"啼红"、"泣翠"等字面作老婢俗态也。

《忏庵词话》

6. 况周颐：

李商隐词，余喜其〔木兰花慢〕云："吟边。梦云飞远，有题红、都在薛涛笺。"〔法曲献仙音〕《官圃赋梅，继草窗韵》云："池苑锁荒凉，嗟事逐、鸿飞天远。香径无人，甚苍藓、黄尘自满。听鸦啼春寂，暗雨潇潇吹怨。"〔探芳讯〕《湖上春游》云："闲帘深掩梨花雨，谁问东阳瘦！几多时，涨绿莺枝，堕红鸳甃。"〔浪淘沙〕云："钿车罗盖竞归城。别有水窗人唤酒，弦月初生。"弁阳老人《绝妙好词》录其词十二阕，并皆佳妙，无可轩轾。又按：商隐〔高阳台〕咏落梅云："飘粉杯宽，盛香袖小，青青半掩苔痕。竹里遮寒，谁念减尽芳云？么凤叫晚吹晴雪，料水空、烟冷西泠。感凋零，残缕遗钿，迤逦成尘。　　东园曾趁花前约，记按筝筹酒，戏挽飞琼。环佩无声，草暗台榭春深。欲倩怨笛传清谱，怕断霞、难返吟魂。转销凝，点点随波，望极江亭。"前段"谁念""念"字、"幺凤""凤"字，后段"草暗""暗"字、"倩怨""怨"字，它家作此调者，并用平声，即商隐自作《寄题荪壁山房》阕亦作平声，此阕一律用去声音节，尤为婉隽。商隐倚声专家，必其审酌于宫律之间，故能以拗折为流美也。又按《浩然斋雅谈》所录商隐〔惜红衣〕词"水西云北"云云，乃〔念奴娇〕调，作

〔惜红衣〕误。

《宋人词话》

7. 李汉珍：

南宋词人如玉田、草窗、碧山及篔房兄弟，皆生际承平，晚遭离乱。牢愁山谷，无补于世，一以禾黍之痛，托之歌谣。百世之下，犹想见其怀抱。

冒广生《草间词序》引（《冒鹤亭词曲论文集》）

8.《续修四库全书总目提要》：

李彭老，字商隐，号筼房，淳祐中沿江制置司属官；莱老，字周隐，号秋崖，咸熙六年任严州知州，宋亡同隐龟溪……以二人之词论之，亦可比肩草窗矣。

《龟溪二隐词一卷提要》

李莱老

李莱老（生卒年不详）字周隐，号秋崖。与其兄李彭老合称“龟溪二隐”。咸淳年间在世。词与李彭老合辑为《龟溪二隐词》。

1. 沈雄：

李彭老，字商隐，有《筼房词》。李莱老，字周隐，有《秋崖词》。两人为一时翘楚，但俱是寄和草窗者。篇章亦甚富而少余蕴耳。

《古今词话·词评》上卷

2. 查礼：

宋人落梅词，名句甚多，如〔高阳台〕一解赋落梅者，吴梦窗云：“宫粉雕痕……”李筼房云：“竹里遮寒……”又云：“环珮无声……”李秋崖云：“门掩香残……”又云：“烟湿荒村……”三人写落梅之情景魂魄各有不同。其雅正澹远、柔婉深长之处，令人可思可咏。

《铜鼓书堂词话》

3. 沈泽棠：

李莱老〔台城路〕《寄弁阳翁》下阕云：“文园憔悴顿老，又西风暗换，丝鬓无数。灯外残砧，琴边瘦枕，一一情伤迟暮。故人倦旅。料渭水长安，感时吟苦。正自多愁，砌蛩终夜语。”与王易简〔齐天乐〕《客长安赋》云：“东风为谁媚妩。岁花频感慨，双鬓何许。前度刘郎，三生杜牧，赢得征衫尘土。心期暗数。总寂寞当年，酒筹花谱。付与春愁，小楼一夜雨。”流连光景，俯仰身世，词意均跌宕圆润，可歌可泣。

《忏庵词话》

4. 况周颐：

李周隐词，一往情深，低回欲绝，所谓回肠荡气，庶几近之。其佳处有如此者，未能凡作皆然耳。〔扬州慢〕《琼花次韵》云："九曲迷楼依旧，沉沉夜、想觅行云。但荒烟幽翠，东风吹作秋声。"〔高阳台〕《落梅》云："藓梢空挂凄凉月，想鹤归、犹怨黄昏。"〔杏花天〕云："斜阳苦与黄昏近。生怕画船归尽。"〔台城路〕《寄弁阳翁》后段云："文园憔悴顿老，又西风暗换，丝鬓无数。灯外残砧，琴边瘦枕，一一情伤迟暮。故人倦旅。料渭水长安，感时吟苦。正自多愁，砌蛩终夜语。"又按白石词〔惜红衣〕云："维舟试望故国。眇天北。""国"字是韵。周隐词云："蘋洲鸥鹭素熟。旧盟续。""熟"字亦用韵，想来专家之作，未有律不细者。

《宋人词话》

5. 况周颐：

李周隐〔小重山〕云："画檐簪柳碧如城，一帘风雨里，过清明。"又云："红尘没，马翠埋轮。西泠曲，欢梦絮飘零。""簪"字、"没"字、"埋"字，并力求警炼，造语亦佳。

《蕙风词话》卷二

6.《续修四库全书总目提要》：

李彭老，字商隐，号筼房，淳祐中沿江制置司属官；莱老，字周隐，号秋崖，咸熙六年任严州知州，宋亡同隐龟溪……以二人之词论之，亦可比肩草窗矣。

《龟溪二隐词一卷提要》

卫宗武

卫宗武（？—1289）字淇父，自号九山，华亭（今上海松江）人。淳祐间，历官尚书郎，出知常州，罢归。入元隐居不仕，以诗文自娱。至元二十六年卒。有《秋声集》六卷。《彊村丛书》辑为《秋声诗余》一卷。

1.《续修四库全书总目提要》：

所作似未能成格，然志虑纯洁，其〔水调歌头〕《自适》一首，亦可想见其孤高之趣也。

《秋声诗余一卷提要》

利登

利登（生卒年不详）字履道，号碧涧，金川（今属江西）人。淳祐元年（1241）进士，仕至宁都尉。与赵汉宗、黄希声、曾子实等为诗友。赵万里《校辑宋金元人词》辑有《碧涧词》一卷。

1. 刘埙：

利履道……尤工长短句，尝有〔水调〕曰：“相聚不知好，相别始知愁。箄舆伊轧，穿尽斜照古平州。今夜荒风脱木，明夜山长水远，后夜已他州。转觉家山远，何计去来休。　酒堪沽，花可买，月能留。相思酒醒，花落五更头。长记疏梅影底，一笛紫云飞动，相对大江流。此别无一月，一月一千秋。”此词极涵婉沉细。其自况词有云：“花外潮回，剑边虹去，抚寒江千里。”意气又豁然矣。赋虞美人草云：“当时养士知何许。总把降幡去。汉家王气塞乾坤。一树盈盈、不为汉家春。”意度弥佳。他词盈帙丽语层出，但儿女情多，终伤正气耳。

《隐居通议》卷九

2.《续修四库全书总目提要》：

是编……凡十首，圆润明密，仪态雅正。〔洞仙歌〕云：“弄香吹粉……”与〔风入松〕、〔齐天乐〕、〔风流子〕、〔过秦楼〕诸作，皆宛转流丽，虽间有浅俗之语，未足以为病也。

《碧涧词一卷提要》

黄昇

黄昇（生卒年不详），字叔旸，号玉林，又号花庵词客，晋江（今属福建）人。早弃科举，雅好读书，清室幽居，以吟咏自适。曾编选《唐宋诸贤绝妙词选》、《中兴以来绝妙词选》各十卷，合称《花庵词选》，末附己作三十八首，后人辑为《散花庵词》，一名《玉林词》。

1. 毛晋：

叔旸自号玉林，别号花庵词客，早弃科举，雅意读书，颜其居曰“散花庵”。尝选唐宋词及中兴以来词各十卷，曰《绝妙词选》，末载自制词四十首，有总跋云：“其间体制不同，无非英妙杰特之作。”昔游受斋称其诗为“晴空冰柱”，楼秋房喜其与魏菊庄友善，以“泉石清士”目之，余于其词亦云。

《散花庵词跋》（《宋六十名家词》）

2. 胡德方：

玉林早弃制科，雅意歌咏，阁学游受斋称赏其诗为“晴空冰柱”。闽帅楼秋房，闻其与魏菊庄为友，以“泉石清士”目之。其人如此，其才可知。

沈雄《古今词话·词评》上卷引

3. 卓回：

夫矜奇负气，舍稼轩、坡老安仿？缠绵温丽，舍清真、花庵奚归？然苏、辛未尝乏缠绵温丽之篇，黄、周时亦露矜奇负气之句。大要不失“绝妙好辞”四字宗旨耳。

《词汇·凡例》

4. 杨慎：

黄玉林〔酹江月〕云：“吾庐何有……”每独行吟歌之，不惟有隐士出尘之想，兼如仙客御风之游矣。昔人谓：诗情不似曲情多，信然。

《词品》卷二

5. 宋征璧：

吾于宋词得七人焉：曰永叔，其词秀逸；曰子瞻，其词放诞；曰少游，其词清华；曰子野，其词娟洁；曰方回，其词新鲜；曰小山，其词聪俊；曰易安，其词妍婉。他若黄鲁直之苍老，而或伤于颓。王介甫之劖削，而或伤于拗。晁无咎之规检，而或伤于朴。辛稼轩之豪爽，而或伤于霸。陆务观之萧散，而或伤于疏。此皆所谓我辈之词也。苟举当家之词，如柳屯田哀感顽艳，而少寄托。周清真蜿蜒流美，而乏陡健。康伯可排叙整齐，而乏深邃。其外则谢无逸之能写景，僧仲殊之能言情，程正伯之能壮采，张安国之能用意，万俟雅言之能协律，刘改之之能使气，曾纯甫之能书怀，吴梦窗之能叠字，姜白石之能琢句，蒋竹山之能作态，史邦卿之能刷色，黄花庵之能选格，亦其选也。词至南宋而繁，亦至南宋而敝，作者纷如，难以概述矣。

《倡和诗余序》（《倡和诗余》）

6. 王初桐：

黄玉林早弃科举，雅意读书，有《散花庵词》一卷。游受斋尝称：其词如晴空冰柱。楼秋房闻其与魏菊庄友善，并以“泉石清士”目之。

玉林《花庵绝妙词选》、《中兴以来绝妙词选》，雅俗并采，驳而不醇，至如康伯可〔喜迁莺〕为桧相生日而作，媚灶丑辞，令人呕哕，而以冠于南渡诸公之首，尤为无识。

《小嫏嬛词话》卷二

7. 李调元：

花庵黄昇，自号玉林，尝辑《绝妙词选》，附以自制，其词工于炼字。

《雨村词话》卷三

8. 黄苏：

通首自写山居清况，而素节清操，不可一世之意自见。（评黄叔旸〔菩萨蛮〕“南山未解松梢雪”）

《蓼园词评》

9.《四库全书总目提要》：

其词亦上逼少游，近摹白石。九功赠诗所云“晴空见冰柱”者，庶几似之。

《散花庵词提要》

10.《四库全书简明目录》：

昇于词极有鉴别，选录己作尤冷暖自知，其菁华已略具于此矣。

《散花庵词》

11. 宋翔凤：

（《草堂诗余》）中多唐、五季、北宋人词，南渡后亦有辛稼轩、刘改之、史邦卿、高竹屋、黄叔旸诸家，以其音节尚未变也。

《乐府余论》

12. 谭莹：

此中甘苦剧难言，选得新词廿卷存。

果散花庵词特妙，羊车过也又黄昏。

《论词绝句一百首》（《乐志堂诗集》卷六）

13. 华长卿：

玉林彩笔擅词场，手辑花庵细品量。

冷暖自知工琢句，晴空冰柱镂秋房。

《论词绝句》（《梅庄诗钞》卷五）

14. 冯煦：

后山、懒窟、审斋、石屏诸家，并娴雅有余，绵丽不足，与卢叔阳、黄叔旸之专尚细腻者互有短长。

《蒿庵论词》

15. 胡薇元：

昇以诗受知游九功，词亦上逼少游，近摹白石。

《岁寒居词话》

16. 陈廷焯：

叔旸词高起简括，真不食人间烟火者。

《云韶集》卷七

冯伟寿

冯伟寿（生卒年不详）字文子，号云月，一云名艾子，字佛寿，延平（今福建南平）人。父取洽，以词名，有《双溪词》。伟寿早卒，今存词六首。

1. 黄昇：

精于律吕，词多自制腔。

《中兴以来绝妙词选》卷十

2. 杨慎：

冯伟寿，字艾子，号云月，词多自制腔。草堂词选其“春风恶劣。把数枝香锦，和莺吹折”一首。又〔春风袅娜〕，其自度曲也：“被梁间双燕，话尽春愁。朝粉谢，午花柔。倚红阑故与，蝶围蜂绕，柳绵无数，飞上搔头。凤管声圆，蚕房香暖，笑挽罗衫须少留。隔院兰馨趁风远，邻墙桃影伴烟收。　些子风情未减，眉头眼尾，万千事、欲说还休。蔷薇刺，牡丹毬。殷勤记省，前度绸缪。梦里飞红，觉来无觅，望中新绿，别后空稠。相思难偶，叹无情明月，今年已见，三度如钩。”殊有前宋秦、晁风艳，比之晚宋酸馅味、教督气不侔矣。余句如“笑呼银汉入金鯨”，临邛高耻庵列为丽句图云。

《词品》卷四（按：《历代词话》、《词苑萃编》引作《古今词话》）

3. 邹祗谟：

僻调之多，以柳屯田为最。此外则周清真、史梅溪、姜白石、蒋竹山、吴梦窗、冯艾子集中，率多自制新调，余家亦复不乏。至如晁次膺、万俟雅言之依月按律，进词应制，调名尚数百种未传。

《远志斋词衷》

4. 王初桐：

冯艾子号云月、双溪子，精于律吕，词多自制腔。

《小嫏嬛词话》卷一

5. 况周颐：

冯文子词，《草堂》所选〔春云怨〕“春风恶劣”云云，调黄钟商；〔春风袅娜〕，调黄钟羽；又有〔云仙引〕咏桂花，调夹钟羽，见《中兴以来绝妙词选》，皆文子自度腔。又〔玉连环〕《忆李谪仙》云：“谪仙往矣，问当年、饮中俦侣，于今谁在。叹沉香醉梦，胡尘日月，流浪锦袍宫带。高吟三峡动，舞剑九州隘。玉皇归觐，半空遗下，诗囊酒佩。　　云月仰挹清芬，揽虬须、尚友千载。晋宋颓波，羲黄春梦，尊前一慨。待相将共蹑，龙肩鲸背。海山何处，五云叆叆。”亦见《中兴词选》。此阕清劲有奇气，与文子它词格调略别。“笑呼银汉入金鲸”，则〔木兰花慢〕《和黄玉林》句也。

《历代词人考略》卷二十九

柴望

柴望（1212—1280）字仲山，号秋堂，又号归田，衢州江山（今浙江江山）人。与弟随亨、元亨、元彪号“柴氏四隐”，有《柴氏四隐集》。理宗嘉熙间为太学上舍生。淳祐六年（1246）因上《丙丁龟鉴》忤贾似道而下狱。后以大臣疏救，放归。端宗景炎二年（1277）以布衣特旨授迪功郎、国史编校。宋亡不仕。《宋史翼》有传。有《秋堂集》。后人辑其词为《秋堂诗余》。

1. 柴望：

词起于唐而盛于宋，宋作尤莫盛于宣、靖间，美成、伯可各自堂奥，俱号称作者。近世姜白石一洗而更之，〔暗香〕、〔疏影〕等作，当别家数也。大抵词以隽永委婉为尚，组织涂泽次之，呼嗥叫啸抑末也。唯白石词登高眺远，慨然感今悼往之趣，悠然托物寄兴之思，殆与古〔西河〕、〔桂枝香〕同风致，视〔青楼歌〕、〔红窗曲〕万万矣。故余不敢望靖康家数，白石衣钵，或仿佛焉。

《凉州鼓吹自序》（《彊村丛书》）

2. 柴自新：

昔有骚客张云谷，见公集评云：“忧国声诗，足追大雅；匡时谏草，可续三谟。”识者以为确论。至其诗余诸稿，可与美成、伯可比肩，顾自谓仿佛白石衣钵者，谦语耳。

《凉州鼓吹题识》（《彊村丛书》）

3. 王初桐：

《凉州鼓吹》一卷，宋逋臣柴望撰。望，字仲山，号秋堂，词仅十首。万历丁亥年，其十二世孙搜采而得之。《自序》云：宋词莫盛于宣、靖间，美成、伯可各自堂奥，俱称作者。近世姜白石一洗而更之，别为家数。白石登高眺远，慨然感今悼往之趣，悠然托物寄兴之思，殆与古〔西河〕、〔桂枝香〕同风，视青楼歌、红窗曲万万矣。故余不敢望宣、靖家数，白石衣钵或仿佛焉。见柴氏《四隐集》，《四隐集》流传最少，惟钱塘吴氏有抄本。

仲山与美成并举，过矣。王性之比之晏叔原亦非。

《小娜嬛词话》卷二

4. 况周颐：

弁阳翁录《绝妙好词》，柴秋堂词仅〔念奴娇〕“春来多困”一阕，项刻本于其下注云：“按秋堂《凉州鼓吹》词一卷，仅十首，而此篇失载。”近人南城李氏宜秋阁所刻《秋堂集》，第三卷诗余十首，殆即《凉州鼓吹》欤？〔念奴娇〕“春来多困”阕在十首之后，注云《绝妙好词》增。项刻《好词》又附录《鼓吹词》〔念奴娇〕“登高回首”阕，即李刻《秋堂诗余》第十首，其前段末句“肠断何人重奏”，项作“何人肠断重奏”；后段末句“啼血暗沾襟袖”，项作“暗沾啼血襟袖”。与律正合，足正李刻之误。盖项澹斋曾见《鼓吹词》也。

秋堂词凄惋沉郁，近人雷菊农以比四水潜夫。兹撰录二阕如左，〔念奴娇〕云：“登高回首，叹山河国破，于今何有。台上金仙空已去，零落逋梅苏柳。双塔飞云，六桥流水，风景还依旧。凤笙龙管，何人肠断重奏。　　闻道凝碧池边，宫槐叶落，舞马嘶杯酒。旧恨春风吹不断，新恨重重还又。燕子楼高，乐昌镜远，人比花枝瘦。伤情万感。暗沾啼血襟袖。”〔摸鱼儿〕《登严州西楼》云：“望长江、几分秋色，三分浑在烟雨。伤心已怕江南树，那堪暮蝉如许。帆且驻。试说著、羊裘钓雪今何许。鱼虾自舞。但一舸芦花，数声羌笛，鸥鹭自来去。　　年年恨，流水朝朝暮暮。天涯长叹飘聚。衾寒不转钧天梦，楼外谁歌白纻。君莫诉。君试按、秦筝未必如钟吕。乡心最苦。算只有娟娟，马头皓月，今夜照归路。”此足当“沉郁”二字之评者也。弁阳所录“春来多困”阕，自是外甥齑臼，唯言外少寄托耳。

《宋人词话》

5.《续修四库全书总目提要》:

望词原名《凉州鼓吹》，自序谓：美成、伯可，各自堂奥，俱号称作者。姜白石一洗而更之。〔暗香〕、〔疏影〕等作，当别家数也。余不敢望靖康家数，白石衣钵，或仿佛焉。故以鼓吹名，亦以自况云云。此非谦语，实有自知之明。缘其所撰气格近似白石也。

《秋堂诗余一卷提要》

张枢

张枢（生卒年不详）字斗南，号云窗，一号寄闲老人，世居临安（今浙江杭州）。南宋初大将张俊五世孙，张炎之父。晓畅音律，工词。著有《寄闲集》。今存词九首。

1. 周密：

云窗张枢字斗南，又号寄闲，忠烈循王五世孙也。笔墨萧爽，人物蕴藉，善音律。尝度《依声集》百阕，音韵谐美，真承平佳公子也。

《浩然斋词话》

2. 张炎：

先人（按：指张枢）晓畅音律，有《寄闲集》，旁缀音谱，刊行于世。每作一词，必使歌者按之，稍有不协，随即改正。

《词源》卷下

3. 继昌（李佳）：

张枢〔瑞鹤仙〕词："卷帘人睡起……"此词微特音调和谐，即意致亦颇清约。

《左庵词话》卷上

4. 况卜娱：

宋张枢〔谒金门〕词歇拍云："款步花阴寻蛱蝶，玉纤和粉捻。"写闺人情态如画。

《织余琐述》

5. 陈匪石：

在南宋时，填词者已不尽审音，词渐成韵文之一体。有深明音律者，如姜夔、杨缵、张枢辈，即为众所推许。

《声执》卷上

家铉翁

家铉翁（1213—？）号则堂，眉山（今属四川）人。以荫补官，累官知常州，迁浙东提点刑狱，入为大理少卿。咸淳八年(1272)，权知绍兴府、浙东安抚提举司事。德祐初，权户部侍郎兼知临安府、浙西安抚使，迁户部侍郎，权侍右侍郎，兼枢密都承旨。二年(1276)，赐进士出身，拜端明殿学士、签书枢密院事。宋亡，守志不仕。《宋史》有传。有《则堂集》六卷。词有《则堂诗余》一卷。

1.《续修四库全书总目提要》：

铉翁……传词虽少，而气力甚遒，其《送陈正言》云："逢人问我，为说肝肠如昨。"前目论其生平，上虽不及文天祥，而下比留梦炎辈，则皭然不侔。读此词亦可以知其人矣。

《则堂诗余一卷提要》

杨缵

杨缵（生卒年不详）字继翁，号守斋，又号紫霞翁，开封（今属河南）人，居钱塘（今浙江杭州）。宁宗杨后兄杨次山之孙，度宗淑妃之父。官太社令、列卿。缵好古博雅，能画墨竹，善琴，通音律。有《紫霞洞谱》、《圈法周美成词》，俱佚。《绝妙好词》卷三录其词三首。又有《作词五要》附《词源》后。

1. 周密：

翁知音妙天下，而琴尤精诣，自制曲数百解，皆平淡清越，灏然太古之遗音也。

《齐东野语》卷一八

2. 周密：

杨缵字继翁，号守斋，又称紫霞，本鄱阳洪氏，恭圣太后侄杨石之子麟孙早夭，遂祝为嗣。时数岁，往谢史卫王，王戏命对云："小官人当上小学。"即答云："大丞相已立大功。"卫王大惊喜，以为远器。公廉介自将，一时贵戚无不敬惮，气习为之一变。洞晓律吕，尝自制琴曲二百操。又常云："琴一弦，可以尽曲中诸调。"当广乐合奏，一字之误，公必顾之。故国工乐师，无不叹服，以为近世知音无出其右者。

《浩然斋词话》

3. 张炎：

近代杨守斋精于琴，故深知音律，有《圈法周美成词》。与之游者，周草窗、施梅川、徐雪江、奚秋崖、李商隐，每一聚首，必分题赋曲。但守斋持律甚严，一字不苟作，遂有《作词五要》。观此，则词欲协音，未易言也。

《词源》下卷

4. 沈雄：

杨字继翁，又号守斋。《词品》载其〔一枝春〕咏除夕者。今复见《绝妙好词》中，有〔八六子〕咏牡丹，乃次白云之韵者。又见其〔被花恼〕自度一腔，亦皆情真而语悉者也。

《古今词话·词评》上卷

5. 况周颐：

弁阳老人《绝妙好词》录杨守斋词〔八六子〕《牡丹》、〔一枝春〕《除夕》、〔被花恼〕《自度腔》共三阕。其〔八六子〕云："怨残红。夜来无赖，雨催春去匆匆。但暗水、新流芳恨，蝶凄蜂惨，千林嫩绿迷空。那知国色还逢。柔弱华清扶倦，轻盈洛浦临风。细认得凝妆，点脂匀粉，露蝉耸翠，蕊金团玉成丛。几许愁随笑解，一声歌转春融。眼朦胧。凭阑干、半醒醉中。"此词句法、字数与秦少游、晁补之作均不尽合。霞翁精研宫律，无庸泥守前辙也。

《宋人词话》

赵汝茪

赵汝茪（生卒年不详）字参晦，号霞山，又号退斋，商王赵元份七世孙。赵万里《校辑宋金元人词》辑有《退斋词》一卷。

1. 沈雄：

赵汝茪，字参晦，《绝妙好词》载其词为多，而语意为人所重。弁阳老人有《十拟词》，直与花翁、梦窗并列于前，且作〔醉落魄〕以咏之。及读其〔梅花引〕、〔汉宫春〕，有不虚一时之所奖借者。

《古今词话·词评》上卷

2. 李调元：

赵霞山〔如梦令〕云："小砑红绫笺纸。一字一行春泪。封了更亲题，题了又还折起。归未。归未。好个瘦人天气。"奇笔墨于意外，不知《草堂诗余》何以不收。

《雨村词话》卷二

3. 继昌（李佳）：

词家有作，往往未能竟体无疵。每首中，要亦不乏警句，摘而出之，遂觉片羽可珍……赵霞山云："怪别来胭脂慵傅，被东风、偷在杏梢。"

《左庵词话》下卷

4. 况周颐：

词衰于元，当时名人词论，即亦未臻上乘。如陆辅之《词旨》所谓警句，往往抉择不精，适足启晚近纤妍之习。宋宗室名汝茪者，词笔清丽，格调本不甚高，《词旨》取其〔恋绣衾〕句"怪别来、胭脂慵傅，被东风、偷在杏梢"，此等句不过新巧而已。余喜其〔汉宫春〕云："故人老大，好襟怀消减全无。漫赢得、秋声两耳，冷泉亭下骑驴。"以清丽之笔作淡语，便似冰壶濯魄，玉骨横秋，绮纨粉黛，回眸无色。但此等佳处，犹为自词中出者，未为其至。如欲超轶王碧山、周草窗，伯仲姜白石、吴梦窗，而上企苏、辛，其必由性情学问中出乎？

《蕙风词话》卷二

5.《续修四库全书总目提要》：

其词轻倩娉婷，虽失之柔媚，而风韵婉妙，自成佳构。〔如梦令〕云："小砑红绫笺纸……"〔恋绣衾〕云："柳丝空有千万条……"其绸缪曼巧，摇曳生姿，皆此类也，直与侯鲭媲美矣。

《退斋词一卷提要》

罗椅

罗椅（1214—？）字子远，号涧谷，庐陵（今江西吉安）人。本富家子，壮年留意功名，捐金结客，后为饶鲁高弟，又登贾似道之门。理宗宝祐四年（1256）登进士第，以秉义郎为江陵教授，改潭州教授，知信丰县，迁提辖榷货。度宗死，为台谏论而罢职。曾编选《放翁诗选前集》。今存词四首。

1. 况周颐：

罗子远〔清平乐〕“两桨能吴语”五字甚新。杨柳渡头，荷花荡口，暖风十里，剪水咿哑，声愈柔而景愈深。

《蕙风词话》卷二

2. 张德瀛：

罗涧谷讲程、朱之学，为饶双峰高弟，而词格婉丽，不落凡近。

《词徵》卷五

施岳

施岳（生卒年不详）字仲山，号梅川，吴（今江苏苏州）人。与杨缵、薛梦桂、李彭老、周密等人为友。卒葬西湖，杨缵为之树梅起亭，薛梦桂志其墓，李彭老书，周密题词。今存词六首。

1. 沈义父：

施梅川音律有源流，故其声无舛误。读唐诗多，故语雅淡。间有些俗气，盖亦渐染教坊之习故也。亦有起句不紧切处。

咏物词，最忌说出题字。如清真《梨花》及《柳》，何曾说出一个梨、柳字。梅川不免犯此戒，如《月上海棠》咏月出，两个月字，便觉浅露。他如周草窗诸人，多有此病，宜戒之。

《乐府指迷》

2. 查礼：

词不同乎诗而后佳，然词不离乎诗方能雅。昔沈义甫评施梅川词云："梅川音律有源流，故其声无舛误。读唐诗多，故语雅淡。"义甫斯言，深得乐府之三昧者。尝忆梅川有《登吴山》〔水龙吟〕云："翠鳌涌出沧溟影。"又云："楼台对起，阑干重凭，山川自古。"又云："看天低四远……"又云："两岸花飞絮舞……"其声韵辞华，大雅不群，脱尽绮腻纤秾之态。

《铜鼓书堂词话》

3. 王初桐：

施岳，字仲山，号梅川。《武林旧事》云：梅川，吴人，能词，精于律吕。杨守斋为寺后树梅作亭以葬。又《浙江通志》：梅川墓在虎头岩，薛梯飙为志，李筼房书，周草窗题盖。因忆梅川为诸名家所重，当时亦必卓然成家，而词集不传，其遗珠片玉仅见于周氏选本，即周氏所选十一阕，又缺〔清平乐〕以下六阕，今止存五阕，可惜也。

《小娜嬛词话》卷二

4. 继昌（李佳）：

词中属对，亦有求工者……施梅川“竹深水远，台高石出”……经锻炼而出，然亦不可十分吃力。

《左庵词话》卷下

5. 吴梅：

梅川词见于《绝妙好词》者止有六首。其词亦法清真，如〔水龙吟〕、〔兰陵王〕二作可知也。此清明词，盖与草窗同作者。草窗和词有“看画船尽入西泠，闲却半湖春色”之句，为一时传诵。此云：“相对半篙晴色。”可云工力悉敌。《西湖游幸记》云：西湖，杭人无时不游，凡缔姻赛社，会亲送葬，经会献神，无不在焉，故杭谚有“销金锅”之号。观草窗、梅川二词，可见盛况矣。沈义甫云：“梅川音律有源流，故其声无舛误。读唐诗多，故语雅淡。”此数语论梅川至当。

《词学通论》

薛梦桂

薛梦桂（生卒年不详），字叔载，号梯飙，永嘉（今属浙江）人。理宗宝祐元年（1253）进士，曾知福清县，仕至平江倅。今存词四首。

1. 况周颐：

《绝妙好词》录薛叔载词四阕，其第一阕即〔醉落魄〕“单衣乍著”云云，而《浩然斋雅谈》乃谓尝收数阕于《绝妙词》，今复得其〔醉落魄〕，讵今世所传《绝妙好词》，经后人增益，非弁阳翁原本耶？其〔眼儿媚〕咏绿笺云：“蘸烟染就，和云卷起，秋水人家。”得不粘不脱之妙。〔浣溪沙〕云：“燕子说将千万恨，海棠开到二三分。”亦工稳亦灵活，非词中能品不辨。

《宋人词话》

2. 况周颐：

词笔丽与艳不同。“艳”如芍药、牡丹，慵春媚景，“丽”若海棠、文杏，映烛窥帘。薛梯飙词工于刷色，当得一“丽”字。

《蕙风词话》卷二

谭宣子

谭宣子（生平不详）字明之，号在庵，赵万里《校辑宋金元人词》辑有《在庵词》一卷。

1. 沈泽棠：

谭宣子〔谒金门〕上阕云："昨夜新番花样瘦，旋描双蝶凑。""凑"字趣，但不可于此求工。下阕云："闲凭绣床呵手，却说春愁还又。门外东风吹绽柳，海棠花厮句"，直是恶札。平日过好尖新，便易涉此魔障。宋人词集，每多此种，山谷且不能免，可不必效之。

《忏庵词话》

2.《续修四库全书总目提要》：

宣子精于声律，集中〔春声碎〕、〔鸣梭〕、〔西窗烛〕三首皆其自度之腔，在南宋中，可与白石、梦窗、草窗、玉田诸家并论者也。词亦洒脱流丽，工力甚深。〔渔家傲〕云："深意缠绵歌宛转……"其笔端灵活，情景交融，别有一种气味焉。而事迹不明、词多散佚为可惜也。

《在庵词一卷提要》

奚汉

奚汉（生卒年不详）字倬然，号秋崖。善音律，客于杨缵之门。有《秋崖律言》一卷。赵万里《校辑宋金元人词》辑有《秋崖词》一卷。

1.《续修四库全书总目提要》：

是编……凡十首，〔华胥引〕一首题曰《中秋紫霞席上》，疑“紫霞”即杨守斋也，似亦精于声律者。〔芳草〕《南屏晚钟》一首，格调高古。宋末词人喜写西湖之景，西麓、草窗、梅渊所作可证，疑此亦非仅一首也。〔齐天乐〕《寿贾秋壑》，当时善颂者以数千计，梦窗亦有祝辞，未可以此而定其人品也。〔永遇乐〕云：“一雁斜阳……”其坚明精密，颇似《蘋洲渔笛谱》也。

《秋崖词一卷提要》

刘辰翁

刘辰翁（1232—1297）字会孟，号须溪，庐陵（今江西吉安）人。理宗景定三年（1262）进士。廷试对策忤贾似道，抑置丙等，以鲠直著称。以亲老请为赣州濂溪书院山长。咸淳元年（1265）授临安府学教授，江万里等荐居史馆，又除太学博士，皆固辞。宋亡隐居。《南宋书》有传。有《须溪集》。词集名《须溪词》。

1. 张孟浩：

刘辰翁作〔宝鼎现〕词，时为大德元年，自题曰“丁酉元夕”，亦义熙旧人只书甲子之意。其词有云：“父老犹记宣和事，抱铜仙，清泪如水。”又云：“肠断竹马儿童，空见三千乐指。”又云：“向灯前拥髻，暗滴鲛珠坠。便当日亲见霓裳，天上人间梦里。”反反复复，字字悲咽，孤竹、彭泽之流。

《历代词话》卷八引

2. 卓人月：

须溪〔大酺〕词后阕云：“休回首，都门路。几番行晚，个个阿娇深贮，而今断烟细雨。”说春寒至此，大有深味。〔兰陵王〕首句云：“送春去。春去人间无路。”九字悲绝。换头云：“春去谁最苦，但箭雁沉边，梁燕无主。杜鹃声里长门暮。”此四句凄清何减夜猿。后段云：“春去尚来否。正江令恨别，庾信愁赋。苏堤尽日风和雨。叹神游故国，花看前度。人生流落，顾孺子，共夜语。”其词悠扬悱恻，即以为《小雅》、《楚骚》可也，填词云乎哉？

《历代词话》卷八引

3.《松筠录》：

宋季高节，盖推庐陵、吉水、涂川，亦同一派，如邓剡字光荐，刘会孟号须溪，蒋捷号竹山，俱以词鸣一时者。

沈雄《古今词话·词话》上卷引

4. 沈雄：

会孟字辰翁，庐陵人，宋亡不仕。张孟浩赠诗，直以孤竹、彭泽比之。自题〔宝鼎现〕词云丁酉，时大德元年，亦只书甲子之意。有《须溪词》。

《柳塘词话》(《古今词话·词评》上卷引)

5. 况周颐：

近人论词，或以须溪词为别调，非知人之言也。须溪词多真率语，满心而发，不假追琢，有掉臂游行之乐。其词笔多用中锋，风格遒上，略与稼轩旗鼓相当。世俗之论，容或以稼轩为别调，宜其以别调目须溪也。

《餐樱庑词话》

6. 况周颐：

须溪词，风格遒上似稼轩，情辞跌宕似遗山。有时意笔俱化，纯任天倪，竟能略似坡公。往往独到之处，能以中锋达意，以中声赴节。世或目为别调，非知人之言也。〔促拍丑奴儿〕云："百年已是中年后，西州垂泪，东山携手，几个斜晖。"〔踏莎行〕《九日牛山作》云："向来吹帽插花人，尽随残照西风去。"〔永遇乐〕云："香尘暗陌，华灯明昼，长是懒携手去。"〔摸鱼儿〕《海棠一夕如雪，无饮余者赋恨》云："无人举酒。但照影堤流，图他红泪，飘洒到襟袖。"前调《守岁》云："古今守岁无言说，长是酒阑情绪。"〔金缕曲〕《五日》云："欸乃渔歌斜阳外，几书生、能办投湘赋。"余所摘警句视此。其〔江城子〕《海棠花下烧烛》词云："欲睡心情，一似梦惊残。"〔山花子〕《春暮》云："更欲徘徊春尚肯，已无花。"若斯之类，是其次矣。如衡论全体大段，以骨干气息为主，则必举全首而言，其中即无如右等句可也。由是推之全卷，乃至口占、漫兴之作，而其骨干气息具在此。须溪之所以不可及乎。(王幼安云：〔踏莎行〕乃刘克庄作)

须溪词中，间有轻灵婉丽之作，似乎元明以后词派导源乎此。讵时代已入元初，风会所趋，不期然而然者耶？如〔浣溪沙〕《感别》云：“点点疏林欲雪天……”前调《春日即事》云：“远远游蜂不记家……”〔山花子〕后段云：“早宿半程芳草路……”此等小词，乃至略似国初顾梁汾、纳兰容若辈之作，以谓须溪词中之别调可耳。

《蕙风词话》卷二

7.《续修四库全书总目提要》：

况周颐云：“须溪词，风格遒上似稼轩，情跌宕似遗山。有时意笔俱化，纯任天倪，竟能略似坡公。往往独到之处，能以中锋达意，以中声赴节。世或目为别调，非知人之言。”其说甚允。集中往往仅署甲子，盖不忘故国之意。其〔兰陵王〕一首，藉送春以悲宋，无限凄凉，又〔宝鼎现〕云：“父老犹记宣和事，抱铜仙，清泪如水。”又云：“肠断竹马儿童，空见说三千乐指。”又云：“向灯前拥髻，暗滴鲛珠附。便当日亲见霓裳，天上人间梦里。”今昔之感，宛转生悲，何异麦秀之歌，可以哀其志矣。

《须溪词三卷提要》

周密

周密（1232—1298）字公谨，号草窗，又号四水潜夫、弁阳老人、弁阳啸翁，先世济南人，南渡后寓吴兴（今浙江湖州）。宋末尝入临安府幕，监丰储仓，后为义乌令。入元不仕。迁居杭州，悉心著述。家有累世藏书四万余卷，金石刻千五百余种。著有《武林旧事》、《齐东野语》、《癸辛杂识》、《云烟过眼录》、《浩然斋雅谈》等。工诗，有《草窗韵语》。词有《蘋洲渔笛谱》，一名《草窗词》。

1. 李莱老：

〔清平乐〕

日寒风细，庭馆浮花气。白发潘郎吟欲醉。绿暗蘼芜十里。　西园南浦东城，一春多少闲情。日暮采𬞟歌远，梦中唤得愁醒。

《题草窗词卷后》（《草窗词校注》引）

2. 李彭老：

〔浣溪沙〕

玉雪庭心夜色空。移春小槛斗春红。轻衫短帽醉歌钟。　彩扇旧题烟雨外，玉箫新谱燕莺中，阑干到处是春风。

《题草窗词卷后》（《草窗词校注》引）

3. 吴文英：

〔踏莎行〕

杨柳风流，蕙花清润。苹未数张三影。沉香□醉调清平，新辞□□□□□。　鲛室裁绡，□□□□□。□□白雪争歌郢。西湖同结杏花盟，东风休赋丁香恨。

《题草窗词卷后》（《草窗词校注》引）

4. 毛珝：

〔踏莎行〕

顾曲多情，寻芳未老。一庭风月知音少。梦随蝶去恨墙高，醉听莺语嫌笼小。　　红烛呼庐，黄金买笑。弹丝跕屣长安道。彩笺拈起锦囊花，绿窗留得罗裙草。

《题草窗词卷后》(《草窗词校注》引)

5. 王沂孙：

〔踏莎行〕

白石飞仙，紫霞凄调。断歌重恨知音少。沉沉幽梦小池荒，依依芳意闲庭悄。　　风月交游，山川怀抱。凭谁说与春知道。空留遗恨满江南，想思一夜蘋花老。

《题草窗词卷后》(《草窗词校注》引)

6. 王棣：

昔登霞翁之门，翁为予言：草窗乐府妙天下。因请其所赋观之，不宁惟协比律吕，而意味迥不凡，《花间》、柳氏真可为舆台矣。翁之赏音，信夫。近观〔徵招〕、〔酹月〕之作，凄凉掩抑，顿挫激昂，此情此意，犹宋玉之悼屈平也欤？一唱三叹，使人泫然增畴昔之感。

《蘋洲渔笛谱附跋》(《知不足斋丛书》)

7. 先著：

草窗诸家，密丽芊绵，如温、李一派……以诗譬词，亦可聊得其彷佛。(评张炎〔齐天乐〕"分明柳上春风眼")

后段步骤美成，并学尧章用字，可见当日才人降心折服大家。此道必有源流，不讳因袭，徒欲倔强自雄，应是尉佗未见陆生耳。(评周密〔拜星月慢〕"腻叶阴清")

《词洁辑评》卷五

8. 朱彝尊：

词莫善于姜夔，宗之者，张辑、卢祖皋、史达祖、吴文英、蒋捷、王沂孙、张炎、周密、陈允平、张翥、杨基，皆具夔之一体。

《黑蝶斋诗余序》(《曝书亭集》卷四十)

9. 汪森：

鄱阳姜夔出，句琢字炼，归于醇雅。于是史达祖、高观国羽翼之，张辑、吴文英师之于前……周密……效之于后，譬之于乐，舞《箾》至于九变，而词之能事毕矣。

《词综序》

10. 杜诏：

词盛于北宋，而南宋乃极其工。姜夔尧章最为杰出，宗之者史达祖、高观国、卢祖皋、吴文英、蒋捷、周密、陈允平诸名家，皆具夔之一体。

《山中白云词序》

11. 王时翔：

南宋词人号极盛，然以吴梦窗之奇丽而不免于晦，以周草窗之澹逸而或近于平。

《别花人语序》(《小山诗文全稿·文稿》卷二)

12. 李其永：

今春依旧旧春思，春思伤人一旧时。

不见年年三月病，桃花柳絮草窗词。

《读历朝词杂兴》(《贺九山房诗·蓬蒿集》)

13. 江昱：

草窗南宋遗老，风雅博洽，多所述造，于词尤为擅场，同时如张玉田辈极称之。

《蘋洲渔笛谱后记》(《彊村丛书》)

14. 王鸣盛：

北宋词人原只有艳冶、豪荡两派。自姜夔、张炎、周密、王沂孙方开清空一派，五百年来以此为正宗。

王初桐《巏堥山人词集》评语（谢章铤《赌棋山庄词话》续编四引）

15. 王昶：

姜氏夔、周氏密诸人，始以博雅擅名，往来江湖，不为富贵所熏灼，是以其词冠于南宋，非北宋之所能及。

《江宾谷梅鹤词序》（《春融堂集》卷四十一）

16. 李调元：

鄱阳姜夔郁为词宗，一归醇正。于是辛稼轩……师之于前，蒋捷、周密……效之于后，譬之于乐，舞《箾》至于九变，而叹观止矣。

《雨村词话序》

17. 凌廷堪：

以诗比之……草窗、西麓、商隐、友竹诸公，盖又大历派矣。

张其锦《梅边吹笛谱序》引（《清名家词》）

18. 郭麐：

叔夏、草窗、君特、尧章诸君之词，有过为掩抑屈折，令人不即可得其微旨，感慨所由，后来不尽知之也。

《桃花潭水词序》（《灵芬馆杂著》）

19. 沈道宽：

渔笛清歌付玉箫，天涯沦落寄情遥。

杜郎旧事花能说，一梦扬州廿四桥。

《论词绝句》（《话山草堂诗钞》卷一）

20. 邓廷桢：

弁阳翁工于造句，如“娇绿迷云”、“倦红颦晓”、“腻叶阴清”、“孤花香冷”、“散发吟商”、“簪花弄水”、“贮月杯宽”、“护香屏暖”之类，不可枚举。至如〔大圣乐〕之“对画楼残照，东风吹远，天涯何许”，〔徵招〕之“登临嗟老矣，问今古清愁多少”，〔醉落魄〕之“愁是新愁，月是旧时月”，〔高阳台〕之“投老残年，江南谁念方回。东风渐绿西湖柳，雁已还，人未南归”，又一阕云“雪霁空城，燕归何处人家。梦魂欲渡苍茫去，怕梦轻还被愁遮”，〔宴清都〕之“凭阑自笑清狂，事随花谢，愁与春远”，皆体素储洁，含豪邈然。至〔长亭怨慢〕之“燕楼鹤表半漂零，算惟有盟鸥堪语”，则盛自矜宠，俯瞰时流，等诸自郐以下矣。

《双砚斋词话》

21. 赵函：

宋词以清真、白石、草窗、玉田四家为正宗。清真典掌大晟，白石自订词曲，草窗词名《笛谱》，玉田《词源》一书，所论律吕最精。凡此四家之词，无不可歌。

《碎金词叙》（《词学集成》卷一引）

22. 周济：

公谨敲金戛玉，嚼雪盥花，新妙无与为匹。

公谨只是词人，颇有名心，未能自克。故虽才情诣力，色色绝人，终不能超然遐举。

《介存斋论词杂著》

23. 周济：

自温庭筠……周密……张炎之流，莫不蕴藉深厚，而才艳思力，各骋一途，以极其致。譬如匡庐、衡岳，殊体而并胜，南威、西施，别态而同妍矣。

《词辨自序》（《介存斋论词杂著》附录）

24. 周济：

草窗镂冰刻楮，精妙绝伦。但立意不高，取韵不远，当与玉田抗行，未可方驾王、吴也。

《宋四家词选目录序论》

25. 周济：

草窗最近梦窗，但梦窗思沉力厚，草窗则貌合耳。若其镂新斗冶，固自绝伦。（评周密〔大圣乐〕“娇绿迷云”）

草窗长于赋物，然惟此及《琼花》二阕，一意盘旋，毫无渣滓。他作纵极工切，不免就题寻典，就典趁韵，就韵成句，坠落苦海矣，特拈出之，以为南宋诸公针砭。（评周密〔花犯〕“楚江湄”）

《宋四家词选》眉批（《宋四家词选目录序论》附录）

26. 戈载：

草窗博闻多识，著述宏富，《癸辛杂识》、《齐东野语》之外，又有《浩然斋雅谈》，下卷《词话》持论精确。所辑《绝妙好词》，采掇菁华，无非雅音正轨。故其词尽洗靡曼，独标清丽，有韶倩之色，有绵渺之思，与梦窗旨趣相侔。二窗并称，允矣无忝。其于律亦极严谨，盖交游甚广，深得切劘之益……草窗与此二公（按：指杨缵、张枢）暨梦窗、王碧山、陈西麓、施梅川、李篔房辈相与讲明而切究之，宜其律之无不谐矣。学问之道，相得益彰，友顾可不重乎？惟用韵则逊于梦窗，是其疏忽之处。

《草窗词跋》（《宋七家词选》）

27. 戈载：

词学至宋盛矣、备矣，然纯驳不一，优劣迥殊。欲求正轨以合雅音，唯周清真、史梅溪、姜白石、吴梦窗、周草窗、王碧山、张玉田七人，允无遗憾。

《宋七家词选》卷一

28. 周尔墉：

草窗擅美在缜密。如此章稍空阔，愈益佳妙。（评周密〔一萼红〕“登蓬莱阁有感”）

《周评绝妙好词笺》（《唐宋名家词选》引）

29. 谭莹：

观者直求形似外，弁阳不为一词言。

梦轻怕被愁遮住，似此能无斧凿痕。

旧选中兴绝妙词，更名绝妙好词为。

效颦十解人人拟，直比文通杂体诗。

《论词绝句一百首》(《乐志堂诗集》卷六)

30. 华长卿

片玉真传得异才，眩人七宝幻楼台。

知音独有周公谨，频听蘋洲渔笛来。吴文英、周密

《论词绝句》(《梅庄诗钞》卷五)

31. 蒋敦复：

词原于诗，即小小咏物，亦贵得风人比兴之旨……碧山、草窗、玉潜、仁近诸遗民，《乐府补遗》中，龙涎香、白莲、莼、蟹、蝉诸咏，皆寓其家国无穷之感，非区区赋物而已。

《芬陀利室词话》卷三

32. 张文虎：

白石何尝不自清真出，特变其秾丽为淡远耳。自国初以来，以玉田配白石，正以其得淡远之趣。近时诸家，又祧姜、张而趋二窗，顾草窗深细而雅，门径稍宽，或易近似，未见能涉梦窗之藩篱者，此犹白石之于清真矣。

《绿梅花龛词序》(《舒艺室杂著剩稿》)

33. 杜文澜：

周草窗之词，以姜白石为模范，与吴梦窗同志友善，并驱争先。

《重刊周草窗词稿序》(曼陀罗花阁刊本)

34. 丁绍仪：

词至南宋而极工，然如白石、梦窗、草窗、玉田，皆胥疏江湖，故语多婉笃，去北宋疏越之音远矣。

《听秋声馆词话》卷六

35. 俞樾：

词虽小道，而律甚细。昔周草窗作西湖十景词，杨守斋谓辞

美而律未协，相与订正，月余而后定，然则作词易，协律难也。

《太素斋词钞序》(《清名家词》)

36. 江顺诒：

比词于诗，原可以初、盛、中、晚论，而不可以时代后先分。如……竹山、竹屋、梅溪、碧山、梦窗、草窗，则似中唐退之、香山、昌谷、玉溪之各臻其极。

《词学集成》卷一

37. 李慈铭：

梅溪、碧山、梦窗、草窗亦皆有佳处，惟不宜学其累句以为当家，剌其拙字以为宗法，甘图僿以为沉着，习粗疏以为大方……南宋之末，终推草窗、梦窗两家为此事眉目，非碧山、竹屋所可颉颃。

《越缦堂读书记》八《文学》四

38. 谭献：

南渡词境高处，往往出于清真。(评周密词)

读《绝妙好词笺》，南宋乐府，清词妙句，略尽于此，高于唐人选唐诗矣。四水潜夫填词名家，善别择，非《花间》、《草堂》之繁猥。

《复堂词话》

39. 冯煦：

弁阳啸翁谱渔笛，艳歌芳酒太阑珊。

可堪人比垂阳瘦，独倚西窗第几栏。

《论词绝句》(《蒿庵类稿》卷七)

40. 樊增祥：

高、孝以来，词流盖夥，翳惟白石，实长齐盟……其他卢申之、高宾王、蒋胜欲、周公谨之属，亦能各引一端，同声相应，洵长城外之偏师，廊庑中之高第矣。

《东溪草堂词选自叙》(《樊山集》卷二十三)

41. 沈曾植：

白石老人，此派极则，诗与词几合同而化矣……其后有草窗、玉田、圣与出，而后风雅遗音，绝而复续。亦犹皋羽、霁山振起江湖哀响也。

《海日楼丛钞》（《菌阁琐谈》附录）

42. 朱依真：

半湖春色少人窥，夜月蘋洲渔笛吹。

深悔钝根闻道晚，廿年始读草窗词。

《论词绝句》（《餐樱庑词话》引）

43. 陈廷焯：

草窗词，风骨高，情韵深，有夜月秋云之妙。

草窗词亦是取法白石，而精深雅秀，尽有独至处。梦窗、草窗大致相同，昔人已有定评，然两家之师白石，取法皆同，但梦窗高处人不易知，草窗高处一望而知，此其同而不同者也，及细按之，其实梦窗何尝沉晦，人自领略不到耳。草窗亦不仅轩豁呈露，其骨韵之高仍与梦窗无二，真一时两雄也。草窗风骨高、情韵深，有夜月秋云之妙。

草窗词纯是一片凄凉，如塞雁穿云，孤鸿呼月，无一快乐之句，盖性情所至，有不期然而然者。（卷八）

碧山学白石得其清者，他如西麓得白石之雅，竹山得白石之俊快，梦窗、草窗得白石之神，竹屋、梅溪得白石之貌，玉田得其骨，仲举得其格，盖诸家皆有专司，白石其总萃也。（卷九）

《云韶集》

44. 陈廷焯：

草窗词，刻意学清真，句法字法，居然逼似，惟气体终觉不逮。其高者可步武梅溪，次亦平视竹屋。

（草窗词）骨韵苍凉，调和音雅，在梅溪、竹屋之间。

《词则·大雅集》卷三

45. 陈廷焯：

周公谨词刻意学清真，句法、字法，居然合拍，惟气体究去清真已远。其高者可步武梅溪，次亦平视竹屋。

草窗、西麓、碧山、玉田同时并出，人品亦不甚相远。四家之词，沉郁至碧山止矣，而玉田之超逸，西麓之淡雅，亦各出其长以争胜，要皆以忠厚为主，故足感发人之性情。草窗虽工词，而感寓不及三家之正，本原一薄，结构虽工，终非正声也。

当时草窗盛负词名，玉田次之，碧山、西麓名则不逮。即后世知之者，亦不过数人，然千载下自有定论。（卷二）

唐宋名家，流派不同，本原则一。论其派别，大约……周美成为一体，竹屋、草窗附之。

草窗、西麓两家，则皆以清真为宗，而草窗得其姿态，西麓得其意趣，草窗间有与白石相似处，而亦十难获一。

词有表里俱佳，文质适中者……词中之上乘也。有质过文者……亦词中之上乘也。有文过于质者……周草窗……是也，词中之次乘也。（卷八）

《白雨斋词话》

46. 蒋兆兰：

草窗词品虽与梦窗相近，然炼不伤气，自饶名贵。

《词说》

47. 朱祖谋：

南宋江湖词人兼以诗传者，前唯白石最著。草窗生当末造，虽风格稍弱，而举体修洁，庶几似之。

《草窗韵语跋》

48. 况周颐：

碧山乐府如书中欧阳信本，准绳规矩极佳。二晏如右军父子。贺方回如李北海。白石如虞伯施，而隽上过之。公谨如褚登善。梦窗如鲁公。稼轩如诚悬。玉田如赵文敏。

《香海棠馆词话》（龙榆生《唐宋名家词选》引。按：此则不见《蕙风丛书》本《香海棠馆词话》。）

49. 陈锐：

词有南北宋，如诗之有中晚唐，界限分明，独周公谨之于程书舟，微觉波澜莫二。

《袌碧斋词话》

50. 张德瀛：

太史公文，疏荡有奇气；吴叔庠文，清拔有古气。词家惟姜石帚、王圣与、张叔夏、周公谨足以当之。数子者感怀君国，所寄独深，非以曼辞丽藻，倾炫心魂者比也。

《词徵》卷五

51. 徐珂：

古人填词，好用熟调，如草窗诸老，熟于一调，必屡填之，以和其手腕。

《近词丛话》

52. 陈洵：

以涩求梦窗，即免于晦，亦不过极意研炼丽密止矣，是学梦窗，适得草窗。

《海绡说词·通论》

53. 夏敬观：

色彩鲜新，音响调利，是其所长，然内心不深，则情味不永，是词才有余，词心不足也。

调利则无涩味，鲜新则非古彩，所以下梦窗一等。总之爱好太过，亦是一病。

白石恰到好处，效之者辄过。平情而论，调利最易，敛勒最难，白石手辣，故不病于调利。草窗、玉田所不能也。碧山差胜一筹。

《吷庵词评》

54. 高旭：

梦窗才藻艳于霞，七宝楼台眼欲花。

心赏蘋洲渔笛谱，白莲花底思无涯。

《论词绝句》三十首（《未济庐诗集》）

55. 王国维：

苏、辛，词中之狂。白石犹不失为狷，若梦窗、梅溪、玉田、草窗、西麓辈，面目不同，同归于乡愿而已。

朱子《清邃阁论诗》谓：古人诗中有句，今人诗更无句，只是一直说将去。这般诗一日作百首也得。余谓北宋之词有句，南宋以后便无句，如玉田、草窗之词，所谓一日作百首也得者也。

朱子谓：梅圣俞诗，不是平淡，乃是枯槁。余谓草窗、玉田之词亦然。

梅溪、梦窗、玉田、草窗、西麓诸家，词虽不同，然同失之肤浅。虽时代使然，亦其才分有限也，近人弃周鼎而宝康瓠，实难索解。

《人间词话》

56. 吴梅：

草窗词，尽洗靡曼，独标清丽，有葱茜之色，有绵渺之思，与梦窗旨趣相侔，二窗并称，允矣无忝。其于词律，亦极严谨。盖交游甚广，深得切劘之益。如集中所称霞翁，乃杨守斋也。守斋名缵，字继翁，又号紫霞翁。善弹琴，明宫调，词法周美成，有《紫霞洞箫谱》，尝著《作词五要》，于填词按谱、随律押韵二条详言之，守律甚细，一字不苟作。草窗与之交，宜其词律之细矣。观其〔一萼红〕《登蓬莱阁有感》一阕，苍茫感慨，情见乎词，当为草窗集中压卷，虽使美成、白石为之，亦无以过，惜不多觏耳。

《词学通论》

57. 陈匪石：

周密附庸于吴，尤为世所同认。

《宋词举》卷上

58. 陈匪石：

周氏在宋末，与梦窗、碧山、玉田诸人皆以凄婉绵丽为主，成一大派别。

《声执》卷下

59. 蔡嵩云：

北宋如屯田、方回、清真、雅言诸家，南宋如白石、梅溪、梦窗、草窗、玉田诸家，大都妙解音律，所为词，声文并茂。

《柯亭词论》

60. 顾宪融：

周草窗，名密，字公谨，济南人。侨居吴兴，自号弁阳啸翁，又号萧斋。有《草窗词》，一名《蘋洲渔笛谱》。其词尽洗靡曼，独标清丽，有韶倩之色，有绵邈之思，与梦窗旨趣相侔，二窗并称，允矣无忝。周止庵曰："公谨敲金戛玉，嚼雪盥花，新妙无与为匹。"又曰："公谨只是词人，颇有名心，未能自克，故虽才情诣力，色色绝人，终不能超然遐举。"按：草窗博闻多识，著述宏富，《癸辛杂识》、《齐东野语》之外，又有《浩然斋雅谈》，下卷词话，持论精确，所辑《绝妙好词》，采掇南宋菁英，十九皆黍离、麦秀之音云。

《填词百法》

61. 赵尊岳：

倚声之学，托始于唐，浸盛于五季。其君若臣，歌舞宴酣；风流相尚，琱璚镂玉，方巧化工，《尊前》、《花间》，奄有众美。爰及天水，晏氏父子引温、韦之绪。欧、苏、秦、柳，风雅所宗。子野、方回，并世郢匠。清真崛起，为两宋关键，间以质拙胜，非深于此道不易知。南渡已还，麦秀黍离，家国之感，发为咏歌。

白石老仙风格遒上，宜与稼轩分镳平辔。梦窗专家，斯诣造极，蕃艳之笔，运以沉思，致密之中，饶有清气。七宝楼台之喻，甚非知人之言。竹山高节，艳而有骨。公谨、圣与，丽而有则。玉田王孙，后来之秀，清辞丽句，叹观止焉。

《蓉影词跋》(《蓉影词》)

62. 赵尊岳：

宋词佳处，亦各擅其胜场。小山华贵而取境不大；淮海艳宕而或失之轻俊；梅溪敏于词令，间或拙于事理；方回肤廓；玉田谐婉或失之空疏；草窗、花外，敷藻甚工，往往言之无物。读者当各采其精英，各避其短失。(卷一)

若再断代言之，同时竞爽，自各极其胜场。十国蕃艳之中，南唐二主独以至情见著。北宋柳缛、贺疏，周雅、秦秀；南宋吴密、姜苍，张俊、周丽；元则遗山天颖，惟以雄胜。明仅二陆沉着可诵。(卷二)

《填词丛话》

63. 李汉珍：

南宋词人如玉田、草窗、碧山及篔房兄弟，皆生际承平，晚遭离乱。牢愁山谷，无补于世，一以禾黍之痛，托之歌谣。百世之下，犹想见其怀抱。

冒广生《草间词序》引(《冒鹤亭词曲论文集》)

64. 闻野鹤：

寇莱公如春日园林，蔚然深秀。苏东坡如深山剑客，不娴俗礼。秦少游如花间丽色，却扇一笑，百媚横生。黄山谷如村女媚客，简直乏致。欧阳公如豪家子弟，仪态大方。张子野如春花百树，浅深互见。周美成如周公制礼，大体略备。王荆公如蛮夷入贡，不谙礼数。辛稼轩如草野人入掌枢密，动辄粗戾。蒋竹山如蓬门丽质，清秀有余。柳耆卿如通天老狐，醉即露尾。康与之如春场笙歌，繁乐聒耳。史梅溪如剪彩成花，细而近纤。姜白石如

江介澄波，悠然一往。吴梦窗如天孙云锦，一丝一缕，尽发奇光，俗子庸夫，见之却步。李易安如中人举鼎，时虞绝膑。王碧山如天家姬侍，神采幽馨，迥非凡艳。周公谨如辞树红英，难免浮浪。朱淑贞如碧窗鹦鹉，略解语言。陆放翁如野僧说法，清而无味。张玉田如中郎凋谢，典型尚存。余则自桧以外，可无讥矣。

词境有四：其一，如新桐始叶，嫩翠若滴，柳梢月上，娟娟欲波，天机灵活，生意澹宕，□无丝毫迹象可寻，东坡所谓“空山无人，水流花开”者也。此境惟飞卿、正中、小山诸公具之。其二，如巨室闺襜，范律严肃，入其闼者，微闻幽馨，仙帷缥缈，檀屏掩映，弦声微作，不可端倪。此境惟少游、美成诸公具之。其三，如深山侠士，瑰抱恢奇，酒酣起舞，剑芒腾跃，抚髀一啸，林木悉靡，咤云掷月，不可一世。此境惟东坡、稼轩诸公具之。其四，如霓羽仙人，神光姚冶，云房露阙，瞬息万变，龙绡之带，凤羽之裳，织华组绮，迥非凡手。此境惟梦窗、草窗诸公具之。上下千古，不出四者。自余曹鄶不复成邦，可无讥已。

清代戈载有宋七家之选：一周美成，二史梅溪，三姜石帚，四吴梦窗，五周草窗，六王圣与，七张叔夏。综其得失，可得而称焉。美成盖代词才，律细而不枯，意深而不刻，灏灏落落，百世之所宗也。梅溪能巧，上者故自清新，下者辄流浮俗。白石清响，为世所称，然音律故娴，意象未备，虽幽邈自喜，要其去美成远矣。梦窗刻意苦搜，镂冰煮雪，一字一句，古丽照人，樊身云所谓“五花共采，万鲭合脔”者也，后者学之，辄伤碎乱。梦窗独能寓郁厚于藻采之中，是盖上人一等者。草窗细敏，丽而有则，然古雅之致尽矣。圣与尤秾艳绵丽尽致，特稍逊梦窗耳。至于玉田，下驷才也，妄欲随逐其后，吾无称焉。

《愢簃词话》

邓剡

邓剡（1232—1303），又名光荐，字中甫，号中斋，庐陵（今江西吉安）人。景定三年（1262）进士。宋恭帝德祐二年（1276）就广东制置使赵溍辟。端宗景炎二年（1277）其妻子十二口并死于元兵入侵。三年从端宗于厓山，除礼部侍郎，迁直学士。祥兴二年（1279）厓山失守，帝昺投海死，剡亦蹈海，未死，为元兵钩致，元将张弘范礼致之。与文天祥同押北上，以病留，累请为缁黄，不许，久之放还，与刘辰翁等遗民唱和。《南宋书》、《宋史翼》有传。有《中斋集》，后人辑其词为《中斋词》。

1. 贺裳：

和王昭仪词，不独文信公，邓剡亦有佳句……甚有风致，但冰雪之气不如。

《皱水轩词筌》

2. 赵万里：

中斋宋亡后不仕，卒后，程文海以诗挽之曰："中斋吾所敬，一别几飞萤。栗里藏名字，欧乡有典型。龙蛇那起起，鸿雁已冥冥。泪眼河汾述，犹占处士星。"（《程雪楼文集》二十八）可以见中斋之为人矣。宋末庐陵多隐君子，就词人论，刘将孙《养吾斋集》中〔八声甘州〕、〔踏莎行〕与中斋〔唐多令〕、〔满江红〕可称异曲同工，故国之思，溢于言表。

《中斋词记》（《校辑宋金元人词》）

曹良史

曹良史（生卒年不详），字之才，号梅南，钱塘（今浙江杭州）人。入元不仕。曾与周密等游，有《诗词三摘》。约卒于元武宗至大元年（1308）以前，今存词一首。

1. 方回：

曹君良史，钱塘人。衣冠佳盛，湖傲山酣，则有《咸淳诗摘》。兵火变迁，江淮奔走，则有《梅南诗摘》。至于《镂冰词摘》，则以诗之余演为雕刻流丽之作，以至宝丹之字，桐生窠臼之文法，寄于少游、美成之声调。

《桐江集跋曹梅南诗词三摘》（《绝妙好词笺》卷六）

文天祥

文天祥（1236—1282）初名云孙，字天祥，后以天祥为名，字宋瑞，一字履善，号文山，吉州吉水（今江西吉安）人。理宗宝祐四年（1256）进士第一，授签书宁海军节度判官，迁刑部郎官，出知瑞州。改江西提刑，累迁军器监兼权直学士院，以数被劾罢，年三十七致仕。度宗咸淳九年（1273）起为湖南提刑，改知赣州。恭宗德祐元年（1275）诏天下勤王，天祥组织义军万人，以江西提刑安抚使召入卫，除知平江府。二年除知临安府，寻除右丞相兼枢密使。使至元军营请和，被拘北行。至镇江，夜亡入真州。端宗立，拜右丞相，后以同都督出江西，辗转各地坚持抗元。帝昺即位，加少保、信国公。是年兵败潮阳，被执，送至大都，被囚四年，不屈。至元十九年（1282）死柴市。《宋史》有传。有《文山先生全集》。今存词八首。

1. 陈霆：

文文山词，在南宋诸人中，特为富丽。其书灯屏〔齐天乐〕云："夜来早得东风信……"染指一脔，则余可知矣。史称文山性豪侈，每食方丈，声妓满前。晚节乃散家资，募义勤王，九死不夺。盖子房所谓韩亡不爱万金之资者也，真人豪哉！

《渚山堂词话》卷二

2. 陈子龙：

文文山驿中与友人言别，赋〔百字令〕，气冲牛斗，无一毫委靡之色。

《历代词话》卷八引

3. 田同之：

魏塘曹学士云：词之为体如美人，而诗则壮士也；如春华，而诗则秋实也；如夭桃繁杏，而诗则劲松贞柏也。罕譬最为明快。然词中亦有壮士，苏、辛也；亦有秋实，黄、陆也；亦有劲松贞柏，岳鹏举、文文山也。

《西圃词说》

4. 查礼：

宋丞相少保信国公文天祥留燕时，题张、许双忠庙〔沁园春〕云："为子死孝……"盥漱读之，公之忠义刚正，凛凛之气势，流露于简端者，可耿日月，薄云霄。虽辞藻未免粗豪，然忠臣孝子之作，只可以气概论，未可以字句求也。

《铜鼓书堂词话》

5. 谭莹：

从容柴市曲偏工，声倚昭仪驿壁中。

未有无情忠与孝，沁园春即满江红。

《论词绝句一百首》（《乐志堂诗集》卷六）

6. 刘熙载：

文文山词有"风雨如晦、鸡鸣不已"之意，不知者以为变声，其实乃变之正也。故词当合其人之境地以观之。

《词概》

7. 陈廷焯：

一片感慨，自是孤臣心事，不第写旅景已也。情韵无穷。（评〔唐多令〕"雨过水明霞"）

气极雄深，语极苍秀。其人绝世，其词亦非他人所能及。击碎玉壶。结笔超远亦凄切。（评〔大江东去〕"水天空阔"）

《云韶集》卷九

8. 王国维：

文文山词，风骨甚高，亦有境界，远在圣与、叔夏、公谨诸公之上。亦如明初诚意伯词，非季迪、孟载诸人所敢望也。

《人间词话》

廖莹中

廖莹中（生卒年不详）字群玉，号药洲，邵武（今属福建）人。登第后为贾似道客，权倾一时。曾撰《福华编》谀颂贾似道。贾似道贬，莹中仍追随不舍，后自杀。《宋史翼》有传。今存词二首。

1．贺裳：

贾循州虽负乘，处非其据，然好集文士于馆第，时推廖莹中为最。其诗文不传，惟《西湖游览志》载数篇，皆谀佞语耳，不为工也。偶见钞本有〔个侬〕一词，颇富艳。

《皱水轩词筌》

2．王初桐：

廖莹中〔个侬〕一词，人皆喜其富艳，余观之浓俗卑下，全无骨力。乃王元美、杨用修一辈笔墨，不足宝也。莹中尝刻陈简斋、姜尧章、任希逸、卢柳南四家遗墨十三卷，艺苑珍之。

《小嫏嬛词话》卷三

3．谭莹：

韩邸词家一大宗，四方善颂可无庸。

早知冰脑防难及，颤袅周旋守个侬。

《论词绝句一百首》（《乐志堂诗集》卷六）

汪元量

汪元量（1241—约1317）字大有，号水云。钱塘（今浙江杭州）人。咸淳间入太学，以善琴出入宫掖。德祐二年（1276），元兵陷临安，随三宫北往大都，留北十三载。南归后往来于匡庐、彭蠡间。《南宋书》有传。有《湖山类稿》十三卷。词集名《水云词》。

1. 胡薇元：

汪元量字大有，号水云，钱塘人。以善琴侍谢太后，宋亡随北行，留燕，为黄冠，南归。有《湖山类稿》，多亡国之恨，〔水龙吟〕后阕“目断东南半壁，怅长淮已非吾土”，不自料其悒骚也。

《岁寒居词话》

2. 陈廷焯：

水云词商音羽奏，一片黍离之感。

一片感慨，每读水云词，令人堕泪。苦中作乐，聊以解忧，一片眼泪。结渺，真不知有元也。（评〔满江红〕“一个兰舟”）

通首伤今吊昔，淋淋漓漓，黍离、麦秀之歌当不过是，后来惟《桃花扇》传奇卒章有此哀感，他皆不及也。中二段融化唐诗，浑然天成，而感慨欷歔，欲歌欲泣仍出其右。“可怜”二语真乃海枯石烂，电掣风驰，血泪模糊，我不堪卒读。低徊往复，感慨无穷，此千古绝调也。（评〔莺啼序〕“金陵故都最好”）

飘零苦况，孤高节烈。高旷，水云其殆仙乎？（评〔唐多令〕“莎草被长洲”）

《云韶集》卷九

3. 况周颐：

汪水云词笔绝清，〔满江红〕《吴山秋夜》云：“一个兰舟，双桂桨、顺流东去。但满目、银光万顷，凄其风露。渔火已归鸿雁汊，棹歌更在鸳鸯浦。渐夜深、芦叶冷飕飕，临平路。 吹铁笛，鸣金鼓。丝玉脍，倾香醑。且浩歌痛饮，藕花深处。秋水长天迷远望，晓风残月空凝伫。问人间、今夕是何年，清如许。”其断句如〔金人捧露盘〕《越王台》云：“鹧鸪啼歇夕阳去，满地风埃。”〔传言玉女〕《钱塘元夕》云：“玉梅消瘦，恨东皇命薄。”〔好事近〕《浙江楼闻笛》云：“犹有梨园声在，念那人天北。”〔莺啼序〕《重过金陵》云：“清谈到底成何事。回首新亭，风景今如此。”〔满江红〕《和王昭仪韵》云：“事去空流东汴水，愁来不见西湖月。”忧时念乱，故君故国之思，流溢楮墨之表。昔李元晖谓：读汪水云诗而不堕泪者，殆不名人。词亦何莫不然。又有〔忆王孙〕集句九阕，尤婉婉情至可诵。

彊村朱氏所刻《水云词》即《湖山类稿》第五卷，末补〔凤鸾双舞〕一阕，盖水云初直内廷时应制之作。词云：“慈元殿、薰风宝鼎，喷香云飘坠。环立翠羽，双歌丽调，舞腰新束，舞缨新缀。金莲步、轻摇彩凤儿，翩翻作戏。便似月里仙娥谪来，人间天上，一番游戏。 圣人乐意。任乐部、箾韶声沸。众妃欢也，渐调笑微醉。竞奉霞觞，深深愿、圣母寿如松桂。迢递，更万年千岁。”此调《词律》及《词律拾遗》并未载。秀水杜氏据《水云词》收入《词律补遗》。

《宋人词话》

詹玉

詹玉（生平年不详），字可大，号天游，江陵（今湖北江陵）人。至元间历除翰林应奉、集贤学士。词有后人辑本《天游词》。今存词十三首。

1. 杨慎：

詹天游以艳词得名，见诸小说。其《送童瓮天兵后归杭》〔齐天乐〕云："相逢唤醒京华梦……"此伯颜破杭州之后也。观其词全无黍离之感、桑梓之悲，而止以游乐言。宋末之习，上下如此，其亡不亦宜乎？

《词品》卷五（按：此条又见《历代词话》卷九，文字小异。《词苑萃编》卷九载此条称引自"苕溪渔隐"，误。）

2.《乐府纪闻》：

时传天游以艳词得名，所游俱狭邪一径，有送童瓮天〔齐天乐〕一阕，正伯颜下江南之日。兵后归杭，全无黍离之感。元时士习，一至于此。

沈雄《古今词话·词话》下卷引

3. 叶申芗：

娲云梭玉，詹天游真个魂销。

《本事词·自序》

4. 谭莹：

伯颜军已破杭州，试问金华梦醒不。

麦秀黍离词客感，销魂真个是天游。

《论词绝句一百首》（《乐志堂诗集》卷六）

5. 丁绍仪：

詹天游《送童瓮天兵后归杭》〔齐天乐〕云："相逢唤醒京华

梦……”《词品》讥其绝无黍离之感、桑梓之悲，而止以游乐为言，真是无目人语。篇中第一句即寓沧桑之慨，前阕“倚担”、“认旗”、“吹香弄碧”，追喟时事，隐然言表。后阕“花天月地，人被云隔”似指贾似道一辈言。至后结二语，更明明点破矣。昔蔡君笛椽与余论南宋之亡，谓不亡于强敌，而亡于稗政。于时公田会子盐酒酤榷，纷纷整饬为富强计。不知财聚于上，民困于下，元气已剥削殆尽，有元乃得而乘之。今论詹词，益慨念当日朝臣漫不知省，而一二见几之士，如蒋竹山、吴梦窗辈，又复沉沦草泽，无所于告，遂一一寓之于词。其杳渺恍惚处，具有微意存焉。

《听秋声馆词话》卷九

6. 况周颐：

元詹天游玉《送童瓮天兵后归杭》〔齐天乐〕云：“相逢唤醒京华梦……”升庵《词品》谓：“此伯颜破杭州之后，其词绝无黍离之感、桑梓之悲，止以游乐为言，宋季士习一至于此。”升庵斯言，微特论世少疏，即论词亦殊未允。当元世祖威棱震叠，文字之狱，在所不免，第载藉弗详耳。《凤林书院草堂诗余》，无名氏选至元、大德间诸人所作（天游词录九首），并皆南宋遗民词，多凄恻伤感，不忘故国，而于卷首冠以刘藏春、许鲁斋二家，以文丞相、邓中斋、刘须溪三公继之，若故为之畦町。当时顾忌甚深，是书于有所不敢之中，仅能存其微旨，度亦几经审慎而后出之。天游词歇拍云：“如此湖山，忍教人更说。”看似平谈，却含有无限悲凉。以此二句结束全词，可知弄碧吹香，无非伤心惨目，游乐云乎哉？曲终奏雅，吾谓天游犹为敢言。升庵高明通脱，其于昔贤言中之意，不耐沉思体会，遽尔肆口讥评，是亦文人相轻，充类至义之尽矣。天游它词，如〔满江红〕《咏牡丹》云：“何须怪、年华都谢……”〔一萼红〕云：“闲著江湖尽宽，谁肯渔蓑。”忠愤至情，流溢行间句里。〔三姝媚〕云：“如此江山，应悔却、西湖歌舞”，则尤慨乎言之。升庵涉猎群籍，大都一目十行，或并天游〔齐天乐〕词未尝看到歇拍，它词无论已。其言乌足为定评也？

《蕙风词话》卷三

王沂孙

王沂孙（生卒年不详）字圣与，号碧山，又号中仙、玉笥山人，会稽（今浙江绍兴）人。入元，至元中曾为庆元路学正，与周密交往。景炎三年（1278）与李彭老、仇远、张炎等赋〔天香〕等调，编为《乐府补题》。词集名《花外集》，一名《碧山乐府》，又有《玉笥词》、《玉笥山人词集》、《碧山词》等名。

1. 周密：

〔踏莎行〕《题中仙词卷》

结客千金，醉春双玉，旧游宫柳藏仙屋。白头吟老茂陵西。清平梦远沉香北。　　玉笛天津，锦囊昌谷。春红转眼成秋绿。重翻花外侍儿歌，休听酒边供奉曲。

《花外集题词》（《花外集》引）

2. 张炎：

〔洞仙歌〕《观王碧山〈花外词集〉有感》

野鹃啼月，便角巾还第，轻掷诗瓢付流水。最无端、小院寂历春空，门自掩，柳发离离如此。　　可惜欢娱地，雨冷云昏，不见当时谱银字。旧曲怯重翻，总是离愁，泪痕洒、一帘花碎。梦沉沉、知道不归来，尚错问桃根，醉魂醒未。

《花外集题词》（《花外集》引）

3. 张炎：

〔琐窗寒〕

王碧山，又号中仙，越人也。能文工词，琢语峭拔，有白石意度，今绝响矣。余悼之玉笥山，所谓长歌之哀，过于痛哭。

断碧分山，空帘剩月，故人天外。香留酒殢。蝴蝶一生花里。想如今、醉魂未醒，夜台梦语秋声碎。自中仙去后，词笺赋笔，便无清致。　　都是。凄凉意。怅玉笥埋云，锦袍归水。形容憔悴。料应也、孤吟山鬼。那知人、弹折素弦，黄金铸出相思泪。但柳枝、门掩枯阴，候虫愁暗苇。

《花外集题词》(《花外集》引)

4. 尤侗：

词之系宋，犹诗之系唐也。唐诗有初、盛、中、晚，宋词亦有之。唐之诗，由六朝乐府而变；宋之词，由五代长短句而变。约而次之，小山、安陆，其词之初乎？淮海、清真，其词之盛乎？石帚、梦窗，似得其中；碧山、玉田，风斯晚矣。

《词苑丛谈序》(《词苑丛谈》)

5. 朱彝尊：

王圣与又号碧山，《碧山乐府》又名《花外集》。词皆春水、秋声、新月、落叶物情之句，往来止有赠方秋崖、周公谨数阕，而曼声为多。

《词综》

6. 汪森：

鄱阳姜夔出，句琢字炼，归于醇雅。于是史达祖、高观国羽翼之，张辑、吴文英师之于前，赵以夫、蒋捷、周密、陈允衡、王沂孙、张炎、张翥效之于后，譬之于乐，舞《箾》至于九变，而词之能事毕矣。

《词综序》(《词综》)

7. 焦袁熹：

〔采桑子〕《编纂〈乐府妙声〉竟作》

瓣香定向谁家祝，爱煞词仙。真是飞仙王有句云“白石飞仙”。鼓吹何当伴老仙。　　天仙谪堕人间少，谁似中仙。好句如仙。白石词中三食仙。

《此木轩直寄词》

8. 许田：

南宋如姜白石、高竹屋、史梅溪、吴梦窗、蒋竹山、王碧山、张玉田诸家，皆不袭前贤一语，吐词属意，穷极工巧。

《屏山词话》

9. 江昱：

碧山花外韵悠然，意度还追白石仙。

怊怅埋云空玉笥，一灯后此竟谁传。

《论词十八首》(《松泉诗集》卷一)

10. 王昶：

姜氏夔、周氏密诸人，始以博雅擅名，往来江湖，不为富贵所熏灼，是以其词冠于南宋，非北宋之所能及。暨于张氏炎、王氏沂孙，故国遗民，哀时感事，缘情赋物，以写闵周、哀郢之思，而词之能事毕矣。

《江宾谷梅鹤词序》(《春融堂集》卷四十)

11. 王昶：

唐之末造，诗人以其余音绮语变为填词，北宋之季，演为长调，变愈甚，遂不能复合于诗，故词至白石、碧山、玉田，与诗分茅设蕝，各极其工。

《琴画楼词钞自序》(《春融堂集》卷四十一)

12. 王昶：

填词世称小道，此扪籥扣槃之语，非为深知词者。词至碧山、玉田，伤时感事，微婉顿挫，上与《风》、《骚》同旨，可斥为小道乎？

《示长沙弟子唐业敬》(《春融堂集·杂著》，况周颐《薇省词钞》卷四引)

13. 王初桐：

王圣与《碧山乐府》一卷，张炎称其琢语峭拔，有白石意度。余尤爱其《雪意》一阕，高迈绝伦，即白石亦无以过之。

陆辅之《词旨》载有圣与〔醉落魄〕、〔谒金门〕、〔醉蓬莱〕、〔霜天晓角〕等调中语，均集中所无。

张玉田以〔南浦〕《春水》词得名，号“张春水”。碧山亦有〔南浦〕《春水》词二阕，非不清俊，而超逸之气不逮矣。

《小鄉嬛词话》卷二

14. 李调元：

白石自制词在南宋另为一派，盛行于时，学之而佳者有二人。王沂孙字圣与，号中仙，有《碧山乐府》二卷，一名《花外集》，盖取比《花间集》而名也。其词以韵胜，如〔锁窗寒〕起句云：“趁酒梨花，催诗柳絮，一窗春怨。”末句云：“夜月荼蘼院。”皆倩丽宜人。同时张叔夏炎亦作〔锁窗寒〕词，自注云：王碧山其诗清峭，其词闲雅，有姜白石意趣，今绝响矣，余悼之句云：“自中仙去后，词笺赋笔，便无清致。”又：“料应也、孤吟山鬼。那知人、弹折素琴，黄金铸出相思泪。”可想见平生服膺矣。

《雨村词话》卷二

15. 凌廷堪：

〔踏莎行〕《读〈花外集〉即用碧山题草窗词卷韵》

积玉敲声，兼金铸调，除将乐笑齐驱少。一从《花外》翠帘空，天涯处处生芳草。　　梅影深情，莼香幽抱，于今俊语无人道。孤吟山鬼语秋心，鉴湖霜后芙蓉老。

《梅边吹笛谱》(《清名家词》)

16. 张惠言：

碧山咏物诸篇，并有君国之忧。

《词选》评语(《张惠言论词》)

17. 沈道宽：

孰云王后孰卢前，花外蒲江各一编。

若把衰蝉方蟋蟀，故应嗣法属中仙。

《论词绝句》(《话山草堂诗钞》卷一)

18. 邓廷桢：

王圣与工于体物，而不滞色相……通体一气卷舒，生香不断，鄱阳家法，斯为嗣音矣。

《双砚斋词话》

19. 周济：

中仙最多故国之感，故着力不多，天分高绝，所谓意能尊体也。中仙最近叔夏一派，然玉田自逊其深远。

《介存斋论词杂著》

20. 周济：

碧山餍心切理，言近指远，声容调度，一一可循。

词非寄托不入，专寄托不出……问途碧山，历梦窗、稼轩，以还清真之浑化，余所望于世之为词人者，盖如此……碧山胸次恬淡，故黍离、麦秀之感，只以唱叹出之，无剑拔弩张习气。

咏物最争托意，隶事处以意贯串，浑化无痕，碧山胜场也。

词以思笔为入门阶陛，碧山思笔，可谓双绝。幽折处大胜白石。惟圭角太分明，反复读之，有水清无鱼之恨。

《宋四家词选目录序论》

21. 周济：

碧山故国之思甚深，托意高，故能自尊其体。（评王沂孙〔南浦〕“柳下碧粼粼”）

赋物能将人、景、情、思一齐融入，最是碧山长处。由其心细笔灵，取径曲，布势远故也。（评王沂孙〔花犯〕“古婵娟”）

《宋四家词选》眉批

22. 周之琦：

碧山才调剧翩翩，风格鄱阳好并肩。

姜史姜张饶耳目，人间别有藐姑仙。

《心日斋十六家词选》附

23. 戈载：

词学至宋盛矣、备矣，然纯驳不一，优劣迥殊。欲求正轨以合雅音，唯周清真、史梅溪、姜白石、吴梦窗、周草窗、王碧山、张玉田七人允无遗憾。

《宋七家词选》卷一

24. 戈载：

王中仙，越人也。玉田称其能文工词，琢语峭拔，有白石意度，特谱〔琐窗寒〕词吊之玉笥山，又有〔洞仙歌〕题其词集。玉田之于中仙，可谓推奖之至矣。要其词笔，洵是不凡。予尝谓白石之词，空前绝后，匪特无可比肩，抑且无从入手，而能学之者则惟中仙。其词运意高远，吐韵妍和。其气清，故无沾滞之音；其笔超，故有宕往之趣，是真白石之入室弟子也。

《碧山乐府跋》（《宋七家词选》）

25. 谭莹：

花间集外名花外，直欲填词继历朝。

闻雁秋灯秋雨里，故山归去总魂销。

《论词绝句一百首》（《乐志堂诗集》卷六）

26. 华长卿：

竹山名共碧山传，苍莽悲凉有玉田。

白石老翁相鼓吹，赋成春水倍凄然。蒋捷、王沂孙、张炎

《论词绝句》（《梅庄诗钞》卷五）

27. 杨希闵：

温、韦、二晏、秦、贺皆能诗，苏、黄尤卓卓，姜、辛诗亦工，安身立命不在词，故溢为词夐绝也。屯田、清真、梅溪、梦窗、碧山、玉田诸子，藉词蕃身，他文翰一无可见，有委无源，故绣绘字句，排比长调以自饰。（总论）

周稚圭题碧山词云："碧山才调剧翩翩……"此论允惬，碧山佳处欲出梅溪、玉田上，但不多耳。（卷六）

《词轨》

28. 沈世良：

角巾西第思投老，白发征东耐退闲。

花外集兼樊榭集，一双词笔四明山。

《案头杂置诸词集戏题四绝句》（《小祇陀庵诗钞》卷一）

29. 李慈铭：

梅溪、碧山、梦窗、草窗亦皆有佳处，惟不宜学其累句以为当家，剌其拙字以为宗法，甘图僿以为沉着，习粗疏以为大方。

《越缦堂读书记》八《文学》四

30. 谭献：

圣与精能，以婉约出之。以诗派律之，大历诸家，去开宝未远。玉田正是劲敌，但士气则碧山胜矣。

《复堂词话》

31. 沈祥龙：

咏物之作，在借物以寓性情。凡身世之感，君国之忧，隐然蕴于其内，斯寄托遥深，非沾沾焉咏一物矣。如王碧山咏新月之〔眉妩〕，咏梅之〔高阳台〕，咏榴之〔庆清朝〕，皆别有所指，故其词郁伊善感。

《论词随笔》

32. 冯煦：

青禽一梦春无着，颇爱中仙绝妙辞。

一自冷云埋玉笥，黄金不复铸相思。

《论词绝句》（《蒿庵类稿》卷七）

33. 缪荃孙：

阳春领袖于南唐，庆湖负声于北宋；碧山之绵眇，梅溪之轶丽；中圭双秀，不殊怨悱之音。

《宋元词四十家序》（《艺风堂文集》卷五）

34. 樊增祥：

高、孝以来，词流盖夥，翳惟白石，实长齐盟。于是史邦卿、吴君特羽翼于前，王圣与、张叔夏标映于后，此五君者，譬诸渥洼美驷，荆野明瑶，词学一日不湮，斯人亦一日不没。……碧山感物之咏，上薄骚经；玉田托兴之辞，义均宋赋，拟诸石帚，具体而微。

《东溪草堂词选自叙》（《樊山集》卷二十三）

35. 沈泽棠：

王碧山〔醉蓬莱〕《归故山》云："一室秋灯，一庭秋雨，更一声秋雁。"萧瑟情怀，不忍卒读。

王碧山〔高阳台〕云："何人寄与天涯信，趁东风、急整归船。纵飘零，满院杨花，犹是春前。"结句与莫雨山词"直饶明日便相逢，已是一春闲过了"用意相反，一用进笔，一用缩笔，洵为异曲同工。

《忏庵词话》

36. 王鹏运：

碧山词颉颃双白，揖让二窗，实为南宋之杰。

张皋文云："碧山咏物，并有君国之忧。"周止庵云："咏物最争托意，隶事处以意贯串，浑化无痕，碧山胜场也。"年丈端木子畴先生释碧山〔齐天乐〕《咏蝉》云：详味词意，殆亦黍离之感。"宫魂"字点出命意，"乍咽"、"还移"，慨播迁也。"西窗"三句，伤敌骑暂退，燕安如故。"镜暗"二句，残破满眼，而修容饰貌，侧媚依然，衰世臣主，全无心肝，千古一辙也。"铜仙"三句，宗器重宝，均被迁夺，泽不下究也。"病翼"二句，更是痛哭流涕，大声疾呼，言海岛栖流断不能久也。"余音"三句，遗臣孤愤，哀怨难论也。"漫想"二句，责诸臣到此，尚安危利灾，视若全盛也。其论与张、周两先生适合。

《花外集跋》（《四印斋所刻词》）

37. 陈廷焯：

碧山词自是取法白石，风流飘洒，如春云秋月，令人爱不释手。

碧山词与陈西麓仿佛，但陈以和雅胜，王以清丽胜，要皆师白石而得其正者。

碧山词高者入白石之室，而与竹屋并驱中原。

碧山学白石得其清者，他如西麓得白石之雅，竹山得白石之俊快，梦窗、草窗得白石之神，竹屋、梅溪得白石之貌，玉田得其骨，仲举得其格，盖诸家皆有专司，白石其总萃也。

《云韶集》卷九

38. 陈廷焯：

白石〔暗香〕、〔疏影〕已成绝调，除碧山外，后人无能为继。(《大雅集》卷三)

王碧山词，品最高，味最厚，意境最深，力量最重，感时伤世之言，而出以缠绵忠爱。诗中之曹子建、杜子美也，词人有此，庶几无憾。

南宋词家，白石、碧山，纯乎纯者也；梅溪、梦窗、玉田辈，大纯而小疵，能雅不能虚，能清不能厚也。

碧山咏物诸篇，固是君国之感，时时寄托，却无一笔犯复，字字贴切故也。就题论题，亦觉踌躇满志。清真、白石间有疵累语，至碧山乃一归纯正，善学者首当服膺勿失。

美成、少游，词坛领袖也。所可议者，时有俚语耳白石亦间有此病。故大雅一席，终让碧山。

词有碧山，而词乃尊，以其品高也。古今不可无一，不能有二。

词法莫密于清真，词理莫深于少游，词笔莫超于白石，词品莫高于碧山，皆圣于词者。(《大雅集》卷四)

《词则》

39. 陈廷焯：

唐五代词不可及处正在沉郁。宋词不尽沉郁，然如子野、少游、美成、白石、碧山、梅溪诸家，未有不沉郁者。（卷一）

南宋词人，感时伤事，缠绵温厚者，无过碧山，次则白石。白石郁处不及碧山，而清虚过之。

王碧山词，品最高，味最厚，意境最深，力量最重，感时伤世之言，而出以缠绵忠爱。诗中之曹子建、杜子美也。词人有此，庶几无憾。

南宋词家白石、碧山，纯乎纯者也。梅溪、梦窗、玉田辈，大纯而小疵，能雅不能虚，能清不能厚也。

词法之密，无过清真。词格之高，无过白石。词味之厚，无过碧山，词坛三绝也。

诗有诗品，词有词品。碧山词性情和厚，学力精深。怨慕幽思，本诸忠厚而运以顿挫之姿，沉郁之笔。论其词品，已臻绝顶，古今不可无一，不能有二。白石词，雅矣正矣，沉郁顿挫矣。然以碧山较之，觉白石犹有未能免俗处。少游、美成，词坛领袖也。所可议者，好作艳语，不免于俚耳。故大雅一席，终让碧山。

碧山词观其全体，固自高绝，即于一字一句间求之，亦无不工雅。琼枝寸寸玉，旃檀片片香，吾于词见碧山矣。于诗则未有所遇也。看来碧山为词，只是忠爱之忱发于不容已，并无刻意争奇之意，而人自莫及，此其所以为高。

《词选》云："碧山咏物诸篇，并有君国之忧。"自是确论。读碧山词者，不得不兼时势言之，亦是定理。或谓不宜附会穿凿，此特老生常谈，知其一不知其二。古人诗词有不容凿者，有必须考镜者，明眼人自能辨之。否则徒为大言欺人，彼方自谓识超，吾则笑其未解。碧山咏物诸篇，固是君国之忧，时时寄托，却无一笔犯复，字字贴切故也。就题论题，亦觉踌躇满志。

读碧山词，须息心静气，沉吟数过，其味乃出。心粗气浮者，必不许读碧山词。

少陵每饭不忘君国，碧山亦然。然两人负质不同，所处时势又不同，少陵负沉雄博大之才，正值唐室中兴之际，故其为诗也悲以壮。碧山以和平中正之音，却值宋室败亡之后，故其为词也哀以思，推而至于《国风》、《离骚》，则一也。

词法莫密于清真，词理莫深于少陵，词笔莫超于白石，词品莫高于碧山。皆圣于词者，而少游时有俚语，清真、白石间亦不免，至碧山乃一归雅正。后之为词者，首当服膺勿失。一切游词滥语，自无从犯其笔端。

词有碧山，而词乃尊。否则以为诗之余事，游戏之为耳。必读碧山词，乃知词所以补诗之阙，非诗之余也。

草窗与碧山相交最久，然《绝妙好词》中所选碧山诸篇，大半皆碧山次乘，转有负于碧山。

碧山、玉田，多感时之语，本原相同，而用笔互异。碧山沉郁处多，超脱处少。玉田反是，终以沉郁为胜。

草窗、西麓、碧山、玉田，同时并出，人品亦不甚相远。四家之词，沉郁至碧山止矣。而玉田之超逸，西麓之淡雅，亦各出其长以争胜。要皆以忠厚为主，故足感发人之性情。草窗虽工词，而感寓不及三家之正。本原一薄，结构虽工，终非正声也。（卷二）

（庄棫）语余曰：子于此道，可以穷极高妙，然仓卒不能臻斯境也。又曰：子知清真、白石矣，未知碧山也。悟得碧山，而后可以穷极高妙。（卷五）

周、秦词以理法胜，姜、张词以骨韵胜，碧山词以意境胜。要皆负绝世才，而又以沉郁出之，所以卓绝千古也。

或问比与兴之别。余曰：宋德祐太学生〔百字令〕、〔祝英台近〕两篇，字字譬喻，然不得谓之比也。以词太浅露，未合风人之旨。如王碧山咏萤、咏蝉诸篇，低回深婉，托讽于有意无意之间，可谓精于比义。若兴则难言之矣。托喻不深，树义不厚，不足以言兴，深矣厚矣，而喻可专指，义可强附，亦不足以言兴。所谓兴者，意在笔先，神余言外，极虚极活，极沉极郁，若远若近，可喻不可喻，反复缠绵，都归忠厚。求之两宋，如东坡〔水调歌头〕、〔卜算子〕《雁》，白石〔暗香〕、〔疏影〕，碧山〔眉妩〕《新月》、〔庆清朝〕《榴花》、〔高阳台〕等篇，亦庶乎近之矣。

碧山词，何尝不沉着痛快，而无处不郁，无处不厚。反复吟咏数十过，有不知涕之何从者。粗心人读之，戛釜撞瓮，何由识其真哉？

碧山、玉田而后，得张皋文一揭其旨，而词以不灭。其间五六百年，亦多杰出之士，竟无溯其源者，亦足异矣。（卷六）

咏物词至王碧山，可谓空绝古今。然亦身世之感使然，后人不能强求也。（卷七）

诗外有诗，方是好诗。词外有词，方是好词。古人意有所寓，发之于诗词，非徒吟赏风月以自蔽惑也。少陵诗云："甫也南北人，早为诗酒污。"具此胸次，所以卓绝千古。求之于词，旨有所归，语无泛设者，吾惟服膺碧山。

无论诗、古文、词，推到极处，总以一诚为主。杜诗、韩文所以大过人者在此。求之于词，其为碧山乎？然自宋迄今，鲜有知者。知碧山者惟蒿庵（按：指庄棫），即皋文尚非碧山真知己也。知音不亦难哉？

碧山有大段不可及处，在恳挚中寓温雅。蒿庵有大段不可及处，在怨悱中寓忠厚。而出以沉郁顿挫则一也，皆古今绝特之诣。

白石、梅溪、碧山、玉田词，修饰皆极工，而无损其真气，何也？《列子》云：有色者，有色色者。知此可以言词矣。

词有表里俱佳，文质适中者，温飞卿、秦少游、周美成、黄公度、姜白石、史梅溪、吴梦窗、陈西麓、王碧山、张玉田，庄中白是也。词中之上乘也。

沈伯时《乐府指迷》云："诗难于咏物，词为尤难。体认稍真，则拘而不畅，摹写差远，则晦而不明。要须收纵联密，用事合题。一段意思，全在结尾，斯为绝妙。”此论亦确当。然如碧山咏物诸篇，则大矣化矣，又不仅在结尾寓意也。读白石、梅溪、碧山、玉田词，如饮醇醪，清而不薄，厚而不滞。元以后词，则清者失真味，浓者似火酒矣。言近旨远，其味乃厚。节短韵长，其情乃深。遣词雅而用意浑，其品乃高，其气乃静。（卷八）

《白雨斋词话》

40. 张祥龄：

南唐二主、冯延巳之属，固为词家宗主，然是勾萌，枝叶未备；小山、耆卿，而春矣；清真、白石，而夏矣；梦窗、碧山，已秋矣；至《白云》，万宝告成，无可推徙，元故以曲继之。此天运之终也。

《词论》

41. 况周颐：

碧山乐府如书中欧阳信本，准绳规矩极佳。二晏如右军父子。贺方回如李北海。白石如虞伯施，而上过之。公谨如褚登善。梦窗如鲁公。稼轩如诚悬。玉田如赵文敏。

《香海棠馆词话》（龙榆生《唐宋名家词选》引。按：此则不见《蕙风丛书》本《香海棠馆词话》。）

42. 况周颐：

碧山词镂玉雕琼，裁云缝月，声容铿丽，骨肉停匀。词中能品，信无出其右者。蒙独喜其较近苍淡之作，殊未易多得也。〔水龙吟〕《落叶》云：“晓霜初着青林，望中故国凄凉早。萧萧渐积，纷纷犹坠，门荒径悄。渭水风生，洞庭波起，几番秋杪。想重崖半没，千峰尽出，山中路、无人到。　前度题红杳杳。溯宫沟、暗流空绕。啼螀未歇，飞鸿欲过，此时怀抱。乱影翻窗，碎声敲砌，愁人多少。望吾庐甚处，只应今夜，满庭谁扫。”〔齐天乐〕《赠秋崖道人西归》云：“冷烟残水山阴道，家家拥门黄叶。故里鱼肥，初寒雁落，孤艇将归时节。江南恨切。问还与何人，共歌新阕。换尽秋芳，想渠西子更愁绝。　当时无限旧事，叹繁华似梦，如今休说。短褐临流，幽怀倚石，山色重逢都别。江云冻结。算只有梅花，尚堪攀折。寄取相思，一枝和夜雪。”其断句如〔高阳台〕云：“纵飘零满院杨花，犹是春前。”又云：“归来依旧秦淮碧，问此愁还有谁知。”又云：“如今处处生芳草，纵凭高，不见天涯。”〔声声慢〕云：“已是南楼曲断，纵疏花淡月，也只凄凉。”〔三姝媚〕《次周公谨故京送别韵》云：“总是飘零，更休赋梨花秋苑。”此等句低徊掩抑，荡气回肠，庶乎加于能品一等。

碧山词赋物之作十居八九，就中佳胜当于空灵处求之，所谓“离神得似”、“始轻黄金”。〔南浦〕《春水》云：“孤梦绕沧浪，蘋花岸、漠漠雨昏烟暝。”〔声声慢〕《催雪》云：“怕寒绣帏慵起，梦梨云、说与春知。”〔疏影〕《梅影》云：“几度黄昏，忽到窗前，重想故人初别。”〔齐天乐〕《咏萤》云：“汉苑飘苔，秦陵坠叶，千古凄凉不尽。”又《咏蝉》云：“病翼惊秋，枯形阅世，消得斜阳几度。”〔一萼红〕《红梅》云：“欲寄故人千里，恨燕支太薄，寂寞春痕。”昔人谓填词贵融景入情，碧山尤能即物寓情，而不凝滞于物，斯为赋体上乘。至如〔水龙吟〕《咏白莲》云：“三十六陂烟雨。旧凄凉、向谁堪诉。如今谩说，仙姿自洁，芳心更苦。”〔齐天乐〕《咏蝉》云：“病叶难留，纤柯易老，空忆斜阳身世。窗明月碎。甚已绝余音，尚遗枯蜕。”何言之酸楚乃尔？黄叶故山归来恨晚（〔醉蓬莱〕词意），可以原其心矣。

《宋人词话》

43. 张德瀛：

王圣与多咏物词。〔扫花游〕《赋绿阴》云：“旧盟误了，又新枝嫩子，总随春老。”〔齐天乐〕《咏蝉》云：“病翼惊秋，枯形阅世，消得斜阳几度。”家国之恨，恻然伤怀，殆画传中之马半角也。

《词徵》卷五

44. 汪兆镛：

善乎竹垞翁之言曰：王圣与，宋隐君子也。其词于身世之感，有凄然言外者，其骚人《桔颂》之遗音乎？

《碧山乐府书后》(《微尚斋杂文》)

45. 杨铁夫：

声家律细到鄱阳，浙派千秋一瓣香。

骚雅清空成一手，扫除风格玉笥王。

《题〈乐府补题〉》

46. 高旭：

春水粼粼新月明，碧山涉笔总多情。

蝉疏萤暗凄凉甚，故国何堪落叶声。

《论词绝句》三十首(《未济庐诗集》)

47. 吴梅：

大抵碧山之词，皆发于忠爱之忱，无刻意争奇之意，而人自莫及。论词品之高，南宋诸公，当以《花外》为巨擘焉。其咏物诸篇，固是君国之忧，时时寄托，却无一笔犯复，字字贴切故也。〔天香〕《龙涎香》一首，当为谢太后作。其前半多指海外事，惟后叠云：“荀令如今渐老，总忘却尊前旧风味。”必有寄托，但不知何所指耳。至如〔南浦〕《春水》云：“帘影蘸楼阴，芳流去，应有泪珠千点。沧浪一舸，断魂重唱蘋花怨。”寄慨处清丽纡徐，斯为雅正。

《词学通论》

48. 陈匪石：

选南宋词者，戈顺卿取史、姜、吴、周、王、张六家，周稚圭取姜、史、吴、王、蒋、张六家，周止庵则以辛、王、吴为领袖。夫张炎之妥溜；王沂孙之沉郁；吴文英极沉博绝丽之观，擅潜气内转之妙；姜夔野云孤飞，语淡意远；辛弃疾气魄雄大，意味深厚，皆于南宋自树一帜。流风所被，与之化者，各若干人。

然蒋捷身世之感，同于王、张；雕琢之工，导源吴氏。周密附庸于吴，尤为世所同认。姑舍蒋、周而录张、王、吴、姜、辛，意实在此。至此五家者，相因相成，往往可见。然各有千古，不能相掩也。史达祖步趋清真，几于笑颦悉合，虽非戛戛独造。然南渡以降，专为此种格调者，实无其匹。故效戈、周之选，不敢过而废之。初学为词者，先于张、王求雅正之音、意内言外之旨，然后以吴炼其气意，以姜拓其胸襟，以辛健其笔力，而旁参之史，藉探清真之门径，即可望北宋之堂室，犹是周止庵教人之法也。

《宋词举》卷上

49. 陈匪石：

词中咏物之体，忌雕琢，忌肤泛，人所共知。然苟无寄托，亦索然无味。碧山咏物诸词，俱含有一掬亡国泪，而借物以写其哀，如咏蝉、咏萤、咏榴花诸作，允推绝唱。而论者犹谓其咏物体多，未免自卑其格。

《旧时月色斋词谭》

50. 蔡嵩云：

白石词在南宋，为清空一派开山祖，碧山、玉田皆其法嗣。

碧山、玉田生当宋末元初，黍离、麦秀之感，往往溢于言外。二家虽同出白石，而各具面貌。碧山沉郁处最难学，近代王半塘，即瓣香碧山者。

《柯亭词论》

51. 宣雨苍：

咏物词，必有寄托而后隽永。当以碧山乐府为最。其盛传者如〔眉妩〕之咏新月，〔齐天乐〕之咏蝉，〔庆清朝〕之咏榴花，〔高阳台〕之咏梅，无不感时伤事，深契风人之旨。至于后世作者，运典而不运意，虽极工丽帖切，不过一事类词耳，诚何足观。

《词谰》

52. 顾宪融：

王碧山，名沂孙，字圣与，又号中仙，会稽人。著有《花外集》二卷，一名《碧山乐府》。玉田生最推奖之，称其“琢语峭拔，有白石意度”。戈顺卿曰：“予尝谓白石之词，空前绝后，匪特无可比肩，抑且无从入手，而能学之者则惟中仙。其词运意高远，吐韵妍和。其气清，故无沾滞之音；其笔超，故有宕往之趣，是真白石之入室弟子也。”周止庵曰：“中仙最多故国之感，故着力不多，天分高绝，所谓意能尊体也。”又曰：“中仙最近叔夏一派，然玉田自逊其深远。”

《填词百法》

53. 赵尊岳：

宋词佳处，亦各擅其胜场。小山华贵而取境不大；淮海艳宕而或失之轻俊；梅溪敏于词令，间或拙于事理；方回肤廓；玉田谐婉，或失之空疏；草窗、花外，敷藻甚工，往往言之无物。读者当各采其精英，各避其短失。（卷一）

咏物于寄托之外，当别有见其身分之处。寄托者，纳词题以外之事于篇章。身分者，以吾心中之标格寓之于所咏。所谓咏物之身分，实即作者自见身分之处。南宋王碧山之咏落叶，赵子固之咏水仙，可以借径。（卷三）

《填词丛话》

54. 赵尊岳：

倚声之学，托始于唐，浸盛于五季。其君若臣，歌舞宴酣，风流相尚，琱璓镂玉，方巧化工，《尊前》、《花间》，奄有众美。爰及天水，晏氏父子引温、韦之绪。欧、苏、秦、柳，风雅所宗。子野、方回，并世郢匠。清真崛起，为两宋关键，间以质拙胜，非深于此道不易知。南渡已还，麦秀黍离，家国之感，发为咏歌。白石老仙风格遒上，宜与稼轩分镳平辔。梦窗专家，斯诣造极，蕃艳之笔，运以沉思，致密之中，饶有清气。七宝楼台之喻，甚非知人之言。竹山高节，艳而有骨。公谨、圣与，丽而有则。玉田王孙，后来之秀，清辞丽句，叹观止焉。

《蓉影词跋》(《蓉影词》)

55. 闻野鹤：

寇莱公如春日园林，蔚然深秀。苏东坡如深山剑客，不娴俗礼。秦少游如花间丽色，却扇一笑，百媚横生。黄山谷如村女媚客，简直乏致。欧阳公如豪家子弟，仪态大方。张子野如春花百树，浅深互见。周美成如周公制礼，大体略备。王荆公如蛮夷入贡，不谙礼数。辛稼轩如草野人入掌枢密，动辄粗戾。蒋竹山如蓬门丽质，清秀有余。柳耆卿如通天老狐，醉即露尾。康与之如春场笙歌，繁乐聒耳。史梅溪如剪彩成花，细而近纤。姜白石如江介澄波，悠然一往。吴梦窗如天孙云锦，一丝一缕，尽发奇光，俗子庸夫，见之却步。李易安如中人举鼎，时虞绝膑。王碧山如天家姬侍，神采幽馨，迥非凡艳。周公谨如辞树红英，难免浮浪。朱淑贞如碧窗鹦鹉，略解语言。陆放翁如野僧说法，清而无味。张玉田如中郎凋谢，典型尚存。余则自桧以外，可无讥矣。

清代戈载有宋七家之选：一周美成，二史梅溪，三姜石帚，四吴梦窗，五周草窗，六王圣与，七张叔夏。综其得失，可得而称焉。美成盖代词才，律细而不枯，意深而不刻，灏灏落落，百世之所宗也。梅溪能巧，上者故自清新，下者辄流浮俗。白石清响，为世所称，然音律故娴，意象未备，虽幽邈自喜，要其去美成远矣。梦窗刻意苦搜，镂冰煮雪，一字一句，古丽照人，樊身云所谓“五花共采，万鲭合脔”者也，后者学之，辄伤碎乱，梦窗独能寓郁厚于藻采之中，是盖上人一等者。草窗细敏，丽而有则，然古雅之致尽矣。圣与尤秾艳绵丽尽致，特稍逊梦窗耳。至于玉田，下驷才也，妄欲随逐其后，吾无称焉。

碧山《花外词》，运思既细，选词尤丽，与梦窗微有不同。以碧山思锐，梦窗气原也。余最爱其《春水》、《水仙》两阕。而〔齐天乐）之咏蝉，尤见称于后。“一襟遗恨宫魂断，年年翠阴庭树”，如此作，起石帚亦不多得也。世每举之与玉田并称，实则玉田庸俗，仅能以规模见长耳。

《愢簃词话》

56. 陈运彰：

碧山词与《山中白云》较，信为劲敌，叔夏之流美，圣与之凝练，为草窗、山村所不逮。其弊也，乃病滑与琢。两家别集慎加抉择，则精者亦不过十之三四而已。

《双白龛词话》

57. 祝南：

王碧山词，品高味厚，托意深远，而句调安雅，不雕不率，于两宋诸家中最为纯正。陈亦峰至欲尊之为古今第一人，虽属私嗜，然以醇雅言，虽少游亦当却步也。《花外集》中，无游戏之作，无粗率之笔，求之两宋词集中未见其比。

碧山词多托物寄意，故情味殊厚。然即以咏物词观，亦曲折深透。以其不用险仄之笔，故高于梦窗。

《无庵说词》

胡汲古

胡汲古生卒年及生平皆不详。

1. 林景熙：

严陵胡君汲古以诗名，观其乐府，诗之法度在焉。清而腴，丽而则，逸而敛，婉而庄。悲凉于残山剩水，豪放于明月清风，酒酣耳热，往往自为而歌之。所谓乐而不淫，哀而不伤，一出于诗人礼义之正。然则先王遗泽，其独寄于变风者，独诗也哉！

《胡汲古乐府序》（《霁山集》卷五）

2. 况周颐：

《胡汲古乐府序》见宋平阳林景熙《霁山先生集》。霁山称汲古乐府悲凉于残山剩水，盖亦南宋遗民也。惜其所作世无传者，亟录林序，藉存其人，备它日访求焉。

《宋人词话》

赵必瑑

赵必瑑（1245—1294）字玉渊，号秋晓。太宗十世孙。南渡后家东莞（今属广东）。度宗咸淳元年（1265）与父崇秞同登进士。授高要尉，迁南康县丞。端宗景炎元年（1276），文天祥以同都督开府，辟摄惠州军事判官。入元，隐居不仕。《宋史翼》有传。必瑑工诗，有《覆瓿集》六卷，中《长短句》一卷。词集单行名《覆瓿词》。

1. 谭莹：

感到沧桑覆瓿（集名）宜，秋娘犹在足相思。旧日秋娘犹在否，集中〔苏幕遮〕《钱唐避暑忆旧》语。

集中多用清真韵，秋晓词集名同片玉词。

《三十六首专论岭南人》（《乐志堂诗集》卷六）

2. 潘飞声：

秋晓先生志节高超，儒林景仰。其诗若霜天鹤唳，清气往来，骚屑哀音，寓黍离、麦秀之感，皆可传也。词则绮思丽句，取法清真，〔兰陵王〕一阕《赣上用美成韵》云：“画阑直……”

秋晓词瓣香清真，集中多用美成韵。〔锁窗寒〕《春暮用美成韵》：“乳燕双飞……”词中意匠经营，节拍流利，逼肖清真，此境实不易到。

秋晓先生家国之思，时时流露词间，〔绮罗香〕《和百里春暮游南山》云：“办一枝藤，腊一双屐……”意思沉着，令人寻绎不尽。

《粤词雅》

3. 潘飞声：

南山词调记游春，消得风风雨雨辰。

拈出美成佳句否，心香一瓣在清真。

《论粤东词绝句》（《说剑堂集》）

仇远

仇远（1247—1326）字仁近，一字仁父，号山村，钱塘（今浙江杭州）人。因居余杭溪上之仇山，自号山村民。以能诗工画而闻名。元成宗大德年间为溧阳州学教授，旋罢归。优游湖山以终，卒葬杭州北山栖霞岭下。有《金渊集》六卷。词集名《无弦琴谱》。

1. 冯从吾：

仇远，号山村，钱塘人。一时名公巨卿，都与之词章往来。游其门者，张雨、张翥，俱知名当世。

《元儒考略》（沈雄《古今词话·词评》下卷引）

2.《词苑》：

仇仁近居钱塘，游其门者张雨、张翥，俱以能词名。其《咏蝉》〔齐天乐〕极可诵……其纵横之妙，直似东坡。

《历代词话》卷九引

3. 凌廷堪：

以诗比之……金、元为晚唐，山村、蜕岩可方温、李。

张其锦《梅边吹笛谱序》引（《清名家词》）

4. 孙尔准：

读其词，清丽和雅，与玉田、中仙、草窗相鼓吹。

《无弦琴谱序》（《西泠文萃》）

5. 吴衡照：

吾杭诗余，后清真知名者为仇山村，而词止四首。安知海内无好事家，如张子野、姜白石二集，藏弆完好，以待流传耶？

《莲子居词话》卷三

6. 冯登府：

其词，清微要渺，与玉田、草窗为近，流传绝鲜。

《无弦琴谱跋》(《西泠文萃》)

7. 蒋敦复：

词原于诗，即小小咏物，亦贵得风人比兴之旨……及碧山、草窗、玉潜、仁近诸遗民，《乐府补题》中，龙涎香、白莲、莼、蟹、蝉诸咏，皆寓其家国无穷之感，非区区赋物而已。

《芬陀利室词话》卷三

8. 谢章铤：

山村在宋为名家，张翥、张雨、莫维贤，皆在门下，其词则绝少流传。(卷一)

(学姜诸人)陈允平之后，宜补列仇山村，山村亦姜派者，仲举即其门下士。竹垞时，《无弦琴谱》未出，故不得论定，非有意削之也。(卷十二)

《赌棋山庄词话》

9. 胡薇元：

元人词，以仇山村仁近为最，名远，钱塘人，溧阳教授，一时游其门者号为词宗，若张翥、张羽等有盛名，而蜕岩尤为人传播。

《岁寒居词话》

10. 陈洵：

自元以来，若仇仁近、张仲举，皆宗姜、张者。

《海绡说词·通论》

11.《续修四库全书提要》：

远词有含蓄处，有奔放处，含蓄而能深远，奔放而不粗犷。盖远虽元人，而家在钱唐，所交皆知名之士，又与宋末遗民相切磋，故其词骎骎入古。元词之不尽衰者，乃仇远、张翥之功，而翥学又出于远，故所系甚重也。

《无弦琴谱二卷》

唐珏

唐珏（1247—？）字玉潜，号菊山，会稽（今浙江绍兴）人。少孤贫力学，聚徒教授。宋亡，杨琏真伽尽发宋帝后陵寝。珏出家资，与林景熙等人伪为采药之行，收其遗骸，为石函六，葬于兰亭山，移宋故宫冬青树植其上。与宋遗民唱和。《宋史翼》有传。今存词四首。

1. 王世贞：

李五松咏白莲词，与唐菊山同一妙手。

《历代词话》卷八引

2. 陈子龙：

唐玉潜与林景熙同为采药之行，潜葬诸陵骨，树以冬青，世人高其义烈。而咏莼、咏莲、咏蝉诸作，巧夺天工，亦宋人所未有。

《历代词话》卷八引

3. 先著：

昭陵玉匣数首，并沉痛伤怀，非复宋人。此君诗词，俱参上流，不独高节。（评唐珏〔桂枝香〕“松江舍北”）

《词洁辑评》卷五

4. 周济：

北宋有无谓之词以应歌，南宋有无谓之词以应社。然……碧山〔齐天乐〕之《咏蝉》，玉潜〔水龙吟〕之《咏白莲》，又岂非社中作乎？故知雷雨郁蒸，是生芝菌，荆榛蔽芾，亦产蕙兰。

玉潜非词人也，其〔水龙吟〕《白莲》一首，中仙无以远过。信乎忠义之士，性情流露，不求工而自工。

《介存斋论词杂著》

5. 蒋敦复：

词原于诗，即小小咏物，亦贵得风人比兴之旨。唐、五代、北宋人词不甚咏物，南渡诸公有之，皆有寄托。白石、石湖咏梅，暗指南北议和事。及碧山、草窗、玉潜、仁近诸遗民，《乐府补遗》中，龙涎香、白莲、莼、蟹、蝉诸咏，皆寓其家国无穷之感，非区区赋物而已。

《芬陀利室词话》卷三

6. 谭献：

李白、温岐，文士为之；昇元、靖康，君王为之；将相大臣，范仲淹、辛弃疾为之；文学侍从，苏轼、周邦彦为之；志士遗民，王沂孙、唐珏之徒，皆作者也。

《复堂词话》

7. 陈廷焯：

菊山人品清高，而其气忠烈，即词可以观志。

《云韶集》卷十

8. 况周颐：

菊山先生词见《乐府补题》凡四阕。词以人重，微特并皆佳妙而已。……《乐府补题》诸家皆一时名辈，玉潜所作尤与碧山、草窗抗手，特其词名为忠义所掩耳。周介存谓玉潜非词人，斯言未为允协。

《宋人词话》

蒋捷

蒋捷（生卒年不详）字胜欲，号竹山，阳羡（今江苏宜兴）人。度宗咸淳十年（1274）进士。宋亡，隐居太湖中之竹山，人称竹山先生。元成宗大德年间，宪使臧梦解、陆垕交章荐其才，卒不肯仕元。著有《竹山词》。

1. 湖滨散人：

竹山先生出义山钜族，宋南渡后，有名璨，字宣卿者，善书，仕亦通显，子孙俊秀，所居擅溪山之胜故。先生貌不扬，长于乐府。

《题竹山词》（《宋六十名家词》）

2. 毛晋：

昔人评词，盛称李氏、晏氏父子及耆卿、子野、子游、子瞻、美成、尧章止矣，蒋胜欲泯焉无闻。今读《竹山词》一卷，语语纤巧，真世说靡也；字字妍倩，真六朝隃也，岂其稍劣于诸公耶？或读招落梅魂一词，谓其磊落横放，与辛幼安同调，其殆以一斑而失全豹矣。

《竹山词跋》（《宋六十名家词》）

3. 邹祇谟：

南宋诸家，蒋、史、姜、吴，警迈瑰奇，穷姿构彩；而辛、刘、陈、陆诸家，乘间代禅，鲸呿鳌掷，逸怀壮气，超乎有高望远举之思。

《倚声初集序》（《倚声初集》）

4. 沈雄：

蒋字竹山，义兴人，宋亡不仕，有《竹山集》。其词章之刻入纤艳，非游戏余力为之者，乃有时故作狡狯耳。

《古今词话·词评》上卷

5. 蒋景祁：

吾荆溪……以词名者，则自宋末家竹山始也。竹山先生恬淡寡营，居滆湖之滨，日以吟咏自乐，故其词冲夷萧远，有隐君子之风，然其时慕效之者甚少。

《荆溪词初集序》（《荆溪词初集》）

6. 焦袁熹：

〔采桑子〕《编纂〈乐府妙声〉竟作》

竹山自是无愁者，琴思诗肠。风月相羊。受用些儿也不妨。　　齿牙亦是天生就，伶俐非常，少说凄凉。瞑老温柔有雪香。

《此木轩直寄词》

7. 杜诏：

词盛于北宋，而南宋乃极其工。姜夔尧章最为杰出，宗之者史达祖、高观国、卢祖皋、吴文英、蒋捷、周密、陈允平诸名家，皆具夔之一体。

《山中白云词序》（《山中白云词》）

8. 许田：

南宋如姜白石、高竹屋、史梅溪、吴梦窗、蒋竹山、王碧山、张玉田诸家，皆不袭前贤一语，吐词属意，穷极工巧。

《屏山词话》

9. 郑方坤：

待将春恨付春潮，又逐杨花过谢桥。

持较香奁更韶雅，就中索解亦寥寥。上句蒋竹山词，次句晏同叔词。

《论词绝句》（《蔗尾诗集》卷五）

10. 夏秉衡：

至南北宋而作者日盛，如清真、石帚、竹山、梅溪、玉田诸集，雅正超忽，可谓词家上乘矣。

《清绮轩词选序》(《清绮轩词选》)

11. 王初桐：

蒋竹山词，色鲜翠而气疏爽，读之如啖哀家梨。

《小嫏嬛词话》卷二

12. 李调元：

蒋竹山词堆金砌玉，少疏宕。

蒋竹山词，有全集所遗而升庵《词林万选》所拾者，最为工丽。

《雨村词话》卷二

13. 陈鸿寿：

耆卿骞翮于津门，邦彦厉响于照碧，词至北宋而一变。石帚，玉田理定而摛藻，梅溪、竹山情密而引辞，词至南宋而又一变。

《灵芬馆词序》(《清名家词》)

14.《四库全书总目提要》：

其词练字精深，调音谐畅，为倚声家之矩矱。间有故作狡狯者，如〔水龙吟〕“招落梅魂”一阕通首住句用“些”字，〔瑞鹤仙〕“寿东轩”一阕通首住句用“也”字，而于虚字之上仍然叶韵，盖偶用《诗》、《骚》之格，非若黄庭坚、赵长卿辈之全不用叶，竟成散体者比也。

《竹山词提要》

15.《四库全书简明目录》：

(蒋捷）其词炼字深稳，抒词谐畅，为倚声家之正轨，不但抱节终身，其人品为足贵也。

《竹山词》

16. 周济：

竹山有俗骨，然思力沉透处，可以起懦。

竹山粗俗，梅溪纤巧，粗俗之病易见，纤巧之习难除。

《宋四家词选目录序论》

17. 周济：

竹山薄有才情，未窥雅操。

《介存斋论词杂著》

18. 谭莹：

江湖遁迹竟忘还，词品尤推蒋竹山。

心折春潮春恨语，扁舟风雨宿闲湾。

《论词绝句一百首》（《乐志堂诗集》卷六）

19. 张鸿卓：

周、秦绮靡，苏、辛豪迈，梦窗、竹山研炼，石帚、玉田清超，耆卿则善道俗情，山谷又兼俳语，此家数之别也。

《绿雪轩论词》

20. 王僧保：

红近栏干韵最娇，泥人香艳易魂销。

春风词笔浑无赖，独抱孤芳耐寂寥。

《论词绝句》（《餐樱庑词话》引）

21. 华长卿：

竹山名共碧山传，苍莽悲凉有玉田。

白石老翁相鼓吹，赋成春水倍凄然。蒋捷、王沂孙、张炎

《论词绝句》（《梅庄诗钞》卷五）

22. 刘熙载：

蒋竹山词未极流动自然，然洗炼缜密，语多创获。其志视梅溪较贞，其思视梦窗较清。刘文房为五言长城，竹山其亦长短句之长城与？

《词概》

23. 谢章铤：

北宋多工短调，南宋多工长调。北宋多工软语，南宋多工硬语。然二者偏至，终非全才……蒋竹山失之流。

《赌棋山庄词话》卷十二

24. 江顺诒：

纪晓岚先生昀云："《西河词话》'无韵'一条最为精核，谓辛、蒋为别调，深明源委。"先生于词不屑为，故所论未允。夫宋人之词，皆可入乐。韵为天籁，未有四声以前，《三百篇》未有无韵者，岂唐宋以后入乐之文而不用韵乎？况宋人自度腔皆可歌，后人不得其传。至辛、蒋以豪迈之语，为变徵之音。如今弦笛，腔愈低则调愈促，声高则调高，何碍吟叹之有？

《词学集成》卷四

25. 冯煦：

子晋之于竹山深为推挹，谓其有世说之靡，六朝之隃，且比之二李、二晏、美成、尧章。《提要》亦云：练字精深，调音谐畅，为倚声家之矩矱。然其全集中，实多有可议者。如〔沁园春〕"老子平生"二阕、〔念奴娇〕"寿薛稼翁"一阕……皆词旨鄙俚，匪惟李、晏、周、姜所不屑为，即属稼轩亦下乘也。又好用俳体……皆不可训。即其善者亦字雕句琢，荒艳炫目。

《蒿庵论词》

26. 樊增祥：

高、孝以来，词流盖夥，翳惟白石，实长齐盟……其他卢申之、高宾王、蒋胜欲、周公谨之属，亦能各引一端，同声相应，洵长城外之偏师，廊庑中之高第矣。

《东溪草堂词选自叙》（《樊山集》卷二十三）

27. 胡薇元：

《竹山词》，蒋捷撰……词炼字精深，音调谐畅，为倚声家之矩矱。

《岁寒居词话》

28. 沈曾植：

竹山词如苏灵芝书。

《海日碎金・刘融斋〈词概〉评语》（《同声月刊》第二卷第十

一号）

29. 陈廷焯：

竹山词亦是效法姜尧章，而奇警雄快非白石所能缚者。

竹山与改之并称刘蒋，其魄力正是两雄相敌。

竹山词劲气直前，老横无匹，如秋风之扫败叶，斩绝快绝。

竹山词信手拈来都成绝唱，若不假思索者，此正是词中老境，非可强而致也。郑板桥谓少年学秦、柳，中年学苏、辛，老年学刘、蒋，其有以夫。

竹山词句句如斩钉截铁，老绝横绝。措词劲直是竹山本色。（卷八）

碧山学白石得其清者，他如西麓得白石之雅，竹山得白石之俊快，梦窗、草窗得白石之神，竹屋、梅溪得白石之貌，玉田得其骨，仲举得其格，盖诸家皆有专司，白石其总萃也。（卷九）

《云韶集》

30. 陈廷焯：

竹山在南宋亦树一帜。然好作质实语，而力量不足，合者不过改之之匹，不能得稼轩仿佛也。

《词则·放歌集》卷二

31. 陈廷焯：

刘改之、蒋竹山，皆学稼轩者。然仅得稼轩糟粕，既不沉郁，又多支蔓。词之衰，刘、蒋为之也。

竹山词，外强中干，细看来尚不及改之。竹垞《词综》推为南宋一家，且谓其源出白石，欺人之论，吾未敢信。

竹山词多不接处……古人脱接处，不接而接也；竹山不接处，乃真不接也。大抵刘、蒋之词，未尝无笔力，而理法气度，全不讲究，是板桥、心余辈所祖，乃词中左道。有志复古者，当别有会心也。（卷一）

“浪远微听葭叶响，雨残细数梧梢滴。”竹山〔满江红〕语也。

上有“小窗幽阒”之句，此二语不是阒寂中如何辨得？竹山词多粗，惟此二语最细。（卷六）

竹山则全袭辛、刘之貌，而益以疏快。直率无味、与白石尤属歧途。蒋竹山〔贺新郎〕云：“梦冷黄金屋……”似此亦磊落可喜，竹山集中，便算最高之作。乃秀水必谓其效法白石，何异痴人说梦耶？（卷八）

《白雨斋词话》

32. 张祥龄：

尚密丽者失于雕凿，竹山之鹭曰琼丝，鸳曰绣羽，又霞铄帘珠，云蒸篆玉，翠簨翔龙，金枞跃凤之属，过于涩炼，若整匹绫罗，剪成寸寸。七宝楼台，盖薄之之辞。吴中七子，流弊如此。反是者又复鄙俚，山谷之村野，屯田之脱放，则伤雅矣。作者自酌其才，与何派相近，一篇之中，又不可杂合，不配色。意炼则辞警辟，自无浅俗之患。若夫兴往情来，召吕命律，吐纳山川，牢笼百代，又非饤饾所知矣。

《词论》

33. 陈衍：

梦窗、竹山固时出疏快语，非惟涩焉已也。

《小玲珑阁词序》（《清名家词》）

34. 张德瀛：

神不全，轧之以思，竹山是已。

《词徵》卷五

35. 况周颐：

宋人词开元曲蹊径者蒋竹山。〔霜天晓角〕《折花》云：“人影窗纱，是谁来折花。折则从他折去，知折去向谁家。　檐牙枝最佳，折时高折些。说与折花人，道须插向鬓边斜。”此词如画如话，亦复可喜。

《餐樱庑词话》

36. 况周颐：

蒋竹山词极秾丽，其人则抱节终身。

《蕙风词话》卷一

37. 吴梅：

《竹山词》亦有警策处。如〔贺新郎〕之“浪涌孤亭起”、“梦冷黄金屋”二首，确有气度。竹垞《词综》推为南宋一家，且谓源出白石，亦非无见。惟其学稼轩处，则叫嚣奔放，与后村同病。如〔水龙吟〕落梅一首，通体用“些”字韵，无谓之至。〔沁园春〕云：“若有人寻，只教童道，这屋主人今自居。”又《次强云卿韵》云：“结算平生，风流债负，请一笔勾。盖攻性之兵，花围锦阵。毒身之鸩，笑齿歌喉。”又云：“迷因底叹，晴干不去，待雨淋头。”〔念奴娇〕《寿薛稼堂》云：“进退行藏，此时正要，一着高天下。”又云：“自古达官酣富贵，往往遭人描画。”〔贺新郎〕《钱狂士》云：“据我看来何所似，一任韩家五鬼，又一似杨家风子。”此等处令人绝倒。学稼轩至此，真属下下乘矣。大抵后村、竹山未尝无笔力，而风骨气度，全不讲究，是心余、板桥辈所祖，乃词中左道。有志复古者，当从梅溪、碧山用力也。

《词学通论》

38. 陈匪石：

蒋捷身世之感，同于王、张；雕琢之工，导源吴氏。

《声执》卷下

39. 碧痕：

词用一字韵者惟蒋捷，其赋秋声〔声声慢〕曰：“黄花深巷，红叶低窗，凄凉一片秋声。豆雨声来，中间夹带风声。疏疏二十五点，丽谯门、不锁更声。故人远，问谁摇玉佩，檐底铃声。　彩角声吹月坠，渐连营马动，四起笳声。闪烁邻灯，灯前尚有砧声。知他诉愁到晓，碎哝哝、多少蛩声。诉未了，把一半分与雁声。”此词声声带秋，声声不同，敌得欧阳子一赋。如此作法，与辛稼轩之骚体，皆为词中别格。

《竹雨绿窗词话》

40. 赵尊岳：

倚声之学，托始于唐，浸盛于五季。其君若臣，歌舞宴酣；风流相尚，琱璠镂玉，方巧化工，《尊前》、《花间》，奄有众美。爰及天水，晏氏父子，引温、韦之绪。欧、苏、秦、柳，风雅所宗。子野、方回，并世郢匠。清真崛起，为两宋关键，间以质拙胜，非深于此道不易知。南渡已还，麦秀黍离，家国之感，发为咏歌。白石老仙风格遒上，宜与稼轩分镳平辔。梦窗专家，斯诣造极，蕃艳之笔，运以沉思，致密之中，饶有清气。七宝楼台之喻，甚非知人之言。竹山高节，艳而有骨。公谨、圣与，丽而有则。玉田王孙，后来之秀，清辞丽句，叹观止焉。

《蓉影词跋》(《蓉影词》)

41. 闻野鹤：

寇莱公如春日园林，蔚然深秀。苏东坡如深山剑客，不娴俗礼。秦少游如花间丽色，却扇一笑，百媚横生。黄山谷如村女媚客，简直乏致。欧阳公如豪家子弟，仪态大方。张子野如春花百树，浅深互见。周美成如周公制礼，大体略备。王荆公如蛮夷入贡，不谙礼数。辛稼轩如草野人入掌枢密，动辄粗戾。蒋竹山如蓬门丽质，清秀有余。柳耆卿如通天老狐，醉即露尾。康与之如春场笙歌，繁乐聒耳。史梅溪如剪彩成花，细而近纤。姜白石如江介澄波，悠然一往。吴梦窗如天孙云锦，一丝一缕，尽发奇光，俗子庸夫，见之却步。李易安如中人举鼎，时虞绝膑。王碧山如天家姬侍，神采幽馨，迥非凡艳。周公谨如辞树红英，难免浮浪。朱淑贞如碧窗鹦鹉，略解语言。陆放翁如野僧说法，清而无味。张玉田如中郎凋谢，典型尚存。余则自桧以外，可无讥矣。

《怬簃词话》

张炎

张炎（1248—1319）字叔夏，号玉田，一号乐笑翁，先世凤翔人，世居临安（今浙江杭州）。南宋初大将张俊六世孙。父枢工词。炎少得声律之学于杨缵等人。年二十九，宋亡，家产籍没，此后流落漫游。曾与王沂孙、唐珏、周密等人唱和。工诗，有《玉田生诗》，已佚。尤工词，以〔南浦〕《春水》一词，人呼为“张春水”；又以〔解连环〕《孤雁》一词被呼为“张孤雁”。精通音律，于词学颇有心得，著有《词源》二卷。词集名《山中白云词》，一名《玉田词》。

1. 郑思肖：

吾识张循王孙玉田先辈，喜其三十年汗漫南北数千里，一片空狂怀抱，日日化雨为醉。自仰扳姜尧章、史邦卿、卢蒲江、吴梦窗诸名胜，互相鼓吹春声于繁华世界，飘飘徵情，节节弄拍，嘲明月以谑乐，卖落花而陪笑。能令后三十年西湖锦绣山水，犹生清响，不容半点新愁飞到游人眉睫之上，自生一种欢喜痛快，岂无柔劣少年于万花丛中，唤取新莺稚蝶，群然飞舞下来，为之赏听。

《玉田词题辞》（《山中白云词》引）

2. 邓牧：

古所谓歌者，《诗三百》止尔。唐宋间始为长短句，法非古意，然数百年来工者几人，美成、白石逮今脍炙人口。知者谓丽莫若周，赋情或近俚；骚莫若姜，放意或近率。今玉田张君无二家所短，而兼所长。《春水》一词，绝唱今古，人以“张春水”目之。盖其父寄闲先生善词名世，君又得之家庭所传者。中间落落不偶，北上燕南，留宿海上，憔悴见颜色，至酒酣浩歌，不改王孙公子蕴藉，身外穷达，诚不足动其心、馁其气与？

《山中白云词序》(《山中白云词》引)

3. 仇远：

读《山中白云词》，意度超玄，律吕协洽，不特可写青檀口，亦可被歌管荐清庙，方之古人，当与白石老仙相鼓吹。世谓词者诗之余，然词尤难于诗。词失腔犹诗落韵，诗不过四五七言而止，词乃有四声、五音、均拍、重轻、清浊之别，若言顺律舛，律协言谬，俱非本色。或一字未合，一句皆废；一句未妥，一阕皆不光采，信戛戛乎其难。又怪陋邦腐儒，穷乡村叟，每以词为易事，酒边兴豪，即引纸挥笔，动以东坡，稼轩、龙洲自况，极其至四字〔沁园春〕、五字〔水调〕，七字〔鹧鸪天〕、〔步蟾宫〕，拊几击缶，同声附和，如梵呗，如步虚，不知宫调为何物，令老伶俊唱，面称好而背窃笑，是岂足与言词哉？予幼有此癖，老颇知难，然已有三数曲流传朋友间，山歌村谣，是岂足与叔夏词比哉？古人有言曰："铅汞交炼而丹成，情景交炼而词成。"指迷妙诀，吾将从叔夏北面而求之。

《玉田词题辞》(《山中白云词》引)

4. 仇远：

肯向金渊暂泊舟，相逢衮衮别方休。

移宫换羽周郎顾，咏月吟风太白游。

床上无金犹好客，尊中有酒可消愁。

明朝又作台城客，细看青山似洛州。

《送张叔夏游金陵诗》(《山中白云词》引)

5. 舒岳祥：

宋南渡勋王之裔子玉田张君，自社稷变置，凌烟废堕，落魄纵饮，北游燕蓟，上公车，登承明有日矣。一日，思江南菰米莼丝，慨然襆被而归，不入古杭，扁舟浙水东西，为漫浪游，散囊中千金装，吴江楚岸，枫丹苇白，一奚童负锦囊自随。诗有姜尧章深婉之风，词有周清真雅丽之思，画有赵子固潇洒之意，未脱承平公子故态，笑语歌哭，骚姿雅骨，不以夷险变迁也。其楚狂欤？其阮籍欤？其贾生欤？其苏门啸者欤？

《赠玉田序》（《山中白云词》引）

6. 陆文圭：

“词”与“辞”字通用，《释文》云：意内而言外也。意生言，言生声，声生律，律生调，故曲生焉。《花间》以前无杂谱，秦、周以后无雅声，源远而派别也。西秦玉田张君著《词源》上下卷，推五音之数，演六六之谱，按月纪节，赋情咏物，自称得声律之学于守斋杨公、南溪徐公。淳祐、景定间王邸侯馆，歌舞升平，君王处乐，不知老之将至，梨园白发，濞宫蛾眉，余情哀思，听者泪落。君亦因是弃家，客游无方，三十年矣。昔柳河东铭姜秘书，闵王孙之故态；铭马淑妇，感讴者之新声，言外之意，异世谁复知者？览君词卷，抚几三叹。

《词源跋》（按：一题《玉田词题辞》，见《山中白云词》。）

7. 殷重：

声音之道久废，玉田张君独振戛乎丧乱之余，岂特藉以怡适性情，殆将以继其传也。后之君子得是帙而溯之，则去希微不远矣。

《玉田词题记》（《山中白云词》龚本）

8. 杨慎：

玉田“清空”二字，词家三昧尽矣。学者必在心传耳传，以心会意，有悟入处；又须跳出窠臼，时标新意，自成一家。若屋下架屋，则为人之臣仆。

王又华《古今词论》引

9. 尤侗：

词之系宋，犹诗之系唐也。唐诗有初、盛、中、晚，宋词亦有之。唐之诗，由六朝乐府而变；宋之词，由五代长短句而变。

约而次之，小山、安陆，其词之初乎？淮海、清真，其词之盛乎？石帚、梦窗，似得其中；碧山、玉田，风斯晚矣。

《词苑丛谈序》（《词苑丛谈》）

10. 先著：

“生香真色”四字，可以移评石帚、玉田之词。（评张先〔醉落魄〕“云轻柳梢”）（卷二）

白石老仙以后，只有此君与之并立。以上两词，工力悉敌，试掩姓氏观之，应不辨孰为尧章，孰为叔夏。（评张炎〔探春慢〕“列屋烘炉”）（卷三）

美成如杜，白石兼王、孟、韦、柳之长。与白石并有中原者，后起之玉田也。（评张炎〔齐天乐〕“分明柳上春风眼”）（卷五）

《词洁辑评》

11. 贺裳：

词诚薄技，然实文事之绪余，往往便于伶伦之口者，不能入文人之目。张玉田《乐府指迷》，其词叶宫商，铺张藻绘，抑以可矣；至于风流蕴藉之事，直属茫茫，如啖官厨饭者，不知牲牢之外，别有甘鲜也。

《皱水轩词筌》

12. 顾仲清：

宋名家词最盛，体非一格。苏、辛之雄放豪宕，秦、柳之妩媚风流，判然分途，各极其妙。而姜白石、张叔夏辈，以冲淡秀洁得词之中正。

《湖海楼词序》（《清名家词》）

13. 李良年：

南宋词人如梦窗之密、玉田之疏，必兼之乃工。

曹贞吉《秋锦山房词序》引

14. 《宋名家词评》：

张叔夏〔台城路〕自序云：岁庚辰，会江兰坡于蓟北，恍然如梦，回忆旧游，已十八年矣。其起句云："十年旧事翻如梦，重逢可怜俱老。水国春空，山城日晚，无语相看一笑。"如此等词，即以为杜诗、韩笔可也，岂止极填词之能事？

《历代词话》卷八引

15. 汪森：

鄱阳姜夔出，句琢字炼，归于醇雅。于是史达祖、高观国羽翼之，张辑、吴文英师之于前，赵以夫、蒋捷、周密、陈允衡、王沂孙、张炎、张翥效之于后，譬之于乐，舞《箾》至于九变，而词之能事毕矣。

《词综序》(《词综》)

16. 楼俨：

南宋词人，姜白石外，唯张玉田能以翻笔、侧笔取胜，其章法、句法俱超清虚骚雅，可谓脱尽蹊径，自成一家。迄今读集中诸阕，一气卷舒，不可方物，信乎其为山中白云也。

《词林纪事》卷十六引

17. 龚翔麟：

玉田生系出朱邸，遭逢不偶，遗行不少概见。今读词集，观其纪地纪时，而出处岁月，宛然在目。

《山中白云词序》(《山中白云词》)

18. 曹炳曾：

欲求所谓《玉田词》者，杳不可得。间尝披阅《词选》，得见数阕，觉慷慨洒落，于周待制、柳屯田诸名家外，别出蹊径，而律吕调谐，一一应声叶节。

《山中白云词序》(《山中白云词》城书室本)

19. 焦袁熹：

〔采桑子〕《编纂〈乐府妙声〉竟作》

秦川公子伤漂泊，小令长讴。分付歌喉。玉照梅花梦里愁。　白云何处堪持赠，寄语诗流。闲淡清柔。到得伊家也合休。

《此木轩直寄词》

20. 杜诏：

词盛于北宋，至南宋乃极其工。姜夔尧章最为杰出，宗之者史达祖、高观国、卢祖皋、吴文英、蒋捷、周密、陈允平诸名家，皆具夔之一体，而张炎叔夏庶几全体具矣。仇仁近谓：叔夏词意度超元，律吕协洽，多与白石老仙相鼓吹。顾白石风骨清劲，诚如沈伯时所云，未免有生硬处，叔夏则和雅而精粹，读其《乐府指迷》一书，为古今填词准则，夫岂斤斤墨守尧章者？

两家（按：指姜夔、张炎。）足以概南宋，从此溯源北宋，研味乎淮海、清真，一归诸和雅，则词之能事毕矣，其有功于词学岂浅哉？

《山中白云词序》（《山中白云词》城书室本）

21. 田同之：

《乐府指迷》云："词要清空，不要质实。"此八字是填词家金科玉律。清空则灵，质实则滞。玉田所以扬白石而抑梦窗也。

《西圃词说》

22. 许田：

南宋如姜白石、高竹屋、史梅溪、吴梦窗、蒋竹山、王碧山、张玉田诸家，皆不袭前贤一语，吐词属意，穷极工巧。

《屏山词话》

23. 陈撰：

词莫尚于南宋，景淳、德祐间，要以白石为宗主，其嗣白石起者，无逾于玉田《白云》一集，可按而知也。顾其间有不可以臆测者，盖玉田之先忠烈王以功开国，家世兰锜，遭时不偶，流落播迁，客游无方，彳亍南北，所与交率遗民退士，境会遘适，等诸落叶之聚散，其词一往而深，隐约结啬，使非熟悉诸人之生平与其情事之曲折，则纪其铿锵而不说其义，犹然袭于音者已。

《山中白云词疏证序》(《彊村丛书》)

24. 陈撰：

词于诗同源而殊体，风骚五七字之外，另有此境，而精微诣极，惟南渡德祐、景炎间斯为特绝。吾杭若姜白石、张玉田、周草窗、史梅溪、仇山村诸君所作皆是也。

《词苑萃编》卷八引

25. 赵昱：

词源于诗，未有词工而不能诗者。玉田生词清空秀远，绝出宋季诸名家上，意其诗必有可观。

《山中白云词题辞》(《山中白云词》赵印本)

26. 厉鹗：

玉田秀笔溯清空，净洗花香意匠中。

羡杀时人唤春水，源流故自寄闲翁。邓牧心云：张叔夏词，本其父寄闲翁。翁名枢，字斗南，有作在周草窗《绝妙好词》中。

《论词绝句》(《樊榭山房集·诗集》卷七)

27. 江昱：

落魄王孙可奈何，暮年心事泣山河。

宫商岂是人间调，一片凄凉不忍歌。

《论词十八首》(《松泉诗集》卷一)

28. 江昱：

词自白石后，惟玉田不愧大宗，而用意之密，适肖题分，尤称极诣，率尔读之，虽击节叹赏，而作者苦心或未出也。

《山中白云词疏证序》(《彊村丛书》)

29. 章恺：

七宝楼台耀眼光，半空飞影入云长。

玉田妙境谁能会，万里冰壶月正凉。

《论词绝句八首》(《章北亭集》卷二)

30. 朱方蔼：

梅溪竹屋共中仙，妙笔终应让玉田。

不独当时唤春水，相思孤雁亦流传。

《论词绝句》（王昶《蒲褐山房诗话》引）

31. 江春：

以禅宗论，白石为曹溪六祖能，竹屋、梦窗、梅溪、玉田之流，则江西让、南岳思之分支也。

《序陆钟辉白石词刊本》（夏承焘《姜白石词编年笺注》引）

32. 王鸣盛：

词之为道最深，以为小技者乃不知妄谈，大约只一“细”字尽之。细者非必扫尽艳与豪两派也。北宋词人原只有艳冶、豪荡两派，自姜夔、张炎、周密、王沂孙方开清空一派，五百年来，以此为正宗。

王初桐《巏堥山人词集》评语（谢章铤《赌棋山庄词话》续编四引）

33. 王昶：

唐之末造，诗人以其余音绮语变为填词，北宋之季，演为长调，变愈甚，遂不能复合于诗，故词至白石、碧山、玉田，与诗分茅设蕝，各极其工。

《琴画楼词钞自序》（《春融堂集》卷四十一）

34. 王昶：

姜氏夔、周氏密诸人，始以博雅擅名，往来江湖，不为富贵所熏灼，是以其词冠于南宋，非北宋之所能及。暨于张氏炎、王氏沂孙，故国遗民，哀时感事，缘情赋物，以写闵周、哀郢之思，而词之能事毕矣。

《江宾谷梅鹤词序》（《春融堂集》卷四十一）

35. 王昶：

词至碧山、玉田，伤时感事，上与《风》、《骚》合旨，小道云乎哉？

《莲子居词话》卷四引

36. 王昶：

填词世称小道，此扪籥扣槃之语，非为深知词者。词至碧山、玉田，伤时感事，微婉顿挫，上与《风》、《骚》同旨，可斥为小道乎？

《示长沙弟子唐业敬》（《春融堂集·杂著》，况周颐《薇省词钞》卷四引）

37. 王昶：

词，《三百篇》之遗也，然风雅正变，王者之迹，作者多名卿士大夫，庄人正士。而柳永、周邦彦辈不免杂于俳优。后惟姜、张诸人以高贤志士放迹江湖，其旨远，其词文，托物比兴，因时伤事，即酒食游戏，无不有黍离周道之感，与诗异曲而同工。

《姚茝汀词雅序》（《春融堂集》卷四十一）

38. 夏秉衡：

至南北宋而作者日盛，如清真、石帚、竹山、梅溪、玉田诸集，雅正超忽，可谓词家上乘矣。

《清绮轩词选序》（《清绮轩词选》）

39. 沈初：

后来都爱玉田词，似水洮洮意态随。

难得梦窗才调富，又教脂粉污天姿。

《论词绝句十八首》（《兰韵堂诗集》卷一）

40. 王初桐：

张玉田《山中白云》，钱庸亭藏本系陶南村手抄，多至三百阕，视吴氏《百家词》中之本倍之。顾三百余年之间，声销迹晦，无人齿及，及自朱氏发其幽光，而一刻于武林龚氏，再刻于上洋曹氏，至今海内言词者，莫不俎豆之，朱氏之功伟矣。

仇山村言：叔夏词意度超元，律吕协洽，当与白石老仙相鼓吹。今观其词，坚厚不及周邦彦，雄健不及姜尧章，而其一种高超生动之气，能自辟于周、姜二家之外，卓然另成一家，此谓莲子结成花自落。

玉田词朗秀疏落，不事浓丽，佳在精神绽足。精神稍懈，则但见其疏不见其绽，读者无复一唱三叹之致。集中写意之作多如此。

姜、张小令皆不工，犹老杜之绝句。

姜学周，张学姜。学焉而善变，每变愈工。发之极其盛，极盛难继，故词学至元而衰。

《小娜嬛词话》卷二

41. 李调元：

白石自制词在南宋另为一派，盛行于时，学之而佳者有二人……炎自号乐笑翁，有《玉田词》三卷，郑思肖为作序，亦白石一派也。

《雨村词话》卷二

42. 吴锡麒：

词以韵流，当效玉田之雅词；词以情胜，须兼竹屋之痴语。

《陈雪庐词序》（《有正味斋全集》卷八）

43. 凌廷堪：

慢词北宋为初唐……南渡为盛唐……宋末为中唐，玉田、碧山风调有余，浑厚不足，其钱、刘乎？

填词之道，须取法南宋，然其中亦有两派焉，一派为白石，以清空为主，高、史辅之。前则有梦窗、竹山、西麓、虚斋、蒲江，后则有玉田、圣与、公谨、商隐诸人，扫除野狐，独标正谛，犹禅之南宗也。

张其锦《梅边吹笛谱序》引（《清名家词》）

44. 秦恩复：

乐笑翁以故国王孙遭时不偶，隐居落拓，遂自放于山水间，于是寓意歌词，流连光景，噫呜婉抑，备写其身世盛衰之感。《山中白云词》八卷实能冠绝流辈，足与白石竞响，可谓词家龙象矣。

《词源跋》（《词学丛书》）

45. 秦恩复：

南渡词人推白石、玉田得雅音之正宗，此外如梅溪、竹屋、梦窗、竹山、弁阳、碧山，指不胜屈，并皆高揖前贤，别开生面，如五色之相宣，如八音之迭奏，洵乎无美不备，有境必臻，洋洋乎钜观也。

《日湖渔唱跋》（《词学丛书》）

46. 张惠言：

词意凄咽，兴寄显然，疑亦黍离之感。（评张炎〔高阳台〕“接叶巢莺”）

《词选》批注（《张惠言论词》）

47. 张惠言：

宋之词家，号为极盛，然张先、苏轼、秦观、周邦彦、辛弃疾、姜夔、王沂孙、张炎，渊渊乎文有其质焉。

《词选序》（《张惠言论词》）

48. 江藩：

玉田生词与白石齐名，词之有姜、张，如诗之有李、杜也。姜、张二君，皆能按谱制曲，是以《词源》论五音均拍，最为详赡。

《词源跋》

49. 焦循：

古人自操土音，北宋如秦、柳，尚有此种。南宋姜白石、张玉田一派，此调不复有矣。

《雕菰楼词话》

50. 郭麐：

词家者流，其源出于《国风》，其本沿于齐、梁。自太白以至五季，非儿女之情不道也。宋立乐府，用于庆赏饮宴，于是周、秦以绮靡为宗，史、柳以华缛相尚，而体一变。苏、辛以高世之才，横绝一时，而奋末广愤之音作。姜、张祖骚人之遗，尽洗秾艳，而清空婉约之旨深。自是以后，虽有作者，欲离去别见，其道无由。

《无声诗馆词序》(《灵芬馆杂著》卷二)

51. 郭麐：

姜、张诸子，一洗华靡，独标清绮，如瘦石孤花，清笙幽磬，入其境者，疑有仙灵，闻其声者，人人自远。梦窗、竹屋或扬或沿，皆有新隽，词之能事备矣。(卷一)

倚声家以姜、张为宗，是矣。然必得其胸中所欲言之意，与其不能尽言之意，而后缠绵委折，如往而复，皆有一唱三叹之致。(卷二)

《灵芬馆词话》

52. 郭麐：

叔夏、草窗、君特、尧章诸君之词，有过为掩抑屈折，令人不即可得其微旨，感慨所由，后来不尽知之也。

《桃花潭水词序》(《灵芬馆杂著》)

53. 陈鸿寿：

耆卿骞翮于津门，邦彦厉响于照碧，词至北宋而一变。石帚、玉田理定而摛藻，梅溪、竹山情密而引辞，词至南宋而又一变。

《灵芬馆词序》(《清名家词》)

54. 吴衡照：

咏物虽小题，然极难作，贵有不粘不脱之妙，此体南宋诸老尤擅长……张玉田《春水》云："和云流出空山，甚年年净洗，花香不了。"《孤雁》云："写不成书，只寄得、相思一点。"数语刻画精巧，运用生动，所谓空前绝后矣。(卷一)

竹垞自云："倚新声、玉田差近。"其实玉田词疏，竹垞谨严；

玉田词淡，竹垞精致，殊不相类。窃谓小长芦撮有南宋人之胜，而其圆转浏亮，应得力于乐笑翁耳。（卷二）

《莲子居词话》

55. 沈道宽：

潇洒南湖上将孙，渐移伐阅作青门。

掞天一序标宗旨，尽泄天机雷斧痕。

《论词绝句》（《话山草堂诗钞》卷一）

56. 陆继辂：

词人多穷，叔夏抑大甚矣。越五百余岁而《山中白云词》乃几几乎横被六合，然叔夏别有《题腰带水》一绝云："犀绕鱼悬事已非，水光犹自湿云衣。山中几日浑无雨，一夜溪恨又减围。"语意佳绝，尤胜于词，惜他作不传，而传词又恨其多。

《山中白云词》（《合肥学舍札记》第三）

57. 邓廷桢：

西泠词客石帚而外，首数玉田。论者以为堪与白石老仙相鼓吹，要其登堂拔帜，又自壁垒一新。盖白石硬语盘空，时露锋芒；玉田则返虚入浑，不啻嚼蕊吹香。如〔长亭怨慢〕之"恨西风不庇寒蝉，便扫尽一林黄叶"，〔西子妆慢〕之"杨花点点是春心，替风前万花吹泪"，〔木兰花慢〕之"流光惯欺病酒，问杨花过了有花无"，〔渡江云〕之"空自觉围羞带减，影怯灯孤。常疑即见桃花面，甚近来翻致无书。书纵远，如何梦也都无"，〔探春慢〕之"才放些晴意，便瘦了梅花一半"，〔解连环〕《咏孤雁》云："写不成书，只寄得相思一点。料因循误了，餐毡拥雪，故人心眼。"类皆遣声赴节，好句如仙，其余前辈风流，政如佛家夺舍，盖自马塍宿草，骚雅寝衰，王孙以晚出之英，颉之颃之，遗貌取神，遂相伯仲。故知虎贲之似中郎，终嫌皮相，而善学柳下惠，莫如鲁男子也。

《双砚斋词话》

58. 包世臣：

声之得者又有三：曰清、曰脆、曰涩。不脆则声不成，脆矣而不清则腻，清矣而不涩则浮。屯田、梦窗以不清伤气，淮海、玉田以不涩伤格，清真、白石则能兼三矣。六家于言外之旨得矣，以云意内，惟白石、玉田耳。淮海时时近之，清真、屯田、梦窗皆去之弥远，而俱不害为可传者，则以其声之幺眇铿盘，恻恻动人，无色而艳，无味而甘故也。

《月底修箫谱序》（《艺舟双辑》一）

59.《四库全书总目提要》：

炎生于淳祐戊申，当宋邦沦覆，年已三十有三，犹及见临安全盛之日，故所作往往苍凉激楚，即景抒情，备写其身世盛衰之感，非徒以剪红刻翠为工。至其研究声律，尤得神解，以之接武姜夔，居然后劲。宋元之间，亦可谓江东独秀矣。

《山中白云词提要》

60. 周济：

近人颇知北宋之妙，然终不免有姜、张二字横亘胸中。岂知姜、张在南宋亦非巨擘乎？论词之人，叔夏晚出，既与碧山同时，又与梦窗别派，是以过尊白石，但主清空。后人不能细研词中曲折深浅之故，群聚而和之，并为一谈，亦固其所也。

玉田，近人所最尊奉，才情诣力亦不后诸人，终觉积谷作米，把缆放船，无开阔手段，然其清绝处，自不易到。

玉田词佳者匹敌圣与，往往有似是而非处，不可不知。

叔夏所以不及前人处，只在字句上着功夫，不肯换意，若其用意佳者，即字字珠辉玉映，不可指摘。近人喜学玉田，亦为修饰字句易，换意难。

《介存斋论词杂著》

61. 周济：

古称作者，岂不难哉？自温庭筠……张炎之流，莫不蕴藉深厚，而才艳思力，各骋一途，以极其致。譬如匡庐、衡岳，殊体而并胜，南威、西施，别态而同妍矣。

《词辨自序》(《介存斋论词杂著》附录)

62. 周济：

玉田才本不高，专恃磨砻雕琢，装头作脚，处处妥当，后人翕然宗之。然如〔南浦〕之赋《春水》，〔疏影〕之赋《梅影》，逐韵凑成，毫无脉络，而户诵不已，真耳食也。其他宅句安章，偶出风致，乍见可喜，深味索然者，悉从沙汰。笔以行意也，不行须换笔；换笔不行，便须换意。玉田惟换笔不换意。

《宋四家词选目录序论》

63. 董士锡：

昔柳耆卿、康伯可未尝学问，乃以其鄙亵之辞缘饰音律以投时好，而词品以坏。姜白石、张玉田出，力矫其弊为清雅之制，而词品以尊。虽然，不合五代、全宋以观之，不能极词之变也，不读秦少游、周美成、苏子瞻、辛幼安之别集，不能撷词之盛也。元明至今，姜、张盛行而秦、周、苏、辛之传几绝。则以浙西六家独尊姜、张之故。盖尝论之，秦之长，清以和；周之长，清以折，而同趋于丽。苏、辛之长，清以雄；姜、张之长，清以逸，而苏、辛不自调律，但以文辞相高，以成一格，此其异也。六子者，两宋诸家皆不能过焉。然学秦病平，学周病涩，学苏病疏，学辛病纵，学姜、张病肤。盖取其丽与雄与逸而遗其清，则五病杂见而三长亦渐以失。

《餐华吟馆词叙》(《齐物论斋文集》卷二)

64. 周之琦：

但说清空恐未堪，灵机毕竟雅音涵。

故家人物沧桑录，老泪禁他郑所南。

《心日斋十六家词选》附

65. 戈载：

词学至宋，盛矣，备矣，然纯驳不一，优劣迥殊。欲求正轨以合雅音，唯周清真、史梅溪、姜白石、吴梦窗、周草窗、王碧山、张玉田七人，允无遗憾。

《宋七家词选》卷一

66. 戈载：

玉田之词，郑所南称其飘飘徵情，节节弄拍，仇山村称其意度超元，律吕协洽，是真词家之正宗，填词者必由此入手，方为雅音。玉田云："词欲雅而正。""雅正"二字，示后人之津梁，即写自家之面目，知此二字者始可与论玉田之词。盖世之词家，动曰能学玉田，此易视乎玉田而云然者，不知玉田易学而实难学。玉田以空灵为主，但学其空灵而笔不转深，则其甚浅，非入于滑，即入于粗矣；玉田以婉丽为宗，但学其婉丽而句不炼精，则其音卑，非近于弱，即近于靡矣。故善学之则得门而入，升其堂，造其室，即可与清真、白石、梦窗诸公互相鼓吹，否则浮光掠影，貌合神离，仍是门外汉而已。抑更有进者焉，善学古人，当取古人之是者学之；玉田诚不可不学，而不可学之一端，则其用平、上、去三声之韵也。

《玉田词序》(《宋七家词选》)

67. 戈载：

词以协音为先，音者谱也，古人按律制谱，以词定声。故玉田生平好为词章，用功逾四十年，锤锻字句，必求协乎音律。观《词源》一书，可知用功之所在。今世之往往视词为易事，酒边兴豪，引纸挥笔，不知宫调为何物。即有知玉田为正轨者，而所论五音之数，六律之理，则又茫乎在云雾中。

《词学集成》卷三引

68. 叶申芗：

张炎叔夏，自号玉田，循王诸孙也。知音律、工诗词，入元不仕，浪游南北。杨守斋以佳公子、穷诗客目之。

《本事词》卷下

69. 汪度：

〔齐天乐〕《读〈山中白云词〉有怀玉田生》

秦川公子风流甚，聆音更谁低首。醉琢霞思，狂呼月魄，一笑江湖载酒。裁花破藕。狎弄影张三，断虹欧九。越角吴根，小鬟争唱折杨柳。　　而今芳草罨碧，问斜阳故国，鹃泪啼瘦。秋雁云孤，春鸥水阔，两字才名依旧。吟魂在否。恁心曲香烧，指尖丝绣。长啸山空，白云窗外走。

《玉山堂词》

70. 谭莹：

归去山中卧白云，王孙憔悴总能文。
不名孤雁名春水，岂藉揄扬始重君。

悲凉激楚不胜情，秀冠江东擅倚声。
词格若将诗格例，玉溪生让玉田生。

《论词绝句一百首》(《乐志堂诗集》卷六)

71. 蔡宗茂：

词盛于宋代。自姜、张以格胜，苏、辛以气胜，秦、柳以情胜，而其派乃分。然幽深窅眇，语巧则纤；跌宕纵横，语粗则浅；异曲同工，要在各造其极而已。

《拜石山房词序》(《清名家词》)

72. 张鸿卓：

周、秦绮靡，苏、辛豪迈，梦窗、竹山研炼，石帚、玉田清超，耆卿则善道俗情，山谷又兼俳语，此家数之别也。

《绿雪轩论词》

73. 王僧保：

前辈风流玉照堂，翩翩公子妙词章。

千金散尽身飘泊，对酒当歌不是狂。

《论词绝句》(《餐樱庑词话》引)

74. 张文虎：

往在金陵，尝与周缦云侍御论词，缦老曰：竹垞言南宋皆宗白石，然窃谓梦窗实本清真，于子何如？予曰：白石何尝不自清真出，特变其秾丽为淡远耳。自国初以来，以玉田配白石，正以其得淡远之趣。近时诸家，又祧姜、张而趋二窗，顾草窗深细而雅，门径稍宽，或易近似，未见能涉梦窗之藩篱者，此犹白石之于清真矣。

《绿梅花龛词序》(《舒艺室杂著剩稿》)

75. 杨夔生：

由之（按：张炎词）入手，可免靡曼之病。

丁绍仪《听秋声馆词话》卷六引

76. 华长卿：

竹山名共碧山传，苍莽悲凉有玉田。

白石老翁相鼓吹，赋成春水倍凄然。蒋捷、王沂孙、张炎

《论词绝句》(《梅庄诗钞》卷五)

77. 杨希闵：

温、韦、二晏、秦、贺皆能诗，苏、黄尤卓卓，姜、辛诗亦工，安身之命不在词，故溢为词复绝也。屯田、清真、梅溪、梦窗、碧山、玉田诸子，藉词蕃身，他文翰一无可见，有委无源，故绣绘字句，排比长调以自饰。(《总论》)

乐笑翁词亦楚楚有致，然心力瘁于词中，无域外旷观之妙。摘其佳句，殊堪讽玩也。(卷六)

《词轨》

78. 黄燮清：

玉田词如行云流水，不染一尘，其清空缥缈之气，迥非俗颖所到。世之学者，往往得其形似，而遗其神情，便有虎贲中郎之

别。

《寒松阁词题评》

79. 蒋敦复：

玉田拳拳故国，屡见乎词，集中多题水仙之作，此与赵子固同意，以寓其厓海之思。

《听秋声馆词话》卷十七引

80. 钱斐仲：

乐笑翁词，清空一气，转折随手，不为调缚，丽不杂，淡不泛，斯为圣乎？余谈古人词，惟心折于张、姜两家而已。

《雨华庵词话》

81. 伍崇曜：

玉田词三百首，几于无一不工，所长原不止此也。樊榭《论词绝句》第七首注云：玉田词本其父寄闲翁。翁名枢，字斗南，有词在周草窗《绝妙好词》中。然玉田实有跨灶之兴，前无古人，后无来者，惟白石老仙足与抗衡耳。研究声律，尤得神解，故所著书，类足为词家圭臬。

《词源跋》（粤雅堂丛书）

82. 陈澧：

也解雕锼也自然，灯前雨外极缠绵。
何因独赏唐多令，只为清疏似玉田。

赵元谁似玉田生，爱取唐诗剪裁成。
无限沧桑身世感，新词多半说渊明。玉田词多用唐人诗句。

《论词绝句》（《陈东塾先生遗诗》）

83. 刘熙载：

张玉田词清远蕴藉，凄怆缠绵，大段瓣香白石，亦未尝不转益多师。即〔探芳信〕之次韵草窗，〔琐窗寒〕之悼碧山，〔西子妆〕之效梦窗可见。

评玉田词者，谓当与白石老仙相鼓吹。玉田作〔琐窗寒〕悼王碧山，序谓碧山其词闲雅有姜白石意。今观张、王两家，情韵极为相近，如玉田〔高阳台〕之“接叶巢莺”，与碧山〔高阳台〕之“浅萼梅酸”尤同鼻息。

词品喻诸诗……白石、玉田，大历十子也。

《词概》

84. 丁绍仪：

词至南宋而极工，然如白石、梦窗、草窗、玉田，皆胥疏江湖，故语多婉笃，去北宋疏越之音远矣。

《听秋声馆词话》卷六

85. 张鉴：

宋人学词者，如张辑、卢祖皋、史达祖、吴文英、蒋捷、王沂孙、张炎、周密、陈允平之徒，皆以夔为宗。

白石归吴，移情丝竹，经正者纬成，理足者词畅。清真滥觞于其前，梦窗推波于其后，学者宗尚，要非溢美。其后竹屋、玉田、梅溪、碧山之俦，递相祖习，转益多师，洗《草堂》之纤秾，演黄初之眇论，后有作者，可以止矣。

《姜夔传》(《赌棋山庄词话》卷三引)

86. 江顺诒：

比词于诗，原可以初、盛、中、晚论，而不可以时代后先分……至南宋白石、玉田，始称极盛，而为词家之正轨。(卷一)

淫词艳语，有害于人心风俗不少，未始非秦七、黄九阶之厉，此姜、张所以独有千古也。(卷五)

《莲子居词话》云：“词忌堆积，堆积近缛，缛则伤意。词忌雕琢，雕琢近涩，涩则伤气。”诒案：南宋以后诸家率多此弊。此白石、玉田所以独有千古也。(卷六)

《词学集成》

87. 谭献：

圣与精能，以婉约出之。以诗派律之，大历诸家，去开宝未远。玉田正是劲敌，但士气则碧山胜矣。

《复堂词话》

88. 沈祥龙：

词于清丽圆转中，间以壮阔之句，力量始大，玉田词往往如此。四言如“浪挟天浮，山邀云去”，五言如“月在万松顶”，七言如“衰草凄迷秋更绿”等句，皆气象壮阔，不作纤纤之态，但可付女郎低唱也。

流畅宜学白石、玉田，然不可流于浅易。此当就气韵趣味上辨之。

以词为小技，此非深知词者。词至南宋，如稼轩、同甫之慷慨悲凉，碧山、玉田之微婉顿挫，皆伤时感事，上与《风》、《骚》同旨，可薄为小技乎？

《论词随笔》

89. 张预：

西湖故多沉忧善歌之士。自南渡之际，故家遗老，怆怀禾黍，山残水剩之感，风僝月愁之思，流连纡郁，忍俊不禁，往往托兴声律，借抒襟抱。其尤工者，比物俪华，言促意长，后之人推尚其作，至比于草堂诗史，谓兴亡之迹，于是乎系焉，此玉田生《山中白云词》所由传也。玉田以故王之裔，丁百六之厄，放废江海，流浪丝竹，亦曰以写我忧而已。而摭《春水》之一阕，拾《孤雁》之单调，万口同传，千手寡和，七百年来垂声西湖，配享髯姜，并祖而不祧。词人后起缮刻，流播之本，云属波接，何其盛欤！

《山中白云词跋》(《榆园丛刻》)

90. 冯煦：

石帚所作，超脱蹊径，天籁、人力，两臻绝顶，笔之所至，神韵俱到。非如乐笑、二窗辈，可以奇对警句，相与标目。

山中白云，专主清空，与梦窗家数相反。

《蒿庵论词》

91. 冯煦：

王孙风调极清遒，石老云荒眇眇愁。

犹见贞元朝士否，空弹清泪下西州。

《论词绝句》(《蒿庵类稿》卷七)

92. 缪荃孙：

南宋词人，姜、张并举，〔暗香〕、〔疏影〕，石帚以坚洁自矜；〔绿意〕、〔红情〕，春水以清空流誉。洵足药粗豪之病，涤佚荡之疵。

《宋元词四十家序》(《艺风堂文集》卷五)

93. 樊增祥：

高、孝以来，词流盖夥，翳惟白石，实长齐盟。于是史邦卿、吴君特羽翼于前，王圣与、张叔夏标映于后，此五君者譬诸渥洼美驷，荆野明瑶，词学一日不湮，斯人亦一日不没。……碧山感物之咏，上薄骚经；玉田托兴之辞，义均宋赋，拟诸石帚，具体而微。其他卢申之、高宾王、蒋胜欲、周公谨之属，亦能各引一端，同声相应，洵长城外之偏师，廊庑中之高第矣。

《东溪草堂词选自叙》(《樊山集》卷二十三)

94. 樊增祥：

论诗则长吉不如香山，论词则梦窗不如玉田，断断然矣。

《兰当词跋》(《樊山续集》卷二十七)

95. 沈泽棠：

石帚之骚越苍凉，飞行绝迹，玉田之空虚绵邈，举重如轻，皆梦窗所短，然其词境幽涩，正足以药剽滑之弊。张叔夏云："吴梦窗如七宝楼台，眩人眼目，拆碎下来，不成片段。"此病词家亦须知之。

学白石者易生硬，学玉田者易浮滑，学梦窗者易堆垛。能消息于张、吴二家，是为合作。若白石老仙，则直须性情、学问俱到十分，方许问津矣。

仇山村论《山中白云词》“意度超元，律吕协洽”，“当与白石老仙相鼓吹”；词家姜、张齐名，由山村论定。

张玉田〔南浦〕《春水》云：“和云流出空山。甚年年净洗，花香不了。”〔解连环〕《孤雁》云：“写不成书，只寄得、相思一点。”人皆以“张春水”目之，又称之曰“张孤雁”，殆与“崔鹦鹉”、“郑鹧鸪”同。

玉田〔高阳台〕《送陈君衡被召》云：“东风渐绿西湖柳，雁已还、人未南归。”又前调《寄越中诸友》云：“梦魂欲渡苍茫去，怕梦轻、还被愁遮。”语均峭隽，未经人道。（按：所引二词系周密之作。）

玉田词云：“分得烟霞数亩，乍扫苔寻径，拨叶通池。放鹤幽情，吟莺欢事，老去却愿春迟。爱吾庐，琴书自乐，好襟怀，初不要人知。长日一帘芳草，一卷新诗。”洪北江诗所谓“久无胸次居公等，别有池台寄梦中”也。

《忏庵词话》

96. 王鹏运：

乐笑翁渊源家学，究心律吕，且值铜驼荆棘之时，吊古伤今，长歌当哭，《山中白云词》直与白石老仙方驾。论者谓词之姜、张，诗之李、杜，不诬也。

《山中白云词跋》（《四印斋所刻词》）

97. 胡薇元：

《山中白云词》，张炎玉田撰。循王张俊五世孙，宋亡遁迹。工词，以《春水》得名。生淳祐戊申，当宋恭帝时已中年，曾见南宋盛时，故所作苍凉激楚，即景抒情，备写其身世盛衰之感，非徒然剪红刻翠。至其研究声律，尤得神解，以之接武克昌，居然后劲。

《岁寒居词话》

98. 沈曾植：

汪叔耕……其所称举，则南渡初以至光、宁士大夫涉笔诗余者标尚如此，略如诗有江西派。然石湖、放翁，润以文采，要为乐而不淫，以自别为诗人旨格。曾端伯《乐府雅词》，是以此意裁别者。

白石老人，此派极则，诗与词几合同而化矣。吴梦窗、史邦卿影响江湖，别成绚丽，特宜于酒楼歌馆，钉坐持杯，追拟周、秦，以缵东都盛事，于声律为当行，于格韵则卑靡。赖其后有草窗、玉田、圣与出，而后风雅遗音，绝而复续。

《海日楼丛钞》(《菌阁琐谈》附录)

99. 沈曾植：

玉田学白石，乃似周膳部、王侍书之学晋宋。

《海日碎金·刘融斋〈词概〉评语》(《同声月刊》第二卷第二十一号)

100. 继昌（李佳）：

张玉田《白云山中词》，《四库全书提要》称其首首可诵，清丽稳谐，洵非虚语。足以并美草窗，似犹驾竹屋、梅溪之上。

笔以行意，不行须换笔；换笔不行，便须换意。玉田惟换笔，不换意，当缘才本不高。

《左庵词话》卷上

101. 陈廷焯：

自张叔夏出，斟酌古今，词品愈纯，大致亦不外白石词体。(卷二)

词至元、明以后，纤冶流于淫矣，雅正之音不可复作。有志倚声者，自当以清真、白石为宗。然西麓、玉田两家，尤能拔人于污泥之中。(卷八)

玉田词亦是取法白石，而风度高超，襟期旷远，不独入白石之室，几欲与之颉颃。两宋作者前推方回、清真，后推白石、梅溪，余谓玉田词上可继清真，远追白石，出同时诸君之右，梅溪、竹屋似仍让此君一步。玉田词骨韵之高，所不待言，而一种萧疏放荡、幽深玄远之怀又可以占其人品。朱竹垞自序其词云：“不师秦七，不师黄九，倚新声玉田差近。”见重于杰匠，亦非易易。

玉田词，高者清真、白石之流，次亦不减梦窗、西麓。

碧山学白石得其清者，他如西麓得白石之雅，竹山得白石之俊快，梦窗、草窗得白石之神，竹屋、梅溪得白石之貌，玉田得其骨，仲举得其格，盖诸家皆有专司，白石其总萃也。（卷九）

《云韶集》

102. 陈廷焯：

玉田词，风流疏快，视白石稍逊，当与梅溪、竹屋，并峙千古。

词贵疏密相间，昔人谓梦窗之密、玉田之疏，必兼之乃工。然兼之实难。

《词坛丛话》

103. 陈廷焯：

玉田词感时伤事，与碧山同一机轴，沉厚微逊碧山，其高者颇有姜白石意趣。

玉田警句极多，不可枚举，然不及碧山处正在此。盖碧山几于浑化，并无警奇可喜之句令人悦目，所以为高，所以为大。

读玉田词者，贵取其沉郁处。徒赏其一字一句之工，遂惊叹欲绝，转失玉田矣。（《大雅集》卷四）

骨韵俱高，词意兼胜，白石老仙之后劲也。（《别调集》卷二）

《词则》

104. 陈廷焯：

飞卿、端己，首发其端，周、秦、姜、史、张、王，曲竟其绪，而要皆发源于《风》、《雅》，推本于《骚》、《辨》。（《自序》）

唐五代词不可及处正在沉郁。宋词不尽沉郁，然如子野、少游、美成、白石、碧山、梅溪诸家，未有不沉郁者。即东坡、方回、稼轩、梦窗、玉田等，似不必尽以沉郁胜，然其佳处，亦未有不沉郁者。（卷一）

大约南宋词人，自以白石、碧山为冠，梅溪次之，梦窗、玉田又次之。

南宋词家，白石、碧山，纯乎纯者也。梅溪、梦窗、玉田辈，大纯而小疵，能雅不能虚，能清不能厚也。

张玉田词，如并剪哀梨，爽豁心目，故诵之者多，至谓可与白石老仙相鼓吹。仇仁近语惟精警处多，沉厚处少，自是雅音，尚非白石之匹。

玉田词感伤时事，与碧山同一机轴，只是沉厚不及碧山。

玉田以《春水》一词得名，用冠词集之首。此词深情绵邈，意余于言，自是佳作。然尚非乐笑翁压卷，知音者审之。

两宋词人，玉田多所议论。其所自著，亦可收南宋之终。沉厚微逊碧山，其高者颇有姜白石意趣。后遂鲜有知音矣。

玉田工于造句，每令人拍案叫绝……沉郁以清超出之，飘飘有凌云之意。冲厚虽不及碧山，然自出草窗、西麓上。

碧山、玉田多感时之语，本原相同，而用笔互异。碧山沉郁处多，超脱处少；玉田反是。终以沉郁为胜。

草窗、西麓、碧山、玉田，同时并出，人品亦不甚相远。四家之词，沉郁至碧山止矣；而玉田之超逸，西麓之淡雅，亦各出其长以争胜，要皆以忠厚为主，故足感发人之性情。草窗虽工词，而感寓不及三家之正。本原一薄，结构虽工，终非正声也。（卷二）

（朱彝尊）《自题词集》云："不师秦七，不师黄九，倚新声、玉田差近。"夫秦七、黄九，岂可并称？师玉田不师秦七，所以不能深厚。不知秦七，亦何能知玉田？彼所知者，玉田之表耳。师玉田而不师其沉郁，是买椟还珠也。

梦窗疏处，高过玉田，而密处不及，与古人之言正相反。（卷三）

白石仙品也，东坡神品也，亦仙品也，梦窗逸品也，玉田隽品也，稼轩豪品也，然皆不离于正。

唐宋名家，流派不同，本原则一。论其派别，大约……张玉田为一体。

玉田乃全祖白石，面目虽变，托根有归，可为白石羽翼。

白石、梅溪、碧山、玉田词，修饰皆极工，而无损其真气。

词有表里俱佳，文质适中者……张玉田……是也，词中之上乘也。

读白石、梅溪、碧山、玉田词，如饮醇醪，清而不薄，厚而不滞。

诗有诗境，词有词境，诗词一理也……退之生凿，柳州幽峭，则稼轩、玉田，时或过之。（卷八）

《白雨斋词话》

105. 张祥龄：

周清真，诗家之李东川也；姜尧章，杜少陵也；吴梦窗，李玉溪也；张玉田，白香山也。诗至唐末，风气尽矣，词家起而争之，如文至齐、梁，风气尽矣，古文家起而争之。争之者何也？非谓文至六朝，诗至五代，无文与诗也，豪杰于兹，踵而为之，不过仍六朝、五代，故变其体格，独绝千古，此文人狡狯也。词至白石，疏宕极矣，梦窗辈起，以密丽争之。至梦窗，而密丽又尽矣，白云以疏宕争之。三王之道若循环。皆图自树之方，非有优劣。况人之才质限于天，能疏宕者不能密丽，能密丽者不能疏宕。片玉善言羁旅，白云善言隐逸，终身由之，而不知其道者，天也。

《词论》

106. 蒋兆兰：

南渡以后，尧章崛起，清劲逋峭，于美成外别树一帜。张叔夏拟之"野云孤飞，去留无迹"，可谓善于名状。继之者亦惟《花外》与《山中白云》差为近之，然论气格，迥非敌手也。

继清真而起者，厥惟梦窗。英思壮采，绵丽沉警，适与玉田生清空之说相反。玉田生称其"何处合成愁"篇为疏快不质实，其实梦窗佳处，正在丽密，疏快非其本色也。至所举过涩之句，为后世学梦窗者点醒不少。

《词说》

107. 郑文焯：

方回言少陵入蜀后诗格一变，尝怪叔夏、十（按：疑为"草"）窗，皆故国王孙逸老，诵其所制歌曲，沨沨移情，独乏苍郁激楚之响，盖哀而不伤，风人之旨趣也。若南宋诸名家，调转激于时艰，有君臣羁旅之感，因多慷慨余哀。事有可为，斯义无可逃，故忠爱溢于词表，非若伤春、怀古、悼国、讽时。托寄遥远，极命风谣，有待于后人之兴起也。

《词林翰藻·郑文焯致朱祖谋书》（《词学》第七辑）

108. 易顺鼎：

〔月下笛〕《读山中白云词感怀玉田即用其赠仇山村韵》

公子秦川，布袍落魄，来称杭友。金荃万首。几人标格同瘦。鸥边又绿西泠水，问送得、春愁尽否。想吟魂尚在，秋寒鲸背，紫箫离手。　过后。才名旧。只换了藏鸦，六桥疏柳。词家仅有。浣花应配诗叟。山云入卷飞清气，却不信、仙蓬去久。剩如此，好江湖，朱十依然载酒。

《摩围阁词》卷下

109. 易顺鼎

〔采桑子〕《题玉田词后》

词仙身世愁边住。家在南湖。国在西湖。一段沧桑旧隐无。

才名两字依然剩，鸥外春孤。雁外秋孤。纸上清魂似可呼。（玉田以《春水》、《孤雁》二词得名。）

《摩围阁词》卷下

110. 康有为：

若美成之跌宕悠扬，苏、辛之傥宕遒上，梦窗之七宝楼台，姜、张之清新俊逸，亦各穷极极妍矣。然韵味之隽，含蓄之深，神情之远，词句之逸未有若三李者。

《江山万里楼词钞序》（《江山万里楼诗词钞》）

111. 陈锐：

言清空者喜白石，好秾艳者学梦窗，谐婉工致，则师公谨、叔夏。

《褒碧斋词话》

112. 张德瀛：

释皎然《诗式》谓诗有六至，至险而不僻，至奇而不差，至丽而自然，至苦而无迹，至近而意远，至放而不迂。以词衡之……至近而意远者，玉田也。（卷一）

太史公文，疏荡有奇气；吴叔庠文，清拔有古气。词家惟姜石帚、王圣与、张叔夏、周公谨足以当之。数子者感怀君国，所寄独深，非以曼辞丽藻，倾炫心魂者比也。（卷五）

《词徵》

113. 况周颐：

玉田故国王孙，飘零湖海，寓麦秀黍离之感，于选声订韵之间，其词固卓然名家，抑亦品节为之增重矣。

《宋人词话》

114. 况周颐：

周保绪济《止庵集·宋四家词筏序》以近世为词者，推南宋为正宗，姜、张为山斗，域于其至近者为不然，其持论介余同异之间。张诚不足为山斗，得谓南宋非正宗耶？

《蕙风词话》卷二

115. 况周颐：

碧山乐府如书中欧阳信本，准绳规矩极佳。二晏如右军父子。贺方回如李北海。白石如虞伯施，而隽上过之。公谨如褚登善。梦窗如鲁公。稼轩如诚悬。玉田如赵文敏。

《香海棠馆词话》（龙榆生《唐宋名家词选》引。按：此则不见《蕙风丛书》本《香海棠馆词话》。）

116. 陈洵：

南宋诸家，鲜不为稼轩牢笼者……二刘笃守师门，白石别开家法。白石立而词之国土蹙矣。至玉田演为清空，奉白石为祧庙。

《海绡说词》

117. 夏敬观：

玉田词流丽清畅，可谓能事尽矣。然终欠沉着，亦坐此病。周止庵谓其只在字句上着功夫，不肯换意。诚然，诚然。

《吷庵词评》

118. 高旭：

白莲孤雁断肠时，往复低徊欲语谁。

弹出一声声入破，令侬醉煞玉田词。

《论词绝句》三十首（《未济庐诗集》）

119. 高旭：

玉田清新可爱，笔端有泪盈盈。

真堪同调白石，宋代此其尾声。（张叔夏）

《十大家词题词》（《中华新报》1909年6月17日）

120. 王国维：

苏、辛，词中之狂。白石犹不失为狷。若梦窗、梅溪、玉田、草窗、西麓辈，面目不同，同归于乡愿而已。

玉田之词，余得取其词中之一语以评之曰："玉老田荒。"

朱子《清邃阁论诗》谓：古人诗中有句，今人诗更无句，只是一直说将去，这般诗一日作百首也得。余谓北宋之词有句，南宋以后便无句，如玉田、草窗之词，所谓“一日作百首也得”者也。

朱子谓：梅圣俞诗，不是平淡，乃是枯槁。余谓草窗、玉田之词亦然。

梅溪、梦窗、玉田、草窗、西麓诸家，词虽不同，然同失之肤浅。虽时代使然，亦其才分有限也。

白石尚有骨，玉田则一乞人耳。

《人间词话》

121. 樊志厚：

于南宋除稼轩、白石外，所嗜盖鲜矣。尤痛诋梦窗、玉田，谓梦窗砌字，玉田垒句。一雕琢，一敷衍。其病不同，而同归于浅薄。六百年来词之不振，实自此始。

《人间词序》一（《人间词话》附录）

122. 樊志厚：

白石之词，气体雅健耳，至于意境，则去北宋人远甚。及梦窗、玉田出，并不求诸气体，而惟文字之是务，于是词之道熄矣。

《人间词序》二（《人间词话》附录）

123. 张素：

玉田新声最美，石帚旁谱尤精。

要自肝雕肾镂，未嫌体弱神清。

《石工、眉孙两家论词不合》（《闷寻鹦馆诗抄》）

124. 李汉珍：

南宋词人如玉田、草窗、碧山及篔房兄弟，皆生际承平，晚遭离乱，牢愁山谷，无补于世，一以禾黍之痛，托之歌谣。百世之下，犹想见其怀抱。

冒广生《草间词序》引（《冒鹤亭词曲论文集》）

125. 吴梅：

玉田词皆雅正，故集中无俚鄙语，且别具忠爱之致。玉田词皆空灵，故集中无拙滞语，且又多婉丽之态。自学之者多效其空灵，而立意不深，即流于空滑之弊。岂知玉田用笔，各极其致，而琢句之工，尤能使意笔俱显。人仅赏其精警，而作者诣力之深，曾未知其甘苦也。

玉田用韵至杂，往往真文、青庚、侵寻同用，亦用寒删间杂覃盐者，此等处实不足法。惟在入声韵，则又谨严，屋沃不混觉药，质陌不混月屑，亦不杂他韵。学者当从其谨严处，勿借口玉田，为文过之地也。

《词学通论》

126. 陈匪石：

婉约之与豪放，温厚之与苍凉，貌乃相反，从而别之曰阳刚、曰阴柔……即观龙川何尝无和婉之作，玉田何尝无悲壮之音。忠爱缠绵，同源异委，沉郁顿挫，殊途同归。（卷上）

周氏（按：指周密）在宋末，与梦窗、碧山、玉田诸人皆以凄婉绵丽为主，成一大派别。

玉田之寄托，显而易知。（卷下）

《声执》

127. 陈匪石：

选南宋词者，戈顺卿取史、姜、吴、周、王、张六家，周稚圭取姜、史、吴、王、蒋、张六家，周止庵则以辛、王、吴为领袖。夫张炎之妥溜；王沂孙之沉郁；吴文英极沉博绝丽之观，擅潜气内转之妙；姜夔野云孤飞，语淡意远；辛弃疾气魄雄大，意味深厚；皆于南宋自树一帜。流风所被，与之化者各若干人。然蒋捷身世之感同于王、张，雕琢之工导源吴氏，周密附庸于吴，尤为世所同认，始舍周、蒋而录张、王、吴、姜、辛，意实在此。至此五家者，相因相成，往往可见，然各有千古，不能相掩也。

《宋词举》卷上

128. 陈匪石：

张玉田为人诟病，不曰律不精，即曰韵太杂。余谓玉田之病，在《山中白云词》共三百首，为数太多，不无瑕瑜之互见耳。使于三百首中，仅精选数十首传之后世，亦何至供人指摘耶？

玉田以“春水”词得名，人呼之曰“张春水”，即〔南浦〕“波暖碧粼粼”一首也。余昔以其平淡无异人处，心甚疑之。沤尹先生曰：“此词虽无新奇可喜之处，然吾尝试为之，终不能及。玉田之安详合度，是即其可传处也。”夫词之平淡无奇，而他人为之辄不能及，则其境深远矣。

《旧时月色斋词谭》

129. 蔡嵩云：

南宋如白石、梅溪、梦窗、草窗、玉田诸家，大都妙解音律，所为词，声文并茂。

白石词在南宋，为清空一派开山祖，碧山、玉田皆其法嗣。

碧山、玉田生当宋末元初，《黍离》、《麦秀》之感，往往溢于言外。二家虽同出白石，而各具面貌……玉田轻圆甜熟，最易入手。不善学之，则流于滑易而不自觉，盖无其怀抱与工力也。

《柯亭词论》

130. 宣雨苍：

草窗与玉田相近，玉田于白石具体而微，然风骨终不能及。

《词谰》

131. 顾宪融：

张玉田，名炎，字叔夏。循王俊之后，西秦人，侨居临安，自号乐笑翁。著《乐府指迷》，又有《玉田词》三卷、《山中白云词》八卷。戈顺卿曰：“玉田词，郑所南称其‘飘飘徵情，节节弄拍’。仇山村称其‘意度超元，律吕协洽，是真词家之正宗’。填词者必由此入手，方为雅音。玉田自云：‘词欲雅而正’。‘雅正’

二字，示后人之津梁，即写自家之面目，知此二字者，始可与论词，始可与论玉田之词。盖世之词家，动曰能学玉田，此易视乎玉田而云然者，不知玉田易学而实难学。玉田以空灵为主，但学其空灵而笔不转深，则其意浅，非入于滑，即入于粗矣；玉田以婉丽为宗，但学其婉丽而句不炼精，则其音卑，非近于弱，即近于靡矣。故善学之则得门而入，升其堂，造其室，即可与清真、白石、梦窗诸公互相鼓吹。否则浮光掠影，貌合神离，仍是门外汉而已。抑更有进焉者，善学古人，当取古人之是者学之。玉田诚不可不学，而有不可学之一端，则其用平、上、去三声之韵也。词之合律与否，全在乎韵，玉田则'真'、'文'、'庚'、'青'、'侵'杂用。'真'、'文'为抵腭韵，'庚'、'青'为穿鼻韵，'侵'为闭口韵，亦有'寒'、'删'间杂'覃'、'盐'。'寒'、'删'亦抵腭，'覃'、'盐'亦闭口，皆断不能通者。南宋词人多不经意之作，取其便易，玉田亦未能免俗，此其不可学者也。至入声韵则'屋'、'沃'不混'觉'、'药'，'质'、'陌'不混'月'、'屑'，极见谨严。今人用韵，自喜泛滥，每以玉田为藉口，而入声韵则又不肯从之，岂非不学古人之是而反学古人之非乎？况玉田三百首中不合韵者仅三十七首，此亦偶然之误耳。奈何借古人之小疵以为藏身之固，文过之端，我甚为玉田冤已！"周止庵曰："玉田近人所最尊奉，才情诣力，亦不后诸人，终觉积榖作米，把缆放船，无开阔手段。然其清绝处自不易到。"又曰："玉田词佳在匹敌圣与，往往有似是而非处，不可不知。"又曰："叔夏所以不及前人处，只在字句上着工夫，不肯换意。若其用意佳者，即字字珠辉玉映，不可指摘。近人喜学玉田，亦为修饰字句易，换意难耳。"

《填词百法》

132. 赵尊岳：

宋词佳处，亦各擅其胜场。小山华贵而取境不大；淮海艳宕而或失之轻俊；梅溪敏于词令，间或拙于事理；方回肤廓；玉田

谐婉或失之空疏；草窗、《花外》，敷藻甚工，往往言之无物。读者当各采其精英，各避其短失。（卷一）

若再断代言之，同时竞爽，自各极其胜场。十国蕃艳之中，南唐二主独以至情见著。北宋柳缛、贺疏、周雅、秦秀；南宋吴密、姜苍、张俊、周丽；元则遗山天颖，惟以雄胜。明仅二陆沉着可诵。（卷二）

集字成句，集句成词，句法各异，故用字自亦各不相同。一句之中，当使虚实相从，正衬合度。有但用动静字者，有以形容字贯串动静者，亦有仅用实字而藏动字、形容字之精义于实字之中者。此在笔底命词之妙，固非格律所可以畴范。玉田生所具词眼，近于饾饤，不可为训。初学者切忌刻鹜为之。（卷三）

宋词以晏、秦、周、柳、苏、吴、姜、张为八大家。周虽蹊径分明，学之亦不易易。晏词智慧流露而重大有余，实为浑金璞玉之音。柳能以繁词写碎景细情。苏能直抒其胸臆，清雄莫并。秦以风神取胜。吴以精金美玉胜，细针密缕，学者望之似有迹，学之辄无功。姜之苍雅，张之骀荡，均为百世之师。学者能奉此数大家为祖祢，能得若干即成就若干，外无余师矣。（卷四）

《花间》不易遽学，古蕃锦岂人尽可织？下之如梦窗之七宝楼台，《珠玉》之浑金朴玉，《小山》之风神淡厚，苏、辛之清雄天成，均不易为师资。《乐章》善道眼前之景物，一一写来，无不精深，笔力又复骞举，宽不失疏，岂易著墨？清真、梦窗，浑厚精整，少有途辙，为学词者所必由。淮海风神足，白石出笔健，玉田意境跌宕，亦学者所当永为圭臬者。

梦窗精整而有气机，斯不窒滞。玉田疏荡而有性情，故不空泛。学者取径二家。当先立此二戒。（卷五）

《填词丛话》

133. 赵尊岳：

倚声之学，托始于唐，浸盛于五季。其君若臣，歌舞宴酣；

风流相尚，琱璛镂玉，方巧化工，《尊前》、《花间》，奄有众美。爰及天水，晏氏父子引温、韦之绪。欧、苏、秦、柳，风雅所宗。子野、方回，并世郢匠。清真崛起，为两宋关键，间以质拙胜，非深于此道不易知。南渡已还，麦秀黍离，家国之感，发为咏歌。白石老仙风格遒上，宜与稼轩分镳平辔。梦窗专家，斯诣造极，蕃艳之笔，运以沉思，致密之中，饶有清气。七宝楼台之喻，甚非知人之言。竹山高节，艳而有骨。公瑾、圣与，丽而有则。玉田王孙，后来之秀，清辞丽句，叹观止焉。

《蓉影词跋》(《蓉影词》)

134. 闻野鹤：

寇莱公如春日园林，蔚然深秀。苏东坡如深山剑客，不娴俗礼。秦少游如花间丽色，却扇一笑，百媚横生。黄山谷如村女媚客，简直乏致。欧阳公如豪家子弟，仪态大方。张子野如春花百树，浅深互见。周美成如周公制礼，大体略备。王荆公如蛮夷入贡，不谙礼数。辛稼轩如草野人入掌枢密，动辄粗戾。蒋竹山如蓬门丽质，清秀有余。柳耆卿如通天老狐，醉即露尾。康与之如春场笙歌，繁乐聒耳。史梅溪如剪彩成花，细而近纤。姜白石如江介澄波，悠然一往。吴梦窗如天孙云锦，一丝一缕，尽发奇光，俗子庸夫，见之却步。李易安如中人举鼎，时虞绝膑。王碧山如天家姬侍，神采幽馨，迥非凡艳。周公谨如辞树红英，难免浮浪。朱淑贞如碧窗鹦鹉，略解语言。陆放翁如野僧说法，清而无味。张玉田如中郎凋谢，典型尚存。余则自桧以外，可无讥已。

清代戈载有宋七家之选，一周美成，二史梅溪，三姜石帚，四吴梦窗，五周草窗，六王圣与，七张叔夏。综其得失，可得而称焉。美成盖代词才，律细而不枯，意深而不刻，灏灏落落，百世之所宗也。梅溪能巧，上者故自清新，下者辄流浮俗。白石清响，为世所称，然音律故娴，意象未备，虽幽邈自喜，要其去美成远矣。梦窗刻意苦搜，镂冰煮雪，一字一句，古丽照人，樊身云所谓“五花共采，万鲭合脔”者也，后者学之，辄伤碎乱。梦窗独能寓郁厚于藻采之中，是盖上人一等者。草窗细敏，丽而有则，然古雅之致尽矣。圣与尤秾艳绵丽尽致，特稍逊梦窗耳。至于玉田，下驷才也，妄欲随逐其后，吾无称焉。

南宋词家最盛，而最劣下者为玉田，只知步武前人，无一语精警，足以悦心怵目。历来每以碧山与之并称，老子与韩非同传，未免不伦。

《愢簃词话》

135. 陈运彰：

碧山词与《山中白云》较，信为劲敌。叔夏之流美，圣与之凝练，为草窗、山村所不逮。其弊也，乃病滑与琢，两家别集，慎加抉择，则精者亦不过十之三四而已。

仇山村称张玉田词“律吕协洽，当与白石老仙相鼓吹”，然《山中白云》用韵至为泛滥，真、文、庚、青，阑入侵、寻；元、寒、删、先，杂用覃、临。句中于双声叠字，亦有安之未洽者，读之顿觉戾喉棘舌，如〔新雁过妆楼〕赋菊云：“瘦碧飘萧摇梗，腻黄秀野发霜枝。”飘、萧、摇三字连用，政恐未易上口。惟用入声韵，则又极为谨严，屋、沃，不混入觉、药；质、陌，不混入月、屑，极为可法。

《双白龛词话》

136. 祝南：

张玉田以故国王孙，遭覆亡之痛，故其词感慨特深。惟其过事句调之流转与腾跃，故时时陷于空滑。

玉田警句最多，善用翻仄之笔；亦不少回复荡漾之境，然非白石之俦匹也。白石超逸排荡处，句调乃极精洁；玉田稍一用力，便觉浮粗矣。白石层折多而铺排少，故有开阖，有顿宕；玉田以铺排为层折，故貌似开阖，实乃平平，甚至有笔无意。

玉田专学白石“高柳垂阴，老鱼吹浪”一类句调耳，非真白石也。二白并称，不免冤煞尧章。

《无庵说词》

引用参考文献

一画至三画

一家言文集	李渔撰	笠翁一家言全集本
一苇轩词话	刘德成撰	东北大学周刊，第一期，1927年
二娱小庐诗钞词钞	尤维熊撰	嘉庆十七年刻本
二老堂诗话	周必大撰	历代诗话
十国春秋	吴任臣撰	四库全书
人间词话	王国维撰	词话丛编，中华书局1986年版
七颂堂词绎	刘体仁撰	词话丛编，中华书局1986年版
三借庐赘谈	邹弢撰	光绪铅印申报馆丛书本
大云山房文稿	恽敬撰	四部丛刊
大鹤山房全书	郑文焯撰	光绪刻本
大鹤山人词话	郑文焯撰	词话丛编，中华书局1986年版
小山诗文全稿	王时翔撰	嘉庆刻本
小谟觞馆文集	彭兆荪撰	同治刻本
小嫏嬛词话	王初桐撰	古香堂丛书十三种，嘉庆十二年刻本
小祇陀庵诗钞	沈世良撰	同治二年刊本
小三吾亭词话	冒广生撰	词话丛编，中华书局1986年版
小重山房诗词全集	张祥和撰	续修四库全书

已畦文集	叶燮撰	郎园先生全书
习静斋诗话	仙源瘦坡山人撰	宣统二年汉口普通印书馆
广箧中词	叶恭绰选	御选历代诗余附箧中词广箧中词，浙江古籍出版社 1997 年版
山中白云词	张炎撰	中华书局 1983 年版

四画

心日斋十六家词选	周之琦选	道光刻本
文廷式全集	文廷式撰	大华印书馆
文芸阁先生词话	龙沐勋辑	同声月刊第二卷
方是闲居士小稿	刘学箕撰	四库全书
云韶集	陈廷焯辑	抄本
云麓漫钞	赵彦卫撰	上海古典文学出版社 1957 年版
无庵说词	祝南撰	文学，第一期，1947 年
天问庐词话	舍我撰	民国日报，1917 年 4 月
历代词人考略	况周颐撰	抄本
历代词话	王弈清辑	词话丛编，中华书局 1986 年版
历朝名媛诗词		宣统三年石印本
五百家名媛词选	吴灏选	民国十六年石印本
艺舟双楫	包世臣撰	安吴四种
艺蘅馆词选	梁令娴选	广东人民出版社 1981 年版
艺苑卮言	王世贞撰	词话丛编，中华书局

		1986年版
艺风堂文集	缪荃孙撰	文海出版社1982年版
中国词学大辞典	马兴荣等编	浙江教育出版社1996年版
中国古代戏曲序跋集	吴毓华辑	中国戏剧出版社1990年版
中山诗话	刘攽撰	历代诗话
中吴纪闻	龚明之撰	上海古籍出版社1996年版
中原音韵	周德清撰	中国古典戏曲论著集成，中国戏剧出版社1959年版
止庵文	周济撰	常州先哲遗书本
毛稚黄集	毛先舒撰	思古堂十四种书本
片玉山房词话	孙兆溎撰	词话丛编，中华书局1986年版
今词初集	顾贞观、纳兰成德选	康熙刻本
介存斋文稿	周济撰	求志堂存稿汇编本
介存斋论词杂著	周济撰	词话丛编，中华书局1986年版
分甘余话	王士禛撰	四库全书
双砚斋词话	邓廷桢撰	词话丛编，中华书局1986年版
双白龛词话	蒙庵撰	雄风，二卷二期，1947年
双溪集	苏籀撰	四库全书

五画

汇集宋人词话	映庵辑	同声月刊，第二卷、第三卷
古今词汇	卓回辑	康熙刻本
古今词统	卓人月选	崇祯刻本
古今词话	沈雄辑	词话丛编，中华书局1986年版
古今词论	王又华辑	词话丛编，中华书局1986年版
古夫于亭杂录	王士禛撰	四库全书
古山乐府	张埜撰	彊村丛书
本事词	叶申芗辑	词话丛编，中华书局1986年版
东江集钞	沈谦撰	康熙刻本
东维子文集	杨维桢撰	四部丛刊初编
东坡志林	苏轼撰	四库全书
左庵词话	继昌（李佳）撰	词话丛编，中华书局1986年版
玉梅词话	况周颐撰	国粹学报，第四卷
玉栖述雅	况周颐撰	词话丛编，中华书局1986年版
玉照新志	王明清撰	四库全书
四库全书总目	永瑢、纪昀等撰	中华书局1965年版
四库未收书目提要续编	胡玉缙撰	续四库提要三种，上海书店出版社2002年版
旧时月色斋词谭	陈匪石撰	宋词举附，江苏古籍出版社2002年版

旧唐书	刘煦撰	中华书局 1975 年版
旧五代史	薛居正撰	中华书局 1975 年版
北宋三家词	易大厂辑	民智书局民国二十二年版
北山小集	程俱撰	四部丛刊续编，台湾商务印书馆 1986 年版
白雨斋词话	陈廷焯撰	词话丛编，中华书局 1986 年版
白雨斋词话足本校注	陈廷焯撰，屈兴国校注	齐鲁书社 1983 年版
白香词谱笺	舒梦兰撰	中华书局 1982 年版
乐志堂诗集	谭莹撰	续修四库全书
乐府雅词	曾慥辑	丛书集成初编，中华书局 1985 年版
乐府余论	宋翔凤撰	词话丛编，中华书局 1986 年版
乐府指迷	沈义父撰	词话丛编，中华书局 1986 年版
乐府指迷笺释	蔡嵩云撰	人民文学出版社 1981 年版
丛碧词话	张伯驹撰	近现代词话丛编，黄山书社 2009 年版

六画

刘熙载集	刘熙载撰	华东师范大学出版社 1993 年版
忏庵词话	沈泽棠撰	忏庵随笔附宣统三年

		刻本
齐物论斋文集	董士锡撰	问影楼从刻初编
安序堂文钞	毛际可撰	四库全书存目丛书，齐鲁书社 1997 年版
刘宾客文集	刘禹锡撰	钦定四库全书荟要
论词随笔	沈祥龙撰	词话丛编，中华书局 1986 年版
汤显祖评花间集	汤显祖撰	词坛合璧
江山万里楼诗词钞	杨圻撰	中华书局丙寅版
问花楼词话	陆鎣撰	词话丛编，中华书局 1986 年版
有正味斋全集	吴锡麒撰	吴氏一家稿
百尺梧桐阁文录	汪懋麟撰	国朝文录
百名家词钞	曾王孙、聂先辑	康熙刻本
西河词话	毛奇龄撰	词话丛编，中华书局 1986 年版
西河文集	毛奇龄撰	四库全书
西堂杂俎	尤侗撰	西堂全集
西圃词说	田同之撰	词话丛编，中华书局 1986 年版
西湖游览志余	田汝成撰	浙江人民出版社 1980 年版
西陂类稿	宋荦撰	四库全书
岁塞居词话	胡薇元撰	词话丛编，中华书局 1986 年版
同声月刊	同声月刊社，1930~1934 年	
曲律	王骥德撰	中国古典戏曲论著集成，中国戏剧出版社

		1959 年版
曲洧旧闻	朱弁撰	四库全书
此木轩直寄词	焦袁熹撰	清抄本
合肥学舍札记	陆继辂撰	国朝文录
朱彝尊词集	朱彝尊撰，屈兴国点校	浙江古籍出版社 1994 年版
自镜斋诗钞	潘曾玮撰	光绪十三年刻本
延陵处士集	吴骐撰	乾隆刻本
戏鸥居词话	毛大瀛撰	词话丛编，中华书局 1986 年版
异号类编	史梦兰撰	同治四年刻本

七画

初月楼文钞	吴德旋撰	花雨楼丛钞
宋史	脱脱等撰	中华书局 1975 年版
宋七家词选	戈载选	蒙香室丛书
宋四家词选目录序论	周济撰	词话丛编，中华书局 1986 年版
宋六十名家词	毛晋辑	上海古籍出版社 1989 年影印本
宋代词学资料汇编	张惠民辑	汕头大学出版社 1993 年版
宋四家词选	周济选	清人选评词集三种，齐鲁书社 1988 年版
宋词十九首	端木埰选	上海开明书店排印本
宋词三百首笺注	朱祖谋选，唐圭璋笺注	上海古籍出版社 1979 年版

宋词举	陈匪石选	金陵书画社 1983 年版
宋人词话	况周颐撰	抄本
宋诗话辑佚	郭绍虞辑	中华书局 1980 年版
宋元方志丛刊		中华书局 1990 年版
词则	陈廷焯选	上海古籍出版社 1984 年版
词菁	陆云龙选	翠娱阁选评行笈必携本
词轨	杨希闵选	抄本
词坛丛话	陈廷焯撰	词话丛编，中华书局 1986 年版
词史卮谈	西神撰	同声月刊，第一卷第五、七号
词坛合璧	朱之蕃选	明刻本
词学季刊	龙榆生主编	上海书店影印本 1985 年
词学		华东师范大学出版社
词学通论	吴梅撰	万有文库
词学集成	江顺诒撰	词话丛编，中华书局 1986 年版
词林正韵	戈载撰	四印斋所刻词
词林万选	杨慎选	河北大学出版社 2010 年版
词林纪事	张宗橚撰	成都古籍书店 1982 年版
词苑英华	毛晋选	汲古阁刻本
词苑丛谈	徐釚撰	上海古籍出版社 1981 年版
词苑萃编	冯金伯辑	词话丛编，中华书局 1986 年版
词律	万树撰	上海古籍出版社 1984

		年影印本
词综	朱彝尊、汪森选	上海古籍出版社 1978 年版
词综偶评	许昂霄撰	词话丛编，中华书局 1986 年版
词辨	周济辑，谭献评	清人选评词集三种，齐鲁书社 1988 年版
词源	张炎撰	词话丛编，中华书局 1986 年版
词籍序跋萃编	施蛰存辑	中国社会科学出版社 1994 年版
词品	杨慎撰	词话丛编，中华书局 1986 年版
词洁辑评	先著、程洪撰	词话丛编，中华书局 1986 年版
词迳	孙麟趾撰	词话丛编，中华书局 1986 年版
词概	刘熙载撰	词话丛编，中华书局 1986 年版
词徵	张德瀛撰	词话丛编，中华书局 1986 年版
词论	张祥龄撰	词话丛编，中华书局 1986 年版
词说	蒋兆兰撰	词话丛编，中华书局 1986 年版
词旨	陆辅之撰	词话丛编，中华书局 1986 年版
词谰	宣雨苍撰	国闻周报，民国二十五

		年三卷八、九、十号
远志斋词衷	邹祗谟撰	词话丛编，中华书局1986年版
近词丛话	徐珂撰	词话丛编，中华书局1986年版
声执	陈匪石撰	词话丛编，中华书局1986年版
批校花间集	郑文焯批	徐干辑邵武徐氏丛书二集第四十册花间集
批校清真集	郑文焯批	抄本
批校乐章集	郑文焯批	台湾广文书局影印石莲庵刻本
批校白石道人歌曲	郑文焯批	抄本
批校唐五代词选	郑文焯批	文字同盟，第二卷，东京汲古书院，1990年7月
扶荔堂文集	丁澎撰	康熙刻本
芬陀利室词话	蒋敦复撰	词话丛编，中华书局1986年版
花间集评注	李冰若评	人民文学出版社1993年版
花草蒙拾	王士禛撰	词话丛编，中华书局1986年版
花草粹编	陈耀文选	四库全书
花庵词选	黄昇选	中华书局1958年版
花外集	王沂孙撰	上海古籍出版社1988年版
芙蓉山馆全集	杨芳灿撰	光绪十七年木活字本

两般秋雨庵随笔	梁绍壬撰	河北教育出版社 1994 年版
两宋词人丛考	王兆鹏等撰	凤凰出版社 2007 年版
却扫篇	徐度撰	宋元笔记小说大观，上海古籍出版社 2001 年版
吴礼部词话	吴师道撰	词话丛编，中华书局 1986 年版
吴梅村全集	吴伟业撰	上海古籍出版社 1990 年版
吴郡志		宋元方志丛刊，中华书局 1990 年版
吴梦窗词选笺释	杨铁夫选	上海人文印书馆 1933 年版
吴雯先生莲洋集	吴雯撰	山西出版集团、三晋出版社 2010 年版
吷庵词评	夏敬观撰	词学，第五辑
听秋声馆词话	丁绍仪撰	词话丛编，中华书局 1986 年版
怀古录校注	陈模撰	中华书局 1993 年版
秀屏风馆诗集	方熊撰	道咸间虞文华斋刊
饮冰室评词	梁启超撰	词话丛编，中华书局 1986 年版
灵芬馆词话	郭麐撰	词话丛编，中华书局 1986 年版
灵芬馆杂著	郭麐撰	灵芬馆集
张惠言论词	张惠言撰	词话丛编，中华书局 1986 年版

忍古楼词话	夏敬观撰	词话丛编，中华书局1986年版
陈东塾先生遗诗	陈澧撰	民国二十年刻本
陈忠裕公全集	陈子龙撰	嘉庆刻本
陈迦陵文集	陈维崧撰	四部丛刊
陆游集	陆游撰	中华书局1976年版
纯常子词话	文廷式撰	词学第五辑

八画

卧庐词话	周曾锦撰	词话丛编，中华书局1986年版
诗薮	胡应麟撰	上海古籍出版社 1979年版
诗余图谱	张綖撰	词苑英华
诗筏	贺贻孙撰	清诗话续编，上海古籍出版社1983年版
诗女史纂	处囊斋主人撰	全国图书馆文献缩微中心1993年版
话山草堂遗集六种	沈道宽撰	光绪三年润州榷署刊本
郑板桥集	郑板桥撰	山西古藉出版社年版
郑文焯手批梦窗词	郑文焯批	台湾中研院1996年影印版
注坡词	傅干注	巴蜀书社1993年版
雨村词话	李调元撰	词话丛编，中华书局1986年版
雨华庵词话	钱斐仲撰	词话丛编，中华书局1986年版

松桂堂全集	彭孙遹撰	四库全书
松泉诗集	江昱撰	四库全书存目丛书，齐鲁书社 1997 年版
苕溪渔隐丛话	胡仔撰	词话丛编，中华书局 1986 年版
苕溪渔隐词话	胡仔撰	词话丛编，中华书局 1986 年版
林蕙堂集	吴绮撰	四库全书
林下词选	周铭选	明词汇刊，上海古籍出版社 1992 年版
直木斋全集	任绳隗撰	康熙刻本
拙轩词话	张侃撰	词话丛编，中华书局 1986 年版
青山集	郭祥正撰	四库全书
国朝名家诗余	孙默选	康熙刻本
金粟词话	彭孙遹撰	词话丛编，中华书局 1986 年版
姑溪居士文集	李之仪撰	丛书集成初编，中华书局 1985 年版
织余琐述	况卜娱撰	民国八年临桂况氏木活字本
宝直斋法书赞	岳珂辑	丛书集成初编，中华书局 1985 年版

九画

闺秀词话	雷瑨、雷瑊辑	民国十四年扫叶山房本
闺秀百家词选	徐乃昌选	上海扫叶山房印行，

		1925年刻本
说剑堂集	潘飞声撰	光绪刻本
宣和书谱		湖南美术出版社1999年版
养一斋文集	李兆洛撰	四部备要
养一斋集	潘德舆撰	道光刻本
洞箫楼诗纪	宋翔凤撰	浮溪精舍丛书，道光十年刻本
适园论词	袁学澜撰	零锦集词稿附，苏州护龙街中文学山房印行
选读轩词话	朱保雄撰	清华周刊，第三十四卷第一期，1929年
南社		民国铅印本
南词叙录	徐渭撰	中国古典戏曲论著集成，中国戏剧出版社1959年版
南音三籁	凌蒙初撰	台湾学生书局1987年版
南亭词话	李宝嘉撰	词话丛编，中华书局1986年版
南耕词	曹亮武撰	四库全书存目丛书，齐鲁书社1997年版
春融堂集	王昶撰	嘉庆刻本
春在堂杂文	俞樾撰	近代中国史料丛刊一辑，台湾文海出版社影印版
柳塘词话	沈雄撰	词话丛钞
柯亭词论	蔡嵩云撰	词话丛编，中华书局1986年版

珍重阁词话	赵尊岳撰	同声月刊第一卷
珂雪词	曹贞吉撰	四库全书
茗柯文编	张惠言撰	上海古籍出版社 1984 年版
荆溪词初集	陈维崧撰	康熙刻本
草堂嗣响	顾彩选	康熙刻本
草堂诗余四集	沈际飞撰	明万历刻本
草窗词校注	周密撰	齐鲁书社 1993 年版
茶磨山人诗钞	汪芑撰	光绪十九年刻本
咸淳临安志	潜说友撰	道光十年刻本
厚石斋诗集	汪孟鋗撰	清刻本
贵耳集	张端义撰	四库全书
昭昧詹言	方东树撰	人民文学出版社 2006 年版
复雅歌词	鲖阳居士撰	词话丛编，中华书局 1986 年版
复堂类集	谭献撰	半厂丛书初编
复堂词话	谭献撰	词话丛编，中华书局 1986 年版
香祖笔记	王士禛撰	四库全书
香海棠馆词话	况周颐撰	蕙风丛书
爰园词话	俞彦撰	词话丛编，中华书局 1986 年版
俭重堂诗	纪迈宜撰	乾隆刻本
须溪集	刘辰翁撰	四库全书
钝吟文稿	冯班撰	齐鲁书社 2009 年版
绝妙好词笺	查为仁、厉鹗笺	上海古籍出版社 1984 年版

郡斋读书志校证	晁公武撰	上海古籍出版社 1990 年版
贺九山房诗	李其永撰	红树楼乾隆四十一年刻本

十画

莲子居词话	吴衡照撰	词话丛编，中华书局 1986 年版
唐宋名贤百家词	吴讷辑	天津古籍出版社 1989 年影印本
唐宋词籍序跋汇编	金启华辑	江苏教育出版社 1990 年版
唐音统签	胡震亨撰	故宫珍本丛刊，海南出版社 2000 年版
唐五代词钞小笺	刘瑞潞笺	岳麓书社 1983 年版
唐五代宋辽金元名家词集六十种辑	刘毓盘辑	民国铅印本
病倩词话	陈去病撰	民国日报，1917 年 9 月
浙西六家词	龚翔麟辑	康熙刻本
海绡说词	陈洵撰	词话丛编，中华书局 1986 年版
读书敏求记校证	钱曾撰	上海古籍出版社 2007 年版
通志堂集	纳兰性德撰	康熙刻本
浩然斋词话	周密撰	词话丛编，中华书局 1986 年版
涧泉日记	韩淲撰	四库全书
浣雪词抄	毛际可	清刻本

桐石草堂集	汪仲鈖撰	乾隆二十年刻本
校礼堂文集	凌廷堪撰	校礼堂全集本
栩庄漫记	李冰若撰	花间集评注引
泰云堂诗集	孙尔准撰	四库全书存目丛书，齐鲁书社 1997 年版
翁山文外	屈大均撰	嘉业堂丛书
倚声初集	王士禛、邹祗谟选	顺治刻本
能改斋词话	吴曾撰	词话丛编，中华书局 1986 年版
皱水轩词筌	贺裳撰	词话丛编，中华书局 1986 年版

十一画

曼陀罗寱词	沈曾植撰	晚清刻本
章北亭集	章恺撰	嘉庆五年螺溪敦艮堂刊本
梁溪词选	侯晰选	抄本
清代七百名人传	蔡冠洛撰	北京中国书店 1984 年版
清名家词	陈乃乾辑	上海书店 1980 年版
清词一千首	谭献选	浙江古籍出版社 1996 年版
清诗话	丁福保辑	中华书局 1963 年版
清诗话续编	郭绍虞辑	上海古籍出版社 1983 年版
清绮轩词选	夏秉衡选	大西洋图书公司 1966 年版
清芬堂集	潘人龙撰	嘉庆二十年载石山房

		刻本
清真先生遗事	王国维撰	王国维遗书，上海古籍出版社 1983 年版
褒碧斋词话	陈锐撰	词话丛编，中华书局 1986 年版
渔洋山人文略	王士禛撰	王渔洋遗书
渚山堂词话	陈霆撰	词话丛编，中华书局 1986 年版
淮海集	秦观撰	四库全书
淮海居士长短句	秦观撰，徐培均笺注	上海古籍出版社 1985 年版
淮海先生诗词丛话	秦国璋辑	秦嘉会堂民国三年刻本
断肠诗集	朱淑真撰	民国徐乃昌影印元刻本
菌阁琐谈	沈曾植撰	词话丛编，中华书局 1986 年版
梦陔堂文集	黄承吉撰	咸丰刻本
崇百药斋文录	陆继辂撰	国朝文录本
常州词录	缪荃孙撰	光绪刻本
晦庵题跋	朱熹撰	丛书集成初编，中华书局 1985 年版
铜鼓书堂词话	查礼撰	词话丛编，中华书局 1986 年版
笠翁余集	李渔撰	嘉庆抄本
续修四库全书提要	王云五主持	（台湾）商务印书馆 1972 年版
续修四库全书总目提要	中国科学院图书馆整理	齐鲁书社 1997 年版
绿雪轩论词	张鸿卓撰	袁学澜《零锦集词稿》

		附录，苏州护龙街中文学山房印行
隐居通议	刘埙撰	四库全书

十二画

程侍郎遗集	程恩泽撰	续修四库全书
谦谷集	汪筠撰	四库未收书辑刊
尊前集	彊村丛书	
湘绮楼文集	王闿运撰	湘绮楼全书
湘绮楼评词	王闿运撰	词话丛编，中华书局1986年版
童山文集	李调元撰	丛书集成初编，中华书局1985年版
愢簃词话	闻野鹤撰	民国日报，1917年11、12月
越缦堂读书记	李慈铭撰	上海书店出版社2000年版
援鹑堂笔记	姚范撰	广文书局1971年版
赌棋山庄集	谢章铤撰	赌棋山庄全集
赌棋山庄词话	谢章铤撰	词话丛编，中华书局1986年版
遗山乐府	元好问撰	彊村丛书
遗山文集	元好问撰	四部丛刊初编
鲁岩所学集	张宗泰撰	光绪刻本
艇斋诗话	曾季貍撰	续修四库全书
粤词雅	潘飞声	词话丛编，中华书局1986年版

十三画

新唐书	欧阳修、宋祁撰	中华书局 1975 年版
新刻谭友夏合集	谭元春撰	上海古籍出版社 2005 年版
窥词管见	李渔撰	词话丛编，中华书局 1986 年版
填词名解	毛先舒撰	词学全书本
填词百法	顾宪融撰	上海中原书局 1931 年版
填词丛话	赵尊岳撰	词学第三至五辑，华东师范大学出版社
填词杂说	沈谦撰	词话丛编，中华书局 1986 年版
填词浅说	谢元淮撰	词话丛编，中华书局 1986 年版
蒿庵类稿	冯煦撰	刻本
蒿庵论词	冯煦撰	词话丛编，中华书局 1986 年版
蒲褐山房诗话	王昶撰	广文书局 1973 年版
蓉影词	赵文漪撰	惜荫堂民国十一年铅印本
瑟榭丛谈	沈涛撰	上海古籍出版社 1996 年版
微云榭词选	樊增祥选	光绪刻本
锦瑟词	汪懋麟撰	康熙刻本

十四画及以上

演山集	黄裳撰	四库全书

滹南诗话	王若虚撰	人民文学出版社 1962 年版
精选古今诗余醉	潘游龙选	新世纪万有文库，辽宁教育出版社 2003 年版
瑶华集	蒋景祁选	中华书局 1982 年影印本
碧鸡漫志	王灼撰	词话丛编，中华书局 1986 年版
蓼园词选	黄苏选	清人选评词集三种，齐鲁书社 1988 年版
蓼园词评	黄苏撰	词话丛编，中华书局 1986 年版
蔗尾诗集	郑方坤	四库全书存目丛书补编
榕巢词话	查礼撰	查恂叔集，抄本
箧中词	谭献	御选历代诗余附箧中词广箧中词，浙江古籍出版社 1997 年版
鹤林玉露	罗大经撰	中华书局 2005 年版
稼轩词甲集	辛弃疾撰	民国刻本
稼轩词编年笺注	夏承焘笺注	上海古籍出版社 1987 年版
樊榭山房集	厉鹗撰	四库全书
樊山集	樊增祥撰	光绪刻本
醉月楼词话	伊鹏撰	民彝一卷一期
蕙风丛书	况周颐撰	上海中国书店印本
蕙风词话	况周颐撰	词话丛编，中华书局 1986 年版
蕉窗词话	林丁撰	北平晨报，1937 年
澄秋阁诗集	闵华撰	乾隆十七年刻本

潠书	毛先舒撰	思古堂十四种书本
薇省词钞	况周颐选	蕙风丛书，上海中国书店民国重印光绪刻本
雕菰楼集	焦循撰	丛书集成初编，中华书局 1985 年版
雕菰楼词话	焦循撰	词话丛编，中华书局 1986 年版
餐樱庑词话	况周颐撰	小说月报第十一卷
默记	王铚撰	四库全书
憩园词话	杜文澜撰	词话丛编，中华书局 1986 年版
彊村老人评词	朱祖谋撰	词话丛编，中华书局 1986 年版
豫章黄先生文集	黄庭坚撰	四部丛刊
磨剑室诗集	高旭撰	南社第二集，民国铅印本
儒林公议	田况撰撰	商务印书馆 1937 年版
凝寒室词话	徐兴业撰	国专月刊第一卷第二号 1935 年
黛韵楼文集	薛绍徽	民国三年刻本
魏庆之词话	魏庆之撰	词话丛编，中华书局 1986 年版
霞举堂集	王晫撰	刻本
魏季子文集	魏礼撰	康熙刻本
曝书亭集	朱彝尊撰	四库全书
麟元文集	王礼撰	四库全书

人名笔画索引

三至四画

五画

六画

七画

八画

九画

十画

十一画

十二画

十三画及以上